U0532048

主编 徐中玉　副主编 陈谦豫

中国古代文艺理论专题资料丛刊 第四册

风骨·才性·情志·知音 编

中国社会科学出版社

图书在版编目(CIP)数据

中国古代文艺理论专题资料丛刊（第四册）.风骨·才性·情志·知音编／徐中玉主编；陆海明等编选. —北京：中国社会科学出版社，2013.8
ISBN 978 – 7 – 5161 – 2456 – 7

Ⅰ.①中…　Ⅱ.①徐…②陆…　Ⅲ.①中国文学—古典文学研究—丛刊　Ⅳ.①I206.2 – 55

中国版本图书馆 CIP 数据核字（2013）第 074933 号

出 版 人	赵剑英	
责任编辑	季寿荣	
责任校对	徐　楠	
责任印制	李　建	

出　　版	中国社会科学出版社	
社　　址	北京鼓楼西大街甲 158 号（邮编 100720）	
网　　址	http：//www.csspw.cn	
	中文域名：中国社科网　　010 – 64070619	
发 行 部	010 – 84083685	
门 市 部	010 – 84029450	
经　　销	新华书店及其他书店	
印刷装订	环球印刷（北京）有限公司	
版　　次	2013 年 8 月第 1 版	
印　　次	2013 年 8 月第 1 次印刷	
开　　本	710 × 1000　1/16	
印　　张	57	
插　　页	4	
字　　数	957 千字	
定　　价	580.00 元（全四册）	

凡购买中国社会科学出版社图书，如有质量问题请与本社联系调换
电话：010 – 64009791
版权所有　侵权必究

《中国古代文艺理论专题资料丛刊》
编选说明

　　一、本丛刊广泛搜集中国古代文艺各个领域里的理论资料（包括一般原理、创作经验、批评鉴赏等），其范围包括诗、文、词、曲、小说、戏剧、绘画、音乐、雕塑、书法等，分《本原》、《情志》、《神思》、《文质》、《意境》、《典型》、《艺术辩证法》、《风骨》、《比兴》、《法度》、《教化》、《才性》、《文气》、《通变》、《知音》十五编。将视具体情况，分册连续出版。

　　二、本丛刊的资料收录的时限自先秦至近代。按问题分类，按论点安排。类与论点均冠以标题，以醒眉目。每一论点的资料均按时代顺序排列。个别无法查考年代而又具有重要理论价值的资料，排列于该论点的资料之后。

　　三、个别资料一段之中包括两个（或几个）论点，考虑到在两类（或几类）之中都有重要意义，因而两处（或几处）都收入，故偶有重复。

　　四、本丛刊各编各理论观点之下所收的资料，有的未必确当，仅供研究者参考。

　　五、本丛刊所引资料，版本力求统一，但由于种种原因，也偶有用不同版本者，故在各条原文下均加以注明。

　　六、中国古代文艺理论资料散见于大量古籍之中，浩如烟海，加之古代文艺理论的不少范畴，或具有多义，或含义不很确定，我们限于水平，内容的归类，资料的取舍，都可能有不当或错误之处，热忱欢迎专家、读者批评、指正，以便进一步修订、完善。

《中国古代文艺理论专题资料丛刊》
工作人员名单

主　编　　徐中玉
副主编　　陈谦豫

参加资料搜集并分工负责各编编选者
　　　王寿亨（《本原》《教化》）
　　　陈谦豫（《意境》《典型》）
　　　萧华荣（《比兴》）
　　　侯毓信（《神思》《文质》）
　　　蒋树勇（《艺术辩证法》《法度》）
　　　陆晓光　黄　珅（《才性》《情志》）
　　　蒋述卓（《文气》）
　　　陆海明　徐文茂（《通变》《风骨》）
　　　毛时安　汪　宇（《知音》）
参加资料搜集者
　　　邓乔彬　陶型传　朱大刚　周伟民　王汝梅
　　　王思焜　周锡山　南　帆　谢伯良　陆　炜

序

  1936年暑后，原在清华大学心理学系任教的叶麐（石荪）教授乘度假之便来到风景佳美的青岛山东大学中文系任教。那时我正在三年级学习。在此之前，朱光潜教授的《文艺心理学》已经出版，北京大学中文系已开设了这个课程，我们知道别的大学都还没有开设，希望山大也能开设。学校则苦于尚缺乏这种条件，主要是缺乏既深研文学又精通心理，并兼擅古今中外类似朱先生这样学养的师资。叶先生的来到，恰好非常及时地给我们解决了这个难题。叶先生在美、法两国专攻心理学，又一直爱好文学，读得既多，自己还能创作中国旧体的诗、词，非常优美动人。原来他从小就受过古典文学的训练，家学渊源，后来才决定专攻心理科学的。他和朱先生又是同辈老友，在清华心理学系虽未教过文艺心理学，在朱先生这部开创了中国文学研究新领域的著作影响下，原已对开设此课具有很大的兴趣。因此当学校向他提出后便欣然同意了。事实证明，我们能听到他的讲课，真是一种很大幸运。正如在这年之前，我们能听到老舍先生讲《小说作法》课一样。那时别的课程内容大都还以传统为主，这两个课程却不同了，内容、观点、讲法对我们来说几乎都是全新的。老舍先生是以有丰富生活经验和西方文学观念的中国著名小说作家的身份来讲他这一课程的，叶先生是以现代心理学专家同时又兼具中国古典文学及西方文学深厚功底这种学者、作者、鉴赏家集于一身的身份来讲他这一课程的。无论在教学内容、学习和研究的方法、形成师生间非常亲切的关系等各个方面，他们都给同学们大大开拓了视野，增添了许多新知，培养了自己钻研的能力，并以实际行动教育我们应当做个怎样的人，应当怎样关心、帮助比自己更年轻的下一代人的成长。他们给学生留下了永不会忘的印象。这两位老师都是在"文革"惨剧中受害死去的。叶先生则早在1957年就已被"扩大化"进去了。

青年时代的爱好与生活选择往往决定了一个人此后不会再改变的人生道路。从开始读小学起七十多年来我没有离开过学校这个生活圈。大学生时代开始爱好文学写作，正是老舍先生给了我指点和鼓励。从习作小说转向文学研究并重在古代文学理论的学习和探讨，正是叶先生给了我指点和鼓励。每当我回想半个多世纪以来的生活行迹时，我就总会想到这两位先生对我的厚爱和教育，纵然实际上在他们逝世以前的近二十年间，由于需要，彼此孤立，不仅未再见过面，甚至连信都没有通过。作为他们当时最亲近的学生之一，竟表现得如此淡漠，难道可以只用"不得已"来宽恕自己？无疑还是由于自己的软弱与胆怯。谁也不要重蹈这种历史的覆辙了。

我从叶先生的教学与研究以及课外的很多谈话、接触中，得到的启发与引导对我后来直到今天的研究、写作最有影响的是下面四点：

第一，要有个适合于自己认为真有意义、极有兴趣，而且力所能及的研究目标。客观上很有意义自己却认为没有或意义不大；虽也认为有意义自己却缺少兴趣；认为有意义也感兴趣实际却力所不及；这些情况都有，并不奇怪，但就不宜作为自己长远的研究目标。我生活经验不多，特别在听了叶先生《文艺心理学》的讲课后，对文艺理论研究深感兴趣。由于高中时期读的是师范、大学读的是中文系，外语读得很少也未努力读好，宜于重点研究本国古代的文艺理论，比较力所能及，而且这个范围也不能算小了。他赞同我朝着这个目标作长期的努力。

第二，要尽可能掌握与研究目标密切相关的丰富的第一手资料。他讲课时可以随意提供对某一问题有关的古今中外包括若干不同意见的资料，并指明其出处，令我惊叹。他有很好的记忆力，但他说主要还得依靠经常博览之后取精用宏地积累资料，方法即是亲做卡片，勤于简写读后笔记。他给我们看了他的大量卡片和笔记，并告诉我们他是怎样做、怎样运用和如何养成这一习惯的。从那时起，我也学习着进行了这种积累。

第三，对不同学派、不同意见要在积累的基础上逐渐培养、提高自己的分析、辨识能力。对合理的东西应兼收并蓄，各取其长，不要受任何束缚；应有自己的看法，既不苟异，亦不苟同，发现有误就改正，不完善就再探索。

第四，不能为研究而研究，为理论而理论；学习理论不能不读文学作品，自己毫无创作体验；也不可研究文学理论就只读这一方面的书籍，哲学、历史、心理等知识都不可缺。他非常重视人生、重视国家社会的需要。他对当时日本帝国主义造成的华北危局忧心如焚。这一点同样深深地影响了我，使我懂得研究工作者不能只是生活在书房里一味啃书本的人。

正在我已开始按着他的指引做起来的时候，卢沟桥事变发生了。青岛本是日帝侵华的一大据点，此时已成一触即发的前方，叶先生只得携家回故乡的四川大学去了。我辗转随校西迁，最后终于并入重庆沙坪坝中央大学读到毕业。刚开头的计划这段时期内不得已完全停顿。我之所以又进了中央大学研究院文科研究所去探索宋代的诗论，就因想继续原来的研究计划。那时我之所以花部分时间写了不少讨论抗战文艺的文章，即由于想到他的一贯指导：研究工作者不能脱离国家大事，不能忘记社会责任。两者其实并不矛盾，原是应该也能够统一的。这时他已在四川大学担任教务长了，我则已从云南到了粤北。他仍抽空在通讯里给我许多指导。

在研究院的两年中，我积累了成万张卡片。所谓卡片乃是用三层土纸糊在一起，勉强可以两面写字的代用品，至今总算还幸能保存着。在接着留校任教的五年中，开头还有条件继续积累，后来由于湘、桂大部沦陷，学校辗转迁去东江一带，书都散失，就没有条件了。抗战胜利后，我随着山大北回复校，竟因同情学生"反饥饿、反内战"运动，被国民党政府教育部指为"奸匪"而遭密令中途解聘。从此直到五十年代"反右"结束之前，将近十年由于运动频繁，观念骤改，古代文学遗产似已不必深究，虽仍在教书，信念未失，积累却很少有所增加，亦似无所可用了。反倒是在被"反右"扩大化进去以及"文革"中当"牛鬼蛇神"的二十年间，既然一切应有的权利都已无存，在"孤立"、抄家、扫地、背书、受审之余，为使身在"另册"而心灵有所寄托，觉得乘此机会利用一切空暇继续前功，不失为两全的办法。想不到离开当初定下计划也已二十年了的这段艰难时期，却成了我再度沉入的旺盛阶段。我继续从七百多种有关书籍中做了四五万张卡片，估计当写了不下一千多万字。手段原始，办法也笨，只是在这样读着写着想着的时候，什么烦恼牢骚都不复存在了，竟未把这当成一件苦事。被"抄家"多次，这些因都被视为废物而未受损，我独私心窃喜，得了"无用之用"。可是果若有用，用又在何时？我眼前一片茫茫。但我总还想，这种学问是有用的，我做不成，做不好，以后别人还是会做，会做成、做好。疯狂的民族虚无主义者必不能永存。

又十多年过去了，我转入一个心情稍好却事务繁多的境地，前功远未完成，垂垂已老，积累从自己的高峰上直线下降，几乎极少增益，时间精力都不够。一方面是在积累过程中愈感到了这个工作的重要意义，另一方面又愈着急，应该怎样把这个很有意义的工作设法持续下去？我自己对这一大堆资料还没来得及好好利用，何况还有更多的资料可以搜集、整理、运用！我想到了跟我一些同事和几届古代文论专业的研究生一道来从事这个工程，这是唯一可能也还可行的法子了。这就是这个《中国古代文艺理论专题资料丛刊》得以产生的缘由。人的一生实在太短促了，一天一天过着时似乎很长，到老回头一看便只是一瞬间的事，真像正好开始忽已到了尽头。没有上述同志们的共同努力，凭我一个人的气力，是连自己也知道这还非常粗疏多漏的东西亦拿不出的。

中国古代文艺理论有悠久的历史，提出了许多符合规律的论点，资料十分丰富，而且越多接触便越感到它真像一个浩瀚的海洋，可贵之极。我认为，审美的主体性、观照的整体性、论说的意会性、描述的简要性，便是中国古代文论带有民族特色的思维特点。中国人大都不喜欢烦琐、抽象的思辨，从自己关门建构的一个什么理论框架出发来高谈阔论。中国人绝非缺乏这种能力，不是没有人这样做过，但一般人不愿意、不习惯，甚至还有认为这样做不合适的。即使在讨论问题、抒发己见的时候，文论家们总仍恪守文艺规律：有感而发，不得已而言，精语破的，点到为止，使人自悟并得以举一反三，而且始终仍保持着具体、感性、描绘、比喻、想象、意在言外等文艺色彩，有理有趣，举重若轻，愉人悦己。篇幅短小，形式多样，要言不烦，更是它的特色。当我们把它同西方古今的文艺理论进行了比较之后，就越发觉得它至少可以同西方文化成果并立而媲美，对人类文明发展起了同样巨大的作用。文艺理论和科技知识的不同之处，就是其中稳定的东西要多得多，而且有许多心灵方面的体会和艺术敏感往往前人已有而后来者反而大为迟钝了。文艺领域里某些精微奥妙的感受与洞察，往往并不是后出必愈精，时空限制不住它们的灵光。不能从思维方式表达方式上来强分高下优劣，应是自然之理。若说有系统、有体系的便好，那么有无是怎样来判定的？还要后人来研究、整理干什么？而且，不是已有够多的系统、体系早已被人们成捆成堆地丢到垃圾箱里去了吗？古今中外的很多事物，包括文艺评论，螺旋形发展的历史证明，互相补充、转化、融合的可能性正在增加，必要性亦一样。取精用宏、兼收并蓄，集大成而共求进步，这是历史的必然。

初步搜集、整理古代文艺理论资料正是为了便于进行研究和探索前人已经取得的成果，便于发扬光大他们的贡献，使中国文艺家的智慧和才识在全世界同行中得到理解，交换共识，进行融合。不消说，如果真是符合文艺规律的知识，无论多少年前的发现和经验，对当前的文艺创作和文艺评论肯定仍有积极作用。

　　当我们的视野随着改革开放的大潮涌起而也变得较前显著开阔了些的此刻，就感到即使编选文艺理论资料也不能只盯住文艺理论资料本身，而应扩大其范围。但这范围太广了，谁能预料到书画家还能从"公主与担夫争路"中悟到某种艺术妙谛呢？当我们连载有文艺理论直接资料的无数书籍尚远未读遍读透选准选全的现在，这就只能留到以后去逐步补充、修订、扩展了。对此，我是惴惴不安而仍抱着有生之年要继续为之的决心的。至于谈到要做得相当完善，恐怕至少要经过几代人的不断努力。好在我们这个伟大的民族是永恒存在的，总会有达到这目标的日子到来。

　　再一次乘此机会让我向老舍、叶石荪两位老师致敬，向参加这一工程的我的同事和研究生同志们的亲密合作致谢，向中国社会科学出版社和配合我们付出了大量劳动的季寿荣等同志表示衷心的铭感！

徐中玉
1991年6月17日

新版说明

《中国古代文艺理论专题资料丛刊》共十五编，原为分册连续出版。第一册《通变编》出版于1992年9月，第二册《艺术辩证法编》为1993年10月，第三册《意境·典型·比兴编》为1994年5月，第四册《神思·文质编》为1995年12月，第五册《本原·教化编》为1997年2月，第六册《文气·风骨编》为1997年12月，第七册《才性编》为1999年7月。尚有《法度》、《情志》、《知音》三编因故未能及时出版。

这次新版，根据编者、每个专题的内容、字数等情况，将已出十二编与未出三编组合为四大册出版，第一册为《本原·教化·意境·典型编》，第二册为《比兴·神思·文质·文气编》，第三册为《艺术辩证法·法度·通变编》，第四册为《风骨·才性·情志·知音编》。

这套资料丛刊，涉及面广，要求精确，校勘工作，特别艰辛。从搜集资料、按专题编选，再到完满出版，前后历时三十余年。可以说，它是编选者、参加资料搜集者（当时的古代文论研究生、青年老师，以及受教育部委托由上海复旦大学和华东师范大学于1980年合办的中国文学批评史师训班的部分成员）与季寿荣、史慕鸿二位责任编辑的心血共同凝聚成的。在此，我们也对中国社会科学出版社和对这套丛刊付出精力的同志深表谢意。

陈谦豫
2013.3.22

总　目

风骨编 ……………………………………………………………… (1)
　　一　诗以风骨为要 ………………………………………………… (3)
　　二　风清骨峻　篇体光华 ………………………………………… (14)
　　三　风末骨卑　危败亦多 ………………………………………… (23)
　　四　风骨与其他 …………………………………………………… (30)
　　附录　品评 ………………………………………………………… (44)
才性编 ……………………………………………………………… (91)
　　一　才俊说 ………………………………………………………… (93)
　　二　才力说 ………………………………………………………… (133)
　　三　气质说 ………………………………………………………… (151)
　　四　性情说 ………………………………………………………… (172)
　　五　心声说 ………………………………………………………… (195)
　　六　别才说 ………………………………………………………… (229)
　　七　学识说 ………………………………………………………… (255)
　　八　品格说 ………………………………………………………… (297)
　　九　德行说 ………………………………………………………… (333)
　　十　修养说 ………………………………………………………… (366)
　　十一　才思说 ……………………………………………………… (389)
　　十二　用才说 ……………………………………………………… (412)
　　十三　境会说 ……………………………………………………… (438)
　　十四　综合说 ……………………………………………………… (457)
情志编 ……………………………………………………………… (467)
　　一　言志说 ………………………………………………………… (469)
　　二　性情说 ………………………………………………………… (500)

三　表现说 …………………………………………………（539）
　　四　真诚说 …………………………………………………（563）
　　五　情采说 …………………………………………………（599）
　　六　情境说 …………………………………………………（625）
　　七　情理说 …………………………………………………（636）
　　八　无邪说 …………………………………………………（646）
　　九　发愤说 …………………………………………………（669）
　　十　穷工说 …………………………………………………（713）
知音编 ……………………………………………………………（747）
　　一　知音的修养 ……………………………………………（749）
　　二　知音的原则和态度 ……………………………………（756）
　　三　知音者戒 ………………………………………………（783）
　　四　知音之难 ………………………………………………（806）
　　五　批评与鉴赏的方法论 …………………………………（824）
　　六　批评鉴赏的心理与尺度 ………………………………（856）
　　七　批评与鉴赏的辩证观 …………………………………（869）
　　八　儒家诗教与批评鉴赏 …………………………………（879）

目 录

风骨编

一　诗以风骨为要 …………………………………………（3）
二　风清骨峻　篇体光华 …………………………………（14）
三　风末骨卑　危败亦多 …………………………………（23）
四　风骨与其他 ……………………………………………（30）
附录　品评 ………………………………………………（44）
　　1. 诗以气格为主 ………………………………………（44）
　　2. 气体与风格 …………………………………………（54）
　　3. 风格之品评 …………………………………………（60）
　　4. 本色与当行 …………………………………………（75）

才性编

一　**才俊说** ………………………………………………（93）
　　1. 天纵之才　自然绝人 ………………………………（93）
　　2. 贵乎全才　兼而有之 ………………………………（99）
　　3. 通才实难　无所不可 ………………………………（107）
　　4. 才有所偏　工拙不一 ………………………………（116）
　　5. 为文之道　各视其才 ………………………………（126）
　　6. 英才特达　作文垂世 ………………………………（128）

二　才力说 ………………………………………………………（133）
1. 才力富健　骨劲气猛 ……………………………………（133）
2. 力能举才　无施不可 ……………………………………（138）
3. 才从胆生　道人不言 ……………………………………（147）

三　气质说 ………………………………………………………（151）
1. 文以气行　气盛才雄 ……………………………………（151）
2. 器大声宏　器狭识卑 ……………………………………（159）
3. 资质难强　悟高笔妙 ……………………………………（167）

四　性情说 ………………………………………………………（172）
1. 诗因人异　得性所近 ……………………………………（172）
2. 蕴内著外　因文见性 ……………………………………（178）
3. 赤子之心　贵在一真 ……………………………………（185）
4. 狂者特立　无取乡愿 ……………………………………（191）

五　心声说 ………………………………………………………（195）
1. 文中有我　称心欲言 ……………………………………（195）
2. 言为心声　如其为人 ……………………………………（202）
3. 听声知性　披文见心 ……………………………………（215）
4. 文行相迕　心声失真 ……………………………………（222）
5. 立言必信　修辞必诚 ……………………………………（226）

六　别才说 ………………………………………………………（229）
1. 诗有别才　亦有别趣 ……………………………………（229）
2. 才情相得　趣自慧生 ……………………………………（238）
3. 性情所至　诗道日新 ……………………………………（244）
4. 学多笔滞　事烦才损 ……………………………………（248）
5. 使事用典　妙在无痕 ……………………………………（252）

七　学识说 ………………………………………………………（255）
1. 学问该博　方能尽才 ……………………………………（255）
2. 熟读诗书　笔下有神 ……………………………………（266）
3. 才禀不一　学业殊类 ……………………………………（272）
4. 或以才胜　或以学长 ……………………………………（278）

5. 才多识远　无识妄作 …………………………………… (281)
　　6. 吟诗品文　以识为先 …………………………………… (290)
　　7. 积理致知　为文正轨 …………………………………… (294)

八　品格说 ……………………………………………………… (297)
　　1. 胸次脱俗　文自超绝 …………………………………… (297)
　　2. 以品取人　品高文胜 …………………………………… (307)
　　3. 人品不同　文品亦异 …………………………………… (317)
　　4. 俗人效颦　适见其陋 …………………………………… (320)
　　5. 怡然自得　超越功利 …………………………………… (323)
　　6. 趋时徇人　名利误人 …………………………………… (328)

九　德行说 ……………………………………………………… (333)
　　1. 艺以事德　行为文本 …………………………………… (333)
　　2. 志趣高洁　言必合道 …………………………………… (348)
　　3. 经国匡时　不苟作文 …………………………………… (351)
　　4. 巧言厚颜　尖刻伤德 …………………………………… (357)
　　5. 文人无行　不可不戒 …………………………………… (359)

十　修养说 ……………………………………………………… (366)
　　1. 心静则明　心虚则容 …………………………………… (366)
　　2. 心醇气和　修身养才 …………………………………… (373)
　　3. 超然物外　恬淡寡欲 …………………………………… (375)
　　4. 入门须正　慎习育才 …………………………………… (383)

十一　才思说 …………………………………………………… (389)
　　1. 才敏思捷　思钝才窘 …………………………………… (389)
　　2. 执术驭篇　文必逮意 …………………………………… (397)
　　3. 从容法度　不废规矩 …………………………………… (405)

十二　用才说 …………………………………………………… (412)
　　1. 因人制宜　善用其才 …………………………………… (412)
　　2. 专一则精　独擅则胜 …………………………………… (426)
　　3. 虽有才质　不废功夫 …………………………………… (433)

十三　境会说 ……………………………………………………（438）
   1. 艰难成长　发愤著书 ……………………………………（438）
   2. 盛世崇文　时与运会 ……………………………………（441）
   3. 性情才气　逐年而异 ……………………………………（448）

十四　综合说 ……………………………………………………（457）
   才性多端　贵相弥纶 ………………………………………（457）

情志编

一　言志说 ………………………………………………………（469）
   1. 在心为志　发言为诗 ……………………………………（469）
   2. 言为心声　文为心学 ……………………………………（479）
   3. 志大辞宏　志下词卑 ……………………………………（490）
   4. 气以实志　志乃气帅 ……………………………………（497）

二　性情说 ………………………………………………………（500）
   1. 情志并举　志足情兴 ……………………………………（500）
   2. 诗本性情　情发文成 ……………………………………（504）
   3. 不本性情　非愚则妄 ……………………………………（513）
   4. 情自性生　性由情明 ……………………………………（516）
   5. 陶写性灵　吟咏情性 ……………………………………（522）
   6. 唯深情者　方能动人 ……………………………………（527）
   7. 血泪之作　感人尤深 ……………………………………（534）

三　表现说 ………………………………………………………（539）
   1. 以我为诗　直写胸臆 ……………………………………（539）
   2. 肆口而出　便成佳文 ……………………………………（546）
   3. 心存感触　言不得已 ……………………………………（548）
   4. 强己从人　失诗本旨 ……………………………………（557）
   5. 矫情饰貌　无病而呻 ……………………………………（559）

四　真诚说 ………………………………………………………（563）
   1. 不诚无物　修辞立诚 ……………………………………（563）

2. 真乃诚至　有情方真 ································· (570)
　　3. 称情而言　任真自得 ································· (574)
　　4. 违心作伪　自欺欺人 ································· (581)
　　5. 情真之作　无关伦常 ································· (585)
　　6. 情之最先　莫如男女 ································· (588)
　　7. 世之真诗　乃在民间 ································· (593)
五　情采说 ··· (599)
　　1. 文情相生　情深文至 ································· (599)
　　2. 为情造文　自然高妙 ································· (610)
　　3. 为文造情　生意索然 ································· (616)
　　4. 情信辞巧　言高旨远 ································· (621)
六　情境说 ··· (625)
　　1. 感事动情　起兴赋诗 ································· (625)
　　2. 境与意会　情景交融 ································· (628)
　　3. 体物写志　以寓性情 ································· (632)
七　情理说 ··· (636)
　　1. 情得理真　理定辞畅 ································· (636)
　　2. 诗有别趣　情理异途 ································· (642)
　　3. 情志所托　以意为主 ································· (644)
八　无邪说 ··· (646)
　　1. 持人性情　义归无邪 ································· (646)
　　2. 修礼制乐　以节人情 ································· (651)
　　3. 纵欲害性　任情失正 ································· (652)
　　4. 善用情者　不失其正 ································· (655)
　　5. 发乎情性　止乎礼义 ································· (658)
　　6. 淫词不作　淫声弗听 ································· (661)
　　7. 不偏不倚　中和可经 ································· (663)
九　发愤说 ··· (669)
　　1. 意有郁结　发愤著书 ································· (669)
　　2. 胸中磊块　不平则鸣 ································· (686)

3. 因寄所托　感慨独深 …………………………………… (692)
　　4. 流连哀思　诗可以怨 …………………………………… (698)
　　5. 诗须正大　情系天下 …………………………………… (707)
十　穷工说 ……………………………………………………………… (713)
　　1. 文憎命达　诗人数奇 …………………………………… (713)
　　2. 物美则亡　可欲则罪 …………………………………… (719)
　　3. 士当不遇　穷愁著书 …………………………………… (721)
　　4. 诗穷则工　人穷则韵 …………………………………… (726)
　　5. 欢辞难工　苦言易好 …………………………………… (734)
　　6. 诗忌寒乞　志不可屈 …………………………………… (736)
　　7. 诗文工拙　无关穷通 …………………………………… (739)

知音编

一　知音的修养 ………………………………………………………… (749)
　　1. 德才学识 ………………………………………………… (749)
　　2. 生活体验和创作经验 …………………………………… (753)
二　知音的原则和态度 ………………………………………………… (756)
　　1. 秉持公心　综合考察　不呈臆说 ……………………… (756)
　　2. 观主旨　取大端　勿苛求 ……………………………… (766)
　　3. 意必己出　贵在自得 …………………………………… (769)
　　4. 优劣互见　各有所长 …………………………………… (773)
　　5. 见仁见智　各有会心 …………………………………… (775)
三　知音者戒 …………………………………………………………… (783)
　　1. 文人相轻　门户之见 …………………………………… (783)
　　2. 牵强附会　强作解人 …………………………………… (790)
　　3. 拘泥形貌　缘文生意 …………………………………… (796)
　　4. 贵远贱近及其他 ………………………………………… (801)
四　知音之难 …………………………………………………………… (806)
　　1. 慧眼识才　贵在知音 …………………………………… (806)

2. 知音难求 …………………………………………… (811)
　　3. 知音难为 …………………………………………… (817)
五　批评与鉴赏的方法论 ……………………………………… (824)
　　1. 知人论世　全面评价 ……………………………… (824)
　　2. 设身处境　方知其妙 ……………………………… (829)
　　3. 涵咏体悟　深研文本 ……………………………… (834)
　　4. 广闻博览　比较参会 ……………………………… (838)
　　5. 披文入情　以意逆志 ……………………………… (848)
　　6. 卓识特见　得意言外 ……………………………… (852)
六　批评鉴赏的心理与尺度 …………………………………… (856)
　　1. 心理 ………………………………………………… (856)
　　2. 高下自有公论　尺度并非唯一 …………………… (860)
　　3. 尺度举隅 …………………………………………… (863)
七　批评与鉴赏的辩证观 ……………………………………… (869)
八　儒家诗教与批评鉴赏 ……………………………………… (879)

风 骨 编

徐文茂
陆海明 编选

一

诗以风骨为要

风,风也,教也;风以动之,教以化之。
    (汉)郑玄笺 (唐)孔颖达疏《毛诗序》,《毛诗正义》卷一,《十三经注疏》本

故诗有六义焉:一曰风,二曰赋,三曰比,四曰兴,五曰雅,六曰颂。上以风化下,下以风刺上,主文而谲谏,言之者无罪,闻之者足以戒,故曰风。
    (汉)郑玄笺 (唐)孔颖达疏《毛诗序》,《毛诗正义》卷一,《十三经注疏》本

以孔璋之才,不闲于辞赋,而多自谓能与司马长卿同风,譬画虎不成反为狗者也。
    (魏)曹植《与杨德祖书》,《曹植集校注》,人民文学出版社本

王大将军与元皇表云:"舒风概简正,允作雅人,自多于邃。"
    (南朝·宋)刘义庆《世说新语·赏誉》,上海古籍出版社本

王平子与人书,称其儿风气日上,足散人怀。
    (南朝·宋)刘义庆《世说新语·赏誉》,上海古籍出版社本

王右军目陈玄伯垒块有正骨。
    (南朝·宋)刘义庆《世说新语·赏誉》,上海古籍出版社本

天锡见其风神清令，言话如流，陈说古今，无不贯悉……天锡讶服。

      （南朝·宋）刘义庆《世说新语·赏誉》，上海古籍出版社本

（刘裕）及长，身长七尺六寸，风骨奇特。家贫，有大志，不治廉隅。

        （南朝·梁）沈约《宋书·武帝纪》，中华书局本

诗总六义，风冠其首，斯乃化感之本源，志气之符契也。是以怊怅述情，必始乎风；沈吟铺辞，莫先于骨。故辞之待骨，如体之树骸；情之含风，犹形之包气。

     （南朝·梁）刘勰《文心雕龙·风骨》，人民文学出版社本

附录：

曹学佺评：风骨二字虽是分重，然毕竟以风为主，风可以包骨，而骨必待乎风也；故此篇以风发端，而归重于气，气属风也。

杨慎评：此论发自刘子，前无古人。徐季海移以评书，张彦远移以评画，同此理也。

杨慎评：引"文明以健"，尤明切。明即风也，健即骨也。诗有格有调，格犹骨也，调犹风也。左氏论女色曰"美而艳"，美犹骨也，艳犹风也。文章风骨兼全，如女色之美艳两致矣。

    （明）杨慎、曹学佺、钟惺合评《文心雕龙》，《合刻五家言文心雕龙文言》本

黄叔琳注：气是风骨之本。

纪昀评：气即风骨，更无本末，此评未是。

纪昀评："风骨之采"是陪笔，开合以尽意耳。

黄叔琳注：风骨又必从经典子史中出。

      （清）黄叔琳注　纪昀评《文心雕龙》，芸香堂刻本

故诗有三义焉：一曰兴，二曰比，三曰赋。文已尽而意有余，兴也；因物喻志，比也；直书其事，寓言写物，赋也。宏斯三义，酌而用之，干之以风力，润之以丹彩，使味之者无极，闻之者动心，是诗之

至也。

　　　　　　　　　（南朝·梁）钟嵘《诗品·序》，人民文学出版社本

　　文章当以理致为心肾，气调为筋骨，事义为皮肤，华丽为冠冕。
　　　　　　　　　（北齐）颜之推《颜氏家训·文章》，《诸子集成》本

　　文章须自出机杼，成一家风骨，何能共人同生活也。
　　　　　　　　　（北齐）魏收《祖莹传》引祖莹语，《魏书》卷八十二，中华书局本

　　斯文之功大矣！自获麟绝笔，一千三四百年，游夏之门，时有荀卿孟子，屈宋之后，直至贾谊相如。两班叙事，得丘明之风骨，二陆裁诗，含公干之奇伟。
　　　　　　　　　（唐）卢照邻《南阳公集序》，《卢照邻集》卷六，中华书局本

　　东方公足下：文章道弊五百年矣。汉、魏风骨，晋、宋莫传，然而文献有可征者。仆尝暇时观齐、梁间诗，彩丽竞繁，而兴寄都绝，每以永叹。窃思古人，常恐逶迤颓靡，风雅不作，以耿耿也。一昨于解三处见明公《咏孤桐篇》，骨气端翔，音情顿挫，光英朗练，有金石声。遂用洗心饰视，发挥幽郁。不图正始之音复睹于兹，可使建安作者相视而笑。解君云："张茂先、何敬祖、东方生与其比肩。"仆以为知言也。故感叹雅制，作《修竹诗》一首，当有知音以传示之。
　　　　　　　　　（唐）陈子昂《与东方左史虬修竹篇序》，《陈子昂集》，中华书局本

　　颢年少为诗，名陷轻薄；晚节忽变常体，风骨凛然。
　　　　　　　　　（唐）殷璠《河岳英灵集》卷中，《唐人选唐诗十种》本

　　然智则无涯，法固不定。且以风神骨气者居上，妍美功用者居下。
　　　　　　　　　（唐）张怀瓘《书议》，《法书要录》卷四，明刻王氏书画苑本

　　观东坡《二丈诗》，想见风骨嶒岩而接人仁气粹温也。观黄门诗，颀然峻整，独立不倚，在人眼前。元祐中，每同朝班，余尝目之为成都两石

笋也。

（宋）黄庭坚《跋子瞻送二侄归眉诗》，《豫章黄先生文集》卷二十六，《四部丛刊》本

李光远《观潮》诗云："默运乾坤不暂停，东西云海焠阳精。连山高浪俄兼涌，赴壑奔流为逆行。""默运乾坤"四字重浊不成诗，语虽有出处，亦不当用，须点化成诗家材料方可入用。如诗家论翰墨气骨头重，乃此类也。如杜牧之作《李长吉诗序》云："绝去笔墨畦畛，斯得之矣。"又如"焠"字亦非诗中字；第二联对句太粗生，少锻炼。

（宋）吴可《藏海诗话》，《历代诗话续编》本

黄初之后，惟阮籍《咏怀》之作，极为高古，有建安风骨。

（宋）严羽《沧浪诗话·诗评》，《沧浪诗话校释》，人民文学出版社本

顾况诗多在元、白之上，稍有盛唐风骨处。冷朝阳在大历才子中为最下。

（宋）严羽《沧浪诗话·诗评》，《沧浪诗话校释》，人民文学出版社本

古诗以汉魏晋为宗，而祖三百五篇、《离骚》；律诗以唐人为宗，而祖老杜。沿其流，止乾淳；沂其源，止洙泗。律为骨，意为脉，字为眼，此诗家大概也。

（元）方回《汪斗山识悔吟稿序》，《桐江集》卷一，《四库全书》本

六朝文气衰缓，唯刘越石、鲍明远有西汉气骨。李杜筋取此。

（元）陈绎曾《诗谱》，《历代诗话续编》本

《连昌宫辞》似胜《长恨》，非谓议论也，《连昌》有风骨耳。

（明）王世贞《艺苑卮言》卷四，《历代诗话续编》本

庄、列之文，播弄恣肆，鼓舞六合，如列缺乘跻焉，光怪变幻，能使人

骨惊神悚，亦天下之奇作矣。譬之大造，寥廓清旷，风日熙明，时固然也。而飘风震雷，扬沙走石，以动威万物，亦岂可少哉！诸子之风骨格力，即言人人殊；其道术之醇粹洁白，皆不敢望六经，乃其为古文辞一也。

（明）屠隆《文论》，《由拳集》卷二十三，明刻本

齐、梁后，七言无复古意，独斛律金《敕勒歌》云："敕勒川，阴山下，天似穹庐盖四野。天苍苍，野茫茫，风吹草底见牛羊。"大有汉、魏风骨。

（明）胡应麟《诗薮·内编》卷三，上海古籍出版社本

钱、刘诸子排律，虽时见天趣，然或句格偏枯，或音调屡弱，初唐鸿丽气象，无复存者。独杨巨源《圣寿无疆词》十首，典赡精工，庄严律切，大有沈、宋风骨，第每篇不过六韵。要之中唐诸作，此最杰然。

（明）胡应麟《诗薮·内编》卷四，上海古籍出版社本

宋、齐之末，靡极矣。而袁阳源《白马》，虞子阳《北伐》，大有建安风骨，何从得之？

（明）胡应麟《诗薮·外编》卷二，上海古籍出版社本

宋元排律少大篇，独高子勉《上黄太史》三十韵，傅与砺《寿陈都事》四十韵，风骨苍然，多得老杜句格。

（明）胡应麟《诗薮·外编》卷六，上海古籍出版社本

岑嘉州参以风骨为主，故体裁峻整，语多造奇。

（明）胡震亨《唐音癸签》卷五，古典文学出版社本

昌黎博大而文，其诗横骛别驱，崛绝崛强，汪洋大肆而莫能止。秋怀数首，及暮行河堤上等篇，风骨颇逮建安，但新声不类，盖正中之变也。

（明）胡震亨《唐音癸签》卷七，古典文学出版社本

刘禹锡诗以意为主，有气骨。

（明）胡震亨《唐音癸签》卷七，古典文学出版社本

夫云霞焕绮，泉石吹籁，此形声之至也；然无风则不行，风者，化感之本原，性情之符契。诗贵自然，自然者，风也；辞达而已，达者，风也。纬非经匹，以其深瑕；歌同赋异，流于侈靡；郡国文计，先集太史之府；诸家诡术，不应贤王之求。以至词命动民，有取于巽；谐隐自喻，适用于时。岂非风振则本举，风微则末坠乎？故《风骨》一篇，归之于气，气属风也。文理数尽，乃尚通变，变亦风也。刚柔乘利而定势，繁简趋时而熔裁，律调则标清而务远，位失则飘寓而不安；风刺道丧，比兴之义已消；物色动摇，形似之工犹接。盖均一风也，袭兰转蕙，足以披襟；伐木折屋，令人丧胆。倏焉而起，不知所自；倏焉而止，不知所终。善御之人，行乎八极；知音之士，程于尺幅。勰不云乎："深于风者，其情必显。"勰之深得文理也，正与休文之好易合；而勰之所以能易也，则有风以使之者矣。

（明）曹学佺《〈文心雕龙〉序》，凌云刻本

初唐七律，简贵多风，不用事，不用意，一言两言，领趣自胜。故事多而寡用之，意多而约出之，斯所贵于作者。

（明）陆时雍《诗镜总论》，《历代诗话续编》本

陈人意气恹恹，将归于尽。隋炀起敝，风骨凝然。其于追《风》勒《雅》，返汉还《骚》，相距甚远。故去时之病则佳，而复古之情未尽。

（明）陆时雍《诗镜总论》，《历代诗话续编》本

古人风骨不可强同，而远致宏词，通微涵妙，各有其本，别为标目，故序品衡为第九。

（明）费经虞《雅伦·自序》，清刊本

唐司空表圣以一家有一家风骨，乃立二十四品总摄之。盖正变俱采，大小兼收，可谓善矣。然有孤行者，有通用者，犹当议焉。其曰：雄浑、冲淡、纤秾、高古、典雅、绮丽、自然、豪放、疏野、飘逸，各立一门，如洗炼、含蓄、精神、实境、超诣、流动、形容、悲慨之类，则未可专立也。雄浑有雄浑之洗炼，冲淡有冲淡之洗炼；纤秾有纤秾之含蓄，高古有高古之含蓄；典雅有典雅之精神，绮丽有绮丽之精神也。又劲健沈著不外

雄浑，缜密不外典雅，委曲不外含蓄，清奇、旷达不外豪放。

（明）费经虞《雅伦·品衡》，清刊本

沈休文《别范安成》诗，虽风骨遒上，为齐、梁间仅见，然已渐似李太白、孟襄阳、高达夫、岑嘉州近体矣。

（清）贺贻孙《诗筏》，《清诗话续编》本

诗主风骨，不尚文采，第设色欲稍增新变耳。自皎然以窃占白云芳草诋刘、李诸贤，而近代亦诮白雪黄金，中原紫气，是则诚然，然要非大疵也。初、盛唐之乌鹊、凤凰，南山、北斗，龙阙、凤城，横汾、宴镐，汉、魏人之凤凰、鸳鸯，双鹄、鸣雁，惊风、白日，胪陈竹素，览者初不讶之。又如古诗，草虫、杨柳，便属相思；骙牡、锵銮，辄施行迈；万年眉寿，以为颂祷；于皇陟降，用格神明。若持卑辞相格，亦复可议。要期合律，虽递袭而不妨乎高，苟乖大雅，则弥变弥堕。于是斯有彦伯涩体，长吉鬼才。近如唐六如之俚鄙，袁中郎之佻悦，竟陵钟、谭之纤猥，亦俱自谓能超象迹之外，不知呵佛未易，直枉入诸趣耳。

（清）毛先舒《诗辩坻》卷第一，《清诗话续编》本

夺魏晋之风骨，变齐梁之俳优，陈伯玉之力最大，曲江公继之，太白又继之。

（清）王士禛《带经堂诗话》卷四，人民文学出版社本

子瞻、鲁直、介甫三家古今体，无不从老杜来，但所谓差之毫厘，谬以千里耳。骨格既定，宋诗亦不妨看。

（清）田同之《西圃诗说》，《清诗话续编》本

北朝词人，时流清响，庾子山才华富有，悲感之篇，常见风骨。尔时徐、庾并名，恐孝穆华词，瞠乎其后矣。

（清）沈德潜《说诗晬语》卷上，《清诗话》本

"西江派"黄鲁直太生，陈无己太直，皆学杜而未唶其脔者。然神理

未浃，风骨独存。

（清）沈德潜《说诗晬语》卷下，《清诗话》本

朱子五言，不必崚绝凌厉，而意趣风骨自见，知为德人之音。

（清）沈德潜《说诗晬语》卷下，《清诗话》本

曰：诗以风骨为要，何以不论？曰：风含于神，骨备于气，知神气即风骨在其中。

（清）李重华《贞一斋诗说》，《清诗话》本

剑南学杜，如研金成泥，不碍挥洒，非他人临摹之比。此全在气骨坚劲，虽白话不碍大雅。

（清）张谦宜《絸斋诗谈》卷五，《清诗话续编》本

致尧诗格，不能出五代诸人上。有所寄托，亦多浅露。然而当其合处，遂欲上躏玉溪、樊川，而下与江东相倚轧。则以忠义之气发乎情，而见乎词，遂能风骨内生，声光外溢，足以振其纤靡耳。

（清）纪昀《书韩致尧翰林集后》，《纪文达公遗集》卷十一，清刊本

有明一代之诗，终当推何、李，其气魄骨力自在也。

（清）延君寿《老生常谈》，《清诗话续编》本

其诗（按：指曹植《箜篌引》）气骨博厚，如成德之士，又当于简外求之。

（清）方东树《昭昧詹言》卷二，人民文学出版社本

李西涯《花将军歌》，纵横激壮，音节入神，真得歌行之奥。尤妙后幅"帝呼花云儿，风骨如花云。手摩膝置泣复叹，云汝不死犹儿存。儿年十五官万户，九原再拜君王恩。"数句漾洄峭健，面面恳到，真有《史记》、《汉书》笔力，所作论史乐府，转不逮此。

（清）潘德舆《养一斋诗话》卷六，《清诗话续编》本

七古可命为古近二体：近体曰骈、曰谐、曰丽、曰縟，古体曰单、曰拗、曰瘦、曰劲。一尚风容，一尚筋骨。此齐梁、汉魏之分，即初、盛唐之所以别也。

（清）刘熙载《艺概·诗概》，上海古籍出版社本

《楚辞》风骨高，西汉赋气息厚，建安乃欲由西汉而复于《楚辞》者。若其至与未至，所不论焉。

（清）刘熙载《艺概·赋概》，上海古籍出版社本

词有尚风，有尚骨。欧公《朝中措》云："手种堂前杨柳，别来几度春风。"东坡《雨中花慢》云："高会聊追短景，清商不假余妍。"孰风孰骨可辨。

（清）刘熙载《艺概·词曲概》，上海古籍出版社本

北书以骨胜，南书以韵胜。然北自有北之韵，南自有南之骨也。

（清）刘熙载《艺概·书概》，上海古籍出版社本

书之要，统于"骨气"二字。骨气而曰洞达者，中透为洞，边透为达。洞达则字之疏密肥瘦皆善，否则皆病。

（清）刘熙载《艺概·书概》，上海古籍出版社本

风骨　二者皆假于物以为喻。文之有意，所以宣达思理，纲维全篇，譬之于物，则犹风也。文之有辞，所以摅写中怀，显明条贯，譬之于物，则犹骨也。必知风即文意，骨既文辞，然后不蹈空虚之弊。或者舍辞意而别求风骨，言之愈高，即之愈渺，彦和本意不如此也。绅诵斯篇之辞，其曰怊怅述情，必始于风，沈吟铺辞，莫先于骨者，明风缘情显，辞缘骨立也。其曰辞之待骨，如体之树骸，情之含风，犹形之包气者？明体恃骸以立，形恃气以生；辞之于文，必如骨之于身，不然则不成为辞也。意之于文，必若气之于形，不然则不成为意也。其曰结言端直，则文骨成焉，意气骏爽，则文风清焉者，明言外无骨，结言之端直者，即文骨也；意外无风，意气之骏爽者，即文风也。其曰丰藻克赡，风骨不飞者，即徒有华辞，不关实义者也。其曰缀虑裁篇，务盈守气者，即谓文以命意为主

也。其曰练于骨者，析辞必精，深乎风者，述情必显者，即谓辞精则文骨成，情显则文风生也。其云瘠义肥辞，无骨之征，思不环周，无气之征者，明治文气以运思为要，植文骨以修辞为要也。其曰情与气偕，辞共体并者，明气不能自显，情显则气具其中，骨不能独章，辞章则骨在其中也。综览刘氏之论，风骨与意辞，初非有二。然则察前文者，欲求其风骨，不能舍意与辞也；自为文者，欲健其风骨，不能无注意于命意与修辞也。风骨之名，比也；意辞之实，所比也。今舍其实而求其名，则适令人迷罔而不得所归宿，海气之楼台，可以践历乎？病眼之空花，可以把玩乎？彼舍意与辞而别求风骨者，其亦海气、空花之类也。彦和既明言风骨即辞意，复恐学者失命意修辞之本而以奇巧为务也，故更揭示其术曰：熔铸经典之范，翔集子史之术，洞晓情变，曲昭文体，然后能孚甲新意，雕画奇辞。昭体故意新而不乱，晓变故辞奇而不黩。明命意修辞，皆有法式，合于法式者，以新为美，不合法式者，以新为病。推此言之，风藉意显，骨缘辞章，意显辞章，皆遵轨辙，非夫弄虚响以为风，结奇辞以为骨者矣。大抵舍人论文，皆以循实反本酌中合古为贵，全书用意，必与此符。《风骨》篇之说易于凌虚，故首则诠释其实质，继则指明其径途，仍令学者不致迷罔，其斯以为文术之圭臬者乎。

"捶字坚而难移"　　此修辞合法之效。大抵剪截浮词之法，宜令篇无盈句，句无赘字，字在句中，必有其用，非苟以足句也；句在篇中，必有其用，非苟以充篇也。然唐以前文，有不工之文，少不工之句；唐以后之文或工矣，而句或不工。此其故，关于文体者有之，关于捶字之术亦有之也。

"结响凝而不滞"　　此缘意见充足，故声律畅调，凝者不可转迻。声律以凝为贵，犹捶字以坚为贵也。不滞者，由思理圆周，天机骏利，所以免于滞涩之病也。

"潘勖锡魏"　　此赞其选辞之美。

"相如赋仙"三句　　此赞其命意之高。李云：《汉书叙传》述司马相如，蔚为辞宗，赋颂之首。

"魏文称文以气为主"至"殆不可胜"　　案文帝所称气，皆气性之气，此随人而殊，不可力强者，惟为文命意，则可以学致。刘氏引此以见文因性气，发而为意，往往与气相符耳。黄氏谓气是风骨之本，未为大缪，盖专以性气立言也。纪氏驳之谓气即风骨，更无本末。今试释其辞曰：风骨即意与辞，气即风骨，故气即意与辞，斯不可通矣。

"风骨乏采"　　纪曰：风骨乏采，是陪笔开合以尽意，此评是也。骨即指辞，选辞果当，焉有乏采之患乎？

"熔铸经典之范"至"纰缪而成经矣"　　此乃研练风骨之正术，必如此而后意真辞雅，虽新非病。纪氏谓：补此一段，以防纵横逾法之弊。非也。

"文术多门"已下　　此言命意选辞，好尚各异，惟有师古酌中，庶无疵咎也。能研诸虑，何远之有？指明风骨之即辞意，欲美其风骨者，惟有致力于修辞命意也。

黄侃《文心雕龙札记·风骨第二十八》，中华书局本

二

风清骨峻　篇体光华

（曹）不兴之迹，殆莫复传，唯秘阁之内一龙而已，观其风骨，名岂虚成。

（南朝·齐）谢赫《古画品录》，《中国画论类编》本

蔡邕书骨气洞达，奕奕如有神力。

（南朝·梁）萧衍《书评》，《说郛》卷八十七，清刊本

固知楚辞者，体慢于三代，而风杂于战国，乃雅颂之博徒，而辞赋之英杰也。观其骨鲠所树，肌肤所附，虽取熔经意，亦自铸伟辞。故《骚经》、《九章》，朗丽以哀志；《九歌》、《九辩》，绮靡以伤情；《远游》、《天问》，瑰诡而惠巧；《招魂》、《招隐》，耀艳而深华；《卜居》标放言之致；《渔父》寄独往之才。故能气往轹古，辞来切今，惊采绝艳，难与并能矣。

（南朝·梁）刘勰《文心雕龙·辩骚》，人民文学出版社本

表体多包，情伪屡迁，必雅义以扇其风，清文以驰其丽。

（南朝·梁）刘勰《文心雕龙·章表》，人民文学出版社本

杨秉耿介于灾异，陈蕃愤懑于尺一，骨鲠得焉；张衡指摘于史职，蔡邕铨列于朝仪，博雅明焉。

（南朝·梁）刘勰《文心雕龙·奏启》，人民文学出版社本

若夫熔铸经典之范，翔集子史之术，洞晓情变，曲昭文体，然后能孚

甲新意，雕画奇辞。昭体故意新而不乱，晓变故辞奇而不黩……若能确乎正式。使文明以健，则风清骨峻，篇体光华。能研诸虑，何远之有哉？

（南朝·梁）刘勰《文心雕龙·风骨》，人民文学出版社本

赞曰：情与气偕，辞共体并。文明以健，珪璋乃骋。蔚彼风力，严此骨鲠。才锋峻立，符采克炳。

（南朝·梁）刘勰《文心雕龙·风骨》，人民文学出版社本

王右军书如谢家子弟，纵复不端正者，爽爽有一种风气……陶隐居如吴兴小儿，形容虽未成长，而骨体甚骏快。

（南朝·梁）袁昂《书评》，《说郛》卷八十六，清刊本

今吾临古人之书，殊不学其形势，惟在求其骨力，而形势自生耳。

（唐）李世民《论书》，引自《历代书法论文选》，上海书画出版社本

风骨梗正，气调英嶷。

（唐）李延寿《南史》，中华书局本

陈子昂……尤善属文，雅有相如、子云之风骨。

（唐）卢藏用《陈氏别传》，《陈子昂集》，中华书局本

蓬莱文章建安骨，中间小谢又清发。俱怀逸兴壮思飞，欲上青天揽明月。

（唐）李白《宣州谢朓楼饯别校书叔云》，《李太白全集》卷十八，中华书局本

东道有佳作，南朝无此人。性灵出万象，风骨超常伦。

（唐）高适《答侯少府》，《高常诗集》卷一，《四部丛刊》本

然适诗多胸臆语，兼有气骨，故朝野通赏其文。

（唐）殷璠《河岳英灵集》卷上，《唐人选唐诗十种》本

宋文帝有子敬风骨，超纵狼藉，翕焕为美。

（唐）李嗣真《书品后》，《法书要录》卷三，明刻王氏书画苑本

少豪迈，风骨秀爽。

　　　　　　　　　（宋）欧阳修《新唐书·赵彦昭传》，中华书局本

李侯画骨不画肉，笔下马生如破竹。

　　　　　　　（宋）黄庭坚《和子瞻戏书伯时画好头赤》，《山谷诗集注》卷九，《四部备要》本

斋郎好诗风调清，语中有骨自老成。愈镵愈出当有名，竭来宣城盖为倾。文章不如金满籝，我昔曾力今乃惩。少年平步取公卿，安用学此误平生。

　　　　　　　（宋）张耒《谢李刚中》，《柯山集》卷十一，《丛书集成》本

建安诗辩而不华，质而不俚，风调高雅，格力遒壮。其言直致而少对偶，指事情而绮丽，得风雅骚人之气骨，最为近古者也。

　　　　　　　　（宋）范温《潜溪诗眼》，《宋诗话辑佚》本

　　五言律诗，固要贴妥，然贴妥太过，必流于衰。苟时能出奇，于第三字中下一拗字，则贴妥中隐然有峻直之风。老杜有全篇如此者，试举其一云："带甲满天地，胡为君远行？亲朋尽一哭，鞍马去孤城。草木岁月晚，关河霜雪清。别离已昨日，因见古人情。"

　　　　　　　（宋）范晞文《对床夜语》卷二，《历代诗话续编》本

　　古人作诗，正以风调高古为主。虽意远语疏，皆为佳作。后人有切近的当气格凡下者，终使人可憎。

　　　　　　　　（宋）王构《修辞鉴衡》卷一，《丛书集成》本

　　拗字诗在老杜集七言律诗中，谓之吴体。老杜七言律一百五十九首，而此体凡十九出，不止句中拗一字，往往神出鬼没，虽拗字甚多，而骨骼愈峻峭。

　　　　　　　　（元）方回《拗字类序》，《瀛奎律髓》卷二十五，明刊本

　　夫六经之所贵者道术，固也，吾知之，即其文字奚不盛哉！《易》之

冲玄，《诗》之和婉，《书》之庄雅，《春秋》之简严，绝无后世文人学士纤秾佻巧之态，而风骨格力，高视千古，若《礼·檀弓》《周礼·考工记》等篇，则又峰峦峭拔，波涛层起，而恣态横出，信文章之大观也。

（明）屠隆《文论》，《由拳集》卷二十三，明刻本

汉乐府中如《王子乔》及"仙人骑白鹿"等，虽间作丽语，然古意悖郁其间。次则子建《五游》、《升天》诸作，词藻宏富，而气骨苍然。景纯《游仙》，体格顿衰，尚多致语。下此无论矣。

（明）胡应麟《诗薮·内编》卷一，上海古籍出版社本

"山随平野阔，江入大荒流。"太白壮语也。杜"星垂平野阔，月涌大江流"，骨力过之。"九衢寒雾敛，万井曙钟多。"右丞壮语也。杜"星临万户动，月傍九霄多"，精彩过之。"气蒸云梦泽，波撼岳阳城。"浩然壮语也。杜"吴楚东南坼，乾坤日夜浮"，气象过之。"弓抱关西月，旗翻渭北风。"嘉州壮语也。杜"北风随爽气，南斗避文星"，风神过之。读唐诸家至杜，辄令人自失矣。

（明）胡应麟《诗薮·内编》卷四，上海古籍出版社本

达夫歌行五言律，极有气骨。至七言律，虽和平婉厚，然已失盛唐雄赡，渐入中唐矣。

（明）胡应麟《诗薮·内编》卷五，上海古籍出版社本

中唐钱、刘虽有风味，气骨顿衰，不如所为近体。惟韩翃诸绝最高，如《江南曲》、《宿山中》、《赠张千牛》、《送齐山人》、《寒食调马》，皆可参入初、盛间。

（明）胡应麟《诗薮·内编》卷六，上海古籍出版社本

北朝句如"芙蓉露下落，杨柳月中疏"，较谢"池塘生春草"，天然不及而神韵有余。魏收"临风想玄度，对酒思公荣"，"尺书征建业，折简召长安"，不事华藻，而风骨泠然。徐陵欲为藏拙，文士相倾语耳。

（明）胡应麟《诗薮·外编》卷二，上海古籍出版社本

高常侍适性拓落，不拘小节。其诗多胸臆语，兼有风骨，故朝野通赏其文。

常侍诗气骨琅然，词峰峻上，感赏之情，殆出常表。

（明）胡震亨《唐音癸签》卷五，古典文学出版社本

诗亦有英分雄分之别。英分常轻，轻者不在骨而在腕，腕轻故宕，宕故逸，逸故灵，灵故变，变故化，至于化而英之分始全，太白是也。雄分常重，重者不在肉而在骨，骨重故沉，沉故浑，浑故老，老故变，变故化，至于化而雄之分始全，少陵是也。若夫骨轻则佻，肉重则板，轻与重不能至于变化，总是英雄之分未全耳。

（清）贺贻孙《诗筏》，《清诗话续编》本

古诗中《拟苏李录别诗》篇，虽不及苏、李自作之冲澹，然作者之意，特欲高苏、李一筹。盖其音韵气骨，出入古诗、乐府之间，非但齐、梁小儿不能拟，即汉人作者，亦属高手。

（清）贺贻孙《诗筏》，《清诗话续编》本

唐李颀诗，虽近于幽细，然其气骨，则沉壮坚老，使读者以沉壮坚老之内，领其幽细，而不能以幽细名之也。惟其如是，所以独成一家。

（清）贺贻孙《诗筏》，《清诗话续编》本

（梁武帝《绍古歌》）与《河中之水歌》足为双绝，自汉以下乐府皆填古曲，自我作古者，惟此萧家老二公二歌而已。托体虽艳，其风神音旨，英英遥遥，固已笼罩百代。

（清）王夫之《古诗评选》卷一，梁武帝《绍古歌》评语，《船山古近体诗评选三种》，船山学社本

嘉州轮台诸作，奇姿杰出，而风骨浑劲，琢句用意，俱极精思，殆非子美、达夫所及。

盛唐歌行，高适、岑参、李颀、崔颢四家略同，然岑、李奇杰，有骨有态，高纯雄劲，崔稍妍琢。其高苍浑朴之气，则同乎为盛唐之音也。

（清）毛先舒《诗辩坻》卷第三，《清诗话续编》本

隋混一南北，炀帝之才，实高群下，《长城》、《白马》二篇，殊不类陈、隋间人。杨处道，沈雄华赡，风骨甚遒，已辟唐人陈、杜、沈、宋之轨，非余子所及也。

（清）王士祯《五言诗凡例》，《带经堂集》卷十四，清刊本

贞观诸公，整缮有余，警醒不足。惟魏郑公《述怀》一篇，磊落露骨性，虞永兴《织锦曲》，情事如见。

（清）贺裳《载酒园诗话又编·初唐》，《清诗话续编》本

钟氏曰："唐人如沈、宋，王、孟，李、杜，钱、刘之类，虽两人并称，皆有不能强同处。惟高、岑心手如出一人，其森秀之骨，澹远之气，既皆相敌。"余意亦终有别：高五言古劲浑朴厚耳，岑稍点染，遂饶秾色。高七言古最有气力，李、杜之下，即当首推。岑自肤立，然如崔季珪代魏王，虽雅望非常，真英雄尚属捉刀人也。惟短律相匹，长律亦岑不如高。

（清）贺裳《载酒园诗话又编·盛唐》，《清诗话续编》本

《题巴州光福寺楠木》曰："看君幽霭几千丈，寂寞穷山今遇赏。亦知钟梵报黄昏，犹卧禅床恋奇响。"兴趣不俗，骨气亦尽高，武诗如此，宜其知少陵也。

（清）贺裳《载酒园诗话又编·盛唐》，《清诗话续编》本

大历十子后，刘梦得骨干气魄，似又高于随州。人与乐天并称，缘刘、白有《倡和集》耳，白之浅易，未可同日语也。肖山毛大可尊白诎刘，每难测其指趣。

（清）沈德潜《说诗晬语》卷上，《清诗话》本

微之评杜："词气豪迈而风调清深，属对律切而脱叶凡近。"卓哉言乎！能豪迈而不能清深者，宋诗也。切对律而未免凡近者，元、明诗也。微之评杜诗而早及后世学杜诗者，不谓之"才子"不可得也。

（清）叶矫然《龙性堂诗话初集》，《清诗话续编》本

半山古体，奇崛波澜，揆之昌黎、子美、子瞻，无不神合。绚炼语则如"跳鳞出重锦，舞羽坠软玉。碧觜递卷舒，紫角联出缩。干枝孙峰阳，万本母淇澳"……矫异语则有"鸿濛无人梯，沉溯选天浮。峣崖拔青冥，仙圣所止留"……录之以见此老之风神气骨，直与三公掩映后先，无唐、宋升降之殊。

（清）叶矫然《龙性堂诗话初集》，《清诗话续编》本

玄晖、明远，骨气秀劲，最称逸才。今缔观其集中，规摹太康、元嘉者什三，开先初盛者什七，风气之兆，若有神然。此古诗之源流，不可不知也。

（清）叶矫然《龙性堂诗话初集》，《清诗话续编》本

山谷诗思致巧妙，气骨自奇，如北平射虎，矢没于石，见者足以惊心，射者必无常技。又如药中峻品，以僻涩新奇之制，起陈腐恬熟之病，工于攻伐，不无薄于元气。读者当如三折肱为酌剂之。

（清）佚名《静居绪言》，《清诗话续编》本

学诗必学杜，万口同一噪……惟公起扫除，天门一龙跳，骨力森开张，神勇郁雄鸷，阳乌掩爇火，轰雷塞蚓窍……以追少陵作，磁铁两孚召，得皮兼得骨，在神不在貌。

（清）赵翼《题陈东浦藩伯敦拙堂诗集》，《瓯北集》卷三十八，清刊本

昔司马子微谓青莲有仙风道骨；而青丘《赠陶篷先生》亦云："谓予有仙契，泥滓非久沦。"盖二人实皆有出尘之才，故相契在神识间耳。然青丘非专学青莲者，如《游龙门》及《答衍师见赠》等作，骨坚力劲，则竟学杜。

（清）赵翼《瓯北诗话》卷八，人民文学出版社本

张文潜气骨在少游之上，而不称着色。一着浓绚，则反带伧气。故知苏诗之体大也。

（清）翁方纲《石洲诗话》卷三，人民文学出版社本

山谷于五古亦用巧织，如古律然，特其气骨高耳。

（清）翁方纲《石洲诗话》卷四，人民文学出版社本

诗之骨有重有轻，骨重者易沉厚，其失也拙；骨轻者易飘逸，其失也浮。然诗到圣处，骨轻骨重，无乎不可：李诗骨轻，杜诗骨重。

（清）乔亿《剑溪说诗》卷上，《清诗话续编》本

新城先生《香祖笔记》曰："李长吉诗'骨重神寒天庙器'，'骨重神寒'四字，可喻诗品。元、白正坐少此四字，故其品不贵。"

（清）乔亿《剑溪说诗》卷上，《清诗话续编》本

徐仲车先生《寄陈莹中》诗："湘江之竹可为箭，吴江之水可淬剑。箭射崝夫心，剑斫崝夫面。崝夫心虽破，胸中胆犹大。崝夫面虽破，口中舌犹在。生能为人患，死能为鬼害。"数语雄快痛切，与《小雅·巷伯》同风，昌黎《利剑》诗剧有劲骨，犹当逊此。此正治心直养气之效也，岂怪放之谓哉？

（清）潘德舆《养一斋诗话》卷六，《清诗话续编》本

孔北海文，虽体属骈丽，然卓荦遒亮，令人想见其为人。唐李文饶文，气骨之高，差可继踵。

（清）刘熙载《艺概·文概》，上海古籍出版社本

太白长于风，少陵长于骨，昌黎长于质，东坡长于趣。

（清）刘熙载《艺概·诗概》，上海古籍出版社本

屈子以后之作，志之清峻，莫如贾生《惜誓》；情之绵邈，莫如宋玉《悲秋》；骨之奇劲，莫如淮南《招隐士》。

（清）刘熙载《艺概·书概》，上海古籍出版社本

书少骨，则致诮墨猪。然骨之所尚，又在不枯不露，不然，如髑髅固非少骨者也。

（清）刘熙载《艺概·书概》，上海古籍出版社本

骨力形势，书家所宜并讲。必欲识所尤重，则唐太宗已言之，曰："求其骨力而形势自生。"

（清）刘熙载《艺概·书概》，上海古籍出版社本

孙孟文词，气骨甚遒，措语亦多警炼，然不及温韦处亦在此，坐少闲婉之致。

（清）陈廷焯《白雨斋词话》卷一，《白雨斋词话足本校注》，齐鲁书社本

迦陵词气魄绝大，骨力绝遒，填词之富，古今无两。只是一发无余，不及稼轩之浑厚沉郁。然在国初诸老中，不得不推为大手笔。

（清）陈廷焯《白雨斋词话》卷三，《白雨斋词话足本校注》，齐鲁书社本

仁和谭献，字仲修，著有《复堂词》，晶骨甚高，源委悉达。

（清）陈廷焯《白雨斋词话》卷五，《白雨斋词话足本校注》，齐鲁书社本

杜陵忠爱之忱，千古共见，而发为歌吟，则无一篇不与古人为敌。其阴狠在骨，更不可以常理论。

（清）陈廷焯《白雨斋词话》卷七，《白雨斋词话足本校注》，齐鲁书社本

溟鹏天下，六月乃息。荡日垂云，山川失色。问何能然，中挟神力。骨重风高，翻疑境仄。下视文禽，恣弄颜色，载好其音，兰若啾唧。

（清）马荣祖《文颂·风骨》，《昭代丛书》本

三

风末骨卑　危败亦多

旧目韩康伯，将肘无风骨。

　　　　　　（南朝·宋）刘义庆《世说新语·轻诋》，《诸子集成》本

王献之，晋中书令，善隶藁，骨势不及父，而媚趣过之。

　　　　　　（南朝·齐）王僧虔《能书录》，《说郛》卷八十七，清刊本

至于邯郸受命，攀响前声，风末力寡，辑韵成颂，虽文理顺序，而不能奋飞。

　　　　　　（南朝·梁）刘勰《文心雕龙·封禅》，人民文学出版社本

若骨采未圆，风辞未练，而跨略旧规，驰骛新作，虽获巧意，危败亦多，岂空结奇字，紕缪而成经矣。《周书》云："辞尚体要，弗惟好异。"盖防文滥也。然文术多门，各适所好，明者弗授，学者弗师。于是习华随侈，流遁忘反。

　　　　　　（南朝·梁）刘勰《文心雕龙·风骨》，人民文学出版社本

爰及江表，微波尚传，孙绰、许询、桓、庾诸公诗，皆平典似《道德论》，建安风力尽矣。

　　　　　　（南朝·梁）钟嵘《诗品序》，《诗品》，人民文学出版社本

永嘉已后，玄风既扇，辞多平淡，文寡风力。降及江东，不胜其弊。

　　　　　　（唐）魏徵《隋书经籍志集部序》，《隋书》卷三十二，中华书局本

尝以龙朔初载，文场变体，争构纤微，竞为雕刻。糅之金玉龙凤，乱之朱紫青黄，影带以徇其功，假对以称其美，骨气都尽，刚健不闻。

      （唐）杨炯《王勃集序》，《杨炯集》卷三，中华书局本

虞则内含刚柔，欧则外露筋骨，君子藏器以虞为优，族子纂书有叔父礼则，而风骨不继。

    （唐）张怀瓘《书断》（中），《法书要录》卷八，明刻王氏书画苑本

昚虚诗，情幽兴远，思苦语奇。忽有所得，便惊众听。顷东南高唱者数人，然声律宛态，无出其右。唯气骨不逮诸公。

      （唐）殷璠《河岳英灵集》卷上，《唐人选唐诗》十种本

昌龄以还，四百年内，曹、刘、陆、谢，风骨顿尽。

      （唐）殷璠《河岳英灵集》卷中，《唐人选唐诗》十种本

张说、徐坚同为集贤学士……坚谓说曰：诸公昔年皆擅一时之美，敢问孰为先后？说曰：……许景先之文，有如丰肌腻体，虽秾华可爱，而乏风骨。

      （五代·晋）刘昫《旧唐书·杨炯传》，中华书局本

"矫首朱门雪满衣，南来生理漫心期。青衫愧我初无术，白发逢人只自悲。"悲苦太过，露风骨。

        （宋）吴可《藏海诗话》，《历代诗话续编》本

高秀实又云："元氏艳诗，丽而有骨，韩偓《香奁集》丽而无骨。"时李端叔意喜韩偓诗，诵其序云："咀五色之灵芝，香生九窍；咽三危之瑞露，美动七情。"秀实云："动不得也，动不得也。"

        （宋）许顗《彦周诗话》，《历代诗话》本

有唐之兴，绩章绘句，尚存江左之失，未宗燕、许，如《翠微宫》之颂、《启母碣》之铭、《洛宝书》之颂、《周受命》之颂，皆迎合揣摩之文也。未得王、杨，则韩休之薄滋味，张九龄之窘边幅，王勃之多玷

缺，许景先之乏风骨，皆未能粹然一出于正也。
　　　　　　（宋）魏了翁《唐文为一王法论》，《重校鹤山先生大全文集》
　　　　　　卷一百一，《四部丛刊》本

　　王维以诗名开元间，遭禄山乱，陷贼中不能死，事平复幸不诛，其人既不足言，词虽清雅，亦萎弱少气骨。独山中人与望终南迎送神为胜。
　　　　　　（宋）魏庆之《诗人玉屑》卷十五，上海古籍出版社本

　　凡作诗，气象欲其浑厚，体面欲其宏阔，血脉欲其贯串，风度欲其飘逸，音韵欲其铿锵，若雕刻伤气，敷演露骨，此涵养之未至也，当益以学。
　　　　　　（元）杨载《诗法家数》，《历代诗话》本

　　有王摩诘依仿渊明，虽运词清雅，而萎弱少风骨。
　　　　　　（明）宋濂《答章秀才论诗书》，《宋文宪公全集》卷三十七，
　　　　　　《四部备要》本

　　"可怜无定河边骨，犹是深闺梦里人。"用意工妙至此，可谓绝唱矣。惜为前二句所累，筋骨毕露，令人厌憎。
　　　　　　（明）王世贞《艺苑卮言》卷四，《历代诗话续编》本

　　昌黎氏之所以为当时宗师而名后世者，徒散文耳。今姑无论其他，即如西汉制诰，谁非散文？冲夷平淡，都无波峭之气，而朴茂深严，远而望之，则穆然光沉，迫而视之，则神采隐隐，风骨格力，往往而在。昌黎氏之文若是邪？论者谓善绘者传其神，善书者模其意。昌黎氏之文盖传先哲之神，而脱其躯壳，模古人之意，而遗其形画者也，奚必六经，必诸子哉？且风骨格力，韩子焉不有也？嗟乎！令韩子不屑屑于拟古而古意矫然具存，既奚必如六经如诸子，而自为韩子一家之言可也；今第观其文，卑者单弱而不振，高者诘屈而聱牙，多者装缀而繁芜，寡者率略而简易，虽有他美，吾不得而知之矣，尚焉取风骨格力于其间哉？
　　　　　　（明）屠隆《文论》，《由拳集》卷二十三，明刊本

　　七言古乐府外，歌行可法者，汉《四愁》，魏《燕歌》，晋《白纻》。

宋、齐诸子，大演五言，殊寡七字。至梁乃有长篇，陈、隋浸盛，婉丽相矜，极于唐始，汉魏风骨，殆无复存。李、杜一振古今，七言几于尽废。然东、西京古质典刑，邈不可观矣。

（明）胡应麟《诗薮·内编》卷三，上海古籍出版社本

鲁直题小儿云："学语春莺啭，书窗秋雁斜。"尚不失晚唐。既改云："学语啭春鸟，涂窗行暮鸦。"虽骨力稍苍，而风神顿失，可谓愈工愈拙。

（明）胡应麟《诗薮·内编》卷五，上海古籍出版社本

王之涣《凉州词》"黄河远上白云间"一首极工。余见不过数篇，洪景庐《唐绝》乃有十六首，其十二皆《惆怅诗》格调，惟三数近初唐，馀率中、晚人语，决非出之涣手。盖初、盛间绝句，音节不谐，文义生强或有之，至于气骨卑弱，词指尖新，则中、晚无疑也。

（明）胡应麟《诗薮·内编》卷六，上海古籍出版社本

景纯《游仙》，盖本汉诸仙诗及思王《五游》、《升天》诸作，而气骨词藻，率远逊前人，非左敌也。

（明）胡应麟《诗薮·外编》卷二，上海古籍出版社本

举六代江左之音，率子夜前溪之类，了元一语丈夫风骨，乌能衡抗北人。

（明）胡应麟《诗薮·杂编》卷三，上海古籍出版社本

绝句之源，出于乐府，贵有风人之致，其声可歌，其趣在有意无意之间，使人莫可捉著。盛唐唯青莲、龙标二家诣极，李更自然，故居王上。晚唐快心露骨，便非本色。议论高处，逗宋诗之径，声调卑处，开大石之门。

（明）胡震亨《唐音癸签》卷十，古典文学出版社本

于鳞有远体，元美有远韵，然以摹拟损其骨。

（明）袁宏道《答徐见可太府》，《袁宏道集笺校》卷四十二，上海古籍出版社本

《公宴诗》，在酒肉场中，露出酸馅本色……惟曹子建自露家风，而应玚《侍建章集诗》，末语不忘儆戒，颇为得体耳。大抵建安诸子，稍有才调，全无骨力，岂文举、正平见杀后。文人垂首丧气，遂软媚取容至此。伤哉！

（清）贺贻孙《诗筏》，《清诗话续编》本

　　七言古至右丞，气骨顿弱，已逗中唐。如"卫霍才堪一骑将，朝廷不数贰师功"，"愿得燕弓射天将，耻令越甲鸣吾君"，极欲作健，而风格已夷，即曲借对仗，无复浑劲之致。须溪评王嫩复胜老，爱忘其丑矣。

（清）毛先舒《诗辩坻》卷第三，《清诗话续编》本

　　初唐乍兴，正始之音，然尚带六朝余习；盛唐始尽善，"中""晚"如强弩之末，气骨日卑矣。

（清）李沂《秋星阁诗话》，《清诗话》本

　　司马氏之初，茂先、休奕、二陆、三张之属，概乏风骨。

（清）王士禛《五言诗凡例》，《带经堂集》卷十四，清刊本

　　诗至晚唐而坏极，何待宋人！大都绮丽则无骨，郑谷、李建勋最甚；朴淡则少味，李频、许棠尤无取焉。

（清）吴乔《围炉诗话》卷之三，《清诗话续编》本

　　诗至晚唐而败坏极矣，不待宋人。大都绮丽则无骨，至郑谷、李建勋，益复靡靡；朴淡则寡味，李频、许棠，尤无取焉。

（清）贺裳《载酒园诗话又编·晚唐》，《清诗话续编》本

　　钱受之意气挥霍，一空前人，于古体中揭出韩、苏，于近体中揭出剑南受之，之学高于众人，而又当钟、谭极衰之后，钱氏之学行于天下，较前此为盛矣。然而矫激有余。雅非正则，相沿既久，家务观而户致能，有词华，无风骨，有队仗，无首尾，甚至讥诮他人则曰此汉魏、此盛唐，耳食之徒有以老杜为戒者。

（清）沈德潜《与陈耻庵书》，《归愚文钞》卷九，清刊本

韩君平"鸣磬夕阳尽,卷帘秋色来",已渐开晚唐之调。盖律体奇妙,已无可以争胜前人,故不得不于一二平仄间小为变调,而骨力渐靡,则不可强为也。

  (清)翁方纲《石洲诗话》卷二,人民文学出版社本

古人文字渊奥,非精思冥会,不能遽通。思之既通,则见其情文并合,辞理扼要,变化曲折,甘苦难易之分齐,惬心满志。直是可歌可泣,可兴可观,可群可怨,可以事父与君,可以励志风世,味之弥旨而不可厌。僻者学之,非浅则伪:深隐则如设覆射谜;矜露为奇则如牛鬼蛇神,全失蕴韵。其气骨轻浮而粗硬,其意味短浅而不通。

  (清)方东树《昭昧詹言》卷一,人民文学出版社本

历观小才,多是辞不能达意。寻其意绪,影响乱移,似是实非,不得明了。本不闻有此大法,又苦力弱,不得自由。故其下字用事,必是不稳不切。其运思用意,必是浮浅凡陋。其成辞得句,必是稚率晦僻。其承接先后,必是乱离无章,不能从顺。闲有成就可观者,亦终不免气骨轻浮。

  (清)方东树《昭昧詹言》卷十四,人民文学出版社本

闺秀词惟清照最优,究苦无骨,存一篇尤清出者。

  (清)周济《介存斋论词杂著》,人民文学出版社本

惟善学王者,率皆本领是当。苟非骨力坚强,而徒摹拟形似,此北派之所由诮南宗与!

  (清)刘熙载《艺概·书概》,上海古籍出版社本

朱淑真词,才力不逮易安,然规模唐五代,不失分寸。如《年年玉镜台》及《春已半》等篇,殊不让和凝李珣辈。惟骨韵不高,可称小品。

  (清)陈廷焯《白雨斋词话》卷二,《白雨斋词话足本校注》,齐鲁书社本

飞卿古诗,有与《骚》暗合处,但才力稍弱,气骨未遒,可为《骚》之奴隶,未足为《骚》之羽翼也;惟《菩萨蛮》、《更漏子》诸词,几与

《骚》化矣，所以独绝千古，无能为继。

      （清）陈廷焯《白雨斋词话》卷七，《白雨斋词话足本校注》，齐鲁书社本

  宋、齐以后，绮丽则无风骨，雕刻则乏气韵，工选句而不解谋篇，浅薄极矣。

      （清）朱庭珍《筱园诗话》卷一，《清诗话续编》本

  二晁尚有笔力，宛丘颇见气格。淮海辈明丽无骨，时近于词，无足论矣。

      （清）朱庭珍《筱园诗话》卷一，《清诗话续编》本

  浙派自西泠十子倡始，先开其端，至厉太鸿而自成一派，后来多宗之。其清俊生新，圆润秀媚之篇，佳处自不可没。然病亦坐此，往往求妍丽姿态，遂失于神骨不俊，气格不高，力量不厚，无雄浑阔大之局阵篇幅，谐时则易，去古则远也。

      （清）朱庭珍《筱园诗话》卷二，《清诗话续编》本

四

风骨与其他

六法者何？一、气韵生动是也，二、骨法用笔是也，三、应物象形是也，四、随类赋彩是也，五、经营位置是也，六、传移模写是也。

（南朝·齐）谢赫《古画品录·序》，《中国画论类编》本

结言端直，则文骨成焉；意气骏爽，则文风清焉。若丰藻克赡，风骨不飞，则振采失鲜，负声无力。是以缀虑裁篇，务盈守气，刚健既实，辉光乃新，其为文用，譬征鸟之使翼也。故练于骨者，析辞必精；深乎风者，述情必显。捶字坚而难移，结响凝而不滞，此风骨之力也。若瘠义肥辞，繁杂失统，则无骨之征也。思不环周，索莫乏气，则无风之验也。昔潘勖锡魏，思摹经典，群才韬笔，乃其骨髓峻也；相如赋仙，气号凌云，蔚为辞宗，乃其风力遒也。能鉴斯要，可以定文；兹术或违，无务繁采。

（南朝·梁）刘勰《文心雕龙·风骨》，人民文学出版社本

故魏文称"文以气为主，气之清浊有体，不可力强而致。"故其论孔融，则云"体气高妙"；论徐干，则云"时有齐气"；论刘桢，则云"有逸气"。公干亦云："孔氏卓卓，信含异气，笔墨之性，殆不可胜。"并重气之旨也。夫翚翟备色，而翾翥百步，肌丰而力沈也；鹰隼乏采，而翰飞戾天，骨劲而气猛也。文章才力，有似于此。若风骨乏采，则鸷集翰林；采乏风骨，则雉窜文囿：唯藻耀而高翔，固文笔之鸣凤也。

（南朝·梁）刘勰《文心雕龙·风骨》，人民文学出版社本

其源出于国风。骨气奇高，词采华茂，情兼雅怨，体被文质，粲溢今

古，卓尔不群。

      （南朝·梁）钟嵘《诗品·魏陈思王植》，人民文学出版社本

  其源出于《古诗》。仗气爱奇，动多振绝。真骨凌霜，高风跨俗。但气过其文，雕润恨少。

      （南朝·梁）钟嵘《诗品·魏文学刘桢》，人民文学出版社本

  其源出于应璩，又协左思风力。文体省净，殆无长语。笃意真古，辞兴婉惬。每观其文，想其人德。世叹其质直。至如"欢言醉春酒"、"日暮天无云"，风华清靡，岂直为田家语邪？古今隐逸诗人之宗也。

      （南朝·梁）钟嵘《诗品·宋徵士陶潜》，人民文学出版社本

  其源出于二张。善制形状写物之词，得景阳之诙诡，含茂先之靡嫚。骨节强于谢混，驱迈疾于颜延。总四家而擅美，跨两代而孤出。

      （南朝·梁）钟嵘《诗品·宋参军鲍照》，人民文学出版社本

  武德初微波尚在。贞观末标格渐高。景云中颇通远调。开元十五年后，声律风骨始备矣。

      （唐）殷璠《河岳英灵集·序》，《唐人选唐诗》十种本

  璠今所集，颇异诸家，既闲新声，复晓古体，文质半取，风骚两挟，言气骨则建安为传，论宫商则太康不逮，将来秀士，无致深憾。

      （唐）殷璠《河岳英灵集·集论》，《唐人选唐诗》十种本

  历代词人，诗笔双美者鲜矣。今陶生实谓兼之。既多兴象，复备风骨。三百年以前，方可论其体裁也。

      （唐）殷璠《河岳英灵集》，《唐人选唐诗》十种本

  时山东人李白，亦以奇文取称；时人谓之李、杜。予观其壮浪纵恣，摆去拘束，模写物象，及乐府歌诗，诚亦差肩于子美矣。至若铺陈终始，排比声韵，大或千言，次犹数百，词气豪迈而风调清深，属对律切而脱弃凡近，则李尚不能历其藩翰，况堂奥乎？

（唐）元稹《元稹集》，中华书局本

明体裁变通　　体者，诗之象。如人之体象，须使形神丰备，不露风骨，斯为妙手矣。

（唐）徐寅《雅道机要》，《格致丛书》本

太宗则备集王书，圣鉴旁启……□兼风骨，□总法礼……开元应乾，神武聪明，风骨巨丽，碑版峥嵘。

（唐）窦泉《述书赋》（下），《法书要录》卷五，明刻王氏书画苑本

然草与真有异，真则字终意亦终，草则行尽势未尽，或烟收雾合，或电激星流，以风骨为体，以变化为用。有类云霞聚散，触遇成形；龙虎威神，飞动增势。

（唐）张怀瓘《书议》，《法书要录》卷四，明刻王氏书画苑本

昔谢赫云："画有六法，自古画人罕能兼之。"彦远试论之曰：古之画或遗其形似，而尚其骨气，以形似之外求其画，此难与俗人道也……夫象物必在乎形似，形似须全其骨气，骨气形似，皆本于立意，而归乎用笔，故工画者必善画……至于台阁、树石、车舆、器物，无生动之可拟，无气韵之可侔，直要位置向背而已……至于鬼神人物，有生动之可状，须神韵而后全，若气韵不周，空陈形似，笔力未遒，空善赋彩，谓非妙也。

（唐）张彦远《历代名画记》，《历代论画名著汇编》本

隋王仲舒北面孙公，风骨不逮，精熟婉顺，名辈所推。

（唐）彦悰《后画录》，《画品丛书》本

壮岁书亦壮，犹嫖姚十八从军，初拥千骑，凭陵沙漠，而目无勍敌；又如夏云奇峰，畏日烈景，纵横炎炎，不可向迩，其任势也如此。老来书亦老，如诸葛亮董戎，朱睿接敌，举板舆自随，以白羽麾军，不见其风骨，而毫素相适，笔无全锋。噫，壮老不同，功用则异，唯所能者可与言之。

（南唐）李煜《书述》，引自《历代书法论文选》，上海书画出版社本

永禅师书，骨气深稳，体兼众妙，精能之至，反造疏淡。如观陶彭泽诗，初若散缓不收，反覆不已，乃识其奇趣。

（宋）苏轼《书唐氏六家书后》，《苏轼文集》卷六十九，中华书局本

书必有神、气、骨、肉、血，五者缺一，不为成书也。

（宋）苏轼《论书》，《苏轼文集》卷六十九，中华书局本

诗人造语用字，有著意道处，往往颇露风骨。如滕元发《月波楼诗》"野色更无山隔断，天光直与水相连"是也。只一"直"字，便是著力道处，不惟语稍峥嵘，兼亦近俗。何不云"野色更无山隔断，天光自与水相连"为微有蕴藉，然非知之者不足以语此。

（宋）周紫芝《竹坡诗话》，《历代诗话》本

苏籀叙苏辙子由遗言云："张十二之文波澜有余，而出入整理骨格不足。秦七波澜不及张，而出入径健简捷过之。要知二人，后来文士之冠冕也。"

（宋）王正德《余师录》卷三，《丛书集成》本

钱起与郎士元同时齐名，人谓之"钱郎"。二人诗骨体弱而力量轻，然警句脍炙人口者不可泯灭。钱古诗如《病鹤》篇亦有意味，郎七言多新意。

（宋）刘克庄《后村诗话·新集》卷四，中华书局本

秦少游词，体制淡雅，气骨不衰，清丽中不断意脉，咀嚼无滓，久而知味。

晁无咎词名冠柳，琢语平帖，此柳之所以易冠也。

（宋）张炎《词源·杂论》，《词源注》，人民文学出版社本

自西昆体盛襞积组错，梅、欧诸公发为自然之声，穷极幽隐，而诗有三宗焉。夫律正不拘，语腴意赡者，为临川之宗。气盛而力夸，穷抉变化，浩浩焉沧海之夹碣石也，为眉山之宗。神清骨爽，声振金石，有穿云

裂竹之势，为江西之宗。二宗为盛，惟临川莫有继者，于是唐声绝矣。

（元）袁桷《书汤西楼诗后》，《清客居士集》卷四十八，《丛书集成》本

评诗之品无异人品也，人有面目骨体（骼），有情性神气，诗之丑好高下亦然。《风》《雅》而降为《骚》，而降为《十九首》，《十九首》而降为陶、杜，为二李，其情性不野，神气不群，故其骨骼不庳，面目不鄙。嘻！此诗之品，在后无尚也。下是为齐梁，为晚唐季宋，其面目日鄙，骨骼日庳，其情性神气可知已。

（元）杨维桢《赵氏诗录序》，《东维子文集》卷七，《四部丛刊》本

余尝合而衍之曰"绮多伤质，艳多无骨，清易近薄，新易近尖。子山之诗，绮而有质，艳而有骨，清而不薄，新而不尖，所以为'老成'也。"

（明）杨慎《升庵诗话》，《历代诗话续编》本

自然妙者为上，精工者次之。此着力不着力之分，学之者不必专一而逼真也。专于陶者失之浅易，专于谢者失之铿钉。孰能处于陶、谢之间，易其貌，换其骨，而神存千古。子美云："安得思如陶谢手？"此老犹以为难，况其他者乎？

（明）谢榛《四溟诗话》卷四，人民文学出版社本

姜夔云："雕刻伤气，敷演伤骨。若鄙而不精，不雕刻之过也；拙而无委曲，不敷演之过也。"又云："人所易言，我寡言之。人所难言，我易言之。"

（明）王世贞《艺苑卮言》卷一，《历代诗话续编》本

长卿《子虚》诸赋，本从《高唐》物色诸体，而辞胜之。《长门》从《骚》来，毋论胜屈，故高于宋也。长卿以赋为文，故《难蜀》、《封禅》绵丽而少骨；贾傅以文为赋，故《吊屈》、《鵩鸟》率直而少致。

（明）王世贞《艺苑卮言》卷二，《历代诗话续编》本

子美而后，能为其言而真足追配者，献吉、于鳞两家耳。以五言言之，献吉以气合，于鳞以趣合。夫人语趣似高于气，然须学者自咏自求，谁当更合。七言律，献吉求似于句，而求专于骨，于鳞求似于情，而求胜于句。然则无差乎？曰：噫，于鳞秀。

（明）王世懋《艺圃撷余》，《历代诗话》本

夫品格既高，风韵自远，凌空驾语，何害大雅。

（明）屠隆《与友人论诗文》，《由拳集》卷二十三，明刊本

苏、李、《十九首》得诗人之骨，阮籍、谢灵运得诗人之髓，曹子建、鲍明远得诗人之藻，陶渊明得诗人之质，李、杜得诗人之材，王、孟得诗人之致，高、岑得诗人之气，刘长卿、王昌龄得诗人之声。

（明）屠隆《论诗文》，《鸿苞节录》卷六，明刊本

繁钦《定情》，气骨稍弱陈思，而整赡都雅，宛笃有情。《同声》之后，此作为最。

（明）胡应麟《诗薮·内编》卷一，上海古籍出版社本

两汉诸诗，惟《郊庙》颇尚辞，乐府颇尚气。至《十九首》及诸杂诗，随语成韵，随韵成趣，辞藻气骨，略无可寻，而兴象玲珑，意致深婉，真可以泣鬼神，动天地。魏氏而下，文逐运移，格以人变。若子桓、仲宣、士衡、安仁、景阳、灵运，以词胜者也；公幹、太冲、越石、明远，以气胜者也；兼备二者，惟独陈思。然古诗之妙，不可复睹矣。

（明）胡应麟《诗薮·内编》卷二，上海古籍出版社本

建安首称曹、刘。陈王精金粹璧，无施不可。然四言源出《国风》，杂体规模两汉，轨躅具存。第其才藻宏富，骨气雄高，八斗之称，良非溢美。公幹才偏，气过词；仲宣才弱，肉胜骨；应、徐、陈、阮，篇什寥寥，间有存者，不出子建范围之内。晋则嗣宗《咏怀》，兴寄冲远；太冲《咏史》，骨力莽苍，虽途辙稍歧，一代杰作也。

（明）胡应麟《诗薮·内编》卷二，上海古籍出版社本

子建《杂诗》，全法《十九首》意象，规模酷肖，而奇警绝到弗如。《送应氏》、《赠王粲》等篇，全法苏、李，词藻气骨有余，而清和婉顺不足。

（明）胡应麟《诗薮·内编》卷二，上海古籍出版社本

《易水歌》仅十数言，而凄婉激烈，风骨情景，种种具备。亘千载下，复欲二语，不可得。

（明）胡应麟《诗薮·内编》卷三，上海古籍出版社本

学五言律，毋习王、杨以前，毋窥元、白以后。先取沈、宋、陈、杜、苏、李诸集，朝夕临摹，则风骨高华，句法宏赡，音节雄亮，比偶精严。次及盛唐王、岑、孟、李，永之以风神、畅之以才气，和之以真澹，错之以清新。然后归宿杜陵，究竟绝轨，极深研几，穷神知化，五言律法尽矣。

（明）胡应麟《诗薮·内编》卷四，上海古籍出版社本

王、岑、高、李，世称正鹄。嘉州词胜意，句格壮丽而神韵未扬；常侍意胜词，情致缠绵而筋骨不逮。王、李二家和平而不累气，深厚而不伤格，浓丽而不乏情，几于色相俱空，风雅备极，然制作不多，未足以尽其变。

（明）胡应麟《诗薮·内编》卷五，上海古籍出版社本

七言绝以太白、江宁为主，参以王维之俊雅，岑参之浓丽，高适之浑雄，韩翃之高华，李益之神秀，益以弘、正之骨力，嘉、隆之气韵，集长舍短，足为大家。上自元和，下迄成化，初学姑置可也。（晚唐绝句易入人，甚于宋、元之诗，故尤当戒。）

（明）胡应麟《诗薮·内编》卷六，上海古籍出版社本

平原气骨远非太冲比。然仲默亟称阮、陆，献吉并推陆、谢，以其体备才兼，嗣魏开宋耳。

（明）胡应麟《诗薮·外编》卷二，上海古籍出版社本

卢彦威《送邓文原》十首，虽格调规仿唐人，而气骨成就，意象老

苍。其中合作数篇，足为元五言翘楚，而不甚知名。吴立夫学杜，大篇气骨可观，而多奇僻字。

（明）胡应麟《诗薮·外编》卷六，上海古籍出版社本

王子安虽不废藻饰，如璞含珠媚，自然发其彩光。盈川视王微加澄汰，清骨明姿，居然大雅。范阳较杨微丰，喜其领韵疏拔，时有一往任笔不拘整对之意。义乌富有才情，兼深组织，正以太整且丰之故，得擅长什之誉，将无风骨有可窥乎！当年四子先后品序，就文笔通论，要亦其诗之定评也欤！

（明）胡震亨《唐音癸签》卷五，古典文学出版社本

高、岑一时不易上下。岑气骨不如达夫遒上。而婉缛过之。选体时时入古，岑尤陡健；歌行磊落奇俊，高一起一复，取是而已，尤为天宗。

（明）胡震亨《唐音癸签》卷五，古典文学出版社本

陶翰既多兴象，复备风骨，卢象雅而平素，得国士之风。

（明）胡震亨《唐音癸签》卷五，古典文学出版社本

十首以前，少陵较难入；百首以后，青莲较易厌。扬之则高华，抑之则沈实；有色有声，有气有骨，有味有态；浓淡深浅，奇正开阖，各极其则：吾不能不伏膺少陵。

（明）胡震亨《唐音癸签》卷六，古典文学出版社本

唐初七言古以才藻胜，盛唐以风神胜，李、杜以气概胜，而才藻风神称之，又加以变化灵异，故遂为大家。

（明）胡震亨《唐音癸签》卷九，古典文学出版社本

子美虽两人并称，然大半为明远左袒耳。及取两人诗读之，明远既有逸气，又饶清骨；子山虽多清声，不乏逸响。且俊逸易涉于佻，而明远则厚；清新易涉于浮，而子山则警。明远与颜、谢同时，而能独运灵腕，尽脱颜、谢板滞之习。子山当陈、隋靡靡之日，而时有骨气，不为肤立。

（清）贺贻孙《诗筏》，《清诗话续编》本

枯瘦寒俭，非诗之至。然就彼法中，亦自有至者：枯者有神，瘦者有力，寒者有骨，俭者有品。

（清）贺贻孙《诗筏》，《清诗话续编》本

陈伯玉律体，清雄为骨，绵秀为姿，设色妍丽，寓意苍远。由初入盛，此公变之，沈、宋堂皇，悉皆祖构于此。

（清）毛先舒《诗辩坻》卷第三，《清诗话续编》本

诗至七言律，已底极变，既难空骋，又畏事累，大抵温丽为正，间令流逸，读之表里妍整，而风骨隐然。颇恶驱驾才势，有心章彩；至于隶古事，寓评议，斯为下风。

（清）毛先舒《诗辩坻》卷第三，《清诗话续编》本

刘彦和有言："采乏风骨，则雉窜文囿；风骨乏采，则鸷集翰林。唯藻耀而高翔，乃文笔之鸣凤。"今观三家之诗，袁、赵似"雉窜文囿"，蒋似"鸷集翰林"。至"文笔鸣凤"，则自曹子建、李、杜、韩、苏之外，唯遗山、青丘差堪接武。而苕生乃云"凤凰好文章，雕鹗吾何取"，恐犹未能践此语也。

（清）尚镕《三家诗话》，《清诗话续编》本

宋明以来诗人学杜子美者多矣。予谓退之得杜神，子瞻得杜气，鲁直得杜意，献吉得杜体，郑继之得杜骨，它如李义山、陈无己、陆务观、袁海叟辈又其次也，陈简斋最下。《后村诗话》谓简斋以简严扫繁缛，以雄浑代尖巧，其品格在诸家之上，何也？

（清）王士禛《带经堂诗话》卷一，人民文学出版社本

白实清绮之才，乐府杂律诗极多可观，而受病二：一务多，一强学少陵。率尔下笔，言之无文，行之不远。选白诗者从无精识，喜恬淡则兼收鄙俚，尚气骨则并削风藻。

（清）吴乔《围炉诗话》卷之三，《清诗话续编》本

李建勋诗格最弱，而情致迷离，亦能动人。如《残牡丹》诗全无骨

气,却有倚门流目之态,轻佻者亦喜之。

(清)吴乔《围炉诗话》卷之三,《清诗话续编》本

近世李攀龙独选第二首(按:指杜甫《后出塞》五章),《诗归》曰:"《出塞》前后,于鳞独收此首,孟浪之极,应为'落日照大旗'等句,与之相近耳。盖亦悦其声响,而风骨或未之知也。"然其所选亦删去第一第三,则伯敬所赏亦仅在风骨,非以意逆志之解。

(清)贺裳《载酒园诗话又编·盛唐》,《清诗话续编》本

顾况诗极有气骨,但七言长篇,粗硬中时杂鄙句,惜有高调而非雅音。如《李供奉弹箜篌歌》:"指剥葱,腕削玉,饶盐饶酱五味足。弄调人间不识名,弹尽天下崛奇曲。"后又云:"银器胡瓶马上驮,瑞锦轻罗满车送。"真为可恨。

(清)贺裳《载酒园诗话又编·中唐》,《清诗话续编》本

宋人诗法,以韦、柳为一体,方回谓其同而异,其言甚当。余以韦、柳相同者神骨之清,相异者不独峭淡之分,先自忧乐之别。(黄白山评:"东坡'发秾纤于简古,寄至味于淡泊',上句指韦,下句指柳,本有分别。后人动以二子并称,而不别其风格之异,总是隔壁听耳。")如《赠吴武陵》曰:"希声闶大朴,聋俗何由聪?"《种术》曰:"单豹且理内,高门复如何?"韦安有此愤激?《游南亭夜还叙志》曰:"知菅怀褚中,范叔恋绨袍。"《湘口馆》曰:"升高欲自舒,弥使远念来。"韦又安有此愁思?

(清)贺裳《载酒园诗话又编·中唐》,《清诗话续编》本

李贺骨劲而神秀,在中唐最高浑有气格,奇不入诞,丽不入纤。

(清)贺裳《载酒园诗话又编·中唐》,《清诗话续编》本

云卿《独不见》一章,骨高气高,色泽情韵俱高,视中唐"莺啼燕语报新年"诗,味薄语纤,床分上下。

(清)沈德潜《说诗晬语》卷上,《清诗话》本

曹子建气骨奇高,词采华茂,左思得其气骨,陆机摹其词采。左一传

而为鲍照，再传而为李白；陆一传而为大、小谢，再传而为孟浩然。沿流溯源，去曹益远。

（清）牟愿相《小澥草堂杂论诗》，《清诗话续编》本

苏门诸子，较江西派中诸人，是为尔雅。具茨妙有剪裁，补之才复宽绰，文潜以实力开张。淮海虽风骨俊秀，窘于边幅，非晁、张之敌。东坡谓"秦得吾工，张得吾易"，未免阿私。

（清）佚名《静居绪言》，《清诗话续编》本

诗如天生花卉，春兰秋菊各有一时之秀，不容人为轩轾。音律风趣能动人心目者，即为佳诗，无所为第一第二也。

（清）袁枚《随园诗话》卷三，人民文学出版社本

……今观所作，一一能抒其性情，戛戛独造，不落因陈之窠臼，而意境遥深，隐合温柔敦厚之旨，亦不偾古人之规矩。其鲜华秀拔，神骨天成，不强回笔端作朴素之貌，而自然不入于纤丽。是真能自言其志，毅然自为一家矣。

（清）纪昀《鹤街诗稿序》，《纪文达公遗集》卷九，清刊本

余于七律，取为杜氏四辅者分之，却皆不可专学。四人中刘梦得差可耳，伐毛洗髓不如白，镂金错彩不如李，风流自赏不如温，却抄撮三家之长，骨肉亦停匀矣，中边亦俱到矣，不知者几以为可专学矣。然其气浮，其音靡，其熨贴近俗，其圆美近时，犹之子莫执中，执中无杜之权，亦与如白如李如温之各偏一长者何异。

（清）方世举《兰丛诗话》，《清诗话续编》本

汉诗和平，魏诗激昂，晋诗高处与魏相颉颃，次之则信如刘彦和所谓"轻绮"也。宋诗已有排句，然骨重体拙，古意尚存。齐诗骨秀神清，而力不厚。梁诗高者可匹宋、齐，下者与陈、隋并入唐律矣。陈诗格最下，前不如梁，后不如隋。北朝诗可称巨擘皆南人，余子词采不足，绝似当日南北风气也。

（清）乔亿《剑溪说诗》卷上，《清诗话续编》本

北宋词之盛也，其妙处不在豪快，而在高健。不在艳亵，而在幽咽。豪快可以气取，艳亵可以意工。高健幽咽，则关乎神理骨性，难可强也。

（清）王又华《毛稚黄词论》，《古今词论》，《词话丛编》本

若夫有知文之失在易而出力以矫之，又往往辞艰而意短。辞艰意短者气必弱，骨必轻，精神气脉音响必不王，是则其辞虽不易而其出言之本领未深，犹之失于易而已。

（清）方东树《答人论文书》，《仪卫轩文集》卷七，清刊本

古人文字渊奥，非精思冥会，不能遽通。思之既通，则见其情文并合，辞理扼要，变化曲折，甘苦难易之分齐，惬心满志。直是可歌可泣，可兴可观，可群可怨，可以事父与君，可以励志风世，味之弥旨而不可厌。僻者学之，非浅则伪：深隐则如设覆射谜；矜露为奇则如牛鬼蛇神，全失蕴韵。其气骨轻浮而粗硬，其意味短浅而不通。

（清）方东树《昭昧詹言》卷一，人民文学出版社本

诗文以瑰怪玮丽为奇，然非粗犷伧俗，客气矜张，饾饤句字，而气骨轻浮者，可貌袭也。薑坞先生曰："柳州《论钟乳书》从李斯《逐客书》来。然如中段设采奇丽处，李则随意挥斥，不露圭角，而葩艳陆离；柳则似有意搜用怪奇，费气力模拟，而筋骨呈露。"愚谓学者可即此意寻之，当有悟入处。又如韩、苏《石鼓》，自然奇伟，而吴渊颖《观秦丞相斯峰山刻石墨本碑》则为有意搜用字料，而伧俗饾饤，气骨轻浮。至钱牧翁《西岳华山碑》，益为无取。

（清）方东树《昭昧詹言》卷一，人民文学出版社本

《送程公辟守洪州》起四句点叙。以下两段，入议夹写。收另作章法，应起。此应酬题，他手只夸地颂才德而已，此时俗应酬气，纵诗句佳而意思庸俗，此言用意也。至于格局，纵用奇势，亦终是气骨轻浮，盖不知深于律法者也。必于此用意，将欲赞，换入他人口气，则立意不同人。以不如意先作一曲折垫起，用两人作局阵，此乃深曲迷变，气骨不轻浮矣。纯是古文命意立局章法，所以为作家，跳出寻常庸人应酬套。此非深思有学人不能作，不同俗手，分别在此。

（清）方东树《昭昧詹言》卷十二，人民文学出版社本

古今作者文质相宣，繁简递嬗，要当抒轴性情，雕绘景物，风骨坚壮，才思高翔，格高体正，绝除卑俗则其善也。

（清）姚莹《鹰青诗集序》，《东溟文集·补集》卷九，清刊本

杜诗只有无二字足以评之。有者，但见性情气骨也；无者，不见语言文字也。

（清）刘熙载《艺概·诗概》，上海古籍出版社本

刘梦得诗稍近径露，大抵骨胜于白，而韵逊于柳。要其名隽独得之句，柳亦不能掩也。

（清）刘熙载《艺概·诗概》，上海古籍出版社本

孙孟文词，气骨甚遒，措语亦多警炼，然不及温、韦处亦在此，坐少闲婉之致。

（清）陈廷焯《白雨斋词话》卷一，《白雨斋词话足本校注》，齐鲁书社本

碧山赠秋崖道人西归云："冷烟残水山阴道，家家拥门黄叶。"一起令人魂销。又云："换尽秋芳，想渠西子更愁绝。"亦不堪多诵。后叠云："短褐临流，幽怀倚石，山色重逢都别。"《黍离》、《麦秀》之悲，"山色"六字，凄绝警绝；觉"国破山河在"，犹浅语也。下云："江云冻折。算只有梅花，尚堪攀折。"此亦必有所指，骨韵高绝。

（清）陈廷焯《白雨斋词话》卷二，《白雨斋词话足本校注》，齐鲁书社本

骨有余而韵不足，格有余而神不足，气有余而情不足，则为板重之病，为晦涩之病，非平实不灵，即生硬枯瘦矣。初唐诸人、西江一派是也。肉有余而骨不足，词有余而意不足，风调有余而神力不足，则为绮靡之病，为肤浮之病，非涂泽堆垛，即空调虚腔矣。西昆、晚唐派中人及明七子是也。必也有骨有肉，有笔有书，文质得中，词意恰称，始无所偏重矣。有格有韵，有才有情，有气有神，有声有色，杀活在手，奇正从心。

雄浑而兼沈著，高华而实精切，深厚而能微妙，流丽而极苍坚，如此始为律诗成就之诣。盖骨肉停匀，而色声香味无不具足也。

（清）朱庭珍《筱园诗话》卷一，《清诗话续编》本

大历以降，风调渐佳，气格渐损。

（清）朱庭珍《筱园诗话》卷一，《清诗话续编》本

虞道园不过骨力稍苍老，风格较简净耳，然篇幅窄狭，才力薄而不厚，未能深造。

（清）朱庭珍《筱园诗话》卷二，《清诗话续编》本

诗家工夫，始贵有我，以成一家精神气味。迨成一家言后，又须无我，上下古今，神而明之，众美兼备，变化自如，始无忝大家之目。盖不执我，而自然无处不有真我在矣。所谓变化者，变化于用意树骨、使笔运法之间，非以面目句调求新，遁入别径狐穴也。

（清）朱庭珍《筱园诗话》卷四，《清诗话续编》本

附　录

品　评

1. 诗以气格为主

  文以气为主，气之清浊有体，不可力强而致。譬诸音乐，曲度虽均，节奏同检，至于引气不齐，巧拙有素，虽在父兄，不能以移子弟。

（魏）曹丕《典论·论文》，《丛书集成》本

  刘伶著《酒德颂》，意气所寄。

（南朝·宋）刘义庆《世说新语·文学》，《诸子集成》本

  诗有二格：诗意高，谓之格高。意下，谓之格下。古诗"耕田而食，凿井而饮"，此高格也。沈休文诗"平生少年分，白首勿前期"，此下格也。

（唐）王昌龄《诗中密旨》，《诗学指南》卷三，清乾隆敦本堂刊本

  不用事第一；作用事第二；其有不用事而措意不高者，黜入第二格。直用事第三；其中亦有不用事而格稍下，贬居第三。有事无事第四；此于第三格中稍下，故入第四。有事无事，情格俱下第五。情格俱下，有事无事可知也。

（唐）皎然《诗式·诗有五格》，《历代诗话》本

  邺中七子，陈王最高。刘桢辞气，偏正得其中，不拘对属，偶或有之，语与兴驱，势逐情起，不由作意，气格自高，与《十九首》其流

一也。

（唐）皎然《诗式·邺中集》，《历代诗话》本

曩者尝与诸公论康乐为文，直于情性，尚于作用，不顾词采，而风流自然。彼清景当中，天地秋色，诗之量也；庆云从风，舒卷万状，诗之变也。不然，何以得其格高，其气正，其体贞，其貌古，其词深，其才婉，其德宏，其调逸，其声谐哉！

（唐）皎然《诗式·文章宗旨》，《历代诗话》本

四　评古得失

评曰：情格并高，可称上上品。又有三字物名之句，仗语而成，用功殊少。如孟浩然云："气蒸云梦泽，波动岳阳城。"自天地二气初分，即有此六字，假孟生之才，其四字何功可伐，即欲索入上流耶？若情格极高，则不可屈，若稍下，吾请降之于高等之外，以惩后滥，如此则诗人堂奥，非高手安可扪其枢哉！

（唐）皎然《中序》，《诗法源流》，《格致丛书》本

诗有三格

一曰上格用意，二曰中格用气，三曰下格用事。一曰用意，诗曰："那堪怀远道，犹自上高楼。"又诗："九江有浪船难济，三峡无猿客自愁。"二曰用气，诗曰："直饶人买去，还向柳边栽。"又诗："四海鱼龙精魄冷，五山鸾凤骨毛寒。"三曰用事，诗曰："片石犹临水，无人把钓竿。"又诗："一轮湘渚月，万古独醒人。"

（唐）齐己《风骚旨格》，《历代诗话续编》本

凡作诗之体，意是格，声是律，意高则格高，声辨则律清，格律全，然后始有调。

（唐）[日]弘法大师《文镜秘府论·南卷·论文意》，《文镜秘府论校注》，中国社会科学出版社本

潘阆字逍遥，诗有唐人风格，有云："久客见华发，孤棹桐庐归。新月无朗照，落日有余辉。渔浦风水急，龙山烟火微。时闻沙上雁，一一皆

南飞。"(《岁暮自桐庐归钱塘》)仆以为不减刘长卿。

(宋)刘攽《中山诗话》,《历代诗话》本

作诗所患格不高,君今已得诗中格。吾乡风物最清丽,君向其间作诗客。定余绝景在幽深,更欲烦君用刀尺。

(宋)文与可《还友人诗卷》卷四,《丹渊集》,《四部丛刊》本

蜀人石昇,黄鲁直黔中时从游最久。尝言见鲁直自矜诗一联云:"人得交游是风月,天开图画即江山。"以为晚年最得意,每举以教人,而终不能成篇,盖不欲以常语杂之。然鲁直自有"山围燕坐图画出,水作夜窗风雨来"之句,余以为气格当胜前联也。

(宋)叶梦得《石林诗话》卷上,《历代诗话》本

诗语固忌用巧太过,然缘情体物,自有天然工妙,虽巧而不见刻削之痕。老杜"细雨鱼儿出,微风燕子斜",此十字殆无一字虚设。雨细著水面为沤,鱼常上浮而淰,若大雨则伏而不出矣。燕体轻弱,风猛则不能胜,唯微风乃受以为势,故又有"轻燕受风斜"之语。至"穿花蛱蝶深深见,点水蜻蜓款款飞",深深字若无穿字,款款字若无点字,皆无以见其精微如此。然读之浑然,全似未尝用力,此所以不碍其气格超胜。

(宋)叶梦得《石林诗话》卷下,《历代诗话》本

唐末五代,文章之陋极矣,独乐章可喜,虽乏高韵,而一种奇巧,各自立格,不相沿袭。

(宋)王灼《碧鸡漫志》卷二,《中国古典戏曲论著集成》(一),中国戏剧出版社本

……白居易亦善作长韵叙事,但格制不高,局于浅切,又不能更风操,虽百篇之意,只如一篇,故使人读而易厌也。

(宋)魏泰《临汉隐居诗话》,《历代诗话》本

诗以意为主,又须篇中炼句,句中炼字,乃得工耳。以气韵清高深眇者绝,以格力雅健雄豪者胜。元轻白俗,郊寒岛瘦,皆其病也。

(宋)张表臣《珊瑚钩诗话》卷一,《历代诗话》本

陈无己先生语余曰："今人爱杜甫诗，一句之内，至窃取数字以仿像之，非善学者。学诗之要，在乎立格命意用字而已。"余曰："如何等是？"曰："《冬日谒玄元皇帝庙》诗，叙述功德，反复外意，事核而理长，《阆中歌》，辞致峭丽，语脉新奇，句清而体好，兹非立格之妙乎？《江汉》诗，言乾坤之大，腐儒无所寄其身，《缚鸡行》言鸡虫得失，不如两忘而寓于道，兹非命意之深乎？《赠蔡希鲁》诗云'身轻一鸟过'，力在一过字，《徐步》诗云'蕊粉上蜂须'，功在一上字，兹非用字之精乎？学者体其格，高其意，炼其字，则自然有合矣，何必规规然仿像之乎！"

（宋）张表臣《珊瑚钩诗话》卷二，《历代诗话》本

《蔡宽夫诗话》云："林和靖《梅花诗》：'疎影横斜水清浅，暗香浮动月黄昏。'诚为警绝。然其下联乃云：'霜禽欲下先偷眼，粉蝶如知合断魂。'则与上联气格，全不相类，若出两人。乃知诗全篇佳者诚难得，唐人多摘句为图，盖以此。大抵和靖诗喜于对意，如'伶伦近日无侯白，奴仆当时有卫青'，'破殿静披庵臼古，斋房闲试酪奴春'之类，虽假对，亦不草草，故气格不无少贬。然五言如'夕寒山翠重，秋静鸟行疏'，长句如'桥横水木已秋色，寺倚云峰更晚晴'，'烟含晚树人家远，雨湿春蒲燕子低'等，何害为工夫太过。

（宋）胡仔《苕溪渔隐丛话》前集卷二十七，人民文学出版社本

少游词虽婉美，然格力失之弱。

（宋）胡仔《苕溪渔隐丛话》后集卷三十三，人民文学出版社本

……今乐府者文墨之士之游也，然而媟邪正豪俊鄙野则亦随其人品而得之。杨、卢、滕、李、冯、贯、马、白皆一代词伯而不能不游于是，虽依比声调而其格力雄浑正大有足传者。迩年以来，小叶俳辈类以今乐自鸣，往往流于街谈市谚之陋，有渔樵欸乃之不如者。

（元）杨维桢《沈氏今乐府序》，《东维子文集》卷十一，《四部丛刊》本

李白诗祖《风》、《骚》，宗汉、魏，下至鲍照、徐、庾，亦时用之。善掉弄，造出奇怪，惊心动目，忽然撇出，妙入无声，其诗家之仙者乎！

格高于杜，变化不及。

　　　　　（元）陈绎曾《诗谱》，引自《李太白全集》卷三十四，中华书局本

　　季君山甫文集若干卷，体格严正，文词典雅，真可以式后学，传来世，不可磨灭者也。

　　　　　（明）刘基《季山甫文集序》，《诚意伯文集》卷五，《四部丛刊》本

　　诗之要：有曰格，曰意，曰趣而已。格以辨其体，意以达其情，趣以臻其妙也。体不辨，则入于邪陋，而师古之义乖；情不达，则堕于浮虚，而感人之实浅；妙不臻，则流于凡近，而超俗之风微。三者既得而后典雅冲淡，豪俊秾缛，幽婉奇险之辞，变化不一，随所宜而赋焉。如万物之生，洪纤各具乎天；四序之行，荣惨各适其职。又能声不违节，言必止义，如是而诗之道备矣。

　　　　　（明）高启《独庵集序》，《高太史凫藻集》卷二，《四部丛刊》本

　　夫诗有七难：格古，调逸，气舒，句浑，音圆，思冲，情以发之。七者备而后诗昌也。然非色弗神。宋人遗兹矣，故曰无诗。

　　　　　（明）李梦阳《潜虬山人记》，《李空同全集》卷四十七，明刻本

　　诗文以气格为主，繁简勿论。或以用字简约为古，未达权变。善用助语字，若孔鸾之尾，不可少也。太白深得此法。予读《文则》、《冀越记》、《鹤林玉露》，皆谓作古文不可去助语字，俱引《檀弓》"沐浴佩玉"为证。余见略同。

　　　　　（明）谢榛《四溟诗话》卷一，人民文学出版社本

　　诗有四格：曰兴，曰趣，曰意，曰理。太白《赠汪伦》曰："桃花潭水深千尺，不及汪伦送我情。"此兴也。陆龟蒙《咏白莲》曰："无情有恨何人见，月晓风清欲堕时。"此趣也。王建《宫词》曰："自是桃花贪结子，错教人恨五更风。"此意也。李涉《上于襄阳》曰："下马独来寻

故事，逢人惟说砚山碑。"此理也。悟者得之，庸心以求，或失之矣。

（明）谢榛《四溟诗话》卷二，人民文学出版社本

古诗轨辙殊多，大要不过二格。以和平、浑厚、悲怆、婉丽为宗旨，即前所列诸家；有以高闲、旷逸、清远、玄妙为宗者，六朝则陶，唐则王、孟、常、储、韦、柳。但其格本一偏，体靡兼备，宜短章，不宜巨什；宜古选，不宜歌行；宜五言律，不宜七言律。

（明）胡应麟《诗薮·内编》卷二，上海古籍出版社本

步兵《咏怀》，其音响，汉与魏之间也；其语与格，则晋也。兹所以反不如魏欤！

（明）胡应麟《诗薮·内编》卷二，上海古籍出版社本

乐府《水调歌头》五叠，《伊州歌》三叠，皆韵格高远，是盛唐诸公得意作，惜各姓不可深考。

卢弼《边庭四时词》，语意新奇，韵格超绝。《品汇》云时代不可考，余谓此盛唐高手无疑。

（明）胡应麟《诗薮·内编》卷六，上海古籍出版社本

东京气格颓下，蔡文姬才气英英。读《胡笳》吟，可令惊蓬坐振，沙砾自飞，直是激烈人怀抱。

（明）陆时雍《诗镜总论》，《历代诗话续编》本

此记传韩君平非不了彻，但其气格未高，转入庸境，益信《玉合》之风流蕴藉，真不可及也。郁蓝生论词才、词学，而归之词品，信然。

（明）祁彪佳《远山堂曲品·金鱼》，《中国古典戏曲论著集成》（六），中国戏剧出版社本

苏妃事，殊不经。其词亦明顺。但立格已堕落恶境，即实甫再生，亦无如之何矣。

（明）祁彪佳《远山堂曲品·鹦哥》，《中国古典戏曲论著集成》（六），中国戏剧出版社本

诗须博洽，然必敛才就格，始可言诗。亡论词采，即情与气，亦弗可溢。胸贮几许，一往倾泻，无关才多，艮由法少。如瓠子驰其正道，巨野泛溢，又恶宣房之塞，其孰能不波？

（清）毛先舒《诗辩坻》卷第一，《清诗话续编》本

胡明瑞举唐五言绝句凡十六言，云佳者大半于此。余观权德舆《玉台体》二首，语意佻浅；至王建《新嫁娘》、施肩吾《幼女词》，摹事太入情，便落卑格。

（清）毛先舒《诗辩坻》卷第三，《清诗话续编》本

边贡诗"自闻秋雨声，不种芭蕉树"，王世贞谓芭蕉岂可言树？余谓北齐武成后谣云："千金买果园，中有芙蓉树。破券不分明，莲子随它去。"是不定木本乃称树也。第边语虽俊而命意微近填词耳。俊语常恐堕格，此等处故难。

（清）毛先舒《诗辩坻》卷第三，《清诗话续编》本

许彦周谓张籍、王建乐府宫词皆杰出，所不能追纵李杜者，气不胜耳。余以为非也，正坐格不高耳。不但李杜，盛唐诸诗人所以超出初唐、中、晚者，只是格韵高妙。

（清）王士禛《带经堂诗话》卷一，人民文学出版社本

问："孟襄阳诗，昔人称其格韵双绝。敢问格与韵之别？"
答："格谓品格；韵谓风神。"

（清）王士禛《师友诗传续录》，《清诗话》本

问："昔人论诗之格曰：'所以条达神气，吹嘘兴趣，非音非响，能诵而得之。清气徘徊于幽林，遇之可爱；微径纡回于遥翠，求之逾深。'是何物也？"
答："数语是论诗之趣耳，无关于格。格以高下论。如坡公咏梅：'竹外一枝斜更好'，高于和靖之'暗香''疏影'，林又高于季迪之'雪满山中''月明林下'，至晚唐之'似桃无绿叶，辨杏有青枝。'则下劣极矣。"

（清）王士禛《师友诗传续录》，《清诗话》本

李贺骨劲而神秀，在中唐最高浑有气格，奇不入诞，丽不入纤。
（清）贺裳《载酒园诗话又编·中唐》，《清诗话续编》本

洪宣以后，疲苶无力，衰矣。李献吉、何大复奋然挽之，边庭实、徐昌谷诸人辅之，古体取法八代，近体取法盛唐，虽未尽得古人之真，而风格遒上，彬彬大盛。
（清）沈德潜《与陈耻庵书》，《归愚文钞》卷九，清刊本

格有品格之格，体格之格。体格一定之章程，品格自然之高迈。品高虽被绿蓑青笠，如立万仞之峰，俯视一切；品低即拖绅搢笏，趋走红尘，适足以夸耀乡间而已。所以品格之格与体格之格，不可同日而语。
（清）薛雪《一瓢诗话》，《清诗话》本

诗之坏于格调也，自明李、何辈误之也。李、何、王、李之徒，泥于格调而伪体出焉。非格调之病也，泥格调者病之也。夫诗岂有不具格调者哉？《记》曰："变成方，谓之音。"方者，音之应节也，其节即格调也。又曰："声成文，谓之音。"文者，音之成章也，其章即格调也。是故噍杀、啴缓、直廉、和柔之别，由此出焉。是则格调云者，非一家所能概，非一时一代所能专也。古之为诗者，皆具格调，皆不讲格调。格调非可口讲而笔授也。唐人之诗，未有执汉、魏、六朝之诗以目为格调者；宋之诗，未有执唐诗为格调；即至金、元诗，亦未有执唐、宋为格调者。独至明李、何辈，乃泥执《文选》体以为汉、魏、六朝之格调焉；泥执盛唐诸家以为唐格调焉。于是不求其端，不讯其末，惟格调之是泥；于是上下古今，只有一格调，而无递变递承之格调矣。至于渔洋，变格调曰神韵，其实即格调耳。而不欲复言格调者，渔洋不敢议李、何之失，又惟恐后人以李、何之名归之，是以变而言神韵，则不比讲格调者之滋弊矣。然而又虑后人执神韵为是，格调为非，则又不知格调本非误，而全坏于李、何辈之泥格调者误之，故不得以不论。
（清）翁方纲《格调论上》，《复初斋文集》卷八，清刊本

渔洋于唐贤撰《三昧集》矣。其为《五七言诗钞》则皆三昧也；皆三昧，则皆举隅也，奚又择诸？曰：择其最易见者，择其隅之最易反者而已。客曰：然则子所不举者，其皆三昧乎？非乎？曰：请循其本。夫渔洋先生，既不得不以杜、韩、苏、黄为七言之正矣，因于初唐诸作，仅取数篇，曰：此其气格高者。夫所谓气格高者，以神乎？以貌乎？说者必曰以神，非以貌也。然则有明李、何之徒，文必西汉，诗必盛唐、必杜者，亦曰以神，非以貌也。吾安能必执以为渔洋是而李、何非乎？吾故曰：神韵者，格调之别名耳。虽然，究竟言之，则格调实而神韵虚，格调呆而神韵活，格调有形而神韵无迹也。七言视五言，又开阔矣。是以学人才人，各有放笔骋气处。气盛则言之短长声之高下皆宜。先生又恶能执一以裁之？夫是以不得已而姑取短章也；为其骋之尚未极也。然而仁知见矣，浮沈判矣，真赝杂矣，微乎危乎，不可以不慎也。原先生之意，初不谓壮浪驰骋者，非三昧也；顾其所以拈示微妙之处，则在此不在彼也。即先生述前人之言曰："不著一字，尽得风流。"此岂仅言短章乎？曰"羚羊挂角，无迹可求。"此岂仅言短章乎？知其不仅在此，而姑举此以为一隅先也，或有合于先生之意欤？凡录十四家诗二十六首，请吾学侣印证之。

（清）翁方纲《七言诗三昧举隅》，《清诗话》本

诗最争意格。词气富健矣，格不清高，可作而不可示人；格调清高矣，意不精深，可示人而不可传远。有以论意格为腐谈者，中其所短故耶？

（清）潘德舆《养一斋诗话》卷三，《清诗话续编》本

论文或专尚指归，或专尚气格，皆未免著于一偏。《旧唐书·韩愈传》"经、诰之指归，迁、雄之气格"二语，推韩之意以为言，可谓观其备矣。

（清）刘熙载《艺概·文概》，上海古籍出版社本

文贵备四时之气，然气之纯驳厚薄，尤须审辨。

（清）刘熙载《艺概·文概》，上海古籍出版社本

唐初四子沿陈、隋之旧，故虽才力迥绝，不免致人异议。陈射洪、张

曲江独能超出一格，为李、杜开先。人文所肇，岂天运使然耶？
（清）刘熙载《艺概·诗概》，上海古籍出版社本

王、孟及大历十子诗皆尚清雅，惟格止于此而不能变，故犹未足笼罩一切。
（清）刘熙载《艺概·诗概》上海古籍出版社本

唐诗以情韵气格胜。宋苏、黄皆以意胜，惟彼胸襟与手法俱高，故不以精能伤浑雅焉。
（清）刘熙载《艺概·诗概》，上海古籍出版社本

论诗者，或谓炼格不如炼意，或谓炼意不如炼格。惟《姜白石诗说》为得之，曰："意出于格，先得格也。格出于意，先得意也。"
（清）刘熙载《艺概·诗概》，上海古籍出版社本

诗格，一为品格之格。如人之有智愚贤不肖也；一为格式之格，如人之有贫富贵贱也。
（清）刘熙载《艺概·诗概》，上海古籍出版社本

气有清浊厚薄，格有高低雅俗。诗家泛言气格，未是。
（清）刘熙载《艺概·诗概》，上海古籍出版社本

或问：诗偏于叙则掩意，偏于议则病格，此说亦辨意格者所不遗否？曰：遗则不是，执则浅矣。
（清）刘熙载《艺概·诗概》，上海古籍出版社本

建安名家之赋，气格遒上，意绪绵邈；骚人清深，此种尚延一线。后世不问意格若何，但于辞上争辩，赋与骚始异道矣。
（清）刘熙载《艺概·赋概》，上海古籍出版社本

论唐隶者，谓唐初欧阳询、薛纯陁、殷仲容诸家，汉、魏遗意尚在，至开元间，则变而即远，此以气格言也。然力量在人，不因时异，更当观之。
（清）刘熙载《艺概·书概》，上海古籍出版社本

灵和殿前之柳，令人生爱；孔明庙前之柏，令人起敬。以此论书，取姿致何如尚气格耶？

（清）刘熙载《艺概·书概》，上海古籍出版社本

2. 气体与风格

孔融体气高妙，有过人者，然不能持论，理不胜辞，以至乎杂以嘲戏。

（魏）曹丕《典论·论文》，《丛书集成》本

威施之艳，粉黛无以加；二至之气，吹嘘不能增。是以怀英逸之量者，不务风格以示异；休邈俗之器者，不恤小誉以徇通。

（晋）葛洪《博喻》，《抱朴子外篇》卷三十八，《诸子集成》本

今之文章，作者虽众，总而为论，略有三体：一则启心闲绎，托辞华旷，虽存巧绮，终致迂回，宜登公宴，本非准的。而疏慢阐缓，膏肓之病，典正可采，酷不入情。此体之源，出灵运而成也。次则缉事比类，非对不发，博物可嘉，职成拘制。或全借古语，用申今情，崎岖牵引，直为偶说，唯睹事例，顿失清采。此则傅咸《五经》，应璩《指事》，虽不全似，可以类从。次则发唱惊挺，操调险急，雕藻淫艳，倾炫心魂。亦犹五色之有红紫，八音之有郑、卫。斯鲍照之遗烈也。

（南朝·梁）萧子显《南齐书·文学传论》，中华书局本

若总其归涂，则数穷八体：一曰典雅，二曰远奥，三曰精约，四曰显附，五曰繁缛，六曰壮丽，七曰新奇，八曰轻靡。典雅者，熔式经诰，方轨儒门者也；远奥者，馥采典文，经理玄宗者也；精约者，核字省句，剖析毫厘者也；显附者，辞直义畅，切理厌心者也；繁缛者，博喻酿采，炜烨枝派者也；壮丽者，高论宏裁，卓烁（范校：顾校作铄）异采者也；新奇者，摈古竞今，危侧趣诡者也；轻靡者，浮文弱植，缥缈附俗者也。故雅与奇反，奥与显殊，繁与约舛，壮与轻乖，文辞根叶，苑囿其中矣。

（南朝·梁）刘勰《文心雕龙·体性》，人民文学出版社本

夫情致异区，文变殊术，莫不因情立体，即体成势也。势者，乘利而为制也。如机发矢直，涧曲湍回，自然之趣也。圆者规体，其势也自转；方者矩形，其势也自安：文章体势，如斯而已。是以模经为式者，自入典雅之懿；效骚命篇者，必归艳逸之华；综意浅切者，类乏酝藉；断辞辨约者，率乖繁缛：譬激水不漪，槁木无阴，自然之势也。

（南朝·梁）刘勰《文心雕龙·定势》，人民文学出版社本

古人之文，宏材逸气，体度风格，去今实远，但缉缀疏朴，未为密致耳。今世音律谐靡，章句偶对，讳避精详，贤于往昔多矣。宜以古之制裁为本，今之辞调为末，并须两存，不可偏弃也。

（北齐）颜之推《颜氏家训·文章篇》，《诸子集成》本

夫诗人之思，初发取境偏高，则一首举体便高；取境偏逸，则一首举体便逸。才性等学亦然，故各归功一字。偏高、偏逸之例，直于诗体、篇目、风貌不妨。一字之下，风律外彰，体德内蕴，如车之有毂，众辐归焉。其一十九字，括文章德体，风味尽矣，如《易》之有象辞焉。今但注于前卷中，后卷不复备举。其比兴等六义，本乎情思，亦蕴乎十九字中，无复别出矣。

高　风韵切畅曰高。
逸　体格闲放曰逸。
贞　放词正直曰贞。
忠　临危不变曰忠。
节　持节不改曰节。
志　立志不改曰志。
气　风情耿耿曰气。
情　缘情不尽曰情。
思　气多含蓄曰思。
德　词温而正曰德。
诫　检束防闲曰诫。
闲　情性疏野曰闲。

达　心迹旷诞曰达。
悲　伤甚曰悲。
怨　词理凄切曰怨。
意　立言曰意。
力　体裁劲健曰力。
静　非如松风不动，林狖未鸣，乃谓意中之静。
远　非谓淼淼望水，杳杳看山，乃谓意中之远。

　　　　　　（唐）皎然《诗式·辨体有一十九字》，《历代诗话》本

　　员外诗，体格新奇，理致清赡，越以登第，挺冠词林。文宗右丞，许以高格。右丞没后，员外为雄。芟齐宋之浮游，削梁陈之靡嫚。迥然独立，莫之与群。且如"鸟道挂疏雨，人家残夕阳"；又"牛羊上山小，烟火隔林疏"；又"长乐钟声花外尽，龙池柳色雨中深"，皆特出意表，标雅古今。又"穷达恋明主，耕桑亦近郊"，则礼义克全，忠孝兼著，足可弘长名流，为后楷式。

　　　　　　（唐）高仲武《中兴间气集》卷六上，《唐人选唐诗》十种本

　　退之于籍湜辈，皆儿子畜之，独于东野极推重，虽退之谦抑，亦不徒然。世以配贾岛而鄙其寒苦，盖未之察也。郊之诗，寒苦则信矣，然其格致高古，词意精确，其才亦岂可易得。

　　　　　　（宋）张戒《岁寒堂诗话》卷上，《历代诗话续编》本

　　古诗远矣，汉魏以来，音调体制屡变。作者虽不必同，然其佳者必同。繁浓不如简淡，直肆不如微婉，重而浊不如轻而清，实而晦不如虚而明：不易之论也。

　　　　　　（宋）刘克庄《跋真仁夫诗卷》，《后村先生大全集》卷九十九，《四部丛刊》本

　　诗之为体有六：曰雄浑，曰悲壮，曰平淡，曰苍古，曰沉著痛快，曰优游不迫。

　　　　　　（元）杨载《诗法家数》，《历代诗话》本

情景妙合,风格自上,不为古役,不堕蹊迳者,最也。随质成分,随分成诣,门户既立,声实可观者,次也。或名为闰继,实则盗魁,外堪皮相,中乃肤立,以此言家,久必败矣。

(明)王世贞《艺苑卮言》卷五,《历代诗话续编》本

(王弇州)又曰:才骋则驭之以格,格定则通之以变。气扬则沉之使实,节促则澹之使和。

(明)胡震亨《唐音癸签》卷二,古典文学出版社本

文章新奇,无定格式,只要发人所不能发,句法字法调法,一一从自己胸中流出,此真新奇也。

(明)袁宏道《答李元善》,《袁宏道集笺校》卷一,上海古籍出版社本

文有卓识,气沉而法严,不以模拟损才,不以议论伤格,韩、曾之流亚也。

(明)袁宏道《徐文长传》,《袁宏道集笺校》卷十九,上海古籍出版社本

石之有棱,水之有折,此处最为可观。人道谓之"廉隅",诗道谓之"风格",世衰道微,恃此乃能有立。东汉之末,节气辈生。唐之中叶,诗之骨干不顿,此砥世维风之一事也。

(明)陆时雍《诗镜总论》,《历代诗话续编》本

诗无古今,惟其真尔。有真性情然后有真格律,有真格律然后有真风调。勿问其似何代之诗也,自成其本朝之诗而已;勿问其似何人之诗也,自成其本人之诗而已。

(清)尤侗《西堂全集·西堂杂俎二集》卷三,清云溪阁藏本

魏诗"云散还城邑,清晨复来还",唐诗"定是风光牵宿醉,来晨复得幸昆明",宋填词"明日重扶残醉,来寻陌上花钿",意若相偷,而各用我格,俱敷情之秀句。

(清)毛先舒《诗辩坻》卷二,《清诗话续编》本

大历后渐近收敛，选言取胜，元气未完，辞意新而风格自降矣。

（清）沈德潜《说诗晬语》卷上，《清诗话》本

或惜云松诗虽工，不合唐格，余犹谓不然。夫诗宁有定格哉？《国风》之格，不同乎《雅》、《颂》；皋禹之歌，不同乎《三百篇》；汉魏六朝之诗，不同乎三唐；谈格者，将奚从善乎？杨诚斋之言曰："格调是空间架，拙人最易藉口。"周栎园之言曰："吾非不能为何、李格调以悦世也，但多一分格调者，必损一分性情，故不为也。"

（清）袁枚《赵云松瓯北集序》，《小仓山房诗文集》卷二十八，《四部备要》本

靖康以后，北宋诗人，凋零殆尽，惟与义为文章宿老，岿然独存。其诗源出豫章，而天分绝高，工于变化，风格遒上，思力沈挚，能卓然自辟蹊径。

（清）《四库总目提要·集类九·简斋集》，中华书局本

其学盖以运思精密，而风格高秀，诚有拔于宋人之外者，傲视诸家，有以也。

（清）《四库总目提要·集类十五·白石诗集》，中华书局本

大历诸子，实始争工字句。然隽不伤炼，巧不伤纤，又通体仍必雅令温醇，耐人吟讽，不似元和以后，但得一联称意，便"匆匆不暇草书"，以致全无气格也。

（清）管世铭《读雪山房唐诗序例·五律凡例》，《清诗话续编》本

尝论唐、宋以前诗人，虽亦学人，无不各自成家。彼虽多见古人变态风格，然不屑向他人借口，为客气假象。近人乃有不克自立，己无所有，而假助于人。于是不但偷意偷境，又且偷句。欲求本作者面目，了无所见，直同穿窬之丑也。韩公《樊宗师铭》言文，可以移之论诗。

（清）方东树《昭昧詹言》卷一，人民文学出版社本

晚唐王贞白诗"山色四时碧，溪光七里清。严陵爱此景，下视汉公卿"。不著议论而行以古直之气，最属高格。惜其下接云："垂钓月初上，放歌风正轻。"局振不起，晚唐通病。末云："应怜渭滨叟，匡国只论兵。"欲扬子陵，遂抑太公，何无识乃尔！

（清）潘德舆《养一斋诗话》卷六，《清诗话续编》本

又论"终岁与君处，寻常无殊异。坐我明镜中，自然呈浮伪。能使妄者心，照之发深愧。"先生曰：诗不当避道学，固也。但诗自气体，即如此诗起六语，意则佳绝，但作二句疏还，此乃伤格乎！古人五字赅括矣，即多亦十字，足见道学不当与诗歧视也。语录则不入诗，此持平之论也。

（清）龚自珍《语录》，《龚自珍全集》第八辑，上海人民出版社本

文以炼神炼气为上半截事，以炼字炼句为下半截事，此如《易》道有先天后天也。柳州天资绝高，故虽自下半截得力，而上半截未尝偏绌焉。

（清）刘熙载《艺概·文概》，上海古籍出版社本

秦碑有韵之文质而劲，汉乐府典而厚。如商、周二《颂》，气体攸别。

（清）刘熙载《艺概·诗概》，上海古籍出版社本

意欲沈著，格欲高古。持此以等百家之诗，于杜陵乃无遗憾。
……
近体气格高古尤难，此少陵五排、五七律所以品居最上。

（清）刘熙载《艺概·诗概》，上海古籍出版社本

论诗者谓唐初七古气格虽卑，犹有乐府之意；亦思乐府非此体所能尽乎？豪杰之士，焉得不更思进取。

（清）刘熙载《艺概·诗概》，上海古籍出版社本

言诗格者必及气。或疑太炼伤气,非也。伤气者,盖炼辞不炼气耳。

(清)刘熙载《艺概·诗概》,上海古籍出版社本

文之要三:主意要纯一而贯摄,格局要整齐而变化,字句要刻画而自然。

(清)刘熙载《艺概·经义概》,上海古籍出版社本

以尖为新,以纤为艳,词之风格日靡,真意尽漓,反不如国初名家本色语,或犹近于沈著、浓厚也。

(清)况周颐《蕙风词话》,人民文学出版社本

近世诗人能熔铸新理想以入旧风格者,当推黄公度。

(清)梁启超《饮冰室诗话》四,《饮冰室合集》,中华书局本

洪稚存经术湛深,工于考据。其诗初宗法《选》体,时能造句,本负过人才力。中年以后,身入词林,与西川张船山同馆交好,唱和甚密,降格相从,颓然放笔,纵恣叫嚣,前后判然如二手矣。夫以稚存学问才力,俯视一时,一为船山所累,遂染其习气,纵笔自恣,诗格扫地。

(清)朱庭珍《筱园诗话》卷四,《清诗话续编》本

3. 风格之品评

单弦不能发韶夏之和音,孑色不能成衮龙之玮烨,一味不能合伊鼎之甘,独木不能致邓林之茂。玄圃极天,盖由众石之积,南溟浩溔,实须群流之赴。

(晋)葛洪《交际》,《抱朴子外篇》,《诸子集成》本

诗有七德:一识理;二高古;三典丽;四风流;五精神;六质干;七体裁。

(唐)皎然《诗式·诗有七德》,《历代诗话》本

吾第四弟尚辇君，子灵长。翰墨厕张王，文章凌班马，词藻雄赡，草隶精深。平生著碑志诗篇赋颂章表，凡十余万言。较其巨丽者，有天宝所献《大同赋》、《三殿蹴踘赋》，以讽兴谏诤为宗，以匡君救时为本，帝乃咨尔可编笑书，中使王人，荣曜戚里；龙章凤篆，宠锡儒门。及乎晚年，又著《述书赋》，总七千六百四十言。精穷旨要，详辨秘义，无深不讨，无细不因。征《五典》、《三坟》、《九丘》、《八索》、《诗》、《骚》、《礼》、《易》、《文选》词林，犹不尽所知，故别结语立言，曲申幽奥，一字一句，数义旁通。尚辇君学究天人，才通诂训，注解分析，皆凭史传。注有未尽，在此例中；意有未穷，出此格上。凡古今时哲，正文呼字，尊贵长老，各言其亲；或取便引官，或因言称爵。句则两字三字，五言四言。而于其以之间，或六或八。改时革命之际，举一相从，虑学者致疑，仍施朱点。发此则语之理例，别有字格存焉。凡一百二十言，并注二百四十句。且褒且贬，还同谥法，披文感切，抚己崩摧。手迹宛然，如向来之放笔；天才卓尔，成千载之分襟。孝义铭心，言笑在目，一枝先折，痛贯肝肠，一眼先枯，哀缠骨髓。

　　右语例

《述书赋》凡七十四首六十言，并注，二百四十句。
不伦　前浓后薄，半败半成。
枯槁　欲北还南，气脉断绝。
忘情　鹏鹗向风，自成鶱翥。
天然　鸳鸿出水，更好仪容。
质朴　天仙玉女，粉黛何施。
斫磨　错综雕文，方申巧妙。
体裁　一举一措，尽有凭据。
意态　回翔动静，厥趣相随。
专成　直师一家，今古不杂。
有意　志立乃就，非工不精。
正　　衣冠踏拖，若正若行。
行　　剑履趋锵，如步如骤。
草　　电掣雷奔，龙蛇出没。
章　　草中楷古，蹴踏摆打。
神　　非意所到，可以识知。

圣　理绝名言，潜以意得。
文　经天纬地，可大可久。
武　回戈挽弩，拉虎拿豹。
能　千种风流曰能。
妙　百般滋味曰妙。
精　巧业双极曰精。
古　除去常情曰古。
逸　纵任无方曰逸。
高　超然出众曰高。
伟　精彩照射曰伟。
老　无心自达曰老。
唎　超能越妙曰唎。
嫩　力不副心曰嫩。
薄　阙于圆备曰薄。
强　筋力露见曰强。
稳　结构平正曰稳。
快　兴趣不停曰快。
沉　深而意远曰沉。
紧　团合密致曰紧。
慢　举思闲详曰慢。
浮　若无所归曰浮。
密　间不容发曰密。
浅　涉于俗流曰浅。
丰　笔墨相副曰丰。
茂　字外精多曰茂。
实　气感风云曰实。
轻　笔道流便曰轻。
瘠　瘦而有力曰瘠。
疏　违犯阴阳曰疏。
拙　不依致巧曰拙。
重　质胜于文曰重。
纤　文过于质曰纤。

贞　骨清神正曰贞。
艳　少古多今曰艳。
峻　顿挫颖达曰峻。
润　旨趣调畅曰润。
险　不期而然曰险。
怯　下笔不猛曰怯。
畏　无端羞涩曰畏。
妍　逶迤并行曰妍。
媚　意居形外曰媚。
讹　藏锋隐迹曰讹。
细　运用精深曰细。
熟　过犹不及曰熟。
雄　别副英威曰雄。
雌　气候不足曰雌。
飞　若灭若没曰飞。
爽　肃穆飘然曰爽。
动　如欲奔飞曰动。
成　一家体度曰成。
礼　动合典章曰礼。
法　宣布周僻曰法。
典　从师约法曰典。
则　可以传授曰则。
偏　唯守一门曰偏。
乾　无复光辉曰乾。
滑　遂乏风彩曰滑。
駃　波澜惊绝曰駃。
闲　孤云生远曰闲。
拔　轻驾超殊曰拔。
放　流浪不穷曰放。
郁　胜势锋起曰郁。
秀　翔集难名曰秀。
束　兴致不弘曰束。

秾　五味皆足曰秾。
峭　峻中劲利曰峭。
散　有初无终曰散。
质　自少妖妍曰质。
鲁　本宗淡泊曰鲁。
肥　龟临洞穴，没而有余。
瘦　鹤立乔松，长而不足。
壮　力在意先曰壮。
宽　疏散无检曰宽。
丽　体外有余曰丽。
宏　裁制绝壮曰宏。
　　右字格

（唐）窦蒙《述书赋语例字格》，《王氏书画苑·法书要录》卷六，明刻本

雄浑

大用外腓，真体内充，返虚入浑，积健为雄。具备万物，横绝太空。荒荒油云，寥寥长风。超以象外，得其环中。持之非强，来之无穷。

（唐）司空图《二十四诗品》，《历代诗话》本

冲淡

素处以默，妙机其微。饮之太和，独鹤与飞。犹之惠风，荏苒在衣。阅音修篁，美曰载归。遇之匪深，即之愈希。脱有形似，握手已违。

（唐）司空图《二十四诗品》，《历代诗话》本

纤秾

采采流水，蓬蓬远春。窈窕深谷，时见美人。碧桃满树，风日水滨。柳阴路曲，流莺比邻。乘之愈往，识之愈真。如将不尽，与古为新。

（唐）司空图《二十四诗品》，《历代诗话》本

沉著

绿杉野屋，落日气清。脱巾独步，时闻鸟声。鸿雁不来，之子远行。

所思不远，若为平生。海风碧云，夜渚月明。如有佳语，大河前横。
（唐）司空图《二十四诗品》，《历代诗话》本

高古
畸人乘真，手把芙蓉。泛彼浩劫，窅然空踪。月出东斗，好风相从。太华夜碧，人闻清钟。虚伫神素，脱然畦封。黄唐在独，落落玄宗。
（唐）司空图《二十四诗品》，《历代诗话》本

典雅
玉壶买春，赏雨茅屋。坐中佳士，左右修竹。白云初晴，幽鸟相逐。眠琴绿阴，上有飞瀑。落花无言，人淡如菊。书之岁华，其曰可读。
（唐）司空图《二十四诗品》，《历代诗话》本

洗炼
如矿出金，如铅出银。超心炼冶，绝爱缁磷。空潭泻春，古镜照神。体素储洁，乘月返真。载瞻星辰，载歌幽人。流水今日，明月前身。
（唐）司空图《二十四诗品》，《历代诗话》本

劲健
行神如空，行气如虹。巫峡千寻，走云连风。饮真茹强，蓄素守中。喻彼行健，是谓存雄。天地与立，神化攸同。期之以实，御之以终。
（唐）司空图《二十四诗品》，《历代诗话》本

绮丽
神存富贵，始轻黄金。浓尽必枯，淡者屡深。雾余水畔，红杏在林。月明华屋，画桥碧阴。金尊酒满，伴客弹琴。取之自足，良殚美襟。
（唐）司空图《二十四诗品》，《历代诗话》本

自然
俯拾即是，不取诸邻。俱道适往，著手成春。如逢花开，如瞻岁新。真与不夺，强得易贫。幽人空山，过雨采苹。薄言情语，悠悠天钧。
（唐）司空图《二十四诗品》，《历代诗话》本

含蓄

不著一字，尽得风流。语不涉己，若不堪忧。是有真宰，与之沉浮。如满绿酒，花时反秋。悠悠空尘，忽忽海沤。浅深聚散，万取一收。

（唐）司空图《二十四诗品》，《历代诗话》本

豪放

观花匪禁，吞吐大荒。由道反气，处得以狂。天风浪浪，海山苍苍。真力弥满，万象在旁。前招三辰，后引凤凰。晓策六鳌，濯足扶桑。

（唐）司空图《二十四诗品》，《历代诗话》本

精神

欲返不尽，相期与来。明漪绝底，奇花初胎。青春鹦鹉，杨柳楼台。碧山人来，清酒深杯。生气远出，不著死灰。妙造自然，伊谁与裁。

（唐）司空图《二十四诗品》，《历代诗话》本

缜密

是有真迹，如不可知。意象欲生，造化已奇。水流花开，清露未晞。要路愈远，幽行为迟。语不欲犯，思不欲痴。犹春于绿，明月雪时。

（唐）司空图《二十四诗品》，《历代诗话》本

疏野

惟性所宅，真取不羁。控物自富，与率为期。筑室松下，脱帽看诗。但知旦暮，不辨何时。倘然适意，岂必有为。若其天放，如是得之。

（唐）司空图《二十四诗品》，《历代诗话》本

清奇

娟娟群松，下有漪流。晴雪满竹，隔溪渔舟。可人如玉，步屧寻幽。载瞻载止，空碧悠悠。神出古异，澹不可收。如月之曙，如气之秋。

（唐）司空图《二十四诗品》，《历代诗话》本

委曲

登彼太行，翠绕羊肠。杳霭流玉，悠悠花香。力之于时，声之于羌。

似往已回，如幽匪藏。水理漩洑，鹏风翱翔。道不自器，与之圆方。

（唐）司空图《二十四诗品》，《历代诗话》本

实境
取语甚直，计思匪深。忽逢幽人，如见道心。晴涧之曲，碧松之阴。一客荷樵，一客听琴。情性所至，妙不自寻。遇之自天，泠然希音。

（唐）司空图《二十四诗品》，《历代诗话》本

悲慨
大风卷水，林木为摧。适苦欲死，招憩不来。百岁如流，富贵冷灰。大道日丧，若为雄才。壮士拂剑，浩然弥哀。萧萧落叶，漏雨苍苔。

（唐）司空图《二十四诗品》，《历代诗话》本

形容
绝伫灵素，少回清真。如觅水影，如写阳春。风云变态，花草精神。海之波澜，山之嶙峋。俱似大道，妙契同尘。离形得似，庶几斯人。

（唐）司空图《二十四诗品》，《历代诗话》本

超诣
匪神之灵，匪机之微。如将白云，清风与归。远引若至，临之已非。少有道契，终与俗违。乱山乔木，碧苔芳晖。诵之思之，其声愈希。

（唐）司空图《二十四诗品》，《历代诗话》本

飘逸
落落欲往，矫矫不群。缑山之鹤，华顶之云。高人画中，令色氤氲。御风蓬叶，泛彼无垠。如不可执，如将有闻。识者已领，期之愈分。

（唐）司空图《二十四诗品》，《历代诗话》本

旷达
生者百岁，相去几何。欢乐苦短，忧愁实多。何如尊酒，日往烟萝。花覆茅檐，疏雨相过。倒酒既尽，杖藜行歌。孰不有古，南山峨峨。

（唐）司空图《二十四诗品》，《历代诗话》本

流动

若纳水辑，如转丸珠。夫岂可道，假体如愚。荒荒坤轴，悠悠天枢。载要其端，载同其符。超超神明，返返冥无。来往千载，是之谓乎。

（唐）司空图《二十四诗品》，《历代诗话》本

凡制作之士，祖述多门，人心不同，文体各异。较而言之：有博雅焉，有清典焉，有绮艳焉，有宏壮焉，有要约焉，有切至焉。夫模范经诰，褒述功业，渊乎不测，洋哉有闲，博雅之裁也；敷演情志，宣照德音，植义必明，结言唯正，清典之致也；体其淑姿，因其壮观，文章交映，光彩傍发，绮艳之则也；魁张奇纬，阐耀威灵，纵气凌人，扬声骇物，宏壮之道也；指事述心，断辞趣理，微而能显，少而斯洽，要约之旨也；舒陈哀愤，献纳约戒，言唯折中，情必曲尽，切至之功也。

（唐）[日]弘法大师《文镜秘府论·南卷·论体》，《文镜秘府论校注》，中国社会科学出版社本

画之逸、神、妙、能

逸格

画之逸格，最难其俦。拙规矩于方圆，鄙精研于彩绘，笔简形具，得之自然，莫可楷模，出于意表，故目之曰逸格尔。

神格

大凡画艺，应物象形，其天机迥高，思与神合。创意立体，妙合化权，非谓开厨已走、拔壁而飞，故目之曰神格尔。

妙格

画之于人，各有本性，笔精墨妙，不知所然。若投刃于解牛，类运斤于斫鼻。自心付手，曲尽玄微，故目之曰妙格尔。

能格

画有性周动植，学侔天功，乃至结岳融川，潜鳞翔羽，形象生动者，故目之曰能格尔。

（宋）黄休复《益州名画录》，《王氏书画苑》，明校刻本

一贵乎典重，二贵乎抛掷，三贵乎出尘，四贵乎浏亮，五贵乎缜密，

六贵乎雅渊，七贵乎温蔚，八贵乎宏丽，九贵乎纯粹，十贵乎莹净。

（宋）魏庆之《诗人玉屑》卷五，上海古籍出版社本

四时异景，万卉殊态，乃见化工之妙，肥瘠各称，妍淡曲尽，乃见画工之妙。水心为诸人墓志，廊庙者赫奕，州县者艰勤，经行者粹醇，辞华者秀颖，驰骋者奇崛，隐遁者幽深，抑郁者悲怆，随其资质，与之形貌，可以见文章之妙。

（宋）吴氏《林下偶谈》，《丛书集成》本

作诗虽贵古淡，而富丽不可无。譬如松篁之于桃李，布帛之于锦绣也。

（明）谢榛《四溟诗话》卷一，人民文学出版社本

六经而下，《左》、《国》之文，高峻严整，古雅藻丽，而浑朴未散，含光酝灵，如江海之波，汪洋浩淼，非有跳沫摇漾之势，而千灵万怪，渊乎深藏。明月照之，则天高气清；长风荡之，则排空动地。可喜可愕哉左氏之为文矣！贾、马之文，疏朗豪宕，雄健隽古，其苍雅也如公孤大臣，庞眉华美，峨冠大带，鹄立殿庭之上，而非若山夫野老之儃然清枯也；其葩艳也，如王公后妃，珠冠绣服，华轩翠羽，光采射人，而非若妖姬艳倡之翩翩轻妙也。其他若屈大夫之词赋，才情傅合，纵横璀灿，盖词赋之圣哉！庄、列之文，播弄恣肆，鼓舞六合，如列缺乘跃焉，光怪变幻，能使人骨惊神悚，亦天下之奇作矣。譬之大造，寥廓清旷，风日熙明，时固然也。而飘风震雷，扬沙走石，以动威万物，亦岂可少哉！诸子之风骨格力，即言人人殊；其道术之醇粹洁白，皆不敢望六经，乃其为古文辞一也。

（明）屠隆《文论》，《由拳集》卷二十三，明刊本

文之古者，高也、朴也、疏也、拙也、典也、重也。文之卑而为六朝者，轻也、渺也、诡也、俊也、巧也、排也。此宜有识者所共知矣。

（明）艾南英《与周介生论文书》，《天佣子集》卷五，清刊本

子美之作，有绮丽秋郁者，有平淡蕴藉者，有高壮浑涵者，有感慨沉

郁者，有顿挫抑扬者。后世有作，不可及矣。若夫兴寄物外，神解妙悟，绝去笔墨畦径，所谓文不按古，匠心独妙，吾于孟浩然、王摩诘有取焉。

（明）王鏊《文章》，《震泽长语》卷下，《丛书集成》本

苏子瞻《惠山泉》诗云："兹山定空中，乳水满其腹，遇隙则发见，臭味实一族。"余尝持此以论诗。以谓古人之诗，奇、正、浓、淡，万有不齐。要其空中满腹过隙而发见则一也。不然者，如行潦之水，不足以灌一畦，求其瓶罂走海内，岂可得乎？

（清）钱谦益《华闻修诗草序》，《牧斋初学集》卷三十二，上海古籍出版社本

姑就足下所引秦、汉、唐、宋大家言之。足下云：大家古文所以过人者，厚也，秀也，远也，肆也，是则然矣。虽然，更有进于是者。足下知之乎？如均一厚也，而有高厚焉，有博厚焉。太华千仞，崛岉无限，呼吸天门，环抱日月，若是者高厚也；屈注天池，倒连溟渤，蛟龙百怪，变眩莫测，若是则博厚也：此二厚者不可不辨也。均一秀也，而有美秀焉，有隐秀焉。春兰始香，夏榴初笑，天然冶丽，不设绘绚，若是者美秀也；玉气藏虹，珠胎含月，烟笼雾縠，剑埋龙文，若是者隐秀也：此二秀者不可不辨也。均一远也，而有幽远焉，有平远焉。寒碧数叠，黛山一发，古洞无人，微泉独响，若是者幽远也；长寻高眺，惟水与空，人烟断续，归鸿灭没，若是者平远也：此二远者不可不辨也。均一肆也，而有豪肆焉，有醇肆焉。神龙出渊，摇鬣直上，掣电奔雷，莫可天阏，若是者豪肆也；剑舞霜飞，浑脱浏离，手调技熟，出神入鬼，若是者醇肆也：此二肆者不可不辨也。高以崇其体，博以壮其势，美以华其色，隐以全其神，幽以邃其境，平以适其度，豪以鼓其气，醇以圆其机。夫其所谓体也，势也，神也，色也，境也，度也，气也，机也，得意疾书，其出之手者同也；及其高也，博也，美也，隐也，幽也，平也，豪也，醇也，微茫锱铢，所成于性者异也。以吾之手就吾之性，以吾之才就吾之学，引而伸之，触类而通，则异者可同，二者可一也。凡此皆古文之蕴，而为时文者所不可不知也。然不佞亦第言之而已，若夫言之所不能宣，则在足下深思而自得者矣。

（清）贺贻孙《与友人论文书四》，《水田居诗文集》卷五，清刊本

"厚"之一言，可蔽《风》、《雅》。《古十九首》，人知其淡，不知其厚。所谓厚者，以其神厚也，气厚也，味厚也。既如李太白诗歌，其神气与味皆厚，不独少陵也。他人学少陵者，形状庞然，自谓厚矣。及细测之，其神浮，其气嚣，其味短。画孟贲之目，大而无威；朔项籍之貌，猛而无气，安在其能厚哉！

庄子云："彼节者有间，而刀刃者无厚。"所谓"无厚"者，金之至精，炼之至熟，刃之至神，而厚之至变至化者也。夫惟能厚，斯能无厚。古今诗文能厚者有之，能无厚者未易觏也。无厚之厚，文惟孟、庄，诗惟苏、李、《十九首》与渊明。后来太白之诗、子瞻之文，庶几近之。虽然，无厚与薄，毫厘千里，不可不辨。

（清）贺贻孙《诗筏》，《清诗话续编》本

陶元亮诗淡而不厌。何以不厌？厚为之也。诗固有浓而薄、淡而厚者矣。

（清）贺贻孙《诗筏》，《清诗话续编》本

诗有十似：激戾似遒，凌兢似壮，铺缀似丽，佻巧似隽，底悕似稳，枯瘠似苍，方钝似老，拙稚似古，艰棘似奇，断碎似变。

（清）毛先舒《诗辩坻》卷第四，《清诗话续编》本

华亭宋尚木徵璧曰：吾于宋词得七人焉，曰永叔，其词秀逸。曰子瞻，其词放诞。曰少游，其词清华。曰子野，其词娟洁。曰方回，其词新鲜。曰小山，其词聪俊。曰易安，其词妍婉。他若黄鲁直之苍老，而或伤于颓。王介甫之劖削，而或伤于拗。晁无咎之规检，而或伤于朴。辛稼轩之豪爽，而或伤于霸。陆务观之萧散，而或伤于疏。此皆所谓我辈之词也。苟举当家之词，如柳屯田哀感顽艳，而少寄托。周清真蜿蜒流美，而乏陡健。康伯可排叙整齐，而乏深邃。其外则谢无逸之能写景，僧仲殊之能言情，程正伯之能壮采，张安国之能用意，万俟雅言之能叠字，姜白石之能琢句，蒋竹山之能作态，史邦卿之能刷色，黄花庵之能选格，亦其选也。词至南宋而繁，亦至南宋而敝，作者纷如，难以概述。夫各因其姿之所近。苟去前人之病而务用其所长，必赖后人之力也夫。

（清）徐釚《两宋词评》，《词苑丛谈》卷四，上海古籍出版社本

吹万者何，本蒙庄吹万不同语也。蒙庄氏之言曰："大块噫气，其名为风，是惟无作，作则万窍怒号，故其所为，似鼻，似口，似耳，似枅，似曰，似洼，似污者，极众窍之不同也；激者，謞者，叱者，吸者，叫者，譹者，宎者，唱于者，唱喁者，众窍之声之不同也。然而泠风则小和，飘风则大和，寥寥调调刁刁，而自合乎天籁者，则无不同。"古今之诗亦然。诗自《三百篇》、《离骚》而下，有汉有魏有六朝有三唐，有宋有元有明有今，海内称诗家，其不同也犹夫窍也；其音之洪纤高下正变清浊刚柔啴缓促急和平噭咷之不同，犹夫窍之声也。而要其缘乎情，沿乎法，各鸣其胸之所欲言，而扣之而成声，则无不同，不成声，不足名诗。

（清）邵长蘅《吹万集序》，《青门旅稿》卷三，常州先哲遗书本

论诗略分体派可也，必曰某体某派当学，某体某派不当学；某人某篇某句为佳，某人某篇某句为不佳，此最不心服者也。人之诗犹物之鸣。莺鸣于春，蛩鸣于秋，必曰莺声佳可学，使四季万物皆作莺声；又曰蛩声佳当学，使四季万物皆作蛩声。是因人之偏嗜，而使天地四时皆废，岂不大怪乎？

（清）薛雪《一瓢诗话》，《清诗话》本

昔者画缋之事，备于百工，两汉以还，精于学士。谢赫、姚最，并事书传，俱称《画品》。于时山水犹未分宗，止及像人肖物。钺涂抹余闲，乃仿作司空表圣之例，著《画品》二十有四篇，专言林壑理趣。管蠡之见，曾未得其二三，后有作者，为其前驱可耳。

气韵

六法之难，气韵为最，意居笔先，妙在画外。如音栖弦，如烟成霭。天风冷冷，水波泋泋，体物周流，无小无大。读万卷书，庶几心会。

神妙

云蒸龙变，春交树花，造化在我，心耶手耶？驱役众美，不名一家。工似工意，尔众无哗。偶然得之，夫何可加？学徒皓首，茫无津涯。

高古

即之不得，思之不至。寓目得心，旋取旋弃。翻《金仙》书，拓

《石鼓》字。白雪四山，充塞天地。羲皇上人，或知其意。既无能名，谁泄其秘？

苍润

妙化既臻，菁华日振。气厚乃苍，神和乃润。不丰而腴，不刻而俊。山雨洒衣，空翠粘鬓。介乎迹象，尚非精进。如松之阴，匠心斯印。

沉雄

目极万里，心游大荒。魄力破地，天为之昂。括之无遗，恢之弥张。名将临敌，骏马勒缰。诗曰魏武，书曰真卿。虽不能至，夫亦可方。

冲和

暮春晚霭，颓霞日消。风雨虚铎，籁过洞箫。三爵油油，毋饷其糟。举之可见，求之已遥。得非力致，失因意骄。如彼五味，其法维调。

淡逸

白云在空，好风不收。瑶琴罢挥，寒漪细流。偶而坐对，啸歌悠悠。遇简以静，若疾乍瘳。望之心移，即之消忧。于诗为陶，于时为秋。

朴拙

大巧若拙，归璞返真。草衣卉服，如三代人。相遇殊野，相言弥亲。寓显于晦，寄心于身。譬彼冬严，乃和于春。知雄守雌，聚精会神。

超脱

腕有古人，机无留停。意趣高妙，纵其性灵。峨峨天宫，岩岩仙扃。置身空虚，谁为户庭。遇物自肖，设象自形。如意恣肆，如境冥冥。

奇辟

造境无难，驱毫维艰。犹之理径，繁芜用删。苦思内敛，幽况外颁。极其神妙，天为破悭。洞天清闷，蓬壶幽闲。以手扣扉，砉然启关。

纵横

积法成弊，舍法大好。非夷所思，势不可了。曰一笔耕，况一笔扫。天地古今，出之怀抱。游戏拾得，终不可保。是有真宰，而敢草草。

淋漓

风驰雨骤，不可求思。苍苍茫茫，我摄得之。兴尽而返，贪则神疲。毋使墨饱，而令笔饥。酒香勃郁，书味华滋。此时一挥，乐不可支。

荒寒

边幅不修，精采无既。粗服乱头，有名士气。野水纵横，乱山荒蔚。兼葭苍苍，白露晞未。洗其铅华，卓尔名贵。佳茗留甘，谏果回味。

清旷
皓月高台，清光大来。眠琴在膝，飞香满怀。冲霄之鹤，映水之梅。意所未设，笔为之开。可以药俗，可以增才。局促瑟缩，胡为也哉。

性灵
耳目既钬，心手有喜。天倪所动，妙在能已。自本自根，亦经亦史。浅窥若成，深探匪止。听其自然，法为之死。譬之诗歌，沧浪孺子。

圆浑
槃以喻地，笠以写天。万象远视，遇方成圆。画亦造化，理无二焉。圆斯气裕，浑则神全。和光熙融，物华娟妍。欲造苍润，斯途其先。

幽邃
山不在高，惟深则幽。林不在茂，惟健则修。毋理不足，而境是求。毋貌有余，而笔不遒。息之深深，体之休休。脱有未得，扩之以游。

明净
虚亭枕流，荷花当秋。紫葩的的，碧潭悠悠。美人明装，载桡兰舟。目送心艳，神留于幽。净与花竞，明争水浮。施朱傅粉，徒招众羞。

健拔
剑拔弩张，书家所诮。纵笔快意，画亦不妙。体足用充，神警骨峭。轩然而来，凭虚长啸。大往固难，细入尤要。颊上三毫，裴楷乃笑。

简洁
厚不因多，薄不因少。旨哉斯言，朗若天晓。务简先繁，欲洁去小。人方辞费，我一笔了。喻妙于微，游物之表。夫谁则之，不鸣之鸟。

精谨
石建奏事，书马误四。谨则有余，精则未至。了然于胸，殚神竭智。富于千篇，贫于一字。慎之思之，然后位置。使寸管中，有千古寄。

俊爽
如逢真人，云中依稀。如相骏马，毛骨权奇。未尽谛视，先生光辉。气偕韵出，理将妙归。名花午放，彩鸾朝飞。一涉想像，皆成滞机。

空灵
栩栩欲动，落落不群。空兮灵兮，元气絪缊。骨疏神密，外合中分。自饶韵致，非关烟云。香销炉中，不火而熏。鸡鸣桑颠，清扬远闻。

韶秀
间架是立，韶秀始基。如济墨海，此为之涯。媚因韶误，嫩为秀歧。

但抱妍骨，休憎面媸。有如艳女，有如佳儿。非不可爱，大雅其嗤。

（清）黄钺《二十四画品》，《历代论画名著汇编》本

4. 本色与当行

东坡之文妙天下，然皆非本色，与其他文人之文、诗人之诗不同。文非欧曾之文，诗非山谷之诗，四六非荆公之四六，然皆自极其妙。

（宋）曾季狸《艇斋诗话》，《历代诗话续编》本

然长短句当使雪儿啭春莺辈可歌，方是本色。范蜀公晚喜柳词，以为善形容太平；伊川见小晏"梦魂惯得无拘检，又踏杨花过谢桥"之句，笑曰："鬼语也！"噫！此老先生亦怜才耶？余谓君当参取柳、晏诸人以和其声，不但词进，而君亦自此官达矣。

（宋）刘克庄《序翁应星乐府》，《后村先生大全集》卷九十七，《四部丛刊》本

坡诗略如昌黎，有汗漫者，有谨严者，有丽者，有简淡者，翕张开合，千变万态。盖自以其气魄力量为之，然本色也。他人无许大气魄力量，恐不可学。和陶之作，如海东青，西极马，一瞬千里，了不为韵束缚。

（宋）刘克庄《后村诗话》前集卷二，中华书局本

后山树立甚高，其议论不以一字假借人，然自言其诗师豫章公。或曰："黄、陈齐名，何师之有？"余曰："射较一镞，奕角一著，惟诗亦然。后山地位去豫章不远，故能师之。若同时秦、晁诸人，则不能为此言矣。此惟深于诗者知之。文师南丰，诗师豫章，二师皆极天下之本色，故后山诗文高妙一世。然《题太白画像》云：'江西胜士与长吟，后来不忧身陆沉。'胜士谓饶德操也。按德操此诗去手污吾足之作，大争地位，太白非德操，遂陆沉耶？似非笃论。"

（宋）刘克庄《江西诗派小序》，《历代诗话续编》本

大抵禅道惟在妙悟，诗道亦在妙悟。且孟襄阳学力下韩退之远甚，而其诗独出退之之上者，一味妙悟而已。惟悟乃为当行，乃为本色。

（宋）严羽《沧浪诗话·诗辨》，《沧浪诗话校释》，人民文学出版社本

须是本色，须是当行。

（宋）严羽《沧浪诗话·诗法》，《沧浪诗话校释》，人民文学出版社本

刘后村克庄云：唐文人皆能诗，柳尤高，韩尚非本色。追本朝，则文人多，诗人少，三百年间，虽人各有集，集各有诗，诗各自为体，或尚理致，或负才力，或逞辨博，要皆文之有韵者尔，非古人之诗也。

（宋）范晞文《对床夜语》卷二，《历代诗话续编》本

傅玄《艳歌行》，全袭《陌上桑》，但曰："天地正厥位，愿君改其图。"盖欲辞严义正，以裨风教。殊不知"使君自有妇，罗敷自有夫"，已含此意，不失乐府本色。

（明）谢榛《四溟诗话》卷一，人民文学出版社本

余所藏杂剧本几三百种，旧戏本虽无刻本，然每见于词家之书，乃知今元人之词，往往有出于二家之上者。盖《西厢》全带脂粉，《琵琶》专弄学问，其本色语少。盖填词须用本色语，方是作家，苟诗家独取李、杜，则沈、宋、王、孟、韦、柳、元、白，将尽废之耶？

（明）何良俊《曲论》，《中国古典戏曲论著集成》（四），中国戏剧出版社本

郑德辉《倩女离魂》越调《圣药王》内："近蓼花，缆钓槎，有折蒲衰草绿兼葭。过水洼，傍浅沙，遥望见烟笼寒水月笼纱，我只见茅舍两三家。"如此等语，清丽流便，语入本色；然殊不秾郁，宜不谐于俗耳也。

（明）何良俊《曲论》，《中国古典戏曲论著集成》（四），中国戏剧出版社本

王实甫《丝竹芙蓉亭》杂剧《仙吕》一套，通篇皆本色，词殊简淡

可喜。其间如《混江龙》内"想着我怀儿中受用，怕什么脸儿上抢白"，《元和令》内"他有曹子建七步才，还不了庞居士一分债"，《胜葫芦》内"兀的般月斜风细，更阑人静，天上巧安排"，《寄生草》内"你莫不一家儿受了康禅戒？"此等皆俊语也。夫语关闺阁，已是秾艳，须得以冷言剩句出之，杂以讪笑，方才有趣；若既着相，辞复浓艳，则岂画家所谓"浓盐赤酱"者乎？画家以重设色为"浓盐赤酱"，若女子施朱傅粉，刻画太过，岂如靓妆素服，天然妙丽者之为胜耶！

     （明）何良俊《曲论》，《中国古典戏曲论著集成》（四），中国戏剧出版社本

  《拜月亭·赏春（惜奴娇）》如"香闺掩珠帘镇垂，不肯放燕双飞"，《走雨》内"绣鞋儿分不得帮底，一步步提，百忙里褪了根"，正词家所谓"本色语"。

     （明）何良俊《曲论》，《中国古典戏曲论著集成》（四），中国戏剧出版社本

  今有两人，其一人心地超然，所谓具千古只眼人也，即使未尝操纸笔呻吟，学为文章，但直据胸臆，信手写出，如写家书，虽或疏卤，然绝无烟火酸馅习气，便是宇宙间一样绝好文字；其一人犹然尘中人也，虽其专专（疑衍一专字）学为文章，其于所谓绳墨布置，则尽是矣，然番来覆去，不过是这几句婆子舌头语，索其所谓真精神与千古不可磨灭之见，绝无有也，则文虽工而不免为下格。此文章本色也。

     （明）唐顺之《答茅鹿门知县二》，《荆川先生文集》卷七，《四部丛刊》本

  自有诗以来，其较声律，雕句文，用心最苦而立说最严者，无如沈约，苦却一生精力，使人读其诗，只见其绷缚龌龊，满卷累牍，竟不曾道出一两句好话。何则？其本色卑也。本色卑，文不能工也，而况其非本色者哉？

     （明）唐顺之《答茅鹿门知县二》，《荆川先生文集》卷七，《四部丛刊》本

  南易制，罕妙曲；北难制，乃有佳者。何也？宋时，名家未肯留心；

入元又尚北,如马、贯、王、白、虞、宋诸公,皆北词手;国朝虽尚南,而学者方陋——是以南不逮北。然南戏要是国初得体。南曲固是末技,然作者未易臻其妙。《琵琶》尚矣,其次则《玩江楼》、《江流儿》、《莺燕争春》、《荆钗》、《拜月》数种,稍有可观,其余皆俚俗语也;然有一高处:句句是本色语,无今人时文气。

(明)徐渭《南词叙录》,《中国古典戏曲论著集成》(三),中国戏剧出版社本

马致远"百岁光阴",放逸宏丽,而不离本色。押韵尤妙。长句如:"红尘不向门前惹,绿树偏宜屋角遮,青山正补墙东缺。"又如:"和露摘黄花,带霜烹紫蟹,煮酒烧红叶。"俱入妙境。小语如:"上床与鞋履相别。"大是名言。结尤疏俊可咏。元人称为第一,真不虚也。

(明)王世贞《曲藻》,《中国古典戏曲论著集成》(四),中国戏剧出版社本

近时冯通判惟敏,独为杰出,其板眼、务头、撺抢、紧缓,无不曲尽,而才气亦足发之;止用本色过多,北音太繁,为白璧微颣耳。

(明)王世贞《曲藻》,《中国古典戏曲论著集成》(四),中国戏剧出版社本

"波滔天,尧咨嗟。大禹湮百川,儿啼不窥家。其害乃去,茫然风沙",太白之极力于汉者也,然词气太逸,自是太白语。"兔丝附蓬麻,引蔓故不长。嫁女与征夫,不如弃路傍",子美之极力于汉者也,然音节太亮,自是子美语。

(明)胡应麟《诗薮·内编》卷一,上海古籍出版社本

文章自有体裁,凡为某体,务须寻其本色,庶几当行。柴桑《归去来辞》,说者谓虽本楚声,而无其哀怨切蹙之病。不知不类《楚辞》,正坐阿堵中。如《停云》、"采菊"诸篇,非不夷犹恬旷,然第陶一家语,律以建安,面目顿自悬殊,况《三百篇》、《十九首》耶?

(明)胡应麟《诗薮·内编》卷一,上海古籍出版社本

项王不喜读书,而《垓下》一歌,语绝悲壮。"虞兮"自是本色。屈

子孤吟泽畔,尚托寄美人公子,羽模写实情实事,何用为嫌。宋人以道理言诗,故往往谬戾如此。

(明)胡应麟《诗薮·内编》卷三,上海古籍出版社本

《大雅堂》四剧,虽文采翩翩,而精严密丽,工极人间,自当为南音绝唱。元人第长本色耳,稍入纷华,即关、郑、王、高,不无冗复之累。视明公才情奕奕,而峻洁清冷,一尘靡染者,竟代寥寥。

(明)胡应麟《杂柬汪公谈艺五通》三,《少室山房类稿》卷一百十三,明刊本

苏子瞻酷嗜陶令诗,贵其淡而适也。凡物酿之得甘,炙之得苦,唯淡也不可造;不可造,是文之真性灵也。浓者不复薄,甘者不复辛,唯淡也无不可造;无不可造,是文之真变态也。风值水而漪生,日薄山而岚出,虽有顾、吴,不能设色也,淡之至也。元亮以之。东野、长江欲以人力取淡,刻露之极,遂成寒瘦。香山之率也,玉局之放也,而一累于理,一累于学,故皆望岫焉而却,其才非不至也,非淡之本色也。

(明)袁宏道《叙呙氏家绳集》,《袁宏道集笺校》卷三十五,上海古籍出版社本

曲之始,止本色一家,观元剧及《琵琶》、《拜月》二记可见。自《香囊记》以儒门手脚为之,遂滥觞而有文词家一体。近郑若庸《玉玦记》作,而益工修词,质几尽掩。

(明)王骥德《曲律·论家数》,《中国古典戏曲论著集成》(四),中国戏剧出版社本

大抵纯用本色,易觉寂寥;纯用文调,复伤雕镂。《拜月》质之尤者,《琵琶》兼而用之,如小曲语语本色,大曲引子如"翠减祥鸾罗幌"、"梦绕春闱",过曲如"新篁池阁"、"长空万里"等调,未尝不绮绣满眼,故是正体。《玉玦》大曲,非无佳处;至小曲亦复填垛学问,则第令听者愦愦矣!

(明)王骥德《曲律·论家数》,《中国古典戏曲论著集成》(四),中国戏剧出版社本

故作曲者须先认其路头，然后可徐议工拙。至本色之弊，易流俚腐；文词之病，每苦太文。雅俗浅深之辨，介在微茫，又在善用才者酌之而已。

　　　　　　（明）王骥德《曲律·论家数》，《中国古典戏曲论著集成》
　　　　　　（四），中国戏剧出版社本

　　其词格俱妙，大雅与当行参间，可演可传，上之上也；词藻工，句意妙，如不谐里耳，为案头之书，已落第二义；既非雅调，又非本色，掇拾陈言，凑插俚语，为学究、为张打油，勿作可也！

　　　　　　（明）王骥德《曲律·论戏剧》，《中国古典戏曲论著集成》
　　　　　　（四），中国戏剧出版社本

　　过曲体有两途：大曲宜施文藻，然忌太深；小曲宜用本色，然忌太俚。须奏之场上，不论士人闺妇，以及村童野老，无不通晓，始称通方。

　　　　　　（明）王骥德《曲律·论过曲》，《中国古典戏曲论著集成》
　　　　　　（四），中国戏剧出版社本

　　《西厢》组艳，《琵琶》修质，其体固然。何元朗并訾之，以为"《西厢》全带脂粉，《琵琶》专弄学问，殊寡本色"。夫本色尚有胜二氏者哉？过矣！

　　　　　　（明）王骥德《曲律·杂论》，《中国古典戏曲论著集成》（四），
　　　　　　中国戏剧出版社本

　　当行本色之说，非始于元，亦非始于曲，盖本宋严沧浪之说诗。沧浪以禅喻诗，其言："禅道在妙悟，诗道亦然。惟悟乃为当行，乃为本色。有透彻之悟，有一知半解之悟。"

　　　　　　（明）王骥德《曲律·杂论》，《中国古典戏曲论著集成》（四），
　　　　　　中国戏剧出版社本

　　白乐天作诗，必令老妪听之，问曰："解否？"曰"解"，则录之；"不解"，则易。作剧戏，亦须令老妪解得，方入众耳，此即本色之说也。

　　　　　　（明）王骥德《曲律·杂论》，《中国古典戏曲论著集成》（四），
　　　　　　中国戏剧出版社本

临川汤奉常之曲，当置"法"字无论，尽是案头异书。所作五传，《紫箫》、《紫钗》第修藻艳，语多琐质，不成篇章；《还魂》妙处种种，奇丽动人，然无奈腐木败草，时时缠绕笔端；至《南柯》、《邯郸》二记，则渐削芜类，俯就矩度，布格既新，遣词复俊，其掇拾本色，参错丽语，境往神来，巧凑妙合，又视元人别一蹊径，技出天纵，匪由人造。使其约束和鸾，稍闲声律，汰其剩字累语，规之全瑜，可令前无作者，后鲜来哲，二百年来，一人而已。

　　　　　　　　　　（明）王骥德《曲律·杂论》，《中国古典戏曲论著集成》（四），
　　　　　　中国戏剧出版社本

　　先生（指徐天池——引者）好谈词曲，每右本色，于《西厢》、《琵琶》皆有口授心解；独不喜《玉玦》，目为"板汉"。先生逝矣，邈成千古，以方古人，盖真曲子中缚不住者，则苏长公其流哉！

　　　　　　　　　　（明）王骥德《曲律·杂论》，《中国古典戏曲论著集成》（四），
　　　　　　中国戏剧出版社本

　　问体孰近，曰："于文辞一家得一人，曰宣城梅禹金——摘华捰藻，斐亹有致；于本色一家，亦惟是奉常一人——其才情在浅深、浓淡、雅俗之间，为独得三昧。余则修绮而非垛则陈，尚质而非腐则俚矣。若未见者，则未敢限其工拙也。"

　　　　　　　　　　（明）王骥德《曲律·杂论》，《中国古典戏曲论著集成》（四），
　　　　　　中国戏剧出版社本

　　北杂剧已为金、元大手擅胜场，今人不复能措手。曾见汪太函四作，为《宋玉高唐梦》、《唐明皇七夕长生殿》、《范少伯西子五湖》、《陈思王遇洛神》，都非当行。惟徐文长渭《四声猿》盛行，然以词家三尺律之，犹河汉也。梁伯龙有《红线》、《红绡》二杂剧，颇称谐稳，今被俗优合为一大本南曲，遂成恶趣。近年独王辰玉太史衡所作《真傀儡》、《没奈何》诸剧，大得金、元本色，可称一时独步。

　　　　　　　　　　（明）沈德符《顾曲杂言·杂剧》，《中国古典戏曲论著集成》
　　　　　　（四），中国戏剧出版社本

今之学舞者，俱作汴梁与金陵，大抵俱软舞。虽有南舞、北舞之异，然皆女妓为之；即不然，亦男子女装以悦客。古法澌灭，非始本朝也。至若舞用妇人，实胜男子，彼刘、项何等帝王，尚恋戚、虞之舞。唐人谓：教坊雷大使舞，极尽工巧，终非本色。盖本色者，妇人态也。

  （明）沈德符《顾曲杂言·舞名》，《中国古典戏曲论著集成》（四），中国戏剧出版社本

何元朗良俊谓施君美《拜月亭》胜于《琵琶》，未为无见。《拜月亭》宫调极明，平仄极叶，自始至终，无一板一折非当行本色语，此非深于是道者不能解也，弇州乃以"无大学问"为一短，不知声律家正不取于弘词博学也；又以"无风情、无裨风教"为二短，不知《拜月》风情本自不乏，而风教当就道学先生讲求，不当责之骚人墨士也。用修之锦心绣肠，果不如白沙鸢飞鱼跃乎？又以"歌演终场不能使人堕泪"为三短，不知酒以合欢，歌演以佐酒，必堕泪以为佳，将《薤歌》、《蒿里》尽侑觞具乎？

  （明）徐复祚《曲论》，《中国古典戏曲论著集成》（四），中国戏剧出版社本

《香囊》以诗语作曲，处处如烟花风柳。如"花边柳边"、"黄昏古驿"、"残星破暝"、"红入仙桃"等大套，丽语藻句，刺眼夺魄。然愈藻丽，愈远本色。《龙泉记》、《五伦全备》，纯是措大书袋子语，陈腐臭烂，令人呕秽，一蟹不如一蟹矣。

  （明）徐复祚《曲论》，《中国古典戏曲论著集成》（四），中国戏剧出版社本

沈光禄璟著作极富，有《双鱼》、《埋剑》、《金钱》、《鸳被》、《义侠》、《红蕖》等十数种，无不当行。《红蕖》词极赡，才极富，然于本色不能不让他作。

  （明）徐复祚《曲论》，《中国古典戏曲论著集成》（四），中国戏剧出版社本

曲始于胡元，大略贵当行不贵藻丽。其当行者曰"本色"。盖自有此一番材料，其修饰词章，填塞学问，了无干涉也。故《荆》、《刘》、《拜》、《杀》

为四大家,而长材如《琵琶》犹不得与,以《琵琶》间有刻意求工之境,亦开琢句修词之端,虽曲家本色故饶,而诗余弩末亦不少耳。

(明)凌濛初《谭曲杂札》,《中国古典戏曲论著集成》(四),中国戏剧出版社本

国朝如汤菊庄、冯海浮、陈秋碧辈,直闯其藩,虽无专本戏曲,而制作亦富,元派不绝也。自梁伯龙出,而始为工丽之滥觞,一时词名赫然。盖其生嘉、隆间,正七子雄长之会,崇尚华靡;弇州公以维桑之谊,盛为吹嘘,且其实于此道不深,以为词如是观止矣,而不知其非当行也。以故吴音一派,竞为勦袭。靡词如绣阁罗帏、铜壶银箭、黄莺紫燕、浪蝶狂蜂之类,启口即是,千篇一律。甚者使僻事,绘隐语,词须累诠,意如商谜,不惟曲家一种本色语抹尽无余,即人间一种真情话,埋没不露已。至今胡元之窍,塞而未开,间以语人,如锢疾不解,亦此道之一大劫哉!

(明)凌濛初《谭曲杂札》,《中国古典戏曲论著集成》(四),中国戏剧出版社本

元美责《拜月》以无词家大学问,正谓其无吴中一种恶套耳,岂不冤甚!然元美于《西厢》而止取其"雪浪拍长空"、"东风摇曳垂杨线"等句,其所尚可知已,安得不击节于"新篁池阁"、"长空万里"二曲,而谓其在《拜月》上哉!《琵琶》全传,自多本色胜场,二曲正其稍落游词——前辈相传谓为赝入者——乃以绳《拜月》,何其不伦!

(明)凌濛初《谭曲杂札》,《中国古典戏曲论著集成》(四),中国戏剧出版社本

沈伯英审于律而短于才,亦知用故实、用套词之非宜,欲作当家本色俊语,却又不能,直以浅言俚句,掤拽牵凑,自谓独得其宗,号称"词隐"。而越中一二少年,学慕吴《趋》,遂以伯英开山,私相服膺,纷纭竞作。非不东钟、江阳,韵韵不犯,一禀德清;而以鄙俚可咲为不施脂粉,以生梗雉率为出之天然,较之套词、故实一派,反觉雅俗悬殊。使伯龙、禹金辈见之,益当千金自享家帚矣!

(明)凌濛初《谭曲杂札》,《中国古典戏曲论著集成》(四),中国戏剧出版社本

元曲源流古乐府之体，故方言、常语，沓而成章，着不得一毫故实；即有用者，亦其本色事，如蓝桥、祆庙、阳台、巫山之类。以拗出之为警俊之句，决不直用诗句，非他典故填实者也。一变而为诗余集句，非当可矣，而未可厌也。再变而为诗学大成、群书摘锦，可厌矣，而未村煞也。忽又变而文词说唱，胡诌莲花落，村妇恶声、俗夫亵谑无一不备矣。今之时行曲，求一语如唱本《山坡羊》、《刮地风》、《打枣竿》、《吴歌》等中一妙句，所必无也。

（明）凌濛初《谭曲杂札》，《中国古典戏曲论著集成》（四），中国戏剧出版社本

盖传奇初时本自教坊供应，此外止有上台构栏，故曲白皆不为深奥。其间用诙谐曰"俏语"，其妙出奇拗曰"俊语"。自成一家言，谓之"本色"，使上而御前，下而愚民，取其一听而无不了然快意。今之曲既斗靡，而白亦竞富。甚至寻常问答，亦不虚发闲语，必求排对工切。是必广记类书之山人，精熟策段之举子，然后可以观优戏，岂其然哉？又可笑者：花面丫头，长脚髯奴，无不命词博奥，子史淹通，何彼时比屋皆康成之婢、方回之奴也？总来不解本色二字之义，故流弊至此耳。

（明）凌濛初《谭曲杂札》，《中国古典戏曲论著集成》（四），中国戏剧出版社本

或曰："然则如《琵琶》黄门、早朝等语亦非乎？"曰："说书家非不是通俗演义，而'但见'云云，尽有偶句描写工妙者，此自是其一种铺排本色，人自不识其体耳。"

（明）凌濛初《谭曲杂札》，《中国古典戏曲论著集成》（四），中国戏剧出版社本

曲也者，达其心而为言者也，思致贵于绵渺，辞语贵于迫切。长门之咏，宜于官样而带岑寂；香闺之语，宜于暗藏而饶绮丽。倚门嗔笑之声，务求纤媚而顾盼生姿；学士骚人之赋，须期慷慨而啸歌不俗。故咏春花勿牵秋月，吟朝雨莫混夜潮。瑶台、玉砌，要知雪部之套辞；芳草、轻烟，总是郊原之泛句。又如命题杂咏，而直道本色，则何取于寓言？触物兴

怀，而杂景揣摹，则安在其即事！

（明）张琦《衡曲麈谭》，《中国古典戏曲论著集成》（四），中国戏剧出版社本

东坡以黄茅白苇比王氏之文，余以为不独王氏也。濂洛崛起之后，诸儒寄身储胥虎落之内者，余读其文集，不出道德性命，然所言皆土梗耳，高张凡近，争匹游、夏，如此者十之八九，可不谓之黄茅白苇乎？其时永嘉之经制，永康之事功，龙泉之文章，落落峥嵘于天壤之间，宁为雷同者所排，必不肯自处于浅末。盖自有宇宙以来，凡事无不可假，唯文为学力才禀所成，笔才点牍，则底裹上露，不能以口舌贵贱，不可以时代束缚，故六朝脂粉之世而有徐、庾，西昆驱染之世而有杨、刘，即在黄茅白苇之中，未尝掩其本色也。

（清）黄宗羲《郑禹梅刻稿序》，《黄梨洲文集》，中华书局本

里巷歌谣之作，男女咏歌，各言其情，计当年当有有其音而无其字者，而先王译之以为经。夫文理之极深者，无过于圣人，至其译田夫野老之语，终不敢少用其学问，以掩其本色。

（清）唐时《与友人论诗》，《尺牍新钞》一集，上海杂志公司本

草木之类，各有所长。有以花胜者，有以叶胜者。花胜则叶无足取，且若赘疣，如葵花蕙草之属是也。叶胜则可以无花，非无花也，叶即花也，天以花之丰神色泽，归并于叶而生之者也。不然，绿者，叶之本色，如其叶之，则亦绿之而已矣，胡以为红、为紫、为黄、为碧，如老少年、美人蕉、天竹、翠云草诸种，备五色之陆离，以娱观者之目乎？即其青之绿之，亦不同于有花之叶，另具一种芳姿。

（清）李渔《闲情偶寄·种植部》，《笠翁一家言全集》，芥子园刊本

武人诗如杨素、高骈辈，风雅所收，不必论已。他若曹景宗仅能识字，及在席上拈竞、病二韵云："去时儿女悲，归来笳鼓竞。借问大将谁？恐是霍去病。"四语风韵洒落，翻觉杨素、高骈胸中多却数卷书。又如斛律金目不知书，及作《敕勒歌》云："敕勒川，阴山下。天似穹庐，

笼盖四野。天苍苍,野茫茫,风吹草低见牛羊。"天然豪迈,翻觉曹景宗目中多却数行字。以此推之,作诗贵在本色。

(清)贺贻孙《诗筏》,《清诗话续编》本

严沧浪云:"唐人与宋人诗,未论工拙,直是气象不同。"此语切中窾要。但余谓作诗未论气象,先看本色,若赘郎效士大夫举止,暴富儿效贵公子衣冠,纵气象有一二相似,然村鄙本色自在。宋人虽无唐人气象,犹不失宋人本色,若近时人,气象非不甚似唐人,而本色相去远矣。

(清)贺贻孙《诗筏》,《清诗话续编》本

绝不破他丝毫物料,一味本色风光。作有题目诗,唯此为正法眼藏,他皆野狐涎也。呜呼!知此者鲜矣。

(清)王夫之《古诗评选》卷四,苏彦《七月七日咏牛女》评语,《船山遗书》,太平洋书店重校刊本

一直中露本色风光,即此是七言渊系,后来排撰虚实,横立情景,如游子以他乡为丘壑,忘其本矣。

(清)王夫之《唐诗评选》卷一,刘庭芝《代悲白头翁》评语,《船山遗书》,太平洋书店重校刊本

此与下作皆以脱露显本色风神,自非世间物。

(清)王夫之《唐诗评选》卷四,《秋兴》"千家山郭静朝晖"评语,《船山遗书》,太平洋书店重校刊本

记云:"白受采。"故知淡者诗之本色,华壮不获已而有之耳。然淡非学诣闳邃,不可袭致,世有强托为淡者,寒瘠之形立见,要与浮华客气厥病等耳。

(清)毛先舒《诗辩坻》卷第一,《清诗话续编》本

词虽以险丽为工,实不及本色语之妙。如李易安"眼波才动被人猜",萧淑兰"去也不教知,怕人留恋伊",魏夫人"为报归期须及早,休误妾、一春闲",孙光宪"留不得、留得也应无益",严次山"一春不忍上高楼,为怕见、分携处",观此种句,觉红杏枝头春意闹尚书,安排

一个字，费许大气力。

（清）贺裳《皱水轩词筌·词宜本色语》，《词话丛编》本

啸咏草莱，自是逸品，一为贵官奖拔，遂身入尘俗。志在藉资于人，面貌便非本色。与杜茶村相似，怜才者谅之。

（清）张谦宜《絸斋诗谈》卷七，《清诗话续编》本

陈履常谓"东坡以诗为词"，赵闲闲、王从之辈均以为不然，称其词"起衰振靡，当为古今第一"。愚谓王、赵之徒，推奉太过也。何则？以诗为词，犹之以文为诗也。韩昌黎、苏眉山皆以文为诗，故诗笔健崛骏爽，而终非本色；以诗为词，则其功过亦若是已矣。虽然，天下犹有以诗为文、以词为诗者：以诗为文，六朝俪偶之文是也；以词为诗，晚唐、元人之诗是也。知以诗为文、以词为诗之失，则知矫之者之为健笔矣，而所失究在于不如其分也。夫太白以古为律，律不工而超出等伦；温、李以律为古，古即工而半无真气。持此为例，则东坡之诗词，未能独占古今，而亦埽除凡近者欤！

（清）潘德舆《养一斋诗话》卷二，《清诗话续编》本

诗家之设色，要如稚子以丹砂饲络纬，身体本青色，渐变为朱色。其光彩晶晶然从皮肉内发越于外，不是向外面涂抹上去，方是真色。

（清）厉志《白华山人诗说》卷一，《清诗话续编》本

予谓古人兴到之篇，神来之句，各摅性情，自著本色，原未有所摹拟，则由是录而三复之，接《风》、《雅》之宗，其嘉惠艺林非浅矣。

（清）阮亨《方南堂先生辍锻录序》，《辍锻录》，《清诗话续编》本

贾长沙、太史公、《淮南子》三家文，皆有先秦遗意；若董江都、刘中垒，乃汉文本色也。

（清）刘熙载《艺概·文概》，上海古籍出版社本

半山文瘦硬通神，此是江西本色，可合黄山谷诗派观之。

（清）刘熙载《艺概·文概》，上海古籍出版社本

白贲占于贲之上爻，乃知品居极上之文，只是本色。
　　　　　　　　　　　　　（清）刘熙载《艺概·文概》上海古籍出版社本

赋长于拟效，不如高在本色。屈子之骚，不沾沾求似《风》《雅》，故能得《风》《雅》之精。长卿《大人赋》于屈子《远游》，未免落拟效之迹。
　　　　　　　　　　　　　（清）刘熙载《艺概·赋概》，上海古籍出版社本

古乐府中至语，本只是常语，一经道出，便成独得。词得此意，则极炼如不炼，出色而本色，人籁悉归天籁矣。
　　　　　　　　　　　　　（清）刘熙载《艺概·词曲概》，上海古籍出版社本

洪容斋论唐诗戏语，引杜牧"公道世间惟白发，贵人头上不曾饶"，高骈"依稀似曲才堪听，又被吹将别调中"，罗隐"自家飞絮犹无定，争解垂丝绊路人"。余谓观此则南北剧中之本色当家处，古人早透消息矣。
　　　　　　　　　　　　　（清）刘熙载《艺概·词曲概》，上海古籍出版社本

后主词，思路凄惋，词场本色；不及飞卿之厚，自胜牛松卿辈。
　　　　　　　　　　　　　（清）陈廷焯《白雨斋词话》卷一，《白雨斋词话足本校注》，齐鲁书社本

风流婉雅，是竹屿本色，吴中七子，璞函而外，固当首屈一指。
　　　　　　　　　　　　　（清）陈廷焯《白雨斋词话》卷四，《白雨斋词话足本校注》，齐鲁书社本

璞函词，称艳是其本色，然能规模古人，不离分寸，故雅而不晦，丽而有则。
　　　　　　　　　　　　　（清）陈廷焯《白雨斋词话》卷四，《白雨斋词话足本校注》，齐鲁书社本

元代曲家，自明以来，称关、马、郑、白。然以其年代及造诣论之，宁称关、白、马、郑为妥也。关汉卿一空倚傍，自铸伟词，而其言曲尽人情，字字本色，故当为元人第一。

（清）王国维《宋元戏曲考·元剧之文章》，引自《中国历代文论选》四，上海古籍出版社本

　　夫词曲之道，夙尚本色，《香囊》以文人藻采为之，遂泛滥而有文词家一体。及《玉玦》、《玉合》诸记作，益工修词，本质几掩，抑知曲以模写物情，体贴入理，所贵委曲宛转，以代说词，一涉藻缋，即蔽本来。而文人学子，积习未忘，不胜其靡，此体遂不能废，犹诗文之有六朝三唐也。

（清）吴梅《曲学通论》，《吴梅戏曲论文集》，中国戏剧出版社本

才 性 编

陆晓光
黄　珅　编选

一

才 俊 说

1. 天纵之才　自然绝人

　　学问有利钝，文章有巧拙。钝学累功，不妨精熟；拙文研思，终归蚩鄙。但成学士，自足为人；必乏天才，勿强操笔。
　　　　　　（北齐）颜之推《颜氏家训·文章篇》，《诸子集成》本

　　孙虔礼，字过庭……草书宪章二王，工于用笔，俊拔刚断，尚异好奇。然所谓少功用，有天材，真行之书亚于草矣。
　　　　　　（唐）张怀瓘《书法要录》卷九，《书断》，《佩文斋书画谱》，清康熙静永堂刻本

　　新诗十九首，丽格出清冥。得处神应骇，成时力尽停。正愁闻更喜，沉醉见还醒。自是天才健，非关笔砚灵。
　　　　　　（唐）姚合《喜鉴泾州卢侍御诗卷》，《全唐诗》卷五〇二，中华书局本

　　臣闻伏羲画卦朴且淳，苍颉造字初有文。
　　大篆小篆八分体，楷隶章草何纷纭。因兹八法各有要，遂使六艺区以分。其中最难惟草圣，元妙功夫自天性。
　　……
　　　　　　（宋）王禹偁《谢宣赐御草书急就章并朱邸旧集歌》，《小畜集》卷十，《四部丛刊》本

处士总角之岁，天与诗性，故亲族骇其语焉。弱冠之年，世有诗名，故贤英服其才焉。

（宋）王禹偁《潘阆咏潮图赞并序》，《小畜外集》卷十，《四部丛刊》本

"落日欲没岘山西，倒着接篱花下迷。襄阳小儿齐拍手，大家争唱白铜鞮。"此常言也。至于"清风明月不用一钱买，玉山自倒非人推"，然后见其横放。其所以惊动千古者，固不在此也。杜甫于白，得其一节，而精强过之。至于天才自放，非甫可到也。

（宋）欧阳修《李白杜甫诗优劣说》，《欧阳文忠集·居士集·笔说》卷十五，《四部备要》本

万物者，才之助。有助而无才，虽久且近不能得其情状。使才者遇之，则幽奇伟丽无不为用者。才而无助，则不能尽其才。然则待万物而后才者，犹常才也。若其自得于心，不借美于外，无视听之助而尽万物之变者，其天下之奇才乎？

（宋）陈师道《颜长道诗序》，《后山居士集》卷十六，上海古籍出版社本

文章有以天才胜，有以人力胜。出于人者可勉也，出于天者不可强也。今观贾谊、司马迁、李太白、韩文公、苏东坡，此数人皆以天才胜，如神龙之夭矫，天马之奔轶，得躩其踪而追其驾。惟其才力难局于小用，是亦时有疏略简易之处。然善观其文者，举其大而遗其细可也。若乃柳子厚专下刻深工夫，黄山谷、陈后山专寓深远趣味，以至唐末诸诗人，雕肝琢肺，求工于一言一字间，在于人力，固可以无恨，而概之前数公纵横驰骋之才，则又有间矣。故曰人可勉也，天不可强也。

（宋）谢尧仁《张于湖先生集序》，《于湖居士文集》卷首，上海古籍出版社本

文章有天分，有人力，而诗为甚。才高者语新，气和者韵胜，此天分也。

（宋）周密《浩然斋雅谈》卷上，《四库全书》本

学道者有神遇，有悬解，所以无碍辨才，游戏翰墨，龙拿虎掷，动心

骇目，不可致诘，彼区区者方缨冠被发流汗而追之，九万里风斯在下矣。中令天资高，于诗夙风习，故落笔有过人者，不足讶也。

（金）元好问《双溪集序》，《遗山先生文集》卷三十六，《四部丛刊》本

中书湛然，性禀英明，有天然之才。或吟哦数句，或挥扫百张，皆信手拈来，非积习而成之，盖出胸中之颖悟，流于笔端敏捷。

（元）王邻《湛然居士文集·序二》，《四部丛刊》本

诗，缘情而托物者也。其亦易易乎？然非易也。非天赋超逸之才，不能有以称其器。

（明）宋濂《刘兵部诗集序》，《宋学士全集》卷六，《丛书集成》本

诗成不管鬼神泣，笔下自有烟云飞。丈夫襟怀真磊落，将口谈天日月薄。泰山高兮高可夷，沧海深兮深可涸。惟有李白天才夺造化，世人孰得窥其作？我言李白古无双，至今采石生辉光。嗟哉石崇空豪富，终当埋没声不扬。黄金白璧不足贵，但愿男儿有笔如长松。

（明）方孝孺《吊李白》，《逊志斋集》卷二十四，《四部备要》本

张子曰："造化之妙，则精糟煨烬，无非教也。犹庄子云：瓦砾秕稗，莫非道也。"例是而言，东坡深于文者也，故嬉笑怒骂皆成文章也；张旭深于草书者也，故歌舞战斗皆草书也。

（明）杨慎《琐语》，《升庵合集》，国学基本丛书本

嘉靖间，有初学诗者，开口便多奇气。此虽天赋美质，其成之败之，则又在乎人矣。

（明）谢榛《四溟诗话》卷三，《历代诗话续编》本

先生天纵异才，与世人有仙凡之隔，而学问自参悟中来。出其绪余为文字，实真龙一滴之雨。不得其源，而强学之，宜其不似也。

（明）袁中道《中郎先生全集序》，《袁宏道集笺校》附录三，上海古籍出版社本

词隐之持法也，可学而知也；临川之修辞也，不可勉而能也。大匠能与人规矩，不能使人巧也。其所能者，人也；所不能者，天也。
　　　　　（明）王骥德《曲律》，《中国古典戏曲论著集成》（四），中国戏剧出版社本

诗之有隐有秀，画之有神有逸，天授非人力。
　　　　　（清）宋徵璧《抱真堂诗话》，《清诗话续编》本

夫于人之所不能知，而惟我有才能知之；于人之所不能言，而惟我有才能言之，纵其心思之氤氲磅礴，上下纵横，凡六合以内外，皆不得而囿之。以是措而为文辞，而至理存焉，万事准焉，深情托焉，是之谓有才。
　　　　　（清）叶燮《原诗·内篇下》，人民文学出版社本

诗不成于人，而成于其人之天。其人之天有诗，脱口能吟；其人之天无诗，虽吟而不如其无吟。同一石，独取泗滨之磬；同一铜，独取商山之钟。无他，其物之天殊也。舜之庭独皋陶赓歌，孔之门独子夏子贡可与言诗。无他，其人之天殊也……予往往见人之先天无诗，而人后天有诗，于是以门户制诗，以书籍炫诗，以叠韵次韵险韵敷衍其诗，而诗道日亡。然则吾安得忘诗之人而与之言诗哉？
　　　　　（清）袁枚《何南园诗序》，《小仓山房文集》卷二十八，《四部备要》本

作诗如作史也，才、学、识三者宜兼，而才为尤先。造化无才，不能造万物；古圣无才，不能制器尚象；诗人无才，不能役典籍，运心灵；才之不可已也如是夫！然而自古清才多，奇才少。晋人称谢邈清才，宋神宗读苏轼文叹："奇才！奇才！"才中分量，又不可以十百计。蒋君心余，奇才也……然君有所余于诗之外，故能有所立于诗之中。其摇笔措意，横出锐入，凡境为之一空，如神狮怒蹲，百兽慑伏；如长剑倚天，星辰乱飞；铁厚一雨，射而洞之；华岳万仞，驱而行之；目妃之室，自为粤阵，祖而搏战，前徒倒戈；人且羡，且妒，且骇，且却走，且訾謷，无不有也。然而学之者，非折胁即绝膑矣，非壶哨即鼓俸矣，故何也？则才之奇

不可袭而取也。

（清）袁枚《蒋心余藏园诗序》，《小仓山房续文集》卷二十八，《四部备要》本

今夫越女之论剑术曰："妾非受于人也，而忽自有之。"夫自有之者，非人与之，天与之也。天之所以与，岂独越女哉！此射与羿，奕与秋，聪与师旷，巧与公输，勇与贲育，美与西施、宋朝。之数人者，俱不能自言其所以异于众也。而众之人，方且弯弓、斗棋、审音、习斤、学手搏、施朱粉，穷日夜追之，终不克肖此数人于万一者，何也？云松之于诗，目之所寓即书矣，心之所之即录矣，笔舌之所到即奋矣，稗史方言龟经鼠序之所载即阑入矣。李卫尉之营阵随处可置也，熊宜僚之丸信乎可弄也。而忽正忽奇，忽庄忽俳，忽沉骛忽纵逸，忽叩虚而逗臆，忽数典而斗靡。

（清）袁枚《赵云松瓯北集序》，《小仓山房文集》卷二十八，《四部备要》本

诗文自须学力，然用笔构思，全凭天分……赵云松《论诗》云："到老始知非力取，三分人事七分天。"

（清）袁枚《随园诗话》卷十五，人民文学出版社本

坡诗不尚雄杰一派，其绝人处，在乎议论英爽，笔锋精锐，举重若轻，读之似不甚用力，而力已透十分。此天才也。

（清）赵翼《瓯北诗话》卷五，人民文学出版社本

……惟陶公则全是胸臆中自流出，不学人而自成，无意为诗而已。至东坡亦如是，固是天生不再之贤，虽杜、韩犹是先学人而后自成家。如杜《同谷七歌》从《胡笳十八拍》来，韩《南山》诗从《京都赋》来。

（清）方东树《昭昧詹言》卷一，人民文学出版社本

唐诗自以李、杜、韩、白为四大家。李诗不可不读，而不可遽学。有人问太白诗于李文贞公，公曰："他天才妙，一般用事用字，都飘飘在云霄之上。此人学不得，无其才断不能到。"窃谓太白之神采，必有迥异乎常人者，司马子微一见，即谓其有仙风道骨，可与神游八极之表；贺知章

一见，即呼为谪仙人；甚至唐玄宗一见，即若自失其万乘之尊者。其人如此，其诗可知，故断非学力所能到。惟《古风五十九首》，语多着实，不徒为神仙缥缈之谈，则后学所当熟复之。第一首开口便说大雅不作，骚人斯起，然词多哀怨，已非正声；至扬、马之流宕，建安之绮丽，亦不足为法；迨有唐文运肇兴，而己适当其时，即思以删述继获麟之后。此与少陵"文章千古事"同一抱负。盖自信其才分之高，趋向之正，足以起八代之衰，而此身任之，非徒大言欺人也。

（清）梁章钜《退庵随笔》，《清诗话续编》本

苏、辛并称，辛之于苏，亦犹诗中山谷之视东坡也。东坡之大与白石之高，殆不可以学而至。

（清）吴衡照《莲子居词话》卷四，《词话丛编》本

《宣和书谱》称贺知章"草隶佳处，机会与造化争衡，非人工可到。"余谓太白诗佳处亦如之。

（清）刘熙载《艺概·诗概》，上海古籍出版社本

稼轩求胜于东坡，豪壮或过之，而逊其清超，逊其忠厚。玉田追踪于白石，格调亦近之，而逊其空灵，逊其浑雅。故知东坡白石，具有天授，非人力所可到。

（清）陈廷焯《白雨斋词话》卷八，人民文学出版社本

天才者，或数十年而一出，或数百年而一出，而又须济之以学问，助之以德性，始能产真正之大文学。此屈子、渊明、子美、子瞻等所以旷世而不一遇也。

（清）王国维《文学小言》，《晚清文选》，世界文库本

抒情之诗，不待专门之诗人而后能之也。若夫叙事，则其所需之时日长，而其所取之材料富，非天才而又暇日者不能。此诗家之数之所以不可更仆数，而叙事文学家殆不能及百分之一也。

（清）王国维《静安文集续编·文学小言》，《静安遗书》，商务印书馆本

……其知力弥高,其感人也弥深。独天才者,由其知力之伟大,而全离意志之关系,故其观物也,视他人为深,而其创作之也。与自然为一。故美者,实可谓天才之特许物也。

(清)王国维《静庵文集·叔本华之哲学及其教育学说》,《静安先生遗书》,商务印书馆本

2. 贵乎全才　兼而有之

公出文数十章,即进士鲍生之作也。命题立意,殆非常人。其为学也,依道而据德,其为才也,通古而达变;其为识也,利物而成务,求之广场,未易多得。

(宋)王禹偁《赠别鲍秀才序》,《小畜外集》卷十三,《四部丛刊》本

尝试论之:古之所谓良史者,其明必足以周万事之理,其道必足以适天下之用,其智必足以通难知之意,其文必足以发难显之情,然后其任可得而称也。何以知其然也?昔者唐虞有神明之性,有微妙之德,使由之者不能知,知之者不能名,以为治天下之本。号令之所布,法度之所设,其言至约,其体至备,以为治天下之具。而为二典者,推而明之,所记者岂独其迹也,并与其深微之意而传之,小大精粗无不尽也,本末先后无不白也。使诵其说者,如出乎其时,求其旨者,如即乎其人。是可不谓明足以周万事之理,道足以适天下之用,智足以通难知之意,文足以发难显之情者乎?则方是之时,岂特任政者皆天下之士哉?盖执简操笔而随者,亦皆圣人之徒也!……□□子显之于斯文,喜自驰骋,其更改破析刻雕藻缋之变尤多,而其文益下,岂夫材固不可以强而有邪?数世之史既然,故其事迹暧昧,虽有随世以就功名之君,相与合谋之臣,未有赫然得倾动天下之耳目,播天下之口者也。而一时偷夺倾危,悖理反义之人,亦幸而不暴著于世,岂非所记不得其人故也?可不惜哉!盖史者,所以明夫治天下之道也;故为之者,亦必天下之材,然后其任可得而称也。岂可忽哉,岂可忽哉!

(宋)曾巩《南齐书目录序》,《曾巩集》卷十一,中华书局本

写照非画科比，盖写形不难，写心惟难，写之人尤其难也。夫帝尧秀眉，鲁僖司马亦秀眉；舜重瞳，项羽朱友敬亦重瞳；沛公龙颜，嵇叔夜亦龙颜；世祖日角，唐高祖亦日角；文皇风姿，李相国亦风姿；尼父如蒙魌，阳虎亦如蒙魌；窦将军鸢肩，骆宾王亦鸢肩；杨食我熊虎之状，班定远乃虎头；司马懿狼顾，周嵩乃狼肮。——如此者写之足矣，故曰写形不难。夫写屈原之形而肖矣，倘不能笔其行吟泽畔，怀忠不平之意，亦非灵均。写少陵之貌而是矣，倘不能笔其风骚冲淡之趣，忠义杰特之气，峻洁葆丽之姿，奇辟赡博之学，离寓放旷之怀，亦非浣花翁。盖写其形，必传其神，传其神，必写其心；否则君子小人，貌同心异，贵贱忠恶，奚自而别？形虽似何益？故曰写心惟难。夫善论写心者，当观其人，必胸次广，识见高，讨论博，知其人则笔下流出，间不容发矣。倘秉笔而无胸次，无识鉴，不察其人，不观其形，彼目大舜而性项羽，心阳虎而貌仲尼，违其人远矣。故曰写之人尤其难。

（宋）陈郁《藏一话腴论写心》，引自《中国画论类编》上，中国古典艺术出版社本

其气壮，故其辞雄浑而敦厚；其学博，故其辞深宏而奥密；其志忠，故其辞感激而切直，其行廉，故其辞蠲洁而清劲。吁，古今之能以勋业文章并显于当时而垂耀于后世，若先生者，几何人哉？先生没，而有不没者存，其在此也。

（明）李明勉《犁眉公集序》，《诚意伯文集》卷首，《四部丛刊》本

大明袁袠曰："立言之道有六难：学难乎渊该，事难乎综核，词难乎雅健，气难乎充和，识难乎通融，志难乎沉澹。兼是六能而假以岁月，立言之道庶矣。"

（明）徐师曾《文体明辨序说·文章纲领·论文》，人民文学出版社本

夫声诗之道，其思欲沉，其调欲响，其骨欲苍，其味欲隽，而总之归于高华秀朗。其丰神之增减，大都视其材矣。材多则情赡而思溢，光景无

尽；材少则境迫而气窘，精芒易穷，则其大较也。

（明）屠隆《冯咸甫诗草序》，《白榆集》卷一，明刊本

义仍意始不可一世，历下、琅邪而下，多所睥睨。余颇不谓然。乃近者义仍《玉茗堂集》出，余一见心折。世果无若人，无若诗，多所睥睨，非过也。义仍才高学博，气猛思沉。材无所不搜，法无所不比。远播于寥廓，精入于毫芒。极才情之滔荡，而禀于鸿裁；收古今之精英，而熔以独至。其格有似凡而实奇，调有甚新而不诡。语有老苍而不乏于恣，态有纤秾而不伤其骨。为汉魏则汉魏，为《骚》、《选》则《骚》、《选》，为六朝则六朝，为三唐则三唐。天纲顿物，大冶铸金。左右纵横，无不如意。当其挥霍，如法和按剑，僧辩洛师，川岳共命，风云从指。当其秀爽，如仙人神鼎，帝女天浆，入口冷然，凡骨立蜕。义仍足于此道，大矣化矣。讵惟独步方今，且将陵轹往古。此其时宁复有当义仍者耶！余诗才气骨力，远不逮义仍。一读近草，若邹忌见徐君，自叹以为弗如；尹氏见邢夫人，掩面而泣也。世宁复有当义仍者耶！

（明）屠隆《玉茗堂文集序》，《汤显祖诗文集》，上海古籍出版社本

大都先生之治诗，才高而系之以法，气厚而标之以韵，骨淡而永之以思，情与景适，象与境熔，比兴弥深，而筋节靡减。

（明）胡应麟《林贞耀观察覆瓿草序》，《少室山房集》卷八十二，《四库全书》本

先生与黄箕诸公，商证日益玄奥。先生之资近狂，故以承当胜，石箕之资近狷，故以严密胜。两人递相取益，而间发为诗文，俱从灵源中溢出，别开手眼，了不与世匠相似。总之发源既异，而其别于人者有五：上下千古，不作逐块观场之见，脱肤见骨，遗迹得神，此其识别也；天生妙姿，不镂而工，不饰而文，如天孙织锦，国客抽丝，此其才别也；上至经史百家，入眼注心，无不冥会，旁及玉简金叠，皆采其菁华，任意驱使，此其学别也；随其意之所欲言，以求自适，而毁誉是非，一切不问，怒鬼嗔人，开天辟地，此其胆别也；远性逸情，潇潇洒洒，别有一种异致，若山光水色，可见而不可即，此其趣别也。有此五者，然后唾雾皆具三昧，

岂与逐逐文字者较工拙哉！

  （明）袁中道《妙高山法寺碑》，《珂雪斋文集》卷九，上海杂志公司本

  慈水颜茂齐，贵人也，生平不相识，突遗我读《书佳山水歌》，秀婉哀清，金丝响动，已而阅其《雪屐酬》，已而阅其《闽粤诸纪咏》，已而阅其《文赋启牍》等诸体，具闳裁也。兰泼其口，晶雕其肺，斗肥其胆，镜通其识。尺幅之中，高华丽采，英杰翘峙，富不浓恶，贫不俭酸，居然一癯衣贵公子耳。

  （明）王思任《颜茂齐集序》，《王季重十种》，《中国文学珍本丛书》本

  四声定于沈休文，为沈韵，近体尊之，古则否，唐以后尊之，前此则否。夫沈韵不通于唐以前，况四言乎？以沈韵串四言，以四言遍四声，名曰《韵诗》，辟则右军之笔，集为圣教，章帝之书，写成千文，事不相蒙，义例甚合其体，近白下胡彭举创之，以寓其游戏栖记之意者也。夫世不难创此体，而难于彭举之才之情之识之诣，无彭举之才情识诣，百七章中，必不能无断缺补凑，虽创胡取焉？

  （明）钟惺《韵诗序》，《钟伯敬合集》，《中国文学珍本丛书》本

  里中祝金阳先生……以自发其性情之蕴，而成其金阳先生之诗，然而格韵棱嶒，神机疏洒，自然有建安、大历之致。其才本高，而学识又足以济之，三长不独兼史也。

  （明）王思任《茵花馆诗序》，《王季重十种》，《中国文学珍本丛书》本

  目察公之用心，其议不待人发，而其才不难自变，其识已看定天下所必趋之壑，而其力已暗割从来所自快之情。予因思古今真文人何处不自信，亦何尝不自悔。当众波同泻，万家一习之时，而我独有所见，虽雄裁辩口，摇之不能夺其所信。至于众为我转，我更觉进，举世方竞写喧传，而真文人灵机自检，已遁之悔之中矣。

  （明）谭元春《袁中郎先生续集序》，《谭友夏合集》，上海书店本

所谓可学而不可能者信矣，而又非可以不学而能也，以其识趣正定，才力宏肆，心地虚明，天地之物象，阴符之生杀，古今之文心，名理陶冶，笼挫归乎一气而咸资以为诗。善画马者曰：天闲万厩皆吾师也。安有撑肠雷腹，蝉吟蚓窍而谓之能诗者哉！

　　　　　　（清）钱谦益《梅村先生诗集序》，《牧斋有学集》卷十七，《四部丛刊》本

夫诗人之为道，不徒以其才也。有性情焉，有学识焉；其深浅正变之故，不于斯三者考之，不足以言诗之大也。

　　　　　　（清）吴伟业《龚芝麓诗序》，《梅村家藏稿》卷二十八，《四部丛刊》本

退山言作诗者，固当出之以性情，尤当扩之以才识，涵濡蕴蓄，更当俟之以火候，三者不至，不可以言诗。此与宋景濂王美之论互相发明。其于古今作者，有品藻而无折衷，盖不欲定于一家，以隘诗路也。

　　　　　　（清）黄宗羲《钱退山诗文定》，《南雷文定》三集卷一，《四部备要》本

百余年来，宗派不一，互相訾謷，譬之尚质，敝必至于鬼；尚文，敝必至于僿。后之救弊者不得其道，其趋愈下，而不可复挽……所以不克大振者，其故有三：才不足也，志不立也，学不至也。今天下奇才甚少，又多汲汲干进，驰骛功名，志分于制兴趣之业，或才名藉甚，遂沾沾自足，自命作者，而不复求益。语云："文章千古事。"夫以中庸之才，用不专之志，守不殖之学，求其千古也，不亦难乎！

　　　　　　（清）归庄《顾天石诗序》，《归庄集》卷三，上海古籍出版社本

士之能以诗文名天下传后世者，有三资焉，曰记览之博也，曰见识之高也，曰历年之久也。记览博则贯穿经史，驰骋诸子百家书，无所不读，言有本而出之不穷；见识高则不依傍昔人之成见，不汨没世俗之说，卓然能自立；历年老则积久而变化生，攻苦而神明出。

　　　　　　（清）魏禧《赖古堂集序》，《魏叔子文集》卷八，清刊本

诗本乎才，而尤贵乎全才。才全者，能总一切法，能运千钧笔故也。夫才有情、有气、有思、有调、有力、有略、有量、有律、有致、有格。情者，才之酝酿，中有所属；气者，才之发越，外不能遏；思者，才之径路，入于缥缈；调者，才之鼓吹，出以悠扬；力者，才之充拓，莫能摇撼；略者，才之机权，运用由己；量者，才之容蓄，泄而不穷；律者，才之约束，守而不肆；致者，才之韵度，久而愈新；格者，才之老成，骤而难至。具此十者，才可云全乎？然又必须时以振之，地以基之，友以泽之，学以足之。夫披鲜掞藻，春华裕如，是时以振之也；雄视阔步，门业清高，是地以基之也；辨体引义，以致千秋，是友以泽之也；金声玉振，以集大成，是学以足之也。复得此四者，而才始无弊，可称全才矣。

（清）徐增《而庵诗话》，《清诗话》本

宋子京《唐书·杜甫传赞》，谓其诗"浑涵汪茫，千汇万状，兼古人而有之"，大概就其气体而言。此外，如荆公、东坡、山谷等，各就一首一句，叹以为不可及，皆未说著少陵真本领也。其真本领仍在少陵诗中"语不惊人死不休"一句。盖其思力沉厚，他人不过说到七八分者，少陵必说到十分，甚至有十二三分者。其笔力之豪劲，又足以副其才思之所至，故深入无浅语。微之谓其薄《风》、《雅》，该沈、宋，夺苏、李，吞曹、刘，掩颜、谢，综徐、庾，足见其牢笼万有。秦少游并谓其不集诸家之长，亦不能如此。则似少陵专以学力集诸家之大成。明李崆峒诸人，遂谓李太白全乎天才，杜子美全乎学力。此真耳食之论也！思力所到，即其才分所到，有不如是则不快者。此非性灵中本有是分际，而尽其量乎？出于性灵所固有，而谓其全以学力胜乎？

（清）赵翼《瓯北诗话》卷二，人民文学出版社本

……然先生殊不以所能自足。十余年来，先生之所造与时俱进。今者观察河淮，自定其诗集成若干卷，而往时宏篇丽制，人所惊叹以谓不可逮者，先生固已多所摈去矣。夫岂非才高而心逾下，识高而志弥远者与？是以其诗风格清举，囊括唐宋之菁，备有闳阔幽深之境。信哉，诗人之杰也！且夫文章、学问一道，而人才不能无所偏擅，矜考据者，每窒于文词；美才藻者，或疏于稽古，士之病是久矣！鼐于前岁见先生著《西魏

书》，博综辩论，可谓富矣，今乃示以诗集，乃空灵骀荡，多具天趣，若初不以学问长者，余又以是知先生所蕴之深且远，非如浅学小夫之矜于一得者。然则谓之诗人，固不足以定先生矣。

（清）姚鼐《谢蕴山诗集序》，《惜抱轩文集》卷四，《四部备要》本

昔严沧浪之论诗，谓"诗有别材，非关乎学；诗有别趣，非关乎理"。而秀水朱氏讥之云："诗篇虽小技，其原本经史，必也储万卷，始足供驱使"，二家之论，几乎枘凿不相入，予谓皆知其一而未知其二者也，沧浪比诗于禅，沾沾于流派较其异同，诗家门户之别，实启于此，究其所谓别材、别趣者，只是依墙傍壁，初非真性情所寓，而转蹈于空疏不学之习，一篇一联，时复斐然，及取其全集读之，则索然尽矣。秀水谓诗必原本经史，固合于子美"读书万卷，下笔有神"之旨，然使无真材逸趣以驱使之，则藻采虽繁，臭味不足，又何以解"祭鱼占鬼疥，骆驼掉出袋"之诮乎？夫唯有绝人之才，有过人之趣，有兼人之学，乃能奄有古人之长，而不袭古人之貌，然后可以卓然自成一大家。

（清）钱大昕《瓯北集序》，《潜研堂文集》卷二十六，《四部丛刊》本

乙巳夏，大昕来鄞，先生出诗稿见示，读之思深而力厚，格高而气和，得古人之性情而不袭其面目，兼古人之门径而不局于方隅，此真才人也，此大才人也。

（清）钱大昕《春星草堂诗集序》，《潜研堂文集》卷二十六，《四部丛刊》本

学者须要胸襟高，识趣超，义理宏，笔力强。此皆诗文本领，不可强而能，不从学诗得也。

（清）方东树《昭昧詹言》卷十，人民文学出版社本

叙在法，存乎学；写在才气，存乎才；议在胸襟识见，存乎识：一诗必兼才、学、识三者。起棱在神气，存乎能解太史公之文；汁浆存乎读书多，材料富。凡以上诸法，无如杜公。今一一评之，细心体察，久之自有

悟入处。

（清）方东树《昭昧詹言》卷十一，人民文学出版社本

　　古今治诗者多矣，有专于诗者之诗，有其人其学不专于诗者之诗。专于诗者，句磨而字琢之，劳其神而苦其心，矻矻然举天地之大，万物之多，惟吾诗之知。若夫不专于诗者，诸子百家之说有一不知焉，吾耻也；诗、古文、词、金石、书法有一不能焉，吾病也。其于诗也，特其无所不能者之一能而非其专能也。吾友子贞自贵州考官归，以所得诗见示，读之求其专似一古人者而不得也。不知其为汉魏，为六朝、唐宋，适己而已矣。吾意所欲言者，声之于口，形之以手而已矣。其所谓不专于诗者之诗乎！子贞迹近而心远，其自守坚，其智深而能静焉，以事无不可任者而温温于侍从之职，乃以其汪洋之材、沉毅之姿自恣于诸子百家、诗、古文、词、金石、丹青、书法之学，其学也亦变焉而已。子贞之学固不足以尽其人，况其诗又何足以尽其学乎！其不工焉非其所惜，其工焉亦非其沾沾自喜者也，不然，使子贞而专于诗，举天地之大，万物之多而惟吾诗之知，则真诗人矣，而失吾子贞矣。固不乐乎以彼而易此也！

（清）梅曾亮《何子贞诗序》，《柏枧山房文集·诗集》卷七，
清咸丰刊本

　　《文心雕龙》云："嵇志清峻，阮旨遥深。"钟嵘《诗品》云："郭景纯用俊上之才，刘越石仗清刚之气。"余谓"志""旨""才""气"，人占一字，此特就其所尤重者言之，其实此四字，诗家不可缺一也。

（清）刘熙载《艺概·诗概》，上海古籍出版社本

　　古之善为诗者，不于诗乎求也，俶傥之才，莫伟之识，深博无涯涘之学，积而不已，则以其余溢而为诗，触境而发，称心而出，无不曲折而奔赴，斯时草木万汇尽为我机抒，风云百怪皆入我炉冶，言其所欲言，得其所独得，无意为诗而诗工，岂与夫摘章缋句，分界唐宋者同日而语哉？

（清）杨昌濬《春在堂诗编序》，《春在堂诗编》卷首，俞樾
《春在堂全书》，清刊本

　　自来诗家或主性灵，或矜才学，或讲格调，往往是丹非素，词则三者

缺一不可。盖不曰赋曰吟，而曰填，则格调最宜讲究。否则去上不分，平仄任意，可以娱俗目不能欺识者。至性灵才学，设有所偏，非剪彩为花，绝无生气，即杨花满纸，有类瞽词。

（清）丁绍仪《听秋声馆词话》卷一，《词话丛编》本

3. 通才实难　无所不可

夫文本同而末异，盖奏议宜雅，书论宜理，铭诔尚实，诗赋欲丽。此四科不同，故能之者偏也；唯通才能备其体。

（魏）曹丕《典论·论文》，《丛书集成》本

难矣哉，士之为才也！或练治而寡文，或工文而疏治。对策所显，实属通才。志足文远，不其鲜欤！

（南朝·梁）刘勰《文心雕龙·议对》，人民文学出版社本

原夫文章之作，本乎情性，覃思则变化无方，形言则条流遂广。虽诗赋与奏议异轸，铭诔与书论殊涂，而撮其指要，举其大抵，莫若以气为主，以文传意。考其殿最，定其区域，摭六经百氏之英华，探屈、宋、卿、云之秘奥，其调也尚远，其旨也在深，其理也贵当，其辞也欲巧。然后莹金璧，播芝兰，文质因其宜，繁约适其变。权衡轻重，斟酌古今，和而能壮，丽而能典，焕乎若五色之成章，纷乎犹八音之繁会。夫然，则魏文所谓通才足以备体矣，士衡所谓难能足以逮意矣。

（唐）令狐德棻《周书》卷四十《王褒庾信传论》，中华书局本

始尧舜时，君臣以赓歌相和。是后诗人继作，历夏、殷、周千余年，仲尼缉拾选练，其取干预教化之尤者三百篇，其余无闻焉。骚人作而怨愤之态繁，然犹去风雅日近，尚相比拟……宋、齐之间，教失根本，士以简慢、歇习、舒徐相尚，文章以风容、色泽、放旷、精清为高，盖吟写性灵、流连光景之文也，意气格力，无取焉。陵迟至于梁、陈，淫艳刻饰，佻巧、小碎之词剧，又宋、齐之所不取也……至于子美，盖所谓上薄风、骚，下该沈、宋，古傍苏、李，气夺曹、刘，掩颜、谢之孤高，杂徐、庾之流丽，尽得古今之体势，而兼人人之所独专矣……时山东人李白，亦以

奇文取称，时人谓之李、杜。予观其壮浪纵恣，摆去拘束，模写物象，及乐府歌诗，诚亦差肩于子美矣。至若铺陈终始，排比声韵，大或千言，次犹数百，词气豪迈，而风调清深，属对律切，而脱弃凡近，则李尚不能历其藩翰，况堂奥乎？

    （唐）元稹《唐故工部员外郎杜君墓系铭并序》，《元稹集》卷五十六，中华书局本

  逮开元间，稍裁以雅正，然恃华者质反，好丽者壮违，人得一概，皆自名所长。至甫，浑涵汪茫，千汇万状，兼古今而有之，他人不足，甫乃厌余，残膏剩馥，沾丐后人多矣。故元稹谓："诗人以来，未有如子美者。"

    （宋）欧阳修等《新唐书·杜甫传》，中华书局本

  古今作者，或能文不必工于诗，或长于诗不必有文，平甫独兼得之。其于诗尤自喜，其忧、喜、哀、乐、感激、怨怼之情，于诗，见之古诗尤多也。

    （宋）曾巩《王平甫文集序》，《曾巩集》卷十二，中华书局本

  诗欲其好，则不能好矣。王介甫以工，苏子瞻以新，黄鲁直以奇。而子美之诗，奇常、工易、新陈莫不好也。

    （宋）陈师道《后山诗话》，《历代诗话》本

  予读杜诗云："江汉思归客，乾坤一腐儒"，"功业频看镜，行藏独倚楼"，叹其含蓄如此；及云"虎气必腾上，龙身宁久藏"，"蛟龙得云雨，雕鹗在秋天"，则又骇其奋迅也。"草深迷市井，地僻懒衣裳"，"经心石镜月，到面雪山风"，爱其清旷如此；及云"退朝花底散，归院柳边迷"，"君随丞相后，我住日华东"，则又怪其华艳也。"久客得无泪，故妻难及晨"，"囊空恐羞涩，留得一钱看"，嗟其穷愁如此；及云"香雾云鬟湿，清辉玉臂寒"，"笑时花近靥，舞罢锦缠头"，则又疑其侈丽也。至读"谶归龙凤质，威定虎狼都"，"风尘三尺剑，社稷一戎衣"，则又见其发扬而蹈厉矣；"五圣联龙衮，千官列雁行"，"圣图天广大，宗祀日光辉"，则又得其雄深而雅健矣；"许身一何愚，自比稷与契"，"虽乏谏净姿，恐君

有遗失",则又知其许国而爱君也;"对食不能餐,我心殊未谐","人生无家别,何以为烝黎",则知其伤时而忧民也;"未闻夏商衰,中自诛褒妲","堂堂太宗业,树立甚宏达",斯则隐恶扬善而春秋之义耳;"巡非瑶水远,迹是雕墙后","天王守太白,伫立更搔首",斯则忧深思远而诗人之旨耳;至于"上有蔚蓝天,垂光抱琼台","风帆倚翠盖,暮把东皇衣",乃神仙之致耶?"惟有摩尼珠,可照浊水源","欲闻第一义,回向心地初",乃佛乘之义耶?呜呼!有能窥其一二者,便可名家,况深造而具体者乎?此予所以稚齿服膺,华颠未至也。

(宋)张表臣《珊瑚钩诗话》卷一,《历代诗话》本

前辈诗文,各有平生自得意处,不过数篇,然他人未必能尽知也。毗陵正素处士张子厚善书,余尝于其家见欧阳文忠子棐以乌丝栏绢一轴,求子厚书文忠公《明妃曲》两篇,《庐山高》一篇,略云:"先公平日,未尝矜大所为文,一日被酒,语棐曰:'吾《庐山高》,今人莫能为,惟李太白能之。《明妃曲》后篇,太白不能为,惟杜子美能之;至于前篇,则子美亦不能为,惟吾能之也。'因欲别录此三篇也。"

(宋)叶梦得《石林诗话》中,《历代诗话》本

秦少游云:"苏武、李陵之诗,长于高妙;曹植、刘公幹之诗,长于豪逸;陶潜、阮籍之诗,长于冲淡;谢灵运、鲍照之诗,长于峻洁;徐陵、庾信之诗,长于藻丽。子美者,穷高妙之格,极豪逸之气,包冲淡之趣,兼峻洁之姿,备藻丽之态,而诸家所作不及焉。"

(宋)何溪汶《竹庄诗话》卷五,《四库全书》珍本初集本

艺之至者不两能。涑水不工四六,南丰不能诗。公何以能集众耐擅一家哉,岂非阜陵所谓气高天下者为之本欤?

(宋)刘克庄《序诗境集》,《后村先生大全集》卷九十七,《四部丛刊》本

《遯斋闲览》曰:"杜子美之诗,悲欢骄泰,发敛抑扬,疾徐纵横,无施不可。故其诗有平淡简易者,有绵丽精确者,有严重威武若三军之帅者,有奋迅驰骤若泛驾之马者。"

(宋)蔡梦弼《杜工部草堂诗话》卷一,《历代诗话续编》本

　　淮海秦少游《韩愈论》曰:"杜子美之于诗,实积众流之长,适当其时而已。昔苏武、李陵之诗长于高妙,曹植、刘公幹之诗长于豪逸,陶潜、阮籍之诗长于冲淡,谢灵运、鲍照之诗长于峻洁,徐陵、庾信之诗长于藻丽,于是子美者,穷高妙之格,极豪逸之气,包冲淡之趣,兼峻洁之姿,备藻丽之态,而诸家之作所不及焉。然不集诸家之长,子美亦不能独至于斯也,岂非适当其时故耶?《孟子》曰:'伯夷,圣之清者也。伊尹,圣之任者也。柳下惠,圣之和者也。孔子,圣之时者也。孔子之所谓集大成。'呜呼!子美亦集诗之大成者欤?"

(宋)蔡梦弼《杜工部草堂诗话》卷一,《历代诗话续编》本

　　凤台王彦辅《诗话》曰:"唐兴,承陈隋之遗风,浮靡相矜,莫崇理致。开元之间,去雕篆,黜浮华,稍裁以雅正。虽缔句绘章,人既一概,各争所长。如大羹玄酒者,薄滋味;如孤峰绝岸者,骇廊庙;秾华可爱者,乏风骨;烂然可珍者,多玷缺。逮至子美之诗,周情孔思,千汇万状,茹古涵今,无有涯涘,森严昭焕,若在武库,见戈戟布列,荡人耳目,非特意语天出,尤工于用字,故卓然为一代冠,而历世千百,脍炙人口。予每读其文,窃苦其难晓。如《义鹘行》"巨颡拆老拳"之句,刘梦得初亦疑之,后览《石勒传》,方知其所自出。盖其引物连类,掎摭前事,往往如是。韩退之谓"光焰万丈长",而世号"诗史",信哉!

(宋)蔡梦弼《杜工部草堂诗话》卷一,《历代诗话续编》本

　　老杜语多质朴,滥觞苏黄诸君,不知老杜之所以高妙特立,正不在此矣。如"落日照大旗,马鸣风萧萧",如"阴房鬼火青,坏道哀湍泻",如"青眼高歌望吾子,眼中之人吾老矣",如"万里悲秋长作客,百年多病独登台",如"五更鼓角声悲壮,三峡星河影动摇",如"永夜角声悲自语,中天月色好谁看",如"金粟堆前松柏里,龙媒去尽鸟呼风",如"斯须九重真龙出,一洗万古凡马空",不大悲壮乎!如"岱宗夫如何,齐鲁青未了",如"公主歌黄鹄,君王指白日",如"中宵驱车去,饮马寒塘流",如"俯视但一气,焉能辨皇州",如"云气生虚壁,江声走白沙",如"吴楚东南坼,乾坤日夜浮",如"星随平野阔,月涌大江流",

如"诏从二殿去，碑到百蛮开"，如"山河扶绣户，日月近雕梁"，如"楼雪融城湿，宫云去殿低"，如"浮云连海岱，平野入青徐"，如"锦江春色来天地，玉垒浮云变古今"，如"织女机丝虚夜月，石鲸鳞甲动秋风"，如"江光隐见鼋鼍窟，石势参差乌鹊桥"，不大瑰丽乎！如"落月满屋梁，犹疑照颜色"，如"天寒翠袖薄，日暮倚修竹"，如"勿为新婚念，努力事戎行"，如"妾身未分明，何以拜姑嫜"，如"信美无与适，侧身望川梁"，如"孰知是死别，且复伤其寒"，如"少壮几时奈老何，向来哀乐何其多"，如"古人白骨生青苔，如何不饮令心哀"，如"青丝络头为君老，何由却出横门道"，如"君王旧迹今人赏，转见千秋万古情"，如"野馆浓花发，春帆细雨来"，如"暗水流花径，春星带草堂"，如"露从今夜白，月是故乡明"，如"亲朋尽一哭，鞍马去孤城"，如"江清歌扇底，野旷舞衣前"，如"龙武新军深驻辇，芙蓉别殿漫焚香"，如"疏灯自照孤帆宿，新月犹悬双杵鸣"，如"画图省识春风面，环佩空归月夜魂"，不大宛转流利乎！老杜之美，其大者灼灼若是，乃一切置不论，而独取其粗朴以为擅场，老杜有灵，不胡卢地下乎！

（明）屠隆《与友人论诗文》，《由拳集》卷二十三，明刊本

太白有大家之材，而局量稍浅，故腾踔飞扬之意胜，沈深典厚之风微。昌黎有大家之具，而神韵全乖，故纷拏叫噪之途开，蕴藉陶熔之义缺。杜陵氏兼得之。

（明）胡应麟《诗薮·内编》卷四，上海古籍出版社本

大家名家之目，前古无之。然谢灵运谓东阿才擅八斗，元微之谓少陵诗集大成，斯义已昉。故记室《诗评》，推陈王圣域；廷礼《品汇》，标老杜大家。夫书画末技，钟、王、顾、陆，咸负此称；诗文大业，顾无其人？使子建与应、刘并列，拾遗与王、孟齐肩、可乎？则二者之辨，实谈艺所当知也。

偏精独诣，名家也；具范兼熔，大家也。然又当视其才具短长，格调高下，规模宏隘，阃域浅深。有众体皆工，而不免为名家者，右丞、嘉州是也。有律绝微减，而不失为大家者，少陵、太白是也。

（明）胡应麟《诗薮·外编》卷四，上海古籍出版社本

余尝谓大家如卓、郑之产，膏腴万顷，轮囷百区，而硗瘠痹陋，时时有之。名家如李都尉五千兵，皆荆、楚锐士，奇才剑客，然止可当一队。

（明）胡应麟《诗薮·外编》卷四，上海古籍出版社本

清新、秀逸、冲远、和平、流丽、精工、庄严、奇峭，名家所擅，大家之所兼也。浩瀚、汪洋、错综、变幻、浑雄、豪宕、闳廓、沈深，大家所长，名家之所短也。

（明）胡应麟《诗薮·外编》卷四，上海古籍出版社本

宋以前诗文书画，人各自名，即有兼长，不过一二。胜国则文士鲜不能诗，诗流靡不工书，且时旁及绘事，亦前代所无也。

（明）胡应麟《诗薮·外编》卷六，上海古籍出版社本

青莲能虚，工部能实。青莲唯一于虚，故目前每有遗景；工部唯一于实，故其诗能人而不能天，能大能化而不能神。苏公之诗，出世入世，粗言细语，总归玄奥，恍忽变怪，无非情实，盖其才力既高，而学问识见，又迥出二公之上，故宜卓绝千古。

（明）袁宏道《答梅客生开府》，《袁宏道集笺校》卷二十一，上海古籍出版社本

先生于诸史百家蔑不沉酣渔猎，而能达其幽深玄微，化其陈腐声格。意匠经营，初无惨澹；形制毕举，非关斤铓。有荒荒油云，寥寥长风者，赋之凌《鹦鹉》也；有采采流水，蓬蓬远春者，诗之谱鸳鸯也；有峨峨太行，宛宛羊肠者，文之窅龙虎也；有娟娟群松，泠泠独鹤者，启牍之挟风霜也；有悠悠花香，萧萧落叶者，乐府之戛金石也。而行神如空，行气如虹。时脱巾独步，登彼扶桑；时拂剑绝行，泛此浩劫；时隈红自啸，输我烟萝。岂游目以骋怀，忽忧心而如捣。盖丹石其难夺，抑重基之可拟。惟是陈词忠厚，怀君父之思；寄言劝勉，无怨怼之意。先生之集有兼能也哉！

（明）陈洪谧《玉茗堂诗集序》，《汤显祖诗文集·附录》，上海古籍出版社本

此亦一简，本不成诗。然直写情事，曲折明了，亦成诗家一体。大家无所不有，亦无所不可也。

（明）王嗣奭《杜臆》卷九《又呈吴郎》评语，上海古籍出版社本

一日，方子密之，过旅邸，夏云忽来，阴雨相接，解衣燕坐，爰出纨扇以示余。扇有书画无款表，书法苍劲，势若惊鸟之斜飞；画格萧疏，体似落霞之孤逝。诗则过虎丘吊贞娘墓所作，情思幽凉，风期秀劲，振绝步于区中，结遐韵于尘外，三复咏诵，顿尔天宇若霁，重霾自遣。余徘徊叹绝，海内才子，赖有斯君。密之顾视而笑："此即宣城梅子朗三也。方寄僧房授诸生，去此可数日，子其识之。"

（清）侯方域《梅宣城诗序》，《壮悔堂集》，《四部备要》本

大凡读子美洋洋大篇，当知他人能短者不能长，能少者不能多，能人者不能天，惟子美能短能长，能少能多，能人能天，亦复愈长愈短，愈多愈少，愈人愈天。如韩信用兵，多多益善，百万人如一人，汉高虽以神武定天下，然所将不过十万而已。然则子美能长能多，而非排比觍缕之谓，排比觍缕，亦子美用长用多之一斑，然不足以尽子美也。

（清）贺贻孙《诗筏》，《清诗话续编》本

少陵诗中，如"白摧朽骨龙虎死"等语，似长吉；"叶里松子僧前落"、"天清木叶闻"等语，似摩诘；"水流心不竞，云在意俱迟"等语，似常建；"灯影照无寐，心清闻妙香"等语，似王昌龄；其余似诸家处尚不可尽指，而终不能指其篇某句似太白。太白诗中，如《凤凰台》作，似崔颢；《赠裴十四》作，似长吉；《送郄昂谪巴中》诸作，似高、岑；《送纪舍人之江东》诸作，似浩然；"城中有古树，日夕连秋声"等语，似摩诘；其他似诸家处尚不能尽指，而终不能指其某篇某句似少陵。盖其相似者，才有所兼能；其不相似者，巧有所独至耳。

（清）贺贻孙《诗筏》，《清诗话续编》本

东坡真行，出入北海、平原，妙于用肥而不俗，临平原诸帖，尤逼真。近世墨猪之诮，非知书者。余尝论宋人书，当推东坡第一，且未论笔法，其文章气节，已足跨绝一代。山谷云："古来以文章名天下，例不工

书，所以子瞻翰墨，尤为世人所重。"又曰："东坡尝自比颜鲁公，以余考之，绝长补短，两公皆一代伟人。"知言哉！

（清）邵长蘅《跋苏东坡星刻》，《邵子湘全集·青门簏稿》卷
十一，愚斋丛书刻青门草堂藏本

夫词者，诗之余，固殊体而同源也。唐宋以来，诗词兼擅者，代不乏人。

（清）许昂霄《词综偶评·后记》，《词话丛编》本

盘空硬语，须有精思结撰。若徒捭摭字，诘曲其词，务为不可读以骇人耳目，此非真警策也。昌黎诗如《题炭谷湫》云："巨灵高其捧，保此一掬悭。"谓湫不在平地，而在山上也。"吁无吹毛刃，血此牛蹄殷。"谓时俗祭赛此湫龙神，而己未具牲牢也。《送无本师》云："鲲鹏相摩窣，两举快一啖。"形容其诗力之豪健也。《月蚀》诗："帝箸下腹尝其膰。"谓烹此食月之虾蟆，以享天帝。思语俱奇，真未经人道。至如《苦寒行》云："啾啾窗间雀，所愿晷刻淹。不如弹射死，欲得亲炰燖。"谓雀受冻难堪，翻愿就炰炙之热也。《竹簟》云："倒身甘寝百疾愈，却愿天日恒炎曦。"谓因竹簟可爱，转愿天不退暑，而长卧此也。此已不免过火，然思力所至，宁过毋不及，所谓矢在弦上，不得不发也。至如《南》诗之"突起莫间簉"，"诋评陷于窦"，"仰喜呀不仆"，"堙塞生怐愗"，"达恔壮复奏"；《和郑相樊员外》诗之"禀生肖剿刚"，"烹斡力健倔"，"龟判错袞黻"，"呀豁疚掊掘"；《征蜀》诗之"剟肤清浃痡疮，败面碎剖刳"，"岩钩踔狙猿，水漉杂鳣鳟。投奔闹窳磘，填隍俶偫侑"，"燕堞熇歊熺，抉门呀拗阎"，"跧梁排郁缩，闯窦揳窟窡"；《陆浑山火》之"盉池波风肉陵屯"，"电光磹磾颊目暖"。此等词句，徒聱牙辖舌，而实无意义，未免英雄欺人耳。其实《石鼓歌》等杰作，何尝有一语奥涩，而磊落豪横，自然挫笼万有。又如《喜雪献裴尚书》、《咏月和崔舍人》以及《叉鱼》、《咏雪》等诗，更复措思极细，遣词极工，虽工于试帖者，亦逊其稳丽。此则大才无所不办，并以见诗之工，固在此不在彼也。

（清）赵翼《瓯北诗话》卷三，《清诗话续编》本

杜工部五言诗，尽有古今文字之体。《前后出塞》、《三别》、《三

吏》，固为诗中绝调，汉、魏乐府之遗音矣。他若《上韦左丞》，书体也；《留花门》，论体也；《北征》，赋体也；《送从弟亚》，序体也；《铁堂》、《青阳峡》以下诸诗，记体也；《遭田父泥饮》，颂体也；《义鹘》、《病柏》，说体也；《织成褥段》，箴体也；《八哀》，碑状体也；《送王砅》，纪传体也。可谓牢笼众有，挥斥百家。

（清）管世铭《读雪山房唐诗序例》，《清诗话续编》本

　　王、孟、韩、柳诗惟一体。太白有古体，有唐体，已当分别观之。至少陵五古，则赋、序、记、论、碑、传、诔、赞一切杂体之文，无不以入之，故其体愈杂，而其观愈奇矣。

（清）管世铭《读雪山房唐诗序例》，《清诗话续编》本

　　一人作一面目，王、李、高、岑、太白所能也。一篇出一面目，王、李、高、岑、太白所不能也。杜工部七言古诗，随物赋形，因题立制，如怒猊抉石，如香象渡河，如秋隼抟空，如春鲸跋浪，如洞庭张乐，鱼龙出听，如昆阳济师，翎甍皆震，如太原公子，裼裘高步而来，如许下狂生，蹀躞掺挝而至。千态万状，不可殚名，悲喜无端，俯仰自失，观止之叹，意在斯乎？

（清）管世铭《读雪山房唐诗序例》，《清诗话续编》本

　　或且规矩汉晋，熟精萧（选），师法唐宋，各得诗笔。虽性之所近，业有殊工，而力有可兼，事亦并擅，若乃志在为山，亏于不至之讥；情止盈科，未达进放之本，此蒙于浅隘而已，乌觇百川之汇南溟哉？

（清）阮元《李海堂集序》，《揅经室续集》卷四，《丛书集成》本

　　赋家之心，其小无内，其大无垠，故能随其所值，赋像班形，所谓"惟其有之，是以似之"也。

（清）刘熙载《艺概·赋概》，上海古籍出版社本

　　少陵七律，无才不有，无法不备。义山学之，得其浓厚；东坡学之，得其流转；山谷学之，得其奥峭；遗山学之，得其苍郁；明七子学之，佳

者得其高亮雄奇，劣者得其空廓。

（清）施补华《岘佣说诗》，《清诗话》本

　　词于古文诗赋，体制各异，然不明古文法度，体格不大；不具诗人旨趣，吐属不雅；不备赋家才华，文采不富。王元美《艺苑卮言》云："填词虽小技，尤为谨严。"贺黄公《词筌》云："填词亦兼辞令、叙事之妙。"然则词家于古文、诗、赋亦贵兼通矣。

（清）沈祥龙《论词随笔》，《词话丛编》本

4. 才有所偏　工拙不一

　　《诗》以道志，《书》以道事，《礼》以道和，《易》以道阴阳，《春秋》以道名分。其数散于天下而设于中国者，百家之学，时或称而道之。天下大乱，贤圣不明，道德不一，天下多得一，察焉以自好。譬如耳目口鼻，皆有所明，不能想通。犹百家众技也，皆有所长，时有所用。虽然，不该不偏，一曲之士也。

（先秦）《庄子·天下》，《诸子集成》本

　　物固莫不有长，莫不有短。人亦然，故善学者，假人之长以补其短。

（先秦）《吕氏春秋·用众》，《诸子集成》本

　　墨子为木鸢，三年而成，蜚一日而败。弟子曰："先生之巧，至能使木鸢飞。"墨子曰："吾不如为车輗者巧也。用咫尺之木，不费一朝一事，而引三十石之任致远，力多，久于岁数。今我为鸢，三年成，蜚一日而败。"惠子闻之曰："墨子大巧，巧为輗，拙为鸢。"

（先秦）《韩非子·外储说左上》，《诸子集成》本

　　巧冶不能铸木，巧工不能斲金者，形性然也。

（汉）刘安《淮南子·说林训》，《诸子集成》本

　　人有所优，固有所劣。人有所工，因有所拙。非劣也，志意不为也。非拙也，精诚不加也。志有所存，顾不见泰山。思有所至，有身不暇徇

也。称干将之利，刺则不能击，击则不能刺，非刃不利，不能一旦二也。蚌弹雀则失鹞，射鹊则失雁，方员画不俱成，左右视不并见，人材有两为，不能成一。

（汉）王充《论衡·书解》，《诸子集成》本

夫才有清浊，思有修短，虽并属文，参差万品，或洁浄而不渊潭，或得事情而辞钝，违物理而言功，盖偏长之一致，非兼通之才也。暗于自料，强欲兼之，违才易务，故不免嗤也。

（晋）葛洪《抱朴子外篇·辞义》，《诸子集成》本

三体之外，请试妄谈：若夫委自天机，参之史传，应思悱来，勿先构聚。言尚易了，文憎过意，吐石含金，滋润婉切。杂以风谣，轻唇利吻，不雅不俗，独中胸怀。轮扁斲轮，言之未尽，文人谈士，罕或兼工。非唯识有不周，道实相妨，谈家所习，理胜其辞，就此求文，终然翳夺。故兼之者鲜矣。

（南朝·齐）萧子显《南齐书》卷五十二《文学传论》，中华书局本

……至如陈遵占辞，百封各意；祢衡代书，亲疏得宜：斯又尺牍之偏才也。

（南朝·梁）刘勰《文心雕龙·书记》，人民文学出版社本

云长、士章，并有盛才，词美英净。至于五言之作，几乎尺有所短，譬应变将略，非武侯所长，未足以贬卧龙。

（南朝·梁）钟嵘《诗品》卷下，人民文学出版社本

谢客吐言天拔，出于自然，时有不拘，是其糟粕。裴氏乃是良史之才，了无篇什之美……谢故巧不可阶，裴亦质不宜慕。

（南朝·梁）萧纲《与湘东王书》，《梁书》卷四十九，中华书局本

……世代有文质，风俗有淳醨，学识有深浅，才性有工拙。

（五代）刘昫《旧唐书·文苑传序》，中华书局本

张籍乐府词清丽深婉，五言律诗却平淡可爱，至七言诗则质多文少，材各有宜，不可强饰。

（宋）刘攽《中山诗话》，《历代诗话》本

世语云："苏明允不能诗，欧阳永叔不能赋，曾子固短于韵语，黄鲁直短于散语，苏子瞻词如诗，秦少游诗如词。"

（宋）陈师道《后山诗话》，《历代诗话》本

阮嗣宗诗，专以意胜；陶渊明诗，专以味胜；曹子建诗，专以韵胜；杜子美诗，专以气胜。

（宋）张戒《岁寒堂诗话》，人民文学出版社本

秦少游言人才各有分限，杜子美诗冠古今，而无韵者殆不可读。曾子固以文名天下，而有韵辄不工，此未易以理推也。

（宋）王直方《诗文难兼善》，引自《宋诗话辑佚》本

宗室士睬字明发，喜作诗与画，尝为高轩过图。张嘉甫题云："顾长康善画而不能诗，杜子美善作诗而不能画。从容二子之间者，王右丞也。若明发盖右丞之季孟云。"晁无咎亦题云："嘉甫谓顾长康善画而不能诗，杜子美能诗而不能画，明发兼此二胜，可在摩诘季孟间。余以画及诗信嘉甫之知言。"晁以道见之，谓余："能画而不能诗，乃可以为病，岂有能诗而必又能画耶？'夏云多奇峰'，乃长康句，谓不能诗可乎？嘉甫既易于立论，而无咎又便抑之，大抵皆读书少之过。"

（宋）王直方《题高轩过图》，引自《宋诗话辑佚》本

有大才，作小诗辄不工，退之是也。子苍然之。刘禹锡、柳子厚小诗极妙，子美不甚留意绝句。子苍亦然之。子苍云："绝句如小家事，句中著大家事不得。若山谷《蟹》诗用'与虎争'及'支解'字，此家事大，不当入诗中。如'虎争'诗语亦怒张，乏风流酝藉之气。'南窗读书声吾伊'，诗亦不佳，皆不如《羊》诗酝藉也。"

（宋）吴可《藏海诗话》，《历代诗话续编》本

甚矣文之难也！长于台阁之体者，或短于山林之味；谐于时世之嗜者，或漓于古雅之风。笺奏与记序异曲，五七与百千不同调，非文之难，兼之者难也。至于公训诰具西汉之尔雅，赋篇有杜牧之之刻深，骚词得楚人之幽婉，序山水则柳子厚，传任侠则太史迁。至于大篇决流，短章敛芒，縟而不酿，缩而不傋，清新妩丽，奄有鲍谢，奔逸俊伟，穷追太白，求只字之陈陈，一倡之呜呜，而不可得也。

　　　　（宋）杨万里《石湖先生大资参考范公文集序》，《诚斋集》卷八十二，《四部丛刊》本

　　李、杜二公，正不当优劣。太白有一二妙处，子美不能道；子美有一二妙处，太白不能作。

　　　　（宋）严羽《沧浪诗话·诗评》，《沧浪诗话校释》，人民文学出版社本

　　夫文不能皆工，故曾子固劣于诗，温公自言不习四六。

　　　　（宋）刘克庄《序退庵集》，《后村先生大全集》卷九十四，《四部丛刊》本

　　世缘深者天机浅，律体工者古风拙，语绮者力轻，辞繁者味短，世有垂天之翼，专车之骨，吾未之见也。

　　　　（宋）刘克庄《序李后林诗》，《后村先生大全集》卷九十八，《四部丛刊》本

　　诗者，文之事。余尝怪世之能诗家，常谦谦自托于不敢言文，而号工文者，亦让诗不为，曰："道固不得兼也。"嘻噫！是何异于言医者曰："吾曾为小儿医、妇人医，而不通乎他。"言兵者曰："吾能车而不徒，吾能谋围而不能谋斗。"岂理也哉？

　　　　（元）戴表元《张仲实文编序》，《剡源集》卷八，《丛书集成》本

　　秦少游言人才各有分限，杜子美诗冠古今，而无韵者殆不可读；曾子固以文名天下，而有韵辄不工。此未易以理推也。

　　　　（元）王构《修辞鉴衡》卷一，《丛书集成》本

永叔、介甫俱文胜词，词胜诗，诗胜书；子瞻书胜词，词胜画，画胜文，文胜诗。然文等耳，余俱非子瞻敌也。鲁直书胜词，词胜诗，诗胜文；少游词胜书，书胜文，文胜诗。

（明）王世贞《艺苑卮言》，《历代诗话续编》本

诗大难言矣。思通淹纬者，多乏天才；才气俊迈者，或疏冥讨。气韵高胜，惧少体裁；法律森严，时减风致。雄浑悲壮，求之流利则穷；清倩萧疏，责以沉着多窘。率意师心，托之自然，乃如噉蔗，都无回味。腐毫断髭，命曰精思，恒苦棘涩，不中宫商。平淡和雅，类有道之言，或太啴缓而无度；急节哀响，有快士之烈，或伤凄切而不和。豪宕激人，或骤惊四筵，无当独赏；幽洽自喜，或止宜野唱，不飙雅音。夫诗乌有兼长哉。曹刘颜谢，沈宋李杜，八子者皆不能两相为也。夫诗乌有兼长哉。庶其兼之，今天壤之间，乃有义仍。

（明）屠隆《玉茗堂文集序》，引自《汤显祖诗文集·附录》，上海古籍出版社本

穹壤之间，齿角爪翼，物不俱全，气禀使然也。书之体状多端，人之造诣各异，必欲众妙兼备，古今恐无全书矣。

（明）项穆《书法雅言·形质》，引自《历代书法论文选》，上海书画出版社本

强记则博闻，博闻必强记，此常理而不尽然，至博闻强记而不解把笔者，又比比也。乃文章烜赫之士，于载籍涉猎而已，淹通该洽之任，往往谦让未遑。岂人力固所难兼，将造物阴为限制耶？然汉、唐以上诸大家则无不博涉也，其弊自宋开之。

（明）胡应麟《华阳博议下》，《少室山房笔丛》卷三十九，中华书局本

今世人耽嗜《水浒传》，至缙绅文士，亦间有好之者。第此书中间用意，非仓猝可窥。世但知其形容曲尽而已，至其排比一百八人，分量重轻，纤毫不爽，而中间抑扬映带，回护咏叹之工，真有超出语言之外者。

余每惜斯人，以如是心，用于至下之技，然自是其偏长，政使读书执笔，未必成章也。

(明)胡应麟《庄岳委谈下》，《少室山房笔丛》卷四十一，中华书局本

史迁载《子虚》《上林》，以其文辞宏丽，为世所珍而已，非真能赏咏之也。观其推重贾生诸赋可知。贾畅达用世之才耳，所为赋自是一家，太史公亦自有《士不遇赋》，绝不成文理，千秋轶才，竟绌于雕虫小技，人各有所能，不能强耶？

(明)张和仲《千百年眼》卷五，引自《笔记小说大观》，江苏广陵古籍刻印社本

休文四声八病，首发千古妙诠，其于近体，允谓作者之圣，而自运乃无一篇。诸作材力有余，风神全乏，视彦升、彦龙，仅能过之。世以钟氏私憾，抑置中品，非也。

(明)胡应麟《诗薮·外编》卷二，上海古籍出版社本

严羽卿之诗品，独探玄珠；刘会孟之诗评，深会理窟；高廷礼之诗选，精极权衡。三君皆具大力量，大识见，第自运俱未逮。严极称盛唐，而调仍中、晚。刘甚尊李、杜，而格仅黄、陈。高稍作初唐语，亦才影响耳。然不可以是掩其所长。如近李于鳞选唐诗，与己所作略无交涉。若并波及其诗，则非公论也。

(明)胡应麟《诗薮·外编》卷四，上海古籍出版社本

词采似属可缓，而亦置音律之前者，以有才、技之分也。文词稍胜者，即号才人；音律极精者，终为艺士。师旷止能审乐，不能作乐；龟年但能度词，不能制词；使与作乐制词者同堂，吾知必居末席矣。事有极细，而亦不可不严者，此类是也。

(清)李渔《闲情偶寄·词曲部·结构第一》，《中国古典戏曲论著集成》(七)，中国戏曲出版社本

自古一代之兴，必有名世巨人出，而弘济苍生，润色鸿业。然而长于政事者，未必工于文章。工于文章者，未必优于理学。求其兼备无遗者，

不数见也。当西汉之隆，萧、曹、丙、魏，号为贤相，然所长者止于政事，无论理学，即文章且无闻焉。而司马迁、相如、枚皋、扬雄之流，又徒以文章著称，而不及施于政事，其于理学则亦未能窥其万一也。所谓兼备无遗者，求之古而不得。

（清）吴梅村《魏贞庵兼济堂文集序》，《梅村家藏稿·补遗》，《四部丛刊》本

史称潘岳、陆机而后，文士莫及，惟江右称"潘陆"，江左称"颜谢"而已。然安仁诗赋佳处，仅见之于哀悼语中，士衡惊才绝艳，乃其为诗不及其《文赋》、《豪士赋序》、《吊魏武帝文》、《辨亡五等诸侯论》远甚，盖惊才绝艳，宜于文不宜于诗。其谓"诗缘情而绮靡"，即此"绮靡"二字，便非知诗者，然则潘、陆故非颜、谢匹也。

（清）贺贻孙《诗筏》，《清诗话续编》本

人各有能有不能，不宜强作以备体。李献吉一代大手，轻艳殊非所长，效义山作无题曰："班女愁来赋兴豪"，"豪"字戆甚。闺阁语言，宁伤婉弱，不宜壮健耳。

（清）贺裳《载酒园诗话》卷一，《清诗话续编》本

欧公古诗苦无兴比，惟工赋体耳。至若叙事处，滔滔汩汩，累百千言，不衍不支，宛如面谈，亦其得也。所惜意随言尽，无复余音绕梁之意。又篇中曲折变化处亦少。公喜学韩，韩本诗之别派，其佳处又非学可到，故公诗常有浅直之恨。

（清）贺裳《载酒园诗话》，《清诗话续编》本

予题华子潜《岩居稿》曰：向尝与学子论诗云：工于五言，不必工于七言；工于古体，不必工于近体。观鸿山及唐孟襄阳集可悟。今人自古乐府、《古诗十九首》已下无不拟者，乃妄人也。（《居易录》）

（清）王士禛《带经堂诗话》卷三，人民文学出版社本

盖风雅比兴，音制既殊，清浊偏全，才具迥异，或一篇之警策，一句之精工，靡不著称畴昔，流声将来。若夫才擅众长，体兼群微，盖戛戛乎

难之。

（清）邵长蘅《明四家诗抄序》，《邵子湘全集·青门簏稿》卷七，愚斋丛书刻青门草堂藏本

古文卓绝一世，而诗最疲软，人果无全能耶，抑工夫有偏注乎？古诗尚撑拄得来，近诗太萎苶不堪。效昌黎联句体，殊无神韵，亦不见结构巧妙处。学《选》体而不得其顿宕转换，易生此病。且看谢康乐诗，便知古人未有以词掩意者。

（清）张谦宜《𥳑斋诗谈》卷六，《清诗话续编》本

曹子建全幅精神在君臣上用，陶渊明全幅精神在朋友、田园上用，谢康乐全幅精神在山水上用，《子夜》、《读曲》诸诗人全幅精神在儿女情艳上用。今人既欲君臣诗妙，又欲朋友、田园、山水诗妙，又欲儿女情艳诗妙，使己为造物者，肯兼与之乎？

（清）牟愿相《小澥草堂杂论诗》，《清诗话续编》本

柳子厚云："文有二道：辞令褒贬，本乎著述者也；导扬讽谕，本乎比兴者也。著述者出于《书》之谟训，《易》之象系，《春秋》之笔削，其要在于高壮广厚，词正而理备。比兴者出于虞、夏之咏歌，殷、周之风、雅，其要在于丽则清越，言畅而意美。兹二者，其旨义乖离不合，故秉笔之士，恒偏胜独得，而罕有兼者焉。"秦淮海云："人才各有分限，杜子美诗冠古今，而无韵者殆不可读；曾子固以文名天下，而有韵辄不工，此未易以理推也。"陈后山又云："杜之诗法，韩之文法也。诗文有体，韩以文为诗，杜以诗为文，故不工耳。"三公之言，仿佛相似，然似之而非也。夫《六经》之道，同源一致，差异者体格耳。休文有言："相如工为形似之言，二班长于情理之说。源其飚流所始，莫不同祖《风》《骚》；徒以赏好异情，故意制相诡。"子厚谓之"旨义乖离"可乎？周公训诰之文，备于《尚书》，而《七月》、《清庙》诸什，风流尔雅，实为后世诗人鼻祖，可谓之"独得"、"罕兼"，"人才各有分限"乎？吾尝闻之坡公矣："凡物一理也，通其意则无适而不可。分科而医，医之衰也；占色而画，画之陋也。和、缓之医，不别老少；曹、吴之画，不择人物。谓彼长于是则可也，曰能是不能是则不可。"后有论者，坡公为不可

及矣。

（清）叶矫然《龙性堂诗话初集》，《清诗话续编》本

诗人笔太豪健，往往短于言情；好征典者病亦相同。即如悼亡诗必缠绵婉转，方称合作。东坡之哭朝云，味同嚼蜡，笔能刚而不能柔故也；阮亭之《悼亡妻》，浮言满纸，词太文而意转隐故也。

（清）袁枚《随园诗话》卷十四，人民文学出版社本

温公诗绝少佳句，盖史才非诗才也。欧阳文忠诗，则全是有韵古文，当与古文合看可也。

（清）李调元《雨村诗话》卷下，《清诗话续编》本

"比事属辞，《春秋》教也。"必具纪传史才，乃可言古文辞。荀、袁编年之书，乃逊马、班纪传，而马之列传，实本《左氏春秋》，故曰纪传分而《左》《国》之支流别也。司马《通鉴》毕竟不以文辞著也。戴君之于史事，言之茫然，岂可为古人辞乎？噫！侯商丘、魏叔子诸公似未达此义也。

（清）章学诚《信摭》，《章氏遗书外编》卷一，嘉业堂本

读万卷书，又深解古人文法，而其气懦弱，其辞平缓无奇者，陆士衡是也。岂真患才之多与？抑人之得天者固各有所限也。如荀子义理本领岂不足，而文乃不如李斯。故知诗文虽贵本领义理，而其工妙，又别有能事在。

（清）方东树《昭昧詹言》卷一，人民文学出版社本

近代真知诗文，无如乡先辈刘海峰、姚薑坞、惜抱三先生者。薑坞所记，极超诣深微，可谓得三昧真诠，直与古作者通魂授意；但其所自造，犹是凡响尘境。惜翁才不逮海峰，故其奇恣纵横，锋刃雄健，皆不能及；而清深谐则，无客气假象，能造古人之室，而得其洁韵真意，转在海峰之上。海峰能得古人超妙，但本源不深，徒恃才敏，轻心以掉，速化剽袭，不免有诗无人；故不能成家开宗，衣被百世也。

（清）方东树《昭昧詹言》卷一，人民文学出版社本

诗文以避熟创造为奇，而海峰不免太似古人。以海峰之才而更能苦思创造，岂近世诸诗家可及哉！愚堂论方、刘、姚三家，各得才学识之一。望溪之学，海峰之才，惜翁之识，使能合之，则直与韩、欧并辔矣。

（清）方东树《昭昧詹言》卷一，人民文学出版社本

古人各体已不能兼工，大约自前代文人，始以不全为恨。然终有偏至处，馀能站得住，即是好手。朱竹垞谓看人诗若古体太少，今体太多，五言少，七言多，必非作家。袁子才谓古体如《雅》、《颂》，今体如《国风》，亦颇有理。鄙意以为古体如古文中之有金石碑板文字，八股中之有理典长题，既要有一大部稿，缺了一种，自是不全美，生到今日，便比不得古人。

（清）延君寿《老生常谈》，《清诗话续编》本

古文更难于诗，不可轻易捉笔。古人兼工者已少，韩、柳、东坡、介甫辈才力甚大，人不能及。前代归震川、王遵岩不能诗。本朝《壮悔堂诗》，又当别论。魏叔子、姜宸英未见其有诗。汪尧峰诗，似不及文。邵子湘文，又不能过于诗。尤西堂文，恃才而怪，不可法。吴梅村、阮亭、午亭、饴山、竹垞、荔裳以及诸名人多刻有文集，要非专门，方望溪不为诗。近年闽中朱梅崖亦不工诗。一人之精力聪明有限，岂能兼工，但不可不解耳。诗中之有序，即古文也。工部诗中小序，其古奥历落之致，昌黎岂能远过？其精神命脉，不在此耳。

（清）延君寿《老生常谈》，《清诗话续编》本

凡人各有得力处，即各有不足处。自古及今，勿论名家大家，或诗或文，凡有专集行世者，其人必有擅长处，故能成名，自立当时，流传后世；亦必有见短处，可以指摘。

（清）朱庭珍《筱园诗话》，《清诗话续编》本

惜抱先生文，以神韵为宗，虽受文法于海峰、南青，而独有心得。吾师植之先生曰：先生之文，纡徐卓荦，搏节櫽括，托于笔墨者，净洁而精微，譬如道人德士，接对之久，使人自深。因望溪之义法，而不失之悫；取海峰之品藻，而不失之滑耀而浮。经术根柢不及望溪，才思奇纵不及海

峰，而超卓之识，精谐之力，则又过之。盖深于文事者也。

（清）方宗诚《桐城文录序》，《柏堂集》次编卷一，清光绪刊本

雄阔非难，深厚为难；刻挚非难，幽郁为难；疏逸非难，冲淡为难；工丽非难，雅正为难；奇警非难，顿挫为难；纤巧非难，浑融为难。古今不乏名家，兼有众长鲜矣。词岂易言哉！

（清）陈廷焯《白雨斋词话》卷七，人民文学出版社本

5. 为文之道 各视其才

伏想执事，不知其然，猥受顾锡，教使刊定。《春秋》之成，莫能损益；《吕氏》、《淮南》，字直千金；然而弟子钳口、市人拱手者，圣贤卓荦，固所以殊绝凡庸也。今之赋颂，古诗之流，不更孔公，《风》、《雅》无别耳。

（魏）杨修《答临淄侯笺》，《文选》卷四十，上海古籍出版社本

其源出于陈思，杂有景阳之体。故尚巧似，而逸荡过之。颇以繁富为累。嵘谓若人兴多才高，寓目辄书，内无乏思，外无遗物，其繁富，宜哉！然名章迥句，处处间起；丽典新声，络绎奔会。譬犹青松之拔灌木，白玉之映尘沙，未足贬其高洁也。

（南朝·梁）钟嵘《诗品·宋临川太守谢灵运》，《诗品注》，人民文学出版社本

其源出于谢混。微伤细密，颇在不伦。一章之中，自有玉石。然奇章秀句，往往警遒。足使叔源失步，明远变色。善自发诗端，而末篇多踬，此意锐而才弱也。至为后进士子之所嗟慕。朓极与余论诗，感激顿挫过其文。

（南朝·梁）钟嵘《诗品·齐吏部谢朓》，《诗品注》，人民文学出版社本

孔圣没而微言绝，暴秦兴而挟书罪。虽有战国策书旧章，驳杂于纵横，汉臣著纪新体，互纷于表态，其道末者其文杂，其才浅者其意烦，岂

圣人存易简之旨，尽芟夷之义也。

（唐）萧颖士《为陈正卿进读尚书表》，《全唐文》卷二百二十二，中华书局本

《冷斋夜话》云："东坡尝云：'渊明诗，初视若散缓，熟视有奇趣。'如曰：'日暮巾柴车，路暗光已夕，归人望烟火，稚子候檐隙。'又曰：'采菊东篱下，悠然见南山。'又曰：'霭霭远人村，依依墟里烟，犬吠深巷中，鸡鸣桑树颠。'大率才高意远，则所寓得其妙，遂能如此。如大匠运斤无斧凿痕，不知者疲精力，至死不悟。如曰：'一千里色中秋月，十万军声半夜潮。'又曰：'蝴蝶梦中家万里，子规枝上月三更。'又曰：'深秋帘幕千家雨，落日楼台一笛风。'皆寒乞相，一览便尽，初如秀整，熟视则无神气，以其字露也。东坡作对则不然，如曰：'山中老宿依然在，案上《楞严》已不看'之类，更无龃龉之态，细味之，对偶亲的而字不露也，此其得渊明之遗意耳。"

（宋）胡仔《苕溪渔隐丛话》前集卷四，人民文学出版社本

夫声诗之道……其风神之增减，大都视其材矣。材多则情赡而思溢，光景无尽；材少则境迫而气窘，精芒易穷，则其大较也。

（明）屠隆《冯咸甫诗草序》，《白榆集》，明刊本

于麟才高而不大，元美才大而少精，于麟所乏深情远韵，元美所乏至言名理。

（明）屠隆《论诗文》，《鸿苞节录》卷六，《中国文学珍本丛书》本

使台阁者而与山林之事，万石之钟不为细响，与韦布里间憔悴专一之士，较其毫厘分寸，必有不合者矣；使山林者而与台阁之事，蚓窍蝇鸣，岂谐《韶》、《濩》，脱粟寒浆，不登鼎鼐。盖典章文物，礼乐刑政，小致不能殚，孤怀不能述也。

（清）黄宗羲《辞张郡侯请修郡志书》，《南雷文定》卷二，《梨州遗著汇刊》，上海时中书局本

小才易，大才难。雄才易，仙才难。雕冰镂石，小才也；拔山扛鼎，

大才也。尺水可以兴澜，搏兔亦用全力，翻空则楼台层叠，征实则金贝辐辏，雄才也。是非不难，而以较仙才，瞠乎后矣。仙才者：纳须弥于芥子，藏日月于壶中；如游桃源，如登华山；如闻九霄鹤唳，如睹空山花开。此则诗人苦吟一生，竟有不得一句者。盖雄才以富丽胜；仙才以缥缈闲旷胜。富丽者，人之所能为也；若缥缈闲旷，则非人之所能为也。

(清) 吴雷发《说诗菅蒯》，《清诗话》本

才大者声色不动，指顾自如，太白五言妙于神行，昌黎不无蹶张矣，取其意规于正，雅道未断。

(清) 沈德潜《说诗晬语》卷上，《清诗话》本

惜翁才不逮海峰，故其奇恣纵横，锋刃雄健，皆不能及。

(清) 方东树《昭昧詹言》卷一，人民文学出版社本

东坡《水龙吟》咏杨花，和韵而似元唱。章质夫词，原唱而似和韵。才之不可强也如是！

(清) 王国维《人间词话》，人民文学出版社本

6. 英才特达　作文垂世

今若屈原，露才扬己，竞乎危国群小之间，以离谗贼。然责数怀王，怨恶椒、兰，愁神苦思，强非其人，忿怼不容，沉江而死。亦贬絜狂狷景行之士。多称昆仑冥婚宓妃虚无之语，皆非法度之政，经义所载。谓之兼诗风雅，而与日月争光，过矣。然其文弘博丽雅，为辞赋宗，后世莫不斟酌其英华，则象其从容。自宋玉、唐勒、景差之徒，汉兴，枚乘、司马相如、刘向、扬雄，骋极文辞，好而悲之，自谓不能及也。虽非明智之器，可谓妙才者也。

(汉) 班固《离骚序》，《楚辞》卷一，《四部丛刊》本

若夫陆贾、董仲舒论说世事，由意而出，不假取于外，然而浅露易见，观读之者，犹曰传记。阳城子长作《乐经》，扬子云作《太玄经》，造于眇思，极睿冥之深，非庶几之才，不能成也。孔子作《春秋》，二子

作两《经》，所谓卓尔蹈孔子之迹，鸿茂参贰圣之才者也。

（汉）王充《论衡·超奇》，《诸子集成》本

王公子问于桓君山以扬子云。君山对曰："汉兴以来，未有此人。"君山差才，可谓得高下之实矣。采玉者心羡于玉，钻龟者知神于龟。能差众儒之才，累其高下，贤于所累。又作《新论》，论世间事，辩照然否，虚妄之言，伪饰之辞，莫不证定。彼子长、子云说论之徒，君山为甲。自君山以来，皆为鸿眇之才，故有嘉令之文。笔能著文，则心能谋论……由此言之，繁文之人，人之杰也。

（汉）王充《论衡·超奇》，《诸子集成》本

孝武之时，诏百官对策，董仲舒策文最善。王莽时，使郎吏上奏，刘子骏章尤美。美善不空，才高知深之验也。《易》曰："圣人之情见于辞。"文辞美恶，足以观才。永平中，神雀群集，孝明诏上《神爵颂》。百官颂上，文皆比瓦石，唯班固、贾逵、傅毅、杨终、侯讽五颂金玉，孝明览焉。夫以百官之众，郎吏非一，唯五人文善，非奇而何？孝武善《子虚》之赋，征司马长卿。孝成玩弄众书之多，善扬子云，出入游猎，子云乘从。使长卿、桓君山、子云作吏，书所不能盈牍，文所不能成句，则武帝何贪？成帝何欲？故曰：玩扬子云之篇，乐于居千石之官；挟桓君山之书，富于积猗顿之财。韩非之书，传在秦庭，始皇叹曰："独不得与此人同时！"陆贾《新语》，每奏一篇，高祖左右，称曰万岁。夫叹思其人与喜称万岁，岂可空为哉？诚见其美，欢气发于内也。

（汉）王充《论衡·佚文》，《诸子集成》本

传曰："不歌而诵谓之赋，登高能赋可以为大夫。"言感物造端，材知深美，可与图事，故可以为列大夫也。

（汉）班固《汉书》卷三十《艺文志》，中华书局本

林下诸贤，各有俊才子。籍子浑，器量弘旷；康子绍，清远雅正；涛子简，疏通高素；咸子瞻，虚夷有远志；瞻弟孚，爽朗多所遗；秀子纯、悌，并令淑有清流；戎子万子，有大成之风；苗而不秀，唯伶子无闻。

（晋）刘义庆《世说新语·赏誉》，《诸子集成》本

……重以公旦多材，振其徽烈，剬诗缉颂，斧藻群言。

（南朝·梁）刘勰《文心雕龙·原道》，人民文学出版社本

不有屈原，岂见《离骚》？惊才风逸，壮志烟高。山川无极，情理实劳。金相玉式，艳溢锱毫。

（南朝·梁）刘勰《文心雕龙·辨骚》，人民文学出版社本

诸子者，入道见志之书。太上立德，其次立言。百姓之群居，苦纷杂而莫显；君子之处世，疾名德之不章。唯英才特达，则炳曜垂文，腾其姓氏，悬诸日月焉。

（南朝·梁）刘勰《文心雕龙·诸子》，人民文学出版社本

陈思之表，独冠群才。观其体赡而律调，辞清而志显，应物制巧，随变生趣，执辔有馀，故能缓急应节矣。

（南朝·梁）刘勰《文心雕龙·章表》，人民文学出版社本

贾谊才颖，陵轶飞兔，议惬而赋清，岂虚至哉……王褒构采，以密巧为致，附声测貌，泠然可观。子云属意，辞人最深，观其涯度幽远，搜选诡丽，而竭才以钻思，故能理赡而辞坚矣。桓谭著论，富号猗顿，宋弘称荐，爰比相如；而集灵诸赋，偏浅无才，故知长于讽论，不及丽文也……

魏文之才，洋洋清绮。旧谈抑之，谓去植千里；然子建思捷而才俊，诗丽而表逸，子桓虑详而力缓，故不竞于先鸣；而乐府清越，典论辩要，迭用短长，亦无懵焉。但俗情抑扬，雷同一响，遂令文帝以位尊减才，思王以势窘益价，未为笃论也。仲宣溢才，捷而能密，文多兼善，辞少瑕累，摘其诗赋，则七子之冠冕乎……

左思奇才，业深覃思，尽锐于《三都》，拔萃于《咏史》，无遗力矣。潘岳敏给，辞自和畅，钟美于《西征》，贾馀于哀诔，非自外也。陆机才欲窥深，辞务索广，故思能入巧而不制繁；士龙朗练，以识检乱，故能布采鲜净，敏于短篇……

（南朝·梁）刘勰《文心雕龙·才略》，人民文学出版社本

逐臣屈平，作《离骚》以叙志，宏才艳发，有恻隐之美，潘、陆、

张、左，擅侈丽之才，饰羽仪于凤穴。

（唐）令狐德棻《周书》卷四十一《王褒庾信传论》，中华书局本

《易》曰："观乎人文，以化成天下。"穷此道者，其惟傅侯耶？侯篇章惊（当作警）新，海内称善，五言之作，妙绝当时。陶公愧田园之能，谢客惭山水之美。佳句籍籍，人为美谈。

（唐）李白《送傅八之江南序》，《李太白全集》卷二十七，中华书局本

有才继骚雅，哲匠不比肩。公生扬马后，名与日月悬。

（唐）杜甫《陈拾遗故宅》，《杜诗详注》卷十一，中华书局本

予顷以元微之唱和颇多，或在人口。常戏微之云，仆与足下，二十年来，为文友诗敌，幸也，亦不幸也。吟咏情性，播扬名声，其适遗形，其乐忘老，幸也；然江南士女，语才子者，多云"元、白"。

（唐）白居易《元白唱和集解》，《白居易集》六十九，中华书局本

士衡诸子，六代之初也；灵运诸子，六代之盛也；玄晖诸子，六代之中也；孝穆诸子，六代之晚也。苏、李之才，不必过于曹、刘；陆、谢之才，不必下于公幹，而其诗不同也，则其世之变也。其变之善也，则其才之高也。

（明）胡应麟《诗薮·外编》卷二，上海古籍出版社本

余读侯子朝宗所著经义，如玉之有光，剑之有气，英英熊熊，变现于空旷有无之间，以为文人才子之文，而非经生之文也。已而观其诗，俊快雄浑，有声有色，非犹夫苍蝇之鸣侧出于蚓窍者也。

（清）钱谦益《赠侯朝宗序》，《牧斋初学集》卷三十五，上海古籍出版社本

何谓才子之时文？心地空明，才调富有，风樯阵马，一息千里，不知其所至。而能者顾诎焉。钱鹤滩、茅鹿门、归震川、胡思泉、顾泾阳、汤

若士之流，其最著者虞澹然、王荆石、袁小修，其流亚也莽荡如郝仲舆，杂乱如王遂东，窃唧窃嘈泛驾自喜可与龙文虎脊并称天马乎？此才子之文之伪体也。

（清）钱谦益《家塾论举业杂说》，《牧斋有学集》卷四十五，《四部丛刊》初编本

雁门风流跌宕，可谓才人之笔。使生许浑、赵嘏间，与之联镳并驰，有过之无不及也。

（清）翁方纲《石洲诗话》，《清诗话续编》本

纪文达公尝言："《聊斋志异》一书，才子之笔，非著书者之笔也。"先君子亦云："蒲留仙才人也。其所藻缋，未脱唐宋人小说窠臼。若纪文达《阅微草堂五种》，专为劝惩起见，叙事简，说理透，不屑屑于描头画角，非留仙所及。"余著《右台仙馆笔记》，以《阅微》为法，而不袭《聊斋》笔意，秉先君之训也。然《聊斋》藻缋不失为古艳，后之继《聊斋》而作者，则欲艳而已，甚或庸俗不堪入目，犹自诩为步武《聊斋》，何留仙之不幸也。

（清）俞樾《春在堂全书·春在堂随笔》八，清刊本

二 才 力 说

1. 才力富健　骨劲气猛

善笔力者多骨，不善笔力者多肉。
　　　　　　　　（晋）卫夫人《笔阵图》，《王氏书画苑·法书要录》卷一，明朱衣等校刻本

夫翚翟备色而翾翥百步，肌丰而力沉也；鹰隼乏采而翰飞戾天，骨劲而气猛也。文章才力，有似于此。
　　　　　　　　（南朝·梁）刘勰《文心雕龙·风骨》，人民文学出版社本

赞曰：情与气偕，辞共体并。文明以健，珪璋乃聘。蔚彼风力，严此骨鲠。才锋峻立，符采克炳。
　　　　　　　　（南朝·梁）刘勰《文心雕龙·风骨》，人民文学出版社本

坐中薛华能醉歌，歌辞自作风格老。近来海内为长句，汝与山东李白好。何刘沈谢力未工，才兼鲍照愁绝倒。
　　　　　　　　（唐）杜甫《苏端薛复筵简薛华醉歌》，《杜诗详注》卷四，中华书局本

才力应难跨数公，凡今谁是出群雄？或看翡翠兰苕上，未掣鲸鱼碧海中。
　　　　　　　　（唐）杜甫《戏为六绝句》，引自《中国历代文论选》第二册，上海古籍出版社本

力，体裁劲健曰力。

（唐）皎然《诗式·辨体有一十九字》，《历代诗话》本

要力全而不苦涩。

（唐）皎然《诗式·诗有二要》，《历代诗话》本

力劲而不露，露则伤于斤斧。

（唐）皎然《诗式·诗有四不》，《历代诗话》本

才赡而不疏，疏则损于筋脉。

（唐）皎然《诗式·诗有四不》，《历代诗话》本

噫！文之无穷，而人之才有限。苟力不足者，强而为文则蹶，强而为气则竭，强而为智则拙。故言之弥多，而去之弥远。

（唐）柳冕《答衢州郑使君论文书》，《唐文粹》卷八十四，《四部丛刊》本

愚观文人之为诗，诗人之为文，始皆系其所尚，既专则搜研愈至，故能炫其功于不朽，亦犹力巨而斗者，所持之器各异，而皆能济胜以为勍敌也。予尝览韩吏部歌诗累百首，其驱驾气势，若掀雷揭电，奔腾于天地之间，物状奇变，不得不鼓舞而徇其呼吸也。

（唐）司空图《二十四诗品》《题柳柳州集后序》，《诗品集解》，人民文学出版社本

我诗如曹郐，浅陋不成邦。公如大国楚，吞五湖三江。赤壁风月笛，玉堂云雾窗。句法提一律，坚城受我降。枯松倒涧壑，波涛所舂撞。万牛挽不前，公乃独力扛。诸人方嗤点，渠非晁张双。袒怀相识察，床下拜老庞。小儿未可知，客或许敦庞。诚堪婿阿巽，买红缠酒缸。

（宋）黄庭坚《子瞻诗句妙一世乃云效庭坚体故次韵道之》，《豫章黄先生文集》卷二，《四部丛刊》本

高堂阅画娱嘉宾，巨幅小卷纵横陈。其间一图最杰作，命意落笔惊倒人。奇峰峭立插地轴，飞瀑崩泻垂天绅。寿藤老木幻荒怪，深潭危栈愁鬼

神。忽然白昼起雷电，始觉异物蟠渊沦。阴云四兴诛老魅，甘澍连夕苏疲民。岂惟陂泽苗尽立，已活亿万介与鳞。文章与画共一法，腕力要可回千钧。锱铢不到便是隔，用意虽尽终苦辛。君看此阁凡几笔，一一圆劲如秋筼。乃知世间有绝艺，天造草昧参经纶。吾言未竟且复止，剩发幽奥天公嗔。

（宋）陆游《夜梦与数客观画》，《剑南诗稿校注》卷十六，上海古籍出版社本

……颇略知古今作者旨趣，大率有意于求工者率不能工，惟不求工而自工者非有大气魄大力量不能。

（宋）刘克庄《回信庵书》，《后村先生大全集》卷一百三十二，《四部丛刊》本

石徂徕《读石安仁学士诗》云："齐梁无骏骨，李杜得秋毫。后世益纂组，变风堪郁陶。奔遁少骥逸，秃穴如牛毛。试看安仁咏，秋风有怒涛。"徂徕力排杨、刘，而推重曼卿如此。

（宋）刘克庄《后村诗话》续集卷四，中华书局本

或问才力本于天赋，可强致乎？曰：可。譬之筋力一也，市井逐末之人，负担不逾区金，而田野之夫，负担则一石也。盖由童而习之，强致然耳。使田野之子而从市井之人终身，岂能负一石哉？

（明）许学夷《诗源辩体》卷十七，人民文学出版社本

诗至五言古，五言古至两汉，无论中才，即大匠国工，履冰袖手。七言古即不尔，苟天才雄赡，而能刻意前规，则纵横排荡，滔滔莽莽，千言不穷，点笔立就，无不可者。然五言者才力不足，可勉而能；七言古非才力有馀，断不至也。

（明）胡应麟《诗薮·内编》卷二，上海古籍出版社本

一往动人，而不入流俗，声情胜也。声情不由习得，故天下无必不可学文之心，而有必不可学诗之腕，岂独曾子固哉！

（清）王夫之《古诗评选》卷一，晋乐府辞《休洗红》评语，《船山古近体诗选评三种》，船山学社本

岑、储两作，风秀熨帖，不愧名家；高达夫出之简净，品格亦自清坚；少陵则格法严整，气象峥嵘，音节悲壮，而俯仰高深之景，盱衡古今之识，感慨身世之怀，莫不曲尽篇中，真足压倒群贤，雄视千古矣。

（清）仇兆鳌《杜诗详注》卷二，中华书局本

吾尝观古之才人，合诗与文而论之，如左丘明、司马迁、贾谊、李白、杜甫、韩愈、苏轼之徒，天地万物皆递开辟于其笔端，无有不可举，无有不能胜，前不必有所承，后不必有所继，而各有其愉快。如是之才，必有其力以载之；惟力大而才能坚，故至坚而不可摧也。历千百代而不朽者以此。

（清）叶燮《原诗·内篇下》，人民文学出版社本

吾又观古之才人，力足以盖一乡，则为一乡之才；力足以盖一国，则为一国之才；力足以盖天下，则为天下之才。更进乎此，其力足以十世，足以百世，足以终古，则其立言不朽之业，亦垂十世、垂百世、垂终古，悉如其力以报之。试合古今之才，一一较其所就，视其力之大小远近，如分寸铢两之悉称焉。

（清）叶燮《原诗·内篇下》，人民文学出版社本

力与气缺一不可。气要于接连贯注，直行曲行，抑扬跌宕处，潜心味之，忌在馁，忌在粗。力要于首尾腰脊，彼此救应蟠结处，细心求之，逐句求之，则当看其饱绽牢固、上下厮称处皆力也，忌萎，忌猛，忌不中节。此则杜有兼长，逐一辨别，勿以似为真则几已。

（清）张谦宜《絸斋诗说》卷三，《清诗话续编》本

……又有人问先生曰："大题目用全力了却，固见力量；倘些小题，亦用长篇；岂不更见才人手段？"先生笑曰："狮子搏兔，必用全力；终是狮子之愚。"

（清）袁枚《随园诗话补遗》卷一，人民文学出版社本

宋子京《唐书·杜甫传赞》，谓其诗"浑涵汪茫，千汇万状，兼古今而有之"，大概就其气体而言。此外，如荆公、东坡、山谷等，各就一首

一句，叹以为不可及，皆未说著少陵之真本领也。其真本领仍在少陵诗中"语不惊人死不休"一句。盖其思力沉厚，他人不过说到七八分者，少陵必说到十分，甚至有十二三分者。其笔力之豪劲，又足以副其才思之所至，故深入无浅语。微之谓其薄风、雅，该沈、宋，夺苏、李，吞曹、刘，掩颜、谢，综徐、庾，足见其牢笼万有。秦少游并谓其不集诸家之长，亦不能如此。则似少陵专以学力集诸家之大成。明李崆峒诸人，遂谓李太白全乎天才，杜子美全乎学力。此真耳食之论也！思力所到，即其才分所到，有不如是则不快者。此非性灵中本有是分际，而尽其量乎？出于性灵所固有，而谓其全以学力胜乎？今姑摘数条于此，有沉著至十分者，有奇险至十二三分者，略为举隅，学者可类推矣。

（清）赵翼《瓯北诗话》卷二，《清诗话续编》本

姜白石云："凡作大篇，当首尾均匀，腰腹肥满。每见人前面有余，后面不足，前面极工，后面草草。"按此病虽或不经意，然亦难勉强。凡精神不能满幅者，非夭折即穷困，作文写字，往往然也。

（清）何文焕《历代诗话考索》，《历代诗话》本

五言律诗，有性灵人可以顿悟，七言则非积学攻苦，不能至也。论者谓"如挽百石之弓，非腕中有神力者，止到八九分地位"，斯言最善名状。

（清）管世铭《读雪山房唐诗序例》，《清诗话续编》本

文之要，曰识曰力。识见于认题之真，力见于肖题之尽。

（清）刘熙载《艺概·文概》，上海古籍出版社本

……弟之以著述自娱，亦无聊之极。思少日喜为诗，谬有别创诗界之论，然才力薄弱，终不克自践其言，譬之西半球新国，弟不过独立风雪中清教徒之一人耳，若华盛顿、哲非逊、富兰克林，不能不属望于诸君子也。诗虽小道，然欧洲诗人出其鼓吹文明之笔，竟有左右世界之力，仆老且病，无能为役矣。执事其有意乎？

（清）黄遵宪《与丘菽园书》，《人境庐诗草笺注》卷首，古典文学出版社本

或谓："渔洋《分甘余话》云：'胡应麟病苏黄古诗不为《十九首》建安体，是欲继天马之足，作辕下驹也。'子病迦陵词不能沈郁，毋乃类是。"余曰："此不可一例论也。胡氏以皮相论诗，故不足以服渔洋之心。余论词则在本原。观稼轩词，才力何尝不大，而意境亦何尝不沈郁。如谓才力大者则不必沈郁，则是陈王李杜之诗转出苏黄下矣。有是理哉？"

（清）陈廷焯《白雨斋词话》卷六，人民文学出版社本

写字完全仗笔力，笔力的有无，断定字的好坏。而笔力的有无，一写下去就可以看出来。旁的美术，可以填，可以改，如像图画，先打底稿，再画，画得不对再改，油画尤其可以改，先画一幅人物，在上面可以改一幅山水；如像雕刻，虽亦看腕力，然亦可改，并不是一下去就不动；建筑，更可以改，建得不美，撤了再建。无论何美术，或描或填或改，总可以设法补救。写字，一笔下去，好就好，糟就糟，不能填，不能改，愈填愈笨，愈改愈丑，顺势而下，一气呵成，最能表现真力。有力量的飞动、遒劲、活跃，没有力量的呆板、委靡、迟钝。我们看一幅画，不易看出作者的笔力，我们看一幅字，有力无力，很容易鉴别。纵然你能模仿，亦只能模仿形式，不能模仿笔力；只能说学得象，不容易说学得一样有力。

（清）梁启超《饮冰室专集》卷一百零二《书法指导》，《饮冰室合集》，中华书局本

陆放翁跋《花间集》谓："唐季五代，诗愈卑，而倚声者辄简古可爱，能此不能彼，未可以理推也。"《提要》驳之，谓："犹能举七十斤者，举百斤则蹶，举五十斤则运掉自如。"其言甚辨。

（清）王国维《人间词话》，人民文学出版社本

2. 力能举才　无施不可

足不强，则迹不远；锋不铦，则割不深。连结篇章，必大才智鸿懿之俊也。

（汉）王充《论衡·超奇》，《诸子集成》本

开源不亿仞，则无怀山之流；崇峻不凌霄，则无弥天之云。财不丰则

其惠也不博；才不远则其辞也不赡。故观盈丈之牙，则知其不出径寸之口，见百寻之枝，则知其不附毫末之木。

（晋）葛洪《抱朴子外篇·广譬》，《诸子集成》本

世称力者，常褒乌获，然则董仲舒、扬子雄，文之乌获也。秦武王与孟说举鼎不任，绝脉而死。少文之人，与董仲舒等涌胸中之思，必将不任，有绝脉之变。王莽之时，省《五经》章句皆为二十万，博士弟子郭路夜定旧说，死于烛下，精思不任，绝脉气灭也。颜氏之子，已曾驰过孔子于涂矣，劣倦罢极，发白齿落。夫以庶几之材，犹有仆顿之祸，孔子力优，颜渊不任也。才力不相如，则其知惠不相及也。勉自什伯，鬲中呕血，失魂狂乱，遂至气绝。书五行之牍，奏十言之记，其才劣者，笔墨之力尤难，况乃连句结章，篇至十百哉！力独多矣。

（汉）王充《论衡·效力》卷十三，《诸子集成》本

郗超草书，亚于二王。紧媚过于文，骨力不及也。

孔琳之书，天然绝逸，极有笔力规矩。

萧思话，全法羊欣，风流趣好，殆当不减，而笔力恨弱。

谢综书，其舅云：紧洁生起，实为得赏，至不重羊欣，欣亦惮之。书法有力，恨少媚好。

（南朝·齐）王僧虔《法书要录》卷一，《南齐王僧虔论书》，引自《中国美学史资料选编》，中华书局本

道鸾不揆浅才，好出奇语，所谓欲盖反损，求妍更媸者矣。

（唐）刘知幾《史通·杂说中》，《四部备要》本

李诗轻靡，华胜于实，此所谓才力不足，务为清逸。然"前军飞鸟落，格斗尘沙昏"，亦出塞实录，亹亹不绝者，可及于中矣。

（唐）高仲武《中兴间气集》卷上《评李希仲语》，《唐人选唐诗》，上海古籍出版社本

退之笔力，无施不可，而尝以诗为文章末事，故其诗曰："多情怀酒伴，余事作诗人"也。然其资谈笑，助谐谑，叙人情，状物态，一寓于诗，而曲尽其妙。此在雄文大手，固不足论，而余独爱其工于用韵也。盖其得韵宽，则波澜横溢，泛入傍韵，乍还乍离，出入回合，殆不可拘以常格，如《此日足可惜》之类是也。得韵窄，则不复傍出，而困难见巧，愈险愈奇，如《病中赠张十八》之类是也。余尝与圣俞论此，以谓譬如善驭良马者，通衢广陌，纵横驰逐，惟意所之。至于水曲蚁封，疾徐中节，而不少蹉跌，乃天下之至工也。圣俞戏曰："前史言退之为人木强，若宽韵可自足而辄傍出，窄韵难独用而反不出，岂非其拗强而然与？"坐客皆为之笑也。

（宋）欧阳修《六一诗话》，《历代诗话》本

杨大年与钱刘数公唱和，自《西昆集》出，诗人争效之，诗体一变。而先生老辈患其多用故事，至于语僻难晓，殊不知自是学者之弊。如子仪《新蝉》云："风来玉宇乌先转，露下金茎鹤未知。"虽用故事，何害为佳句也。又如"峭帆横渡官桥柳，叠鼓惊飞海岸鸥。"其不用故事，又岂不佳乎？盖其雄文博学，笔力有余，故无施而不可，非如前世号诗人者，区区于风云草木之类，为许洞所困者也。

（宋）欧阳修《六一诗话》，《历代诗话》本

子瞻谓孟浩然之诗，韵高而才短，如造内法酒手而无材料尔。

（宋）陈师道《后山诗话》，《历代诗话》本

诗有力量犹如弓之斗力，其未挽时不知其难也，及其挽之，力不及处，分寸不可强。若《出塞曲》云："落日照大旗，马鸣风萧萧，鸣笳三四发，壮士惨不骄。"又《八哀诗》云："汝阳让旁子，眉宇真天人。虬髯似太宗，色映塞外春。"此等力量，不容他人到。

（宋）许顗《彦周诗话》十六，《历代诗话》本

子建称孔北海文章多杂以嘲戏，子美亦戏仿俳谐体，退之亦有寄诗杂诙俳，不独文举为然。自东方生而下，祢处士张长史颜延年辈，往往多滑稽语。大体材力豪迈有余，而用之不尽，自然如此。韩诗"浊醪沸入口，

口角如衔箝"，"试将诗义授，如以肉贯串"，"初食不下喉，近亦能稍稍"，皆谑语也。坡集类此不可胜数，《寄蕲簟与蒲传正》云："东坡病叟长羁旅，冻卧饥吟似饥鼠。倚赖东风洗破衾，一夜雪寒披故絮。"《黄州》云："自惭无补丝毫事，尚费官有厌酒囊。"《将之湖州》云："吴儿脍缕薄欲飞，未去先说馋涎垂。"又："寻花不论命，爱雪长忍冻。天公非不怜，听饱即喧闹。"《食笋》云："纷然生喜怒，似被狙公卖。"《种茶》云："饥寒未知免，已作太饱计。""平生五千卷，一字不救饥。""饥来凭空案，一字不可煮。"皆斡旋其章而弄之。信恢刃有余，与血指汗颜者异矣。

（宋）黄彻《碧溪诗话》卷十，《历代诗话续编》本

韵有不可得者，曹子建是也；味有不可及者，陶渊明是也；才力有不可及者，李太白、韩退之是也；意气有不可及者，杜子美是也……杜子美、李太白、韩退之三人，才力俱不可及，而就其中退之喜崛奇之态，太白多天仙之词，退之犹可学，太白不可及也。

（宋）张戒《岁寒堂诗话》卷上，《历代诗话续编》本

人才各有分限，尺寸不可强。同一物也，而咏物之工有远近；皆此意也，而用意之工有浅深。章八元《题雁塔》云："十层突兀在虚空，四十门开面面风。却讶鸟飞平地上，忽惊人语半天中。回梯倒踏如穿洞，绝顶初攀似出笼。"此乞儿口中语也。梅圣俞云："复想下时险，喘汗头目旋。不知且安坐，休用窥云烟。"何其语之凡也。东坡《真兴寺阁》云："山林与城郭，漠漠同一形。市人与鸦鹊，浩浩同一声。侧身送落日，引手攀飞星。登者尚呀咻，作者何以胜。"《登灵隐寺塔》云："足劝小举相，前路高且长。渐闻钟磬音，飞鸟皆下翔。入门亦何有，云海浩茫茫。"虽有佳处，而语不甚工，盖失之易也。刘长卿《登西灵寺塔》云："化塔凌虚空，雄规压川泽。亭亭楚云外，千里看不隔。盘梯接元气，坐壁栖夜魄。"王介甫《登景德寺塔》云："放身千仞高，北望太行山。邑屋如蚁冢，蔽亏尘雾间。"此二诗语虽稍工，而不为难到。杜子美则不然，《登慈恩寺塔》首云："高标跨苍天，烈风无时休。自非旷士怀，登兹翻百忧。"不待云"千里""千仞""小举足""头目旋"而穷高极远之状，可喜可愕之趣，超轶绝尘而不可及也。"七星在北户，河汉声西流。羲和鞭

白日，少昊行清秋。"视东坡"侧身""引手"之句陋矣。"秦山忽破碎，泾渭不可求。俯视但一气，焉能辨皇州？"岂特"邑屋如蚁冢，蔽亏尘雾间"，山林城郭，漠漠一形，市人鸦鹊，浩浩一声而已哉？人才有分限，不可强乃如此。

（宋）张戒《岁寒堂诗话》卷上，《历代诗话续编》本

君不见资中名士有李石，八月秋涛供笔力。

（宋）陆游《感旧》其一，《剑南诗稿校注》卷三十八，上海古籍出版社本

先生笔力玉山鳌，气压明堂一柱蒿。雪椀涤毫词绝妙，乍绘缩瑟调弥高。

（宋）范成大《公辨用前韵见赠复次韵》，《范石湖集》卷八，上海古籍出版社本

坡诗略如昌黎有汗漫者，有典严者，有丽缛者，有简澹者。翕张开阖，千变万态，盖自以其气魄力量为之，然非本色也，他人无许大气魄，恐不可学。

（宋）刘克庄《诗话前集》，《后村先生大全集》卷七十四，《四部丛刊》本

高适《九日》诗云："纵使登高祇断肠，不如独坐空搔首。"老杜有"羞将短发还吹帽，笑倩旁人为整冠"，亦反其事也。结句云："明年此会知谁健，醉把茱萸仔细看。"与刘希夷"今年花落颜色改，明年花开复谁在"之意同。气长句雅，俱不及杜。戴叔伦《对月》云："明年此夕游何处，纵有清光知对谁。"欲脱其胎而不可，盖才力不逮也。东坡用其意，作《中秋月》诗云："此生此夜不长好，明月明年何处看。"遂成绝句。

（宋）范晞文《对床夜语》卷三，《历代诗话续编》本

濂之学文五十余年，群书无不观，万理无不穷，硕师巨儒无不亲，自意可以造作者之域。譬诸登山，攀跻峻绝，不为不力，而崇巅咫尺不能到也，此无他，受才之有限也。世固有卮匜者焉，有瓮盎者焉，有沼池者焉，有溪涧者焉，有湖江者焉，有溟渤者焉，水充其量则止，小固不能为

大，大亦不能为小也。

> （明）宋濂《灵隐大师复公文集序》，《宋学士全集》卷七，《丛书集成》本

汉司马相如曰："合纂组以成文，列锦绣而为质，一经一纬，一宫一商，此赋之迹也；赋家之心，包括宇宙，总览人物，斯乃得之于内，不可得而传。"

大明王世贞曰："作赋之法，已尽长卿数语。大抵须包蓄千古之材，牢笼宇宙之态。其变幻之极，如沧溟开晦；绚烂之至，如霞锦照灼。然后徐而约之，使指有所在。若汗漫纵横，无首无尾，了不知结束之妙；又或瑰伟宏富，而神气不流动，如大海乍涸，万宝杂厕；皆是瑕璧，有损连城。然此易耳，唯寒俭率易，十室之邑，借理自文，乃为窘也。赋家不患无意，患在无蓄；不患无蓄，患在无以运之。"

> （明）徐师曾《文体明辨序说·文章纲领·论诗》，人民文学出版社本

燕中有琵琶李，能为大猎秋声，初严大鳌，出和门，起鸟兽喧哗，鼓吹笳角，大合围，趣杀，欢呼，野酌，歌凯旋，攒杂并赴。然无其文，斯亦今之神瞽矣。明公好事有力，何不走一俊男子，写其声，因以度诸丝，被于箫唱。若乃今奏，令无过掩丝竹，粗为和矣。仆徒朝下闻其音，时无应制文格之累，纵讽前所陈数公书诗，浸淫出其味。乃知仆偕计以前但为妄作也。方欲本原物气声相，然无其师。吴人善音，幸有因略，入其微眘，如书所叹，亦已无人。至于文词，意知其然，才不能然，明公风雅奇宿，无所忽微，或当有以证进之耳。

> （明）汤显祖《答刘子威侍御论乐》，《汤显祖诗文集》卷四十四，上海古籍出版社本

仲默不甚工绝句，献吉兼师李、杜及盛唐诸家，虽才力绝大而调颇纯驳。惟于鳞一以太白、龙标为主，故其风神高迈，直接盛唐，而五言绝寥寥，如出二手，信兼美之难也。张助父太和七十绝，足可于鳞并驱。

诗至五言绝，语极寂寥。而献吉豪宕纵横，往往有拔山力。至弇州诸作，牢笼百态，穷极万变于二十字间。两公才气几于颉颃太白。惟右丞一

派尚觉寥寥。

（明）胡应麟《诗薮·内编》卷六，上海古籍出版社本

杜公七律，正以其负力之大，寄惊之深，能直抒胸臆，广酬事物之变而无碍，为不屑屑色声香味间取媚人观耳。中间尽有涉于倡诞，邻于愤怼，入于俚鄙者，要皆偶趁机绪，以吐噏精神，材料一无拣择，义谛总归情性，令人乍读觉面貌可疑，久咀叹意味无尽。其夺爱王、李，生异论以此；虽有异论，竟不淆千古定论，亦以此。

（明）胡震亨《唐音癸签》卷十，上海古籍出版社本

汉魏五言，委婉悠圆，虽本乎情，然亦非才高者不能。但有才而不露耳。以十九首、苏、李、曹植、王、刘与赵壹、徐幹、陈琳、阮瑀相比，则知非才高者不能也。

（明）许学夷《诗源辩体》卷三，人民文学出版社本

我读《水浒》至此，不禁浩然而叹也。曰：嗟乎！作《水浒》者，虽欲不谓之才子，胡可得乎？夫人胸中，有非常之才者，必有非常之笔；有非常之笔者，必有非常之力。夫非非常之才，无以构其思也；非非常之笔，无以摛其才也；又非非常之力，亦无以副其笔也。今观《水浒》之写林武师也，忽以宝刀结成奇彩，及写杨制使也，又复以宝刀结成奇彩。夫写豪杰不可尽，而忽然置豪杰而写宝刀，此借非非常之才，其亦安知宝刀为即豪杰之替身，但写得宝刀尽致尽兴，即已令豪杰尽致尽兴者耶？且以宝刀写出豪杰，固已；然以宝刀写武师者，不必其又以宝刀写制使也。今前回初以一口宝刀照耀武师者，接手便又以一口宝刀照耀制使，两位豪杰，两口宝刀，接连而来，对插而起，用笔至此奇险极矣，即欲不谓之非常，而英英之色，千人万人，莫不共见，其又畴得而不谓之非常乎？又一个买刀，一个卖刀，分镳各骋，互不相犯，固也；然使于赞叹处，痛悼处，稍稍有一句、二句乃至一字、二字偶然相同，即亦岂见作者之手法乎？今两刀接连，一字不犯，乃至譬如东泰西华，各自争奇，呜呼！特特铤而走险，以自表其六辔如组，两骖如舞之能，才子之称，岂虚誉哉！

（清）金圣叹《贯华堂第五才子书水浒传》第十一回评语，《金圣叹全集》（一），江苏古籍出版社本

尝谓三家之市，有筵上客者，宵旦经营，妻孥诟谇，及出而盘餐肴核，殊无下箸，非其诚不足，而力有所绌也。更与过卫尉之金谷，大尉之别墅，则水陆毕陈，不禁朵颐而前，厌饫而退矣。然则操管之家，有口吟一卷书，而欲著述千万人见，胸中不见耳目间事，而妄意希身后名，岂不重为锡山所笑哉！

（清）侯方域《群疆园集序》，《壮悔堂集》卷二，《四部备要》本

诸子世效从予学古文十年……舟中无事，尝与论吾兄弟及兄子世杰之文，效因请曰："效其何如？"予指江中滩石谓之曰："汝文其似此矣。"效性狷急，勇于事，其为文，笔气亦颇肖吾庐，特展拓少耳。当其锋锐所至，往往有没羽之力，故其他日可造而至也。

（清）魏禧《耕庑文稿引》，《魏叔子文集》卷八，清刊本

太白以纵横之才，俯视一切，《蜀道难》等篇，长短句奇而又奇，可谓极才人之致。然亦惟青莲自为之，他人不敢学，亦不能学也。沧溟谓"太白往往于强弩之末，间杂长语，英雄欺人耳。"此言论诗极当，而以之诋太白，无乃太过耶？

（清）田雯《古欢堂集杂著》卷三，《清诗话续编》本

杜五七律多有八句全对者，后学兴会所至，偶一为之，不可有心学，恐才小力薄，领袷不清，收煞不住。

（清）方世举《兰丛诗话》，《清诗话续编》本

杜之魄力声音，皆万古所不再有。其魄力既大，故能于正位卓立铺写，而愈觉其超出。其声音既大，故能于寻常言语，皆作金钟大镛之响。此皆后人之必不能学，必不可学者。苟不揣分量，而妄思攀援，未有不颠踬者也。

（清）翁方纲《石洲诗话》，《清诗话续编》本

以文为诗，自昌黎始；至东坡益大放厥词，别开生面，成一代之大观。今试平心读之，大概才思横溢，触处生春，胸中书卷繁富，又足以供其左旋右抽，无不如志。其尤不可及者，天生健笔一枝，爽如哀梨，快如

并剪，有必达之隐，无难显之情，此所以继李、杜后为一大家也。而其不如李、杜处，亦在此。盖李诗如高云之游空，杜诗如乔岳之矗天，苏诗如流水之行地。读诗者于此处着眼，可得三家之真矣。

（清）赵翼《瓯北诗话》卷五，人民文学出版社本

……又放翁古今体诗，每结处必有兴会，有意味，绝无鼓衰力竭之态。此固老寿享福之征，亦其才力雄厚，不如是则不快也……古诗难于摘句，读者可观其有气有意，有书有笔，则得之矣。

（清）赵翼《瓯北诗话》卷六，人民文学出版社本

……夫古人文章之体非一类，其瑰玮奇丽之振发，亦不可谓尽出于无意也，然要是才力气势驱使之所必至，非勉力而为之也。后人勉学觉有累积纸上，有如赘疣。故文章之境莫佳于平淡，措语遗意有若自然生成者，此熙甫所以为文家之正传，而先生真为得其传矣。诗之与文固是一理而取迳则不同，先生之诗，体用宋贤而咀诵之余别有余韵，由于自得，非如熙甫文佳而诗则平浅者所可比也。

（清）姚鼐《与王铁夫书》，《文后集》卷三，《惜抱轩全集》，《四部备要》本

方纲按：渔洋先生答郎梅溪问云："七言长短句，惟李太白多有之，沧溟谓其英雄欺人是也。或有句杂《骚》体者，总不必学，乃为大雅。"今此本则云效之而无其才，难免斯诮，语较平允矣。然先生五七言诗抄，于太白此等篇，皆已入选，则此云不必学者，究非定论也。

（清）翁方纲《王文简古诗平仄论》，《清诗话》本

然敖氏英曰："少陵绝句，古意黯然，风格矫然，用事奇崛朴健，与盛唐诸家不同。"钟氏惺曰："少陵本绝，长处在用生，往往有别趣。有似民谣者，有似填词者，但笔力自高，寄托有在，运用不同。看诗取其音响稍谐者数首，则不如勿看。"观此二说，则知杜公绝句，在盛唐中自创一格，乃由其大力劲，不拘声律所致，而无意求工……

（清）潘德舆《养一斋李杜诗话》卷三，《清诗话续编》本

3. 才从胆生　道人不言

无本于为文，身大不及胆。吾尝示之难，勇往无不敢。蛟龙弄角牙，造次欲手缆。众鬼囚大幽，下觑袭玄窨。天阳熙四海，注视首不颔。鲸鹏相摩窣，而举快一噉。夫岂能必然，固已谢黯黮。

（唐）韩愈《送无本怀归范阳》，《韩昌黎诗系年集释》卷七，上海古籍出版社本

吾奇苏子胸，罗列万象中包含。不惟胸宽胆亦大，屡出言语惊愚凡。

（宋）欧阳修《紫石屏歌》，《居士集》卷四，《欧阳文忠集》，《四部备要》本

黄鲁直《与徐师川书》云："读书须精治一经，知古人关捩子，然后所见书传，知其指趣，观世故在吾术内。古人所谓胆欲大而心欲小，不以世之毁誉爱憎动，此胆欲大也；非法不言，非道不行，此心欲小也。文章乃其粉泽，要须探其根本。本固则世之风雨不能漂摇，古之特立独行者，用此道尔。"

（宋）王正德《余师录》卷二，《丛书集成》本

自欧公有"放子出一头"之论至今二百年，无敢以文字敌坡公者。岂真不可敌耶？往往为盛名所压，望风屈膝尔。三山严君尽和坡诗，不少谦下，其真可敌者耶？孟子曰："舍岂能为必胜哉，能无惧而已。"窃意严君才气亦然。

（宋）刘克庄《跋严某和坡诗》，《后村题跋》卷一，《丛书集成》本

过处多是自叙，若才高者，方能发起别意，然不可太野，走了原意。

（宋）沈义父《乐府指迷·过处》，《乐府指迷笺释》，人民文学出版社本

赋诗要有英雄气象，人不敢道，我则道之；人不肯为，我则为之。厉鬼不能夺其正，利剑不能折其刚。古人制作，各有奇处，观者自当甄别。

（明）谢榛《四溟诗话》卷四，《历代诗话续编》本

为文若织云花龙凤之锦，经纬纵横而起伏无定，又若河流入中国，或隐或现，若绝若续，而源深长。令人恐句不属，字字换粘，无文胆，终成时论格。惟司马子长才高疏爽，得文之妙。

（明）王文禄《文脉》卷一，《丛书集成》本

宋谢枋得曰："凡学文，初要胆大，终要心小，由粗入细，由俗入雅，收繁入简，由豪宕入纯粹。"

（明）徐师曾《文体明辨序说·文章纲领·论文》，人民文学出版社本

居士曰："卓吾《读书乐》有云：'天幸生我大胆，凡昔人之所忻艳以为贤者，予多以为假，多以为迂腐。不才而不切于用，其所鄙者、弃者、唾者、骂者，余皆的以为可托国家而托身也。'余尝读之，以为其文太过，及观《读书镜》，至此乃知卓吾之文，千古之至言也。国朝纷纷著作，惟卓吾所著大快人心，眉公所著大裨世道，真可谓不朽盛事也。"

（明）袁宏道《读眉公〈读书镜〉》，《袁中郎全集·随笔·狂言》，《中国文学珍本丛书》本

季周之诗，变于屈子；三唐之诗，变于杜陵，皆楚人也。夫楚人者，才情未必胜于吴越，而胆胜之。当其变也，相沿已久，而忽自我鼎革，非世之毁誉是非所不能震撼者，乌能胜之。

（明）袁中道《花云赋引》，《珂雪斋文集》卷一，上海杂志公司本

画兰先画其劲质，意定须以胆行之。亦有深情如恐竟，欲开不开使人思。要知香色勾萌处，多大笔墨踟躅时。心手相商成意态，眼光髩影立离离。间待朝来重补足，今朝同梦神先续。

（明）钟惺《咏画兰停笔》，《钟伯敬合集》，《中国文学珍本丛书》本

大凡学文，初要小心。后来学问博，识见高，笔端老，则可放胆。能细而后能粗，能简而后能繁，能纯粹而后能豪放。谢叠山句句倒说了，至

于俗气，文字中一毫着不得。乃云由俗入雅，真戏论也。东坡先生云："尝读《孔子世家》，观其言语文章，循循然莫不有规矩，不敢放言高论。"然则放言高论，夫子不为也，东坡所不取也。谢枋得叙放胆文，开口便其初学读之必能放言高论，何可如此！岂不教坏了初学。

（清）冯班《遗言》，《钝吟杂录》卷八，《丛书集成》本

古今侠烈之士，所以大过人者，则存乎胆与气矣。虽然，胆恃气而后克，义气所鼓，胆即赴之。孟庄两贤之书，其言养气者皆谆谆矣，而独无一语及胆者。胆固一身而有相，气塞两间而无形。孟庄惟能养其无形以及其有相，故能藐大人，卑万乘而无挠。藉令气不足以克其胆，则虽以十三岁杀人之秦舞阳，及其气夺于秦王，即震恐色变，并其平日市井蠛蚧之胆，一旦失之，又况迻惵怔怯喔嚅哯之徒哉！

吾友刘安世，成仁取义，生平以胆自负。人亦以胆许之。吾独谓安世之胆，安世侠烈之气所克也。盖尝读皆园全集，而益徵其为人矣。安世以英绝之才，俯视一世，杯酒成诗，刻烛作赋，据案走笔作弹文，莫不排岳倒峡，挟风霜而走雷电，操觚之家，人人震慑其胆。然吾谓安世之胆，亦皆侠烈之气所克也。克而不止，是在营养。昔吾先君尝以养气养胆之学训贻孙矣。其言曰：养气者使之养老，养胆者使之养壮；气老欲其常翕，胆壮欲其常张；以气驭胆，以翕主张，天下无难事矣。

（清）贺贻孙《水田居诗文集》卷三，《皆园集序》，清道光丙午敕书楼藏版

《易》曰："独立不惧。"此言其人，而其人之文当亦如是也。

（清）叶燮《原诗·内篇下》，人民文学出版社本

昔贤有言："成事在胆。"文章千古事，苟无胆，何以能千古乎？吾故曰：无胆则笔墨畏缩。胆既诎矣，才何由而得伸乎？惟胆能生才，但知才受于天，而抑知必待扩充于胆耶？

（清）叶燮《原诗·内篇下》，人民文学出版社本

言志之谓诗，永言之谓歌，未有长言不足而能使人咏叹蹈舞之不倦者。此吾友青坛吴御史《放胆集》所由编也。胆也者，六腑之精，是曰

中池，万虑之断决，胥此出焉。人有恒言，"心欲大，胆欲小"。唯诗不然，《风》有《七月》、《东山》；《雅》有《楚茨》、《信南山》、《甫田》、《大田》；《颂》有《载芟》、《良耜》。言之长者籥章掌之，以逆寒暑，以祈丰年，以乐田畯，以息老物。汉则《古诗为焦仲卿妻作》、《陌上桑》、《为秦罗敷作》，韦孟父子讽谏自劾之篇，蔡琰《悲愤》文章，其辞不厌其多，皆放胆为之者也。六朝代降，志微涤滥之音作，而发扬蹈厉之志寡矣。唐人取士，拘以格律，至李、杜、韩三家始极其变，由是刘叉、李贺、卢仝、马异辈从而驰骋，极乎天而蟠乎地。又之言曰："诗胆大如天。"殆信然邪？其不及宋何也？则青坛不欲误天下后世之学诗者也。今夫胆，勇怯之不齐，热者毛焦，亏者爪干，竭者发枯，薄者易惊，病者善太息，盖虽欲放而不能，善送者何以治之？犀株也，火铃也，厌以三斗之酒也，俾观是集焉可矣。

（清）朱彝尊《放胆诗序》，《曝书亭集》卷三十六，《四部备要》本

余幼作《无题诗》云："泪珠洗面将毫染，诗句焚灰和酒吞。"胡稚威见面赏之曰："此少年颇有诗胆。"

（清）袁枚《随园诗话补遗》卷五，人民文学出版社本

老手颓唐，才人胆大。

（清）袁枚《续诗品三十首·辨微》，《小仓山房诗文集》，《四部备要》本

翁山《拜方正学》诗末二句云："莫问三杨事，忠良道各分。"作者自不能说坏三杨，看他下"道各分"三字，何等生辣！作文字要有胆力，有识见，即此等也。

（清）延君寿《老生常谈》，《清诗话续编》本

三
气 质 说

1. 文以气行　气盛才雄

　　文以气为主，气之清浊有体，不可力强而致。譬诸音乐，典度虽均，节奏同检，至于引气不齐，巧拙有素，虽在父兄，不能以移子弟。
（魏）曹丕《典论·论文》，《丛书集成》本

　　……（屈原）《渔父》寄独往之才。故能气往轹古，辞来切今，惊采绝艳，难与并能矣。
（南朝·梁）刘勰《文心雕龙·辨骚》，人民文学出版社本

　　宋玉含才，亦颇负俗，始造对问，以申其志，放怀寥廓，气实使文。
（南朝·梁）刘勰《文心雕龙·杂文》，人民文学出版社本

　　才力居中，肇之血气。
（南朝·梁）刘勰《文心雕龙·体性》，人民文学出版社本

　　来书论文，尽养才之道，增作者之气，推而行之，可以复圣人之教，见天地之心，甚善！……
　　夫君子学文，所以行道。足下兄弟，今之才子，官则不薄，道则未行，亦有才者之病。君子患不知之，既知之，则病不能无病。故无病则气生，气生则才勇，才勇则文壮，文壮然后可以鼓天下之动。此养才之道

也，在足下他日行之。

(唐) 柳冕《答杨中丞论文书》，《全唐文》卷五百二十七，中华书局本

五行秀气，得之居多者为俊人。其色澉滟于颜间，其声发而为文章，天之所兴，有物来相。彼由学而致者，如工人染夏以视羽畎，有生死之殊矣。永贞之中，天子之文章焕乎垂光，庆云在上，万物五色。天下文人为气所召，其生乃蕃，灵芝蓳莒，与百果齐坼，然煌煌翘翘出乎其类终为伟人者几希矣。

(唐) 刘禹锡《唐故衡州刺史吕君集纪》，《刘禹锡集》卷十九，上海人民出版社本

天地间有粹灵气焉，万类皆得之，而人居多；就人中，文人得之又居多。盖是气，凝为性，发为志，散为文。

(唐) 白居易《故京兆元少尹文集序》，《白居易集》卷六十八，中华书局本

夫芒忽之间，变而有气，气而有形，形而有生，生而有灵，愚愚慧慧，自然之经。赋已定矣，今返妄营，则何异高山之木兮，不能守枝叶之亭亭，欲戕而为牺象兮，利涂饰乎丹青。

(宋) 梅尧臣《乞巧赋》，《梅尧臣集编年校注·拾遗》，上海古籍出版社本

盖才卑则气弱，气弱则辞蹇。为文而出于蹇弱，则理虽不失，人罕喜读。人不读矣，则谁复料其持论哉！

(宋) 吕南公《与王梦锡书》，《灌园集》卷十四，《四库全书》珍本初集本

意可学也，味亦可学也，若夫韵有高下，气有强弱，则不可强矣。

(宋) 张戒《岁寒堂诗话》卷上，《历代诗话续编》本

退之诗，大抵才气有余，故能擒能纵，颠倒崛奇，无施不可。放之则如长江大河，澜翻汹涌，滚滚不穷；收之则藏形匿影，乍出乍没，姿

态横生，变怪百出，可喜可愕，可畏可服也。苏黄门子由有云："唐人诗当推韩杜，韩诗豪，杜诗雄；然杜之雄亦可以兼韩之豪也。"此论得之。

（宋）张戒《岁寒堂诗话》卷上，《历代诗话续编》本

柳柳州诗，字字如珠玉，精则精矣，然不若退之之变态百出也。使退之收敛而为子厚则易，使子厚开拓而为退之则难。意味可学，而才气则不可强也。

（宋）张戒《岁寒堂诗话》卷上，《历代诗话续编》本

退之《赠崔立之》前后各一篇，皆讥其诗文易得。前诗曰："才豪气猛易语言，往往蛟螭杂蝼蚓。"后诗曰："文如翻水成，初不用意为。"二诗皆数十韵，岂非欲衒博于易语之人乎？

（宋）葛立方《韵语阳秋》卷一，《历代诗话》本

诗岂易言哉，才得之天，而气者我之所自养。有才矣，气不足以御之，淫于宝贵，移于贫贱，得不偿失，荣不盖愧，诗由此出，而欲追古人之逸驾，讵可得哉？予自少闻莆阳有士曰方得亨，名本之，才甚高，而养气不挠。吕舍人居仁，何著作搢之皆屈行辈与之游。德亨晚愈不遭，而气愈全，观其诗，可知其所养也。

（宋）陆游《方德亨诗集序》，《陆游集·渭南文集》卷十四，中华书局本

……某闻文以气为主，出处无愧，气乃不挠，韩柳之不敌，世所知也。公自政和讫绍兴，阅世变多矣，白首一节，不少屈于权贵，不附时论以苟登用。每言房，言畔臣，必愤然扼腕裂眦，有不与俱生之意。士大夫稍有退缩者，辄正色责之若仇。一时士气，为之振起。今观其制告之词，可概见也……

（宋）陆游《傅给事外制集序》，《陆游集·渭南文集》卷十五，中华书局本

诗比他文最难工，非功专气全者不能名家，余观他人诗及以身验之，

良然。

　　　　　　（宋）刘克庄《跋黄憔诗》，《后村题跋·孟子跋》卷二，《丛书集成》本

　　周子充云："文章有天分，有人力，而诗为甚。才高者语新，气和者韵胜，此天分也。"

　　　　　　（宋）周密《浩然斋雅谈》卷上，《四库全书》本

　　……予尝熟玩其文之一二，大抵体根于气，气根于识，识正而气正，气正而体正，故劲特而伟健，明白而阔达，激烈而恳到，望而知其为威仲之文，盖君子之文也。抑余有闻，年有少壮，老之不伴；气有明昏，愈之殊致。故为善于少壮之日则易，而自立于衰暮之节则难，惟学则一而已矣。孟子曰：我善养吾浩然之气；又曰：以直养而无害；又曰：是集义所生者。夫如是为文学，此威仲所素讲者，余复通而勉之。

　　　　　　（元）姚燧《卢威仲文集序》卷三，《牧庵集》，《四部丛刊》本

　　夫人之言为声，声原于气，中顺之气劲，故其辞简洁而峻清；右部之气和，故其辞温厚而优柔；通议之气粹以正，其学综博而趋约，故其言之见于诞布除拜，吟情托物，诛奸彰善者，划夏陈言，一以经史为师，淡丽而不谀，奥雅而雄深，多体而不穷，视金诸作，最为高古，信一代文章之宗也……

　　　　　　（元）姚燧《牧庵集》，《冯氏三世遗文序》卷三，《丛书集成》本

　　高适才高，颇有雄气，其诗不习而能，虽乏小巧，终是大才。

　　　　　　（元）吴师道《吴礼部诗话》，《历代诗话续编》本

　　杜甫之才大而实，李白之才高而虚，杜是造建章宫殿千门万户乎，李是造清徵天上五城十二楼乎，杜极人工，李纯是气化。

　　　　　　（明）屠隆《论诗文》，《鸿苞节录》卷六，保砚斋本

　　才尽气亦尽，情事复几许。大势老人怀，难与少年语。

　　　　　　（明）汤显祖《玉茗堂诗之十五·十咏·王逸少觉伤哀乐之致》，《汤显祖诗文集》，上海古籍出版社本

万物当气厚材猛之时，奇迫怪窘，不获急与时会，则必溃而有所出，遁而有所之。常务以快其懤结。过当而后止，久而徐以平，其势然也。是故冲孔动楗而有厉风，破隘蹈决而有潼河。已而其音泠泠，其流纡纡。气往而旋，才距而安。亦人情之大致也。情致所极，可以事道，可以忘言。而终有所不可忘者，存乎诗歌序记词辩之间。固圣贤之所不能遗，而英雄之所不能晦也。

（明）汤显祖《玉茗堂诗之三·调象庵集序》，《汤显祖诗文集》，上海古籍出版社本

歌行之畅，必由才气。

（明）胡应麟《诗薮·内编》卷一，上海古籍出版社本

浩然韵高而才短，如造内法酒手而无材料。（东坡）浩然四十字诗，后四句率觉气索，如岳阳楼、岁莫归南山之类。（陆放翁）孟襄阳才不足半摩诘，特善用短耳。其景色恒傅情而发，故小胜也；其气先志而索，故大不胜也。然偏师而出者，犹轻当于众志而脍炙艺林。（弇州）

（明）胡震亨《唐音癸签》卷五，上海古籍出版社本

皮日休曰：诗逮吾唐，切于俪偶，拘于声势，易其体为律，诗之道尽矣。吾又不知千祀之后，诗之道止于斯而已耶？后有变而作者，予不得以知之。夫才之备者，犹天地之气乎！气者，止乎一也，分而为四时，景色各异。夫如是，岂拘于一哉？亦变之而已。人之有才者，不变则已，苟变之，岂异于是乎！

（明）胡震亨《唐音癸签》卷二，上海古籍出版社本

徐祯卿云：因情以发气，因气以成声，因声而绘词，因词而定韵。然情寔窈渺，必因思以穷其奥；气有粗弱，必因力以夺其偏；词难妥贴，必因才以致其极；才易飘扬，必因质以定其侈。若夫妙骋心机，随方合节，或约旨以植义，或宏文以尽心；或缓发如朱弦，或急张如跃括；或始迅以中留，或既优而后促；或慷慨以任壮，或悲怆而引泣；或因拙以得工，或发奇而似易；此轮扁之超悟，不可得而详也。

（明）胡震亨《唐音癸签》卷二，上海古籍出版社本

其离离然有光者，气之舒也。隐隐然不可得而磨者，质之坚也。所以能挟质而御气者，才也。

（清）侯方域《倪涵谷文序》，《壮悔堂文集》卷一，《四部备要》本

七言古须具轰雷掣电之才，排山倒海之气，乃克为之。张司业籍，以乐府古风，合为一体，深秀古质，独成一家，自是中唐七言古别调，但可惜边幅稍狭耳。若元、白二公，才情有余，边幅甚赊，然时有拖沓之累。盖司业所病者节短，而元、白所病者气缓，截长补短，庶几可与李、杜诸人方驾耳。

（清）贺贻孙《诗筏》，《清诗话续编》本

气之静也，必资于理，理不实则气馁。其动也，挟才以行，才不大则气狭隘。然而才与理者，气之所凭，而不可以言气。才与气为尤近，能知乎才与气者之为异者，则知文矣。吹毛而驻于空，吹不息，则毛不下。土石至实，气绝而朽壤，则山崩。夫得其气则泯小大，易强弱，禽兽木石可以相为制，而况载道之文乎！视之以形而不见，诵之以声而不闻，求之规矩而不得其法，然后可以举天下之物，而无所挠败。

（清）魏禧《论世堂文集序》，《魏叔子文集》卷八，清刊本

仆尝遍读诸子百氏大家名流与夫神仙浮屠之书矣，其文或简炼而精丽，或疏畅而明白，或汪洋纵恣，逶迤曲折，沛然四出而不可御，盖莫不有才与气者在焉。惟其才雄而气厚，故其力之所注，能令读之者动心骇魄，改观易听，忧为之解颐，泣为之破涕，行坐为之忘寝与食，斯已奇矣。而及其求之以道，则小者多支离破碎而不合，大者乃敢于披猖磔裂，尽决去圣人之畔岸，而剪拔其藩篱，虽小人无忌惮之言，亦常杂见于中，有能如周、张之书者，固仅仅矣。然后知读者之惊骇改易，类皆震于其才，慑于其气而然也，非为其于道有得也。吾不识足下爱其文将遂信其道乎？抑以其不合于道，遂并排黜其文而不之录乎？夫文之所以有寄托者，意为之也，其所以有力者，才与气举之也，与道果何与哉？

（清）汪琬《答陈霭公论文书一》，《尧峰文钞》卷三十二，《四部丛刊》本

文无定体，才大则无所不有，气大则无所不举。

（清）陈维崧《东溪修禊卷跋》，《陈迦陵文集》卷六，《四部丛刊》本

李白天才自然，出类拔萃，然千古与杜甫齐名，则犹有间。盖白之得此者，非以才得之，乃以气得之也。从来节义勋业文章，皆得于天而足于己，然其间亦岂能无分剂？虽所得或未至十分，苟有气以鼓之，如弓之括，力至引满，自可无坚不摧，此在彀率之外者也。如白《清平调》三首，亦平平宫艳体耳；然贵妃捧砚，力士脱靴，无论儒夫于此战栗趑趄万状，秦舞阳壮士不能不色变于秦皇殿上，则气未有不先馁者，宁暇见其才乎？观白挥洒万乘之前，无异长安市上醉眠时，此何如气也？大之即舜、禹之巍巍不与，立勋业可以鹰扬牧野，尽节义能为逄、比碎首，立言而为文章，韩愈所言光焰万丈。此正言文章之气也。

（清）叶燮《原诗·外篇下》，人民文学出版社本

气之所用不同，用于一事则一事立极，推之万事，无不可以立极。故白得与甫齐名者，非才为之，而气为之也。历观千古诗人有大名者，舍白之外，孰能有是气者乎？

（清）叶燮《原诗·外篇下》，人民文学出版社本

《望岳》，此拗格第一。"西岳崚嶒竦处尊，诸峰罗列似儿孙"，笔势自上压下。"安得仙人九节杖，挂到玉女洗头盆"，自下腾上，才敌得住，不对所以有力。若移五六在此，便软。此是格拗，不是句拗，唐人多有之。望岱、华、衡，笔势皆与之配，此是他气魄大，非才华学力所能到，不推为独步得乎？

（清）张谦宜《𬣙斋诗谈》卷四，《清诗话续编》本

人之生也，有性、有情、有才，性与情生人所同，而才则所独也。乾坤有清气，山水有清音，融结而为精灵，胚胎而为人物。衷之性情，根之气骨，散之心脾，造化实钟美于是。而幸而得之，则才之说也。才有小大，用有广狭，经纬天地，发抒道德，理治繁剧，区画衣食，皆是物也。至若端居寡事，取求而不予禁，郁勃而无所试，雕镂肝肾，涵泳飞跃，率

臆肆口，颠倒反复而用之，而诗之道以兴。

（清）杭世骏《何招之诗序》，《道古堂文集》卷十一，扫叶山房本

苏董门谓杜诗雄，韩诗豪。杜诗之雄，可以兼韩之豪。如柳柳州，不若韩之变态百出也。使昌黎收敛而为柳州则易，使柳州开拓而为昌黎则难矣。此无他，意味可学，才气不可学也。

（清）薛雪《一瓢诗话》，人民文学出版社本

青莲集中古诗多，律诗少。五律尚有七十余首，七律只十首而已。盖才气豪迈，全以神运，自不屑束缚于格律对偶，与雕绘者争长。然有对偶处，仍自工丽；且工丽中别有一种英爽之气，溢出行墨之外。如"洗兵条支海上波，放马天山雪中草。"（《战城南》）"天兵照雪下玉关，虏箭如沙射金甲。"（《胡无人》）"边月承受弓影，胡霜拂剑花。"（《塞上曲》）"笛奏龙吟水，箫鸣凤下空。"（《空中行乐》）何尝不研炼，何尝不精采耶？

（清）赵翼《瓯北诗话》卷一，人民文学出版社本

夫情本于性也，才率于气也，累于阴阳之闻者，不能无盈虚消息之机；才情不离乎血气，无学以持之，不能不受阴阳之移也。

（清）章学诚《质性》，《文史通义·内篇三》，《四部备要》本

李文饶（德裕）论文，有曰："譬如日月，虽终古常见而光景常新，此所以为灵物者也。"尝为《文箴》曰："文之为物，自然灵气，悦惚而来，不思而至。杼轴得之，淡而无味，琢刻藻绘，弥不足贵。如彼璞玉，错以金翠，美质既雕，良宝斯弃。"唐史谓德裕少力学，善为文。《北梦琐言》谓德裕幼而神俊。观其论文之言，信乎天分高而学力至者也。《怀山居》云："器满自当欹，物盈终有缺。"崖州之贬，早已自知其不能无矣。

（清）余成教《石园诗话》卷二，《清诗话续编》本

阮亭标举神韵，固为雅音，然亦由才气局拘，不能包罗，故不喜

《中州集》。此杜公所讥"未掣鲸鱼碧海中"者也。

（清）方东树《昭昧詹言》卷一，人民文学出版社本

才与气二者，有得于天，有得于人。才之大如江如海，至矣。气之盛如霆如雷，至矣。然江汉犹必纳众水以汇其流，雷霆不能击钟鼓以助其势者，其充之有渐，其积之甚厚故也。孟子曰，观于海者难为水；又曰，配义与道。斯言也，不为诗文言之，吾以为诗文之道无以易此矣。

（清）姚莹《复杨君论诗文书》，《中复堂全集·东溟文集外集》
卷二，清刊本

夫文章以气为主，才由气见者也；而要必由其学之浅深，以觇其才之厚薄。学邃者，其气之深静，使人餍饫之久，如与中正有德者处，故其文常醇以厚，而学掩才。学之未至，则其气亦稍自矜纵，骤而见之，即如珍羞好色，罗列目前，故其文常闳以肆，而才掩学。若昌黎所云"先醇后肆"者，盖谓既醇之后，即纵所欲言，皆不失其为醇耳；非谓先能醇厚，而后始求闳肆也。今必以闳肆为宗，而谓醇厚之文为才之不赡，抑亦过矣。

夫才由气见者也。今之所谓才，非古之所谓才也，好驰骋之为才；今之所谓气，非古之所谓气也，能纵横之为气。以其能纵横、好驰骋者，求之古人所为醇厚之文，无当也；即求之古人所为闳肆者，亦无当也。然而，资力所进，于闳肆之文尚可一二几其仿佛；至醇厚，则非极深邃之功，必不可到。

（清）吴汝纶《与杨伯衡论方刘二集书》，《桐城吴先生全书》，
清刊本

周秦词以理法胜，姜张词以骨韵胜，碧山词以意境胜，要皆负绝世才，而又以沈郁出之，所以卓绝千古也。至陈朱，则全以才气胜矣。

（清）陈廷焯《白雨斋词话》卷六，人民文学出版社本

2. 器大声宏　器狭识卑

士之致远，先器识而后文艺。

（唐）裴行俭语，出自《旧唐书·王勃传》，中华书局本

噫！是子也，气淳以愿，志专以勤，确然而直方，吾未知其止也。作词赋书论，其言甚伟。余方爱之，谓可以为器者，故不知恸且出涕。况其亲戚者乎？

（唐）柳宗元《杨氏子承之哀辞》，《柳河东集》卷四十，中华书局本

器大者声必闳，志高者意必远。知夫声与意之本原，则知歌词之所自出，是盖不容有意于作为，而其发越著见于声音言意之表者，则亦随其所蓄之浅深，有不能不尔者存焉耳。

（宋）范开《稼轩词序》，引自《中国历代文论选》第二册，上海古籍出版社本

范希文作《严子陵祠堂记》云："先生之德，山高水长。"李泰伯易"德"为"风"，至今彰希文之服善。此泰伯偶然尔。近有词流，与人一字之益，每对众言之，其不自广也如此。及出所作，称之则快意，议之则变色，虽杜少陵更正，亦不免忌心萌焉。夫偶定人之未安，何其自矜；竟沮人之有益，甘于自误；吁，彼何人哉！吁，彼何人哉！

（明）谢榛《四溟诗话》卷三，《历代诗话续编》本

陆务观曰："唐人曰：'士先器识而后文艺。'是不得为知文者，天下岂有器识卑陋而文词超然者哉！"此言深得文间大旨。古今来非无文章美赡而人多卑污者，然其文必无超拔之气。

（明）徐树丕《士先器识》，《识小录》卷一，涵芬楼秘籍本

杨廉夫胜国末领袖一时，其才纵横豪丽，亶堪作者。而耽嗜瑰奇，沉沦绮藻，虽复含筼吐贺，要非全盛典刑。至他乐府小诗，香奁近体，俊逸浓爽，如有神助。余每读未尝不惜其大器小成也。

（明）胡应麟《诗薮·外编》卷六，上海古籍出版社本

盖昔者咎、禹、尹、虺、召、毕之徒，皆备明圣显懿之德，其器识深沉浑厚，莫可涯涘，而乃今诸其训诰谟曲诗歌，抑何尔雅闳伟哉？千古而下，端拜颂哦，不敢以文人目之，而亦争推为万世文章之祖。则吾所谓其

本立，其用自不可秘者也。譬之麟之仁，凤之德，目为陆离炳焕之文，是为天下瑞。而长卿以下，有意耀其才者，何异山鸡而凤毛，犬羊而麟趾，人反异而逐之，而或以贾衅，乌睹其文乎？

    （明）袁宗道《士先器识而后文艺》，《白苏斋类集》卷七，明刊本

  夫士，戒乎有意耀其才也。有运才之本存焉，有意耀其才，则无论其本拨而神泄于外，而其才亦觊觊趑趑，无纤毫之用于天下。夫惟杜机葆贞、凝定于渊默之中，即自毲其才，卒不得不显。盖其本立，其用自不可秘也。今夫花萼蕃郁，人睹木之华，而树木者固未尝先溉其枝叶，而先溉其根；丹艧绀碧，人睹室之华，而治室者固未尝先营其榱栋，而先营其基者何也？所培在本也。良玉韫于石，不待剖而山自润；明珠含于渊，不待摘而川自媚；莫邪藏于匣，不待操而精光自烁，人不可正睨者何也？有本在焉，其用自不可秘也。

  而锐代文士，未窥厥本，呶呶焉日私其土苴而诧于人。单词偶合，辄气志凌厉，片语会意，辄傲睨千古，谓左、屈以外，别无人品，词章以外，别无学问。是故长卿摘藻于《上林》，而聆窃赀之行者汗颊矣；子云苦心于《太玄》，而诵《美新》之辞者靦颜矣；正平弄笔于《鹦鹉》，而诵江夏之厄者扪舌矣；杨修斗捷于色丝，而悲舐犊之语者惊魄矣；康乐吐奇于"春草"而耳其逆叛之谋者秒谭矣。下逮卢、骆、王、杨，亦皆用以负俗而贾祸，此岂其才之不赡哉，本不立也。本不立者，何也？其器诚狭，其识诚卑也。

    （明）袁宏道《士先器识而后文艺》，《白苏斋类集》卷七，明刊本

  《宋史》言刘忠肃每戒子弟曰：士当以器识为先，一命为文人，无足观矣。仆自一读此言，便绝应酬文字，所以养其器识而不堕于文人也。悬牌在室，以拒来请，人所共见，足下尚不知耶？抑将谓随俗为之，而无伤于器识耶？中孚为其先妣求传再三，终已辞之，盖止为一人一家之事，而无关于经术政理之大，则不作也。韩文公文起八代之衰，若但作《原道》、《原毁》、《争臣论》、《平淮西碑》、《张中丞传后序》诸篇，而一切铭状概为谢绝，则诚近代之泰山北斗矣，今犹未敢许也。

此非仆之言,当日刘叉已讥之。

(清)顾炎武《与人书》之十八,《亭林诗文集》卷四,中华书局本

学诗者,不可学古人无病处,亦不必学古人有病处。非大家不能无病,非大家亦不能有病,盖其才无所不有,其学无所不有,故于深浅浓淡,洪纤高下,种种皆备,而其瑕颣亦复不免。为长江大河,不乏腐胔;名山巨岳,亦有恶木。其所以异于他山水者,政在波涛之鼓荡,无所不有,地势之庞厚,无物不生耳。若夫岳峦涧沚之胜,一览即尽,纵复幽雅奇秀,然非所语于大观也。后之学诗者,毛举琐求,以一字之累,一语之犯,遂弃其全。而负才不羁之士,又不肯探求古人精神之所存,见陶之时有似于枯淡也,遂以枯淡为陶;见杜之偶似于滞累也,遂以滞累为杜;见李之偶似于轻率也,遂以轻率为李;见苏之偶似于谐浅也,遂以谐浅为苏。此犹学孔子者,但学其微服过宋,君命召不俟驾,见南子、佛肸召欲往而已,岂学孔子者哉!

(清)贺贻孙《诗筏》,《清诗话续编》本

明代如李献吉、王元美诸公,非无佳诗,若得明眼人删削,便可传世。天崇间尤号极盛,然称名家则有余,称大家则不足,又往往高自标榜,互相屈辱,压良作贱,称娣为姑,以此嚣陵,不及古人。

(清)贺贻孙《诗筏》,《清诗话续编》本

执事论人必先器识,文必先根柢,此古人所以可传者,举世好文之士不察也。执事书中议论,往往先得我心,而立身为文本末,具见于此。

(清)魏禧《答施愚山侍读书》,《魏叔子文集》卷六,清刻本

盖自有天地以来,文章之能事,萃于此数人,决无更有胜之而出其上者;及观其乐善爱才之心,竟若欿然不自足。此其中怀阔大,天下之才皆其才,而何媢疾忌忮之有?不然者,自炫一长,自矜一得,而惟恐有一人之出其上,又惟恐人之议己,日以攻击诋毁其类为事。此其中怀狭隘,即有著作,如其心术,尚堪垂后乎?昔人惟沈约闻人一善,如万箭攒心,而约之所就,亦何足云?是犹以李林甫、卢杞之居心,而欲博贤宰相之名,使天下后世称之,亦事理所必无者尔。

(清)叶燮《原诗·外篇上》,人民文学出版社本

古人之诗，必有古人之品量。其诗百代者，品量亦百代。古人之品量，见之古人之居心，其所居之心，即古盛世贤宰相之心也。宰相所有事，经纶宰制，无所不急，而必以乐善爱才为首务，无毫发娼疾忌忮之心，方为真宰相。百代诗人亦然。

（清）叶燮《原诗·外篇上》，人民文学出版社本

诗总不离乎才也。有天才，有地才，有人才。吾于天才得李太白，于地才得杜子美，于人才得王摩诘。太白以气韵胜，子美以格律胜，摩诘以理趣胜。太白千秋逸调，子美一代规模，摩诘精大雄氏之学，篇章字句，皆合圣教。今之有才者辄宗太白，喜格律者辄师子美，至于摩诘而鲜有人窥其际者，以世无学道人故也。合三人之所长而为诗，庶几无愧于风雅之道矣。犹未也；学诗而止学乎诗，则非诗；学三家之诗而止读三家之诗，则犹非诗也。诗乃人之所发之声之一端耳，而溯其原本，何者不具足？故为诗者，举天地间之一草一木，古今人之一言一事，《国风》、汉、魏以来之一字一句，乃大而至两方圣人之《六经》《三藏》，皆得会于胸中，而充然行之于笔下；因物赋形，遇题成韵，而各臻其境，各极其妙。如此则诗之分量尽，人之才能方备也。

（清）徐增《而庵诗话》，《清诗话》本

夫所谓才子者，必胸中牢笼万象；笔下熔铸百家。故就唐代论之，李白、杜甫、韩愈真其人也，亚焉者尚有其人，义山特其一耳。

（清）李重华《贞一斋诗话》，《清诗话》本

人称才大者如万里黄河，与泥沙俱下。余以为此粗才，非大才也。大才如海水接天，波涛浴日，所见皆金银宫阙，奇花异草，安得有泥沙污人眼界耶？或曰："诗有大家，有名家。大家不嫌庞杂，名家必选字酌句。"余道：作者自命当作名家，而使后人置我于大家之中；不可自命为大家，而转使后人屏我于名家之外。常规蒋心馀太史云："君切莫老手颓唐，才人胆大也。"心馀以为然。

（清）袁枚《随园诗话》卷一，人民文学出版社本

吾尝以谓文章之原，本乎天地。天地之道，阴阳刚柔而已。苟有得乎

阴阳刚柔之精，皆可以为文章之美。阴阳刚柔并行而不容偏废，有其一端而绝亡其一，刚者至于偾强而拂戾，柔者至于颓废而阗幽，则必无与于文者矣。然古君子称为文章之至，虽兼具二者之用，亦不能无所偏优于其间，其故何哉？天地之道，协合以为体，而时发奇出以为用者，理固然也。其在天地之用也，尚阳而下阴，伸刚而绌柔，故人得之亦然。文之雄伟而劲直者，必贵于温深而徐婉。温深徐婉之才，不易得也；然其尤难得者，必在乎天下之雄才也。夫古今为诗人者多矣，为诗而善者亦多矣，而卓然足称为雄才者，千余年中数人焉耳。甚矣其得之难也。

　　　　（清）姚鼐《海愚诗钞序》，《惜抱轩全集·文集》卷四，《四部备要》本

　　文辞，犹三军也；志识，其将帅也。李广入程不识之军，而旌旗壁垒一新焉，固未尝物物而变，事事而更之也。知此义者，可以袭用，成文而不必已出者矣。

　　文辞，犹舟车也；志识，其乘者也。轮欲其固，帆欲其捷，凡用舟车，莫不然也；东西南北，存乎其乘者矣。知此义者，可以以我用文而不致以文役我者矣。

　　文辞，犹品物也；志识，其工师也。橙桔楂梅，庖人得之，选甘脆以供笾实也；医师取之，备药毒以疗疾疢也。知此义者，可以同文异取，同取异用而不滞其迹者矣。（古书断章取义，各有所用；拘儒不达，介介而争。）

　　文辞，犹金石也；志识，其炉锤也。神奇可化臭腐，臭腐可化神奇。知此义者，可以不执一成之说矣。（有所得者即神奇，无所得者即臭腐。）

　　文辞，犹财货也；志识，其良贾也。人弃我取，人取我与，则贾术通于神明。知此义者，可以酌酌风尚而立言矣。（风尚偏趋，贵有识者持之。）

　　文辞，犹药毒也；志识，其医工也。疗寒以热，热过而厉甚于寒；疗热以寒，寒过而厉甚于热；良医当实甚而已有反虚之忧，故治偏不激而后无余患也。知此义者，可以拯弊而处中矣。

　　　　（清）章学诚《说林》，《文史通义·内篇四》，《四部备要》本

　　譬彼禽鸟，志识其身，文辞其羽翼也。有大鹏千里之身，而后可以运

垂天之翼，鷃雀假鹍鹊之翼，势未举而先颠矣，况鹏翼乎！故修辞不忌夫暂假，而贵有载辞之志识，与已力之能胜而已矣。噫！此难与溺文辞之末者言也。

（清）章学诚《说林》，《文史通义·内篇四》，《四部备要》本

《四代》篇："子曰：平原大薮，瞻其草之高丰茂者，必有怪鸟兽居之。且草可财也，如艾而夷之，其地必宜五谷。高山多林，必有怪虎豹蕃孕焉，深渊大川，必有蛟龙焉，民亦如之。君察之，此可见器见才焉。"先生曰：孔子之观人如此，今之观人者，喜平原之无草木者，见虎豹，则却走矣。

（清）龚自珍《语录》，《龚自珍全集》第八辑，上海人民出版社本

大家如海，波浪接天，汪洋万状，鱼龙百变，风雨分飞；又如昆仑之山，黄金布地，玉楼插空，洞天仙都，弹指即现。其中无美不备，无妙不臻，任拈一花一草，都非下界所有。盖才学识俱造至极，故能变化莫测，无所不有，孟子所谓"大则化，圣而神"之境诣也。大名家如五岳五湖，虽不及大家之千门万户，变化从心，而天分学力，两到至高之诣，气象力量，能俯视一代，涵盖诸家，是已造大家之界，特稍逊其神化耳。名家如长江、大河，匡庐、雁宕，各有独至之诣，其规格壁垒，迥不犹人，成坚不可拔之基，故自擅一家之美，特不能包罗万长，兼有众妙，故又次之。小家则如一丘一壑之胜地，其山水风景，未始不佳，亦足怡情悦目，特气象规模，不过十里五里之局，非能有千百里之大观，及重岭叠嶂，千崖万壑，令人游不尽而探不穷也。然其结撰之奇，林泉之丽，尽可擅一方名胜，故亦能自立，成就家数也。若专学古人一家，肖其面目，而自己并无本色，以及杂仿前贤名家，孰学孰似，不能稍加变化者，虽有才笔，皆不得谓之成就，只可概谓诗人而已，则又小家之不若矣。

（清）朱庭珍《筱园诗话》卷二，《清诗话续编》本

古之君子所以自拔于人人者，岂有他哉，亦其器识有不可量度而已矣。试之以富贵贫贱，而漫与不加喜戚；临之以大忧大辱，而不易其常。器之谓也。智足以析天下之微芒，明足以破一隅之固，识之谓也。器与识

及之矣，而施诸事业有不逮，君子不深讥焉。器识之不及，而求小成于事业，末矣。事业之不及，而求有当于语言文字，抑又末矣。故语言文字者，古之君子所隅一涉焉，而不齿诸有亡者也。昔者尝怪杜甫氏，以彼其志量，而劳一世以事诗篇，追章逐句，笃老而不休，何其不自重惜若此！及观昌黎韩氏称之，则曰："流落人间者，太乙一豪芒。"而苏氏亦曰："此老诗外，大有事在。"吾乃知杜氏之文字蕴于胸而未发者，殆十倍于世之所传；而器识之深远其可敬慕又十倍于文字也。今之君子，秋毫之荣华而以为喜，秋毫之摧挫而以为愠，举一而遗二，见寸而昧尺。器识之不讲，事业之不问，独沾沾以从事于所谓诗者。兴且而缀一字，抵暮而不安，毁齿而钩研声病，顽童而不息。以呻嚘謇浅之语，而视为钟彝不朽之盛业，亦见其惑已。

（清）曾国藩《黄仙峤前辈诗序》，《曾文正诗文集》卷一，《四部备要》本

稼轩词仿佛魏武诗，自是有大本领大作用人语。

（清）陈廷焯《白雨斋词话》卷一，人民文学出版社本

所谓大家者，必其天才之绝特，其性情之笃挚，其学力之深博，斯无论已。又必其身世所遭值有以异于群众，甚且为人生所莫能堪之境，其振奇磊落之气，百无所寄泄，而壹以迸集于此一途，其身所经历，必所接构，复有无量之异象以为之资：以此为诗，而诗乃千古矣。

（清）梁启超《秋穗吟馆诗钞序》，《饮冰室合集·文集》卷十二，中华书局本

诗人对宇宙人生，须入乎其内，又须出乎其外。入乎其内，故能写之。出乎其外，故能观之。入乎其内，故有生气。出乎其外，故有高致。美成能入而不出。白石以降，于此二事皆未梦见。

（清）王国维《人间词话》，人民文学出版社本

诗人必有轻视外物之意，故能以奴仆命风月。又必有重视外物之意，故能与花鸟共忧乐。

（清）王国维《人间词话》，人民文学出版社本

3. 资质难强　悟高笔妙

陶渊明天资既高，趣诣又远，故其诗散而注、澹而腴，断不容作邯郸步也。

（宋）姜夔《白石道人诗说》，《历代诗话》本

删后求诗者尚家数，家数之大无止乎杜，宗杜者要随其人之资所得尔，资之拙者又随其师之所传得之尔，诗得于师固不若得于资之为优也。诗者人之情性也，人各有情性，则人各有诗也，得于师者其得为吾自家之诗哉？天台李仲虞执诗为贽见予于姑苏城南且云：学诗于乡先生丁仲容氏。明旦复谒，出诗一编求予言以序。予夜读其诗，知其法得于少陵矣。如五言有云："湛露仙盘白，朝阳虎殿红。诏起西河上，旌随斗柄东。西北干戈定，东南杼轴空。"置少陵集中猝未能辨也。盖仲虞纯明笃茂博极文而多识当朝典故，虽在布衣，忧君忧国之识时见于咏歌之次，其资甚似杜者，故其为诗不似之者或寡矣。吾求丁公之诗，似杜者或未之过，则知仲虞之诗到乎家数者，不得于其师，而得于其资也验矣。

（元）杨维桢《李仲虞诗序》卷七，《东维子文集》，《四部丛刊》本

画之积习，虽有谱格，而神妙之品，出于天质者，殆不可以谱格而得也。故画品优劣，关于人品之高下，无论侯王、贵戚、轩冕、山林、道释、女妇。苟有天质超凡入圣，即可冠当代而名后世矣。其不然者，或事模拟，虽入谱格，而自家所得于心传意领者则蔑矣。

（元）杨维桢《论画》，《历代论画名著汇编》本

每事过求，则当前妙境，忽而不领。古人谓眼前景致，口头言语，便是诗家体料。所贵于能诗者，只善言之耳。总一事也，而巧者绘情，拙者索相。总一言也，而能者动听，不能者忤闻，初非别求一道以当之也。

（明）陆时雍《诗境总论》，《历代诗话续编》本

人但知李青莲仙才，而不知王右丞、李长吉、白香山皆仙才也，青莲

仙才而俊秀，右丞仙才而元冲，长吉仙才而奇丽，香山仙才而闲澹，独秀俊者，人易赏识耳。

  （明）屠隆《论诗文》，《鸿苞节录》卷六上，《中国文学珍本丛书》本

  天下大致，十人中三四有灵性。能为伎巧文章，竟伯什人乃至千人无名能为者。则乃其性少灵者与？老师云，性近而习远。今之为士者，习为试墨之文，久之，无往而非墨也。犹为词臣者习为试程，久之，无往而非程也。宁惟制举之文，令勉强为古文词诗歌，亦无往而非墨程也者。则岂习是者必无灵性与，何离其习而不能言也。夫不能其性而第言习，则必有所有余。余而不鲜，故不足陈也。犹将有所不足，所不足者又必不能取引而致也。盖十余年间，而天下始好为才士之文。然恒为世所疑异。曰：乌用是决裂为，文故有体。嗟，谁谓文无体耶。观物之动者，自龙至极微，莫不有体。文之大小类是。独有灵性者自为龙耳。近吴之文得为龙者二。龙有醇灏丰烨，云气从瀚郁而兴，幽毓横薄，不可穷施者，钱受之之文也。有英秀蜷媚，云气从之，夭矫而舒，凌深倾洗，不可测执者，张元长之文也。

  （明）汤显祖《玉茗堂文集之五·张元长嘘云轩文字序》，《汤显祖诗文集》卷三十二，上海古籍出版社本

  大抵能变一代之体者，必擅一代之才。故陈思出而汉体亡矣，平原出而魏体亡矣。然而论者以冠陈思于河间，跻平原于步兵，则又夫人而知其不可也。少陵淹通梁选，出入楚骚，其志量骨力岂不凌厉千载，然而唐体亦自此亡矣。今之宗少陵者，如射覆然，高之存金存玉，卑之存瓦存石，甚至阴摹而阳纂之，几于生折少陵，而娴然自托以为神奇者，何其纷纷也！

  （明）臧懋循《昌伯麟诗引》，《负苞堂集》卷三，古典文学出版社本

  今天下人能诗矣，而诗不能人，一切悲愉兴比，征事广韵，变化拟议，匪不呕心，但生来未具诗骨，冲口便忤，无诗也。

  （明）王思任《吕恒吉诗序》，《王季重十种》，《中国文学珍本丛书》本

学道之人，参云宿水，苦行万千，求师化度，何益于事，有一寸仙骨，易得处耳。诗之有胎也，犹仙之有骨也，聪明学问，诗之所必借也。

（明）王思任《帻园近草序》，《王季重十种》，《中国文学珍本丛书》本

……辄谓诗文一窍，决非今生撮办，有心及之，而舌不能及；有舌及之，而手不能及；有手及之，而学问考订不能。大约底滞蹇昧之人去此道远，而朗圆英爽之辈入此道近。

（明）王思任《心月轩稿序》，《王季重十种》，《中国文学珍本丛书》本

余老归空门，不复染指声律，而颇悟诗理。以为诗之道，有不学而能者，有学而不能者；有可学而能者，有可学而不可能者；有学而愈能者，有愈学而愈不能者。有天工焉，有人事焉。知其所以然而诗，可以几而学也。间尝辄举其说，而闻者莫吾信。顷读梅村先生诗集，喟然叹曰："嗟乎！此可以证明吾说矣。"

（清）钱谦益《牧斋有学集》卷十七，《四部丛刊》本

"日落云傍开"，"风来望叶回"，亦固然之景，道出得未曾有。所谓眼前光景者此耳。所云眼者，亦问其何如眼，若俗子肉眼，大不出寻丈，粗欲如牛目，所取之景亦何堪向人道出？

（清）王夫之《古诗评选》卷六，陈后主《临高台》评语，《船山遗书》，太平洋书店重校刊本

诗至元、白，实又一大变。两人虽并称，亦各有不同：选语之工，白不如元；波澜之阔，元不如白。白苍莽中间存古调，元精工处亦杂新声。既由风气转移，亦自材质有限。

（清）贺裳《载酒园诗话又编》，《清诗话续编》本

问："右丞《鹿柴》、《木兰柴》诸绝，自极淡远，不知移向他题，亦可用否？"

答："摩诘诗如参曹洞禅，不犯正位，须参活句。然钝根人学渠

不得。"

（清）王士禎《师友诗传续录》，《清诗话》本

　　山川草木，花鸟禽鱼，不遇诗人，则其情形不出，声臭不闻。诗人之笔，盖有甚于画工者。即如雪之艳，非左司不能道；柳花之香，非太白不能道；竹之香，非少陵不能道。诗人肺腑，自别具一种慧灵，故能超出象外，不必处处有来历，而实处处非穿凿者，固由笔妙，亦由悟高，彼钝根人，乌足以知此！

（清）田同之《西圃诗说》，《清诗话续编》本

　　诗也者，用才之地，而非竭才之具也。无才者往往好为之，且为之至于穷悴老病以死而不知厌。或责之，或悯且笑之，而犹不自悔，曰"吾将以尽其才"也。夫才至于铢铢积之，寸寸累之，则其为才也，亦仅矣。蛣蜣之丸，不可以充珠玭；瓦釜之响，不可以叶《韶》、《咸》，器有良楛，质有坚脆。禀之于天，不可强也。不揣其本，而求之于末流，不辗转迷缪而离其宗乎？余尝执此论，以友天下士，大抵得交于余者，非才莫与也。

（清）杭世骏《何报之诗序》，《道右堂文集》卷十一，扫叶山房本

　　韩翃："星河秋一雁，砧杵夜千家。"崔峒："清磬度山翠，闲云来竹房。"常建："松际露明月，清光犹为君。"杨敬之："碧山相倚暮，归雁一行斜。"此等句无点烟火气，非学力能到，宿慧人遇境即便道出。

（清）马位《秋窗随笔》，《清诗话》本

　　诗，如言也，口齿不清，拉杂万语，愈多愈厌。口齿清矣，又须言之有味，听之可爱，方妙。若村妇絮谈，武夫作闹，无名贵气，又何籍乎？其言有小涉风趣，而嚅嚅然若人病危，不能多语者，实由才薄。

（清）袁枚《随园诗话》卷三，人民文学出版社本

　　左思之才高于潘岳，谢朓之才爽于灵运，何也？以其超隽能新故也。齐高祖云："三日不读谢朓诗，便觉口臭。"宜青莲之一生低首也。

（清）袁枚《随园诗话补遗》卷十，人民文学出版社本

未有熟读唐人诗数千百首而不能吟诗者，未有不读唐人诗数千百首而能吟诗者。读之既久，章法、句法，用意、用笔，音韵、神致，脱口便是，是谓大药。药之不效，是无诗种，无诗种者不必学诗。药之必效，是谓佛性，凡有觉者皆具佛性，具佛性者即可学诗。

（清）方南堂《辍锻录·序》，《清诗话续编》本

善文者，内出而无穷；不善文者，外挹而有限。

（清）刘熙载《艺概·文概》，上海古籍出版社本

文以炼神炼气为上半截事，以炼字炼句为下半截事。此如易道有先天后天也。柳州天资绝高，故虽自下半截得力，而上半截未尝偏绌焉。

（清）刘熙载《艺概·文概》，上海古籍出版社本

东坡文只是拈来法，此由悟性绝人，故处处触著耳。至其理有过于通而难守者，固不及备论。

（清）刘熙载《艺概·文概》，上海古籍出版社本

老子有云："微妙元通，深不可识。"余谓书之道正复如此，故气质粗者不可以为书。

（清）刘熙载《艺概·文概》，上海古籍出版社本

山谷云："天下清景，不择贤愚而与之，然吾特疑端为我辈设"，诚哉是言。抑岂清景而已，一切境界，无不为诗人设。世无诗人，即无此境界。夫境界之呈于吾心而见于外物者，皆须臾之物。唯诗人能以此须臾之物，镌诸不朽之文字，使读者自得之。遂觉诗人之言，字字为我胸中所欲言，而又非我之所能自言，此大诗人之秘妙也。境界有二：有诗人之境界，有常人之境界。诗人之境界，惟诗人能感之且能写之，故读其诗者，亦高举远慕，有遗世之意。而亦有得有不得，且得之者亦各有深浅焉。若夫悲欢离合，羁旅行役之感，常人皆能感之，而惟诗人能写之。故其入于人者至深，而行于世也尤少。

（清）王国维《人间词话·附录》十六，人民文学出版社本

四

性 情 说

1. 诗因人异　得性所近

造论著说之文，尤宜劳焉。何则？发胸中之思，论世俗之文，非徒讽古经、续故文也；论发胸臆，文成手中，非说经艺之人所能为也。

（汉）王充《论衡·超奇》，《诸子集成》本

才性异区，文辞繁诡。辞为肤根，志实骨髓。

（南朝·梁）刘勰《文心雕龙·体性》，人民文学出版社本

史臣曰：文章者，盖情性之风标，神明之律吕也。蕴思含毫，游心内运，放言落纸，气韵天成，莫不禀以生灵，迁乎爱嗜，机见殊门，赏悟纷杂。若子桓之品藻人才，仲治之区判文体，陆机辨于《文赋》，李充论于《翰林》，张陟摘句褒贬，颜延图写情兴，各任怀抱，共为权衡。

（南朝·齐）萧子显《文学传论》，《南齐书》卷五十二，中华书局本

夫所谓文者，必有诸其中，是故君子慎其实。实之美恶，其发也不掩。本深而末茂，形大而声宏，行峻而言厉，心醇而气和，昭晰者无疑，优游者有余。

（唐）韩愈《答尉迟生书》，《韩昌黎文集校注》卷二，中华书局本

孟嘉《落帽》，前世以为胜绝。杜子美《九日诗》云："羞将短发还吹帽，笑倩傍人为正冠。"其文雅旷达，不减昔人。故谓诗非力学可致，正须胸肚中泄尔。

（宋）陈师道《后山诗话》，《历代诗话》本

一家之语，自有一家风味。如乐之二十四调，各有韵声，乃是归宿处。模仿者虽似之，韵亦无矣。鸡林其可欺哉！

（宋）姜夔《白石道人诗说》，《白石诗词集》，人民文学出版社本

翰苑、辇毂、山林、出世、偈颂、神仙、儒先、（石屏之类宋贤也）江湖、间阎、末学。（末学者，道听涂说，得一二字面，便杂据用去，不成一家，又在江湖间阎之下。）已上气象，各随人之资禀高下而发。学者以变化气质，须仗师友所习所读，以开导佐助，然后能脱去俗近，以游高明。谨之慎之。又诗之气象，犹字画然，长短肥瘦，清浊雅俗，皆在人性中流出。得八法便成妙染而洗吾旧态也。此赵松雪翁与中峰和尚述者，道良之语也。

（元）范德机《木天禁语·气象》，《历代诗话》本

太白谓子美诗苦，然却沉郁，缘其性褊躁婞直，而多忧愁愤厉之气。

（明）谢榛《四溟诗话》卷四，人民文学出版社本

夫文者，华也，有根焉，则性灵是也。士务养性灵而为文有不巨丽者，否也。是根固华茂者也。

（明）屠隆《文章》，《鸿苞节录》卷六，清刊本

天下文章所以有生气者，全在奇士。士奇则心灵，心灵则能飞动，能飞动则下上天地，来去古今，可以屈伸长短生灭如意。如意则可以无所不如。彼言天地古今之义而不能皆如者，不能自如其意者也。不能如意者，意有所滞，常人也。

（明）汤显祖《序丘毛伯稿》，《汤显祖诗文集》卷三十二，上海古籍出版社本

自古言诗人者，诗从人出也。果其人而诗也，即欠伸笑嚏，韵趣溢流。果其人不诗，即拈断枯鬚，沥干心汁，非不声偶五七，而土鼓不响，蜡渣无味。

　　　　　（明）王思任《季叔房诗序》，《王季重十种》，《中国文学珍本丛书》本

共题一江山，共咏一花鸟，共写一怀抱，共赠一友人，有我言之而不妙，伊冲口而即工，此尚可于言语文字中求之乎？则所谓性之也。杜本性生，而晚律益细，所以夐只无前，自负必果，亦自知其性之高绝，无待后人尊之耳。

　　　　　（明）王思任《阆斋诗稿序》，《王季重十种》，《中国文学珍本丛书》本

予又谓：填词种子，要在性中带来。性中无此，做杀不佳。人问性之有无，何从辨识？予曰："不难观其说话、行文即知之矣。说话不迂腐，十句之中定有一二句超脱，行文不板实，一篇之内但有一二段空灵，此即可以填词之人也。不则另寻别计，不当以有用精神，费之无益之地。"噫！性中带来一语，事事皆然，不独填词一节，凡作诗、文、书、画、饮酒、斗棋与百工技艺之事，无一不具夙根，无一不本天授。强而后能者，毕竟是半路出家，止可冒斋饭吃，不能成佛作祖也。

　　　　　（清）李渔《闲情偶寄·词曲部·词采第二》，《中国古典戏曲论著集成》（七），中国戏剧出版社本

凡物之美者，盈天地间皆是也，必待人之神明才慧而见。而神明才慧本天地间之所共有，非一人所独受而能自异也。故分之则美散，集之则美合，事物无不然者。

　　　　　（清）叶燮《集唐诗序》，《己畦文集》卷九，清刊本

陶诗胸次浩然，其中有一段渊深朴茂不可到处。唐人祖述者，王右丞有其清腴，孟山人有其闲远，储太祝有其朴实，韦左司有其冲和，柳仪曹有其峻洁，皆学焉而得其性之所近。

　　　　　（清）沈德潜《说诗晬语》卷上，《清诗话》本

李贺集固是教外别传，即其集而观之，却体体皆佳。第四卷多误收。大抵学长吉而不得其幽深孤秀者，所为遂堕恶道。义山多学之，亦皆恶；宋、元学者，又无不恶。长吉之才，偘然以生，瞿然以清，谓之为鬼不必辞，袭之以人却不得，直是造物异撰。余恒思玉楼之召，初非谩语，不然科名试帖中无处著，尘寰唱和中亦无处著，杜牧一序，义山一传，长爪生可凌云一笑矣。杜牧序中引昌黎诸比拟语，足以为呕出心肝者慰。

（清）方世举《兰丛诗话》，《清诗话续编》本

昔屈原以经物之才，遭遇怀王昏惑，流离放逐，愿进忠而不得，哀悼恻怛，发而为文。故其文也，有若星月之晦于云雾者焉，有若金玉之杂于泥沙者焉，有若奔流急湍之阻碍而不得其性者焉。此《离骚》之作，其人与其时为之也。后之拟骚者，王褒、刘向无论矣，以宋玉之亲受业于屈原也，其《九辩》能肖之乎？何则？非其人与时，固不可得而强也。

（清）程廷祚《骚赋论上》，《青溪集》卷三，金陵丛书本

朱竹君学士曰："诗以道性情。性情有厚薄，诗境有浅深。性情厚者，词浅而意深；性情薄者，词深而意浅。"

（清）袁枚《随园诗话》卷八，人民文学出版社本

诗有音节清脆，如雪竹冰丝，非人间凡响，皆由天性使然，非关学问。

（清）袁枚《随园诗话》卷九，人民文学出版社本

《诗》三百篇有正有变，后人学焉而各得其性之所近。《楚骚》之幽怨，少陵之忧愁，太白之飘艳，昌谷、玉川之奇诡，东野、阆仙之寒俭，从乎变者也。陶靖节以下，至于王昌龄、王维、孟浩然、高适、岑参、韦应物、储光羲、钱起辈，俱发言和易，近乎正者也。白居易以和易享遐龄，长吉以瑰诡而致夭折。记曰："和故百物不失，冬寒故景短，夏酷烈而秋悲，春日迟迟，信可乐也。"知此可与言诗矣。

（清）李调元《雨村诗话》卷下，《清诗话续编》本

仆尝谓功力可假，性灵必不可假；性灵苟可以假，则古今无愚智之分矣。

> （清）章学诚《与周永清论文》，《文史通义·外篇三》，中华书局本

诗至今日，竞讲宗派。至讲宗派，而诗之真性情、真学识不出。尝略论之。康熙中主坛坫者新城王尚书士禛、商丘宋尚书荦。新城源出严沧浪《诗品》，以神韵为宗，所选《唐贤三昧集》专主王、孟、韦、柳，而己所为诗，亦多近之。是学王、孟、韦、柳之派。商丘诗主条畅，又刻意生新，其源出于眉山苏氏，游其门者如邵山人长蘅等亦皆靡然从风。同时海盐查编修慎行亦有盛名，而源又出于剑南陆氏，是又学苏陆之派。秀水朱检讨彝尊始则描摩初唐，继则泛滥北宋，是又学初唐北宋之派。博山赵宫赞执信复矫王宋之弊，持论一准常熟二冯，以唐温李为极则，是又学温李之派。迨乾隆中叶，长洲沈尚书德潜以诗名吴下，专以开元天宝为宗，从之游者皆摩取声调，讲求格律而真意渐漓，是又学开元、天宝之派。盖不及百年，诗凡数变而皆不出于各持宗派，何则？才分独有所到，则嗜好各有所偏，欲言之无可合也。

> （清）洪亮吉《西溪渔隐诗序》，《卷施阁文甲集》卷十，《洪壮江诗文集》，《四部丛刊》本

古文之诀欧阳文忠公已言之曰：多读书，多作文耳。然必有性灵有气魄之人，方能语小则直凑单微，语大则推倒豪杰。本源秽者，文不能净，本源粗者，文不能细，本源小者，文不能大也。

> （清）恽敬《与来卿》，《大云山房文稿·言事》卷二，《四部备要》本

夫情遂则响宣，意沈则思曲。《骚》、《问》多不经之绪，阮、陶有难释之章。泉咽则径幽，呻促知情苦。宁有钟期之音，故为太玄之奥乎？观其结想眇恢，谍情洞异，上薄屈、贾，下掩齐、梁。正始未衰，谷音仅在。但阮公出之无意，江令既竭吾才。斯则颜渊钻仰于尼山，鲁男善学夫柳下耳。钟嵘谓休文意浅于江，吾犹耻其拟人不类。乃陈氏祚明谓江才有限，方沈直是小巫，此则痂癖各殊。难使异床同梦，固知大音不入里耳，

爱居难响鼓钟也。

（清）陈沆《诗比兴笺》卷二《江淹清思诗笺》，上海古籍出版社本

欧公称昌黎文"深厚雄博"，苏老泉称欧公文"纡馀委备"。大抵欧公虽极意学韩，而性之所近，乃尤在李习之。不独老泉于公谓"李翱有执事之态"，即公文亦云"欲生翱时，与翱上下"，其论所尚盖可见矣。

（清）刘熙载《艺概·诗概》，上海古籍出版社本

陶、谢并称，韦、柳并称。苏州出于渊明，柳州出于康乐，殆各得其性之所近。

（清）刘熙载《艺概·文概》，上海古籍出版社本

陈同甫与稼轩为友，其人才相若，词亦相似。同甫《贺新郎·寄幼安见怀韵》云："树犹如此堪重别。只使君，从来与我，话头多合。行矣置之无足问，谁换妍皮痴骨！但莫使伯牙弦绝。"其《酬幼安再用韵见寄》云："斩新换出旌麾别。把当时，一桩大义，拆开收合。据地一呼吾往矣，万里摇肢动骨。这话欛只成痴绝。"《怀幼安用前韵》云："男儿何用伤离别。况古来，几番际会，风从云合。千里情亲长晤对，妙体本心次骨。卧百尺高楼斗绝。"观此则两公之气谊怀抱，俱可知矣。

（清）刘熙载《艺概·词曲概》，上海古籍出版社本

笔性墨情，皆以其人之性情为本。是则理性情者，书之首务也。

（清）刘熙载《艺概·书概》，上海古籍出版社本

宋词有不能学者，苏、辛是也。国朝词有不能学者，陈、朱是也。然苏、辛自是正声，人苦学不到耳；陈、朱则异是矣。

（清）陈廷焯《白雨斋词话》卷六，人民文学出版社本

性情少，勿学稼轩。非绝顶聪明，勿学梦窗。

（清）况周颐《蕙风词话》，人民文学出版社本

2. 蕴内著外　因文见性

……是故其哀心感者，其声噍以杀；其乐心感者，其声啴以缓；其喜心感者，其声发以散；其怒心感者，其声粗以厉；其敬心感者，其声直以廉；其爱心感者，其声和以柔。

（先秦）《礼记·乐记》，《十三经注疏》本

……虽体变无穷，犹依乎五质。故其刚柔明畅贞固之征，著乎形容，见乎声色，发乎情味，各如其象。故心质亮直，其仪劲固；心质休决，其仪进猛；心质平理，其仪安闲。

（魏）刘劭《人物志·九征第一》，《丛书集成》本

心悲者，虽谈笑鼓舞，情欢者，虽拊膺咨嗟，犹不能御外形以自匿，诳察者于疑似也。

（晋）嵇康《声无哀乐记》，《嵇康集校注》，人民文学出版社本

若夫八体屡迁，功以学成，才力居中，肇自血气；气以实志，志以定言，吐纳英华，莫非情性。是以贾生俊发，故文洁而体清；长卿傲诞，故理侈而辞溢；子云沈寂，故志隐而味深；子政简易，故趣昭而事博；孟坚雅懿，故裁密而思靡；平子淹通，故虑周而藻密；仲宣躁锐，故颖出而才果；公幹气褊，故言壮而情骇；嗣宗俶傥，故响逸而调远；叔夜俊侠，故兴高而采烈；安仁轻敏，故锋发而韵流；士衡矜重，故情繁而辞隐；触类以推，表里必符；岂非自然之恒资，才气之大略哉！

（南朝·梁）刘勰《文心雕龙·体性》，人民文学出版社本

粹胜灵者，其文冲以恬。灵胜粹者，其文宣以秀。粹灵均者，其文蔚温雅渊，疏朗丽则，捡不扼，达不放，古常而不鄙，新奇而不怪。

（唐）白居易《故京兆元少尹文集序》，《白居易集》卷六十八，中华书局本

诗家者流，厥情非一。失志之人其辞苦，得志之人其辞逸，乐天之人

其辞达，觏闵之人其辞怒。如孟东野之清苦，薛许昌之英逸，白乐天之明达，罗江东之愤怒，此皆与时消息，不失其正者也。

    （宋）范仲淹《唐异诗序》，《范文正公集》卷六，《四部丛刊》本

  诗文字画，大抵从胸臆中出。子美笃于忠义，深于经术，故其诗雄而正。李太白喜任侠，喜神仙，故其诗豪而逸。退之文章侍从，故其诗文有廊庙气。

    （宋）张戒《岁寒堂诗话》卷上，《历代诗话续编》本

  予旧因东坡诗云"我憎孟郊诗"及"要当斗僧清，未足当韩豪。何苦将两耳，听此寒虫号"，遂不喜孟郊诗。五十以后，因暇日试取细读，见其精深高妙，诚未易窥，方信韩退之李习之尊敬其诗，良有以也。东坡性痛快，故不喜郊之词艰深。要之，孟郊张籍，一等诗也。唐人诗有古乐府气象者，惟此二人。但张籍诗简古易读，孟郊诗精深难窥耳。孟郊如《游子吟》、《列女操》、《薄命妾》、《古意》等篇，精确宛转，人不可及也。

    （宋）曾季狸《艇斋诗话》，《历代诗话续编》本

  古之善鸣者，必养其声之所自出。静者之辞雅，躁者之辞浮，哲者之辞畅，蔽者之辞碍，达者之辞和，狷者之辞激。盖轻快则邻于浮，僻晦则伤于碍，刻意则流于激。

    （宋）刘克庄《林合诗卷序》，《后村先生大全集》，《四部丛刊》本

  天下之鸣多矣：锵锵凤鸣，雍雍雁鸣，喈喈鸡鸣，嘒嘒蝉鸣，呦呦鹿鸣，萧萧马鸣，无不善鸣者。而彼此不能相为名一，其性也。其于诗亦然，鲍谢自鲍谢，李杜自李杜，欧苏自欧苏，陈黄自陈黄，鲍谢之不能为李杜，犹欧苏之不能为陈黄也。

    （宋）文天祥《跋周汝明自鸣集》，《文文山文集》卷下，《丛书集成》本

  尝谓古人之诗，各得其一偏，又多其性之似者。若陶渊明、谢灵运、

韦苏州、王维、柳子厚、白乐天得其冲淡，江淹、鲍明远、李白、李贺得其峭峻，孟东野、贾浪仙又得其幽忧不平之气。若老杜可谓兼之矣。然杜陵知诗之为诗，未知不诗之为诗。而韩愈又以古文之浑浩，溢而为诗，然后古今之变尽矣。太白词胜于理，乐天理胜于词。东坡又以太白之豪、乐天之理合而为一，是以高视古人，然亦不能废古人。

足下以唐、宋诗人，得处虽能免俗，殊乏风雅，过矣！所谓近风雅，岂规规然如晋、宋词人蹈袭用一律耶？若曰子厚近古，退之变古，此屏山守株之论，非仆所敢知也。诗至于李、杜，以为未足；是画至于无形，听至于无声，其为怪且迂也甚矣，其于书也亦然。

  （金）赵秉文《答李天英书》，《闲闲老人滏水文集》，《丛书集成》本

窃尝泛观，大率古人之书，不行其时，而传诸后，故其时之人，及见其概，有不若后人之尽其完，则斯集之所悲，岂非适为燧所幸欤。夫读其书，必知其人。质者拘窘，淡者游谇，近者肤卑，豪者峻宕，刚者粗厉，而弱者气乏。与夫徇今者陈茶，庚古者无法，葩艳者远实，喜异者艰崎，失志者诋讪，躁浅者迫切，而挟数者诐顿，其失非尽乎此也。惟所性中正宏厚者，故能优柔而明炳，洞畅而温醇，斯大雅君子，言符其德者也。斯集有之。然不苟作，尤致意于朋旧患难死生之际，亦足为后学笃伦理之师，瞽见如此，异时者出，将以余为知言云……

  （元）姚燧《牧庵集》，《樗庵集序》卷三，《丛书集成》本

孚有之诗，韦出也。读苏州韦公之诗，如单父之琴，武城之弦歌，不知其政之化而俗之迁也。海内之学韦者，吾识二人焉，涿郡卢处道，临川吴仲谷。处道有爵位于朝，有声名在天下，其气完，故独得其深厚，而时发以简斋。仲谷，隐者也。其气孤，故独得其幽茂疏淡，而时振以岑参。崔正言今复得孚有焉。孚有生文献之家，袭富贵之业，而性情温厚，辞气详雅，故其为诗，周旋俯仰，举相似焉。此非独善学韦也，亦居相似而性相近也。

  （元）揭傒斯《萧孚有诗序》，《揭文安公文粹》卷一，《丛书集成》本

储咏曰：性情褊隘者其词躁；宽裕者其词平；端靖者其词雅；疏旷者其词逸；雄伟者其词壮；蕴藉者其词婉。涵养情性，发于气，形于言，此诗之本源也。

（元）范德机《木天禁语·气象》，《历代诗话》本

诗，心之声也。声因于气，皆随其人而著形焉。是故凝重之人，其诗典以则；俊逸之人，其诗藻而丽；躁易之人，其诗浮以靡；苛刻之人，其诗峭仄而不平；严庄温雅之人，其诗自然从容而超乎事物之表。如斯者盖不能尽数之也。

（明）宋濂《林伯恭诗集序》，《宋学士全集》卷六，《丛书集成》本

诗之词气，虽由政教，然支分条布，略有径庭。良由人士品殊，艺随迁易。故宗工巨匠，词淳气平，豪贤硕侠，辞雄气武；迁臣孽子，辞厉气促；逸民遗老，辞玄气沉；贤良文学，辞雅气俊；辅臣弼士，辞尊气严；阉童壶女，辞弱气柔；媚夫倖士，辞靡气荡；荒才娇丽，辞淫气伤。

（明）徐祯卿《谈艺录》，《历代诗话》本

自古诗人养气，各有主焉。蕴乎内，著乎外，其隐见异同，人莫之辨也。熟读初唐、盛唐诸家所作，有雄浑如大海奔涛，秀拔如孤峰峭壁，壮丽如层楼叠阁，古雅如瑶瑟朱弦，老健如朔漠横雕，清逸如九皋鸣鹤，明净如乱山积雪，高远如长空片云，芳润如露蕙春兰，奇绝如鲸波蜃气：此见诸家所养不同也。

（明）谢榛《四溟诗话》卷三，人民文学出版社本

……太白以气为主，以自然为宗，以俊逸高畅为贵。子美以意为主，以独造为宗，以奇拔沉雄为贵。其歌行之妙，咏之使人飘扬欲仙者，太白也。使人慷慨激越，觑歌欲绝者，子美也……太白多露语率语，子美多稚语累语。

（明）王世贞《艺苑卮言》卷四，《历代诗话续编》本

故性格清彻者，音调自然宣畅；性格舒徐者，音调自然疏缓；旷达者

自然浩荡；雄迈者自然壮烈；沉郁者自然悲酸；古怪者自然奇绝。有是格，便有是调，皆情性自然之谓也。莫不有情，莫不有性，而可以一律求之哉？

（明）李贽《读律肤说》，《焚书》卷三，中华书局本

夫清流不出于淤泥，洪音不发于细窍。襄阳萧远，故其声清和；长吉好异，故其声诡激；青莲神情高旷，故多宏达之词；少陵志识沉雄，故多实际之语。诗本性情，写胸次，捷于吹万，肖于谷响，弗可遁也。

（明）屠隆《抱恫集序》，《白榆集》卷二，明刊本

……然天地之气，雨旸燠寒，风雷霜雪，表备时叙，万物荣滋，极少过多，化工皆覆。故至圣有参赞之功，君相有燮理之任，皆所以节宣阴阳，而调和元气也。是以人之所禀，上下不齐，性赋相同，气习多异，不过曰中行、曰狂、曰狷而已。所以人之于书，得心应手，千形万状，不过曰中和、曰肥、曰瘦而已。

（明）项穆《书法雅言·形质》，引自《历代书法论文选》下，上海书画出版社本

彼夫抟风而飞者，拨尔而怒，顺风而受者，悠然以适，御风而行者，冷然以善。诗至于怒与适且冷，而风人之性情出矣。然而怒者谁耶？适者谁耶？冷者谁耶？皆非人之所能为也，天也！故凡汉唐以后，壮士之言多怒，清士之言多适，逸士之言多冷。

（清）贺贻孙《陶邵陈三先生诗选序》，《水田居诗文集》，清道光丙午敕书楼藏版

王荆公好改古人诗，如王驾《晴景》曰："雨前初见花间蕊，雨后兼无叶底花。蜂蝶飞来过墙去，应疑春色在邻家。"介甫改为："雨前不见花间蕊，雨后全无叶底花。蜂蝶纷纷过墙去，却疑春色在邻家。"前诗载《百家选》，后诗刻己集中。按介甫所云"疑"，乃因蜂蝶过墙而人疑之也，着力在"纷纷"二字；驾所云"疑"，乃蜂蝶疑而飞去，人疑其疑也，着眼在"飞来"二字，两意俱佳。但"却疑"意只一层，"应疑"意有两层。近赵凡夫重刻《万首绝句》，虽入王驾下，竟用荆公改词，当

是未见原本耳。（黄白山评："王改'却'字，不过易平声为仄，字较响耳，其意则犹前人。"）按此诗虽改，犹未为失，至改"蝉噪林逾静，鸟鸣山更幽"，为"茅檐相对坐终日，一鸟不鸣山更幽"，则真规圆方竹杖矣。然如刘贡父"明日扁舟沧海去，却将云里望蓬莱"，为"云气"，亦自飞虫之获。又古乐府："庭前一树梅，寒多未觉开。只言花是雪，不悟有香来。"介甫又改为"墙角数枝梅，凌寒独自开。遥知不是雪，为有暗香来"。虽用其语，却全反其意，亦自可嘉。然细味之，则古人之意婉，介甫之气直。大抵介甫一生，不徒事事立异，性亦不耐含蓄。

（清）贺裳《载酒园诗话》卷一，《清诗话续编》本

余友董子文友，少负才名，卓荦有奇气，一日被酒跌荡，与余放怀述作之事，膝席言曰：咄咄陈生，子恒不云乎"文章经国之大业，不朽之盛事"，顾文质异轨，正变殊途，总极陶冶，未导窾部，子其为予言之。陈生曰：唯唯，仆不幸有犬马疾，虽然，尝闻之矣，夫言者心之声也，其心慷慨者其言必磊落而英多；其心窾爱者其言必和平而忠厚；偏狭之人其言狷，泆荡之人其言靡，诞逸之人其言乐，沉郁之人其言哀。要而论之，性情之际微矣。是以先王采风辑俗，用以验士风，考政治、輶轩之美播于郊庙，语言之恰洽于友邦，此文章之所由兴也。今者匹妇之致未便经纬，文人之长弥工雕缛，质愿者风人之义或缺，才丽者太始之奥已满，振兴而扬厉之，非得淹博闳玮如子者而谁？

（清）陈维崧《董文友诗集序》，《陈迦陵文集》卷二，《四部丛刊》本

夫境会何常，就其地而言之，逸者以为可挂瓢植杖，骚人以为可登临望远，豪者以为是秋冬射猎之场，农人以为是祭韭献羔之处；上之则省敛观稼、陈诗采风，下之则渔师牧竖取材集网，无不可者。更王维以为可图画，屈平以为可行吟。境一而触境之人之心不一。

（清）叶燮《黄叶邨庄诗序》，《己畦文集》卷八，清刊本

邕快人诗必潇洒，敦厚人诗必庄重，倜傥人诗必飘逸，疏爽人诗必流丽，寒涩人诗必枯瘠，丰腴人诗必华赡，拂郁人诗必凄怨，磊落人诗必悲壮，豪迈人诗必不羁，清修人诗必峻洁，谨敕人诗必严整，猥鄙人诗必委

靡。此天之所赋，气之所禀，非学之所至也。

（清）薛雪《一瓢诗话》，《清诗话》本

　　自诸子而降，其为文无弗有偏者。其得于阳与刚之美者，则其文如霆，如电，如长风之出谷，如崇山峻崖，如决大川，如奔骐骥；其充也，如杲日，如火，如金镠铁；其于人也，如冯高视远，如君而朝万众，如鼓万勇士而战之。其得于阴与柔之美者，则其文如升初日，如清风，如云，如霞，如烟，如幽林曲涧，如沦，如漾，如珠玉之辉，如鸿鹄之鸣而入廖廓；其于人也，漻乎其如叹，邈乎其如有思，暖乎其如喜，愀乎其如悲。观其文，讽其音，则为文者之性情形状举以殊焉。

（清）姚鼐《复鲁絜非书》，《惜抱轩文集》卷六，《四部备要》本

　　司马温公叙《扬子》，谓"孟子好《诗》《书》，文直而显；荀子好《礼》，文富而丽；扬子好《易》，文简而奥"。孟、荀、扬并称无别，与昌黎之论三子异矣。

（清）刘熙载《艺概·文概》，上海古籍出版社本

　　皇甫士安《三都赋序》曰："引而伸之，触类而长之。"刘彦和《诠赋》曰："拟诸形容，象其物宜。"余论赋则曰："仁者见之谓之仁，智者见之谓之智。"

（清）刘熙载《艺概·赋概》，上海古籍出版社本

　　贤哲之书温醇，骏雄之书沈毅，畸士之书历落，才子之书秀颖。

（清）刘熙载《艺概·书概》，上海古籍出版社本

　　字不出雕朴两种。循其本则人雕者字雕，人朴者字朴。

（清）刘熙载《游艺约言》，《古桐书屋续刻三种》，清光绪刻本

3. 赤子之心　贵在一真

公为人真率，其词翰亦如其性，是可佳也。

（宋）欧阳修《跋晏元献公书》，《欧阳文忠公文集·居士外集》卷二十三，《四部备要》本

人之操行，莫先于无伪。能不为伪，虽小善亦有可观。其积累之，必可成其大。苟出于伪，虽有甚善，不特久之终不能欺人，亦必自有怠而自不能掩者。吾涉及久，阅此类多矣。

（宋）叶梦得《避暑录话》卷下，坊刊本

……情归一真举无伪，滑稽玩世为通儒。欧公自爱曼卿放，昌黎亦喜刘叉粗……

（宋）刘过《寄竹隐先生孙应时》，《龙洲集》卷二，上海古籍出版社本

兄书中有"发明性真，开示来学"之说，仆又非其人也。且所以发性真而示来学，固绝不在言语文字间。行已多缺，而强饰之于言语文字，此性真所以益凿而先辈之所以误后学而昧其目者也。仆自三十时读程氏书，有云"自古学文，鲜有能至于道者，心一局于此，又安能与天地同其大也"，则已愕然有省，欲自割而未能。年近四十，觉身心之卤莽而精力之日短，则慨然自悔，捐书烧笔于静坐中求之，稍稍见古人涂辙可循处，庶几补过桑榆，不尽枉过此生。

（明）唐顺之《答蔡可泉》，《荆川先生文集》卷七，《四部丛刊》本

夫天地间真人不易得，而真书亦不易数觏。有真人而后一时有真面目，真知己；有真书而后千载有真事业，真文章。虽然，其人不必尽皆文、周、孔、孟也，即好勇斗狠之辈，皆含真气；其书亦不必尽皆二《典》、三《谟》、周《诰》、殷《盘》也，即嬉笑怒骂之顷，俱成真境。故真莫真于孩提，乃不转瞬而真已变，惟终不失此孩提之性则真矣。真又

莫真于山川之流峙，烟云之变化，乃一经渲染而真已失。

（明）五湖老人《忠义水浒传全序》，引自《水浒传资料汇编·
评论编》，百花文艺出版社本

夫既以闻见道理为心矣，则所言者皆闻见道理之言，非童心自出之言也。言虽工，于我何与？岂非以假人言假言，而事假事、文假文乎？盖其人既假，则无所不假矣。由是而以假言与假人言，则假人喜；以假事与假人道，则假人喜；以假文与假人谈，则假人喜。无所不假，则无所不喜。满场是假，矮人何辩也？然则虽有天下之至文，其湮灭于假人而不尽见于后世者，又岂少哉！何也？天下之至文，未有不出于童心焉者也。

（明）李贽《童心说》，《焚书》卷三，中华书局本

夫道理闻见，皆自多读书识义理而来也。古之圣人，曷尝不读书哉！然纵不读书，童心固自在也，纵多读书，亦以护此童心而使之勿失焉耳，非若学者反以多读书识义理而反障之也。夫学者既以多读书识义理障其童心矣，圣人又何用多著书立言以障学人为耶？童心既障，于是发而为言语，则言语不由衷；见而为政事，则政事无根柢；著而为文辞，则文辞不能达。非内含以章美也，非笃实生辉光也，欲求一句有德之言，卒不可得。所以者何？以童心既障，而以从外入者闻见道理为之心也。

（明）李贽《童心说》，《焚书》卷三，中华书局本

赤子之心无分别，无取舍，所谓第一念也。大人事业，只用第一念有余裕矣。故曰：大人者，不失其赤子之心者也。然炽然分别取舍，亦未尝失赤子之心，又当知有这个道理。

（明）袁宗道《读孟子》，《白苏斋类集》卷十九，明刊本

近日楚人之诗，不字字效盛唐；楚人之文，不言言法秦汉，而颇能言其意所欲言，以为拣择太过，迫胁情景，而使之不得舒真，不如倒困倾囊之为快也。本无言外之意，而又不能达意中之言，又何贵于言。楚人之文，不能为文中之中行，而亦必不为文中之乡愿。以真人而为真文，观于宗文氏之所集，可以知楚风矣。

（明）袁中道《淡成集序》，《珂雪斋近集·文钞》，上海书店本

又云，国初文字宋龙门开山，方逊志已弱，李梦阳以下，骨力强弱巨细不同，等赝文耳。若士不肯为其赝者，故宁少无多。又云，古文赋秦、西汉而下率以不足病，唐四杰、子美而外，亦无有余，从其不足而足焉，斯已几矣。临川无所不足，故一篇之中写理入微，援情穷变，涕泗歌舞，有并时而集，异时而擅者，真也，有余也，非汉宋字句之谓也。

（明）沈际飞《文集题词》，《汤显祖诗文集·附录》，上海古籍出版社本

余少读李卓吾之书，意其所与游者，必皆聪明辨博恢奇卓诡之士。已而识新安方时化、汪本钶于长安，皆卓吾高足弟子，授以九正，易因者也。时化一老明经，斤斤为文法吏，褒衣大带，应对舒缓；本钶朴邀，腐儒偶坐，植立如土木偶，是二人者，与之游处，求其为卓吾之徒，而不可得也。公安袁小修曰："卓吾之平生恶浮华、喜平实。士之矜虚名、衒小智、游光扬声者，见则唾弃之，不与接席而坐。"观其所与，则卓吾可知也。

（清）钱谦益《陶不退闿园集序》，《牧斋初学集》卷三十一，上海古籍出版社本

得复札云：坊中文宜假不宜真，具以不佞持论太真。少时应举几隽复失，及前辈名士下第，皆为舍易趣难，认真太过所误。窃谓不然。凡天下事，假难而真易，真属天机，假因人力，以人力而夺天机，是岂容易能之乎？里中有老优者，尝为不佞述其为优五十年，其视起居饮食，对妻子，酬宾友，无一事而非剧场；及其登场，则又如身在离合生死荣辱得失之内，自为悲喜啼笑，与观剧者同为悲喜啼笑，不敢以轻心居之，息气应之也。吾友龙仲房，少以画牛得名。尝裸逐牛队，学其斗角磨痒，啮草眠石之势，居然牛也。人皆知剧场非真境，画牛非真牛矣，而不知优人不真则戏不成，画牛不真则似不显。天下极假之事，必以极真之功力为之，岂可以读书作文极真之事，反视以为假，藐以为易乎？不佞少时，畏假之假，不敢为假……

及成，出以示人，必先佈其大意所在，而后许人读，读未数行，则又卒语人曰："止。此中意复为此如此也。"若是者数四，而后人得卒读。且更从旁，为之点首击节，豁然抚掌大笑，甚有哭失声，泪纵横下者。至

以金石碑版之言请，文成辄睥睨曰："此等文不当以数百金为，乃公寿耶？"以故乡里间多怪之。至其见人之作，有当于其意者，则亦为之点首击节，抚掌大笑，哭失声而泪纵横下，固无异其所自为。余南还，遇于一于武林，于一曰："公返耶？济叔无恙耶？"闻济叔与余偕返，则泪下，因背诵余若卢中某诗或某句，则声泪俱下。然后知于一之所为，盖皆出于至性，而人之怪之者，固不足怪也。嗟乎，于一之人若此，可以知其文矣！

（清）周亮工《王于一遗稿序》，《赖古堂集》卷十三，《清人别集丛刊》本

不佞少时，畏假之难，不敢为假，非止于不欲为假也。足下乃谓假易而真难，以先辈名士不第为舍易趋难，舍假趋真之误。窃恐足下以此自误，彼先辈之言未尝误足下也。

（清）贺贻孙《答友人论文二》，《水田居诗文集》卷五，道光丙午敕书楼藏本

王谭《闺怨》曰："昨来频梦见，夫婿莫应知"，情痴语也。情不痴不深。然其《后庭怨》曰："独立每看斜日尽，孤眠直至残灯死。"迷离至此，毋论作诗当以此为转步，人事亦或宜有此感通。张潮《江风行》曰："商贾归欲尽，君今向巴东。巴东有巫山，窈窕神女颜。常恐游此方，果然不知还。"亦以痴而入妙。

（清）贺裳《载酒园诗话》卷一，《清诗话续编》本

五绝，仙鬼胜于儿童女子，儿童女子胜于文人学士，梦境所作胜于醒时。

（清）吴乔《围炉诗话》，《清诗话续编》本

读渊明诗，觉一草一木，一酒一琴，都有"吾与点也"之意。
渊明只去得一"傲"字，其诗遂高妙乃尔。可见"傲"字坏人。

（清）牟愿相《小澥草堂杂论诗》，《清诗话续编》本

足下之意，以为我辈成名，必如濂、洛、关、闽而后可耳。然鄙意以

为得千百伪廉、洛、关、闽，不如得一二真白傅、樊川。以千金之珠易鱼之一目，而鱼不乐者，何也？目虽贱而真，珠虽贵而伪故也。

    （清）袁枚《答蕺园论诗书》，《小仓山房文集》卷三十，《四部备要》本

  余常谓：诗人者，不失其赤子之心者也，沈石田《落花》诗云："浩劫信于今日尽，痴心疑有别家开。"卢仝云："昨夜醉酒归，仆倒竟三五。摩挲青莓苔，莫嗔惊着汝。"宋人效之，云："池昨平添水三尺，失却捋衣平正石。今朝水退石依然，老夫一夜空相忆。"又曰："老僧只恐云飞去，日午先教掩寺门。"近人陈楚南《题背面美人图》云："美人背倚玉阑干，惆怅花容一见难。几度唤他他不转，痴心欲掉画图看。"妙在皆孩子语也。

    （清）袁枚《随园诗话》卷三，人民文学出版社本

  诗情愈痴愈妙。红兰主人《归途赠朱赞皇》云："大漠归来至半途，闻君先我入京都。此宵我有逢君梦，梦里逢君见我无？"

  许宜媖《寄外》云："柳风梅雨路漫漫，身不能飞着翅难。除是今宵同入梦，梦时权作醒时看。"

    （清）袁枚《随园诗话》卷六，人民文学出版社本

  余性通脱，遇繁礼饰貌之人，辄以为苦。尝《咏桐花》云："桐花恰也清香甚，琐碎无人肯耐看。"

    （清）袁枚《随园诗话补遗》卷四，人民文学出版社本

  六朝两名士，一陆机，一谢灵运。其诗皆吾之所不喜，盖真性为词气所没，不待观其人而知其品之舛矣。

    （清）潘德舆《养一斋诗话》卷一，《清诗话续编》本

  见其人而知其心，人之真者也；见其文而知其人，文之真者也。人有缓急刚柔之性，而其文有阴阳动静之殊。譬之查梨橘柚，味不同而各符其名，肖其物；犹裘葛冰炭也，极其所长，而皆见其短。使一物而兼众味，与众物

之长，则名与味乖；而饰其短，则长不可以复见：皆失其真者也。失其真，则人虽接膝而不相知；得其真，虽千百世上，其性情之刚柔缓急，见于言语行事者，可以坐而得之。盖文之真伪，其轻重于人也，固如此。

（清）梅曾亮《太乙舟山房文集序》，引自《中国近代文论选》，人民文学出版社本

杜诗云："畏人嫌我真。"又云："直取性情真。"一自咏，一赠人，皆于论诗无与，然其诗之所尚可知。

（清）刘熙载《艺概·诗概》，上海古籍出版社本

陶渊明诗文几于知道。至语气真率亦不夸亦不让，亦令人想见其为人。

（清）刘熙载《游艺约言》，《古桐书屋续刻三种》，清光绪刻本

有为法之所以不贵者，人也，非天也。天真而人伪。夫文章书画，亦欲其真而已矣。

（清）刘熙载《游艺约言》，《古桐书屋续刻三种》，清光绪刻本

作诗不必多，所贵肝胆真。

（清）刘熙载《题杨一丈诗文集二首》，《昨非集》，清光绪刻本

词人者，不失其赤子之心者也。故生于深宫之中，长于妇人之手，是后主为人君所短处，亦即为词人所长处。

（清）王国维《人间词话》，人民文学出版社本

大家之作，其言情也必沁人心脾，其写景也必豁人耳目。其辞脱口而出，无矫揉妆束之态。以其所见者真，所知者深也。诗词皆然。持此以衡古今之作者，可无大误矣。

（清）王国维《人间词话》，人民文学出版社本

"燕燕于飞，差池其羽。""燕之于飞，颉之颃之。""睍睆黄鸟，载好

其音。""昔我往矣,杨柳依依。"诗人体物之妙,侔于造化,然皆出于离人孽子征夫之口,故知感情真者,其观物亦真。

(清)王国维《静安文集续编·文学小言》,《静安遗书》,商务印书馆本

文学者,游戏的事业也。人之势力,用于生存竞争而有余,于是发而为游戏。婉娈之儿,有父母以衣食之,以卵翼之,无所谓争存之事也。其势力无所发泄,于是作种种之游戏。逮争存之事亟,而游戏之道息矣。惟精神上之势力独优,而又不必以生事为急者,然后终身得保其游戏之性质。而成人以后,又不能以小儿之游戏为满足,于是对其自己之情感及所观察之事物而摹写之,咏叹之,以发泄所储蓄之势力。故民族文化之发达,非达一定之程度,则不能有文学;而个人之汲汲于争存者,决无文学家之资格也。

(清)王国维《文学小言》,《晚清文钞》,世界文库本

4. 狂者特立　无取乡愿

宋元君将画图,众史皆至,受揖而立;舐笔和墨,在外者半。有一史后至者,儃儃然不趋,受揖不立,因之舍。公使人视之,则解衣般礴臝。君曰:"可矣,是真画者也。"

(先秦)《庄子·田子方》,《诸子集成》本

太子宾客贺公,于长安紫极宫一见余,呼余为"谪仙人",因解金龟,换酒为乐,怅然有怀,而作是诗。

四明有狂客,风流贺季真。长安一相见,呼我"谪仙人"。昔好杯中物,今为松下尘。金龟换酒处,却忆泪沾巾。

狂客归四明,山阴道士迎。敕赐镜湖水,为君台沼荣。人亡余故宅,空有荷花生。念此杳如梦,凄然伤我情。

(唐)李白《对酒忆贺监二首》,《李太白全集》卷二十二,中华书局本

不见李生久，佯狂真可哀。世人皆欲杀，吾意独怜才。敏捷诗千首，飘零酒一杯。匡山读书处，头白好归来。

     （唐）杜甫《不见》，《杜诗详注》卷十，中华书局本

昔年有狂客，号尔谪仙人。笔落惊风雨，诗成泣鬼神。……

     （唐）杜甫《寄李十二白二十韵》，《杜诗详注》卷八，中华书局本

夫百物朝夕所见者，人皆不注视也；及睹其异者，则共观而言之。夫文岂异于是乎？汉朝人莫不能为文，独司马相如、太史公、刘向、扬雄为之最。然则用功深者，其收名也远；若皆与世沉浮，不自树立，虽不为当时所怪，亦必无后世之传也。足下家中百物，皆赖用也；然其所珍爱者，必非常物。夫君子之于文，岂异于是乎？

     （唐）韩愈《答刘正夫书》，《韩昌黎文集校注》卷三，中华书局本

孟子称："人之患，在好为人师"。由魏晋以下，人益不事师。今之世，不闻有师；有辄哗笑之，以为狂人。独韩愈奋不顾流俗，犯笑侮，收召后学，作《师说》，因抗颜而为师；世果群怪聚骂，指目牵引，而增与为言辞。愈以是得狂名，居长安，炊不暇熟，又挈挈而东。如是者，数矣。

     （唐）柳宗元《答韦中立论道书》，《柳河东集》卷三十四，中华书局本

不疑陶令是狂生，作赋其如有定情。犹胜江南隐居士，诗魔终娬负孤名。

     （唐）司空图《二十四诗品》《白菊三首》之一，《全唐诗》卷六百三十四，中华书局本

子言之，吾思中行而不可得，则必狂狷者矣。语之于文，狷者精约俨厉，好正务洁。持斤捉引，不失绳墨。士则雅焉。然予所喜，乃多进取者。其为文类高广而明秀，疏夷而苍渊。在圣门则曾点之空寞，子张之辉光。于天人之际，性命之微，莫不有所窥也。因以裁其狂斐之致，无诡于型，无羡于幅，峨峨然，冽冽然。证于方内，未知其何如。妄意才品所具若兹，

于先正所为同而求独而致者，或不至远甚。名公卿郎史贤豪好修之士，时而试天下第一者，将有在与。嘻，此诸君子所自为，岂世目所得定也。

（明）汤显祖《揽秀楼文选序》，《汤显祖诗文集》卷三十二，上海古籍出版社本

……当其为诗歌，冥搜极索，抉肾呕心，宇宙都忘，耳目咸废，片词之合，神王色飞，手舞足蹈，了不自禁，以故人相率曰"狂生"。

（明）胡应麟《石羊生自传》，《少室山房集》卷八十九，《四库全书》本

少陵称太白诗云"飞扬跋扈"，老泉称退之文云"猖狂恣睢"。若以此八字评今人诗文，必艴然而怒。不知此八字乃诗文神化处，惟太白退之乃有此境。王、孟之诗洁矣，然飞扬跋扈不如太白；子厚之文奇矣，然猖狂恣睢不如退之。有志诗文者，亦宜参透此八字。

（清）贺贻孙《诗筏》，《清诗话续编》本

举韩愈之一篇一句，无处不可见其骨相棱嶒，俯视一切，进则不能容于朝，退又不肯独善于野，疾恶甚严，爱才若渴，此韩愈之面目也。

（清）叶燮《原诗·外篇上》，人民文学出版社本

《论语》独记楚狂之歌，《孟子》独称孺子之歌，狂呼，孺乎，其声歌之天趣乎？

（清）刘熙载《游艺约方》，《古桐书屋续刻三种》，清光绪刻本

班固以屈原为露才扬己，意本扬雄《反离骚》，所谓"知众嫮之嫉妒兮，何必扬累之蛾眉"是也。然此论殊损志士之气。王阳明《吊屈平庙赋》"众狂稚兮，谓累扬己"二语，真足令读者称快。

（清）刘熙载《艺概·赋概》，上海古籍出版社本

屈灵均、陶渊明，皆狂狷之资也。屈子《离骚》一往皆特立独行之意。陶自言"性刚才拙，与物多忤，自量为己，必贻俗患"，其赋品之高，亦有以矣。

（清）刘熙载《艺概·赋概》，上海古籍出版社本

书虽小道,学书者亦要不见恶于圣人。圣人所恶者,舍狂狷而就乡愿也。

(清)刘熙载《艺概·书概》,上海古籍出版社本

苏、辛词中之狂。白石犹不失为狷。若梦窗、梅溪、玉田、草窗、中麓辈,面目不同,同归于乡愿而已。

(清)王国维《人间词话》,人民文学出版社本

五

心 声 说

1. 文中有我　称心欲言

蹠越者或以舟，或以车，虽异路，所极一也。佳人不同体，美人不同面，而皆说于目。梨橘枣栗不同味，而皆调于口。

（汉）《淮南子·说林训》，《诸子集成》本

锡以是观韩吏部之高深，柳外郎之精博，微之长于制诰，乐天善于歌谣，牛僧孺辨论是非，陆宣公条奏利害，李白杜甫之豪健，张谓吕温之雅丽。锡既拙陋，皆不能宗尚其一焉。但为文为诗，为铭为颂，为箴为赞，为赋为歌，氤氲吻合，心与言会。任其或类于韩，或肖于柳，或依稀于元白，或仿佛于李杜，或浅缓促数，或飞动抑扬，但卷舒一意于洪濛，出入众贤之阃阈，随其所归矣。使物象不能桎梏于我性，文采不能拘限于天真。然后绝笔而观，澄神以思；不知文有我欤，我有文欤！

（宋）田锡《贻宋小著书》，《咸平集》，引自《宋金元文论选》，人民文学出版社本

天圣之间，予举进士于有司，见时学者务以言语声偶摘裂，号为时文，以相夸尚。而子美独与其兄才翁及穆参军伯长，作为古歌诗杂文，时人颇共非笑之，而子美不顾也。其后天子患时文之弊，下诏书讽勉学者以近古，由是其风渐息，而学者稍趋于古焉。独子美为于举世不为之时，其始终自守，不牵世俗趋舍，可谓特立之士也。

（宋）欧阳修《苏氏文集序》，《欧阳文忠公文集》卷四十一，

《四部备要》本

　　刑部张君诗若干篇，明而不华，喜讽道而不刻切，其唐人善诗者之徒欤？君并杨、刘生。杨、刘以其文词染当世，学者迷其端原，靡靡然穷日力以摹之，粉墨青朱，颠错丛庞，无文章黼黻之序，其属情藉事，不可考据也。方此时，自守不污者少矣。君诗独不然，其自守不污者邪？子夏曰："诗者，志之所之也。"观君之志，然则其行亦自守不污者邪，岂唯其言而已！

　　　　　　（宋）王安石《张刑部诗序》，《王文公文集》卷三十六，上海人民出版社本

　　窘步相仍死不前，唱酬无复见前贤。纵横正有凌云笔，俯仰随人亦可怜。

　　　　　　（金）元好问《论诗三十首》，《遗山先生文集》，《四部丛刊》本

　　人有学为鸟言者，其音则鸟也，而性则人也，鸟有学为人言者，其音则人也，而性则鸟也；此可以定人鸟之衡哉？今之为诗者，何以异乎是？不出于己之所自得，而徒窃于人之所尝言，曰：某篇是某体，某篇则否，某句似某人，某句则否，此虽极工，逼肖而已，不免于鸟之为人言矣。

　　　　　　（明）徐渭《叶子肃诗序》，《徐文长集》，明刻本

　　文之高胜者，必命世才，自出新机，不蹈陈辙，用发吾胸中之蕴概。以文人小之，可乎？是以不达性命之故，则文无源而不透，不谙经济之略，则文无实而不扬。谓之命世，驱一世而命之也，故曰作者。

　　　　　　（明）王文禄《文脉》卷一，《丛书集成》本

　　汝忠于七子中所谓徐子与者最善，还往倡和最稔。而按其集，独不类七子友，率自胸臆出之，而不染于色泽，舒徐不迫，而亦不至促弦而窘幅。人情物理，即之在耳目之前，而不必尽究其变。盖诗在唐与钱、刘、元、白相上下，而文在宋与庐陵、南丰相出入。至于扭织四六若苏端明，小令新声若《花间》、《草堂》，调宫徵而理经纬，可讽可歌，是偏至之长

技也。大要汝忠师心匠意，不傍人门户篱落，以钓一时声誉，故所就如此。

（明）李维桢《吴射阳先生选集序》，《射阳先生存稿》，万历本
（据刘修业辑校《吴承恩诗文集·附录》）

吾观自宋迄今，诸名家尸祝老杜，字摹句剽，不遗余力矣。顾多仪貌而失神；又或弃瑜而收瑕。仪貌者如优孟之学叔敖，衣冠仅肖；而收瑕者，如爱其人，并其嚃呓而效之者也。盖诗者抒写性情之物也，性情万变，诗亦如之。试读《三百篇》，宁可持概而量哉？流而《离骚》，发自幽愤，已不免文胜于情。自汉而魏，日以渐离，沿至六朝，风云月露巧相取媚，以诗为诗，非以我为诗，而性情之道远矣。是何异饰木偶而与相揖让也！吾谓千余年来，以我为诗，独有陶、杜两君。陶冲夷旷达，自我一家，有其趣不患无其诗，盖发于性情而未极其变，故蹊径一而易工也。少陵起于诗体屡变之后，于书无所不读，于律无所不究，于古来名家无所不综，于得丧荣辱，流离险阻无所不历，而材力之雄大，又能无所不掣。故一有感会，于境无所不入，于情无所不出；而情境相传，于才无所不伸，而于法又无所不合。当其搦管，境到、情到、兴到、力到；而由后读之，境真、情真、神骨真而皮毛亦真。至于境逢险绝，情触缤纷，纬繵相纠，榛楚结塞，他人搣指告郤，少陵盘礴解衣。凡人所不能道，不敢道，不经道，甚而不屑道者，矢口而出之，而不道人所常道。故其绝尘而奔者以是，舞交逐曲者以是，间有堕吭落堑者亦以是。得之则全瑜，偶失之则任其瑕。瑕瑜不掩者，固不乏玉之采；即瑕掩其瑜者，犹不失玉之瑕。诗之有少陵，犹圣之有夫子，可谓金声玉振，集其大成者矣。

（明）王嗣奭《杜诗笺选旧序》，《杜臆》，上海古籍出版社本

为诗磨韵调声，为赋繁类摛藻，为文熔经铸史，为词曲工斁妍笑：皆有意立言，久而后成。至于裁书叙心，春容千言，寂寥数字，挥毫辄就，开函如谭，自非内足于理，外足于辩，学无余沈，品无留伪者，其书不工；虽工，而不可与千万人共见也。汤临川才无不可，尺牍数卷尤压倒流辈。盖其随人酬答，独摅素心，而颂不忘规，辞文旨远。于国家利病处缅缅详言，使人读未卒篇，辄憬然于忠孝廉节。不则惆悦沉瀓，泊然于白衣苍狗之故，而形神欲换也。又若隽泠欲绝，方驾晋魏，然无其简率。

而六朝以还议论滋多，不复明短长之致，则又非临川氏之所与也。

（明）沈际飞《尺牍题词》，《汤显祖诗文集·附录》，上海古籍出版社本

行世者必真，悦俗者必媚；真久必见，媚久必厌，自然之理也。故今之人所刻画而求肖者，古人皆厌离而思去之。

（明）袁宏道《行素园存稿引》，《袁宏道集笺校》卷五十四，上海古籍出版社本

天下之文，莫妙于言有尽而意无穷，其次则能言其意之所欲言。《左传》、《檀弓》、《史记》之文，一唱三叹，言外之旨蔼如也。班孟坚辈，其披露亦渐甚矣。苏长公之才，实胜韩、柳，而不及韩、柳者，发泄太尽故也。诗亦然。《三百篇》及苏、李河梁古诗十九首，何其沉郁也。陈思王、谢康乐辈出，而英华始渐泄矣。杜工部、李青莲之才，实胜王维、李颀，而不及王维、李颀者，亦以发泄太尽故也。举业文字，在成、弘间，犹有含蓄有蕴藉。至于今，而才子慧人，蕋英吐华，穷其变化，其去言有余而意不尽者远矣。虽然，由含裹而披敷，时也，势也，惟能言其意之所欲言，斯亦足贵已。楚人之文，发挥有余，蕴藉不足，然直摅胸臆处，奇奇怪怪，几与潇湘九派同其吞吐。大丈夫意所欲言，尚患口门狭，手腕迟，而不能尽抒其胸中之奇，安能嗫嗫嚅嚅，如三日新妇为也。不为中行，则为狂狷，效颦学步，是为乡愿耳。李宗文氏，楚之名士也，采楚名士之文，裒为一集，予得而阅之，大都能言其意之所欲言，皆楚人本色也。近日楚人之诗，不字字效盛唐，楚人之文，不言言法秦、汉，而颇能言其意之所欲言，以为拣择太过，迫胁情景，而使之不得舒真，不如倒囷倾囊之为快也。本无言外之意，而又不能达意中之言，又何贵于言。楚人之文，不能为文中之中行，而亦必不为文中之乡愿。以真人而为真文，观于宗文氏之所集，可以知楚风矣。

（明）袁中道《淡成集序》，《珂雪斋近集》卷二，上海杂志公司本

文章公事也，亦我事也，我有寸心，安能承奉众口哉？

（明）王思任《啜墨阁近稿序》，《王季重十种》，《中国文学珍本丛书》本

愚意今之帖括，当如古人引诗之例，随其兴会而解之。愚近喜读左氏传，凡左氏引诗，皆非诗人之旨；然而作者之意趣，与引者之兴会，偶然相触，殊无关涉，精神百倍。此非诗人之情，而引诗者之情也。后之训诂注释者，自舍其情，而徇圣贤之貌。而今之为帖括者，并言圣贤之歌，以徇乎训诂注疏者之貌，转转相摹，愈求肖而愈远矣。

（清）周亮工《尺牍新钞》一集，曾异撰《又复曾叔祈书》，上海杂志公司本

古今能文章之士，皆胸中无物，眼底无人。无物，故河山大地，以至虫鱼花鸟，都足供其笔端；无人，故先秦两汉百家诸子，只是我寻常交往。少则证羲画之爻，多则衍天龙之义，酒籍肉帐，悉成佳编；怒骂嬉笑，无非至论。昔之坡仙，今之卓老，庶几近之乎！

（清）周亮工《尺牍新钞》一集，黄虞龙《与客》，上海杂志公司本

"陶潜不仕宋，所著诗文但书甲子；韩偓不仕梁，所著诗文亦书甲子。偓节行似潜而诗绮靡，盖所养不同耳。薛西原曰：'立节行易，养性情难。'"茂秦之论谬矣！诗各成一家，岂书甲子同而诗亦必相肖耶？此犹齐人之待客，使眇者御眇者，跛者御跛者，供妇人之一笑而已。

（清）田雯《古欢堂集杂著》卷三，《清诗话续编》本

世间辩才无碍，要为称其心之所欲言。

（清）王士禛《西堂全集序》，《蚕尾文》卷一，清刊本

生无逢世才，一拙心所安。我自有故步，无须羡邯郸。世好新奇矜聚鷊，我惟古钝仍峨冠。古道不应遂泯没，自有知己与我同咸酸。何况世态原无定，安能俯仰随人为悲欢？君不见：衣服妍媸随时眼，我欲学长世已短。

（清）蒲松龄《拙叟行》，《蒲松龄集·聊斋诗集》卷四，中华书局本

诗以道性情，人各有性情，则亦人各有诗耳。俗人党同伐异，是欲使人之性情，无一不同而后可也。东坡云："王氏之文，患在好使人同己。"

若今人之才，远不及王氏，而必欲使人同己，尤为不知量矣。

          （清）吴雷发《说诗菅蒯》，《清诗话》本

  画竹插天盖地来，翻风覆雨笔头栽。我今不肯从人法，写出龙须凤尾排。

        （清）郑板桥《郑板桥集·补遗》，中华书局本

  元圣虽不作，何王不衮裳。终日嗜菖蒲，未必皆文王。孔子所以圣，岂在不撤薑。我读宋诗话，呕吐盈中肠。附会韩与杜，琐屑为夸张。有如倚权门，凌轹众老苍。又如据太华，不复游潇湘。丈夫贵独立，各以精神强。于古无臧否，于心有主张。肯如辕下驹，低头傍门墙？

    （清）袁枚《题宋人诗话》，《小仓山房诗集》卷二十五，《四部备要》本

  仆平生见解，有不同于流俗者。圣人若在，仆身虽贱，必求登其门；圣人已往，仆鬼虽馁，不愿厕其庙。何也？圣门诸人，圣人所教，必非庸流。配享诸人，后代所尊，颇多侥倖。豪杰之士，不屑与侥倖者同升。使仆集中无缘情之作，尚思借编一二以自污，幸而半生小过，情在于斯，何忍过时抹搽。吾谁欺，自欺乎？

    （清）袁枚《答蕺园论诗书》，《小仓山房文集》卷三十，《四部备要》本

  ……

  共此面一尺，竟无一相肖。人心并如面，意匠戛独造。同阅一卷书，各自领其奥。同作一题文，各自擅其妙。问此胡为然，各有天在窍。乃知人巧处，并天工所到。所以才智人，不肯自弃暴。力欲争上游，性灵乃其要。

    （清）赵翼《书怀》之三，《瓯北集》卷二十四，寿考堂嘉庆刊本

  大家之诗，如入五岳探山问水，可以各随其心之所好而获，正不必强同。

       （清）延君寿《老生常谈》，《清诗话续编》本

  古人皆于本领上用工夫，故文字有气骨。今人只于枝叶上粉饰，下梢

又并枝叶亦没了。文字成，不见作者面目，则其文可有可无。诗亦然。

（清）方东树《昭昧詹言》卷一，人民文学出版社本

或谓文家必有滥觞，但须别具面目，方佳。予谓"面目"二字，犹未确实，须别有一种浑浑穆穆的真气，使其融化众有，然后可以独和一俎。是气也，又各比其性而出，不必人人同也。体会前人诗便知。

（清）厉志《白华山人诗说》卷一，《清诗话续编》本

周秦间诸子之文，虽纯驳不同，皆有个自家在内，后世为文者，于彼于此，左顾右盼，以求当众人之意，宜亦诸子所深耻与。

（清）刘熙载《艺概·文概》，上海古籍出版社本

王充《论衡》独抒己见，思力绝人，虽时有激而近僻者，然不掩其卓诣。

（清）刘熙载《艺概·文概》，上海古籍出版社本

荆公文是能以品格胜者，看其人取我弃，自处地位尽高。

（清）刘熙载《艺概·文概》，上海古籍出版社本

诗以悦人为心与以夸人为心，品格何在？而犹谠谠于品格，其何异溺人必笑耶。

（清）刘熙载《艺概·诗概》，上海古籍出版社本

诗不可有我而无古，更不可有古而无我。典雅精神，兼之斯善。

（清）刘熙载《艺概·诗概》，上海古籍出版社本

志士之赋，无一语随人笑叹。故虽或颠倒复沓，纠镠隐晦，而断非文人才客求慊人而不求自慊者所能拟效。

（清）刘熙载《艺概·赋概》，上海古籍出版社本

书尚清而厚，清厚要必本于心行。不然，书虽幸免薄浊，亦但为他人写照而已。

（清）刘熙载《艺概·书概》，上海古籍出版社本

为文者将以益人，益人者固欲使人知、使人信也。然非穷理以几有得，则我不自知而能使人知乎？我不自信而能使人信乎？凡人之以文自任者，孰不以为自知自信，特恐饰知饰信而非真耳。

（清）刘熙载《论文》，《昨非集》，光绪刊本

周清真，诗家之李东川也；姜尧章，杜少陵也；吴梦窗，李玉溪也；张玉田，白香山也。诗至唐末，风气尽矣，词家起而争之，如文至齐梁，风气尽矣，古文家起而争之。争之者何也？非谓文至六朝、诗至五代，无文与诗也，豪杰于兹踵而为之，不过仍六朝五代，故变其体格，犹绝千古，此文人狡狯者。词至白石，疏宕极矣，梦窗辈起以密丽争之，至梦窗而密丽又尽矣，白云以疏宕争之，三王之道若循环，皆图自树之方，非有优劣。况人之才质限于天，能疏宕者不能密丽，密丽者不能疏宕，《片玉》善言羁旅，《白云》善言隐逸，终身由之，而不知其道者天也。

（清）张祥龄《词论》，《词话丛编》本

2. 言为心声　如其为人

言，身之文也。言文而发之，合而后行，离则有衅。

（先秦）《国语·晋语》，上海古籍出版社本

凡言者，以谕心也。言心相离，而上无以参之，则下多所言非所行也。所行非所言也。言行相诡，不祥莫大焉。

（先秦）《吕氏春秋·淫辞》，《诸子集成》本

凡音者产乎人心者也，感于心则荡乎音，音成于外而化乎内。是故闻其声而知其风，察其风而知其志，观其志而知其德，盛、衰、贤、不肖、君子、小人，皆形于乐，不可隐匿，故曰乐之为观也深矣。

（先秦）《吕氏春秋·音初》，《诸子集成》本

君子居其室，出其言善，则千里之外应之，况其迩者乎？居其室，出其言不善，则千里之外违之，况其迩者乎？言出乎身，加乎民；行发乎

迩，见于远。言行，君子之枢机。枢机之发，荣辱之主也。言行，君子之所以动天地也，可不慎乎？

（先秦）《周易·系辞上》，《十三经注疏》本

故言，心声也；书，心画也。声画形，君子小人见矣。声画者，君子小人之所以动情乎。

（汉）《扬子法言·问神》，《诸子集成》本

有根株于下，有荣叶于上；有实核于内，有皮壳于外。文墨辞说，士之荣叶皮壳也。实诚在胸臆，文墨著竹帛，外内表里，自相副称。意奋而笔纵，故文见而实露也。人之有文也，犹禽之有毛也。毛有五色，皆生于体。苟有文无实，是则五色之禽毛妄生也。选士以射，心手体正，执弓矢审固，然而射中。论说之出，犹弓矢之发也。论之应理，犹矢之中的。夫射以矢中效巧，论以文墨验奇。奇巧俱发于心，其实一也。

（汉）王充《论衡·超奇篇》，《诸子集成》本

夫情动而言形，理发而文见，盖沿隐以至显，因内而符外者也。然才有庸俊，气有刚柔，学有浅深，习有雅郑，并情性所铄，陶染所凝，是以笔区云谲，文苑波诡者矣。故辞理庸俊，莫能翻其才；风趣刚柔，宁或改其气；事义浅深，未闻乖其学；体式雅郑，鲜有反其习；各师成心，其异如面。

（南朝·梁）刘勰《文心雕龙·体性》，人民文学出版社本

据为人骨鲠有气魄，其文亦尔。

（唐）殷璠《河岳英灵集》卷中，《唐人选唐诗（十种）》，上海古籍出版社本

穆宗政僻，尝问公权笔何尽善？对曰："用笔在心，心正则笔正。"

（五代）刘昫《旧唐书》卷一百六十五《柳公权传》，中华书局本

观其诗如所闻，接其人如其诗。

（五代）徐铉《成氏诗集序》，《全唐文》卷八十八，中华书局本

斯人忠义，出于天性，故其字画刚劲独立，不袭前迹，挺然奇伟，有似其为人。

（宋）欧阳修《集古录跋尾·唐颜鲁公二十二字帖》，《欧阳文忠集》，《四部备要》本

欧阳率更书，妍紧拔群，尤工于小楷，高丽遣使购其书，高祖叹曰：彼观其书，以为魁梧奇伟人也。此非知书者。凡书象其为人，率更貌寒寝，敏悟绝人。今观其书，劲崄刻厉，正称其貌耳……古之论书者，兼论其平生，苟非其人，虽工不贵也……柳少师书，本出于颜，而能自出新意，一字百金，非虚语也。其言心正则笔正者，非独讽谏，理固然也。世之小人，书字虽工，而其神情终有睢盱侧媚之态，不知人情随想而见，如韩子所谓窃斧者乎，抑真尔也。然至使人见其书而犹憎之，则其人可知矣……

（宋）苏轼《书唐氏六家书后》，《东坡七集·东坡集》卷二十三，《四部备要》本

君成不挠于法，不欺其僚，盖心于所诱，不为之作嚆矢也。仕宦类如此，故不达。少时以文谒宋景文公。景文称爱之。晚独好诗，时出奇以自见，观古人得失，阅世故艰勤，及其所得意，一用诗为囊橐。熙宁乙卯，在京师病卧昭德坊，呻吟皆诗。其子补之榻前抄得，比终略成四十篇。蜀人苏轼子瞻论其诗曰："清厚深静，如其为人。"

（宋）黄庭坚《晁君成墓志铭》、《豫章黄先生文集》卷二十三，《四部丛刊》本

颜平原书妙天下，迹其所自，虽受法于其舅殷仲容，然究其妙处，得于张颠为多。余家旧藏数碑，皆用笔清劲，而刚方之气，如其为人，真山谷所谓"笔法锥沙屋漏，心期晓日秋霜"者邪！

（宋）葛立方《韵语阳秋》卷十四，《历代诗话》本

皮日休尝谓宋广平正资劲质，刚态毅状，宜其铁肠石心，不解吐婉媚辞。然其所为《梅花赋》清便富艳，得南朝徐庾体，殊不类其人，故东坡亦有"请君援笔赋梅花，未害广平心似铁"之句。近见叶少蕴效楚人

《橘颂》体作《梅颂》一篇，以谓梅于穷冬严凝之中，犯霜雪而不慑，毅然与松柏并配，非桃李所可比肩，不有铁肠石心，安能穷其至？此意甚佳。审尔，则惟铁肠石心人可以赋梅花，与日休之言异矣。

（宋）葛立方《韵语阳秋》卷十六，《历代诗话》本

乐天赋性旷达，其诗曰："无事日月长，不羁天地阔。"旷达之词也。孟郊赋性褊狭，其诗曰："出门即有碍，谁谓天地宽？"此褊狭之词也。然则天地又何尝碍郊，郊自碍耳。

（宋）尤袤《全唐诗话》卷二"白居易"，《历代诗话》本

诗人与竹一样瘦，诗句与竹一样秀。

（宋）杨万里《题太和主簿赵昌人思隐室》，《诚斋集》卷十五，《四部丛刊》本

盖天地之间有自然之理；凡阳必刚，刚必明，明则易知；凡阴必柔，柔必暗，暗则难测。故圣人作《易》，遂以阳为君子，阴为小人。其所以通幽明之故，类万物之情者，虽百世不能易也。予尝窃推《易》说以观天下之人，凡其光明正大，疏畅洞达，如青天白日，如高山大川，如雷霆之为威而雨露之为泽，如龙虎之为猛而麟凤之为祥，磊磊落落，无纤芥可疑者，必君子也；而其依阿淟涊，回互隐伏，纠结如蛇蚓，琐细如虮虱，如鬼蜮孤蛊，如盗贼诅祝，闪倏狡狯，不可方物者，必小人也。君子小人之极既定于内，则其形于外者，虽言谈举止之微，无不发见，而况于事业文章之际，尤所谓灿烂者。彼小人者虽曰难知，而亦岂得而逃哉？于是又尝求之古人以验其说，则于汉得丞相诸葛忠武侯，于唐得工部杜先生，尚书颜文忠公，侍郎韩文公，于本朝得故参知政事范文正公，此五君子其所遭不同，所立亦异，然求其心则皆光明正大，舒畅洞达，磊磊落落而不可掩者也。其见于功业文章，下至字画之微，盖可以望之而得其为人。求之今人，则如太子詹事王公龟龄，其亦庶几乎此者矣。

（宋）朱熹《王梅溪文集序》，《朱子大全》卷七十五，《四部备要》本

今之文，古所谓辞也。古者即辞以知心，故即其或惭、或枝、或游、

或屈，而知其疑叛，知其诬善与失守也；即其或波、或淫、或邪、或遁，而知其蔽陷，知其离且穷也。盖辞根于气，气命于志，志立于学。气之薄厚，志之小大，学之粹驳，则辞之险易正邪从之，如声音之通政，如蓍蔡之受命，积中而形外，断断乎不可掩也。

（宋）魏了翁《攻愧楼宣献公文集序》，《鹤山先生大全文集》卷五十六，《四部丛刊》本

余每谓寒山子何尝学诗，而诗之流出于肺腑者数十首，一一如巧匠所斲，良冶所铸。惟大儒王荆公拟其体似之，他人效颦，不公近傍也。荆公素崛强，非苟下人者，读寒斋父子诗，当作如是观。

（宋）刘克庄《序勿失集》，《后村先生大全集》卷九十八，《四部丛刊》本

杨元素谓介甫诗"今人未可轻商鞅，商鞅能令政必行。"今者见其行事已颇类之矣。言心声也，其可掩乎？

（宋）王应麟《评诗》，《困学纪闻》卷十八，中华书局本

李白诗类其为人，骏发豪放，华而不实，好事喜名，不知义理之所在也。语用兵则先登陷阵，不以为难；语游侠则白昼杀人，不以为非：此岂其诚能也。白始以诗酒奉事明皇，遇谗而去，所至不改其旧。永王将去江淮，白起而从之不疑，遂以放死。今观其诗固然。

（宋）魏庆之《诗人玉屑》卷十四，上海古籍出版社本

唐人以诗取士，故诗莫盛于唐。然诗原于德性，发于才情，心声不同，有如其面。故法度可学而神意不可学。是以太白自有太白之诗，子美自有子美之诗，昌黎自有昌黎之诗。其他如陈子昂、李长吉、白乐天、杜牧之、刘禹锡……亦皆各自为体，不可强而同也。

（元）傅与砺《诗法正论》，《诗学指南》卷一，清刊本

昔称文章与政相通，举其概而言耳。要而求之，实与其人类。战国以下，自其著者言之：庄周为人，有壶视天地、囊括万物之态，故其文宏博而放肆，飘飘然若云游龙骞不可守；荀卿恭敬好礼，故其文敦厚而严正，

如大儒老师，衣冠伟然，揖让进退，具有法度；韩非、李斯，峭刻酷虐，故其文缴绕深切，排搏纠缠，比辞联类，如法吏议狱，务尽其意，使人无所措手；司马迁豪迈不羁，宽大易直，故其文萃乎如恒华，浩乎如江河，曲尽周密，如家人父子语，不尚藻饰而终不可学；司马相如有侠客美丈夫之容，故其文绮曼姱都，如清歌绕梁，中节可听；贾谊少年意气慷慨，思建事功而不得遂，故其文深笃有谋，悲壮矫讦；扬雄踶踶自信，木讷少风节，故其文拘束悫愿，模拟窥窃，蹇涩不畅，用心虽劳，而去道实远。下此魏、晋至隋，流丽淫靡，浮急促数，殆欲无文。惟陶元亮以冲旷天然之质，发自肺腑，不为雕刻，其道意也达，其状物也严，稍为近古。韩退之起中唐，始大振之。退之俊杰善辩说，故其文开阳阖阴，奇绝变化，震动如雷霆，淡泊如韶濩，卓矣为一家言。其同时则有柳子厚、李元宾、李习之之流。子厚为人精致警敏；习之志大识远；元宾激烈善持论，故其文皆类之。五代之弊，甚于魏、隋之间。宋兴，至欧阳永叔、苏子瞻、王介甫、曾子固而文始备。永叔重渊浩，故其文委曲平和，不为斩绝诡怪之状，而穆穆有余韵；子瞻魁梧宏博，气高力雄，故其文常惊绝一世，不为婉昵细语；介甫狭中少容，简默有裁制，故其文能以约胜；子固俨尔儒者，故其文粹白纯正，出入礼乐法度中。南渡以后，真希元、魏华甫以典章文物为文，陈同甫以纵横之学为文，其他各以其文显者甚众，至于末流而文又弊矣。元兴，以文自名者，相望于百年之间。为世所称者，曰姚宽甫、虞伯生、黄晋卿、欧阳原功。宽甫敦庞有威仪，左右佩玉，故其文沉郁而隆厚；伯生颀巍钜人，谈故事遗法，竟日不竭，故其文敷赡天涯，不可准则；晋卿谨慎有礼，故其文守局遵度，考据切当，不放而密；原功博学多识，故其文繁多而不迫。至于今则潜溪先生出焉。先生以识笃和毅之质，宏奥玄深之识，发而为文，原功称其如淮阴将兵百万，百战百胜，志不少慑；如列子御风，翩然骞举，不沾尘土。用鸣一代之盛，追古作者与之齐，近代不足儗也。由此观之，自古至今，文之不同，类乎人者，岂不然乎？

    （明）方孝孺《张彦辉文集序》，《逊志斋集》卷十二，《四部备
    要》本

  司马子长《史记》虽纂述成之，雄逸跌宕，类其为人，是以文由性生也。孔子论赞曰：高山仰止。知所宗也。晏子论赞曰：愿为执鞭。知所

好也。是以文高，由识高也。

（明）王文禄《文脉》卷一，《丛书集成》本

同一琴也，以之弹于袁孝尼之前，声何夸也？以之弹于临绝之际，声何惨也？琴之一耳，心固殊也。心殊则手殊，手殊则声殊，何莫非自然者？而谓手不能二声可乎？而谓彼声自然，此声不自然可乎，故蔡邕闻弦而知杀心，钟子期听弦而知流水，师旷听弦而识南风之不竞，盖自然之道，得手应心，其妙固若此也。

（明）李贽《读史·琴赋》，《焚书》卷五，中华书局本

诗类其为人，且只如李、杜二家，太白做人飘逸，所以诗飘逸；子美做人沈着，所以诗沈着。如书称钟、王，亦皆似人。

（明）田艺蘅《香宇诗谈》，《说郛》续集卷三十四，宛委山堂本

东汉之末，猥杂甚矣。魏武雄才崛起，无论用兵，即其诗豪迈纵横，笼罩一世，岂非衰运人物！然亦时有诙谐，如"何以解忧？惟有杜康"等句，信类其为人也。

（明）胡应麟《诗薮·外编》卷一，上海古籍出版社本

……盖于毫楮，未常师人，亦非学所能及。所作枯木枝干，虬屈无端，倪石皴亦奇怪，如其胸中蟠郁。墨竹画得文与可法，作寒林入神品。

（明）袁中道《次苏子瞻先后事》，《袁小修文集》卷十四，《中国文学珍本丛书》本

诗本性情。若系真诗，则一读其诗而其人性情入眼便见。大都其诗潇洒者，其人必洒快；其诗庄重者，其人必敦厚；其诗飘逸者，其人必风流；其诗流丽者，其人必疏爽；其诗枯瘠者，其人必寒涩；其诗丰腴者，其人必华赡；其诗凄怨者，其人必拂郁；其诗悲壮者，其人必磊落；其诗不羁者，其人必豪宕；其诗峻洁者，其人必清修；其诗森整者，其人必谨严。如桃梅李杏，望其华便知其树。惟剽袭掇拾者，麋蒙虎皮，莫可方物。假如未老言老，不贫言贫，无病言病，此是杜子美家窃盗也。不饮一

盏而言一日三百杯，不舍一文而言一挥数万钱，此是李太白家掏摸也。举其一二，余可类推。如是而曰诗本性情，何啻千里。

（明）江盈科《雪涛诗评》，《说郛》续集卷三十四，宛委山堂本

夫同是燕子也，有时郁金堂上，玳瑁梁间，呢喃可爱，有时衔泥污物，接虫打人，频来得骂，夫燕子何异之有？此皆人异其心，因而物异其致。

（清）金圣叹《杜诗解·漫兴九首》，《金圣叹全集》卷二，唱经堂原本校印本

世所谓真诗，不过篇无格套，语切人情耳。第以为此佳诗，尚非真诗也。何也？人与诗犹为二物故也。古来佳诗不少，然其人要不可定于诗中。即诗至少陵，诗中之人，亦仅有六七分可以想见。独有陶渊明，片语脱口，便如自写小像，其人之岂第风流，闲靖旷远，千载而上，如在目前。人即是诗，诗即是人，古今真诗，一人而已。

（清）周亮工《尺牍新钞》一集，杜濬《与范仲暗》，上海杂志公司本

请言其诗：诗言志，不可以伪为。其诗如芳草之绿褥者，必文人；如古木之苍劲者，必节士；若倜傥奇伟之人，发于文辞，必将如干将之在匣，良玉之在璞，星斗山川，皆见气象，非寻常诗人之可拟也。刘司空诗虽不多，顾其气象，岂潘黄门、陆平原、陶彭泽之比耶！今仲雪之诗，骨刚气雄，芒寒色正，安得以寻常诗人儗之。

（清）归庄《费仲雪诗序》，《归庄集》卷三，上海古籍出版社本

诗如其人，不可不慎。浮华者浪子；叫嚣者粗人；窘瘠者浅；痴肥者俗。

（清）施闰章《蠖斋诗话》，《清诗话》本

文中子云："谢灵运小人哉！其文傲，君子则谨。沈休文小人哉！其文冶，君子则典。鲍照、江淹，古之狷者也，其文激以怨。吴筠、孔珪，古之狂者也，其文怪以怒。谢庄、王融，古之纤人也，其文碎。徐陵、庾

信,古之夸人也,其文诞。孝绰兄弟,古之鄙人也,其文淫。湘东王兄弟,贪人也,其文繁。谢朓,浅人也,其文捷。江总,诡人也,其文虚。皆古之不利人也。颜延之、王俭、任昉有君子之心焉,其文约以则。"最可玩。言之邪正,心术关焉,故观其诗可以知其人。

(清)庞垲《诗义固说》下,《清诗话续编》本

诗文一道,在儒者为末务。诗以适性情,文以辞达意,如是而已矣。初未尝争工拙于尺寸铢两间,故论者未可以诗文之工拙而定其人品,亦未可以其人之品而定其诗文之工拙也。然余历观古今数千百年来所传之诗与文,与其人未有不同出于一者,得其一,即可以知其二矣。即以诗论,观李青莲之诗,而其人之胸怀旷达,出尘之概不爽如是也;观杜少陵之诗,而其人之忠爱悲悯,一饭不忘不爽如是也;其他巨著,如韩退之、欧阳永叔、苏子瞻诸人,无不文如其诗,诗如其文,诗与文如其人。盖是其人斯能为其言,为其言斯能有其品,人品之差等不同,而诗文与人判然为二者,然亦仅见,非恒理耳。余尝操此以求友。得其友,及观其诗与文,无不合也。又尝操此以称诗与文。诵其诗与文,及验其人品,无不合也。信乎诗文一道,根乎性而发为言,本诸内而表乎外,不可以矫饰,而工与拙亦因之见矣。

(清)叶燮《南游集序》,《己畦文集》卷八,清刻本

作诗者在抒写性情,此语夫人能知之,夫人能言之,而未尽夫人能然之者矣。作诗者有性情,必有面目,此不但未尽夫人能然之,并未尽夫人能知之而言之者也。如杜甫之诗,随举其一篇与其一句,无处不可见其忧国爱君,悯时伤乱,遭颠沛而不苟,处穷约而不滥,崎岖兵戈盗贼之地,而以山川景物,友朋杯酒,抒愤陶情,此杜甫之面目也。我一读之,甫之面目,跃然于前;读其诗一日,一日与之对,读其诗终身,日日与之对也。故可慕可乐而可敬也。举韩愈之一篇一句,无处不可见其骨相棱嶒,俯视一切,进则不能容于朝,退又不肯独善于野,疾恶甚严,爱才若渴,此韩愈之面目也。举苏轼之一篇一句,无处不可见其凌空如天马,游戏如飞仙,风流儒雅,无人不得,好善而乐与,嬉笑怒骂,四时之气皆备,此苏轼之面目也。此外诸大家虽所就各有差别,而面目无不于诗见之。其中有全见者,有半见者。如陶潜、李白之诗,皆全见面目;王维五言则面目

见，七言则面目不见；此外面目可见不可见，分数多寡，各各不同，然未有全不可见者。读古人诗，以此推之，无不得也。余尝于近代一二闻人，展其诗卷，自始至终，亦未尝不工，乃读之数过，卒未能睹其面目何若，窃不敢谓作者如是也。

（清）叶燮《原诗·外篇上》，人民文学出版社本

诗是心声，不可违心而出，亦不能违心而出。功名之士，决不能为泉石淡泊之音；轻浮之子，必不能为敦庞大雅之响。故陶潜多素心之语，李白有遗世之句，杜甫兴广厦万间之愿，苏轼师四海弟昆之言。凡如类此，皆心声而出。其心如日月，其诗如日月之光，随其光之所至，即日月见焉。故每诗以人见，人又以诗见。使其人心不然，勉强造作，而为欺人欺世语，能欺一人一时，决不能欺天下后世。究之阅其全帙，其陋必呈；其人既陋，其气必茶，安能振其辞乎？

（清）叶燮《原诗·外篇上》，人民文学出版社本

诗以言志。古之作者，如陶靖节、谢康乐、王右丞、杜工部、韦苏州之属，其诗具在，尝试以平生出处考之，莫不各肖其为人。尚友千载者自能辨之。（《蚕尾文》）

（清）王士禛《带经堂诗话》卷三，人民文学出版社本

昆山吴修龄论诗甚精。所著《围炉诗话》，余三客吴门，遍求之不可得。独见其与友人书一篇，中有云："诗之中须有人在。"余服膺以为名言。夫必使后世因其诗以知其人，而兼可以论其世，是又与于礼义之大者也。若言与心违，而又与其时与地不相蒙也，将安所得知之而论之？

（清）赵执信《谈龙录》，《清诗话》本

诗乃人之行略，人高则诗亦高，人俗则诗亦俗，一字不可掩饰，见其诗如见其人。

（清）徐增《而庵诗话》，《清诗话》本

性情面目，人人各具。读太白诗，如见其脱屣千乘；读少陵诗，如见其忧国伤时。其世不我容，爱才若渴者，昌黎之诗也；其嬉笑怒骂，风流

儒雅者，东坡之诗也。即下而贾岛、李洞辈，拈其一章一句，无不有贾岛、李洞者存。倘词可馈贫，工同掣挩，而性情面目，隐而不见，何以使尚友古人者读其书想见其为人乎？

（清）沈德潜《说诗晬语》卷下，人民文学出版社本

诗中有画，不若诗中有人。左司高于右丞以此。

（清）乔亿《剑溪说诗又编》，《清诗话续编》本

诗如鼓琴，声声见心。心为天籁，诚中形外。我心清妥，语无烟火。我心缠绵，读者泫然。禅机非佛，理障非儒。心之孔嘉，其言蔼如。

（清）袁枚《续诗品·斋心》，《小仓山房诗集》卷二十，《四部备要》本

诗有不能得其人者何也？得丧不能齐，而自讳其真也；不则才不能尽其意，讪然而止者也；不则趣不能行其神，兀然而木者也。其天全，其能全，如是而不能得其人，必非知诗者而可哉！

（清）梅曾亮《吴笏庵诗集序》，《柏枧山房文集·诗集》卷六，清咸丰刊本

荀卿氏之言学也，曰：为其人以处之；韩退之氏之言文，曰：仁义之人，其言蔼如也。是故学问文章，咸以人取重。张揖注《上林赋》掩群雅则曰：诗小雅之材七十四人，大雅之材三十一人。揖据二雅篇数之存者而篇谓之人，岂非以诵其诗篇可想见其为人与……读斯刻者，固以其人重其诗，抑于诗中如接其人。孔仲远所云哀乐之感，冥于自然，使人求诸诗理之先。循斯言也，庶几善读先生之诗也夫！

（清）戴震《董愚亭诗序》，《戴东原集》卷十一，《四部备要》本

圣人之所谓达者何哉？其心严而慎者其辞端；其神暇而愉者其辞和；其气灏然而行者其辞大；其知通于微者其辞无不至。言理之辞，如火之明，上下无不灼然，而迹不可求也。言情之辞，如水之曲行旁至，灌渠入穴，远来而不知所往也。言事之辞，如土之坟壤咸潟而无不可用也。此其本也。盖犹有未焉，其机如弓弩之张在乎手而志则的也；其行如挈壶之递

下而微至也；其体如宗庙圭璋之不可杂置也，如毛发肌肤骨肉之皆备而运于脉也，如观于崇冈深岩进退俯仰而横侧乔堕无定也。如是，其可以为能于文者乎？若其从入之途，则有要焉，曰：其气澄而无滓也，积之则无滓而能厚也；其质整而无裂也，驯之则无裂而能变也。

（清）恽敬《与纫之论文书》，《大云山房文稿》初集卷三，《四部丛刊》本

人以诗名，诗尤以人名。唐大家若李、杜、韩及昌谷、玉溪；及宋元，眉山、涪陵、遗山，当代吴娄东，皆诗与人为一，人外无诗，诗外无人，其面目也完。

（清）龚自珍《书汤海秋诗集后》，《龚自珍全集》第三辑，上海人民出版社本

颂其诗，贵知其人。先儒谓杜子美情多，得志必能济物，可为看诗之法。

（清）刘熙载《艺概·诗概》，上海古籍出版社本

王荆公诗学杜得其瘦硬，然杜具热肠，公惟冷面，殆亦如其文之学韩，同而未尝不异也。

（清）刘熙载《艺概·诗概》，上海古籍出版社本

白石才子之词，稼轩豪杰之词。才子豪杰，各从其类爱之，强论得失，皆偏辞也。

（清）刘熙载《艺概·词曲概》，上海古籍出版社本

书，如也，如其学，如其才，如其志，总之曰如其人而已。

（清）刘熙载《艺概·书概》，上海古籍出版社本

孟子之文可即评以孟子之言，曰：是集义所生者；曰：其气也至大至刚。

（清）刘熙载《游艺约言》，《古桐书屋续刻三种》，清光绪刻本

孟子以性善为宗，荀子以劝学为宗，其文亦若有性学之别。盖一则

行所无事，一则奋然用力也。抑岂惟孟、荀哉，百世之文，皆可以是等之。

（清）刘熙载《游艺约言》，《古桐书屋续刻三种》，清光绪刻本

姬传先生为序其诗集，其词曰："……子颖才雄气骏，多感激豪荡之音，其佳多在七言，二亭气清神逸，多沈澹空远之趣，其佳多在五言。皆数十年诗人之英，一亡而不可再遇者也。夫诗之于道，固末矣，然必由其人胸臆所蓄，行履所至，率然达之翰墨，扬其菁华，不可伪饰。故读其诗者，如见其人。"

（清）吴德旋《初月楼闻见录》卷四，引自《笔记小说大观》，江苏广陵古籍刻印社本

诗乃人之行略，人高则诗亦高，人俗则诗亦俗，一字不可掩饰。且其中须有书卷，非故事堆砌也。读书既多，下笔自有色泽，有不期然而然者，若故意为之，觉见之浅矣。

（清）邹弢《三借庐笔谈》卷九，引自《笔记小说大观》，江苏广陵古籍刻印社本

美术有一种要素，就是表现个性。个性的表现，各种美术都可以，即如图画、雕刻、建筑，无不有个性存乎其中，但是表现得最亲切，最真实，莫如写字。前人曾说："言为心声，字为心画。"这两句话，的确不错。放荡的人，说话放荡，写字亦放荡，拘谨的人，说话拘谨，写字亦拘谨，一点不能做作，不能勉强。旁的可假，字不可假，一个人有一个人的笔迹，旁人无论如何模仿不出来。不必要毛笔，才可以认笔迹，就是钢笔铅笔，亦可以认笔迹。是谁写的，一看就知道，因为各人个性不同，所以写出来的字，也就不同了。

（清）梁启超《饮冰室专集》卷一百零二《书法指导》，《饮冰室合集》，中华书局本

3. 听声知性　披文见心

子贡曰：见其礼而知其政，闻其乐而知其德……
　　　　　　　　　（先秦）《孟子·公孙丑上》，《十三经注疏》本

凡音者产乎人心者也，感于心则荡乎音，音成于外而化乎内，是故闻其声而知其风，察其风而知其志，观其志而知其德。盛衰贤不肖，君子小人，皆形于乐，不可隐匿。
　　　　　　　　　（先秦）《吕氏春秋·音初》，《诸子集成》本

听其声，处其气，考其所为，观其所由，察其所安；以其前占其后，以其见占其隐，以其小占其大，此之谓视中也。
　　　　　　　　　（先秦）《大戴礼记·文王官人》，《四部丛刊》本

夫作者曰圣，述者曰明，陶铸性情，功在上哲，夫子文章，可得而闻，则圣人之情，见乎文辞矣。

　　　　　　　（南朝·梁）刘勰《文心雕龙·徵圣》，人民文学出版社本

世远莫见其面，觇文辄见其心。
　　　　　　　（南朝·梁）刘勰《文心雕龙·知音》，人民文学出版社本

其源出于应璩，又协左思风力。文体省净，殆无长语。笃意真古，辞兴婉惬。每观其文，想其人德。世叹其质直。至如"欢言酌春酒"，"日暮天无云"，风华清靡，岂直为田家语耶！古今隐逸诗人之宗也。
　　　　　　　（南朝·梁）钟嵘《诗品》卷中《宋征士陶潜》，人民文学出版社本

言者志之苗，行者文之根。所以读君诗，亦知君为人。
　　　　　　　（唐）白居易《读张籍古乐府》，《白居易集》卷一，中华书局本

进士李为作《泪赋》，及《轻》、《薄》、《暗》、《小》四赋。李贺作

乐府，多属意花草蜂蝶之间，二子意不远大。文字之作，可以定相命之优劣矣。

（唐）赵璘《因话录》卷三，《稗海》本

人之格状或峻，其心必劲，心之劲则视其笔迹亦足见其人矣。

（唐）司空图《二十四诗品》《书屏记》，《全唐文》卷八〇七，中华书局本

观其书有以得其为人，则君子小人必见于书，是殆不然。以貌取人且犹不可，而况书乎？吾观颜公书，未尝不想见其风采，其理与韩非窃斧之说无异。然人之字画工拙之外盖皆有趣，亦有以见其为人邪正之迹。

（宋）苏轼《题鲁公帖》，《东坡题跋》，《丛书集成》本

孟郊《落第诗》曰："弃置复弃置，情如刀刃伤。"《再下第诗》曰："一夕九起嗟，梦短不到家。"《下第东南行》曰："江蓠伴我泣，海月投人惊。"愁有余矣。《下第留别长安知己》云："岂知鹓鷟鸣，瑶草不得春。"《失意投刘侍御》云："离娄岂不明，子野岂不聪？至宝非眼别，至音非耳通。"《叹命》云："题诗怨还怨，问《易》蒙复蒙。本望文字达，今因文字穷。"怨有余矣。至登科后诗，则云："昔日龌龊不足夸，今朝放荡思无涯。春风得意马蹄疾，一日看尽长安花。"议者以此诗验郊非远器。余谓郊偶不遂志，至于屡泣，非能委顺者，年五十始得一第，而放荡无涯，哦诗夸咏，非能自持者，其不至远大，宜哉。

（宋）葛立方《韵语阳秋》卷第十八，《历代诗话》本

观宗元之诗，好贤而乐善，安土而俟时，寡怨之言也。可以追次其平生，见其少长不倦，忠信之士也。至于遇变而出奇，困难而见巧，则又似予所论诗人之态也。其兴托高远，则附于《国风》。其忿世疾邪，则附于《楚辞》。后之观宗元诗者，亦以是求之，故书而归之胡氏。

（宋）胡仔《胡宗元诗集序》，《豫章黄先生文集》卷十五，《四部丛刊》本

某官阁下：君子之有文也，如日月之明，金石之声，江海之涛澜，虎豹之炳蔚，必有是实，乃有是文。夫心之所养，发而为言，言之所发，比

而成文；人之邪正，至观其文则尽矣决矣，不可复隐矣。爝火不能为日月之明，瓦釜不能为金石之声，潢污不能为江海之涛澜，犬羊不能为虎豹之炳蔚；而或谓庸人能以浮文眩世，乌有此理也哉？使诚有之，则所可眩者，亦庸人耳。

某闻前辈以文知人，非必巨篇大笔，苦心致力之词也，残章断稿，愤讥戏笑，所以娱爱而舒悲者，皆足知之。甚至于邮传之题咏，亲戚之书牍，军旅官府仓卒之间，符檄书判，类皆可以洞见其人之心术才能，与夫平生穷达、寿夭。前知逆决，毫芒不失。如对棋枰而指白黑，如观人面而见其目衡鼻纵，不待思虑搜索而后得也。何其妙哉！故善观晁错者，不必待东市之诛，然后知其刻深之杀身；善观平津侯者，不必待淮南之谋，然后知其阿谀之易与。方发策决科时，其平生事业，已可望而知之矣。贤者之所养，动天地，开金石，其胸中之妙，充实洋溢，而后发见于外，气全力余，中正闳博，是岂可容一毫之伪于其间哉？

某束发好文，才短识近，不足以望作者之藩篱，然知文之不容伪也，故务重其身而养其气。贫贱流落，何所不有，而自信愈笃，自守愈坚，每以其全自养，以其余见之于文，文愈自喜，愈不合于世。夫欲以此求合于世，某则愚矣。而世遂谓某终无所合，某亦不敢谓其言为智也……

（宋）陆游《上辛给事书》，《陆游集·渭南文集》卷十三，中华书局本

君子小人之极既定于内，则其形于外者，虽言谈举止之微，无不发见，而况于事业文章之际，尤所谓灿然者。彼小人者虽曰难知，而亦岂得而逃哉？于是又尝求之古人以验其说，则于汉得丞相诸葛忠武侯，于唐得工部杜先生、尚书颜文忠公、侍郎韩文公，于本朝得故参知政事范文正公，此五君子其所遭不同，所立亦异，然求其心则皆所谓光明正大、疏畅洞达、磊磊落落而不可掩者也。其见于功业文章，下至字画之微，盖可以望之而得其为人。

（宋）朱熹《王梅溪文集序》，《朱子大全》卷七十五，《四部备要》本

张敬夫尝言："平生所见王荆公书，皆如大忙中写，不知公安得有如许忙事。"此虽戏言，然实切中其病。今观此卷，因省平日得见韩公书

迹，虽与亲戚卑幼，亦皆端严谨重，略与此同，未尝一笔作行草势。盖其胸中安静详密，雍容和豫，故无顷刻忙时，亦无纤芥忙意，与荆公之躁扰急迫正相反也。书札细事，而于人之德性其相关有如此者。熹于是有警焉，因识其语于左。

    （宋）朱熹《跋韩魏公与欧阳文忠公帖》，《朱子大全》卷八十四，《四部备要》本

  又曰："于辞气间亦见得人气象。如明道语言，固无甚激昂，看来便是宽舒意思。龟山人只道恁地宽，看来不是宽，只是不解理会得，不能理会得。范纯夫语解，比诸公说理最平浅，但自有宽舒气象，最好。"

    （宋）朱熹《训门人》，《朱子语类辑略》卷五，正谊堂本

  诗见得人。如曹操虽作酒令，亦说从周公上去，可见是贼。若曹丕诗但说饮酒。

    （宋）朱熹《论文下》，《朱子语类》卷一百四十，徽州刊本

  夫君子之观人，其道虽殊，必先于其言，非以其发于心志之微而善恶有不可掩者夫！故静者其言简，躁者其言繁，汙者其言卑，达者其言远：理必然也。

    （明）高启《清言室记》，《高太史凫藻集》卷一，《四部丛刊》本

  李子读莆林公之诗，喟然而叹曰："嗟乎，予于是知诗之观人也。"石峰陈子曰："夫邪也，不端言乎？弱，不健言乎？躁，不冲言乎？怨，不平言乎？显，不隐言乎？人乌乎观也？"李子曰："是之谓言也，而非所谓诗也。夫诗者，人之鉴者也。夫人动之志必著之言，言斯永，永斯声，声斯律，律和而应，声永而节，言弗暌志，发之以章而后诗生焉。故诗者，非徒言者也。是故端言者未必端心，健言者未必健气，平言者未必平调，冲言者未必冲思，隐言者未必隐情。谛情探调，研思察气，以是观心，无庾人矣。故曰：诗者人之鉴也。昔者相如之哀二世也，端矣，而忠者则少其竟；躬之为词也，健矣，而直者则咎其险；谢之游山，冲矣，而恬者则恶其贪；白之古风，平矣，而矜者则病其放；潘岳之闲居，隐矣，

而真者则丑其伪。夫伪不可与乐逸，放不可与功事，贪不可与保身，险不可与匡主，言不竟不可与亮职。五弊兴而诗之道衰矣。是故后世于诗焉疑诗者，亦人自疑。雕刻玩弄焉毕矣，于是情靡调失，思伤气离，违心而言。声异律乖，而诗亡矣。"陈子曰："若是则子胡起叹于林诗？"李子曰："夫林公者道以正行，标古而趋，有其心矣。行以就政，执义靡挠，有其气矣。政以表言，嚣华是斥，有其思矣；言以摛志，弗侈弗浮，有其调矣；志以决往，遁世无悔，有其情矣。故其诗玩，其辞端，察其气健，研其思冲，探其调平，谛其性真。是故其进也有亮职之忠、匡救之直，有功事之敏，而其退也，身全而心休也。斯林公之诗也。"陈子闻之，瞿然而作曰："予于是知林公诗，又以知诗之观人也。"

　　　　　　　　　　（明）李梦阳《林公诗序》，《李空同全集》卷五十一，明刊本

　　夫窍非为响，而响自符窍。根非为华，而华自肖根。故文可以得士也。鸿巨之士，其文典；骚雅之士，其文藻；沉毅之士，其文庄；清通之士，其文畅；闲淡之士，其文婉；俊迈之士，其文劲；中庸之士，其文近；修旷之士，其文玄。泛而览之，十不失三；定而烛之，十不失七；衡而量之，十不失九。故物无遁照也。

　　　　　　　　　　（明）屠隆《徐检吾司理制义稿序》，《白榆集》卷一，明刊本

　　夫诗者神来，故诗可以窥神。士之廖廓者语远，端亮者语庄，宽舒者语和，褊急者语深，谲荡者语荒，阴鸷者语险。读其诗，千载而下如见其人。

　　　　　　　　　　（明）屠隆《王茂大修竹亭稿序》，《白榆集》卷三，明刊本

　　读《中庸》之文，知其人之造理而深；读《孟子》之文，知其人之特立而峭；读道德之文，知其人之混茫而大；读《庄》、《列》之文，知其人之奇诡而玄；读《左》、《国》之文，知其人之炼达而庄；读《战国策》之文，知其人之机权而慓；读《离骚》之文，知其人之哀思而怨；读《史记》之文，知其人之雄隽而豪；读贾谊之文，知其人之悲壮而夭；读扬雄之文，知其人之谲怪而灾；读谢灵运之文，知其人之抗浪而凶；读陶潜之文，知其人之闲旷而适；读《文选》之文，知其人之绮缛而靡。故人不尽于文而文可以知人。

　　　　　　　　　　（明）屠隆《詹炎》，《鸿苞节录》卷四，保砚斋藏版本

唐之旭，宋之芾，皆显名一代。今观芾笔踪狂态，淋漓尚在。旭书传世虽寡，第摩挲秃素诸帖，亦自想见其人。

（明）胡应麟《跋米南宫误恩帖二则》，《少室山房集》卷一百八，《四库全书》本

相文之法，《云汉》忽热，《北风》忽凉，俶然而接见其须眉冠服焉，十行之外，见其浸处，知其嗜好焉。是故能刺我瞳者，其人魁杰，能移我情者，其人俊远，能约我视听者，其人贤圣。物之相遭，在乎无意而意动，蕤宾之出，爨下之响，我之忽热忽凉，是其人之天相遇也。余曾以此相邦国之士，迟速不同，十射而九中焉。夫天下之大，天下之士之众，法亦应无逾此者。

（清）周亮工《尺牍新钞》三集，李陈玉《与孙武迁》，上海杂志公司本

王介甫狠戾之性见于其诗文，可望而知，如《明妃曲》等不一。其作《平甫墓志》，通首无兄弟字，亦无一天性之语，叙述漏略，仅四百余字，虽曰文体谨严，而人品心术可知。《唐宋八家文选》取之，可笑。（《香祖笔记》）

（清）王士禛《带经堂诗话》卷二十四，人民文学出版社本

性情面目，人人各具。读太白诗，如见其脱屣千乘；读少陵诗，如见其忧国伤时。其世不我容，爱才若渴者，昌黎之诗也；其嬉笑怒骂，风流儒雅者，东坡之诗也。即下而贾岛、李洞辈，拈其一章一句，无不有贾岛、李洞者存。倘词可馈贫，工同肇峣，而性情面目，隐而不见，何以使尚友古人者读其书想见其为人乎？

（清）沈德潜《说诗晬语》卷下，《清诗话》本

令兄春江孝廉遗诗，格正气和，可想见其为人。何以中道淹忽，不胜怆然。敬幸附青云而生平未得一见，犹幸得见遗诗于身后，如朝夕相接也。

（清）恽敬《答董牧唐》，《大云山房全集》，《言事》卷二，《四部备要》本

太史公《屈原传赞》曰："悲其志"，又曰："未尝不垂涕想见其为人。""志"也，"为人"也，论屈子辞者，其斯为观其深哉。
（清）刘熙载《艺概·文概》，上海古籍出版社本

孔北海文，虽体属骈丽，然卓荦遒亮，令人想见其为人。
（清）刘熙载《艺概·文概》，上海古籍出版社本

曾文穷书事理，其气味尔雅深厚，令人想见硕人之宽。王介甫云："夫安驱徐行，辅中庸之廷而造乎其室，舍二贤人者而谁哉？"二贤，谓正之、子固也。然则子固之文，即肖子固之为人矣。
（清）刘熙载《艺概·文概》，上海古籍出版社本

古人一生之志，往往于赋寓之。《史记》、《汉书》之例，赋可载入列传，所以使读其赋者即知其人也。
（清）刘熙载《艺概·赋概》，上海古籍出版社本

桓大司马之声雌，以故不如刘越石。岂惟声有雌雄哉，意趣味皆有之。品词者辨此，亦可因词以得其人矣。
（清）刘熙载《艺概·词曲概》，上海古籍出版社本

俗书非务为妍美，则故托丑拙。美丑不同，其为为人之见一也。
（清）刘熙载《艺概·书概》，上海古籍出版社本

文不易为，亦不易识。观其文，能得其人之性情志尚于工拙疏密之外，庶几知言知人之学也与！
（清）刘熙载《艺概·经义概》，上海古籍出版社本

《莽苍苍斋集》中有诗云："身高殊不觉，四顾乃无峰。但有浮云度，时时一荡胸。地沉星尽没，天跃日初熔。半勺洞庭水，秋寒欲起龙。"盖晨登衡岳祝融峰作也。浏阳人格，于此可见。南海先生己丑出都作一律云："沧海飞波百怪横，唐衢痛哭万人惊。高峰突出诸山妒，上帝无言百鬼狞。漫有汉廷追贾谊，岂教江夏贬祢衡。陆沉忽望中原叹，他日应思鲁

二生。"南海人格，于此可见。"身高殊不觉，四顾乃无峰。""高峰突出诸山妒。"此何等自负语！两先生作此诗时，皆未出任天下事也。先时之人物，其气魄固当尔尔。

（清）梁启超《饮冰室诗话》六十四，人民文学出版社本

周介存谓："梅溪词中，喜用'偷'字，足以定其品格。"刘融斋谓："周旨荡而史意贪。"此二语令人解颐。

（清）王国维《人间词话》，人民文学出版社本

4. 文行相迕　心声失真

文章纯古，不舍为邪；文章艳丽，不舍为正。世或见人文章铺张仁义道德，便谓君子，及花草露月，便谓之邪人，兹亦不尽也。

（宋）吴处厚《青箱杂记》，引自钱锺书《谈艺录》，中华书局本

欧阳文忠公尝以诗荐一士人与王渭州仲仪，仲仪待之甚重。未几赃败。仲仪归朝，见文忠公论及此，文忠笑曰："诗不可信也如此。"

（宋）赵令畤《侯鲭录》卷三，引自钱锺书《管锥编》卷四，中华书局本

苕溪渔隐曰："忠愍诗思凄惋，盖富于情者，如《江南春》云：'波渺渺，柳依依，孤村芳草远，斜日杏花飞。江南春尽离肠断，蘋满汀洲人未归。'又云：'杳杳烟波隔千里，白蘋香散东风起，日落汀洲一望时，愁情不断如春水。'观此语意，疑若优柔无断者；至其端委庙堂，决澶渊之策，其气锐然，奋仁者之勇，全与此诗意不相类，盖人之难知也如此。"

（宋）胡仔《苕溪渔隐丛话》后集卷二十，人民文学出版社本

曼卿诗极雄豪，而缜密方严极好，如《筹笔驿》诗："意中流水远，愁外旧山青。"又"乐意相关禽对语，生香不断树交花"之句极佳……曼卿胸次极高，非诸公所及，其为人豪放，而诗词乃方严缜密，此便是他好

处，可惜不曾用得。

（宋）朱熹《论文下》，《朱子语类》卷一百四十，徽州刊本

心画心声总失真，文章宁复见为人。高情千古《闲居赋》，争信安仁拜路尘。

（金）元好问《论诗三十首》，《遗山先生文集》卷十一，《四部丛刊》本

宪宗将吐突承璀，李绛、白居易争之甚苦，仅能略出之。淮南李涉探上意，知承璀恩顾未衰，遽上言兵不可罢，承璀亲近信臣不可出。知匦使孔戣责诮不受，涉行货于他径，达之上前。戣奏涉奸罔滔天，遂被远贬。其为人如此，而诗句清熟，有足赏者，世方以言取人，果可信乎？

（元）吴师道《吴礼部诗话》，《历代诗话续编》本

扬子云曰："言心声也，字心画也。"盖谓观言与书，可以知人之邪正也。然世之偏人曲士，其言其字，未必皆偏曲。则言与书，又似不足以观人者。元遗山诗云："心画心声总失真，文章宁复见为人。高情千古《闲居赋》，争信安仁拜路尘。"有识者之论固如此。

（明）都穆《南濠诗话》，《历代诗话续编》本

然言发于心而为行之表，必其中有所养而后能言。盖文之有体，犹行之有节也。若徒为文字之美，而行不掩焉，则其言不过偶合而幸中。文以古名者，固若是乎哉！

（明）李东阳《匏翁家藏集序》，《怀麓堂集》文后卷四，岳麓书社本

文人言语妙天下，谭天人、析性命、陈功德、称古今，布诸通都，悬于日月，亦既洋洋洒洒矣。苟按之身心，毫不相涉，言高于青天，行卑于黄泉，此与能言之鹦鹉何异？务华绝根，则无为贵文章矣。

（明）屠隆《文行》，《鸿苞节录》卷六，保砚斋本

"自君之出矣，不复理残机。思君如满月，夜夜减清辉。"张曲江诗也。"满"字"减"字，纤而无痕，殊近乐府，此题第一首诗也。曲江方

正能作是语，何怪广平之赋梅花耶？

（清）贺贻孙《诗筏》，《清诗话续编》本

文章自魏晋以来，不与世运递降，古人能事已备，有格可肖，有法可学，日夕揣摩，大奸能为大忠之文，至拙能袭至巧之语，虽孟子知言，亦不能以文章观人。

（清）魏禧《杂说》卷二，《魏叔子文集》，清刊本

即以人品论，徐摛善工（宫）体，能挫侯景之威；上官仪词多浮艳，尽忠唐室；致光香奁，杨、刘昆体，赵清献、文潞公亦仿为之：皆正人也。若夫迁袭经文，貌为理语者，虽未尝不窜名儒林，然非顽不知道，即窳不任事，赃私谄谀，史难屈指，白傅、樊川耻之，仆亦耻之。人能改过自佳，然必深知其非，有所不安于心，而后从谏如流，非可随声附和。

（清）袁枚《答蕺园论诗书》，《小仓山房文集》卷三十，《四部备要》本

《彦周诗话》谓："退之诗'银烛未销窗送曙，金钗欲醉坐添香。'殊不类其为人。"余谓铁心石肠，工赋《梅花》，《闲情》一赋，何伤靖节？正恐惯说钟庸大鹤，却一动也动不得耳。

（清）何文焕《历代诗话考索》，《历代诗话》本

好作绮语，自是不可，然人品则不关系乎此。韩偓为人，有唐书可按，可以作香奁语短之耶？其《安贫》句云："谋身拙为安蛇足，报国危曾拊虎须。"至今读之，犹有生气。再如罗昭谏一辈人，劝钱镠讨梁，堂堂正正，岂词华之士所能及！其形于文字之间，风骨亦自可见。《夜泊淮口》云："秋凉雾露侵灯下，夜静鱼龙逼岸行。"亦非晚唐靡靡之响。

（清）延君寿《老生常谈》，《清诗话续编》本

云松五七言古，意欲以议论之警辟，才力之新奇，独开生面，几于前无古人。然趁韵凑句，殊欠雅健。且苕生性好诙谐，为诗则极严正。云松褆躬以礼，而诗乃多近滑稽之雄，使人失笑，较子才而更甚，何也？岂不

善学东坡而堕入诚斋恶道耶！

(清）尚熔《三家诗话》，《清诗话续编》本

金壬小人，其诗非无可传者，以其当为诗时，能冥搜力索，用志不纷耳。《钤山堂》、《咏怀堂》二集，较胜于定山、白沙两先生，一则刻意求工，二则信口而出故也。然以五言、七言定人之邪正善恶，往往不验。宋之问、陈子昂之流，人品卑不足道，其诗何尝不独步一时哉！盖诗者性情所寄托，非心术所见端也。性情同而心术异，故贤者不必皆工，工者不必皆贤。宋人诗论，动以王荆公为坚僻，为执拗，皆隔膜之谈耳。即诗而论，未见荆公之奸慝也。

(清）徐态飞《修竹庐谈诗问答》，《诗问四种》，齐鲁书社本

"寒林烟重暝栖鸦，远寺疏钟送落霞。无限岭云遮不断，数声和月到山家。"此宋贼刘豫诗也。清光鉴人，诗竟不可以定人品耶！元遗山云："心画心声总失真，文章宁复见为人！高情千古《闲居赋》，争信安仁拜路尘？"是说殊可警世。

(清）潘德舆《养一斋诗话》卷三，《清诗话续编》本

端己《菩萨蛮》云："未老莫还乡，还乡须断肠。"又云："凝恨对斜晖，忆君君不知。"《归国遥》云："别后只知相愧，泪珠难远寄。"《应天长》云："夜夜绿窗风雨，断肠君信否？"皆留蜀后思君之辞。时中原鼎沸，欲归不能，端己人品未为高，然其情亦可哀矣。

(清）陈廷焯《白雨斋词话》卷一，人民文学出版社本

诗词原可观人品，而亦不尽然。诗中之谢灵运、杨武人，人品皆不足取，而诗品甚高。尤可怪者，陈伯玉扫陈隋之习，首复古之功，其诗雄深苍莽中，一归于纯正；就其诗以论人品，应有可以表见者，而诇事武后，腾笑千古。词中如刘改之辈，词本卑鄙，虽负一时重名，然观其词，即可知其人之不足取。独怪史梅溪之沈郁顿挫，温厚缠绵，似其人气节文章，可以并传不朽；而乃甘作权相堂吏，致于耿柽董如璧辈并送大理，身败名裂，其才虽佳，其人无足称矣。（梅溪姓氏不见录于文苑中，职是之故。）视陈西麓之不肯仕元，当时有海

上盗魁之目，宁不愧死！

（清）陈廷焯《白雨斋词话》卷五，人民文学出版社本

晏同叔赋性刚峻，而词语特婉丽。蒋竹山词极秾丽，其人则抱节终身。何文缜少时会饮贵戚家，侍儿惠柔，慕公丰标，解帕为赠，约牡丹时再集。何赋《虞美人》词有"重来约在牡丹时，只恐花枝相妒，故开迟"之句。后为靖康中尽节名臣。国朝彭羡门孙遹《延露词》吐属香艳，多涉闺襜。与夫人伉俪綦笃，生平无姬侍。词固不可概人也。

（清）况周颐《蕙风词话》，人民文学出版社本

5. 立言必信　修辞必诚

言忠信，行笃敬，虽蛮貊之邦，行矣。言不忠信，行不笃敬，虽州里，行乎哉？

（先秦）《论语·卫灵公》，《十三经注疏》本

言必信，行必果。使言行之合，犹合符节也。无言而不行也。

（先秦）《墨子·兼爱》，《诸子集成》本

务言而缓行，虽辩必不听。

（先秦）《墨子·修身》，《诸子集成》本

言足以复行者常之，不足以举行者勿常。不足以举行而常之，是荡口也。

（先秦）《墨子·耕柱》，《诸子集成》本

宣于志者曰言，饰而成之曰文。有德之文信，无德之文诈。皋陶之歌，史克之颂，信也。子朝之告，宰嚭之词，诈也。而士君子耻之……文顾行，行顾文，此其与于古欤。

（唐）李华《赠礼部尚书清河孝公崔沔集序》，《全唐文》卷三一五，中华书局本

盖君子病乎在己，而顺乎在天；待己以信，而事亲以诚。所谓病乎在

己者，仁义存乎内，彼圣贤者能推而广之，而我蠢焉为众人……所谓事亲以诚者，尽其心，不夸于外，先乎其质，后乎其文者也。尽其心，不夸于外者，不以己之得于外者为父母荣也，名与位之谓也。先乎其质者，行也。后乎其文者，饮食旨甘，以其外物供养之道也。诚者，不欺之名也。待于外而后为养，薄于质而厚于文，斯其不类于欺欤？

  （唐）韩愈《答陈生书》，《昌黎先生集》卷十六，《四部备要》本

  陶彭泽诗，颜、谢、潘、陆皆不及者，以其平昔所行之事，赋之于诗，无一点愧词，所以能尔。

  （宋）许顗《彦周诗话》，《历代诗话》本

  ……所谓修辞立诚以居业者，欲吾之谨夫所发，以致其实，而尤先于言语之易放而难收也。其曰修辞，岂作文之谓哉？今或者以修辞名左右之斋，吾固未知其所谓然。设若尽如《文言》之本指，则犹恐此事当在忠信进德之后，而未可以遽及。若如或者赋诗之所咏叹，则恐其于乾乾夕惕之意，又益远而不相似也。鄙意于此，深有所不能无疑者。

  （宋）朱熹《答巩仲至》，《朱子文集》卷一，《丛书集成》本

  大抵吾友诚悫之心似有未至，而华藻之饰常过其衷，故所为文亦皆辞胜理，文胜质，有轻扬诡异之态，而无沉潜温厚之风。不可不深自警省，讷言敏行，以改故习之谬也。

  （宋）朱熹《答王近思》，《朱子大全》卷三十九，《四部备要》本

  《冷斋夜话》云："李格非善论文章，尝曰：'诸葛孔明《出师表》、刘伶《酒德颂》、陶渊明《归去来词》、李令伯《乞养亲表》，皆沛然如肝肺中流出，殊不见斧凿痕。'是数君子在后汉之末，两晋之间，初未尝欲以文章名世，而其词意超迈如此，是知文章以气为主，气以诚为主。老杜诗过人，在诚实耳。诚实著见，学者多不晓……"

  （宋）胡仔《苕溪渔隐丛话》前集卷三，人民文学出版社本

人皆称坡公是达者，想见其人，是一老实头人也。

  （明）袁宏道《寄君一》，《袁中郎全集·随笔·狂言》，《中国文学珍本丛书》本

  故文之传与诗赋异道，魏晋以后，奸佥污邪之人而诗赋为众所称者有矣。以彼瞑瞒于声色之中而曲得其情状，亦所谓诚而形者也，故言之工而为流俗所不弃。若古文则本经术而依于事物之理，非中有所得不可以为伪，故自刘歆承父之学，议礼稽经而外，未闻奸佥污邪之人而古文为世所传述者。韩子有言，"行之乎仁义之途，游之乎《诗》、《书》之源"，兹乃所以能约六经之旨以成文，而非前后文士所可比并也。姑以世所称唐宋八家言之，韩及曾、王并笃于经学，而浅深广狭醇驳等差各异矣。柳子厚自谓取原于经，而掇拾于文字间者，尚或不详，欧阳永叔粗见诸经之大意而未通其奥赜。苏氏父子则概乎其未有闻焉，此核其文而平生所学不能自掩者也。韩、欧、苏、曾之文，气象各肖其为人，子厚则大节有亏而余行可述，介甫则学术虽误而内行无颇，其他杂家小能以文自襮者，必其行能少异于众人者也。非然，则一事一言偶中于道而不可废，如刘歆是也。然若歆者亦仅矣。以是观之，苟志乎古文必先定其祈向，然后所学有以为基。匪是，则勤而无所，若夫《左》、《史》以来相承之义法，各出之径途，则期月之间可讲而明也。

  （清）方苞《答申谦居书》，《方苞集》卷六，上海古籍出版社本

  修辞立诚，未有无本而能立言者。且学无止境，道无终极。凡居身居学，才有一毫伪意，即不实。才有一毫盈满意，便止而不长进。勤勤不息，自然不同。故曰：其用功深者，其收名也远。

  （清）方东树《昭昧詹言》卷一，人民文学出版社本

  词人之忠实，不独对人事宜然。即对一草一木，亦须有忠实之意，否则所谓游词也。

  （清）王国维《人间词话》，人民文学出版社本

六

别 才 说

1. 诗有别才　亦有别趣

夫诗有别材，非关书也；诗有别趣，非关理也。而古人未尝不读书、不穷理。所谓不涉理路、不落言筌者，上也。诗者，吟咏情性也。

（宋）严羽《沧浪诗话·诗辨》，人民文学出版社本

严沧浪又云：诗有别才，非关书也。诗有别趣，非关理也。而古人未尝不读书，不穷理，所谓不涉理路、不落言筌者，上也。诗者，吟咏情性也。盛唐诗人，惟在兴趣，羚羊挂角，无迹可寻。故其妙处，莹彻玲珑，不可凑泊，如空中之音，相中之色，水中之月，镜中之影，言有尽而意无穷。近代诸公作奇特解会，以文字为诗，以议论为诗，以才学为诗。以是为诗，夫岂不工，终非古人之诗也。盖于一唱三叹之音，有所歉焉。然则近代之诗无取乎？曰：有之。吾取其合于古人者而已。

（宋）范晞文《对床夜语》卷二，《历代诗话续编》本

诗有别材，非关书也，诗有别趣，非关理也。然非读书之多、明理之至者，则不能作。论诗者无以易此矣。彼小夫、贱隶、妇人、女子，真情实意，暗合而偶中，固不待于教，而所谓骚人、墨客、学士、大夫者，疲神思，弊精力，穷壮至老而不能得其妙，正坐是哉！

（明）李东阳《麓堂诗话》，《历代诗话续编》本

老杜诗云："读书破万卷，下笔如有神。"萧千岩云："诗不读书不可

为，然以书为诗则不可。"范景文云："读书而至万卷，则抑扬高下，何施不可？非谓以万卷之书为诗也。"景文之语，犹千岩之意也。尝记昔人云："万卷书人谁不读？下笔未必能有神。"严沧浪云："诗有别才，非关书也。"斯言为得之矣。

  （明）都穆《南濠诗话》，《历代诗话续编》本

  作诗有专用学问而堆垛者，或不用学问而匀净者，二者悟不悟之间耳。惟神会以定取舍，自趋乎大道，不涉于歧路矣。譬如杨升庵状元谪戍滇南，犹尚奢侈，其粳、糯、黍、稷、脯、鬻、殽、鲙种种罗于前，而筯不周品，此乃用学问之癖也。又如客游五台山访禅侣，厨下见一胡僧执爨，但以清泉注釜，不用粒米，沸则自成馆粥。此无中生有，暗合古人出处。此不专于学问，又非无学问者所能到也。予因六祖惠能不识一字，参禅入道成佛，遂在难处用工，定想头，炼心机，乃得无米粥之法。诗中难者，莫过于情诗，然乐府尤盛于元，千万人口中咀嚼，外无遗景，内无遗情，虽有作者，罕得新意。姑借六祖之悟，以示后学，诚以六祖之心为心，而入悟也弗难矣。

  （明）谢榛《四溟诗话》卷三，《历代诗话续编》本

  诗有别才，以朽腐为神化，因浅近而新奇，心虽知而慕之，不但力有不足，亦且年有不及。

  （明）李开先《中麓山人咏雪诗后序》，《李开先集》，中华书局本

  汉名士，若王逸、孔融、高彪、赵壹辈诗，存者皆不工；而不知名若辛延年、宋子侯乐府，妙绝千古，信诗有别才也。

  （明）胡应麟《诗薮·外编》卷一，上海古籍出版社本

  皇甫子循，以六朝语入中唐调，而清空无迹；杨用修以六朝语作初唐调，而雕缋满前。故知诗有别才，学贵善用。

  （明）胡应麟《诗薮·续编》卷二，上海古籍出版社本

  严羽卿云："诗有别才，非关书也；诗有别趣，非关理也。"十六字

在诗家,即唐、虞精一语不过。惟杜老难以此拘。其诗错陈万卷之论,至说理如"寂寂春将晚,欣欣物自私"之类,每被儒生家引作话柄。然亦杜能之,后人蹈此,立见败缺。益知严语当服膺。

(明)胡应麟《诗薮·内编》卷五,上海古籍出版社本

陈寿、范晔之才,不过三国、六朝中人之上者,其于昌黎、河东、庐陵、眉山兄弟,不同日语,审也。乃昌黎《中书》一传,真足颉颃司马,而意欲自开堂奥,尽削陈言,故太史之文,不以驰骋于顺宗,而以戏剧于《毛颖》,他可推已。河东《段氏逸事》,体法孟坚,余率已调。眉山家世序论表策,其所偏精,而纪传之文,寥寥绝响。独欧阳公究心史学,摹勒马、班,《五代》一书,差存劝戒,而以晔《书》寿《志》较之,犹将瞠乎尘后。是固时代所压,未易超然,要亦史有别才,难于兼美也,不然谓数君子之才而出陈、范下,可乎?司马君实尝谓唐三百年,讵公间出,遂无一人足与陈寿、范晔伍,而宁知历宋逮明,而二书之悬揭自若也。故从西京而下,史有别才,而运会所钟,时有独创也。

(明)胡应麟《欧阳修论》,《少室山房集》卷九十八,《四库全书》本

绝句虽短,又是一种学问……吾谓绝句于诗体中又有别才别趣耳。

(明)谢肇淛《小草斋诗话》,引自《沧浪诗话校释》,人民文学出版社本

然圣人之德,实非夫人之能事;非夫人之能事,则非予小子今日之所敢及也。彼古人之才,或犹夫人之能事;犹夫人之能事,则庶几予小子不揣之所得及也。夫古人之才也者,世不相延,人不相及。庄周有庄周之才,屈平有屈平之才,马迁有马迁之才,杜甫有杜甫之才,降而至于施耐庵有施耐庵之才,董解元有董解元之才。才之为言材也,凌云蔽日之姿,其初本于破核分荚,于破核分荚之时,具有凌云蔽日之势;于凌云蔽日之时,不出破核分荚之势,此所谓材之说也。又才之为言裁也,有全锦在手,无全锦在目;无全衣在目,有全衣在心;见其领,知其袖,见其襟,知其帔也。夫领则非袖,而襟则非帔,然左右相就,前后相合,离然各

异,而宛然共成者,此所谓裁之说也。

      (清)金圣叹《水浒传序》,《金圣叹全集》(一),江苏古籍出版社本

  吾读世间游记,而知世真无善游人也。夫善游之人也者,其于天下之一切海山、方岳、洞天、福地,固不辞千里万里而必一至以尽探其奇也;然而其胸中之一副别才,眉下之一双别眼,则方且不必直至于海山、方岳、洞天、福地,而后乃今始曰:我且探其奇也。夫昨之日而至一洞天,几罄若干日之足力、目力、心力,而既毕其事矣,明之日而又将至一福地,又将罄若干日之足力、目力、心力,而于以从事。彼从旁之人,不能心知其故,则不免曰:连日之游快哉!始毕一洞天,乃又造一福地。殊不知先生且正不然,其离前之洞天,而未到后之福地,中间不多,虽所隔止于三二十里,又少而或止于八、七、六、五、四、三、二里,又少而或止于一里、半里。此先生则于是一里、半里之中间,其胸中之所谓一副别才,眉下之一双别眼,即何尝不以待洞天福地之法而待之哉!今夫以造化之大本领,大聪明,大气力,而忽然结撰而成一洞天,一福地,是真骇目惊心之事,不必又道也。然吾每每谛视天地之间之随分一鸟一鱼,一花一草,乃至鸟之一毛,鱼之一鳞,花之一瓣,草之一叶,则初未有不费彼造化者之大本领,大聪明,大气力而后结撰而得成者也。谚言:"狮子搏象用全力,搏兔亦用全力。"彼造化者,则真然矣,生洞天福地用全力,生随分之一鸟一鱼,一花一草以至一毛一鳞,一瓣一叶,殆无不用尽全力。由是言之,然则世间之所谓骇目惊心之事,固不必定至于洞天福地而后有此,亦为信然也。抑既所谓洞天福地也者,亦尝计其云如之何结撰也哉!庄生有言:"指马之百体非马,而马系于前者,立其百体而谓之马也。"比及大泽,百材皆度,观乎大山,水石同坛,夫人诚知百材万木杂然同坛之为大泽大山,而其于游也,斯庶几矣!其层峦绝巘,则积石而成是穹窿也,其飞流悬瀑,则积泉而成是灌输也。果石石而察之,殆初无异于一拳者也;试泉泉而寻之,殆初无异于细流者也,且不直此也。老氏之言曰:"三十辐共一毂,当其无,有车之用。埏埴以为器,当其无,有器之用;凿户牖以为室,当其无,有室之用。"然则一一洞天福地中间,所有之回看为峰,延看为岭,仰看为壁,俯看为溪,以至正者坪,侧者坡,跨者梁,夹者砌,虽其奇奇妙妙,至于不可方物,而吾有以知其奇之所以奇,

妙之所以妙，则固必在于所谓"当其无"之处也矣。盖当其无，则是无峰无岭，无壁无溪，无坪坡梁硐之地也。然而当其无，斯则真吾胸中一副别才之所翱翔，眉下一双别眼之所排荡也。夫吾胸中有其别才，眉下有其别眼，而皆必于当其无处而后翱翔，而后排荡。然则我真胡为必至于洞天福地，正如顷所云，离于前未到于后之中间三二十里，即少止于一里半里，此亦何地不有所谓"当其无"之处耶。一略彴小桥，一槎枒独树，一水一村，一篱一犬，吾翱翔焉，吾排荡焉，此其于洞天福地之奇奇妙妙，诚未能知为在彼而为在此也。且人亦都不必胸中之真有别才，眉下之真有别眼也。必曰先有别才而后翱翔，先有别眼而后排荡，则是善游之人必至旷世而不得一遇也！如圣叹意者，天下亦何别才、别眼之与有？但肯翱翔焉，斯即别才矣；果能排荡焉，斯即别眼矣。

（清）金圣叹《第六才子书西厢记》卷五，《请宴》首评，《金圣叹全集》（三），江苏古籍出版社本

诗至于五绝，而古今之能事毕矣。窃谓六朝、三唐之善者，苏、李犹当退舍，况宋以后之人乎！以此体中才与学俱无用故也。

（清）吴乔《围炉诗话》卷之二，《清诗话续编》本

问："作诗，学力与性情，必兼具而后愉快。愚意以为学力深，始能见性情。若不多读书，多贯穿，而遽言性情，则开后学油腔滑调、信口成章之恶习矣。近时风气颓波，惟夫子一言以为砥柱。"

阮亭答："司空表圣云：'不著一字，尽得风流。'此性情之说也；扬子云云：'读千赋则能赋。'此学问之说也。二者相辅而行，不可偏废。若无性情而侈言学问，则昔人有讥点鬼簿、獭祭鱼者矣。学力深，始能见性情，此一语是造微破的之论。"

历友答："严羽沧浪有云：'诗有别才，非关学也；诗有别趣，非关理也。'此得手先天者，才性也；'读书破万卷，下笔如有神。''贯穿百万众，出入由咫尺。'此得于后天者，学力也。非才无以广学，非学无以运才，两者均不可废。有才而无学，是绝代佳人唱《莲花落》也；有学而无才，是长安乞儿著宫锦袍也。近世风尚，每苦前人之拘与隘，而转途于'长庆'、'剑南'，甚且改辙于宋、元，是以愈趋而愈下也。有心者急欲挽之以开、宝，要不必藉口于宗历下，转令攻之者树帜纷纷耳。"

萧亭答："有问王荆公者，杜诗何以妙绝古今？公曰：老杜固尝言之矣，'读书破万卷，下笔如有神'。黄山谷谓：'不读书万卷，不可看杜诗。'看尚不可，况作诗乎？韩文公《进学解》：'上规姚、姒，浑浑无涯。周《诰》殷《盘》，诘屈聱牙。《春秋》谨严，《左氏》浮夸。《易》奇而法，《诗》正而葩。下逮《庄》、《骚》，太史所录。子云、相如，同工异曲。'熟此其庶几乎？夫曰：'诗有别才，非关学也；诗有别趣，非关理也。'为读书者言之，非为不读书者言之也。"

（清）王士禛等《师友诗传录》，《清诗话》本

夫诗艺也，然要其至，则天人兼焉。汉、唐以来，诗虽逊古，顾其间能卓乎名家者，大抵或为沉郁，或为豪放，或为绮丽、淡逸、幽奇，各习焉而得其性情之所近，而其言之勤也，必本之《三百篇》、《离骚》以濬其源；叩之六艺、子、史、百家以博其识；傍乃山经、地志、佛老、方士之说以尽其变。其思之专也，必刿心钬肝，憔悴诚壹，一切荣枯得失悲乐之感，莫不发之于此。夫其体之沉郁、豪放、绮丽、淡逸、幽奇，不可强而同者，从乎天者也；其学之勤而思之专，尽乎人者也。是故有人而无天，终身为之，未必其至也；有天而无人，率然至之，未必其皆至也。呜呼！不其难哉！

（清）邵长蘅《吴退谙诗序》，《邵子湘全集·青门簏稿》卷七，愚斋丛书刻青门草堂藏本

作诗谓可废学，持严仪卿诗有别才之说而误用者也。而反其说者又谓诗之为道全在征实，于是融洽贯串之弗讲而剿猎僻书，纂组繁缛，以夸奥博，若人挟类书一部即可以诗人自诩者。究之驳杂支离，锢其灵明，愈征实而愈无所得。夫天下之物，以实为质，以虚为用。学，其实也；才，其虚也。以实运实则滞，以虚运实则灵。万物，实也，而动万物者，莫疾乎雷，雷，其虚乎！挠万物者莫疾乎风，风，其虚乎！老子谓：天地之间其犹橐籥，虚而不屈，动而愈出，洵乎虚者足以用实，而学人之学，非才人之才无以善也。

（清）沈德潜《汪荣圃诗序》，《归愚文钞》卷八，《沈归愚诗文全集》，清刊本

严仪卿有"诗有别才,非关学也"之说,谓神明妙悟,不专学问,非教人废学也。误用其说者,固有原伯鲁之讥;而当今谈艺家,又专主渔猎,若家有类书,便成作者。究其流极,厥弊维钧。吾恐楚则失矣,齐亦未为得也。

(清)沈德潜《说诗晬语》卷下,《清诗话》本

人谓诗主性情,不主议论。似也,而亦不尽然。试思《二雅》中何处无议论?杜老古诗中,《奉先》、《咏怀》、《北征》、《八哀》诸作,近体中,《蜀相》、《咏怀》、《诸葛》诸作,纯乎议论。但议论须带情韵以行,勿近伧父面目耳。戎昱《和蕃》云:"社稷依明主,安危托妇人。"亦议论之佳者。

(清)沈德潜《说诗晬语》卷下,《清诗话》本

诗有性情,有学问。性情须静功涵养,学问须原本六经。不如此,恐浮薄才华,无关六义。

(清)李重华《贞一斋诗说》,《清诗话》本

诗境最宽:有学士大夫读破万卷,穷老尽气,而不能得其阃奥者;有妇人女子,村氓浅学,偶有一二句,虽李杜复生,必为低首者。此诗之所以为大也。作诗者必知此二义,而后能求诗于书中,得诗于书外。

(清)袁枚《随园诗话》卷三,人民文学出版社本

昔严沧浪之论诗,谓:诗有别材,非关乎学;诗有别趣,非关乎理。而秀水朱氏讥之云:"诗篇虽小技,其源本经史。必也万卷储,始足供驱使。"二家之论,几乎枘凿不相入。予谓皆知其一而未知其二者也。沧浪比诗于禅,沾沾于流派,较其异同,诗家门户之别,实启于此。究其所谓别材、别趣者,只是依墙借壁,初非其性情所寓而转蹈于空疏不学之习。一篇一联,时复斐然;及取其全集读之,则索然尽矣。秀水谓诗必原本经史,固合于子美读书万卷下笔有神之旨,然使其无真材逸趣以驱使之,则藻采虽繁,真味不属,又何以解祭鱼、点鬼、疥骆驼、掉书袋之诮乎?夫唯有绝人之才,有过人之趣,有兼人之学,乃能掩有古人之长,而不袭古人之貌;然后可以卓然自

成为一大家。

　　　　　　（清）钱大昕《瓯北集序》，《潜研堂文集》卷二十六，《四部丛刊》本

　　诗有六义以具人情，道有污隆以关时事。徐祯卿、李于鳞、郑继之、王元美、敬美之论诗，以不着议论，惟擅才情为主。是知《国风》辞致温厚，而不究《雅》、《颂》之发扬宏肆，无所不有焉。视唐人往往多不满意，宜其不自知矣。

　　　　　　　　　　　　　　（清）佚名《静居绪言》，《清诗话续编》本

　　严羽沧浪有云："诗有别才，非关学也；诗有别趣，非关理也。"此得于先天者，才性也。"读书破万卷，下笔如有神。""贯穿百万众，出入由咫尺。"此得于后天者，学力也。非才无以广学，非学无以运才，两者均不可废。有才而无学，是绝代佳人唱《莲花落》也；有学而无才，是长安乞儿著宫锦袍也。

　　　　　　　　　（清）张笃庆《诗问》卷二，《诗问四种》，齐鲁书社本

　　本朝经学世家，以元和惠氏为第一，至定宇徵君而益精，所著书凡十余种，皆著录四库中。徵君祖父，瓣香渔洋，兼精吟咏。而徵君则不复作诗，其撰《精华录训纂》，亦以笺疏之学行之，极为赅博。然为吴企晋舍人《研山堂序》，谓"诗之道，有根柢，有兴会。根柢原于学问，兴会发于性情，二者兼之，始足称大家"。则亦深于六义者矣。

　　　　　　　　　　　　（清）梁章钜《退庵随笔》，《清诗话续编》本

　　尚性情者无实腹，崇学问者乏灵心，论甘忌辛，诗教弥以不振，必当和为一味，乃非离之两伤。

　　　　　　　　　　　（清）潘德舆《养一斋诗话》卷二，《清诗话续编》本

　　问：前人论诗有性灵、学力二种，敢问何谓性灵？
　　性灵，即性分也。学诗者有天资颖悟，出手便高者，是性分中宿世灵根。摩诘所谓"宿世本词客，前身应画师"。沧浪所谓"诗有别趣"。此

种入学诗最易，然往往缺于学术，转至自误。其由学力进者，多不能成家，以性情不相入也。故两者必相须而成。

（清）陈仪《竹林答问》，《清诗话续编》本

问：有谓诗不关学力者，其言何如？

沧浪言："诗有别材，非关学也；诗有别趣，非关理也。然非多读书，多穷理，则不能穷其至。"其语本自无病，后人截其前四句语，为藏身之固耳。以太白之天才，拟《文选》至三度，悉摧烧之；少陵尚谓："读书破万卷，下笔如有神。"况不如李、杜者乎？

（清）陈仪《竹林答问》，《清诗话续编》本

沧浪主妙悟，谓"诗有别材，非关学也；诗有别趣，非关理也。然非多读书，多穷理，则不能极其至"。是言诗中天籁，仍本人力，未尝教人废学也。竹垞谓"必储万卷于胸，始足以供驱使"。意主于学，正可与严说相参。何必执片语以诋古人，而不统观其全文哉！近代诗家，宗严说而误者，挟枯寂之胸，求渺冥之语，流连光景，半吐半吞，自矜高格远韵，以为超超之著矣。不知其言无物，转堕肤廓空滑恶习，终无药可医也。其以学为主者，又贪多务博，淹塞灵机，饾饤书卷，如涂涂附，亦不免有类墨猪。不知学问之道，贵得其精英，弃其糟粕也。少陵云"读书破万卷"，非谓学乎？"下笔如有神"，非谓悟乎？味此二句，学与悟可一贯矣。

（清）朱庭珍《筱园诗话》卷一，《清诗话续编》本

严氏虽知以识为主，犹病识量不足，辟见未化，名为学盛唐，准李杜，实则偏嗜王孟冲淡空灵一派，故论诗惟在兴趣，于古人通讽谕、尽忠孝、因美刺、富劝惩之本义，全不理会，并举文字才学议论而空之。盍一思《诗》、《骚》为咏歌之祖，周公之《七月》、《生民》，召公之《笃公刘》、《卷阿》，尹吉甫之《崧高》、《常武》，屈宋之《九歌》、《九章》、《九辨》、《招魂》，孰非以文字才学议论为诗者？

（清）许印芳《沧浪诗话跋》，引自《沧浪诗话校释》，人民文学出版社本

或问左思《三都赋序》以升高能赋为"颂其所见",所见或不足赋,奈何?曰:严沧浪谓诗有"别材"、"别趣",余亦谓赋有别眼。别眼之所见,顾可量耶?

(清)刘熙载《艺概·赋概》,上海古籍出版社本

诗词一理,然不工词者可以工诗;不工诗者断不能工词。故学词贵在能诗之后,若于诗未有立足处,遽欲学词,吾未见有合者。

(清)陈廷焯《白雨斋词话》卷七,人民文学出版社本

客观之诗人,不可不多阅世。阅世愈深,则材料愈丰富,愈变化,《水浒传》、《红楼梦》之作者是也。主观之诗人,不必多阅世。阅世愈浅,则性情愈真,李后主是也。

(清)王国维《人间词话》,人民文学出版社本

"君王枉把平陈业,换得雷塘数亩田。"政治家之言也。"长陵亦是闲邱陇,异日谁知与仲多?"诗人之言也。政治家之眼,域于一人一事。诗人之眼,则通古今而观之。词人观物,须用诗人之眼,不可用政治家之眼。故感事、怀古等作,当与寿词同为词家所禁也。

(清)王国维《人间词话》,人民文学出版社本

2. 才情相得　趣自慧生

张右史尝评贺方回乐府,谓其肆口而成,不待思虑雕琢,又推其极至,华如游金张之堂,冶如揽嫱施之袪,幽洁如屈宋,悲壮如苏李,具是四工,夫岂可以肆口而成哉?盖肆口而成者情也,具四工者才也。情至而此贺才子妙绝一世,而文章巨公不能擅其场者,情之两至也。我朝乐府辞益简,调益严而匀,盖流媚不陋,自疏斋、酸斋以后,小山局于方,黑刘纵于圆。局于方,拘才之过也,纵于圆,恣情之过也,二者胥失之。

(元)杨维桢《沈生乐府序》卷十一,《东维子文集》,《四部丛刊》本

诗至于唐盛矣,然其能自名家者,其为辞各不同。盖发于情以为诗,

情之所发，人人不同，则见于诗固亦不得而苟同也。是故王维之幽雅，杜牧之俊迈，张籍之古淡，孟郊之悲苦，贾岛之清邃，温庭筠之富艳，李长吉之奇诡，元白之平易典则，韦柳之温丽清深，盖其所以为辞者，即其情之寓也。

(明) 王袆《盛修龄诗集序》，《王忠文公集》卷七，清刊本

情不自已，则丹青以张，宫商以宣，往往有俟于才。

(明) 祝允明《姜公尚自别有余乐说》，《枝山文集》卷二，清刊本

长孺僧孺兄弟似无着天亲，不绮语人也。一夕，作花溪诸诗百余首，刻烛而就。予经时闭门致思，不能如其绮也。长孺故美容仪少年，几为道旁人看煞。妙于才情，万卷目数行下。加以精心海藏，世所云千偈澜翻者，其无足异。独僧孺如愚，未尝读书。忽忽狂走。已而若有所会，洛诵成河，子墨成雾。横口横笔，无所留难。此独未宜异也。僧孺故拙于姿，然非根力不具者。以学佛故，早断婚触，殆欲不知天壤间乃有妇人矣。而诸诗长短中所为形写幽微，更极其致。如《溪上落花》诗："芳心都欲尽，微波更不通。""有艳都成错，无情乍可依。"不妨作道人语。至如《春日独当垆》："卓女盈盈亦酒家，数钱未惯半羞花。"僧孺不近垆头，何知羞态？《七宝避风台》："翠缨裙带愁牵断，锁得斜风燕子来。"僧孺未亲裙带，何知可以锁燕？《燕姬堕马》："一道香尘出马头，金莲银凳紧相钩。"僧孺未曾秾马，何识香尘？《春闺怨》："乳燕春归玳瑁梁，无心颠倒绣鸳鸯。"僧孺未经催绣，安识倒针？当是从声闻中闻，缘觉中觉耶？无亦定中慧耳。然予览二者，有私喜焉。世云，学佛人作绮语业，当入无间狱。如此，喜二虞入地当在我先。又云，慧业文人，应生天上。则我生天亦在二虞之后矣。

(明) 汤显祖《溪上落诗题序》，《汤显祖诗文集》卷三十三，上海古籍出版社本

凡慧则流，流极而趣生焉。天下之趣，未有不自慧生也。山之玲珑而多态，水之涟漪而多姿，花之生动而多致，此皆天地间一种慧黠之气所

成，故倍为人所珍玩。

(明) 袁中道《刘玄度集句诗序》，《珂雪斋文集》卷一，上海杂志公司本

才情者，人心之山水；山水者，天地之才情。使山水与才情判然无涉，则司马子长何所取名山大川，而能广其文思，雄其史笔也哉……然才情所萃之地，必得一才人主之，斯为得所。

(清) 李渔《笠翁文集·梁冶湄明府西湖垂钓图赞》，《笠翁一家言全集》，芥子园刊本

若能实具一段闲情，一双慧眼，则过目之物，尽在画图，入耳之声，无非诗料。譬如我坐窗内，人行窗外，无论见少年女子是一幅美人图，即见老妪白叟扶杖而来，亦是名人画幅中必不可无之物。见婴儿群戏是一幅百子图，即见牛羊并牧，鸡犬交哗，亦是词客文情内未尝偶缺之资。牛溲马渤，尽入药笼。

(清) 李渔《闲情偶寄·居室部》，《笠翁一家言全集》，芥子园刊本

诗中情艳语皆可参禅，独禅语不可入诗也……诗以兴趣为主，兴到故能豪，趣到故能宕。释子兴趣索然，尺幅易窘，枯木寒岩，全无暖气，求所谓纵横不羁、潇潇自如者，百无一二，宜其不能与才子匹敌也。

(清) 贺贻孙《诗筏》，《清诗话续编》本

袁中郎才情超忽，如千里神骏，但防泛驾啮膝而已，后人诋诃，未免太甚。

(清) 贺贻孙《诗筏》，《清诗话续编》本

凡才情用事者，皆以阉然媚世为大病。媚浪子、媚山人、媚措大，皆诗之贼也。夫浪子之狂，山人之褊，措大之酸，而尚可与言诗也哉？有才情者，亦尚知所耻焉。

(清) 王夫之《古诗评选》卷二，陶潜《归鸟》评语，《船山古近体诗选评三种》，船山学社本

文之与诗可恃学而成，天资朴鲁者，积其攻苦之力，恒足入古人之室。唯诗余则视夫人之才与情，才与情弗善者，虽学之而不工……读《溦芳词》庐山诸作，峭然高岸邃壑，潾漾激湍之水接于目；所拟宫词，婉娈多艳，如闻幽房曲室，季女愁叹之声，何其又工也。予于诗文诸体，每学为之，独生平未尝作诗余，非志不欲，才俭而不能豪，情朴而不能艳。世之为豪者，多生撰桀劣，不称其体，而艳者往往杂出于吴歈曲调。

（清）魏禧《溦芳词序》，《魏叔子文集》卷九，清刊本

诗缘情而易工，学征实而难假，今天下称诗者什之九，俯首而孜孜于学者，什曾不得一焉。习俗移人，转相效效，即推之千百万人，而犹不得一焉。岂非蹈虚者易为力，征实者难为功乎？间尝远引《三百》，取其略可晓者而谕之。杨柳雨雪，便成瑰辞；一日三秋，动参妙谛。风人之致，《小雅》之材，茂矣美矣。若夫歔豳以纪风土，涉渭而述艰难；缉熙宥密，参性命之精微；格庙飨亲，通鬼神之嗜欲，斯时情窒而理不得伸，意穷而辞不得骋，非夫官礼制作之手，大雅宏远之才，纯懿显铄，蓥英腾茂，固未易胜任而愉快也。

（清）杭世骏《沈沃田诗序》，《道古堂文集》卷十，扫叶山房本

沙门不当为诗，禅以缮性，诗为悦性之具，与禅碍也。又佛戒绮语，语不绮则诗不工，绮非钗飞钏动之谓，其谓锻炼而出之，故镂金错彩，绮也；春蚕蜡烛，亦绮也；屏去绮语，朴遨之响，蔬笋之气，肆臆冲口，流而为偈颂，演而为机缘，与禅合，与诗离矣。

（清）杭世骏《奕虚上人诗序》，《道古堂文集》卷十四，扫叶山房本

益都赵清止观察论诗云："格律严则境地狭，拟议盛则性情薄。"余谓格律严，能境地不狭，惟老杜；若夫拟议盛，则性情未有不薄者，陆机、江淹且然，又况其下乎？

（清）乔亿《剑溪说诗又编》，《清诗话续编》本

余尝谓作诗之道难于作史。何也？作史三长：才、学、识而已。诗则三者宜兼，而尤贵以情韵将之，所谓弦外之音、味外之味也。情深而韵

长,不徒诗学宜然,及其人之余休后祚亦于是征焉。东坡诗风趣多,情韵少,晚年坎坷亦其证也。

(清)袁枚《钱竹初诗序》,《小仓山房文集》卷二十八,《四部备要》本

杨诚斋曰:"从来天分低拙之人,好谈格调而不解风趣,何也?格调是空架子,有腔口易描;风趣专写性灵,非天才不办。"余深爱其言。

(清)袁枚《随园诗话》卷一,人民文学出版社本

有人以某巨公之诗,求选入《诗话》。余览之倦而思卧,因告之曰:"诗甚清老,颇有工夫;然而非之无可非也,刺之无可刺也,选之无可选也,摘之无可摘也。孙兴公笑曹光禄:'辅佐文如白地明光锦,裁为复版袴;非无文采,绝少剪裁'是也。"或曰:"其题皆庄语故耳。"余曰:"不然。笔性灵,则写忠孝节义,俱有生气;笔性笨,虽咏闺房儿女,亦少风情。"

(清)袁枚《随园诗话补遗》卷二,人民文学出版社本

鸟啼花落,皆与神通。人不能悟,付之飘风。惟我诗人,众妙扶智。但见性情,不著文字。宣尼偶过,童歌《沧浪》。闻之欣然,示我周行。

(清)袁枚《续诗品·神悟》,《小仓山房诗集》卷二十,《四部备要》本

天锡七律,故不深入。然其才情有余,则亦有词到而气格俱到者矣。

(清)翁方纲《石洲诗话》,《清诗话续编》本

雁门自有才情,然句法有太似前人者,则以其中未尝深入故耳。

(清)翁方纲《石洲诗话》,《清诗话续编》本

稼轩不平之鸣,随处辄发,有英雄语,无学问语,故往往锋颖太露;然其才情富艳,思力果锐,南北两朝,实无其匹,无怪流传之广且久也。世以苏、辛并称,苏之自在处,辛偶能到;辛之当行处,苏必不能到:二公之词,不可同日语也。后人以粗豪学稼轩,非徒无其才,并无其情。稼轩固是才大,然情至处,后人万不能及。

(清)周济《介存斋论词杂著》,《词话丛编》本

诗尚才乎？尚情乎？兼之者尚矣。然率患才多而情少者，何也？荣利纷于外而天机铄于内也。

（清）梅曾亮《侯青甫舅氏诗序》，《柏枧山房文集·诗集》，咸丰刊本

人有恒言曰"才情"，才生于情，未有无情而有才者也。慈母情爱赤子，自有能鞠赤子之才；手足情卫头目，自有能捍头目之才。无情于民物而能才济民物，自古至今未之有也。小人于国、于君、于民，皆漠然无情，故其心思智力不以济物而专以伤物，是鸷禽之爪牙，蜂虿之芒刺也。才乎，才乎！《诗》曰："凡民有丧，匍匐救之。"

（清）魏源《默觚下·治篇一》，《魏源集》上册，中华书局本

雅人有深致，风人骚人亦各有深致。后人能有其致，则《风》、《雅》、《骚》不必在古矣。

（清）刘熙载《艺概·诗概》，上海古籍出版社本

文学中有二原质焉：曰景，曰情。前者以描写自然及人生之事实为主，后者则吾人对此种事实之精神的态度也。故前者客观的，后者主观的也；前者知识的，后者感情的也。自一方面言之，则必吾人之胸中洞然无物，而后其观物也深，而其体物也切；即客观的知识，实与主观的感情为反比例。自他方面言之，则激烈之感情，亦得为直观之对象、文学之材料；而观物与其描写之也，亦有无限之快乐伴之。要之，文学者，不外知识与感情交代之结果而已。苟无锐敏之知识与深邃之感情者，不足与于文学之事。此其所以但为天才游戏之事业，而不能以他道劝者也。

（清）王国维《静庵文集续编·文学小言》，《静安遗书》，商务印书馆本

北方人之感情，诗歌的也，以不得想象之助，故其所作遂止于小篇；南方人之想象，亦诗歌的也，以无深邃之感情之后援，故其想象亦散漫无所丽，是以无纯粹之诗歌。而大诗歌之出，必俟北方人之感情与南方人之

想象合而为一,即必通南北之驿骑而后可,斯即屈子其人也。

(清)王国维《静庵文集续编·屈子文学之精神》,《静安遗书》,商务印书馆本

诗人视一切外物,皆游戏之材料也。然其游戏,则以热心为之。故诙谐与游戏二性质,亦不可缺一也。

(清)王国维《人间词话删稿》四十九,《人间词话》,人民文学出版社本

3. 性情所至　诗道日新

夫蚁,时术也,封户也,雉蝶具也,甲胄从也,黄黑斗也,君臣列也,此昔人之言,非临川氏之梦也。蚁而馆甥也,谣颂也,碑思也,象警也,佞佛也,从世俗之事,临川氏之说也。临川有慨于不及情之人,而乐说乎至微至细之蚁;又有慨于溺情之人,而托喻乎醉醒醒醉之淳于生。淳于未醒,无情也。惟情至,可以造立世界;惟情尽,可以不坏虚空。而要非情至之人,未堪语乎情尽也。世人觉中假,故不情;淳于梦中真,故钟情。既觉而犹恋恋因缘,依依眷属,一往信心,了无退转,此立雪断臂上根,决不教眼光落地。即槐国蟪蚁各有深情,同生忉利,岂偶然哉!彼夫俨然人也,而君父、男女、民物间悠悠如梦,不如淳于,并不如蚁矣,并不可归于蟪蚁之乡矣。《贤愚经》云,长者须达为佛起立精舍,见地中蚁子。舍利弗言,此蚁子经今九十一劫,受一种身,不得解脱。是殆不情之蚁乎?斯临川言外意也。震峰居士沈际飞漫书。

(明)沈际飞《题南柯梦》,《汤显祖诗文集·附录》,上海古籍出版社本

夫诗道最为情韵。情之所至,乃能日新,而不可穷。然惟绝有情人,为于音影之外,别具英变,以转未坠之线。故情不能至,诗亦不至焉。

(明)朱之臣《寒河诗序》,见《谭友夏合集》,上海书店本

今古之情无尽,而一人之情有至有不至。凡情之至者,其文未有不至者也。则天地间街谈巷语、邪许呻吟,无一非文。而游女、田夫、波臣、

成客，无一非文人也。

  （清）黄宗羲《明文案序上》，《南雷文定》卷一，《四部备要》本

  岷左先生示余出蜀归田之诗，命题数语，余唯山川文章，相藉而成，然非至性人，固未易领略。尝读陆务观《入蜀记》，揽结窈冥，卷石枯枝，谈之俱若嗜欲，故剑南之诗，遂为南渡之巨子……即工部草堂，古今属目，去万里桥不数里，先生往寻之，蜀人无知其处者，徘徊于荒烟蔓草之间，得浣花残碣尺寸，推按故地，始出。先生如遇故人于万里外，欢叫欲绝，此等情怀，与务观何异，诗那得不佳。故先生之诗，冲雅而刻画，字句之外，一往留连，真能与山川和会者也。先生为余述其入蜀，从潼关过嵩华，磅礴空翠之中，车马都为碧色。栈道之上，高峰入天，停午始漏日影，恍如夜行，汉高祖所谓烧绝栈道者……江行出峡，巫山巴水、六书像形，阳台十二峰沿亘数百里，突兀霄汉，一一辨其嘉名，以正前人之误，古木穷猿，寒岩怪鸟，空响相答，凄入心脾。先生相对言时，僧楼茗碗，几席亦为浮动。嗟乎！山水于人，此生亦有缘分。余甲午之岁，发愿名山，拼十年为头陀行脚，咽嚌冷汰，涤濯滓瀡，归来读书，方有进益，持志不坚，倏忽而发容难待，便作一尘网俗人，清泉白石，为我懊恨，读先生之诗，不禁惘惘。

  （清）黄宗羲《朱岷左先生近诗题辞》，《南雷文案》卷一，《梨洲遗著汇刊》，上海时中书局本

  句句叙事，句句用兴用比，比中生兴，兴外得比，宛转相生，逢原皆给。古人患无心耳。苟有血性有真情如子山者，当无忧其不淋漓而酣畅也。

  （清）王夫子《古诗评选》卷一，庾信《燕歌行》评语，《船山古近体诗评选三种》，船山学社本

  人胸中无丘壑，眼底无性情，虽读尽天下书，不能道一句。司马长卿谓读千首赋便能作赋，自是英雄欺人。

  （清）王夫之《古诗评选》卷五，谢朓《之宣城郡出新林浦向板桥》评语，《船山古近体诗评选三种》，船山学社本

缘情以为诗，诗之所由作，其情之不容已者乎？夫其感春而思，遇秋而悲，蕴于中者深，斯出之也善。长言之，不见其多，约言之，不见其不足。情之挚者，诗未有不工者也。后之称诗者或漫无所感于中，取古人之声律字句而规仿之，必求其合；好奇之士，则又务离乎古人以自鸣其异。均之为诗，未有无情之言可以传后者也。惟本乎自得者，其诗乃可传焉。

　　　　（清）朱彝尊《钱舍人诗序》，《曝书亭集》卷三十七，《四部备要》本

　　凡作诗，写景易，言情难。何也？景以外来，目之所触，留心便得；情从心出，非有一种芬芳悱恻之怀，便不能哀感顽艳。然亦各人性之所近，杜甫长于言情，太白不能也；永叔长于言情，子瞻不能也。王介甫，曾子固偶作小歌词，读者笑倒，亦天性少情之故。

　　　　（清）袁枚《随园诗话》卷六，人民文学出版社本

　　季木于友朋死生离合之际，不忍相负如此，然后知季木诗之工，季木性情之挚为之也。乌乎！人惟性情不挚，故遇事辄持两端，甚或幸人之急而排挤之，讪笑之，以自明涉世之工，否则自诩为深识远见，以为固早虑其有此。此其人亦何尝不为诗文，然要皆揣摩世故之谈与影响游移之语，求其能颂习古人者已不得一矣，况能学古人而得其似乎？学古人而得其似又百不得一矣，况能于古人之外别具心手乎？此季木诗之所以可贵，而予之序季木诗，综览平生，不禁其悲喜之交集也。

　　　　（清）洪亮吉《钱大令维乔诗序》，《更生斋文甲集》卷一，《洪北江诗文集》，《四部丛刊》本

　　喜怒哀乐之情一动，则不自知其所至是非成败、富贵贫贱、老少死生之故，郁乎中而达于文。若歌若泣，若狂夫之呼号，若细语，一一与喜怒哀乐之情相发。无情之人未有能工于文也。若当喜乐之时，而为哀怒之文，当哀怒之时而为喜乐之文，则不能肖。虽同属喜怒哀乐之情，而此时之所为文，易一时而复为之，则亦不能肖。夫一人之情，一人之文，其心之所能思，而口之所能言，非遂相什佰也。而不当其时，遂不可以强而肖，况欲借古人之言以舒今人之情，岂非并欲借古人之情乎？古人之情不

可借也。纵极语言藻缋之妙，亦止道古人之情之所有，于己乎何与？

（清）王晦《文情》，《王石和文》卷一，《山右丛书》初编本

夫诗有六义焉，兼之者善也，其不兼者必有所偏至，而诗之患生焉。六义者，天下人之性情也。性情者，给于万事，周于万形，故得性情之至者，六义附。性情而各见于诗，虽合古今而契勘之，何虞乎蹈袭，何畏乎规摹哉？且夫性情者撑之而愈深，窒之而愈挚者也。石农先生自髫年及于中岁，室家之近，羁旅之远，科名之所际，仕宦之所值，多处忧患之中，即偶有恬适之时，亦思往念来，不可终日，其胸中郁然勃然之气，悠然缭然之思，要以爝然确然之志，而又南极滇海，西穷濛汜，久留幽燕冠盖之场，远讬吴越山水之地。故其为诗清而不浮，坚而不烈。不求肆于意之外，不求异于辞之中。反复以发其腴，揉摩以去其滓。何也？性之至者体自正，情之至者音自余也。今夫思妇之朝吟必长，无律吕以节之，而未尝无抗与坠也；感士之夜啸必厉，无声韵以限之，而未尝无调与格也。伯奇行迈之篇，简子忧心之什，北山之所怨尤，何人斯之所刺詈，采葛之孤行，弋凫之独往，揆之皆闳雅之体，咏之皆唱叹之音，此性情为之也，使彼数诗人者为游歌之作，燕喜之章，何尝不锵然韶钧，蔚然如虎凤哉？是故愁苦可以遣怀，欢娱亦可以致感，知此者可以读坚白石斋之诗矣。敬于身世之遇未至如石农先生，性情亦浅薄无所施，惟有生以来不可悴，不可言之隐，未必谅于他人者，有同慨焉，故因论诗发之，且以质于能诗之君子。

（清）恽敬《坚白石斋诗集序》，《大云山房文稿》二集卷三，《四部丛刊》本

晓枕心气清，奇泪忽盈把。少年爱恻悱，芳意婷幽雅。黄尘涳洞中，古抱不可写。万言摧烧之，奇气又瘖哑。心死竟何云？结习幸渐寡。忧患稍稍平，此心即佛者。独有爱根在，拔之暑难下。梦中慈母来，絮絮如何舍？

（清）龚自珍《自春徂秋，偶有所触拉杂书之，漫不诠次，得十五首》之十三，《龚自珍全集》第九辑，上海人民出版社本

"心之忧矣，其谁知之"，此诗人之忧过人也；"独寐寤言，永矢弗

告"，此诗人之乐过人也。忧世乐天，固当如是。

（清）刘熙载《艺概·诗概》，上海古籍出版社本

苏、辛皆至情至性人，故其词潇洒卓荦，悉出于温柔敦厚。世或以粗犷托苏、辛，固宜有视苏、辛为别调者哉！

（清）刘熙载《艺概·词曲概》，上海古籍出版社本

平子不以诗名，偶有所作，温柔敦厚，芳馨悱恻，盖平子性情中人也。余记其庚子秋东渡日本，舟中作四绝云："急雨渡春江，狂风入秋海。辛苦总为君，可怜君不解。""山被白云封，水把青山绕。一样是多情，郎心道谁好？""宵坐纫春衣，晨兴刈秋草。十指岂辞劳，寸心终悄悄。""三更满窗风，五更一楼雨。野渡断人行，梦魂不知处。"吾酷爱之，谓其为《离骚》之音也。平子又为觉顿书笺，录旧作一章云："不相菲薄不相羡，入世皇皇出世闲。独立中流喧日夜，万山无语看焦山。"盖纯乎学道有得之言。余昔记曾重伯诗有"万朵红莲礼白莲"之语，余昔叹以为妙想妙语，得未曾有。平子"万山无语看焦山"一句，警策相类，而意境似犹过之，可谓无独有偶。

（清）梁启超《饮冰室诗话》四九，人民文学出版社本

4. 学多笔滞　事烦才损

事与才争，事烦而才损。

（北齐）颜之推《颜氏家训·文章》，《四部丛刊》本

散骑常侍刘洎上书谏曰："……且多记则损心，多语则损气，心气内损，形神外劳，初虽不觉，后必为累……伏愿略兹雄辩，浩然养气，简彼缃图，淡焉怡悦……"

（唐）吴兢《慎言语》第二十二，《贞观政要》卷六，《四部丛刊》续编本

士衡才思有余，但胸中书太多，所拟能痛割舍乃佳耳。

（元）陈绎曾《诗谱》，《历代诗话续编》本

唐人集句谓之"四体"，宋王介甫、石曼卿喜为之，大率逞其博记云尔。不更一字，以取其便；务搜一句，以补其缺。一篇之作，十倍之工。久则动袭古人，殆无新语。黄山谷所谓"正堪一笑"也。

（明）谢榛《四溟诗话》卷一，《历代诗话续编》本

禅家戒事理二障，余戏为宋人诗，病政坐此。苏、黄好用事而为事使，事障也；程、邵好谈理而为理缚，理障也。

（明）胡应麟《诗薮·内编》卷二，上海古籍出版社本

学问在赋中最为本色，故屈、宋、司马、班、张，皆冠古今，以其繁硕也。而入诗最易误人，古今惟老杜能耳。宋人不以学为赋而为诗，六朝不以学为赋而为文，故皆失之。然赋中又自有本色学问，不可不知。

（明）胡应麟《华阳博议上》，《少室山房笔丛》卷三十八，中华书局本

又引《隽区》云：若汤若士之《邯郸梦》，屠纬真之《昙花》，别是传奇一天地，然识者有患其才多之议。《彩毫》、《紫钗》、《南柯》三传，俱出屠、汤手笔。而往往以学问为长，徒令人惊雕缋满眼耳。

（明）焦循《剧说》，《汤显祖诗文集·附录》，上海古籍出版社本

古人诗入三昧，更无从堆垛学问，正如眼中着不得金屑。坡公谓浩然诗韵高才短，嫌其少料。评孟良是，然坡诗正患多料耳，坡胸中万卷书，下笔无半点尘，为诗何独不然？

（清）施闰章《蠖斋诗话》，《清诗话》本

然世之博学者，往往其文之不工则何也？老子曰："当其无，有室之用。"天下之理，以实为体，以虚为用，是故风触于虚而声作，水激于虚而澜生。博学者惟思自用其实，故室抑烦懑而无以运之。且夫鲲鹏之神也，水不徙南溟，风不抟扶摇，九万里则不能自运，何则？水狭而风卑，则其虚也亡几何地，而何以运为然？且闻见多则私智胜，又好以偶合者穿凿附会古今之事，故其文愈根据而愈畔于道。

（清）魏禧《朱锡鬯文集叙》，《魏叔子文集》卷八，清刊本

……而俗儒又恐其说之不足以胜也，于是遁于考订证据之学，骄人以所不知而矜其博，此乃学究所为耳。千古作者，心胸岂容有此等铢两琐屑哉？司马迁作《史记》，往往改窜《六经》文句，后世无有非之者，以其所就者大也。然余为此言，非教人杜撰也。如杜此等句，本无可疵，今人惑于盲蛰之说，而以杜之所为无害者，反严以绳人，于是诗亡，而诗才亦且亡矣，余故论而明之。诗之工拙，必不在是，可无惑也。

（清）叶燮《原诗·外篇上》，人民文学出版社本

　　近见海内所推博雅大儒，作为文章，非序事噂沓，即用笔平衍，于剪裁、提挈、烹炼、顿挫诸法大都懵然。是何故哉？盖其平素神气沾滞于丛杂琐碎中，翻撷多而思功少，譬如人足不良，终日循墙扶杖以行，一旦失所依傍，便侊侊然卧地而蛇趋，亦势之不得不然者也。且胸多卷轴者，往往腹实而心不虚，藐视词章，以为不过尔尔，无能深深而细味之。刘贡父笑欧九不读书，其文具在，远逊庐陵，亦古今之通病也。

（清）袁枚《与程蕺园书》，《小仓山房文集》卷三十，《四部备要》本

　　至以宋儒为学究，宋儒注经，原未必尽善，然据周、孔以訾程、朱可也，挟郑、马以诋程、朱，不可也。以欧、曾为空疏，即刘贡父笑欧九不读书之说。然公是先生全集具在，散漫平芜，不及欧公远甚。且吾又不知作二典、三谟者，胸中有何史学？作国风、雅、颂者，胸中有何韵学也？我辈下笔所以不如欧、曾者，正为胸中卷轴太多之故。读韩与李翊、柳与韦中立两书，便知原委。

（清）袁枚《复家实堂》，《小仓山房尺牍》卷三，清刊本

　　人有满腔书卷，无处张皇，当为考据之学，自成一家；其次则骈体文，尽可铺排，何必借诗为卖弄。自《三百篇》至今日，凡诗之传者，都是性灵，不关堆垛，惟李义山诗稍多典故，然皆用才情驱使，不专砌填也。

（清）袁枚《随园诗话》卷三，人民文学出版社本

　　黄允修云："无诗转为读书忙。"方子云云："学荒翻得性灵诗。"刘

霞裳云："读书久觉诗思涩。"余谓此数言非真读书真能诗者不能道。

（清）袁枚《随园诗话》卷三，人民文学出版社本

从古讲六书者，多不工书。欧、虞、褚、薛，不硁硁于《说文》、《凡将》。讲韵学者，多不工诗。李、杜、韩、苏不斤斤于分音列谱。何也？空诸一切，而后能以神气孤行；一涉笺注，趣便索然。

（清）袁枚《随园诗话》卷七，人民文学出版社本

余向读孙渊如诗，叹为奇才。后见近作，锋铓小颓，询其故，缘逃入考据之学故也。孙知余意，乃见赠云："等身书卷著初成，绝地通天写性灵。我觉千秋难第一，避公才笔去研经。"

（清）袁枚《随园诗话》卷十八，人民文学出版社本

凡攻经学者，诗多晦滞。

（清）袁枚《随园诗话补遗》卷一，人民文学出版社本

近日有巨公教人作诗，必须穷经读注疏，然后落笔，诗乃可传。余闻之笑曰：且勿论建安、大历、开府、参军，其经学何如，只问"关关雎鸠"、"采采卷耳"，是穷何经何注疏，得此不朽之作？陶诗独绝千古，而读书不求甚解，何不读注疏以解？梁昭明太子《与湘东王书》云："夫六典三礼，所施有地，所用有宜。未闻吟咏性情，反拟《内则》之篇；操笔写志，更摹《酒诰》之作。迟迟春日，翻学旧藏；湛湛流水，竟用大诰。"此数语振聋发聩，想当时必有迂儒曲士，以经学谈诗者，故为此语以晓之。

（清）袁枚《随园诗话补遗》卷一，人民文学出版社本

王符《潜夫论》曰："脂蜡所以明灯，太多则晦；书史所以供笔，用滞则烦。"近今崇尚考据，吟诗犯此病者尤多。赵云松观察嘲之云：
"莫道工师善聚材，也须结构费心裁。
如何绝艳芙蓉粉，乱抹无盐脸上来。"

（清）袁枚《随园诗话补遗》卷九，人民文学出版社本

5. 使事用典　妙在无痕

邢子才常曰：沈侯文章用事，不使人觉，若胸臆语也。深以此服之。祖孝徵亦曾谓吾曰：沈诗云："崖倾护石髓"，此岂似用事耶？

（北齐）颜之推《严氏家训·文章》，《诸子集成》本

曲之佳处，不在用事，亦不在不用事。好用事，失之堆积；无事可用，失之枯寂。要在多读书，多识故实，引得的确，用得恰好，明事暗使，隐事显使，务须唱去人人都晓，不须解说。又有一等事，用在句中，令人不觉，如禅家所谓撮盐水中，饮水乃知咸味，方是妙手。《西厢》，《琵琶》用事甚富，然无不恰好，所以动人。《玉玦》句句用事，如盛书柜子，翻使人厌恶，故不如《拜月》一味清空，自成一家之为愈也。

（明）王骥德《曲律·论用事》，《中国古典戏曲论著集成》
（四），中国戏剧出版社本

今人作诗，必入故事。有持清虚之说者，谓盛唐诗即景造意，何尝有此。是则然矣，然亦一家言，未尽古今之变也。古诗两汉以来，曹子建出，始为宏肆，多生情态，此一变也。自此作者多入史语，然不能入经语。谢灵运出，而易辞、庄语，无所不为用矣，剪裁之妙，千古为宗，又一变也。中间何、庾加工，沈、宋增丽，而变态未极，七言犹以闲雅为致。杜子美出而百家稗官，都作雅音；马浡牛溲，咸成郁致，于是诗之变极矣。子美之后，而欲令人毁靓妆，张空拳，次当市肆万人之观，必不能也。其援引不得不日加而繁。然病不在用事，顾所以用之何如耳。善使事者，勿为事所使。如禅家云：转法华，勿为法华转。使事之妙，在有而若无，实而若虚，可意悟不可言传，可力学得，不可仓卒得也。宋人使事最多，而最不善使，故诗道衰。我朝越宋继唐，正以有豪杰数辈，得使事三昧耳。第恐数十年后，必有厌而扫除者，则其滥觞末弩为之也。

（明）胡震亨《唐音癸签》卷四，上海古籍出版社本

诗中使事如使材，在能者运用耳。石崇以蜡代薪，釜中之味，不因而加腴。桓温以竹头治舟，遂成平蜀之功。（黄白山评："薪火猛，蜡火缓，

其味自宜有别。若味不加腴，何事用此！"）如顾况哀《哀囷》诗颇鄙朴，务观用为《戏遣老怀》曰："阿囷略如郎罢意"，便成一则典故，且语虽谑而有情致，此能化俗事为雅者也。又罗景纶《猫捕鼠》诗曰："陋室偏遭黠鼠欺，狸奴虽小策勋奇。拖喉莫讶无遗力，应记当年骨醉时。"此用唐萧妃临死曰"愿武为鼠吾为猫"事也。猫捕鼠本俗事，不足入咏，得此映带遂雅。

（清）贺裳《载酒园诗话》卷一，《清诗话续编》本

韩诗用旧事，而间以己意易以新字者；苏诗常一句中用两事三事者，非骋博也，力大故无所不举。然此皆本于杜，细览杜诗，知非韩、苏创为之也。必谓一句止许用一事者，此井底之蛙，未见韩、苏，并未见杜者也。且一句止用一事，如七律一句，上四字与下三字，总现成写此一事，亦非谓不可。若定律如此，是记事册，非自我作诗也。

（清）叶燮《原诗·外篇上》，人民文学出版社本

近人主王、孟、韦、柳一派，以神韵为宗者，谓诗不贵用典，又以不著议论为高，此皆一偏之曲见也。名手制胜，正在使事与议论耳。严沧浪谓用典使事之妙，如镜中之花，水中之月，可以神会，不可言传。又谓如著盐水中，但辨其味，不见其形。所喻入妙，深得诗家三昧。大抵用典之法，在融化剪裁，运古语若己出，毫无费力之痕，斯不受古人束缚矣。正用不如反用，明用不如暗用。或借宾以定主，或托虚以衬实。死事则用之使活，熟事则用之使生。渲染则波澜叠翻，熔铸则炉锤在握。驱之以笔力，驭之以才情，行之以气韵，俾自在流出，如鬼斧神工，不可思议，而一归于天然，斯大方家手笔矣。杜陵句云："美人细意熨贴平，裁缝灭尽针线迹。"放翁云："天机云锦用在我，剪裁妙处非刀尺。"皆个中精诣也，学者详之。

（清）朱庭珍《筱园诗话》卷一，《清诗话续编》本

使事运典，最宜细心。第一须有取义，或反或正，用来贵与题旨相浃洽，则文生于情，非强为比附，味同嚼蜡也。次则贵有剪裁融化，使旧者翻新，平者出奇，板重化为空灵，陈闷裁为巧妙。如是则笔势玲珑，兴象活泼，用典征书，悉具天工，有神无迹，如镜花水月矣。所以多多逾善，

虽用书卷而不觉，为才情役使故也。不善用者，则以词累意，其病百出。非好学深思之士，心细如发者，断不能树极清之诗骨，提极灵之诗笔，驱役典籍，从心所欲，无不入妙也。

（清）朱庭珍《筱园诗话》卷三，《清诗话续编》本

七

学 识 说

1. 学问该博　方能尽才

……近代以来，殊不师古，而缘情弃道。才记姓名，或学不该赡，闻见后寡，致使成功不就，虚费精神。自非通灵感物，不可与谈斯道。

    （晋）卫夫人《笔阵图》，《王氏书画苑·法书要录》卷一，明朱氏等校刻本

张艺所以能善书，工学之积也。

    （南朝·梁）萧衍《答陶隐居论书》，《王氏书画苑·法书要录》卷二，明朱氏等校刻本

赞曰：伟矣前修，学坚才饱。负文余力，飞靡弄巧。枝辞攒映，嚖若参昴。慕颦之心，于焉只搅。

    （南朝·梁）刘勰《文心雕龙·杂文》，人民文学出版社本

……是以属意立文，心与笔谋，才为盟主，学为辅佐，主佐合德，文采必霸，才学褊狭，虽美少功。夫以子云之才，而自奏不学，及观书石室，乃成鸿采。表里相资，古今一也。故魏武称张子之文为拙，然学问肤浅，所见不博，专拾掇崔杜小文，所作不可悉难，难便不知所出。斯则寡闻之病也。

夫经典沉深，载籍浩瀚，实群言之奥区，而才思之神皋也。扬班以下，莫不取资，任力耕耨，纵意渔猎，操刀能割，必列膏腴；是以将赡才

力，务在博见。狐腋非一皮能温，鸡蹠必数千而饱矣。是以综学在博，取事贵约，校练务精，捃理须核，众美辐辏，表里发挥

（南朝·梁）刘勰《文心雕龙·事类》，人民文学出版社本

夫姜桂因地，辛在本性；文章由学，能在天资。才自内发，学以外成。

（南朝·梁）刘勰《文心雕龙·事类》，人民文学出版社本

才有天资，学慎始行。

（南朝·梁）刘勰《文心雕龙·体性》，人民文学出版社本

然文之所起，情发于中。人有六情，禀五常之秀，情感六气，顺四时之序。其有帝资悬解，天纵多能，摛藻漱于生知，问圭璋于先觉，譬雕云之自成五色，犹仪凤之冥会八音，斯固感英灵以特达，非劳心所能致也。纵其情思底滞，关键不通，但伏膺无怠，钻仰斯切，驰骛胜流，周旋益友，强学广其所见，专心屏于涉求，画绩饰以丹青，雕琢成其器用，是以学而知之，犹足贤乎已也。谓石为兽，射之洞开，精之至也。积岁解牛，恚然游刃，习之久也。自非浑沌无可凿之姿，穷奇怀不移之情，安有至精久习而不成功者焉？

（唐）李百药《北齐书》卷四十五《文苑传序》，中华书局本

太宗尝谓中书令岑文本曰："夫人虽禀定性，必须博学以成其道，亦犹蜃性含水，待月光而水垂；木性怀火，待燧动而焰发；人性含灵，待学成而为美。是以苏秦刺股，董生垂帷。不勤道艺，则其名不立。"文本对曰："夫人性相近，情则迁移，必须以学饬情以成其性。《礼》云：'玉不琢不成器，人不学不知道。'所以古人勤于学问，谓之懿德。"

（唐）吴兢《贞观政要·崇儒学》，《四部丛刊》续编本

庄荀皆文士而有学者，其《说剑》、《成相》、《赋篇》，与屈《骚》何异。

（宋）魏泰《临溪隐居诗话》，《历代诗话》本

天难于生才，而才者须学问琢磨以就晚成之器。其不能者，则不得归怨于天也。世实须才，而才者未必用，君子未尝以世不用而废学问。其自废惰欤，则不得归怨于世也。凡为足下道者，皆在中朝时闻天下长者之言也。足下以为然，当继此有进于左右。

　　　　　　（宋）黄庭坚《答李几仲书》，《豫章黄先生文集》卷十九，《四部丛刊》本

　　作文不可强为，要须遇事乃作，须是发于既溢之余，流于已足之后，方是极头。所谓既溢已足者，必从学问该博中来也。

　　　　　　（宋）吕本中《童蒙诗训》，《宋诗话辑佚》本

　　《吕子》曰："天生人而使其耳可以闻，不学，其闻则不若聋；使其目可以见，不学，其见则不若盲；使其口可以言，不学，其言则不若喑；使其心可以智，不学，其智则不若狂。故凡学，非能益之也，达天性也，能全天之所性，而勿败之，可谓善学者矣。"此说甚美，而罕为学者所称，故书以自戒。

　　　　　　（宋）洪迈《容斋四笔》卷三，《容斋随笔》，上海古籍出版社本

　　文章如弈棋，分量固有极。学不尽其才，识者为太息。古来名世士，亦或堕此域。至今读其文，曷尝不追惜。士生千载后，夙慕当自力。知其不能然，归哉事耕织。

　　　　　　（宋）陆游《文章》，《剑南诗稿校注》卷六十四，上海古籍出版社本

　　文难称意古所恨，学不尽才今亦多。

　　　　　　（宋）陆游《自规》，《剑南诗稿校注》卷八十一，上海古籍出版社本

　　公天资警迈，七岁赋牧童诗，有奇思，遂精词赋。十四弃其业，习戴氏礼，期年辄通贯，诸老先生自谓莫及。一日，先生有欲勉成之者，期以问处，曰："吾将有以受子。"公先时往，俟之甚谨，先生喜曰："子诚可教，士当务学，才不足恃也。子于书，能博观而得要，则善。为其未也，

当勉之，毋以才自足，蹈吾可悔。"公再拜谢。自是穷日之力，无所不读，人罕见其面。

　　　　　（宋）陆游《中丞蒋公墓志铭》，《陆游集·渭南文集》卷三十五，中华书局本

　　诗在天地间，视他文最为难工。盖今诗虽非古人之诗，而六义则不能尽废。由是推之，则今之诗犹古之诗也。夫鸟兽草木皆所寄兴，风云月露非止于咏物，又况由古及今各自名家，或以清淡称，或以雄深著，或尚古怪，或贵丽密，或春容乎大篇，或收敛于短韵，不可悉举。而人之好恶不同，欲以一人之为求合于众，岂不诚难工哉？必得其才于天，又充其学于己，然后能尽其道耳。

　　　　　（元）赵孟頫《南山樵吟序》，《赵孟頫集》卷六，浙江古籍出版社本

　　凡作诗，气象欲其浑厚，体面欲其宏阔，血脉欲其贯串，风度欲其飘逸，音韵欲其铿锵。若雕刻伤气，敷演露骨，此涵养之未至也，当益以学。

　　　　　（元）杨载《诗法家教》，《历代诗话》本

　　上自羲轩，下迄近代，载籍之繁浩如渊海，莫不撷其玄精，嚅其芳腴，搜其阙逸，略其渣滓，约其支蔓，引觚吐辞，顷刻万言而不之止，夫是之谓文史之儒。

　　　　　（明）宋濂《七儒解》，《宋学士全集》卷二十八，《丛书集成》本

　　文辞翰墨于儒者为余事，然非天分之高，学力之积，不能造其极。兼乎两美者，固难其人。而父子相承能擅其工者，世亦不可多见也。

　　　　　（明）方孝孺《题赐宋怿颜鲁公多宝塔碑后》，《逊志斋集》卷十八，《四部丛刊》本

　　古之诗也，一出于性情；后之诗也，必润以学问。性情之感异衷，故诗有邪有正；问学之功殊等，故诗有拙有工，此皆存乎其人也。

　　　　　（明）杨慎《李前渠诗引》，《升庵全集》卷三，万有文库本

胡于原与予论诗曰："人有恒言曰：唐以诗取士，故诗盛；今代以经义选举，故诗衰。"此论非也。诗之盛衰系于人之才与学，不因上之所取也。汉以射策取士，而苏、李之诗，班、马之赋出焉。此岂系于上乎？屈原之骚，争光日月，楚岂以骚取人耶？况唐人所取五言八韵之律，今所传省题诗，多不工。今传世者，非省题诗也。
　　　　　　（明）杨慎《胡唐论诗》，《升庵全集》卷五十四，《国学基本丛书》本

　　来书所问，诗作岂容易谈，第一要有学问，次亦要才力不弱。
　　　　　　（明）王慎中《寄道原弟书》，《王遵岩集》卷六，清刊本

　　秦以前为子家，人一体也，语有方言而字多假借，是故难而易晦也。左马而至西京，洗之矣。相如，《骚》家流也。子云，子家流也。故不尽然也。六朝而前，材不能高，而厌其常，故易字，易字是以赘也。材不能高，故其格下也。五季而后，学不能博，而苦其变，故去字，去字是以率也。学不能博，故其直贱也。
　　　　　　（明）王世贞《艺苑卮言》卷一，《历代诗话续编》本

　　诗非博学不工，而所以工非学；诗非高才不妙，而所以妙非才。
　　　　　　（明）屠隆《论诗文》，《鸿苞节录》卷六，《中国文学珍本丛书》本

　　书之法则，点画攸同；形之楮墨，性情各异。犹同源分派，共树殊枝者，何哉？资分高下，学别浅深。资学兼长，神融笔畅，苟非交善，讵得从心？书有体格，非学弗知。若学优而资劣，作字虽工，盈虚舒惨、回互飞腾之妙用弗得也。书有神气，非资弗明。若资迈而学疏，笔势虽雄，钩揭导送、提抢截曳之权度弗熟也。所以资贵聪颖，学尚浩渊。资过乎学，每失颠狂；学过乎资，犹存规矩。资不可少，学乃居先。古人云：盖有学而不能，未有不学而能者也。然而学可勉也，资不可强也。
　　　　　　（明）项穆《书法雅言·资学》，引自《历代书法论文选》，上海书画出版社本

张安道过目不忘，而在宋人中无闻该洽，此强记而不博闻者也；司马君实幼称不慧，而淹通经史，世号大儒，此博闻而不强记者也；刘原父强记绝人，博闻无比，而欧消其文章未工，此博闻强记而短于文词者也；欧、苏俱以文章名世，而安道讶子瞻再读《汉书》，原父惜欧九不甚读书，此文章烜赫，而短于博闻强记者也。然欧、苏皆有功经学，亦前文士所无。

（明）胡应麟《华阳博议下》，《少室山房笔丛》卷三十九，中华书局本

古今人之材果弗相及乎哉！古之世之称材者，词章问学出于一，而今之世之称材者，词章问学出于二。夫诗而枚、曹也，杜、李也，古之人有不必文兼也者，乃其诗藻绘蕃葩，故未尝废问学也。自南渡，严氏之说兴，而诗自三唐外，汰百家矣。文而左、马也，扬、韩也，古之人有不必诗兼也者，乃其文渊综富硕，故未尝废问学也。自北郡李氏之说兴，而文自两汉外，屏百代矣。夫汰百家而一于唐，以为诗似也，顾百家汰，而后世之诗，卒无能登枚、曹、杜、李之台而夺其帜。屏百代而一于汉，以为文似也，顾百代屏，而后世之文，卒亡能驰左、马、扬、韩之垒而角其锋。而徒俾词章问学，判为两途，而懋懋乎其弗相入，是何古之立言者为术之工，而今之立言，其为计若是左也。

（明）胡应麟《黄尧衢诗文序》，《少室山房集》卷八十六，《四库全书》本

玄黄金碧，入其垆鞲皆成神丹，而他人则为掇拾之长物；幺弦孤韵，经其杼轴皆为活句，而他人则为偷句之钝贼。参苓不能生餮人，朱铅不能饰丑女，故曰：有学而愈能，有愈学而愈不能。读梅村诗者，亦可以霍然而悟矣。

（清）钱谦益《梅村先生诗集序》，《牧斋有学集》卷十七，《四部丛刊》本

杜子美云："读书破万卷，下笔如有神。"涉览既多，才识自倍，资于吟咏，亦不专在用事。今之律诗，始于永明，成于景龙。既以俪偶为文，又安得以用事为讳？况迩世坟籍不全，师匠旷绝，假令力学，犹惧未

到古人。凡我同人，纵使嗜好不同，慎勿自隐短薄，憎人学问，便谓诗人不课书史也。

（清）冯班《诫子帖》，《钝吟杂录》卷七，《丛书集成》本

长篇难矣，短篇尤难。长篇易冗，短篇易尽，此其所以尤难也。数句之中，已具数十句不了之势；数十句之后，尚留数十句不了之味；他人以数十句难了者，我能以数句便了；他人以数句易了者，我能以数十句不了，固由才情，亦关学力。

（清）贺贻孙《诗筏》，《清诗话续编》本

文人兴酣落笔，往往不自知其误。如陈伯玉则有"吾闻中山相，乃属放麑翁"，李遐叔则有"何忍严子陵，羊裘死荆棘"，陈纵失记孟孙，李不应忘却加足帝腹事也。语虽可传，事则终误。

（清）贺贻孙《诗筏》，《清诗话续编》本

韩诗不可专学。东坡云："退之仙人也，游戏于斯文。"游戏三昧，何可易言？香山寄韩诗云："户大嫌甜酒，才高笑小诗。"毕竟是高才而后能戏，亦始可戏。要之还要博学，博学不是獭祭，獭祭终有痕迹。手不释卷，日就月将，不待招呼而百灵奔赴矣。余家不蓄类书，不蓄《韵府》，刚制于己，使无可以望救，亦是一法。

（清）方世举《兰丛诗话》，《清诗话续编》本

杜子美言诗："语不惊人死不休。"韩退之言诗："横空盘硬语，妥帖力排奡。"而白傅期于老妪都解。张子厚云："致心平易始知诗。"陆务观云："诗到无人爱处工。"群贤之论若枘凿之不相入者，然其义两是，亦就体制分殊尔。今之诗家，空疏浅薄，皆由严仪卿"诗有别才，匪关学"一语启之。天下岂有舍学言诗之理？

（清）朱彝尊《楝亭诗序》，《曝书亭集》卷三十九，《四部备要》本

问："作诗，学力与性情，必兼具而后愉快。愚意以为学力深，始能见性情。若不多读书，多贯穿，而遽言性情，则开后学油腔滑调、信口成

章之恶习矣。近时风气颓波，惟夫子一言以为砥柱。"

阮亭答："司空表圣云：'不著一字，尽得风流。'此性情之说也；杨子云云：'读千赋则能赋。'此学问之说也。二者相辅而行，不可偏废。若无性情而侈言学问，则昔人有讥点鬼簿、獭祭鱼者矣。学力深，始能见性情，此一语是造微破的之论。"

（清）王士禛等《师友诗传录》，《清诗话》本

明诗至杨升庵另辟一境，真以六朝之才而兼有六朝之学者。其诗如《咏柳》"垂杨垂柳绾芳年"一篇，世共知之；又《古意》"凌波洛浦遇陈王"，《鹧鸪词》"秦时明月玉弓悬"，《关山月》"迢迢贱妾隔湘川"，《出关拟唐人》"狼弧芒角正弯环"，《塞下曲》"长榆塞上接龟沙"诸篇，工妙天成，不减前作。又《青蛉行》，《寄内绝句》亦绝妙。大抵皆古乐府出。益都王遵坦太平论明诗，独推新都为性之者，亦自有见。

（清）王士禛《带经堂诗话》卷九，人民文学出版社本

人谓诗有别才，非关学力者，只就天分一边论之；究竟有天分者，非学力断不成家。孔子云："镞而砺之，笞而羽之，其为入也，不亦深乎？"孟子云："或相倍蓰而无算者，不能尽其才者也。"岂非全重学力？特患天分先已限之，即此事终悬隔耳。

（清）李重华《贞一斋诗说》，《清诗话》本

杨用修负高明伉爽之才，沈博绝丽之学，随物赋形，空所依傍。读《宿金沙江》，《锦津舟中》诸篇，令人对此茫茫，百端交集。李、何诸子外，拔戟自成一队。

（清）沈德潜《说诗晬语》卷下，《清诗话》本

束发愔愔便苦吟，白头才许入词林。平生绝学都探遍，第一诗功海样深。

（清）袁枚《仿元遗山论诗·程鱼门》，《小仓山房诗集》卷二十七，《四部备要》本

万卷山积，一篇吟成。诗之与书，有情无情。钟鼓非乐，舍之何鸣？

易牙善烹，先羞百牲。不从糟粕，何得精英？曰不关学，终非正声。
　　　　　　（清）袁枚《读诗品·博习》，《小仓山房诗集》卷二十，《四部备要》本

　　诗如射也。一题到手，如射之有鹄，能者一箭中，不能者千百箭不能中，能之精者正中其心，次者中其心之半，再其次者与鹄相离不远，其下焉者则旁穿杂出，而无可捉摸焉。其中不中，不离天分学力四字。孟子曰："其至尔力，其中非尔力。"至是学力，中是天分。
　　　　　　（清）袁枚《随园诗话补遗》卷六，人民文学出版社本

　　刘知幾云："有才无学，如巧匠无木，不能运斤；有学无才，如愚贾操金，不能屯货。"余以为诗文作意用笔，如美人之发肤巧笑，先天也；诗文之征文用典，如美人之衣裳首饰，后天也。至于腔调涂泽，则又是美人之裹足穿耳，其功更后矣。
　　　　　　（清）袁枚《随园诗话补遗》卷六，人民文学出版社本

　　以考证助文之境，正有佳处。
　　　　　　（清）姚鼐《与陈硕士书》，《惜抱轩尺牍》卷六，清宣统元年刻本

　　比见今之杰者，多偏于学文，则诗赋骈言亦极其工，至古文辞，则议之者鲜矣。夫文非学不立，学非文不行，二者相须若左右手，而自古难兼，则才固有以自限，而有所重者，意亦有所忽也。陶朱公曰："人弃我取，人取我与。"学业将以经世，当视世所忽者而施挽救焉，亦轻重相权之义也。今之宜急务者，古文辞也，攻文而仍本于学，则既可以持风气，而他日又不致为风气之弊矣。足下于此，岂有意乎？
　　　　　　（清）章学诚《答沈枫墀论学》，《文史通义·外篇三》，中华书局本

　　……侍御于三礼最深，所著《深衣考》等，礼家皆奉为矩度，故其诗亦长于考证。集中金石及题画诸长篇是也。然终不以学问掩其性情，故诗人学人可以并擅其美。犹记其《送友》一联云："无言便是别时泪，小坐强于去后书。"情至之语，余时时喜诵之。
　　　　　　（清）洪亮吉《北江诗话》卷五，人民文学出版社本

唐裴行俭曰："士先器识而后文艺。"器识之远大不易见，观其文，略可见之，文之浅薄庸俗不能发圣贤之意旨者，其学行未必能自立。若夫深于学行者，萃其精而遗其粗，举其全而弃其偏，简牍之间，或多流露矣。故愚以为得文者未必皆得士，而求士者惟在乎求有学之文。

  （清）阮元《江苏诗征序》，《揅经室二集》卷八，道光文选楼本

敬与清夫所学不同，若强清夫之文以从敬，是犹毁鼎彝而铸刀剑，舍琴瑟而听鼓鼙，后者未成，先者已弃。

  （清）恽敬《答伊扬州书二》，《大云山房文稿》二集卷二，《四部备要》本

文有达，而无深与博。达之于上下四旁，所以通其变，人以为博耳；达之于隐微曲折，所以穷其原，人以为深耳。譬如泛舟于湖，港汊繁多，土人指而告之，终茫然莫能释。及往来其间，历有年所，而分支派别，了然于胸中，乃知土人所缕述者，原未尝溢于所有之外，且向者土人之所述，今且得而自述之也。医之达者，其治疾每为庸医所诟病，往往其应如响，又未尝不诧为神奇，不知第明其所以然之理，而行其所当然。如人本之南，忽东行，非奇也，南有水，必东行乃得漂也。故非深博不可为文，非深博不可论人之文。

  （清）焦循《文说二》，《雕菰楼集》卷十，文学山房本

作者无所不知，上自诗词文赋，琴理画趣，下至医卜星相，弹棋唱曲，叶戏陆博诸杂技，言来悉中肯綮。想八斗之才，又被曹家独得。

  （清）诸联《红楼评梦》，引自《中国历代小说论著选》，江西人民出版社本

国初以诗鸣者王渔洋施愚山，皆不以考证为学。其以是为学者如阎百诗惠定宇何义门，于学各有所长而诗非其所好，兼之者惟顾亭林朱竹垞而已。亭林不以诗人自居，竹垞于诗则求工而务为富者矣。然其诗成处多而自得者少，未必非其学为之累也。尝谓诗人不可以无学，然方其为诗也，必置其心于空远浩荡，凡名物象数之繁重丛琐者，悉举而空其糟粕，夫如

是则吾之学常助吾诗于言意之表，而不为吾累，然后可以为诗。若楚桢之诗，其学而不为吾累者乎？百诗诸君子之所长，既兼而取之矣，而其诗磊落直致，或跌宕清妙，怡人心神，凡生平之撰述一空其迹，吾向知楚桢之为学人，今乃益知其为诗人也。抑楚桢之诗多作于穷居羁旅，今为令有民事焉，其地异，其情殊，且终得为诗人而已乎？虽然，和平其心而达于事者，循吏也，固诗数也。荒于政而惟诗之耽，岂治诗之意哉！

（清）梅曾亮《刘楚桢诗序》，《柏枧山房文集·诗集》，咸丰刊本

谢才颜学，谢奇颜法，陶则兼而有之，大而化之，故其品为尤上。

（清）刘熙载《艺概·诗概》，上海古籍出版社本

赋兼才学。才，如《汉书·艺文志》论赋曰："感物造端，材智深美"，《北史·魏收传》曰："会须作赋，始成大才士"；学，如扬雄谓："能读赋千首，则善为之"。

（清）刘熙载《艺概·赋概》，上海古籍出版社本

以赋视诗，较若纷至沓来，气猛势恶。故才弱者往往能为诗，不能为赋。积学以广才，可不预乎！

（清）刘熙载《艺概·赋概》，上海古籍出版社本

填词之难，造句要自然，又要未经前人说过。自唐五代已还，名作如林，那有天然好语，留待我辈驱遣。必欲得之，其道有二。曰性灵流露，曰书卷酝酿。性灵关天分，书卷关学力。学力果充，虽天分少逊，必有资深逢源之一日。书卷不负人也。中年以后，天分便不可恃。苟无学力，日见其衰退而已，江淹才尽，岂真梦中人索还囊锦耶？

（清）况周颐《蕙风词话》，人民文学出版社本

填词要天资，要学力。平日之阅历，目前之境界，亦与有关系。无词境，即无词心。矫揉而强为之，非合作也。境之穷达，天也，无可如何者也。雅俗，人也，可择而处者也。

（清）况周颐《蕙风词话》，人民文学出版社本

2. 熟读诗书　笔下有神

杨子云工于赋，王君大习兵器，余欲从二子学。子云曰："能读千赋则善赋。"君大曰："能观千剑则晓剑。"
　　　　　　　　　　（汉）桓谭《新论·道赋》，《全后汉文》卷十五，中华书局本

或问扬雄为赋，雄曰：读千首赋乃能为之。
　　　　　　　　　　　　　　　　（晋）葛洪《西京杂记》卷二，《四部丛刊》本

殷仲文天才宏赡，而读书不甚广博。亮叹曰："使殷仲文读书半袁豹，才不减班固。"
　　　　　　　　　　（南朝·宋）刘义庆《世说新语·文学》，《诸子集成》本

求诸人不若求诸己，驰其华不若驰其实。彼则趑趄于卿士之门，我则婆娑于圣贤之域；彼则巾车于名利之肆，我则冠履于文史之囿。道寖而后进，业成而后索。与其劳于彼，曷若勤于此……务出人之名，安得不厉出人之器？战横行之阵，安得不振横行之略？书不千轴，不可以语化；文不百代，不可以知变。
　　　　　　　　　（唐）皇甫湜《谕业》，《皇甫持正文集》卷一，《四部丛刊》本

我自小读六经、孟轲、扬雄之书，颇有熟者。求文之旨趣规矩无出于此。
　　　　　（唐）陆龟蒙《复友生论文书》，《甫里先生文集》卷十八，《四部丛刊》本

贤不肖之所得，各因其才；仁智之所见，各随其分。才分不同，而求无不获者，惟书乎？
　　　　　　　　（宋）苏轼《李氏山藏书》，《东坡七集·东坡集》卷三十二，《四部备要》本

世人常言老杜读尽天下书，过矣。老杜能用所读之书耳！彼徒见其语有"读书破万卷，下笔如有神。"万卷书人谁不读？下笔未必有神。
　　　　　　　　　　（宋）陈辅之《陈辅之诗话》，《宋诗话辑佚》本

萧千岩德藻云：诗不读书不可为，然以书为诗，不可也。老杜云："读书破万卷，下笔如有神。"读书而至破万卷，则抑扬上下，何施不可，非谓以万卷之书为诗也。

（宋）范晞文《对床夜语》卷二，《历代诗话续编》本

僧祖可作诗多佳句。如"怀人更作梦千里，归思欲迷云一滩"，"窗间一榻篆烟碧，门外四山秋叶红"等句，皆清新可喜。然读书不多，故变态少。观其体格，亦不过烟云、草树、山川、鸥鸟而已。

（宋）魏庆之《诗人玉屑》卷十，上海古籍出版社本

高复古尝谓学者云：胸中无千百家书，乃欲为诗，如贾人无资，终不能致奇货也。

（宋）周密《浩然斋雅谈》卷上，《丛书集成》本

累丸承蜩，戏之神者也；运斤成风，技之神者也。文章一小伎，诗又小伎之游戏者。秋屋萧君自序其诗，乃有不克尽力之恨。昔人谓杜子美"读书破万卷"止用资"下笔如有神"耳。读书固有为，而诗不必甚神。

（宋）文天祥《跋萧敬夫诗稿》，《文山先生全集》卷十，《四部丛刊》本

王荆公谓杜少陵"读书破万卷，下笔如有神。"是他自言入神处。韩文公称卢仝"于书无不读，然止用以资为诗。"山谷谓："不读书万卷，不行地千里，不可看杜诗。""杜诗无一字无来处。"东坡谓："孟浩然如内法酒手，而乏材料。"盖有才无学，如有良将而无精兵，有巧匠而无利器。虽才高如孟浩然，犹不能免讥，况他人乎？

（元）揭曼硕《诗法正宗》，《诗学指南》卷一，清刊本

薛稷诗，明健激昂，有建安七子之风，不类唐人。其字伟丽亦称之，不自珍惜，附丽匪人，至汙斧锧，为士君子所戒。有才而无学，良不可哉。

（元）吴师道《吴礼部诗话》，《历代诗话续编》本

说者谓诗有别才，非关乎书。诗有别趣，非关乎理。然非读书之多，识理之至，则不能作。必博学以聚乎理，取物以广夫才，而比之以声韵，和之以节奏，则其为辞，高可讽，长可咏，近可以播而远，亦可以传矣。岂必模某家，效某代，然后谓之诗哉？

  （明）李东阳《镜川先生诗集序》，《怀麓堂集》文卷八，岳麓书社本

晚唐之诗……忌用事，谓之点鬼簿，惟搜眼前景而深刻思之，所谓"吟成五个字，捻断数茎须"也。余尝笑之，彼之视诗道也狭矣。《三百篇》皆民间士女所作，何尝捻须？今不读书而徒事苦吟，捻断筋骨亦何益哉？

  （明）杨慎《晚唐二诗派》，《升庵外集》卷七十，道光影明刊本

杜子美云："读书破万卷，下笔如有神。"此子美自言其所得也。读书虽不为作诗设，然胸中有万卷书，则笔下自无一点尘矣。近日士大夫争学杜诗，不知读书果曾破万卷乎？如其未也，不过拾《离骚》之香草，丐杜陵之残膏而已。

  （明）杨慎《读书万卷》，《升庵全集》卷六十，《国学基本丛书》本

汉人作赋，必读万卷书，以养胸次。《离骚》为主，《山海经》、《舆地志》、《尔雅》诸书为辅。又必精于六书，识所从来，自能作用。若扬袘、戌削、飞襳、垂髾之类，命意宏博，措辞富丽，千汇万状，出有入无，气贯一篇，意归数语，此长卿所以大过人者也。

  （明）谢榛《四溟诗话》卷二，《历代诗话续编》本

大明王世贞曰："许浑之赋宋祖凌歊，以为有'三千歌舞'，李颀之咏郑樱桃，以为'宫中美人'，作诗者，不可不精史学。"

  （明）徐师曾《文体明辨序说·文章纲领·说诗》，人民文学出版社本

老杜"读书破万卷，下笔如有神"。葛常之《韵语阳秋》云："欲下

笔，自读书始。不读书，则其源不长，其流不远，欲求波澜汪洋浩渺之势，不可得矣。"萧千岩云："诗不读书不可为，然以书为诗则不可。"严沧浪谓："诗有别才，非关书也。"恐非确论。

（明）俞弁《逸老堂诗话》卷上，《历代诗话续编》本

弟于《历代诗文》及《皇明古文定》二书外，又有《文剿》、《文妖》、《文腐》、《文冤》、《文戏》五书以为正，告人以古，人不能知，取文之无当者告之，则人知避矣。人人知避，必发愤读书，读书然后知古人高深诚拙之所在，不复为浮华补缀无根本之言矣。

（明）艾南英《再与周介生论文书》，《天佣子集》卷五，清刊本

吾观宋元诸君子，其卓然者，才既高，趣又深，于书无所不读，故命意铸辞，其发脉也甚远，即古今异调，而不失为可传。后来学者，才短肠俗，束书不观，拾取唐人风云月露皮肤之语，即目无宋元诸人，是可笑也。盖近代修词之家，有创谓不宜读宋元人书者。夫读书者，博采之而精收之，五六百年间，才人慧士，各有独至。取其菁华，皆可发人神智，而概从一笔抹杀，不亦冤甚矣哉！

（明）袁中道《宋元诗序》，《珂雪斋文集》卷二，上海杂志公司本

余不能教人作诗，然喜劝人读书，有一分学识，便有一分文章。但得古今十分贯穿，自然才力百倍。相识中多有天性自能诗者，然学问不深，往往使才不尽。

（清）冯班《正俗》，《钝吟杂录》卷三，《丛书集成》本

余少学南中，一时诗人如粤韩孟郁上桂、闽林茂之古度、黄明立居中、吴林若抚云凤皆授以作诗之法，如何汉魏，如何盛唐，抑扬声调之间，规模不似，无以御其学力、裁其议论，便流入为中晚为宋元矣。余时颇领崖略，妄相唱和。稍长，经历变故。每视其前作，修辞琢句，非无与古人一二相合者，然嚼蜡了无余味。明知久久学之，必无进益。故于风雅意绪阔略，其间驴背蓬底，茅店客位，酒醒梦余，不容读书之处，间括韵语，以销永漏，以破寂寥，则时有会心，然后知诗非学之而致。盖多读

书，则诗不期工而自工。若学诗以求其工，则必不可得。读经史百家，则虽不见一诗而诗在其中。若只从大家之诗，章参句炼。而不通经史百家，终于僻固而狭陋耳。

> （清）黄宗羲《诗历题辞》，《雷南文定·雷南诗历》，《四部备要》本

今之后生，不读书，不明理，第取时文庸陋酸腐者，朝哦夕讽，东涂西抹，窜头易面，遂以此欺人曰："吾文如是，是可以趋时而尊今矣。"于是举经、史、秦、汉、唐、宋之文，与夫先辈大家学为秦、汉、唐、宋之文者，皆屏弃之。以为乌用此陈陈者为哉！是何异织缊贕者以断丝剪幅为时，而笑天孙七襄之非时也！习倭傀者以务面文身为时，而笑远山秋水之非时也哉？

> （清）贺贻孙《与友人论文第二书》，《水田居诗文集》卷五，道光丙午敕书楼藏本

读书先要具眼，然后作得好诗。切不可误认老成为率俗，纤弱为工致，悠扬宛转为浅薄，忠厚恳恻为粗鄙，奇怪险僻为博雅，佶屈荒诞为高古，才是学者。

> （清）薛雪《一瓢诗话》，《清诗话》本

少陵之自述曰："读书破万卷，下笔如有神。"诗至少陵，止矣。而其得力处，乃在读万卷书，且读而能破致之，盖即陆天随所云凌轹波涛，穿穴险固，囚锁怪异，破碎阵敌，卒造平淡而后已者。前后作者，若出一揆。故有读书而不能诗，未有能诗而不读书。

> （清）厉鹗《绿杉野屋集序》，《樊榭山房文集》卷三，《四部备要》本

……且夫诗尚比兴，必傍通鸟兽草木之名，既不能无所取材，则不可一字无来历矣。"关关""呦呦"之情状；"敦然""沃若"之精神，夹漈特著论以明之，其要归于读书而已。《传》曰："不学博依，不能安诗"，读诗且不可不博依也，而顾自比于古妇人小子之为诗也哉？

> （清）汪师韩《诗学纂闻》，《清诗话》本

读书非为诗也，而学诗不可不读书。诗须识高，而非读书则识不高；诗须力厚，而非读书则力不厚；诗须学富，而非读书则学不富。昔人谓子美诗无一字无来处，由读书多也。故其诗曰："读书破万卷，下笔如有神。"此老自言其得力处……苟以应酬嬉游宴会博弈及蓄种种玩好之精神用之于读书，则识见日益高，力量日益厚，学问日益富；诗之神理乃日益出，诗之精彩乃日益焕，何患不能树帜于词坛而蜚声于后世乎？

（清）李沂《秋星阁诗话》，《清诗话》本

冯定远云："多读书则胸次自高，出语多与古人相应，一也；博识多智，文章有根据，二也；所见既多，自知得失，下笔知取舍，三也。"斯言实得学人三昧。

（清）吴骞《拜经楼诗话》卷四，《清诗话》本

尝见钱塘汪韩门跋《樊榭集》云："先生之诗，搜讨精博，蹊径幽微。取材新，则有独得之奇；使事切，则无寡情之采。自成情理之高，不关身世之感。至若典僻而意或晦；藻密而气为伤。一丘一壑之胜，登临少助于江山；一觞一咏之情，怀抱勿观于今古。以云追汉、魏而近《风》《骚》，岂其薄而不为？夫亦所谓幽人之贞，独行其愿者耶！然先生全集，要无一字一句，不自读书创获，所以雄视一时。后人效之者，不效其读书，而惟是割掇诗词内新异之字，以供临文之攒凑，望之炫目，按之枵腹……"韩门此跋，颇得樊榭之概。

（清）吴骞《拜经楼诗话》卷四，《清诗话》本

宋高复古论诗云："胸中无千百家书，乃欲为诗，如贾人无货，终不能致奇货。"亦乍阅似佳，然细衡之似太苛，又似太易。胸中无书，诚不可以为诗，必谓致千百家之多，乃有佳诗，亦苛矣。然第能涉猎千百家之多者，即能为诗，诗之为教，又不如是之易也。

（清）潘德舆《养一斋诗话》卷十，《清诗话续编》本

……人之气质，由于天生，本难改变，惟读书则可变化气质。古之精相法（者）并言读书可以变换骨相。欲求变之之法，总须先立坚卓

之志。

  （清）曾国藩《曾国藩全集·家书》，同治元年四月十四日，岳麓书社本

  夫七子文简，其才与学，高出寻常万万，而识有未到，贻误终身，前车屡覆，后车可鉴矣。学者读严氏书，当知学诗以多读书多穷理为根柢，而取法汉唐，更当上溯《雅》、《颂》、《风》、《骚》，以善其源，下览宋、金、元、明，以参其变。凡有撰者，以务去陈言，辞必己出，为第一人……严氏所谓大乘禅，正法眼藏，其在斯乎？

  （清）许印芳《沧浪诗话跋》，《沧浪诗话校释》，人民文学出版社本

3. 才禀不一　学业殊类

  故夫能说一经者为儒生；博览古今者为通人；采掇传书，以上书奏记者为文人；能精思著文，连结篇章者为鸿儒。故儒生过俗人，通人胜儒生，文人逾通人，鸿儒超文人。故夫鸿儒，所谓超而又超者也。以超之奇，退与诸生相料；文轩之比于敝车，锦绣之方于缊袍也。其相过，远矣。如与俗人相料，太山之巅塔，长狄之项跐，不足以喻。故夫丘山以土石为体，其有铜铁，山之奇也。铜铁既奇，或出金玉。然鸿儒，世之金玉也，奇而又奇矣。奇而又奇，才相超乘，皆有品差。

  （汉）王充《论衡·超奇》，《诸子集成》本

  夫子门徒转相师受，通圣人之经者谓之儒。屈原、宋玉、枚乘、长卿之徒，止于辞赋则谓之文。今之儒，情穷子史，但能识其事，不能通其理者谓之学。至如不便为诗如阎纂，善为章奏如伯松，若此之流，泛谓之笔。吟咏风谣，流连哀思者谓之文；而学者率多不便属辞，守其章句，迟于通变，质于心用，学者不能定礼乐之是非，辩经教之宗旨，徒能扬榷前言，抵掌多识，然而挹源知流，亦足可贵。笔，退则非谓成篇，进则不云取义，神其巧惠，笔端而已。至如文者，惟须绮縠纷披，宫徵靡曼，唇吻道会，情灵摇荡。而古之文笔，其源又异。

  （南朝·梁）萧绎《立言篇》九下，《金楼子》卷四，《丛书集成》本

君子之作先乎行，行为之质；后乎言，言为之文。行不出乎言，言不出乎行，质文相半，斯乃化成之道焉。志士不作，介然以立诚，愤然有所述，言必有所讽，志必有所之，词寡而意恳，气高而调苦，斯乃感激之道焉。词士之作，学古以抒情，属词以及物，及物胜则词丽，抒情逸则气高，高者求清，丽者求婉，耻乎质，贵乎情，而往其志，斯乃颓靡之道焉。

（唐）尚衡《文道之龟》，《全唐文》卷三九四，中华书局本

汪司马伯玉尝谓余：三代而下有才子，有文人，有学士，有作者。才子、文人、学士代有之，作者非屈之骚，司马之文赋，杜、李之五言，白、甫之律绝，莫能当。唐以后无作者矣，惟秦、柳之词，王、关之曲耳。因及吾郡骆生曰：若宾王二长歌，前无古人，后无来哲，盖亦庶几作者也。余有味其言而志之。

（明）胡应麟《题骆宾王帝京畴昔篇后》，《少室山房集》卷一百六，《四库全书》本

曲有名家，有行家。名家者，出入乐府，文采烂然，在淹通闳博之士，皆优为之。行家者，随所妆演，无不摹拟曲尽，宛若身当其处，而几忘其事之乌有；能使人快者掀髯，愤者扼腕，悲者掩泣，羡者色飞，是惟优孟衣冠，然后可与于此。故称曲上乘者曰当行。不然，元何必以十二科限天下士，而天下士亦何必各占一科以应之，岂非兼才之难得而行家之不易工哉？

（明）臧懋循《元曲选后集序》，《元人百种曲》，博古堂藏版

祝氏曰："扬子云云：'诗人之赋丽以则，词人之赋丽以淫。'夫骚人之赋与诗人之赋虽异，然犹有古诗之义，辞虽丽而义可则；至词人之赋，则辞极丽而过于淫荡矣。盖诗人之赋，以其吟咏情性也；骚人所赋，有古诗之义者，亦以其发于情也。其情不自知而形于辞，其辞不自知而合于理。情形于辞，故丽而可观；辞合于理，故则而可法。如或失于情，尚辞而不尚意，则无兴起之妙，而于则也何有？又或失于辞，尚理而不尚辞，则无咏叹之遗，而于丽也何有？二十五篇之《骚》，无非发于情者，故其辞也丽，其理也则，而有赋、比、兴、风、雅、颂诸义。汉兴，赋家专取

《诗》中赋之一义以为赋，又取《骚》中赡丽之辞以为辞；若情若理，有不暇及。故其为丽也，异乎《风》、《骚》之丽，而则之与淫遂判矣。古今言赋，自《骚》之外，咸以两汉为古，盖非魏晋已还所及。心乎古赋者，诚当祖《骚》而宗汉，去其所以淫而取其所以则，庶不失古赋之本义云。"

(明) 吴讷《文章辨体序说·古赋·两汉》，人民文学出版社本

序曰：文何昉乎？其在奇耦二画之初耶？奇散而为天，耦合而为地，文在兹矣。夫子赞《易》，独以乾坤称文，然要知至文出于天地，而天地之所以为文者，抑如小儒所云云霞乎？星日乎？山川草木也乎？夫其神光物采，幻诡绚敷，皆奇奇正正之象形也。夫象也，形也，虽天地之文也，而非其所以文也。天之文确然者是，地之文陨然者是，已人受天地之中以生，莫不随其气之所禀、力之所及，以为文之至与不至。是故有才人之文，有学士之文，有君相之文。才人之文，得天地之奇；学士之文，得天地之正；君相之文，得天地之易简。匪得其易简也，乃得其广大，理不大则文不易，理不广则文不简也。

(明) 王思任《朱文懿公文集序》，《王季重十种》，《中国文学珍本丛书》本

杜工部云："别裁伪体亲风雅，转益多师是汝师。"余谓时文亦然。有举子之时文，有才子之时文，有理学之时文，是三者皆有真伪，能于此知别裁者是也。

(清) 钱谦益《牧斋有学集》卷四十五，《四部丛刊》初编缩本

古来论诗有二，有文人之诗，有诗人之诗。文人由学力所成，诗人从锻炼而得。大篇丽句，矜奇斗险，使僻因而狭陋者，茫然张口。至若空梁春草，意所不停，正复读书万卷，岂能采拾，此先生之诗所以贵也。

(清) 黄宗羲《后苇碧轩诗序》，《南雷文定》前集卷一，《四部备要》本

有诗人之词，唐、蜀、五代诸人是也；文人之词，晏、欧、秦、李诸君子是也；有词人之词，柳永、周美成、康与之之属是也；有英雄之词，

苏、陆、辛、刘是也。至是，声音之道乃臻极致。而诗之为功，虽百变而不穷。

（清）田同之《西圃词说》，《词话丛编》本

古今有才人之诗，有志士之诗。事雕绘，工镂刻，以驰骋乎风花月露之场，不必择人择境而能为之，随乎其人与境而无不可以为之，而极乎谐声状物之能事，此才人之诗也。处乎其常，而备天地四时之气，厉乎其变，而深古今身世之怀，必其人而后能为之，必遭其境而后能出之，即其片语只字，能令人永怀三叹而不能置者，此志士之诗也。才人之诗可以作，亦可以无作；志士之诗即欲不作，而必不能不作。才人之诗，虽履丰席厚，而时或不传；志士之诗，愈贫贱忧戚，而决无不传。才人之诗，古今不可指数；志士之诗，虽代不乏人，然推其至，如晋之陶潜，唐之杜甫、韩愈，宋之苏轼，为能造极乎其诗，实其能造极乎其志。盖其本乎性之高明以为其质，历乎事之常变以坚其学，遭乎境之坎壈郁怫以志其识，而后以无所不可之才出之，此固非号称才人之所可得而几。如是乃为传诗即为传人矣。

（清）叶燮《密游集序》，《己畦文集》卷八，清刊本

天下有比次之书，有独断之学，有考索之功，三者各有所主而不能相通……高明者多独断之学，沈潜者尚考索之功，天下之学术不能不具此二途；譬犹日昼而月夜，暑夏而寒冬，以之推代而成岁功，则有相需之益；以之自封而立畛域，则有两伤之弊。

（清）章学诚《答客问中》，《文史通义》，《章氏遗书》本

盖六艺之教，通于后世有三：《春秋》流为史学，官礼诸记流为诸子论议，诗教流为辞章辞命。其他《乐》亡而入于《诗》，《礼》《书》亡而入于《春秋》，《易》学亦入官礼，而诸子家言，源委自可考也。昌黎之文，本于官礼，而尤近于孟、荀。荀出礼教，而孟子尤长于《诗》，故昌黎善立言而又优于辞章，无伤其为山斗也，特不深于《春秋》，未优于史学耳。噫！此殆难以与文学士言也。

（清）章学诚《上朱大司马文》，《章氏遗书·补遗》，嘉业堂本

夫考订，辞章，义理，虽曰三门，而大要有二，学与文也。理不虚立，则固行乎二者之中矣。学资博览，须兼阅历，文贵发明，亦期用世，斯可与进于道矣。夫博览而不兼阅历，是发策决科之学也；有所发明而于世无用，是雕龙谈天之文也。然而不求心得而形迹取之，皆伪体矣。

比见今之杰者，多偏于学文，则诗赋骈言亦极其工，至古文辞，则议之者鲜矣。夫文非学不立，学非文不行，二者相须若左右手，而自古难兼，则才固有以自限，而有所重者，意亦有所忽也。陶朱公曰："人弃我取，人取我与。"学业将以经世，当视世所忽者而施挽救焉，亦轻重相权之义也。今之宜急务者，古文辞也，攻文而仍本于学，则既可以持风气，而他日又不致为风气之弊矣。足下于此，岂有意乎？语云："太上立德，其次立功，其次立言。"人生不朽之三，固该本末兼内外而言之也。鄙人则谓著述一途，亦有三者之别：主义理者，著述之立德者也；主考订者，著述之立功者也；主文辞者，著述之立言者也。"言之无文，行而不远。"宋儒语录，言不雅驯，又腾空说，其义虽有甚醇，学者罕诵习之。则德不虚立，即在功言之中，亦犹理不虚立，即在学文二者之中也。足下思鄙人之旧话，而欲从事于立言，可谓知所务矣。然而考索之家，亦不易易，大而《礼》辨郊社，细若《雅》注虫鱼，是亦专门之业，不可忽也。阮氏《车考》，足下以谓仅究一车之用，是又不然。治经而不究于名物度数，则义理腾空，而经术因以卤莽，所系非浅鲜也。子贡曰："文武之道，未坠于地，贤者识大，不贤者识小。"皆夫子之所师也。人生有能有不能，耳目有至有不至，虽圣人有所不能尽也。立言之士，读书但观大意，专门考索，名数究于细微，二者之于大道，交相为功，殆犹女余布而农余粟也。而所以不能通乎大方者，各分畛域而交相诋也。

（清）章学诚《答沈枫墀论学》，《文史通义》，《章氏遗书》本

大抵学人之诗，才人之诗，文人之诗，各有所长，亦各有其流弊；但要酝酿于中，有其自得，而不袭于形貌，不矜于声名，即其所以不朽之质。是以《汉志》区诗赋为五种，而赋家者流，又分屈原、荀况、陆贾以下别为三家之学。惜刘、班当日但分其类而未尝明著其说，而后世家流别之义又无有能通之者，是以各就己之所近，浸淫入之，以为诗赋之道，一而已矣。苟有不为其说，不同其道而称诗赋者，即不胜其入主出奴，愤

若不共戴天。苟有识者通其源流，奚足当吹剑之一吷乎！

（清）章学诚《韩诗编年笺注书后》，《校雠通义·外篇》，上海古籍出版社本

文之类不一，为文之人之类亦不一，有硕人，有才人，有文人，有学人。丰功伟烈耆儒长德皆得谓之硕，彼其偶尔发摅，皆关民彝物则，不屑屑于文，而文莫与竞者也。负异人之禀，志气愦兴，而或见抑于时，则宣诸文以伸其抑塞，为嘻为悲为幻为怪，无所不至，皆才人之所为也。而文人者，无分穷达，有志艺林，谨守绳趋，不失尺寸，以求合于人之矩度，而浅深厚薄之各视其力焉。若乃究终始于遗经，慨空疏之鲜用，实事求是，以期积累通贯而即于真知，则刘勰氏所云"辞征实而难巧"者，而亦不必以文论。若是者人殊而文殊，文殊而气亦殊，又非仅体之别矣。

（清）罗汝怀《与曾侍郎论文书》，《绿漪草堂文集》卷二十，清光绪刻本

阮亭常云：有诗人之词，有词人之词。诗人之词自然胜引托寄高旷，如虞山曲周、吉水兰汤、新建益都诸公是也。词人之词缠绵荡往，穷纤极隐，则凝父、遐周、莼僧、去矜诸君而外，此理正难简会。

（清）邹祇谟《远志斋词衷》，《词话丛编》本

王文简《倚声集》序："唐诗号称极备。乐府所载，自七朝五十五曲外，不概见。而梨园所歌，率当时诗人之作，如王之涣之《凉州》，白居易之《柳枝》。王维《渭城》一曲，流传尤盛。此外虽以李白、杜甫、李绅、张籍之流，因事创调，篇什繁富，要其音节皆不可歌。诗之为功既穷，而声音之秘，势不能无所寄，于是温、韦生而《花间》作，李、晏出而《草堂》兴，此诗之余而乐府之变也。诗余者，古诗之苗裔也。语其正则南唐二主为之祖，至漱玉、淮海而极盛，高、史其嗣响也。语其变则眉山导其源，至稼轩、放翁而尽变，陈、刘其余波也。有诗人之词，唐、蜀、五代诸人是也。有文人之词，晏、欧、秦、李诸君子是也。有词人之词，柳永、周美成、康与之之属也。有英雄之词，苏、陆、辛、刘是也。至是，声音之道乃臻极致。而诗之为功，虽百变而不穷。"云云。仅二百数十言，而词家源流派别，了若指掌。是书传

本绝鲜，亟节记之。

（清）况周颐《蕙风词话续编》卷一，人民文学出版社本

4. 或以才胜　或以学长

宋文帝书，自谓不减王子敬。时议者云：天然胜羊欣，功夫不及欣。

（南朝·齐）王僧虔《南齐王僧虔论书》，《法书要录》卷一，《王氏书画苑》，明朱氏等校刻本

古来文才，异世争驱：或逸才以爽迅，或精思以纤密，而虑动难圆，鲜无瑕病。

（南朝·梁）刘勰《文心雕龙·指瑕》，人民文学出版社本

……自卿、渊已前，多役才而不深学；雄、向以后，颇引书以助文，此取与之大际，其分不可乱也。

（南朝·梁）刘勰《文心雕龙·才略》，人民文学出版社本

有学饱而才馁，有才富而学贫。学贫者迍邅于事义；才馁者劬劳于辞情，此内外之殊分也。

（南朝·梁）刘勰《文心雕龙·事类》，人民文学出版社本

文章有以才力胜，有以人力胜。出于人者可勉也，出于天者不可强也。今观贾谊、司马迁、李太白、韩文公、苏东坡，此数人皆以天才胜，如神龙之夭矫，天马之奔轶，得蹑其踪而追其驾。惟其才力难局于小用，是亦时有疏略简易之处。然善观其文者，举其大而遗其细可也。若乃柳子厚专下刻深工夫，黄山谷、陈后山专寓深远趣味，以至唐末诸诗人，雕肝琢肺，求工于一言一字间，在于人力，固可以无恨，而概之前数公纵横驰骋之才，则又有间矣。故曰人可勉也，天不可强也。

（宋）谢尧仁《张于湖先生集序》，《于湖居士文集》卷首，《四部丛刊》本

环溪云：杜甫长于学，故以字见功；李白长于才，故以篇见功；韩愈长于气，故十数篇见功。

（宋）吴沆《环溪诗话》卷中，上海涵芬楼据清晁氏本

读子瞻文，见才矣，然似不读书者。读子瞻诗，见学矣，然似绝无才者。

（明）王世贞《艺苑卮言》卷四，《历代诗话续编》本

元美才地高，书所腹也。元瑞见地实，书所目也。

（明）胡震亨《唐音癸签》卷三十二，上海古籍出版社本

辛、刘之雄，故意在变风气，亦才只如此。东坡不耐此苦，随意为之，其所自立者多，故不拘拘于词中求生活。若梦窗，舍词外莫可竖立，故殚心血为之，是丹非朱，眼光未大。

（清）张祥龄《词论》，《词话丛编》本

严仪卿论诗，人所习解。其云："杂唐人诗于古今人集中，望其题引而即知为唐人，不必全读诗。"此最妙论。李于鳞论诗，猖狂自喜。其云："人困于其才之所不及，掉而之险；苦于其学之所不及，苟而之俚。"此语实有体认。钟伯敬论诗，着而好尽。其云："六朝纤靡已极，苟顺手做去，而不为砥柱，则填词杂剧，不在宋、元，必在唐人。"此最有见。俱表而出之。

（清）叶矫然《龙性堂诗话初集》，《清诗话续编》本

青莲绝句纯于天籁，非人力之所能为，少伯则字字百炼而出之，两家蹊径各别，犹画家之有南北二宗也。

（清）管世铭《读雪山房唐诗序例》，《清诗话续编》本

诗有看去极省力，又极自在流出，却不许人捉笔追踪者，天才人力之别也。翁山《赠楚客》云："声诗《江汉》始，莫谓楚无风。我祖《离骚赋》，人称《小雅》同。明珠贻下女，香草惠童蒙。之子南荆起，还将乐府工。"其妙处尤在后半不弱。学者学古人到水到渠成之候，方可偶得

此种，初上来则不可师此，所谓教不躐等也。

（清）延君寿《老生常谈》，《清诗话续编》本

宋周子充论诗云："文章有天分，有人力，而诗为甚"句，理殊不足。诗即文也，以为有二事者，乃后人之诗，非古义也。"才高者语新"当易云"才高者语阔，思少者语新"；"气和者韵胜"当易云"气和者理周，神闲者韵胜"。

（清）潘德舆《养一斋诗话》卷十，《清诗话续编》本

谢才颜学，谢奇颜法，陶则兼而有之，大而化之，故其品为尤上。

（清）刘熙载《艺概·诗概》，上海古籍出版社本

……学邃者，其气之深静，使人餍饫久之，如与中正有德者处，故其文常醇以厚，而学掩才。学之未至，则其气亦稍自矜纵，骤而见之，即如珍羞好色，罗列于前，故其文常宏以肆，而才掩学。

（清）吴汝纶《与杨伯衡论方刘二集书》，《桐城吴先生全书》，清刊本

美成词多作态，故不是大家气象。若同叔、永叔虽不作态，而一笑百媚生矣。此天才与人力之别也。

（清）王国维《人间词话·附录》，人民文学出版社本

艺术中古雅之部分不必尽俟天才，而亦得以人力致之。苟其人格诚高，学问诚博，则虽无艺术上之天才者，其制作亦不失为古雅。而其观艺术也，虽不能喻其优美及宏壮之部分，犹能喻其古雅之部分。若夫优美及宏壮，则非天才殆不能捕攫之而表出之。今古第三流以下之艺术家，大抵能雅而不能壮美者，职是故也。以绘画论，则有若国朝之王翚，彼固无艺术上之天才，但以用力甚深之故，故攀古则优，而自运则劣，则岂不以其舍其所长之古雅，而欲以优美宏壮与人争胜也哉！以文学论，则除前所述匡、刘诸人外，若宋之山谷，明之青丘、历下，国朝之新城等，其去文学上之天才盖远，徒以有文学上之修养，故其所作遂带一种典雅之性质。而后之无艺术上之天才者，亦以其典雅故，遂与第一流文学家等类而观之。然其制作之负于天分者十之

二三，而负于人力者十之七八，则固不能分析而得之也。

　　　　　　（清）王国维《静安文集序编·古雅在美术上之位置》，《静安遗书》，商务印书馆本

5. 才多识远　无识妄作

　　秋水时至，百川灌河，泾流之大，两涘渚崖之间，不辨牛马。于是焉河伯欣然自喜，以天下之美为尽在己。顺流而东行，至于北海，东西而视，不见水端，于是焉河伯始旋其面目，望洋向若而叹曰："野语有之曰：闻道百，以为莫己若者，我之谓也。且夫我尝闻少仲尼之闻而轻伯夷之义者，始吾弗信；今我睹子之难穷也，吾非至于子之门则殆矣，吾长见笑于大方之家。"北海若曰："井蛙不可以语于海者，拘于虚也；夏虫不可以语于冰者，笃于时也；曲士不可以语于道者，束于教也。今尔出于崖涘，观于大海，乃知尔丑。尔将可与语大理矣。"

　　　　　　　　　　　　（先秦）《庄子·秋水》，《丛书集成》本

　　知礼乐之情者能作，识礼乐之文者能述。

　　　　　　　　　　　　（先秦）《乐记·乐论》，《十三经注疏》本

　　智弥盛者其言博，才益多者其识远。屈原之词，诚博远矣。自终没以来，名儒博达之士，著造词赋，莫不拟则其仪表，祖式其模范，取其要妙，窃其华藻。所谓金相玉质，百世无匹，名垂罔极，永不刊灭者矣。

　　　　　　（汉）王逸《楚辞章句序》，《楚辞》卷一，《四部丛刊》本

　　夫史官者，必求博闻强识，疏通知远之士，使居其位，百官众职，咸所贰焉。是故前言往行，无不识也，天文地理，无不察也，人事之纪，无不达也。内掌八柄，以诏王治，外执六典，以逆官政。书美以彰善，记恶以垂戒，范围神化，昭明令德，穷圣人之至赜，详一代之亹亹。自史官废绝久矣，汉氏颇循其旧，班、马因之。魏晋已来，其道逾替。南、董之位，以禄贵游，政、骏之司，罕因才授。故梁世谚曰："上车不落则著作，体中何如则秘书。"于是尸素之俦，盱衡延阁之上，立言之士，挥翰蓬茨之下。一代之记，至数十家，传说不同，闻见舛驳，理失中庸，辞乖体要。致令

允恭之德,有阙于典坟,忠肃之才,不传于简策,斯所以为蔽也。

(唐)魏徵《隋书》卷三十三《经籍二》,中华书局本

……斯皆鉴裁非远,智识不周,而轻弄笔端,肆情高下。故弥缝虽洽,而厥迹更彰,取惑无知,见嗤有识。

(唐)刘知幾《史通·浮词》,《四部备要》本

夫识事未精,而轻为著述,此其不自量也。

(唐)刘知幾《史通·杂说中》,《四部备要》本

夫人识有不烛,神有不明,则真伪莫分,邪正靡别……其有道理难凭,欺诬可见,如古来学者,莫觉其非,盖往往有焉。

(唐)刘知幾《史通·暗惑》,《四部备要》本

惟夫明识之士则不然。何则?其所拟者非如图画之写真,熔铸之象物,以此而似也。其所以为似者,取其道术相会,义理玄同,若斯而已。

(唐)刘知幾《史通·模拟》,《四部备要》本

夫幼童而守一艺,白首而后能言,固不可恃才曜识,以为率尔可知也。而知之不易,得之有难,千有余年,数人而已。

(唐)张怀瓘《书断上》,引自《历代书法论文选》,上海书画出版社本

且文章关其本性,识高才劣者,理周而文窒;才多识微者,句佳而味少。是知溺情废语,则语朴情暗;事语轻情,则情阙语淡。巧拙清浊,有以见贤人之志矣。抵而论,属于至解,其犹空门证性有中道乎!何者?或虽有态而语嫩,虽有力而意薄,虽正而质,虽直而鄙,可以神会,不可言得,此所谓诗家之中道也。又古今诗人,多称丽句,开意为上,反此为下。如"盈盈一水间,脉脉不得语","临河濯长缨,念别怅悠阻",此情句也。如"白云抱幽石,绿筱媚清涟","露湿寒塘草,月映清淮流",此物色带情句也。

(唐)[日]弘法大师《文镜秘府论·南卷·论文意》,《文镜秘府论校注》,中国社会科学出版社本

片言可以明百意，坐驰可以役万景，工于诗者能之；风雅体变而兴同，古今调殊而理异，达于诗者能之。工生于才，达生于明，二者还相为用，而后诗道备矣。

  （唐）刘禹锡《董氏武陵集记》，《刘禹锡集》卷十九，中华书局本

  山阳龚辅之，学为古文。问文之旨，鲁人石介对曰："夫与天地生者，性也。与性生者，诚也。与诚生者，识也。性厚则诚明矣，诚明则识粹矣，识粹则其文典以正矣……"

  （宋）石介《送龚鼎臣序》，《石徂徕集》卷之下，《丛书集成》本

  其救弊之说甚详，而革弊未之能至。见其弊而识其所以革之者，才识兼通，然后其文博辩而深切，中于时病而不为空言。盖见其弊，必见其所以弊之因，若贾生论秦之失，而推古养太子之礼，此可谓知其本矣。

  （宋）欧阳修《与黄校书论文章书》，《欧阳文忠集·居士外集》卷十七，《四部备要》本

  两汉以来，为史者去之远矣。司马迁从五帝三王既殁数千载之后，秦火之余，因散绝残脱之经，以及传记百家之说，区区掇拾，以集著其善恶之迹，兴废之端；又创己意以为本纪、世家、八书、列传之文，斯亦可谓奇矣。然而蔽害天下之圣法，是非颠倒而采摭谬乱者，亦岂少哉！是岂可不谓明不足以周万事之理，道不足以适天下之用，智不足以通难知之意，文不足以发难显之情者乎？夫自三代以后，为史者如迁之文，亦不可不谓俊伟拔出之材，非常之士也。然顾以谓明不足以周万事之理，道不足以适天下之用，智不足以通难知之意，文不足以发难显之情者，何哉？盖圣贤之高致，迁固有不能纯达其情而见之于后者矣，故不得而与之也。迁之得失如此，况其他邪？至于宋、齐、梁、陈、后魏、后周之书，盖无以议为也。

  （唐）曾巩《南齐书目录序》，《南丰先生元丰类稿》卷十一，《四部丛刊》本

  杜牧之《息夫人诗》曰："细腰宫里露桃新，脉脉无言几度春。至竟息亡缘底事？可怜金谷堕楼人！"与所谓"莫以今朝宠，能忘旧日恩。看

花满眼泪,不共楚王言。"语意远矣。盖学有浅深,识有高下,故形于言者不同矣。

(宋)张表臣《珊瑚钩诗话》卷三,《历代诗话》本

世言荆公四家诗,后李白,以其十首九首说酒及妇人,恐非荆公之言。白诗乐府外,及妇人者亦少,言酒固多,比之陶渊明辈,亦未为过。此乃读白诗不熟者,妄立此论耳。四家诗未必有次序,使诚不喜白,当自有故。盖白识度甚浅,观其诗中如"中宵出饮三百杯,明朝归揖二千石"、"揄扬九重万乘主,谑浪赤墀青锁贤"、"王公大人借颜色,金章紫绶来相趋"、"一别蹉跎朝市间,青云之交不可攀"、"归来入咸阳,谈笑皆王公"、"高冠佩雄剑,长揖韩荆州"之类,浅陋有索客之风。集中此等语甚多,世俱以其词豪俊动人,故不深考耳。又如以布衣得一翰林供奉,此何足道,遂云:"当时笑我微贱者,却来请谒为交欢。"宜其终身坎壈也。

(宋)陆游《老学庵笔记》卷六,引自《李太白全集·附录·丛说》卷三十四,中华书局本

今人所以事事做得不好者,缘不识之故。只如个诗,举世之人,尽命去奔做,只是无一个人做得成诗,他是不识,好底将做不好底。这个只是心里闹,不虚静之故。不虚不静,故不明;不明,故不识。若虚静而明,便识好物事。虽百工技艺,做得精行,也是他心虚理明,所以做得来精。心里闹,如何见得。

(宋)朱熹《朱子语类辑略》,引自《宋金元文论述》,人民文学出版社本

山谷言学者若不见古人用意处,但得其皮毛,所以去之更远。如"风吹柳花满店香",若人复能为此句,亦未是太白。至于"吴姬压酒劝客尝","压酒"字他人亦难及。"金陵子弟来相送,欲行不行各尽觞",益不同。"请君试问东流水,别意与之谁短长?"至此乃真太白妙处(当潜心焉)。故学者(要)先以识为主,(如)禅家所谓正法眼(者)。直须具此眼目,方可入道。

(宋)范温《潜溪诗眼》,《宋诗话辑佚》本

诗不过文章之一端，然必欲佳句脍炙人口，殆百不一二也。非有上下古今之博识，出入天地之奇思，则虽欲日锻月炼以求其佳，亦不能矣。

（元）方回《跋尤冰寮诗》，《桐江集》卷三，商务印书馆本

……必其识足以知其窔奥，而才足以发之，然后为得及天极物理之相感触，则有不烦绳墨而合者。诗非难作，而亦不易作也。

（明）李东阳《沧洲诗集序》，《怀麓堂集》文卷五，清刻本

夫学有二要，学与识而已矣。学而无识，譬之失道，兼程终老，不能至有识矣。而学力弗继，虽复知道，其与不知者均也。汉唐以来，作者特起，必其识与学皆超乎一代，乃足以称名家、传后世，肩差而踵接者，代亦不过数人，其余冥行窭步，卒归于泯灭澌尽之地者，不知其几也。世岂患无诗哉？患不得其要耳。先生畜负绝识，虽古人诗鲜或意满，而自视亦严甚，命志帅气顾劣者所不及，则其屣脱尘靡，力起颓废，以至于此也，岂非世之所必传哉？

或乃谓古今文章局时代，关气运，断不相及，遂不复致力其间，亦自弃之甚矣。然此犹以体格言之，又尝观《三百篇》之旨，根理道本，情性非体与格之可尽。先生好古力践，深猷远计，发而为言者，固其所自立也。又可独归之时代也乎？然于此见今日之盛，有古之所谓献者，非徒文也，亦以见先生之贤，断有以充乎世者而非徒言也。

（明）李东阳《桃溪杂稿序》，《怀麓堂集》卷八，岳麓书社本

古人为诗，趋识既卓，而齐量又充，其命题发思，类有所主，虽微篇短句，未尝无片意新特。

（明）祝允明《朱性父诗序》，《枝山文集》卷二，清同治祝氏刊本

文自六经后，惟汉魏为近古；诗自《三百篇》后，惟唐人为近古。近时学者，徒谢朝华而不知蓄多识，去陈言而不知潄芳润，即欲敷文陈诗，溢缥囊于无穷也，难矣！

（明）吴承恩《吴射阳先生存稿序》，《射阳先生存稿》卷首，民国十九年故宫博物院印本

班氏文才甚美，其于孝武以前，尽依司马氏之旧，又甚有见，但不宜更添论赞于后也。何也？论赞须具旷古只眼，非区区有文才者所能措也。刘向亦文儒也，然筋骨胜，肝肠胜，人品不同，故见识亦不同，是儒而自文者也。虽不能超于文之外，然与固远矣。

（明）李贽《贾谊》，《焚书》卷五，中华书局本

混天阵竟同儿戏，至玄女娘娘相生相克之说，此三家村里老学究见识。施耐庵、罗贯中尽是史笔，此等处便不成材矣。此其所以为小说也与！

（明）李贽《水浒》第八十八回总评，引自《水浒传资料汇编》，百花文艺出版社本

呜呼！才难。岂惟才难，识亦不易。作诗道一浅字不得，改道一深字又不得，其妙政在不深不浅，有意无意之间。

（明）王世懋《艺圃撷余》，《历代诗话》本

……然其病源，则不在模拟，而在无识。若使胸中的有所见，苞塞于中，将墨不暇研，笔不暇挥，兔起鹘落，犹恐或逸，况有闲力暇晷，引用古人词句耶？故学者诚能从学生理，从理生文，虽驱之使模，不可得矣！

（明）袁宗道《论文》下，《白苏斋类集》卷二十，明刊本

两代传山水，形神各自工。从来真有识，未肯苟为同。惟不看家谱，方称有文风。请看君伯仲，丘壑写胸中。

（明）钟惺《寄胡昌昱元振》，《钟伯敬合集》，《中国文学珍本丛书》本

学诗者识贵高，见贵广。不上探《三百篇》、楚骚、汉魏，则识不高；不遍观元和、晚唐、宋人，则见不广。识不高，不能究诗体之渊源；见不广，不能穷诗体之汗漫。上不能追蹑风骚，下不能兼收容众也。

（明）许学夷《诗源辩体》卷二十四，人民文学出版社本

必前不见古人，后不见来者，具千古之识，乃能取千古之名。

（清）贺贻孙《诗筏》，《清诗话续编》本

僧诗本不足附于桧、曹之末。唐宋诸名髡，技止此耳，况今日哉？识量止于其域，大无能摄，微无能入也。余所见者僧法智一绝有云："一步一花无别意，香来熏透破袈裟。"差为蔬笋之雄。

（清）王夫之《南窗漫记》，《薑斋诗话》卷三，人民文学出版社本

为至人作文，不具绝顶识力，写不出真面目、真精神。予读钱鹤滩先生《义勇武安王庙碑》，不胜跃喜。其言操之贼有白之者，而权之为贼未白也。自王首辱骂其使，不与为婚，使人知权之当摈。及权贼王附操而后，其为汉贼者，始不得逃乎天下万世之公议。然操尚知留王以倾权，而权不能留王以支操，不惟智不操若，而得罪于汉室亦大矣。故权之为贼，自王白之也。此义阅千百年无人能发，一朝揭出，自是绝顶识力，不愧为至人作文。

（清）龚炜《巢林笔谈》卷四，中华书局本

仆尝言曰：文章之变，于今已尽，无能离古人而自创一格者，独识力卓越，庶足与古人相增益。是故言不关于世道，识不越于庸众，则虽有奇文，可以无作。

（清）魏禧《答蔡生书》，《魏叔子文集》卷六，清刊本

粗心浮气，陈浊钝滞之根也。粗浮在心，必致陈浊在笔。学问以识为本，有识则虚心，虚心则识进；无识则气骄，气骄则识益下。诗无论三唐，看识力实是如何。

（清）吴乔《围炉诗话》卷之一，《清诗话续编》本

学业之能自立，先须有志，则能入正门；后须有识，则不惑于第二流之说。人自有其心思功力，为大为小，各有成就。无志无识，永为人奴，而反自以为大家，为复古。

（清）吴乔《围炉诗话》卷之四，《清诗话续编》本

今人粗学拈韵，便神厉九霄，志凌千载，自吟自赏，不觉更有旁人

者，固自狂妄，究属无知耳。

（清）田同之《西圃诗说》，《清诗话续编》本

　　在物者前已论悉之，在我者虽有天分之不齐，要无不可以人力充之。其优于天者，四者具足，而才独外见，则群称其才，而不知其才之不能无所凭而独见也。其歉乎天者，才见不足，人皆曰才之歉也，不可勉强也。不知有识以居乎才之先，识为体而才为用，若不足于才，当先研精推求乎其识。人惟中藏无识，则理、事、情错陈于前，而浑然茫然，是非可否，妍媸黑白，悉眩惑而不能辨，安望其敷而出之为才乎？文章之能事，实始乎此。

（清）叶燮《原诗·内篇下》，人民文学出版社本

　　惟有识则能知所从，知所奋，知所决，而后才与胆力，皆确然有以自信，举世非之，举世誉之，而不为其所摇，安有随人之是非以为是非者哉？其胸中之愉快自足，宁独在诗文一道已也？

（清）叶燮《原诗·内篇下》，人民文学出版社本

　　今夫诗，彼无识者既不能知古来作者之意，并不自知其何所兴感触发而为诗；或亦闻古今诗家之论，所谓体裁格力、声调兴会等语，不过影响于耳，含糊于心，附会于口，而眼光从无着处，腕力从无措处，即历代之诗陈于前，何所决择？何所适从？人言是则是之，人言非则非之。夫非必谓人言之不可凭也，而彼先不能得我心之是非而是非之，又安能知人言之是非而是非之也？

（清）叶燮《原诗·内篇下》，人民文学出版社本

　　吾故告善学诗者，必先从事于格物，而以识充其才，则质具而骨立，而以诸家之论优游以文之，则无不得，而免于皮相之讥矣。

（清）叶燮《原诗·外篇上》，《清诗话》本

　　受与识，先受而后识也。识然后受，非受也。古今至明之士，借其识而发其受，知其受而发其所识。不过一事之能，其小受小识也。未能识一画之权，扩而大之也。

（清）石涛《尊受章第四》，《石涛画语录》，人民美术出版社本

"增一分才气，不若增一分识见。"何义门语。"读书人下笔，断不满纸经史。"吾邑王先生语。

（清）乔亿《剑溪说诗》卷下，《清诗话续编》本

……方平天资颖悟，于书一览不忘。文思敏赡，下笔数千言立就，才气本什百于人。而其识又能灼见事理，刿断明决，故集中论事诸文，无不豪爽畅达，洞如龟鉴，不独史所载《平戎十策》、《论新法疏》为切中利弊。苏轼作序以孔融、诸葛亮比之，虽推挹之词，稍为溢量，然亦殆于近似矣……

（清）《四库总目提要·张方平乐全集·类介》，中华书局本

学问文章，聪明才辨，不足以持世；可以持世者，存乎识也。所贵乎识者，非特能持风尚之偏而已也，知其所偏之中亦有不得而废者焉；非特能用独擅之长而已也，知己所擅之长亦有不足以该者焉。不得而废者，严于去伪而慎于治偏，则可以无弊矣；不足以该者，阙所不知而善推能者，无有其人，则自明所短而悬以待之，亦可以无欺于世矣。夫道公而我独私之，不仁也；风尚所趋，循环往复，不可力胜，乃我不能持道之平，亦人循环往复而思以力胜，不智也。不仁不智，不足以言学，不足言学而言学者乃纷纷也。

（清）章学诚《说林》，《文史通义·内篇四》，中华书局本

作诗贵有达识。严陵钓台诗，往往说成千古人品只有隐逸，甚而揶揄光武，菲薄云台，尤可哂也。辽阳苏小眉七言古诗结云："试想羊裘老子非熊翁，隐显虽殊道则同。丈夫遭遇各有命，何事拘牵形迹中！"最为豁达。

（清）杨际昌《国朝诗话》卷一，《清诗话续编》本

韩文先须分别其不可学者，乃最要也。此外可学者大都识高则笔力自达，力厚则词采自腴，而其用意用法之巧胜有不可胜求者。

（清）恽敬《答来卿》，《大云山房文全集·言事》卷二，《四部备要》本

大抵笔懦力薄，不足以自达其意；或有才笔矣，而又粗犷，此皆辞上事。若气体轻浮，寡要不归，不能持论，是理上事。贯乎二者，词理俱得，而文法不妙，亦犹夫凡俗而已。其要归于学识。

（清）方东树《昭昧詹言》卷一，人民文学出版社本

昌黎尚陈言务去，所谓陈言者，非必剿袭古人之说以为己有也；只识见议论落于凡近，未能高出一头，深入一境，自结撰至思者观之，皆陈言也。

（清）刘熙载《艺概·文概》，上海古籍出版社本

史学家识当出文士之上。

（清）刘熙载《艺概·文概》，上海古籍出版社本

"升高能赋"，升高虽指身之所处而言，然才识怀抱之当高，即此可见。如陶渊明言"登高赋新诗"亦有微旨。

（清）刘熙载《艺概·赋概》，上海古籍出版社本

书可观识。笔法字体，彼此取舍各殊，识之高下存焉矣。

（清）刘熙载《艺概·书概》上海古籍出版社本

元倪士毅撰《作义要诀》，以明当时经义之体例，第一要识得道理透彻，第二要识得经文本旨分晓，第三要识得古今治乱安危之大体。余谓第一第三俱要包于第二之中。圣人瞻言百里，识经旨则一切摄入矣。

（清）刘熙载《艺概·经义概》，上海古籍出版社本

见识低则出句不超。超者，出乎寻常意计之外。白石多清超之句，宜学之。

（清）孙麟趾《词径》，《词话丛编》本

6. 吟诗品文　以识为先

某闻人才以智术为后，而以识度为先；文章以华采为末，而以体用

为本。

（宋）苏轼《答乔舍人启》，《东坡七集·续集》卷十，《四部备要》本

夫学诗者以识为主；入门须正，立志须高；以汉魏晋盛唐为师，不作开元天宝以下人物。若自退屈，即有下劣诗魔入其肺腑之间；由立志之不高也。行有未至，可加工力；路头一差，愈骛愈远；由入门之不正也。故曰：学其上，仅得其中；学其中，斯为下矣。又曰：见过于师，仅堪传授；见与师齐，减师半德也。工夫须从上做下，不可从下做上。先须熟读《楚辞》，朝夕讽咏以为之本；及读《古诗十九首》，乐府四篇，李陵苏武汉魏五言皆须熟读，即以李杜二集枕藉观之，如今人之治经，然后博取盛唐名家，酝酿胸中，久之自然悟入。虽学之不至，亦不失正路。此乃是从顶颡上做来，谓之向上一路，谓之直截根源，谓之顿门，谓之单刀直入也。

（宋）严羽《沧浪诗话·诗辨》，《沧浪诗话校释》，人民文学出版社本

唐人不言诗法，诗法多出宋。而宋人于诗无所得，所谓法者，不过一字一句，对偶雕琢之工，而天真兴致，则未可与道。其高者失之捕风捉影；而卑者坐于粘皮带骨，至于江西诗派极矣。惟严沧浪所论，超离尘俗，真若有所自得。反复譬说，未尝有失，顾其所自为作，徒得唐人体面，而亦少超拔警策之处。予尝谓识得十分，只做得八九分，其一二分乃拘于才力，其沧浪之谓乎？若是者往往而然。然未有识分数少而作分数多者，故识先而力后。

（明）李东阳《麓堂诗话》，《历代诗话续编》本

有二十分见识，便能成就得十分才，盖有此见识，则虽只有五六分才料，便成十分矣。有二十分见识，便能使发得十分胆，盖识见既大，虽只有四五分胆，亦成十分去矣。是才与胆皆因识见而后充者也。空有其才而无其胆，则有所怯而不敢；空有其胆而无其才，则不过冥行妄作之人耳。盖才胆实由识而济，故天下唯识为难。有其识，则虽四五分才与胆，皆可建立而成事也。然天下又有因才而生胆者，有因胆而发才者，又未可以一

概也。然则识也、才也、胆也,非但学道为然,举凡出世处世,治国治家,以至于平治天下,总不能舍此矣,故曰"智者不惑,仁者不忧,勇者不惧"。智即识,仁即才,勇即胆。蜀之谯周,以识胜者也。姜伯约以胆胜而无识,故事不成而身死。费祎以才胜而识次之,故事亦未成而身死。此可以观英杰作用之大略矣。三者俱全,学道则有三教大圣人在,经世则有吕尚、管夷吾、张子房在。空山岑寂,长夜无声,偶论及此,亦一快也。怀林在旁,起而问曰:"和尚于此三者何缺?"余谓我有五分胆,三分才,二十分识,故处世仅仅得免于祸。若在参禅学道之辈,我有二十分胆,十分才,五分识,不敢比于释迦老子明矣。若出词为经,落笔惊人,我有二十分识,二十分才,二十分胆。呜呼!足矣,我安得不快乎!虽无可语者,而林能以是为问,亦是空谷足音也,安得而不快也!

(明)李贽《杂述·二十分识》,《焚书》卷四,中华书局本

搜罗古今,囊括千载,可言学矣,而长于积聚,短于剪裁,才不足也。驰骋上下,飚发雷击,可言才矣,而是非或谬,持论靡当,识不足也。国朝杨用修之学,武库也,吾不敢许其才。宗子相之才,干将也,吾不敢许其学。王元美学既博综,才亦宏放,然而昧于天人之际,语鲜性命之宗,颇溺荣华,好谭富贵,详人门代,略人德业,徒斗渔猎,罔窥本源,难以语识矣。晏婴、郑侨,识其大处,不识微处。京房、管辂,识其微处,不识大处。蔡伯喈、张茂先、王子年,皆世所称有识君子也,乃今观三君子者,著作并不见有卓绝于古,妙智元览。然则三长之中,识其最难乎?学成于人,才与识得之天授者也。

(明)屠隆《三长》,《鸿苞节录》卷六,保砚斋本

信乎器识文艺,表里相须,而器识猥薄者,即文艺并失之矣。虽然,器识先矣,而识尤要焉。盖识不宏远者,其器必且浮浅。而包罗一世之襟度,固赖有昭晰六合之识见也。大其识者宜何如?曰:豁之以致知,养之以无欲,其庶乎?此又足以补行俭未发之意也。

(明)袁宗道《士先器识而后文艺》,《白苏斋类集》卷七,明刊本

学者以识为主,以才力辅之。初、盛唐诸公,识见皆同,辅之以才

力，故无不臻于正。元和、晚唐诸子，识见各异，而专任才力，故无不流于变。

（明）许学夷《诗源辩体》卷三十四，人民文学出版社本

学者以识为主，则有阶级可循，而无颠踬之患。今之学者，或先平正而后诡诞，或先藻丽而堕庸劣，盖识见不足，以诡诞为新奇，以庸劣为本色耳。释慧秀诗，初年稍见藻丽，晚岁遂堕庸劣，正是识见不足故也。

（明）许学夷《诗源辩体》卷三十四，人民文学出版社本

谚云："死棋腹中有仙著。"此言最有理。余平生得此益，不一而足。要之，能从人而不徇人，方妙。乐取于人以为善，圣人也；无稽之言勿听，亦圣人也。作史三长：才、学、识缺一不可。余谓诗亦如之，而识最为先。非识，则才与学俱误用矣。北朝徐遵时指其心曰："吾今而知真师之所在。"其识之谓欤？

（清）袁枚《随园诗话》卷三，人民文学出版社本

作史者，才、学、识，缺一不可；而识为尤。其道如射然，弓矢学也，运弓矢者才也，有以领之使至乎当中之鹄，而不病于旁穿侧出者识也。作者有识，则不徇人、不矜己、不受古欺、不为习囿。杜称多师为师，《书》称主善为师。自唐、虞以来，百千名家，皆同源异流，一以贯之者也。

（清）袁枚《答兰垞第二书》，《小仓山房文集》卷十七，《四部备要》本

学如弓弩，才如箭镞。识以领之，方能中鹄。善学邯郸，莫失故步。善求仙方，不为药误。我有神灯，独照独知。不取亦取，虽师勿师。

（清）袁枚《续诗品·尚识》，《小仓山房诗集》卷二十，《四部备要》本

作史者以才学识为三长，缺一不可。诗家亦然。三者并重，而识为尤先，非识则才与学恐或误用，适以成其背驰也。然炼识之道，不外乎得真传而已。传授既真，则千古名大家不言之秘，若合符契，而消息一贯，精

神相通，视万法皆由心出，得力于诗之外，精进于诗之中，自不难超凡入圣矣。释家最重传法，一脉亲承，衣钵密付，然后能明心见性，得无上菩提，以成佛作祖。道家内丹口诀，亦须密得指授，而后能性命双修，三化朝元，五炁聚顶，以证仙班。诗人欲求成名家大家，千秋不朽，非得真传，契自古诗家心法，安可得哉！若夫无所师承，而能成家者，自非生知天纵之才，未之有也。虽得真传之后，仍须学养功深，方能成就。然心有主宰，其识已精，则用力确有把握，自日见进境。故积理养气，用笔运法，使典取神，皆仗识以领之。识为诗中先天，理法才气为诗之后天。有先天以导其前，有后天以赴于后，以先天为天功，以后天为人力，能合天人功力，并造其极，斯大成矣。

（清）朱庭珍《筱园诗话》卷一，《清诗话续编》本

严氏又云："学诗以识为主，"语尤中的。盖作诗如作史，宜兼才、学、识三长，而识见未真，才学两废。严氏虽知以识为主，犹病识量不足，辟见未化，名为学盛唐、准李杜，实则偏嗜王孟冲淡空灵一派，故论诗唯在兴趣，于古人通讽谕、尽忠孝、因美刺、寓劝惩之本义，全不理会，并举文字才学而空之。

（清）许印芳《沧浪诗话跋》，《沧浪诗话校释》，人民文学出版社本

文以识为主，认题立意，非识之高卓精审，无以中要。才学识三长，识为尤重，岂独作史然耶？

（清）刘熙载《艺概·文概》，上海古籍出版社本

7. 积理致知　为文正轨

孔融体气高妙，有过人者。然不能持论，理不胜辞，以至乎杂以嘲戏。乃其所善，扬、班俦也。

（魏）曹丕《典论·论文》，《丛书集成》本

积学以储宝，酌理以富才，研阅以穷照，驯致以绎辞。

（南朝·梁）刘勰《文心雕龙·神思》，人民文学出版社本

……高怀见物理，识者安肯哂。卑飞欲何待，捷径应未忍。示我百篇文，诗家一标准。羁离交屈宋，牢落值颜闵……

（唐）杜甫《赠郑十八贲》，《杜诗详注》卷之十四，中华书局本

"诗有别材，非关书也；诗有别趣，非关理也。"此严沧浪之言，无不奉为心印。不知是言误后人不浅，请看盛唐诸大家，有一字不本于学者否？有一语不深于理者否？严说流弊，遂至竟陵。

（清）周容《春酒堂诗话》，《清诗话续编》本

谢灵运一意回旋往复，以尽思理，吟之使人卞躁之意消。《小宛》抑不仅此，情相若，理尤居胜也。王敬美谓："诗有妙悟，非关理也。"非理抑将何悟？

（清）王夫之《薑斋诗话》卷上，《清诗话》本

愚尝以谓为文之道，欲卓然自立于天下，在于积理而练识。积理之说，见禧叙宗子发文。所谓练识者，博学于文，而知理之要；练于物务，识时之所宜。理得其要，则言不烦而躬行可践；识时宜，则不为高论，见诸行事而有功。是故好奇异以为文，非真奇也。至平至实之中，狂生小儒，皆有所不能道，是则天下之至奇已。故练识如炼金，金百炼则杂气尽而精光发。善为文者，有所不必命之题，有不屑言之理。譬犹治水者沮洳去则波流大，热火者秽杂除而光明盛也。是故至醇而不流于弱，至清而不流于薄也。

（清）魏禧《答施愚山侍读书》，《魏叔子文集》卷六，清刊本

今乃晓然于文章之道，当内求之察识之心，而专征之自然之理。于是而为言，庶几无负读书以识字乎？且文之为道，当争是非，不当争工拙，工拙无定也，是非一定也，工拙出乎人，是非本乎天，故工拙可勉强，是非不可勉强也。且未有是而不工者，未有非而不拙者，是非明则工拙定。

（清）叶燮《己畦集·自序》，金闾刘承芳刊本

古人于妻丧哀诔之文，凡服勤茹苦明大义则书之，无道舅姑称善者；

或有仁孝实迹，只著明本事颠末，不赞一语，而贤自见。柳子厚为亡妻墓志，语涉溢美，自是少年之作，永、柳以后，必不然也。老泉《祭亡妻文》，但言教子学问要以文称，及箴己过，忧己泯没。其逮事舅姑，不逮事舅姑，终篇无一语及之，正《春秋》常事不书之义耳。夫文主理，诗主情，固有各别，而此则皆同，所争在识也。识有不自问学来哉！

（清）乔亿《剑溪说诗又篇》，《清诗话续编》本

文生于情，情又生于文，气动志而志动气也。故有所识解而著文辞，辞之所及，忽有所触而转增识解，皆一理之奇也。

（清）章学诚《杂说》，《文史通义》，《章氏遗书》本

求通其辞，求通其意也。求通其意，必论世以知其怀抱，然后再研其语句之工拙得失所在，及其所以然，以别高下，决从违。而其所以学之之功，则在讲求文、理、义。此学诗之正轨也。

（清）方东树《昭昧詹言》卷一，人民文学出版社本

八

品 格 说

1. 胸次脱俗　文自超绝

有疑陶渊明诗篇篇有酒,吾观其意不在酒,亦寄酒为迹者也。其文章不群,辞采精拔,跌宕昭彰,独超众类,抑扬爽朗,莫之与京。横素波而傍流,干青云而直上。语时事则指而可想,论怀抱则旷而且真。加以贞志不休,安道苦节,不以躬耕为耻,不以无财为病。自非大贤笃志,与道污隆,孰能如此乎!

（南朝·梁）萧统《陶渊明集序》,《全梁文》,中华书局本

嵇康,字叔夜……善书,妙于草制。观其体势,得之自然,意不在乎笔墨,若高逸之士,虽在布衣,有傲然之色,故知临不测之水,使人神清;登万仞之岩,自然意远。

（唐）张怀瓘《法书要录·书断中》,《佩文斋书画谱》,康熙静永堂刻本

李侯诗律严且清,诸生赓载笔纵横。句中稍觉道战胜,胸次不使俗尘生。

（宋）黄庭坚《再次韵兼简履中南玉三首》,《山谷全集》卷十三,《四部备要》本

东坡道人在黄州时作,语意高妙,似非吃烟火食人语。非胸中有万卷

书，笔下无一点尘俗气，孰能至此。

　　　　　（宋）黄庭坚《跋东坡乐府》，《豫章黄先生文集》卷二十六，《四部丛刊》本

　　山谷曰：一丘一壑，自须其人胸次有之，但笔间哪可得？

　　　　　（宋）黄庭坚《题七才子画》，《豫章黄先生文集》卷二十七，《四部丛刊》本

　　余尝为少年言：士大夫处世可以百为，唯不可俗，俗便不可医。或问不俗之状，老夫曰：难言也。视其平居，无以异于俗人，临大节而不可夺，此不俗人也；平居终日，如舍瓦石，临事一筹不画，此俗人也。

　　　　　（宋）黄庭坚《书缯卷后》，《豫章黄先生文集》卷二十九，《四部丛刊》本

　　士之所尚忠义气节，不以摘词摘句为胜。唐室宦官用事，呼吸之间，生杀随之。李太白以天挺之才，自结明主，意有所疾，杀身不顾。王舒公言太白人品污下，诗中十句，九句说妇人与酒。至先生作《太白赞》，则云："开元有道为可留，縻之不可矧肯求。"又云："平生不识高将军，手污吾足乃敢嗔。"二公立论，正似见二公胸次也。

　　　　　（宋）何薳《春渚纪闻》卷六"太白胸次"条，《丛书集成》本

　　《后湖集》云："'中岁颇好道，晚家南山垂。兴来每独往，胜事空自知。行到水穷处，坐看云起时。偶然值林叟，谈笑无回期。'此诗造意之妙，至与造物相表里，岂直诗中有画哉？观其诗，知其蝉蜕尘埃之中，浮游万物之表者也。山谷老人云：'余顷年登山临水，未尝不读王摩诘诗，固知此老胸次，定有泉石膏肓之疾。'"

　　　　　（宋）胡仔《苕溪渔隐丛话》前集卷十五，人民文学出版社本

　　眼目昏缘多押字，胸襟俗为少吟诗。

　　　　　（宋）范成大《坐啸斋书怀》，《范石湖集》卷二十二，上海古籍出版社本

胸中磊瑰有余地，语下飘萧无俗气。
　　　　　（宋）杨万里《和沈子寿还朝天集之韵》，《诚斋集》卷三十，《四部丛刊》本

……要使方寸中无一字世俗言语意思，则其为诗，不期于高远而自高远矣……

来谕所云"溯六艺之芳润，以求真澹"，此诚极至之论。然恐亦先识得古今体制，雅俗乡背，仍更洗涤得尽肠胃间夙生荤血脂膏，然后此语方有所措；如其未然，窃恐秽浊为主，芳润入不得也。近世诗人，正缘不曾透得此关，而规规于近局，故其所就，皆不满人意，无足深论。
　　　　　（宋）朱熹《答巩仲至》，《晦庵先生朱文公文集》卷六十四，《四部丛刊》本

笔力到，则字皆好，如胸中别样，即动容周旋中礼。
　　　　　（宋）朱熹《论文下》，《朱子语类》卷一百四十，徽州刊本

眸揣万类，挥翰染素，虽画家一艺，然眸子无鉴裁之精，心胸有尘俗之气，纵极工妙，而鄙野村陋，不逃明眼。是徒穷思尽心，适足以资世之话靶。不若不画之为愈。今观昔之人，以一艺彰彰自表于世，皆文人才士，非以人物山川佛像鬼神者，则以楼观花竹翎毛走兽显，盖未有独任一见而得万物之兼，情备诸体而擅众作之美，虽张僧繇、吴道子、阎立本诸公不能之，况万万不及此者，自谓能者可乎？古之所谓画士，皆一时名胜，涵咏经史，见识高明，襟度洒落，望之飘然，知其有蓬莱道山之丰俊，故其发为毫墨，意象萧爽，使人宝玩不置。今之画士，只人役耳，视古之人又万万不啻也。亦有迫于口体之不充，俯就世俗之所强。问之能彼乎？曰能之。能此乎？曰能之。及其吮笔运思，茫然失措，鲜不刻鸟成鹊，画虎类狗，其视古人神奇精妙，每不逮之。所以若然者，未可悉尤之画工，画工虽志阿堵，而亦有不专在阿堵也。
　　　　　（宋）刘学箕《方士闲居士小稿论画》，引自《中国画论类编》上，中国古典艺术出版社本

蔡絛《西清诗话》曰："子美洞庭诗云：吴楚东南坼，乾坤日夜浮。

不知子美胸中吞几云梦也。"

（宋）蔡梦弼《草堂诗话》卷一，《历代诗话续编》本

大年胸次萧洒，故见于笔端如此，此岂睦亲宫中终日骑木马放鹁鸪者所能为哉！

（宋）刘克庄《跋赵大年小景》，《后村题跋》卷二，《丛书集成》本

苏长公何如人，故其文章自然惊天动地。世人不知，只以文章称之，不知文章直彼余事耳，世未有其人不能卓立而能文章垂不朽者。

（明）李贽《复焦弱侯》，《焚书》卷二，中华书局本

……而旁溢而为书，少时正尔婉媚，自黄以后，笔愈有力，乃与颜平原伯仲。至尺牍醉笔，姿态横生，不矜而严，不轶而豪；萧散容与，霏霏如甘雨之霖；森疏掩映，熠熠如从月之星；舒徐宛转，缅缅如紫玺之丝，盖由其胸中无一点俗气。

（明）袁中道《次苏子瞻先后事》，《珂雪斋文集》卷十四，《中国文学珍本丛书》本

《通》云：凡诗人题咏，必胸次高，下笔方卓绝。此诗如"雄姿"二句，"青丝"二句，如此状物，不唯格韵高，亦足见少陵人品矣。若曹唐《病马》诗："一朝千里心犹在，争敢潜忘秣饲恩？"乞儿语也。

（明）王嗣奭《杜臆》卷一《高都护骢马行》，上海古籍出版社本

吾观其为人，似乎眼有冷缝，耳有惊雷，舌有奔泉，肺有林屋，肠有辘轳，腹有对薄，而总之其心有天光发彩之妙。所著乐府，高清古逸，如独鹄之凌霄；所著近体，恢洪展肆，如大鲸之掣海；所著放歌，奔腾跳艾，如神骏之下坡；所著试牍，典确真式，如老农之谈稼；所著疏章，恳款迫至，如良医之发羔：此有用之文也。

（明）王思任《李太虚大椿堂集序》，《王季重十种》，《中国文学珍本丛书》本

绝去甜俗溪径，是济叔本色，空夷浩渺，更可见济叔胸次。

（清）周亮工《尺牍新钞》一集，周坼《又与济叔论印章》，上海杂志公司本

"池塘生春草"、"蝴蝶飞南园"、"明月照积雪"，皆心中目中与相融浃，一出语时，即得珠圆玉润；要亦各视其所怀束，而与景相迎者也。"日暮天无云，春风散微和"，想见陶令当时胸次，岂夹杂铅汞人能作此语？程子谓见濂溪一月坐春风中。非程子不能知濂溪如此，非陶令不能自知如此也。

（清）王夫之《薑斋诗话》卷二，人民文学出版社本

言情诗极足觇人品度，必如此者乃得。不恶大端，则雅；琐屑，则俗也。言情而又出之以俗，则与穷里长告旱伤，老塾师叹失馆，又何别焉？古人立四始六义，初不为渠辈设也。

（清）王夫之《古诗评选》卷五，何逊《赠诸游旧》评语，《船山古近体诗选评三种》，船山学社本

追细狷洁，或疑石仓诗颇为竟陵嚆矢者在此。乃其端重有局度，自然君子之章，竟陵不得而借也。石仓气幽，竟陵情幽。情幽者暧昧而已。竟陵外矜孤孑，中实俗溷，鄙夫之患往往不能自禁，其见地凡下，又以师宣城而友贵阳，益入腐奸女谒之党，摇尾声情，不期而发。石仓忠孝炳日星，与彼固有薰莸之别，不得屈老庄以齐申韩，知者自别，有目在也。

（清）王夫之《明诗评选》卷四，曹学佺《喜茂之至有述》评语，《船山古近体诗选评三种》，船山学社本

轻安似孟襄阳，犹不学其褊者。山人诗不褊即佳，眼孔小，见钱不得，自然促迫杀人。

（清）王夫之《明诗评选》卷五，金参《石湖》评语，《船山古近体诗选评三种》，船山学社本

余窃以为诗之工拙，视其怀抱。今大寂子之怀抱，殆不止属国留别，杜陵述哀焉，诗安有不工哉？余读其诗，饮酒而起舞，既而叹且泣，既而惝恍如有所失，因不复能叙之终也。虽然，夫诗人之旨，固有沉吟含蓄，

而发之甚远，求之转深者，即大寂子意有所不尽，余乃欲以言尽之也乎哉？

　　　　（清）侯方域《大寂子诗序》，《壮悔堂集》卷一，《四部备要》本

　　昔杜少陵生李唐肃、代之间，间关氛祲，曾无虚日，而避蜀逃秦，能以忠义自持，一饭一吟，不忘君父，故其诗多忧悄之思，雄郁之气，亘古弥今，卓然不朽，其黄门先生之谓乎？夫人未有胸中忸怩，而发之于言，磊落而光明者，此《陶庵集》之所以传也。

　　　　（清）侯方域《戴黄门诗序》，《壮悔堂文集》，《四部备要》本

　　诗出于人。有子美之人，而后有子美之诗。子美于君亲、兄弟、朋友、黎民，无刻不关其念，置之圣门，必在闵损、有若间，出由、求之上。生于唐代，故以诗发其胸臆。有德者必有言，非如太白但欲于诗道中复古者也。余尝置杜诗于六经中，朝夕焚香致敬，不敢轻学。非子美之人，但学其诗，学得宛然，不过优孟衣冠而已。元微之极推重杜诗，而自不学杜，先得我心。知彼知己者，决不妄动。

　　　　（清）吴乔《围炉诗话》卷之四，《清诗话续编》本

　　典午之末，陶公出焉。绝唱高踪，清才逸响，亦从苏、李、《十九首》来，特襟怀不同，故诗境异耳。

　　　　（清）田雯《古欢堂集杂著》卷二，《清诗话续编》本

　　愚者与俗同讥，愚不蒙则智，俗不溅则清。俗因愚受，愚因蒙昧。故至人不能不达，不能不明……尺幅管天地山川万物，而心淡若无者，愚去智生，俗除清至也。

　　　　（清）石涛《脱俗章第十六》，《石涛画语录》，人民美术出版社本

　　或问于余曰："诗可学而能乎？"曰："可。"曰："多读古人之诗，而求工于诗而传焉，可乎？"曰："否。"曰："诗既可学而能，而又谓读古人之诗以求工为未可，窃惑焉，其义安在？"余应之曰："诗之可学而能

者，尽天下之人皆能读古人之诗而能诗，今天下之称诗者是也；而求诗之工而可传者，则不在是。何则？大凡天姿人力，次叙先后，虽有生学困知之不同，而欲其诗之工而可传，则非就诗以求诗者也……我谓作诗者，亦必先有诗之基焉。诗之基，其人之胸襟是也。有胸襟，然后能载其性情智慧聪明才辨以出，随遇发生，随生即盛。千古诗人推杜甫，其诗随所遇之人、之境、之事、之物，无处不发其思君王、忧祸乱、悲时日、念友朋、吊古人、怀远道。凡欢愉幽愁离合今昔之感，一一触类而起，因遇得题，因题达情，因情敷句，皆因甫有其胸襟以为基。如星宿之海，万源从出；如钻燧之火，无处不发；如肥土沃壤，时雨一过，夭矫百物，随类而兴，生意各别，而无不具足。即如甫集中《乐游园》七古一篇，时甫年才三十余，当开、宝盛时，使今人为此，必铺陈飏颂，藻丽雕缋，无所不极，身在少年场中，功名事业，来日未苦短也，何有乎身世之感？乃甫此诗，前半即景事无多排场，忽转'年年人醉'一段，悲白发，荷皇天，而终之'独立苍茫'。此其胸襟之所寄托何如也！余又尝谓晋王羲之独以法书立极，非文辞作手也。兰亭之集，时贵名流华会，使时手为序，必极力铺写，谀美万端，无一语稍涉荒凉者；而羲之此序，寥寥数语，托意于仰观俯察宇宙万汇，系之感慨，而极于死生之痛，则羲之之胸襟，又何如也！由是言之：有是胸襟以为基，而后可以为诗文。不然，虽日诵万言，吟千首，浮响肤辞，不从中出，如剪彩之花，根蒂既无，生意自绝，何异乎凭虚而作室也？"

（清）叶燮《原诗·内篇上》，人民文学出版社本

我今与子以诗言诗，子固未能知也，不若借事物以譬之，而可晓然矣。今有人焉，拥数万金而谋起一大宅，门堂楼庑，将无一不极轮奂之美。是宅也，必非凭空结撰如海上之蜃，如三山之云气以为楼台，将必有所托基焉；而其基必不于荒江穷壑，负郭僻巷，湫隘卑湿之地，将必于平直高敞，水可舟楫，陆可车马者，然后始基而经营之，大厦乃可次第而成。我谓作诗者，亦必先有诗之基焉。诗之基，其人之胸襟是也。有胸襟然后能载其性情智慧、聪明才辨以出，随遇发生，随生即盛。

（清）叶燮《原诗·内篇上》，人民文学出版社本

陶诗句句近人，却字字高妙。不是工夫，亦不是悟性，只缘胸襟浩

荡，所以矢口超绝。

（清）张谦宜《𬤊斋诗谈》卷四，《清诗话续编》本

有第一等襟抱，第一等学识，斯有第一等真诗。如太空之中，不着一点；如星宿之海，万源涌出；如土膏既厚，春雷一动，万物发生。古来可语此者，屈大夫以下，数人而已。

（清）沈德潜《说诗晬语》卷上，《清诗话》本

作诗必先有诗之基，胸襟是也。

（清）薛雪《一瓢诗话》，《清诗话》本

王西庄光禄，为人作序云："所谓诗人者，非必其能吟诗也。果能胸境超脱，相对温雅，虽一字不识，真诗人矣。如其胸境龌龊，相对尘俗，虽终日咬文嚼字，连篇累牍，乃非诗人矣。"余爱其言，深有得于诗之先者。故录之。

（清）袁枚《随园诗话》卷九，人民文学出版社本

人必先有芬芳悱恻之怀，而后有沈郁顿挫之作。

（清）袁枚《随园诗话》卷十四，人民文学出版社本

咏史诗须别有怀抱。

（清）乔亿《剑溪说诗》，《清诗话续编》本

古之善为诗者，不自命为诗人者也。其胸中所蓄，高矣，广矣，远矣，而偶发之于诗，则诗与之为高广且远焉，故曰善为诗也。曹子建、陶渊明、李太白、杜子美、韩退之、苏子瞻、黄鲁直之伦，忠义之气，高亮之节，道德之养，经济天下之才，舍而仅谓之一诗人耳，此数君子岂所甘哉？志在于为诗人而已，为之虽工，其诗则卑且小矣。余执此以衡古人之诗之高下，亦以论今天下之为诗者，使天下终无曹子建、陶渊明、李、杜、韩、苏、黄之徒则已，苟有之，告以吾说，其必不吾非也……能知为人之重于为诗者，其诗重矣。

（清）姚鼐《荷塘诗集序》，《惜抱轩文集》卷四，《四部备要》本

……大抵高格清韵自出胸臆，而远追古人不可到之境，于空濛旷辽之区；会古人不易识之情，于幽邃杳曲之路。使人初对或淡然无足赏，再三往后则为之欣怀恻怆，不能自已，此是诗家第一种怀抱，蓄无穷之义味者也。以言才力雄富则或不如古，以言神理精到，真与古作者并驱以存名家正统。

（清）姚鼐《答苏园公书》，《惜抱轩全集·文后集》卷三，《四部备要》本

孟东野诗"出门即有碍，谁谓天地宽"，非是世路之窄，心地之窄也。即十字而踢天蹐地之形，已毕露纸上矣。杜牧之诗"蓬蒿三亩居，宽于一天下。"非天下之宽，胸次之宽也。即十字而幕天席地之概，已毕露纸上矣。

（清）洪亮吉《北江诗话》卷四，人民文学出版社本

诗有何法？胸襟大一分，诗进一分耳。于诗求之，岂有入门之理哉！

（清）潘德舆《养一斋诗话》卷二，《清诗话续编》本

沅弟左右……弟读邵子诗领得恬淡冲融之趣，此自（是）襟怀长进处。自古圣贤豪杰文人才士，其志事不同而其豁达光明之胸大略相同。以诗言之，必先有豁达光明之识，而后有恬淡冲融之趣，如李白、韩退之、杜牧之则豁达处多，陶渊明、孟浩然、白香山则冲淡处多。杜、苏二公无美不备，而杜之五律最冲淡，苏之七古最豁达。邵尧夫虽非诗之正宗，而豁达冲淡二者兼全，吾好读庄子，以其豁达足益人胸襟也。去年所讲"生而美者，若知之，若不知之；若闻之，若不闻之"一段最为豁达，推之即舜禹之有天下而不与，亦同此襟怀也……

（清）曾国藩《曾国藩全集·家书》，同治二年三月二十四日，岳麓书社本

……尔七律十五首圆适深稳，步趋义山而劲气倔强处颇似山谷，尔于情韵、趣味二者皆由天分中得之。凡诗文趣味约有二种：一曰诙诡之趣；一曰闲适之趣。诙诡之趣惟庄、柳之文，苏、黄之诗。韩公诗文皆极诙诡，此外实多不见。闲适之趣，文惟柳子厚游记近之，诗则韦、孟、白傅

均极闲适，而余所好者尤在陶之五古、杜之五律、陆之七绝，以为人生具此高淡襟怀，虽南面王不以易其乐也。尔胸怀颇雅淡，试将此三人之诗研究一番，但不可走入孤僻一路耳……

（清）曾国藩《曾国藩全集·家书》，同治六年三月二十二日，岳麓书社本

陶渊明为文不多，且若未尝经意。然其文不可以学而能，非文之难，有其胸次为难也。

（清）刘熙载《艺概·文概》，上海古籍出版社本

昌黎自言其文亦时有感激怨怼奇怪之词，扬子云便不肯作此语。此正韩之胸襟坦白，高出于扬，非不及也。

（清）刘熙载《艺概·文概》，上海古籍出版社本

杜陵云："篇终接混茫。"夫篇终而接混茫，则全诗亦可知矣。且有混茫之人，而后有混茫之诗，故庄子云："古之人在混茫之中。"

（清）刘熙载《艺概·诗概》，上海古籍出版社本

俗诗避拙就巧，避疏就密，不知诗天机也。天机所到，则内不观己，饥渴可忘；外不见人，毁誉悉置，更有何避？就得入其胸次乎？

（清）刘熙载《艺概·诗概》，上海古籍出版社本

耆卿《两同心》云："酒恋花迷，役损词客。"余谓此等只可名迷恋花酒之人，不足以称词客，词客当有雅量高致者也。或曰：不闻"花间""尊前"之名集乎？曰：使两集中人可作，正欲以此质之。

（清）刘熙载《艺概·词曲概》，上海古籍出版社本

英雄出语多本色，辛稼轩词于是可尚。

（清）刘熙载《艺概·词曲概》，上海古籍出版社本

东坡之文近于太白之诗，此由高亮洒落，胸次略同，非可以其迹象论离合也。

（清）刘熙载《游艺约言》，《古桐书屋续刻三种》，清光绪刻本

填词第一要襟抱。唯此事不可强，并非学力所能到。向伯恭《虞美人》过拍云："人怜贫病不堪忧。谁识此心如月正涵秋。"宋人词中，此等语未易多观。

（清）况周颐《蕙风词话》卷二，人民文学出版社本

读东坡、稼轩词，须观其雅量高致，有伯夷、柳下惠之风。白石虽似蝉蜕尘埃，然终不免局促辕下。

（清）王国维《人间词话》，人民文学出版社本

2. 以品取人　品高文胜

中散不偶世，本自餐霞人。形解验默仙，吐论知凝神。立俗迕流议，寻山洽隐沦。鸾翮有时铩，龙性谁能驯。

（晋）颜延年《五君咏·嵇中散》，《文选》卷二十一，《四部备要》本

古之人皆能书，独其人之贤者传遂远。然后世不推此，但务于书，不知前日工书但随与纸墨泯弃者不可胜数也。使颜公书虽不佳，后世见者必宝也。杨凝式以直言谏其父，其节见于艰危。李建中清慎温雅，爱其书者，兼取其为人也。岂有其实然后存之久耶？非自古贤圣必能书也，惟贤者能尔。其余泯泯，不复见尔。

（宋）欧阳修《世人作肥字说》，《欧阳文忠集》卷一百二十九，《四部备要》本

颜书苟不佳，世岂不宝收；设如杨凝式，言且直节修；非贤必能此，惟贤乃为尤，其余皆泯泯，死去同马牛。

（宋）梅尧臣《韵语答永叔内翰》，《梅尧臣集编年校注》卷二十九，上海古籍出版社本

……六法精论，万古不移，然而骨法用笔以下，五法可学，如其气韵，必在生知，固不可以巧密得，复不可以岁月到，默契神会，不知然而然也。尝试论之，窃观自古奇迹，多是轩冕才贤，岩穴上士，依仁游艺，探赜钩深，高雅之情一寄于画。人品既已高矣，气韵不得不高，气韵既已

高矣，生动不得不至；所谓神之又神，而能精焉。凡画必周气韵，方号世珍；不尔虽竭巧思，止同众工之事，虽曰画而非画。故杨氏不能授其师，轮扁不能传其子，系乎得自天机，出于灵府也。

（宋）郭若虚《图画见闻志·叙论》，人民美术出版社本

《雪浪斋日记》云："王逸少于书知变，犹退之于诗知变，则一洗万古凡马空也。陶、谢诗所以妙者，由其人品高。王、杨、卢、骆，叫呼衔鬻以为文耳。"

（宋）胡仔《苕溪渔隐丛话》前集卷二，人民文学出版社本

渊明多引典训，居然名教中人，终其身不践二姓之庭，未尝谐世而世故不能害。人物高胜，其诗遂独步千古。

（宋）刘克庄《序赵寺丞和陶诗》，《后村先生大全集》卷九十四，《四部丛刊》本

士大夫有天下重名，然其诗笔字画大有不能称副者。闲闲公有言：以人品取字画，其失自欧公始。如吾松庵文、诗、笔、字、画，皆不减古人，以人品取之，欧公之言亦不为过。必有能辩之者。

（金）元好问《跋松庵冯文书》，《遗山先生文集》卷四十，《四部丛刊》本

诗本吟咏，本出情性。古人各有风致。学诗者必先调变性灵，砥砺风义，必优游敦厚，必风流酝藉，必人品清高，必精神简逸，则出辞吐气，自然与古人相似。

（元）揭曼硕《诗法正宗》，《诗学指南》卷一，清刊本

（嵇康）人品胸次高，自然流出。

（元）陈绎曾《诗谱》，《历代诗话续编》本

孟浩然高抗有节，一时豪杰翕然慕仰，非特以其诗也。张承吉云："孟简虽持节，襄阳属浩然。"所以自处者如此。而韩寀方讶其不来，多见其不知量也。

（元）吴师道《吴礼部诗话》，《历代诗话续编》本

欲韵胜者易，欲格高者难。兼此二者，惟李、杜得之矣。

（明）谢榛《四溟诗话》卷二，《历代诗话续编》本

苏长公何如人，故其文章自然惊天动地。世人不知，只以文章称之，不知文章直彼余事耳。世未有人不能卓立而能文章垂不朽者。弟于全刻抄出作四册，俱世人所未取。世人所取者，世人所知耳，亦长公俯就世人而作也。至其真洪钟大吕，大扣大鸣，小扣小应，俱系精神骨髓所在，弟今尽数录出，时一披阅，心事宛然，如对长公披襟而语。

（明）李贽《又与焦弱侯》，《焚书》卷二，中华书局本

夫草木之华，必归之本根。文章之极，必要诸人品。延清洒涊，君子赏其文而薄其人，襄阳清远，则此道益贵也。

（明）屠隆《梁伯龙鹿城集序》，《白榆集》卷二，明刊本

夫品格既高，风韵自远，凌空驾语何害大雅。屈大夫伤时眷主见诸篇什，诚然实景，至其《远游》等篇，凌虚径度岂不高哉。

（明）屠隆《与友人论诗文》，《由拳集》卷二十三，明刊本

神仙为一诗，见神仙本色；英雄为一诗，见英雄本色；诗文之士，千万言而无一语类神仙者，千万言而无一语近英雄者，品格固不可强矣。

（明）屠隆《论诗文》，《鸿苞节录》卷六上，清咸丰刊本

姜白石论书曰：一须人品高。文征老自题其米山曰：人品不高，用墨无法。乃知点墨落纸，大非细事。必须胸中廓然无一物，然后烟云秀色与天地生生之气自然凑泊，笔下幻出奇诡。若是营营世念，澡雪未尽，即日对邱壑、日摹妙迹，到头只与髹采圬墁之工争巧拙于毫厘也。

（明）李日华《论画》，《历代论画名著汇编》本

作诗文须先树品，人品高而诗文能自成家，断然传矣。若其人无品而欲取重于诗文，则古来名家车载斗量，我辈安所措趾耶。

（明）王嗣奭《文学》，《管天笔记外编》卷下，《四明丛书》本

对开美之人，天下无苦诗；读开美之诗，天下无苦人。诗从思起，思以品上。古今能乐其苦者，惟渊明与观复，两先生俱有靖名，其行住坐卧之会，莫非陶情怡性之真，故其诗淡而实腴，近而实辽，每奏一篇，恍然见羲皇而嚼冰雪，品高者韵自胜也。

（明）王思任《闲居百咏序》，《王季重十种》，《中国文学珍本丛书》本

士不立品，才思索然，文章千古，寸心至之。无人品则寸心安在？谁与较失得哉？才解士绅而归之，俾读十年书肆，有德有造。士生其间，不以定志立品为第一义，岂不负遭遇哉？

（明）陈仁锡《明文奇赏序》，《明文奇赏》卷首，明刊本

人谓：《琵琶》一书，为讥王四而设，因其不孝于亲，故加以入赘豪门、致亲饿死之事。何以知之？因"琵琶"二字，有四"王"字冒于其上，则其寓意可知也。噫！此非君子之言，齐东野人之语也。（尤展成云："《杜甫游春》一剧，终是文人轻薄。"）凡作传世之文者，必先有可以传世之心，而后鬼神效灵，予以生花之笔，撰为倒峡之词，使人人赞美，百世流芬，传非文字之传，一念之正气使传也。《五经》、《四书》、《左》、《国》、《史》、《汉》诸书，与大地山河同其不朽，试问当年作者，有一不肖之人、轻薄之子厕于其间乎？但观《琵琶》得传至今，则高则诚之为人，必有善行可予，是以天寿其名，使不与身俱没，岂残忍刻薄之徒哉！（曹顾庵云："盛名必由盛德，千古至论，有功名教不浅。"）即使当日与王四有隙，故以不孝加之；然则彼与蔡邕未必有隙，何以有隙之人止暗寓其姓，不明叱其名，而以未必有隙之人，反蒙李代桃僵之实乎？此显而易见之事，以无一人辩之，创为是说者，其不学无术可知矣。

（清）李渔《闲情偶寄·词曲部·结构第一》，《中国古典戏曲论著集成》（七），中国戏剧出版社本

晚唐惟司空图《二十四诗品》善论诗，其与李生论诗书云："醯非不酸也，止于酸而已；醝非不咸也，止于咸而已。所贵乎味者，谓其醇美在酸咸之外耳。贾阆仙诚有警句，视其全篇，意思殊馁，大抵附于寒涩，方可致才，亦为体之不备也。惟近而不浮，远而不尽，然后可以言

韵外之致。"数语大有意味。但其自为诗，亦未脱晚唐习气，而辄自誉云："千变万状，不知所以神而自神。"抑太过矣。余于图所自摘警句之中，独赏其五言春诗"人家寒食月，花影午时天"，又"雨微吟思足，花落梦无聊"，山中诗"川明虹照雨，树密鸟冲人"，丧乱诗"骅骝思故主，鹦鹉失佳人"，美人诗"挽拦留拜月，春睡更生香"；七言则"得剑乍如添健仆，亡书久似忆良朋"，又"逃难人多分隙地，放生鹿大出寒林"，数联而已。绝句如"故国春归未有涯，小栏高槛别人家。五更惆怅回孤枕，犹自残灯照落花。"亦自有致，然终非盛唐气象也。子瞻独称其诗文高雅，有盛唐遗风。盖亦因人以重其诗耳。当时伪梁所用，如敬翔、李振诸人，皆唐朝旧臣，一旦委质，甚且赞成弑逆。独图避世中条山，终身不肯仕梁，岂非豪杰！乃《梁史》拾图小瑕以讥之。而王禹偁《五代史阙文》云："图躁于进取，端士鄙之。"世岂有见唐宦官用事，即弃官归中条山，屡召不起，及朱梁篡位，以礼部侍郎召，辞以老疾，闻哀帝被弑，不食而死，而犹云："躁于进取"者哉！嗟乎！子瞻因人而重其诗，而史乃诎诗而毁其人，人之好尚不同如此，又何怪后世奸佞之臣，以叩头乞余生诬方正学也哉！

（清）贺贻孙《诗筏》，《清诗话续编》本

  应璩《百一》诗，在邺中诸体中，颇称古淡，不独讽谏曹爽，而一段愧励惭负，深有负乘覆悚之意，诗品与人品存焉。视王粲《从军诗》，豫以圣君推曹瞒，以天朝拟邺都，而自处于负鼎之伊尹，以图剪汉兴魏之业者，相去有间矣。

（清）贺贻孙《诗筏》，《清诗话续编》本

  诗有八征，可与论人。一曰神，二曰君子，三曰作者，四曰才子，五曰小人，六曰鄙夫，七曰獠，八曰鼠。神者，不设矩矱，卒归于度，任举一物，旁通万象。于物无择，而涉笔成雅；于思无豫，而往必造微。以为物也，是名理也；以为理也，是象趣也。揽之莫得而味之有余，求之也近而即之也远。神乎神乎！胡然而天乎？君子者，泽于大雅，通于物轨，陈辞有常，抒情有方，材非芳不揽，志非则不吐，及情而止，使人求之，渊乎其有余，怡然其若可与居。推其心也，拾国香为餐，而犹畏其污也；薰被正襟以占辞，而犹畏有口过也。是君子者也。作者，揽群材，通正变，以才裁物，以气命才，以法驭气，以不测用法。其用古人之法，犹我法也。犹假八音以奏曲，钟石之韵往而吾中情毕得达焉。故其诗如奇云霏雾而非炫也，如震霆之疾惊而非外强也，淡乎若洞庭之微波而不竭其澜也，中闳而已矣，是作者也。才子者，有情有才，亦假法以范之，时有过差，时或不及，殆其当也，则为雅辞，不可为昌言。分有偏至，不能兼也；法有一体，不能合也。然而气必清明，辞必周泽，斯称才子矣。小人者，法不胜才，才不胜情，注辞而倾，抒愤如盈，务竭而无后虑，其小人之心声乎？故其诗若怆若争，若逃若瞲，虽罗毕于丰翰，而不可为饰，君子视之，并器不入。鄙夫者，窘乎材者也。乃欲自见，故匿质而昭文，中亡情而索辞，辞屡则假于物辅。故取物也，不以益中，以涂茨外，趑趄睥睨，冀无窥者。故其语散而不贯，气时张而时萎，思不盈尺，辞联寻丈，使人厌之。瘵者，病也。望之肤立，按之无脉，如呻吟之音，虽长逾促，谓之细甚，是曰诗瘵。鼠也者，小而善窃，狡而不能为物害，故以取喻为诗者，是强解事人也。未能知之，先欲言之，袭彼之语，以市于此，矛盾而不恤，被攻而无怍色，捂撼无当，聒而不休，操笔回惑，犹厕鼠之见人犬而数惊恐也，是曰诗鼠。审声诗之士，以是八征，参验无失，则可以观人矣。为诗者慎以自验，务治其中而底于纯，可以无跌，匪曰文章，至道寓焉。余故详著之于篇。

（清）毛先舒《诗辩坻》卷一，《清诗话续编》本

填词亦各见性情。性情豪放者强作婉约语，毕竟豪气未除。性情婉约者强作豪放语，不觉婉态自露。故婉约自是本色，豪放亦未尝非本色也。

（清）田同之《西圃词说》，《词话丛编》本

题跋古人书画，须论人品，品格高足为书画增重，否则适足为辱耳。叶石林《诗话》载王摩诘《江干初雪图》，末有元丰间王珪、蔡确、韩缜、章惇、安惇、李清臣等七人题诗，诗非无佳语，但诸人名字，千古而下见之欲唾，此图之辱为何如哉？余少尝语汪纯翁云：吾辈立品，须为他日诗文留地步。正此意也。每观《钤山集》，亦作此叹。（《居易录》）

（清）王士禛《带经堂诗话》卷十五，人民文学出版社本

问:"孟襄阳诗,昔人称其格韵双绝。敢问格与韵之别?"答:"格谓品格;韵谓风神。"

(清)王士禛《师友诗传续录》,《清诗话》本

予常以谓文章之不朽,贵于适用,而文章所以能自不朽于世者,系乎其人之立品。今夫适用之文,譬之黍稷稻粱菽麦可以疗饥,缯帛丝絮可以御寒,舟楫可以行水,舆轿可以行陆,金币刀贝泉布之属可以资有无,百物在天壤间,日出而日新,而其用必不可一日废。而人品之系于文章,则如毛之傅皮,枝叶之傅根,刳其皮,拔其根,虽彪炳之文,千寻之杞楠,势不可以终日。

(清)邵长蘅《遁庵集序》,《邵子湘全集·青门剩稿》卷四,愚斋丛书刻青门草堂藏本

《寄朱元晦提举》,前半之呼吁,后半之责望,古人待朋友不薄如此。若近代,虽有高手,亦不敢如此直突。诗品原以人品为断。

(清)张谦宜《𬩽斋诗谈》卷五,《清诗话续编》本

著作以人品为先,文章次之,安可将"不以人废言"为藉口?昔人云:阮步兵《咏怀》,寄愁天上,埋忧地下,其胸次非复人间机轴;而为诸臣作劝进表,又不足多矣。陶征士《饮酒》,前无古人,后无来者,真有绛云在霄,舒卷自如之致,虽有《闲情》一赋,何妨托兴?

(清)薛雪《一瓢诗话》,《清诗话》本

杨万里不特诗有别才,即词亦有奇致……昔人谓东坡词是曲子中缚不住者,廷秀词又何多让,乃知有气节人笔墨自然不同。

(清)王弈清《御选历代诗余·词话》卷一一七,《词话丛编》本

渊明人品不以诗文重,实以诗文显。试观两汉逸民,若二龚、薛方、逢萌、台佟、矫慎、法真诸人,志洁行芳,类不出渊明下,而后世名在隐见间。渊明则妇孺亦解道其姓字,由爱其文词,用为故实,散见于诗歌曲调之中者众也。汉末如黄宪、徐穉、申屠蟠、郭泰、管宁、庞德公、司马

徽，与晋陶潜皆第一流人，而陶更有诗文供后人玩赏。

（清）乔亿《剑溪说诗》卷下，《清诗话续编》本

归陶庵不独人品高，诗品亦高。陈大樽风节凛凛，诗亦东南俊及。顾亭林早年入复社，淹贯古今，诗亦无愧作手。竹垞老人称其无长语，事必精当，词必古雅，岂浅小哉！

（清）乔亿《剑溪说诗》卷下，《清诗话续编》本

学画所以养性情，且可涤烦襟，破孤闷，释躁心，迎静气。昔人谓山水家多寿。盖烟云供养，眼前无非生机。古来名家享大耋者居多，良有以也。学画者先贵立品。立品之人，笔墨外自有一种正大光明之概。否则画虽可观，却有一种不正之气，隐耀毫端。文如其人，画亦有然。

（清）王昱《东庄论画》，《历代论画名著汇编》本

其《大序》一篇，出自圣门之授受，反复申明，仍不出言志之意，则诗之本义可知矣。故后来沿作，千变万化，而终以人品心术为根柢。人品高，则诗格高；心术正，则诗体正。

（清）纪昀《诗教堂诗集序》，《纪文达公遗集》卷九，清刊本

诗以人品为第一，蔡京书法，荆公文章，直不可寓目，所谓恶其人者，恶及储胥也。《钤山堂集》本皆应制套语，不知人何以称之？余在端州，尝有示门生诗云："我本西川一腐寒，读书酷爱品行端。荆公文章蔡京帖，高阁从来不一看。"谓此也。

（清）李调元《雨村诗话》卷下，《清诗话续编》本

晚唐人品最高洁，以司空图《二十四诗品》为第一。唐室凌夷，不食而卒，忠烈之义，千载如生。吴融亦不事异姓，大义凛然。故余编《全五代诗》，以二公以上为断，不采入也。

（清）李调元《雨村诗话》卷下，《清诗话续编》本

余幼年十二三岁时，好为小诗，先君以《诗品》示之曰："作诗必知诗之品，读《诗品》，又必知作《诗品》者之品。"司空氏立身清洁，不

受伪梁之汗,旧史诬之。王黄州辨明于阙文十七条,修《新唐书》者,乃依其说,比美元德秀、阳城而传于卓行。李唐诗人,罕有其匹者也。

(清)焦循《刻诗品序》,《雕菰集》卷十五,江氏文学山房本

温柔敦厚,诗教之本也。有温柔敦厚之性情,乃能有温柔敦厚之诗。本原既立,其言始可以传后世。轻薄之词,岂能传哉!夫言为心声,诚中形外,自然流露,人品学问心术,皆可于言决之,矫强粉饰,决不能欺识者。盖违心之言,一见可知,不比由衷者之自在流出也。古今以来,岂有刻薄小人,幸成诗家,忝入文苑之理!如阴参军已为宋臣矣,而陶渊明送之,但曰"才华不隐世,江湖多贱贫",何等忠厚,何等微婉!若出后人手,不知如何浅露矣。少陵哭房琯,送严公,梦李白,寄王维,别郑虔,其诗无一不深厚沈挚,情见乎词,友朋风义,何其笃也!昌黎于柳州、东野,一往情深。有陶、杜、韩三公之性情,自宜有陶、杜、韩三公之诗文也。自宋以降,世风日下,文人相轻,渐成恶习。刘祁作《归潜志》,力诋遗山,自护己短。李空同与何大复书札相争,往后攻击。李于鳞因谢茂秦成名,反削其名于吟社,以书绝交。赵秋谷因不借声调谱之故,集矢阮亭,至作《谈龙录》以贬之。袁枚与赵翼互相标榜,亦互相刺讥,赵作四六文以控袁,虽云游戏,而笔端刻毒,与市棍揭帖、讼师刀笔无异。此等皆小人之尤,适以自献其丑,于人终无所损。君子之交,断不出此,才人当以为大戒也。

(清)朱庭珍《筱园诗话》卷三,《清诗话续编》本

人以诗名,诗尤以人名。唐大家若李、杜、韩及昌谷、玉溪;及宋、元,眉山、涪陵、遗山,当代吴娄东,皆诗与人为一,人外无诗,诗外无人,其面目也完。

(清)龚自珍《书汤海秋诗集后》,《龚自珍全集》第三辑,上海人民出版社本

七言与五言,或较易亦或较难,或较便亦或较累。盖善为者如多两人任事,不善为者如多两人而坐食也。

(清)刘熙载《艺概·诗概》,上海古籍出版社本

诗格，一为品格之格，如人之有智愚贤不肖也；一为格式之格，如人之有贫富贵贱也。

（清）刘熙载《艺概·诗概》，上海古籍出版社本

诗品出于人品。人品悃款朴忠者最上，超然高举、诛茅力耕者次之，送往劳来、从俗富贵者无讥焉。

（清）刘熙载《艺概·诗概》，上海古籍出版社本

赋尚才不如尚品。或竭尽雕饰以夸世媚俗，非才有余，乃品不足也。

（清）刘熙载《艺概·赋概》，上海古籍出版社本

钟繇笔法曰："笔迹者，界也。流美者，人也。"右军《兰亭序》言"因寄所托"，"取诸怀抱"，似亦隐寓书旨。

（清）刘熙载《艺概·书概》，上海古籍出版社本

书之病，如薄俗之类，皆人之病所形也。倘不由末推本而变化之，可乎？

（清）刘熙载《艺概·书概》，上海古籍出版社本

书家体不洁由其志不洁也。志洁者必能空诸所有，不至以猥杂之习锢之。

（清）刘熙载《游艺约言》，《古桐书屋续刻三种》，清光绪刻本

书学不过一技耳，然立品是第一关头。品高者，一点一画，自有清刚雅正之气；品下者，虽激昂顿挫，俨然可观，而纵横刚暴，未免流露楮外。故以道德、事功、文章、风节著者，代不乏人，论世者，慕其人，益重其书，书人遂并不朽于千古。

（清）朱和羹《临池心解》，引自《历代书法论文选》，上海书画出版社本

舒亶字信道，与苏门四学士同时，词亦不减秦、黄……人因其倾陷坡公，己亦不免被斥，恶其人，并陋其词。此如蔡京之书、严嵩之诗、马

士英之画，初不让蔡君谟、王元美、董香光诸公，今词坛艺苑中绝无齿及者。在小人得志之秋，率意迳行，非不炫赫一时，卒之身败名裂，即有寸长，曾不如豹皮雀尾，犹足供人玩惜。与杨伯夔丈谈及此，丈笑曰："此所谓'醉里且贪欢笑，要愁那得功夫！'使秦人而知自哀，亦不为秦人矣！"

（清）丁绍仪《听秋声馆词话》卷二，《词话丛编》本

词为文章末技，因不以人品分升降；然如毛滂之附蔡京，史达祖之依侂胄，王安中之反复，曾觌之邪佞，所造虽深，识者薄之。梅溪生平，不载史传，据其《满江红》咏怀所云："怜牛后，怀鸡肋。"又云："一钱不值贫相逼。"则韩氏省吏之说，或不诬与？

（清）冯煦《蒿庵词话》，《词话丛编》本

三代以下之诗人，无过于屈子、渊明、子美、子瞻者。此四子者若无文学之天才，其人格亦自足千古。故无高尚伟大之人格，而有高尚伟大文章者，殆未之有也。

（清）王国维《文学小言》，《静安遗书》，商务印书馆本

3. 人品不同　文品亦异

大人虎变，其文炳也……君子豹变，其文蔚也。

（先秦）《周易·革·象》，《十三经注疏》本

将叛者其辞惭；中心疑者其辞枝；吉人之辞寡；躁人之辞多；诬善之人其辞游；失其守者其辞屈。

（先秦）《周易·系辞上》，《十三经注疏》本

诚在其中，此见于外。以其见占其隐，以其细占其大，以其声处其气。初气主物，物生有声，声有刚有柔，有浊有清，有好有恶，咸发于声也。心气华诞者，其声流散；心气顺信者，其声顺节；心气鄙戾者，其声嘶丑；心气宽柔者，其声温好。信气中易，义气时舒，智气简备，勇气壮直。听其声，处其气，考其所为，观其所由，察其所安；以其前占其后，

以其见占其隐，以其小占其大，此之谓视中也。

（先秦）《大戴礼记·文王官人》，《四部丛刊》本

大人德扩，其文炳；小人德炽，其文斑。

（汉）王充《论衡·书解》，《诸子集成》本

今年冬，生再到阙下，始过吾门。博我新文，且先将以书，犹若寻常贡举人恂恂然执先后礼，何其待我之薄也！观其气和而庄，辞直而温，与夫向之著述，相为表里，则五事之言貌，四教之文行，生实具焉。宜其在布衣为闲人，登仕宦为循吏，立朝为正臣，载笔为良史，司典谟备顾问为一代之名儒。过此则非吾所知也，岂止一名一第哉！

（宋）王禹偁《送孙何序》，《小畜集》卷十九，《四部丛刊》本

柳少师书本出于颜，而能自出新意。一字百金，非虚语也。其言"心正则笔正"者，非独讽谏，理固然也。世之小人，书字虽工，而其神情终有睢盱侧媚之态。不知人情随想而见，如韩子所谓窃斧者乎，抑真尔也，然至使人见其书而犹憎之，则其人可知矣。

（宋）苏轼《书唐氏六家书后》，《东坡七集·东坡集》，卷二十三，《四部备要》本

……或曰，昔之业诗者必奇探远取然后得名于时，今二公之诗平夷浑厚不事才巧，而为世贵重如此何邪？窃尝以为激者辞溢，夸者辞淫，事谬则语难，理诬则气索，人之情也，二公内无所激，外无所夸，其事核，其理富，故语与气俱足，不待繁于刻划之功而固已过人远矣。鲍照曰，谢康乐诗如初发芙蓉，自然可爱。盖如其言也。

（宋）秦观《会稽唱和诗序》，《淮海集》卷十七，中华书局本

器大者声必闳，志高者意必远。知夫声与意之本原，则知歌词之所自出。是盖不容有意于作为，而其发越著见于声音言意之表者，则亦随其所蓄之浅深，有不能不尔者存焉耳。

（宋）范开《稼轩词序》，涵芬楼影印本

神仙为一诗，见神仙本色，英雄为一诗，见英雄本色。诗文之士，千万言而无一语类神仙者，千万言而无一语近英雄者，品格固不可强矣。

（明）屠隆《论诗文》，《鸿苞节录》卷六，清咸丰刊本

大明薛应旂曰："吾闻之：其行敦者，其文实以切；其政平者，其文简以明；其行与政矫而谲者，其文夸诐而支离。"

（明）徐师曾《文体明辨序说·文章纲领·论文》，人民文学出版社本

文中子曰："谢灵运，小人哉！其文傲，君子则谨。沈休文，小人哉！其文冶，君子则典。"甚矣。君子、小人之文，可辨而知也。王氏之论之详矣。而吾以为又有要焉者，君子之文必刚，小人则柔。君子之文必阳，小人则阴。上下数千年，未有以易此者也。

（清）钱谦益《赵文毅公文集序》，《牧斋初学集》卷三十，上海古籍出版社本

君子之文无欲，小人之文多欲。多欲者美胜信，无欲者信胜美。

（清）刘熙载《艺概·文概》，上海古籍出版社本

赋因人异。如荀卿《云赋》言云者如彼，而屈子《云中君》亦云也，乃至宋玉《高唐赋》亦云也；晋杨乂、陆机俱有《云赋》，其旨又各不同。以赋观人者，当于此著眼。

（清）刘熙载《艺概·赋概》，上海古籍出版社本

文有忸气有胜气，忸气在小人为多，胜气虽君子不免。

（清）刘熙载《游艺约言》，《古桐书屋续刻三种》，清光绪刻本

诗以言志，下笔措辞，可征福泽，有月咏一题，而哀乐异情，邪正异趣者，此心性使然，遽难勉强也。

（清）邹弢《三借庐笔谈》卷二，引自《笔记小说大观》，江苏广陵古籍刻印社本

4. 俗人效颦　适见其陋

　　世人闻戴叔鸾阮嗣宗傲俗自放，见谓大度，而不量其材力非傲生之匹而慕学之。或乱项科头，或裸袒蹲夷，或濯脚于稠众，或溲便于人前，或停客而独食，或行酒而止所亲，此盖左衽之所为，非诸夏之快事也。夫以戴、阮之才学，犹以跌踔自病，得失财不相补。向使二生敬蹈检括，恂恂以接物，兢兢以御用，其至到何适但尔哉。况不及之远者，而遵修其业，其速祸危身，将不移阴。何徒不以清德见待而已乎。昔者西施心痛而卧于道侧，姿颜妖丽，兰麝芬馥，见者咸美其容而念其疾，莫不踌躇焉。于是邻女慕之，因伪疾伏于路间，形状既丑，加之酷臭，行人皆憎其貌而恶其气，莫不睨面掩鼻，疾趋而过焉。今世人无戴、阮之自然，而效其倨慢，亦是丑女阇于自量之类也。
　　　　　　（晋）葛洪《刺骄》，《抱朴子外篇》卷二十七，《诸子集成》本

　　笔法玄微，难妄传授，非志士高人，讵可言其要妙。
　　　　　　（唐）颜真卿《述张史笔法十二意》，《王氏书画苑·书法钩玄》，明朱氏等刻本

　　韦应物诗拟陶渊明，而作者甚多，然终不近也。《答长安丞裴税诗》云："临流意已凄，采菊露未晞。举头见秋山，万事都若遗。"盖效渊明"采菊东篱下，悠然见南山。此中有真意，欲辨已忘言"之句也。然渊明落世纷深入理窟，但见万象森罗，莫非真境，故因见南山而真意具焉。应物乃因意凄而采菊，因见秋山而遗万事，其与陶所得异矣。
　　　　　　（宋）葛立方《韵语阳秋》卷第四，《历代诗话》本

　　昨日景贤坐间，屡称东坡真人中之龙也。若慕其才而异其志，采其华而弃其实，又何益于事哉！因作偈以勉之云：

　　既慕东坡才，当如东坡志。君才如东坡，其志未相似。诗似东坡诗，字如东坡字。胡不学东坡，且学长不死！
　　　　　　（元）耶律楚材《勉景贤》，《湛然居士文集》卷十二，《四部丛刊》本

李太白诗歌，其神气与味皆厚，不独少陵也。他人学少陵者，形状庞然，自谓厚矣。及细测之，其神浮，其气嚣，其味短。

（清）贺贻孙《诗筏》，《清诗话续编》本

唐人诗近陶者，如储、王、孟、韦、柳诸人，其雅懿之度，朴茂之色，闲远之神，淡宕之气，隽永之味，各有一二，皆足以名家，独其一段真率处，终不及陶。陶诗中，雅懿，朴茂、闲远、淡宕、隽永，种种妙境，皆从真率中流出，所谓称心而言，人亦易足也。真率处不能学，当独以品胜耳。渊明自云："夏月虚凉，高枕北窗下，徐风飒至，自谓羲皇上人。"颜延之作《陶公诔》，亦云："学非称师，文取指达，在众不失其寡，处言愈见其默。"又云："廉深简洁，贞夷粹温，和而能峻，博而不繁。"又云："解体世纷，结志区外。"此公之诗可以为真率也。能如陶公，不患无公之诗；然能如陶公，亦不必学公之诗。储、王辈生平为人，事事不及陶公，其所以能及陶者，以其风流洒落，无俗韵耳。

（清）贺贻孙《诗筏》，《清诗话续编》本

若夫《芣苢》之复连，《采葛》之疏泠，《卢令》之险短，《相鼠》之绞切，彼自喜怒适然，因之利用，无其必尔之情而妄效其节，是诚捧心之余诮矣。

（清）王夫之《古诗评选》卷二，陆云《谷风赠郑季》评语，《船山古近体诗选评三种》，船山学社本

诗出于人。有子美之人，而后有子美之诗。子美于君亲、兄弟、朋友、黎民，无刻不关其念，置之圣门，必在闵损、有若间，出由、求以上……余尝置杜诗于《六经》中，朝夕焚香致敬，不敢轻学。非子美之人，但学其诗，学得宛然，不过优孟衣冠而已。

（清）吴乔《围炉诗话》卷之四，《清诗话续编》本

夫学乐天之难，不难于如其诗，而难于如其人。乐天胸怀淡旷，意致悠然，诗如水流云逝，无聱牙佶屈之累；能如其人，则庶几矣。

（清）周亮工《尺牍新钞》一集，徐增《又与申勖庵》，上海杂志公司本

梨庄曰：辛稼轩当弱宋末造，负管乐之才，不能尽展其用。一腔忠愤，无处发泄，观其与陈同父抵掌谈论，是何等人物。故其悲歌慷慨抑郁无聊之气，一寄之于词。今乃欲与搔头傅粉者比，是岂知稼轩者。王阮亭谓石勒云：大丈夫磊磊落落，终不学曹孟德司马仲达狐媚，稼轩词当作如是观。予谓有稼轩之心胸，始可为稼轩之词。今粗浅之辈，一切乡语猥谈，信笔涂抹，自负吾稼轩也，岂不令人齿冷。

（清）徐釚《借荆堂词话》，《词苑丛谈》，上海古籍出版社本

清庙之瑟，朱弦疏越，一唱三叹，有遗音矣，其《十九首》之谓与？子建极力摹拟，酝酿风华，而气象高深有间。阮、陶二公，抗迹尘寰，神致冲淡，妙寄笔墨之外。学者无此种襟抱，效之未免易人心手，寻常者藏拙耳。故潘、陆、颜、谢出，耽思结响，矜饬为工，譬之好女修容，非靓妆不出也。

（清）叶矫然《龙性堂诗话初集》，《清诗话续编》本

摩诘《山居秋暝》诗："空山新雨后，天气晚来秋。明月松间照，清泉石上流。竹喧归浣女，莲动下渔舟。随意春芳歇，王孙自可留。"第七句颇费解。予揣诗意，以众芳摇落之辰，悲感易生，自达人观之，春荣秋歇，乃天之道，随意处之，则王孙无芳草之怨，而自可留，亦招隐之意也。盖此诗前六句信口不加思索，到结故作蕴藉语，俾轻浅人不得效颦，此诗人身分处也。

（清）叶矫然《龙性堂诗话初集》，《清诗话续编》本

……而推究作者之心，都是道其所道，未必果文王、周公、孔子之道也。夫道若大路然，亦非待文章而后明者也。仁义之人，其言蔼如，则又不求合而合者。若矜矜然认门面语为真谛，不自得其得矣。窃为足下忧之。

（清）袁枚《答友人论文第二书》，《小仓山房文集》卷十九，《四部备要》本

钟嵘以后，诗话冗杂如牛毛，而要其本旨，不出圣人之一语，《书》称"诗言志"是也。盖志者，性情之所之，亦即人品学问之所见。富贵

之场，不能为幽冷之句，躁竞之士，不能为恬淡之词。强而为之，必不工；即工，亦终有毫厘差。

（清）纪昀《郭落山诗集序》，《纪文达公遗集》卷九，清刊本

或曰：今之称诗者众矣，当具何手眼观之？余曰：除二种诗不看，诗即少矣。假王、孟诗不看，假苏诗不看，是也。何则？今之心地明了，而边幅稍狭者，必学假王、孟；质性开敏，而才气稍裕者，必学假苏诗。若言诗能不犯此二者，则必另具手眼，自写性情矣，是又余所急欲观者也。

（清）洪亮吉《北江诗话》卷四，人民文学出版社本

东坡心地光明磊落，忠爱根于性生，故词极超旷，而意极和平。稼轩有吞吐八荒之概，而机会不来，正则可以为郭李、为岳韩，变则即桓温之流亚，故词极豪雄，而意极悲郁。苏、辛两家，各自不同，后人无东坡胸襟，又无稼轩气概，漫为规抚，适形粗鄙耳。

（清）陈廷焯《白雨斋词话》卷六，人民文学出版社本

放翁词，亦为当时所推重，几欲与稼轩颉颃。然粗而不精，枝而不理，去稼轩甚远。大抵稼轩一体，后人不易学步。无稼轩才力，无稼轩胸襟，又不处稼轩境地，欲于粗莽中见沉郁，其可得乎？

（清）陈廷焯《白雨斋词话》卷一，人民文学出版社本

苏辛词，后人不能摹仿。南渡词人，沿稼轩之后，惯作壮语，然皆非稼轩真面目。迦陵力量不减稼轩，而卒不能步武者，本原未厚也。后人更欲学之，恐又为迦陵窃笑矣。

（清）陈廷焯《白雨斋词话》卷六，人民文学出版社本

东坡之词旷，稼轩之词豪。无二人之胸襟而学其词，犹东施之效捧心也。

（清）王国维《人间词话》，人民文学出版社本

5. 怡然自得　超越功利

宾王散樗易朽，蟠木难容。虽少好读书，无谢高凤；而老不晓事，有

类扬雄。徒以易象六爻，幽赞通乎政本；诗人五际，比兴存乎国风。故体物成章，必寓情于小雅；登高能赋，岂图容于大夫。盖欲乐道遗荣，从心所好；非敢希声刻鹄，窃誉雕虫。至若资丑行以自媒，衒庸音而苟进，固立身之殊路，行己之外篇矣。

（唐）骆宾王《上吏部侍郎帝京篇启》，《全唐文》卷一九七，中华书局本

苏黄门云："人生逐日，胸次须出一好议论。若饱食暖衣，惟利欲是念，何以自别于禽兽？予归蜀，当杜门著书，不令废日，只效温公《通鉴》样，作议论商略古人，岁久成书，自足垂世也。"

（宋）强幼安《唐子西文录》，《历代诗话》本

颜延之尝问鲍照己与灵运优劣，照曰："谢五言如初发芙蓉，自然可爱；君诗铺锦列绣，亦雕缋满眼。"钟嵘《诗品》乃记汤惠休云："谢如芙蓉出水，颜如错彩镂金。"与本传不同。传又称延之尝薄惠休制作，以为委巷中歌谣耳。岂惠休因为延之所薄，遂为芙蓉错镂之语，故史取以文饰之耶？坡云："辨才诗如风吹水，自成文理。吾辈与参寥，如巧妇织绵耳。"取况亦类此。渊明所以不可及者，盖无心于非誉巧拙之间也。

（宋）黄彻《䂬溪诗话》卷五，《历代诗话续编》本

前辈以文章名世者，名愈高，则求者愈众，故其间亦有徇人情而作者。有识之士，多以为恨。如吕公《九经堂》诗。盖自少时与昭德尊老诸公，师友渊源，讲习渐渍所得，又为其子孙而发，故雄笔大论如此。呜呼，凛乎其可敬畏也哉！

（宋）陆游《跋吕舍人九经堂诗》，《渭南文集》卷二十九，《陆游集》，中华书局本

只数诗句清如雪，看得荣名细似埃。

（宋）杨万里《晚兴》，《诚斋集》卷十一，《四部丛刊》本

只要雕诗不要名，老来也复减诗情。虚名满世真何用，更把虚名赚后生。

（宋）杨万里《诗情》，《诚斋集》卷十四，《四部丛刊》本

客难余曰："昔坡公和篇《初出颍滨》独云：'渊明不肯束带见督邮'，子瞻既辱于世，欲以晚节自拟渊明，谁其信之！今吾子推赵配陶，将毋与颍滨异耶？"余曰："坡公和陶于老夫坎壈之余，赵侯和陶于盛壮显融之日，夫如是则知贵其身而求乎内矣。贵其身者必重名节，求乎内者必轻外物，其去渊明何远之有？"颍滨复出，不易吾言矣！

（宋）刘克庄《序赵寺丞和陶诗》，《后村先生大全集》卷九十四，《四部丛刊》本

近世之为文，非达官贵人及善谀，不谐于时。士亨不能谀，又不仕，故不敢以文示于人，而自以为贤于博弈。书而藏之，或获传于后世，则亦可以惩创感发，不为无益，而不悖乎古圣贤之意。虽不望其必传，而亦未尝不欲其传也。

（明）刘基《郑士亨东游集序》，《诚意伯文集》卷五，《四部丛刊》本

古诗二十首
此不推为韵言之宗不可也。以锦心绣手至此，犹不屑将姓名留天地间，即此一念，愧杀予属东涂西抹矣。夫此念乃古人锦绣根本也。

（清）金圣叹《古诗解》，《唱经堂汇稿》，《中国文学珍本丛书》本

……先生之为诗若此，可以出而问世矣。乃先生卒不以示人，即交先生之久且密无如予，亦曾不以示予。夫赠人而不以示人，真能赠人者也，怀人和人而不以示人，真能怀人和人者也。以视近人亟亟传布，若不能待旦夕者，其浅深静躁为何如？故对先生之人之诗，才震动者能使之废然有以自返，气飘举者能使其意念有以自下，先生安可测哉？

（清）周亮工《朱静一诗序》，《赖古堂集》卷十四，《清人别集丛刊》本

今之为诗者，树一帜者多一敌，夫人而知之矣。其必树一帜之念，非为诗，为名也。诗何事乃存夫名之念欤？《三百篇》中，岂无可树帜之人，今观其诗，绝无一名字可寻。诗则吾夫子删之，岂吾夫子删之欤？触斯鸣则已耳。如许为好诗之人，而未尝留一姓名于其间，亦未尝一字论

诗，即不至如后人中原我辈高自矜夸，而亦未尝有一字自诩，邶惟恐鄘之相似，秦惟恐卫之相似，未尝欲当时后世效我为诗，此《三百篇》之所以传也。

〔清〕周亮工《与陈琪园书》，《赖古堂集》卷十九，《清人别集丛刊》本

能文不为文人，能讲不为讲师。吾见近日之为文人为讲师者，其意皆欲以文名以讲名者也。子不云乎，是闻也，非达也，默而识之，吾虽不敏，请事斯语矣。

〔清〕顾炎武《亭林诗文集·与友人书二十三》，《四部丛刊》本

李太白不作七言律，孟浩然五言古不出四十字外，古人立名之意甚坚，每不肯以其拙示人。后世才不逮古人，集中诸体皆备，五言诗至满百韵。又唐人和诗不和韵，宋人和韵，往往至五六首，虽以子瞻、山谷、少游之才，未免凑泊，他集则为跛鳖矣。此皆好名而不善取名之过也。

〔清〕贺贻孙《诗筏》，《清诗话续编》本

不为酬应而作则神清，不为诡渎而作则品贵，不为迫胁而作则气沈。

〔清〕贺贻孙《诗筏》，《清诗话续编》本

古人能文不求荐举，善画不求知赏。曰：文以达吾心，画以适吾意。草衣藿食，不肯向人。盖王公贵戚，无能招使，知其不可荣辱也。笔墨之道，非有道者不能。

〔清〕吴历《墨井画跋》，《历代论画名著汇编》本

……昌黎云："无慕于速成，无诱于势利。"凡为文始善而终衰者，大率病此耳，可太息也。

〔清〕姚鼐《复东浦方伯书》，《惜抱轩全集》卷六，《四部备要》本

古人之言，所以为公也，未尝矜于文辞而私据为己有也。志期于道，言以明志，文以足言，其道果明于天下而所志无不申，不必其言之果为我

有也。

　　司马迁曰："《诗三百篇》，大抵圣贤发愤所为作也。"是则男女慕悦之辞，思君怀友之所托也；征夫离妇之怨，忠国忧时之所寄也。必泥其辞而为其人之质言，则《鸱鸮》实鸟之哀者，何怪鲋鱼忿诮于庄周；《苌楚》乐草之无家，何怪雌凤慨叹于宋玉哉！夫诗人之旨，温柔而敦厚，主文而谲谏，言之者无罪，闻之者足戒；舒其所愤懑而有裨于风教之万一焉，是其志也。因是以为名，则是争于艺术之工巧，古人无是也。故曰，古人之言，所以为公也，未尝于文辞而私据为己有也。

　　　　　　　　（清）章学诚《言公上》，《文史通义·内篇四》，中华书局本

　　言志者必自得，无邪者不为人。是故古人之诗，本之于性天，养之以经籍，内无怵迫苟且之心，外无夸张浅露之状；天地之间，风云日月，人情物态，无往非吾诗之所自出，与之贯输于无穷。此即深造自得，居安资深，左右逢原之说也，不为人故也。后世之士，若不为人，则不复学诗；搦管之先，只求胜人，多作之后，遂思传世，虽久而成集，阅之几无一言之可存。何也？彼原未尝学诗也。分曹咏物之作，酬和叠韵之体，谀颂悦人之篇，饾饤考古之制，穷工极巧，弥漫浩汗，何益于身心，何裨于政教？作者诩能手，诵者称国工，名家不能扫除，余子倚为活计，纷纷籍籍，皆孔子所谓为人者也。此乌得有自得之一时，使人一唱三叹讽寻不置哉！难者曰："为己自得，圣学也，学诗必要诸圣，不迁则僭。"曰："子知诗宜辨雅俗乎？"曰："知之。"曰："知之则无疑予言之迂且僭也。夫所谓雅者，非第词之雅驯而已；其作此诗之由，必脱弃势利，而后谓之雅也。今种种斗靡骋妍之诗，皆趋势弋利之心所流露也。词纵雅而心不雅矣，心不雅则词亦不能掩矣。不雅由于为人而不自得，然则子欲画雅俗之界，舍为己自得之说，又何从辨之？《三百篇》、汉人之诗，委巷妇孺，亦厕其中，彼岂尝探讨圣学者，特其诗不为人而自得，故足传诵耳。子于此求之，则知予非好作头巾语矣。不审乎此，而震惊时俗之同然，依傍他人之门户，无志无识，终于苟焉耳。何诗之可言！"

　　　　　　　　（清）潘德舆《养一斋诗话》卷一，《清诗话续编》本

　　士患无以自立，得丧定于命，非人为之所能增损也。心移于得丧，则学必徇人，以徇人为学，且乌能自成其文乎？唯不以得丧累其心，独处以

古为师；群居择善而执，受于天者，虽有厚薄之殊，积之久，要皆足以自立。自昔工文之士，其基无不筑于此也。至于不虞之誉，求全之毁，今古同叹。誉至则必求所以实其言，毁至反诸吾身而无可指实，即不疚于心，何病人言哉？语云：争名者于朝。争名之地，败行尤易。唯自安义分，事贤友仁，不改求己之素，通无妨于进取，塞不至于贻悔。斯所遇皆足以进吾之实学而助吾之真文矣。

（清）包世臣《书赠王慈雨》，《安吴四种·艺舟双楫》卷八，清咸丰刊本

因时生感，即景言情，此固兴到笔随，以写其愤懑抑郁之志者也。若夫花晨月夕，诗酒流连，是又风流自赏，超然于名利之外者矣。

（清）百一居士《壶天录》卷上，引自《笔记小说大观》，江苏广陵古籍刻印社本

观物无方，因人而变：濠上之鱼，庄、惠之所乐也，而渔父袭之以网罟；舞雩之木，孔、曾之所憩也，而樵者继之以斤斧。若物非有形，心无所往，则虽殉财之夫，贵私之子，宁有对曹霸、韩幹之马，而计驰骋之乐，见毕宏、韦偃之松，而思栋梁之用，求好逑于雅典之偶，思税驾于金字塔者哉？故美术之物，欲者不观，观者不欲。而艺术之美所以优于自然之美者，全存于使人易忘物我之关系也。

（清）王国维《静庵文集·红楼梦评论》，《静安遗书》，商务印书馆本

吾人谓戏曲小说家为专门之诗人，非谓其以文学为职业也。以文学为职业，餔啜的文学也。职业的文学家，以文学为生活；专门之文学家，为文学而生活。今餔啜的文学之途，盖已开矣。吾宁闻征夫思妇之声，而不屑使此等文学嚣然污吾耳也。

（清）王国维《文学小言》，《晚清文钞》，世界文库本

6. 趋时徇人　名利误人

……为文之士亦多渔猎前作，戕贼文史。抉其意，抽其华，置齿牙

间。遇事蜂起，金声玉耀。诳聋瞽之人，徼一时之声。虽终沦弃，而其夺朱乱雅，为害已甚。是其所以难也。

（唐）柳宗元《与友人论为文书》，《柳河东集》卷三十一，中华书局本

或谓迂叟子：于道则得其一二矣，惜乎无文以发之。迂叟曰：然。君子有文以明道，小人有文以发身，夫变白为黑，转南以为北，非小人有文者孰能之？

（宋）司马光《文害》，《温国文正司马公文集》卷七十四，《四部丛刊》本

今之学者，往往以画高业，以利图金，自坠九流之风，不修术士之体。岂不为自轻其术者哉？故不精之由，良以此也。真所谓弃其本而逐其末矣。

（宋）韩纯全《山水纯全集》，《历代论画名著汇编》本

……本朝以文章耸动搢绅之伍者，天下最知有欧阳文忠公，中间先生父子兄弟，怀才抱道，吐秀发奇，又相鸣于翰墨之囿，如长江大河，浩无畔岸，崇岩峭壁，万仞崛起，此天下所以目骇耳回而披靡于下风也。为儿童者记诵先生之言，能论撰者盗窃先生之意，视先生以为规矩绳墨，未有以方圆曲直逃者也。熙宁间作新斯文，而丞相以经术文章为一代之儒宗，天下始知有王氏学。灏灏乎其犹海也，其执经下座抠衣受业者，如百川归之海。于是百家之言，陈弊腐烂，学士大夫见必呕而唾之。呜呼，一旦取复酱瓿矣！当时历金门、上玉堂、纡青拖紫，朱丹其毂者，一出王氏之学而已。先生以为彼真有以知王氏乎？其心诚乐其所学而好之乎？不二十年间，天子出丞相不用也，其议论益凋落，而文亦就弊矣。主上新即位，诸公以耆旧得召，合于朝廷间，其老儒宿学，平日宛舌同声而湮郁不快者，一旦开其约结，顺风而疾呼，应者盖已如响，而王氏之学又将复酱瓿矣。先生以为学士大夫今日从先生游者为谁何，是皆前日规矩绳墨于先生者也，然王氏之说殆亦满其腹中，盖亦中间叛先生而去者耳。自先生兄弟入朝，某由二浙历淮、泗至于京，京师有服儒衣冠者，某必问之，今公卿大夫以经术文章进者谁为能？必曰不出先生兄弟；宜谁师？必曰宜师先

生兄弟。先生以为彼真有以知先生乎，其心诚乐先生之所学而好之乎？先生之名满天下，虽渔樵之人，里巷之儿童，马医厮役之徒，深山穷谷之妾妇，莫不能道也。是天下所共知也。某以为其人之所以真知先生者，非天下所共知也。王氏之学固未必人人知而好之，盖将以为进取之阶，宫室之奉，妻孥之养，铺啜之具耳。此某所以病今之学者为利，盖如此而已矣。某少知读书。顽然朴鲁，闻道甚浅，然其所学则周公、仲尼之道，非进取之道也。古人今人，前辈后辈，某不知孰重孰轻，从其是者而已……

　　　　　（宋）毛滂《上苏内翰书》，《东堂集》卷六，《四库全书》珍本初集本

　　执笔以习研钻华采之文，务悦人者，外而已，可耻矣。

　　　　　　　　　　　（宋）朱熹《朱子语类》卷一三九，徽州刊本

　　科举之文，趋时好以取世资，特干禄营宠之具耳！学古之君子耻言之。

　　　　　（明）王祎《文训》，《明文在》卷十九，清光绪江苏书局刻本

　　呜乎！天下之人，怵于昔人久定之名，动于今人易售之路，而不暇自伸其才力精魄，以争奇人魁士之所不能致，又不暇自理其喧寂歌哭，以挽神鬼人天之所不能夺，而日夜艰瘁，灯寒齑苦，从俗所号，为制科之文，毕委心力以求之，究竟命数，所幸所不幸，与此何涉哉？而以予私计之，凡此心力之耗，与人世声色货财，同一苦毒。使其欲为古文字，则将舍此而别有古文，苟真有志性命也，不舍此将无以学道。由此言之，彼耗心力举业者，其于人世嗜欲，以何分别而独得美名也乎？

　　　　　（明）谭元春《金正希文稿序》，《谭友夏合集》，上海书店本

　　……中郎舍王李而归白苏，亦其兴会之偶然，不与开帐登坛争名闻利养者志同趣合。弇州以诗求名，友夏以诗求利，受天虽丰，且或夺之，而况其本啬乎……

　　　　　（清）王夫之《明诗评选》，袁宏道《和萃芳馆主人鲁印山韵评语》，《船山古近体诗评选三种》，船山学社本

诗之亡也，亡于好名。没世无称，君子羞之，好名宜亟亟矣。窃怪夫好名者，非好垂后之名，而好目前之名。目前之名，必先工邀誉之学，得居高而呼者倡誉之，而后从风者群和之，以为得风气。于是风雅笔墨，不求之古人，专求之今人以为迎合。其为诗也，连卷累帙，不过等之揖让周旋、羔雁筐篚之具而已矣。及闻其论，则亦盛言《三百篇》、言汉、言唐、言宋而进退是非之，居然当代之诗人，而诗亡矣。

（清）叶燮《原诗·外篇上》，人民文学出版社本

诗之亡也，又亡于好利。夫诗之盛也，敦实学以崇虚名；其衰也，媒虚名以网厚实。于是以风雅坛坫为居奇，以交游朋盍为牙市，是非淆而品格滥，诗道杂而多端，而友朋切劘之义，因之而衰矣。昔人言："诗穷而后工。"然则诗岂救穷者乎？斯二者好名实兼乎利，好利遂至不惜其名。夫三不朽，诗亦立言之一，奈何以之为垄断名利之区？不但有愧古人，其亦反而问之自有之性情可矣。

（清）叶燮《原诗·外篇上》，人民文学出版社本

楚严平子云："国家功令，初不以诗取士，士大夫不以此轻重人才。凡此居然作诗者，其于诗，非真如嗜酒好色，不能自己于情者。或少年好名，精神大半耗于干禄之学，复以绪余分风流一席。不然，则有荐绅先生，昼锦之余，万全孙谋，然后以其既衰血气，应酬山水花月之间。则又有布衣之徒，其始学制举艺不成，退而学诗，思挟以涉四方、游大人。不得已而从事，无惑乎于此道概无闻也。"此论绝倒，使普天下作诗人一齐汗下，大畅吾所欲言。

（清）叶矫然《龙性堂诗话初集》，《清诗话续编》本

且贤者之大患，在乎有意立功名；而文人之大患，在乎有心为关系。古之圣人，兵农礼乐工虞水火，以至赞《周易》、修《春秋》，岂皆沾沾自喜哉？时至者为之耳。若欲冒天下难成之功，必将为深源之北征，安石之新法；欲著古今不朽之书，必将召崔浩刊史之灾，熙宁伪学之禁。

（清）袁枚《答友人论文第二书》，《小仓山房文集》卷十九，《四部备要》本

论文考艺，渊源流别不易知也；好名之习，作诗话以党同伐异，则尽人可能也。以不能名家之学，入趋风好名之习，挟人尽可能之笔，著惟意所欲言之言，可忧也，可危也。

（清）章学诚《文史通义·诗话》，中华书局本

诗以悦人为心与以夸人为心，品格何在？而犹哓哓于品格，其何异溺人必笑耶？

（清）刘熙载《艺概·诗概》，上海古籍出版社本

文取自慊，非求慊人，慊人者，乡愿也。

（清）刘熙载《艺概·文概》，上海古籍出版社本

学文学史，皆有古有俗。凡所贵于古者，为其无欲也。若借古要誉，是其欲显，然视出于俗者，其俗尤甚。

（清）刘熙载《艺概·文概》，上海古籍出版社本

人亦有言，名者利之宾也。故文绣的文学之不足为真文学也，与餔啜的文学同。古代文学之所以有不朽之价值者，岂不以无名之见者存乎？至文学之名起，于是有因之以为名者，而真正文学乃复托于不重于世之文体以自见。逮此体流行之后，则又为虚玄矣。故模仿之文学，是文绣的文学与餔啜的文学之记号也。

（清）王国维《文学小言》，《晚清文钞》，世界文库本

昔司马迁推本汉武时学术之盛，以为利禄之途使然。余谓一切学问皆能以利禄劝，独哲学与文学不然。何则？科学之事业皆直接间接以厚生利用为旨，故未有与政治及社会上之兴味相剌谬者也。至一新世界观与一新人生观出，则往往与政治及社会上之兴味不能相容。若哲学家而以政治及社会之兴味为兴味，而不顾真理之如何，则又决然非真正之哲学。此欧洲中世哲学之以辨护宗教为务者，所以蒙极大之耻辱，而叔本华所以痛斥德意志大学之哲学者也。文学亦然；餔啜的文学，决非文学也。

（清）王国维《文学小言》，《晚清文钞》，世界文库本

九

德 行 说

1. 艺以事德　行为文本

吴公子札来聘……请观于周乐……为之歌《唐》,曰:"思深哉!其有陶唐氏之遗民乎?不然,何忧之远也。非令德之后,谁能若是?"……见舞《大夏》者,曰:"美哉!勤而不德,非禹其谁能修之?"

(先秦)《左传·襄公二十九年》,《十三经注疏》本

故君子曰:"《春秋》之称:微而显,志而晦,婉而成章,尽而不汙,惩恶而劝善。非圣人谁能修之?"

(先秦)《左传·成公十四年》,《十三经注疏》本

子曰:"弟子入则孝,出则弟,泛爱众而亲仁。行有余力,则以学文。"

(先秦)《论语·学而》,《十三经注疏》本

子曰:"志于道,据于德,依于仁,游于艺。"

(先秦)《论语·述而》,《十三经注疏》本

子曰:"如有周公之才之美,使骄且吝,其余不足观也已。"

(先秦)《论语·泰伯》,《十三经注疏》本

有德者必有言,有言者不必有德。仁者必有勇,勇者不必有仁。

(先秦)《论语·宪问》,《十三经注疏》本

诗曰:"天生蒸民,有物有则。民之秉夷,好是懿德。"孔子曰:"为此诗者,其知道乎?"

(先秦)《孟子·告子上》,《诸子集成》本

君子宽而不僈,廉而不刿,辩而不争,察而不激,寡立而不胜,坚强而不暴,柔从而不流,恭敬谨慎而容:夫是之谓至文。《诗》曰:"温温恭人,惟德之基",此之谓矣。

(先秦)《荀子·不苟》,《诸子集成》本

夫乐,天地之精也,得失之节也,故唯圣人为能和。

(先秦)《吕氏春秋·察传》,《诸子集成》本

子曰:"君子进德修业。忠信所以进德也;修辞立其诚,所以居业也。"

(先秦)《周易·乾文言》,《十三经注疏》本

文明以健,中正而应,"君子"正也。唯君子为能通天下之志。

(先秦)《易传·同人》,《十三经注疏》本

君子服其服,则文以君子之容;有其容,则文以君子之辞;遂其辞,则实以君子之德。是故君子耻服其服而无其容;耻有其容而无其辞;耻有其辞而无其德;耻有其德而无其行。

(先秦)《礼记·表记》,《十三经注疏》本

《诗》曰:"衣锦尚䌹"。恶其文之著也。故君子之道闇然而日章,小人之道的然而日亡;君子之道淡而不厌,简而文,温而理。知远之近,知风之自,知微之显,可与入德矣。

(先秦)《礼记·中庸》,《十三经注疏》本

虽有其位,苟无其德,不敢作礼乐焉;虽有其德,苟无其位,亦不敢作礼乐焉。

(先秦)《礼记·中庸》,《十三经注疏》本

德成而上，艺成而下；行成而先，事成而后。是故先王有上有下，有先有后，然后可以有制于天下也。

（先秦）《乐记·乐情》，《十三经注疏》本

孔子学琴于师襄子，襄子曰：吾虽以击磬为官，然能于琴。今子于琴已习，可以益矣。孔子曰：丘未得其数也。有间，曰：已习其数，可以益矣。孔子曰：丘未得其志也。有间，曰：已习其志，可以益矣。孔子曰：丘未得其为人也。有间，曰：孔子有所谬然思焉，有所睪就高望而远眺。曰：丘迨得其为人矣。近黮而黑，颀就长，旷如望羊，奄有四方，非文王其孰能为此。师襄子避席叶拱而对曰：君子圣人也，其传曰《文王操》。

（先秦）《孔子家语·辨乐》，《丛书集成》本

或问：君子言则成文，动则成德，何以也？曰：以其弸中而彪外也。般之挥斤，羿之激矢，君子不言，言必有中也；不行，行必有称也。

（汉）扬雄《法言·君子》，《诸子集成》本

夫文德，世服也。空书为文，实行为德，著之以衣为服。故曰：德弥盛者文弥缛，德弥彰者人弥明……人无文德不为圣贤。

（汉）王充《论衡·书解篇》，《诸子集成》本

……古之所以谓才也本，今之所谓才也末。然则以行之贵也。无失其才而才有失。先民有言，适楚而北辕者，曰："吾马良，用多，御善。"此三者益侈，其去楚亦远矣。遵路而骋，应方而动，君子有行，行必至矣。或问圣人所以为贵者才乎？曰：合而用之，以才为贵，分而行之，以行为贵。舜禹之才而不为邪，甚于（仁）矣；舜禹之仁，虽亡其才，不失为良人也。

（汉）荀悦《申鉴·杂言》，《诸子集成》本

艺之兴也，其由民心之有智乎？造艺者将以有理乎？民生而心知物，知物而欲作，欲作而事繁，事繁而莫之能理也，故圣人因智以造艺，因艺以立事，二者近在乎身而远在乎物。艺者所以旌智饰能统事御群也，圣人

之所不能已也。艺者所以事成德者也，德者以道率身者也。艺者德之枝叶也，德者人之根干也。斯二物者不偏行，不独立，木无枝叶则不能丰其枝干，故谓之瘣。人无艺则不能成其德，故谓之野。若欲为夫君子，必兼之乎……故君子非仁不立，非义不行，非艺不治，非容不庄，四者无怨而圣贤之器就矣……故慕恪廉让艺之情也，中和平直艺之实也，齐敏不匮艺之华也，威仪孔时艺之饰也。通乎群艺之情实者可与论道，识乎群艺之华饰者可与讲事。事者有司之职也，道者君子之业也。先王之贱艺者，盖贱有司也。君子兼之则贵也。故孔子曰："志于道，据于德，依于仁，游于艺。"艺者，心之使也，仁之声也，义之系也。

（魏）徐幹《中论·艺纪》卷上，《丛书集成》本

……吾德不及之，年与之齐矣。以犬羊之质，服虎豹之文；无众星之明，假日月之光，动见瞻观，何时易乎？

（魏）曹丕《与吴质书》，《文选》卷四十二，《四部丛刊》本

玄寂虚静者，神明之本也。阴阳柔刚者，二仪之本也。巍峨岩岫者，山岳之本也。德行文学者，君子之本也。莫或无本而能立焉。

（晋）葛洪《抱朴子外篇·循本》，《诸子集成》本

德行者本也，文章者末也。故科之序，文不居上。

（晋）葛洪《抱朴子外篇·尚博》，《诸子集成》本

陈吏部尚书姚察曰：阮孝绪常言，仲尼论四科，始乎德行，终乎文学。有行者多尚质朴，有文者少蹈规矩。

（梁）姚思廉《梁书》卷三十《徐摛传论》，中华书局本

至若书功过，记善恶，文而不丽，质而非野，使人味其滋旨，怀其德音，三复忘疲，百遍无斁，自非作者曰圣，其孰能与于此乎？

（唐）刘知幾《史通·叙事》，上海古籍出版社本

文章本乎作者而哀乐系乎时。本乎作者，六经之志也；系乎时者，乐文、武而哀幽、厉也。立身扬名，有国有家，化人成俗，安危存亡。于是

乎观之，宜于志者曰言，饰而成之曰文。有德之文信，无德之文诈。

（唐）李华《赠礼部尚书清河孝公崔沔集序》，《全唐文》卷三百十五，中华书局本

文章之间，大抵不出乎三等，斯乃从人而有焉，工与不工各区分而有之：君子之文为上等，其德全；志士之文为中等，其义全；词士之文为三等，其思全。其思也可以纪物，义也可以动众，德也可以经化。化人之作，其惟君子乎！君子之作，先乎行，行为之质；后乎言，言为之文；行不出乎言，言不出乎行，质文相半，斯乃化成之道焉。

（唐）尚衡《文道元龟序》，《全唐文》卷三九四，中华书局本

当今文人，相与多矣。曾叹曰：取士之道，不其难乎？或精文而薄于行，或敦行而浅于文，斯乃有失其道，一至于此。

（唐）尚衡《文道元龟》，《全唐文》卷三九四，中华书局本

国家比礼部为孝秀之门，考文章于甲乙，故天下响应，驱驰于才艺，不务于德行。夫德行者，可以化人成俗；才艺者，可以约法立名。致有朝登科甲，而夕陷刑辟，制法守度使之然也。陛下焉得不改而张之？至如日诵万言，何关理体；文成七步，未足化人。昔子张学干禄，仲尼曰：言寡尤，行寡悔，禄在其中矣。又曰：行有余力，则以学文。今舍其本而循其末。况古之作文，必谐风雅；今之末学，不近典谟，劳心于草木之间，极笔于烟云之际，以此成俗，斯大谬也……陛下若以德行为先，才艺为末，必敦德励行，以伫甲科，鄩舒俊才，没而不齿，陈实长者，拔而用之，则多士雷奔，四方风动。风动于下，圣理于上，岂有不变者欤？

（唐）刘峣《取士先德行而后才艺疏》，《全唐文》卷四三三，中华书局本

……洎公为之，于是操道德为根本，总礼乐为冠带，以《易》之精义，《诗》之雅兴，《春秋》之褒贬，属之于辞。故具文宽而简，直而婉，辨而不华，博厚而高明，论人无虚美，比事为实录，天下凛然复睹两汉之遗风……孝弟积为行本，文艺成乎余力。凡立言必忠孝大伦，王霸大略，权正大义，古今大体，其中虽波腾雷动，起伏万变，而殊流同归，同志于

道……初，公视肃以友，肃仰公犹师。每申之话言，必先道德而后文学，且曰后世虽有作者，六籍其不可及已；荀孟朴而少文，屈宋华而无根，有以取正，其贾生史迁班孟坚云尔；唯子可与其学，当视斯文庶乎成名。

（唐）梁肃《常州刺史独孤及集后序》，《全唐文》卷五一八，中华书局本

……如名不副实，才不合道，纵权压梁、窦，终无取焉。

（唐）殷璠《河岳英灵集序》，《四部丛刊》本

吾友柳子厚，其人艺且贤。吾未识子时，已览《赠子》篇。寤寐想风采，于今已三年。不意流窜路，旬日同食眠。所闻昔已多，所得今过前。如何又须别，使我抱悁悁。

（唐）韩愈《赠别元十八协律六首》之三，《韩昌黎诗系年集释》卷十一，上海古籍出版社本

汝勿信人号文章为一艺。夫所谓一艺者，乃时世所好之文，或有盛名于近代者是也。其能到古人者，则仁义之辞也，恶得以一艺而名之哉！……

夫性于仁义者，未见其无文也。有文而能到者，吾未见其不力于仁义也。由仁义而后文者，性也；由文而后仁义者，习也。犹诚、明之必相依尔。

（唐）李翱《寄从弟正辞书》，《全唐文》卷六百三十六，中华书局本

今廖生刚健重厚，孝悌信让，以质乎中而文乎外，为唐诗有大雅之道……

（唐）柳宗元《送诗人廖有方序》，《柳河东集》卷二十五，中华书局本

今之世言士者，先文章。文章，士之末也。然立言存乎其中。即末而操其本，可十七八，未易忽也。

（唐）柳宗元《与杨京兆凭书》，《柳河东集》卷三十，中华书局本

大都文以行为本，在先诚其中。其外者当先读《六经》，次《论语》、孟轲书，皆经言。《左氏》、《国语》、庄周、屈原之辞，稍采取之；穀梁子、太史公甚峻洁，可以出入；余书俟文成异日讨也。其归在不出孔子。

  （唐）柳宗元《报袁君陈秀才避师名书》，《柳河东集》卷三十四，中华书局本

  吾爱白乐天，逸才生自然。谁谓辞翰器，乃是经纶贤。忽从浮艳诗，作得典诰篇。立身百行足，为文六艺全。

  （唐）皮日休《白太傅》，《皮子文薮》卷十，上海古籍出版社本

  古之圣人，莫如周公、孔子；古之大儒，莫如孟轲、扬雄；古之贤圣，莫如皋陶、伊尹。天下之所尊莫如德，天下之所贵莫如行。今不学乎周公、孔子、孟轲、扬雄、皋陶、伊尹，不修乎德与行，特屑屑致意于数寸枯竹、半握秃笔间，将以取高乎人，何其浅也！

  （宋）石介《答欧阳永叔书》，《石徂徕集》卷上，《丛书集成》本

  修于身者无所不获，施于事者有得有不得焉，其见于言者则又有能有不能也。施于事矣，不见于言可也。自《诗》《书》《史记》所传，其人岂必皆能言之士哉。修于身矣，而不施于事不见于言亦可也。孔子弟子有能政事者矣，有能言语者矣。若颜回者，在陋巷，曲肱饥卧而已，其群居则默然终日如愚人，然自当时群弟子皆推尊之，以为不敢望而及。而后世更百千岁，亦未有能及之者。其不朽而存者，固不待施于事，况于言乎。

  （宋）欧阳修《欧阳文忠集》卷四十二，《四部备要》本

  毛氏颖出中山中，衣白兔褐求文公，文公尝为颖作传，使颖名字存无穷。遍走五岳都不逢，乃至琅琊闻醉翁，醉翁传是昌黎之后身，文章节行一以同。滁人喜其就笼绁，遂与提携来自东。见公于钜鳌之峰，正草命令辞如虹，笔秃愿脱冠以从，赤身谢德归蒿蓬。

  （宋）梅尧臣《重赋白兔》，《梅尧臣集编年校注》卷二十六，上海古籍出版社本

然则孰为其人，而能尽是公与是欤？非畜道德而能文章者无以为也。盖有道德者之于恶人，则不受而铭之，于众人则能辨焉。而人之行，有情善而迹非，有意奸而外淑，有善恶相悬而不可以实指，有实大于名，有名侈于实。犹之用人，非畜道德者，恶能辨之不惑、议之不徇？不惑不徇，则公且是矣。而其辞之不工，则世犹不传，于是又在其文章兼胜焉。故曰：非畜道德而能文章者，无以为也。岂非然哉！

    （宋）曾巩《答欧阳舍人书》，《南丰先生元丰类稿》卷十六，《四部丛刊》本

深愿足下为礼义君子，不愿足下丰于才而廉于德也。

    （宋）苏轼《与李方叔书》，《苏东坡集》续集卷十一，《四部备要》本

孔子曰："有德者必有言"，何也？和顺积于中，英华发于外也。故言则成文，动则成章。

    （宋）程颐《遗书二十五》，《二程全书》，《四部备要》本

学书要须胸中有道义，又广之以圣哲之学，书乃可贵。若其灵府无程，政使笔墨不减元常、逸少，只是俗人耳。

    （宋）黄庭坚《书缯卷后》，《豫章黄先生文集》卷二十九，《四部丛刊》本

杨子曰：太史公，圣人将有取焉。又曰：多爱不忍，子长也。仲尼多爱，爱义也。子弟多爱，爱奇也。夫唯所爱不主于义而主于奇，则迁不为无过。若以是非颇谬于圣人，曷为乎有取也？

    （宋）秦观《司马迁论》，《淮海集》卷十，中华书局本

德，水也；言，浮物也。水大而物之浮者小大毕浮。德盛则其言也旨必远，理也。昔者孔子道大而德博，其垂世立教，非有心于言也，而能言之类莫能加焉。

    （宋）胡铨《答谭思顺》，《澹庵文集》卷九，宋《庐陵四忠集》本

柳三变字景庄，一名永，字耆卿。喜作小词，然薄于操行。当时有荐其才者，上曰："得非填词柳三变乎？"曰："然。"上曰："且去填词。"由是不得志，日与猥子纵游娼馆酒楼间，无复检约，自称云："奉圣旨填词柳三变。"呜呼！小有才而无德以将之，亦士君子之所宜戒也。

（宋）严有翼《艺苑雌黄》，《宋诗话辑佚》本

大抵德章平日为学，于文字议论上用功多，于性情义理上用功少，所以常有愤郁不平之意，见于词气容貌之间，而所向者，无非崎岖偪仄，不可容身之地。此在世俗苟且流徇之中观之，固亦足为高，然在吾辈学问义理上看，岂非膏肓深锢之疾，而不可以不早治者耶？

（宋）朱熹《答路德章》，《朱子文集》卷五十四，《丛书集成》本

辞欲巧，乃断章取义。有德者言虽巧，色虽令，无害；若徒巧言令色，小人而已。

（宋）朱熹《答范伯崇》，《晦庵先生朱文公文集》卷三十九，《四部丛刊》本

古之圣贤所以教人，不过使之讲明天下之义理，以开发其心之知识，然后力行固守，以终其身。而凡其见之言论，措之事业者，莫不由是以出，初非此外别有歧路可施功力，以致文字之华靡，事业之恢宏也。故《易》之《文言》，于《乾》九三实明学之始终。而其所谓忠信所以进德者，欲吾之心实明是理，而真好恶之，若其好好色而恶恶臭也。所谓修辞立诚以居业者，欲吾之谨夫所发以致其实，而尤先于言语之易放而难收也。其曰修辞，岂作文之谓哉？今或者以修辞名左右之斋，吾固未知其所谓，然设若尽如《文言》之本指，则犹恐此事当在忠信进德之后，而未可以遽及。若如或者赋诗之所咏叹，则恐其于乾乾夕惕之意，又益远而不相似也。

（宋）朱熹《答巩仲至》，《晦庵先生朱文公文集》卷六十四，《四部丛刊》本

文字之及，条理灿然，弗畔于道，尤以为庆。第当勉致其实，毋倚于

文辞。不言而信存乎德，行有德者必有言。诚有其实，必有其文。实者本也，言者末也。今人之习，所重在末，岂惟丧本，终将并其末而失之矣。

(宋) 陆九渊《与吴子嗣书》，《象山先生全集》卷十一，《四部丛刊》本

古之学者，自孝弟谨信忠爱亲仁，先立乎其本。迨其有余力也，从事于学文。文云者，亦非若后世谇然悦众取宠之文也。游于艺以博其趣，多识前言德行以畜其德，本末兼该，内外交养，放言根于有德，而辞所以立诚，先儒所谓笃其实而艺者书之，盖非有意于为文也。后之人稍涉文艺，则沾沾自喜，玩心于华藻，以为天下之美尽在于是，而本之则无，终于小技而已矣。

(宋) 魏了翁《坐忘居士房公文集序》，《鹤山先生大全文集》卷五十一，《四部丛刊》本

古之为文，皆以德盛仁熟流于既溢之余，故虽肆笔脱口，而动中音节，非特歌诗为然也，《礼》辞《易》象亦莫不然。自《离骚》作，而文辞之士与世之以声律为文者，傅会牵合，始与事不相俪，文人才士习焉而不之察也。

(宋) 魏了翁《跋胡复丰野诗稿》，《鹤山先生大全文集》卷六十二，《四部丛刊》本

仆尝论为诗之要。公曰：诗言志，当先正其心志，心志正，则道德仁义之语，高雅淳厚之义自具。(《室中语》)

(宋) 魏庆之《诗人玉屑》卷十三，上海古籍出版社本

名节，本也；文艺，末也。

(宋) 刘克庄《跋真仁夫诗卷》，《后村先生大全集》卷九十九，《四部丛刊》本

……虽然，诗之内等级尚多，诗之外义理无穷。先氏有言：德成而上，艺成而下。前辈亦云：愿郎君损有余之才补不足之德。

(宋) 刘克庄《跋陈户曹诗卷》，《后村题跋》卷二，《丛书集成》本

汉高帝奋起亡秦，王有天下，功并汤武，未尝为文也。如《大风》之歌，声震海岳而光犯日月。诸葛孔明，仗义兴汉，委身事蜀，道合伊吕，而他文未见也，如《出师》之表，与商周《命》、《训》相上下。则有实者有文也，必矣！

（元）郝经《文弊解》，《郝文忠公陵川文集》卷二十，清刊本

然予窃观之，朱子继先圣之绝学，成诸儒之遗言，固不以一艺而成名，而义精理明德盛仁熟，出诸其口者无所择而无不当，本治而末修，领挈而裔委，所谓立德立言者其此之谓乎……而宋之末年，说理者鄙薄文辞之丧志，而经学、文艺判为专门，士风颓弊于科举之业。岂无豪杰之出，其能不浸淫汩没于其间而驰骋凌厉以自表者，已为难得，而宋遂亡矣。

（元）虞集《庐陵刘桂隐存稿序》，《道园学古录》卷三十三，《四部备要》本

夫君子之为学，常因美质而笃焉。师远诗思之清，可谓美矣，然至清莫如水，而水其出也必有源，其行也必有用，易曰："山下出泉，蒙，君子果行育德。"果行者其操如山之固而确然不可移，育德者其涵弄如水之达而沛然无不济，故水非徒清之谓也。予既美其诗而又欲其有所进如此，则辞人云乎哉？

（元）虞集《胡师远诗集序》，《道园学古录》卷三十四，《四部备要》本

文非学者之所急，昔之圣贤初不暇于学文。措之于身心，见之于事业，秩然而不紊，粲然而可观者，即所谓文也。其文之明，由其德之立；其德之立，宏深而正大，则其见于言自然光明而俊伟。

（明）宋濂《赠梁建中序》，《宋学士全集》卷二，《丛书集成》本

《经》曰：有德者必有言。此其故何哉？盖和顺积于中，英华发于外。譬如水怀珠而川媚，石韫玉而山辉，其理固应尔也。不然则其本不

立。其本不立,潢汙行潦,朝满而夕除;风枝露花,西折而东萎。欲以示悠远于人,抑亦难哉!

>　　(明)宋濂《王君子与文集序》,《宋学士全集》卷七,《丛书集成》本

　　我有心田,为寸者方。何以种之?以道德为之秧,其叶油油,其本洸洸。仁耕之而义耨之,唯恐涉于岁荒。俟彼西成,于粲其箱。可以续《烝民》之命脉,可以佐至治之馨香。此韩子之喻崔生,所以欲久积而大昌。

>　　(明)宋濂《种学斋铭有序》,《宋学士全集》卷十五,《丛书集成》本

　　乐天晚年,优游香山绿野,近乎明哲保身者。甘露之祸,王涯贾餗舒元舆辈皆预焉。乐天有诗云:"当君白首同归日,是我青山独往时。"或谓乐天幸之,非也。乐天岂幸人之祸者哉?盖悲之也。晋潘岳《赠石崇》,有"白首同所归"之句,及遭刑,俱赴东市,崇顾岳曰:"可谓白首同所归矣。"乐天盖用此事。彼刘梦得之《靖恭佳人怨》,柳子厚之《古东门行》,其于武元衡,则真幸之矣。乐天连为杭、苏二州刺史,皆有惠政在民。杭则有三贤堂,并林和靖、苏东坡祠之。苏则有思贤堂,并韦应物、刘梦得、王仲舒、范希文祠之。其遗爱犹未泯,不但以诗名也。

>　　(明)瞿佑《归田诗话》卷上,《历代诗话续编》本

　　人非雨露而自泽者,德也;人非金石而自泽者,名也。心非源泉而流不竭者,才也;心非鉴光而照无偏者,神也。非德无以养其心,非才无以充其气。心犹舸也,德犹舵也。鸣世之具,惟舸载之;立身之要,惟舵主之。士衡、士龙有才而恃;灵运、玄晖有才而露。大抵德不胜才,犹泛舸中流,舵师失其所主,鲜不覆矣。

>　　(明)谢榛《四溟诗话》卷三,《历代诗话续编》本

　　君子之文德,与日新之。德皆德也,而《易》中之大畜小畜分焉。不获大畜于天衢,则小之懿其文德而已。公之文词,其小德也。其大者

不可得而见矣，然犹恃有小者存焉。后之慕公者，无徒售其棱而已。

(明) 汤秀琦《玉茗堂文集序》，《汤显祖诗文集·附录》，上海古籍出版社本

文至尺牍，斯称小道。然草创润色，必更四贤。谋野褆邦，以为首务。愿(顾)吾夫子则有祖质因宗盘盂词命之别者。今观叔宁先生所汇尺牍，其爱德锡数，则成爻而利溥，本之温厚和平，无游言也；其庄语荣威，则无罪而有戒，本之刚方直毅，无謷言也；其准绳规矩，则取于人，不闻取人，本之节品敬正，无辞费也；其捄抈捂折，则言近而指远，本之迪哲明数，无微亿也；其悃愊切偲，断金久要，则又本之以金石，无貌言市语也。合斯五德，时而出之。至于走寸管于悬河，组尺一于倚丘，思则以之泉涌，辨则雷爚云蒸，雕龙炙縠(縠)之俦，飞矢稽古之彦，皆夫子之绪耳。又岂直充苏缄腊固，问慰寒暄，供先辈之清裁，资后来之撫拾而已哉。

(明) 帅廷酥《尺牍原序》，《汤显祖诗文集·附录》，上海古籍出版社本

吾闻之，圣人之作书也以德，古人之作书也以才。知圣人之作书以德，则知六经皆圣人之糟粕，读者贵乎神而明之，而不得栉比字句以为从事于经学也。知古人之作书以才，则知诸家皆鼓舞其菁华，览者急须褰裳去之，而不得捃拾齿牙，以为谭言之微中也。于圣人之书而能神而明之者，吾知其而今而后，始不敢于《易》之下作易传，《书》之下作书传，《诗》之下作诗传，《礼》之下作礼传，《春秋》之下作春秋传也。何也？诚愧其德之不合，而惧章句之未安，皆当大拂于圣人之心也。于诸家之书而诚能褰裳去之者，吾知其而今而后，始不肯于《庄》之后作广庄，《骚》之后作续骚，史之后作后史，诗之后作拟诗，稗官之后作新稗官也。何也？诚耻其才之不逮而徒唾沫之相依，是真不免于古人之奴也。夫扬汤而不得冷，则不如且莫进薪；避影而影愈多，则不如教之勿趋也。恶人作书，而示之以圣人之德，与夫古人之才者，盖为游于圣门者难为言，观于才子之林者难为文，是亦止薪勿趋之道也。

(清) 金圣叹《水浒传序》，金批贯华堂原本

文章之道难矣！世之为诗古文者，多患才短；才赡矣，又患体杂；体醇矣，又患旨卑。立言之士，必有瑰异卓绝之才，得雅训正大之体，而又议论关于名教，意旨合于圣贤，然后可以名世而传后。若此者，固已难矣，然而文章之道未尽也，盖有本原在焉。立德者，立言之本原也，苟但求工于文辞而不思立德，考其行事，有与文辞不相似者，虽下笔语妙天下，不过文人而已，君子不贵也。

（清）归庄《黄蕴生先生文集序》，《归庄集》卷三，上海古籍出版社本

门下恳恳问古文之学，意良善。其言曰：文章之道，必先立本，本丰则末茂。仆览此，慨然有大哉之叹。今日留意古学不数人，立本以学古未一二得，向门下开说详至，然此皆本中之末，非本中之本。文章之本，必先正性情，治行谊，使吾之身不背于忠孝信义，则发之言者，必笃实而可传。昌黎所谓"仁义之人，其言蔼如也"，黄鲁直《与洪甥驹父书》根本之说，最为真切，其与徐师川论孙思邈胆大心小语，仆读之数年，玩绎不能已。其次则考古论今，毅然自见识力，窥人之所不及窥，言人之所不敢言，轨于义理，而无隐怪之失。如此则本立矣。于是博观史传以极古今人情事物之变，读古人书卓然成一家言者，以辨文章之体，或综其要会，自立机轴，不必求合古人，或资学所近，诵而法者一人，冥心以求其合，则固惟人之所自处也。

（清）魏禧《答蔡生书》，《魏叔子文集》卷六，清刊本

万历以来，高景逸、归季思五言，雅淡清真，得陶公意趣，仁义之人，其言蔼如也。

（清）沈德潜《说诗晬语》卷下，《清诗话》本

……公学有根柢，余事为诗。盖有德者之言，诚立而后辞修，固非剽窃声韵者比。

（清）厉鹗《田文瑞公遗诗序》，《饴山文集》卷二，《四部备要》本

凡言义理，有前人疏而后人加密者，不可不致其思也。古人论文，惟

论文辞而已矣。刘勰氏出，本陆机氏说而昌论文心，苏辙氏出，本韩愈氏说而昌论文气，可谓愈推而愈精矣。未见有论文德者，学者所宜深省也。夫子尝言"有德必有言"，又言"修辞立其诚"，孟子尝论"知言养气本乎集义"，韩子亦言"仁义之途"，"诗书之流"，皆言德也。今云未见论文德者，以古人所言，皆兼本末，包内外，犹合道德文章而一之；未尝就文辞之中言其有才、有学、有识又有文之德也。凡为古文辞者，必敬以恕。临文必敬，非修德之谓也。论古必恕，非宽恕之谓也。敬非修德之谓者，气摄而不纵，纵必不能中节也。恕非宽容之谓者，能为古人设身而处地也。嗟乎！知德者鲜，知临文之不可无敬恕，则知文德矣……

（清）章学诚《文史通义·文德》，中华书局本

……其为人也，孝于亲，笃于朋友，以古人为师，而无慕乎荣利。故其下笔劲健，立论醇正，得古人之神韵而不为苟作。使为之不已，其蕲至于古人无疑也。加其膏而希其光，古人岂远哉！

（清）钱大昕《半树斋文稿序》，《潜研堂文集》卷二十六，《四部丛刊》本

有德者必有言，诗虽吟咏短章，足当著书，可以觇其人之德性、学识、操持之本末。古今不过数人而已，阮公、陶公、杜、韩也。余观太冲，仍是荣华客气，但气格差高耳。

（清）方东树《昭昧詹言》卷四，人民文学出版社本

昌黎谓："仁义之人，其言蔼如。"苏老泉以孟、韩为"温醇"，意盖隐合。

（清）刘熙载《艺概·文概》，上海古籍出版社本

词进而人亦进，其词可为也；词进而人退，其词不可为也。词家彀到名教之中自有乐地，儒雅之内自有风流，斯不患其人之退也夫！

（清）刘熙载《艺概·词曲概》，上海古籍出版社本

耆卿《两同心》云："酒恋花迷，役损词客。"余谓此等只可名迷恋花酒之人，不足以称词客，词客当有雅量高致者也。或曰：不闻《花间》

《尊前》之名集乎？曰：使两集中人可作，正欲以此质之。

（清）刘熙载《艺概·词曲概》上海古籍出版社本

士之所以异乎庸众者惟在德，德也者行真道而有德于心之谓。幼而学之则因德以裕才，壮而行之则因才以见德；德本也，才末也。古语云："士先器识而后文艺。"

（清）洪仁玕《钦定士阶条例》，引自《中国近代史资料丛刊·太平天国》二，上海人民出版社本

语曰："有德者必有言"，言功也，非言效也。如曰德劭则言高，则是。自古圣人皆可以为文人、学人，而何贵乎羲、文、孔子？若夫无德之言，终不可饰矣。

（清）王闿运《蕉云山馆诗文集序》，《王壬秋全集》卷三，国学扶轮社印本

"纷吾既有此内美兮，又重之以修能。"文字之事，于此二者，不能缺一。然词乃抒情之作，故尤重内美。无内美而但有修能，则白石耳。

（清）王国维《人间词话》，人民文学出版社本

2. 志趣高洁　言必合道

务乐有术，必由平出。平出于公，公出于道。故惟得道之人其可言乐乎？

（先秦）《吕氏春秋·大乐》，《诸子集成》本

《国风》好色而不淫，《小雅》怨诽而不乱。若《离骚》者，可谓兼之矣。上称帝喾，下道齐桓，中述汤武，以刺世事。明道德之广崇，治乱之条贯，靡不毕见。其文约，其辞微，其志洁，其行廉，其称文小而其指极大，举类迩而见义远。其志洁故其称物芳。其行廉，故死而不容自疏。濯淖污泥之中，蝉蜕于浊秽，以浮游尘埃之外，不获世之滋垢，皭然泥而不滓者也。推此志也，虽与日月争光可也。

（汉）司马迁《史记·屈原贾生列传》，中华书局本

（屈原）思欲济世，则意中愤然，文采繽纷，遂叙妙思，托配仙人，与俱游戏，周历天地，无所不到。然犹怀念楚国，思慕旧故，忠信之笃，仁义之厚也。是以君子珍重其志而玮其辞焉。

（汉）王逸《远游章句序》，《楚辞补注》卷五，中华书局本

今夫世之议夫子兮，曰胡隐忍而怀斯。惟达人之卓轨兮，固僻陋之所疑。委故都以从利兮，吾知先生之不忍。立而视其覆坠兮，又非先生之所志。穷与达固不渝兮，夫唯服道以守义。

（唐）柳宗元《吊屈原文》，《柳河东集》卷十九，中华书局本

……然嗣宗跌荡，弃礼矜法，傲犯世患，晚为劝进表以求容，志行扫地，反累其诗。

（宋）刘克庄《序赵寺丞和陶诗》，《后村先生大全集》，《四部丛刊》本

文所以载道也，轮辕饰而人勿庸，徒饰也，况虚车乎？文辞，艺也，道德，实也。笃其实而艺者书之，美则爱，爱则传焉。贤者得以学而至之，是为教……不知务道德而第以文辞为能者，艺焉而已。噫，弊也久矣。

（宋）周敦颐《通书·文辞》，《周子通书》卷二十八，正谊堂全书本

少游近日草书，便有东晋风味。作诗增奇丽，乃知此人不可使闲，遂兼有百技矣，技进而道不进则不可，少游乃技道两进也。

（宋）苏轼《跋秦少游书》，《东坡题跋》卷四，《丛书集成》本

或问人有耻不能之心，如何？曰：耻其不能而为之，可也；耻其不能而掩藏之，不可也。

问技艺之事，耻己之不能，如何？曰：技艺不能安足耻；为士者当知道，己不知道，可耻也；为士者当博学，己不博学，可耻也。耻之如何？亦曰勉之而已，又安可嫉人之能，而讳己之不能也。

（宋）程颐《二程语录》卷十一，《丛书集成》本

诗人世岂少哉。而传于世者常少。由立志不高也，用心不苦也，读书不多也，从师不真也。喜为诗而终不传，其传不传盖亦有幸不幸。而其必传者，必出乎前所云之四事。今取唐宋诗人所论著列于此，与学者共之。
　　　　　　（元）方回《瀛奎律髓·论诗类》卷三十六，（清）纪昀刊误本

　　道明则气昌，气昌，文自至矣。文自至者，所谓类其人而不悖乎道者也。其人高下不同，而文亦随之，不可强也。尝执此说，窃观天下之文，为三者之归者多矣，而无愧于古者亦有矣……
　　　　　　（明）方孝孺《张彦辉文集序》，《逊志斋集》卷十二，《四部备要》本

　　专于弈，而不专于道，其专溺也；精于文词，而不精于道，其精僻也。夫道广矣，大矣，文词技能，于是乎出，而以文词技能为者，去道远矣。
　　　　　　（明）王守仁《文录·送宗伯乔白岩序》，《王文成公全书》，《四部丛刊》本

　　足下之好古文，直好其词不类于时耳，如是则其用意亦何以异于时，故仆愿足下姑置得失而专力于道。苟于道有得，虽不吾问，足下将自得之。
　　　　　　（明）王慎中《与林观颐书》，《王遵岩集》卷三，清刊本

　　文章者，载道与治之器，而非人则莫之托也。
　　　　　　（清）赵执信《钝吟集序》，《饴山文集》卷二，《四部备要》本

　　殷璠云："名不副实，才不合道，纵权压梁、窦，吾无取焉。"芮挺章云："道苟可得，不弃于厮养；事非适理，何贵于膏粱？"真能特立不昧心语。
　　　　　　（清）沈德潜《说诗晬语》卷下，《清诗话》本

　　尝慨秦、汉以下，经与道分，文又与经分，史家至区道学、儒林、文苑而三之。夫道之显者谓之文，六经子史，皆至文也。后世传文苑，徒取工于词翰者列之，而或不加察，辄嗤文章为小技，以为壮夫不为，是耻擘

帨之绣，而忘布帛之利天下，执糠秕之细，而訾菽粟之活万世也。公之学求道于经，以经为文，当世推之曰通儒，曰实学，不敢廑以文士目公，而其文亦遂卓然必传于后世。此之谓能立言者。昌黎不云乎：言浮物也。物之浮者，罕能自立，而古人以立言为不朽之一，盖必有植乎根柢而为言之先者矣。草木之华，朝荣而夕萎，蒲苇之质，春生而秋槁，恶识所谓立哉？

（清）钱大昕《味经斋类稿序》，《潜研堂文集》卷二十六，《四部丛刊》本

学诗须有才思，有学力，尤要有志气，方能卓然自立，与古人抗衡。若一步一趋，描写古人，已属寄人篱下。何况学汉、魏则拾汉、魏之唾余；学唐、宋则啜唐、宋之残膏，非无才思学力，直自无志气耳。

（清）薛雪《一瓢诗话》，《清诗话》本

次山诗，令人想见立意较然，不欺其志。其疾官邪，轻爵禄，意皆起于恻怛为民，不独《舂陵行》、《贼退示官吏》作，足使杜陵感喟也。

（清）刘熙载《艺概·诗概》，上海古籍出版社本

贾生之赋志胜才，相如之赋才胜志。贾、马以前，景差、宋玉已若以此分途，今观《大招》、《招魂》可辨。

（清）刘熙载《艺概·赋概》，上海古籍出版社本

邹阳狱中上书，气盛语壮；祢正平赋《鹦鹉》于黄祖长子座上，蹙蹙焉有自怜依人之态，于生平志气，得无未称！

（清）刘熙载《艺概·赋概》，上海古籍出版社本

3. 经国匡时　不苟作文

或曰："著作者思虑间也，未必材知出异人也。居不幽，思不至，使著作之人，总众事之凡，典国境之职，汲汲忙忙，何暇著作？试使庸人积闲暇之思，亦能成篇八十数。文王日昃不暇食，周公一沐三握发，何暇优游为丽美之文于笔札？孔子作《春秋》，不用于周也。司马长卿不预公卿

之事，故能作《子虚》之赋。杨子云存中郎之官，故能成《太玄经》，就《法言》。使孔子得王，《春秋》不作。籍长卿、子云为相，赋玄不工。"

答曰：文王日昃不暇食，此谓演《易》而益卦。周公一沐三握发，为周改法而制。周道不弊，孔子不作，休思虑间也！周法阔疏，不可因也。夫禀天地之文，发于胸臆，岂为间作不暇日哉？感伪起妄，源流气烝。管仲相桓公，至于九合。商鞅相孝公，为秦开帝业。然而二子之书，篇章数十。长卿、子云，二子之伦也。俱感故才并，才同故业钧，皆士而各著，不以思虑间也。问事弥多而见弥博，官弥剧而识弥泥，居不幽则思不至，思不至则笔不利。兽顽之人，有幽室之思，虽无忧，不能著一字。盖人材有能，无有不暇。有无材而不能思，无有知而不能著。有鸿材作而无起，细知以问而能记。盖奇有无所因，无有不能言，两有无所睹，无不暇造作。

（汉）王充《论衡·书解篇》，《诸子集成》本

或曰："著书之人，博览多闻，学问习熟，则能推类兴文。文由外而兴，未必实才学文相副也。且浅意于华叶之言，无根核之深；不见大道体要，故立功者希。安危之际，文人不与，无能建功之验，徒能笔说之效也。"

曰：此不然。周世著书之人，皆权谋之臣，汉世直言之士，皆通览之吏。岂谓文非华叶之生，根核推之也？心思为谋，集札为文，情见于辞，意验于言。商鞅相秦，致功于霸，作《耕战》之书。虞卿为赵，决计定说行，退作《虞氏春秋》。《春秋》之思，赵城中之议；《耕战》之书，秦堂上之计也。陆贾消吕氏之谋，与《新语》同一意；桓君山易晁错之策，与《新论》共一思。观谷永之陈说，唐林之宣言，刘向之切议，以知为本，笔墨之文，将而送之，岂徒雕文饰辞，苟为华叶之言哉！精诚由中，故其文语感动人深。是故鲁连飞书，燕将自杀；邹阳上疏，梁孝开牢。书疏文义，夺于肝心，非徒博览者所能造，习熟者所能为也。

（汉）王充《论衡·超奇篇》，《诸子集成》本

吾见世中文学之士，品藻古今，若指诸掌，及有试用，多无所堪。居永平之世，不知有丧乱之祸；处庙堂之下，不知有战阵之急；保俸禄之资，不知有耕稼之苦；肆吏民之上，不知有劳役之勤，故难可以应世经

务也。

（北齐）颜之推《颜氏家训·涉务篇》，《诸子集成》本

夫学者，未始不为道，而至者鲜焉。非道之于人远也，学者有所溺焉尔。盖文之为言，难工而可喜，易悦而自足。世之学者，往往溺之，一有工焉，则曰，吾学足矣。甚者至弃百事不关于心，曰，吾文士也，职于文而已。此其所以至之鲜也。

（宋）欧阳修《答吴充秀才书》，《欧阳文忠集》卷四十七，《四部备要》本

近世诗人……身之休戚，发于喜怒；时之否泰，出乎爱恶，殊不以天下大义而为言者，故其诗大率溺于情好也。噫！情之溺人也甚于水。

（宋）邵雍《伊川击壤集序》，《四部丛刊》本

某素不作诗，亦非是禁止不作，但不欲为此闲言语。且如今言能诗，无如杜甫。如云："穿花蛱蝶深深见，点水蜻蜓款款飞"，如此闲言语，道出做甚？

（宋）程颐《河南程氏遗书》卷十八《伊川语四》，求我斋《二程遗书》本

问作文害道否？曰："害也。凡为文不专则不工，若专意则志局于此，又安能与天地同其大也。《书》云：'玩物丧志'，为文亦玩物也。吕与叔有诗云：'学如元凯方成癖，文似相如始类俳。独立孔门无一事，只输颜氏得心斋。'此诗甚好。古之学者惟务养情性，其它则不学。今为文者专务章句，悦人耳目；既务悦人，非俳优而何？"

（宋）程颐《河南程氏遗书》卷十八《伊川语四》，求我斋《二程遗书》本

世俗夸太白赐床调羹为荣，力士脱靴为勇。愚观唐宗渠渠于白，岂真乐道下贤者哉？其意急得艳词媟语，以悦妇人耳。白之论撰，亦不过为玉楼、金殿、鸳鸯、翡翠等语，社稷苍生何赖？就使滑稽傲世，然东方生不忘纳谏，况黄屋既为之屈乎。说者以谋谟潜密，历考全集，爱国忧民之心如子美语，一何鲜也！力士闺闼腐庸，惟恐不当人主意，挟主势驱之，何所不可，脱靴

乃其职也。自退之为蚍蜉撼大木之喻，遂使后学吞声。余窃谓如论文章豪逸，其一代伟人。如论其心术事业，可施廊庙，李杜齐名，真忝窃也。

(宋) 黄彻《䂬溪诗话》卷二，《历代诗话续编》本

子美诗："草有害于人，曾何生阻修。芒刺在我眼，焉能待时秋。"其愤邪嫉恶，欲芟夷蕴崇之以肃清王室者，中怀可见。临川有"勿去草，草无恶，如比世俗俗浮薄"，此方外之语，异乎农夫之务者也。

(宋) 佚名《漫叟诗话》，《历代诗话辑佚》本

城南杜五少不羁，意轻造物呼作儿。一门酣法到子孙，熟视严武名挺之。看渠胸次隘宇宙，惜哉千万不一施。空回英概入笔墨，《生民》《清庙》非唐诗。向令天开太宗业，马周遇合非公谁？后世但作诗人看，使我抚几空嗟咨。

(宋) 陆游《读杜诗》，《剑南诗稿》卷三十三，《陆游集》，中华书局本

公去蓬山轻，公归蓬山重。锦囊三千篇，字字律吕中。文章实公器，当与天下共。吾尝评其妙，如龙马受鞚。燕许亦有名，此事恐未梦。呜呼大厦倾，孰可任梁栋。愿公力起之，千载传正统。时时醉黄封，高咏追屈宋。我如老苍鹘，寂寞愁独弄。仗屦勤来游，雪霁梅欲动。

(宋) 陆游《喜杨廷秀秘监再入馆》，《剑南诗稿》卷二十一，《陆游集》，中华书局本

公不以一身祸福，易其忧国之心，千载之下，生气凛然，忠臣烈士，所当取法也。

(宋) 陆游《跋东坡帖》，《渭南文集》卷二十九，《陆游集》，中华书局本

……若《高唐》、《神女》、《李姬》、《洛神》之属，其词若不可废，而皆弃不录；则以义裁之，而断其为礼法之罪人也。

(宋) 朱熹《楚辞后语目录序》，《晦庵先生朱文公文集》卷七十六，《四部丛刊》本

自汉以来，天下莫不学为文。若司马相如、扬雄，亦其特者，而无识为已甚。夫屈原之《离骚》，忧世、愤戚、呼天日、鬼神自列之辞。其语长短舒纵，抑扬阖阖，辩说诡异，杂错而成章，皆出乎至性。忠厚介洁，得风人之义。然务以忠情达志，非拘拘执笔凝思而为之也。至于其徒，寖失师意，流于淫靡。而相如与雄，复慕而效之。穷幽极远，搜辑艰深之学，积累以成句。其意不过数十言，而衍为浮漫、瑰恑之辞，多至于数千言，以示其博。至求其合乎道者，欲片言而不可得。其至与泽中之夫何异哉！自斯以后，学者转相袭做，不特辞赋为然，而于文皆然。迨夫晋宋以后，萎弱浅陋，不复可诵矣。人皆以为六朝之过，而安知实相如之徒首其祸哉！向非唐韩愈氏，洗濯刮磨而力去之，文始未易言也。仆少读韩愈文而高其辞，然颇恨其未纯于圣人之道。虽排斥佛、老，过于时人，而措心立行，或多戾乎矩度，不能造颜、孟氏之域，为贤者指笑，目为文人。

（明）方孝孺《与郑叔度八首之二》，《逊志斋集》卷十，《四库备要》本

乙亥季春灯下看杜诗而悟作文之法。盖作文不在词句之工，而在性情之正。杜先悟之曰：文章有神。神，主意正也。杜值天宝之季，兵乱世危，其爱君忧民之心，经国匡时之略，每于诗中见之。所谓有神，非苟作者，宜其垂世不朽云。故曰：一切惟心造也。今作诗文而无主意，空谈则虚见伪，说铃耳，安得垂（世）？

（明）王文禄《诗的》，《丛书集成》本

记州平教弟子者曰：男子出世，不与乾坤撑持一番，虽文章做到极处，终如妇人女子，低眉袷衽，巧针细线，何足夸贵。

（清）周亮工《尺牍新钞》一集，唐时《与袁州平》，上海杂志公司本

陈去非云："唐人有苦思，故造句工，得句奇，但格韵不高，不能骖少陵之逸步。"余谓彼皆诗人，少陵非诗人故也。诗亦无他，情深词婉而已，唐珏易陵骨诗是也。

（清）吴乔《围炉诗话》卷之五，《清诗话续编》本

写字作画是雅事，亦是俗事。大丈夫不能立功天地，孳养生民，而以区区笔墨供人玩好，非俗事而何？东坡居士刻刻以天地万物为心，以其余闲作为枯木竹石，不害也。若王摩诘、赵子昂辈，不过唐、宋间两画师耳！试看其平生诗文，可曾一句道着民间痛痒？设以房、杜、姚、宋在前，韩、范、富、欧阳在后，而以二子厕乎其间，吾不知其居何等而立何地矣！

　　　　　　（清）郑燮《潍县中与舍弟第五书》，《郑板桥集》，中华书局本

　　古之人，其传也，非能为传也，乃不能为不传也。何也？使人谋传我则易，而我自谋其传则难也。仆与足下生盛世，不能为国家立万里功，活百姓，又不能伏丹墀，侃侃论天下事，并不能为游徼啬夫，使乡里敬之信之，而乃欲争名于蠹简中，狭矣！然仆窃喜自负者。王荆公云："徒说经而已者，必不能说经。"仆固非徒为诗文者也，或与夫足下所引终身著书诸人，其容有间乎？

　　　　　　（清）袁枚《答友人某论文书》，《小仓山房文集》卷十九，《四部备要》本

　　工骚墨之士，以农桑为俗务，而不知俗学之病人更甚于俗吏；托玄虚之理，以政事为粗才，而不知腐儒之无用亦同于异端。彼钱谷簿书不可言学问矣，浮藻饾饤可为圣学乎？释老不可治天下国家矣，心性迂谈可治天下乎？《诗》曰："民之质矣，日用饮食。"

　　　　　　（清）魏源《默觚下·治篇一》，《魏源集》，中华书局本

　　东坡、放翁两家诗，皆有豪而旷。但放翁是有意要做诗人，东坡虽为诗而仍有夷然不屑之意，所以尤高。

　　　　　　（清）刘熙载《艺概·诗概》，上海古籍出版社本

　　……自是久废，无所用，益肆其力于诗；上感国变，中伤种族，下哀生民，博以寰球之游历，浩渺肆恣，感激豪宕，情深而意远，益动于自然，而华严随现矣。公度岂诗人哉！而家父、凡伯、苏武、李陵及李、杜、韩、苏诸巨子，孰非以磊砢英绝之才，郁积勃发，而为诗人者耶！公度之诗乎，亦如磊砢千丈松，郁郁青葱，荫岩竦壑，千岁不死，上萌白

云，下听流泉，而为人所瞻仰徘徊者也。

（清）康有为《人境庐诗草序》，《人境庐诗草笺注》卷首，古典文学出版社本

人而无所贡献于哲学美术斯亦已耳，苟为真正之哲学家、美术家，又何慊乎政治家哉！

披我中国之哲学史，凡哲学家无不欲兼为政治家者，斯可异已。孔子大政治家也，墨子大政治家也，孟、荀二子皆抱政治上之大志者也。汉之贾、董，宋之张、程、朱、陆，明之罗、王，无不然。岂独哲学家而已，诗人亦然。"自谓颇腾达，立登要路津，致君尧舜上，再使风俗淳"，非杜子美之抱负乎？"何不上书自荐达，坐令四海如虞唐"，非韩退之之忠告乎？"寂寞已甘千古笑，驰驱犹望两河平"，非陆务观之悲愤乎？如此者世谓之大诗人矣。至诗人之无此抱负者，与夫小说戏曲图画音乐诸家，皆以侏儒倡优自处世，亦以侏儒倡优蓄之，所谓"诗外尚有事在"，"一命为文人便无足观"，我国人之金科玉律也。呜呼！美术之无独立之价值也久矣。此无怪历代诗人多托于忠君爱国劝善惩恶之意以自解免，而纯粹美术上之著述，往往受世之迫害而无人为之昭雪者也，此亦我国哲学美术不发达之一原因也。

……若夫忘哲学美术之神圣，而以为道德政治之手段者，正使其著作无价值也。愿今后之哲学美术家毋忘其天职而失其独立之位置，幸矣！

（清）王国维《论哲学家与美术家之天职》，《王国维遗书》卷五，上海古籍书店本

4　巧言厚颜　尖刻伤德

……学道立方，离法之民也，而世尊之曰文学之士……语曲牟知，伪诈之民也，而世尊之曰辩智之士……言不用而自文以为辩，身不任而自饰以为高，世主眩其辩，滥其高而尊贵之，是不须视而定明也，不待对而定辩也，暗盲者不得矣。明主听其言必责其用，观其行必求其功，然则虚旧之学不谈，矜诬之行不饰矣。

（先秦）《韩非子·六反》，《诸子集成》本

讦直露才，伤渊雅之致。

（南朝·梁）钟嵘《诗品》卷中，人民文学出版社本

后世刻薄之流，以此意倒行逆施，借此文报仇泄怨。心之所喜者，处以生、旦之位，意之所怒者，变以净、丑之形，且举千百年未闻之丑行，幻设而加于一人之身，使梨园习而传之，几为定案，虽有孝子慈孙不能改也。噫！岂千古文章，止为杀人而设；一生诵读，徒备行凶造孽之需乎？苍颉造字而鬼夜哭，造物之心，未必非逆料至此也。凡作传奇者，先要涤去此种肺肠，务存忠厚之心，勿为残毒之事。以之报恩则可，以之报怨则不可。以之劝善、惩恶则可，以之欺善、作恶则不可。人谓：《琵琶》一书，为讥王四而设，因其不孝于亲，故加以入赘豪门，致亲饿死之事。何以知之？因"琵琶"二字，有四"王"字冒于其上，则其寓意可知也。噫！此非君子之言，齐东野人之语也。凡作传世之文者，必先有可以传世之心，而后鬼神效灵，予以生花之笔，撰为倒峡之词，使人人赞美，百世流芳——传非文字之传，一念之正气使传也。

（清）李渔《闲情偶寄·词曲部·结构第一》，《中国古典戏曲论著集成》（七），中国戏剧出版社本

《诗》云："巧言如簧，颜之厚矣。"而孔子亦曰："巧言令色，鲜矣仁。"又曰："巧言乱德。"夫巧言不但语言，凡今人所作诗、赋、碑、状，足以悦人之文，皆巧言之类也。不能不足以为通人。夫惟能之而不为，乃天下之大勇也。故夫子以刚毅木讷为近仁，学者所用力之途，在此不在彼。

（清）顾炎武《日知录》卷十九，《四部备要》本

昔人云，虽贵为卿相，必有一篇极丑文字送归林下；虽恶如椿杌，必有一篇极好文字送归地下。又云，以文詈人者，巫蛊之见也，代人作咒诅而已；以文谀人者，星相之术也，为人添福禄而已。文人口舌，其不足信如此，一千斛米作传，九千匹绢作碑，翰墨之场有垄断焉，为利鬻文即是口孽；以文获利何异盗财。愿与天下文人大家忏悔。

（清）尤侗《枝谭》，《西堂杂俎》卷八，《西堂全集》，云溪阁藏本

昨见足下抨击袁中郎文甚当。明季文章，自有此尖新一派。临川滥觞，公安泛委，而倒澜于陈仲醇、王季重诸君。仆戏谓此文章家，请客陪堂也，广座中忽发一趣语，亦足令贵客解颐，然人品扫地矣。

(清) 邵长蘅《与金生四首》其三，《邵子湘全集·青门簏稿》卷十一，愚斋丛书刻青门草堂藏本

5. 文人无行　不可不戒

观古今文人，类不护细行，鲜能以名节自立。而伟长独怀文抱质，恬淡寡欲，有箕山之志，可谓彬彬君子者矣。著《中论》二十篇，成一家之言，辞义典雅，足传于后，此子为不朽矣。

(魏) 曹丕《与吴质书》，《文选》卷四十二，《四部丛刊》本

初，注《庄子》者数十家，莫能究其旨要。向秀于旧注外为《解义》，妙析奇致，大畅玄风。唯《秋水》、《至乐》二篇未竟，而秀卒。秀子幼，义遂零落，犹有别本。郭象为人薄行，有隽才，见秀义不传于世，遂窃为己注，乃自注《秋水》、《至乐》二篇，又易《马蹄》一篇，其余众篇或点定文句而已。后秀义别本出，故今有向、郭二《庄》，其义一也。

(南朝·宋) 刘义庆《世说新语·文学》，《诸子集成》本

《周书》论士，方之"梓材"，盖贵器用而兼文采也。是以朴斫成而丹臒施，垣墉立而雕杇附。而近代词人，务华弃实，故魏文以为古今文人之类不护细行。韦诞所评，又历诋群才。后人雷同，混之一贯，吁可悲矣！

略观文士之疵：相如窃妻而受金，扬雄嗜酒而少算，敬通之不循廉隅，杜笃之请求无厌，班固谄窦以作威，马融党梁而黩货，文举傲诞以速诛，正平狂憨以致戮，仲宣轻脆以躁竞，孔璋傯恫以粗疏，丁仪贪婪以乞货，路粹餔啜而无耻，潘岳诡祷于愍怀，陆机倾仄于贾郭，傅玄刚隘而詈台，孙楚狠愎而讼府。诸有此类，并文士之瑕累。文既有之，武亦宜然。古之将相，疵咎实多：至如管仲之盗窃，吴起之贪淫，陈平之污点，绛灌之谗嫉。沿兹以下，不可胜数。孔光负衡据鼎，而仄媚董贤，况班马

之贱职，潘岳之下位哉？王戎开国上秩，而鬻官嚣俗，况马杜之磬悬，丁路之贫薄哉？然子夏无亏于名儒，濬冲不尘乎竹林者，名崇而讥减也。若夫屈贾之忠贞，邹枚之机觉，黄香之淳孝，徐幹之沉默，岂曰文士，必其玷欤？

盖人禀五材，修短殊用，自非上哲，难以求备。然将相以位隆特达，文士以职卑多诮；此江河所以腾涌，涓流所以寸折者也。

（南朝·梁）刘勰《文心雕龙·程器》，人民文学出版社本

以谢灵运、王僧达之才华轻躁，使其生自寒素，犹将覆折，重以怙其庇荫，召祸宜哉。

（南朝·梁）裴子野《宋略·选举论》之三，《全梁文》卷五十三，中华书局本

魏文帝曰："文人不护细行。"古今之所同也。由自知情深，在物无竞，身名之外，一概可蔑。既徇斯道，其弊弥流，声裁所加，取忤人世。向之所以贵身，翻成害己。

（南朝·梁）萧子显《南齐书》卷三十七《刘祥传论》，中华书局本

每尝思之，原其所积，文章之体，标举兴会，发引性灵，使人矜伐，故忽于持操，果于进取。今世文士，此患弥切。一事惬当，一句清巧，神厉九霄，志凌千载，自吟自赏，不觉更有傍人。

（北齐）颜之推《颜氏家训·文章篇》，《诸子集成》本

然而自古文人，多陷轻薄；屈原露才扬己，显暴君过；宋玉体貌容冶，见遇俳优；东方曼倩滑稽不雅，司马长卿窃赀无操；王褒过章《童约》，扬雄德败《美新》；李陵降辱夷虏，刘歆反复莽世；傅毅党附权门，班固盗窃父史；赵元叔抗竦过度，冯敬通浮华摈压；马季长佞媚获诮，蔡伯喈同恶受诛；吴质诋忤乡里，曹植悖慢犯法；杜笃乞假无厌，路粹隘狭已甚；陈琳实号粗疏，繁钦性无检格；刘桢屈强输作，王粲率躁见嫌；孔融、祢衡诞傲致殒，杨修、丁廙扇动取毙；阮籍无礼败俗，嵇康凌物凶终；傅玄忿斗免官，孙楚矜夸凌上；陆机犯顺履险，潘岳乾没取危；颜延

年负气摧黜，谢灵运空疏乱纪；王元长凶贼自诒，谢玄晖侮慢见及。凡此诸人，皆其翘秀者，不能悉记，大较如此。至于帝王，亦或未免。自昔天子而有才华者，唯汉武、魏太祖、文帝、明帝、宋孝武帝，皆负世议，非懿德之君也。

（北齐）颜之推《颜氏家训·文章篇》，《诸子集成》本

子谓文士之行可见：谢灵运小人哉！其文傲，君子则谨；沈休文小人哉！其文冶，君子则典。鲍照、江淹，古之狷者也，其文急以怨；吴筠、孔圭，古之狂者也，其文怪以怒；谢汪、王融，古之纤人也，其文碎；徐陵、庾信，古之夸人也，其文诞。或问孝绰兄弟，子曰：鄙人也，其文淫。或问湘东王兄弟，子曰：贪人也，其文繁。谢朓，浅人也，其文捷；江总，诡人也，其文虚。皆古之不利人也。子谓颜延之、王俭、任昉有君子之心焉，其文约以则……子曰：君子哉思王也，其文深以典。

（隋）王通《中说·事君篇》，《四部丛刊》本

陈吏部尚书姚察曰：魏文帝称古之文人，鲜能以名节自全，何哉？夫文者妙发性灵，独拔怀抱，易邈等夷，必兴矜露。大则凌慢侯王，小则傲蔑朋党，速忌离讪，启自此作。若夫屈、贾之流斥，桓、冯之摈放，岂独一世哉，盖恃才之祸也。

（唐）姚思廉《梁书》卷五十《文学传论》，中华书局本

李白乐府三卷，于三纲五常之道，数致意焉。虑君臣之义不笃也，则有《君道曲》之篇，所谓"风后爪牙常先太山稽，如心之使臂。小白鸿翼于夷吾，刘、葛鱼水本无二。"虑父子之义不笃也，则有《东海勇妇》之篇，所谓"淳于免诏狱，汉主为缇萦。津妾一櫂歌，脱父于严刑。十子若不肖，不如一女英。"虑兄弟之义不笃也，则有《上留田》之篇，所谓"田氏仓卒骨肉分，青天白日摧紫荆。交柯之木本同形，东枝憔悴西枝荣。无心之物尚如此，参商胡乃寻天兵！"虑朋友之义不笃也，则有《箜篌谣》之篇，所谓"贵贱结交心不移，唯有严陵及光武"。"轻言托朋友，对面九疑峰。""管鲍久已死，何人继其踪？"虑夫妇之情不笃也，则有《双燕离》之篇，所谓"双燕复双燕，双飞令人羡。玉楼珠阁不独栖，金窗绣户长相见。"徐究白之行事，亦岂纯于行义者哉！永王之叛，白不

能洁身而去，于君臣之义为如何？既合于刘，又合于鲁，又娶于宋，又携昭阳、金陵之妓，于夫妇之义为如何？至于友人路亡，白为权窆，及其靡溃，又收其骨，则朋友之义庶几矣。《送肖三十一之鲁兼问稚子伯禽》，有"高堂倚门望伯鱼，鲁中正是趋庭处。君行既识伯禽子，应驾小车骑白羊"之句，则父子之义庶几矣。如弟凝、锌、济、况、绾各赠诗，以致其雍睦之情，则兄弟之义庶几矣。惜乎，二失既彰，三美莫赎，此所以不能为醇儒也。

（宋）葛立方《韵语阳秋》卷第十，《历代诗话》本

自世之学者，离道而为文。于是以文自命者，知黼黻其言，而不知金玉其行，工骚者有登墙之丑，能赋者有涤器之污。而世之寡识者反矜诧而慕望焉，曰：夫所谓学者，文而已。

（宋）真德秀《跋欧阳四门集》，《真文忠公文集》卷三十四，《四部丛刊》本

柳三变字景庄，一名永，字耆卿。喜作小词，然薄于操行。当时有荐其才者，上曰：得非填词柳三变乎？曰：然。上曰：且去填词！由是不得志。日与獧子从游娼馆酒楼间，无复检率。自称云奉圣旨填词柳三变。呜呼！小有才而无德以将之，亦士君子之所宜戒也。（《艺苑雌黄》）

（宋）魏庆之《诗人玉屑》卷二十一，上海古籍出版社本

自方正学死事，海内讳言其文，近始大行褒显，而祠庙尚缺。万历中，侍御留公禀、督学滕公伯轮、郡守吴公自新，合策创宇临安，四方忠义大快。当时死事诸臣，若练子宁、周是修、程本立、茅大方、黄叔英、颜伯玮、黄观、卓敬、姚善、胡闰辈，皆工句律，篇什传者往往气格峥嵘，足觇夙负。世动讪文人无行，余不敢谓然也。

（明）胡应麟《诗薮续编》卷一，上海古籍出版社本

吴苑曰：文章之士有才，其犹天地之有云露，草木之有花卉乎？才乃上天之所秘惜，不轻易以予人。士有才者，是得天之物。得天之物，安得不狂乎？狂之不已，不轻薄乎？故轻薄乃狂之甚也。盖文人不必有德，何也？天之所以与我者才耳。而我混混沌沌，是弃天地。弃天之罪，不尤浮

于轻薄乎？嗟呼！是亦可畏也。拔舌之狱，皆轻薄之报，昆沙天子，不肯蹔一假借饶人。虽然，此亦自天之纵我耳，可无问也。

（明）曹荩之《舌华录·浇语》，引自《笔记小说大观》，江苏广陵古籍刻印社本

唐之才子，自李、杜数人而外，其他人品多有可讥者。盖唐人约句准篇，必以沈佺期云卿、宋之问延清二人为祖。张燕公尝谓沈三兄须还他第一。而之问词更藻发，故当时号称沈、宋。然二人诣事易之、三思，无所不至，使生于今日，士林且羞于为伍，必不齿于诗文人之列矣。唐承六朝余习，操觚之家，才能属律，便欲荡闲，往往自谓文人无行。而沈、宋复扬其波，后人艳其词而慕之，复何所顾忌哉！之问求北门学士不得，遂为《明河篇》。天后见之曰："吾非不知其才，但鄙其有口过耳。"然篇中乘槎问卜，实露诡觊，"口过"一语，武后已唾弃之，何足数哉！

（清）贺贻孙《诗筏》，《清诗话续编》本

张衡《同声歌》，繁钦《定情篇》，托为男女之辞，不废君臣之义，犹古之遗风焉。《子夜》、《读曲》、宫体，桑间、濮上之音也。迨唐末三十六体并作，语多秽亵，其宫体之职志，诗人轻薄之号，有由然矣。然谓温、李轻薄则可，谓诗人轻薄则不可。如因其失而归咎于诗，然则张禹、马融之奢淫，亦其经术过欤？而渊明、子美，又何以称焉？

（清）乔亿《剑溪说诗》卷下，《清诗话续编》本

齐、梁、陈、隋之格之降而愈下也，其由来安在？齐之王俭、韩兰英先仕宋，刘绘后仕梁。梁之范云、丘迟、任昉、张率、柳恽、周舍、徐勉先仕齐，庾信后仕北周，江淹、沈约先仕宋、齐。陈之阴铿、徐陵、沈炯、周宏正、张正见、顾野王先仕梁，周宏让先仕侯景，徐孝克、阮卓、蔡凝、潘徽后仕隋，江总先梁后隋。隋之姚察、虞世基、虞绰、王眘、王胄先仕陈，柳䛒先仕梁，李德林、诸葛颖、孙万寿先仕齐，于仲文先仕周，何妥先仕梁及周，卢思道、李孝贞、薛道衡、魏澹先仕齐及周，元行恭先仕北齐，辛德源先仕北齐及周，杨素、崔仲方先仕周及梁，孔绍安后仕唐，袁朗先陈后唐。偶指数之，皆诗人之名级故高者也。嗟乎嗟乎！群言之长，德言也。女事二夫，男仕二姓，尚何言乎！晋、宋诗人之失节

者,繄岂独无? 顾晋有陶靖节之高趣,入宋终身不仕;又有束晳之沈退,张翰之虑祸,张协之屏居草泽,嵇绍之以身卫帝,刘琨之戴帝室,郭璞之阻逆谋。宋亦有颜延之不受资供,王徽素无宦情,沈庆之尽言谏诤。赫矣遐迹,世教赖焉。齐谢朓不从江祐之谋,王僧祐不交当世,风韵清疏如孔稚珪,征而不就如顾欢,犹有晋之遗风。梁以后如萧子云不乐仕进者寥寥矣。陈之狎客通脱,以俳优自居者有之。至隋则晋王广之弑立,其谋遂出自杨素。此其由来,非独在慕荣利也,盖廉耻道丧,且有使之然者矣……不止乎礼义,则无廉耻。无廉耻,安得有气节……诵其诗不知其人,斤斤焉仅斥其诗格卑靡,定为下品之第,何异向名倡而责之曰,曷不缀道论以自娱? 苟展其狂直,以匡益无行,岂不方圆其枘凿哉!

(清) 宋大樽《茗香诗论》,《清诗话》本

殷璠云:"元嘉以还,四百年内,曹、刘、陆、谢,风骨顿尽。顷有太原王昌龄,鲁国储光羲,克嗣厥迹。且两贤气同体别,而王稍声峻。"又云:"常建诗似初发通庄,却寻野径,百里之外,方归大道,所以其旨远,其兴僻。"两评皆善。三人虽皆第进士,而王终于龙标尉,常终于盱眙尉。王犹不矜细行,常则无瑕。储历官监察御史,禄山反,受伪署,贼平贬死。顾况序其集云:"挟身贼庭,竟陷危邦,士生不融,何以言命?然窥其鸿黄窈邃之气,金石管磬之声,如登瑶台而进玉府。"薄其行而重其诗,可谓善于论断矣。

(清) 余成教《石园诗话》卷一,《清诗话续编》本

《桐薪》云:"温飞卿庭筠貌甚陋,号钟馗,不称才名。最善鼓琴吹笛,云'有丝即弹,有孔即吹,不必柯亭、爨桐。'著《乾䬸子》,今其书不传。"愚谓飞卿才思艳丽,韵格清拔,随题措辞,无不工致,恰如其"有丝即弹,有孔即吹"之妙。《过陈琳墓》、《经五丈原》、《苏武庙》三诗,手笔不减于义山,温、李齐名,良有以也。唐史谓义山"诗思清丽,视庭筠过之。而俱无特操,恃才诡激,为当涂者所薄,名宦不进,坎壈终身"。又谓飞卿佻荡,不修检幅,多作侧辞艳曲,与贵胄蒲饮狎昵。又举场多为人假手,执政恶之,贬授方山尉。然则温之诗少逊于李,而温之行视李为尤薄也。

(清) 余成教《石园诗话》卷二,《清诗话续编》本

王荆公尝谓"太白人品甚卑,十句九句说妇人"。或驳之曰:"荆公学识太高,故尝笑《春秋》为断烂朝报。"夫《风》、《骚》之旨,岂有他哉!五伦正变之际,盖难言之,爱成仇而忠见谤,古人所遭,往往有同世不知、后贤不谅之隐,亦遂不能已于言。然而直言近訐,比兴多风,故往往寄托于美人香草,此正其用心之厚也。试思七子赋诗,亦何取蔓草零露,岂有各诵其国人淫奔之什以赠答其邻封者?风人之旨,概可窥矣。至若屈子见放,厥有《楚辞》,竟体香艳,事已见谅于后之贤者,尊之为经。假使当日身不沉湘,史不立传,又焉知好议之口,不疑其人品之卑哉!今有人动笔启口,辄称忠孝,而处心制行,都不外妻子利禄之间,则亦可目为高品人乎?且风人托物起兴,不贵远引,亦不须泛作庄语。试思《周南》之首,美开国圣母之德,亦止以小鸟起兴,而竟目之为"窈窕淑女";至文王求女不得,则又直书其"辗转反侧"。若以字面訾之,虽直坐之以大不敬可也。"雎鸠"则曰"关关"矣,"荇菜"则曰"参差"矣,"采之"则曰"左右"矣,"求之"则曰"寤寐"矣,重重复复,只此数句,又全无节义高品之言,微乎妙哉!正所谓风也,声也,如丝桐之泛音也。意笃而语重,言近而旨远。夫近莫近于儿女之情,而远莫远于《周南》之化,皆妇人也。故吾谓《风》、《骚》之旨,不出闺房,亦不贵远引庄论。假使冬烘作此诗,则必曰"关关凤凰,圣女端庄。求之不得,寐无反侧",岂不令人肠痛哉!

(清)梁章钜《退庵随笔》,《清诗话续编》本

十 修养说

1. 心静则明 心虚则容

　　天道运而无所积，故万物成；帝道运而无所积，故天下归；圣道运而无所积，故海内服。明于天，通于圣，六通四辟于帝王之德者，其自为也，昧然无不静者矣。圣人之静也，非曰静也善，故静也；万物无足以铙心者，故静也。水静则明烛须眉，平中准，大匠取法焉。水静则明，而况精神！圣人之心静乎，天地之鉴也，万物之镜也。夫虚静恬淡寂寞无为者，天地之平而道德之至，故帝王圣人休焉。休则虚，虚则实，实则伦矣。虚则静，静则动，动则得矣。静则无为，无为也则任事者责矣。无为则俞俞，俞俞者忧患不能处，年寿长矣。夫虚静恬淡寂寞无为者，万物之本也……静而圣，动而王，无为也而尊，朴素而天下莫能与之争美。夫明白于天地之德者，此之谓大本大宗，与天和者也；所以均调天下，与人和者也。与人和者，谓之人乐；与天和者，谓之天乐。

（先秦）《庄子·天道》，《诸子集成》本

　　梓庆削木为鐻，鐻成，见者惊犹鬼神。鲁侯见而问焉，曰："子何术以为焉？"对曰："臣工人，何术之有！虽然，有一焉。臣将为鐻，未尝敢以耗气也，必齐以静心。齐三日，而不敢怀庆赏爵禄；齐五日，不敢怀非誉巧拙；齐七日，辄然忘吾有四枝形体也。当是时也，无公朝，其巧专而外骨消；然后入山林，观天性；形躯至矣，然后成见鐻，然后加手焉；不然则已。则以天合天，器之所以疑神者，其是与！"

（先秦）《庄子·达生》，《诸子集成》本

贵富显严名利，六者悖意者也；容动色理气意，六者缪心者也；恶欲喜怒哀乐，六者累德者也；智能去就取舍，六者塞道者也：此四六者，不荡乎胸中则正。正则静，静则清明。清明则虚，虚则无为而无不为也。

（先秦）《吕氏春秋·有度》，《诸子集成》本

……性絜静以端理，含至德之和平，诚可以感荡心志，而发泄幽情矣。

（晋）嵇康《琴赋》，《嵇康集校注》，人民文学出版社本

……故述远则诬矫如彼，记近则回邪如此，析理居正，唯素心乎？

（南朝·梁）刘勰《文心雕龙·史传》，人民文学出版社本

……静者心多妙，先生艺绝伦。草书何太古，读兴不无神。曹植休前辈，张芝更后身。数篇吟可老，一字卖堪贫。……

（唐）杜甫《寄张十二山人彪三十韵》，《杜诗详注》卷八，中华书局本

苏大侍御涣，静者也。旅于江侧，不交州府之客，人事都绝久矣。肩舆江浦，忽访老夫舟楫，已而茶酒内，余请诵近诗，肯吟数首，才力素壮，词句动人。接对明日，忆其涌思雷出，书箧几杖之外殷殷留金石声，赋八韵记异，亦见老夫倾倒于苏至矣。

（唐）杜甫《苏大侍御访江浦赋八韵记异》，《杜诗详注》卷二十三，中华书局本

权衡之平物，动则轻重差，其于静也，锱铢不失。水之鉴物，动则不能有睹，其于静也，毫发可辨。在乎人，耳司听，目司视，动则乱于聪明，其于静也，闻见必审。处身者不为外物眩晃而动，则其心静，心静则智识明，是是非非，无所施而不中。

（宋）欧阳修《非非堂记》，《欧阳文忠公集·居士外集》卷第十三，《四部备要》本

有暇即学书，非以求艺之精，直胜劳心于他事耳！以此知不寓心于物

者，真所谓至人也；寓于有益者，君子也；寓于伐性汩情而为害者，愚惑之人也。学书不能不劳，独不害情性耳！要得静中之乐者，惟此耳。

（宋）欧阳修《学书静中至乐说》，《欧阳文忠公文集》卷一百二十九，《四部备要》本

萧条淡泊，此难画之意，画者得之，览者未必识也。故飞走迟速，意浅之物易见，而闲和严静，趋远之心难形。若乃高下向背，远近重复，此画工之艺尔，非精鉴者之事也。

（宋）欧阳修《鉴画》，《欧阳文忠公文集》卷一百三十，《四部备要》本

作字要熟，熟则神气完而有余，于静坐中自是一乐事。

（宋）欧阳修《作字要熟》，《欧阳文忠公文集》卷一百三十，《四部备要》本

欲令诗语妙，无厌空且静。静能了群动，空故纳万境。

（宋）苏轼《送参寥师》，《苏东坡集》前集卷十，《四部备要》本

与可所至，诗在口，竹在手。来京师不及岁，请郡还乡，而诗与竹皆西矣。一日不见使人思之，其面目严冷，可使静险躁、厚鄙薄，今相去数千里，其诗可求，其竹可乞，其所以静厚者不可致，此予所以见竹而叹也。

（宋）苏轼《跋赵屼屏风文与可竹》，引自《丹渊集》附录，《四部丛刊》本

吾尝论景老之道德，本于清净无为，遣去情累，而其末多流为智术刑名，何哉？夫惟静者见物之情，而无为者知事之要，据其要而中其情者，智术之所从出也。仁义生于恩，恩生于人情，圣人节情而不遣也。无情之至，至于无亲，人而无亲，则忍矣。此刑名之所以用也。齐邱之道既陋，而其文章颇亦高简，有可喜者，其言曰，君有奇智，天下不亲，虽圣人出，斯言不废。

（宋）张耒《柯山集》，《书宋齐邱化书》卷四十四，《丛书集成》本

闲来无事不从容，睡觉东窗日已红。万物静观皆自得，四时佳兴与人同。道通天地有形外，思入风云变态中。富贵不淫贫贱乐，男儿到此是豪雄。

  （宋）程颐《秋日偶成二首》，《文集·明道文三》卷三，《二程遗书》，安求我斋刊本

  今人所以事事作得不好者，缘不识之故。只如个诗，举世之人尽命去奔做，只是无一个人做得成诗，他是不识，好底将做不好底，不好底将做好底，这个只是心里闹不虚静之故。不虚不静，故不明，不明，故不识，若虚静而明，便识好物事。虽百工技艺，做得精者，也是他心虚理明，所以做得来精。心里闹如何见得。

  （宋）朱熹《论文下》，《朱子语类》卷一百四十，徽州刊本

  作字要熟，熟则神气完实而有余。于静坐中自是一乐事，然患少暇。岂若以乐处常不足耶？书十年不倦，当得名。虚名已得而真气耗矣。

  万事莫不皆然。有以寓其意，不知身之为劳也。有以乐其心，不知物之为累也。然则自古无不累心之物，而有为物所乐之心。

  （宋）张邦基《墨庄漫录》卷八，《四部丛刊》本

  《离骚》出于幽愤之极，而《远游》一篇欲超乎日月之上，与泰初以为邻。陶渊明明乎物理，感乎世变，《读山海经》诸作略不道人世间事。李太白浩荡之辞，盖伤乎大雅不作而自放于无可奈何之表者矣。近世诗人深于怨者多工，长于情者多美。善感慨者不能知所归，极放浪者不能有所反，是皆非得情性之正。惟嗜欲淡泊、思虑安静最为近之。然学有以致其道，思有以达其才，庶几古诗人作者之能事乎？

  （元）虞集《胡师远诗集序》，《道园学古录》卷三十四，《四部丛刊》本

  夫秋之为弈，不专则不成；庆之取镰，不静则不得。彼皆小技，犹有近夫道焉。况射，君子之善蓺乎！

  （明）高启《彀喻》，《高太史凫藻集》卷五，缩印丛刊本

……故予神愈静，则泉愈喧也。泉之喧者，入吾耳，而注吾心，萧然泠然，浣濯肺腑，疏瀹尘垢，洒洒乎忘身世而一死生。故泉愈喧而吾神愈静也。

  （明）袁中道《爽籁亭记》，《珂雪斋文集》卷六，上海图书公司本

  曹能始，清深之才也。惜其居心稍杂，根不甚刚净，是以近日诗文有浅率之病，亦是名成后，不交胜己之友，不闻逆耳之言所致。

  （明）钟惺《与谭友夏》，《钟伯敬合集》，《中国文学珍本丛书》本

  抚琴卜静处亦何难，独难于运指之静。然指动而求声，恶乎得静。余则曰：政在声中求静耳。声厉则知指躁，声粗则知指浊，声希则知指静，此审音之道也。盖静籁中出，声自心生，苟心有杂扰，手有物挠，以之抚琴，安能得静？惟涵养之士，淡泊宁静，心无尘翳，指有余闲，与论希声之理，悠然可得矣。所谓希者，至静之极，通乎杳渺，出有入无，而游神于羲皇之上者也。

  （明）徐上瀛《溪山琴况》，引自《中国美学史资料选编》，中华书局本

  从来惟空怀平气，可以一日，可以百年。盖空则无先入之见，平则无据胜之形，因物付物，如数而止，才有题目，便觉入之则是，出之则非，胜之则相安，不胜则愈激，人品职业，俱不能落第二义矣。

  （清）周亮工《尺牍新钞》一集，刘延谏《与缪西溪先生》，上海杂志公司本

  诗人之难也，不敢有傲气，不敢有躁心，不敢有乖调。

  （清）宋徵璧《抱真堂诗话》，《清诗话续编》本

  胸中无事则识自清，眼中无人则手自辣。

  （清）贺贻孙《诗筏》，《清诗话续编》本

  昔人谓书法至颜鲁公而坏，以其著力太急，失晋人风度也。文章本

静业，故曰"仁者之言蔼如也"，学术风俗皆于此判别。着力急者心气粗，则一发不禁；其落笔必重，皆嚣陵竞乱之征也。俗称欧、苏等为"大家"，试取欧阳公文与苏明允并观，其静躁、雅俗、贞淫，昭然可见。心粗笔重，则必以纵横、名法两家之言为宗主，而心术坏，世教陵夷矣。明允其明验也。启、祯诸公欲挽万历俗靡之习，而竞躁之心胜，其落笔皆如椎击，刻画愈极，得理愈浅；虽有才人，无可胜澄清之任。就中唯沈去疑、杜南谷为有超然之致，犹未醇也，其他勿论已。代圣贤以引伸至理，而颓面张拳，奚足哉？胡元诗人如贯云石、萨天锡、冯子振，欲矫宋诗之衰，而膻气乘之；启、祯文多类似此意者，亦天实为之邪？

（清）王夫之《薑斋诗话》卷二，人民文学出版社本

　　天下能久要人者，惟真与静。真者恶伪，伪者尤恶伪也；静者恶燥者，燥者尤恶燥。惟真则伪者皆服，静则燥者可使平。此非独为山林之士言也，游于世之途，盖未有不然者。

（清）魏禧《赠刘毅可序》，《魏叔子文集》卷十，清刊本

　　山静而草木生，人静而思虑出。诗之为物，触于境，感于事，而勃然发诸言，是动物也。然非有静气以为之根，则嚣然杂出，不能自成其文理，虽工于句字，侈于文，而真意消亡，无复可以言诗。

（清）魏禧《许士堂诗叙》，《魏叔子文集》卷九，清刊本

　　韦诗不惟古淡，兼以静胜。古淡可几，静非澄怀观道不可能也。

（清）乔亿《剑溪说诗又编》，《清诗话续编》本

　　论书画者夥矣，多言理法，言笔墨，言家数，亦有言气味、气韵、气势、气魄者，而少言及静之一字也。书画至于成就，必有静气，方为神品。昔人论诗文有言敛气于骨，则乾坤清气可得而自静矣。古大家书画中，静者亦不可多得。公中年小行楷渐近自然，每多静气。六旬以后，指画皆系俗手渲染，非特其气不静，且火气而兼霸气，致令雅人厌玩。因名重未敢雌黄，而门外汉又皆疑以为赝。如系亲笔渲染，则静气肃然。俗子见之，而又却步厌观矣。可见墨骨固难，而设色亦大不易，若殚毕生精

力，不能时有气静之作，则亦难传。传亦能久也。

（清）高秉《指头画说》，《历代论画名著汇编》，文物出版社本

诗如鼓琴，声声见心。心为人籁，诚中形外。我心清妥，语无烟火。我心缠绵，读者泫然。禅偈非佛，理障非儒，心之孔嘉，其言蔼如。

（清）袁枚《续诗品三十首·斋心》，《清诗话》本

静者心多妙，体物之工，亦惟静者能之。如柳柳州："回风萧瑟，林影久参差。"李嘉祐："细雨湿衣看不见，闲花落地听无声。"卤莽人能体会及此否？

（清）洪亮吉《北江诗话》卷二，人民文学出版社本

人之学虚空者如之何？曰：去其中之窒塞而已矣。中无可欲则自虚，无可恃则自虚，虚则自灵矣。

（清）魏源《默觚上·学篇三》，《魏源集》上，中华书局本

浪斋诗（徐元叹）前有士英序文。是天启初年仕未显时所作，论诗颇有妙语，未可竟呵为门外汉。录而存之，非谓不以人废言，欲使世之阅其文者，知其聪明白误耳。序曰："古人之善为诗也，非尽以其才也，则才人之不善为诗也，亦非尽其才之罪也。何也，根不静而神躁，不静则浮，躁则粗，粗浮无当于人，而当于诗乎哉。夫才者，世俗之所炫，而至人之所不屑居者也。才大而无以养之，犹足为患，况乎其无所有也。故山水花鸟皆含妙理，冥心无对，犹恐失之，而麹蘖闺帷之趣，酒淫色癖者，睹面错过，而幽人老衲从旁摹写，反入精微。则诗之为用可思矣。若吾友徐元叹则今之静人也，天性本静，而学以充之，故其发而为诗，渊然穆然，和平温厚，不惟离近人之迹，并化其才人之气。然予去岁读元叹诗，则就删妙于采蕰，而读近日诗，又妙于就删，学益进则道益深，根益静则神益恬，诗之机候日新而不自知矣。嗟乎，静而无才者，与诗绝者也，才而不静者，与诗隔者也。"

（清）叶廷琯《鸥陂诗话》卷四，引自《笔记小说大观》，江苏广陵古籍刻印社本

2. 心醇气和　修身养才

子曰:"君子博学于文,约之以礼,亦可以弗畔矣夫。"
          （先秦）《论语·雍也》,《十三经注疏》本

立身之道,与文章异。立身先须谨重,文章且须放荡。
    （南朝·梁）萧纲《诫当阳公大心书》,《全梁文》卷十一,中华书局本

名之与实,犹形之与影也。德艺周厚,则名必善焉;容色姝丽,则影必美焉。今不修身而求令名于世者,犹貌甚恶而责妍影于镜也。
    （北齐）颜之推《颜氏家训》卷四《名实第十》,《诸子集成》本

夫所谓文者,必有诸其中,是故君子慎其实。实之美恶,其发也不掩。本深而末茂,形大而声宏,行峻而言厉,心醇而气和,昭晰者无疑,优游者有余。体不备不可以为成人,辞不足不可以为成文。愈之所闻者如是。有问于愈者亦以是对。
    （唐）韩愈《答尉迟生书》,《韩昌黎全集》卷十五,《四部备要》本

文章视其一时风声气俗所为,而巧拙则存乎人。亦其所养有薄厚,故激扬沉抑,或侈或廉,秾纤不同,各有态度。
    （宋）晁补之《石远叔集序》,《鸡肋集》卷三十四,《四部丛刊》本

程先生所以有功于后学者,最是"敬"之一字有力……"敬"字工夫,乃圣门第一义,彻头彻尾,不可顷刻间断。敬则万理具在。
    （宋）朱熹《持守》,《朱子语类辑略》卷二,正谊堂本

涵养深厚,用意沉潜,真是后学要药。
    （清）张谦宜《𥳑斋诗谈》卷上,《清诗话续编》本

……能具史识者,必知史德。德者何?谓著书者之心术也。夫秽史者所以自秽,谤书者所以自谤,素行为人所羞,文辞何足取重。魏收之矫诬,沈约之隐恶,读其书者,先不信其人,其患未至于甚也。所患夫心术者,谓其有君子之心,而所养未底于粹也。夫有君子之心而所养未粹,大贤以下所不能免也。此而犹患乎心术,自非夫子之《春秋》不足当也。以此责人,不亦难乎!是亦不然也。盖欲为良史者,当慎辨于天人之际,尽其天而不益以人也。尽其天而不益以人,虽未能至,苟允知之,亦足以称著书者之心术矣。而文史之儒,竞言才学识,而不知辨心术以议史德,乌乎可哉!

(清)章学诚《史德》,《文史通义·内篇五》,中华书局本

盖好名之习,渐为门户,而争胜之心,流为岐险。学问本属光明坦途,近乃酿成一种枳棘险隘,诡谲霭昧,殆于不可解释者。

(清)章学诚《文史通义补遗续·又与朱少白》,中华书局本

……尔禀气太清,清则易柔,惟志趣高坚,则可变柔为刚;清则易刻,惟襟怀闲远,则可化刻为厚。余字汝曰劼刚,恐其稍涉柔弱也;教汝读书须具大量,看陆诗以导闲适之抱,恐其稍涉刻薄也。尔天性淡于荣利,再以此二字用功,则终身受用不尽矣……

(清)曾国藩《曾国藩全集·家书》,同治六年三月二十八日,岳麓书社本

昌黎文意思来得硬直,欧曾来得柔婉。硬直见本领,柔婉正复见涵养也。

(清)刘熙载《艺概·文概》,上海古籍出版社本

善书者不出廉立宽敦四字,然则欲从事于书,莫如先师夷惠,不然,则顽懦鄙薄之书且将接迹于世也。

(清)刘熙载《艺概·书概》,上海古籍出版社本

古今之成大事业大学问者,不可不历三种之阶级:"昨夜西风凋碧树,独上高楼望尽天涯路。"此第一阶级也。"衣带渐宽终不悔,为伊消

得人憔悴。"此第二阶级也。"众里寻他千百度，回头蓦见，那人正在灯火阑珊处。"此第三阶级也。未有未阅第一第二阶级，而能遽跻第三阶级者。文学亦然。此有文学上之天才者，所以又需莫大之修养也。

（清）王国维《文学小言》，《静安遗书》，商务印书馆本

3. 超然物外　恬淡寡欲

扁子曰："子独不闻夫至人之自行邪？忘其肝胆，遗其耳目，芒然彷徨乎尘垢之外，逍遥乎无事之业，是谓为而不恃，长而不宰……"

（先秦）《庄子·达生》，《诸子集成》本

有尝试深观其隐而难其察者，志轻理而不重物者，无之有也；外重物而不内忧者，无之有也。行离理而不外危者，无之有也；外危而不内恐者，无之有也。心忧恐则口衔刍豢而不知其味，耳听钟鼓而不知其声，目视黼黻而不知其状，轻暖平簟而体不知其安。故向万物之美而不能嗛也，假而得问而嗛之则不能离也。故向万物之美而盛忧，兼万物之利而盛害。如此者，其求物也，养生也？粥寿也？故欲养其欲而纵其情，欲养其性而危其形，欲养其乐而攻其心，欲养其名而乱其行。如此者，虽封侯称君，其与夫盗无以异；乘轩戴绖，其与无足无以异。夫是之谓以己为物役矣！

心平愉，则色不及佣而可以养目，声不及佣而可以养耳，蔬食菜羹而可以养口，粗布之衣、粗纠之履而可以养体，局室、庐帘、稾蓐、尚（敝）机筵而可以养形。故无万物之美而可以养乐，无埶列之位而可以养名。如是而加天下焉，其为天下多，其和（私）乐少矣。夫是之谓重己役物。

（先秦）《荀子·正名》，《荀子简注》，上海人民出版社本

成乐有具，必节嗜欲。嗜欲不僻，乐乃可务。务乐有术，必由平出。平出于公，公出于道，故惟得道之人，其可与言乐乎！

（先秦）《吕氏春秋·适音》，《诸子集成》本

所谓乐者，岂必处京台、章华，游云梦、沙丘，耳听《九韶》、《六莹》，口味煎熬芬芳，驰骋夷道，钓射鹔鹴之谓乐乎。吾所谓乐者，人得

其得者也。夫得其得者，不以奢为乐，不以廉为悲，与阴俱闭，与阳俱开，故子夏心战而臞，得道而肥。圣人不以心役物，不以欲滑和。是故其为欢不忻忻，其为悲不惙惙。万方百变，消摇而无所定，吾独慷慨遗物，而与道同出，是故有以自得之也。乔木之下，空穴之中，足以适情，无以自得也。虽以天下为家，万民为臣妾，不足以养生也。能至于无乐者，则无不乐，无不乐则至极乐矣。夫建钟鼓，列管弦，席旃茵，傅旄象，耳听朝歌、北鄙靡靡之乐，齐靡曼之色，陈酒行觞，夜以继日，强弩弋高鸟，走犬逐狡兔，此其为乐也。炎炎赫赫，怵然若有所诱慕，解车休马，罢酒彻乐，而心忽然若有所丧，怅然若有所亡也。是何则？不以内乐外，而以外乐内，乐作而喜，曲终而悲，悲喜转而相生，精神乱营，不得须臾平。察其所以不得其形，而日以伤生，失其得者也。是故内不得于中，禀授于外而以自饰也。不浸于肌肤，不浃于骨髓，不留于心志，不滞于五藏，故从外入者，无主于中不止，从中出者，无应于外不行。

（汉）刘安《淮南子·原道训》，《诸子集成》本

伟长独怀文抱质，恬淡寡欲，有箕山之志，可谓彬彬君子矣。

（魏）曹丕《与吴质书》，《文选》卷四十二，中华书局本

司马太傅斋中夜坐。于时天月明净，都无纤翳。太傅叹以为佳。谢景重在坐，答曰："意谓乃不如微云点缀。"太傅因戏谢曰"卿居心不净，乃复强欲滓秽太清邪？"

（南朝·宋）刘义庆《世说新语·言语》，《诸子集成》本

其兴怀昔游，故为东平相；怡情善酿，故受步兵校尉。弛张蓬宁之际，出处夷惠之表。否泰莫得介于灵府，名实不足汩其冲气。螭蟠龙卧，与道偕隐。所以沉吟志全，慷慨神王。独立长啸，遗荣此台。
当其寓兴也，盖将豪视泰山，囊括浩气，颓然自得，与造化者为友。故卷其用而怀之，世莫得而窥也。其外物所感则寄之翰墨焉。谓道莫至于专气抱一，于是著《释老论》；哀莫大于矫时死名，于是有《吊比干文》。情动于中而形于言，赋《咏怀诗》，问道苏门，笑而不答，作《大人先生传》。

（唐）独孤及《阮公啸台颂序》，《全唐文》卷三百八十四，中华书局本

今闲之于草书，有旭之心哉！不得其心，而逐其迹，未见其能旭也。为旭有道，利害必明，无遗锱铢，情炎于中，利欲斗进，有得有丧，勃然不释，然后一决于书，而后旭可几也。今闲师浮屠氏，一死生，解外膠，是其为心必泊然无所起，其于世必淡然无所嗜，泊与淡相遭，颓堕、委靡、溃败，不可收拾。则其于书，得无象之然乎！

（唐）韩愈《送高闲上人序》，《韩昌黎集》卷二十一，《四部备要》本

今浩初闲其性，安其情，读其书，通《易》、《论语》，唯山水之乐，有文而文之。又父子咸为其道，以养而居，泊焉而无求，则其贤于为庄墨申韩之言，而逐逐然唯印组为务以相轧者其亦远矣。李生礎与浩初又善，今之往也，以吾言示之，因北人寓退之视何如也。

（唐）柳宗元《送僧浩序》，《柳河东集》卷二十五，中华书局本

夫穷天下之物，无不得其欲者，富贵者之乐也。至于荫长松，藉丰草，听山溜之潺湲，饮石泉之滴沥，此山林者之乐也。而山林之士视天下之乐，不一动其心；或有欲于心，顾力不可得而止者，乃能退而获乐于斯。彼富贵者之能致物矣，而其不可兼者，惟山林之乐尔。惟富贵者而不得兼，然后贫贱之士有以自足而高世，其不能两得，亦其理与势之然欤！

（宋）欧阳修《浮槎山水记》，《欧阳文忠集》卷四十，《四部备要》本

夫举天下之至美与其乐，有不得而兼焉者多矣。故穷山水登临之美者，必之乎宽闲之野、寂寞之乡而后得焉；览人物之盛丽，夸都邑之雄富者，必据乎四达之冲、舟车之会而后足焉。该彼放心于物外，而此娱意于繁华，二者各有适焉。然其为乐者，不得而兼也。

（宋）欧阳修《有美堂记》，《欧阳文忠集》卷四十，《四部备要》本

足下知道之明者，固能达于进退穷通之理，能达于此而无累于心，然后山林泉石可以乐。必与贤者共，然后登临之际有以乐也。

（宋）欧阳修《答李大临学士书》，《欧阳文忠集》卷六十九，《四部备要》本

凡物皆有可观。苟有可观，皆有可乐，非必怪奇玮丽者也。铺糟啜醨皆可以醉，果蔬草木皆可以饱。推此类也，吾安往而不乐？夫所为求福而辞祸者，以福可喜而祸可悲也。人之所欲无穷，而物之可以足吾欲者有尽，美恶之辨战乎中，而去取之择交乎前，则可乐者常少，而可悲者常多，是谓求祸而辞福。夫求祸而辞福，岂人之情也哉？物有以盖之矣。彼游于物之内，而不能游于物之外。物非有大小也，自其内而观之，未有不高且大者也。彼挟其高大以临我，则我常眩乱反复，如隙中之观斗，又乌知胜负之所在？是以美恶横生而忧乐出焉，可不大哀乎！

（宋）苏轼《超然台记》，《东坡七集·东坡集》卷三十二，《四部备要》本

君子可以寓意于物，而不可以留意于物。寓意于物，虽微物足以为乐，虽尤物不足以为病；留意于物，虽微物足以为病，虽尤物不足以为乐。老子曰："五色令人目盲，五音令人耳聋，五味令人口爽，驰骋田猎令人心发狂。"然圣人未尝废此四者，亦聊以寓意焉耳。刘备之雄才也，而好结髦；嵇康之达也，而好锻炼；阮孚之放也，而好蜡履。此岂有声色臭味也哉？而乐之终身不厌。凡物可喜，足以悦人而不足以移人者，莫若书与画。然至其留意而不释，则其祸有不可胜言者。钟繇以此呕血发冢，宋孝武、王僧虔至以此相忌，桓玄之走舸，王涯之复壁，皆以儿戏害其国，凶其身，此留意之祸也。始吾少时，尝好此二者，家之所有，惟恐其失之；人之所有，惟恐其不吾予也。既而自笑曰："吾薄富贵而厚于书，轻死生而重画，岂不颠倒错谬，失其本心也哉！"自是不复好。见可喜者，虽时复蓄之，然为人取去，亦不复惜也。譬之烟云之过眼，百鸟之感耳，岂不欣然接之，去而不复念也。于是乎二物者，常为吾乐而不能为吾病。

（宋）苏轼《宝绘堂记》，《东坡七集·东坡集》卷三十二，《四部备要》本

笔墨之迹托于有形，有形则有弊。苟不至于无，而自乐于一时，聊寓其心，忘忧晚岁，则犹贤于博弈也。虽然，不假外物而有守于内者，圣贤之高致也。唯颜子得之。

（宋）苏轼《题笔阵图》，《东坡题跋》，《丛书集成》本

同尘子许君大方，吏于海陵，谓予言，平生在宦四方，所至辄为诗句文篇，未尝废也。亦辄集为一书，求人为序，取以冠于篇首，今海陵之集将成矣，子其为我序之乎？予曰："士方其退于燕间寂寞之境，而有以自乐其乐者，往往英奇秀发之气，发为文字言语，超然自放于尘垢之外，盖有可欣者。然一行为吏，此事便废，敲扑喧嚣、牒诉倥偬，既已变易其平生矣，风云之观，溷于泥涂，泉石之想，变于阛阓，俗虑日进，道心日销，呜呼，士之道艺不进者以此。许君以潇洒出尘之姿，屈首徼禄于小官，又吏于僻远，职事之外，宜其有憔悴无聊之叹，尚何暇注心于笔研文墨之间耶？然既已粲然成编矣，其中非有过人者，其能尔耶？是予所以喜为之序也。

    （宋）张耒《许大方诗集序》，《柯山集》卷四十，《丛书集成》本

  摩诘心淡泊，本学佛而善画。出则陪岐、薛诸王及贵主游，归则餍饫辋川山水，故其诗于富贵山林，两得其趣。如"兴阑啼鸟唤，坐久落花多"之句，虽不夸服食器用，而真是富贵人口中语。

    （宋）张戒《岁寒堂诗话》卷上，《历代诗话续编》本

  世之辩证陶氏者曰，前得名字之互变也，死生岁月之不同也，彭泽退休之年，史与集所载之各异也。然是所当考而非其要也。其称美陶公者曰，荣利不足以易其守也，声味不足以累其真也，文词不足以溺其志也，然是亦近之，而公之所以悠然自得之趣则未之深识也。风雅以降，诗人之词，乐而不淫，哀而不伤，以物观物而不牵于物，吟咏情性而不累于情。孰有能如公者乎？有谢康之忠而勇退过之，有阮嗣宗之达而不至于放，有元次山之漫而不著其迹，此岂小小进退所能阈其际邪？先儒所谓经道之余，因闲观时，因静照物，因时起志，因物寓言，因志发咏，因言成诗，因咏成声，因诗成音者，陶公有焉。

    （宋）魏了翁《费元甫注陶靖节诗序》，《鹤山先生大全文集》卷五十二，《四部丛刊》本

  和陶自二苏公始，然士之生世，鲜不以荣辱得丧挠败其天真者。渊明一生，惟在彭泽八十余日涉世，故余皆高枕北窗之日，无荣恶乎辱，无得

恶乎丧，此其所以为绝倡而寡和也。二苏公则不然，方其得意也，为执政侍从；及其失意也，至下狱过岭；晚更忧患，始有和陶之作。二公虽惓惓于渊明，未知渊明果印可否。

　　　　　　（宋）刘克庄《跋宋吉甫和陶诗》，《后村题拔》卷三，《丛书集成》本

　　为文须有文心，始可与言文，盖识见高明，不染利欲。若庄周、屈平及李太白，超然尘外，百代无继之。非文难，文心难也。心或夹杂，本失矣，词华曷生哉？且为文如蚕口抽丝作茧，一闻响则口停而丝肠断矣，使乱乃心，文焉得妙？

　　　　　　（明）王文禄《文脉》卷一，《丛书集成》本

　　古人为治，先养得人心和平，然后作乐。比如在此歌诗，你的心气和平，听者自然悦怿兴起，只此便是元声之始。《书》云"诗言志"，志便是乐的本。"歌永言"，歌便是作乐的本。"声依永，律和声"，律只要和声，和声便是制律的本，何尝求之于外。

　　　　　　（明）王阳明《语录三·传习录下》，引自《中国古代乐论选辑》，人民音乐出版社本

　　近有刻汤若士先生诗。余视其篇中如《阅世》、《题梦》、《诀世》等，是何其高闶特达，多仁人长者之言也。盛唐诗人，俱称李杜。然李独工情语，杜单妙景词。试质之忘宠辱、齐得丧、一死生、了梦觉，当复滞笔。先生才既殊绝，而意复清虚。自平昌赤乎（手）归，橐不留一钱。一二（卖赋）粥文，日为四方门人客子取酒用。余金几何弗问。终日枯坐，如蒲团上人。乃始得以其静心闲阅世人之闹，以其痴情冥砭世人之黯。

　　　　　　（明）丘兆麟《诗集原序》，《汤显祖诗文集·附录》，上海古籍出版社本

　　寡欲则神清，神清则文章之脉理亦清。多欲则神浊，神浊则文章之脉理亦浊。故有淫佚而能文者，虽雕绘满眼，一时脍炙，而世有明眼吐弃之矣。

　　　　　　（明）王嗣奭《文学》，《管天笔记外编》卷下，《四明丛书》本

若夫所谓诗人者,蠲万物之荣郁,宅洁怀远,去世奉之乐,超适微淡而动安虚息,或疏食而不厌,散官而无竞,如是居此名者,可谓当矣。

（明）陈子龙《方扶予诗集序》,《陈忠裕全集》卷二十五,簳山草堂本

古今文章之道,若水泻地,随地皆泻,常窟穴在忠孝人之志,幽素人之怀,是二者皆本乎自然。而文章之道,恒以自然为宗。是非贞笃恬淡之人,讽高历赏,光影相涵,虽甚动心亦莫得而取之。

（明）谭友夏《古文澜编序》,《谭友夏合集》卷八,上海书店本

或问曰：然则施耐庵何如人也？曰：才子也。何以谓才子也？曰：彼因宿讲于龙树之学者也。讲于龙树之学,则菩萨也。菩萨也者,真能格物致知者也。

（清）金圣叹《第五才子书施耐庵〈水浒传〉》第五十五回总批,中华书局本

……得其趣者,其陶靖节先生乎？其为人也,解体世纷,游趣区外；其涉物也,和而不流,独而能群；其为诗也,悠然有会,命笔成篇,取适己意,不为名誉,倘所谓天籁者耶？

（清）贺贻孙《陶邵陈三先生诗选序》,《水田居诗文集》卷三,清道光丙午敕书楼藏版

陶谢以下,不闻寄托之音久矣,微文通则诗且为里巷之用,深思运情正在素心者。王融、谢朓、沈约、任昉虽华陋异姿,要为高贵中人,何足与语此哉！

（清）王夫之《古诗评选》卷五,江淹《无锡县历山集》评语,《船山古近体诗评选三种》,船山学社本

所谓冲淡,此性情心术上事,不洗自净,不学而能。若勉强作冲淡语,似亦是伪,何况不似。

（清）张谦宜《絸斋诗谈》卷一,《清诗话续编》本

天外之天，水中之水，笔中之笔，墨外之墨，非高人逸品，不能得之，不能知之。

（清）恽敬《南田论画》，《历代论画名著汇编》本

先有绝俗之特操，后乃有天然之真境。彼一味平和而不能屏绝俗学者，特乡愿之流，岂风雅之诣乎？

（清）潘德舆《养一斋诗话》卷十，《清诗话续编》本

自进士设科而人皆以方盛之才力，困讪于场屋之文，仕宦成而精力亦销亡矣。惟早得科第如韩、欧数君子者，雄才盛年，早弃俗学，博观古人之书以从事于兹术，立乎庙堂之上，厌饫于声明文物之大观，以昌其气；磨礲政事，以植其根；谘询于皇华原隰之间，以博其趣。然后其学之成，兼具天地万物之美而不类乎草野曲士之为，因其天资之绝于人，亦遭遇使然也。

今先生科第名位如古韩、欧，文之昌固其遇为之哉，然有超乎其遇者，何也？其游览山水，锼刻万类，虽沈冥于泉石者不若也。是登乎廊庙而心游乎山泽者欤？曰是天机之相合者也。功名也，节义也，文章也，皆人之动乎天机者也。是机也，峙而为山，流而为川，发敛之而为草木之花实，亦皆动于天而不知其所以然。君子见大水必观焉，山林皋壤则欣欣然乐之，是之谓以天合天。以天合天，又安往而不得吾文者？不若是则以人塞天，容一心之得衷而不足也，况能容天地万物之蕃变者哉？然则古君子所以善其文者无他，勿夭阏其天机而已。所以全其天机者无他，超然于荣观而已。是则先生之所同而文之所以进乎古者欤！不然，遭遇如数君子者，踵相接也，而以文章鸣者不数人焉。庄子曰：其嗜欲深者，其天机浅，不足以与论先生之文。

（清）梅曾亮《李芝龄先生文集叙》，《柏枧山房文集》卷五，扫叶山房本

张太岳集中，甚有见道之语，如云："凡物颜色鲜好、滋味秾厚者，其本质皆平淡。丹砂之根色如水晶，谓之砂床，炼之则极鲜红；花卉含苞，率皆青白色，至盛开，乃有彩艳；红花色亦正白，洗之乃红；解盐初出池，其色红白而味淡，虽少食之，不咸；茗之初采，其芽皆白。此皆物器之最佳者，故凡人之才性，以平淡为上。"刘孔才《人物志》云："先

求其平淡，而后求其聪明，至于才智勇敢，出群绝伦，皆后来之彩色华艳、滋味浓厚者也。"

（清）梁章钜《浪迹丛谈》卷六，引自《中国近代文论选》，人民文学出版社本

……萸酒一樽，破例展重阳之会；蒲帆十幅，高岭过七里之泷，又何其诗境之起而宦情之冷也。于是流连风景，濡染云烟，赤玉胸中，都无宿物，黄筌笔底，自有化工。喷纸上而成春，种毫端而欲活。萧协律之竹，肥瘦都宜；修夫子之梅，横斜尽古。今读集中题画诸诗人徒赏其笔墨之风华，而不知其根尘之清净也。

（清）俞樾《潘兰坨前辈稼书堂诗集序》，《春在堂全书·宾萌集外集》卷三，清刊本

豪杰之士无大惊，无大喜，无大苦，无大乐，无大忧，无大惧。其所以能如此者，岂有他术哉！亦明三界唯心之真理而已，除心中之奴隶而已。苟知此义，则人人皆可以为豪杰。

（清）梁启超《饮冰室专集》卷二，《自由书·惟心》，《饮冰室合集》，中华书局本

诗人视一切外物，皆游戏之材料也。然其游戏，则以热心为之。故诙谐与严重二性质，亦不可缺一也。

（清）王国维《人间词话》，人民文学出版社本

4. 入门须正　慎习育才

夫才有天资，学慎始习，斫梓染丝，功在初化，器成彩定，难可翻移。故童子雕琢，必先雅制。

（南朝·梁）刘勰《文心雕龙·体性》，人民文学出版社本

蚌腹有珠，待月而后成。木性有火，得燧而乃生。以刘生之天才，遇潘生之善诱，成此神异，不其然乎！

（宋）王禹偁《神童刘少逸与时贤联句诗序》，《小畜外集》卷十三，《四部丛刊》本

夫善国者莫先育材。育材之方，莫先劝学。劝学之要，莫尚宗经。宗经则道大，道大则才大，才大则功大。盖圣人法度之言存乎《书》，安危之几存乎《易》，得失之鉴存乎《诗》，是非之辩存乎《春秋》，天下之制存乎《礼》，万物之情存乎《乐》。故俊哲之人，入乎六经，则能服法度之言，察安危之几，陈得失之鉴，析是非之辩，明天下之制，尽万物之情。使斯人之徒辅成王道，复何求哉！至于扣诸子，猎群史，所以观异同，质成败，非求道于斯也。

（宋）范仲淹《上时相议制举书》，《范文正公集》卷九，《四部丛刊》本

夫物生而性不齐，裁正物性者天吏也。人生而材不备，长育人材者君宰也。裁正而后，物性遂，故直者曲者酸者辛者仆者立者，皆得其和，《易》曰："乾道变化各正性命"是也。长育而后人材美，故刚者柔者暴者舒者急者，各得其中，《洪范》曰："会其有极归其有极"是也。

（宋）石介《上颍州蔡侍郎书》，《石徂徕集》卷上，《丛书集成》本

愿足下以古人之心为心，不愿足下受之天而不受之人，如世轻薄子也。与足下心知，故道此意，幸少安毋躁。

（金）赵秉文《闲闲老人滏水文集》卷十九，《四部丛刊》本

予夜观李长吉孟东野诗集，皆能造语奇古，正偏相半，豁然有得，并夺搜奇想头，去其二偏。险怪如夜壑风生，暝岩月堕，时时山精鬼火出焉；苦涩如枯林朔吹，阴崖冻雪，见者靡不惨然。予以奇古为骨，平和为体，兼以初唐盛唐诸家，合而为一，高其格调，充其气魄，则不失正宗矣。若蜜蜂历采百花，自成一种佳味与芳馨，殊不相同，使人莫知所蕴。作诗有学酿蜜法者，要在想头别尔。

（明）谢榛《四溟诗话》卷四，《历代诗话续编》本

前辈作文，各有入门处。退之本《孟子》，永叔亦祖《孟子》，故其议论，纯正少疵。子厚、明允，皆自言其所得处，明允多自《战国策》

中来，视子厚为不纯。子瞻亦祖其家学，气焰赫奕，人多慕之，然少纯正。要之，自《六经》来，则源深而流长，人但见其正大温粹，不知其所养者有本也。此最当谨，所习之始若不谨，则未可知。本既立，必学问充就而后识见超诣。凡见之议论言语者，皆正大纯粹，如冠冕佩玉，入宗庙之中，人自起敬。

　　　　　　（明）徐师曾《诸儒总论作文法》，《文章辨体序说》，人民文学出版社本

　　时文字能于笔墨之外言所欲言者，三人而已。归太仆之长句，诸君燮之绪音，胡天一之奇想。各有其病，天下莫敢望焉。以今观王季重文字，殆其四之。而季重以能为古文词诗歌，故多风人之致。光色犹若可异焉。

　　大致天之生才，虽不能众，亦不独绝。至为文词，有成有不成者三。儿时多慧，裁识书名，父师迷之以传注括帖，不得见古人纵横浩渺之书。一食其尘，不复可鲜。一也。乃幸为诸生，困未敏达，蹭蹬出没于校试之场。久之，气色渐落，何暇议尺幅之外哉。二也。人虽有才，亦视其所生。生于隐屏，山川人物居室游御鸿显高壮幽奇怪侠之事，未有觌焉。神明无所练濯，匃腹无所厌余。耳目既吝，手足必蹇。三也。凡此三者，皆能使人才力不已焉。才力顿尽，而可为悲伤者，往往如是也。若季重者，五岁遍受五经，十岁恣为文章，二十而成进士。盖一代之才也。而天亦若有以异之者。大越之墟，古今冠带之国也。固已受灵气于斯。而世籍都下，往来燕越间。起禹穴英山江海淮沂，东上岱宗，西迤太行，归乎神都。所游目，天下之股脊喉颡处也。英雄之所蹴，美好之所铺，咸在矣。于以豁心神纡眺听者，必将郁结乎文章。而又少无专门，承学之间，灵心洞脱，孤游皓杳。盏为贵公巨人所赏，闻所未闻。出见少年裘马弓剑，旗亭陌道之间，顾而乐之。此亦文心之所贻贮也。身复蚤达，曾无诸生一日之忧。名字所至，赞叹盈瞩。故其为文字也，高广其心神，亮浏其音节。精华甚充，颜色甚悦。缈焉者如岭云之媚天宵，绚焉者如江霞之荡林樾。乍禽乍辟，如崩如兴。不可迫视，莫或殚形。大有传疏之所曾遗，著录之所未经者矣。嗟夫，以一代之才，而绝三者之累，若此不亦宜乎。其为古文词诗歌又何如也。

　　　　　　（明）汤显祖《王季重小题文字序》，《汤显祖诗文集》卷三十二，上海古籍出版社本

太白多率语，子美多放语，献吉多粗语，仲默多浅语，于鳞多生语，元美多巧语，皆大家常态，然后学不可为法。右丞、浩然、龙标、昌谷、子业、明卿即不尔，然终不以彼易此。

　　　　　　　　（明）胡应麟《诗薮·外编》卷四，上海古籍出版社本

　　……若夫体多总杂而间涉豪粗，格务兼该而时流钝近，语必瑰奇而或伤浮巧，事惟核密而小远性情，此弇州之大，亦弇州之病；弇州之病，亦弇州之大。惟是初学读之，则茫无入手，习之则率虞捧心，故不肖尝谓唐之老杜，今之弇州，皆学人末后一着，非入门发轫所先。

　　　　　　　　（明）胡应麟《报伯玉司马》，《少室山房集》卷一百十三，文渊阁《四库全书》本

　　太白仙才，然其持论，不鄙齐、梁；子美诗圣，然其持论，尚推卢、骆。譬之沧海，百川细流，无不容纳，所谓"不薄今人爱古人"也。虚心怜才，殊为可师。今之名流，递相掊击，拔帜立帜，争名丧名，较之李、杜，度量相越，岂不远哉！

　　　　　　　　（清）贺贻孙《诗筏》，《清诗话续编》本

　　今有一言，可以醒二李之徒之痼疾者：人之学业，无不与年俱进者也，惟学二李之诗，则一入门即齐肩于高、岑、李、杜，而头童齿豁，不过如此。如优人入场，便可作侯王卿相，而老死只是优人。打头不遇作家，到老时亦终成骨董。

　　　　　　　　（清）吴乔《围炉诗话》卷之一，《清诗话续编》本

　　诗者，性情之所发，《三百篇》、《离骚》尚已。汉、魏高古，不可骤学；元嘉、永明以后，绮丽是尚，大雅寖衰；独唐人诸体咸备，铿锵轩昂，为风雅极致。顾篇什浩繁，别裁不易，高廷礼《品汇》，庶几大观；廷礼又拔其尤者为《正声》一编，近代庶常馆课与文章正宗并诵习之，盖诗家之正轨也。学者从此入门，趋向已定；更尽览《品汇》之全编，考镜三唐之正变。然后上则溯源于曹、陆、陶、谢、阮、鲍六七名家，又探索于李、杜大家，以植其根柢；下则泛滥于宋、元、明诸家，所谓取材

富而用意新者，不妨浏览以广其波澜、发其才气。久之，源流洞然，自有得于性之所近，不必橅唐，不必橅古，亦不必橅宋、元、明，而吾之真诗触境而出，释氏所谓信手拈来，庄子所谓蝼蚁、稊稗、瓦甓无所不在，此之谓悟后境。悟则随吾兴会所之，汉、魏亦可，唐亦可，宋亦可，不汉、不魏、不唐、不宋亦可，无暇模古人，并无暇避古人，而诗候熟矣。不则胸无定见，随波而靡；譬一盲导之于前，群盲随之于后，曰左曰右，莫敢自必。乌虖！可哀也已。

（清）宋荦《漫堂说诗》，《清诗话》本

予每览前代学问源流之故，如徐士秀、苏昌客父子并以文采著闻当世，后先辉映，以为美谈。窃怪天之生才萃于一门，而不知其精诗锱铢，复量尺寸，门庭以内薰陶融液以成其材，非偶然者也。

（清）王士禛《野香亭集序》，《蚕尾文集》卷一，清刊本

韩子高于孟东野，而为云为龙，愿四方上下逐之。欧阳子高于苏、梅，而以黄河清凤凰鸣比之。苏子高于黄鲁直，而己所赋诗云"效鲁直体"以推崇之。古人胸襟广大尔许。

（清）沈德潜《说诗晬语》卷下，《清诗话》本

足下踔厉奋发，不谋于众，不请诸父兄，而殷殷然以此事见师，投一书一序，皆的的然具欧、曾形貌，是足下之心腹肾肠，业已非今之人，乃古之人矣。以古之人为古之文，如以水洗水，此事非足下之传而孰传焉？

（清）袁枚《与孙俌之秀才书》，《小仓山房文集》卷三十一，
《四部备要》本

余尝规蒋心余云："子气压九州矣，然能大而不能小，能放而不能敛，能刚而不能柔。"心余折服曰："吾今日始得真师。"其虚心如此。

（清）袁枚《随园诗话》卷三，人民文学出版社本

诗虽小技，然必童而习之，入手先从汉、魏、六朝，下至三唐、两宋，自然源流各得，脉络分明。今之士大夫，已竭精神于时文八股矣；宦成后，慕诗名而强为之，又慕大家之名而狭取之。于是所读者，在宋，非

苏即黄；在唐，非韩则杜，此外付之不观。亦知此四家者，岂浅学之人所能袭取哉？于是专得皮毛，自夸高格，终身由之，而不知其道。《书》曰："德无常师，主善为师。"子贡曰："夫子焉不学？而亦何常师之有？"此作诗之要也。陶篁村曰："先生之言固然，然亦视其人之天分耳。与诗近者，虽中年后，可以名家；与诗远者，虽童而习之，无益也。磨铁可以成针，磨砖不可以成针。"

（清）袁枚《随园诗话》卷四，人民文学出版社本

刘霞裳与余论诗曰："天分高之人，其心必虚，肯受人讥弹。"余谓非独诗也；钟鼓虚故受考，笙竽虚故成音。试看诸葛武侯之集思广益，勤求启海；此老是何等天分？孔子入太庙，每事问。颜子以能问于不能，以多问于寡。非谦也，天分高，故心虚也。

（清）袁枚《随园诗话》卷九，人民文学出版社本

游山先问，参禅贵印。闭门自高，斯吾未信。圣求童家，而况于我。低棋偶然，一着颇可。临池正领，倚镜装花。笑情旁人，是耶非耶！

（清）袁枚《续诗品三十首·求友》，《清诗话》本

近代诗流，非上智之士，不能擅专家而称固能。何也？以其非童而习之，为父兄师长所耳提面命者也。

（清）冒春荣《葚原诗话》卷三，《清诗话续编》本

古人词胜于诗则有之，（如少游白石皆然。）未有不知诗而第工词者。（王碧山张玉田辈，诗不多见，然必非不工诗者。即使碧山辈诗未成家，不能卓立千古，要其为词之始，必由诗以入门，断非躐等。）

（清）陈廷焯《白雨斋词话》卷七，人民文学出版社本

十一

才 思 说

1. 才敏思捷　思钝才窘

……（枚皋）为文疾，受诏辄成，故所赋者多。司马相如善为文而迟，故所作少而善于皋。皋赋辞中自言为赋不如相如，又言为赋乃俳，见视如倡，自悔类倡也。

（汉）班固《汉书·贾邹枚路传》，中华书局本

夫才有清浊，思有修短，虽并属文，参差万品。

（晋）葛洪《抱朴子外篇·辞义》，《诸子集成》本

文帝尝令东阿王七步中作诗，不成者行大法。应声便为诗曰："煮豆持作羹，漉菽以为汁。萁在釜下燃，豆在釜中泣。本是同根生，相煎何太急？"帝深有惭色。

（南朝·宋）刘义庆《世说新语·文学》，《诸子集成》本

人之禀才，迟速异分，文之制体，大小殊功。相如含笔而腐毫，扬雄辍翰而惊梦，桓谭疾感于苦思，王充气竭于思虑，张衡研京以十年，左思练都以一纪：虽有巨文，亦思之缓也。淮南崇朝而赋《骚》，枚皋应诏而成赋，子建援牍如口诵，仲宣举笔似宿构，阮瑀据案而制书，祢衡当食而草奏。虽有短篇，亦思之速也。

若夫骏发之士，心总要术，敏在虑前，应机立断；覃思之人，情饶歧路，鉴在疑后，研虑方定。机敏故造次而成功，虑疑故愈久而致绩。难易

虽殊，并资博练。若学浅而空迟，才疏而徒速，以斯成器，未之前闻。

      （南朝·梁）刘勰《文心雕龙·神思》，人民文学出版社本

  才分不同，思绪各异，或制首以通尾，或尺接以寸附。然通制者盖寡，接附者甚众。

      （南朝·梁）刘勰《文心雕龙·附会》，人民文学出版社本

  若篇中乏隐，等宿儒之无学，或一叩而语穷；句间鲜秀，如巨室之少珍，若百诘而色沮，斯并不足于才思，而亦有愧于文辞矣。

      （南朝·梁）刘勰《文心雕龙·隐秀》，人民文学出版社本

  盖作者言虽简略，理皆要害，故能疏而不遗，俭而无缺。譬如用奇兵者，持一当百，能全克敌之功也。若才乏俊颖，思多昏滞，费词既甚，叙事才周，亦犹售铁钱者，以两当一，方成贸迁之价也……是则一贵一贱，不言可知，无假推扬，而其理自见矣。

      （唐）刘知幾《叙事》，《史通》卷六，《四部备要》本

  李白一斗诗百篇，长安市上酒家眠。天子呼来不上船，自称臣是酒中仙。

      （唐）杜甫《饮中八仙歌》，《杜诗详注》卷二，中华书局本

  不见李生久，佯狂真可哀。世人皆欲杀，吾意独怜才。敏捷诗千首，飘零酒一杯。匡山读书处，头白好归来。

      （唐）杜甫《不见》，《杜诗详注》卷十，中华书局本

  闭门觅句陈无己，对客挥毫秦少游。正字不知温饱未？西风吹泪古藤州。

      （宋）黄庭坚《病起荆江亭即事》，《山谷全集》卷十四，《四部备要》本

  范文正有《采茶歌》天下共传，蔡君谟谓希文："公歌脍炙人口，有少未完，盖公才气豪杰，失于少思。"

      （宋）阮阅《诗话总龟》卷八，《四部丛刊》本

李太白一斗百篇，援笔立成；杜子美改罢长吟，一字不苟……昌黎志孟东野云："刿目鉥心，刃迎缕解。钩章棘句，掐擢胃肾。"言其得之艰难。赠崔立之云："朝为百赋犹郁怒，暮作千诗转遒紧。摇毫掷简自不供，顷刻青红浮海蜃。"言其得之容易。余谓文章要在理意深长，辞语明粹，足以传世觉后，岂但夸多斗速于一时哉！山谷云："闭门觅句陈无己，对客挥毫秦少游。"世传无己每有诗兴，拥被卧床，呻吟累日，乃能成章；少游则杯觞流行，篇咏错出，略不经意。然少游特流连光景之词，而无己意高词古，直欲追纵《骚》、《雅》，正自不可同年语也。

  （宋）罗大经《作文迟速》，《鹤林玉露》甲编卷六，中华书局本

  观太白诗者，要识真太白处。太白天才豪迈，语多率然而成者。学者于每篇中，要识其安身立命处可也。

  （宋）严羽《沧浪诗话·诗评》，《沧浪诗话校释》，人民文学出版社本

  离家至此，一百二十四日，水陆几七千里。蒙被国恩，例得舟车，与妻子辇，幸免徒步之劳。途中过虎牢、崤函、潼关之壮，瞻华岳、终南、太白之秀，观周秦之故都，吊贤君哲士之陵墓，循汉祖就国之故道，追惟一时俊杰奇谋雄烈，令人慨然而思，恻然而感，忘乎所经之险，所之之远也。第恨病余才思拙涩，不能悉见诸咏歌，以发胸中之所蕴，以是惭负古人耳。

  （明）方孝孺《与卢编修希鲁》，《逊志斋集》卷十一，《四部备要》本

  诗之体与文异，故有长于记述，短于吟讽，终其身而不能变者，其难如此。而或庸言谑语，老妇稚子之所通解，以为妙绝，又若易然。何哉？若诗之才，复有迟速精粗之异者，而亦无所与系：杜子美以死徇癖，语必惊人。斗酒百篇者，方嘲其太苦。而秦少游之挥毫对客，乃不若闭户之觅句者为工也，是又将以为易耶？以为难耶？盖其所谓有异于文者，以其有声律风韵，能使人反复讽咏，以畅达情思，感发志气，取类于鸟兽草木之

微，而有益于名教政事之大。必其识足以知其深奥，而才足以发之，然后为得。及天机物理之相感触，则有不烦绳墨而合者。诗非难作，而亦不易作也。

（明）李东阳《沧洲诗集序》，《怀麓堂集》文卷五，岳麓书社本

太白天才绝出，真所谓"秋水出芙蓉，天然去雕饰。"今所传石刻"处世若大梦"一诗序，称大醉中作，贺生为我读之，此等诗皆信手纵笔而就，他可知已。前代传子美"桃花细逐杨花落"手稿，有改定字。而二公齐名并驾，莫可轩轾。稍有异议者，退之辄有"世间群儿愚，安用故谤伤"之句，然则诗岂可以迟速论哉！

（明）李东阳《麓堂诗话》，《历代诗话续编》本

相如含笔而腐毫，枚皋应诏而奏赋，言文思迟速之异也。唐人云：潘纬十年吟《古镜》，何涓一夕赋《潇湘》。画家云：思训经年之力，道玄一日之功。

（明）杨慎《画品》，《历代论画名著汇编》本

夫才有迟速，作有难易，非谓能与不能尔。含毫改削而工，走笔天成而妙；其速也多暗合古人，其迟也再创出新意；迟则苦其心，速则纵其笔：若能处于迟速之间，有时妙而纯，工而浑，则无适不可也。

（明）谢榛《四溟诗话》卷三，《历代诗话续编》本

向曾作一书与鹿门，论文字工拙在心源之说。兄曾见之否？鄙人无意于文数年矣。既非才所素长，又非性所素好。独吾兄谬赏以为可，然仆自知其不可也。向来诸人所托，不终所事，如借债不还钱无所逃之。然每一奋笔，如策跛驴耕石田，转觉苦涩，复尔罢去。念债限久满，又无利息，何时是了。以是蹶然强作数篇，虽有可意处，只是庸浅，以非精神所注也。然不敢不以呈于吾兄与鹿门也。

（明）唐顺之《与洪方洲书》，《荆川先生文集》卷七，《四部丛刊》本

……率于人情之所不免者以敷言，又必有妙才巧思以将之，然后足以尽属辞之蕴。

（明）周逊《刻词品序》，《词品》附录，人民文学出版社本

大明皇甫汸曰："语称潘纬十年吟《古镜》，苏涓一夕赋《潇湘》，才有迟速，而文之优劣固不系焉。拙若枚皋，何取于速？工如长卿，奚病于迟？"

（明）徐师曾《文体明辨序说·文章纲领·总论》，人民文学出版社本

大明王世贞曰："才有工而速者，如淮南王、祢正平、陈思王、王子安、李太白之流是也。然《鹦鹉》一挥，《子虚》百日，《煮豆》七步，《三都》十年，不妨兼美。"

（明）徐师曾《文体明辨序说·文章纲领·总论》，人民文学出版社本

才生思，思生调，调生格；思即才之用，调即思之境，格即调之界。

（明）王世贞《艺苑卮言》卷一，《历代诗话续编》本

巧迟拙速，摛辞与用兵，故绝不同。语曰：枚皋拙速，相如工迟。又曰：工而速者，唯士简一人，士简，张率也，第一时赏誉之称耳。皇甫氏以入谈，何也？时又有兰陵萧文琰、吴兴丘令楷，一击铜钵响灭而诗成。唐温飞卿八叉手而成八韵小赋，俱不足言。盖有工而速者，如淮南王、祢正平、陈思王、王子安、李太白之流，差足论耳。然《鹦鹉》一挥，《子虚》百日，《煮豆》七步，《三都》十年，不妨兼美。

（明）王世贞《艺苑卮言》卷八，《历代诗话续编》本

延之与谢灵运俱以文采齐名，而迟速不同。文帝尝各敕拟乐府北上篇，延之受诏便成，灵运久之乃就。

（明）李贽《藏书》卷三十八，中华书局本

（王安石）少好读书，一过目终身不忘。其属文动笔如飞。

（明）李贽《藏书》卷三十九，中华书局本

《西京杂记》云：枚皋文章敏疾，长卿制作淹迟。今考《汉志》，皋赋之多为两京冠，至百二十篇。长卿荡思一生，赋不满三十首。盖迟速之故。然皋赋今遂亡一存者；长卿六赋，古今以圣归之。后之作者，可以鉴矣。

（明）胡应麟《诗薮·杂编》卷一，上海古籍出版社本

长卿自称"五言长城"，诗体虽不新奇，甚能炼饰。大抵十首以上语意稍同，落句尤甚，思钝才窄也。其"得罪风霜苦，全生天地仁"。可谓伤而不怨，足以发挥风雅。（高仲武）

（明）胡震亨《唐音癸签》卷七，上海古籍出版社本

诗才迟速，天分有限。贾岛三年十字，迟自可传。王璘半日万言，速更何取？必也捷成为贵，杨师道之当筵立构，王子安之覆被起书，李太白之颊面四绝，温飞卿之叉手八韵，敏与工兼，才斯称异尔。

（明）胡震亨《唐音癸签》卷二十八，上海古籍出版社本

《诗三百》而蔽之以思，何也？思起于心，而心不能出，夫其有所愤悱焉，有所感叹焉，有所呻吟焉，而各随其思之到，欠以为声之工拙，故曰：思则得之。《国风》精于思者也，忽一语焉，创之曰"窈窕"，"窈"何解也？"窕"何解也？闻之乎？见之乎？抑有所本乎？嗣后屈原得之曰"要眇"，宋玉得之曰"嫣然"，武帝得之曰"遗世"，太史公得之曰"放诞"，渊明得之曰"闲情"，太白得之曰"掷心卖眼"，少陵得之曰"意远态浓"，而思路如岷觞渐滥矣。

（明）王思任《王实甫西厢序》，《王季重十种》，《中国文学珍本丛书》本

才以用而日生，思以引而不竭。

（清）王夫之《周易外传·震》卷四，中华书局本

谭评苏诗，大致不离于僻。然有当佩服者，一曰："笔不加点，倚马万言，此语极误人。纵使真才士，何妨稍一停研，而刺刺不休，取一时庸

众张目也。每读坡公诗，恨不得同时，以此言进之。"又评其"玄鸿横号黄槲岘，皓鹤下浴红荷湖"等句曰："世岂少故作艰奇者，欲绝其源，且恨莫由，奈何复导之使有其词也！此等诗，昌黎、东野诸人，不得不任其过。"二议真有益风雅。

（清）贺裳《载酒园诗话》卷一，《清诗话续编》本

问："有谓诗不假修饰苦思者，陈去非不以为然，引'蟾蜍影里清吟苦，舴艋舟中白发生'等句为证。二说宜何从？"

答："苦思自不可少。然人各有能有不能，要各随其性之所近，不可强同。如所谓'书檄用枚皋，典册用相如'，又'潘纬十年吟《古镜》，何涓一夕赋《潇湘》'，牧斋云：'挥毫对客曹能始，帘阁焚香尹子求'，皆未可以此分优劣也。"

（清）王士禛《师友诗传续录》，《清诗话》本

"敏捷诗千卷"，不过一时推许之辞，如"安得思如陶谢手，令渠述作与同游"、"李侯有佳句，往往似阴铿"之类，非直以敏捷为美事也。若以敏捷为美，则"晚岁渐于诗律细"、"语不惊人死不休"又何谓乎？大凡人具敏捷之才，断不可有敏捷之作。温太原八叉手而八韵成，致有"丝飘弱柳平桥晚，雪点寒梅小苑春"，上下情景不相属，竟是园亭对子。"苏小风姿迷下蔡，马卿才调似临邛"，用事杂沓不伦，且难讲解，非以敏捷误之乎？李青莲倚马而万言可待，未必果然。

（清）薛雪《一瓢诗话》，《清诗话》本

东坡谓："浩然韵高而才短，如造内法酒手而无材料。"诚为知言。后人胸无才思，易于冲口而出，孟开其端。此过信眉山之说，作践襄阳语也。"气蒸云梦泽，波撼岳阳城"，亦冲口而出者所能哉？

（清）薛雪《一瓢诗话》，《清诗话》本

太白以天资胜，下笔敏速，时有神来之句，而粗劣浅率处亦在此。少陵以学力胜，下笔精详，无非情挚之词，晦翁称其诗圣亦在此。

（清）黄子云《野鸿诗的》，《清诗话》本

疾行善步,两不能全。暴长之物,其亡忽焉。文不加点,兴到语耳。孔明天才,思十反矣。惟思之精,屈曲超迈。人居室中,我来天外。

(清)袁枚《续品三十首·精思》,《小仓山房诗集》卷二十,《四部备要》本

倚马休夸速藻佳,相如终竟压邹枚。物须见少方为贵,诗到能迟转是才。清角声高非易奏,优昙花好不轻开。须知极乐神仙境,修炼多从苦处来。

(清)袁枚《箴作诗者》,《小仓山房诗集》卷二十三,《四部备要》本

作诗能速不能迟,亦是才人一病……余因有句云:"事从知悔方征学,诗到能迟转是才。"

(清)袁枚《随园诗话》卷十四,人民文学出版社本

青莲工于乐府。盖其才思横溢,无所发抒,辄借此以逞笔力,故集中多至一百十五首。有借旧题以写己怀、述时事者。如《将进酒》之与岑夫子、丹邱生共饮;《门有车马行》有云"叹我万里游,飘飘三十春,空谈帝王略,紫绶不挂身";《梁甫吟》专咏吕尚、郦生,以见士未遇时为人所轻,及成功而后见;《天马歌》以马喻己之未遇,冀人荐达;此借旧题以自写己怀者也。《猛虎行》全叙安禄山之乱,有"秦人半作燕地囚,胡马翻衔洛阳草"等句,此借旧题以写时事者也。其他则皆题中应有之义,而别出机杼,以肆其力。乃说诗者必曲为附会,谓某诗以某事而作,某诗以某人而作。诗人遇题触景,即有吟咏,岂必皆有所为耶?无所为,则竟不作一字耶?

(清)赵翼《瓯北诗话》卷一,人民文学出版社本

以文为诗,自昌黎始,至东坡益大放厥词,别开生面,成一代之大观。今试平心读之,大概才思横溢,触处生春,胸中书卷繁富,又足以供其左旋右抽,无不如志。其尤不可及者,天生健笔一枝,爽如哀梨,快如并剪,有必达之隐,无难显之情,此所以继李、杜后为一大家也。而其不如李、杜处,亦在此。盖李诗如高云之游空,杜诗如乔岳之矗天,苏诗如

流水之行地。读诗者于此处着眼，可得三家之真矣。

（清）赵翼《瓯北诗话》卷五，人民文学出版社本

《魏书·陈思王传》：植字子建，年十余岁，诵读诗论及辞赋数十万言，善属文。太祖尝视其文，谓植曰：汝倩人耶？植跪曰：言出为论，下笔成章，愿当面试，奈何倩人？时邺铜雀台新成，太祖悉将诸子登台，使各为赋。植援笔立成，可观。太祖甚异之。

（清）李调元《赋话》卷七，《丛书集成》本

《文士传》：刘桢在曹植坐，厨人进瓜，命赋，桢赋立成。

（清）李调元《赋话》卷七，《丛书集成》本

又温庭筠与李商隐齐名，时号温李，才思艳丽，工于小赋。每入试，押宫韵作赋，凡八叉手而八韵成。

（清）李调元《赋话》卷九，《丛书集成》本

杜云"语不惊人死不休"，陆云"诗到无人爱处工"，执彼非此，皆成胶柱之瑟。盖少陵自言往境，故其下接云"老去诗篇浑漫与"；放翁自叙成家，故他处复云"翦裁妙处非刀尺"。汇而观之，壮年都宜刻练，老成乃得浑然。盖兵贵拙速，不贵巧迟，作诗一道，正与相反。

（清）潘德舆《养一斋诗话》卷二，《清诗话续编》本

六代之文，丽才多而练才少。有练才焉，如陆士衡是也。盖其思既能入微，而才复足以笼巨，故其所作，皆杰然自树质干。《文心雕龙》但目以"情繁辞隐"，殊未尽之。

（清）刘熙载《艺概·文概》，上海古籍出版社本

2. 执术驭篇　文必逮意

夫教歌者，使先呼而诎之，其声反清徵者乃教之。一曰：教歌者，先揆之以法，疾呼中宫，徐呼中徵。疾不中宫，徐不中徵，不可谓（为）教。

（先秦）《韩非子·外储说右上》，《诸子集成》本

……又其是非颇缪于圣人,论大道则先黄、老而后六经,序游侠则退处士而进奸雄,述货殖则崇势利而羞贱贫,此其所蔽也。然而刘向、扬雄博极群书,皆称迁有良史之才,服其善序事理,辨而不华,质而不俚,其文直,其事核,不虚美,不隐恶,故谓之实录。

(汉)班固《汉书·司马迁传赞》,中华书局本

余每观才士之所作,窃有以得其用心。夫其放言遣辞,良多变矣。妍蚩好恶,可得而言。每自属文,尤见其情。恒患意不称物,文不逮意,盖非知之难,能之难也。

(晋)陆机《文赋》,《陆机集》,中华书局本

世人论司马迁、班固才之优劣,多以固为胜,余以为失。迁之著述,辞约而事举,叙三千年事,唯五十万言;固叙二百年事,乃八十万言;烦省不敌,固之不如迁一也……又迁为苏秦、张仪、范睢、蔡泽作传,逞词流离,亦足以明其大才也。故述辨士则辞藻华靡,叙实录则隐核名检,此真所以为良史也。

(晋)张辅《名士优劣论》,《全晋文》卷一〇五,中华书局本

夫梓豫山积,非班匠不能成机巧;众书无限,非英才不能收膏胂。

(晋)葛洪《抱朴子外篇·辞义》,《诸子集成》本

属笔之家,亦各有病:其深者,则患乎譬烦言冗,申诫广喻,欲弃而惜,不觉成烦也;其浅者,则患乎妍而无据,证援不给,皮肤鲜泽而骨鲠迥弱也。

(晋)葛洪《抱朴子外篇·辞义》,《诸子集成》本

若夫四言正体,则雅润为本,五言流调,则清丽居宗;华实异用,惟才所安。

(南朝·梁)刘勰《文心雕龙·明诗》,人民文学出版社本

夫属碑之体,资乎史才,其序则传,其文则铭……

(南朝·梁)刘勰《文心雕龙·诔碑》,人民文学出版社本

桓谭称文家各有所慕，或好浮华而不知实核，或美众多而不见要约。陈思亦云：世之作者，或好烦文博采，深沉其旨者；或好离言辨白，分毫析厘者。所习不同，所务各异。

（南朝·梁）刘勰《文心雕龙·定势》，人民文学出版社本

夫山木为良匠所度，经书为文士所择，木美而定于斧斤，事美而制于刀笔，研思之士，无惭匠石矣。

（南朝·梁）刘勰《文心雕龙·事类》，人民文学出版社本

才如李贺天亦少，宜其在世尤难多。文章父子不相似，君今平易祖袭那，铜铁锦緊各有用，高下安得与等科。大多精意与俗近，笔力驱驾能逶迤，野雉五色且非凤，知时善鸣鸡若何。

（宋）梅尧臣《答萧渊少府卷》，《梅尧臣集编年校注》卷二十六，上海古籍出版社本

且复天巧与人巧，将不同也，天孙又安得此而辄私。天之巧者总阴阳，运四时，悬日月星辰而不忒其璇玑，鼓雷风雨雪而不失其施，生万物、死万物而物得其宜，此天之所以任大巧而不亏。人之巧者非它，直心口手足也，心巧于虑，口巧于词，手巧于技，足巧于驰，亦各有极，不可强为。

（宋）梅尧臣《乞巧赋》，《梅尧臣集编年校注》拾遗，上海古籍出版社本

史笔善记事，画笔善状物；状物与记事，二者各得一。诗史善记意，诗画善状情；状情与记意，二者皆能精。状情不状物，记意不记事，形容出造化，想象成天地。体用自此分，鬼神无敢异。诗者岂于此，史画而已矣。

（宋）邵雍《史画吟》，《伊川击壤集》卷十八，《四部丛刊》本

旧以王维有诗名，而好取人章句，如"行到水穷处，坐看云起时"，乃《英华集》诗也。"漠漠水田飞白鹭，阴阴夏木啭黄鹂"，乃李嘉祐诗也。余以为有摩诘之才则可；不然，是剽窃之雄耳。

（宋）王直方《诗话总龟》前二十九，《宋诗话辑佚》本

"洞房昨夜停红烛,待晓堂前拜舅姑。妆罢低声问夫婿,画眉深浅入时无。"诗人多以美人自喻,薛能《吴姬》之诗,亦其一也。宋人诗话云"东坡如毛嫱西子洗妆,与天下妇人斗巧",亦此意。洪容斋云:"此诗不言美丽,而味其词意,非绝色第一不足以当之。"其评良是。

(明)杨慎《升庵诗话》卷四,《历代诗话续编》本

作诗譬如江南诸郡造酒,皆以曲米为料,酿成则醇味如一。善饮者历历尝之曰:"此南京酒也,此苏州酒也,此镇江酒也,此金华酒也。"其美虽同,尝之各有甄别,何哉?做手不同故尔。

(明)谢榛《四溟诗话》卷三,《历代诗话续编》本

夫情景有异同,模写有难易,诗有二要,莫切于斯者。观则同于外,感则异于内,当自用其力,使内外如一,出入此心而无间也……同而不流于俗,异而不失其正,岂徒丽藻炫人而已。然才亦有异同:同者得其貌,异者得其骨。人但能同其同,而莫能异其异。吾见异其同者,代不数人尔。

(明)谢榛《四溟诗话》卷三,《历代诗话续编》本

和古人诗,起自苏子瞻。远谪南荒,风土殊恶,神交异代,而陶令可亲,所以饱惠州之饭,和渊明之诗,藉以自遣乐。本朝有和唐音者,得一茧而抽万丝,遑独能而敌众妙,专以坡老为口实,则两心异同,识者自当见之。譬一武士,登九里山,观古战场,命人掘地,因得折戟断剑,余矢缺刀,乃自称元戎,前与韩彭诸将对敌,战则无功,败则取笑,其不自量也。愚哉!

(明)谢榛《四溟诗话》卷三,《历代诗话续编》本

长于积聚,短于剪裁,才不足也。驰骋上下,飚发雷击,可言才矣。

(明)屠隆《三长》,《鸿苞节录》卷六,保砚斋藏版本

总而言之,传奇不比文章,文章做与读书人看,故不怪其深;戏文做与读书人与不读书人同看,又与不读书之妇人小儿同看,故贵浅不贵深。使文章之设,亦为与读书人、不读书人及妇人小儿同看,则古来圣贤所作

之经传，亦只浅而不深，如今世之为小说矣。人曰：文士之作传奇，与著书无别，假此以见其才也，浅则才于何见？予曰：能于浅处见才，方是文章高手。

（清）李渔《闲情偶寄·词曲部·词采第二》，《中国古典戏曲论著集成》（七），中国戏剧出版社本

总之，文字短长，视其人之笔性。笔性遒劲者，不能强之使长；笔性纵肆者，不能缩之使短。文患不能长，又患其可以不长而必欲使之长。如其能长而又使人不可删逸，则虽为宾白中之古风、《史》、《汉》，亦何患哉。

（清）李渔《闲情偶寄·词曲部·宾白第四》，《中国古典戏曲论著集成》（七），中国戏剧出版社本

幽斋磊石，原非得已。不能致身岩下与木石居，故以一卷代山，一勺代水，所谓无聊之极思也。然能变城市为山林，招飞来峰，使居平地，自是神仙妙术假手于人以示奇者也，不得以小技目之。且磊石成山，另是一种学问，别是一番智巧。尽有丘壑填胸、烟云绕笔之韵士，命之画水题山，倾刻千岩万壑，及倩垒斋头片石，其技立穷，似向盲人问道者。故从来叠山名手，俱非能诗善绘之人。

（清）李渔《闲情偶寄·居室部·山石第五》，《笠翁一家言全集》，芥子园刊本

《水浒》所叙，叙一百八人，人有其性情，人有其气质，人有其形状，人有其声口。夫以一手而画数面，则将有兄弟之形；一口而吹数声，斯不免再映也。施耐庵以一心所运，而一百八人各自入妙者，无他，十年格物而一朝物格，斯以一笔写百千万人，固不以为难也。

（清）金圣叹《水浒传序三》，《第五才子书施耐庵水浒传》卷一，《金圣叹全集》（一），江苏古籍出版社本

吾前言，两回书不欲接连都在丛林，因特幻出新妇房中销金帐里以间隔之，固也。然惟恐两回书接连都在丛林，而必别生一回不在丛林之事以间隔之，此虽才子之才，而非才子之大才也。夫才子之大才，则何所不可之有？前一回在丛林，后一回何妨又在丛林？不宁惟是而已，前后两回都

在丛林，何妨中间再生一回复在丛林？夫两回书不欲接连都在丛林者，才子教天下后世以避之之法也。若两回书接连都在丛林，而中间反又加倍写一丛林者，才子教天下后世以犯之之法也。虽然，避可能也，犯不可能也。夫是以才子之名毕竟独归耐庵也。

    （清）金圣叹《第五才子书施耐庵水浒传》第五回总批，《金圣叹全集》（一），江苏古籍出版社本

  吾尝论世人才不才之相去，真非十里、二十里之可计，即如写虎要写活虎，写活虎要写正搏人时，此即聚千人、运千心、伸千手、执千笔，而无一字是虎，则亦终无一字是虎也。独今耐庵乃以一人、一心、一手、一笔，而盈尺之幅，费墨无多，不惟写一虎，兼又写一人。不惟双写一虎、一人，且又夹写许多风沙树石。而人是神人，虎是怒虎，风沙树石是真正虎林。此虽令我读之，尚犹目炫神乱，安望令我作之耶？

    （清）金圣叹《第五才子书施耐庵水浒传》第二十二回总批，《金圣叹全集》（一），江苏古籍出版社本

  吾尝言：不登泰山，不知天下之高；登泰山不登日观，不知泰山之高也。不观黄河，不知天下之深；观黄河不观龙门，不知黄河之深也。不见圣人，不知天下之至；见圣人不见仲尼，不知圣人之至也。乃今于此书也亦然：不读《水浒》，不知天下之奇；读《水浒》不读设祭，不知《水浒》之奇也。呜呼！耐庵之才，其又岂可以斗石计之乎哉！

  前书写鲁达，已极丈夫之致矣。不意其又写出林冲，又极丈夫之致也。写鲁达又写出林冲，斯已大奇矣。不意其又写出杨志，又极丈夫之致也。是三丈夫也者，各自有胸襟，各自有其心地，各自有其形状，各自有其装束，譬诸阎、吴二子，斗画殿壁，星宫水府，万神咸在，慈即真慈，怒即真怒，丽即真丽，丑即真丑。技至此，技已止；观至此，观已止。然而二子之胸中，固各别藏分外之绝笔，又有所谓云质龙章，日姿月彩，杳非世工心之所构、目之所遇、手之所抢、笔之所触也者。今耐庵《水浒》，正犹是矣。写鲁、林、杨三丈夫以来，技至此，技已止，观至此，观已止。乃忽然磬控，忽然纵送，便又腾笔涌墨，凭空拱出武都头一个人来。我得而读其文，想见其为人。其胸襟，则又非如鲁、如林、如杨者之胸襟也，其心事则又非如鲁、如林、如杨者之心事也，其形状结束则又非

如鲁、如林、如杨者之形状与如鲁、如林、如杨者之结束也。我既得以想见其人，因更回读其文，为之徐读之，疾读之，翱翔读之，歇续读之，为楚声读之，为豺声读之。呜呼！是其一篇一节一句一字，实杳非儒生心之所构，目之所遇，手之所抢，笔之所触矣。是真所谓云质龙章，日姿月彩，分外之绝笔矣。如是而尚欲量才子之才为斗为石，呜呼！多见其为不知量者也。

      （清）金圣叹《水浒传》第二十五回评语，《金圣叹全集》（一），江苏古籍出版社本

  昌黎豪杰自命，欲以学问才力跨越李、杜之上；然恢张处多，变化处少，力有余而巧不足也。独四言大篇，如《元和圣德》、《平淮西碑》之类，义山所谓句奇语重，点窜涂改者，虽司马长卿亦当敛手。

      （清）沈德潜《说诗晬语》卷上，《清诗话》本

  尝谓太史公一生好奇，如程婴立赵孤诸事，不知见自何书，极力点缀，句句欲活。及作《夏本纪》，亦不得不恭恭敬敬将《尚书》录入。非子长之才长于写秦、汉，短于写三代，正是其量体裁衣，相题立格，有不得不如此者耳。

      （清）佚名《儒林外史》第三十六回评，人民文学出版社影印卧闲草堂藏板本

  昔人云，有一个好题目必有一篇好文章，只是人做不出耳。如《雪月梅》一部五十回，则回回各极其妙。此回平空撮出两妖人，请出一仙姊，若使俗笔为此，几成《封神》、《西游》等类矣。今只淡淡数笔，便写得异样灵奇，十分渲染，岂小说家可得同日而语哉。

      （清）月岩《孝义雪月梅传》第四十七回评，引自《中国历代小说论著选》，江西人民出版社本

  此回前半绝妙一篇鬼文章。笔法纵横如奇峰怪石，从天际飞来，苏公若使逢当世，应作朝朝说鬼人。后半写刘公家世情节，是文章追叙之法，笔致简洁，另是一种气色。可见文人胸中无物不有。

      （清）月岩《孝义雪月梅传》第十回评，引自《中国历代小说论著选》，江西人民出版社本

苏、陆古体诗，行墨间多尚排偶，一则以肆其辨博，一则以侈其藻绘，固才人之能事也。

（清）赵翼《瓯北诗话》，人民文学出版社本

论文之高卑以才也，而不以其体。昔东汉人始作碑志之文，唐人始为赠送之序，其为体卑俗也，而韩退之为之遂卓然为古文之盛。古之为诗者，长短以尽意，非有定也，而唐人为排偶，限以句之多寡，是其体使昔未有而创于今也，岂非甚可嗤笑者哉，而杜子美为之，乃通乎风雅，为诗人冠者，其才高也。明时定以经义取士而为八股之体，今之学古之士谓其体卑而不足为，吾则以谓此其才卑而见之谬也。使为经义者能如唐应德、归熙甫之才，则其文即古文，足以必传于后世也，而何卑之有？故余生平不敢轻视经义之文，尝欲率天下为之，夫为之者多而后真能以经义为古文之才，出其间而名后世，使人率视为科举体而无复为古文之志，则虽有其才而不能自振也。故贵有其才，又贵必有其识也。

（清）姚鼐《陶山四书义序》，《文后集》卷一，《惜抱轩全集》，《四部备要》本

七古以长短句为最难，其伸缩长短，参差错综，本无一定之法。及其成篇，一归自然，不啻天造地设，又若有定法焉。非天才神力，不能入妙。太白最长于此。后人学太白者，专务驰骋豪放，而不得其天然合拍之音节，与其豪放中别有清苍俊逸之神气，故貌似而实非也。凡作长短句，先须气足意足，笔到兴到，以全力举之，而行所无事，为第一义，不待言矣。至长短相间处，音节既贵自然，又贵清脆铿锵，可歌可诵。个中自有真诀，须相通篇之机神气势出之。凡三言、四言、五六言皆短句也，九言、十言、十余言皆长句也。短以取劲，如短兵相接，径欲其险，势欲其紧。故用敛笔、抑笔、擒笔、屻笔，以收束筋骨，拍合节奏。而后局势急，魄力遒，寓小阵于大阵中，气弥精厉，法弥谨严也。长以取妍，局欲其宽，势欲其壮。故用提笔、扬笔、纵笔及飞舞灵变之笔，以舒展筋络，振荡局势，作姿态而鼓气机，掀波澜以生变化。而后音节气势，如风驰雨骤，急管繁弦，涌洪涛叠浪于长江，出五花八门于方阵，神力以放而见奇肆，气味由雄而入生辣，龙腾虎跃，莫可端倪也。一篇前后，奇正相生，

长短相间，呼吸相应，断续相联。法极奇极变，而逾形完密；局极壮极阔，而倍觉精整。气则炼之又炼，务使浑沦沈潜，随笔势之抑扬高下，参伍错综，无不曲折奔赴，洋溢蓬勃，如意所指。而大气飞动之中，常伏有渊然寂然深静淡定之道气，隐为之根，以镇摄于神骨之间，驾驭于理法之内，俾之层出不竭。故往而能回，雄而能清，厚而能灵，高而能浑，急而不促，畅而不剽，所谓刚柔相调也，所谓醇而后肆也。盖以人声合天地元音，几于化工矣。此七古长短句之极则神功，李、杜二大家后，鲜有造诣及者。遗山时一问津，而未能纯入此境，嗣后竟绝响矣。作七古者，未具绝人之才力学识，勿轻作长短句大篇也。

（清）朱庭珍《筱园诗话》卷三，《清诗话续编》本

虽真正天才，其制作非必皆神来兴到之作也。以文学论，则虽最优美，最宏壮之文学中，往往书有陪衬之篇，篇有陪衬之章，章有陪衬之句，句有陪衬之字。一切艺术莫不如是。此等神兴枯涸之处，非以古雅弥缝之不可，而此等古雅之部分又非藉修养之力不可。

（清）王国维《静庵文集续编·古雅之在美术上之位置》，《静安遗书》，商务印书馆本

3. 从容法度　不废规矩

离娄之明，公输子之巧，不以规矩，不能成方员。师旷之聪，不以六律，不能正五音。

（先秦）《孟子·离娄上》，《诸子集成》本

梓匠轮舆，能与人规矩，不能使人巧。

（先秦）《孟子·尽心下》，《诸子集成》本

孙兴公道曹辅佐才如白地光明锦，裁为负版绔，非无文采，酷无裁制。

（南朝·宋）刘义庆《世说新语·文学》，《诸子集成》本

虽有通才，迷方失控。

（南朝·梁）刘勰《文心雕龙·哀吊》，人民文学出版社本

赞曰：羿氏舛射，东野败驾，虽有俊才，谬则多谢。

（南朝·梁）刘勰《文心雕龙·指瑕》，人民文学出版社本

夫不截盘根，无以验利器；不剖文奥，无以辨通才。才之能通，必资晓术，自非圆鉴区域，大判条例，岂能控引情源，制胜文苑哉！

（南朝·梁）刘勰《文心雕龙·总术》，人民文学出版社本

凡为文章，犹人乘骐骥，虽有逸气，当以衔勒制之，勿使流乱轨躅，放意填坑岸也。

（北齐）颜之推《文章第九》，《颜氏家训》卷第四，《诸子集成》本

论曰：昔伶伦造律，盖为文章之本也。是以气因律而生，节假律而明，才得律而清焉。预于词场，不可不知音律焉。

（唐）殷璠《河岳英灵集·集论》，《河岳英灵集》，《四部丛刊》本

学诗当以子美为师，有规矩故可学。退之于诗本无解处，以才高而好耳。渊明不为诗，写其胸中之妙尔。学杜不成不失为工，无韩之才与陶之妙而学其诗，终为白乐天尔。

（宋）陈师道《后山诗话》，《历代诗话》本

士之所以能立天下之事者，以其有志而已。然非才则无以济其志，非术则无以辅其才，是以古之君子，未有不兼是三者，而能有为于世者也。然而所谓术者，又岂阴险诡歹朝三暮四之谓哉，亦语夫所以处事之方而已矣。

（宋）朱熹《通鉴室记》，《朱子文集》卷九，《丛书集成》本

人有才性者，不可令读东坡等文。有才性人，便须取入规矩，不然，荡将去。

（宋）朱熹《论文上》，《朱子语类》卷一百三十九，徽州刊本

近代以文章名天下者，蜀郡虞文靖公，豫章揭文安公，先师黄文献

公，及庐陵欧阳文公为最著。然四公之中，或才高而过于肆，或辞醇而过于窘，或气昌而过于繁，故效之者皆不能无弊。惟先师之文，和平渊洁，不大声色，而从容于法度。是以宗而师之者，虽有高下浅深之殊，然皆守矩蹈规，不敢流于诡僻迂怪者，先师之教使然也。

（明）宋濂《书刘生铙歌后》，《宋学士全集》卷二十八，《丛书集成》本

夫哲匠鸿才，固由内颖，中人承学，必自迹求。

（明）徐祯卿《谈艺录》，《历代诗话》本

故真有才者，原理以定常，适法以尽变。常不定不可以定品，变不尽不可以尽才。才不可强而致也。品不可功力而求。

（明）汤显祖《揽秀楼文选序》，《汤显祖诗文集》卷三十二，上海古籍出版社本

俊爽若牧之，藻绮若庭筠，精深若义山，整密若丁卯，皆晚唐铮铮者。其才，则许不如李，李不如温，温不如杜。今人于唐专论格不论才，于近则专论才不论格，皆中无定见，而任耳之过也。

（明）胡应麟《诗薮·外编》卷四，上海古籍出版社本

《二郎神》何元朗，一言几启词宗宝藏，道欲度新声休走样，名为乐府，须教合律依腔。宁使时人不鉴赏，无使人挠喉捩嗓。说不得才长，越有才越当着意斟量。

（明）沈璟《词隐先生论曲》，《古典戏曲丛刊·博笑记》附录，影印明刊本

剧之与戏，南北故自异体。北剧仅一人唱，南戏则各唱。一人唱则意可舒展，而有才者得尽其春容之致；各人唱则格有所拘，律有所限，即有才者，不能恣肆于三尺之外也。

（明）王骥德《曲律·论用事·论剧戏第三十》，《中国古典戏曲论著集成》（四），中国戏剧出版社本

……读其文，似厌薄五侯之鲭，独存蔬笋之味；又如著短后之衣，绁

险一路，杀讫而罢。读其诗，点法、倒法、托法、藏法，漉趣织神，每在人意中，攘脆争可，巧进口头，必不能出者，而文长一语喝下，题事了然。读其四六，在黛眉淡骨之间。读其隐字对偶诸技，以天成者佳，以人胜者逊，通方言者佳，以越语者逊。总之，灵异立成，爪发皆蠱，予断以龙鬼精怪之文，起文长而署之，应以牍受，为我楚舞，饮八斗而醉二参也。

　　　　　　（明）王思任《徐文长逸稿序》，《王季重十种》，《中国文学珍本丛书》本

　　夫诗有声焉，宫商可叶也。有律焉，声病可案也。有体焉，正变可稽也。有材焉，良楛可攻也。斯所谓可学而能者也。

　　　　　　（清）钱谦益《牧斋有学集》卷十七，《四部丛刊》本

　　余少游倪文正公之门，得闻制艺绪论。公教余为文，必先驰骋纵横，务尽其才，而后轨于法。然所谓驰骋纵横者，如海水天风，涣然相遭，渍薄吹盈，渺无涯际，日丽空而忽黯，龙近夜以一吟，耳凄兮目骇，性寂乎情移。文至此，非独无才不尽，且欲舍吾才而无从者，此所以卒与法合，而非仅雕镂组练，极众人之炫耀为也。今夫雕镂以章金玉之观，组练以侈锦绣之华而已，若欲运刀尺于虚无之表，施机杼于縠纹之上，未有不力穷而巧尽者也。故苏子曰："风行水上者，天下之至文也。"风之所以广微无间者气也；水之所以澹宕自足者质也。风之气萧然而竦，然有能御风者否耶？水之质泊然而柔，然有能划水者否耶？故曰气莫舒于风，质莫坚于水。然则至文者，雕镂之所不受，组练之所不及也。

　　　　　　（清）侯方域《倪涵谷文序》，《壮悔堂文集》卷二，《四部备要》本

　　夫天下之真才，未有肯畔于法者，凡法之亡，由于其才之伪也。余乃知向者文正公之论文，不以法先才者，盖欲收天下聪明智辨之士，使之巧尽力穷，废然而返，而究无以轶出我之范围也。

　　　　　　（清）侯方域《倪涵谷文序》，《壮悔堂文集》卷二，《四部备要》本

友人玉纯氏之子涵谷，年未弱冠，著《经钼堂制艺》，余读之，离离然有光，隐隐然不可得而磨，发扬于理，变化于自然。读竟，叹曰："其离离然有光者，气之舒也；隐隐然不可得而磨者，质之坚也；所以能扶质而御气者，才也；而气之达于理，而无杂揉之病，质之任乎自然，而无缘饰之迹者，法也。才与法合，然则涵谷之文，非吴越后起之文，而为天下转移风会之文也，亦非天下之文，而直倪氏之文也。"

（清）侯方域《倪涵谷文序》，《壮悔堂文集》卷二，《四部备要》本

既有材矣，将用其材，必善用之而后可。得工师大匠指挥之，材乃不枉。为栋为梁，为榱为楹，悉当而无丝毫之憾。非然者，宜方者圆，宜圆者方，枉栋之材而为桷，枉柱之材而为楹，天下斫小之匠人宁少耶？世固有成诵古人之诗数万者，涉略经史集亦不下数十万言，逮落笔则有俚俗庸腐，窒板拘牵，隘小肤冗种种诸习；此非不足于材，有其材而无匠心，不能用而枉之之故也。

（清）叶燮《原诗·内篇上》，人民文学出版社本

吾见世有称人之才，而归美之曰：能敛才就法。斯言也，非能知才之所由然者也。夫才者，诸法之蕴隆发现处也。若有所敛而为就，则未敛未就以前之才，尚未有法也，其所为才，皆不从理事情而得，为拂道悖德之言，与才之义相背而驰者，尚得谓之才乎？夫于人之所不能知，而惟我有才能知之；于人之所不能言，而惟我有才能言之；纵其心思之氤氲磅礴，上下纵横，凡六合以内外，皆不得而囿之。以是措而为文辞，而致理存焉，万事准焉，深情托焉，是之谓有才。若欲其敛以就法，彼固掉臂游行于法中久矣，不知其所就者又何物也？必将曰："所就者，乃一定不迁之规矩。"此千万庸众人皆可共趋之而由之，又何待于才之敛邪？故文章家止有以才御法而驱使之，决无就法而为法之所役，而犹欲诩其才者也。吾故曰：无才则心思不出，亦可曰无心思则才不出。而所谓规矩者，即心思之肆应各当所之为也。盖言心思则主乎内以言才，言法则主乎外以言才。主乎内，心思无处不可通，吐而为辞，无物不可通也。夫孰得而范围其心，又孰得而范围其言乎？主乎外，则囿于物而反有所不得于我心，心思不灵而才销

铄矣。

　　　　　　　　　　（清）叶燮《原诗·内篇下》，人民文学出版社本

　　夫不由规矩绳尺，即无以为大匠，至于神而明之，则固存乎其人。学者慎毋私智穿凿，妄谓别有名山著述在庙堂律令之外也。

　　　　　（清）章学诚《与邵二云论文》，《文史通义·补遗》，《章氏遗书》本

　　予曾谓诗律兼古文、时文法，听者若未深信。但见经生辈多有时文气，而作诗反不知用时文之起承转合法，可发一笑。至其拘于声律，不得不生倒叙、省文、宿脉、映带诸法，并与古文同一关捩。是故不知时文者不可与言诗，不知古文者尤不可与言诗，动谓诗妨于文，不亦怪哉！

　　　　　　　　　（清）冒春荣《葚原诗话》卷三，《清诗话续编》本

　　纪文达公最精于论诗，所批评如杜诗、苏诗、李义山、陈后山、黄山谷五家诗集，及《才调集》、《瀛奎律髓》诸选本，剖晰毫芒，洞鉴古人得失，精语名论，触笔纷披，大有功于诗教，尤大有益于初学。有志学诗者，案头日置一编，反复玩味，可启发聪明，销除客气，自无迷途之患。盖公论诗最细，自古大才槃槃，未有不由细入而能得力者。但须看公批点全本，观其圈点之佳作以为法，观其抹勒之不佳作以为戒，方易获益。近有刊公《镜烟堂》十种者，于各集各选，惟专取公所圈点评赏诸作，每种仅十之二三，非全书矣，何必多此一刻为哉！

　　　　　　　　　（清）朱庭珍《筱园诗话》卷一，《清诗话续编》本

　　佛家贵正眼法藏，不尚神通。拈花微笑时，万法俱化，不屑以神通见，而自在神通，充满法身，不可思议，何必演幻法乎！诗家亦然。真正大作者，才力无敌，而不逞才力之悍；神通具足，而不显神通之奇。敛才气于理法之中，出神奇于正大之域，始是真正才力，自在神通也。

　　　　　　　　　（清）朱庭珍《筱园诗话》卷二，《清诗话续编》本

　　叙事要有法，然无识则法亦虚；论事要有识，然无法则识亦晦。

　　　　　　　　　（清）刘熙载《艺概·文概》，上海古籍出版社本

文之尚理法者，不大胜亦不大败；尚才气者，非大胜则大败。观汉程不识李广、唐李勣薛万彻之为将可见。

（清）刘熙载《艺概·文概》，上海古籍出版社本

沈约《宋书·谢灵运传论》谓灵运"兴会标举"，延年"体裁明密"，所以示学两家者，当相济有功，不必如惠休上人好分优劣。

（清）刘熙载《艺概·诗概》，上海古籍出版社本

揖让骑射，两人各善其一，不如并于一人。故书以才度相兼为上。

（清）刘熙载《艺概·书概》，上海古籍出版社本

书要有规矩绳墨。然规矩绳墨有天有人，人似严而实宽、天似宽而实严也。

（清）刘熙载《艺概·书概》，上海古籍出版社本

思翁有示其子祖源论书语，三千八百余言。康熙时萧张汨中《淞南识小录》记之，其论用笔用墨运腕结体之法，精微曲至，皆甘苦有得之言。所以启导之者备矣。然祖源不闻以能书世其家。可见为学之道，文不能传之子。作字且然，盖语焉虽详，所谓能与人规矩，不能使人巧也。

（清）叶廷琯《鸥陂渔话》卷一，引自《笔记小说大观》，江苏广陵古籍刻印社本

太史之诗寓新变于法度之中，发神悟于意象之表，天才隽迈，绝去畛畦，骤读之清奇秀拔，若古干之疏峭而洪波之激荡也。

（清）杨昌濬《春在堂诗编序》，俞樾《春在堂全书》，清刊本

十二

用 才 说

1. 因人制宜　善用其才

官师之所材也，戚施直镈，蘧蒢蒙璆，侏儒扶卢，矇瞍修声，聋聩司火。童昏、嚚瘖、僬侥，官师之所不材也，以实裔土。夫教者，因体能质而利之者也。

（先秦）《国语·晋语四》，上海古籍出版社本

子贡见师乙而问焉，曰："赐闻声歌各有宜也。如赐者，宜何歌也？"
师乙曰："乙贱工也，何足以问所宜。请诵其所闻，而吾子自执焉。宽而静，柔而正者宜歌《颂》；广大而静，疏达而信者宜歌《大雅》；恭俭而好礼者宜歌《小雅》；正直而静，廉而谦者宜歌《风》；肆直而慈爱者宜歌商；温良而能断者宜歌齐。"

（先秦）《礼记·乐记》，《十三经注疏》本

智者之所短，不若愚者之所修；贤者之所不足，不若众人之有余。何以知其然？夫宋画吴冶，刻刑镂法，乱修曲出，其为微妙，尧舜之圣不能及。蔡之幼女，卫之稚质，捆纂组，杂奇彩，抑墨质，扬赤文，禹汤之智不能逮。

（汉）刘安《淮南子·修务训》，《诸子集成》本

人之有骨法也，犹万物之有种类，材木之有常宜，巧匠因象，各有所授。曲者宜为轮，直者宜为舆，檀宜作辐，榆宜作毂，此其正法通率也。

若有其质而工不材，可如何？故凡相者，能期其所极，不能使之必至。

（汉）王符《潜夫论·相列》，《诸子集成》本

夫才有天资，学慎始行……故宜摹体以定习，因性以练才，文之司南，用此道也。

（南朝·梁）刘勰《文心雕龙·体性》，人民文学出版社本

裘襞虽异，被服实同，美恶虽殊，适用则均。今处绣户洞房，则襞不如裘；被雪淋雨，则裘不如襞。以此观之，适才所施，随时成务，各有宜也。

（北齐）刘昼《刘子·适才》，引自《中国美学史资料选编》，中华书局本

人之材能，各有长短，诸子于草，各有性识，精魄超然，神彩射人。

（唐）张怀瓘《议书》，《佩文斋书画谱·法书要录》卷四，康熙静永堂刻本

人之材力，信自有限。李翱、皇甫湜，皆韩退之高弟，而二人独不传其诗，不应散亡无一篇存者，计亦非其所长，故不多作耳。退之有《题湜安公园池诗后》云："《尔雅》注虫鱼，定非磊落人"，又"用将济诸人，舍得业孔颜"，意若讥其徒为无益，而劝之使不作者。翱见于远游联句，惟"前之距灼灼，此去信悠悠"，一出之后，遂不复见，亦可知矣。然二人以非所工而不作，愈于不能而强为之，亦可谓善用其短也。

（宋）叶梦得《石林诗话》卷下，《历代诗话》本

人之聪明，有不用，无不达也。不用而不达，咎在不用，用而不达，咎在不精。用而精，精而达，物何坚而不攻，理何出而不穷哉？

（宋）杨万里《送郭才举序》，《诚斋集》卷八十二，《四部丛刊》本

或论人之资质，或长于此而短于彼。曰："只要长善救失。"或曰："长善救失，不特教者当如此，人自为学，亦当如此。"曰："然。"

（宋）朱熹《总论·为学之方》，《朱子语类辑略》卷二，正谊书院本

论人者无以短而弃其长，亦无以长而护其短，自论则当于长处出奇，短处致功。或问霍王所长于处士刘元平，答曰："无长。"论者不解，元平曰："人有短所以见其长，若王无所不备，何以称之？"此语诚是，然此等人难得。

（宋）陈善《扪虱新话》上集卷一，《丛书集成》本

或曰："上帝降衷，不以智愚而有偏。若子之言，不几局囿乎气而不迁者乎？"曰："非是之谓也。其性同，其才或不同。虽以七十子之从圣人，其学各得其才之所近，况下此万万者乎？由是而观，因才所受而自文者，人与动静之物，概可见矣。"

（明）宋濂《灵隐大师复公文集序》，《宋学士全集》卷七，《丛书集成》本

孔子之系《易》，曰："其旨远，其辞文。"斯固所以教天下后世为文者至也。然而及门之士，颜渊、子贡以下，并齐、鲁间之秀杰也，或云，身通六艺者七十余人，文学之科，并不得与，而所属者仅子游、子夏两人焉。何哉？盖天生贤哲，各有独禀，譬则泉之温，火之寒，石之结绿，金之指南，人于其间，以独禀之气，而又必为之专一，以致其至。伶伦之于音，神灶之于占，养由基之于射，造父之于御，扁鹊之于医，僚之于丸，秋之于弈，彼皆以天纵之智，加之以专一之学，而独得其解，斯固以之擅当时而名后世，而非他所得而相雄者。

（明）茅坤《唐宋八大家文钞总序》，《唐宋八大家文钞》，明刊本

夫文以阐乎学，学以博乎文，二者未始不交相用。顾天之生才有限，士各以其性质所近而专门名家，于是工撰述者以文章名，务淹贯者以学问名，而其途始分。而文章之体非一，为之者往往极于力之所到，而时之弗及乘，于是或剽意诗歌，或殚精纪述，而文章之途复析而为二。学问之道非一，为之者往往困于资之难兼而日之弗暇给，于是或以经学名，或以史学名，或以典章经制名，或以百家小说名，而学问之途复析而为四。

（明）胡应麟《策·文学》，《少室山房集》卷一百，《四库全书》本

夫诗、文、书、画，其体殊，其用一，艺则钧艺，道则钧道，不朽则钧不朽，不足为则钧不足为，然而钧之未有非其才而至其域者也。古之同学书者，弗胜则去而为画，同学画者，弗胜则去而为塑，藉令同学塑者而弗胜也，下至塑而可至其域者，彼且乐为之，何也，彼诚乐于至其域而无所取于蹈其名也。

（明）胡应麟《中秋湖上饮归柬伯玉司马并无敬大将军》，《少室山房集》卷一百十三，《四库全书》本

昔人评郊、岛非附寒涩，无所置材。余谓黄、陈学杜瘦劲，尔其材近之耳。律诗主格，尚可矍铄自矜；歌行间涉纵横，往往束手矣。

（明）胡应麟《诗薮·外编》卷五，上海古籍出版社本

诗材禀赋，各有所近。灵运《邺中》，不惟不类，并其故武失之。文通诸拟，乃远出齐、梁上。尺短寸长，信不虚也。

（明）胡应麟《诗薮·外编》卷二，上海古籍出版社本

读其《深柳斋三集》，无高不洁，无古不妍，无范不围，无情不尽。有才而不用才之一路，有资而不用资之一分，有学而不用学之一字，似于线灰丝迹之中，独舒隔石绦龙之手，又于热顶杀喉之际，忽投返精夺舍之香……大都法老笔苍，工深力厚，纷披洒淅泼墨，具有诗意，可谓盖代之能手矣。

（明）王思任《深柳斋三集序》，《王季重十种》，《中国文学珍本丛书》本

技无大小，贵在能精；才乏纤洪，利于善用。能精善用，虽寸长尺短，亦可成名，否则才夸八斗，胸号五车，为文仅称点鬼之谈著，书惟供覆瓿之用，虽多亦奚以为！

（清）李渔《闲情偶寄·词曲部·结构第一》，《中国古典戏曲论著集成》（七），中国戏剧出版社本

才小者尺幅易窘，然苏长公翻为才大所累；学贫者渴笔难工，然王元美翻为学富所困。其故何也？

（清）贺贻孙《诗筏》，《清诗话续编》本

夫其所谓体也，势也，神也，色也，境也，度也，气也，机也，得意疾书，其出之手者同也；及其高也，博也，美也，隐也，幽也，平也，豪也，醇也，微茫锱铢，所成于性者，异也。以吾手就吾之性，以吾才就吾之学，引而伸之，触类而通，则异者可同，二者可一也。

（清）贺贻孙《诗筏》，《清诗话续编》本

作诗最不宜强所不能。如吴子华近体诗，虽品格不高，思路颇细，兼有情致。如"檐外暖丝兼絮堕，槛前轻浪带鸥来"，"半岩云粉千竿竹，满寺风雷百尺泉"，"围棋已访生云石，把钓先寻急雨滩"，皆佳句也。至作长歌，大多可笑。《赠广利》末曰："乃知生是天，习是人。莫轻河边殺貀，作天上麒麟。但日新，又日新。李太白，非通神。"何异优伶傅粉墨者语言，诗道至此，风雅沦胥矣！

（清）贺裳《载酒园诗话又编》，《清诗话续编》本

夫世之不能为《三百篇》也有故，非特才不逮古人也。物之取精多而用之少者，其发必醇；取精少而用之多者，其发必薄……故虽以尹吉甫之材美，其见于声诗者，两篇而止。岂惟《三百》，即汉、魏诸诗人，少者数篇，多者十倍之，元气充溢喷薄，一篇一句，皆载生平学问之大力以出，其独工于后世，无足怪者。

（清）魏禧《初蓉阁诗叙》，《魏叔子文集》，清刊本

《诗法源流》云："诗者，原于德性，发于才情，心声不同，有如其面，故法度可学而神意不可学。是以太白自有太白之诗，子美自有子美之诗，昌黎自有昌黎之诗。其他如陈子昂、王摩诘、高、岑、贾、许、姚、郑、张、许之徒，亦皆各自为体，不可强而同也。"

（清）吴乔《围炉诗话》卷之二，《清诗话续编》本

又曰："诗最不宜强所不能。吴融近体亦有情致，至作长歌，大都可笑。李咸用乐府，有羊质虎皮之恨。古调高言，可妄效哉！"

（清）吴乔《围炉诗话》卷之三，《清诗话续编》本

弘、嘉诸公所以致此者，有六故焉：一时文，二早捷，三高才，四随邪，五事繁，六泛交。诗与古文，门径绝异，时文于二者更异。彼既长于时文，即以时文见识为古文诗，骨髓之疾也。早捷则心骄，忠言无闻。才高则笔下易得斐然，不以古人自考离合。随邪则才执笔便似唐人，终身更无进步。事繁则应酬如麻，无暇苦吟详读。泛交则逼迫征求，不容量入而出。六病环攻，虽青莲、少陵，不能不为二李。

（清）吴乔《围炉诗话》卷之六，《清诗话续编》本

杨惠之与吴道子同师，道子画成名，乃转而为塑。张南本与孙位共学，位画水得誉，乃转而画火。二人不但藏拙，且可争奇。凡为文者，必能与人争奇，则自开生面，方为哲匠、生龙。

（清）金埴《不下带编》卷七，中华书局本

萧亭答："汉魏古诗，如天衣无缝，未易摹拟。六朝绮靡，实鲜佳篇。故昔人谓当取材于《选》，取法于唐。宋文公谓学诗当从韦、柳入门。愚谓不尽然。盛唐诗或高，或古，或深，或厚，或长，或雄浑，或飘逸，或悲壮，或凄婉，皆可师法，当就笔性所近学之，方易于见长。

（清）王士禛等《师友诗传录》，《清诗话》本

明诗本有古淡一派，如徐昌国、高苏门、杨梦山、华鸿山辈。自王、李专言格调，清音中绝。同时王奉常小美作《艺圃撷余》，有数条与其兄及济南异者，予特拈出。如云："今之作者，但须真才实学，本性求情，且莫理论格调。"又云："诗有必不能废者，虽众体未备，而独擅一家之长。如孟浩然洸洸易尽，只以五言隽永，千载并称王、孟。有明则徐昌国、高子业二君，诗不同而皆巧于用短，徐有蝉蜕轩举之风，高有秋闺愁妇之态，更千百年，李、何尚有废兴，二君必无绝响。"此真高议迥论，令于鳞、元美早闻此语，当不开后人抨弹矣。先兄考功襄有《题襄阳集》一绝云："鱼鸟云沙见楚天，清诗句句果堪传。一从时世矜高唱，谁识襄阳孟浩然。"（《池北偶谈》）

（清）王士禛《带经堂诗话》卷一，人民文学出版社本

凡人才力学识无有不偏者，要须早自觉悟，时为补救。设若喜壮丽一

路，久之必有粗厉底病，当以温雅济之；喜淡远一路，久之必有枯瘦底病，当以英华济之。然须按类增益，不得向鲅鱼锅内煮狗肉。

（清）张谦宜《絸斋诗谈》卷一，《清诗话续编》本

又云：温、李齐名，然温实不及李。李不作词，而温为花间鼻祖，岂亦同能不如独胜之意耶。古人学书不胜，去而学画。学画不胜，去而学塑，其善于用长如此。（《花草蒙拾》）

（清）徐釚《词苑丛谈》卷四《品藻》二，上海古籍出版社本

学诗而止学乎诗，则非诗；学三家之诗而止读三家之诗，则犹非诗也。诗乃人之所发之声之一端耳，而溯其原本，何者不具足？故为诗者，举天地间之一草一木，古今人之一言一事，《国风》、汉、魏以来一字一句，乃大而至两方圣人之《六经》、《三藏》，皆得会于胸中，而充然行之于笔下；因物赋形，遇题成韵，而各臻其境，各极其妙。如此则诗之分量尽，人之才能方备也。

（清）徐增《而庵诗话》，《清诗话》本

苏、李以后，陈思继起，父兄多才，渠尤独步。使才而不矜才，用博而不逞博；邺下诸子，文翰鳞集，未许执金鼓而抗颜行也。故应为一大宗。

（清）沈德潜《说诗晬语》卷上，《清诗话》本

代有风气之升降，人有材质之异同，假令执一之偏衷，而欲千百人之心思有当于我，断断不能。

（清）黄子云《野鸿诗的》，《清诗话》本

天地间不能一日无诸题，则古今来不可一日无诸诗。人学焉而各得其性之所近，要在用其所长而藏己之所短则可，护其所短而毁人之所长则不可。

（清）袁枚《再与沈大宗伯书》，《小仓山房文集》卷十七，《四部备要》本

……且夫古人成名，各就其诣之所极，原不必兼众体，而论诗者则不可不兼收之，以相题之所宜。即以唐论，庙堂典重，沈、宋所宜也；使郊、岛为之，则陋矣。山水闲适，王、孟所宜也；使温、李为之，则靡矣。边风塞云，名山古迹，李、杜所宜也；使王、孟为之，则薄矣。撞万石之钟，斗百韵之险，韩、孟所宜也；使韦、柳为之，则弱矣。伤往悼来，感时记事，张、王、元、白所宜也；使钱、刘为之，则厌矣。题香襟，当舞所，弦工吹师，低徊容与，温、李、冬郎所宜也；使韩、孟为之，则亢矣。

（清）袁枚《再与沈大宗伯书》，《小仓山房文集》卷十七，《四部备要》本

人必有所不能也，而后有所能。世之无所不能者，世之一无所能者也。和之弓，垂之矢，非古之能者乎？垂非不能为弓，和非不能为矢也，然而可传者一人一物而已也。伯夷典礼则弃乐，孔子学射则舍御，分为四科，判为六艺，不以其所能者傲人，不以其所不能者病己。秦学不兼方，汉亦然。宋以后人心不古，喜多为之，沿其流而不溯其源，夫是故虽能之而与夫不能者亦无以异也。仆不敢自知天性所长，而颇自知天性所短，若笺注，若历律，若星经地志，若词曲家言，非吾能者，决意绝之。犹怅其多爱而少弃也，学杜、韩亦为元、白，好韩、柳亦为徐、庾，汲汲顾影，如恐不及。方欲捐两骛以求其精，而不谓足下之就其病而深之也。足下来教曰：诗不如文，文不如著书，人必兼数者而后传。此误也。夫艺苟精，虽承蜩画筴亦传；艺苟不精，虽兵农礼乐亦不传。传不传以实求，不以名取，安在其兼不兼也？然仆意以为专则精，精则传，兼则不精，不精则不传，与足下异矣。若谓诗文不如著书，仆更不谓然。周、秦以来，作诗文者无万数，诚如尊言矣；著书者亦无万数，足下独未知之乎？撷《艺文志》，未必文集俱亡，而著书独在也。仆疑足下于诗文之甘苦，尚未深历，故觉与我争名者在在皆是，而独震于考订家琐屑斑驳；以为其传较可必耶？又疑诗文之格调气韵，可一望而知，而著书之利病，非搜辑万卷不能结其症结，故足下渺视乎其所已知者，而震惊乎其所未知者耶？要知为诗人，为文人，谈何容易。入文苑，入儒林，足下亦宜早自择，宁从一而深造，毋泛涉而两失也。

（清）袁枚《答友人某论文书》，《小仓山房文集》卷十九，《四部备要》本

人之才性，各有所近，假如圣门四科，必使尽归德行，虽宣尼有所不能。君子修身，先立其大，则其小者毋庸矫饰。韩昌黎《上宰相书》，杜少陵《献哥舒翰诗》，后人颇相疵瑕，而二贤集中卒不删去，想见古人心地光明，日月之食，人皆见之。惟沈休文胸多隐慝，故有绮语之悔。竹垞存《风怀》一首，虑为配享累，此亦一时戏言，何足为典要。试思竹垞当时竟删此篇，今日孔庙中果能为渠置一席否？儒者诚其意，虚其心，终日慊慊，望道未见，岂有贪后世尊崇，先掩其不善而著其善之理。

　　　　（清）袁枚《荟蕞园论诗书》，《小仓山房文集》卷三十，《四部备要》本

　　郑夹漈夸杜征南之注《左传》、颜师古之注《汉书》，妙在不强不知以为知。杜不长于鸟兽虫鱼，颜不长于天文地理，故俱缺之，不假他人以訾议也。余谓作诗亦然。青莲少排律，少陵少绝句，昌黎少近体，善藏其短而长乃愈见。

　　　　（清）袁枚《随园诗话》卷五，人民文学出版社本

　　诗有通首平正，无可指摘，而不招人爱。晋人称王安北相对不厌，去后人亦不思是也。唐霍王元轨有贤名。或问人："霍王何长？"其人曰："无长。"问者愕然。乃答曰："人必有所短也，而后见所长。霍王无其短，又何所见其长？"二事皆可参悟。

　　　　（清）袁枚《随园诗话·补遗》卷八，人民文学出版社本

　　昼嬴霄缩，天不两隆。如何弱手，好弯强弓？因謇徐言，因跛缓步。善藏其拙，巧乃益露。右师取败，敌必当王。霍王无短，是以无长。

　　　　（清）袁枚《续诗品·藏拙》，《小仓山房诗集》卷二十，《四部备要》本

　　昌黎诗中律诗最少。五律尚有长篇及与同人唱和之作，七律则全集仅十二首。盖才力雄厚，惟古诗足以恣其驰骤，一束于格式声病，即难展其所长，故不肯多作。然五律中如《咏月》、《咏雪》诸诗，极体物之工，措词之雅；七律更无一不完善稳妥，与古诗之奇崛判若两手。则又极随物

赋形，不拘一格之能事。

（清）赵翼《瓯北诗话》卷三，人民文学出版社本

余尝论学问之事，有三端焉：曰：义理也，考证也，文章也。是三者，苟善用之，则皆足以相济；苟不善用之，则或至于相害。今夫博学强识而善言德行者，固文之贵也；寡闻而浅识者，固文之陋也。然而世有言义理之过者，其辞芜杂俚近，如语录而不文；为考证之过者，至繁碎缴绕，而语不可了。当以为文之至美而反以为病者，何哉？其故由于自喜之太过，而智昧于所当择也。夫天之生才，虽美不能无偏，故以能兼长者为贵。而兼之中又有害焉，岂非能尽其天之所与之量，而不以才自蔽者之难得与？

青浦王兰泉先生，其才天与之，三者皆具之才也。先生为文，有唐、宋大家之高韵逸气，而议论考核，甚辨而不烦，极博而不芜，精到而意不至竭尽，此善用其天与？以能兼之才，而不以自喜之过而害其美者矣。先生历官多从戎旅，驰驱梁、益，周览万里，助成国家定绝域之奇功。因取异见骇闻之事与境，以发其瓖伟之辞为古文，人所未有。世以所谓天之助成先生之文章者，若独异于人；吾谓此不足为先生异，而先生能自尽其才，以善承天与者之为异也。

（清）姚鼐《述庵文钞序》，《惜抱轩全集·文集》卷四，《四部备要》本

人各有所长，李白长于乐府歌行而五七律甚少，杜少陵长于五七律而乐府歌行亦多，是以人舍李而学杜。盖诗道性情，二公各就其性情而出，非有偏也。使太白多作五七律，于杜亦何多让。若今人编集，必古今体分凑平匀，匀则匀矣，而诗不传也。

（清）李调元《雨村诗话》卷下，《清诗话续编》本

人之有能有不能者，无论凡庶圣贤有所不免者也；以其所能而易其不能，则所求者可以无弗得也。主义理者拙于辞章，能文辞者疏于征实，三者交讥而未有已也。义理存乎识，辞章存乎才，征实存乎学，刘子玄所以有三长难兼之论也。一人不能兼而咨访以为功，未见古人绝业不可复绍也。私心据之，惟恐名之不自我擅焉，则三者不相为功而且以相病矣。

（清）章学诚《说林》，《文史通义·内篇四》，中华书局本

渥洼之驹，可以负百钧而致千里，合两渥洼之力，终不可致二千里；言乎绝学孤诣，性灵独至，纵有偏缺，非人所得而助也。两渥洼驹，不可致二千里，合二渥洼之力，未始不可负二百钧而各致千里；言乎鸿裁绝业，各效所长，纵有抵牾，非人所得而私据也。

（清）章学诚《说林》，《文史通义·内篇四》，中华书局本

足下欲进于学，必先求端于道。道不远人，即万事万物之所以然也。道无定体，即如文之无难无易，惟其是也。人生难得全才，得于天者必有所近，学者不自知也。博览以验其趣之所入，习试以求其性之所安，旁通以究其量之所至，是亦足以求进乎道矣。今之学者则不然，不问天质之所近，不求心性之所安，惟逐风气所趣而徇当世之所尚；勉强为之，固已不若人矣。世人誉之，则沾沾以喜；世人毁之，则戚戚以忧；而不知天质之良日已离矣。夫风气所在，毁举随之，得失是非，岂有定哉？辞章之习既盛，辄诋马郑为章句；性理之焰方张，则嗤韩、欧为文人；循环无端，莫知所底，而好名无识之徒，乃谓托足于是，天下莫能加焉，不亦惑欤！由风尚之所成言之，则曰考订、辞章、义理；由吾人之所具言之，则才、学、识也；由童蒙之初启言之，则记性、作性、悟性也。考订主于学，辞章主于才，义理主于识，人当自辨其所长矣。记性积而成学，作性扩而成才，悟性达而为识，虽童蒙可与入德，又知斯道之不远人矣。夫风气所趋，偏而不备，而天质之良，亦曲而不全。专其一则必缓其二，事相等也。然必欲求天质之良而深戒以趋风气者，固谓良知良能，其道易入，且亦趋风气者未有不相率而入于伪也，其所以入于伪者，毁誉重而名心亟也。故为学之要，先戒名心；为学之方，求端于道。苟知求端于道，则专其一，缓其二，乃是忖己之长未能兼有，必不入主而出奴也。扩而充之，又可因此以及彼。风气纵有循环，而君子之所以自树，则固毁誉不能倾，而盛衰之运不足为荣瘁矣。岂不卓欤！

（清）章学诚《答沈枫墀论学》，《文史通义·外篇三》，《章氏遗书》本

近代学问如戴东原，未易易矣，其所考订与所发挥，文笔清坚，足以达所见，而记传文字，非其所长，纂修志乘，固亦非其所解，委而不为，固无伤也。而强作解事，动成窒戾，此则不善趋避，而昧于交相为功之业

者也。

　　　　（清）章学诚《答沈枫墀论学》，《文史通义·外篇三》，《章氏遗书》本

　　孟子曰："为高必因丘陵，为下必因川泽。"学问文章，亦复如是；因天质之所良，则事半而功倍，强其力之所不能，则鲜不踬矣。

　　　　（清）章学诚《与周永清论文》，《文史通义·外篇三》，《章氏遗书》本

　　吾读古人文学，高明有余，沈潜不足，故于训诂考质，多所忽略，而神解精识，乃能窥及前人所未到处。

　　　　（清）章学诚《家书》三，《文史通义·外篇三》，《章氏遗书》本

　　近日学者多以考订为功，考订诚学问之要务，然于义理不甚求精，文辞置而不讲，天质有优有劣，所成不能无偏可也。纷趋风气，相与贬义理而薄文辞，是知徇一时之名，而不知三者皆分于道，环生迭运，衰盛相倾，未见卓然能自立也。

　　　　（清）章学诚《与朱少白论文》，《章氏遗书·外集》二，嘉业堂刊本

　　诗言志也，志人人殊，诗亦人人殊，各有天分，各有出笔，如云之行，水之流，未可以格律拘也。故韩、杜不能强为作王、孟；温、李不能强作韦、柳。如松柏之性，傲雪凌霜；桃李之姿，开华结实。岂能强松柏之开花，逼桃李之傲雪哉？

　　　　（清）钱泳《履园谭诗》，《清诗话》本

　　元和律体屡变，其间卓然成家者，皆自鸣所长，若李商隐之长于咏史，许浑、刘沧之长于怀古，此其著也。今观义山之《隋宫》、《马嵬》、《筹笔驿》诸篇，其造意幽深，律法精密，有出常情之外者。用晦之《凌歊台》、《洛阳城》、《骊山》、《金陵》诸篇，与乎蕴灵之《长洲》、《咸阳》、《邺都》等作，至今古废兴，山河陈迹，感慨之意，读之可为一唱而三叹矣。三子者，虽不足鸣乎大雅之音，亦变风之后，其正者矣。

　　　　（清）冒春荣《葚原诗说》卷之二，《清诗话续编》本

……由是由本朝推之于明，推之于宋、唐，推之于汉于秦，断断焉析其正变，区其长短，然后知望溪之所以不满者，盖自厚趋薄，自坚趋瑕，自大趋小；而其体之正，不特遵岩、震川以下未之有变，即海峰、姬传亦非破坏典型、沈酣淫诐者，不可谓传之尽失也。若是，则所谓为支、为敝、为体下，皆其薄、其瑕、其小为之。如能尽其才与学以从事焉，则支者如山之立，敝者如水之去腐，体下者如负青天之高，于是积之而为厚焉，敛之而为坚焉，充之而为大焉，且不患其传之尽失也。然所谓才与学者何哉？曾子固曰："明必足以周万事之理，道必足以适天下之用，智必足以通难知之意，文必足以发难显之情。"如是而已。

     （清）恽敬《上曹俪笙侍郎书》，《大云山房文稿》初集卷三，《四部备要》本

  余尝谓词在难易之间，苟性所不近，虽殚心力为之而不工，亦有偶然学之而即合者顷见。

     （清）郭麐《灵芬馆词话》卷二，《词话丛编》本

  阁下之文渊雅翔实，而诗则清远华妙。文人有一长者，或好用长于不宜用之地，则见短矣。能者兼之，是为难也。生平视袁盎不值一钱，得所示论，乃大快其作，直惟是巧耳，而巧亦不足自全，涉世者可以为戒。

     （清）梅曾亮《复刘楚桢书》，《柏枧山房文集·诗集》卷二，咸丰刊本

  人才如其面，岂不然？岂不然？此正人才所以绝胜。彼其时，何时欤？主上优闲，海宇平康，山川清淑，家世久长，人心皆定，士大夫以暇日养子弟之性情，既养之于家，国人又养之于国，天胎地息，以深以安，于是各因其性情之近，而人才成。高者成峰陵，碻者成川流，娴者成阡陌，幽者成蹊迳，驶者成泷湍，险者成峒谷，平者成原陆，纯者成人民，驳者成鳞角，怪者成精魅，和者成参苓，华者成梅芝，戾者成棘刺，朴者成稻桑，毒者成砒附，重者成钟彝，英者成珠玉，润者成云霞，闲者成丘垤，拙者成崴嶬，皆天地国家之所养也，日月之所煦也，山川之所咻也。

     （清）龚自珍《与人笺五》，《龚自珍全集》第五辑，上海人民出版社本

学道者宜各自知所短，用人者宜各因其所长；勿以师儒治郡国，勿以方面之材责师儒；非体用之殊途，乃因材之难强也。若乃志伊学颜之君子，固以内圣外王为准鹄，夫何本末偏枯之有！诗曰："左之左之，君子宜之；右之右之，君子有之。惟其有之，是以似之。"
　　　　　　　　（清）魏源《默觚下·治篇六》，《魏源集》，中华书局本

　　天下后世，学焉而得其性之所近，仁者见仁焉，知者见知焉，用焉而各效其材之所宜。三公坐而论道，德行之任也；士大夫作而行之，政事、言语、文学之职也。如必欲责尊德性者以问学之不周，责问学者以德性之不笃，是火日外曜者而欲其内涵，金水内涵者必兼其外曜乎？体用一原，匪圣曷全？"肫肫其仁，渊渊其渊。"诗曰："德𬨎如毛，民鲜克举之。"
　　　　　　　　（清）魏源《默觚上·学篇九》，《魏源集》，中华书局本

　　予与君同年成进士，同年得馆选。在京师时文酒宴游甚乐也。每见君所为诗赋雍容大雅，不矜才使气，而他作者，狂搜险觅，终莫能出其右。散馆日为《乾清宫赋》，予辈为题所摄伏，率皆掇拾《文选》字句，模拟《灵光》，《景福》，而才实不足以称之，辞殚韵竭，庞乱钩裂，而君仍为近体小赋，余波绮丽，宽然有余，然后知君伐毛洗髓之功深也。
　　　　　　（清）俞樾《丁濂甫同年蜀游草序》，《春在堂杂文·续编三》，
　　　　　　《春在堂全书》，清刊本

　　余之性质欲为哲学家，则感情苦多而知力苦寡，欲为诗人则又苦感情寡而理情多。诗歌乎？哲学乎？他日以何者终吾身所不敢知。抑在二者之间乎？
　　　　　　（清）王国维《静安文集续编·自序》，《静安遗书》，商务印书馆本

　　长于悟性者，其嗜博也甚于弈；长于理性者，其嗜弈也愈于博……亦各随其性之所近，而欲于竞争之中发见其势力之优胜、之快乐耳。
　　　　　　（清）王国维《静安文集续编·人间嗜好之研究》，《静安遗书》，商务印书馆本

　　……承学之子，资力有偏颇，岁月有涯涘，故不能不主此学而从

彼学。

　　　　（清）王国维《国学丛刊序》，《观堂别集》卷四，《静安遗书》，商务印书馆本

　　……圆颅方趾，才性不齐；优于艺者或短于文，违性施教，决无成就。

　　　　（清）裘廷梁《论白话为维新之本》，引自《中国历代文论选》，上海古籍出版社本

2. 专一则精　独擅则胜

　　虽有天下易生之物也，一日暴之，十日寒之，未有能生者也……今夫弈之为数，小数也。不专心致志，则不得也。弈秋，通国之善弈者也。使弈秋诲二人弈，其一人专心致志，惟弈秋之为听；一人虽听之，一心以为有鸿鹄将至，思援弓缴而射之，虽与之俱学，弗若之矣。为是其智弗若与？曰：非然也。

　　　　（先秦）《孟子·告子上》，《诸子集成》本

　　螾无爪牙之利，筋骨之强，上食埃土，下饮黄泉，用心一也。蟹六跪而二螯，非蛇鳝之穴无所寄托者，用心躁也……行衢道者不至，事两君者不容。目不能两视而明，耳不能两听而聪。腾蛇无足而飞，梧鼠五技而穷。

　　　　（先秦）《荀子·劝学》，《诸子集成》本

　　好乐者众矣，而夔独传者，一也。

　　　　（先秦）《荀子·解蔽篇》，《诸子集成》本

　　工人数变业则失其功，作者数摇徙则亡其功。

　　　　（先秦）《韩非子·解老》，《诸子集成》本

　　古人云："多为少善，不如执一；鼯鼠五能，不成伎术。"近世有两人，朗悟士也，性多营综，略无成名，经不足以待问，史不足以讨论，文章无可传于集录，书迹未堪以留爱玩，卜筮射六得三，医药治十差五，音

乐在数十人下，弓矢在千百人中，天文、画绘、棋博，鲜卑语、胡书，煎胡桃油，炼锡为银，如此之类，略得梗概，皆不通熟。惜乎，以彼神明，若省其异端，当精妙也。

    （北齐）颜之推《颜氏家训·省事》，《诸子集成》本

  苟可以寓其巧智，使机应于心，不挫于气，则神完而守固，虽外物至，不膠于心。

  尧、舜、禹、汤治天下，养叔治射，庖丁治牛，师旷治音声，扁鹊治病，僚之于丸，秋之于弈，伯伦之于酒，乐之终身不厌，奚暇外慕！夫外慕徙业者，皆不造其堂，不哜其胾者也。

    （唐）韩愈《送高闲上人序》，《韩昌黎全集》卷二十一，《四部备要》本

  夫力莫如好，好莫如一。予性颛而嗜古，凡世人之所贪者，皆无欲于其间。故得一其所好于斯，好之已笃，则力虽未足，犹能致之。故上自周穆王以来，下更秦汉隋唐五代，外至四海九州，名山大泽，穷崖绝谷，荒林破塚，神仙鬼物诡怪所传，莫不皆有，以为《集古录》。

    （宋）欧阳修《集古录·自序》，《欧阳文忠集》卷四十一，《四部备要》本

  文字之为学，儒者之所用也。其为精也，有声形、曲直、毫厘之别，音响、清浊相生之类，五方言语、风俗之殊，故儒者莫暇精之。其有精者，则往往不能乎其他。是以学者莫肯舍其所事而尽心乎此，所谓"不两能者"也，必待乎用心专者而或能之，然而儒者有以取焉。

    （宋）欧阳修《韵总序》，《欧阳文忠集·居士集》卷四十二，《四部备要》本

  从来有诗癖，使我遂成魔。

    （宋）邵雍《答任开叔郎中昆仲相访》，《伊川击壤集》卷十二，《四部丛刊》本

  慧即通，通即无所不达；专即精，精即无所不妙。故庖丁之解牛，郢人之运斤，师旷之听，离娄之视，大至于尧、舜之仁，桀、纣之恶，小至

于掷豆起绳，巾角拂棋，皆臻理者何？妙而已。后世之人，不惟学圣人之道，不到圣处，虽嬉戏之事，亦得其依稀仿佛而遂止者多矣。夫博者无他，争先术耳，故专者能之。

（宋）李清照《打马图序》，《李清照集校注》卷三，人民文学出版社本

我少则嗜书，于道本无得，譬如昌歜荶，乃自性一癖。老来百事废，惟此尚自力，岂惟绝庆吊，乃至忘寝食。吟哦杂诵咏，不觉日既夕，文辞顾浅懦，望古空太息。世俗不可解，更为著金石，收敛固已迟，虽悔终无益。君看老农夫，法亦传后稷，持此少自宽，陶然送余日。

（宋）陆游《读旧稿有感》，《陆游集·剑南诗稿》卷四十，中华书局本

人做事须是专一。且如张旭学草书，见公孙大娘舞剑器而悟，若不是他专心致志，如何会悟。

（宋）朱熹《读书法》，《朱子语类辑略》卷二，正谊堂本

近日看朋友间病痛，尤更亲切，都是贪多务广，恣遽涉猎，所以凡事草率粗浅。本欲多知多能，下稍一事不知，一事不能；本欲速成，反成虚度岁月。

（宋）朱熹《答黄子耕》，《朱子文集》卷六，《丛书集成》本

顾恺之善画人以为痴，张长史工书人以为颠。予谓此乃二人之所以精于书画者也。庄子曰："用志不分，乃凝于神。"

（宋）陈善《扪虱新话》卷九，《丛书集成》本

人之于艺，苟非其攻而好之者，则不能精。余少时多好，好仙，好侠，好医药、卜筮，以至方技、博弈、蹴踘、击刺、戏弄之类，几无所不好。翰墨、几案间事，固不言而知也。然皆不精。惟于攻诗最久，而异时以科举取士，余当治词赋，其法难精。一精词赋，则力不能及他学。

（元）戴表元《张君信诗序》，《剡源集》卷第八，《丛书集成》本

孙位画水，张南画火，吴道玄画人物，杨惠之塑，陈简斋诗，辛稼轩词，同能不如独胜也。所谓太白见崔灏黄鹤楼诗，去而赋金陵凤凰台。

（明）杨慎《画品》，《历代论画名著汇编》本

由今观之，譬则世之走骎裒骐骥于千里之间，而中及二百里三百里而辍者有之矣，谓涂之蓟而辕之粤则非也。世之操觚者，往往谓文章与时相高下，而唐以后且薄不足为。噫！抑不知文特以道相盛衰，时非所论也。其间工不工，则又系乎斯人者之禀，与其专一之致否何如耳！如所云，则必太羹玄酒之尚，茅茨土簋之陈，而三代而下，明堂玉带，云罍牺樽之设，皆骈枝也已！

（明）茅坤《唐宋八大家文钞总序》，《八大家文钞》，明刊本

盖万物之情，各有其至；而人以聪明智慧操且习于其间亦各有所近，必专一以致其至，而后得以偏有所擅而成其名。故世皆随孔氏以非达巷。而仆独谓孔氏之言者圣学也，今人未能学圣人之道而轻议达巷者，皆惑也。屈、宋之于赋，李陵、苏武之于五言，马迁、刘向之于文章、传记，皆各擅其长，以绝艺后代。然竟不能相兼者，非不欲也，力不足也。故李、杜诗圣，而韩、欧文匠，其间不自量力，扬跊蹀躞而进者，独魏晋曹、刘、二陆，及唐元、白、柳宗元独以其文与韩昌黎争雄，当未辨孰刘孰项；而曹、刘独纵其诗声于武陵之间，又未必降为黄初之音也。故曰：人各有能，有不能。

（明）茅坤《与蔡白石太守论文书》，《茅鹿门先生文集》卷之三，明刊本

大抵诗以专诣为境，以饶美为材，师匠宜高，捃拾宜博。

（明）王世贞《艺苑卮言》四，《弇州山人四部稿》，明刊本

用修才情学问，在弘、正后，嘉、隆前，挺然崛起，无复依傍，自是一时之杰。第诗文则饾饤多而熔炼乏，著述则剽袭胜而考究疏。大概议论太高者力常不副，涉猎太广者业苦不精，此古今通病，匪独用修也。

（明）胡应麟《诗薮·续编》卷一，上海古籍出版社本

古人学事精专，其一生精神意象亦只用之一事，故艺必造极，名垂永久。子长之史，长卿之赋，子云《太玄》，太冲《三都》，羲、献书法、李、杜声律。纵有他长，不以分心。王实甫、高则诚一本杂剧，便足千古。戴松、韩干图画牛马，亦堪传世。今人既学制科，又学诗文；学书画，又学词曲，卒之如拆袜线，无一条长罩，尽一生身名俱敝。悲夫！

  （明）谢肇淛《古人学专》，《文海披沙》卷二，丁丑季春，申报馆印本

  盖平生精力，十九尽于《诗归》一书，欲身亲校刻，且博求约取于中晚之间，成一家言，死且不朽。

  （明）钟惺《与谭友夏》，《钟伯敬合集》，《中国文学珍本丛书》本

  杜自言为佳句躭癖，其实邻于癖而不居，老更凌云，江河万古，癖乎否也？擘鲸驭虎，方驾屈宋，癖乎否也？别裁伪体，转益多师，癖乎否也？

  （明）王思任《阆斋诗稿序》，《王季重十种》，《中国文学珍本丛书》本

  作文之事，贵于专一。专则生巧，散乃入愚。专则易于奏工，散者难于奏效。百工居肆，欲其专也。众楚群咻，喻其散也。舍情言景，不过图其省力，殊不知眼前景物繁多，当从何处说起？咏花既愁遗鸟，赋月又想兼风。若使逐渐铺张，则虑事多曲少；欲以数言包括，又防事短情长。展转推敲，已费心思几许。何如只就本人生发，自有欲为之事，自有待说之情，念不旁分，妙理自出。

  （清）李渔《闲情偶寄·词曲部·词采第二》，《中国古典戏曲论著集成》（七），中国戏剧出版社本

  欧阳公曰：物常聚于所好。余谓不特金玉珠玑书画碑石之物，在外者为然。诗文吾所自为者也，苟非好之，则吾亦无能自得，故古今能文之士，必其好专于是，外物不足以动其心，而后其文始工。小好则小工，大好则大工，何也？文章之道，非可一蹴而至者，苟好之，则必聚天下之书而读之，求天下之师友而讲之，必聚一生之精力而为之，其文有不工者

乎？不然，所接不过腐生末学，所读不过毛头制义，必读古文，继之或作或辍之工夫，视醯鸡之瓮为艺苑，而曰吾能文，吾能文，其可乎？此无他，不好故也。戴西洮好为诗文，淮海为天下之冲，南北名士之往来者，迎至于家，无不咨请；闻有未见之书，多方购之，积至万卷，又延吾友万公择共读十三经二十一史，昼夜无间，好之可谓笃矣。癸酉岁尽，公择来，寄我诗文一卷，读之皆有师法。其为之友刘予吉行状，尤称合作。盖不期工而自工矣。西洮年甚富，好甚笃，浸浸无已，未知所至，以视今日之名士，摹仿得欧、苏一二转折语，自称震川正派者，见之能不自愧乎！

（清）黄宗羲《戴西洮诗文题辞》，《黄黎洲文集》，中华书局本

宋人学问，史也，文也，词也，俱推尽善，字画亦称尽美。诗则未然，由其致精于词，心无二用故也。

（清）吴乔《围炉诗话》卷之五，《清诗话续编》本

古今绝艺，未有不精而能工者也。陈无己登览得句，急归卧榻，以被蒙首，谓之吟榻。家人知之，即婴儿稚子亦抱寄邻家以避之。徐竢其起，就笔砚即诗已成，乃敢复常。盖其用意精专，自吟句云："此生精力尽于诗。"真不虚矣！此如薛道衡每构文，必隐坐空斋，蹋壁而卧，闻户外人声便怒。二公之沉思如此，宜其为千秋绝艺也。

（清）金埴《不下带编》卷五，中华书局本

郑所南、陈古白两先生善画兰竹，燮未尝学之；徐文长、高且园两先生不甚画兰竹，而燮时时学之弗辍，盖师其意不在迹象间也。文长、且园才横而笔豪，而燮亦有倔强不驯之气，所以不谋而合。彼陈、郑二公，仙肌仙骨，藐姑冰雪，燮何足以学之哉！昔人学草书入神，或观蛇斗，或观夏云，得个入处。或观公主与担夫争道，或观公孙大娘舞西河剑器，夫岂取草书成格而规规效法者！精神专一，奋苦数十年，神将相之，鬼将告之，人将启之，物将发之。不奋苦而求速效，只落得少日浮夸，老来窘隘而已。

（清）郑板桥《题画》，《郑板桥集》，中华书局本

足下来教曰：诗不如文，文不如著书，人必兼数者而后传。此误也。夫艺苟精，虽承蜩画荚亦传；艺苟不精，虽兵农礼乐不传。传不传以实

求，不以名取，安在其兼不兼也？然仆意以为专则精，精则传，兼则不精，不精则不传，与足下异矣。

（清）袁枚《答友人某论文书》，《小仓山房文集》卷十九，《四部备要》本

"传"字"人"旁加"专"，言人专则必传也。尧舜之臣只一事，孔子之门分四科，亦专之谓也。唐人五言工，不必七言也；近体工，不必古风也。宋以后，学者好夸多而斗靡。善乎方望溪云："古人竭毕生之力，只穷一经；后人贪而兼为之，是以循其流，而不能溯其源也。"

（清）袁枚《随园诗话》卷五，人民文学出版社本

《语》云：射较一镞，弈角一着。胜人处正不在多。

（清）恽敬《南田论画》，《历代论画名著汇编》本

朱子曰："学文学诗，须看得一家文字熟，向后看他人亦易知。"姬传先生云："凡学诗文，且当就此一家用功，良久尽其能，真有所得，然后舍而之他。不然，未有不失于孟浪者。"

（清）方东树《昭昧詹言》卷一，人民文学出版社本

庖丁之解牛，伯牙之操琴，羿之发羽，僚之弄丸，古之所谓神技也。戒庖丁之刀曰："多一割亦笞汝，少一割亦笞汝"；韧伯牙之弦曰："汝今日必志于山，而勿水之思也"；矫羿之弓、促僚之丸曰："东顾勿西逐，西顾勿东逐"；则四子者皆病。

（清）龚自珍《明良论四》，《龚自珍全集》第一辑，上海人民出版社本

天下物无独必有对；而又谓两高不可重，两大不可容，两贵不可双，两势不可同，重、容、双、同必争其功。何耶？有对之中必一主一辅，则对而不失为独。乾尊坤卑，天地定位，万物则而象之，此尊无二上之谊焉。是以君令臣必共，父命子必宗，夫唱妇必从。天包地外，月受日光。虽相反如阴阳、寒暑、昼夜，而春非冬不生，四夷非中国莫统，小人非君子莫为骈幪，相反适以相成也。手足之左不如右强，目不两视而明，耳不并听而聪，鼻息

不同时而妨，形虽两而体则一也。是以君子之学，先立其大而小者从令，致专于一，则殊涂同归。道以多歧亡羊，学以多方丧生。其为治也亦然。书曰："一人有庆，兆民赖之。"诗曰："其仪不忒，正是四国。"

（清）魏源《默觚上·学篇十一》，《魏源集》，中华书局本

吾观古之能文者，若司马迁、韩愈、欧阳修之徒，其始设心措意亦无过存乎以文自见，卒其所至，世不得徒文人目之，是故深于文者，其能事既足以自娱婴，及其所诣益邃以博，乃与知乎圣人道而达乎天地万物之原，独居讴吟一室之中而傲然睥睨乎尘埃之外，虽天下又孰有能易之者哉，又遑暇校量于我生以前与身后之赢失而为之进退哉！

（清）张裕钊《与黎莼斋书》，《濂亭文集》卷四，光绪刻本

3. 虽有才质　不废功夫

若夫工匠之为连𨰿运开，阴闭眩错，入于冥冥之眇，神调之极，游乎心手众虚之间，而莫与物为际者，父不能以教子。瞽师之放意相物，写神愈舞，而形乎弦者，兄不能以喻弟。

（汉）刘安《淮南子·齐俗训》，《诸子集成》本

今夫盲者目不能别昼夜、分白黑，然而搏琴抚弦，参弹复徽，攫援摽拂、手若蔑蒙，不失一弦。使未尝鼓瑟者，虽有离朱之明，攫掇之捷，犹不能屈伸其指。何则？服习积贯所致。

（汉）刘安《淮南子·修务训》，《诸子集成》本

人才高下，因有分限，然亦在所习，不可不谨。

（宋）张戒《岁寒堂诗话》，《历代诗话》本

盖闻文者，文也，在《易》为贲，在《礼》为绩，譬之为器，工师得，必解之以为朴，削之以为质，丹腰之以为章，三物者具，斯曰器矣。有贱工焉，利其器之速就也，不削不丹不腰，解焉而曰矣，号于市曰："器莫吾之速也。"速则速矣，于用奚施焉？时世之文，将无类此。

（宋）杨万里《答徐赓书》，《诚斋集》卷六十六，《四部丛刊》本

……如韩文公《答李翊》一书，与老苏《上欧阳公》书，他直如此用工夫，未有苟然而成者。欧阳公则就作文上改换，只管揩磨，逐渐捱将去，久之，渐渐揩磨得光。老苏则直是心中都熟透了，方出之于书。看他们用工夫更难。可惜若移之于此，大段可畏。看来前辈以至敏之才，而做至钝工夫，今人以至钝之才，而欲为至敏底工夫，涉猎看过，所以不及古人也。

（宋）朱熹《自论为学工夫》，《朱子语类辑略》卷五，正谊堂本

大抵为学虽有聪明之资，必须做迟钝功夫始得。既是迟钝之资，却做聪明底样工夫，如何得？

（宋）朱熹《总论为学之方》，《朱子语类辑略》卷二，正谊堂本

世传欧阳公平昔为文章，每草就纸上，净讫即粘挂斋壁，卧兴看之，屡思屡改，至有终篇不留一字者，盖其精如此。大抵文以精故工，以工故传远，三折肱始为良医，百步穿杨始名善射，真可传者，皆不苟者也。唐人多以小诗著名，然率皆旬锻月炼，以故其人虽不甚显，而诗皆可传，岂非以其精故耶？人说杨大年每遇作文，则与门人宾客，饮博投壶弈棋，语笑喧哗，而不妨属思。以小方纸细书，挥翰如飞，文不加点。每盈一幅，则命门人传条，须臾之际，成数千言。如此似为难及。然欧公、大年要皆是大手，欧公岂不能与人斗捷哉？殆不欲苟作耳。予每见同舍临文之际，试就借观，则曰此草草牵课尔，予把定戏曰："恐君精思亦莫止此。"其人心虽不悦，然知其戏，亦卒无以应，予遂皆笑而罢。

（宋）陈善《扪虱新话》卷三，《丛书集成》本

足下来书，自言近日欲作文字，然滞于藏锋，不能飞动；诗欲古体，然僻于幽隐，不能豪放。足下自知之，仆尚何言。然藏锋书之一端，所贵遍学古人。昔人谓之法书，岂是率意而为之也？又须真积力久，自楷法中来，前人所谓未有未能坐而能走者。飞动乃吾辈胸中之妙，非所学也。若市人能积学而不能飞动，吾辈能飞动而不能积学，皆一偏之弊耳。东坡论五十八草书，似莺哥娇，数日相见，曰："此书何如？"曰："乃秦吉了耳。"足下之书，无乃近似之乎！精神所注，间出奇逸，稍怠之际，如病

痈肿，得免秦吉了足矣。想当捧腹大笑也。

（金）赵秉文《答李天英书》，《闲闲老人滏水文集》，《丛书集成》本

庾信之诗，为梁之冠绝，启唐之先鞭。史评其诗曰绮艳，杜子美称之曰清新，又曰老成。绮艳、清新，人皆知之，而其老成，独子美能发其妙。余尝合而衍之曰：绮多伤质，艳多无骨；清易近薄，新易近尖。子山之诗，绮而有质，艳而有骨，清而不薄，新而不尖，所以为老成也。若元人作诗，非不绮绝，非不清新，而乏老成；宋人诗，则强作老成态度，而绮绝清新，概未之有；若子山者，可谓兼之矣。不然，则子美何以眼之如此？

（明）杨慎《庾信诗》，《总纂升庵合集》卷一百四十四，清刊本

元美论诗极精，赏诗极妙，乃至自运多不如其所评，其病在欲无所不有，急急以此道压一世也。然元美毕竟是不朽人。

（明）屠隆《论诗文》，《鸿苞节录》卷六，保砚斋本

材之至者能兼，觭者能擅。与角去齿，习翔昧泳，擅也。牟尼青赤，漩洑方圆，兼也。古之人，班马以史，李杜以诗，韩苏辈以文，其精神各有所诣，而魄力亦遂横绝，以是鸣于一代。盖专取则工，概举则戾，自吾师不言兼，而材以觭著久矣。

（明）陈洪谧《玉茗堂诗集序》，《汤显祖诗文集·附录》，上海古籍出版社本

或问才力本于天赋，可强致乎？曰：可。譬之筋力一也，市井逐末之人，负担不逾区釜，而田野之夫，负担则一石也。盖由童而习之，强致然耳。使田野之子而从市井之人终身，岂能负一石哉？

（明）许学夷《诗源辩体》卷十七，人民文学出版社本

学者以识为主，其功夫才质不可偏废。有功夫而无才质，则拙刻迟纯，而不能窥神圣之域；有才质而无功夫，则少年才俊，往往发其英华，骋其丽藻，晚年才尽，则丑陋尽彰，支离百出矣。书画亦然。

（明）许学夷《诗源辩体》卷三十四，人民文学出版社本

吾谓：技无大小，贵在能精；才乏纤洪，利于善用。能精善用，虽寸长尺短，亦可成名，否则才夸八斗，胸号五车，为文仅称点鬼之谈，著书惟供覆瓿之用，虽多，亦奚以为！填词一道非特文人工此者足以成名，即前代帝王，亦有以本朝词曲擅长，遂能不泯其国事者。请历言之：高则诚、王实甫诸人，元之名士也，舍填词一无表见。使两人不撰《西厢》《琵琶》，则沿至今日，谁复知其姓字？是则诚、实甫之传，《琵琶》《西厢》传之也。汤若士，明之才人也，诗文尺牍，仅有可观，而其脍炙人口者，不在尺牍诗文，而在《还魂》一剧。使若士不草《还魂》，则当日之若士，已虽有而若无，况后代乎？是若士之传，《还魂》传之也。此人以填词而得名者也。

  （清）李渔《闲情偶寄·词曲部·结构第一》，《中国古典戏曲论著集成》（七），中国戏剧出版社本

诗文之事，莫妙于易，莫难于老。

  （清）周亮工《尺牍新钞》一集，孙承泽《与梁玉立》，上海杂志公司本

长吉耽奇凿空，真有"石破天惊"之妙，阿母所谓是儿不呕出心不已也。然其极作意费解处，人不能学，亦不必学。义山古体时效此调，却不能工，要非其至也。

  （清）叶矫然《龙性堂诗话》初集，《清诗话续编》本

要知为诗人，为文人，谈何容易。入文苑，入儒林，足下亦宜早自择，宁从一而深造，毋泛涉而两失也。嗟乎！士君子意见不宜落第二义，足下好著书，仆好诗文，此岂第一义哉？

  （清）袁枚《答友人某论文书》，《小仓山房文集》卷十九，《四部备要》本

太白斗酒诗百篇，东坡嬉笑怒骂，皆成文章；不过一时兴到语，不可以词害意。若认以为真，则两家之集，宜塞破屋子，而何以仅存若干？且可精选者，亦不过十之五六。人安得恃才而自放乎？惟糜惟艺，美谷也，而必加舂揄扬簸之功；赤堇之铜，良金也，而必加千辟万灌

之铸。

（清）袁枚《随园诗话》卷七，人民文学出版社本

古来作诗之多，莫过于放翁，今就其子子虡所编八十卷计之，已九千二百二十首……会计全集及遗稿，实共万余首。每一首必有一意；就一首中，如近体每首二联，又一句必有一意。凡一草、一木、一鱼、一鸟，无不裁剪入诗，是一万首即有一万大意，又有四万小意。自非才思灵敏，功力精勤，何以得此？信古来诗人未有之奇也。

（清）赵翼《瓯北诗话》卷六，人民文学出版社本

然律诗之工，人人皆见之；而古体则莫有言及者。抑知其古体诗才气豪健，议论开辟；引用书卷，皆驱使出之，而非徒以数典为能事；意在笔先，力透纸背；有丽语而无险语，有艳词而无淫词，看似华藻，实则雅洁；看似奔放，实则谨严：此古体之工力，更深于近体也。

（清）赵翼《瓯北诗话》卷六，人民文学出版社本

只是一熟字不用，以避陈言，然欲不是求僻，乃是博观而选用之，非可以恒钌外铄也。至于兴寄用意尤忌熟，亦非外铄客气假象所能办。若中无所有，向他人借口，只开口便被识者所笑。二者既得，又须实下深苦功夫，精思审辨古人行文用笔章法音响之变化同异，而真知之。须使后世读其言，服其工妙，而又考其人，论其世，皆本其平生性情行事而载之，乃能不朽。

（清）方东树《昭昧詹言》卷一，人民文学出版社本

六代之文，丽才多而练才少。有练才焉，如陆士衡是也。盖其思既能入微，而才复足以笼巨，故其所作，皆杰然自树质干。《文心雕龙》但目以"情繁辞隐"，殊未尽之。

（清）刘熙载《艺概·文概》，上海古籍出版社本

十三

境 会 说

1. 艰难成长　发愤著书

其源出于《楚辞》。文多凄怆，怨者之流。陵，名家子，有殊才，生命不谐，声颓身丧。使陵不遭辛苦，其文亦何能至此！

　　　　（南朝·梁）钟嵘《诗品·汉都尉李陵》，人民文学出版社本

其源出于王粲。善为凄戾之词，自有清拔之气。琨既体良才，又罹厄运，故善叙丧乱，多感恨之词。中郎仰之，微不逮者矣。

　　　　（南朝·梁）钟嵘《诗品·晋太尉刘琨》，人民文学出版社本

楚客连樯泊晚风，吴人江畔醉无穷，少陵失意诗偏老，子厚因迁笔更雄。贯口信潮千里至，平沙落地一时红，知君兄弟才名大，我愧白头辽水东。

　　　　（宋）梅尧臣《依韵和王介甫兄弟舟次芜江怀寄吴正仲》，《梅尧臣集编年校注》卷二十四，上海古籍出版社本

濯锦沧浪客，青莲淡荡人。才名塞天地，身世老风尘。士固难推挽，人谁不贱贫？明窗数编在，长与物华新。

　　　　（宋）陆游《读李杜诗》，《陆游集·剑南诗稿》卷七十，中华书局本

天之降才固已不同，而文人之才尤异。将使之发册作命，陈谟奉议，

则必畀之以闳富，淹贯温厚尔雅之才，而处之以帷幄密勿之地。故其位与才常相称，然后其文足以纪非常之事，明难喻之指，藻饰治具，风动天下，书黄麻之诏，镂白玉之牒，藏之金匮石室，可谓盛矣。若夫将使之阐道德之原，发天地之秘，放而及于鸟兽虫鱼草木之情，则畀之才亦必雄浑卓荦，穷出极微，又畀以远游穷处，排摈斥疏，使之磨砻龃龉，濒于寒饿，以大发其藏，故其所赋之才，与所居之地，亦若造物有意于其间者。虽不用于时，而自足以传后世。此二者，造物岂真有意哉？亦理之自然，古今一揆也。

（宋）陆游《周益公文集序》，《陆游集·渭南文集》卷十五，中华书局本

人之能以翰墨辞艺行名于当时者，未尝不成于艰穷而败于逸乐。何者？材动物也。诗人之材，其于翰墨辞艺动之尤乐而切者也。彼其营度于心思，绵历于耳目，讽咏于口吻。辛苦锻炼百折后以其成言裁决而出之而诗传焉。其得之也勤，其发之也使有一毫昏惫眩惑之气干之，则百骸九窍将皆不为吾用，而何清言之有乎？今夫世俗膏粱声色富贵豪华豢养之物，固昏惫眩惑之所由出也。

（元）戴表元《吴僧崇古师诗序》，《剡源戴先生文集》卷九，《四部丛刊》本

昔人云："刘柳无称于事业，姚宋不数于篇章。"言富贵才藻之难兼也。

（明）杨慎《玉冈诗集序》，《升庵全集》卷三，《国学基本丛书》本

余三复此书而悲之。大块忌才固自昔，亦何忍荼毒之至此，然伯虎非身罹此境，亦无以有此书。今当时之窃高第享荣名者，什九腐草木。伯虎此书，烂焉竹帛，千秋永垂。

（明）胡应麟《题唐伯虎书牍后》其一，《少室山房集》卷一百六，《四库全书》本

文章之道，既以其才，又以其遇，不其然哉。我尝与李子言之矣，诗者，非仅以适己，将以施诸远也。《诗三百篇》，虽愁喜之言不一，而大

约必极于治乱盛衰之际。远则怨，怨则爱；近则颂，颂则规；怨之与颂，其文异也。爱之与规，其情均也。

> （明）陈子龙《白云草自序》，《陈忠裕全集》卷二十六，簳山草堂本

或曰："堂之以'四忆'名者，何也？"曰："今昔之故，触而感焉则忆之，适四则四之尔。"

"敢问所谓'四忆'者"。曰："屈原幽忧而著《离骚》，其中称名类物，或呼为芏，或呼为荃，今读者不知其所专指，子宁知之耶？盖人心诚有所郁则必思，思而不得所通，则必且反复形诸言辞，发为咏歌，情迫气结，纵其所至，不循阡陌，即胸中时一念之，非不历历，及欲举而告之人，固已缠绵沉痛，十且乱其七八矣。微独吾与若不知原之所指，即使原今日复生，亦未必自知也。我又安能以其所忆者告吾子哉？"

或曰："然则子既以悔名其文集，而仍以忆名其诗者，何也？苟忆于昔，不必其悔；苟悔于今，不必其昔之忆。"曰："诗三百篇，昔人发愤之所作也。余自念才弱，不能愤，聊以忆焉云尔。抑闻之，极则必复，忆之忆之，所以悔之也。"

> （清）侯方域《四忆堂记》，《壮悔堂文集》卷六，《四部备要》本

……故知愤气者，又天地之才也。非才无以泄其愤，非愤无以成其才。

> （清）廖燕《刘五原诗集序》，《二十七松堂集》卷四，廖景黎家藏版本

鲍明远云："十载学无就，善宦一朝通。"客难曰："《书》云：'学古入官。'《孟子》亦云：'幼学壮行。'不学而善宦有诸？"仆曰："是何言之固也？子不闻司马季主之言乎：'初试官时，卑疵而前，孅趋而言，相引以势，相导以利，倍力为巧诈，饰虚功，执空文，以求便势尊位。'若此者，所谓善宦也。屈子云：'予固知謇謇之为患兮'，'余不忍为此态也'。骆丞云：'三冬自矜诚足用，十年不调几遭回'，'谁惜长沙傅，空负洛阳才'。高才无贵仕，自古以为叹也。"

（清）叶矫然《龙性堂诗话初集》，《清诗话续编》本

才人值小困苦，最可喜。

（清）乔亿《剑溪说诗》卷下，《清诗话续编》本

窃见古人兄弟友朋相与赠答，只叙其悲欢离合，履运之通塞，间寓以规诲，而赞颂则泛交也。杜子美骨肉流离，悲歌当泣，又奚暇言他？至若素交叹美不已者，非被罪长流，衰老迁谪，则死生契阔，家贫宦卑，称其才正悲其命也。而太白与子美二诗，当在天宝初优诏放还，遨游齐、鲁之间，子美未献赋时也。事无可说，惟别后寄情千里，别时樽酒留连。夫岂不知子美之学与才，舍己其无辈哉！以为漫然称之，甚无谓也，反不似与有深分者。自后世应酬之风炽，专主贡谀，迨于今而此义亡矣。

（清）乔亿《剑溪说诗又编》，《清诗话续编》本

嗟呼！嗟呼！天下有过人之才，遭际浊世，抱弥天之怨，不得不流而为厌世之人，又从而摹绘之，使弃世者之恶德，不能少自讳匿者，是则王氏著书之苦心也。

（清）王钟麒《中国三大小说家论赞》，引自《中国历代文论选》，上海古籍出版社本

2. 盛世崇文　时与运会

望丰屋知名家，睹乔木知旧都。鸿文在国，圣世之验也。孟子相人以眸子焉，心清则眸子瞭，瞭者目文瞭也。夫候国占人，同一实也。国君圣而文人聚，人心惠而目多采。

（汉）王充《论衡·佚文》，《诸子集成》本

爱憎好恶，古今不均；时移俗易，物同价异。譬之夏后之璜，囊直连城；鬻之于今，贱于铜铁。故昔以隐居求志为高士，今以山林之儒为不肖。故圣世人之良干，乃暗俗之罪人也，往者之介洁，乃末叶之赢劣也。

（晋）葛洪《抱朴子外篇·擢才》，《诸子集成》本

晋氏中兴，唯明帝崇才，以温峤文清，故引入中书；自斯以后，体宪风流矣。

（南朝·梁）刘勰《文心雕龙·诏策》，人民文学出版社本

魏晋以来，稍务文丽，以文纪实，所失已多，及其来选，又称疾不会，虽欲求文，弗可得也。是以汉饮博士，而雉集乎堂；晋策秀才，而麏兴于前，无他怪也，选失之异耳。

（南朝·梁）刘勰《文心雕龙·议对》，人民文学出版社本

自安和以下，迄至顺桓，则有班傅三崔，王马张蔡，磊落鸿儒，才不时乏，而文章之选，存而不论。然中兴之后，群才稍改前辙，华实所附，斟酌经辞，盖历政讲聚，故渐靡儒风者也……

自献帝播迁，文学蓬转，建安之末，区宇方辑。魏武以相王之尊，雅爱诗章；文帝以副君之重，妙善辞赋；陈思以公子之豪，下笔琳琅；并体貌英逸，故俊才云蒸……

至明帝纂戎，制诗度曲，征篇章之士，置崇文之观，何刘群才，迭相照耀。少主相仍，唯高贵英雅，顾盼含章，动言成论。于时正始余风，篇体轻淡，而嵇阮应缪，并驰文路矣……

然晋虽不文，人才实盛：茂先摇笔而散珠，太冲动墨而横锦，岳湛曜联璧之华，机云标二俊之采，应傅三张之徒，孙挚成公之属，并结藻清英，流韵绮靡。前史以为运涉季世，人未尽才，诚哉斯谈，可为叹息！

元皇中兴，披文建学，刘刁礼吏而宠荣，景纯文敏而优擢。逮明帝秉哲，雅好文会，升储御极，孳孳讲艺，练情于诰策，振采于辞赋；庾以笔才逾亲，温以文思益厚，揄扬风流，亦彼时之汉武也……

自宋武爱文，文帝彬雅，秉文之德，孝武多才，英采云构。自明帝以下，文理替矣。尔其缙绅之林，霞蔚而飙起：王袁联宗以龙章，颜谢重叶以凤采，何范张沈之徒，亦不可胜数也。盖闻之于世，故略举大较。

暨皇齐驭宝，运集休明。太祖以圣武膺箓，高祖以睿文纂业，文帝以贰离含章，中宗以上哲兴运，并文明自天，缉熙景祚。今圣历方兴，文思光被，海岳降神，才英秀发。驭飞龙于天衢，驾骐骥于万里，经典礼章，跨周轹汉，唐虞之文，其鼎盛乎？

（南朝·梁）刘勰《文心雕龙·时序》，人民文学出版社本

observe夫后汉才林，可参西京，晋世文苑，足俪邺都；然而魏时话言，必以元封为称首，宋来美谈，亦以建安为口实。何也？岂非崇文之盛世，招才之嘉会哉。嗟乎，此古人所以贵乎时也。

  （南朝·梁）刘勰《文心雕龙·才略》，人民文学出版社本

  既而中州板荡，戎狄交侵，僭伪相属，士民涂炭，故文章黜焉……皆迫于仓卒，牵于战争。竞奏符檄，则粲然可观；体物缘情，则寂寥于世。非其才有优劣，时运然也。

  （唐）令狐德棻《周书·王褒庾信传论》，中华书局本

  嗟乎！天地养才而万物生焉，圣人养才而文章生焉，风俗养才而志气生焉，故才多而养之，可以鼓天下之气，天下之气生，则君子之风盛……天下之才少久矣，文章之气衰甚矣，风俗之不养才病矣，才少而气衰使然也。

  （唐）柳冕《答杨中丞论文书》，《全唐文》卷五二七，中华书局本

  古坟零落野花春，闻说中郎有后身。今日爱才非昔日，莫抛心力作词人。

  （唐）温庭筠《蔡中郎坟》，《温飞卿诗集》卷五，上海古籍出版社本

  自古治时少而乱时多，幸时治矣，文章或不能纯粹，或迟久而不相及，何其难之若是欤？岂非难得其人欤？苟一有其人，又幸而及出于治世，世其可不为之贵重而爱惜之欤？嗟吾子美，从一酒食之过，至废为民而流落以死。此其可以叹息流涕，而为世仁人君子之职位，宜与国家乐育贤材者惜也。

  （宋）欧阳修《苏氏文集序》，《欧阳文忠集·居士集》卷四十一，《四部备要》本

  有司敛群材，操尺度，概以一法，考其不中者而弃之，虽有魁垒拔出人材，其一累黍不中尺度，则弃不敢取。幸而得良有司，不过反同众人，

叹嗟爱惜；若取舍非己事者，诿曰："有司有法，奈不中何？"有司固不自任其责，而天下之人，亦不以责有司，皆曰"其不中法也"。不幸有司尺度一失手，则往往失多而得少。呜呼！一有司所操，果良法邪？何其久而不思革也。

（宋）欧阳修《送曾巩秀才序》，《欧阳文忠集·居士集》卷四十二，《四部备要》本

天下有多少才，只为道不明于天下，故不得有所成就。且古者"兴于诗，立于礼，成于乐"，如今人怎生会得。古人于诗，如今人歌曲一般，虽闾巷童稚，皆习闻其说，而晓其义，故能兴起于诗。后世老师宿儒，尚不能晓其义，怎生责得学者？是不得兴于诗也。古礼既废，人伦不明，以至治家皆无法度，是不得立于礼也。古人有歌咏以养其性情，声音以养其耳，舞蹈以养其血脉，今皆无之，是不得成于乐也。古之成材也易，今之成材也难。

（宋）程颐《二程全书》，引自《宋金元文论选》，人民文学出版社本

祥符中，尝下诏禁文体浮艳，议者谓是时馆中作宣曲诗。宣曲见《东方朔传》。其诗盛传都下，而刘杨方幸，或谓颇指宫掖。又二妃皆蜀人，诗中有"取酒临邛远"之句，赖天子爱才士，皆置而不问，独下诏讽切而已。不然，亦殆哉！

（宋）陆游《跋西昆酬唱集》，《渭南文集》卷三十一，中华书局本

或曰："唐诗何以胜我朝。"唐以诗取士，故多专门之学，我朝之诗所以不及也。

（宋）严羽《沧浪诗话·诗评》，人民文学出版社本

……夫文章事业大抵与世运升降而亦存乎其人，顾二者虽相为用亦各以其盛者称而莫之或兼。因人之难亦造物者之所靳也。

（明）李东阳《书蒙泉翁类稿后》，《怀麓堂集》卷二十一，岳麓书社本

汉魏之交，文人特茂，然衰世叙运，终鲜粹才。孔融懿名，高列诸子，视《临终诗》，大类铭箴语耳。应玚巧思逶迤，失之靡靡，休琏《百一》，微能自振，然伤媚焉。仲宣流客，慷慨有怀，西京之余，鲜可诵者。陈琳意气铿铿，非风人度也。阮生优缓有余，刘桢锥角重阶，割曳缀悬，并可称也。曹丕资近美媛，远不逮植，然植之才，不堪整栗，亦有憾焉。若夫重熙鸿化，蒸育丛材，金玉其相，绰哉有斐，求之斯病，殆寡已夫。

（明）徐祯卿《谈艺录》，《历代诗话》本

今世五尺之童，才拈声律，便能薄弃晚唐，自傅初盛，有称大历以下，色便赧然。然使诵其诗，果为初邪、盛邪、中邪、晚邪？大都取法固当上宗，论诗亦莫轻道。诗必自运，而后可以辨体；诗必成家，而后可以言格。晚唐诗人，如温庭筠之才，许浑之致，见岂五尺之童下，直风会使然耳。览者悲其衰运可也。故予谓今之作者，但须真才实学。本性求情，且莫理论格调。

（明）王世懋《艺圃撷余》，《历代诗话》本

世有有情之天下，有有法之天下。唐人受陈、隋风流，君臣游幸，率以才情自胜，则可以共浴华清，从阶升，娱广寒。令白也生今之世，滔荡零落，尚不能得一中县而治。彼诚遇有情情天下也。今天下大致灭才情而尊吏法，故季宣低眉而在此。假生白时，其才气凌厉一世，倒骑驴，就巾拭面，岂足道哉！

（明）汤显祖《玉茗堂文之七·青莲阁记》，《汤显祖诗文集》卷三十四，上海古籍出版社本

初唐七言古以才藻胜，盛唐以风神胜，李、杜以气概胜，而才藻风神称之，加以变化灵异，遂为大家。宋人非无气概，元人非无才藻，而变化风神，邈不复睹，固时代之盛衰，亦人事之工拙耶？

（明）胡应麟《诗薮·内编》卷三，上海古籍出版社本

盛唐句，如"海日生残夜，江春入旧年"；中唐句，如"风兼残雪起，河带断冰流"；晚唐句，如"鸡声茅店月，人迹板桥霜"，皆形容景

物，妙绝千古，而盛、中、晚界限斩然。故知文章关气运，非人力。

（明）胡应麟《诗薮·内编》卷四，上海古籍出版社本

元和如刘禹锡，大中如杜牧之，才皆不下盛唐，而其诗迥别。故知气运使然，虽韩之雄奇，柳之古雅，不能挽也。

（明）胡应麟《诗薮·内编》卷五，上海古籍出版社本

青莲能虚，工部能实……苏公之诗，出世入世，粗言细语，总归玄奥，恍忽变怪，无非情实，盖其才力既高，而学问识见，又迥出二公之上，故宜卓绝千古。至其遒不如杜，逸不如李，此自气运使然，非才之过也。

（明）袁宏道《答梅客生开府》，《袁宏道集笺校》卷二十一，上海古籍出版社本

《风》自《周南》、《召南》，《雅》自《鹿鸣》、《文王》之属以及三《颂》，谓之正经；懿王、夷王而下讫于陈灵公淫乱之事，谓之变风、变雅，此说诗者之言也。而季札听诗，论其得失，未尝及变；孔子教小子以可群可怨，亦未尝及变。然则正变云者，亦言其时耳，初不关于作诗者之有优劣耳。

（清）黄宗羲《陈苇庵年伯诗序》，《黄梨洲文集》，中华书局本

世道衰微，多以士大夫少奋发矫厉之志，但求和光入俗，期于寡祸而已，故节败才靡，皆由此出。今之文士，于持禄窃誉则有余，而于拨乱匡败，则鲜有一焉。岂尽诗书之罪哉？

（清）周亮工《尺牍新钞》二集，陈孝逸《又与付平叙》，上海杂志公司本

夫觌其所不可见，觉其所不及喻者，其惟几与响乎！而几与响，亦非乍变者也。诗之情，几也。诗之才，响也。因诗以知升降，则其知乱治也早矣，而更有早焉者，故曰《雅》降而《风》。《黍离》降而哀周道之不复振，然则《黍离》者《风》、《雅》之畛与？阅《黍离》而后知《黍离》，是何知之晚也！《风》与《雅》，其相为畛大矣，而《黍离》非其

眕也。

　　　　　　　　（清）王夫之《诗广传·大雅四七》，中华书局本

　　一代风雅之归，必有正宗。宗之言主也，尊也，言其人能主持风雅，而学者尊事之也。夫其所以为一代之宗者，其才足以包孕余子，其学足以贯穿古今，其识足以别裁伪体，而又有其地、有其时。夫才与学与识，人也；地与时，则有天焉，五者兼焉，故难也。今夫跻高位，都通显者，其气力能奔走一世，而或不暇问风雅为何语。而古今诗人，多穷而在下，屈势与位，如孟郊、张籍、陆龟蒙、梅询、苏舜钦之徒，往往都自不朽于身后，而及其生存，往往困踬湮郁，不能自振，而世亦未有从而推之者，阨于地也。亡友汪钝翁先生常举元遗山语，以为金源之文，如宇文、吴、蔡诸人，皆宋儒之仕于金者，大定、明昌间文派，断自蔡正甫、党竹溪、赵闲闲始。因而推论，本朝诗文，若常熟、太仓、合肥诸公，虽或为文雄，或为诗伯，亦皆前明之遗老。蘅心韪其言，窃疑正宗别当有属，何者？轧于时也。

　　　　　　　　（清）邵长蘅《二家诗钞序》，《邵子湘全集·青门剩稿》卷四，
　　　　　　　　愚斋丛书刻青门草堂藏本

　　才之短长不可搣，而时之今古不可强。司马迁述《尚书》、《左》、《国》之文，孑孑而不足，述战国、楚、汉之文，恢恢而有余，非特限于才，抑亦拘于时也。惟其并存而无所私，故听人决择而己不与也。

　　　　　　　　（清）章学诚《说林》，《文史通义·内篇四》，《四部备要》本

　　近代诗流，非上智之士，不能擅专家而称国能。何也？以其非童而习之，为父兄师长所耳提而面命者也。大抵于举业之暇偶为之，既不用以取科名，则于斯事，未必专心致志，深造自律。廷试馆课，诗赋专重。且有功令，责成于儒学校官，先考察其能与否而黜陟之，则庠序之师生，不啻家贞观而户天宝矣。此诗之不可不亟讲也。

　　　　　　　　（清）冒春荣《葚原诗说》卷三，《清诗话续编》本

　　问：历代之诗，宋不及唐，唐不及汉、魏。李、杜诗高处，较《十九首》尚隔一筹，何况《三百篇》？三代邈矣！岂古今人竟不相及若

此邪？

　　古今诗人之不相及，非其才质逊古，运会限之也。使李、杜生建安、正始，亦能为子建、嗣宗；使东坡生天宝、元和，亦能为杜、韩。十五《国风》多闾巷妇女所作，谓李、杜、韩、苏不及成周之间闾巷妇女，恐无此理。

（清）陈仅《竹林问答》，《清诗话续编》本

　　九州生气恃风雷，万马齐暗究可哀！我劝天公重抖擞，不拘一格降人材。

（清）龚自珍《乙亥杂诗》，《龚自珍全集》第十辑，上海人民出版社本

　　孔虽殁，七十子虽不见用，王者之迹虽息，周历不为不多，数不为不跻，府藏不为不富，沈敏辨异之士，不为不生，绪言绪行之迹，不为不竢，庄周隐于楚，墨翟傲于宋，孟轲端于齐、梁，公孙龙诪于齐、赵之间，荀况废于道路，屈原淫于波涛，可谓有人矣！然而圣智不同材，典型不同国，择言不同师，择行不同志，择名不同急，择悲不同感；天訾材，材訾志，志訾器，器訾情，情訾名，名訾祖。

（清）龚自珍《古史钩沉论二》，《龚自珍全集》第一辑，上海人民出版社本

　　南书温雅，北书雄健。南如袁宏之中渚讽咏，北如斛律金之《敕勒歌》。然此只可拟一得之士，若母群物而腹众才者，风气固不足以限之。

（清）刘熙载《艺概·书概》，上海古籍出版社本

　　梅溪、梦窗、玉田、草窗、西麓诸家，词虽不同，然同失之肤浅。虽时代使然，亦其才分有限也。近人弃周鼎而宝康瓠，实难索解。

（清）王国维《人间词话》，人民文学出版社本

3. 性情才气　逐年而异

　　援年十二而孤，少有大志，诸兄奇之。尝受《齐诗》，意不能守章

句，乃辞况，欲就边郡田牧。况曰："汝大才，当晚成。良工不示人以朴，且从所好。"

（南朝·宋）范晔《后汉书》卷五十四《马援列传》，中华书局本

凡童少鉴浅而志盛，长艾识坚而气衰，志盛者思锐以胜劳，气衰者虑密以伤神，斯实中人之常资，岁时之大较也。

（南朝·梁）刘勰《文心雕龙·养气》，人民文学出版社本

文通诗体总杂，善于摹拟，筋力于王微，成就于谢朓。初，淹罢宣城郡，遂宿冶亭，梦一美丈夫，自称郭璞，谓淹曰："我有笔在卿处多年矣，可以见还。"淹探怀中，得五色笔以授之。尔后为诗，不复成语，故世传江淹才尽。

（南朝·梁）钟嵘《诗品·齐光禄江淹》，人民文学出版社本

淹少以文章显，晚节才思微退。云为宣城太守时，罢归，始泊禅灵寺渚，夜梦一人，自称张景阳，谓曰："前以一匹锦相寄，今可见还。"淹探怀中，得数尺与之，此人大恚曰："那得割截都尽。"顾见丘迟，谓曰："余此数尺，既无所用，以遗君。"自尔淹文章踬矣。又尝宿于冶亭，梦一丈夫，自称郭璞，谓淹曰："吾有笔在卿处多年，可以见还。"淹乃探怀中，得五色笔一以授之。尔后为诗绝无美句，时人谓之才尽。

（唐）李延寿《南史·江淹传》，中华书局本

……老去诗篇浑漫与，春来花鸟莫深愁。……

（唐）杜甫《江上值水如海势聊短述》，《杜诗详注》卷十，中华书局本

神童刘生，盖其人也，婴孺不群，骨貌非俗，真麒麟之驹、凤凰之雏也。七岁孤，嫠游于山阴，诗人潘阆，见而奇之，乃引之以语，教之以诗。生，性如生知，辞如老成。一联一咏，令人振惊。潘生许以并行，诲之不倦，且以其兄之子妻之。逮十一岁，成三百篇，求之古人，曾不多让。生又长于联句，敏而能精，若虚谷之应声、洪钟之待扣也。剡余杭会

稽,号为大郡,督转输领郡县者,多朝之名臣矣。至于儒素之士,缁黄之流,往往有秀民焉。或召生以升堂,或随生以求友。出句度以试之,穷奇险以难之,生意同预谋,语如夙昔,应声而答,旁若无人,疑孟东野、贾阆仙之徒,变其精灵,潜于左右,更传互授,以助其言,不然,又安得捷敏清新之若是邪!某闻之,未甚信,一日潘生与之偕行,惠然肯顾,因解榻以延之,唱诗以验之,然后知其神矣。

(宋)王禹偁《神童刘少逸与时贤联句诗序》,《小畜外集》卷十三,《四部丛刊》本

共说才高世所珍,诸贤谁最望光尘。讨论润色今为美,学问文章老更醇。赋拟相如真复似,诗看子建的应亲。仍闻悟主言多直,许史家儿往往嗔。

(宋)王安石《西垣当直》,《王文公文集》卷七十六,上海人民出版社本

老夫绍圣以前,不知作文章斧斤,取旧所作读之,皆可笑。绍圣以后,始知作文章,但以老病惰懒,不能下笔也。

(宋)黄庭坚《洪驹父书》,《豫章黄先生集》卷十九,《四部丛刊》本

大年学东坡先生作小山丛竹,殊有思致。但竹石皆觉笔意柔嫩,盖年少喜奇故耳。使大年耆老,自当十倍于此。若更屏声色裘马,使胸中有数百卷书,便当不愧文与可矣。

(宋)黄庭坚《题宗室大年永年画之三》,《豫章黄先生集》卷二十七,《四部丛刊》本

大凡为文当使气象峥嵘,五色绚烂,渐老渐熟,乃造平淡。

(宋)周紫芝《竹坡诗话》,《历代诗话》本

前辈未曾故自夸大,宋景文公尝谓余:于为文似蘧瑗,瑗年五十,知四十九年非,予年六十,始知五十九之非。其庶几至道乎。又曰:余每见旧所作文章,憎之必欲烧弃,梅光臣曰:"公之文进矣。"仆之为诗亦然。故公晚年修唐书,始悟文章之难,且叹曰:若天假吾年,犹冀老而后成。

南城李泰伯叙其文，亦曰天将寿我乎？所为固未足也。类皆不自满如此，故其文卓然，自成一家。善乎欧阳公之言曰："著述须待老，积勤宜少时，"岂公亦有所悔耶？

（宋）吴曾《著述须待老》，《能改斋漫录》卷十四，上海古籍出版社本

大凡人为学，不拘早晚。高适五十岁始为诗，老苏二十七岁始为文，皆不害其为工也。

（宋）曾季狸《艇斋诗话》，《历代诗话续编》本

人老气衰文亦衰。欧阳公作古文，力变旧习，老来照管不到，为某诗序，又四六对偶，依旧是五代文习。东坡晚年，文虽健不衰，然亦疏鲁。

（宋）朱熹《论文·上》，《朱子语类》卷一百三十九，徽州刊本

因论诗曰：尝见傅安道说为文字之法，有所谓笔力，有所谓笔路。笔力到二十岁许便定了，便后来长进也只就上面添得些笔子笔路。则常招弄时转开拓，不招弄便荒废。此说本出于李汉老，看来作诗亦然。

（宋）朱熹《论文·上》，《朱子语类》卷一百三十九，徽州刊本

文人鲜不以壮志为锐惰，江文通晚有景纯索笔、景阳取锦之梦。余谓非二景果有灵也，乃文通气索才尽之兆尔。

（宋）刘克庄《序山名别集》，《后村先生大全集》卷九十六，《四部丛刊》本

余观前人各有论著，然朝锐暮惰者其气索，初令晚谬者其词馁。自汉弘宽、唐柳刘皆有此疾。

（宋）刘克庄《序游受斋集》，《后村先生大全集》卷九十八，《四部丛刊》本

……虽然，文以气为主，少锐老惰，人莫不然。世谓鲍昭、江淹晚节才尽，予独以气为有惰而才无尽。子美夔州、介甫钟山以后所作，岂以老

而惰哉！

  （宋）刘克庄《序刘圻父诗》，《后村先生大全集》卷九十四，《四部丛刊》本

  人尝言：作诗惟宜老与穷。彼老也穷也，事之赏其心者多矣，故其诗工。人孰不愿其诗工，而甚无乐乎老与穷，则夫诗之必至此而工者，人之见之宜相吊以悲，而顾好之何哉？曰：天固以是慰之也。天以是慰之，则凡人之得工于诗者，命也，非其性能也。诗之工非其性能而有挟之者，是挟命欤？曰：是亦人也。人少而好之，老斯工矣；其穷也亦好之，而诗始工也。其不好者，虽老且穷犹不工也。人之好工其诗，且好老与穷欤？余亦好老与穷者也，然亦适遭之也。

  （元）戴表元《周公谨弁阳诗序》，《剡源戴先生文集》卷八，《丛书集成》本

  人之于言，少繁而老简。彼其中固有定不定也。言之至者为文，而人之文有涉于刑名器数，而作者不必皆出于自然。惟夫诗则一由性情以生。悲、喜、忧、乐忽焉触之，而材力不与能焉，此其老少之变、繁简之异，岂得不有待而然哉！

  （元）戴表元《洵上人删诗序》，《剡源集》卷第九，《丛书集成》本

  盖世之儒者，当年壮气锐之时，驰务于声利，用智惟恐不工，操术惟恐不奇。及五六十之年，颠顿于忧患，顾来日之渐短，悼往事之可悔，于是览佛氏空寂之音而有当于心，遂委身而人人事焉。以为极明达而最可乐者，莫佛氏之书若也。虽昔之贤豪，以气雄天下，以文冠百世如苏子瞻诸公，亦不免乎此。后人习俗以为宜然。

  （明）方孝孺《答郑仲辨二首》之二，《逊志斋集》卷十，《四部备要》本

  刘梦得初自岭外召还，赋《看花诗》云："玄都观里桃千树，尽是刘郎去后栽。"以是再黜。久之又赋诗云："种桃道士归何处？前度刘郎今又来。"讥刺并及君上矣。晚始得还，同辈零落殆尽。有诗云："昔年意气压群英，几度朝回一字行。二十年来零落尽，两人相遇洛阳城。"又

云："休唱贞元供奉曲，当时朝士已无多。"又云，"旧人惟有何戡在，更与殷勤唱渭城。"盖自德宗后，历顺宪穆敬文武宣凡八朝。暮年与裴白优游绿野堂，有"在人称晚达，于树比冬青"之句。又云："莫道桑榆晚，为霞尚满天。"其英迈之气，老而不衰如此。

（明）瞿佑《归田诗话》卷上，《历代诗话续编》本

东坡少年有诗云："清吟杂梦寐，得句旋已忘。"固已奇矣。晚谪惠州复有一联云："春江有佳句，我醉堕渺莽。"则又加少作一等。评书家谓笔随年老，岂诗亦然邪？

（明）朱承爵《存余堂诗话》，《历代诗话》本

不佞为文，亦既衰矣。欲求今少壮能古文词者，时以自资。不可卒得，则取四方诸生文字玩之。体不必偶，而风神气色音旨，古今大小一也。然文字，靓秀鲜婉，复流羡委长，少壮固如是也。不佞得受其光好，裨益良多。来教云，年事未臻，风期已托。然则予之资生而生之资予也，又已久矣，小序媿不文，亦谅其既衰耳。

（明）汤显祖《汤显祖文集·答徐然明》卷四十七，《汤显祖诗文集》，上海古籍出版社本

陈大夫调孔北海云："小时了了，大未必佳。"本戏语，然不可谓无其人。如晋太子遹之类，小何尝不佳。又如甘罗十二，智数横出；员俶九龄，议论风生；谢贞八岁，有落花之句；路德延数岁，传《芭蕉》之什：后皆没没。刘晏神童国瑞，壮岁制作无闻，杀身钱谷。此类颇多。亦有晚岁励精而速就者，宁越之学，高适之诗，苏洵之文之类是也。

（明）胡应麟《诗薮·外编》卷一，上海古籍出版社本

文通梦张景阳索锦而文颢、郭景纯取笔而诗下。世以才尽，似也；以梦故，非也。人之才固有尽时，精力疲，志意怠，而梦征焉。其梦，衰也；其衰，非梦也。彦升与沈竞名，亦曰才尽，岂张、郭为祟耶！

（明）胡应麟《诗薮·外编》卷二，上海古籍出版社本

凡诗初年多骨格未成，晚年则意态横放，故惟中岁工力并到，神情俱

茂，兴象谐合之际，极可嘉赏。如老杜之入蜀，仲默、于鳞之在燕，元美之伏阙三郡，明卿藏甲西征，敬美幨帷兰省，皆篇篇合作，语语当行，初学所当法也。

（明）胡应麟《诗薮·续编》卷二，上海古籍出版社本

老杜夔峡以后，过于奔放。献吉江西以后，渐失支离。仲默秦中之作，略无神采。于鳞移疾之后，大涉刻深。元美郧台之后，务趋平淡。视其中年精华雄杰，往往如出二手。盖或视之太易，或求之太深，或情随事迁，或力因年减，虽大家不免。世返以是为工者，非余所敢知也。

（明）胡应麟《诗薮·续编》卷二，上海古籍出版社本

明诗人多有早慧，而年不得四十者，如高季迪、何仲默、徐昌谷、郑继之、高子业数公，卓尔不可及矣；薛君采、王舜耕、孙太初、殷近夫、梁公实、宗子相次之；至陈后冈、董中峰、常明卿之属，汗血方新，而筋骨未就，秀而不实，殊可惜也。（《分甘余话》）

（清）王士禛《带经堂诗话》卷一，人民文学出版社本

大作重规叠矩，兼有华实，知羽翮已成。昔杜子美称李太白诗曰："白也诗无敌，飘然思不群。"故少年作文，当使才气怒发，奇思绎络，如入梓泽，如观沓潮，如骏马驰坂，健鹘摩空，要令横绝一时，然后和以大雅，洒以平淡，归于至醇，而犹有隐然不可驯之气，不可掩抑之光，斯为至尔。

（清）魏禧《与友人》，《魏叔子文集》卷七，清刊本

余问聪山："老杜《望岳》诗'夫如何'、'青未了'六字毕竟作何解？"曰："子美一生，唯中年诸诗静练有神，晚则颓放。此乃少时有意造奇，非其至者。"

（清）田雯《古欢堂集杂著》卷四，《清诗话续编》本

诗要老成，却须以年纪涵养为渐次，必不得做作装点，似小儿之学老人。且如小儿入学，只教他拱手徐行，不得跳跃叫喊，其天真烂漫之趣，自不可掩。甫弱冠，则聪明英发之气，溢于眉睫。壮而授室，

则学问沉静之容，见于四体。艾耄已后，则清瘦萧散，无所不可。然皆有全副精神，自少而老，不离躯干。不然，则似臃肿老树，垒砢顽石耳。

(清) 张谦宜《䌷斋诗谈》卷一，《清诗话续编》本

曹能始入蜀以后诗，才力渐放，应酬日烦，率易颇多，都无持择，失其少年面目。及观能始诗云："予选明诗嘉靖中，匏庵唱和石田翁。论晴较雨当家话，食叶成文道者风。"则能始之所持可知矣。大抵名士耄年，不耐应接，不暇雕刻，精神有限，率尔泛应，故香山、放翁动为老人藉口，即献吉，元美诸公，桑榆类然，予固不能独为能始解嘲。然细玩少陵夔府、秦州诸诗，皆非少年之作，而凌云掣海，掷地金声，略无一毫颓放习气。其自道云："晚节渐于诗律细"，"语不惊人死不休"；称人云："庾信文章老更成"，"暮年诗赋动江关"，洵千古宗匠也。

(清) 叶矫然《龙性堂诗话初集》，《清诗话续编》本

诗学根于性情，则识与年进，愈老愈妙。不然，精力向衰，才思顿减，遇英锐后生，皆当避席也。

(清) 乔亿《剑溪说诗》卷下，《清诗话续编》本

叶少蕴妙龄，词甚婉丽，晚岁落其华而实之，能于简淡中时出雄杰，合处不减东坡。

(清) 王弈清《御选历代诗余·词话》卷一一七，《词话丛编》本

莺老莫调舌，人老莫作诗。往往精神衰，重复繁词多。香山与放翁，此病均不免。奚况于吾曹，行行当自勉。其奈心感触，不觉口呷哑。譬如一年春，便有一年花。我意欲矫之，言情不言景。景是众人同，情是一人领。

(清) 袁枚《人老莫作诗》，《小仓山房诗集》卷二十五，《四部备要》本

诗者，人之精神也，人老则精神衰惫，往往多颓唐浮泛之词。香山放

翁尚且不免，而况后人乎？故余有句云："莺老莫调舌，人老莫作诗。"

（清）袁枚《随园诗话》卷十四，人民文学出版社本

每恨少年习气，浮华不实。《紫微诗话》举杨道孚诗云："东平佳公子，好学到此郎。别去今几日，结交皆老苍。"旨哉是言。好结交老苍，乃是真实好学人。

（清）何文焕《历代诗话考索》，《历代诗话》本

从小先读古体诗，发笔时当从五律入手。此体为试帖之源，且可上开古体，下启七言。亦有先从歌行入者，余友隽三是也。若先从七律，一落俗格油腔，便不可医治。少年做不通诗，容易教得好；中年做俗通诗，断断教不好。何也？湿革之鼓永不响，堕檐之瓦犹有声也。

（清）延君寿《老生常谈》，《清诗话续编》本

信是慧业词人，其少作未能入格，却有不可思议，不可方物之性灵语，流露于不自知。斯语也，即使其人中年深造，晚岁成就以后，刻意为之，不复克办。盖纯乎天事也。苟无斯语，以谓若而人者之作，蒙窃未敢信也。

（清）况周颐《蕙风词话》，人民文学出版社本

少年初学诗，宜工整华丽，如唐人应制体，有富贵福泽之气，但不可涉淫奔浮艳耳。中年为诗，须慷慨激昂，发扬蹈厉，以见才学，不可不学李、杜。晚年为诗，则平稳冲淡，或如陆放翁之闲雅，或如陶、白之陶写性情，可也。

（明）陈瑚《诗因年进》，《陈确庵先生遗书》卷六，大仓图书馆刊本

十四

综合说

才性多端　贵相弥纶

然才有庸俊，气有刚柔，学有浅深，习有雅郑。
　　　　　　（南朝·梁）刘勰《文心雕龙·体性》，人民文学出版社本

史才须有三长，世无其人，故史才少也。三长：谓才也，学也，识也。夫有学而无才，亦犹有良田百顷，黄金满籝，而使愚者营生，终不能致于货殖者矣。如有才而无学，亦犹思兼匠石，巧若公输，而家无楩柟斧斤，终不果成其宫室者矣。犹须好是正直，善恶必书，使骄主贼臣，所以知惧。此则为虎傅翼，善无可加，所向无敌者矣。脱苟非其才，不可叨居史任。自夐古以来能应斯目者，罕见其人。
　　　　　　（唐）刘知幾语，引自《旧唐书》卷一〇二《刘子玄传》，中华书局本

气高而易怒，力劲而易露，情多而易暗，才赡而易疏，道情而易僻，思深而易涩，放逸而易迁，飞动而易浮，新奇而易怪，容易而易弱。（《陈永康吟窗杂录序》）
　　　　　　（宋）魏庆之《诗人玉屑》卷五，上海古籍出版社本

予之少也，亦尝执笔而学焉。闻诸同志曰：性其完也，情其通也，学其资也，才其能也，气其充也，识其决也，则将与造物者同为变化不测于

无穷焉。诗赋云乎哉!

  (元)虞集《易南甫诗序》,《道园学古录》卷三十二,《四部备要》本

  盖不得助于清晖者,其情沉而郁;业之不专者,其辞芜以庞;无所授受者,其制涩而乖;师心自高者,其识卑以陋;受质蹇钝者,其发滞而拘。

  (明)宋濂《刘兵部诗集序》,《宋学士全集》卷六,《丛书集成》本

  ……是故文有大体,文有要理。执其理,则可以折衷乎群言;据其体,则可以划裁乎众制。然必用之以才,主之以气。才以为之先驱,气以为之内卫。推而致之,一本于道。无杂而无蔽,惟能有是,则统宗会元,出神入天;惟其意之所欲言,而言之靡不如其意。斯其为文之至乎!

  (明)王祎《文训》,《明文在》卷十九,光绪江苏书局本

  理之融浃也,趣呈其体;学之宠博也,才善其用。才得学而后雄,得理而后全;趣得理而后起,得学而后发。

  (明)李维桢《郝公琰诗跋》,《大泌山房集》卷一三一,明刻本

  朦胧萌坼,情之来也;汪洋漫衍,情之沛也;连翩络属,情之一也;驰轶步骤,气之达也;简练揣摩,思之约也;颉颃累贯,韵之齐也;混沌贞粹,质之检也;明隽清圆,词之藻也。高才闲拟,濡笔求工,发旨立意,虽旁出多门,未有不由斯户者也。至于《垓下》之歌,出自流离;"煮豆"之诗,成于草率。命词慷慨,并自奇工。此则深情素气,激而成言,诗之权例也。传曰:"疾行无善迹。"乃艺家之恒论也。

  (明)徐祯卿《谈艺录》,《历代诗话》本

  《余师录》曰:"文不可无者有四:曰体、曰志、曰气、曰韵。"作诗亦然。体贵正大,志贵高远,气贵雄浑,韵贵隽永。四者之本,非养无以发其真,非悟无以入其妙。

  (明)谢榛《四溟诗话》卷一,《历代诗话续编》本

诗最可贵者清，然有格清，有调清，有才清。才清者，王、孟、储、韦之类是也。若格不清则凡，调不清则冗，思不清则俗。王、杨之流丽，沈、宋之风蔚，高、岑之悲壮，李、杜之雄大，其才不可概以清言，其格与调与思，无不清者。

　　　　　（明）胡应麟《诗薮·外编》卷四，上海古籍出版社本

才、学、识三长，足尽史乎？未也。有公心焉、直笔焉。五者兼之，仲尼是也。董狐、南史，制公亡征，维公与直，庶几尽矣。秦、汉而下，三长不乏，二善靡闻。左、马恢恢，差无异说，班《书》、陈《志》，金粟交关；沈《传》、裴《略》，家门互易，史乎史乎？

　　　　　（明）胡应麟《史书佔毕一》，《少室山房笔丛》卷十三，中华书局本

惟文章以明理适事，无当于理与事则无所用文。故曰：文者，载道之器。言事莫尚汉，言理莫尚宋。核事者每谬于理，宗理者迂阔不切事。其实相乖离，其文亦终无有能合者。先生以宋为体，以汉为气，深切明刚，皆足见诸行事，以正人心之惑溺，而救国家之败，此非可以文章求也。然有其志无其学，有其学无其识，有其识无其事，则文皆弗极于工。有志而无学，犹耕者之冀总稑而不蓄畬也，是谓虚而不实。有学而无识，犹作室者固垣墉而不牖户也，是谓塞而不通。有识而无事，犹浮海者之望三神山不至而返也，是谓似而不真。虚而不实者，其文疏不足以征事；塞而不通者，其文密不足以达意；似而不真者，其文疑不足以适用。天下之文，得其一，失其一，故其为合也甚难。非不知也，才短而学薄，不足于识，不炼于事，志之而弗能故也……

　　　　　（清）魏禧《恽逊庵先生文集序》，《魏叔子文集》卷八，清刊本

学业须从苦心厚力而得，恃天资而乏学力，自必无成，纵有学力而识不高远，亦不能见古人用心处也。杨大年十一岁，即试二诗二赋，顷刻而成。后来诗学义山，唯咏《汉武帝》云："力通青海求龙种，死讳文成食马肝。待诏先生齿编贝，忍令索米向长安。"稍有气分。其西昆诗全落死

句，未能仿佛万一。文章不脱五代陋习，以视欧、苏，真天渊矣。非学不赡，识卑近也。识为目，学为足。有目无足，如老而策杖，不失为明眼人；有足无目，则为瞽者之行道也。今日作诗，于宋、明瞎话留一丝在胸中，纵读书万卷，只成有足无目之人。

（清）吴乔《围炉诗话》卷之四，《清诗话续编》本

徐祯卿云："情者，心之精也。情无定位，触感而兴，既动于中，必形于声。故喜则为笑哑，忧则为吁歔，怒则为叱咤。然引而成音，气实为佐；引音成词，文实与功。盖因情以发气，因气以成声，因声而绘词，因词而定韵，此诗之源也。然情实眇眇，必因思以穷其奥；气有粗弱，必因力以夺其偏；词难妥帖，必因才以致其极；才易飘扬，必因质以御其侈；此诗之流也。"语亦在半离半合之间。

（清）庞垲《诗义固说》下，《清诗话续编》本

大凡人无才则心思不出，无胆则笔墨畏缩，无识则不能取舍，无力则不能自成一家。而且谓古人可罔，世人可欺，称格称律，推求字句，动以法度紧严，扳驳铢两。内既无具，援一古人为门户，藉以压倒众口。究之何尝见古人之真面目，而辨其诗之源流、本末、正变、盛衰之相因哉？更有窃其腐余，高自论说，互相祖述，此真诗运之厄。

曰才、曰胆、曰识、曰力，此四言者所以穷尽此心之神明。凡形形色色，音声状貌，无不待于此而为之发宣昭著；此举在我者而为言，而无一不如此心以出之者也。以在我之四衡，在物之三合，而为作者之文章，大之经纬天地，细而一动一植，咏叹讴吟，俱不能离是而为言者矣。

在我者虽有天分之不齐，要无不可以人力充之。其优于天者，四者具足，而才独外见，则群称其才；而不知其才之不能无所凭而独见也。其歉乎天者，才见不足，人皆曰之歉也，不可勉强也；不知有识以居乎才之先，识为体而才为用，若不足于才，当先研精推求乎其识。人惟中藏无识，则理、事、情错陈于前，而浑然茫然，是非可否，妍媸黑白，悉眩惑而不能辨，安望其敷而出之为才乎？文章之能事，实始乎此。

唯有识则是非明，是非明则取舍定，不但不随世人脚跟，并亦不随古人脚跟。非薄古人为不足学也；盖天地有自然之文章，随我之所触而发宣之，必有克肖其自然者，为至文以立极；我之命意发言，自当求其至极

者。昔人有言："不恨我不见古人，恨古人不见我。"又云："不恨臣无二王法，但恨二王无臣法。"斯言特论书法耳，而其人自命如此；等而上之，可以推矣。譬之学射者，尽其目力臂力，审而后发，苟能百发百中，即不必学古人，而古有后羿、养由基其人者，自然来合我矣。我能是，古人先我而能是，未知我合古人欤？古人合我欤？高适有云："乃知古时人，亦有如我者。"岂不然哉！故我之著作与古人同，所谓其揆之一；即有与古人异，乃补古人之所未足，亦可言古人补我之所未足，而后我与古人交为知己也。惟如是，我之命意发言，一一皆从识见中流布。识明则胆张，任其发宣而无所于怯，横说竖说，左宜而右有，直造化在手，无有一之不肖乎物也。

昔贤有言："成事在胆。"文章千古事，苟无胆，何以能千古乎？吾故曰：无胆则笔墨畏缩。胆既诎矣，才何由而得伸乎？惟胆能生才，但知才受于天，而抑知必待扩充于胆邪？

夫于人之所不能知，而惟我有才能知之；于人之所不能言，而惟我有才能言之，纵其心思之氤氲磅礴，上下纵横，凡六合以内外，皆不得而囿之。以是措而为文辞，而至理存焉，万事准焉，深情托焉，是之谓有才。

吾故曰：无才则心思不出。亦可曰：无心思则才不出。而所谓规矩者，即心思之肆应各当之所为也。盖言心思，则主乎内以言才；言法，则主乎外以言才。主乎内，心思无处不可通，吐而为辞，无物不可通也。夫孰得而范围其心，又孰得而范围其言乎！主乎外，则囿于物而反有所不得于我心，心思不灵，而才销铄矣。

吾尝观古之才人，合诗与文而论之，如左丘明、司马迁、贾谊、李白、杜甫、韩愈、苏轼之徒，天地万物皆递开辟于其笔端，无有不可举，无有不能胜，前不必有所承，后不必有所继，而各有其愉快。如是之才，必有其力以载之；惟力大而才能坚，故至坚而不可摧也。历千百代而不朽者以此。昔人有云："掷地须作金石声。"六朝人非能知此义者，而言金石，喻其坚也。此可以见文家之力。力之分量，即一句一言，如植之则不可仆，横之则不可断，行则不可遏，住则不可迁。《易》曰："独立不惧。"此言其人，而其人之文当亦如是也。譬之两人焉，共适于途，而值羊肠蚕丛、峻栈危梁之险，其一弱者，精疲于中，形战于外，将裹足而不前，又必不可已而进焉。于是步步有所凭藉，以为依傍，或藉人之推之、挽之，或手有所持而扪，或足有所缘而践，即能前达，皆非其人自有之力，仅愈于木偶为人舁之而行耳。其一为有力者，神旺而气足，径往直前，不待有所攀援假借，奋然投足，反趋弱者扶掖之前，此直以神行而形随之，岂待外求而能者！故有境必能造，有造必能成。吾故曰：立言者无力则不能自成一家。

夫内得之于识而出之而为才，惟胆以张其才，惟力以克荷之。得全者其才见全，得半者其才见半，而又非可矫揉蹴至之者也，盖有自然之候焉。千古才力之大者，莫有及于神禹。神禹平成天地之功，此何等事！而孟子以为行所无事，不过顺水流行坎止自然之理，而行疏瀹排决之事，岂别有治水之法，有所矫揉以行之者乎？不然者，是行其所有事矣。大禹之神力，运及万万世，以文辞立言者，虽不敢几此，然异道同归，勿以篇章为细务自逊，处于没世无闻已也。

大约才、识、胆、力，四者交相为济，苟一有所歉，则不可登作者之坛。四者无缓急，而要在先之以识，使无识，则三者俱无所托。无识而有胆，则为妄，为鲁莽，为无知，其言背理叛道，蔑如也。无识而有才，虽议论纵横，思致挥霍，而是非淆乱，黑白颠倒，才反为累矣。无识而有力，则坚辟妄诞之辞，足以误人而惑世，为害甚烈。若在骚坛，均为风雅之罪人。惟有识则能知所从，知所奋，知所决，而后才与胆力，皆确然有以自信，举世非之，举世誉之，而不为其所摇。安有随人之是非以为是非者哉！其胸中之愉快自足，宁独在诗文一道已也。

（清）叶燮《原诗·内篇上》，人民文学出版社本

《虞书》称："诗言志。"志也者，训诂为心之所之，在释氏所谓种子也。志之发端，雅有高卑大小远近之不同，然有是志，而以我所云才、识、胆、力四语充之，则其仰观俯察，遇物触景之会，勃然而兴，旁见侧出，才气心思，溢于笔墨之外。

（清）叶燮《原诗·外篇上》，人民文学出版社本

彼诗家之体格、声调、苍老、波澜，为规则、为能事，固然矣。然必其人具有诗之性情，诗之才调，诗之胸怀，诗之见解，以为其质，如赋形之有骨焉，而以诸法傅而出之，犹素之受绘，有所受之地，而后可一一增加焉。故体格、声调、苍老、波澜，不可谓为文也，有待于质焉，则不得不谓之文也。不可谓为皮之相也，有待于骨焉，则不得不谓之皮相也。吾

故告善学诗者，必先从事于格物，而以识充其才，则质具而骨立，而以诸家之论优游以文之，则无不得而免于皮相之讥矣。

（清）叶燮《原诗·外篇上》，人民文学出版社本

仆闻诸父兄，艺术莫难于古文。自周以来，各自名家者仅十数人，则其艰可知矣。苟无其材，虽务学，不可强而能也；苟无其学，虽有材，不能骤而达也。有其材有其学而非其人，犹不能以有立焉。盖古文之传，与诗赋异道。魏晋以后，奸佞污邪之人而诗赋为众所称者有矣，以彼瞑瞒于声色之中，而曲得其情状，亦所谓诚而形者也，故言之工，而为流俗所不弃。若古文则本经术而依于事物之理，非中有所得不可以为伪。

（清）方苞《答申谦居书》，《方苞集》卷六，上海古籍出版社本

古来论诗家，主趣者有严沧浪，主法者有方虚谷，主气者有杨伯谦，主格者有高廷礼，而近代朱竹垞则主乎学。之五者均不可废也，然不得才以运之，恐趣非天趣，法非活法，气非浩气，格非高格，即学亦徒见其汗漫丛杂而无所归。盖诗之为道，人与天兼焉，而趣而法而气而格而学，从乎人者也，而才则本乎天者也。人可强而天不可强，故从来以诗鸣者，随其所长，俱可自见，而诗人中之称才人者，古今来只数余人相望于天地之间。

（清）沈德潜《李玉洲太史诗序》，《归愚文读》卷八，《归愚诗文钞》，清刊本

笔墨之事，俱尚有才，而诗为甚。然无识不能有才，才与识实相表里。作诗须多读书，书所以长我才识也。然必有才识者方善读书，不然，万卷之书，都化尘埃矣。诗须多做，做多则渐生才识也。然必有才识者方许多做，不然，如不识路者，愈走愈远矣。诗须多讲究，讲究多所以远其识，高其才也。然必有才识者方能讲究，不然，齐语楚咻，茫然莫辨故也。故知才识尚居三者之先。

（清）吴雷发《说诗菅蒯》，《清诗话》本

眼不高，不能越众；气不充，不能作势；胆不大，不能驰骋；心不

死，不能入木。此四者，作诗之大旨也。

(清）黄子云《野鸿诗的》，《清诗话》本

余尝论学问之事，有三端焉，曰：义理也，考证也，文章也。是三者，苟善用之，则皆足以相济；苟不善用之，则或至于相害。今夫博学强识而善言德行者，固文之贵也；寡闻而浅识者，固文之陋也。然而世有言义理之过者，其辞芜杂俚近，如语录而不文；为考证之过者，至繁碎缴绕，而语不可了。当以为文之至美而反以为病者，何哉？其故由于自喜之太过，而智昧于所当择也。夫天之生才，虽美不能无偏，故以能兼长者为贵。而兼之中又有害焉，岂非能尽其天之所与之量，而不以才自蔽者之难得与？

(清）姚鼐《述庵文钞序》，《惜抱轩全集·文集》，《四部备要》本

鼐尝谓天下学问之事，有义理、文章、考证三者之分，异趋而同为，不可一废。涂之中歧分而为众家，遂至于百十家同一家矣。而人之才性偏胜，所取之逕迳又有能有不能焉，凡执其所能为而呲其所不为者皆陋也，必兼收之乃足为善……

(清）姚鼐《复秦小岘书》，《惜抱轩全集》卷六，《四部备要》本

夫史有三长，才、学、识也。古文辞而不由史出，是饮食不本于稼穑也。夫识，生于心也；才，出于气也；学也者，凝心以养气，炼识而成其才者也。心虚难恃，气浮易弛，主敬者随时拾摄于心气之间，而谨防其一发不收之流弊也。夫揖熙敬止，圣人所以成始而成终也，其为义也广矣；今为临文而检其心气，以是为文德之敬而已尔。

(清）章学诚《文史通义·文德》，中华书局本

夫才须学也，学贵识也。才而不学，是为小慧；小慧无识，是为不才；不才小慧之人，无所不至。以纤佻轻薄为风雅，以造饰标榜为声名，炫耀后生，猖披士女，人心风俗，流弊不可胜言矣。

(清）章学诚《文史通义·妇学》，中华书局本

"神以知来",学者之才识是也;"知以藏往",学者之记诵是也。才识类火日之外景,记诵类金水之内景;故才识可以资益于人,而记诵能受于人,不能授之于人也。然记诵可以生才识,而才识不能生记诵,故金水能受火日之光,而火日不能受金水之光也。

(清)章学诚《杂说》,《文史通义·内篇六》,《章氏遗书》本

才学识虽各有所长,而皆当以学副之。或疑学与才识并列为三,何又以学统承三者?不知并列之为三者,已定之名也;统承三者而勉人,则功力之谓也。

(清)章学诚《杂说》,《文史通义·内篇六》,《章氏遗书》本

昔人言:史有三长。愚谓诗亦有四长:曰才、曰学、曰识、曰情。放笔千言,挥洒自如,诗之才也;含经咀史,无一字无来历,诗之学也;转益多师,涤淫哇而远鄙俗,诗之识也;境往神留,语近意深,诗之情也。方其人心有感,天籁自鸣,虽村谣里谚,非无一篇一句之可传,而不登大雅之堂者,无学识以济之也。亦有胸罗万卷,采色富赡,而外强中干,读未终篇,索然意尽者,无情以宰之也。有才而无情,不可谓之真才;有才情而无学识,不可谓之大才。尚稽千古,兼斯四者,代难其人。

(清)钱大昕《春星草堂诗集序》,《潜研堂文集》卷二十六,《四部丛刊》本

夫气有厚薄,天为之也;学有纯驳,人为之也。体格有迁变,人与天参焉者也。义理无殊途,天与人合焉者也。得其厚薄纯杂之故,则于其体格之变,可以知世焉;于其义理之无殊,可以知文焉。

(清)李兆洛《骈体文钞序目》,《骈体文钞》卷首,涵芬阁丛书本

有文通而理不通者,是学上事。有理通而文不通者,是才上事。文与理俱清通而平滞,无奇妙高古惊人,是法上事。然徒讲义法,而不解精神气脉,则于古人之妙,终未有领会悟入处,是识上事。

(清)方东树《昭昧詹言》卷一,人民文学出版社本

情生于才,才大则情挚;识长于学,学博则识高。二者不可偏废。唐

人云:"有学无才,如良贾操金,不能置货;有才无学,如大匠无木,持斧斤无所用之。"真善喻也。盖无才则无情,无情者不可与读天地间妙文;无学则无识,无识者不可与论古今来妙事。

(清)何炳麟《红楼梦论赞跋》,引自《红楼梦书录·评论》,中华书局本

情志编

陆晓光 编选
黄　珅

一

言 志 说

1. 在心为志　发言为诗

帝曰：夔，命汝典乐，教胄子。直而温，宽而栗，刚而无虐，简而无傲。诗言志，歌永言，声依永，律和声。八音克谐，无相夺伦，神人以和。夔曰：於，予击石拊石，百兽率舞。

（先秦）《尚书·虞书·舜典》，《十三经注疏》本

不役耳目，百度惟贞，玩人丧德，玩物丧志。志以道宁，言以道接。

（先秦）《尚书·周书·旅獒》，《十三经注疏》本

仲尼曰："《志》有之：'言以足志，文以足言。'不言，谁知其志？"

（先秦）《左传·襄公二十五年》，《春秋左传集解》，上海人民出版社本

郑伯享赵孟于垂陇。子展、伯有、子西、子产、子大叔、二子石从。赵孟曰："七子从君，以宠武也。请皆赋以卒君贶，武亦以观七子之志。"子展赋《草虫》，赵孟曰："善哉！民之主也。抑武也不足以当之。"伯有赋《鹑之贲贲》，赵孟曰："床笫之言不逾阈，况在野乎？非使人之所得闻也。"子西赋《黍苗》之四章，赵孟曰："寡君在，武何能焉？"子产赋《隰桑》，赵孟曰："武请受其卒章。"子大叔赋《野有蔓草》，赵孟曰："吾子之惠也。"印段赋《蟋蟀》，赵孟曰："善哉！保家之主也。吾有望矣。"公孙段赋《桑扈》，赵孟曰："匪交匪敖，福将焉往？若保是言也，

欲辞福禄得乎？"卒享。文子告叔向曰："伯有将为戮矣！诗以言志。志诬其上，而公怨之，以为宾荣，其能久乎？幸而后亡。"

（先秦）《左传·襄公二十七年》，《春秋左传集解》，上海人民出版社本

《诗》，往志也。《书》，往诰也。《春秋》，往事也。

（先秦）《慎子》，《诸子集成》本

《诗》以道志，《书》以道事，《礼》以道行，《乐》以道和，《易》以道阴阳，《春秋》以道名分。

（先秦）《庄子·天下》，《诸子集成》本

介眇志之所惑兮，窃赋诗之所明。

（先秦）屈原《悲回风》，《楚辞·九章》，《四部丛刊》本

君子以钟鼓道志，以琴瑟乐心。

（先秦）《荀子·乐论》，《诸于集成》本

孔子曰："志之所至，诗亦至焉；诗之所至，礼亦至焉；礼之所至，乐亦至焉；乐之所至，哀亦至焉；哀乐相生。是故正明目而视之，不可得而见也；倾耳而听之，不可得而闻也。志气塞乎天地，此之谓五至。"

（先秦）《礼记·孔子闲居》，《十三经注疏》本

故隐之则为道，布之则为文。诗，在心为志，出口为辞。

（汉）陆贾《新语·慎微》，《诸子集成》本

诗道志，故长于质。礼制节，故长于文。

（汉）董仲舒《春秋繁露·玉杯》，《二十二子》本

《书》曰："诗言志，歌永言。"故哀乐之心感，而歌咏之声发。诵其言谓之诗，咏其声谓之歌。故古有采诗之官，王者所以观风俗，知得失，自考正也。孔子纯取周诗，上采殷，下取鲁，凡三百五篇，遭秦而全者，以其讽诵，不独在竹帛故也。

（汉）班固《汉书·艺文志》，中华书局本

古者诸侯卿大夫交接邻国，以微言相感，当揖让之时，必称《诗》以谕其志，盖以别贤不肖而观盛衰焉。

（汉）班固《汉书·艺文志》，中华书局本

小山之徒，闵伤屈原，又怪其文升天乘云，役使百神，似若仙者，虽身沉没，名德显闻，与隐处山泽无异。故作《招隐士》之赋，以章其志也。

（汉）王逸《招隐士章句序》，《楚辞补注》卷十二，中华书局本

诗者，志之所之也。在心为志，发言为诗。情动于中而形于言，言之不足故嗟叹之，嗟叹之不足故永歌之，永歌之不足，不知手之舞之，足之蹈之也。

（汉）郑玄笺（唐）孔颖达疏《毛诗序》，《毛诗正义》卷一，《十三经注疏》本

诗之兴也，谅不于上皇之世。大庭、轩辕，逮于高辛，其时有亡，载籍亦蔑云焉。《虞书》曰："诗言志，歌永言，声依永，律和声。"然则诗之道，放于此乎？

（汉）郑玄笺、（唐）孔颖达疏《诗谱序》，《毛诗正义》卷首，《十三经注疏》本

此又解作诗所由。诗者，人志意之所之适也。虽有所适，犹未发口，蕴藏在心，谓之为志。发见于言，乃名为诗。言作诗者，所以舒心志愤懑，而卒成于歌咏。故《虞书》谓之"诗言志"也。包管万虑，其名曰心；感物而动，乃呼为志。志之所适，外物感焉。言悦豫之志则和乐兴而颂声作，忧愁之志则哀伤起而怨刺生。《艺文志》云："哀乐之情感，歌咏之声发"，此之谓也。

（汉）郑玄笺、（唐）孔颖达疏《诗大序正义》，《毛诗正义》卷一，《十三经注疏》本

《书》云："诗言志，歌永言"，言其志谓之诗。古有采诗之官，王者以知得失。

（晋）挚虞《文章流别论》，《艺文类聚》卷五十六，上海古籍出版社本

上惭东门吴，下愧蒙庄子。赋诗欲言志，此志难具纪。命也可奈何，长戚自令鄙。

（晋）潘岳《悼亡诗》三首之二，《文选》卷二十三，《四部丛刊》本

何以合志？寄之此诗。何以写思？记之斯辞。我心爱矣，歌以赠之。

（晋）陆云《失题》，《先秦汉魏晋南北朝诗》之《晋诗》卷六，中华书局本

常著文章自娱，颇示己志。

（晋）陶潜《五柳先生传》，《晋书》卷九十四，中华书局本

大舜云："诗言志，歌永言。"圣谟所析，义已明矣。是以在心为志，发言为诗，舒文载实，其在兹乎！

（南朝·梁）刘勰《文心雕龙·明诗》，人民文学出版社本

比则蓄愤以斥言，兴则环譬以记讽。盖随时之义不一，故诗人之志有二也。

（南朝·梁）刘勰《文心雕龙·比兴》，人民文学出版社本

志，立志不改曰志。

（唐）皎然《诗式·辨体有一十九字》，《历代诗话》本

彼时何卒卒，我志何曼曼。犀首空好饮，廉颇尚能饭。学堂日无事，驱马适所愿。茫茫出门路，欲去聊自劝。归还阅书史，文字浩千万。陈迹竟谁寻，贱嗜非贵献。丈夫意有在，女子乃多怨。

（唐）韩愈《秋怀诗十一首》之三，《韩昌黎诗系年集释》卷五，上海古籍出版社本

宗元再拜曰：夫闻善不慕，与聋聩同；见善不敬，与昏瞽同；知善不言，与嚚喑同，则闻之先达久矣。矧吾兄有柔儒之茂质，恢旷之弘量，敢无敬乎？有述祖之美谈，安道之贞节，敢无慕乎？睹徽容而敬，闻嘉话而慕，敢无言乎？言不称德，文不尽志，适为累而已矣。于是赋而序之。

　　　　（唐）柳宗元《送从兄偁罢选归江淮诗序》，《柳河东集》卷二十四，中华书局本

　　故仆志在兼济，行在独善。奉而始终之则为道，言而发明之则为诗。谓之"讽谕诗"，"兼济"之志也。谓之"闲适诗"，"独善"之义也。故览仆诗，知仆之道焉。

　　　　（唐）白居易《与元九书》，《白居易集》卷四十五，中华书局本

　　……况属词之工，言志为最。自鲁、毛兆轨，苏、李扬声，代有遗音，时无绝响，虽古今异制，而律吕同归。我朝以来，此道尤盛，皆陷于偏巧，罕或兼材。枕石漱流，则尚于枯槁寂寞之句；攀麟附翼，则先于骄奢艳佚之篇。推李、杜则怨刺居多，效沈、宋则绮靡为甚。至于秉无私之刀尺，立莫测之门墙，自非托于降神，安可定夫众制。

　　　　（唐）李商隐《献侍郎巨鹿公启》，《樊南文集》卷三，《四部备要》本

　　铭之义，本乎钟鼎。孔悝之家庙详矣。歌又杂诗之伦也，故《书》曰："诗言志，歌永言。"又《诗序》云："嗟叹之不足，则永歌之。"此其始也。吁哉！后人流荡忘反。盖其得也，荐宗庙播管弦；其失也，语淫奔事诡怪而已。

　　　　（宋）王禹偁《答张知白书》，《小畜集》卷十八，《四部丛刊》本

　　诗家者流，厥情非一。失志之人其辞苦，得意之人其辞逸。乐天之人其辞达，覯闵之人其辞怒。如孟东野之清苦，薛许昌之英逸，白乐天之明达，罗江东之愤怒。此皆与时消息，不失其正者也。

　　　　（宋）范仲淹《唐异诗序》，《范文正公集》卷六，《四部丛刊》本

何故谓之诗？诗者言其志。既用言成章，遂道心中事。
　　　　（宋）邵雍《论诗吟》，《伊川击壤集》卷十一，《四部丛刊》本

　　老去无成鬓已班，纵心年几合清闲。如何没意云山外，更欲游心诗酒间。大字写诗醑素志，小杯斟酒发酡颜。春雷惊起千年蛰，笔下苍龙自往还。
　　　　（宋）邵雍《老去吟》，《伊川击壤集》卷十七，《四部丛刊》本

　　诗者人之志，非诗志莫传。人和心尽见，天与意相连。论物生新句，评文起雅言。兴来如宿构，未始用雕镌。
　　　　（宋）邵雍《谈诗吟》，《伊川击壤集》卷十八，《四部丛刊》本

　　古之说诗曰言志。夫得志而形于言，如皋陶、周公、召公、吉甫，固所谓志也。若遭变遇谗，流离困悴，自道其不得志，是亦志也。然感激悲伤，忧时闵己，托情寓物，使人读之，至于太息流涕，固难矣。至于安时处顺，超然事外，不矜不挫，不诬不怼，发为文辞，冲淡简远，读之者遗声利，冥得丧，如见东郭顺子，悠然意消，岂不又难哉。
　　　　（宋）陆游《曾裘文诗集序》，《陆游集·剑南文集》卷十五，中华书局本

　　《舜典》曰："诗言志，歌永言，声依永，律和声。"《诗序》曰："在心为志，发言为诗，情动于中而形于言。言之不足，故嗟叹之，嗟叹之不足，故永歌之；永歌之不足，不知手之舞之，足之蹈之。"《乐记》曰："诗言其志，歌咏其声，舞动其容：三者本于心，然后乐器从之。"故有心则有诗，有诗则有歌，有歌则有声律，有声律则有乐歌。永言，即诗也，非于诗外求歌也。
　　　　（宋）王灼《碧鸡漫志》卷第一，《中国古典戏曲论著集成》（一），中国戏剧出版社本

　　来教谓诗本为乐而作，故今学者必以声求之，则知其不苟作矣。此论善矣，然愚意有不能无疑者。盖以《虞书》考之，则诗之作本为言志而

已。方其诗也。未有歌也。及其歌也，未有乐也。以声依永，以律和声，则乐乃为诗而作，非诗为乐而作也。

（宋）朱熹《答陈体仁》，《朱子大全》卷三十七，《四部备要》本

言之精者之谓文，诗又文之精者也。夫岂易为哉？然古诗三百篇有出于小夫妇人。小夫妇人而可与能，则又若无难者，是何欤？《大序》不云乎："诗者，志之所之也。在心为志，发言为诗。"有是志，则有是诗。譬如天地之间，形气相轧而声出焉，盖莫之为而为者，夫何难之有？自古诗变而为选，选变而为律，天下之为诗者，不必皆本乎志，骛于茫昧之域，窘于声偶研揣之间，取声之韵，合言之文，斯不易矣。又况不能积岁月之劳，极其材力之所至，而徒模拟以为工，而欲驰骋以尽夫人情物理之妙，宜其愈难哉！是故知诗之作，在言其志，则可谓善于诗者矣。

（明）苏伯衡《雁山樵唱诗集序》，《苏平仲文集》卷五，《四部丛刊》本

古诗人之作，凡以写其志之所之者耳。或有所感遇，或有所触发，或有所怀思，或有所忧喜，或有所美刺，类此始作之。故《诗大序》曰："诗者，志之所之。在心为志，发言为诗。"后世固有拟古作者，然往往以应人之求而已。嗟夫！诗可以求而作哉？吾志未尝有所之也，何有于言？吾言未尝有所发也，何有于诗？于是其诗之出，一如医家所谓狂感谵语，莫知其所发者也。

（明）吴宽《中园四兴诗集序》，《匏翁家藏集》卷四十，《四部丛刊》本

夫诗者，人之志兴存焉。故观俗之美与人之贤者，必于诗。今之为诗者，亦或牵缀刻削，反有失其志之正。信乎有德必有言，有言者不必有德也。

（明）李东阳《王城山人诗集序》，《怀麓堂集》文卷二，岳麓书社本

六经者非他，吾心之常道也。故《易》也者，志吾心之阴阳消息者也；《书》也者，志吾心之纪纲政事者也；《诗》也者，志吾心之歌咏性

情者也;《礼》也者,志吾心之条理节文者也;《乐》也者,志吾心之欣喜和平者也;《春秋》也者,志吾心之诚伪邪正者也。

(明)王守仁《文录稽山书院尊经阁序》,《王文成公全书》,《四部丛刊》本

夫诗言志也。士有不得其志而言之者,俟知己于后也。

(明)李攀龙《比五集序》,《沧溟先生集》卷十五,明刊本

余固未知善诗之乐也,若不善诗之苦则固知之矣。意有所期,哑然不能吐,身之所历,如梦往还,觉而逝矣。周行巡步,爽心流妍及深林回溪怪峰幽泉之眺览,记忆隐隐,及操笔欲下,羞涩自止。且情滞一族,不相连引,遇悲愤亢疾狂叫呼吁无所借以自寄,则虽刚直侠烈之气上干云霓,而一发不中,郁郁焉难向妻子道,亦已病矣。故诗者,志之所之也。

(明)彭宾《岳起堂稿序》,《陈裕公全集》卷首,清刊本

诗不本于言志,非诗也。歌不足以永言,非歌也。宣己谕物,言志之方也。文从字顺,永言之则也。宁质而无佻,宁正而无倾,宁贫而无儳,宁弱而无剽。宁为长天晴日,无为盲风涩雨;宁为清渠细流,无为浊沙恶潦;宁为鹑衣短褐之萧条,无为天吴紫凤之补坼;宁为粗粝之果腹,无为茶荁之螫唇;宁为书生之步趋,无为巫师之鼓舞;宁为老生之庄语,无为酒徒之狂詈;宁病而呻吟,无梦而厌寱;宁人而寝貌,无鬼而假面;宁木客而宵吟,无幽独而昼语。导之于晦蒙狂易之日,而徐反诸言志咏言之故,诗之道其庶几乎!

(清)钱谦益《徐元叹诗序》,《牧斋初学集》卷三十二,上海古籍出版社本

诗所以言志也,歌所以永言也,声所以依永也,律所以和声也。以诗言志而志不滞,以歌咏言而言不郁,以声依永而永不荡,以律和声而声不波。君子之贵于乐者,贵以此也。

(清)王夫之《尚书引义·舜典三》,中华书局本

且夫人之有志，志之必言，尽天下之贞淫而皆有之。圣人从内而治之，则详于辨志；从外而治之，则审于授律。内治者，慎独之事，礼之则也；外治者，乐发之事，乐之用也。故以律节声，以声叶永，以永畅言，以言宣志。律者哀乐之则也，声者清浊之韵也，永者长短之数也，言则其欲言之志而已。

（清）王夫之《尚书引义·舜典三》，中华书局本

阮亭答："《尚书》云：'诗言志，歌永言，声依永，律和声。'此千古诗之妙谛真诠也。故知志非言不形，言非诗不彰，祖诸此矣。何谓志？'石韫玉而山以辉，水怀珠而川以媚'是也；何谓言？'其为物也多姿，其为体也屡迁，其会意也尚巧，其遣词也贵妍'是也；何谓诗？既缘情而绮靡，亦体物而浏亮，'播芳蕤之馥馥，发青条之森森'是也。昌黎云：'《诗》正而葩。'岂不然欤？"

（清）王士禛等《师友诗传录》，《清诗话》本

"本之《二南》以求其端，参之列国以尽其变，正之以《雅》以大其规，和之以《颂》以要其止"，朱子以为"学诗之大旨"，究非作诗之本义也。作诗本意在"诗言志"内，"辞达而已矣"内，方见得诗本性情。前贤言不及此，所以近人只在言语词句上用工夫，遂流于肤阔而不真切也。

（清）庞垲《诗义固说》上，《清诗话续编》本

禅者云："生路渐熟，熟路渐生。"剿拉字眼，涂抹烟云，诗家熟路也。由志敷言，即言见志，生路也。学者一意为言志之诗，不屑为修词之诗，初时亦觉难入，追琢既久，自觉有阶可升，剿拉涂抹之途荒，而抒意言志之途熟，便可到家矣。

（清）庞垲《诗义固说》下，《清诗话续编》本

虞舜教夔，曰"诗言志"。胡今之人，多辞寡意？意似主人，辞如奴婢，主弱奴强，呼之不至……

（清）袁枚《续诗品三十二首·崇意》，《小仓山房诗集》卷二十，《四部备要》本

诗言志,劳人思妇都可以言,《三百篇》不尽学者作也。

(清)袁枚《与邵厚庵太守论杜茶村文书》,《小仓山房文集》卷十九,《四部备要》本

予不喜作诗,尤不喜序人诗。以为诗者,志也,非意可欲言而强为之,妄也;不知其人志趣所在而强为之辞,赘也。

(清)钱大昕《李南涧诗集序》,《潜研堂文集》卷二十六,清刊本

诗者,志也,可以觇其志而不能掩;诗者,持也,可以验其所持而不可拔。性情、心术、政绩、遭遇,皆可于诗见之。

(清)阮元《知足斋诗集后序》,《揅经室二集》卷七,《四部丛刊》本

何谓志向?曰:在心为志,发言为诗。志淫好辟,古有明征矣。且如魏武志在篡汉,故多雄杰之辞。陈思志在功名,故多激烈之作。步兵志在虑患,每有忧生之叹。伯伦志在沉饮,特著《酒德》之篇。刘太尉志在勤王,常吐伤乱之言。陶彭泽志在归来,实多田园之兴。谢康乐志在山水,率多游览之吟。他如颜延年志在忿激,则咏五君。张子同志在烟波,则歌渔父。宋延清志在邪媚,因赋《明河》之篇。刘梦得志在尤人,乃作看花之句。凡此之伦,不一而是。惟杜工部志在君亲,故集中多忠孝之语。《曲礼》曰"志之所至,诗亦至焉",不信然乎?故学者欲诗体之正,必自正其志向始。

(清)王寿昌《小清华园诗谈》卷上,《清诗话续编》本

名理孕异梦,秀句镌春心。
《庄》《骚》两灵鬼,盘踞肝肠深。古来不可兼,方寸我何任?所以志为道,淡宕生微吟。一箫与一笛,化作太古琴。

(清)龚自珍《自春徂秋,偶有所触,拉杂书之,漫不诠次,得十五首》之三,《龚自珍全集》第九辑,上海人民出版社本

志者,文之总持。文不同而志则一,犹鼓琴者声虽改而操不变也。善夫陶渊明之言曰:"常著文章自娱,颇示己志。"

(清)刘熙载《艺概·文概》,上海古籍出版社本

古人赋诗与后世作赋，事异而意同。意之所取，大抵有二：一以讽谏，《周语》"瞍赋矇诵"是也；一以言志，《左传》赵孟曰"请皆赋以卒君贶，武亦以观七子之志"，韩宣子曰"二三子请皆赋，起亦以知郑志"是也。言志讽谏，非雅丽何以善之？

（清）刘熙载《艺概·赋概》，上海古籍出版社本

或问古人赋之言志者，汉如崔篆之慰志、冯衍之显志，魏如刘桢之遂志、丁仪之励志，晋如枣据之表志、曹摅之述志，然则赋以径言其志为尚乎？余谓赋无往而非言志也。必题是志而后其赋为言志，则志或几乎息矣。

（清）刘熙载《艺概·赋概》，上海古籍出版社本

徐季海论书，以为亚于文章。余谓文章取示己志，书诚如是，则亦何亚之有？

（清）刘熙载《艺概·书概》，上海古籍出版社本

写字者，写志也。故张长史授颜鲁公曰："非志士高人，讵可与言要妙？"

宋画史解衣槃礴，张旭脱帽露顶，不知者以为肆志，知者服其用志不纷。

（清）刘熙载《艺概·书概》，上海古籍出版社本

2. 言为心声　文为心学

吴公子札来聘……请观于周乐。使工为之歌《周南》、《召南》，曰："美哉！始基之也，犹未也。然勤而不怨矣！"为之歌《邶》、《鄘》、《卫》，曰："美哉！渊乎！忧而不困者也。吾闻卫康叔、武公之德如是，是其《卫风》乎？"为之歌《王》，曰："美哉！思而不惧，其周之东乎？"为之歌《郑》，曰："美哉！其细已甚，民弗堪也，是其先亡乎？"为之歌《齐》，曰："美哉，泱泱乎！大风也哉！表东海者，其大公乎！

国未可量也。"为之歌《豳》，曰："美哉！荡乎！乐而不淫，其周公之东乎？"为之歌《秦》，曰："此之为夏声。夫能夏则大，大之至也，其周之旧乎？"为之歌《魏》，曰："美哉！沨沨乎！大而婉，险而易行，以德辅此，则明主也！"为之歌《唐》，曰："思深哉！其有陶唐氏之遗民乎！不然，何忧之远也。非令德之后，谁能若是？"为之歌《陈》，曰："国无主，其能久乎？"自《郐》以下，无讥焉。为之歌《小雅》，曰："美哉！思而不贰，怨而不言，其周德衰乎？犹有先王之遗民焉。"为之歌《大雅》，曰："广哉！熙熙乎！曲而有直体，其文王之德乎？"为之歌《颂》，曰："至矣哉！直而不倨，曲而不屈，迩而不偪，远而不携，迁而不淫，复而不厌，哀而不愁，乐而不荒，用而不匮，广而不宣，施而不费，取而不贪，处而不底，行而不流，五声和，八风平，节有度，守有序，盛德之所同也。"

（先秦）《左传·襄公二十九年》，《春秋左传集解》，上海人民出版社本

辨说也者，心之象道也。心也者，道之工宰也。道也者，治之经理也。心合于道，说合于心，辞合于说。

（先秦）《荀子·正名》，《诸子集成》本

凡音之起，由人心生也。人心之动，物使之然也。感于物而动，故形于声。

《礼记·乐记》，《十三经注疏》本

德者，性之端也；乐者，德之华也。金石丝竹，乐之器也。诗，言其志也；歌，咏其声也；舞，动其容也：三者本于心，然后乐器从之。

（先秦）《礼记·乐记》，《十三经注疏》本

乐者，心之动也。声者，乐之象也。文采节奏，声之饰也。君子动其本，乐其象，然后治其饰。是故先鼓以警戒，三步以见方，再始以著往，复乱以饬归，奋疾而不拔，极幽而不隐。独乐其志，不厌其道，备举其道，不私其欲。是故情见而义立，乐终而德尊，君子以好善，小人以听过。故曰："生民之道，乐为大焉！"

（先秦）《礼记·乐记》，《十三经注疏》本

君子之言，幽必有验乎明，远必有验乎近，大必有验乎小，微必有验乎著。无验而言之谓妄。君子妄乎？不妄。言不能达其心，书不能达其言，难矣哉……故言，心声也；书，心画也；声画形，君子小人见矣。声画者，君子小人之所以动情乎。

（汉）扬雄《法言·问神》，《诸子集成》本

文由胸中而出，心以文为表。观见其文，奇伟俶傥，可谓得论也。由此言之，繁文之人，人之杰也。

有根株于下，有荣叶于上，有实核于内，有皮壳于外。文墨辞说，士之荣叶皮壳也。实诚在胸臆，文墨著竹帛，外内表里，自相副称。意奋而笔纵，故文见而实露也。人之有文也，犹禽之有毛也；毛有五色，皆生于体。苟有文无实，是则五色之禽，毛妄生也。选士以射，心平体正，执弓矢审固，然后射中。论说之出，犹弓矢之发也。论之应理，犹矢之中的。夫射以矢中效巧，论以文墨验奇。奇巧俱发于心，其实一也。文有深指巨略，君臣治术。身不得行，口不能继，表著情心，以明己之必能为之也。

（汉）王充《论衡·超奇》，《诸子集成》本

夫容之动作，发乎心气，心气之征，则声变是也。夫气合成声，声应律吕。有和平之声，有清畅之声，有回衍之声。

（魏）刘劭《九征第一》，《人物志》卷上，《四部丛刊》本

夫内有悲痛之心，则激切哀言。言比成诗，声比成音。杂而咏之，聚而听之。心动于和声，情感于苦言。嗟叹未绝，而泣涕流涟矣。

（晋）嵇康《声无哀乐论》，《嵇康集校注》，人民文学出版社本

至于战国，王道陵迟，风雅寝顿，于是贤人失志，辞赋作焉。是以孙卿屈原之属，遗文炳然，辞义可观，存其所感，咸有古诗之意，皆因文以寄其心，托理以全其制，赋之首也。

（晋）皇甫谧《三都赋序》，《文选》卷四十五，上海古籍出版社本

古人有言，诗以宣心。我之怀矣，在彼北林。

　　　　　（晋）陆云《南衡》，《晋诗》卷六，《先秦汉魏晋南北朝诗》本

　　余禀性端疏，属爱闲外。往岁羁役浙东，备历江山之美。名都胜境，极尽登临。山原石道，步步新景；迥池绝境，往往旧识。以吟以咏，聊用述心。

　　　　　（南朝·齐）萧子良《行宅诗序》，《全齐文》卷七，《全上古三代秦汉三国六朝文》，中华书局本

　　仰观吐曜，俯察含章，高卑定位，故两仪既生矣。惟人参之，性灵所钟，是谓三才。为五行之秀，实天地之心。心生而言立，言立而文明，自然之道也。

　　……言之文也，天地之心哉！

　　　　　（南朝·梁）刘勰《文心雕龙·原道》，人民文学出版社本

　　夫文心者，言为文之用心也。昔涓子《琴心》，王孙《巧心》，心哉美矣，故用之焉。

　　　　　（南朝·梁）刘勰《文心雕龙·序志》，人民文学出版社本

　　赞曰：生也有涯，无涯惟智。逐物实难，凭性良易。傲岸泉石，咀嚼文义。文果载心，余心有寄。

　　　　　（南朝·梁）刘勰《文心雕龙·序志》，人民文学出版社本

　　子游汾亭，坐鼓琴，有舟而钓者过曰："美哉琴意，伤而和，怨而静，在山泽而有廊庙之志，非太公之都磻溪，则仲尼之宅泗滨也。"子骤而鼓南风，钓者曰："嘻，非今日事也。道能利生民，功足济天下，其有虞氏之心乎？不如舜自鼓也，声存而操变矣。"子遽舍琴，谓门人曰："情之变声也如是乎？"起将延之，钓者摇竿，鼓枻而逝。

　　　　　（隋）王通《礼乐篇》，《文中子》卷下，《丛书集成》本

　　凡诗人夜间床头，明置一盏灯。若睡来任睡，睡觉即起，兴发意生，精神清爽，了了明白，皆须身在意中。若诗中无身，即诗从何有？若不书身心，何以为诗？是故诗者，书身心之行李，序当时之愤气。气来不适，

心事或不达,或以刺上,或以化下,或以申心,或以序事,皆为中心不决,众不我知。由是言之,方识古人之本也。

(唐)[日]弘法大师《文镜秘府论·南卷·论文意》,《文镜秘府论校注》,中国社会科学出版社本

初,毕庶子宏擅名于代,一见惊叹之,异其唯用秃毫,或以手摸绢素,因问璪所受。璪曰:"外师造化,中得心源。"毕宏于是搁笔。

(唐)彦远《历代名画记·张璪》卷十,上海人民美术出版社本

昔闻《醉翁吟》,是沈夫子所作;今听《醉翁吟》,是沈夫子所弹。声如冰澌下石滩,嚼啮碎玉绕齿寒,四坐整衣容色端,醉翁虽醉无慢官。其音正以乐,其俗便且安,何害酩酊颜渥丹。沈夫子,邂逅相遇必已欢,玉琴能写人肺肝,人所为难君不难。平明解船建溪去,轻赍快意不长湍。溪东白茗像月团,来奉至尊龙屈盘,余为带镑与窗片,散在六合云漫漫。况君五脏清如水,宜饮沆瀣采木栏,更留瓦砚赠我看,邺宫鸳鸯谁刻剜。

(宋)梅尧臣《送建州通判沈太博》,《梅尧臣集编年校注》卷二十七,上海古籍出版社本

平生无苦吟,书翰不求深。行笔因调性,成诗为写心。诗扬心造化,笔发性园林。所乐乐吾乐,乐而安有淫。

(宋)邵雍《无苦吟》,《伊川击壤集》卷十七,《四部丛刊》本

韩退之论张长史喜草书,不治它技。所遇于世存亡得丧,亡聊不平,有动于心,必发于书。所观于物,千变万化,可喜可愕,必寓于书。故张之书不可端倪,以此终其身而名后世。与可之与竹,殆犹张之于书也。嘉州石洞讲师道臻,刻意尚行,欲自振于溷浊之波,故以墨竹自名。然臻过与可之门而不入其室何也?夫吴生之超其师,得之乎心也,故无不妙;张长史之不治它技,用智不分也,故能入于神。夫心能不牵于外物,则其天守全,万物森然,出于一镜,岂待含墨吮笔,槃礴而后为之哉?故余谓臻欲得妙于笔,当得妙于心。

(宋)黄庭坚《道臻师画墨竹序》,《豫章黄先生集》卷十六,《四部丛刊》本

欧阳文忠曰："诗原乎心者也，富贵愁怨，见乎所处。"江南李氏据富，有诗曰："帘日已高三丈透，佳人次第添香兽。红锦拖衣随步皱，佳人舞彻金钗溜。酒渥时沾花蕊嗅，别殿微闻箫鼓奏。"与"时挑野菜和根煮，旋斫生柴带叶烧"异矣。

（宋）阮阅《诗话总龟》卷五《评论》，《四部丛刊》本

草书学张颠，行书学杨风。平生江湖心，聊寄笔砚中。龙蛇入我腕，匹素忽已穷。余势尚隐辚，此兴嗟谁同。

（宋）陆游《暇日弄笔戏书》，《陆游集·剑南诗稿》卷五十二，中华书局本

谢客风容映古今，发源谁似柳州深？朱弦一拂遗音在，却是当年寂寞心。

（金）元好问《论诗三十首》，《遗山先生文集》卷十一，《四部丛刊》本

前人称夏侯孝若文，别见孝悌之性。余亦谓柳仆射书，一出开济之才。书，心画也。气象如此，肯为裈中虱耶！

（元）赵秉文《题紫阳宫铭后》，《闲闲老人滏水文集》卷二十，《丛书集成》本

六经，皆心学也。心中之理无不具，故六经之言无不该。六经所以笔吾心之理者也。是故说天莫辨乎《易》，由吾心即太极也；说事莫辨乎《书》，由吾心政之府也；说志莫辨乎《诗》，由吾心统性情也；说理莫辨乎《春秋》，由吾心分善恶也；说体莫辨乎《礼》，由吾心有天叙也；导民莫过乎《乐》，由吾心备人和也。人无二心，六经无二理。因心有是理，故经有是言。心譬则形，而经譬则影也。无是形则无是影，无是心则无是经。其道不亦皎然矣乎！

（明）宋濂《六经论》，《文宪集》卷二十八，《四库全书》本

言生于心，而发为声。诗则其声之成章者也。故世有治乱而声有哀乐相随以变，皆出乎自然，非有能强之者。是故春禽之音悦以豫，秋虫之声凄以切，物之无情者然也，而况于人哉！

（明）刘基《项伯高诗序》，《诚意伯文集》卷五，《四部丛刊》本

俗情喜同不喜异，藏诸家，或偶见焉，以为乖于诸体也，怪问何师？余应之曰："吾师心，心师目，目师华山。"

     （明）王履《华山图序》，《中国画论类编》，中国古典艺术出版社本

  余两涉忧患，饱食之日少，且性不好博弈，非藉楮墨吟弄，则何以豁怀抱、宣郁闷乎？虽知其近于滑稽谐谑，而不遑恤者，亦犹疾痛之不免于呻吟耳，庸何讳哉？

     （明）李祯《剪灯余话序》，《剪灯余话》，上海古籍出版社本

  江淹拟刘琨，用韵整齐，造语沉着，不如越石吐出心肺。

     （明）谢榛《四溟诗话》卷一，人民文学出版社本

  先生游南镇，一友指岩中花树问曰："天下无心外物，如此花树，在深山中自开自落，于我心亦何相关？"先生曰："你未看此花时，此花与汝心同归于寂，你来看此花时，则此花颜色一时明白起来，便知此花不在你的心外。"

     （明）王守仁《语录·传习录下》，《王文成公全书》卷三，《四部丛刊》本

  自执笔至书功，手也；自书致至书丹法，心也。书原，目也。书评，口也。心为上。手次之，目口末矣……知此，则孤蓬自振，惊沙坐飞，飞鸟出林，惊蛇入草，可一以贯之而无疑矣……以此知书，心手尽之矣。

     （明）徐渭《玄抄类摘序又》，《徐渭集》，中华书局本

  自昔人谓言为心之声，而诗又其精者。予窃以诗而得其人，若靖节之言澹雅而超诣，青莲之言豪逸而自喜，少陵之言宏奇而饶境，左司之言幽冲而偏造，香山之言浅率而尚达，是无论其张门户，树颐颔，以高下为境，然要自心而声之即其人，亦不必征之史，而十已得其八九矣。后之人好剽写馀似，以苟猎一时之好，思踳而格杂，无取于性情之真，得其言而

不得其人，与得其集而不得其时者，相比比也。

（明）王世贞《章给事诗集序》，《弇州山人四部稿》卷六十九，明刻本

《白虎通》曰："琴者，禁也。禁人邪恶，归于正道，故谓之琴。"余谓琴者心也，琴者吟也，所以吟其心也。人知口之吟，不知手之吟；知口之有声，而不知手亦有声也。如风撼树，但见树鸣，谓树不鸣不可也，谓树能鸣亦不可。此可以知手之有声矣。听者指谓琴声，是犹指树鸣也，不亦泥欤！

《尸子》曰："舜作五弦之琴，以歌南风，曰：'南风之薰兮，可以解吾民之愠兮。'"因风而思民愠，此舜心也，舜之吟也。微子伤殷之将亡，见鸿雁高飞，援琴作操，不敢鸣之于口，而但鸣之于手，此微子心也，微子之吟也。文王既得后妃，则琴瑟以友之，钟鼓以乐之，向之展转反侧，寤寐思服者，遂不复有，故其琴有《关雎》。而孔子读而赞之曰："《关雎》乐而不淫。"言虽乐之过矣，而不可以为过也。此非文王之心乎？非文王其谁能吟之？汉高祖以雄才大略取天下，喜仁柔之太子既有羽翼，可以安汉，又悲赵王母子属在吕后，无以自全，故其倚瑟而歌鸿鹄，虽泣下沾襟，而其声慷慨，实有慰藉之色，非汉高之心乎？非汉高又孰能吟之？

由此观之，同一心也，同一吟也，乃谓"丝不如竹，竹不如肉"，何也？夫心同吟同，则自然亦同，乃又谓"渐近自然"，又何也？岂非叔夜所谓未达礼乐之情者耶！故曰："言之不足，故歌咏之；歌咏之不足，故不知手之舞之。"康亦曰："复之不足，则吟咏以肆志；吟咏之不足，则寄言以广意。"傅仲武《舞赋》云："歌以咏言，舞以尽意。论其诗不如听其声，听其声不如察其形。"以意尽于舞，形察于声也。由此言之，有声之不如无声也审矣，尽言之不如尽意又审矣。然则谓手为无声，谓手为不能吟亦可。唯不能吟，故善听者独得其心而知其深也，其为自然何可加者，而孰云其不如肉也耶！

吾又以是观之，同一琴也，以之弹于袁孝尼之前，声何夸也？以之弹于临绝之际，声何惨也？琴自一耳，心固殊也。心殊则手殊，手殊则声殊，何莫非自然者，而谓手不能两声可乎？而谓彼声自然，此声不出于自然可乎？故蔡邕闻弦而知杀心，钟子听弦而知流水，师旷听弦而识南风之

不竞,盖自然之道,得手应心,其妙固若此也。

(明)李贽《读史·琴赋》,(焚书)卷五,中华书局本

诗也者,率其自道所欲言而已,以彼体物指事,发乎自然,悼逝伤离,本之襟度,盖悲喜在内,啸歌以宣,非强而自鸣也。

(明)焦竑《竹浪斋诗集序》,《澹园续集》卷二,金陵丛书本

大玅为诸生,常冠军,夺蛰而舞,几入觳,而以数奇蹇抑不得中,譬之李广每当封侯,辄失道。乃走名山大川,上罗浮,探禹穴,遨游齐鲁燕赵之墟,揽奇吊古,以其一腔坷壈屑骚磊落之气,发而为声诗。飞骞绝迹,高视中原吾党如尘溷然。故其格品孤峻,音节唳清,骏发踔厉,穿天心而出月胁,騠騠乎攘大历、建安之座矣。

(明)王思任《云霞馆游草序》,《王季重十种》,《中国文学珍本丛书》本

《书》曰:"诗言志,歌永言,声依永,律和声。"《记》曰:"凡音者,生人心也。"情动于中,故形于声,声成文,谓之音。故采诗可以观风,审音可以知政,以为人之心术,皆于是乎形焉。后世诗与乐虽分为二,然苟发为诗歌,托之声音,其人之邪正纯驳,识者犹能辨之,是故不可以伪为也。今鹤民之诗与琴,何以能浑雅而和柔如此?吾以窥其心术之微矣。孝弟慈良之心诚于中而形于外,岂与世之词客琴师同年而语哉!

(清)归庄《张鹤民传》,《归庄集》卷七,上海古籍出版社本

《记》曰:"乐者,音之所由生也。其本在人心之感于物也。"此言律之即于人心,而声从之以生也。又曰:"知声而不知音,禽兽是也。知音而不知乐,众庶是也。惟君子为能知乐。"此言声永之必合于律,以为修短抗坠之节,而不可以禽兽众庶之知为知也。

(清)王夫之《尚书引义·舜典三》,中华书局本

用事不用事,总以曲写心灵,动人兴观群怨,却使陋人无从支借。

(清)王夫之《薑斋诗话》卷下,《清诗话》本

夫画者，从于心者也……信手一挥，山川、人物、鸟兽、草木、池榭、楼台。取形用势，写生揣意，运情摹景，显露隐含，人不见其画之成，画不违其心之用。盖太朴散而一画之法立矣。一画之法立而万物著矣。我故曰："吾道一以贯之。"

　　　　（清）石涛《一画章第一》，《石涛画语录》，人民美术出版社本

大抵诗之号清绝者，因乎迹以称心易，超乎迹以写心难。

　　　　（清）厉鹗《双清阁诗集序》，《樊榭山房文集》卷三，《四部备要》本

诗也者，萌芽于灵府，消息于清浊之源，生有胎性，性有结习，意所感触，震荡迅厉而出之。非善辨者不能喻其微，岂况以口舌争哉。

　　　　（清）杭世骏《马思山南坨诗稿序》，《道古堂文集》卷十，扫叶山房本

文章者，人之心气也。天偶以是气界之其人以为心，则其为文也，必有辉然之光，历万古而不可堕坏；天苟不以其心界之，则虽敝终身之力于其中，自以为能矣，而龌龊尘埃颓然不能以终日。夫为文而至于万古不可堕坏，此其人虽欲不穷得乎？

　　　　（清）刘大櫆《海门初集序》，《海峰文集》卷二，清刊本

诗如鼓琴，声声见心。心为人籁，诚中形外。我心清妥，语无烟火；我心缠绵，读者泫然。禅偈非佛，理障非儒，心之孔嘉，其言蔼如。

　　　　（清）袁枚《续诗品三十二首·斋心》，《小仓山房诗集》卷二十，《四部备要》本

昔汤若士作《四梦》，自谓人知其乐，不知其悲。杨升庵读《西厢》，谓其人必大不得于君臣父子之间。以古准今，何独不然？兹仆所作《人天乐》，盖一为吾生哀穷悼屈，一为世人劝善醒迷。

　　　　（清）笑苍道人《人天乐自序》，《古本戏曲丛刊》三集，文学古籍刊行社

《易·系传》谓"易其心而后语"，扬子云谓言为"心声"，可知言

语亦心学也。况文之为物,尤言语之精者乎?

(清)刘熙载《艺概·文概》,上海古籍出版社本

铺,有所铺,有能铺。司马相如《答盛览问赋书》有赋迹赋心之说。迹,其所;心,其能也。心迹本非截然为二。览闻其言,乃终身不敢言作赋之心,抑何固哉!且言赋心,不起于相如,自《楚辞·招魂》"同心赋些"已发端矣。

(清)刘熙载《艺概·赋概》,上海古籍出版社本

《楚辞》《涉江》、《哀郢》,"江"、"郢",迹也;"涉"、"哀",心也。推诸题之但有迹者亦见心,但言心者亦具迹也。

(清)刘熙载《艺概·赋概》,上海古籍出版社本

读屈、贾辞,不问而知其为志士仁人之作。太史公之合传,陶渊明之合赞,非徒以其遇,殆以其心。

(清)刘熙载《艺概·赋概》,上海古籍出版社本

古人一生之志,往往于赋寓之。《史记》、《汉书》之例,赋可载入列传,所以使读其赋者即知其人也。

(清)刘熙载(艺概·赋概),上海古籍出版社本

扬子以书为心画,故书也者,心学也。心不若人而欲书之过人,其勤而无所也宜矣。

(清)刘熙载《艺概·书概》,上海古籍出版社本

文,心学也。心当有余于文,不可使文余于心。

(清)刘熙载《游艺约言》,《刘熙载集》,华东师范大学出版社本

文不本乎心性,有文之耻,甚于无文。

(清)刘熙载《游艺约言》,《刘熙载集》,华东师范大学出版社本

3. 志大辞宏　志下词卑

文侯曰："敢问溺音何从出也？"

子夏对曰："郑音好滥淫志。宋音燕女溺志。卫音趋数烦志。齐音敖辟乔志。此四者，皆淫于色而害于德，是以祭祀弗用也。"

（先秦）《礼记·乐记》，《十三经注疏》本

（屈原）其志絜，故其称物芳；其行廉，故死而不容自疏。濯淖污泥之中，蝉蜕于浊秽，以浮游尘埃之外，不获世之滋垢，皭然泥而不滓者也。推此志也，虽与日月争光可也。

（汉）司马迁《史记·屈原贾生列传》，中华书局本

孔子曰："无体之礼，敬也；无服之丧，忧也；无声之乐，欢也；不言而信，不动而威，不施而仁，志也。钟鼓之声，怒而击之则武，忧而击之则悲，喜而击之则乐，其志变，其声亦变。其志诚通乎金石，而况人乎？"

（汉）刘向《说苑·修文》，《丛书集成》本

伟长独怀文抱质，恬淡寡欲，有箕山之志，可谓彬彬君子者矣。

（魏）曹丕《与吴质书》，《文选》卷四十二，上海古籍出版社本

故有志深轩冕，而泛咏皋壤；心缠几务，而虚述人外。真宰弗存，翩其反矣。

夫桃李不言而成蹊，有实存也；男子树兰而不芳，无其情也。夫以草木之微，依情待实；况乎文章，述志为本，言与志反，文岂足征！

（南朝·梁）刘勰《文心雕龙·情采》，人民文学出版社本

有疑陶渊明诗，篇篇有酒，吾观其意不在酒，亦寄酒为迹者也。其文章不群，辞采精拔，跌宕昭彰，独超众类，抑扬爽朗，莫之与京。横素波而傍流，干青云而直上。语时事则指而可想，论怀抱则旷而且真。加以贞

志不休，安道苦节，不以躬耕为耻，不以无财为病。自非大贤笃志，与道污隆，孰能如此乎？

（南朝·梁）萧统《陶渊明集序》，《陶渊明集》卷首，《四部丛刊》本

孟嘉落帽，前世以为胜绝。杜子美《九日诗》云："羞将短发还吹帽，笑倩旁人为正冠。"其文雅旷达，不减昔人。故谓诗非力学可致，正须胸肚中泄尔。

（宋）陈师道《后山诗话》，《历代诗话》本

永叔"堪笑区区郊与岛，萤飞露湿吟秋草"，以为二子之穷。然子美亦有"暗飞萤自照，水宿鸟相呼"，"幸因腐草出，敢近太阳飞"，虽吟咏微物，曾无一点穷气。孟郊诗最淡且古，坡谓"有如食彭越，竟日嚼空螯"。退之论数子，乃以张籍学古淡，东野为天葩吐奇芬，岂勉所长而讳所短，抑亦东野古淡自足，不待学耶？

（宋）黄彻《碧溪诗话》卷四，《历代诗话续编》本

熹闻：诗者，志之所之，在心为志，发言为诗。然则诗者，岂复有工拙哉？亦视其志之所向者高下如何耳。是以古之君子，德足以求其志，必出于高明纯一之地，其于诗固不学而能之。至于格律之精粗，用韵属对比事遣辞之善否，今以魏、晋以前诸贤之作考之，盖未有用意于其间者，而况于古诗之流乎？近世作者，乃始留情于此，故诗有工拙之论，而葩藻之词胜，言志之功隐矣。

（宋）朱熹《答杨宋卿》，《朱子大全》卷三十九，《四部备要》本

"在心为志，发言为诗"，今人只容易看过，多不经思。诗自志出者也，不反求于志，而徒外求于诗，犹表邪而求其影之正也，奚可得哉？志之所至，诗亦至焉，岂苟作者哉？后世诗之高者，若陶与李、杜者难矣。陶之冲淡闲静，自谓是羲皇上人，此其志也。"种豆南山"之诗，其用志深矣。"羲皇去我久"一篇，又直叹孔子之学不传，而穷有志焉。惟其志如此，故其诗亦如此。今人读其诗，不知如何而读之哉？如李如杜，同此

其选也。李之"晏坐寂不动,湛然冥真心",杜之"愿闻第一义,回向心地初",虽未免杂于异端,其志亦高于人几等矣,宜其诗至于能泣鬼神,驱疟疠,非他人之所敢望也。

　　　　　　　(宋)包恢《答曾于华论诗》,引自《宋金元文论选》,人民文学出版社本

　　诗言志。"秀木终成栋,精钢不作钩"(《端州郡斋壁诗》),包孝肃之志也。"人心正畏暑,水面独摇风"(《荷花诗》),丰清敏之志也。

　　　　　　　(宋)王应麟《困学纪闻》卷十八,商务印书馆本

　　夫诗者,所以自乐吾之性情也,而岂观美自鬻之技哉?欣悲感发,得之油然者有浅深,而写之适然者有浓淡。志尚高则必不可凡,世味薄则必不可俗。故渊明之冲寂,苏州之简素,昌黎之奇畅,欧之清远,苏、黄之神变,彼其养于气者,茫茫相望,皆如嵇延祖之轩轩于鸡群,宜其超然尘埃混浊之外,非复喧啾之所可匹侪。凡学诗者,必不可以无此意也。

　　　　　　　(元)刘将孙《九皋诗集序》,引自《宋金元文论选》,人民文学出版社本

　　观于此编,既得诗人之体,且其词气严厉,而愤世感事之意,时复发见,若利剑出匣,锋芒差差见之,凛然不敢狎视,正如其为人。故曰:"在心为志,发言为诗。"谓诗非心声也哉?

　　　　　　　(明)吴宽《容溪诗集序》,《匏翁家藏集》卷四十二,《四部丛刊》本

　　荆公《咏北高峰塔》云:"飞来峰上千寻塔,闻说鸡鸣见日升。不畏浮云遮望眼,自缘身在最高层。"郑丞相清之《咏六和塔》云:"经过塔下几春秋,每恨无因到上头。今日始知高处险,不如归卧旧林邱。"二诗皆自喻,荆公作于未大用前,安晚作于既大用后,然卒皆如其意,不徒作也。

　　　　　　　(明)瞿佑《归田诗话》卷上,《历代诗话续编》本

　　武穆先生《满江》一词,血水飞立,几欲踹扁贺兰;张睢阳杀妾掘鼠之际,战苦云深,壮吟愤律,戛戛乎金石之表。此皆气不止而声随之,

如初胸中吞八九而贮百万，手莲花之剑，射目如钩，吾欲其时斗大印，横行匈奴中，标桎勒铬以归。

（明）王思任《残草序》，《王季重十种》，《中国文学珍本丛书》本

其古文词鹏骞海怒，意之所极，穿天心月胁而出之。苦于才多，使天假之年，自见涯涘耳。诗皆志意所寄，媚势佞生，市交游而作声色者，未尝以片语污其笔端也。胸怀洞达，热心世患，视天下事以为数著可了，断头穴胸，是吾人分内事。

（清）黄宗羲《陆文虎先生墓志铭》，《南雷文定》前集卷六，《四部备要》本

《虞书》称"诗言志"，志也者，训诂为"心之所之"，在释氏，所谓"种子"也。志之发端，虽有高卑、大小、远近之不同，然有是志，而以我所云才识胆力四语充之，则其仰观俯察，遇物触景之会，勃然而兴，旁见侧出，才气心思，溢于笔墨之外。志高则其言洁，志大则其辞弘，志远则其旨永，如是者其诗必传，正不必斤斤争工拙于一字一句之间。

（清）叶燮《原诗·外篇上》，人民文学出版社本

诗是心声，不可违心而出，亦不能违心而出。功名之士，决不能为泉石淡泊之音；轻浮之子，必不能为敦庞大雅之响。故陶潜多素心之语，李白有遗世之句，杜甫兴广厦万间之愿，苏轼师四海昆弟之言。凡如此类，皆应声而出。其心如日月，其诗如日月之光，随其光之所至，即日月见焉。故每诗以人见，人又以诗见。使其人其心不然，勉强造作，而为欺人欺世之语；能欺一人一时，决不能欺天下后世。

（清）叶燮《原诗·外篇上》，人民文学出版社本

诗言志。人各有志，则各自为言。故达者有达者之志，穷者有穷者之志。所处异则志不能不异，志异则言不能不异。

（清）叶燮《半园倡和诗序》，《己畦文集》卷九，清刻本

"王者之迹熄而诗亡"，非诗亡也，古者太师陈诗以观民风，《记》

曰："诗言其志也。"又曰："志之所之，诗亦至焉。"王迹熄而列国之风不陈于太师矣。诗之所由亡，不因民志之日以乱欤？《骚》也者，继诗而言志者也。彼其疾世俗则曰："宁溘死以流亡。"哀南夷之莫知下女可诒则曰："及少康之未家，恐高辛之先我。"其思也近于淫，其怨诽也几于怒，而刘安、司马迁谓：其志洁，其行廉，其称物芳，兼《国风》《小雅》之义，可以争光日月。是岂仅称其文字之工哉？亦推其志焉尔矣。

（清）朱彝尊《九歌草堂诗集序》，《曝书亭集》卷三十六，《四部丛刊》本

客有问余者曰："唐、宋小说家所记，观人之诗，可以决其年寿、禄位所至，有诸？"答曰："诗以言志，志不可伪托，吾缘其词以觇其志，虽传所称赋列国之诗，犹可测识也，矧其所自为者耶？今则不然，诗特传舍，而字句过客也；虽使前贤复起，乌测其志之所在？"

（清）赵执信《谈龙录》，《清诗话》本

曾子固下笔时，目中不知刘向，何论韩愈？子固之文，未必高于中垒、昌黎也，然立志不苟如此。作诗须得此意。

（清）沈德潜《说诗晬语》卷上，《清诗话》本

渊明本志士，慷慨咏荆轲。有愿托空言，天也无奈何。采菊聊寄兴，饮酒陶天和。忘我并忘天，世事遑知他。至今南村诗，可续西山歌。

（清）沈德潜《题渊明像》，《归愚诗文钞·诗钞》卷二，清刊本

来札所讲"诗言志"三字，历举李、杜、放翁之志，是矣。然亦不可太拘。诗人有终身之志，有一日之志，有诗外之志，有事外之志，有偶然兴到，流连光景，即事成诗之志。志字不可看杀也。谢傅之游山，韩熙载之纵伎，此其本志哉？多识于鸟兽草木之名，亦夫子余语及之，而夫子之志岂在是哉？

（清）袁枚《再答李少鹤书》，《小仓山房尺牍》卷十，民国十九年国学书局刊本

文辞，犹三军也；志识，其将帅也。李广入程不识之军，而旌旗壁垒

一新焉，固未尝物物而变，事事而更之也。知此意者，可以袭用成文而不必己出者也。

　　　　　　（清）章学诚《说林》，《文史通义·内篇四》，上海古籍出版社本

　　文辞，犹舟车也；志识，其乘者也。轮欲其固，帆欲其捷，凡用舟车，莫不然也；东西南北，存乎其乘者矣。知此义者，可以以我用文而不致以文役我者也。

　　　　　　（清）章学诚《说林》，《文史通义·内篇四》，上海古籍出版社本

　　文辞，犹品物也；志识，其工师也。橙橘楂梅，庖人得之，选甘脆从供笾实也；医师取之，备药毒以疗疾疢也。知此义者，可以同文异取，同取异用而不滞其迹者矣。

　　　　　　（清）章学诚《说林》，《文史通义·内篇四》，上海古籍出版社本

　　文辞，犹金石也；志识，其炉锤也。神奇可化臭腐，臭腐可化神奇。知此义者，可以不执一成之说矣。

　　　　　　（清）章学诚《说林》，《文史通义·内篇四》，上海古籍出版社本

　　文辞，犹财货也；志识，其良贾也。人弃我取，人取我与，则贾术通于神明。知此义者，可以斟酌风尚而立言矣。

　　　　　　（清）章学诚《说林》，《文史通义·内篇四》，上海古籍出版社本

　　文辞，犹药毒也；志识，其医工也。疗寒以热，热过而厉甚于寒；疗热以寒，寒过而厉甚于热；良医当实甚而已有反虚之忧，故治偏不激而后无余患也。知此义者，可以拯弊而处中矣。

　　　　　　（清）章学诚《说林》，《文史通义·内篇四》，上海古籍出版社本

凡为古近体诗若干首，皆清浏隽上。书法则出入颜、褚，极率意处皆有法可寻，真迹也。古大家名家所作，自性情流出，故生气坌涌，大小高下如其人之生平。赝者支支节节为之，则索然矣。衡山先生托志高尚，而此册有不可遏如之势。朱子读陶诗而叹其凌厉，盖隐士胸中之气皆如是也。

（清）恽敬《文衡山先生诗册跋》，《大云山房文稿》二集卷二，《四部丛刊》本

太白诗"我志在删述，垂辉映千春"。昌黎诗"先王遗文章，缀缉实在余"。此皆高著眼孔，有囊括百世之意，然后吐气奋笔，足为一代宗匠。学者徒于声律字句间，鞭心低首，反复攻苦，求为传人，而终与秋草并腐、烟云等灭者，非不幸也，其树立使然也。

（清）潘德舆《养一斋诗话》卷九，《清诗话续编》本

凡事看立志何如，若所志不过眼前名士，当世诗翁，藉图声誉，则但取古诗唐诗选本揣摩几篇，近人诗集涉猎几部，止要肯做，不怕不翁。若要自走一路，自名一家，或冷淡，或兀傲，或博雅，或风韵秀婉，或山水模写清妙，须自己要学这一路，看这一路，不杂不间，是不容易的。若想做个一代有数的诗人之诗，则砥行绩学，兼该众理，任重致远，充扩性情之量，与天地古今相际，而用笔之法，行气之准，如何得厚得重得空得实得精得大。此志最高，能到不能到，自有气数管著；而真立此志者，盖亦不多也。

（清）何绍基《与汪菊士论诗》，《东洲草堂文钞》卷五，清同治六年长沙刻本

蒋竹山词，未极流动自然，洗炼缜密，语多创获。其志视梅溪较贞，其思视梦窗较清。

（清）江顺诒《词学集成》卷五，《词话丛编》本

刘向、匡衡文皆本经术。向倾吐肝胆，诚恳悱恻，说经却转有大意处；衡则说经较细，然觉志不逮辞矣。

（清）刘熙载《艺概·文概》，上海古籍出版社本

刘勰《辩骚》谓《楚辞》"体慢于三代，风雅于战国"。顾论其体不如论其志，志苟可质诸三代，虽谓易地则皆然可耳。

（清）刘熙载《艺概·诗概》，上海古籍出版社本

书家体不洁，由其志不洁也。志洁者必能空诸所有，不至以猥杂之习锢之。

（清）刘熙载《艺概·书概》，上海古籍出版社本

词导源于诗，诗言志，词亦贵乎言志。淫荡之志可言乎哉？"琼楼玉宇"，识其忠爱，"缺月疏桐"，叹其高妙，由于志之正也。若绮罗香泽之态，所在多有，则其志可知矣。

（清）沈祥龙《论词随笔》，《词话丛编》本

4. 气以实志　志乃气帅

味以行气，气以实志，志以定言，言以出气。

（先秦）《左传·昭公九年》，《十三经注疏》本

夫志，气之帅也；气，体之充也。夫志至焉，气次焉。故曰："持其志，无暴其气。"既曰"志至焉，气次焉"，又曰"持其志，无暴其气"者，何也？曰：志壹则动气，气壹则动志也。今夫蹶者趋者，是气也，而反动其心。

（先秦）《孟子·公孙丑上》，《十三经注疏》本

思理为妙，神与物游。神居胸臆，而志气统其关键；物沿耳目，而辞令管其枢机。枢机方通，则物无隐貌；关键将塞，则神有遁心。

（南朝·梁）刘勰《文心雕龙·神思》，人民文学出版社本

若夫八体屡迁，功以学成，才力居中，肇之血气；气以实志，志以定言，吐纳英华，莫非情性。

（南朝·梁）刘勰《文心雕龙·体性》，人民文学出版社本

诗总六义，风冠其首，斯乃化感之本源，志气之符契也。

（南朝·梁）刘勰《文心雕龙·风骨》，人民文学出版社本

气，风情耿耿曰气。

（唐）皎然《诗式》，《历代诗话》本

君子志正而气一，诚纯而分定。

（唐）柳宗元《送萧炼登第后南归序》，《柳河东集》卷二十二，中华书局本

盖辞根于气，气命于志，志立于学。气之薄厚，志之大小，学之粹驳，则辞之险易正邪从之。

（宋）魏了翁《攻媿楼宣献公文集序》，《鹤山先生大全文集》卷五十六，《四部丛刊》本

潛窃闻昔人之论文，率谓文主于气，气命于志，志立于学者也。盖三代而下，骚人墨客以才驱气，驾而为文，骄气盈则其言必肆而失于诞，吝气歉则其言必苟而流于诐。譬如一元之运，百物生焉，观其荣耀销落而气之屈伸可知也。惟夫学足以辅其志，志足以御其气者，气和而声和，故其形于言也粹然一出于正，兹其所以信于今而贻于后欤。

（元）黄溍《吴正传文集序》，《金华黄先生文集》卷十八，《四部丛刊》本

夫诗发之情乎？声气其区乎？正变者时乎？夫诗言志，志有通塞，则悲欢从之，二者小大之其由也。至其为声也，则刚柔异而抑扬殊，何也？气使之也。

（明）李梦阳《张生诗序》，《空同集》卷五十，明刊本

习之曰："义深则意远，意远则理辨，理辨则气直，气直则词盛，词盛则文工。"此气之根于志者也。根于志，溢于言，经之以经史，纬之以规矩，而文章之能事备矣。

（清）钱谦益《周孝逸文稿序》，《牧斋有学集》卷十九，《四部丛刊》本

凡文不足以动人，所以动人者，气也；凡文不足以入人，所以入人者，情也。气积而文昌，情深而文挚，气昌而情挚，天下之至文也。

（清）章学诚《史德》，《文史通义·内篇五》，上海古籍出版社本

故志深厚而气雄直者，莽天地而独步，妙万物而为言，悱恻其情，明白其灵，正则其形，玲珑其声，芬芳烈馨，稼华远清，中和永平，淡泊而不厌，亭立而不矜，迤灏而渊淳，月明而山行，石破而天惊。时或风雨怒号，金铁飞鸣，山水妙丽，天日晶晴；或万马战酣，旌旗飞紫；或广殿排仗，冕旒严凝；或岩藤落叶，面壁老僧；或万花放晓，士女春盈；或深山大河，巨海积沙；崇峰攒天，洪波叠岭；飞雪蔽地，潮海极目；烟岫郁攸，蜿蜒漫空；乾端坤倪，神怪暴发，人经物理，龙象蹴踏：斯其为情深而文明，气盛而化神者耶！

（清）康有为《诗集自序》，《康有为政论集》，中华书局本

二

性 情 说

1. 情志并举 志足情兴

是故君子反情以和其志，比类以成其行。奸声乱色不留聪明，淫乐慝礼不接心术，惰慢邪辟之气不设于身体，使耳目鼻口心知百体，皆由顺正以行其义。然后发以声音而文以琴瑟，动以干戚，饰以羽旄，从以箫管，奋至德之光，动四气之和，以著万物之理。

（先秦）《礼记·乐记》，《十三经注疏》本

君子乐得其道，小人乐得其欲。以道制欲，则乐而不乱；以欲忘道，则惑而不乐。

（先秦）《礼记·乐记》，《十三经注疏》本

诗者，志之所之也，在心为志，发言为诗。情动于中而形于言，言之不足故嗟叹之，嗟叹之不足故永歌之，永歌之不足，不知手之舞之，足之蹈之也。情发于声，声成文谓之音。

（汉）郑玄笺、（唐）孔颖达疏《毛诗序》，《毛诗正义》卷一，《十三经注疏》本

伫中区以玄览，颐情志于典坟。遵四时以叹逝，瞻万物而思纷；悲落叶于劲秋，喜柔条于芳春。心懔懔以怀霜，志眇眇而临云；咏世德之骏烈，诵先人之清芬；游文章之林府，嘉丽藻之彬彬。慨投篇而援笔，聊宣之乎斯文。

（晋）陆机《文赋》，《文选》卷十七，《四部丛刊》本

史臣曰：民禀天地之灵，含五常之德。刚柔迭用，喜愠分情。夫志动于中，则歌咏外发，六义所因，四始攸系；升降讴谣，纷披风什。虽虞、夏以前，遗文不睹，禀气怀灵，理无或异。然则歌咏所兴，宜自生民始也。

  （南朝·梁）沈约《宋书》卷六十七《谢灵运传论》，中华书局本

志足而言文，情兴而辞巧，乃含章之玉牒，秉文之金科矣。

  （南朝·梁）刘勰《文心雕龙·徵圣》，人民文学出版社本

人禀七情，应物斯感。感物吟志，莫非自然。

  （南朝·梁）刘勰《文心雕龙·明诗》，人民文学出版社本

才量学文，宜正体制。必以情志为神明，事义为骨髓，辞采为肌肤，宫商为声气，然后品藻玄黄，摘振金玉，献可替否，以裁厥中。

  （南朝·梁）刘勰《文心雕龙·附会》，人民文学出版社本

其后言志、缘情，二京斯盛；含毫沥思，魏晋弥繁。布在缥简，差可商略。李都尉鸳鸯之词，缠绵巧妙；班婕妤霜雪之句，发越清迥。平子《桂林》，理在文外；伯喈《翠鸟》，意尽行间。

  （唐）骆宾王《和道士闺情诗启》，《骆宾王文集》卷六，《四部丛刊》本

诗本志也，在心为志，发言为诗，情动于中而形于言，然后书之于纸也。

  （唐）[日]弘法大师《文镜秘府论·南卷·论文意》，《文镜秘府论校注》，中国社会科学出版社本

言发于中，情见乎辞，则言辞者，志气之来也。故察其言而知其内，玩其辞而见其意矣。

  （唐）李德裕《周秦行记论》，《李文饶文集·外集》卷四，《四部丛刊》本

伊川翁曰：子夏谓"诗者，志之所之也。在心为志，发言为诗。情动于中而形于言，声成其文而谓之音。"是知怀其时则谓之志，感其物则谓之情；发其志则谓之言，扬其情则谓之声，言成章则谓之诗，声成文则谓之音。然后闻其诗，听其音，则人之志情可知之矣。

  （宋）邵雍《伊川击壤集序》，《伊川击壤集》，《四部丛刊》本

  夫诗以言志，志之所至，必形于言。古人于此，未有弃之者，故虽衰周之人，从役于外，而诗犹可诵，况生于今之盛世者乎？盖退食自公，宣其抑郁，写其勤苦，达其志之所至，亦人情之所必然者。

  （明）吴宽《公余韵语序》，《匏翁家藏集》卷四十二，《四部丛刊》本

  古者贤士之咏叹，思妇之悲吟，莫不为诗。情动于中而言以导之，所谓诗言志也。后世摛词者，离其性而自托于人伪，以争须臾之誉，于是诗道日微。

  （明）焦竑《陶靖节先生集序》，《澹园集》卷十六，金陵丛书本

  《书》曰："诗言志，歌永言，声依永，律和声。"志也者，情也。先民所谓发乎情，止乎礼义者，是也。嗟乎，万物之情，各有其志。

  （明）汤显祖《董解元西厢题辞》，《汤显祖诗文集》卷五十，上海古籍出版社本

  夫诗者，言其志之所之也。志之所之，盈于情，奋于气，而击发于境，风识浪奔昏交凑之时世。于是乎朝庙亦诗，房中亦诗，吉人亦诗，棘人亦诗，燕好亦诗，穷苦亦诗，春哀亦诗，秋悲亦诗，吴咏亦诗，越悲亦诗，劳歌亦诗，相春亦诗。穷尽其短长高下、抑抗清浊、吐含曲直、乐淫怨诽之极致，终不偭背乎五声六律七音八风九歌之伦次，诗之教如是而止。古之为诗者，学溯九流，书破万卷，要归于言志永言，有物有则，宣导情性，陶写物变。学诗之道，亦如是而止。

  （清）钱谦益《爱琴馆评选诗慰序》，《牧斋有学集》卷十五，《四部丛刊》本

  诗言志，志足而情生焉，情萌而气动焉。如土膏之发，如候虫之鸣，

欢欣噍杀纡缓促数，穷于时，迫于境，旁薄曲折而不知其使然者，古今之真诗也。

      （清）钱谦益《题燕市酒人篇》，《牧斋有学集》卷四十七，《四部丛刊》本

  舜曰："诗言志。"此诗之本也。王制，命太师陈诗以观民风，此诗之用也。荀子论《小雅》曰："疾今之政，以思往者。其言有文焉，其声有哀焉。"此诗之情也。故诗者，王者之迹也。建安以下，泊乎齐梁，所谓"辞人之赋丽以淫"，而于作诗之旨失之远矣。

      （清）顾炎武《作诗三旨》，《日知录》卷二十一，《四部备要》本

  四言之制实维《诗》始。广引充志以穆耳者，《雅》之徒也。微动含情以送意者，《风》之徒也。

      （清）王夫之《古诗评选》卷二，陆云《谷风赠郑曼季》评语，《船山遗书》，太平洋书店重校刊本

  千古善言诗者，莫如虞舜，教夔典乐曰："诗言志。"言诗之必本乎性情也。曰："歌永言。"言歌之不离乎本旨也。曰："声依永。"言声韵之贵悠长也。曰："律和声。"言音之贵均调也。知是四者，于诗之道尽之矣。

      （清）袁枚《随园诗话》卷三，人民文学出版社本

  诗本性情者也。人生而有志，志发而为言，言出而成歌咏，协乎声律。其大者，和其声以鸣国家之盛，次亦足抒愤写怀。举日星河岳，草秀珍舒，鸟啼花放，有触乎情，即可以宕其性灵。

      （清）纪昀《冰瓯草序》，《纪文达公遗集》卷九，清刊本

  诗者，志之所之；而志者，情之主，性之迹也。性正而后志正，志正而后思正，思正而后诗正，而后无邪之旨乃可言焉。天下竞言诗矣，顾取而读之，究茫然不知其志之所在，而遑问其性情？

      （清）王寿昌《小清华园诗谈·自叙》，《清诗话续编》本

余年十余时即喜为诗，窃谓诗之为道本于心性，用为乐章，小人歌之以贡其俗，君子赋之以见其志，圣人采之以观其变，非吟咏所能尽其蕴也。故尝欲决然废去以求乎声气之原。既而以为诗即情也，情不可以终抑，故间亦形之诗歌，然而工拙非所计矣。

（清）刘开《蕴园诗集序》，《刘孟涂全集·文集》卷七，扫叶山房本

诗所以言志，又道性情之具也。性寂于中，有触则动，有感遂迁，而情生矣。情生则意立，意者志之所寄，而情流行其中，因托于声以见于词，声与词意相经纬以成诗，故可以章志贞教、怡性达情也。

（清）朱庭珍《筱园诗话》卷四，《清诗话续编》本

2. 诗本性情　情发文成

……中纯实而反乎情，乐也……

（先秦）《庄子·缮性》，《诸子集成》本

说豫娩泽，忧戚萃恶，是吉凶忧愉之情发于颜色者也。歌谣謸笑，哭泣谛号，是吉凶忧愉之情发于声音者也……

（先秦）《荀子·礼论》《诸子集成》本

失乐之情，其乐不乐。乐不乐者，其民必怨，其生必伤。

（先秦）《吕氏春秋·侈乐》，《诸子集成》本

人喜则斯陶，陶斯咏，咏斯犹，犹斯舞，舞斯愠，愠斯戚，戚斯叹，叹斯辟，辟斯踊矣。

（先秦）《礼记·檀弓下》，《十三经注疏》本

且人之情，耳目应感动，心志知忧乐，手足攒疾痒，辟寒暑，所以与物接也……今万物之来擢拔吾性，捷取吾情，有若泉源，虽欲勿禀，其可得邪？

（汉）刘安《淮南子·俶真训》，《诸子集成》本

书者，散也。欲书先散怀抱，任情恣性，然后书之。
……若愁若喜……方得谓之书矣。
>（汉）蔡邕《佩文斋书画谱》卷五《后汉蔡邕笔论》，引自《中国美学史资料选编》，中华书局本

谨拜表，并献诗二首，词旨浅末，不足省览，贵露下情，冒颜以闻。
>（魏）曹植《责躬有表》，《曹植集校注》卷二，人民文学出版社本

昔屈原放逐，而《离骚》之辞兴。自今及古，文雅之士，莫不以其情而玩其辞，而表意焉。
>（晋）陆云《九愍序》，《全晋文》卷一百一，《全上古三代秦汉三国六朝文》本

民之生，莫有知其始也，含灵抱智，以生天地之间。夫喜怒哀乐之情，好恶得失之性，不学而能，不知所以然而就者也。怒则争斗，喜则咏歌。夫歌者，固乐之始也。咏歌之不足，乃手之舞之，足之蹈之，然则舞又歌之次也。咏歌舞蹈，所以宣其喜心。
>（南朝·梁）沈约《宋书》卷十九《乐志一》，中华书局本

薛收问曰：今之民胡无诗？仔曰：诗者，民之情性也，情性能亡乎？非民无诗，职诗者之罪也。
>（隋）王通《中说·关朗》，《四部备要》本

夫人有六情，禀五常之秀；情感六气，顺四时之序。盖文之所起，情发于中。而自汉魏以来，迄乎晋宋，其体屡变，前哲论之详矣。
>（唐）李延寿《北史·文苑传序》，中华书局本

有情且赋诗，事迹可两忘。
>（唐）杜甫《四松》，《杜诗详注》卷十三，中华书局本

箧中有旧笔，情至时复援。
>（唐）杜甫《客居》，《杜诗详注》卷十四，中华书局本

《易》之同人曰：文明以健，中正而应。故道同于内而气相求，情发于中而声成文，以观以群，以比以兴。

(唐)权德舆《崔卫二侍郎诗集序》，《权载之文集》卷三十五，清嘉庆刊本

人之所以灵者，情也。情之所以通者，言也。其或情之深，思之远，郁积乎中，不可以言尽者，则发为诗。诗之贵于时久矣。虽复观风之政缺，遒人之职废，文质异体，正变殊途，然而精诚中感，靡由于外奖，英华挺发，必自于天成。以此观其人，察其俗，思过半矣。比夫泽宫选士，入国知教，其最亲切者也。是以君子尚之。

(五代)徐铉《肖庶子诗序》，《全唐文》卷八八一，中华书局本

嵇康性弥懒，曾不废养生。子姑当妙年，何乃劳其精？老聃有至论，身孰亲于名。诗本道性情，不须大厥声。方闻理平淡，昏晓在渊明。寝欲来于梦，食欲来于羹。渊明傥有灵，为子气不平。其人实傲佚，不喜子缠萦。吾今敢告子，幸愿少适情。时能与子饮，莫惜倒瓶罂。

(宋)梅尧臣《答中道小疾见寄》，《梅尧臣集编年校注》卷十五，上海古籍出版社本

唐歌词多宫体，又皆极力为之。自东坡出，情性之外，不知有文字，真有"一洗万古凡马空"气象，虽时作宫体，亦岂可以宫体概之？

(金)元好问《新轩乐府引》，《遗山先生文集》卷三十六，《四部丛刊》本

昔者圣人惧民情之塞而弗通也，于是乎观乎诗。诗者，述乎人之情者也。情由感而动，故喜怒哀乐随所感而发。感之浅也，或默识之而已，或形乎言而已。感之深也，言之不足长言之，长言之不足咏歌之，诗之所由兴也。喜而为之美，怒而为之刺，其哀也为之闵，其乐也为之颂。美而不至于谀，刺而不至于訾，哀之也不至于伤，乐之也不至于淫。

(元)郝经《五经论·诗》，引自《宋金元文论选》，人民文学出版社本

人之于言，少繁而老简，彼其中固有定不定也。言之至者为文，而人之文有涉于刑名器数而作者，不必皆出于自然。惟夫诗则一由性情以生，悲喜忧乐忽焉触之，而材力不与能焉。此其老少之变，繁简之异，岂得不有待而然哉。

　　　　　（元）戴表元《珦上人删诗序》，《剡源集》卷九，《丛书集成》本

　　夫人与物情性之相得者，各从其类。物之所处不同，则清者有时而污，非其情之本然也。今之人，达而用于世则役于事，穷则役于衣食。无忧者，莫如僧。故能遂其情而物之托焉者，亦得以全其性也。然则上人虽欲自外于物，而物不能外之也。有诗一卷，上人作而同声气者和之也。

　　　　　（明）刘基《双清诗序》，《诚意伯文集》卷五，《四部丛刊》本

　　大抵情辞易工。盖人生于情，所谓"愚夫愚妇可以与知者"。观十五国风，大半皆发于情，可以知矣。是以作者既易工，闻者亦易动听。即《西厢记》与今所唱时曲，大率皆情词也。至如《王粲登楼》第二折，摹写羁怀壮志，语多慷慨，而气亦爽烈，至后《尧民歌》、《十二月》，托物寓意，尤为妙绝，岂作调脂弄粉语者可得窥其堂庑哉！

　　　　　（明）何良俊《曲论》，《中国古典戏曲论著集成》（四），中国戏剧出版社本

　　盖《三百篇》之后，未尝无诗也。不然，则古今人情无不同，而独于诗有异乎？夫诗者，出于情而已矣。

　　　　　（明）归有光《沈次谷先生诗序》，《震川先生集》卷二，上海古籍出版社本

　　人生而有情。思欢怒愁，感于幽微，流乎啸歌，形诸动摇。或一往而尽，或积日而不能自休。盖自凤凰鸟兽以至巴、渝夷鬼，无不能舞能歌，以灵机自相转活，而况吾人。

　　　　　（明）汤显祖《宜黄县戏神清源师庙记》，《汤显祖集·玉茗堂文之七》，中华书局本

《西游记》一部定性书,《水浒传》一部定情书,勘透方有分晓。

(明)吴从先《杂著》,《小窗四纪·自纪》,明刊本。

夫生者情也。有生则有情,有情则有结,结缘桑陌上,皇娥因之而援琴;果日水滨,汉女由斯以解珮。重泉相许,兴哀紫玉之歌;来世寻盟,抱痛青陵之曲。

(明)纬真氏《题红记叙》,《古本戏曲丛刊》二集,文学古籍刊行社本

诗者,性情之物,而性情者,皆朴之区也。区于朴,则古今声诗之变,可以一事一句而逢之矣,韵也乎哉!姑苏元叹有韵人之名,予亦称为朴人,亦此意也。

(明)谭元春《朴草引》,《谭友夏合集》,上海书店本

甬上陆鉁俟,以《双水诗草》示余求序,读之终卷,其古诗似康乐,律诗似许浑,缠绵而有情,感慨而多致,排比之间,自然不假人力,顾千锤百炼所不易及。鉁俟为亡友文虎之诸子。文虎之诗凴兀耸荡,时见斧凿。文虎之才力,鉁俟之功夫,各不相蒙,要之皆诗人,非俗人也。诗也者,联属天地万物,而畅吾之精神意志者也,俗人率抄贩模拟,与天地万物不相关涉,岂可为诗?彼才力工夫者,皆性情所出,肝鬲骨髓,无不清净,呿吟謦欬,无不高雅,何尝有二。即如君家诗人,鲁望以幽艳易晚唐之纤巧,放翁以圆熟易豫章之粗豪,为艺文未坠之领袖,不必出之 一隅一辙也。世人多喜雷同,束书不观,未尝见大家源流之论,作半吞半吐之语,庶几蕴藉,以为风雅正宗,不亦冤乎。

(清)黄宗羲《陆鉁俟诗序》,《南雷文定》四集卷一,上海时中书局本

诗与禅相类,而亦有合有离。禅以妙悟为主,须从最上乘,具正法眼,悟第一义,而无取于辟支声闻小果。诗亦如之,此其相类而合者也。然诗以道性情,而禅则期于见性而忘情。说诗者曰:情动于中而形于言,言之不足故嗟叹而咏歌之。申之曰:发乎情,民之性也。是则诗之所谓性者,不可得而指示,而悉征之于情,而禅岂有是哉!一切感触,等之空华

阳焰，漠然不以置怀，动于中辄深以为戒，而况形之于言乎！是故诗之攻禅，禅病也。既已出尘垢而学禅，其又安以诗为？世之离禅与诗为二者，其论往往如是。弟窃以为不然。今诸经所载如来慈悲普被，虽其跂行蠕息，蠉飞蠕动，无所不用其哀悯，况于君臣、父子、兄弟、朋友之际乎？语情宜莫如禅，而特不以之汨没其自有之灵光耳。然则诗之与禅，其所谓合者，固有针芥之投，而其所谓离者，亦实非有淄之别也，要在人之妙悟而已。

（清）陈宏绪《与雪崖》，《尺牍新钞》卷三，岳麓书社本

枨闑司出入，而户则有枢；轮辐行遐迹，而车乃有轴。性情者，诗文之枢与轴也。车有轴，而轮辐可夷可险；户有枢，而枨闑可启可闭。故人有性情，而诗文归于一致矣。

（清）周容《与史立庵》，《尺牍新钞》卷五，岳麓书社本

《离骚》之所以妙者，在乱辞无绪，绪益乱则忧益深，所寄益远。古人亦不能自明，读者当危坐诚正，以求所然，知粹然一出于正，即不得以奥郁高深奇之矣。

（清）周庚《与夫子》，《尺牍新钞》卷十，岳麓书社本

夫声音之际抑扬抗坠之间，其关人性术者岂微渺哉，故余与都人士相见对必称诗，遇博徒卖酱屠狗贩缯诸目不识五字七字、口不娴平上去入者，亦必强之使歌。歌犹诗也，歌焉而其人之生平悲愉可喜饮食格斗嬉笑怒骂不平，有慨于中一切于歌焉见之，人顾可以不歌乎哉？

（清）陈维崧《孙豹人诗集序》，《陈迦陵文集》卷一，《四部丛刊》本

予故言，凡词无非言情。即轻艳悲壮，各成其是，总不离吾之性情所在耳。

（清）徐釚《借荆堂词话》，《词苑丛谈》，上海古籍出版社本

予谓巨源之论词之源于乐府，是矣。独所言《子夜》、《懊侬》，善言情者也。唐人小令，尚得其意，是词贵于言情矣。予意所谓情者，人之性

情也,上自《三百篇》以及汉魏三唐乐府诗歌,无非发自性情。故鲁不可同于卫,卿大夫之作,不能同于闾巷歌谣。即陶、谢扬镳,李、杜分轨,各随其性情之所在。

(清)徐釚《借荆堂词话》,《词苑丛谈》,上海古籍出版社本

词曲皆非浪填,凡胸中情不可说,眼前景不能见者,则借词曲以咏之。又一事再述,前已有说白者,此又则以词曲代之。若应作说白者,但入词曲,听者不解,而前后间断矣。其已有说白者,又奚必重入词曲哉。

(清)孔尚任《桃花扇凡例》,《桃花扇》,人民文学出版社本

严沧浪以禅说诗,有未尽处,余举而补之。禅者云:"从门入者,不是家珍,须自己胸中流出,然后照天照地。"诗用故事字眼,皆"从门入者"也。能抒写性情,是"胸中流出"者也。

(清)庞垲《诗义固说》下,《清诗话续编》本

诗歌之道,天动神解,本于情流,弗由人造者是也。故中有所触,虽极致而不病其多;中无可言,虽不作亦不见其少。

(清)田同之《西圃诗说》,《清诗话续编》本

不矜才,不使气,并不恃学问,直以性情笃挚,遂接风人之绪。虽有作者,俱不能出其范围,洵为诗家宗祖。

(清)张谦宜《𫖯斋诗谈》卷四,《清诗话续编》本

今日言诗不可仿效新城明矣,然亦不可议新城也。若海宁查氏之诗,继王、朱而起则有余,遽言驾之,则未也。且诗以道性情,读查诗则机械日出矣,读王诗则和平可几矣。以圣门学诗之道言之,未知当孰取也。初日之妙则至矣,但惜未深厚耳。有谓东坡已开其流弊者,慎勿以知言许之。

(清)翁方纲《同学二首赠鱼门别》,《复初斋文集》卷十五,清刊本

伊尹论百味之本,以水为始。夫水,天下之至无味者也。何以治味者

取以为先？盖其清洌然，其淡泊然，然后可以调甘毳，加群珍，引之于至鲜，而不病其瘠腐。诗之道亦然，性情者源也，词藻者流也。源之不清，流将焉附，迷途乘骥，愈速愈远。此古人所以有清才之重也。

（清）袁枚《陶怡云诗序》，《小仓山房诗文集·文集》卷三十一，上海古籍出版社本

若夫诗者，心之声也，性情所流露者也。从性情而出者，如出水芙蓉，天然可爱；从学问而来者，如元黄错彩，绚染始成。阁下之性情可谓真矣。卷中有《感念》、《鱼门瘦桐》两诗，结古欢于九泉，托深心于遐契，此种风义，可泣可歌，宜其笔舌所宣，加人一等也。

（清）袁枚《答何水部》，《小仓山房尺牍》卷七，《随园全集》，文明书店本

周元公云："白香山诗似平易，间观所存遗稿，涂改甚多，竟有终篇不留一字者。"余读公诗云："旧句时时改，无妨悦性情。"然则元公之言信矣。

（清）袁枚《随园诗话》卷六，人民文学出版社本

弹琴须要得情。情者，古人作歌之意，喜怒哀乐之所见端也。有是情斯有是声，声情俱有，乃为有曲。

（清）苏璟《鼓琴八则》，引自《中国古代乐论选辑》，人民音乐出版社本

诗无性情，既亡之诗也；词无性情，既亡之词也；曲无性情，既亡之曲也。拾枯骨而被以文绣，张朽革而缋以丹青，且刺刺曰：吾恶夫人之有性情。但为此枯骨朽革，不亦灾怪矣乎？《三百篇》无非性情，所以可兴，可怨，可观，可群。至宋人始疑其淫奔也而删之。论词欲舍《花间》、《尊前》，不犹玉柏之徒欲举《桑中》、《鹑奔》之篇，一举而去之乎？有学究者，痛诋词不可作，余骇而问以故，曰：专言情则道不足也。余曰：然则有道之士必不为词已乎？曰：然。余因朗诵"碧云天、黄叶地"一首，而学究乃愀然背踵矣。余徐问曰：范仲淹何人也？曰：有道之士也。余乃告之曰：此词正仲淹所作，以刻本示之。呜乎！口不言钱者，其蕴利必深；口不言情者，其好色必甚。

惟其能赋梅花，所以广平之相业耳。晋卿董先生之论词，以情为主，适合乎鄙人之见，因邕论之，以跋其集。

（清）焦循《纵雅词跋》，《雕菰集》卷十八，江氏文学山房本

夫论诗之教，以兴、观、群、怨为用。言中有物，故闻之足感，味之弥旨，传之愈久而常新。臣子之于君父、夫妇、兄弟、朋友、天时、物理、人事之感，无古今一也。故曰：诗之为学，性情而已。

（清）方东树《昭昧詹言》卷一，人民文学出版社本

《诗纬·含神雾》曰："诗者，天地之心。"文中子曰："诗者，民之性情也。"此可见诗为天人之合。

（清）刘熙载《艺概·诗概》，上海古籍出版社本

杜诗只有无二字足以评之。有者，但见性情气骨也；无者，不见语言文字也。

（清）刘熙载《艺概·诗概》，上海古籍出版社本

笔墨性情，皆以其人之性情为本。是则理性情者，书之首务也。

（清）刘熙载《艺概·书概》上海古籍出版社本

文章之道，斡旋驱遣，全仗乎笔。笔为性情，墨为形质。使墨之从笔，如云涛之从风，斯无施不可矣。

（清）刘熙载《艺概·书概》，上海古籍出版社本

……今特取其诗论之：楚骚汉赋都见性情，韩笔杜诗具征根柢。盖非猎齐、梁之浮艳，貌韦、孟之清幽者得而望其万一矣。

（清）俞樾《潘兰垞前辈稼书堂诗集序》，《春在堂全书·宾萌集外集》卷三，清刊本

诗本天籁，随机而得，有终朝占毕而不能吟只字者，有不必为文士，而亦能居然成章者。词虽不工，要其道性情一也。

（清）百一居士《壶天录》卷上，《笔记小说大观》二十二，江苏广陵古籍刻印社本

诗歌者，描写人生者也（用德国大诗人希尔列尔之定义）。此定义未免太狭。今更广之曰"描写自然及人生"，可乎？然人类之兴味，实先人生，而后自然。故纯粹之模山范水、流连光景之作，自建安以前，殆未之见。而诗歌之题目，皆以描写自己深邃之感情为主。其写景物也，亦必以自己深邃之感情为之素地，而始得于特别之境遇中，用特别之眼观之。

　　（清）王国维《静庵文集续编·屈子文学之精神》，《静安遗书》，商务印书馆本

3. 不本性情　非愚则妄

　　古人不及见，后世于其偶然比兴，风刺之作，至列于经。后人尽诵读古人书，而下语终不能仿佛风人之万一，余窃惑焉。或古诗出于情性，发必善；今诗出于记问，博而已。自杜子美未免此病。于是张籍、王建辈稍束起书帙，划去繁缛，移于切近。世喜其简便，竞起效颦，遂为晚唐，体益下，去古益远。岂非资书以为诗，失之腐；捐书以为诗，失之野欤？

　　（宋）刘克庄《韩隐君诗序》，《后山先生大全集》卷九十六，《四部丛刊》本

　　文章犹小技，何况诗云云。沛然本情性，以是列之经。赓歌五字始，雅颂谱律声。苏李非骚客，酬唱流中情。噫嘻建安来，雅道日以湮。晋人善语言，其言明且清。少许胜多多，飘萧欲通灵。使其入韵语，岂但诸子鸣？安得三谢辞，远与陶阮并。唐风晚逾陋，宋作高人论。遂令后来者，末流骋纵横。高者仿选体，下者唐作程。

　　（元）刘将孙《感遇》，《养吾斋集》卷一，《四库全书》珍本初集本

　　况六义者，既无意象可寻，复非言筌可得。索之于近，则寄在冥邈；求之于远，则不下带衽。又何怪乎今之作者之不知耶？然不知其要则在于本之性情而已。不本之性情，则其所谓托兴引喻与直陈其事者，又将安从生哉？今世人皆称盛唐风骨，然所谓风骨者，正是物也。学者苟以是求

之，则可以得古人之用心，而其作亦庶几乎必传。若舍此而但求工于言句之间，吾见其愈工而愈远矣。

（明）何良俊《四友斋丛说》卷二十四，中华书局本

文之善达性情者，无如诗。《三百篇》之可以兴人者，惟其发于中情，自然而然故也。自唐人用以取士，而诗入于套；六朝用以见才，而诗入于艰；宋人用以讲学，而诗入于腐。而从来性情之郁，不得不变而之词曲。

（明）顾曲散人《太霞曲语》，《新曲苑》第十五种，中华书局本

今之所称多情，皆其匿情而猎名者也：悲愤、调笑、慰劳、寒暄，若伶人之搬演，落场即已，掉臂去之，转眼秦、越，聚散抟沙耳，胶漆戈矛耳。其为辞也，浮游不衷，必多雕琢虚伪之气，欲自掩饰之而不能。心之与声有异致乎？人之有生也，眉宇现乎外，血性注乎内，情缘煎其中，岂惟儿女子，虽彼豪杰、通儒，豁达自负者，无所感则已，一涉此途，行且靡心就其维系，谁能漠然而游于漭漭之乡哉？说者曰："至人处静不枯，处动不喧，居尘出尘，无缚无解，而且柳生其肘右，鸟巢其顶门，此亦冥忘沈寥之极矣，今乃以萍踪浪迹，愁病销磨，痴矣哉！"噫，彼之忘情割河而斩筏者，人而至焉者也；我非至人，第求其至于人。夫人，情种也；人而无情，不至于人矣，曷望其至人乎？

（明）张琦《衡曲麈谭》，《中国古典戏曲论著集成》（四），中国戏剧出版社本

诗之为道，从性情而出。性情之中，海涵地负，古人不能尽其变化，学者无从窥其隅辙，此处受病，则注目抽心，无非绝港。而徒声响之脚之假借，曰此为风雅正宗，曰此为一知半解，非愚则妄矣。上天下地曰宇，古往今来曰宙，自有此宇，便不能不宙。今以其性情下徇家数，是以宙灭宇也；又障其往来者，而使之索是非于黄尘，是以宙灭宙也。今人论诗，大概如是。寒村之性情，湔汰秋水，表里霜雪，故其为诗，不必泥唐而自于唐合。

（清）黄宗羲《寒村诗稿序》，《南雷文定》后集卷一，《四部备要》本

王弇州一代名人而归震川诋为妄庸子。弇州笑曰："妄则有之，庸则未也。"虽然，彼善于此，过犹不及。盖世之取青妃白饰为风云月露之词者，低靡龌龊，不堪呕唾；若其易龙门为虮户，改玉山为琼岳，鲸呿鳌掷，牛鬼蛇神以自诡于驴同马异，亦非诗之至也。诗之至者，在乎道性情。性情所至，风格立焉，华采见焉，声调出焉。无性情而矜风格，是莺集翰苑也；无性情而炫华采，是雉窜文囿也；无性情而夸声调，亦鸦噪词坛而已。

（清）尤侗《曹培德诗序》，《西堂杂俎》三集卷三，《西堂全集》，云溪阁藏本

诗家首重性情，此所谓美心也。不然即美言美貌，何益乎？

（清）宋徵璧《抱真堂诗话》，《清诗话续编》本

今世之为诗者，或漫无所感于中，惟用之往来酬酢之际，仆尝病之。以为有赋而无比兴，有颂而无风雅，其长篇排律，声愈高而曲愈下，辞未终而意已尽，四始六义阙焉，而犹谓之诗，此则仆之所不识也。

（清）朱彝尊《与高念祖论诗书》，《曝书亭集》卷三十一，《四部备要》本

诗者各人之性情耳，与唐宋无与也。若拘拘焉持唐宋以相敌，是子之胸中有已亡之国号，而无自得之性情，于诗之本旨已失矣。子与人歌而善，必使反之，而后和之。其歌者为齐人欤？为鲁人欤？孔子不知也。其所歌者为夏声欤？为商声欤？孔子又不知也。但曰：善则爱之而和之。圣人之和人歌，圣人之教人学诗也。虽然，物必取其极盛者而称之。诗之称唐，犹宋之斤、鲁之削云尔。仆之不甚宗唐，不欲遍天下之人尽迁居于宋于鲁，而后为斤削也。然宋斤鲁削之善不可诬也。子之不欲尊唐，是欲遍居宋居鲁之人，远适异国，而后许其为斤削也。则好恶拂人之性矣，是奚可哉！

（清）袁枚《答施兰垞论诗书》，《小仓山房文集》卷十七，《四部备要》本

笔墨本无情，不可使运笔墨者无情。作画在摄情，不可使鉴画者不生情。

（清）恽正叔《南田论画》，《历代论画名著汇编》本

诗词所以寄感，非以徇情也。不得旨归，而徒骋才力，复何足重。唐贤云："枉抛心力作词人。"不宜更蹈此弊。

（清）陈廷焯《白雨斋词话》卷八，人民文学出版社本

4. 情自性生　性由情明

性者，天之就也；情者，性之质也；欲者，情之应也。以所欲为可得而求之，情之所必不免也。以为可而道之，知所必出也。故虽为守门，欲不可去，性之具也。

（先秦）《荀子·正名》，《诸子集成》本

夫民有血气心知之性，而无哀乐喜怒之常；应感起物而动，然后心术形焉。

（先秦）《礼记·乐记》，《十三经注疏》本

凡人之性，心和欲得则乐，乐斯动，动斯蹈，蹈斯荡，荡斯歌，歌斯舞，歌舞节则禽兽跳矣。人之性，心有忧丧则悲，悲则哀，哀斯愤，愤斯怒，怒斯动，动则手足不静。人之性，有侵犯则怒，怒则血充，血充则气激，气激则发怒，发怒则有所释憾矣。故钟鼓管箫，干戚羽旄，所以饰喜也；衰绖苴杖，哭踊有节，所以饰哀也；兵革羽旄，金鼓斧钺，所以饰怒也。必有其质，乃为之文。

（汉）刘安《淮南子·本经训》，《诸子集成》本

诗以言情。情者，性之符也。

（汉）刘歆《七略》，《全汉文》卷四十一，《全上古三代秦汉三国六朝文》，中华书局本

臣闻烟出于火，非火之和；情生于性，非性之适。故火壮则烟微，性充则情约。是以殷墟有感物之悲，周京无伫立之迹。

（晋）陆机《演连珠》，《全晋文》卷九十九，《全上古三代秦汉三国六朝文》，中华书局本

人性为之原，而情者性之流也。性发于内，情导于外，而形色随之，故邪正态度，变露莫状，涸而莫睹其真也，惟至哲为能以材观情索性，寻流照原，而善恶之迹判矣。

(甫朝·宋)阮逸《人物志序》，《人物志》，《四部丛刊》本

立文之道，其理有三：一曰形文，五色是也；二曰声文，五音是也；三曰情文，五性是也。五色杂而成黼黻，五音比而成韶夏，五情发而为辞章，神理之数也。

(南朝·梁)刘勰《文心雕龙·情采》，人民文学出版社本

夫赏好生于情，刚柔本于性，情之所适，发乎咏歌，而感召无象，风律殊制。

(唐)房玄龄《晋书》卷九十二《文苑传论》，中华书局本

性也者，与生俱生也；情也者，接于物而生也。性之品有三，而其所以为性者五；情之品有三，而其所以为情者七。

曰："何也？"

曰：性之品有上、中、下。上焉者，善焉而已矣。中焉者，可导而上下也。下焉者，恶焉而已矣。其所以为性者五：曰仁、曰礼、曰信、曰义、曰智……性之于情视其品。

情之品有上、中、下三。其所以为情者七：曰喜、曰怒、曰哀、曰惧、曰爱、曰恶、曰欲。上焉者之于七也，动而处其中；中焉者之于七也，有所甚有所亡，然而求合其中者焉；下焉者之于七也，亡与甚直情而行者也。情之于性视其品。

(唐)韩愈《原性》，《韩昌黎全集》卷十一，《四部备要》本

是情由性而生，情不自情，因性而情，性不自性，由情以明。性者，天之命也，圣人得之而不惑者也；情者，性之动也，百姓溺之而不能知其本者也。

(唐)李翱《复性书》上，《全唐文》卷六百三十七，中华书局本

或问：诗可学乎？曰：诗不可以学为也。诗本情性，有性此有情，有情此有诗也。上而言之，雅诗情纯，风诗情杂；下而言之，屈诗情骚，陶诗情靖，李诗情逸，杜诗情厚。诗之状未有不依情而出也。虽然，不可学。诗之所出者，不可以无学也。声和平中正必由于情，情和平中正或失于性，则学问之功得矣。

　　（元）杨维桢《剡韶诗序》，《东维子文集》卷七，《四部丛刊》本

　　弟之爱宜伶学二《梦》，道学也。性无善无恶，情有之。因情成梦，因梦成戏。戏有极善极恶，总于伶无与。伶因钱学《梦》耳。弟以为似道。怜之以付仁兄慧心者。

　　（明）汤显祖《复甘义麓》，《汤显祖诗文集》卷四十七，上海古籍出版社本

　　因而按先生贫似修龄，清同胡质，不难以霹雳手远驭高厉，而僵身著书，自托于小词以传。然先生驯鳄开云之迹，留床载石之风，徐闻之人言之，遂昌之人言之，即临川之人能言之。先生往矣，而夫人之言之无异词也。惟先生以性情为文，故往来千载，脱然畦封；以性情为治，故浮湛一官，傥然适志。其文弗可及，其人愈弗可及也。

　　（明）陈洪谧《玉茗堂诗集序》，《汤显祖诗文集·附录》，上海古籍出版社本

　　吾朝杨用修长于论词，而不娴于造曲。徐文长《四声猿》能排突元人，长于北而又不长于南。独汤临川最称当行本色。以《花间》兰畹之余彩，创为《牡丹亭》，则翻空转换极矣！一经王山阴批评，拨动髑髅之根尘，提出傀儡之啼哭。关汉卿、高则诚曾遇如此知音否？张新建相国尝语汤临川云："以君之辩才，握麈而登皋比，何渠出濂、洛、关、闽下？而逗漏于碧箫红乐队间，将无为青青子衿所笑！"临川曰："某与吾师终日共讲学，而人不解也。师讲性，某讲情。"张公无以应。夫乾坤首载乎《易》，郑卫不删于《诗》，非情也乎哉！不若临川老人括男女之思而托之于梦。梦觉索梦，梦不可得，则至人与愚人同矣！情觉索情，情不可得，则太上与吾辈同矣！化梦还觉，化情归性，虽善谈名理者，其孰能与于

斯！张长公、次公曰："善。不作此观，大丈夫七尺腰领，毕竟罨杀五欲瓮中。临川有灵，未免叫屈。"白石山眉道人陈继儒题。

（明）陈继儒《批点〈牡丹亭题词〉》，《汤显祖诗文集·附录》，上海古籍出版社本

或问："若士复罗念庵云：'师言性，弟子言情。'而《还魂记》用顾况'世间只有情难说'之句，其说可得闻乎？"曰："人受天地之中以生，所谓性也；性发为情，而或过焉，则为欲。"

（明）吴人《还魂记或问》，《汤显祖诗文集·附录》，上海古籍出版社本

佛言众生为有情，此世界为情界。儒者之所谓五性，亦情也。性不能不动而为情，情不能不感而缘物，故曰："情动于中而形于言。"诗者，情之发于声音者也。

（清）钱谦益《陆敕先诗稿序》，《牧斋有学集》卷十九，《四部丛刊》本

诗以道性情，夫人而能言之。然自古以来，诗之美者多矣，而知性者何其少矣！盖有一时之性情，有万古之性情，夫吴歈越唱，怨女逐臣，触景感物，言乎其所不得不言，此一时之性情也。孔子删之以合乎兴、观、群、怨、思无邪之旨，此万古之性情也。吾人诵法孔子，苟其言诗，亦必当以孔子之性情为性情。如徒逐逐于怨女逐臣，逮其天机之自露，则一偏一曲，其为性情亦末矣。故言诗者不可以不知性。夫性岂易知也？先儒之言性者，大略以镜为喻：百色妖露，镜体澄然，其澄然不动者为性。此以空寂言性。而吾人应物处事，如此则安，不如此则不安。若是乎有物于中，此安不安之处，乃是性也。镜是无情之物，不可为喻。又以人、物同出一原，天之生物有参差，则恶亦不可不谓之性。遂以疑物者疑及于人。夫人与万物并立于天地，亦与万物各受一性，如姜桂之性辛，稼穑之性甘，鸟之性飞，兽之性走，或寒或热，或有毒无毒，古今之言性者，未有及于本草者也。故万物有万性，类同则性同。人之性则为不忍，亦犹万物所赋之专一也。物尚不与物同。而况同人于物乎？程子言"性即理也"，差为近之。然当其澄然在中，满腔子皆恻隐之心，无有条理可见，感之而

为四端，方可言理。理即"率性之为道也"，宁可竟指道为性乎？晦翁以为天以阴阳五行化生万物，而理亦赋焉，亦是兼人、物而言。夫使物而率其性，则为触为啮为蠢为蛰，万有不齐，亦可谓之道乎？故自性说不明，后之为诗者，不过一人偶露之性情。彼知性者，则吴、楚之色泽，中原之风骨，燕、赵之悲歌慷慨，盈天地间，皆恻隐之流动也，而况于所自作之诗乎！秣陵马雪航介余族象一请序其诗，余读之，清裁骏发，朕映篇流，不为雅而为风，余从象一得其为人，以心之安不安者定其出处，其得于性情者深矣。

（清）黄宗羲《马雪航诗序》，《南雷文定》四集卷一，《四部备要》本

汤义仍《牡丹亭》剧初出，一前辈劝之曰："以子之才，何不讲学？"义仍应声曰："我固未尝不讲也。公所讲性，我所讲情。"王渼陂好为词曲，客谓之曰："太上立德，其次立功，其次立言。公当留心经世文章。"渼陂应声曰："公独不闻'其次致曲'耶！"一时戏语，颇见两公机锋。

（清）周亮工《书影》卷八，上海古籍出版社本

杜陵身遭离乱，而《赠妇》诗云："香雾云鬟湿，清辉玉臂寒，何时倚虚幌，双照泪痕干。"昌黎欲烧佛骨者，而诗云："艳姬踏筵舞，清眸射剑戟。"渊明寂寞东篱，有《闲情》一赋；和靖妻梅子鹤，有《吴山青》一词。范文正之刚正，而词云："酒入愁肠，化作相思泪。"欧阳文忠劲直，而词云："水晶双枕，傍有坠钗横。"故知情之所钟，老子于此，兴复不浅。"为君援笔赋梅花，不害广平心似铁。"今道学先生才说着情，便欲努目，不知几时打破这个性学。汤若士云："人讲性，吾讲情。"然性情一也，有性无情，是气非性；有情无性，是欲非情。人孰无情，无情者鸟兽耳，木石耳，奈何执鸟兽木石而呼为道学先生哉！

（清）尤侗《西堂杂俎》一集卷八《技谭》，《西堂全集》，云溪阁藏本

圣人尽心，而君子尽情。心统性情，而性为情节。自非圣人，不求尽于性且或忧其荡，而况其尽情乎？

（清）王夫之《诗广传·召南》，中华书局本

诗以道性情，道性之情也。性中尽有天德、王道、事功、节义、礼乐、文章，却分派与《易》、《礼》、《书》、《春秋》去。彼不能代诗而言性之情，诗亦不能代彼也。

（清）王夫之《明诗评选》卷五，徐渭《严先生祠》评语，《船山遗书》，太平洋书店重校刊本

夫在天为道，在人为性，性动为情，情之至由于性之至，至性至情，不过本天而动，而天下之凡有性情者相与感发于不自知，咏叹于不容已，于此见性情之所通者大而其机自有真也。

（清）纪昀《冰瓯草序》，《纪文达公遗集》卷九，清嘉庆刊本

情本于性，天也；情能汩性以自恣，人也。史之义出于天，而史之文不能不藉人力以成之。

（清）章学诚《史德》，《文史通义·内篇五》，中华书局本

夫人文合一，理所固然，究之人自有人之性，文自有文之体，凡秋珊之所言者，其故在不深于情耳。深于情则刚无不柔，直无不曲。当于性中求情之用。若徒求柔求曲，则词格未工，而心术或先病矣。

（清）谢章铤《赌棋山庄词话》续编三，《词话丛编》本

性为阳，阳主施，主施者，悲世者也。情而不纯乎性则为阴，阴主受，主受者，悲己者也。夫古人有悲不遇者，悲世不能收吾道之用也，不用吾道，非世之本也，然必殚吾所以愿效于世者而后无恶于志，不然而戚之焉者必志牵于得失者也。吾读屈子之言曰："余既不难夫离别兮，伤灵修之数化。"又曰："虽萎绝其亦何伤兮，哀众芳之芜秽。"反复玩之，乃知屈之辞虽极之千百言之多，其志亦犹是也。若宋玉所作者，其意可以两言见之曰："惆怅兮而私。自悦曰私。自怜兮何极。"宋固学于屈，且欲推屈之意以为言者，而其言若此，非其悲世与悲己异乎？则所以致此者，抑可思矣。吾昔与学者论诗，尝以性情阴阳施受喻之，病未能达也。今乃由论屈、宋而及之，曰悲世者自屈以上见于《三百篇》者其至善也，若悲己则宋玉以下至魏晋人为甚矣。

（清）刘熙载《读楚辞》，《昨非集》卷二，清光绪刻本

5. 陶写性灵　吟咏情性

性灵熔匠，文章奥府。

（南朝·梁）刘勰《文心雕龙·宗经》，人民文学出版社本

其源出于《小雅》。无雕虫之功。而《咏怀》之作，可以陶性灵，发幽思。言在耳目之内，情寄八荒之表。洋洋乎会于《风》、《雅》，使人忘其鄙近，自致远大，颇多感慨之词。厥旨渊放，归趣难求。颜延年注解，怯言其志。

（南朝·梁）钟嵘《诗品·晋步兵阮籍》，《历代诗话》本

微生守贱贫，文字出肝胆。一为清颍行，物象颇所览。泊舟寒潭阴，野兴入秋葭。因吟适情性，稍欲到平淡。苦辞未圆熟，刺口剧菱芡。方将挹溟海，器小已激滟。广流不拒细，愧抱独慊慊。疲马去轩时，恋嘶刍秣减。兹继《周南》篇，短桡宁及舰。试知不自量，感涕屡挥惨。

（宋）梅尧臣《依韵和晏相公》，《宛陵先生集》卷二十八，《四部丛刊》本

《击壤集》，伊川翁自乐之诗也。非唯自乐，又能乐时与万物之自得也……

予自壮岁，业于儒术，谓人世之乐，何尝有万之一二，而谓名教之乐，固有万万焉。况观物之乐，复有万万者焉。虽死生荣辱，转战于前，曾未入于胸中，则何异四时风花雪月，一过乎眼也。诚为能以物观物，而两不相伤者焉。盖其间情累都忘去尔，所未忘者，独有诗在焉。然而虽曰未忘，其实亦若忘之矣。何者？谓其所作异乎人之所作也。所作不限声律，不沿爱恶，不立固必，不希名誉，如鉴之应形，如钟之应声。其或经道之余，因闲观时，因静照物，因时起志，因物寓言，因志发咏，因言成诗，因咏成声，因诗成音。是故哀而未尝伤，乐而未尝淫。虽曰吟咏情性，曾何累于性情哉？

（宋）邵雍《伊川击壤集序》，《伊川击壤集》，《四部丛刊》本

涤荡襟怀须是酒，优游情思莫如诗。

（宋）邵雍《和人放怀》，《伊川击壤集》卷二，《四部丛刊》本

年近纵心唯策杖，诗逢得意便操觚。
快心亦恐诗拘束，更把狂诗大字书。

（宋）邵雍《答客吟》，《伊川击壤集》卷十一，《四部丛刊》本

陶镕情性诗千首，燮理筋骸酒一杯。

（宋）邵雍《书事吟》，《伊川击壤集》卷十六，《四部丛刊》本

居常无病不服药，间或有怀犹作诗。

（宋）邵雍《自咏吟》，《伊川击壤集》卷十七，《四部丛刊》本

世之辩证陶氏者曰，前得名字之互变也，死生岁月之不同也。彭泽退休之年，史与集所载之各异也。然是所当考而非其要也。其称美陶公者曰，荣利不足以易其守也，声味不足以累其真也，文词不足以溺其志也。然是亦近之，而公之所以悠然自得之趣，则未之深识也。

风雅以降，诗人之词，乐而不淫，哀而不伤，以物观物，而不牵于物，吟咏情性，而不累于情，孰有能如公者乎？有谢康乐之忠而勇退过之，有阮嗣宗之达而不至于放，有元次山之漫而不著其迹，此岂小小进退所能窥其际邪？先儒所谓"经道之余，因闲观时，因静照物，因时起志，因物寓言，因志发咏，因言成诗，因诗成声，因诗成音"者，陶公有焉。

（宋）魏了翁《费元甫注陶靖节诗集序》，《鹤山先生大全文集》卷五十二，《四部丛刊》本

文者体也，有根焉，则性灵是也，士务弄性灵而为文，有不巨丽者否也？是根固体茂者也。

（明）屠隆《文章》，《鸿苞节录》卷六上，保砚斋本

嗟！谁谓文无体耶？观物之动者，自龙至极微，莫不有体。文之大小类是。独有性灵者自为龙耳。

（明）汤显祖《张元长嘘云轩文字序》，《汤显祖诗文集》卷三十二，上海古籍出版社本

足迹所至，几半天下，而诗文亦因之以日进。大都独抒性灵，不拘格套。非从自己胸臆流出，不肯下笔。有时情与境会，顷刻千言，如水东注，令人夺魂。其间有佳处，亦有疵处。佳处自不必言，即疵处亦多本色独造语。然予则极喜其疵处。而所谓佳者，尚不能不以粉饰蹈袭为恨，以为未能尽脱近代文人气习故也。

（明）袁宏道《序小修诗》，《袁宏道集笺校》卷四，上海古籍出版社本

国朝有功于风雅者，莫如历下。其意以气格高华为主，力塞大历后之窦，于时宋、元近代之习，为之一洗。及其后也，学之者浸成格套，以浮响虚声相高，凡胸中所欲言者，皆郁而不能言，而诗道病矣。先兄中郎矫之，其意以发抒性灵为主，始大畅其意所欲言，极其韵致，穷其变化，谢华启秀，耳目为之一新。及其后也，学之者稍入俚易，境无不收，情无不写，未免冲口而发，不复检括，而诗道又将病矣。由此观之，凡学之者，害之者也；变之者，功之者也。

（明）袁中道《阮集之诗序》，《珂雪斋文集》卷二，上海杂志公司本

金子年少豪杰，冷面隔俗。每披其帷，或俯而缮书，或仰卧而思其曲折，追其微茫，自尊其性灵骨体以冒乎纸墨之上，任其所往而不欲收也。每金子一文出，而骇者至于不能言，爱者亦至于不能言。观其伸纸用笔，俯思仰叹时，何知世复有骇与爱者，但曰吾所有止此耳，舍此宁复有物乎？予谓金子虽俯思仰叹，备极寒灯苦蘁之事，而卒未尝耗其所为心力也。何也？其心力殆历录然存也。吾弟服膺阅其稿，竟，掩卷曰："直一味根器之言也。"

（明）谭元春《金正希文稿序》，《谭友夏合集》，上海书店本

竟陵狂率，亦不自料，遽迤风化而肤俗易亲，翕然于天下。谑庵视伯敬为前辈，天姿韶秀，初十倍于伯敬，且下徙而从之，余可知已。其根柢极卑劣处，在哼着题目，讨滋味，发议论，如"稻肥增鹤秩，沙远讨凫盟"，皆是物也。除却比拟钻研，心中原无风雅，故埋头则有，迎眸则

无，借说则有，正说则无。竟陵力诋历下，所恃以为攻具者，止性灵二字。究竟此种诗何尝一字自性灵中来？靠古人成语，人间较量，东支西补而已。宋人诗最为诗蠹在此。彼且取精多而用物弘，犹无一语关涉性灵，矧竟陵之少见寡闻哉！五六十年来求一人硬道取性灵中一句，亦不可得，谑庵鸿宝，大节磊砢，皆豪杰之士，视钟、谭相去河汉而皆不能自拔，则沈雨若、张草臣、朱云子、周佰孔之沿竟陵门持竟陵钵者，又不足论已，聊为三叹。

（清）王夫之《明诗评选》卷五，王思任《薄雨》评语，《船山遗书》，太平洋书店重校刊本

丧乱以后，余诗多哀怨之旨。或谓诗以陶其性情耳，如子所吟，是亦不可已乎！余应之曰：此乃吾所以陶写也！忆昔年避乱禾山，有老父夜半叩床而歌。其妪詈曰："汝妻子不食三日矣，汝不知哭，夜半呕哑何为乎？"老父笑曰："吾以歌为哭也。"彼老父以歌为哭，吾以哭为歌。凡哀乐颠倒之事，皆性情所适耳。壮士之战而怒也，适于喜，美人之病而颦也，适于笑。然则溺人之笑，未必非溺人之适也。吾求吾适而已，若并吾哀怨而禁绝之，亦不适甚矣。后之观是集者，倘不以吾为哀怨，而以为吾适焉，则吾诗或可比于溺人之笑也。

（清）贺贻孙《自书近诗后》，《水田居遗书·文集》卷五，清刊本

从《三百篇》至今日，凡诗之传者，都是性灵，不关堆垛。

（清）袁枚《随园诗话》卷五，人民文学出版社本

人心之灵秀，发为文章犹地脉之灵秀融结而为山水。燕赵之山水浑厚深雄，吴越之山水清柔秀削，巴蜀之山水峭拔险巇，湖湘之山水幽深明静，闽粤之山水嵚崎缭曲，滇黔之山水莽苍郁律，千状万状无一相同，而其为名胜则一也。苏、李之诗天成，曹、刘之诗闳博，嵇、阮之诗妙远，陶、谢之诗高逸，沈、范之诗工丽，陈、张之诗高秀，沈、宋之诗宏整，李、杜之诗高深，王、孟之诗淡静，高、岑之诗悲壮，钱、郎之诗婉秀，元、白之诗朴实，温、李之诗绮缛，千变万化，不名一体，而其抒写性情则一也。

（清）纪昀《清艳堂诗序》，《纪文达公遗集》卷九，清刊本

帝妫有言曰："诗言志，歌永言。"扬雄有言曰："言，心声也；文，心画也。"故善为诗者，其思浚发于性灵，其意陶镕于学问，凡物色之感于外，与喜怒哀乐之动于中者，两相薄而发为歌咏，如风水相遭，自然成文；如泉石相舂，自然成响。刘勰所谓"情往似赠，兴来如答"，盖即此意，岂步步趋趋，摹拟刻画，寄人篱下者所可拟哉？

（清）纪昀《清艳堂诗序》，《纪文达公遗集》卷九，清刊本

一事皆须持论平，古人非重我非轻。编成七辈三朝集，好到千秋万世名。未免尊唐祧魏晋，欲将自郐例元明。尘羹土饭真抛却，独向毫端抉性情。

（清）洪亮吉《赵兵备翼以所撰唐宋金七家诗话见示率跋三首》之一，《更生斋诗》卷四，《洪北江诗文集》，《四部丛刊》本

问：今人之论，又有性灵诗一种。袁简斋《论诗》云："抄到钟嵘《诗品》日，该他知道性灵时。"似实有所谓性灵诗者，然否？

诗本性情，古无所谓"性灵"之说也。《尚书》："诗言志。"《诗序》："诗发乎情，止乎礼义。"《文赋》："诗缘情而绮靡。"有情然后有诗。其言性情者，源流之谓，而不可谓诗言性也。"性灵"之说，起于近世，苦情之有闲，而创为高论以自便，举一切纪律防维之具而胥溃之，号于众曰："此吾之性灵然也。"无识者亦乐于自便，而靡然从之。呜呼！以此言情，不几于近溪、心隐之心学乎？夫圣人之定诗也，将闲其情以返诸性，俾不至荡而无所归。今之言诗者，知情之不可荡而无所归，亦知徒性之不可以说诗也，遂以"灵"字附益之，而后知觉、运动、声色、货利，凡足供其猖狂恣肆者，皆归之于灵，而情亡，而性亦亡。是故圣道贵实，自释氏遁而入虚无，遂为吾道之贼。诗人主情，彼荡而言性灵者，亦诗之贼而已矣。

（清）陈仅《竹林答问》，《清诗话续编》本

钟嵘谓阮步兵诗可以陶写性灵，此为以性灵论诗者所本。杜诗亦云："陶冶性灵存底物？新诗改罢自长吟。"

（清）刘熙载《艺概·诗概》，上海古籍出版社本

元微之作《杜工部墓志》，深薄宋、齐间吟写性灵、流连光景之文。其实性灵光景，自风雅肇兴便不能离，在辨其归趣之正不正耳。

（清）刘熙载《艺概·诗概》，上海古籍出版社本

艺术家的责任很重，为功为罪，间不容发。艺术家认清楚自己的地位，就该知道，最要紧的功夫，是要修养自己的感情，极力往高洁纯挚的方面，向上提絜，向里体验。自己腔子里那一团优美的感情养足了，再用美妙的技术把它表现出来，这才不辱没了艺术的价值。

（清）梁启超《中国韵文里头所表现的情感》，《饮冰室文集》卷三十七，《饮冰室合集》，中华书局本

6. 唯深情者　方能动人

昔者师旷奏《白雪》之音，而神物为之下降，风雨暴至，平公癃病，晋国赤地。庶女叫天，雷电下击，景公台陨，支体伤折，海水大出。夫瞽师庶女，位贱尚菜，权轻飞羽，然而专精厉意，委务积神，上通九天，激厉至精。

（汉）刘安《淮南子·览冥训》，《诸子集成》本

《九思》者，王逸之所作也。逸，南阳人，博雅多览，读《楚辞》而伤愍屈原，故为之作解。又以自屈原终没之后，忠臣介士游览学者读《离骚》、《九章》之文，莫不怆然，心为悲感，高其节行，妙其丽雅。至刘向、王褒之徒，咸嘉其义，作赋骋辞，以赞其志。则皆列于谱录，世世相传。

（汉）王逸《九思章句自序》，《楚辞补注》卷十七，中华书局本

精诚由中，故其文语感动人深。是故鲁连飞书，燕将自杀；邹阳上疏，梁孝开牢。书疏文义，夺于肝心，非徒博览者所能造，习熟者所能为也。

（汉）王充《论衡·超奇》，《诸子集成》本

困于人间烦黩，常思归而永叹，寻览乐篇，有《思归引》。倪古人之情，有同于今，故制此曲。此曲有弦无歌，今为作歌辞，以述余怀。恨时无知音者，令造新声而播于丝竹也。

（南朝·梁）石季伦《思归引序》，《文选》卷四十五，中华书局本

气之动物，物之感人，故摇荡性情，形诸舞咏。照烛三才，晖丽万有，灵祇待之以致飨，幽微藉之以昭告。动天地，感鬼神，莫近于诗。

（南朝·梁）钟嵘《诗品序》，《诗品》，《历代诗话》本

夫音生于人心，心惨则音哀，心舒则音和。然人心复因音之哀和亦感而舒惨，则韩娥曼声哀哭，一里愁悲；曼声长歌，众皆喜忭，斯之谓矣。

（唐）杜佑《通典·乐序》，引自《中国古代乐论选辑》，人民音乐出版社本

夫文尚矣，三才各有文。天之文，三光首之；地之文，五材首之；人之文，六经首之。就六经言，《诗》又首之。何者？圣人感人心而天下和平。感人心者，莫先乎情，莫始乎言，莫切乎声，莫深乎义。诗者，根情，苗言，华声，实义。上自圣贤，下至愚骏，微及豚鱼，幽及鬼神，群分而气同，形异而情一，未有声入而不应，情交而不感者。

（唐）白居易《与元九书》，《白居易集》卷四十五，中华书局本

"马上相逢久，人中欲认难。""问姓惊初见，称名忆旧容。""乍见翻疑梦，相悲各问年。"皆唐人会故人之诗也。久别倏逢之意，宛然在目，想而味之，情融神会，殆如直述。前辈谓唐人行旅聚散之作，最能感动人意，信非虚语。戴叔伦亦有"几月不可问，山川何处来"，意稍露而气益畅，无愧于前也。

（宋）范晞文《对床夜语》卷五，《历代诗话续编》本

余坐幽燕狱中，无所为，诵杜诗稍习，诸所感兴，因其五言集为绝句。久之，得二百首。凡吾意所欲言者，子美先为代言之，日玩之不置，但觉为吾诗，忘其为子美诗也。乃知子美非能自为诗，诗句自是人情性中

语，烦子美道耳。子美于吾隔数百年，而其言语为吾用，非情性同哉？昔人评杜诗为诗史，盖以其咏歌之辞，寓纪载之实，而抑扬褒贬之意，灿然于其中。虽谓之史可也。予所集杜诗，自余颠沛以来，世变人事，概见于此矣，是非有意于为诗者也。

　　　　　　（宋）文天祥《集杜诗自序》，《文山先生全集》卷十六，《四部丛刊》本

　　陆放翁晚年过沈园二绝句云："落日城头画角哀，沈园非复旧池台。伤心桥下春波绿，曾见惊鸿照影来。""梦断香消四十年，沈园柳老不吹绵。此身行作稽山土，犹吊遗踪一泫然。"诗意极哀怨。初不晓所谓，后见刘克庄《续诗话》，谓翁初婚某氏，伉俪相得，而失意于舅姑，竟出之。某氏改事人，后游沈园，邂逅相遇，翁作词有"错，错，错"，"莫，莫，莫"之句，盖终不能忘情焉尔。翁得年最高，有句云："世味扫除和蜡尽，生涯零落并锥空。""老病已全惟欠死，贪嗔虽去尚余痴。""客从谢事归时散，诗到无人爱处工。"予垂老流落，途穷岁晚，每诵此数联，辄为之凄然，似为予设也。

　　　　　　（明）瞿佑《归田诗话》卷中，《历代诗话续编》本

　　空同子览于众诗，乃喟然而叹曰：嗟，诗可以观，岂不信哉！夫天下百虑而一致，故人不必同，同于心；言不必同，同于情。故心者，所为欢者也；情者，所为言者也。是故科有文武，位有崇卑，时有钝利，逢有通塞。后先长少，人之序也；行藏显晦，天之畀也。是故其为言也，直宛区，忧乐殊，同境而异途，均感而名应之矣。至其情则无不同也。何也？出诸心者一也。故曰：诗可以观。

　　　　　　（明）李梦阳《叙九日宴集》，《李空同全集》卷五十九，明刊本

　　夫情能动物，故诗足以感人。荆轲变徵，壮士瞋目；延年婉歌，汉武慕叹。凡厥含生，情本一贯，所以同忧相瘵，同乐相倾者也。故诗者风也，风之所至，草必偃焉。圣人定经，列国为风，固有以也。若乃歔欷无涕，行路必不为之兴哀；诉难不肤，闻者必不为之变色。故夫直戆之词，譬之无音之弦耳，何所取闻于人哉？至于陈采以眩目，裁虚以荡心，抑又

末矣。

（明）徐祯卿《谈艺录》，《历代诗话》本

大抵情词易工，盖人生于情，所谓愚夫愚妇，可以与知者。观十五国风，大半皆发于情，可以知矣。是以作者既易工，闻者亦易动听。即今所唱时曲，大率皆情词也。

（明）何良俊《四友斋曲说》，《新曲苑》第五种，中华书局本

世总为情，情生诗歌，而行于神。天下之声音笑貌大小生死，不出乎是。因以澹荡人意，欢乐舞蹈，悲壮哀感鬼神风雨鸟兽，摇动草木，洞裂金石。其诗之传者，神情合至，或一至焉；一无所至，而必曰传者，亦世所不许也。

（明）汤显祖《耳柏麻姑游仙诗序》，《汤显祖诗文集·玉茗堂文之四》，上海古籍出版社本

使天下之人无故而喜，无故而悲。或语或嘿，或鼓或疲，或端冕而听，或侧弁而咍，或窥观而笑，或市涌而排。乃至贵倨弛傲，贫啬争施。鼓者欲玩，聋者欲听，哑者欲叹，跛者欲起。无情者可使有情，无声者可使有声。寂可使喧，喧可使寂，饥可使饱，醉可使醒，行可以留，卧可以兴。鄙者欲绝，顽者欲灵……岂非以人情之大窦，为名教之至乐也。

（明）汤显祖《宜黄县戏神清源师庙记》，《汤显祖诗文集·玉茗堂文之七》，上海古籍出版社

天下之深于情者有矣，能道其深情者不可得，得云子词读之，余知其深于情也；于世无再，其能道其深情，亦于世无再也。

（明）马权奇《二胥记题词》，《古本戏曲丛刊》三集，文学古籍刊行社本

文以理为主，然情不至则亦理之郛廓耳。庐陵之志交友，无不呜咽；子厚之言身世，莫不凄怆。郝陵川之处真州，戴剡源之入故都，其言皆能恻恻动人。古今自有一种文章不可磨灭，真是"天若有情天亦老"者。而世不乏堂堂之阵，正正之旗，皆以大文目之。顾其中无可以移人之情

者，所谓剸然无物者也。

　　　　　（清）黄宗羲《论文管见》，《南雷文定》三集卷三，《四部备要》本

　　昔白司马听商妇琵琶，始觉有迁谪意。凡声不足感人者，必无情之物也，而况于言为心声乎？况于言之深者感而为诗乎？

　　　　　（清）尤侗《题秋梦录后》，《湘中草》卷四，《西堂全集》，云溪阁藏本

　　施少参在湖西时，人感其清，指临江城外清江为使君江。
　　予尝过湖西，及去，少参饯予于使君江上，赠予二诗，其次云："清江千曲路漫漫，五月江流带雨寒。此去湘湖归卧稳，几时重过使君滩。"予赋答二诗，其次云："五月榴花照地丹，离筵重听五弦弹。使君江上多清水，还载孤舟下信安。"少参得诗咨嗟嚘唶，执手不得别，临挥袂，复展二诗，讽一过，叹曰："只数语，便情深至此，固知感人处原不在多也。"向使辞归客直作谢主语，主能感否？

　　　　　（清）毛奇龄《西河诗话》卷六，《西河合集》，清刊本

　　深情宛转，幽意缠绵，如读江淹《恨赋》，使人自然泪下，的是小青一流人物，至其《吊真》一阕，久已传诵人间，则又当与西陵苏小之句并垂千古矣。

　　　　　（清）王端淑《秦楼月》总评，《古本戏曲丛刊》三集，文学古籍刊行社本

　　《池上怀杨晴峦兄弟同弟无逸》："野浦初晴秋气新，偶来石畔坐苔茵。依稀露冷风清处，也觉莲花似忆人。"笔力所到，能使无情者为有情。

　　　　　（清）张谦宜《絸斋诗谈》卷六，《清诗话续编》本

　　能感人便是真诗，不能感人便是伪体。

　　　　　（清）乔亿《剑溪说诗又编》，《清诗话续编》，本

　　余于近贤文章，有三别好焉；虽明知非文章之极，而自髫年好之，至

于冠益好之。兹得春三十有一，得秋三十有二，自揆造述，绝不出三君，而心未能舍去。以三者皆于慈母帐外灯前诵之，吴诗出口授，故尤缠绵于心；吾方壮而独游，每一吟此，宛然幼小依膝下时。吾知异日空山，有过吾门而闻且高歌，且悲啼，杂然交作，如高宫大角之声者，必是三物也。各系以诗：

莫从文体问高卑，生就灯前儿女诗。一种春声忘不得，长安于学夜归时。（题吴骏公《梅村集》）

狼藉丹黄窃自哀，高吟肺腑走风雷。不容明月沉天去，却有江涛动地来。（题方百川遗文）

忽作泠然水瑟鸣，梅花四壁梦魂清。杭州几席乡前辈，灵鬼灵山独此声。（右题宋左彝《学古集》）

　　　　（清）龚自珍《三别好诗有序》，《龚自珍全集》第九辑，上海人民出版社本

回肠荡气感精灵，座客苍凉酒半醒。自别吴郎高咏减，珊瑚击碎有谁听？

　　　　（清）龚自珍《己亥杂诗》，《龚自珍全集》第十辑，上海人民出版社本

（《蠡堃山人词集》，嘉定王于阳撰……集前有王西庄评语）王云："词之为道最深，以为小技者乃不知妄谈，大约只一细字尽之，细者非必扫尽艳与豪两派也。北宋词人原只有艳冶、豪荡两派，自姜夔、张炎、周密、王沂孙，方开清空一派，五百年来，以此为正宗。然金荃、握兰本属国风苗裔。即东坡、稼轩英雄本色语，何尝不令人欲歌欲泣。文章能感人，便是可传，何必净洗艳粉香脂与铜琶铁板乎。"

　　　　（清）谢章铤《赌棋山庄词话》续编四，《词话丛编》本

《古诗十九首》喜怒哀乐无不亲切高妙，所以令人味之无穷。

　　　　（清）刘熙载《艺概·诗概》，上海古籍出版社本

《十九首》凿空乱道，读之自觉四顾踌躇，百端交集。诗至此，始可谓其中有物也已。

（清）刘熙载《艺概·诗概》，上海古籍出版社本

王半山词瘦削雅素，一洗五代旧习。惟未能涉乐必笑，言哀已叹，故深情之士不无间然。

（清）刘熙载《艺概·词曲概》，上海古籍出版社本

迦陵词，不患不能沉，患在不能郁。不郁则不深，不深则不厚；发扬蹈厉，而无余蕴，究属粗才。

（清）陈廷焯《白雨斋词话》卷三，人民文学出版社本

李后主、晏叔原皆非词中正声，而其词则无人不爱，以其情胜也。情不深而为词，虽雅不韵，何足感人？

（清）陈廷焯《白雨斋词话》卷七，人民文学出版社本

人之恒情，于其所怀抱之想象，所经阅之境界，往往有行之不知，习矣不察者；无论为哀为乐，为怨为怒，为恋为骇，为忧为惭，常若知其然而不知其所以然。欲摹写其情状，而心不能自喻，口不能自宣，笔不能自传。有人焉，和盘托出。彻底而发露之，则拍案叫绝曰："善哉善哉！如是如是！"所谓"夫子言之，于我心有戚戚焉"，感人之深，莫此为甚。

（清）梁启超《论小说与群治之关系》，《饮冰室文集》卷十，《饮冰室合集》，中华书局本

天下最神圣的莫过于情感。用理解来引导人，顶多能叫人知道那件事应该做，那件事怎样做法，却是被引导的人到底去做不去做，没有什么关系。有时所知的越发多，所做的倒越发少。用情感来激发人，好像磁力吸铁一般，有多大分量的磁，便有多大分量的铁，丝毫容不得躲闪。所以情感这样东西，可以说是一种催眠术，是人类一切动作的原动力。

……情感教育最大的利器，就是艺术。音乐、美术、文学这三件法宝，把"情感秘密"的钥匙都掌住了。艺术的权威，是把那霎时间便过去的情感捉住他，令他随时可以再现，是把艺术家自己个性的情感，打进

别人的情阈里头，在若干期间内占领了他心的位置。

（清）梁启超《中国韵文里头所表现的情感》，《饮冰室文集》卷三十七，《饮冰室合集》，中华书局本

美术中有刻画心态的一派，把人的心理看穿了，喜怒哀乐，都活跳在纸上。本来是日常习见的事，但因他写得唯妙唯肖，便不知不觉间把我们的心弦拨动，我快乐时看他便增加快乐，我苦痛时看他便减少苦痛。

（清）梁启超《美术与生活》，《饮冰室文集》卷三十九，《饮冰室合集》，中华书局本

杜工部被后人上他徽号叫做"诗圣"。诗怎么样才算"圣"，标准很难确定，我们也不必轻轻附和。我以为杜工部最少可以当得起情圣的徽号。因为他的情感的内容是极丰富的，极真实的，极深刻的，他的表情的方法又极熟练，能鞭辟到最深处，能将他全部完全反映，不走样子，能像电气一般，一振一荡的打到别人的心弦上。中国文学界写情圣手没有人比得上他，所以我叫他做情圣。

（清）梁启超《情圣杜甫》，《饮冰室文集》卷七十，《饮冰室合集》，中华书局本

7. 血泪之作　感人尤深

宁戚击牛角而歌，桓公举以大政；雍门子以哭见，孟尝君涕流沾缨。歌、哭，众人之所能为也。一发声，入人耳，感人心，情之至者也。

（汉）刘安《淮南子·缪称训》，《诸子集成》本

奢体为辞，则虽丽而不哀；必使情往会悲，文来引泣，乃其贵耳。

（南朝·梁）刘勰《文心雕龙·哀吊》，人民文学出版社本

断肠声里无形影，画出无声亦断肠。

（宋）黄庭坚《题阳关图二首》，《山谷外集诗注》卷十五，《山谷全书》册三，《四部备要》本

兴来尚能气吞酒，诗成不觉泪渍笔。

　　　　　（宋）陆游《雨三日歌》，《剑南诗稿》卷三十七，上海古籍出版社本

　　刘驾及于渍，死爱作愁语。未必真许愁，说得乃痛苦。一字入人目，蛰出两睫雨。莫教雨人心，一滴一痛苦。坐令无事人，吞刃割肺腑。我不识两子，偶览二子句。尔曹劝勿读，读着恐愁去。我云宁有是，试读亦未遽。一篇读未竟，永慨声已屡。忽觉二子愁，并来遮不住。何物与解围，伯雅烦尽护。

　　　　　（宋）杨万里《读唐人于渍刘驾诗》，《诚斋集》卷三十五，《四部丛刊》本

　　嬉笑之怒，甚于裂眦，长歌之哀，过于恸哭。此语诚然。元微之在江陵，病中闻白乐天左降江州，作绝句云："残灯无焰影幢幢，此夕闻君谪九江。垂死病中惊起坐，暗风吹雨入寒窗。"乐天以为："此句他人尚不可闻，况仆心哉！"微之集作"垂死病中仍怅望"，此三字既不佳，又不题为病中作，失其意矣。东坡守彭城，子由来访之，留百余日而去，作二小诗曰："逍遥堂后千寻木，长途中宵风雨声。误喜对床寻旧约，不知漂泊在彭城。""秋来东阁凉如水，客去山公醉似泥。困卧北窗呼不醒，风吹松竹雨凄凄。"东坡以为读之殆不可为怀，乃和其诗以自解。至今观之，尚能使之凄然也。

　　　　　（宋）洪迈《长歌之哀》，《容斋随笔》卷二，上海古籍出版社本

　　拟骚赋，勿令不读书人便竟。骚，览之，须令人裴回循咀，且感且疑；再反之，沉吟歔欷；又三复之，涕泪俱下，情事欲绝。赋，览之，初如张乐洞庭，褰帷锦官，耳目摇眩；已徐阅之，如文锦千尺，丝理秩然；歌乱甫毕，肃然幼容，掩卷之余，徬徨追赏。

　　　　　（明）王世贞《艺苑卮言》卷一，《历代诗话续编》本

　　送君不为俗，为君写风竹。君听竹梢声，是风还是哭？若个能描风竹哭，古云画虎难画骨。

　　　　　（明）徐渭《附画风竹于箑送于甘题此》，《徐渭集》，中华书局本

作情语者，非写得字字是血痕，终未极情之至。子塞具如许才，而于崔护一事，悠然独往，吾知其所钟者深矣。今而后，崔舍人可以传矣；今而后，他人之传崔舍人者，尽可以不传矣。

  （明）祁彪佳《远山堂剧品》，《中国古典戏曲论著集成》（六），中国戏剧出版社本

  汉月句悲甚，犹不如"何处天边"之惨也。泪尽血尽，唯有荒荒泯泯之魂随晓风残月而已。六代文士有心有血者，惟子山而已，以入乐府，传之管弦，安得不留万年之恨。

  （清）王夫之《古诗评选》卷一，庾信《怨歌行》评语，《船山遗书》，太平洋书店重校刊本

  二十字括一篇檄文在内，看他萧洒中血泪迸出，所恃以动人者，亦此足矣。此而不动，更数千言又孰听之？始知陈琳未是俊物。

  （清）王夫之《古诗评选》卷三，谢灵运《自叙》评语，《船山遗书》，太平洋书店重校刊本

  怆时论赋，哀寄不言，既富诗情，亦有英雄之泪。

  （清）王夫之《唐诗评选》卷四，李商隐《一片》评语，《船山遗书》，太平洋书店重校刊本

  雄不以色，悲不以泪，乃可谓之悲壮雄浑，披狐貛唊枣面者，曷以与于斯。

  （清）王夫之《明诗评选》卷六，高启《寄余左司》评语，《船山古近体诗选评三种》，船山学社本

  盛唐人诗，有血痕无墨痕，今之学盛唐者，有墨痕无血痕。

  （清）贺贻孙《诗筏》，《清诗话续编》本

  满纸荒唐言，一把辛酸泪。都云作者痴，谁解其中味？

  （清）曹雪芹《红楼梦》第一回，人民文学出版社本

  浮生着甚苦奔忙，盛席华筵终散场。悲喜千般同幻渺，古今一梦尽荒

唐。谩言红袖啼痕重,更有情痴抱恨长。字字看来皆是血,十年辛苦不寻常。

  (清)脂砚斋《红楼梦凡例》,引自《红楼梦资料汇编》,南开大学出版社本

  百脏发酸泪,夜涌如原泉。此泪何所从?万一诗祟焉。今誓空尔心,心灭泪亦灭。有未灭者存,何用更留迹?

  (清)龚自珍《戒诗五章》,《龚自珍全集》第九辑,上海人民出版社本

  夫人心不能无所感,有感不能无所寄;寄托不厚,感人不深;厚而不郁,感其所感,不能感其所不感。伊古词章,不外比兴,《谷风》阴雨,犹自期以同心,攘诟忍尤,卒不改乎此度,为一室之悲歌,下千年之血泪,所感者深且远也。

  (清)陈廷焯《白雨斋词话·序》,人民文学出版社本

  《离骚》为屈大夫之哭泣,《庄子》为蒙叟之哭泣,《史记》为太史公之哭泣,草堂诗集为杜工部之哭泣,李后主以词哭,八大山人以画哭,王实甫寄哭泣于《西厢》,曹雪芹寄哭泣于《红楼梦》。王之言曰:"别恨离愁,满肺腑,难陶泄,除纸笔代喉舌,我千种相思向谁说!"曹之言曰:"满纸荒唐言,一把辛酸泪,都云作者痴,谁解其中意!"名其茶曰"千芳一窟",名其酒曰"万艳同杯"者,千芳一哭,万艳同悲也。

  (清)刘鹗《老残游记自序》,引自《中国历代文论选》,上海古籍出版社本

  这些诗(杜甫《有怀台州郑十八司户》、《梦李白二首》)不是寻常应酬话,他实在拿郑、李等人当一个朋友,对于他们的境遇,所感痛苦和自己亲受一样,所以做出来的诗句句都带血带泪。

  (清)梁启超《情圣杜甫》,《饮冰室文集》卷七十,《饮冰室合集》,中华书局本

  尼采谓:"一切文学,余爱以血书者。"后主之词,真所谓以血书者也。宋道君皇帝《燕山亭》词亦略似之。然道君不过自道身世之戚,后

主则俨有释迦基督担荷人类罪恶之意，其大小固不同矣。

（清）王国维《人间词话》，人民文学出版社本

美育中如悲剧之美，以其能破除吾人贪恋幸福之思想。"小雅"之怨诽，屈子之离忧，均能特别感人。《西厢记》若终于崔张团圆，则平淡无奇，唯如原本之终于草桥一梦，始足以发人深省。《石头记》若如《红楼后梦》等，必使宝黛成婚，则此书可以不作。原本之所以动人者，正以宝黛之结果一死一亡，与吾人之所谓幸福全然相反也。

蔡元培《以美育代宗教说》，《蔡元培选集》，中华书局本

三

表 现 说

1. 以我为诗　直写胸臆

　　譬犹不知音者之歌也，浊之则郁而无转，清之则燋而不讴。及至韩娥、秦青、薛谈之讴，侯同曼声之歌，愤于志，积于内，盈而发音，则莫不比于律，而和于人心。何则？中有本主，以定清浊，不受于外，而自为仪表也。

　　　　　　　　　　　　（汉）刘安《淮南子·氾论训》，《诸子集成》本

　　嵇康师心以遣论，阮籍使气以命诗，殊声而合响，异翮而同飞。

　　　　　　　　　（南朝·梁）刘勰《文心雕龙·才略》，人民文学出版社本

　　乐之中琴为贵，君子多尚矣。古之时，声随己出，以舒其悲怨喜惧之心。听之者知其能然，于以察夫民之情、国之政矣。今之人即异于是，举世而能者鲜矣。能之者，非能舒夫心，以出乎声也。盖能习乎古之遗声也，其或真伪之不分，节数之无度，复斯多矣！

　　　　　　　（宋）柳开《送程说序》，《河东先生集》卷十一，《四部丛刊》本

　　文章之妙，在有自得处，而诗其尤者也。舍此一法，虽穷工极思，直可欺不知者。有识者一观，百败并出矣。

　　　　　　　（宋）陆游《颐庵居士集序》，《陆游集·附录》，中华书局本

诗之为教邈矣，玄哉！婴儿赤子则怀嬉戏扑跃之心，玄鹤苍鸾亦合歌舞节奏之应，况乎毓精二五，出类百千，六情静于中，万物荡于外，情缘物而动，物感情而迁，是发诸性情而协于律吕，非协律吕而后发性情也。从兹知人人有诗，代代有诗。

　　　　（明）杨慎《李前渠诗引》，《升庵全集》卷三，《国学基本丛书》本

　　近来觉得诗文一事，只是直写胸臆。如谚语所谓"开口见喉咙"者。使后人读之如真见其面目，瑜瑕俱不容掩，所谓本色。此为上乘文学。杨子云闪缩谲怪，欲说不说，不说又说，此最下者。

　　　　（明）唐顺之《与洪方州书》，《荆川先生文集》卷七，《四部丛刊》本

　　昔人谓三代无文人，六经无文法。窃谓二京无诗法，两汉无诗人。即李、枚、张、傅，一二传耳，自余乐府诸调，《十九》杂篇，求其姓名，可尽得乎！即李、枚数子，亦直写襟臆而已，未尝以诗人自命也。

　　　　（明）胡应麟《诗薮·外编》卷一，上海古籍出版社本

　　余自龀岁喜阅杜诗，而牵于举业，未能卒其乱。至己酉居先君忧，始得细阅一过。随覆阅之，颇有所悟。嗣后每一阅之，别是一番光景，转阅转妙，如探渊海，珊瑚、木难，在在皆是，而不能穷其藏也。然一言以蔽之曰：以我为诗，得性情之真而已。情与境触，其变无穷，而诗之变亦无穷也。

　　　　（明）王嗣奭《杜诗笺选旧序》，《杜臆》，上海古籍出版社本

　　朱子尝戒人作诗而朱不废诗，诗未尝不工，诗即学也。白沙亦然，阳明亦然，即靖节亦然。盖发自性情而非矜奇斗巧，故无妨于学也。亦有诗人，原非道学，而偶得隽语，默与道会而不自知，其所至者，其性情不俗也。

　　　　（明）王嗣奭《管天笔记外编》卷下，《四明丛书》本

　　大抵物真则贵，真则我面不能同君面，而况古人之面貌乎？唐自有诗也，不必选体也。初、盛、中、晚自有诗也，不必初、盛也。李、杜、

王、岑、钱、刘，下迨元、白、卢、郑各自有诗也，不必李、杜也。赵宋亦然，陈、欧、苏、黄诸人，有一字袭唐者乎？又有一字相袭者乎？至其不能为唐，殆是气运使然，犹唐之不能为《选》，《选》之不能为汉、魏耳。今之君子，乃欲概天下而唐之，又且以不唐病宋。夫既以不唐病宋矣，何不以不《选》病唐，不汉、魏病《选》，不《三百篇》病汉，不结绳鸟迹病《三百篇》耶？果尔，反不如一张白纸，诗灯一派，扫土而尽矣。

  （明）袁宏道《与丘长孺》，《袁中郎全集》卷二十一，时代图书公司本

  会心之时，目不能出，舌不能苞，偶举其神似者，作韵自咏，此以为诗矣。诗以言己者也，而今之诗则以言人也。自历下登坛，欲拟议以成其变化，于是开叔敖抵掌之门，莫苦于今之为诗者，曰为何而汉魏，为何而六朝，为何而唐宋。古也今也，盛也晚也，皆拟也，人之诗也，与己何与？李太白一步崔颢语，即不甚为七言，杜子美竟不作四言诗，亦各任其性情之所近，无乐乎为今诗而已。

  （明）王思任《倪翼元宦游诗序》，《王季重十种》，《中国文学珍本丛书》本

  不退之诗文缘情而摅词，据事而立论，未尝标门墙，设坛宇，名为某氏之学也。为吏言吏，居乡言乡，如父老之谈农桑，如家人之问耕织，未尝骈枝俪叶，致饰于语言文字之间也。其言曰："诗则香山，文则眉山。"似矣。试就其诗文求所谓香山、眉山者何有哉！读《阆园集》者曰："此陶不退之诗文也。其斯以为卓吾之徒已矣。"卓吾守姚安，清净恬淡，有汲长孺之风。不退居官似之。卓吾晚年愤世兀傲自放；而不退规言矩行，老而弥谨，此则不退之善学卓吾者也。

  （清）钱谦益《陶不退阆园集序》，《牧斋初学集》卷三十一，上海古籍出版社本

  ……姜白石云："异时泛阅众作，病其驳也，专志于鲁直，居数年，一语噤不敢吐，始大悟学即病，顾不若无所学之为得。"夫无所学则为己矣。吾友姜友棠之为诗也，自出机轴，其穷愁感慨，若闲云为卷舒，怒鼍

之澎湃，不知其然而然，以成其为友棠之诗而已。知之而嗟叹之者，唯吾党郑禹梅时周泓济数人，其于时风众势，有所不计也。

（清）黄宗羲《姜友棠诗序》，《南雷文定》四集卷一，《梨洲遗著汇刊》，上海时中书局本

禅者问答之语，其中必有人，不知禅者不觉耳。余以此知诗中亦有人也。人之境遇有穷通，而心之哀乐生焉。夫子言诗，亦不出于哀乐之情也。诗而有境有情，则自有人在其中。

（清）吴乔《答万秀野诗问补遗》，《诗问四种》，齐鲁书社本

天下能诗者多，而真诗绝少，为汉魏、为三唐，皆有之，所无作者之面目耳。邢若上不必袭古人，下不必俛同时好，温醇朴雅，自发真意，意尽则止，岂与夫绣其鞶帨，取悦口耳，以美七尺之躯者比哉！噫，此邢若之所以为君子也。

（清）魏禧《唐邢若诗序》，《魏叔子文集》卷九，清刊本

作诗者在抒写性情，此语夫人能知之，夫人能言之，而未尽夫人能然之者矣。作诗有性情，必有面目，此不但未尽夫人能然之，并未尽夫人能知之而言之者也。

（清）叶燮《原诗·外篇上》，上海人民出版社本

禅者云："万事引归自己。"近时题咏诗，多就轴上册头，描模着语，于己毫无关涉，此诗作他何用？必须写入自己，乃有情也。

（清）庞垲《诗义固说》下，《清诗话续编》本

古无无性情之诗词，亦无舍性情之外别有可为诗词者，若舍己之性情强而从人，则今日恒钉之学，所谓优孟衣冠，何情之有？唐人小令，善于言情，然亦不为《懊侬》、《子夜》之情，太白《菩萨蛮》，为千古词调之祖，又何常不言情，又何常以《懊侬》、《子夜》为情乎。

（清）徐釚《借荆堂词话》，《词苑丛谈·品藻二》，上海古籍出版社本

又曰：宋人词调，确自乐府中来。时代既异，声调遂殊，然源流未始

不同，亦各就其情之所近取法耳。周、柳之纤丽，《子夜》、《懊侬》之遗也。欧、苏纯正，非《君马黄》、《出东门》之类欤，放而为稼轩、后村，悲歌慷慨，傍若无人，则汉帝《大风》之歌，魏武《对酒》之什也。究其所以，何常不言情，亦各自道其情耳。

（清）徐釚《借荆堂词话》，《词苑丛谈·品藻二》，上海古籍出版社本

诗到极则，不过是抒写自己胸襟，若晋之陶元亮，唐之王右丞，其人也。

（清）徐增《而庵诗话》，《清诗话》本

英雄何必读书史，直摅血性为文章；不仙不佛不贤圣，笔墨之外有主张，纵横议论析时事，如医疗疾进药方。名士之文深莽苍，胸罗万卷杂霸王，用之未必得实效，崇论闳议多慨慷。雕镌鱼鸟逐光景，风情亦足喜且狂。小儒之文何所长，抄经摘史恒叮强；玩其词华颇赫烁，寻其义味无毫芒。弟颂其师客谈说，居然拔帜登词场。初惊既鄙久萧索，身存气盛名先亡。攀碑刻石临大道，过者不读倚坏墙。呜呼文章自古通造化，息心下意毋躁忙。

（清）郑燮《偶然作》，《郑板桥集》，上海古籍出版社本

读书数万卷，胸中无适主。便如暴富儿，颇为用钱苦。大哉侯生诗，直达其肺腑。不为古所累，气与意相辅。洒洒如贯珠，斩斩入规矩。当今文场士，如公那可睹！

（清）郑燮《赠国才学正侯嘉璠弟》，《郑板桥集》，上海古籍出版社本

性情遭际，人人有我在焉，不可貌古人而袭之，畏古人而拘之也。

（清）袁枚《答沈大宗伯论诗书》，《小仓山房文集》卷十七，《四部备要》本

最爱周栎园之论诗曰："诗，以言我之情也，故我欲为则为之，我不欲为则不为。原未尝有人勉强之，督责之，而使之必为诗也。是以《三百篇》称心而言，不著姓名，无意于诗之传，并无意于后人传我之诗。

嘻！此其所以为至与！今之人，欲借此以见博学，竞声名，则误矣！"

（清）袁枚《随园诗话》卷三，人民文学出版社本

夫立言之要，在于有物。古人著为文章，皆本于中之所见，初非好为炳炳烺烺，如锦工绣女之矜夸彩色已也。富贵公子，虽醉梦中不能作寒酸求乞语，疾痛患难之人，虽置之丝竹华宴之场，不能易其呻吟而作欢笑，此声之所以肖其心而文之所以不能彼此相易、各自成家者也。今舍己之所求，而摩古人之形似，是杞梁之妻善哭其夫，而西家偕老之妇亦学其悲号；屈子自沉汨罗，而同心一德之朝，其臣亦宜作楚怨也。不亦慎乎！

（清）章学诚《文理》，《文史通义·内篇二》，《四部备要》本

《饮酒》二十首，据序亦是杂诗，直书胸臆，直书即事，借饮酒为题耳，非咏饮酒也。阮公《咏怀》、杜公《秦川杂诗》、退之《秋怀》，皆同此例，即所谓遣兴也。人有兴物生感，而言以遣之，是必有名理名言，奇情奇怀奇句，而后同于著书。不拘一事，不拘一物、一时、一地、一人，悲愉辛苦，杂然而陈，而各有性情，各有本色，各有天怀学识才力，要必各自有其千古，而后为至者也。

（清）方东树《昭昧詹言》卷四，人民文学出版社本

夫诗必有原焉，《易》、《书》、《诗》、《春秋》之肃若沈若，周、秦间数子之缜若峍若，而莽荡，而噌吰，若敛之惟恐其坻，擘之惟恐其隘，孕之惟恐其昌洋而敷腴，则夫辽之长白、兴安大岭也有然。审是，则诗人将毋拱手欲釟，肃拜植立，拚乎其不敢议，愿乎其不敢吴言乎哉！于是乃放之乎三千年青史氏之言，放之乎八儒、三墨、兵、刑、星气、五行，以及古人不欲明言，不忍卒言，而姑猖狂恢诡以言之言，乃亦摭证之以并世见闻，当代故实，官牍地志，计簿客籍之言，合而以昌其诗，而诗之境乃极。则如岭之表，海之浒，磅礴浩汹，以受天下之瑰丽，而泄天下之拗怒也，亦有然。

（清）龚自珍《送徐铁孙序》，《龚自珍全集》第二辑，上海人民出版社本

或问渊明所谓"示己志"者，己志其有以别于人乎？曰：只是称心

而言耳。使必以异人为尚,岂天下之大,千古之远,绝无同己者哉!

(清)刘熙载《艺概·文概》,上海古籍出版社本

赋必有关著自己痛痒处。如嵇康叙琴,向秀感笛,岂可与无病呻吟者同语。

(清)刘熙载《艺概·赋概》,上海古籍出版社本

诗求佳句挂人口,徇物忘己真可怜。有志堪写直须写,不尔莫使诗魔牵。融斋先生浩歌乘兴发,汹涌那数百道泉。歌罢回记无一字,把酒自酹千思捐。身为外物况言语,至人以此忘蹄筌。何事苦吟计工拙,消费日月穷雕镌。耳聋舌敝肩更耸,如马力竭犹加鞭。劝人且休息,人亦还我哈。心所愿苦苦即乐,噉虫瞰荼良甘哉。苦吟况复得佳句,鸟道行尽天须开。谓我苦心作诗愚可哀,君诗不苦何处来。

(清)刘熙载《与客论诗戏作》,《昨非集》,《刘熙载集》,华东师范大学出版社本

情有所感,不能无所寄,意有所郁,不能无所泄。古之为词者,自抒其性情,所以悦己也。今之为词者,多为其粉饰,务以悦人,而不恤其丧己,而卒不值有识者一噱。是亦不可以已乎!

(清)陈廷焯《白雨斋词话》卷八,人民文学出版社本

君重节概,喜文章,不乐仕进,一以著述为事,数十年来士大夫文体骫骳,其卑者惟妃青俪白,取悦俗目,其高者矜言古文矩矱,貌为简老,而无驰骋自得之乐。独君则不然,凡所为文章,皆道其胸臆所欲言,无所规橅,而自合乎古之法度,其诗亦然,盖以诗文论,已卓然成一家矣。

(清)俞樾《杨性农同年移芝室集序》,《春在堂全书·杂文》续编三,清刊本

《桃花扇》之老赞礼,云亭自谓也。处处点缀入场,寄无限感慨。卷首之试一出《先声》,卷中之加二十一出《孤吟》,卷末之续四十出《余韵》,皆以老赞礼作正脚色。盖此诸出者,全书之脉络也。其《先声》一出演白云:更可喜把老夫衰态,也拉上了排场,做了一个副末脚色,惹的

俺哭一回,笑一回,怒一回,骂一回,那满座宾客,怎晓得我老夫就是戏中之人。此一语所谓文家之画龙点睛也。全书得此,精神便活现数倍,且使读者加无限感动,可谓妙文。《孤吟》一出结诗云:当年真是戏,今日戏如真,两度旁观者,天留冷眼人。《余韵》一出演白云:江山江山,一忙一闲,谁赢谁输,两鬓皆斑。凡此皆托老赞礼之口,皆作极达观之语。然其外愈达观者,实其内愈哀痛、愈辛酸之表征也。云亭人格,于斯可见。

(清)梁启超《论桃花扇》,《新曲苑·曲海扬波》卷一,中华书局本

屈子感自己之感,言自己之言者也。宋玉、景差感屈子之所感,而言其所言;然亲见屈子之境遇,与屈子之人格,故其所言亦殆与自己之言无异。贾谊、刘向其遇略与屈子同,而才逊矣。王叔师以下,但袭其貌而无其情以济之。此后人之所以不复为楚人之词者也。

屈子之后,文学上之雄者,渊明其尤也。韦、柳之视渊明,其如刘、贾之视屈子乎!彼感他人之所感,而言他人之所言,宜其不如李、杜也。

宋以后之能感自己之感,言自己之言者,其惟东坡乎!山谷可谓能言其言矣,未可谓能感所感也。遗山以下亦然。若国朝之新城,岂徒言一人之言而已哉?所谓"莺偷百鸟声"者也。

(清)王国维《文学小言》,引自《晚清文选》,世界文库本

2. 肆口而出　便成佳文

曩者尝与诸公论康乐为文,直于情性,尚于作用,不顾词采,而风流自然。

(唐)皎然《诗式·文章宗旨》,《历代诗话》本

文章之于人,有满心而发,肆口而成,不待思虑而工,不待雕琢而丽者,皆天理之自然,而情性之至道也。世之言雄暴虓武者,莫如刘季、项籍。此两人者,岂有儿女之情哉?至其过故乡而感慨,别美人而涕泣,情发于言,流为歌词,含思凄婉,闻者动心焉。此两人者,岂其费心而得之

哉？直寄其意耳。

（宋）张耒《贺方回乐府序》，《张右史文集》卷五十一，《四部丛刊》本

虽然，公一世之豪，以气节自负，以功业自许。方将敛藏其用，以事清旷，果何意于歌词哉，直陶写之具耳。故其词之为体，如张乐洞庭之野，无首无尾，不主故常；又如春云浮空，卷舒起灭，随所变态，无非可观。无他，意不在于作词，而其气之所充，蓄之所发，词自不能不尔也。其间固有清而丽、婉而妩媚，此又坡词之所无，而公词之所独也。昔宋复古，张乖崖方严劲正，而其词乃复有浓纤婉丽之语，岂铁石心肠者类皆如是耶？

开久从公游，其残膏剩馥，得所沾焉为多。因暇日裒集冥搜，才逾百首，皆亲得于公者。以近时流布于海内者率多赝本，吾为此惧，故不敢独阙，将以袪传者之惑焉。淳熙戊申正月元日门人范开序。

（宋）范开《稼轩词序》，《稼轩词》，涵芬楼影印汲古阁抄本

乐天之诗，情致曲尽，入人肝脾，随物赋形，所在充满，殆与元气相侔。至长韵大篇，动数百千言，而顺适惬当，句句如一，无争张牵强之态。此岂捻断吟须悲鸣口吻者之所能至哉！而世或以浅易轻之，盖不足与言矣。

（金）王若虚《滹南诗话》卷一，《历代诗话续编》本

彼《三百篇》，一时淫女情夫，孤臣孽子，以自泄其狂惑之情，而亦不知某句和平，某句温厚。使知数百年后，有一鲁国男子，删定其诗，以为千万世之经，恐将瑟瑟雕饰而出，亦不能广心肆意以自造于不可思议之域矣。

（明）尹民兴《某小吏学诗序之》，《明文授读》卷三十七，味芹堂刊本

《碧鸡漫志》曰："斛律金《敕勒歌》曰：'敕勒川，阴山下，天似穹庐，笼盖四野。天苍苍，野茫茫，风吹草低见牛羊'。"金不知书，同于刘、项，能发自然之妙。韩昌黎《琴操》虽古，涉于摹拟，未若金出

性情尔。

（明）谢榛《四溟诗话》卷二，人民文学出版社本

所谓文者，未有不写其心之所明者也。心苟未明，劬劳憔悴于章句之间，不过枝叶耳，无所附之而生。故古今来，不必文人始有至文，凡九流百家，以其所明者，沛然随地涌出，便是至文。故使子美而谈剑器，必不能如公孙之波澜；柳州而叙宫室，必不能如梓人之曲尽。此岂可强者哉！

（清）黄宗羲《论文管见》，《南雷文定》三集卷三，《四部备要》本

中唐诗以韩、孟、元、白为最。韩、孟尚奇警，务言人所不敢言；元、白尚坦易，务言人所共欲言。试平心论之，诗本性情，当以性情为主。奇警者，犹第在词句间争难斗险，使人荡心骇目，不敢逼视，而意味或少焉。坦易者，多触景生情，因事起意，眼前景，口头语，自能沁人心脾，耐人咀嚼。此元、白较胜于韩、孟。世徒以轻俗訾之，此不知诗者也。元、白二人才力本相敌，然香山自归洛以后，益觉老干无枝，称心而出，随笔抒写，并无求工见好之意，而风趣横生，一喷一醒，视少年时与微之各以才情工力竞胜者，更进一筹矣。故白自成大家，而元稍次。

（清）赵翼《瓯北诗话》卷四，《清诗话续编》本

3. 心存感触　言不能已

不得已而歌者，不事为悲；不得已而舞者，不矜为丽。歌舞而不事为悲丽者，皆无有根心者。

（汉）刘安《淮南子·诠言训》，《诸子集成》本

夫太上立德，其次立功，其次立言。立言者，乃不朽之末耳。然则古之终年著述者，亦已知之。心有所存，正尔不能自已也，岂求见重于千载耶？

（唐）萧颖士《赠韦司业书》，《全唐文》卷三百二十三，中华书局本

圣人六经，皆不得已而作，如耒耜陶冶一不制，则生人之用息。后世之言，无之不为缺，有之徒为赘，虽多何益也？圣人言虽约，无有含包不尽处。

（宋）程颢　程颐《二程语录》卷十一，《二程集》，中华书局本

自古文人，虽在艰危困踣之中，亦不忘于制述。盖性之所嗜，虽鼎镬在前不恤也，况下于此者乎？李后主在围城中，可谓危矣，犹作长短句。所谓"樱桃落尽春归去，蝶翻金粉双飞。子规啼月小楼西"，文未就而城破。蔡约之尝亲见其遗稿。东坡在狱中作诗《赠子由》云："是处青山可埋骨，他年夜雨独伤神。"犹有所托而作。李白在狱中作诗上崔相云："贤相燮元气，再欣海县康。应念覆盆下，雪泣拜天光。"犹有所诉而作。是皆出于不得已者。刘长卿在狱中，非有所托诉也，而作诗云："斗间谁与看冤气，盆下无由见太阳。"一诗云："壮志已怜成白发，余生犹待发青春。"一诗云："冶长空得罪，夷甫不言钱。"又有《狱中见画佛》诗。岂性之所嗜？则缧绁之苦，不能易雕章缋句之乐与？

（宋）葛立方《韵语阳秋》卷第三，《历代诗话》本

熹少不喜辞，长复懒废，亡以副足下意。然尝闻之：学之道，非汲汲乎辞也。必其心有以自得之，则其见乎辞者，非得已也。是以古之立言者，其辞粹然，不期以异于世俗，而后之读之者，知其卓然非世俗之士也。

（宋）朱熹《答林崈》，《朱子大全》卷三十九，《四部丛刊》本

盖屈子者，穷而呼天，疾痛而呼父母之词也。故今所欲取而使继之者，必其出于幽忧穷蹙怨慕凄凉之意，乃为得其余韵，而宏衍巨丽之观，欢愉快适之语，宜不得而与焉。至论其等，则又必以无心而冥会者为贵。其或有是，则虽远且贱，犹将汲而进之；一有意于求似，则虽迫真如扬、柳，亦不得已而取之耳。

（宋）朱熹《楚辞后语目条序》，《朱子大全》卷七十六，《四部丛刊》本

蔡琰所作《胡笳》，虽不规规于楚语，而其哀怨发中，不能自已之言，要为贤于不病而呻吟者也。范史乃弃此而独取其《悲愤》二诗。二诗词意浅促，非此词比。眉山苏公。已辨其妄矣。

    （宋）魏庆之《诗人玉屑》卷二十三，上海古籍出版社本

  世言稼轩居士辛公之词似东坡，非有意于学坡也，自其发于所蓄者言之，则不能不坡若也。坡公尝自言，与其弟子由为文［至］多，而未尝敢有作文之意，且以为得于谈笑之间而非勉强之所为。公之于词亦然：苟不得于嬉笑，则得之于行乐；不得之于行乐，则得之于醉墨淋漓之际。挥毫未竟而客争藏去。或闲中书石，兴来写地；亦或微吟而不录，漫录而焚稿。以故多散逸。是亦未尝有作之之意，其于坡也，是以似之。

    （宋）范开《稼轩词序》，引自《中国历代文论选》第二册，上海古籍出版社本

  且文者，古圣贤不得已者之所托也，而今世行道之士，不惟其事，尚欲托之此而垂后，不亦甚可悲夫！

    （元）揭傒斯《答胡汲仲书》，《揭文安公文粹》卷一，《丛书集成》本

  古之立言者岂得已哉！设使道行于当时，功被于生民，虽无言可也。其负经济之才，而弗克有所施，不得已而形于言。庶几后之人或行之，亦不翅亲展其学，所以汲汲遑遑弗忍释者，其志盖如是而已！奈何近代多藉为哗世取宠之具，褒扬于赠饯之夫，献谀于泉下之鬼，组织绮丽，张浮驾诞，以为能举世安之，曾无有非之者。予不知古之立言者，还果如斯否乎？

    （明）宋濂《守斋类稿序》，《宋学士全集》卷七，《丛书集成》本

  文不贵乎能言，而贵于不能不言。日月之昭然，星辰之炜然，非故为是明也，不能不明也。江河之流，草木之茂也，非欲其流且茂也，不能不流且茂也。此天地之至文，所以不可及也。惟圣贤亦然。三代之《书》、《诗》，四圣人之《易》，孔子之《春秋》，曷尝求其文哉！道充于中，事

能于外而形乎言，不能不成文尔！故四经之文，垂百世而无谬，天下则而准之。自夫斯道不明，学者睹圣贤之文而悦其不朽，于是始摹效其语言以为工，而文愈削矣！

（明）宋濂《朱葵山文集序》，《宋学士全集》卷七，《丛书集成》本

古人有言曰：君子居庙堂则忧其民，处江湖则忧其君。夫人之有心，不能如土瓦木石之块然也。禹思天下有溺者，由己溺之。稷思天下有饥者，由己饥之。伊尹思天下有一夫之不获，则心愧耻若挞于市。是皆以天下为己忧而卒遂其志，故见诸行事，而不形于言。若其发而为歌诗，流而为咏叹，则必其所有沉埋、抑挫，郁不得展，故假是以摅其怀，岂得已哉！是故文王有拘幽之操，孔子有将归之引，圣人不能免也。

（明）刘基《唱和集序》，《诚意伯文集》卷五，《四部丛刊》本

古人之于诗，不专意而为之也。国风之作，发于性情之不能已，岂以为务哉！后世始有名家者，一事于此而不他，疲殚心神，搜括万象，以求工于言语之间。有所得意，则歌吟蹈舞。举世之可乐者，不足以易之。深嗜笃好，虽以之取祸，身罹困逐，而不忍废。谓之惑，非欤？

（明）高启《原序》，《高太史大全集》第一卷，《四部丛刊》本

且夫世之真能文者，比其初皆非有意于为文也。其胸中有如许无状可怪之事，其喉间有如许欲吐而不敢吐之物，其口头又时时有许多欲语而莫可所以告语之处，蓄极积久，势不能遏。一旦见景生情，触目兴叹；夺他人之酒杯，浇自己之垒块，诉心中之不平，感数奇于千载。既已喷玉唾珠，昭回云汉，为章于天矣，遂亦自负，发狂大叫，流涕恸哭，不能自止。宁使见者闻者切齿咬牙，欲杀欲割，而终不忍藏于名山，投之水火。余览斯记，想见其为人，当其时必有大不得意于君臣朋友之间者，故借夫妇离合因缘以发其端。于是焉喜佳人之难得，羡张生之奇遇，比云雨之翻覆，叹今人之如土。其尤可笑者：小小风流一事耳，至比之张旭、张颠、羲之、献之而又过之。尧夫云："唐虞揖让三杯酒，汤武征诛一局棋。"夫征诛揖让何等也，而以一杯一局觑之，至眇小矣！

（明）李贽《杂说》，《焚书》卷三，中华书局本

文长既已不得志于有司，遂乃放浪曲蘖，恣情山水，走齐鲁燕赵之地，穷览朔漠。其所见山奔海立，沙起云行，风鸣树偃，幽谷大都，人物鱼鸟，一切可惊可愕之状，一一皆达之于诗。其胸中又有勃然不可磨灭之气，英雄失路托足无门之悲，故其为诗，如嗔如笑，如水鸣峡，如种出土，如寡妇之夜哭，羁人之寒起。虽体格时有卑者，然匠心独出，有王者气，非彼巾帼而事人者所敢望也。

（明）袁宏道《徐文长传》，《袁宏道集笺校》卷十九，上海古籍出版社本

夫诗道性情者也，发而为言，言其心之所不能不有，非谓其事之所不可无而必欲有言也。以为事之所不可无而必欲有言者，声誉之言也。不得已而有言，言其心之所不能不有者，性情之言也……今之言诗者，始以为事之所不可无，无故而诗以之兴；终绌于心之所未必有，无故而诗以之自废。其兴其废不出于性情，而出于声誉，于诗何与哉？

（明）钟惺《陪郎草序》，《隐秀轩文集》昃集，上海书店本

《记》有之："情动于中，故形于声；声成文，谓之音。"盖古者民间之诗，多出于纴织井臼之余，劳苦怨慕之语，动于情之不容已耳。至其文辞，何其婉丽而隽永也，得非经太史之采，欲以谱之管弦，登之燕享，而有所润饰其间欤？若夫后世之诗，大都出于学士家，宜其易于兼长而不逮古者何也？贵意者率直而抒写则近于鄙朴，工词者龟勉而雕绘则苦于繁缛。盖词非意则无所动荡而盼倩不生，意非词则无所附丽而姿制不立。此如形神既离，则一为游气，一为腐材，均不可用……故二者不可偏至也。

（明）陈子龙《佩月堂诗稿序》，《陈忠裕公全集》卷二十五，清刊本

诗非异物，只是人人心头舌尖所万不获已，必欲说出之一句话耳。

（清）金人瑞《与家伯长文昌》，《尺牍新钞》，上海杂志公司本

《离骚》之文，得已必已，谁即无君父，而屈子独为是哉，兹则不惟不能已而已，乃至再转，再转而犹尚不已，此必有一定之故也。今夫寡妇

夜哭，岂有宿撰，痛激于中，悲达乎外，如抡缣车，一声而已。然而不哭则已，哭必通更，情既云郁，文亦泉涌，其去缓也如纵，其来急也若绝，邻人为之下床，过雁迟而不度，岂非以其泛引之非羡文，重言之无复句耶，《离骚》正犹是也，痛故转，不痛不转也，转故痛，不转不痛也。故夫《离骚》一转一痛也，《离骚》之转，皆《离骚》之痛也。

（清）金圣叹《离骚序略》，《唱经堂汇稿》，《中国文学珍本丛书》本

庄生有言：旧国旧都，望之畅然。夫庄生以道德仁义为蘧庐之一宿，将以遁于无何有之乡，顾犹惓惓于此者，不能已于情也。人孰无情哉！《小雅·黄鸟》之诗曰："此邦之人，不我肯榖，言旋言归，复我邦族。"周宣王时，其民初经劳来安集，有流离而失所者，固已少矣。异邦之叹，故土之思，见于诗者如此其切至！无怪乎唐人之羁愁远宦，远歌长吟，悲思而踯躅也。

（清）吴梅村《徐季重诗序》，《梅村家藏稿》卷三十，《四部丛刊》本

《书》曰："诗言志。"……古之君子，其欢愉悲愤之思感于中，发之为诗。今所存三百五篇，有美有刺，皆诗之不可已者也。夫惟出于不可已，故好色而不淫，怨悱而不乱，言之者无罪，闻之者足以戒。后之君子诵之，世治之污隆，政事之得失，皆可考见。……魏晋而下，指诗为缘情之作，专以绮靡为事，一出乎闺房儿女子之思，而无恭俭好礼廉静疏达之遗，恶在其为诗也？

（清）朱彝尊《与高念祖论诗书》，《曝书亭集》卷三十一，《四部备要》本

缘情以为诗，诗之所由作，其情之不容已者乎。夫其感春而思，遇秋而悲，蕴于中者深，斯出之也善。长言之不见其多，约言之不见其不足。情之挚者，诗未有不工者也。后之称诗者，或漫无所感于中，取古人之声律、字句而规仿之，必求其合；好奇之士，则又务离乎古人，以自鸣其异。均之为诗，未有无情之言可以传后者也。惟本乎自得者，其诗乃可传焉。盖古人多矣，吾辞之工者，未有不合乎古人，非先求合古人而后

工也。

>   （清）朱彝尊《钱舍人诗序》，《曝书亭集》卷三十七，《四部备要》本

诗以言志者也。中有欲言，纵吾意言之，连章累牍而不厌其多；无可言，则经年逾月置勿作焉也可。诗三百有五，为嘉为美，为规为刺，为诲为戒，皆出乎人心有不容已于言者言之，非有强之者而后言也。后世君臣燕游，辄命赋诗记事，于心本无欲言，但迫于制诏为之，故其辞多近于强勉。若学士大夫用之赠酬饯送，则以代仪物而已。甚至以之置科目取士，限之以韵，其所言者，初未尝出乎中心所欲，而又衡得失于中，冀逢迎人之所好。以是而称之曰诗，未见其可矣。

>   （清）朱彝尊《陈叟诗集序》，《曝书亭集》卷三十八，《四部备要》本

诗本性情，固不可强，亦不必强。近见论诗者，或以悲愁过甚为非；且谓喜怒哀乐，俱宜中节。不知此乃讲道学，不是论诗。诗人万种苦心，不得已而寓之于诗。诗中之所谓悲愁，尚不敌其胸中所有也。《三百篇》中岂无哀怨动人者？乃谓忠臣孝子贞夫节妇之反过甚乎？金罍兕觥，固是能节情处，然惟怀人则然。若乃处悲愁之境，何尝不可一往情深？

>   （清）吴雷发《说诗菅蒯》，《清诗话》本

古人意中有不得不言之隐，借有韵语以传之。如屈原"江潭"，伯牙"海上"，李陵"河梁"，明妃"远嫁"，或慷慨吐臆，或沉结含凄，长言短歌，俱成绝调；若胸无感触，漫尔抒词，纵办风华，枵然无有。

>   （清）沈德潜《说诗晬语》卷上，《清诗话》本

周以前士无以诗名者，呜呼，此国风、雅颂之作所以至今存也。古之为诗者非以为诗也而为之，发乎情之不容已，然后言，言之不足，然后歌咏之，虽里巷无知之野人，莫不能为诗，而圣人取之以为后世法。今世士大夫以诗为业，童而习之，白骨而不迁，呜呼，此今之世所以无诗也。

>   （清）刘大櫆《伯父纷既先生诗序》，《海峰文集》卷三，清光绪重刻本

夫子曰："予欲无言。"欲无言者，不能不有所言也；孟子曰："予岂好辩哉？予不得已也。"后世载笔之士，作为文章，将以信今而传后，其亦尚念"欲无言"之旨与夫"不得已"之情，庶几哉！言出于我，而所以为言者初非由我也。

  （清）章学诚《原道下》，《文史通义·内篇二》，《四部备要》本

  古之所谓三不朽者，首立德，次立功，又其次乃立言。夫苟能立功矣，言不出可也：舜之时禹、皋陶有言，稷、契辈无言；周之时周、召、太公有言，余乱臣亦无言。夫苟能立德矣，功不著亦可也：孔子之徒，仲弓以下皆出仕，有功当时；颜渊、闵子骞不仕者何功？曾子、子思皆著书，有功后世；颜、闵、冉伯牛、仲弓无书者又何功？由是言之，性命修于身，勋业皆其末迹也；而况于空言乎？其立言也皆有故，而非得已：明道以教人也，记事以传世也，吟咏讴歌以陈情而见志也；非是，无苟作者也。孔子赞《易》，作《春秋》；圣如柳下惠、伯夷，不必其有著述。周、召之诗，载于《国风》，陈于《雅》、《颂》；伊尹、莱朱、傅说之贤，篇什无传于后世。故曰：古之立言者皆有故，而非得已；惟有故而非得已，是以出言必当，而其后必传。自周之衰，士大夫舍本逐末，诸子百家创说著书，其言虚伪庞杂，文辞工而多失立言之旨。秦、汉以降，士益专力为文：有为文而犹托于立言者，荀、韩、扬、李是也；有为文而直外立言者，相如、邹、枚文章之士是也。自文章之士出，世爱玩焉，而知道者深诟病之。嗟夫！士生于世，上之不能修孔、颜之德，次之不能建禹、皋、周、召之功，敝精疲神作为文字，使爱者与俳优并畜，而憎者至以相訾，其亦可谓愚也夫！其亦可谓愚也夫！

  （清）管同《方植之文集序》，引自《中国近代文论选》，人民文学出版社本

  且元和之朝，外则藩镇悖逆，戎寇交讧。内则八关十六子之徒，肆志流毒，为祸不测。上虽有英武之君，而又惑于神仙。贺身虽宗支，分则疏贱，情不敢言，又不能无言。于是寓今托古，比物征事，刺切当世之隐，销铄壮士之怀，苟不韬晦，必至焚身。故其命意命题命辞，皆愈推愈远，愈入愈曲，愈微愈显，藏哀愤孤激于片辞短调之中。言之者无罪，闻之者

不审所自来，后世以无理讥之，甘心而不悔，抑可悲矣。

（清）陈沆《诗比兴笺》卷四，中华书局本

"诗无工拙"，朱子言之矣。盖有工拙，乃诗之衰也。三代两汉之世，人唯无作，作则未有不工者，性情学问，陶冶深矣。故善读书者无不能，而能者亦不必作，作亦不以之自喜。自有工拙，而作者愈盛，诗亦愈衰。呜呼！人才之不逮古，悉由于此，岂独诗之衰也！

（清）潘德舆《养一斋诗话》卷一，《清诗话续编》本

诗不可为人强作，必勃勃不可以已也，而后为之。沧浪云："和韵最害人诗。"此虽元、白、皮、陆诸公为之，然皆为人强作之一端也。而意兴既到，惟所乐为者，却又宜全力与俱，初定意格，终研词句，如良医诊脉，精神入微；如法吏断狱，反覆勘问。凡易悦而自足，皆文章之大病也。

（清）潘德舆《养一斋诗话》卷二，《清诗话续编》本

闻之观古子，观古子闻之聪古子，聪古子闻之思古子，言也者，不得已而有者也。如其胸臆本无所欲言，其才武又未能达于言，强之使言，茫茫然不知将为何等言；不得已，则又使之姑效他人之言；效他人之种种言，实不知其所以言。于是剽掠脱误，摹拟颠倒，如醉如癫以言，言毕矣，不知我为何等言。

（清）龚自珍《述思古子议》，《龚自珍全集》第一辑，上海人民出版社本

古之民莫或强之言也。忽然而自言，或言情焉（或言悟焉），或言事焉，言之质弗同，既皆毕所欲言而去矣。后有文章家，强尊为文章祖，彼民也生之年，意计岂有是哉？

（清）龚自珍《绩溪胡户部文集序》，《龚自珍全集》第三辑，上海人民出版社本

看来碧山为词，只是忠爱之忱！发于不容已，并无刻意争奇之意，而人自莫及，此其所以为高。

（清）陈廷焯《白雨斋词话》卷二，人民文学出版社本

吾听风雨，吾览江山，常觉风雨江山外有万不得已者在。此万不得已者，即词心也。而能以吾言写吾心，即吾词也。此万不得已者，由吾心酝酿而出，即吾词之真也，非可强为，亦无庸强求。视吾心之酝酿何如耳。吾心为主，而书卷其辅也。书卷多，吾言尤易出耳。

（清）况周颐《蕙风词话》卷一，人民文学出版社本

牟端明《金缕曲》云："扑面胡尘浑未扫。强欢讴，还肯轩昂否？"盖寓黍离之感。昔史迁称项王悲歌慷慨。此则欢歌而不能激昂。曰"强"，曰"还肯"，其中若有甚不得已者。意愈婉，悲愈深矣。

（清）况周颐《蕙风词话》卷二，人民文学出版社本

4. 强己从人　失诗本旨

饰貌以强类者失形，调辞以务似者失情。

（汉）王充《论衡·自纪》，《诸子集成》本

自昔人谓言为心之声，而诗又其精者。予窃以诗而得其人……后之人好剽窃求似，以苟猎一时之好，思踳而格杂，无取于性情之真，得其言而不得其人，与得其集而不得其时者，相比比也。

（明）王世贞《章给事诗集序》，《弇州山人四部稿》卷六十九，明刊本

性非学得，道不相谋；道不相谋，情亦不相袭矣。"巧笑"、"佩玉"、"桧楫松舟"，《竹竿》之女不袭《柏舟》，称其情而奚损哉？果有情者，未有袭焉者也。地不袭矣，时不袭矣，所接之人、所持之己不袭矣。夫非《终风》，子非《击鼓》，坦然于不见礼者之侧，而缓缓需其瘳，亦自处之道也。

（清）王夫之《诗广传·卫风》，中华书局本

若齐梁绮语，宋人抟合成句之出处（宋人论诗，字字求出处），役心向彼搜索，而不恤己情之所自发，此之谓小家数，总在圈缋中求活计也。

（清）王夫之《薑斋诗话》卷二，人民文学出版社本

文章之本，期于载道而已，道无不同，则文亦何殊之有？足下乃云：南北分镳，各行其志。岂非以于鳞为北，而道思、应德、熙甫数子为南乎？仆少时为文，好规仿古人字句，颇类于鳞之体。既而大悔，以为文章之作，期尽我所欲言而已。我言之不工，必取古人之字句始可无憾，则字句工拙，古人任之，我何预焉？乃深有契乎韩、欧阳、曾氏之文，不自知其近于道思、应德、熙甫数子也。

　　　　　　（清）朱彝尊《报李天生书》，《曝书亭集》卷三十一，《四部丛刊》本

　　埴所识寰内谈诗家，自阮亭、西河、竹垞、稼堂诸巨公后，今惟秋谷、莪山在矣！十余年来，相与数会，谈宴称诗，能操论棒者，则海盐君岭南梁君采山泽也。君言曰："今之少进为诗者，大都皆有一副龌龊酬应之故套。本非为人而如为人，代毫替手而作之思，先横于心胸，而后发以为诗，则诗属他人而己无与焉。夫性情在己而属之他人，倘有诗乎？泽尝叨治赋，请即以赋户喻之诗：负租者，正身也；承比者，代身也。乃匿其正身而辄以代身搪塞，租之所以多逋也。力驱去代身，则正身始出。诗亦如是而已矣。"采山为药亭太史佩兰犹子，凤有家风。

　　　　　　（清）金埴《不下带编》卷六，中华书局本

　　诗者，各人之性情耳，与唐宋无与也。若拘拘焉持唐宋以相敌，是子之胸中有已亡之国号，而无自得之性情，于诗之本旨已失矣。

　　　　　　（清）袁枚《答施兰垞论诗书》，《小仓山房文集》卷十七，《四部备要》本

　　……时长洲沈尚书德潜方以诗名吴下，从之游类皆研摩格律，剽取声调，以求合于唐开元、天宝诸巨公而貌合神离，千首一律，其弊至以前人名作，窜易数字，冒为己有者，先生虽为尚书所激赏而意趣不同，尝与同辈论诗曰：诗为心声，吾之诗必肖吾之心然后可，若转而求肖古人，纵极天下之工，亦古人之诗非吾之诗也。

　　　　　　（清）洪亮吉《包文学家传》，《施阁文甲集》卷十，《洪北江诗文集》，《四部丛刊》本

古人皆于本领上用工夫，故文字有气骨。今人只于枝叶上粉饰，下梢又并枝叶亦没了。文字成，不见作者面目，则其文可有可无。诗亦然。

（清）方东树《昭昧詹言》卷一，人民文学出版社本

仕而不知为人，学而不知为己，本是通病，何责于诗？即从诗论，此病亦不起于一时。西晋以降，陆机、谢灵运、颜延年辈业已斗靡骋妍，求悦人而无真气。一千五百年来，相沿相袭，虽有超世复古之士，不能尽涤悦人之念，则亦不能尽洗斗靡骋妍之诗，而又何慨焉！虽然，传之愈久，则正之愈难，正之愈难，则挽回之心愈不可已。此吾所以不量其力，发愤抒词，甘受人之笑骂而不顾也。

（清）潘德舆《养一斋诗话》卷一，《清诗话续编》本

诗词和韵，不免强己就人，戕贼性情，莫此为甚，张玉田谓"词不宜和韵"，旨哉斯言。

（清）陈廷焯《白雨斋词话》卷八，人民文学出版社本

5. 矫情饰貌　无病而呻

阳处父如卫，反，过宁，舍于逆旅宁嬴氏……（宁嬴氏）曰："吾见其貌而欲之，闻其言而恶之。夫貌，情之华也；言，貌之机也。身为情，成为中。言，身之文也。言文而发之，合而后行，离则有衅。今阳子之貌济，其言匮，非其实也。"

（先秦）《国语·晋语五》，上海古籍出版社本

徐子曰："仲尼亟称于水，曰：'水哉，水哉！'何取于水也？"
孟子曰："原泉混混，不舍昼夜，盈科而后进，放乎四海。有本者如是，是之取尔。苟为无本，七八月之间雨集，沟浍皆盈；其涸也，可立而待也。故声闻过情，君子耻之。"

（先秦）《孟子·离娄下》，《十三经注疏》本

夫恃貌而论情者，其情恶也；须饰而论质也，其质衰也。

（先秦）《韩非子·解老》，《诸子集成》本

强欢者，虽笑不乐；强哭者，虽哀不悲。

（北齐）刘昼《刘子·言苑》，《丛书集成》本

画宗马、夏，诗宗李、杜，人有恒言，而非通论也。两家总是一格，长于雄浑跌宕而已。山水、歌行，宗之可也，他画他诗，宜别有宗，乃亦止宗马、夏、李、杜，可乎？本木强之人，乃效李之赏花酣酒；生太平之世，乃效杜之忧乱愁穷。其亦非本色，非真情甚矣！

（明）李开先《田间四时行乐诗跋》，《李开先集》上册，中华书局本

今之学子美者，处富有而方穷愁，遇承平而言干戈；不老曰老，无病曰病。此摹拟太甚，殊非性情之真也。

（明）谢榛《四溟诗话》卷二，《历代诗话续编》本

诗言志，亶然哉。有是志，则有是诗，勉强为之，皆假诗也。

（明）王文禄《诗的》，《丛书集成》本

世多以楚辞解《山海》、《淮南》。紫阳独谓二书悉效《楚词》而作，真千古卓识。第屈子意自宽，二书因特恣为曼衍无稽之说，遂致后世纷纷，咎其端于屈氏。不知灵均本以悒郁无聊之念，笔之于词，他说则皆无病而呻吟者。嗟乎，千古风人之义，惟灵均、子美为得其正也哉！

（明）胡应麟《诗薮·杂编》卷一，上海古籍出版社本

果有情者，亦称其所触而已矣。触而有其不可遣焉，恶能货色笑而违心以为度？触而有其可遣；孰夺吾之色笑而禁之乎？无大故而激，不相及而忧，私愤而以公理为之辞，可以有待而早自困，耳食鲍焦、申徒狄、屈平之风而呻吟不以其病，凡此者恶足以言性情哉？匹夫之婞婞而已矣。《书》曰："若德裕乃身。"裕者，忧乐之度也。是故杜甫之忧国，忧之以

眉，吾不知其果忧否也。

（清）王夫之《诗广传·卫风四》，中华书局本

前所列诸恶诗，极矣；更有猥贱于此者，则诗佣是也。诗佣者，衰腐广文，应上官之征索；望门幕客，受主人之雇托也。彼皆不得已而为之。而宗子相一流，得已不已，闲则繙书以求之，迫则倾腹以出之，攒眉叉手，自苦何为？其法：姓氏、官爵、邑里、山川、寒暄、庆吊，各以类从；移易故实，就其腔壳；千篇一律，代人悲欢；迎头便喝，结煞无余；一起一伏，一虚一实，自诧全体无瑕，不知透心全死。风雅下游，至此而浊秽无加矣。宋以上未尝有也。高廷礼作俑于先，宗子相承其衣钵。凡为佣者，得此以擿埴而行，而天下之言诗者，车载斗量矣。此可为风雅痛哭者也！

（清）王夫之《薑斋诗话》卷二，人民文学出版社本

当万历中年，俚调横行之下，有张君一（以诚），虽入理未深，而独存雅度。君一与许子逊同时。昧心之作，至子逊而极。其《乐则生矣》一段文字，开讲处有数"乐"字，鸟语班阑，不知音"岳"音"雏"，犹可谓肉团心有一针孔乎？

（清）王夫之《夕堂永日绪论外编》，《薑斋诗话》附录，人民文学出版社本

……关情是雅俗鸿沟。不关情者貌雅必俗。然关情亦大不易，钟、谭亦未尝不以关情自赏。乃以措大攒眉，市井附耳之情为情，则插入酸俗中为甚。

（清）王夫之《明诗评选》卷六，王世懋《横塘春泛》评语，《船山遗书》，太平洋书店重校刊本

吾之论诗，无有工而不好，而贵依其质。虎豹之毛，蔚然其文，狐貉之深厚，为暖于人身，而烯观然，而皮以为质。《传》曰："皮之不存，毛将安附？"失其质者，如剥败其皮而缀虎豹之毛者也，而安所得锑？此其弊古人盖多有之。呼天而叱鬼神，沉冤出忧，怀沙而沉水，于是乎《离骚》、《九歌》、《九辩》之文作焉，而屈、宋以下，摹而仿之者何多

也？贾生悲愤不得志，其文近于情，实视诸家为独工，他则皆无病而呻焉者，虽工吾未尝不厌。

（清）魏禧《听鹂轩诗序》，《魏叔子文集》卷八，清刊本

贾谊吊屈原，以谪长沙也。史迁以屈、贾合传，从其类以见志也。自汉以来，感其事作为文词者，亦何非拓落人耶？而渔洋先生以郎官主试西川，归涂过三闾大夫庙，有何郁抑而赋此诗？宜其歔欷无涕，读者必不为之兴哀也。

（清）乔亿《剑溪说诗》卷下，《清诗话续编》本

诗理，性情者也。理尚清真，词须本色。若金闺之彦，结念山林；蓬户之儒，侈言经济，情词伪妄，夫何取焉？然循分无讥，而择言贵雅。使身拖紫绶，但夸阀阅高华；影对青灯，频诉饥寒憔悴，志不广大，君子亦笑之矣。况夫届壮盛之岁，诵圣贤之书，以悲凉则非时，以怨尤则非理，而乃郁伊善感，侘傺无聊，揆之进德养福之方，殆均无当欤？斯义也，在读书则为变化气质之良箴，在谭诗亦为陶冶性灵之妙法，非参俗谛，非惑机祥。仆即恨人，业已悔其少作；士果有志，均宜宏此远谟。

（清）潘德舆《养一斋诗话》卷二，《清诗话续编》本

文不苟作，寄托寓焉，所谓文外有事在也。于词亦然。然世非怀、襄而效灵均《九歌》之奏，时非天宝而拟杜陵《八哀》之篇，无病而呻，识者恫之。

（清）冯煦《东坡乐府序》，《彊村丛书》本

昔有评学杜诗者云：人非天宝，官非拾遗，何必作此无疾呻吟。此意虽是，而言则太过。夫人各有志，志之所触，发而为言，不得其平则鸣，亦诗人之恒事也。圣人云：诗可以怨。《三百篇》，思妇劳人之作，孔子尚取存之，倘学杜陵者，必性情相近，遭际亦同，而后有此牢骚抑郁之言也。若性情遭际竟如彼，而所作偏如此，是徒慕名而学之也。算他人之诗则可，若作我之诗，亦殊无足取耳。

（清）邹弢《三借庐笔谈》卷一，《笔记小说大观》第二十六册，江苏广陵古籍刻印社本

四

真 诚 说

1. 不诚无物　修辞立诚

九三曰:"君子终日乾乾,夕惕若,厉无咎。"何谓也?子曰:"君子进德修业。忠信所以进德也。修辞立其诚,所以居业也。知至至之,可与言几也。知终终之,可与存义也。"

(先秦)《周易》卷十一,《十三经注疏》本

夫骥骜之气,鸿鹄之志,有谕乎人心者诚也。人亦然,诚有之则神应乎人矣,言岂足以谕之哉!此谓不言之言也。

(先秦).《吕氏春秋·士容论》,《诸子集成》本

钟子期夜闻击磬者而悲,使人召而问之曰:"子何击磬之悲?"答曰:"臣之父不幸而杀人,不得生。臣之母得生,而为公家为酒。臣之身得生,而为公家击磬。臣不睹臣之母三年矣。昔为舍氏睹臣之母,量所以赎之则无有,而身固公家之财也,是故悲也。"

钟子期叹嗟曰:"悲夫!悲夫!心非臂也。臂非椎非石也。悲存乎心,而木石应之。故君子诚乎此而谕乎彼,感乎己而发乎人,岂必强说乎哉!"

(先秦)《吕氏春秋·季秋纪·精通》,《诸子集成》本

独郁伊而莫愬兮,追顾景而怜形;奏斯文以写思兮,结翰墨以敷诚。

(魏)曹植《文帝诔》,《三国志》卷二《魏志·文帝纪》注引,中华书局本

道长苦智短，贵重困才轻。周任有遗规，其言明且清。负乘为我戒，夕惕坐自惊。是用感嘉贶，写心出中诚。发篇虽温丽，无乃违其情。

（南朝·梁）张茂先《答何劭二首》之二，《文选》卷二十四，中华书局本

夫盟之大体，必序危机，奖忠孝，共存亡，戮心力，祈幽灵以取鉴，指九天以为正，感激以立诚，切至以敷辞，此其所同也。然非辞之难，处辞为难。后之君子，宜存殷鉴，忠信可矣，无恃神焉。

（南朝·梁）刘勰《文心雕龙·祝盟》，人民文学出版社本

凡群言务华，而降神务实，修辞立诚，在于无愧。祈祷之式，必诚以敬，祭奠之楷，宜恭且哀；此其大较也。班固之《祀涿山》，祈祷之诚敬也，潘岳之《祭庚妇》，祭奠之恭哀也，举汇而求，昭然可鉴矣。

赞曰：毖祀钦明，祝史惟谈。立诚在肃，修辞必甘。季代弥饰，绚言朱兰。神之来格，所贵无惭。

（南朝·梁）刘勰《文心雕龙·祝盟》，人民文学出版社本

《易》曰："圣人感人心而天下和平。"夫感者诚发于心而形于事，人或未谕，故宜之以言，言必顾心，心必副事，三者符合，不相越逾，本于至诚，乃可求感。事或未致，则如勿言，一亏其诚，终莫之信。

（唐）陆贽《奉天论赦书事条状》，《全唐文》卷四百六十九，中华书局本

君子之言必诚，诚久必见。凡有诸中，未有不形于外者，惟当以久见吾子之诚尔。

（宋）欧阳修《与姚编礼》，《欧阳文忠集·书简》卷七，《四部备要》本

言尽于物，言尽于诚。矫情镇物，非我所能。

（宋）邵雍《言尽吟》，《伊川击壤集》卷十六，《四部丛刊》本

舜之大韶，周之衰犹能奏也；三代之车服，宿儒老师能说也。后世之

君,曷尝不举先王之礼乐,以施之宗庙朝廷哉。然而先王用之而能治,寓意于迹,迹修而意行,示教于物,物陈而教达。而后世君子,能用之而不能化,能举之而不能治,迹修矣而人不化其意,物陈矣而下不谕其教,是何说也?诚与不诚异也。先王之为礼乐,岂以为备故事、修文物而已哉?其心之于礼乐,既已诚之矣,操至诚无间之心于内,则其动于外也,心之所存,必能发之于外,外之所示,必能致之于物,故人望其齐庄恭肃之容,而无慢心;闻其和豫雅正之音,而无邪气。夫岂特容与声之所能为哉。其诚之所动,物虽欲不感,不可得也,故物之于诚,不能逃也。立诚于此,物遭而不化者,非物之罪也,是其中必有不足者矣。物之出于诚,犹冰雪之消于火,火至矣而冰雪不消者,非冰雪能拒之也,其炎有不足故也。故诚薄于此,而求物之应,不可得也。诚至而物欲不从,亦不可得也。宗庙之间,不恭而肃,墟墓之间,不哭而哀,尧舜之政,不令而从,以夫在此者,不欺故也。后世之为礼乐者,其心之于礼乐,既已判然为两矣,举是物,曰:此为礼也;奏是音,曰:此为乐也;心之所存不在器,器之所作非其诚,故礼乐之动也,如偶人焉,有其形而无其神;如象龙焉,有其似而无其威。夫礼之为容,乐之为声,譬之人,则其形,譬之龙,则其象也。以至诚以主之者,先王所以为其神与威也。夫人不畏人之形,而畏人之神,不畏龙之象,而畏龙之威,神足而畏威加焉,则何怪乎见者之变哉。内无至诚无间之心,而特备礼乐之声容,何以异于操偶人象龙,而求人之畏之也……昔者,子思为中庸之说,以导孔子之意,始之于天命之谓性,而其本一言以尽之,曰诚而已。故曰:诚者,天之道也;诚之者,人之道也。又曰:唯天下至诚,能为尽其性,而卒至于参天地,赞化育。夫君子为善,岂以谓人以为此善也,吾行之,人以为彼恶也,吾去之欤?其心之于善也,无有驱而纳之者,忽然自至矣。于恶也,无有畏而劫之者,判然不为矣。凡此者,吾心之于善诚好之,其于不善诚恶之故也。心诚之而无隙,则物不可得而间,物不可得而间,则心一,一心以格物,则物为之动,物为之动,则天地之远,化育之微,鬼神之无形,阴阳之不测,吾从役之矣。故《传》之所载古之为礼乐者,其能交鬼神,致异物,调寒燠而感动植者,非高论也。至诚之说曰,不见而章,不动而变,无为而成,天地之道,可一言而尽。礼乐之本,盖出诸此而已矣。

(宋)张耒《至诚篇上》,《柯山集拾遗》卷七,《丛书集成》本

某尝谓以君子之文章，不浮于其德，其刚柔缓急之气，繁简舒敏之节，一出乎其诚，不隐其所已至，不强其所不知；譬之楚人之必为楚声，秦人之必衣秦服也。惟其言不浮乎其心，故因其言而求之，则潜德道志，不可隐伏，盖古之人不知言则无以知人。而世之惑者，徒知夫言与德二者不可以相通，或信其言而疑其行。呜呼，是徒知其一，而不知夫君子之文章，固出于其德，与夫无其德而有其言者异位也。某之初为文，最喜读左氏、《离骚》之书，丘明之文美矣，然其行事不见于后，不可得而考；屈平之仁，不忍私其身，其气遒，其趣高，故其言反覆曲折，初疑于繁；左顾右挽，中疑其迂；就至诚恻怛于其心，故其言周密而不厌，考乎其终，而知其仁也。愤而非怼也，异而自洁，而非私也；徬徨悲嗟，卒无存省之者，故剖志决虑以无自显，此屈原之忠也。故其文如珍珠美玉，丽而可悦也；如秋风夜露，凄忽而感恻也；如神仙烟云，高远而不可挹也。惟其言以考其事，其有不合者乎？

　　　　　（宋）张耒《上曾子固龙图书》，《柯山集拾遗》卷十二，《丛书集成》本

　　古之言诗者，以谓动天地，感鬼神，莫近于诗。夫诗之兴，出于人之情喜怒哀乐之际，皆一人之私意，而至大之天地，极幽之鬼神，而诗乃能感动之者，何也？盖天地虽大，鬼神虽幽，而惟至诚能动之。彼诗者，虽一人之私意，而要之必发于诚而后作，故人之于诗，不感于物，不动于情而作者，盖寡矣。今夫世之人，有顺于其心而后乐，有逆于其心而后怨，当乐而反悲，当怨而反爱者，世之所未尝有，而乐与怨者，一有使之，莫知其然而然者也。此非至诚之动也哉？彼使者，宣所乐所怨之文也。夫情动于中而无伪，诗其导情不苟，则其能动天地，感鬼神者，是至诚之说也。

　　夫文章蓄其变多矣，惟诗独通于诚，故欲观人者莫如诗，故古之君子，相与燕乐酬酢之际，必赋诗以观宾主之意，虽不作于其人，而必取古人之诗以见其志，故先王之时，大至于朝廷之政事，广至于四方之风俗，微至于匹夫贱士之悲嗟、妇人女子之幽怨，一考于诗而知之，而使有可以时陈，取而藏诸太师，又播之乐章，大者荐之郊庙，而次者陈之燕享，则夫诗之可以观故察物，其重概如此。

　　　　　（宋）张耒《上文潞公献所著诗书》，《柯山集拾遗》卷十二，《丛书集成》本

大抵吾友诚悫之心，似有未至，而华藻之饰，常过其哀，故所为文，亦皆辞胜理，文胜质，有轻扬诡异之态，而无沉潜温厚之风。

（宋）朱熹《答王近思》，《朱子大全》卷三十九，《四部备要》本

唐诗所以绝出于《三百篇》之后者，知本焉尔矣。何谓本？诚是也……情动于中而形于言，言发乎迩而见乎远，同声相应，同气相求，虽小夫贱妇、孤臣孽子之感讽，皆可以厚人伦、美教化，无它道也。故曰不诚无物。夫惟不诚，故言无所主，心口别为二物；物我邈其千里，漠然而往，悠然而来，人之听之，若春风之过马耳，其欲动天地、感鬼神，难矣。其是之谓本。

（金）元好问《杨叔能小亨集引》，《遗山先生文集》卷三十六，《四部丛刊》本

古诗《三百篇》，孔子取"思无邪"一言以盖之。夫思无邪者，诚也。人能以诚诵诗，则善恶皆有益。学诗之要，岂有外于诚乎？余观历代工诗者，在汉魏晋则有曹、刘、陶、谢辈，在唐则有李、杜、柳、岑辈，在宋则有欧、苏、黄、陈辈，在元则有虞、杨、揭、范辈。诸贤诗，刊行久，固足以为后学法矣。

（明）瞿佑《归田诗话·序》，《历代诗话续编》本

言之不足，故长言之。君子之于言，祈乎足，勿辞其长也；几乎足，非乐其长也；故曰："修辞立其诚。"诚者，足而无虚之谓也。虽然，有发不及赴者焉，有含之已盈而终不得抒者焉，有广大而无可殚及者焉，有孤至而不知其余者焉，有寝兴食饮于斯而不假特举者焉。凡此者，皆终古而无足之心也，奚况终古而有足之言也？

（清）王夫之《诗广传·周颂四》，中华书局本

竟不作关合，自然摄之，笔贵志高，乃与古人同调，拟古必如此，正令浅人从何处拟起。崆峒、沧溟心非古人之心，但向文字中索去，固宜为轻薄子所嘲也。诗虽一技，然必须大有原本，如周公作诗云"于昭于

天"，正是他胸中寻常茶饭耳，何曾寻一道理如此说。谭友夏拟子夜读曲，往往神肖，只为他浪子心情一向惯熟。又如陈昂、宋登春一开口便作悲田院语。渠八识田中，止有妄想他人银钱、酒食、种子，借令摆脱，翻不得似。诗之不可伪也，有如此夫！

（清）王夫之《明诗评选》卷一，石宝《推拟君子有所思行》
评语，《船山遗书》，太平洋书店重校刊本

修辞立诚。朴诚者，真之至也。为文必本于朴诚，而后随境所触，随笔所之，旁见侧出，主客变换，恍惚离奇，鬼神莫测；譬如镜中西施，身影皆丽，雪夜梅花，香色难分。以是为文，则假即真之谓，而非反真之谓。

（清）贺贻孙《答友人论文二》，《水田居诗文集》卷五，清
刊本

《墨客挥犀》云：李格非善论文章，尝曰：诸葛公《出师表》、李令伯《陈情表》、陶渊明《归来引》，沛然如肺肝流出，殊不见有斧凿痕，数君子在后汉之末，两晋之间，未尝以文章名世，而其词意超迈如此。盖文章以气为主，气以诚为主。故老杜谓之"诗史"者，其大过人在诚实耳。（《香祖笔记》）

（清）王士禛《带经堂诗话》卷一，人民文学出版社本

诗不外乎情事景物，情事景物要不离乎真实无伪。一日有一日之情，有一日之景，作诗者若能随境兴怀，因题著句，则固景无不真，情无不诚矣；不真不诚，下笔安能变易而不穷？

（清）黄子云《野鸿诗的》，《清诗话》本

故聪明不可妄用，才气不可妄驰。古之作者，不患文字之不工，而患文字之徒工而无益于世教；不患学问之不富，而患学问之徒富而无得于身心。《易》曰："言有物而行有恒。"又曰："修辞立其诚。"所谓"物"与"诚"者，本于人心之所不容已，仁者见仁，知者见知，要于实有其所见，故其所言自成仁知而不诬，不必遽责圣贤道德之极至，始谓修辞之诚也。盖人各有能有不能，与其饰言而道中庸，不若偏举而谈狂狷，此言

贵诚不尚饰也。文士怀才，譬若勇夫握利兵焉，弓矫矢直，洞坚贯札，洵可为利器矣。或用之以为盗，或用之以御盗，未可知也，此则又存乎心术矣。

（清）章学诚《评沈梅村古文》，《文史通义》补遗，中华书局本

诗以言志，如无志可言，强学他人说话，开口即脱节，此谓言之无物，不立诚。若又不解文法变化精神措注之妙，非不达意，即成语录腐谈。是谓言之无文无序。若夫有物有序矣，而德非其人，又不免鹦鹉、猩猩之诮。庄子曰："真者精诚之至也。"不精不诚，不能动人。尝读相如、蔡邕文，了无所动于心。屈子则渊渊理窟，与《风》、《雅》同其精蕴。陶公、杜公、韩公亦然。可见最要是一诚，不诚无物。诚身修辞，非有二道。试观杜公，凡寄赠之作，无不情真意挚，至今读之，犹为感动。无他，诚焉耳。彼以料语妆点敷衍门面，何曾动题秋毫之末。

（清）方东树《昭昧詹言》卷一，人民文学出版社本

李、杜、韩、苏，非但才气笔力雄肆，直缘胸中蓄得道理多，触手而发，左右逢原，皆有归宿，使人心目了然餍足，足以感触发悟心意。余人胸无所欲言而强为，笔力既弱，章法又板，议论又卑近浅俚，故不足观……故知诗虽末艺，而修辞立诚，不可掩也。

（清）方东树《昭昧詹言》卷十一，人民文学出版社本

大约胸襟高，立志高，见地高，则命意自高。讲论精，功力深，则自能崇格。读书多，取材富，则能隶事。闻见广，阅历深，则能缔情。要之尤贵于立诚。立诚则语真，自无客气浮情、肤词长语、寡情不归之病。

（清）方东树《昭昧詹言》卷十四，人民文学出版社本

诗以达情也，而世之为诗者适足以自掩其情，是非才之不足而学之不至也，发焉不由其诚，为之不以其道，则才与学皆足为诗病也。余读戴君珠船诗，嘉其意趣横出，务除凡近，宏篇墨辞若无涯涘。因思乡先生吴生甫有云：士之习于艺而通者，恒有得于师学所不至之区。书之于剑器无涉也，而舞或助之；医之于鬼物无涉也，而祟或启之；琴之于山水无涉也，

而巍巍之高与荡荡之流或引而入之。今珠船寄情骀荡，不徒规规于音律之间，岂诚得师学所不至之区耶？抑又闻之：言征实而难工，意翻空而易巧，珠船曲陈世情，雕镂物态，既悉本于性情之自然，所谓由其诚者得之而为之更以其道，自兹以往其所至方未有量也。珠船索言于余，固书此贻之。

（清）刘开《珠海诗草序》，《刘孟涂文集》卷七，檃山草堂本

无论诗古文词，推到极处，总以一诚为主。杜诗韩文，所以大过人者在此。求之于词，其惟碧山乎？然自宋迄今，鲜有知者。知碧山者惟蒿庵，即皋文尚非碧山真知己也。知音不亦难哉！

（清）陈廷焯《白雨斋词话》卷八，人民文学出版社本

2. 真乃诚至　有情方真

真者，精诚之至也。不精不诚，不能动人。故强哭者虽悲不哀，强怒者虽严不威，强亲者虽笑不和。真悲无声而哀，真怒未发而威，真亲未笑而和。真在内者，神动于外，是所以贵真……事亲以适，不论所以矣；饮酒以乐，不选其具矣；处丧以哀，无问其礼矣。礼者，世俗之所为也；真者，所以受于天也。故圣人法天贵真，不拘于俗。愚者反此。不能法天而恤于人，不知贵真，禄禄而受变于俗，故不足。

（先秦）《庄子·渔父》，《诸子集成》本

强令之笑不乐，强令之哭不悲，强令之为道也，可以成小，而不可以成大。

（先秦）《吕氏春秋·仲春纪·功名》，《诸子集成》本

是故情深而文明，气盛而化神，和顺积中，而英华发外：唯乐不可以为伪。

（先秦）《礼记·乐记》，《十三经注疏》本

昔雍门子以哭见于孟尝君。已而陈辞通意，抚心发声，孟尝君为之增

歔唈，流涕狼戾不可止。精神形于内，而外谕哀于人心，此不可传之道。使俗人不得其君形者而效其容，必为人笑。

（汉）刘安《淮南子·览冥训》，《诸子集成》本

且喜怒哀乐，有感而自然者也。故哭之发于口，涕之出于目，此皆愤于中而形于外者也。譬若水之下流，烟之上寻也，夫有孰推之者？故强哭者虽病不哀，强亲者虽笑不和，情发于中而声应于外。

若夫规矩钩绳者，此巧之具也，而非所以巧也。故瑟无弦，虽师文不能以成曲，徒弦则不能悲。故弦，悲之具也，而非所以为悲也。

（汉）刘安《淮南子·齐俗训》，《诸子集成》本

哭挽之诗，要情真事实。于其人情义深厚则哭之，无甚情分，则挽之而已矣。当随人行实作，要切题，使人开口读之，便见是哭挽某人方好。中间要隐然有伤感之意。

（元）杨载《诗法家数》，《历代诗话》本

陈绎曾曰："情真、景真、意真、事真。澄至清，发至情。"

（明）王世贞《艺苑卮言》卷一，《历代诗话续编》本

龙洞山农叙《西厢》，末语云："知者勿谓我尚有童心可也。"夫童心者，真心也。若以童心为不可，是以真心为不可也。夫童心者，绝假纯真，最初一念之本心也。若失却童心，便失却真心；失却真心，便失却真人。人而非真，全不复有初矣。

童子者，人之初也；童心者，心之初也。夫心之初，曷可失也！然童心胡然而遽失也？盖方其始也，有闻见从耳目而入，而以为主于其内而童心失。其长也，有道理从闻见而入，而以为主于其内而童心失。其久也，道理闻见日以益多，则所知所觉日以益广，于是焉，又知美名之可好也，而务欲以扬之而童心失；知不美之名之可丑也，而务欲以掩之而童心失。夫道理闻见，皆自多读书识义理而来也。古之圣人，曷尝不读书哉！然纵不读书，童心固自在也，纵多读书，亦以护此童心而使之勿失焉耳，非若学者反以多读书识义理而反障之也。夫学者既以多读书识义理障其童心矣，圣人又何用多著书立言以障学人为耶？童心既障，于是发而为言语，

则言语不由衷；见而为政事，则政事无根柢；著而为文辞，则文辞不能达。非内含以章美也，非笃实生辉光也，欲求一句有德之言，卒不可得。所以者何？以童心既障，而以从外入者闻见道理为之心也。

夫既以闻见道理为心矣，则所言者皆闻见道理之言，非童心自出之言也。言虽工，于我何与？岂非以假人言假言，而事假事、文假文乎？盖其人既假，则无所不假矣。由是而以假言与假人言，则假人喜；以假事与假人道，则假人喜；以假文与假人谈，则假人喜。无所不假，则无所不喜。满场是假，矮人何辩也？然则虽有天下之至文，其湮灭于假人而不尽见于后世者，又岂少哉！何也？天下之至文，未有不出于童心焉者也。苟童心常存，则道理不行，闻见不立，无时不文，无人不文，无一样创制体格文字而非文者。诗何必古选，文何必先秦。降而为六朝，变而为近体，又变而为传奇，变而为院本，为杂剧，为《西厢曲》，为《水浒传》，为今之举子业，大贤言圣人之道皆古今至文，不可得而时势先后论也。故吾因是而有感于童心者之自文也，更说甚么六经、更说甚么《语》、《孟》乎？

夫六经、《语》、《孟》，非其史官过为褒崇之词，则其臣子极为赞美之语。又不然，则其迂阔门徒，懵懂弟子，记忆师说，有头无尾，得后遗前，随其所见，笔之于书。后学不察，便谓出自圣人之口也，决定目之为经矣，孰知其大半非圣人之言乎？纵出自圣人，要亦有为而发，不过因病发药，随时处方，以救此一等懵懂弟子，迂阔门徒云耳。药医假病，方难定执，是岂可遽以为万世之至论乎？然则六经、《语》、《孟》，乃道学之口实，假人之渊薮也，断断乎其不可以语于童心之言明矣。呜呼！吾又安得真正大圣人童心未曾失者而与之一言文哉！

（明）李贽《杂述》，《焚书》卷三，中华书局本

吾族之在四明山中者，自菊束先生以来代有闻人，近虽中衰，而孚先、禹平苗焉秀出。两人尝以诗文过余，而孚先往来尤数。中更乱离，五六年不见，则以诗一编寄余请序，岁尽自来促之。孚先论诗，大意谓声音之正变，体制这悬殊，不特中、晚不可初、盛，即风雅颂亦自有迥然不同者；若身之所历，目之所触，发于心著于声，迫于中之不能自已，一倡而三叹，不啻金石悬而宫商鸣也；斯亦奚有今昔之间，盖情之至真，时不我限也。斯论美矣，然而正自有说。嗟乎，盖难言之矣！情者，可以贯金石动鬼神。古之人情与物相游，而不能相舍，不但忠臣之事其君，孝子之事

其亲，思妇劳人结不可解，即风云月露，草木虫鱼，无一非真意之流通，故无溢言曼辞以入章句，无谄笑柔色以资应酬，唯其有之，是以似之。今人亦何情之有，情随事转，事因世变，干啼湿哭，总为肤受，即其父母兄弟亦若败梗飞絮，适相遭于江湖之上。劳苦倦极，未尝不呼声天也；疾痛惨怛，未尝不呼声父母也。然而习心幻结，俄顷销亡，其发于心著于声者，未可便谓之情也。由此论之，今人之诗非不出于性情也，以无性情之可出也。孚先情意真挚，不随世俗波委。余避地海滨，孚先悯其流离，形诸梦寐，作诗见怀："旅月仍圆夜，秋风独卧身"。读之恍然见古人之性情焉。是故有孚先之性情，而后可持孚先之议论耳。不然，以不及情之情与情至之情较，其离合于长吟高啸之间，以为同出于情也，窃恐似之而非矣。

（清）黄宗羲《黄孚先诗序》，《南雷文案》卷二，《四部丛刊》本

曰迂曰僻世所遭弃也，然而诗文之工，迂僻者居多……彼既禀质独异，一切人世牵系弗舍者不足蒂芥于胸而一往孤诣，其所成就往往绝殊。无他，迂僻之效也。

（清）沈德潜《周钦莱诗集序》，《归愚诗文全集》卷八，清刊本

熊掌豹胎，食之至珍贵者也；生吞活剥，不如一蔬一笋矣。牡丹芍药，花之至富丽者也；剪彩为之，不如野蓼山葵矣。味欲其鲜，趣欲其真，人必知此，而后可与论诗。

（清）袁枚《随园诗话》卷一，人民文学出版社本

诗难其真也，有性情而后真；否则敷衍成文矣。诗难其雅也，有学问而后雅，否则俚鄙率意矣。

（清）袁枚《随园诗话》卷七，人民文学出版社本

是诗本乎性情者然也，而究非性情之至也。夫在天为道，在人为性，性动为情，情之至由于性之至，至性至情不过本天而动，而天下之凡有性情者，相与感发于不自知，咏叹于不容已，于此见性情之所通者大而其机

自有真也。

（清）纪昀《冰瓯草序》，《纪文达公遗集》卷九，清刊本

介甫文每言及骨肉之情，酸恻呜咽，语语自肺腑中流出，他文却未能本此意扩而充之。

（清）刘熙载《艺概·文概》，上海古籍出版社本

有为法之所以不贵者，人也，非天也，天真而人伪。夫文章书画亦欲其真而已矣。

（清）刘熙载《游艺约言》，《刘熙载集》，华东师范大学出版社本

3. 称情而言　任真自得

渊明少有高趣，博学，善属文，颖脱不群，任真自得……尝著文章自娱，颇示己志，忘怀得失，以此自终，时谓之实录。

（南朝·梁）萧统《陶渊明传》，《全梁文》卷二十，《全上古三代秦汉三国六朝文》，中华书局本

西汉之初，王泽未竭，诗教在焉。昔仲尼所删诗三百篇，初传卜商。后之学者，以师道相高，故有齐、鲁四家之目。其五言，周时已见滥觞，及乎成篇，则始于李陵苏武二子。天与其性，发言自高，未有作用。《十九首》辞精义炳，婉而成章，始见作用之功。盖东汉之文体，又如"冉冉孤生竹"、"青青河畔草"，傅毅蔡邕所作。以此而论，为汉明矣。

（唐）皎然《诗式·李少卿并古诗十九首》，《历代诗话》本

郊寒白俗，诗人类鄙薄之。然郑厚评诗，荆公、苏、黄辈，曾不比数，而云："乐天如柳阴春莺，东野如草根秋虫，皆造化中一妙。"何哉？哀乐之真，发乎情性，此诗正理也。

（金）王若虚《滹南诗话》卷上，人民文学出版社本

一语天然万古新，豪华落尽见真淳。南窗白日羲皇上，未害渊明是

晋人。

(金)元好问《论诗三十首》，《遗山先生文集》卷十一，《四部丛刊》本

古之人，虽闾巷子女风谣之作，亦出于天真之自然，而今之人反是。惟恐夫诗之不深于学问也，则以道德性命、仁义礼智之说，排比而成诗；惟恐夫诗之不工于语言也，则以风云月露、草木禽鱼之状，补凑而成诗，以哗世取宠，以矜己耀能。愈欲深而愈浅，愈欲工而愈拙。

(元)方回《赵宾旸诗集序》，《桐江集》卷一，商务印书馆影抄本

学诗浑似学参禅，语要惊人不在联。但写真情并实境，任他埋没与流传。

(明)都穆《南濠诗话》，《历代诗话续编》本

白太傅之诗，亦可称诗史。唐人旬休事，他小说皆不载，独《长庆集》有之。其《郡斋旬假命宴呈坐客示郡僚》诗……亦自情真语实。

(明)何良俊《四友斋丛说》，中华书局本

夫迫而呼者不择声，非不择也，郁与口相触，卒然而声，有加于择者也。古之为《风》者，多出于劳人思妇，夫非劳人思妇为藻于学士大夫，郁不至而文胜焉，故吐之者不诚，听之者不跃也。余同门友陶孝若，工为诗，病中信口腕，率成律度。夫郁莫甚于病者，其忽然而鸣，如瓶中之焦声，水与火暴相激也；忽而展转诘曲，如灌木之萦风，悲来吟往，不知其所受也，要以情真而语直。故劳人思妇，有时愈于学士大夫，而呻吟之所得，往往快于平时。夫非病之能为文，而病之情足以文，亦非病之情皆文，而病之文不假饰也。是故通人贵之。

(明)袁宏道《陶孝若枕中呓引》，《袁宏道集笺校》卷三十五，上海古籍出版社本

一片真气，自是李白寄杜甫之作，工拙不必论也。

(明)钟惺《唐诗归》卷十六，李白《沙丘城下寄杜甫》评语，明末刻本

乐府之淫滥，无如今日矣。所称江南胜部，自王实甫、高则诚而下，王弇州首推《拜月亭》，犹曰：所嫌者，曲终不能使人泪下。斯言也，真得词家三昧。盖剧场即一世界，世界只一情人。以剧场假而情真，不知当场者有情人也。顾曲者尤属有情人也。即从旁之堵墙而观听者，若童子，若瞽叟，若村媪，无非有情人也。倘演者不真，则观者之精神不动。然作者不真，则演者之精神亦不灵。兹传之总评，惟一真字，足以尽之耳。何也？桂英守节、王魁辞姻无论，即金垒之好色、谢妈之爱财，无一不真。所以曲尽人间世态炎凉，暄窗景状，令周郎掩泣，而童叟村媪亦从而和之，良有以已。然又有几段奇境不可不知。其始也落魄莱城，遇风鉴操斧，一奇也；及所联之配又属青楼，青楼而复出于闺帏，又一奇也。新婚设誓，奇矣，而金垒套书，致两人生而死，死而生，复有虚讣之传，愈出愈奇，悲欢沓见，杂合环生。读至卷尽，如长江怒涛，上涌下溜，突兀起伏，不可测识，真文情之极。其行曲者，可概以院本目之乎！

    （明）袁于令《玉茗堂批评〈焚香记〉序》，《古本戏曲丛刊》初集本

  若今之言诗者，体象既变，源流复殊。故情以独至为真，文以范古为美。今子之诗，大而悼感世变，细而驰赏闺襟，莫不措思微茫，俯仰深至，其情真矣。上自汉魏，下讫三唐，斟酌摹拟，皆供麾染，其文合矣。卓然为盛明之一家，何疑焉。

    （明）陈子龙《佩月堂诗稿序》，《陈忠裕全集》卷二十五，山草堂本

  诗文之缪，佣耳而瓢目也，俪花而斗叶也，其转缪，则蝇声而蚓窍也，牛鸣而蛮语也。其受病则皆不离乎伪也。咸仲之诗文，喜而歌焉，哀而泣焉，醒而狂焉，梦而愕焉，嬉笑啁呻、謦咳涕唾，无之而非是也。咸仲之性情在焉，咸仲之眉宇心腑在焉。有真咸仲，故有咸仲之真诗文，其斯为咸仲而已矣。

    （清）钱谦益《刘咸仲雪庵初稿序》，《牧斋初学集》卷三十一，上海古籍出版社本

末世人情弥巧，文而不惭，固有朝赋《采薇》之篇，而夕有捧檄之喜者。苟以其言取之，则车载鲁连，斗量王蠋矣。曰：是不然。世有知言者出焉，则其人之真伪，即以其言辨之，而卒莫能逃也。《黍离》之大夫，始而摇摇，中而如噎，既而如醉，无可奈何，而付之苍天者，真也。汨罗之宗室，言之重，辞之复，心烦意乱，而其辞不能以次者，真也。栗里之征士，淡然若忘于世，而感愤之怀，有时不能自止，而微见其情者，真也。其汲汲于自表暴而言者，伪也。《易》曰："将叛者其辞惭，中心疑者其辞枝，失其守者其辞屈。"《诗》曰："盗言孔甘，乱是用餤。"夫镜情伪，屏盗言，君子之道，兴王之事，莫先乎此。

（清）顾炎武《日知录·文辞欺人》，《日知录集释》卷十九，《四部备要》本

诗无古今，惟其真尔。有真性情，然后有真格律；有真格律，然后有真风调。勿问其似何代之诗也，自成其本朝之诗而已。勿问其似何人之诗也，自成其本人之诗而已。习（晋）人有云："我与我，周旋久。"宁作我也。

（清）尤侗《吴虞升诗序》，《西堂杂俎二集》卷三，《西堂全集》，云溪阁藏本

又曰："八体屡迁，功以学成，才力居中，肇自血气；气以实志，志以定言，吐纳英华，莫非情性。"数语宜玩，所谓性情真，为其能达意也。今人见一二语稍切实者曰性情语，殆未解此矣。

（清）庞垲《诗义固说》下，《清诗话续编》本

论者以为汉、魏、三唐皆可学而至，独《三百篇》则不能。予则谓汉、魏、三唐，人庸有学之而不至，《三百篇》诗，特患人不欲为，欲之顾未有不能者。盖《三百篇》，学士大夫以至征夫思归皆有之，不假学问而能工者，意真也。人无真意而求工于诗，辟犹附涂而粉泽之，施以绘彩，则几何其能久也。

（清）魏禧《唐邢若诗序》，《魏叔子文集》卷九，清刊本

顾华玉云："五七言绝，韵古则调高，情真则意远。"仆谓韵古则调

高，信矣，惟情真则意难远，然不特绝句也。

（清）叶矫然《龙性堂诗话续集》，《清诗话续编》本

诗不在深，在真。

（清）乔亿《剑溪说诗》卷下，《清诗话续编》本

李贵清真，杜裁伪体，清而不真，则伪体也。韩退之务去陈言，归熙甫谓不切者为陈言。足见诗文不真不切，古人所不取也。

（清）乔亿《剑溪说诗又编》，《清诗话续编》本

《寄微之三首》清空一气如话，三首直如一首。反复读之，令人心恻恻，殊难为怀，似古乐府，似苏、李河梁诗，似杜甫《梦李白》二章，要自成为香山之诗，惟其真也。诗文到真处，则千古流传，不可磨灭矣。

（清）爱新觉罗·弘历等《唐宋诗醇》，浙江书局刻本

或问予诗如何可作？予曰：不知也。姑就鄙见论诗，只有三字：情也，理也，景也。而蔽以一言，曰"真写得"三字。真，即村歌亦成绝调，不观古来谣谚，有载之史传，垂之后世者乎！然则学可废乎？曰否。真，是诗之根，非学无以殖之。须于吟诵时，得其真气味，然后下笔时可以发我真性情。何谓真气味？神在句外。何谓真性情？言出心坎。若意浅、神竭、韵粘、字呆，都不是真气味。热中人作高尚，富贵性谈场圃，伪君子讲节义，都不是真性情。知此，始可与言诗。

（清）龚炜《巢林笔谈》卷四，中华书局本

王阳明先生云："人之诗文，先取真意，譬如童子垂髫肃揖，自有佳致；若带假面伛偻而装须髯，便令人生憎。"顾宁人与某书云："足下诗文非不佳，奈下笔时胸中总有一杜一韩放不过去，此诗文之所以不至也。"

（清）袁枚《随园诗话》卷三，人民文学出版社本

诗道性情，只贵说本分语。如右丞、东川、嘉州、常侍，何必深于义理，动关忠孝；然其言自足有味，说自家话也，不似放翁、山谷，矜持虚

憍也。四大家绝无此病。

（清）方东树《昭昧詹言》卷十一，人民文学出版社本

作诗务在足意，意不足，诗可不作。每读古乐府之佳者，皆有无限深意在内，发而为文，千古不朽。后世徒以时流之笔仗，描绘古词之肤末，读之总不动人心目，由其少真意也。唐人乐府，太白最多，太白唯借其名目，运以己意，甚有与古词绝不相似者，此其所以为佳。

（清）厉志《白华山人诗说》卷一，《清诗话续编》本

诗贵真意。真意者，本于志以树骨，本于情以生文，乃诗家之源，即诗家之先天。至修词工夫，如选声配色之类，皆后起粉饰之事，特其末焉耳。诗人首重炼意以此。惨淡经营于方寸之中，以思引意，以才辅意，以气行意，以笔宣意，使意发为词，词足达意。而意中意外，志隐跃其欲现，情悱恻其莫穷，斯言之有物，衷怀几若揭焉。故可以感动后人，以意逆志，虽地隔千里，时阅百代，而心心相印，如见其人，所谓言为心声，人各有真是也。后人不肯称情而言，意与心违，匿情激志，以形于言，不惟喜怒哀乐，均失其真，即言与人，亦迥不相符。"言伪而辨"，亦安用之！此古人所以多真君子，而后人所以多伪君子也。岂非速朽之道，安望传哉！

（清）朱庭珍《筱园诗话》卷四，《清诗话续编》本

余谓情之悲乐，由于境之顺逆，苟当其情，辞无不工，此非可强而致，伪而为也。且竹垞尝曰：南风之诗，五子之歌，此长短句之所由昉（《水村琴趣序》）。之二篇者，一乐一悲，其可谓虞舜知言，而五子为不足道乎。况昌黎之说，即词亦何莫不然。

（清）谢章铤《赌棋山庄词话》卷十，《词话丛编》本

夫词多发于临远送归，故不胜其缠绵恻悱。即当歌对酒，而乐极哀来，扪心渺渺，阁泪盈盈，其情最真，其体亦最正矣。他如咏物而必多寄托，怀古则别有流连，歌者有怀，劳人思息，安能尽如郊祀之矜庄，铙吹之扬厉哉。且宋人多称寿之词，喜悦谅无过此。然魏华父专工斯作，至今日则徒供覆瓿。何也？其情不属也。盖文字之能留于天地间者，皆有精神

以贯之。精神之浅深,而声名之久暂因之。鏧鋭为工,吾知其无与于斯道矣。

(清)谢章铤《赌棋山庄词话》卷十,《词话丛编》本

诗可数年不作,不可一作不真。陶渊明自庚子距丙辰十七年间,作诗九首,其诗之真,更须问耶?彼无岁无诗,乃至无日无诗者,意欲何明?

(清)刘熙载《艺概·诗概》,上海古籍出版社本

杜诗云:"畏人嫌我真。"又云:"直取性情真。"一自咏,一赠人,皆于论诗无与,然其诗之所尚可知。

(清)刘熙载《艺概·诗概》,上海古籍出版社本

孤抱出风尘,兀傲嶙峋,拈来俚语也精神。书画是雄还是逸?只写天真。

(清)刘熙载《浪淘沙·闻潍县人颂吾乡郑板桥先生遗政有感而作》,《刘熙载集·昨非集》卷四,华东师范大学出版社本

古诗云:"识曲听其真"。真者,性情也,性情不可强。观稼轩词,知为豪杰,观白石词,知为才人。其真处有自然流出者,词品之高低,当于此辨之。

(清)沈祥龙《论词随笔》,《词话丛编》本

词之言情,贵得其真。劳人思妇,孝子忠臣,各有其情。古无无情之词,亦无假托其情之词。柳、秦之妍婉,苏、辛之豪放,皆自言其情者也。必专言《懊侬》、《子夜》之情,情之为用,亦隘矣哉!

(清)沈祥龙《论词随笔》,《词话丛编》本

真字是词骨。情真、景真,所作必佳,且易脱稿。

(清)况周颐《蕙风词话》卷一,人民文学出版社本

凡这类都是情感突变,一烧到"白热度",便一毫不隐瞒,一毫不修饰,照那情感的原样子,迸裂到字句上。我既承认情感越发真越发神圣,讲真,没有真过这一类了。这类文学真是和那作者的生命分劈不开——至

少也是当他作出这几句话那一秒钟时候,语句和生命是迸合为一。这种生命是要亲历其境的人自己创作,别人断乎不能替代……即如《桃花扇》这几段,也因为作者孔云亭是一位明遗老,(他里头有一句话:那晓得我老夫就是戏中之人!)这些沉痛是他心坎中原来有的,所以写得能够如此动人。

(清)梁启超《中国韵文里头所表现的情感》,《饮冰室文集》卷七十,中华书局本

南海先生不以诗名,然其诗固有非寻常作家所能及者,盖发于真性情,故诗外常有人也。

(清)梁启超《饮冰室诗话》,《饮冰室文集》卷七十七,中华书局本

4. 违心作伪　自欺欺人

东坡云:"诗须有为而作。"山谷云:"诗文惟不造空强作,待境而生,便自工耳。"予谓今人之诗,惟务应酬,真无为而强作者,无怪其语之不工。元遗山诗云:"纵横正有凌云笔,俯仰随人亦可怜。"知此病者也。

(明)都穆《南濠诗话》,《历代诗话续编》本

蔡琰曰:"薄志节兮念死难。"魏武帝曰:"周公吐哺,天下归心。"既以周公自任,又曰:"天命在吾,吾为周文王矣。"老瞒如此欺人。诗贵乎真,文姬得之。

(明)谢榛《四溟诗话》卷一,《历代诗话续编》本

今之学子美者,处富有而言穷愁,遇承平而言干戈,不老曰老,无病曰病,此摹拟太甚,殊非性情之真也。

(明)谢榛《四溟诗话》卷二,《历代诗话续编》本

我朝文字,宋学士而止。方逊志已弱,李梦阳而下,至琅玡,气力强

弱巨细不同，等赝文尔。弟何人，能为其真？不真不足行，二也。

　　　　（明）汤显祖《答张梦泽》，《汤显祖诗文集·玉茗堂尺牍之
　　　　四》，上海古籍出版社本

　　说者谓今日无诗，非无诗也，夫人而有诗也。夫人而有诗，皆人其人之诗，而无其诗也。今日主上未遑于诗学，此下自公卿至童子羽衲，即无有不言诗者。岂惟言诗，帙矣刻矣，播矣传矣，进则为帚，而谒则为贽也。然而望之无诗也。何也？色不易倩，自以为倩者，未尝印其影也。有假灵之派，有假刻之派，有假淡之派，有词赋之派，有道学之派，近日又有时文之派。无以焉之所则不精，无经句书语则不巧。此其赋质命胎，原无此道，万不得已，左屈右支，以诧于众，各号曰诗，而诗之道于是乎大苦。

　　　　（明）王思任《深柳斋三集序》，《王季重十种》，《中国文学珍
　　　　本丛书》本

　　天下无之不趋于伪也，吏伪而商，儒伪而乞，武伪而戏，貌伪而牺，言伪而欹，服伪而皮。君子曰：伪之兴也，则文为之阶乎？盖今之文吾知之矣。大约生吞丘索，活剥典坟。涂《诗》《书》则一诰一歌；窜《春秋》则某年某月；割《周礼》则琬琰珪璋，一望如玉；拾《离骚》则蘅兰荪藏，四顾皆草。一尔我也，文之曰朕，曰台，曰卬，曰若；一之乎也，变之曰兮，曰些，曰只，曰止。至有呼三皇为公子，赠五帝为美人，屈文武约汉法三章，代孔孟咏唐诗一首者。昔李鄂以风云月露为俳词，而今波及虫鱼花鸟；韩熙载以虬户琼岳为涩体，而今沦于札榻鸿休。刘勰所云：子云《校猎》，鞭宓妃以饟屈原；张衡《羽猎》，困玄冥于朔野支离。诡诞殆有甚焉，岂仅卢橘夏熟、玉树青葱之谬乎。穷其伎俩，不过旁搜稗史，遍熟传奇，全誊类书，半依韵府，近则蝌文鸟篆，重译难名，即非王烈素书，复异扬雄奇字。子意云何，一出于伪而已。语云：画西施之面，美而不可悦；绘孟贲之目，大而不足畏，失其真也。况刻画无盐，绨绣魍魉乎？若是则将人其人，火其书，然惩羹炊齑，抑又不可，夫西家之颦，邯郸之步，亦学者过矣，岂遂以訾其捧心，废其举足哉？推此论文，蛾眉皓齿，非无真色也，饰以脂粉则诡；玉琴锦瑟，非无真声也，杂以瓦釜则哑。木兰秋菊，非无真臭味也，和以酥酪则膻。子长作史，择其言尤雅

者，今有文百轴，驰走京毂，岂无尤雅者出其间乎？余尝读《诗》《匪风》则忧，"彼都"则喜。《匪风》之章曰："匪风发兮，匪车偈兮。"解者曰：发发者，是非古之风也。偈偈者，是非古之车也。"彼都"之章曰："彼都人士，垂带而厉；彼君子女，卷发如虿。"解者曰：厉者，犹及见古之带也；虿者，犹及见古之发也。予论文亦然，去其似《匪风》者，存其近"彼都"者，斯风不既真哉？然而千百之中只登十一，何真者少，伪者多也。夫天下之伪自文始也，天下之伪不自文止也。商者、乞者、戏者、牺者，与趹与皮者，伊干何底也，而吾犹号千人曰真云者。人将曰：夫夫又以伪教天下也。

（清）尤侗《丁亥真风序》，《西堂杂俎》，《西堂全集》，云溪阁藏本

阮亭主修饰，不主性情，观其到一处必有诗，诗中必用典，可以想见其喜怒哀乐之不真矣。

（清）袁枚《随园诗话》卷三，人民文学出版社本

貌有不足，敷粉施朱。才有不足，征典求书。古人文章，俱非得已。伪笑佯哀，吾其忧矣。画美无宠，绘兰无香。揆厥所由，君形者亡。

（清）袁枚《续诗品·葆真》，《清诗话》本

兰麝绕珠翠，美人在金屋。若使侍姬妾，未免修眉蹙。唐贤临晋书，真意苦不足。

（清）蒋士铨《论诗杂咏三十首》，《忠雅堂诗集》卷二十六，嘉庆刊本

钟会《遗荣赋》，潘岳《闲居赋》，似乎能不汲汲于仕宦矣。然实皆中躁而外恬，心竞而迹让，非仅不能欺人，亦并不能自欺也。

（清）洪亮吉《北江诗话》卷四，人民文学出版社本

寿序非古也，其原出于唐之中叶，天子以所生日为节，赐天下酺，而臣之谀者胪功德而颂之。今世所传贺生日表皆谀者之词也。浸假而用之以谀权贵有力者，浸假而有位大君子亦谀之，浸假而大君子亦受此谀以为固

当。于是贩夫贩妇、牛童马走，苟有年必有谀者为之寿，苟为寿必有谀者为之功德之言，此非黄帝、苍颉以来书契之不幸也，天下之势也。然自唐历宋、元至有明之初，其文无一传者，何也？违心之言渷涊龃龉，必不能工矣，而羞恶之心不泯，则逸之而已。

  （清）恽敬《与卫海峰同年书》，《大云山房文稿·补编》，《四部备要》本

  诗家以不登应酬作为妙，此是正论。而袁枚非之，谓李、杜、苏、韩集中，强半应酬诗也。万里之外，情文相生，又可废乎？今若可删，昔可无赠。谁谓应酬诗不能工耶？噫！此借以文己过，强词夺理之言也。夫朋友列五伦之一，"同心之言，其臭如兰"，《周易》亦有取焉。勿论赠答唱和之作，但有深意，有至情，即是真诗，自应存以传世，不得谓之应酬。即投赠名公巨卿，或感其知，或颂其德，或纪其功，或述其义，但使言由衷发，无溢美逾分之词，则我系称情而施，彼亦实足当之，有情有文，仍是真诗。即其人无功德可传，而实能略分忘位，爱士怜才，于我果有深交厚谊，则知己之感，自有不容已于言者。意既真挚，情自缠绵，本非违心之词，亦是真诗，均不得以应酬论。所谓应酬者，或上高位，或投泛交，既无功德可颂，又无交情可言，徒以慕势希荣，逐利求知，屈意颂扬，违心谀媚，有文无情，多词少意，心浮而伪，志躁以卑。以及祝寿贺喜，述德感恩，谢馈赠，叙寒暄，征逐酒食，流连燕游，题图赞像，和韵叠章。诸如此类，岂非词坛干进之媒，雅道趋炎之径！清夜扪心，良知如动，应自怩怩，不待非议及矣。是皆误于"应酬"二字者也。则不登应酬之作，所以严诗教之防；不滥作应酬之篇，所以立诗人之品，何可少也！考袁枚一生，最工献谀时贵，其集具可覆按，直藉诗以渔利耳，乃故作昧心之语，以饰己过，亦可丑也。后生勿受其愚。

  （清）朱庭珍《筱园诗话》卷四，《清诗话续编》本

  声名之显晦，身分之高低，家数之大小，只问其精与不精，不系乎著作之多寡也。子建、渊明之诗，所传不满百首，然较之苏、黄、白、陆之数千百首者，相越何止万里。词中如飞卿、端己、正中、子野、东坡、少游、白石、梅溪诸家，脍炙人口之词，多不过二三十阕，少则十余阕或数阕，自足雄峙千古，无与为敌。近人以多为贵，卷帙衰然，佳者不获一二

阕，吾虽以之覆酒瓮，覆酱瓿，犹恐污吾酒酱也。吾愿肆志于古者，将平昔应酬无聊之作，一概删弃，不可存丝毫姑息之意，而后真面目可见，而后可以传之久远，不为有识者所讥。然则蒿庵四十阕，较古人为已多，正不病其少也。

(清) 陈廷焯《白雨斋词话》卷八，人民文学出版社本

5. 情真之作　无关伦常

窃尝论之：原之为人，其志虽过于中庸，而不可以为法，然皆出于忠君爱国之诚心。原之为书，其辞旨虽或流于跌宕怪神怨怼激发，而不可以为训，然皆生于缱绻恻怛，不能自已之意。虽其不知学于北方，以求周公、仲尼之道，而独驰骋于变《风》、变《雅》之末流，以故醇儒庄士或羞称之。然使世之放臣、屏子、怨妻、去妇抆泪讴吟于下，而所天者幸而听之，则于彼此之间天性民彝之善，岂不足以交有所发，而增夫三纲五典之重？此予之所以每有味于其言，而不敢直以词人之赋视之也。

(宋) 朱熹《楚辞集注序》，《朱子大全》卷七十六，《四部备要》本

盖弟既不得志于时，多感慨。又性喜豪华，不安贫窘；爱念光景，不受寂寞。百金到手，顷刻都尽，故尝贫；而沉湎游戏，不知撙节，故尝病。贫复不任贫，病复不任病，故多愁。愁极则吟，故尝以贫病无聊之苦，发之于诗，每每若哭若骂，不胜其哀生失路之感。余读而悲之。大概情至之语，自能感人，是谓其诗可传也。而或者犹以太露病之，曾不知情随境变，字逐情生，但恐不达，何露之有？且《离骚》一经，忿怼之极，党人偷乐，众女谣诼，不揆中情，信谗贲怒，皆明示唾骂，安在所谓怨而不伤者乎？穷愁之时，痛哭流涕，颠倒反覆，不暇择音，怨矣，宁有不伤者？且燥湿异地，刚柔异性，若夫劲质而多怼，峭急而多露，是之谓楚风，又何疑焉。

(明) 袁宏道《叙小修诗》，《袁宏道集笺校》卷四，上海古籍出版社本

若夫情曼者其声啴，情抗者其声厉，情危者其声烈，情豫者其声扬，是数者虽诡于和，而情之所激，皆足以铿锵律吕，感动鬼神。《相鼠》之诗其声率，《山枢》之诗其声迫，迫且率，而仲尼不删者，为其情真也。真故不讳其微，有激极而和之势焉，此亦声之亚也……数十年以来，声盛者情伪，情真者声俗，两家之说，戛然不入，而其不谐真乐则同，终成其两伪而已矣。

(清) 侯玄泓《与友人论诗书》，《尺牍新钞》卷十二，岳麓书社本

所思为何者，终篇求之不得，可性可情，乃《三百篇》之妙用。盖唯抒情在己，弗待于物发思，则虽在淫情，亦如正志，物自分而己自合也。呜呼！哭死而哀，非为生者，至化之通于凡心不在斯乎！

(清) 王夫之《古诗评选》卷一，曹丕《燕歌行》评语，《船山古近体诗评选三种》，船山学社本

所谓性情者，不必义关乎伦常，意深于美刺，但触物起兴，有真趣存焉耳。

(清) 乔亿《剑溪说诗》卷下，《清诗话续编》本

激昂酸楚，读去如惊蓬坐振，沙砾自飞……使人忘其失节，而只觉可怜。由情真，亦由情深也。

(清) 沈德潜《古诗源》卷三，蔡琰《悲愤诗》批语，中华书局本

来谕谆谆教删集内缘情之作，云以君之才之学，何必以白傅、樊川自累。大哉足下之言，仆何敢当。夫白傅、樊川，唐之才学人也，仆景行之尚恐不及，而足下乃以为规，何其高视仆卑视古人耶？足下之意，以为我辈成名，必如濂、洛、关、闽而后可耳。然鄙意以为得千百伪濂、洛、关、闽，不如得一二真白傅、樊川。以千金之珠易鱼之一目，而鱼不乐者，何也？目虽贱而真，珠虽贵而伪故也。

(清) 袁枚《答蕺园论诗书》，《小仓山房文集》卷三十，《四部备要》本

人生太穷，至于饮食不继，虽说该去忍饥读书，然枵腹高吟，肚里如何支架得住。偶忆东坡绝句云："北船不到米如珠，醉饱萧条半月无。明日东家当祭灶，只鸡斗酒定膰吾。"夫以东坡之贤豪，饿到十来天，也想人家馈东西吃，而真率之气，妙能纵笔写出。乃知陶公叩门乞食，浣花偕妻乞丝，都不足为古人深病。

（清）延君寿《老生常谈》，《清诗话续编》本

夫六经之称命罕矣，独《诗》屡称命，皆言妃匹之际，帷房之故者也。文王取有莘氏之女姒氏生九男，夫妇并圣。唯此神圣，克券灵命，命以莫不正。诗人庄言之，又夷易言之曰："有命自天，命此文王，于周于京，缵女维莘。"南国之夫人，有不妒忌之德，使众妾以礼进御于君；众妾则微言之，又稍稍感慨而言之，曰："肃肃宵征，夙夜在公，寔命不同。"曰："抱衾与裯，寔命不犹。"此命之无如何，而不失为正命者也，乃有无如何而不受命者矣；不受命而卒无如何者矣。诗人则刺之曰："乃如之人也，怀昏姻也，大无信也，不知命也。"其言有嫉焉，有憋焉，抑亦有欷歔焉，抑亦似有憾于无如何之命而卒不敢悍然以怨焉！之三诗者，可以尽天下万世妃匹之际，帷房之故之若正若不正。

（清）龚自珍《尊命》，《龚自珍全集》第一辑，上海人民出版社本

昌黎自言其文亦时有感激怨怼奇怪之辞，扬子云便不肯作此语。此正韩之胸襟坦白高出于扬，非不及也。

（清）刘熙载《艺概·文概》，上海古籍出版社本

赋当以真伪论，不当以正变论。正而伪，不如变而真。屈子之赋，所由尚已。

（清）刘熙载《艺概·赋概》，上海古籍出版社本

"昔为倡家女，今为荡子妇。荡子行不归，空床难独守。""何不策高足，先据要路津？无为久贫贱，轗轲长苦辛。"可谓淫鄙之尤。然无视为淫词、鄙词者，以其真也。五代、北宋之大词人亦然。非无淫词，读之者

但觉其亲切动人。非无鄙词,但觉其精力弥满。可知淫词与鄙词之病,非淫与鄙之病,而游词之病也。"岂不尔思,室是远而。"而子曰:"未之思也,夫何远之有?"恶其游也。

(清)王国维《人间词话》,人民文学出版社本

6. 情之最先　莫如男女

凡人矫饰于外,无所不至,惟闺门亲族之间可以观真情焉。

(宋)刘克庄《跋郑枢密与族子仲度诗》,《后村题跋》卷一,《四部丛刊》本

夫诗本性情之发者也。其切而易见者,莫如夫妇之间,是以《三百篇》首乎雎鸠,六义首乎风。而汉魏作者,义关君臣朋友,辞必托诸夫妇,以宣郁而达情焉,其旨远矣!

(明)何景明《明月篇序》,《何大复先生全集》卷十四,明刊本

秦嘉夫妇往还曲折,见载诗中。真事真情,千秋如在,非他托兴可比肩。

(明)胡应麟《诗薮·内编》卷二,上海古籍出版社本

或问:若士复罗念庵云,师言性,弟子言情。而《还魂记》用顾况"世间只有情难说"之句,其说可得闻乎?曰:人受天地之中以生,所谓性也。性发为情,而或过焉,则为欲。《书》曰"生民有欲"是也。流连放荡,人所易溺。《宛丘》之诗,以歌舞为有情,情也而欲矣。故《传》曰:"男女饮食,人之大欲存焉。"至浮屠氏以知识爱恋为有情,晋人所云"未免有情"类乎斯旨。而后之言情者,大率以男女爱恋当之矣。夫孔圣尝以好色比德,诗道性情,《国风》好色,儿女情长之说,未可非也。若士言情,以为情见于人伦,伦始于夫妇,丽娘一梦所感,而矢以为夫,之死靡忒,则亦情之正也。若其所谓因缘死生之故,则从乎浮屠者也。王季重论玉茗《四梦》:《紫钗》,侠也;《邯郸》,仙也;《南柯》,

佛也;《牡丹亭》情也。其知若士言情之旨矣。

（明）吴人《还魂记或问》，《汤显祖诗文集·附录》，上海古籍出版社本

秃翁曰：《水浒传》文字原是假的，只为他描写得真情出，所以便可与天地相终始。即此回中李小二夫妻两人情事，咄咄如画，若到后来混天阵处都假了，费尽苦心亦不好看。

（明）叶昼《水浒》第十回回末总评，引自北京大学《中国美学史资料选编》，中华书局本

性情所钟，莫深于男女。而女子之情，则更而藉诗书理义之文以讽谕之，而不自知其所至。

（明）孟称舜《娇红记题词》，明末刊本

世目情语为伤雅，动矜高苍，此殆非真晓者。若《闲情》一赋，见摈昭明；"十五王昌"，取呵北海。声响之徒，借为辞柄，总是未彻《风》《骚》源委耳。

（清）毛先舒《诗辩坻》卷第一，《清诗话续编》本

谢玄晖《怨情》一曲，颇自轻举，惟结句似稚，却以此定为六朝诗笔。

情语肇允，故原《三百》。大抵雍、岐笃贞，淇、洧煽淫，二者之中，仍判惊苦。《氓蚩》启"唾井"之源，《绿衣》开宫词之始，此哀之绪也。汉宫蹋臂，征于"荇菜"，杨方《同声》，亦本"弋雁"，此愉之端也。就兹二情，复有二体。其一专模情至，不假粉泽，摇魂洞魄，句短情多，始于"束薪"、"芍药"，衍于《九歌》，畅于《清商》，至填词而极，此一派也。其一则铺张衣被，刻画眉颊，藻文雕句，寓志于辞，则始于《硕人》、《偕老》，靡于《二招》，流于《白纻》，至元曲而极，此一派也。李唐作者，不一其途，最者右丞联会真之韵，协律奏《恼公》之曲，检校开西昆之制，承旨发无题之咏。飚流符会，余弄未湮，故格有秾纤，旨有正变。识乖扬摧，概云摈于大雅，则无乃拙目之嗤欤！

（清）毛先舒《诗辩坻》卷第二，《清诗话续篇》本

"上山採蘼芜，下山逢故夫。长跪问故夫，新人复何如？新人虽言好，未若故人姝，颜色虽相似，手爪不相如。新人从门入，故人从阁去。新人工织缣，故人工织素。织缣日一匹，织素五丈余。将缣来比素，新人不如故。"此诗将"手爪不相如"截住，分为两段咏之，见古人章法之奇。后段即前段语意，复论一遍，更觉浓至。此等手法，在文字中惟《南华》能之，他人止作一股便觉意竭，倘效为之，则重复可厌矣。"新人复何如"一问，最婉。"从阁"一去，更冷而媚，虽有妒意，然妒而不悍，妒而有情，妒又安可少哉？妇人处新故之间，惟有温柔一道，能令男子回心。彼以悍怒开衅，令薄情人心去不复留者，皆不善于妒者也。"颜色虽相似，手爪不相如"，谑语也，岂有手爪可辨妍媸乎？聊以慰其问耳。"将缣来比素，新人不如故"，亦谑语也，岂有缣素可别优劣乎？聊以慰其去耳。一种缱绻亲昵之意，在此二谑，不独委曲周旋，慰故人以安新人也。通篇总是一"情"字，认真不得。大率东汉敦尚气节，得气之先，莫如诗人，不独《焦仲卿妻》、《陌上桑》诸篇凛然难犯，有《汉广》、《柏舟》遗风，即如此等诗，字字温厚，尤得好色不淫之意。若魏、晋以后，浸淫于桑、濮矣。谁谓诗文无升降乎？

（清）贺贻孙《诗筏》，《清诗话续编》本

人所不易得者情，情之不易得者真，偶阅维扬女子与天水先生倡和诸什，如春蚕吐丝，凄恻缠绵。信乎青楼有人，黄阁无人，得不令章台柳、薛校书专美于前，一时佹为奇遇，千载传为佳话。

（清）龚静照《秦楼月总评》，《古本戏曲丛刊》三集，文学古籍刊行社本

夫人论情耳。情可以欢，可以悲，可以生，亦可以死。金钗钿合之赠，自同是耶、非耶？之李夫人恍惚一遇，而灵武返跸，南内称尊，较之神尧禅祚置酒未央宫，前后相似。其悲欢离合，有出常情之外者。然则读《天宝曲史》可以不歌乐天《长恨》矣。

（清）松涛氏《天宝曲史序》，《古本戏曲丛刊》三集，文学古籍刊行社本

闻《别裁》中独不选王次回诗，以为艳体不足垂教，仆又疑焉。夫

《关雎》即艳诗也，以求淑女之故，至于展转反侧。使文王生于今遇先生，危矣哉！《易》曰："一阴一阳之谓道。"又曰："有夫妇然后有父子。"阴阳夫妇，艳诗之祖也。傅鹑觚善言儿女之情，而台阁生风，其人，君子也。沈约事两朝佞佛，有绮语之忏，其人，小人也。次回才藻艳绝，阮亭集中时时窃之。先生最尊阮亭，不容都不考也。

（清）袁枚《再与沈大宗伯书》，《小仓山房诗文集》卷十七，《四部备要》本

且夫诗者由情生者也。有必不可解之情，而后有必不可朽之诗。情所最先，莫如男女。古之人屈平以美人比君，苏、李以夫妻喻友，由来尚矣。

（清）袁枚《答蕺园论诗书》，《小仓山房诗文集》卷三十，《四部备要》本

缘情之作，纵有非是，亦不过《三百篇》中"有女同车，伊其相谑"之类，仆心已安矣，圣人复生，必不取其已安之心而掉磬之也。宋儒责白傅杭州诗忆妓者多，忆民者少，然则文王"寤寐求之"至于"展转反侧"，何以不忆王季、太王而忆淑女耶？孔子厄于陈、蔡，何以不思鲁君而思及门弟子耶？沈朗又云："《关雎》言后妃，不可为《三百篇》之首。"故别撰尧舜诗二章。然则《易》始《乾》《坤》，亦阴阳夫妇之义，朗又将去《乾》《坤》而变置何卦耶？此种谰言，今人欲觳（觳）善乎？

（清）袁枚《答蕺园论诗书》，《小仓山房诗文集》卷三十，《四部备要》本

宝玉之情，人情也，为天地古今男女共有之情，为天地古今男女所不能尽之情。天地古今男女所不能尽之情，而适宝玉为林黛玉心中、目中、意中、念中、谈笑中、哭泣中、幽思梦魂中、生生死死中悱恻缠绵固结莫解之情，此为天地古今男女之至情。惟圣人为能尽性，惟宝玉为能尽情。负情者多矣，微宝玉其谁与归？孟子曰："伯夷圣之清者也，伊尹圣之任者也，柳下惠圣之和者也。"读花人曰："宝玉圣之情者也。"

（清）涂瀛《红楼梦论赞》，《红楼梦卷》卷三，中华书局本

天地是一情气结成，日月星辰山川动植是一情象孕成，古今上下是一情界合成。竖儒罔识情之为用，徒以经济文章为真，而以风花雪月为假，庸讵知天地之风花雪月即天地之经济文章，人世之经济文章即人世之风花雪月，一而二，二而一，认真认假，人自丰其蕊耳！然情不可滞，亦情不可流，作书者亦忧之不得已，于情界中设一上天下地未有之人，撰一上天下地未有之文，而欲于情字极其奇，遂不嫌于情字幻其想，而《红楼梦》以作。乃读是书者遍天下矣，而其用情之微，卒无人窥焉者。桂林涂铁纶孝廉瀛，深情人也，嗜古笃学，闭户不妄交，铅椠深闲，戏取而论赞之，奇自翻空，妙惟征实，俾知是书之作，实自人情中体贴而出，而非仅于儿女悲欢摹写尽态，夫然，天下乃始恍然于《红楼梦》之善于言情，洵为不可无一、不可有二之作也。彼后焉续焉者，惜不令祖龙一炬之。

　　　　　（清）邱登《红楼梦论赞序》，引自《红楼梦书录·评论》，上海古籍出版社本

　　……甚哉！男女之情，盖几几乎为礼乐文章之本，岂直词赋之宗已也。观乎电气为万物之根源，而电气可见之性情，则同类相拒，异类相吸，为其公例。相拒之理，其英雄之根耶！相吸之理，其男女之根耶！此理幽深，无从定论，论其必然之势，则可以二言断之曰：非有英雄之性不能争存，非有男女之性不能传种也。六合之大，万物之繁，其间境界，难以智测，其亦有勿具此二性者乎？则吾虽不敢知，然可决此物之不足以存于世；即幸而暂存，而亦不能传至今也。夫若此，此其所以斯世之物之无不具此性，岂偶然哉！

　　明乎此理，则于斯二者之间，有人作为可骇可愕可泣可歌之事，其震动于一时，而流传于后世，亦至常之理，而无足怪矣。不宁惟是。谓英雄必传于世，则古来之英雄何限？谓男女之事之艳异者必传于世，则古来缠绵悱恻之事亦何限？茫茫大宙，有人以来二百万年，其事夥矣，其人多矣，而何以惟刘、曹、崔、张等之独传，而且传之若是其博而大也？

　　　　　（清）严复、夏曾佑《国闻报馆附印说部缘起》，引自《中国历代文论选》，上海古籍出版社本

7. 世之真诗　乃在民间

夫街谈巷说，必有可采。击辕之歌，有应风雅。匹夫之思，未易轻弃也。辞赋小道，固未足以揄扬大义，彰示来世也。

（魏）曹植《与杨德祖书》，《文选》卷四十二，上海古籍出版社本

李子曰：曹县盖有王叔武云，其言曰：夫诗者，天地自然之音也。今途咢而巷讴，劳呻而康吟，一唱而群和者，其真也，是之谓风也。孔子曰："礼失而求之野。"今真诗乃在民间。而文人学子，顾往往为韵言，谓之诗。夫孟子谓《诗》亡然后《春秋》作者，雅也。而风者亦遂弃而不采，不列之乐官。悲夫！李子曰：嗟，异哉！有是乎？予尝聆民间音矣，其曲胡，其思淫，其声哀，其调靡，是金、元之乐也，奚其真？王子曰：真者，音之发而情之原也。古者国异风，即其俗成声。今之俗既历胡，乃其曲焉得而不胡也？故真者，音之发而情之原也，非雅俗之辨也。且子之聆之也，亦其谱而声者也，不有卒然而谣，勃然而讹者乎！莫之所从来，而长短疾徐无弗谐焉，斯谁使之也？李子闻之，矍然而兴曰：大哉！汉以来不复闻此矣！

（明）李梦阳《诗集自序》，《李空同全集》卷五十，明刊本

忧而词哀，乐而词亵，此今古同情也。正德初尚《山坡羊》，嘉靖初尚《锁南枝》，一则商调，一则越调。商，伤也；越，悦也；时可考见矣。二词哗于市井，虽儿女子初学言者，亦知歌之。但淫艳亵狎，不堪入耳，其声则然矣，语意则直出肺肝，不加雕刻，俱男女相与之情，虽君臣友朋，亦多有托此者，以其情尤足感人也。故风出谣口，真诗只在民间。《三百篇》太半采风者归奏，予谓今古同情者此也。尝有一狂客，浼予仿其体，以极一时谑笑，随命笔并改窜传歌未当者，积成一百以三，不应弦，令小仆合唱。市井闻之响应，真一未断俗缘也。久而仆有去者，有忘者，予亦厌而忘之矣。客有老更狂者，坚请目其曲，聆其音，不得已，群仆人于一堂，各述所记忆者，才十之二三耳。晋川栗子，又曾索去数十，未知与此同否？复命笔补完前数。孔子尝欲放郑声，今之二词可放，奚但

郑声而已。虽然，放郑声，非放郑诗也，是词可资一时谑笑，而京韵、东韵、西路等韵，则放之不可不亟，以雅易淫，是所望于今之典乐者。

（明）李开先《市井艳词序》，《李开先集·闲居集》之六，中华书局本

有学诗文于李崆峒者，自旁郡而之汴省。崆峒教以："若似得传唱《锁南枝》，则诗文无以加矣。"请问其详，崆峒告以："不能悉记也。只在街市上闲行，必有唱之者。"越数日，果闻之，喜跃如获重宝，即至崆峒处谢曰："诚如尊教！"何大复继至汴省，亦酷爱之，曰："时词中状元也。如十五国风，出诸里巷妇女之口者，情词婉曲，自非后世诗人墨客操觚染翰刻骨流血所能及者，以其真也。"每唱一遍，则进一杯酒。终席唱数十遍，酒数亦如之。更不及他词而散。崔后渠、熊南沙、唐荆川、王遵严、陈后冈谓：《水浒传》委曲详尽，血脉贯通，《史记》而下，便是此书。且古来更无有一事而二十册者。倘以奸盗诈伪病之，不知序事之法、史学之妙者也。若以李、何所取时词为鄙俚淫亵，不知作词之法、诗文之妙者也。词录于后以俟识者鉴裁："傻酸角，我的哥，和块黄泥儿捏咱两个。捏一个儿你，捏一个儿我。捏的来一似活托，捏的来同床上歇卧。将泥人儿摔碎，着水儿重和过，再捏一个你，再捏一个我——哥哥身上也有妹妹，妹妹身上也有哥哥。"

（明）李开光《词谑·时调》，《中国古典戏曲论著集成》（三），中国戏剧出版社本

诗之为道诚深，而其事则微矣。栉字订句，协比声律，使其词有足玩，音有可讽，亦事之微者也，宜非人之所难至。然名公大人有鸿烈伟业章施当世者，尝患不能。往往竭其平生之勤，争工拙于片言只韵之间，不克快其所欲。而野夫田父、闺人孽女，纵其贪慕忧思之所感，托类切物，以咏歌其志，时辄造于精微。

（明）王慎中《五子诗集序》，《王遵严文粹》卷一，浪华群玉堂刊本

故吾谓今之诗文不传矣。其万一传者，或今闾阎妇人孺子所唱《擘破玉》《打草竿》之类，犹是无闻无识真人所作，故多真声。不效颦于

汉、魏，不学步于盛唐，任性而发，尚能宣于人之喜怒哀乐，嗜好情欲，是可喜也。

（明）袁宏道《叙小修诗》，《袁宏道集笺校》卷四，上海古籍出版社本

夫迫而呼者不择声，非不声也，郁与口相触，卒然有声，有加于择者也。古人为风者，多出于劳人思妇，夫非劳人思妇为藻于学士大夫，郁不至而文胜焉。故吐之者不诚，听之者不跃也……要以情真而语直，故劳人思妇，有时愈于学士大夫，而呻吟之所得，往往快于平时。夫非病之能为文，而病之情足以文。亦非病之情皆文，而病之文不假饰也，是故通人贵之。

（明）袁宏道《陶孝若枕中呓引》，《袁宏道集笺校》卷三十五，上海古籍出版社本

……有声自东南来，慷慨悲怨，如叹如哭。即而听之，杂以辘轳之响。予乃谓二弟曰：此忧旱之声也。夫人心有感于中，而发于外，喜则其声愉，哀则其声凄。女试听：夫酸以楚者，忧禾稼也；沉以下者，劳苦极也；忽而疾者，劝以力也。其词俚，其音乱，然与旱既太甚之诗，不同文而同声，不同声而同气。真诗其果在民间乎？

（明）袁中道《游荷叶山记》，引自北京大学编《中国美学史资料选编》，中华书局本

诗者，人籁也，而窍于天。天者，真也。王叔武之言曰：真诗在民间。而空同先生有味其言，至引之以自叙。夫空同先生跨轹千古，力敌元化，乃犹称真诗在民间。而吾夫子亦曰："斯民也，三代之所以直道而行也。"以吾夫子之圣，不能外于斯民之直。空同先生，固圣于诗也，孰能外民间真音而徒为韵语？

（明）邓云霄《重刻空同先生集叙》，《空同子集》卷首，明万历刻本

桑间、濮上，《国风》刺之，尼父录焉，以是为情真而不可废也。山歌虽俚甚矣，独非郑、卫之遗欤？且今虽季世，而但有假诗文，无假山歌，则以山歌不与诗文争名，故不屑假。苟其不屑假，而吾藉以存真，不

亦可乎……若夫借男女之真情，发名教之伪药，其功于《挂枝儿》等，故录《挂枝词》而次及《山歌》。

　　　　　　　　　　（明）冯梦龙《序山歌》，《山歌》，明崇祯刻本

　　予尝寄徐元叹诗云："想应初见处，必在万峰盘。"终未与元叹实斯言也，实之者独于司直耳。往入燕知司直工诗而未与接，一日从之作西山游，位置泉岩之先后，云物相答，仆骞无声，始与订交，向白云一拜，约此生燕楚黾黾，遥穷今古声歌之忧，不以一韵自足。同游者皆曰："子矜慎许可，目司直而老其盟，子何从知之?"予答曰："吾见其朴也。《三百篇》之诗，民间真声，可丝可管。汉、魏以前，吐肠而止，苏劝李酬，虽之夷狄，良不可弃。故元亮良畴饮酒之言，韦应物不能和之于唐，苏端明不能和之于宋，则何也？文采恣川，而朴心不足于达于咏也。学朴者不朴。纷华之习，日薰其心，而外饰敝车赢服，高士之容，人必以为不类也。"

　　　　　　　（明）谭元春《朴草引》，《谭友夏合集》卷十，上海书店本

　　里巷歌谣之作，男女咏歌，各言其情，计当年当有其音而无其字者，而先王择之以为经。夫文理之极深者，无过于圣人，至其择田夫野老之语，终不敢少用其学问，以掩其本色。殆以田夫野老为草稿，而先王为清稿，一派空濛之气，遇于无形，而斯以为诗也已矣。唐人深不如先王，浅不如田夫野老，诗之广于唐而衰于唐，何惑乎？

　　　　　　　（清）周亮工《尺牍新钞》卷七，唐时《与友人论诗》，岳麓书社本

　　诗之为用者声也，声之所以用者情也。《豳风》、二《南》、二《雅》、三《颂》，或出于妇人小夫冲口率意之作，或出于元臣硕老讽谕赋述之言，咏泆休明，抒写道德，情盛而声自叶焉，逐登乐章，歌荐朝庙，此天下之真声也。

　　　　　　　（清）周亮工《尺牍新钞》卷十二，侯玄泓《与友人论诗书》，岳麓书社本

　　诗之有风，由来尚矣。十五国中，忠臣孝子、劳人思妇之所作，皆曰风人。风之感物，莫如天籁。天籁之发，非风非窍，无意而感，自然而鸟

可已者，天也。诗人之天亦如是已矣。

（清）贺贻孙《陶邵陈三先生诗选序》，《水田居诗文集》卷三，清刊本

诗境最宽。有学士大夫读破万卷，穷老尽气，而不能得其阃奥者；有妇人女子，村氓浅学，偶有一二句，虽李、杜复生，必为低首者。此诗之所以为大也。作诗者必知此二义，而后能求诗于书中，得诗于书外。

（清）袁枚《随园诗话》卷三，人民文学出版社本

《论语》独记楚狂之歌，孟子独称孺子之歌，狂乎，孺乎，其声歌之天趣乎？

（清）刘熙载《游艺约言》，《刘熙载集》，华东师范大学出版社本

十五国风妙绝古今，正以妇人女子矢口而成，使学士大夫操笔为之，反不能尔，以人籁易为，天籁难学也。余离家日久，乡音渐忘，辑录此歌谣，往往搜索枯肠，半日不成一字。因念彼冈头溪尾，肩挑一担，竟日往复，歌声不歇者，何其才之大也！钱塘梁应来孝廉作《秋雨庵随笔》录粤歌十数篇，如"月子弯弯照九洲"等篇，皆哀感顽艳，绝妙好词，中有"四更鸡啼郎过广"一语，可知即为吾乡山歌。然山歌每以方言设喻，或以作韵，苟不谙土俗，即不知其妙，笔之于书，殊不易耳。往在京师，钟遇宾师见语，有土娼名满绒遮，与千总谢某昵好，中秋节至其家，则既有密约，意不在客，因戏谓汝能为歌，吾辈即去，不复翾。遂应声曰："八月十五看月华，月华照见侬两家，（［原注］以土音读作纱字第二音。）满绒遮，谢副爷。"乃大笑而去。此歌虽阳春二三月不及也。又有乞儿歌，沿门拍板，为兴宁人所独擅场。仆记一歌曰："一天只有十二时，一时只走两三间，一间只讨一文钱，苍天苍天真可怜！"悲壮苍凉，仆破费青蚨百文，并软慰之，故能记之也。仆今创为此体，他日当约陈雁皋、钟子华、陈再莘、温慕柳、梁诗五分司辑录，我晓岑最工此体，当奉为总裁。汇选成篇，当远在粤讴上也。

（清）黄遵宪《山歌题记后》，《人境庐诗草笺注》卷一，古典文学出版社本

古今之大文学，无不以自然胜，而莫著于元曲。盖元剧之作者，其人均非有名位学问也；其作剧也，非有藏之名山，传之其人之意也。彼以意兴之所至为之，以自娱娱人。关目之拙劣，所不问也；思想之卑陋，所不讳也；人物之矛盾，所不顾也；彼但摹写其胸中之感想，与时代之情状，而真挚之理，与秀杰之气，时流露于其间。故谓元曲为中国最自然之文学，无不可也。

（清）王国维《宋元戏曲考·元剧之文章》，《海宁王静安先生遗书》，商务印书馆本

五

情 采 说

1. 文情相生　情深文至

钟鼓之声，怒而击之则武，忧而击之则悲，喜而击之则乐，其意变，其声亦变。意诚感之，达于金石，而况于人乎？

（先秦）《尹文子·大道》，《诸子集成》本

申喜闻乞人之歌而悲，出而视之，其母也。艾陵之战也，夫差曰："夷声阳，句吴其庶乎？"同是声而取信焉异，有诸情也。故心哀而歌不乐，心乐而哭不哀。夫子曰："弦则是也，其声非也。"文者可以接物也。情系于中，而欲发外者也。以文灭情，则失情；以情灭文，则失文。文情理通，则凤麟极矣。

（汉）刘安《淮南子·缪称训》，《丛书集成》本

诗缘情而绮靡。

（晋）陆机《文赋》，《文选》卷十七，《四部丛刊》本

省《述思赋》，流深情至言，实为清妙，恐故复未得为兄赋之最……《咏德颂》甚复尽美，省之恻然……《漏赋》可谓清工。

（晋）陆云《与兄平原书》第九，《全晋文》卷一百二，《全上古三代秦汉三国六朝文》本

视仲宣赋集初《述征》、《登楼》前即甚佳，其余平平，不得言情处，此贤文正自欲不茂，不审兄呼尔不。

(晋) 陆云《与兄平原书》第二十九，《全晋文》卷一百二，《全上古三代秦汉三国六朝文》本

赋者，敷陈之称，古诗之流也。古之作诗者，发乎情，止乎礼义。情之发，因辞以形之；礼义之旨，须事以明之。故有赋焉，可以假象尽辞，敷陈其志。

(晋) 挚虞《文章流别论》，《全晋文》卷七十七，《全上古三代秦汉三国六朝文》本

孙子荆除妇服，作诗以示王武子。王曰："未知文生于情，情生于文，览之凄然，增伉俪之重。"

(南朝·宋) 刘义庆《世说新语·文学》，人民文学出版社本

夫情致异区，文变殊术，莫不因情立体，即体成势也。

(南朝·梁) 刘勰《文心雕龙·定势》，人民文学出版社本

五言居文词之要，是众作之有滋味者也，故云会于流俗。岂不以指事造形，穷情写物，最为详切者耶？

(南朝·梁) 钟嵘《诗品·序》，《历代诗话》本

两重意已上，皆文外之旨。若遇高手，如康乐公，览而察之，但见情性，不睹文字，盖诣道之极也。向使此道，尊之于儒，则冠六经之首。贵之于道，则居众妙之门。精之于释，则彻空王之奥。但恐徒挥斧斤，而无其质，故伯牙所以叹息也。畴昔国朝协律郎吴竞与越僧元监集秀句，二子天机索少，选又不精，多采浮浅之言，以诱蒙俗。特入瞥夫偷语之便，何异借贼兵而资盗粮，无益于诗教矣。

(唐) 皎然《诗式·重意诗例》，《历代诗话》本

爱君难得似当时，曲尽人情莫若诗。无《雅》岂晓王教化？有《风》方识国兴衰。知音未若吴公子，润色曾经鲁仲尼。三百五篇天下事，后人

谁敢更讥非？

（宋）邵雍《观诗吟》，《伊川击壤集》卷十五，《四部丛刊》本

《自京赴奉先》有云："入门闻号咷，幼子饥已卒。吾宁舍一哀，里巷犹呜咽。所愧为人父，无食致夭折。岂知秋未登，贫窭有仓卒。"舐犊之悲，流出胸臆。故《彭衙行》云："众雏烂熳睡，唤起沾盘飧。"《赴王十五会》云："病身虚俊味，何幸饫儿童。"

（宋）范晞文《对床夜语》卷三，《历代诗话续编》本

人言太白豪，其诗丽以富。乐府信皆尔，一扫梁陈腐。余篇细读之，要自有朴处。最于赠答篇，肺腑露情愫。何至昌谷生，一一雕丽句。亦焉用玉溪，纂组失天趣。沈宋非不工，子昂独高步。画肉不画骨，乃以帝闲故。

（元）方回《杂书》，引自《李太白全集》卷三十三，中华书局本

山林之词清以激，感遇之词凄以哀，闺阁之词悦以解，登览之词悲以壮，讽谕之词宛以切，之数者，人之情也。属辞者皆当有以体之。夫然后足以得人之性情而起人之咏叹。不然，补织牵合，以求伦其辞，成其数，风斯乎下矣。然何以知之？诗之有风，犹今之有词也。语曰：动物谓之风。由是以知：不动物，非风也；不感人，非词也。

（明）周逊《刻词品序》，《词品》附录，人民文学出版社本

黄司务问诗法于李空同，因指场圃中菾豆而言曰："颜色而已。"此即陆机所谓"诗缘情而绮靡"是也。

（明）谢榛《四溟诗话》卷二，《历代诗话续编》本

诗以性情为主。《三百篇》亦只是性情。今诗家所宗，莫过于《十九首》，其首篇"行行重行行"，何等情意深至，而辞句简质，其后或有托讽者，其辞不得不曲而婉，然终始只一事，而首尾照应，血脉连属，何等妥贴。今人但模仿古人词句，饾饤成篇，血脉不相接续，复不辨有首尾，

读之终篇,不知其安身立命在于何处,纵学得句句似曹、刘,终是未善。
（明）何良俊《四友斋丛说》卷二十四,中华书局本

大抵情辞易工。盖人生于情,所谓"愚夫愚妇可以与知者"。观十五国风,大半皆发于情,可以知矣。是以作者既易工,闻者亦易动听。即《西厢记》与今所唱时曲,大率皆情辞也。至如《王粲登楼》第二折,摹写羁怀壮志,语多慷慨,而气亦爽烈,至后《尧民歌》、《十二月》,托物寓意,尤为妙绝,岂作调脂弄粉语者可得窥其堂庑哉！
（明）何良俊《曲论》,《中国古典戏曲论著集成》（四）,中国戏剧出版社本

夫综物为象,述事宣情,则此道为胜;若求之性命,则此特其皮毛耳。
（明）屠隆《刘之威先生澹思集序》,《白榆集》卷二,明万历刊本

曾见春笺小韵清,曲中传道最多情。西江大有多情客,不得江东一步行。
（明）汤显祖《送商孟和梅二首》,《汤显祖诗文集·玉茗堂诗之十四》,上海古籍出版社本

夫其人不能及于前代而文反能过于前代者,良由不名一辙,唯视其一往深情,从而捃摭之。巨家鸿笔以浮浅受黜,稀名短句以幽远见收。今古之情无尽,而一人之情有至有不至。凡情之至者,其文未有不至者也。则天地间街谈巷语,邪许呻吟,无一非文,而游女、田夫、波臣、戍客,无一非文也。试观三百年来,集之行世藏家者不下千家,每家少者数卷,多者至于百卷,其间岂无一二情至之语,而埋没于应酬讹杂之内,堆积几案,何人发视？即视之而陈言一律,旋复弃去。向使涤其雷同,至情孤露,不异援溺人而出之也。有某兹选,彼千家之文集庞然无物,即尽投之水火,不为过矣。由是而念古人之文,其受溺者何限,能不为之慨然？
（清）黄宗羲《明文案序上》,《南雷文定》前集,《四部备要》本

近代各家亦有作,而未有如黄子之富足者也。形声之间,皆尽体之

妙，盖作者之性情见焉，岂独惊其锦心绣肠而已哉。

  （清）归庄《题黄颎传咏物诗》，《归庄集》卷三，上海古籍出版社本

  圣人达情以生文，君子修文以函情。琴瑟之友，钟鼓之乐，情之至也。百两之御，文之备也。善学《关雎》者，唯《鹊巢》乎！学以其文而不以情也。故情为至，文次之，法为下。

  何言乎法为下？文以自尽而尊天下，法以自高而卑天下。卑天下而欲天下之尊己，贤者怼，不肖者靡矣，故下也。何言乎情为至？至者，非夫人之所易至也。圣人能即其情，肇天下之礼而不荡，天下因圣人之情、成天下之章而不紊。情与文、无畛者也，非君子之故啮合之也。故君子嗣圣人以文，而不忧情之漓。使君子嗣圣人以情，则且忧情之诎矣。情以亲天下者也，文以尊天下者也。尊之而人自贵，亲之而不必人之不自贱也。何也？天下之忧其不足者文也，非情也。情，非圣人弗能调以中和者。唯勉于文而情得所正，奚患乎貌丰中啬之不足以联天下乎？

  故圣人尽心，而君子尽情。心统性情，而性为情节。自非圣人，不求尽于性且或忧其荡，而况其尽情乎？虽然，君子之以节情者文焉而已。文不足而后有法。《易》曰："家人嗃嗃，悔厉吉。"悔厉而吉，贤于嘻嘻之咎无几也。故善学《关雎》者，唯《鹊巢》乎！文以节情，而终不倚于法也。

  （清）王夫之《诗广传·召南一》，中华书局本

  一往动人而不入流俗，声情胜也。声情不由习得，故天下无必不可学文之心，而有必不可学诗之腕。岂独曾子固哉！

  （清）王夫之《古诗评选》卷一，晋乐府词《休洗红》评语，《船山遗书》，太平洋书店重校刊本

  诗以道情，道之为言路也。情之所至，诗无不至，情之所至，诗以之至，一尊路委蛇，一拔木通道也。然适越者至越尔，今日适越而昔来，古今通哂。东渐闽西涉蜀，以资越之眷属，则令人日交错于舟车而无已时，无他，不足于情中故也。古人于此，乍一寻之，如蝶无定宿，亦无定飞，乃往复百歧，总为情止，卷舒独立，情依以生，空杳之迹微，大忍之力

定，视彼充然者岂不能，然薄天子而不为耳。

　　　　　　　　（清）王夫之《古诗评选》卷四，《李陵与苏武诗》评语，《船
　　　　　　　　山古近体诗评选三种》，船山学社本

　　两间之固有者，自然之华，因流动生变成其绮丽。心目之所及，文情赴之，貌其本荣，如所存而显之，即以华奕照耀，动人无际矣。

　　　　　　　　（清）王夫之《古诗评选》卷五，谢庄《北宅秘园》评语，《船
　　　　　　　　山古近体诗评选三种》，船山学社本

　　所谓蕴藉风流者，惟风流乃见蕴藉耳；诗文不能风流，毕竟蕴藉不深。

　　　　　　　　（清）贺贻孙《诗筏》，《清诗话续编》本

　　"孟冬寒气至"，前六句愁绪纷纷；忽接"客从远方来，遗我一书札"，从无聊中强为慰藉，可谓望梅解渴，远望当归；此后如许珍重，复以"惧君不识察"结之，若终不敢信以为然者，无聊极矣。及读"客从远方来，遗我一端绮"一首，则开头便是好音矣；"故人心尚尔"五字，妙甚，有无端惊喜出于望外之意；此后珍重到底，无非欣幸慰藉者，与前首迥异。或悲或喜，颠之倒之，总一"情"字耳。

　　　　　　　　（清）贺贻孙《诗筏》，《清诗话续编》本

　　韩文公绝妙诗文，多在骨肉离别生死间，信笔挥洒，皆以无心得之，矩𫖯天然，不烦绳削，亦是哀至即哭，真情流溢，非矜持造作所可到也。文则《祭十二郎》是已，诗则吾得《河之水》二首焉……二诗只似说话，而淡泊淋漓，咏之生悲。诸选皆收其鉥心刿肠之篇，而此独以质朴见遗，何也？

　　　　　　　　（清）贺贻孙《诗筏》，《清诗话续编》本

　　谢茂秦谓情诗难作，何元朗谓情词易工，二语无妨并当。盖诗必求格，而情语近昵，则易于卑弱；词则昵乃当行，高顾反失之。又元朗少喜曲，中年病废，教童子习唱，遂通音调。是耽于曲学者，故不难于言情。茂秦少亦工小词，后见于鳞诸子，遂大羞悔，故道著情语便苦畏，亦伤弓

之惊弦声也。

       （清）毛先舒《诗辩坻》卷第三，《清诗话续编》本

  画者形也，形依情则深；诗者情也，情附形则显。是理也，宁独画与诗哉？推而极之，天地间无一物一事之不然者矣。
      （清）叶燮《赤霞楼诗集序》，《己畦文集》卷八，引自北京大学《中国古代美学史资料选编》，中华书局本

  小说始于唐宋，广于元，其体不一。田夫野老能与经史并传者，大抵皆情之所留也。情生则文附焉。
      （清）西湖钓叟《读金瓶梅集序》，引自《中国历代小说论著选》，江西人民出版社本

  以形作画，以画写形，理在画中。以形写画，情在形外。至于情在形外，则无乎非情也。无乎非情也，无乎非法也。
      （清）石涛《石涛题画》，《石涛画语录》，人民美术出版社本

  凡事做到慷慨淋漓跌宕尽情处，便是天地间第一篇绝妙文字，若必欲向之乎者也中寻文字，又落第二义矣。
      （清）廖燕《山居杂谈》，《二十七松堂集》卷七，廖景黎家藏本

  昔吉甫作颂，其自评则曰"穆如清风"。晋人论诗辄标举此语以为微妙。唐僧齐己则曰"乾坤有清气，散入诗人脾"。自庙廊讽谕以及山译之膕所吟谣，未有不至于情而可以言诗者，亦未有不本乎性情而可以言清者。
      （清）厉鹗《双清阁诗集序》，《樊榭山房文集》卷三，《四部备要》本

  陈白沙曰："论诗当论性情，论性情先论风韵，无风韵则无诗矣。"愚谓先生深味道腴，自具性情，故首以风韵为言。至近代名家，专尚风韵，不问性情，反得谓之有诗乎哉！宋以来学《击壤集》者多涉学究语，又或以书为诗，以文为诗，其乏风韵以此。
      （清）乔亿《剑溪说诗》卷下，《清诗话续编》本

《古诗十九首》，不必一人之辞，一时之作。大率逐臣弃妻，朋友阔绝，游子他乡，死生新故之感。或寓言，或显言，或反覆言。初无奇辟之思，惊险之句；而西京古诗，皆在其下，是为《国风》之遗。

（清）沈德潜《说诗晬语》卷上，《清诗话》本

　　情不断者，尾声之别名也，又曰"余音"，曰"余文"，似文字之大结束也。须包括全套，有广大清明之气象，出其渊衷静旨，欲吞而又吐者。诚所谓言有尽而意无穷也。

（清）黄图珌《看山阁集闲笔·文学部·词曲》，《中国古典戏曲论著集成》（七），中国戏剧出版社本

　　予在转运卢雅雨席上，见有上诗者，卢不喜，余为解曰："此应酬诗，故不能佳。"卢曰："君误矣！古大家韩、杜、欧、苏集中，强半应酬诗也。谁谓应酬诗不能工耶？"予深然其说。后见粤西学使许竹人先生自序其《越吟》云："诗家以不登应酬作为高。余曰：不然。《三百篇》，行役之外，赠答半焉。逮自河梁洎李、杜、王、孟，无集无之。己实不工，体于何有？万里之外，交生情，情生文；存其文，思其事，见其人，又可弃乎？今而可弃，昔可无赠；毋宁以不工规我。"

（清）袁枚《随园诗话》卷三，人民文学出版社本

　　人必先有芬芳悱恻之怀，而后有沉郁顿挫之作。人但知杜少陵每饭不忘君，而不知其于友朋、弟妹、夫妻、儿女间，何在不一往情深耶？观其冒不韪以救房公，感一宿而颂孙宰，要郑虔于泉路，招李白于匡山：此种风义，可以兴，可以观矣。后人无杜之性情，学杜之风格，抑末也！蒋心余读陈梅岑诗，赠云："一代高才有情者，继袁夫子是陈君。"

（清）袁枚《随园诗话》卷十四，人民文学出版社本

　　诗始于虞舜，编于孔子。吾儒不奉两圣人之教，而远引佛老，何耶？阮亭好以禅悟比诗，人奉之为至论。余驳之曰："毛诗《三百篇》，岂非绝调，不知尔时，禅在何处，佛在何方？"人不能答。因告之曰："诗者，人之性情也。近取诸身而足矣。其言动心，其色夺目，其味适口，其音悦

耳，便是佳诗。孔子曰：'不学诗，无以言。'又曰：'诗可以兴。'两句相应。惟其言之工妙，所以能使人感发而兴起，倘直率庸腐之言，能兴者其谁耶？"

（清）袁枚《随园诗话补遗》卷一，人民文学出版社本

金纤纤女子诗才既佳，而神解尤超。或问曰："当今诗人，推两大家，袁、蒋并称，何以袁诗远至海外，近至闺门，俱喜读之；而能读蒋诗者寥寥？"纤纤曰："乐有八者：金、石、丝、竹、匏、土、革、木，皆正声也。然人多爱听金、石、丝、竹，而不甚喜听匏、土、革、木。子试操此意，以读两家之诗，则任、沈之是非，即邢、魏之优劣矣。"人以为知言。纤纤又语其郎君竹士云："圣人曰：'《诗》三百，一言以蔽之，曰思无邪。'余读袁公诗，取《左传》三字以蔽之，曰：'必以情。'古人云：情长寿亦长。其信然耶？"

（清）袁枚《随园诗话补遗》卷十，人民文学出版社本

凡文不足以动人，所以动人者气也；凡文不足以入人，所以入人者情也。气积而文昌，情深而文挚；气昌而情挚，天下之至文也。

（清）章学诚《史德》，《文史通义·内篇五》，上海古籍出版社本

唱曲之法，不但声之宜讲，而得曲之情为尤重。盖声者众曲之所尽同，而情者一曲之所独异，不但生旦丑净，口气各殊，凡忠义奸邪，风流鄙俗，悲欢思慕，事各不同，使词虽工妙，而唱者不得其情，则邪正不分，悲喜无别，即声音绝妙，而与曲词相背，不但不能动人，反令听者索然无味矣。然此不仅于口诀中求之也。《乐记》曰：凡者之起，由人心生也。必唱者先设身处地，摹仿其人之性情气象，宛若其人之自述其语，然后其形容逼真，使听者心会神怡，若亲对其人，而忘其为度曲矣。故必先明曲中之意义曲折，则启口之时，自不求似而自合。若世之止能寻腔依调者，虽极工亦不过乐工之末技，而不足语以感人动神之微义也。

（清）徐大椿《乐府传声·曲情》，引自《中国古代乐论选辑》，人民音乐出版社本

晋人云：文生情，情生文。盖惟能文者善言情，不惟多情者善为文。何则？太上忘情，愚者不及情。情之所钟，正在我辈。世未有卤莽灭裂之子而能言之，即有钟情特甚，仓猝邂逅，念切好逑，矢生死而不移，历患难而不变，贵不易以情坚，一约必遂其期而后已者，亦往往置而弗道。非不道也，彼实不知个中意味，且不能笔之记之，以传诸后世，天地间不知埋没几许，可慨矣。

（清）剩斋氏《英云梦传弁言》，引自《中国历代小说论著选》，江西人民出版社本

夫诗有六义焉，兼之者善也。其不兼者，必有所偏至，而诗之患生焉。六义者，天下人之性情也。性情者，给于万事，周于万形。故得性情之至者，六义附性情，而各见于诗，虽合古今而契勘之，何虞乎蹈袭，何畏乎规摹哉？且夫性情者，撢之而愈深，窒之而愈挚者也。石农先生自髫年及于中岁，室家之近，羁旅之远，科名之所际，仕宦之所值，多处忧患之中，即偶有恬适之时，亦思往念来，不可终日，其胸中郁然勃然之气，悠然缭然之思，要以嚼然确然之志，而又南极滇海，西穷濛汜，久留幽燕冠盖之场，远托吴越山水之地，故其为诗，清而不浮，坚而不烈，不求肆于意之外，不求异于辞之中，反复以发其胰，揉摩以去其渣，何也？性之至者体自正，情之至者音自余也。

（清）恽敬《坚白石斋诗集序》，《大云山房全集》二集卷三，《四部备要》本

唐人诗"长贫惟要健，渐老不禁愁"，"乍见翻疑梦，相悲各问年"，"少孤为客早，多难识君迟"，"长因送人处，忆得别家时"，"问姓惊初见，称名忆旧容"，"客泪题书落，乡愁对酒宽"，"旅望因高尽，乡心遇物悲"，"道直身还在，思深命转轻"，"乍见翻无语，别来长独愁"，皆字字从肺肝中流露，写情到此，乃为入骨，虽是律体，实《三百篇》、汉、魏之苗裔也。初学欲以浅率之笔袭之，多见其不知量。

（清）潘德舆《养一斋诗话》卷七，《清诗话续编》本

世人动以词为小道，且以情语艳语为深戒，甚或以须有关系之论概及于词。抑知夫子删《诗》，以二南冠首，岂无意哉！正惟家庭之内，情意

真挚，充类至尽，而后国治天下平。况《离骚》之芳草、美人，即《国风》之卷耳、淑女，古人每借闺襜以寓讽刺。词之旨趣，实本风骚，情苟不深，语必不艳，惜后人不能解，不知学耳！

（清）丁绍仪《听秋声馆词话》卷九，《词话丛编》本

钟嵘《诗品》谓阮籍《咏怀》之作，"言在耳目之内，情寄八荒之表"。余谓渊明《读山海经》，言在八荒之表，而情甚亲切，尤诗之深致也。

（清）刘熙载《艺概·诗概》，上海古籍出版社本

所谓沉郁者，意在笔先，神余言外。写怨夫思妇之怀，寓孽子孤臣之感。凡交情之冷淡，身世之飘零，皆可于一草一木发之。而发之又必若隐若现，欲露不露，反复缠绵，终不许一语道破。匪独体格之高，亦见性情之厚。飞卿词，如"懒起画蛾眉，弄妆梳洗迟"，无限伤心，溢于言表。又"春梦正关情，镜中蝉鬓轻"，凄凉哀怨，真有欲言难言之苦。又"花落子规啼，绿窗残梦迷"，又"鸾镜与花枝，此情谁得知"，皆含深意。此种词，弟自写性情，不必求胜人，已成绝响。后人刻意争奇，愈趋愈下。安得一二豪杰之士，与之挽回风气哉！

（清）陈廷焯《白雨斋词话》卷一，人民文学出版社本

张孝祥《六州歌头》一阕，淋漓痛快，笔饱墨酣，读之令人起舞。惟"忠愤气填膺"一句，提明忠愤，转浅转显，转无余味；或亦耸当途之听，出于不得已耶？

（清）陈廷焯《白雨斋词话》卷六，人民文学出版社本

诗贵有情乎。序诗者曰：发乎情而贵有所止，则情不贵人贵有情乎。论人者曰：多情不如寡欲，则情不贵，不贵而人胡以诗？诗者文生情；人之为诗，情生文；文情者，治情也。孔子曰："礼之用和为贵。"有子论子曰："和不可行。"和不可行而和贵，然则情不贵而情乃贵，知此者足以论诗矣。

（清）王闿运《湘绮楼说诗》卷六，民国二十三年排印本

陆放翁跋《花间集》，谓："唐季五代，诗愈卑，而倚声者辄简古可爱。能此不能彼，未可以理推也。"《提要》驳之，谓："犹能举七十斤者，举百斤则蹶，举五十斤则运掉自如。"其言甚辨。然谓词必易于诗，余未敢信。善乎陈卧子之言曰："宋人不知诗而强作诗，故终宋之世无诗。然其欢愉愁苦之致，动于中而不能抑者，类发于诗余，故其所造独工。"五代词之所以独胜，亦以此也。

（清）王国维《人间词话》，人民文学出版社本

2. 为情造文　自然高妙

古诗之赋，以情义为主，以事类为佐；今之赋，以事形为本，以义正为助。情义为主，则言省而文有例矣；事形为本，则言富而辞无常矣。

（晋）挚虞《文章流别论》，《全晋文》卷七十七，《全上古三代秦汉三国六朝文》，中华书局本

昔诗人什篇，为情而造文；辞人赋颂，为文而造情。何以明其然？盖风雅之兴，志思蓄愤，而吟咏情性，以讽其上，此为情而造文也；诸子之徒，心非郁陶，苟驰夸饰，鬻声钓世，此为文而造情也。故为情者要约而写真，为文者淫丽而烦滥。而后之作者，采滥忽真，远弃风雅，近师辞赋，故体情之制日疏，逐文之篇愈盛。

（南朝·梁）刘勰《文心雕龙·情采》，人民文学出版社本

赞曰：言以文远，诚哉斯验。心术既形，英华乃赡。吴锦好渝，舜英徒艳。繁采寡情，味之必厌。

（南朝·梁）刘勰《文心雕龙·情采》，人民文学出版社本

才性异区，文辞繁诡。辞为肤根，志实骨髓。雅丽黼黻，淫巧朱紫。习亦凝真，功沿渐靡。

（南朝·梁）刘勰《文心雕龙·体性》，人民文学出版社本

东京以来，非无作者，大概文采有余，性情不足。高欢玉壁之役，士

卒死者七万人，惭愤发疾归，使斛律金作《敕勒歌》，其辞略曰："山苍苍，天茫茫，风吹草低见牛羊。"欢自和之，哀感流涕。金不知书，能发挥自然之妙如此，当时徐、庾不能也。

（宋）王灼《碧鸡漫志》卷第一，《中国古典戏曲论著集成》（一），中国戏剧出版社本

或曰：古人因事作歌，输写一时之意，意尽则止，故歌无定句；因其喜怒哀乐，声则不同，故句无定声。今音节皆有辖束，而一字一拍，不敢辄增损，何与古相戾欤？予曰：皆是也。今人固不及古，而本之性情，稽之度数，古今所尚，各因其所重……古今所尚治体风俗，各因其所重，不独歌乐也。古人岂无度数？今人岂无性情？用之各有轻重，但今不及古耳。今所行曲拍，使古人复生，恐未能易。

（宋）王灼《碧鸡漫志》卷第一，《中国古典戏曲论著集成》（一），中国戏剧出版社本

诗以用事为博，始于颜光禄，而极于杜子美；以押韵为工，始于韩退之，而极于苏、黄。然诗者，志之所之也，情动于中而形于言，岂专意于咏物哉？子建"明月照高楼，流光正徘徊"，本以言妇人清夜独居愁思之切，非以咏月也；而后人咏月之句，虽极其工巧，终莫能及。渊明"狗吠深巷中，鸡鸣桑树颠"，本以言郊居闲适之趣，非以咏田园；而后人咏田园之句，虽极其工巧，终莫能及。故曰："言之不足，故长言之；长言之不足，故咏叹之；咏叹之不足，故不知手之舞之，足之蹈之。"后人所谓"含不尽之意"者此也。用事押韵，何足道哉？苏、黄用事押韵之工，至矣尽矣，然究其实，乃诗人中一害，使后生只知用事押韵之为诗，而不知咏物之为工，言志之为本也。风雅自此扫地矣。

（宋）张戒《岁寒堂诗话》卷上，《历代诗话续编》本

山谷云："诗句不凿空强作，对景而生便自佳。"山谷之言诚是也。然此乃众人所同耳，惟杜子美则不然。对景亦可，不对景亦可。喜怒哀乐，不择所遇，一发于诗，盖出口成诗，非作诗也。观此诗闻捷书之作，其喜气乃可掬，真所谓"情动于中而形于言，言之不足，不知手之舞之，足之蹈之"也。其曰："东走无复忆鲈鱼，南飞觉有安巢鸟"，言人思安

居，不复避乱也。曰"寸地尺天"，曰"奇祥异瑞"，曰"皆入贡"，曰"争来送"，曰"不知何国"，曰"复道诸山"，皆喜跃之词也。"隐士休歌紫芝曲"，言时平当出也。"词人解撰河清颂"，言当作颂声也。"田家望望惜雨干，布谷处处催春种"，言人思归农也。"淇上健儿归莫懒，城南思妇愁多梦"，言戍卒之归休，室家之思忆，叙其喜跃，不嫌于亵，故云"归莫懒""愁多梦"也。至于"鹤驾通宵凤辇备，鸡鸣问寝龙楼晓"，虽但叙一时喜庆事，而意乃讽肃宗，所谓主文而谲谏也。"攀龙附凤势莫当，天下尽化为侯王。汝等岂知蒙帝力，时来不得夸身强"，虽似憎恶武夫，而熟味其言，乃有深意。《易师》之上六曰："开国承家，小人勿用。"《三略》亦曰："还师罢军，存亡之阶。"子美于克捷之初，而训敕将士，俾知帝力，不得夸身强，其忧国不亦至乎？子美吐词措意每如此，古今诗人所不及也。山谷晚作《大雅堂记》，谓子美诗好处，正在无意而意已至。若此诗是已。

（宋）张戒《岁寒堂诗话》卷下，《历代诗话续编》本

诗之为教，邈矣玄哉！婴儿赤子则怀嬉戏抃跃之心，玄鹤苍鸾亦合歌舞节奏之应，况乎毓精二五，出类百千。六情静于中，万物荡于外，情缘物而动，物感情而还，是发诸性情而协于律吕，非先协律吕而后发性情也。以兹知人人有诗，代代有诗。古之诗也，一出于性情；后之诗也，必润以问学。性情之感异衷，故诗有邪有正；问学之功殊等，故诗有拙有工，此皆存乎其人也。或政遇醇和，则膏泽醉乎肦蜜；时值窳黩，则劳苦形于咏谣，皆复关乎其时也。

（明）杨慎《李前渠诗引》，《升庵全集》卷三，国学基本丛书本

白太傅诗曰："古人唱歌兼唱情，今人唱歌惟唱声。欲说向君君不会，试将此语问杨琼。"今安得此辈而与以论曲哉？

（明）何良俊《四友斋丛说》卷三十三，中华书局本

前日承夫子赐书之后，即有长启奉献付尊门，云待钱信去便，故尚未得达函丈，其中有不尽者，则以诗之兴体起句，绝无意味。自古乐府亦已然，乐府盖取民俗之谣，正与古国风一类。今之南北东西虽殊方，而妇女

儿童，耕夫舟子，塞曲征吟，市歌巷引，若所谓竹枝词，无不皆然。此真天机自动，触物发声，以启其下段欲写之情，默会亦自有妙处，决不可以意义说者，不知夫子以为何如？渭极欲恭诣函丈，以闻亲解，兼得进其微愚。家事草草，遂绊此行。俟函丈脱稿后，或可得卒业也。不一。

（明）徐渭《奉师季先生书》，《徐渭集》卷第十七，中华书局本

黄省曾曰："诗歌之道，天动神解，本于情流，弗由人造。古人搆唱，真写厥衷，如春蕙秋华，生色堪把，意态各畅，无事雕模。末世风颓，矜虫斗鹤，递相述师，如图缯剪锦，饰画虽严，割强先露。"

（明）王世贞《艺苑卮言》卷一，《历代诗话续编》本

诚如子云，诗道不已杂乎？诗者非他，人声韵而成诗，以吟咏写性情者也。固非蒐隐博古，标异出奇，旁通俚俗，以炫耀恢诡者也。即欲蒐隐博古，标异出奇，旁通俚俗，以炫耀恢诡，曷不为汲冢《竹书》、《广成》、《素问》、《山海经》、《尔雅》、《本草》、《水经》、《齐谐》、《博物》、《淮南》、《吕览》诸书，何诗之为也？且诗出于《三百篇》，《三百篇》诚多识鸟兽草木，然不过就其所见，触物而为之，何尝炫奇标异。试取《三百篇》而读之，大率闲雅且都，出于田夫里妇之口，何者不委宛曲折，琅然可诵，而乃务以朴野质直，为能自脱笔墨蹊径，不落藩篱乎？

（明）屠隆《与友人论诗文》，《由拳集》卷二十三，明刊本

汉、魏五言，为情而造文，故其体委婉而情深。颜、谢五言，为文而造意，故其语雕刻而意冗。《吕氏童蒙训》云："读《古诗十九首》及曹子建诸诗，如'明月照高楼，流光正徘徊'之类，皆思深远而有余意，言有尽而意无穷。学者当以此等诗常自涵养，自然下笔高妙。"吕氏之所谓意，即予之所谓情也。

（明）许学夷《诗源辩体》卷三，人民文学出版社本

诗随人皆现，才触情自生。天不以箕笑毕，池不以鲂谢鲤。贤者升降于乐府古诗之先，不能者周旋于律绝填词之下，周旋志衰，升降力薄。夫

作诗者一情独往，万象俱开，口忽然吟，手忽然书，即手口原听我胸中之所流；手口不能测，即胸中原听我手口之所上；胸中不可强，而因以候于造化之毫螺，而或相遇于风水之来去，诗安往哉？

（明）谭元春《汪子戊巳诗序》，《谭友夏合集·鹄湾文草》，上海书店本

古今作者之异，我知之矣。古之作者，本性情，导志意，谰言长语，《客嘲》《僮约》，无往而非文也。涂歌巷春，春愁秋怨，无往而非诗也。今之作者则不然，矜虫鱼，拾香草，骈枝而俪叶，取青而妃白，以是为陈羹像设，斯已矣，而情与志不存焉。

（清）钱谦益《王元昭集序》，《牧斋初学集》卷三十二，《四部丛刊》本

夫言者心声也，声成文谓之音，故刘勰有言曰：为情造文要约而写旨；为文造情淫丽而烦滥。然则唯情与声，舍意则吾将安仿？

（清）陈维崧《许漱石诗集序》，《陈迦陵文集》卷一，《四部丛刊》本

又曰：徐巨源云，古诗者风之遗，乐府者雅之遗。苏、李变而为黄初，建安变而为选体，流至齐梁排律，及唐之近体，而古诗遂亡。乐府变为《吴趋》、《越艳》，杂以《捉搦》、《企喻》、《子夜》、《读曲》之属，以下逮于词焉，而乐府亦衰。然《子夜》、《懊侬》，善言情者也。唐人小令，尚得其意，则诗余之作，不谓之直接古乐府不可。

（清）徐釚《借荆堂词话》，《词苑丛谈》，上海古籍出版社本

从来诗词并称，余谓诗人之词，真多而假少；词人之词，假多而真少。如《邶风》、《燕燕》、《日月》、《终风》等篇，实有其别离，实有其摈弃，所谓文生于情也。若词则男子而作闺音，其写景也，忽发离别之悲；咏物也，全寓弃捐之恨。无其事，有其情。令读者魂绝色飞，所谓情生于文也。此诗词之辨也。

（清）田同之《西圃词说》，《词话丛编》本

须知有性情，便有格律，格律不在性情外，《三百篇》半是劳人思妇

率意言情之事，谁为之格？谁为之律？而今谈格调者，能出其范围否？况皋、禹之歌，不同乎《三百篇》，《国风》之格，不同乎《雅》、《颂》，格岂有一定哉？

（清）袁枚《随园诗话》卷一，人民文学出版社本

余作诗，雅不喜叠韵、和韵及用古人韵。以为诗写性情，惟吾所适。一韵中有千百字，凭吾所选；尚有用定后不慊意而别改者；何得以一二韵约束为之？既约束，则不得不凑拍；既凑拍，安得有性情哉？《庄子》曰："忘足，履之适也。"余亦曰：忘韵，诗之适也。

（清）袁枚《随园诗话》卷一，人民文学出版社本

在心为志，发言为诗。古之风人特自写其悲愉，旁抒其美刺而已。心灵百变，物色万端，逢所感触，遂生寄托。寄托既远，兴象弥深。于是缘情之什渐化为文章，如食本以养生，而八珍鼎缘以讲滋味；衣本以御寒，而纂组锦绣缘以讲工巧。相沿而至，莫知其然而亦遂相沿不可废。故体格日新，宗派日别，作者各以其才力学问智角贤争，诗之变态遂至于隶首不能算。

（清）纪昀《鹤街诗稿序》，《纪文达公遗集》卷九，清刊本

夫诗无难知也，古人春诵夏弦，秋冬学礼读书。试思书何以云读，诗何以必弦诵？可见不能弦诵者，即非诗也。何能弦诵？我以情发之，而又不尽发之，第长言永叹，手舞足蹈，若有不能已于言，又有言之而不能尽者，非弦而诵之，不足以通其志而达其情也。鼓无当于五音，仅用以节乐，不可与诗相和。故诗中间有一二急促之音，乃用以为节；若一诗皆然，则止可以鼓，不可以弦。止可以鼓，不可以弦，则鼓词矣。周公作《多士》、《多方》，反覆详尽，而《东山》、《鸱鸮》之诗，则情余于意，意余于言。然则贻王何不用文，诰民何不用诗？感以情非同谕以意也。周秦汉魏以来，直至唐杜少陵、白香山诸名家，体格虽殊，不乖此指。晚唐以后，始尽其辞，而情不足，于是诗与文相乱，而诗之本失矣。

（清）焦循《与欧阳制美论诗书》，《雕菰集》卷十四，江氏文学山房本

3. 为文造情　生意索然

德又下衰，及唐虞始为天下，兴始化之流，澆淳散朴，离道以善，险德以行，然后去性而从于心。心与心识知，而不足以定天下，然后附之以文，益之以博。文灭质，博灭心，然后民始惑乱，无以反其性情而复其初。

（先秦）《庄子集解·缮性》，中华书局本

或遗理以存异，徒寻虚而逐微。言寡情而鲜爱，辞浮漂而不归。犹弦么而徽急，故虽和而不悲。

（晋）陆机《文赋》，《文选》卷十七，中华书局本

俪采百字之偶，争价一句之奇，情必极貌以写物，辞必穷力而追新：此近世之所竞也。

（南宋·梁）刘勰《文心雕龙·明诗》，人民文学出版社本

志非言不形，言非文不彰，是三者相为用，亦犹涉川者假舟楫而后济。自典谟缺，雅颂寝，世道陵夷，文亦下衰，故作者往往先文字，后比兴，其风流荡而不返。乃至有饰其词而遗其意者，则润色愈工，其实愈丧。及其大坏也，俪偶章句，使枝对叶比，以八病四声为梏拲桎，拳拳守之如奉法令，闻皋繇史克之作，则呷然笑之。天下雷同，风驱云趋，文不足言，言不足志，亦犹木兰为舟，翠羽为楫，玩之于陆而无涉川之用，痛乎流俗之惑人也旧矣。

（唐）独孤及《检校尚书吏部员外郎赵郡李公中集序》，《全唐文》卷三百八十八，中华书局本

《国风》、《离骚》固不论，自汉、魏以来，诗妙于子建，成于李、杜，而坏于苏、黄。余之此论，固未易为俗人言也。子瞻以议论作诗，鲁直又专以补缀奇字，学者未得其所长，而先得其所短，诗人之意扫地矣。段师教康崑崙琵琶，且遣不近乐器十余年，忘其故态。学诗亦然。苏、黄习气净尽，始可以论唐人诗，唐人声律习气净尽，始可以论六朝诗，镌刻之习气净尽，始可以论曹、刘、李、杜诗。《诗序》云："情动于中而形

于言，言之不足，故嗟叹之。"子建、李、杜皆情意有余，汹涌而后发者也。刘勰云："因情造文，不为文造情。"若他人之诗，皆为文造情耳。沈约云："相如工为形似之言，二班长于情理之说。"刘勰云："情在词外曰隐，状溢目前曰秀。"梅圣俞云："含不尽之意见于言外，状难写之景如在目前。"三人之论，其实一也。

（宋）张戒《岁寒堂诗话》卷上，《历代诗话续编》本

余谓诗人对偶，特近体不得不尔。发乎情性浅深疏密，各自极其中之所欲言。若必两两而并，若花红柳绿，江山水石，斤斤为格律，此岂复有情性哉？

（元）刘将孙《胡以实诗词序》，《养吾斋集》卷十一，《四库全书》珍本初集本

古人之诗本乎情，非设以为之者也。是以有诗而无诗人。迨于后世，则有诗人矣。乞诗之目，多至不可胜应，而诗之格，亦多至不可胜品，然其于诗，类皆本无是情，而设情以为之。夫设情以为之者，其趋在于干诗之名，干诗之名，其势必至于袭诗之格而剿其华词，审如是，则诗之实亡矣。是之谓有诗人而无诗。

（明）徐渭《肖甫诗序》，《徐渭集》卷十九，中华书局本

世人厌常喜新之罪，夷于贵耳贱目。自李、何之后，继以于鳞，海内为其家言者多，遂蒙刻鹜之厌。骤而一士能为乐府新声，倔强无识者，便谓不经人道语，目曰上乘，足使耆宿尽废。不知诗不惟体，顾取诸情性何如耳？不惟情性之求，而但以新声取异，安知今日不经人道语，不为异日陈陈之粟乎？呜呼！才难。岂惟才难，识亦不易。作诗道一浅字不得，改道一深字又不得，其妙政在不深不浅，有意无意之间。

（明）王世懋《艺圃撷余》，《历代诗话》本

李长吉传称其未尝得题然后为诗，此亦诗家一诀，古之名家往往如此。即李、杜，除酬赠即景咏物之外，大都皆先有诗而后缀以题。今人必先有题目，如秀才作制义，止发挥题目，而去性情远矣。

（明）王嗣奭《管天笔记外编》卷下，《四明丛书》本

汉、魏人诗，本乎情兴。学者专习凝领，而神与境会，即情兴之所至。否则不失之袭，又未免苦思以意见为诗耳。如阮籍《咏怀》之作，亦渐以意见为诗矣。

（明）许学夷《诗源辩体》卷三，人民文学出版社本

其言曰："诗，古文辞，其义一也。古文之道，惟朴与坚，斯其至者，诗何必不然？且诗本性情，述志意，心口相传，宜无他假者，而以谐声传韵财取成章，已不能不在离合间，况复资之掇拾，专尚华美哉？其失也伪，是谓无诗。吾生平不为拟古，强笑不欢，非中怀所达故也。"盖次尾之论如此。

（明）吴应箕《楼山堂集》卷首，《丛书集成》本

予观先生之诗，大要取法于今之所谓竟陵尔。夫竟陵之诗，果何法哉？其言有以性情浮出纸上者为真。呜呼！果若此，是《三百篇》之后，惟竟陵独矣。乃今承袭其风者，以空疏为清，以枯涩为厚，以率尔不成语者为有性情，而诗人沉著、含蓄、直朴、澹老之致以亡……吾非悲夫竟陵也，恶夫学竟陵者之流失也。

（明）吴应箕《曾学博诗序》，《楼山堂集》卷十六，《丛书集成》本

夫诗以道性情，自高廷礼以来，主张声调，而人之性情亡矣。然使其说之足以胜天下者，亦由天下之性情汩没于纷华污惑之往来，浮而易动。声调者浮物也，故能挟之而去，是非无性情也，其性情不过如是而止，若是者不可谓之诗人……诗人萃天地之清气，以月露风云花鸟为其性情，其景与意不可分也。月露风云花鸟之在天地间，俄顷灭没，而诗人能结之不散。常人未尝不有月露风云花鸟之咏，非其性情，极雕绘而不能亲也。

（清）黄宗羲《景州诗集序》，《黄梨洲文集》，中华书局本

古人为诗，未有舍性情而专言格调者，今人好称格调而反略于性情，此诗之所以不古也。夫诗以言性情也，山泽之子不可与论庙堂，华曼之词不可与言颧颔，其情殊也。今无与于颂述，而黼黻其貌，本无所感慨，而涕泗从之，以不情之悲喜，为应酬之章句，所谓鞞铎之不中于音也，而挟

其行卷，谲然曰："我盛唐，我六朝也。"余窃怪之。

（清）周亮工《西江游草序》，《赖古堂集》卷十三，《清人别集丛刊》本

……惟是陶写襟怀，披陈情愫，不妨有作；至于无益之应酬，不情之篇什，则概从谢绝……盖今日之所谓寿诗者滥甚矣……而诗家不能辞，则作活套语应之。为甲作者，改一言半句，即移于乙、于丙。此犹出己之诗。钱宗伯为余言，苦应酬不能给，尝置胡之瑞集于案头，择其稍近似者移用之，以其活套者多耳。盖所寿之人既无可称，而求者又多，索之又迫，势不容不出于苟且，岂惟宗伯，今之诗人亦多用此法。如此玩侮，诗尚足重乎！

（清）归庄《谢寿诗说》，《归庄集》卷十，上海古籍出版社本

古人之诗，有诗而后有题；今人之诗，有题而后有诗。有诗而后有题者，其诗本乎情。有题而后有诗者，其诗徇乎物。

（清）顾炎武《诗题》，《日知录集释》卷二十一，《四部备要》本

诗主性情，不贵奇巧，唐以下有强用一韵中字几尽者，有用险韵者，有次人韵者，皆是立意以此见巧，便非诗之正格。

（清）顾炎武《古人用韵无过十字》，《日知录集释》卷二十一，《四部备要》本

若但于句求巧，则性情先为外荡，生意索然矣。松陵体永堕小乘者，以无句不巧也。然皮、陆二子差有兴会，犹堪讽咏。若韩退之以险韵、奇字、古句、方言矜其恒辏之巧，巧诚巧矣，而于心情兴会一无所涉，适可为酒令而已。

（清）王夫之《薑斋诗话》卷二，人民文学出版社本

游览诗固有适然未有情者，俗笔必强入以情，无病呻吟，徒令江山短气。

（清）王夫之《古诗评选》卷五，孝武帝《济曲阿后湖》评语，《船山古近体诗评选三种》，船山学社本

世人有题目始寻文章，余则先有文章偶借题目耳；犹有悲借泪以出，非有泪而始悲也。
　　　　　　（清）廖燕《山居杂谈》，《七松堂集》卷七，廖景黎家藏本

有装裹而无性情，非所望于名手也。
　　　　　　（清）张谦宜《絸斋诗谈》卷六，《清诗话续编》本

点染风花，何妨少为失实？若小小送别，而动欲沾巾；聊作旅人，而便云万里。登陟培塿，比拟华、嵩；偶遇庸人，颂言良哲。以致本居泉石，更怀遁世之思；业处欢娱，忽作穷途之哭。准之立言，皆为失体。《记》曰："志之所至，诗亦至焉。"本乎志以成诗，恶有数者之患？
　　　　　　（清）沈德潜《说诗晬语》卷下，《清诗话》本

落笔务在得情，择词必须合意。如燕饮、陈诉、道路、军马、酸凄、调笑，自有专曲。用之不得其宜，虽才情生色，亦不足取也。
　　　　　　（清）黄图珌《看山阁集闲笔·文学部·词曲》，《中国古典戏曲论著集成》（七），中国戏剧出版社本

今诗教之坏，莫甚于以注疏夸高，以填砌矜博。捃摭琐碎，死气满纸。一句七字，必小注十余行，令人舌举口呿，而不敢下于性情二字，几乎丧尽天良，此则二千年所未有之诗教也。
　　　　　　（清）袁枚《答李少鹤书》，《小仓山房尺牍》卷八，《随园全集》，文明书局本

文以情生，未有无情而有文者。韵因诗押，未有无诗而先有韵者。余雅不喜人以一题排挨上下平作三十首，敷衍凑拍，满纸浮词，古名家断无此种。至于上用"秋"字，下用"花"字，如秋月秋云，桃花桂花之类，连绵数十首，是作类书《群芳谱》，非咏诗也。
　　　　　　（清）袁枚《随园诗话补遗》卷七，人民文学出版社本

"圣人之情见乎辞"，为作《易》言也。作者情生文，斯读者文生情。《易》教之神，神以此也。使情不称文，岂惟人之难感，在己先不诚无

物矣。

（清）刘熙载《艺概·文概》，上海古籍出版社本

诗有借色而无真色，虽藻缋实死灰耳。李义山却是绚中有素。敖器之谓其"绮密环妍，要非适用"，岂尽然哉！至或因其《韩碑》一篇，遂疑气骨与退之无二，则又非其质矣。

（清）刘熙载《艺概·诗概》，上海古籍出版社本

古人因志而有诗，后人先去作诗，却推究到诗不可以徒作，因将志入里来，已是倒做了，况无与于志者乎！

（清）刘熙载《艺概·诗概》，上海古籍出版社本

4. 情信辞巧　言高旨远

圣人之情见乎辞。

（先秦）《周易》卷八，《十三经注疏》本

子曰：情欲信，辞欲巧。

（先秦）《礼记·表记》，《十三经注疏》本

或曰：士之论高，何必以文？
答曰：夫人有文，质乃成；物有华而不实，有实而不华者。《易》曰："圣人之情见乎辞。"出口为言，集札为文。文辞施设，实情敷烈。

（汉）王充《论衡·书解》，《诸子集成》本

若夫制作之文，所以彰往考来，情见乎辞。言高则旨远，辞约则义微。此理之常，非隐之也。

（晋）杜预《春秋左氏传序》，《文选》卷四十五，《四部备要》本

夫诗虽以情志为本，而以成声为节。然则雅音之韵，四言为正；其余虽备曲折之体，而非音之正也。

（晋）挚虞《文章流别论》，《艺文类聚》五十六，上海古籍出版社本

情以物兴，故义必明雅；物以情观，故词必巧丽。
（南宋·梁）刘勰《文心雕龙·诠赋》，人民文学出版社本

公世业尚文，伯仲皆才。公尤深于诗，言合丽则，究缘情之美。
（唐）独孤及《唐故商州录事参军郑府君墓志铭》，《全唐文》卷三百九十二，中华书局本

志之所之，发为英华，其于奇正相生，文质相发，若笙磬合奏，组缋交映。
（唐）权德舆《萧侍御喜陆太祝自信州移民洪州玉芝观诗序》，《权载之文集》卷三十五，《四部丛刊》本

风人之诗，既出乎性情之正，而复得于声气之和，故其言微婉而敦厚，优柔而不迫，为万古诗人之经。世之习举业者，牵于义理，狃于穿凿，于风人性情声气，了不可见，而诗之真趣泯矣。
（明）许学夷《诗源辩体》卷一，人民文学出版社本

律调而后声得所和，声和而后永得所依，永得所依而后言得以永，言得永而后志著于言。故曰："穷本知变，乐之情也。"非志之所之，言之所发，而即得谓之乐，审矣。藉其不然，至近者人声，自然者天籁，任其所发而已足见志，胡为乎索多寡于羊头之黍，问修短于嶰谷之竹哉？朱子顾曰："依作诗之语言，将律和之；不似今人之预排腔调，将言求合之，不足以兴起人。"则屈元声自然之损益，以拘桎于偶发之语言，发即乐而非以乐乐，其发也奚可哉！
（清）王夫之《舜典三》，《尚书引义》卷一，中华书局本

言愈昌而始有则，文愈腴而始有神，气愈温而始有力。不为擢筋洗骨而生理始全，不为深文微中而人益以警。罕譬善喻，唱叹淫泆，若缓若忘，而乃信其有情，古知道者之于文类然也。东周之季，大历之末，刻露卞躁之言兴，而周唐之衰亟矣。知言者辨之，是以甚恶夫

《采葛》。

（清）王夫之《诗广传·王风七》，中华书局本

如以诗论，苟无真意，则声华伤于雕琢，格律涉于叫嚣，其病臃肿；若舍其声华格律，而一惟真意是求，则枵然山泽之癯而已。

（清）尤侗《月将堂近草序》，《西堂杂俎》三集卷四，清刊本

问："闻之家四兄云：'志非言不形，言非诗不彰。'是三者果相需而为用欤？"

阮亭答："《尚书》云：'诗言志，歌永言，声依永，律和声。'此千古言诗之妙谛真诠也。故知志非言不形，言非诗不彰，祖诸此矣。何谓志？'石韫玉而山以辉，水怀珠而川以媚'是也；何谓言？'其为物也多姿，其为体也屡迁，其会意也尚巧，其遣词也贵妍'是也；何谓诗？'既缘情而绮靡，亦体物而浏亮'，'播芳蕤之馥馥，发青条之森森'是也。昌黎云：'《诗》正而葩。'岂不然欤？"

（清）王士禛等《师友诗传录》，《清诗话》本

性情，诗之体；音节，诗之用。

（清）乔亿《剑溪说诗》卷下，《清诗话续编》本

《易》奇而法，《诗》正而葩，《易》以道阴阳，《诗》以道性情也。其所以修而为奇与葩者，则固以谓不如是则不能以显阴阳之理与性情之发也。

（清）章学诚《言公中》，《文史通义·内篇四》，上海古籍出版社本

予小时颇喜作了然语，后知其不可，痛改之。夫作诗之异于说话者，以其有所酝酿而出，非若说话之可以直情径遂也。故虽语极清脆，亦极有趣味，虽人人称诵之，而予终以为不然。

（清）厉志《白华山人诗说》卷一，《清诗话续编》本

赋，辞欲丽，迹也；义欲雅，心也。"丽辞雅义"，见《文心雕龙·

诠赋》。前此,《扬雄传》云:"司马相如作赋甚宏丽温雅。"《法言》云:"诗人之赋丽以则。""则"与"雅"无异旨也。

(清)刘熙载《艺概·赋概》,上海古籍出版社本

六

情 境 说

1. 感事动情　起兴赋诗

若夫目好色，耳好声，口好味，心好利，骨体肤理好愉佚，是皆生于人之情性者也。感而自然，不待事而后生之者也。夫感而不能然，必且待事而后然者，谓之生于伪。

（先秦）《荀子·性恶》，《诸子集成》本

乐者，音之所由生也；其本在人心之感于物也。是故其哀心感者，其声噍以杀；其乐心感者，其声啴以缓；其喜心感者，其声发以散；其怒心感者，其声粗以厉；其敬心感者，其声直以廉，其爱心感者，其声和以柔；六者非性也，感于物而后动。

（先秦）《礼记·乐记》，《十三经注疏》本

……代、赵之讴，秦、楚之风，皆感于哀乐，缘事而发。

（汉）班固《汉书·艺文志》，中华书局本

节运代序，四时相推，寒风肃杀，白露沾衣。嗟行迈之弥留，感时逝而悲怀；彼离思之在人，恒戚戚而无欢。悲缘情以自诱，忧触物而生端；昼辍食而发愤，宵假寐而兴言。

（晋）陆机《思归赋》，《全晋文》卷九十六，《全上古三代秦汉三国六朝文》，中华书局本

余去家渐久，怀土弥笃，方思之殷，何物不感？曲街委巷，罔不兴咏；水泉草木，咸足悲焉，故述斯赋。

（晋）陆机《怀土赋序》，《全晋文》卷九十六，《全上古三代秦汉三国六朝文》，中华书局本

余祗役京邑，载离永久。永宁二年春，忝宠北郡，其夏又转大将军右司马于邺都。自去故乡，荏苒六年，惟姑与姐，仍见背弃，衔痛万里，哀思伤毒，而日月逝速，岁聿云暮，感万物之既成，瞻天地而伤怀，乃作赋以言情焉。

（晋）陆云《岁暮赋序》，《全晋文》卷一百，《全上古三代秦汉三国六朝文》，中华书局本

释法师以隆安四年仲春之月，因咏山水，遂杖锡而游，于时交徒同趣者三十余人，咸拂衣晨征，怅然增兴……各欣一遇之同欢，感良晨之难再，情发于中，遂共咏之云尔："超兴非有本，理感兴自生，忽闻石门游，奇唱发幽情……"

（晋）庐山诸道人《游石门诗并序》，引自逯钦立编《晋诗》卷二十，《先秦汉魏晋南北朝诗》，中华书局本

捣衣清而彻，有悲人者，此是秋士悲于心，捣衣感于外。内外相感，愁情结悲，然后哀怨生焉。苟无感，何嗟何怨也。

（南朝·梁）萧绎《立言篇》九上，《金楼子》卷四，《丛书集成》本

咏史者，读史见古人成败，感而作之。

（唐）[日]弘法大师《文镜秘府论·南卷·论文意》，《文镜秘府论校注》，中国社会科学出版社本

大凡人之感于事，则必动于情，然后兴于嗟叹，发于吟咏，而形于歌诗矣。

（唐）白居易《策林六十九》，《白居易集》卷六十五，中华书局本

不数年，与诗人杨巨源友善，日课为诗。性复僻懒人事，常有闲暇，间则有作，识足下时，有诗数百篇矣。习惯性灵，遂成病蔽。每公私感愤，道义激扬，朋友切磨，古今成败，日月迁逝，光景惨舒，山川胜势，风云景色，当花对酒，乐罢哀余，通滞屈伸，悲欢合散，至于疾恙穷身，悼怀惜逝，凡所对遇异于常者，则欲赋诗。

     （唐）元稹《叙诗寄乐天书》，《元稹集》卷三十，中华书局本

  自周衰以来，后世作者，纷然并出，以至于今数千年，其间变制异技，奇言诡术，不可胜记，其间卓然而可称者，不过数人，其余纷纷籍籍，皆不足道，而违情拂志之作，往往或有，非如古之于诗，必出于诚意而不诬也。然违情拂志者，盖有志矣，至于显情之真，发志之实者，尚十九也。某不肖，自幼至今，颇考□历世之为诗者，上自风雅之兴，而中观骚人之作，下考苏、李以来，至于唐，扫除蕡秽，而撼其真；刊落蔓衍，而食其实，颇有得于前人，而时时心之所感发，亦窃见之于诗。且夫人之生于天地之间，目之所见，耳之所闻，心之所思，一日之间，无顷刻之休，而又观夫四时之动，敷华发秀于春，成材布实于夏，凄风冷露，鸣虫陨叶而秋兴，重云积雪，大寒飞霰而冬至，则一岁之间，无一日隙。以人之无定情，对物之无定候，则感触交战，旦夜相召，而欲望其不发于文字言语，以消去其情，盖不可得也。则又知诗者，虽欲不为，有所不能。

     （宋）张耒《上文潞公献所著诗书》，《柯山集》拾遗卷十二，《丛书集成》本

  诗乃吟咏性情之具，而所谓《风》、《雅》、《颂》者，皆出于吾之一心，特因事感触而成，非智力之所能增损也。

     （明）宋濂《答章秀才论诗书》，《宋学士全集》卷二十八，《丛书集成》本

  怀古，思古人也。生不同时，旷世相感，千里而外，百代之下，犹同一室，刻生其里闾者乎？《诗》曰："维桑与梓，必恭敬止。"予以为诗，犹雅人恭敬之意也。

     （清）王士禛《怀古诗三篇序》，《渔洋山人精华录训纂》册二，《四部备要》本

陶公尝往来庐山，集中无庐山诗。古人胸中无感触时，虽遇胜景，不苟作如此。

（清）乔亿《剑溪说诗》卷上，《清诗话续编》本

词人于役，但经过处必题诗，或多至三二百篇，少亦不下五六十篇，几无一题一咏不有郡邑名，竟是地里志，固曰然矣。然道涂跋涉之苦，山水奇崛之区，所感非一，情不能已。至若绝塞边徼，辀轩不到，人物异形，草木殊状，过其地者，莫不悄焉动容，因之慨然成咏，不特抒怀，亦云纪异也。

（清）乔亿《剑溪说诗》卷下，《清诗话续编》本

咏物词至王碧山，可谓空绝古今，然亦身世之感使然，后人不能强求也。竹垞《茶烟阁体物集》二卷，纵极工致，终无关于《风》《雅》。

（清）陈廷焯《白雨斋词话》卷七，人民文学出版社本

2. 境与意会　情景交融

《九歌》者，屈原之所作也。昔楚国南郢之邑，沅湘之间，其俗信鬼而好祠。其祠必作歌乐鼓舞以乐诸神。屈原放逐，窜伏其域，怀忧苦毒，愁思沸郁；出见俗人祭祀之礼，歌舞之乐，其辞鄙陋，因为作《九歌》之曲。上陈事神之敬，下见己之冤结，托之以风谏，故其文意不同，章句杂错，而广异意焉。

（汉）王逸《九歌序》，《楚辞》卷二，《四部丛刊》本

山沓水匝，树杂云合。目既往还，心亦吐纳。春日迟迟，秋风飒飒。情往似赠，兴来如答。

（南朝·梁）刘勰《文心雕龙·物色》，人民文学出版社本

谁怜大第多奇景，自爱贫家有古风。会向红尘生野思，始知泉石在胸中。

（宋）程颢《和王安五首之一·野轩》，《二程集·明道先生文三》，中华书局本

"啼乌争引子,鸣鹤不归林。下食遭泥去,高飞恨久阴。"子美之志可见矣。"下食遭泥去",则固穷之节,"高飞恨久阴",则避乱之急也。子美之志,其素所蓄积如此,而目前之景,适与意会,偶然发于诗声,六义中所谓兴也。兴则触景而得,此乃取物。

(宋)张戒《岁寒堂诗话》卷下,《历代诗话续编》本

上人才品高,真积力久。住龙门嵩少二十年,仰山又五六年,境用人胜,思与神遇,故能游戏翰墨道场,而透脱丛林科臼,于蔬笋中别为无味之味,皎然所谓"情性之外,不知有文字"者,盖有望焉。

(金)元好问《木庵诗集序》,《遗山先生文集》卷三十六,《四部丛刊》本

心即境也,治其境而不于其心,则迹与人境远,而心未尝不近;治其心而不于其境,则迹与人境近,而心未尝不远。

(元)方回《心境记》,《桐江集》卷二,商务印书馆影抄本

余生是时,实无其才,虽欲自奋,譬如人无坚车良马而欲适千里之途,不亦难欤!故窃伏于娄江之滨,以自安其陋。时登高丘,望江水之东驰百里而注之海,波涛之所汹歘,烟云之所杳霭。与夫草木之盛衰,鱼鸟之翔泳,凡可以感心而动目者,一发于诗。盖所以遣忧愤于两忘,置得丧于一笑者,初不计其工不工也。积而成帙,因名曰《娄江吟稿》。

(明)高启《高太史大全集·原序》,缩印丛刊本

余惟诗所以道情性,盖直泄其中之蕴,而无待乎外者。然而骚人文士之得意处,每曰神助。殆思与景遇,而草木禽鱼,皆吾性情所寄以发。

(明)程敏政《序白石樵唱》,《宋遗民录》卷十四,引自《笔记小说大观》,江苏广陵古籍刻印社本

作闺情曲,而多及景语,吾知其窘矣。此在高手,持一"情"字,摸索洗发,方挹之不尽,写之不穷,淋漓渺漫,自有余力,何暇及眼前与我相二之花鸟烟云,俾掩我真性,混我寸管哉。世之曲,咏情者强半,持

此律之，品力可立见矣。

      （明）王骥德《曲律·杂论》，《中国古典戏曲论著集成》（四），
      中国戏剧出版社本

  《易水歌》仅十数言，而凄婉激烈，风骨情景，种种具备。亘千载下，复欲二语，不可得。

      （明）胡应麟《诗薮·内编》卷三，上海古籍出版社本

  夫诗以道性情，自高廷礼以来，主张声调，而人之性情亡矣。然使其说之足以胜天下者，亦由天下之性情汩没于纷华污惑之往来，浮而易动。声调者浮物也，故能挟之而去，是非无性情也，其性情不过如是而止。若是者不可谓之诗人。周伯弨之注三体诗也，以景为实，以意为虚，此可论常人之诗，而不可以论诗人之诗。诗人萃天地之清气，以月露风云花鸟为其性情，其景与意不可分也。月露风云花鸟之在天地间，俄顷灭没，而诗人能结之不散。常人未尝不有月露风云花鸟之咏，非其性情，极雕绘而不能亲也。

      （清）黄宗羲《景州诗集序》，《黄梨洲文集》，中华书局本

  唯此窅窅摇摇之中，有一切真情在内，可兴可观可群可怨，是以有取于诗。然因此而诗，则又往往缘景缘事、已往缘未来，终年苦吟而不能自道。以追光蹑景之笔，写通天尽人之怀，是诗家正法眼藏。钟嵘源出《小雅》之评，真鉴别也。

      （清）王夫之《古诗评选》卷四，阮籍《咏怀》评语，《船山古
      近体诗选评三种》，船山学社本

  游览诗切不可作应酬山水语。如一幅画图，名手各各自有笔法，不可错杂。又名山五岳，亦各各自有性情气象，不可移换。作诗者以此二种心法，默契神会，又须步步不可忘我是游山人，然后山水情性气象，种种状貌变态影响，皆从我目所见，耳所听，足所履而出，是之谓游览。且天地之生此山水也，其幽远奇险，天地亦不能一一自剖其妙，自有此人之耳目手足一历之，而山水之妙始泄。如此方无愧于游览，方无愧乎游览之诗。

      （清）叶燮《原诗·外篇下》，《清诗话》本

唐之世二百年，诗称极盛，然其间作者类多长于赋景而略于言志，其状草木鸟兽甚工，顾于事父、事君之际或阙焉不讲。惟杜子美之诗，其出之也有本，无一不关乎纲常伦纪之目，而写时状景之妙自有不期而工者，然则善学诗者舍子美其谁师也欤？

    （清）朱彝尊《与高念祖论诗书》，《曝书亭集》卷三十一，《四部备要》本

秋，人所同也；物，亦人所同也，而诗则为一人所独异。借彼物理，抒我心脾。即秋而物在，即物而我之性情俱在，然则物非物也，一我之性情变幻而成者也。性情散而为万物，万物复聚而为性情，故一捻髭搦管，即能随物赋形，无不尽态极妍，活现纸上。

    （清）廖燕《李谦三十九秋诗题词》，《二十七松堂集》卷八，引自《中国古代美学史资料选编》，中华书局本

诗非无为而作，情因景生，景随情变，感触之下，即淡语亦自有致。彼无情之言，纵悬幡击鼓，亦安能助其威灵哉！况掇拾事物以凑好句者，则又卑卑不足道矣！

    （清）田同之《西圃诗说》，《清诗话续编》本

一曰诗言志，又曰诗以导情性。则情志者，诗之根柢也；景物者，诗之枝叶也。根柢，本也；枝叶，末也。《三百篇》下迄汉、魏、晋，言情之作居多，虽有鸟兽草木，藉以兴比，非仅描摹物象而已。追元嘉时，鲍、谢二公为之倡，风气一变；嗣后仿效者情景参半，历梁、陈而专尚月露风云。及唐初沈、宋诸君子出，相与振兴元古，崇尚清真，风气复一变。沿至中、晚，又转而为梁、陈矣。宋以后无讥焉。

    （清）黄子云《野鸿诗的》，《清诗话》本

景物所在，性情即于是焉存。

    （清）乔亿《剑溪说诗》卷下，《清诗话续编》本

凡物色之感于外，与喜怒哀乐之动于中者，两相薄而发为歌咏，如风水相遭，自然成文，如泉石相舂，自然成响。刘勰所谓"情往如赠，兴

来如答",盖即此意,岂步步趋趋,摹拟刻划,寄人篱下者所可以拟哉!

（清）纪昀《清艳堂诗序》,《纪文达公遗集》,清嘉庆刊本

春山如笑,夏山如怒,秋山如妆,冬山如睡。四山之意,山不能言,人能言之。秋令人悲,又能令人思,写秋者必得可悲可思之意,而后能为之,不然,不若听寒蝉与蟋蟀鸣也。

（清）恽正叔《南田论画》,《历代论画名著汇编》本

诗者,言之有节文者耶!凡人情志郁于中,境遇交于外,境遇之交压也瓌异,则情志之郁积也深厚。情者阴也,境者阳也;情幽幽而相袭,境娉娉而相发。阴阳愈交迫,则逾变化而旁薄,又有礼俗文例以节奏之,故积极而发:泻如江河,舒如行云,奔如卷潮,怒如惊雷,咽如溜滩,折如引泉,飞如骤雨。其或因境而移情,乐喜不同,哀怒异时,则又玉磬铿铿,和管锵锵,铁笛裂裂,琴丝愔愔:皆自然而不可以已者哉!

夫有元气,则蒸而为热,轧而成响,磨而生光,合沓变化而成山川,跃裂而为火山流金,汇聚而为大海回波,块轧有芒,大块文章,岂故为之哉?亦不得已也。

（清）康有为《诗集自序》,《康有为政论集》,中华书局本

3. 体物写志　以寓性情

建安陶阮以前诗,专以言志;潘陆以后诗,专以咏物。兼而有之者,李杜也。言志乃诗人之本意,咏物特诗人之余事。古诗苏李曹刘陶阮本不期于咏物,而咏物之工,卓然天成,不可复及。其情真,其味长,其气胜,视《三百篇》几于无愧,凡以得诗人之本意也。潘陆以后,专意咏物,雕镌刻镂之工日以增,而诗人之本旨扫地尽矣。谢康乐"池塘生春草",颜延之"明月照积雪",谢玄晖"澄江静如练",江文通"日暮碧云合",王籍"鸟鸣山更幽",谢真"风定花犹落",柳恽"亭皋木叶下",何逊"夜雨滴空阶",就其一篇之中,稍免雕镌,粗足意味,便称佳句,然比之陶阮以前苏李古诗曹刘之作,九牛一毛也。

（宋）张戒《岁寒堂诗话》卷上,《历代诗话续编》本

皋亭之山，有隐者焉，以友梅字其轩，环其居皆梅也。或曰："友者，人伦之名也，君子以友辅仁，求其友必于人焉可也。梅，卉木也，人得而友之乎？生于世为人焉，舍斯人弗友，而卉木乎取之，斯人也不既怪矣乎？"

刘子曰："否。彼固有所激而云也。夫彼所谓隐者也，不同乎人而隐。彼固自绝于世之人，而卉木之为徒也。彼固以斯世为不足乎已，而隐以为高。彼固谓人不足与友，而卉木良我友也。彼诚有所激哉……梅，卉木也。有岁寒之操也焉，取诸人弗得矣，舍卉木何取哉！且此物非徒取也。凌霜雪而独秀，守洁白而不污，人而象之，亦可以为人矣。"

（明）刘基《友梅轩记》，《诚意伯文集》卷六，缩印丛刊本

吾乡叚翁住东郭，夫妻七十鬓未秃。翁家犹子擅丹青，手挥绢素为翁祝。一枝一茎亦有情，五百春秋递相续。请翁披图应自笑，形固可使如槁木。

（明）唐顺之《双寿图歌为叚翁作》，《荆川先生文集》卷一，《四部丛刊》本

东坡画竹不作节，此达观之解。其实天下之不可废者无如节。风霜凌厉，苍翠俨然，披对长吟，请为苏公下一转语。

（明）徐渭《论画竹节》，引自《中国画论类编》，中国古典艺术出版社本

牡丹为富贵花，主光彩夺目，故昔人多以钩染烘托见长，今以泼墨为之，虽有生意，多不是此花真面目。盖余本婆人，性于梅竹宜，至荣华富丽，风若牛马，弗相似也。

（明）徐渭《天池题画花卉》，引自《中国画论类编》，中国古典艺术出版社本

苏子瞻尝作墨竹，从地一直起至顶。予问何不逐节分，曰竹生时，何尝逐节生。运思清拔，出于文同与可。自谓与文拈一瓣香。以墨深为面，淡为背，自与可始也。作成林竹甚精。子瞻作枯木，枝干虬屈无端，石皱硬，亦怪怪奇奇无端，如其胸中盘郁也。

（明）毛子晋《海岳志林》，引自《笔记小说大观》，江苏广陵古籍刻印社本

古之咏物者固以情也，非情则谜而不诗。疑沓疑赘，章末风旨，居然动人。

（清）王夫之《古诗评选》卷四，繁钦《咏蕙》评语，《船山遗书》，太平洋书店重校刊本

《促织》咏物诸诗，妙在俱以人理待之，或爱惜，或怜之劝之，或戒之壮之。全付造化，一片婆心，绝作绝作！咏物诸作，皆以自己意思，体贴出物理情态，故题小而神全，局大而味长，此之谓作手。"久客得无泪"，初闻之下泪可知，此一面两照之法。"故妻难及晨"，自己之不睡可知。"故妻"只如"故剑"之"故"，犹言老妻，恩深而思切也。写得虫声哀怨，不可使愁人暂听，妙绝文心。

（清）张谦宜《絸斋诗谈》卷四，《清诗话续编》本

《荷》七首，题画荷却不作绘事想。盖画理入神，由幻传真；诗思入神，得情忘相。此最为难到。

（清）张谦宜《絸斋诗谈》卷六，《清诗话续编》本

予画非专师，爱其神骏，偶然图之。昂首空阔，伯乐罕逢。笑题一诗，以写老怀。诗曰："扑面风沙行路难，昔年曾蹑五云端。红鞯今敝雕鞍损，不与人骑更好看。"

（清）金农《画马题记》，《历代论画名著汇编》，文物出版社本

东坡画兰长带荆棘，见君子能容小人也。吾谓荆棘不当以小人目之，如国之爪牙，王之虎臣，自不可废。兰在深山，已无尘嚣之扰，而鼠将食之，鹿将齧之，豕将豗之，熊虎豺貙兔狐之属将啮之。又有樵人将拔之割之。若得棘刺为护撼，其害斯远矣。秦筑长城，秦之棘篱也。汉有韩、彭、英，汉之棘围也。三人既诛，汉高过沛，遂有安得猛士守四方之慨。然则蒺藜、铁菱角、鹿角、棘刺之设，安可少哉？予画此幅，山上山下皆兰棘相参，而兰得十之六，棘亦居十之四，画毕而叹，盖不胜幽并十六州之痛，南北宋之悲耳！以无棘刺故也。

（清）郑燮《丛兰棘刺图》，《郑板桥集》，上海古籍出版社本

问：班婕妤《团扇》，非咏物乎？

古人之咏物，兴也；后人之咏物，赋也。兴者借以抒其性情，诗非徒作，故不得谓之咏物也。自拟古诗兴而性情伪，自咏物诗兴而性情亡，其能于拟古、咏物见真性情者，杜老一人而已。

（清）陈仅《竹林答问》，《清诗话续编》本

画鬼神前辈名手多作之，俗眼视为奇怪，反弃不取。不思古人作画，并非以描摹悦世为能事，实借笔墨以写胸中怀抱耳。若寻常画本，数见不鲜，非假鬼神名目，无以舒磅礴之气。故吴道子画《天龙八部图》，李伯时画《西岳降灵图》，马麟作《钟馗夜猎图》，龚翠岩作《中山出游图》，贯休之《十六尊者》，陈老莲之《十八罗汉》，俱是自别陶冶，不肯依样葫芦。胸中楼阁，从笔墨中敷演出来，其狂怪有理，何可斥为荒诞？然必工夫纯熟，精妙入神，时有感触，不妨偶尔为之，以抒胸臆，亦不可执为擅长，矜奇立异。

（清）郑绩《梦幻居画学简明》，引自《中国画论类编》，中国古典艺术出版社本

陶诗"吾亦爱吾庐"，我亦具物之情也；"良苗亦怀新"，物亦具我之情也。《归去来辞》亦云："善万物之得时，感吾生之行休。"

（清）刘熙载《艺概·诗概》，上海古籍出版社本

《屈原传》曰："其志洁，故其称物芳。"《文心雕龙·诠赋》曰："体物写志。"余谓志因物见，故《文赋》但言"赋体物"也。

（清）刘熙载《艺概·赋概》，上海古籍出版社本

赋与谱录不同。谱录惟取志物，而无情可言，无采可发，则如数他家之宝，无关己事。以赋体视之，孰为亲切且尊异耶？

（清）刘熙载《艺概·赋概》，上海古籍出版社本

咏物之作，在借物以寓性情，凡身世之感，君国之忧，隐然蕴于其内，斯寄托遥深，非沾沾焉咏一物矣。如王碧山咏新月之《眉妩》，咏梅之《高阳台》，咏榴之《庆清朝》，皆别有所指，故其词郁伊善感。

（清）沈祥龙《论词随笔》，《词话丛编》本

七

情 理 说

1. 情得理真　理定辞畅

文理繁，情用省，是礼之隆也。文理省，情用繁，是礼之杀也。文理情用，相为内外表里，并行而杂，是礼之中流也。故君子上致其隆，下尽其杀，而中处其中。

（先秦）《荀子·礼论》，《诸子集成》本

夫情动而言形，理发而文见，盖沿隐以至显，因内而符外者也。

（南朝·梁）刘勰《文心雕龙·体性》，人民文学出版社本

情者，文之经；辞者，理之纬。经正而后纬成，理定而后辞畅，此立文之本源也。

（南朝·梁）刘勰《文心雕龙·情采》，人民文学出版社本

比者，附也；兴者，起也。附理者切类以指事，起情者依微以拟议。起情故兴体以立，附理故比例以生。

（南朝·梁）刘勰《文心雕龙·比兴》，人民文学出版社本

建安之后，诗教日寝，重以齐梁之间，君臣相化，牵于景物，理不胜词。开元、天宝以来，稍革颓靡，存乎风兴。然趋时逐进，此为橐籥，绅佩之徒以不能言为耻，至于吟咏性情，取适章句者鲜焉。

（唐）权德舆《左武卫胄曹许君集序》，《全唐文》卷四九，中

文贵穷理，理贵原情。

(唐)皮日休《文薮序》，《皮子文薮》卷首，中华书局本

向背者，如人之顾盼指画，相揖相背。发于左者应于右，起于上者伏于下。大要点画之间，施设各有情理。

(宋)姜夔《续书谱·向背》，《佩文斋书画谱》卷七，清静永堂刻本

诗以持人之性情，天地之神理寄焉。古人之为诗也，无亦惟是取真情与真境缘饰之而已矣。晋、宋、齐、梁最称浮靡，然其一时人物之风华，情态之艳冶，可按而求，则神理犹未尽离也。自摹拟剽敚之道胜，称诗者往往以其所不必感之情，与其所未尝涉之境，传而成之，其音响肤泽，岂不自谓为汉、魏，为盛唐，然而神理之存焉者或寡矣。

(明)顾起元《刘成斋先生诗序》，《明文授读》卷三十六，味芹堂刊本

昔人谓"诗有别才，非关学也"，诚然矣。其谓"诗有别趣，非关理也"，则殊未是。杜子美诗所以为唐诗冠冕者，以理胜也。彼以风容色泽放荡情怀为高而吟写性灵为流连光景之辞者，岂足以语《三百篇》之旨哉！近唐寅送人下第诗曰："王家空设网，儒子尚怀珍。"唐荆川以为是有怨意，因举唐人诗曰"明主既不遇，青山胡不归"，如此胸次，方无系累也。此见诗之命意当主于理矣。都穆咏节妇诗曰："白发真心在，青灯泪眼枯。"沈石田以为诗则佳矣，有一字未稳，《礼经》曰寡妇不夜哭，"灯"字宜改作"青"字。此见诗之用字当主于理矣。若谓诗有别趣，非关于理，岂不谬哉。

(明)刘仕义《新知录·诗有别趣》，《古今图书集成》文学典一九四卷，中华书局本

李和尚曰：《水浒传》文字不好处只在说梦、说怪、说阵处，其妙处都在人情物理上，人亦知之否？

(明)叶昼《水浒》第九十七回回末总评，《明容与堂刻水浒

传》，中华书局本

传儿女子情者，须婉转，尤须洒脱。若合父、母、兄、妹、门生、故友，尽人而商量一纱，虽奇姻巧凑，不无反为情累乎？叔考于曲道称大匠，此处犹不无伤指之虑。

  （明）祁彪佳《远山堂曲品·能品》，《中国古典戏曲论著集成》（六），中国戏剧出版社本

文以理为主。然而情不至则亦理之郛廓耳。庐陵之志交友，无不呜咽；子厚之言身世，莫不凄怆。郝陵川之处真州，戴剡源之入故都，其言皆能恻恻动人。古今自有一种文章不可磨灭，真是"天若有情天亦老"者。而世不乏堂堂之阵，正正之旗，皆以大文目之。顾其中无可以移人之情者，所谓剁然无物者也。

  （清）黄宗羲《论文管见》，《南雷文定》三集卷三，耕余楼本

作诗之法，情胜于理；作文之法，理胜于情。乃诗未尝不本理以纬乎情，文未尝不用情以宣乎理，情理并至，此盖诗与文所不能外也。

  （清）周亮工《尺牍新钞》二集，邹祗谟《与陆荩思》，引自《中国美学史资料选编》，中华书局本

谢灵运一意回旋往复，以尽思理，吟之使人卞躁之意消。《小宛》抑不仅此，情相若，理尤居胜也。王敬美谓"诗有妙悟，非关理也"，非理抑将何悟？

  （清）王夫之《薑斋诗话》卷一，人民文学出版社本

齐梁以来，自命为作者，皆有蹊径，有阶级；意不逮辞，气不充体，于事理情志，全无干涉……李、杜则内极才情，外周物理，言必有意，意必由衷……

  （清）王夫之《夕堂永日绪论外编》，《薑斋诗话》附录，人民文学出版社本

诗人理语，惟西晋人为剧，理亦非能为西晋人累，彼自累耳。诗源情，理原性，斯二者，岂分辕反驾者哉？不因自得，则花鸟禽鱼累情尤

甚，不徒理也。取之广远，会之清至，出之修洁，理顾不在花鸟禽鱼上邪？平原兹制讵可云有注疏帖括气哉！

（清）王夫之《古诗评选》卷二，陆机《赠潘尼》评语，《船山古近体诗评选三种》，船山学社本

亦理亦情亦趣，逶迤而下，多取象外，不失圜中。

（清）王夫之《古诗评选》卷五，谢灵运《田南树园激流植援》评语，《船山古近体诗选评三种》，船山学社本

决不能有其事，实为情至之语。夫情必依乎理，情得然后理真，情理交至，事尚不得耶？要之作诗者，实写理、事、情，可以言，言可以解，解即为俗儒之作。惟不可名言之理，不可施见之事，不可径达之情，则幽渺以为理，想象以为事，惝恍以为情，方为理至、事至、情至之语。此岂俗儒耳目心思界分中所有哉？

（清）叶燮《原诗·内篇下》，《清诗话》本

做文章不过是情理二字，今做此一篇百回长文，亦只是情理二字。于一个人心中，讨出一个人的情理，则一个人的传得矣，虽前后夹杂众人的话，而此一人开口，是此一人的情理。非其开口便得情理，由于讨出这一人的情理，方开口耳。是故写十百千人，皆如写一人，而遂洋洋乎有此一百回大书也。

（清）张竹坡《批评第一奇书金瓶梅读法》，引自《中国历代小说论著选》，江西人民出版社本

乐是情之不可变者，礼是理之不可易者。

（清）汪烜《乐记或问》，《乐经律吕通解》卷一，引自《中国古代乐论选辑》，人民音乐出版社本

更好。这便是真正情理之文。可笑近之小说中满纸羞花闭月等字。

（清）脂砚斋《红楼梦》第一回批语，引自《脂砚斋红楼梦辑评》，中华书局本

如此叙法方是至情至理之妙文。最可笑者，近小说中，满纸班昭、蔡

琰、文君、道韫。

  （清）脂砚斋《红楼梦》第二回批语，引自《脂砚斋红楼梦辑评》，中华书局本

  尤氏亦可谓有才矣。论有德比阿凤高十倍，惜乎不能谏夫治家，所谓人各有当也。此方是至理至情。最恨近之野史中，恶则无往不恶，美则无往不美，何不近情理之如是耶。

  （清）脂砚斋《红楼梦》第四十三回批语，引自《脂砚斋红楼梦辑评》，中华书局本

  作曲最忌出情理之外。王舜耕所撰《西楼记》，于撮合不来时，拖出一须长公，杀无罪之妾，以劫人之妾为友妻，结构至此，可谓自堕苦海。

  （清）李调元《雨村曲话》卷下，《中国古典戏曲论著集成》（八），中国戏剧出版社本

  文生于情，情又生于文，气动志而志动气也。故有所识解而著文辞，辞之所及，忽有所触而转增识解，皆一理之奇也……

  文以气行，亦以情至。人之于文，往往理明事白，于为文之初指，亦若可无憾矣；而人见之者，以谓其理其事不过如是，虽不为文可也。此非事理本无可取，亦非作者之文不如其事其理，文之情未至也。今人误解辞达之旨者，以谓文取理明而事白，其他又何求焉！不知文情未至，即其理其事之情亦未至也……昔人谓文之至者，以为不知文生于情，情生于文。夫文生于情，而文又能生情，以谓文人多事乎？不知使人由情而恍然于其事其理，则辞之于事理，必如是而始可称为达尔。

  （清）章学诚《杂说》，《文史通义·内篇六》，《章氏遗书》本

  是书当以读程、朱《语录》之法读之。《语录》理精，《聊斋》情当。凡事境奇怪，实情致周匝，合乎人意中所欲出，与先正不背在情理中也。

  （清）冯镇峦《读聊斋杂说》，引自《中国历代小说论著选》，江西人民出版社本

  上天下地，资始资生，罔非一情字结成世界。自二帝三王立法以教百

姓,迨夫孔子明其道于无穷,忠孝节义仁慈友爱亦惟情而已。人孰无情?然有别焉。有情者君子,本中而和,发皆应节,故君子之情公而正,情也,即理也。小人亦托于情,有忌心、有贪心,有好胜心,爱憎皆徇于己,故小人之情私而邪,非情也,欲也,一动于欲,则忠孝节义仁慈友爱不知消归于何有。言情者辨之,可不早辨哉!

(清)种柳主人《玉蟾记》,引自《中国历代小说论著选》,江西人民出版社本

真西山《文章正宗·纲目》云:"《三百五篇》之诗,其正言义理者盖无几,而讽咏之间,悠然得其性情之正,即所谓义理也。"余谓诗或寓义于情而义愈至,或寓情于景而情愈深,此《三百五篇》之遗意也。

(清)刘熙载《艺概·诗概》,上海古籍出版社本

大凡稗官野史,所记新闻而作,是以先取新奇可喜之事,立为主脑,次乃融情入理,以联脉络,提一发则五官四肢俱动,因其情理足信,始能传世。

《红楼梦》一书,本名《石头记》,所记绛珠仙草受神瑛侍者灌溉之恩,修成女身,立愿托生人世,以泪偿之。此极奇幻之事,而至理深情,独有千古。作者不惜镂肝刻肾,读者得以娱目赏心,几至家弦户诵,雅俗共赏,咸知绛珠有偿泪之愿,无终身之约,泪尽归仙,再难留恋人间;神瑛无木石之缘,有金石之订,理当涉世,以了应为之事。此《红楼梦》始终之大旨也。

(清)西湖散人《红楼梦影序》,引自《中国历代小说论著选》,江西人民出版社本

曰浅显,曰机趣,曰贴切,词家所首重者。而要其指归,则在于入情入理而已。情发一人之思,理穷万事之变,人伦日用之间,至多可记者在,正不必索诸闻见之外,以荒唐文其浅陋也。

(清)吴梅《顾曲麈谈·制曲》,商务印书馆本

2. 诗有别趣　情理异途

　　唐人诗主情，去《三百篇》近；宋人诗主理，去《三百篇》却远矣。匪惟作诗也，其解诗亦然。且举唐人闺情诗云："袅袅庭前柳，青青陌上桑。提笼忘采叶，昨夜梦渔阳。"即《卷耳》诗首章之意也。又曰："莺啼绿树深，燕语雕梁晚。不省出门行，沙场知近远。"又曰："渔阳千里道，近于中门限。中门逾有时，渔阳常在眼。"又云："梦里分明见关塞，不知何路向金微。"又云："妾梦不离江上水，人传郎在凤凰山。"即《卷耳》诗后章之意也。若如今诗传解为托言，而不以为寄望之词，则《卷耳》之诗，乃不若唐人作闺情诗之正矣。若知其为思望之词，则诗之寄兴深，而唐人浅矣。若使诗人九原可作，必蒙印可此说耳。

（明）杨慎《升庵诗话》卷八，《历代诗话续编》本

　　天下女子有情宁有如杜丽娘者乎。梦其人即病，病即弥连，至手画形容传于世而后死。死三年矣，复能溟莫中求得其所梦者而生。如丽娘者，乃可谓之有情人耳。情不知所起，一往而深，生者可以死，死可以生。生而不可与死，死而不可复生者，皆非情之至也。梦中之情，何必非真，天下岂少梦中之人耶。必因荐枕而成亲，待挂冠而为密者，皆形骸之论也。
　　……
　　嗟夫，人世之事，非人世所可尽。自非通人，恒以理相格耳。第云理之所必无，安知情之所必有邪。

（明）汤显祖《牡丹亭记题辞》，《汤显祖集·玉茗堂文之六》，上海人民出版社本

　　情有者理必无，理有者情必无。真是一刀两断语。使我奉教以来，神气顿王。谛视久之，并理亦无，世界身器，且奈之何。以达观而有痴人之疑，疟鬼之困，况在区区，大细都无别趣。时念达师不止，梦中一见师，突兀笠杖而来。忽忽某子至，知在云阳。东西南北，何必师在云阳也？迩来情事，达师应怜我。白太傅、苏长公终是为情使耳。

（明）汤显祖《寄达观》，《汤显祖诗文集》卷四十五，上海古籍出版社本

项王不喜读书，而《垓下》一歌，语绝悲壮，"虞兮"自是本色。屈子孤吟泽畔，尚托寄美人公子；羽模写实情实事，何用为嫌。宋人以道理言诗，故往往谬戾如此。

（明）胡应麟《诗薮·内编》卷三，中华书局本

其立言神指：《邯郸》，仙也；《南柯》，佛也；《紫钗》，侠也；《牡丹亭》，情也。若士以为情不可以论理，死不足以尽情。百千情事，一死而止，则情莫有深于阿丽者矣。况其感应相与，得《易》之咸；从一而终，得《易》之恒。则不第情之深，而又为情之至正者。今有形一接而即殉夫以死，骨香名永，用表千秋，安在其无知之性不本于一时之情也。则杜丽娘之情，正所同也，而深所独也，宜乎若士有取尔。

（明）王思任《批点玉茗堂牡丹亭叙》，《王季重十种》，《中国文学珍本丛书》本

宋人不知诗而强作诗，其为诗也，言理而不言情，终宋之世无诗。然其欢愉愁苦之致，动于中而不能抑者，类发于诗余，故其所造独工。盖以沉挚之思而出之必浅近，使读之者骤遇之如在耳目之前，久诵之而得隽永之趣，则用意难也。以儇利之词而制之必工炼，使篇无累句，句无累字，圆润明灭，言如贯珠，则铸词难也。其为体也纤弱，明珠翠羽，犹嫌其重，何况龙鸾？必有鲜妍之姿而不藉粉泽，则设色难也。其为境也婉媚，虽以惊露取妍，实贵含蓄不尽，时在徘徊唱叹之际，则命篇难也。宋人专事之，篇什既富，触景皆会，虽高谈大雅，而亦觉其不可废也。

（明）陈子龙《词话·南宋二》，《御选历代诗余》卷一百十八，王弈清校刻本

木落固江渡夙寒，江渡之寒乃若不因木叶。试当寒月临江渡，则诚然乃尔。故经生之理不关诗理，犹浪子之情无当诗情。

（清）王夫之《古诗评选》卷五，鲍照《登黄鹤矶》评语，《船山遗书》，太平洋书店重校刊本

近日吴中《山歌》、《挂枝儿》，语近风谣，无理有情，为近日真诗一线所存。如汉古诗云："客从北方来，欲到到交趾，远行无他货，惟有凤

凰子。"句似迂鄙，想极荒唐，而一种真朴之气，有张、蔡诸人所不能道者。晋、宋间《子夜》、《读曲》及《清商曲》亦尔。安知歌谣中遂无佳诗乎？每欲取吴讴入情者，汇为风雅别调，想知诗者不以为河汉也。

（清）贺贻孙《诗筏》，《清诗话续编》本

诗道性情，只贵说本分语。如右丞、东川、嘉州、常侍，何必深于义理，动关忠孝。然其言自足自有味，说自己话也；不似放翁、山谷矜持虚憍也，四大家绝无此病。

（清）方东树《昭昧詹言》卷十二，人民文学出版社本

3. 情志所托　以意为主

常谓情志所托，固当以意为主；以文传意。

（南朝·宋）范晔《狱中与诸甥侄书》，《宋书·范晔传》，中华书局本

陶渊明云："世间有乔松，于今定何闻。"此则初出于无意。曹子建云："虚无求列仙，松子久吾斯。"此语虽甚工，而意乃怨怒。《古诗》云："服食求神仙，多为药所误。"可谓辞不迫切而意已独至也。

（宋）张戒《岁寒堂诗话》卷上，《历代诗话续编》本

少陵五古，材力作用，本之汉魏居多。第出手稍钝，苦雕细琢，降为唐音。夫一往而至者，情也；苦摹而出者，意也；若有若无者，情也；必然必不然者，意也。意死而情活，意迹而情神，意近而情远，意伪而情真。情意之分，古今所由判矣。少陵精矣刻矣，高矣卓矣，然而未齐于古人者，以意胜也。假令以《古诗十九首》与少陵作，便是首首皆意。假令以《石壕》诸什与古人作，便是首首皆情。此皆有神往神来，不知而自至之妙。太白则几及之矣。十五国风皆设为其然而实不必然之词，皆情也。晦翁说《诗》，皆以必然之意当之，失其旨矣。数千百年以来，愦愦于中而不觉者众也。

（明）陆时雍《诗镜总论》，《历代诗话续编》本

汉、魏同者，情兴所至，以情为诗，故于古为近。魏人异者，情兴未至，以意为诗，故于古为远。同者乃风人之遗响，异者为唐古之先驱。陈绎曾云：东都以上主情，建安以下主意。此前人未尝道破。

（明）许学夷《诗源辩体》卷四，人民文学出版社本

全以声情生色。宋人论诗以意为主，如此类直用意相标榜，则与村黄冠、盲女子所弹唱亦何异哉？

（清）王夫之《古诗评选》卷一，鲍照《拟行路难》评语，《船山古近体诗选评三种》，船山学社本

虞舜教夔，曰"诗言志"胡今之人，多辞寡意？意似主人，辞如奴婢，主弱奴强，呼之不至。穿贯无绳，散钱委地，开千枝花，一本所系。

（清）袁枚《续诗品三十二首·崇意》，《小仓山房诗文集》，《四部备要》本

八

无 邪 说

1. 持人性情　义归无邪

子曰："《诗》三百，一言以蔽之，曰：思无邪。"

（先秦）《论语·为政》，《十三经注疏》本

诗者，持也，持人情性；《三百》之蔽，义归无邪，持之为训，有符焉尔。

（南朝·梁）刘勰《文心雕龙·明诗》，人民文学出版社本

洙泗门人登四科者，唯称端木赐、卜商可与言诗，以其善于取类，敏以喻礼，然则缘情咏言，感物造端，发为人文，必本王泽。

（唐）权德舆《左谏议大夫韦公诗集序》，《权载之文集》卷三十五，清嘉庆刊本

音之生，本于人情而已矣。夫遇世之治，则安以乐，逢政之苛，则怨以怒；悼时之危，则哀以思，此君子之常情也。出于情，发于中，形于声，若影响之速也。然君子之情，虽安以乐，而不忘于戒劝；虽怨以怒，而不忘于忠厚；虽哀以思，而不忘于扶持。故其为声，亦屡变而数迁，不可以为常也。

（宋）朱长文《论音》，《琴史》卷第六，引自《中国古代乐论选辑》，人民音乐出版社本

《诗三百篇》，夫子所取，以其本于心性之正而已，所谓"思无邪"也。

(宋) 张栻《孟子说》卷六，《宋张宣公诗文论孟解合刻》，引自《中国历代文论选》，上海古籍出版社本

孔子曰："《诗》三百，一言以蔽之，曰：思无邪。"世儒解释终不了。余尝观古今诗人，然后知斯言良有以也。《诗序》有云："诗者，志之所之也。在心为志，发言为诗。情动于中，而形于言。"其正少，其邪多。孔子删诗，取其思无邪者而已。自建安七子、六朝、有唐及近世诸人，思无邪者，惟陶渊明、杜子美耳，余皆不免落邪思也。六朝颜、鲍、徐、庚、唐李义山，国朝黄鲁直，乃邪思之尤者。鲁直虽不多说妇人，然其韵度矜持，冶容太甚，读之足以荡人心魄，此正所谓邪思也。鲁直专学子美，然子美诗，读之使人凛然兴起，肃然生敬，《诗序》所谓"经夫妇，成孝敬，厚人伦，美教化，移风俗"者也。岂可与鲁直诗同年而语耶？

(宋) 张戒《岁寒堂诗话》卷上，《历代诗话续编》本

诗者，人心之感物而形于言之余也。心之所感有邪正，故言之所形有是非。惟圣人在上，则其所感者无不正，而其言皆足以为教。

(宋) 朱熹《诗集传序》，《朱子大全集》卷七十六，《四部备要》本

长歌之哀，过于痛哭。歌发于乐者也，而反过于哭，是诗之作也，七情具焉，岂独乐之发哉？惟哀而甚于哭，则失其正矣。善用其情者，无他，亦不失其正而已矣。

(明) 李东阳《麓堂诗话》，《历代诗话续编》本

《史记》，千古之奇书也，然非正史也，如游侠、刺客、货殖之类，或借驳事以见机，或发己意以伸好。

(明) 王世贞《答况吉夫》，《弇州山人四部稿》卷二十五，四经堂刻本

汉魏五言，虽本乎情之真，未必本乎情之正，故性情不复论耳。或欲

以《国风》之性情论汉魏之诗，犹欲以六经之理论秦汉之文，弗多得矣。

（明）许学夷《诗源辩体》卷三，人民文学出版社本

人之历今昔也，有异情乎？通贤不肖而情有所定，奚今昔之异也？其或异与，必其非情者矣。非其情，而乍动于彼于此，不肖之淫，而贤者惊之以为异矣。情同，而或怨焉，或诽焉，或慕焉，或有所冀而无所复望，而情之致也殊，贤者以之称情，而不肖者惊之以为异矣。由不肖者之异，而知情之不可无贞。无贞者，不恒也。由贤者之异，而知贞于情者怨而不伤，慕而不昵。诽而不以其矜气，思而不以其私恩也。

故《绿衣》、怨也，《日月》、诽也，《燕燕》之卒章、慕而思也。"先君之思"，谁思乎？非即夫颠倒绿黄，"逝不古处"者乎？昔之日、觌面而远之若染，今之日、契阔而怀之若私。昔非恶其染、而今不以私，明矣。

（清）王夫之《诗广传·邶风四》，中华书局本

盖诗以言性情也，变者之情易见，正者之情难知。吾读储君之诗，丰腴典丽，而更有真气流注其中。他日载笔彤庭，鼓吹休和，必能上追《三百篇》之旨趣，使学诗者既不沦于穷愁枯寂，又不习为靡缛无生气之言，后此十五国风气，将以海陵为宗矣！不然，海陵之诗虽多，亦奚以为？

（清）孔尚任《山涛诗集序》，《孔尚任诗文集》卷六，中华书局本

人生喜怒之感，不可毕见于诗。无论一泄无余，非风人之致，兼恐我之喜怒，不合道理，不中节处多，有乖正道耳。

（清）张谦宜《絸斋诗谈》卷一，《清诗话续编》本

诗得性情之正者，亦须有冷味乃妙。如《三百篇》清庙明堂之作，其严肃坚凝处皆冷也。

（清）张谦宜《絸斋诗谈》卷一，《清诗话续编》本

曰：哀乐喜怒爱敬之情，何得何失？曰：六者各有得失，此只以见情

因物感，声以情变，以见感之当慎耳，不以六情分得失也。

（清）汪烜《乐记或问》，《乐经律吕通解》卷一，引自《中国古代乐论选辑》，人民音乐出版社本

文非情不得，而情贵于正。人之情，虚置无不正也，因事生感，而情失则流，情失则溺，情失则偏，毗于阴矣。阴阳伏沴之患，乘于血气而入于心，知其中默运潜移，似公而实逞于私，似天而实蔽于人。发为文辞，至于害义而违道，其人犹不自知也。故曰心术不可不慎也。

（清）章学诚《史德》，《文史通义·内篇五》，中华书局本

"诗言志"，"思无邪"，诗之能事毕矣。人人知之而不肯述之者，惧人笑其迂而不便于己之私也。虽然，汉、魏、六朝、唐、宋、元、明之诗，物之不齐也。"言志"、"无邪"之旨，权度也。权度立，而物之轻重长短不得遁矣；"言志"、"无邪"之旨立，而诗之美恶不得遁矣。不肯述者私心，不得遁者定理，夫诗亦简而易明者矣。

（清）潘德舆《养一斋诗话》卷一，《清诗话续编》本

诗积故实，固是一病，矫之者则又曰诗本性情。予究其所谓性情者，最高不过嘲风雪、弄花草耳，其下则叹老嗟穷，志向龌龊。其尤悖理，则荒淫狎媟之语，皆以入诗，非独不引为耻，且曰此吾言情之什，古之所不禁也。於虖！此岂性情也哉？吾所谓性情者，于《三百篇》取一言，曰"柔惠且直"而已。此不畏强御、不侮鳏寡之本原也。老杜云："公若登台辅，临危莫爱身"，直也；"穷年忧黎元，叹息肠内热"，柔惠也。乐天云："况多刚狷性，难与世同尘"，直也；"不辞为俗吏，且俗活疲民"，柔惠也。两公此类诗句，开卷即是，得古诗人之性情矣。舍此而言性情，诗之螟蟘也。"性情"二字，颇不易言，更勿误认。

（清）潘德舆《养一斋诗话》卷十，《清诗话续编》本

沈伯时云："梦窗深得清真之妙，但用事下语太晦处，人不易知。"张叔夏云："词欲雅而正，志之所之，为物所役，则失其雅正之音。近代陈西麓所作，平正亦有佳者。"

（清）江顺诒《词学集成》卷五，《词话丛编》本

"诗言志",孟子"文辞志"之说所本也。"思无邪",子夏《诗序》"发乎情止乎礼义"之说所本也。

(清)刘熙载《艺概·诗概》,上海古籍出版社本

诗之言持,莫先于内持其志,而外持风化从之。

(清)刘熙载《艺概·诗概》,上海古籍出版社本

天之福人也,莫过于予以性情之正;人之自福也,莫过于正其性情。从事于诗而有得,则乐而不荒,忧而不困,何福如之。

(清)刘熙载《艺概·诗概》,上海古籍出版社本

《乐记》言:"声歌各有宜",归于"直己而陈德",可知歌无今古,皆取以正声感人。故曲之无益风化,无关劝戒者,君子不为也。

(清)刘熙载《艺概·词曲概》,上海古籍出版社本

《诗》三百篇,大旨归于无邪。北宋晏小山工于言情,出元献、文忠之右,然不免思涉于邪,有失风人之旨;而措词婉妙,则一时独步。

(清)陈廷焯《白雨斋词话》卷一,人民文学出版社本

陈西麓词,和平婉雅,词中正轨。张叔夏云:"词欲雅而正,志之所之,一为物所役,则失其雅正之音。近代陈西麓所作,平正亦有佳者。"夫平正则难见其佳,平正而有佳者,乃真佳也。求之于诗,《十九首》后,其惟陶渊明乎?词惟西麓近之。有志于古者,三复西麓词,一切流荡忘反之失,不化而化矣。

(清)陈廷焯《白雨斋词话》卷二,人民文学出版社本

序《闲情集》云:"《闲情》一赋,白璧微瑕,昭明误会其旨矣。渊明以名臣之后,际易代之时,欲言难言,时时寄托,闲情云者,闲其情使不得逸也;是以历写诸愿,而终以所愿必违,其不仕刘宋之心,言外可见。浅见者胶柱鼓瑟,致使美人香草之遗意,等诸桑间濮上之淫声,此昭明之过也。兹编之选,绮说邪思,皆所不免。然夫子删诗,并存《郑》《卫》,知所惩劝,于义何伤?名以'闲情',欲学者情有所闲,而求合于

正，亦圣人'思无邪'旨也。"

（清）陈廷焯《白雨斋词话》卷五，人民文学出版社本

2. 修礼制乐　以节人情

民有好、恶、喜、怒、哀、乐，生于六气。是故审则宜类，以制六志。哀有哭泣，乐有歌舞，喜有施舍，怒有战斗；喜生于好，怒生于恶。是故审行信令，祸福赏罚，以制死生。生，好物也；死，恶物也。好物，乐也；恶物，哀也。哀乐不失，乃能协于天地之性，是以长久。简子曰："甚哉，礼之大也。"对曰："礼，上下之纪，天地之经纬也，民之所以生也，是以先王尚之。故人之能自曲直以赴礼者，谓之成人。大，不亦宜乎？"简子曰："鞅也请终身守此言也。"

（先秦）《春秋左传集解·昭公二十五年》，上海人民出版社本

孟子曰："仁之实，事亲是也；义之实，从兄是也；智之实，知斯二者弗去也；礼之实，节文斯二者是也；乐之实，乐斯二者，乐则生矣；生则恶可已也，恶可已，则不知足之蹈之手之舞之。"

（先秦）《孟子·离娄上》，《十三经注疏》本

夫民有好恶之情而无喜怒之应，则乱。先王恶其乱也，故修其行，正其乐，而天下顺焉。

（先秦）《荀子·乐论》，《诸子集成》本

虽为天子，欲不可尽。欲虽不可尽，可以近尽也；欲虽不可去，求可节也。所欲虽不可尽，求者犹近尽；欲虽不可去，所求不得，虑者欲节求也。道者，进则近尽，退则节求，天下莫之若也。

（先秦）《荀子·正名》，《诸子集成》本

礼者，所以貌情也，群义之文章也……故曰："礼以貌情也。"

（先秦）《韩非子·解老》，《诸子集成》本

故人情者，圣王之田也。修礼以耕之，陈义以种之，讲学以耨之，本仁以聚之，播乐以安之。

（先秦）《礼记·礼运》，《十三经注疏》本

夫民有血气心知之性，而无哀乐喜怒之常，应感起物而动，然后心术形焉。是故志微噍杀之音作，而民思忧；啴谐慢易繁文简节之音作，而民康乐；粗厉猛起奋末广贲之音作，而民刚毅；廉直劲正庄诚之音作，而民肃敬；宽裕肉好顺成和动之音作，而民慈爱；流辟邪散狄成涤滥之音作，而民淫乱。是故先王本之情性，稽之度数，制之礼义，合生气之和，道五常之行，使之阳而不散，阴而不密，刚气不怒，柔气不摄，四畅交于中，而发作于外，皆安其位而不相夺也。

（先秦）《礼记·乐记》，《十三经注疏》本

乐也者，情之不可变者也；礼也者，理之不可易者也。乐统同，礼辨异，礼乐之说，管乎人情矣。穷本知变，乐之情也；著诚去伪，礼之经也。

（先秦）《礼记·乐记》，《十三经注疏》本

王元美谓"一年又过一年春"与"九月九日望乡台"同法，而调少卑，情稍浓。盖情浓非诗家境诣，此语殊难得解。

（清）毛先舒《诗辩坻》卷第三，《清诗话续编》本

3. 纵欲害性　任情失正

于曰：恶紫之夺朱也，恶郑声之乱雅乐也，恶利口之覆邦家者。

（先秦）《论语·阳货》，《十三经注疏》本

且古圣王畜私不伤行，敛死不失爱，送死不失哀。行荡则溺己，爱失则伤生，哀失则害性，是故圣王节之也。

（先秦）《晏子春秋》内篇《谏下》，中华书局本

天生人而使有贪有欲。欲有情，情有节。圣人修节以止欲，故不过行其情也。故耳之欲五声，目之欲五色，口之欲五味，情也。此三者，贵、贱、愚、智、贤、不肖，欲之若一，虽神农、黄帝，其与桀、纣同。圣人之所以异者，得其情也。由贵生动，则得其情矣；不由贵生动，则失其情矣。此二者，生死存亡之本也。

（先秦）《吕氏春秋·仲春纪·情欲》，《诸子集成》本

文侯曰："敢问溺音何从出也？"

子夏对曰："郑音好滥淫志，宋音燕女溺志，卫音趋数烦志，齐音敖辟乔志。此四者，皆淫于色而害于德，是以祭祀弗用也。诗云：'肃雍和鸣，先祖是听。'夫肃，肃敬也；雍，雍和也。夫敬与和，何事不行？为人君者，谨其所好恶而已矣。君好之，则臣为之；上行之，则民从之。诗云：'诱民孔易。'此之谓也。"

（先秦）《礼记·乐记》，《十三经注疏》本

心中斯须不和不乐，而鄙诈之心入之矣。外貌斯须不庄不敬，而易慢之心入之矣。

（先秦）《礼记·乐记》，《十三经注疏》本

若任情失正，文其殆哉！

（南朝·梁）刘勰《文心雕龙·史传》，人民文学出版社本

诗者，人之情性也，非强谏争于廷，怨忿诟于道，怒骂坐之为也。其人忠信笃敬，抱道而居，与时乖逢，遇物悲喜，同床而不察，并世而不闻，情之所不能堪，因发于呻吟调笑之声。胸次释然，而发为讪谤侵陵，引颈以承戈，披襟而受矢，以快一朝之忿者，人皆以为诗之祸，是失诗之旨，非诗之过也。故世相后或千岁，地相去或万里，诵其诗而想见其人所居所养，如旦莫与之期，邻里与之游也。

（宋）黄庭坚《书王知载朐山杂咏后》，《豫章黄先生集》卷二十六，《四部丛刊》本

叫噪怒张，殊乖忠厚之风，殆以骂詈为诗。诗而至此，可谓一厄也。

（宋）严羽《沧浪诗话·诗辨》，人民文学出版社本

词欲雅而正，志之所之，一为情所役，则失其雅正之音；耆卿、伯可不必论，虽美成亦有所不免；如"为伊泪落"，如"最苦梦魂，今宵不到伊行"，如"天便教人霎时得见何妨"，如"又恐伊寻消问息，瘦损容光"，如"许多烦恼，只为当时，一饷留情"，所谓淳厚日变成浇风也。

（宋）张炎《词源·杂论》，人民文学出版社本

诗言志，非言意也。诗达情，非达欲也。心之所期为者志也，念之所觊得者意也，发乎其不自已者情也，动焉而不自待者欲也。意有公，欲有大，大欲通乎志，公意准乎情。但言意、则私而已；但言欲、则小而已。人即无以自贞，意封于私，欲限于小，厌然不敢自暴，犹有愧怍存焉，则奈之何长言嗟叹、以缘饰而文章之乎？

意之妄，忮忒为尤，几幸次之。欲之迷，货利为尤，声色次之。货利以为心，不得而忮，忮而忒，长言嗟叹，缘饰之为文章而无怍，而后人理亡也。故曰："宫室之美，妻妾之奉，穷乏之得我，恶之甚于死者，失其本心也。"由此言之，恤妻子之饥寒，悲居室之俭陋，愤交游之炎冷，呼天责鬼，如衔父母之恤，昌言而无忌，非殚失其本心者，孰忍为此哉！

（清）王夫之《诗广传·邶风》，中华书局本

《采葛》之情，淫情也；以之思而淫于思，以之惧而淫于惧，天不能为之正其时，人不能为之副其望，耳荧而不聪，目昏而不明，心眩而不戢，自非淫于情者，未有如是之亟亟也。此无所不庸其亟亟，终不能得彼之亟亟，彼不与此偕亟亟焉，而此之情益迫矣。有望于人而不应，有畏于人而不知所裁，中区热迮，而弗能自理，是故其词遽，其音促，其文不昌，其旨多所隐而不能详，情见乎辞矣。桓王之世，臣主上下之间，胥如此也。身心无主而不足以长言，国奚而不敝，俗奚而不颓邪！

何以知情之淫也？其诸词不丰而音遽者乎！韩、柳、曾、王之文，噍削迫塞而无余，虽欲辞为千古之淫人，其将能乎？

（清）王夫之《诗广传·王风六》，中华书局本

周美成律最精审，史邦卿句最警炼。然未得为君子之词者，周旨荡而

史意贪也。

（清）江顺诒《词学集成》卷五，《词话丛编》本

诗之所贵于言志者，须是以直温宽栗为本。不然，则其为志也荒矣，如《乐记》所谓"乔志"、"溺志"是也。

（清）刘熙载《艺概·诗概》，上海古籍出版社本

名士之赋，叹老嗟卑；俗士之赋，从谀导佞。以持己、持世之义准之，皆当见斥也。况流连般乐者耶！

（清）刘熙载《艺概·赋概》，上海古籍出版社本

《庄子》、《离骚》少欲多情，知情与欲不同，则知两家之同。

（清）刘熙载《游艺约言》，《刘熙载集》，华东师范大学出版社本

《小仓山房诗》，诗中异端也，稍有识者无不吐弃之，然亦实有可鄙之道，不得谓鄙之者之过。假令简斋当日，删尽芜词，仅存其精者百余首，（多存近体，少存古体，不必存绝句，极多以百余首为止，更不可再多。）传至今日，正勿谓不逮阮亭、竹垞诸公也。惟其不能割舍，夸多斗靡，致使指摘交加，等诸极恶不堪之列，亦其自取。习倚声者，尤不可不察。

（清）陈廷焯《白雨斋词话》卷八，人民文学出版社本

寒酸语不可作，即愁苦之音亦以华贵出之。饮水词人所以为重光后身也。

（清）况周颐《蕙风词话》卷一，人民文学出版社本

4. 善用情者　不失其正

夫乐者，乐也，人情之所必不免也，故人不能无乐。乐则必发于声音，形于动静，而人之道，声音动静，性术之变尽是矣。故人不能不乐，

乐则不能无形，形而不为道，则不能无乱。先王恶其乱也，故制《雅颂》之声以道之，使其声足以乐而不流，使其文足以辨而不諰，使其曲直、繁省、廉肉、节奏，足以感动人之善心，使夫邪污之气无由得接焉。是先王立乐之方也。

（先秦）《荀子·乐论》，《诸子集成》本

夫物之感人无穷，而人之好恶无节，则是物至而人化物也。人化物也者，灭天理而穷人欲者也。于是有悖逆诈伪之心，有淫泆作乱之事……是故先王之制礼乐，人为之节。

（先秦）《礼记·乐记》，《十三经注疏》本

论伦无患，乐之情也；欣喜欢爱，乐之官也。中正无邪，礼之质也；庄敬恭顺，礼之制也。若夫礼乐之施于金石，越于声音，用于宗庙社稷，事乎山川鬼神，则此所与民同也。

（先秦）《礼记·乐记》，《十三经注疏》本

凡奸声感人，而逆气应之；逆气成象，而淫乐兴焉。正声感人，而顺气应之；顺气成象，而和乐兴焉。

（先秦）《礼记·乐记》，《十三经注疏》本

乐也者，情之不可变者也；礼也者，理之不可易者也。乐统同，礼辨异。礼乐之说，管乎人情矣！

（先秦）《礼记·乐记》，《十三经注疏》本

穷本知变，乐之情也；著诚去伪，礼之经也。礼乐偩天地之情，达神明之德，降兴上下之神，而疑是精粗之体，领父子君臣之节。

（先秦）《礼记·乐记》，《十三经注疏》本

喜则天下和之，怒则暴乱者畏之，先王之道，礼乐可谓盛矣。

（先秦）《礼记·乐记》，《十三经注疏》本

人函天地阴阳之气，有喜怒哀乐之情。天禀其性而不能节也，圣人能

为之节而不能绝也,故象天地而制礼乐,所以通神明,立人伦,正情性,节万事者也。

（汉）班固《礼乐志》,《汉书》卷二十二,中华书局本

夫正乐者,所以屏淫声也。故乐废,则淫声作。汉哀帝不好音,罢省乐府,而不知制正礼,乐法不修,淫声遂起。

（晋）阮籍《乐论》,《全三国文》卷四十六,《全上古三代秦汉三国六朝文》,中华书局本

唯礼为能顺人情,岂尝勉强之哉！人之生也,莫不爱其亲,然后为父子之礼；莫不畏其长,然后为兄弟之礼。少则欲色,长则谋嗣,然后为夫妇之礼；争取思决,患则待救,然后为君臣之礼。童子人所慢也,求所以成人,然后为之冠礼；愚者人所贱也,求所以多知,然后为之学礼。死者必哀之,然后为之丧礼；哀而不可得见也,然后为之祭礼。推事父之恩而为养老之礼,广事兄之义而为乡饮酒之礼。凡此之类难以遽数,皆因人之情而把持之使有所成就耳！

（宋）李觏《与胡先生书》,《直讲李先生文集》卷二十八,《四部丛刊》本

先王之教,以正天下之志者,礼也。礼之既没,其小人恒佚于礼之外,则辅礼以刑；其君子或困于礼之中,则达礼以乐。礼建天下之未有,因心取则而不远,故志为尚。刑画天下以不易,缘理为准而不滥,故法为侧。乐因天下之本有,情合其节而后安,故律为和。舍律而任声则淫,舍永而任言则野。既已任之,又欲强使合之。无修短则无抑扬抗坠,无抗坠则无唱和。未有以整截一致之声,能与律相协者。故曰:"依诗之语言,将律和之"者,必不得之数也。

（清）王夫之《尚书引义》卷一《舜典三》,中华书局本

志有范围,待律以正；律有变通,符志无垠；外合于律,内顺于志,乐之用大矣。

（清）王夫之《尚书引义》卷一《舜典三》,中华书局本

5. 发乎情性　止乎礼义

人苟生之为见，若者必死；苟利之为见，若者必害；苟怠惰偷懦之为安，若者必危；苟情说之为乐，若者必灭。故人一之于礼义，则两得之也；一之于情性，则两丧之矣。

　　　　　　　　　　　　（先秦）《荀子·礼论》，《诸子集成》本

变风发乎情，止乎礼义。发乎情，民之性也；止乎礼义，先王之泽也……是以《关雎》乐得淑女，以配君子，爱在进贤，不淫其色；哀窈窕，思贤才，而无伤善之心焉。是《关雎》之义也。

　　　　　　（汉）郑玄笺（唐）孔颖达疏《毛诗序》，《毛诗正义》卷第一，
　　　　　　《十三经注疏》本

今之儒者，苟持异论，以为圣人无情，误也。故无情者，圣人见天地之心，知性命之本，守穷达之分，故得以忘情。明仁义之道，斯须忘之，斯为过矣；骨肉之恩，斯须忘之，斯为乱矣；朋友之义，斯须忘之，斯为薄矣。此三者发于情而为礼，由于礼而为教。故夫礼者，教人之情而已。

　　　　　　　（唐）柳冕《与荆南裴尚书论文书》，《全唐文》卷五百二十七，
　　　　　　中华书局本

词曲者，古乐府之末造也。古乐府者，诗之傍行也。诗出于《离骚》《楚辞》，而《离骚》者，变风变雅之怨而迫、哀而伤者也；其发乎情则同，而止乎礼义则异。名之曰曲，以其曲尽人情耳。方之曲艺，犹不逮焉；其去《曲礼》则益远矣。然文章豪放之士，鲜不寄意于此者，随亦自扫其迹，曰谑浪游戏而已也。

　　　　　　　　（宋）胡寅《题酒边词》，引自《中国历代文论选》，上海古籍
　　　　　　出版社本

童子请曰："昔杜牧讥元、白海淫，公所取多闺情春思宫怨之什，然乎？"余曰："《诗大序》曰：'发乎情性，止乎礼义。'古今诗至是而止。

夫发乎性情者，天理不容泯；止乎礼义者，圣笔不解删也！"

     （宋）刘克庄《序唐五七言绝句》，《后村先生大全集》卷九十四，《四部丛刊》本

  淡则无味，直则无情。宛转有态，则容冶而不雅；沉着可思，则神伤而易弱。欲浅不得，欲深不得。拘于律则为律所制，是诗奴也，其失也卑，而五音不克谐；不受律则不成律，是诗魔也，其失也亢，而五音相夺伦。不克谐则无色，相夺伦则无声。盖声色之来，发于情性，由乎自然，是可以牵合矫强而致乎？故自然发于情性，则自然止乎礼义，非情性之外复有礼义可止也。

     （明）李贽《杂述·读律肤说》，《焚书》卷三，中华书局本

  "男儿爱后妇，女子重前夫"，"使君自有妇，罗敷自有夫"四语，皆从世俗人情，写得十分痛快。天地间一种绝妙义理，偏出自不读书人口中，可见人情至处，即礼法也。

     （清）贺贻孙《诗筏》，《清诗话续编》本

  魏晋而下，指诗为缘情之作，专以绮靡为事，一出乎闺房儿女子之思，而无恭俭好礼、廉静疏达之遗，恶在其为诗也。

     （清）朱彝尊《与高念祖论诗书》，《曝书亭集》卷三十一，《四部备要》本

  梁刘勰云："大舜云：'诗言志，歌咏言。'圣谟所析，义已明矣。是以在心为志，发言为诗，舒文载实，其在兹乎！诗者，持也，持人性情。《三百》之蔽，义归无邪。持之为训，有符焉尔。"其论最正，即卜子"发乎性情，止乎礼义"之谓也。

     （清）庞垲《诗义固说》下，《清诗话续编》本

  ……余谓西河卜子传诗于尼山者也，大序一篇确有授受，不比诸篇小序为经师递有加增。其中"发乎情，止乎礼义"二语实探风雅之大原。后人各明一义，渐失其宗。一则知止乎礼义而不必其发乎情，流而为金仁山"濂洛风雅"一派，使严沧浪辈激而为"不涉理路，不落言

筌"之论。一则知发乎情而不必其止乎礼义。自陆平原"缘情"一语，引入歧途，其究乃至于绘画横陈，不诚已甚与。夫陶渊明诗时有庄论，然不至如明人学道诗之迂拙也；李、杜、韩、苏诸集岂无艳体，然不至如晚唐人诗之纤且亵也。酌乎其中，知必有道焉……乃自订旧诗为几卷……求序于余，余反复雒诵，觉先生之学问性情如相对语。盖不惟《香奁》、《玉台》之辞，万万不以入翰墨，即他所吟咏亦皆以温柔敦厚之旨，而出以一唱三叹之雅音。陆机云："理扶质以立干，文垂条以结繁"，先生其殆兼之乎，是真诗人之诗而非辞人之诗矣。余因序先生诗辄举《大序》"发情止义"二语以起例，亦以后人或流于一偏而云林诗得性情之正为可贵也。

（清）纪昀《云林诗钞序》，《纪文达公遗集》卷九，清嘉庆刊本

夫欢愉之辞难工，怨苦之音易好，论诗家成习语矣。然以龌龊之胸，贮穷愁之气，上者不过寒瘦之词，下而至于琐屑寒乞，无所不至，其为好也亦仅，甚至激忿牢骚，忿及君父，裂名教之防者有矣，兴观群怨之旨，彼且乌识哉？是集以不可一世之才，困顿偃蹇，感激豪宕而能不乖乎温柔敦厚之正，可谓发乎情止乎礼义者矣，穷而后工，斯其人哉！

（清）纪昀《俭重堂诗序》，《纪文达公遗集》卷九，清嘉庆刊本

诗本于情，止于礼义，被于筦弦，能动荡人之血气。故有市井之心，不可以为诗；有轩冕之心，不可以为诗；有媢嫉之心，不可以为诗；有骄肆之心，不可以为诗；有寒俭狭小之心，不可以为诗；有偏颇怪僻之心，不可以为诗；有矜能斗胜之心，不可以为诗；有雷同剿袭之心，不可以为诗；有妇人女子之心，不可以为诗。是故议论非诗也，谩骂非诗也，诟谇非诗也，俳优非诗也。非不说理，拘于理者非诗也；非不隶事，滞于事者非诗也；非不写景，饰其景者非诗也；非不考古，泥于古者非诗也。

（清）焦循《与欧阳制美论诗书》，《雕菰集》卷十四，江氏文学山房本

不发乎情，即非礼义，故诗要有乐有哀；发乎情，未必即礼义，故诗

要哀乐中节。

（清）刘熙载《艺概·诗概》，上海古籍出版社本

古诗"努力崇明德，皓首以为期"，此止乎礼义也，前此诸凄怆之言，皆所谓发乎情。

（清）刘熙载《艺概·诗概》，上海古籍出版社本

《惜誓》，余释以为惜者，惜己不遇于时，发乎情也；誓者，誓己不改所守，止乎礼义也。此与篇中语意俱合。王逸注"哀惜怀王与己约信而复背之"，其说似浅。

（清）刘熙载《艺概·赋概》，上海古籍出版社本

词家先要辨得情字。《诗序》言"发乎情"，《文赋》言"诗缘情"，所贵于情者，为得其正也。忠臣孝子，义夫节妇，皆世间极有情之人。流俗误以欲为情，欲长情消，患在世道。倚声一事，其小焉者也。

（清）刘熙载《艺概·词曲概》，上海古籍出版社本

词者诗之余，当发乎情，止乎礼义，《国风》好色而不淫，《小雅》怨悱而不乱，《离骚》之旨即词旨也。

（清）沈祥龙《论词随笔》，《词话丛编》本

诗发乎情，止乎礼义，合物理而穷变化者也。无坏不成，尺寸绳墨，明人之谈类学究；拈指便道，刍狗格律，宋人之语实婆禅。

（清）佚名《静居绪言》，《清诗话续编》本

6. 淫词不作　淫声弗听

晋侯求医于秦。秦伯使医和视之……（医和）对曰："节之。先王之乐，所以节百事也。故有五节，迟速本末以相及，中声以降，五降之后，不容弹矣。于是有烦手淫声，慆堙心耳，乃忘平和，君子弗听也。物亦如之，至于烦，乃舍也已。无以生疾。君子之近琴瑟，以仪节也。非以慆心也。"

（先秦）《春秋左传集解·昭公元年》，上海人民出版社本

子曰：放郑声，远佞人。郑声淫，佞人殆。

（先秦）《论语·卫灵公》，《十三经注疏》本

乐者，所以和情志，亦所以生淫放。

（先秦）《尹文子·大道下》，《诸子集成》本

齐衰之服、哭泣之声，使人之心悲；带甲婴䩜、歌于行伍，使人之心伤；姚冶之容、郑卫之音，使人之心淫；绅、端、章甫，舞《韶》歌《武》，使人之心庄。故君子耳不听淫声，目不视女色，口不出恶言。此三者，君子慎之。

（先秦）《荀子·乐论》，《诸子集成》本

乐所由来者尚也，必不可废。有节有侈，有正有淫矣。贤者以昌，不肖者以亡。

（先秦）《吕氏春秋·仲夏纪·古乐》，《诸子集成》本

正人不宜作艳诗，然《毛诗》首篇即言河洲窈窕，固无妨于涉笔，但须照摄乐而不淫之义乃善耳。唐崔颢、崔国辅皆以艳诗名，司勋较司马，则殊有蕴藉。如"愁来欲奏相思曲，抱得秦筝不忍弹"，尚是止乎礼义。至"时芳不待妾，玉珮无处夸。悔不盛年时，嫁与青楼家"，语虽工，未免激而伤雅。王龙标"忽见陌头杨柳色"，即"时芳不待妾"意也，妙在不说出。"悔教夫婿觅封侯"亦即此悔，但悔得稍正。

（清）贺裳《载酒园诗话》卷一，《清诗话续编》本

仲初《当窗织》云："当窗却羡青楼倡，十指不动衣盈箱。"人即无志节，何至羡青楼倡耶？文昌《节妇吟》云："感君缠绵意，系在红罗襦。"赠珠者知有夫而故近之，更亵于罗敷之使君也，犹感其意之缠绵耶？虽云寓言赠人，何妨圆融其辞；然君子立言，故自有则。

（清）沈德潜《说诗晬语》卷上，《清诗话》本

柳耆卿《戚氏》云："红楼十里笙歌起，渐平沙落日衔残照。"意境甚深，有乐极悲来，时不我待之感。而下忽接云："不妨且系青骢，漫结

同心，来寻苏小。"荒谩无度，遂使上二句变成淫词，岂不可惜。

（清）陈廷焯《白雨斋词话》卷六，人民文学出版社本

7. 不偏不倚　中和可经

子曰：《关雎》乐而不淫，哀而不伤。

（先秦）《论语·八佾》，《十三经注疏》本

礼者，断长续短，损有余，益不足，达爱敬之文，而滋成行义之美者也。故文饰、粗恶、声乐、哭泣、恬愉、忧戚，是反也，然而礼兼而用之，时举而代御。故文饰、声乐、恬愉，所以持平奉吉也；粗恶、哭泣、忧戚，所以持险奉凶也。故其立文饰也，不至于窕冶；其立粗恶也，不至于瘠弃；其立声乐恬愉也，不至于流淫惰慢；其立哭泣哀戚也，不至于隘慑伤生。是礼之中流也。

（先秦）《荀子·礼论》，《诸子集成》本

夫音亦有适：太巨则志荡，以荡听巨则耳不容，不容则横塞，横塞则振；太小则志嫌，以嫌听小则耳不充，不充则不詹，不詹则窕；太清则志危，以危听清则耳谿极，谿极则不鉴，不鉴则竭；太浊则志下，以下听浊则耳不收，不收则不抟，不抟则怒。故太巨、太小、太清、太浊，皆非适也。

（先秦）《吕氏春秋·仲夏纪·适音》，《诸子集成》本

乐极则忧，礼粗则偏矣。及夫敦乐而无忧，礼备而不偏者，其唯大圣乎！

（先秦）《礼记·乐记》，《十三经注疏》本

满堂而饮酒者，乐奏而流涕。此非皆有忧者也，则此乐非乐也。当王居臣之时，奏新乐于庙中，闻之者皆为之悲咽。桓帝闻楚琴，凄怆伤心，倚扆而悲，慷慨长息，曰："善哉乎！为琴若此，一而已足矣！"顺帝上恭陵，过樊衙，闻鸣鸟而悲，泣下横流，曰："善哉，鸟鸣！"使左右吟

之，曰："使丝声若是，岂不乐哉！"夫是谓以悲为乐者也。诚以悲为乐，则天下何乐之有？天下无乐，而有阴阳调和，灾害不生，亦已难矣。乐者，使人精神平和，衰气不入；天地交泰，远物来集，故谓之乐也。今则流涕感动、嘘唏伤气；寒暑不适，庶物不遂；虽出丝竹，宜谓之哀。奈何悦仰叹息，以此称乐乎？昔季流子向风而鼓琴，听之者，泣下沾襟。弟子曰："善哉鼓琴！亦已妙矣！"季流子曰："乐谓之善，哀谓之伤；吾为哀伤，非为善乐也。"以此言之，丝竹不必为乐，歌咏不必为善也。故墨子之非乐也，悲夫以哀为乐者。胡亥耽哀不变，故愿为黔首；李斯随哀不返，故思逐狡兔。呜呼！君子可不鉴之哉！

（晋）阮籍《乐论》，《全三国文》卷四十六，《全上古三代秦汉三国六朝文》，中华书局本

古人知情不可恣，欲不可极，故因其所用，每为之节。使哀不至伤，乐不至淫。因事与名，物有其号。哭谓之哀，歌谓之乐。斯其大较也。

（晋）嵇康《声无哀乐论》，《嵇康集》卷五，人民文学出版社本

夫毫厘分寸之长，必有中焉。咫尺寻常之长，必有中焉。百千万里之长，必有中焉。则天地之大，亦必有中焉居之中；则长短、大小、高下虽不一，其为中则一也。

是以出言居乎中者，圣人之文也；倚乎中者，希圣人之文也；近乎中者，贤人之文也。背而走者，盖庸人之文也。

中古以来至于斯，天下为文不背中而走者，其希矣。岂徒文背之而已，其视听识言又甚于此者矣。

（唐）李翱《杂说》上，《全唐文》卷六百三十七，中华书局本

《虞书》曰："戛击鸣球，搏拊琴瑟以咏，祖考来格。"鸣球非可以戛击，和之至，咏之不足，有时而至于戛且击；琴瑟非可以搏拊，和之至，咏之不足，有时而至于搏且拊。所谓手之舞之、足之蹈之，而不自知其然，和之至，则宜祖考之来格也。和之生于心，其可见者如此。后之为乐者，文备而实不足。乐师之志，主于中节奏、谐声律而已。古之乐师，皆能通天下之志，故其哀乐成于心，然后宣于声，则必有形容以表之。故乐

有志，声有容，其所以感人深者，不独出于器而已。

（宋）沈括《乐律》，《梦溪笔谈》卷五，中华书局本

太史公曰："《国风》好色而不淫，《小雅》怨诽而不乱。"《左氏传》曰："《春秋》之称，微而显，志而晦，婉而成章，尽而不污。"此《诗》与《春秋》纪事之妙也。近世词人，闲情之靡，如伯有所赋，赵武所不得闻者，有过之无不及焉，是得为好色而不淫乎？唯晏叔原云"落花人独立，微雨燕双飞"，可谓好色而不淫矣。唐人《长门怨》云："珊瑚枕上千行泪，不是思君是恨君。"是得为怨诽而不乱乎？惟刘长卿云"月来深殿早，春到后宫迟"，可谓怨诽而不乱矣。近世陈克咏李伯时画《宁王进史图》云"汗简不知天上事，至尊新纳寿王妃"，是得谓为微、为晦、为婉、为不污秽乎？惟李义山云："侍宴归来宫漏永，薛王沉醉寿王醒"，可谓微婉显晦、尽而不污矣。

（宋）杨万里《诚斋诗话》，《历代诗话续编》本

吾闻之，凡诗之所谓风者，多出于里巷歌谣之作。所谓男女相与咏歌，各言其情者也。惟《周南》、《召南》，亲被文王之化以成德，而人皆有以得其性情之正，故其发于言者，乐而不过于淫，哀而不及于伤，是以二篇独为风诗之正经。自《邶》而下，则其国之治乱不同，人之贤否亦异，其所感而发者，有邪正是非之不齐，而所谓先王之风者，于此焉变矣。

（宋）朱熹《诗集传序》，《朱子大全集》卷七十六，《四部备要》本

喜辞锐，怒辞戾，哀辞伤，乐辞荒，爱辞结，恶辞绝，欲辞屑。乐而不淫，哀而不伤，其惟《关雎》乎！

（宋）姜夔《白石道人诗说》，《历代诗话》本

簸弄风月，陶写性情，词婉于诗，盖声出莺吭燕舌间，稍近乎情可也。若邻乎郑、卫，与缠令何异也……故其燕酬之乐、别离之愁，回文、题叶之思，岘首、西州之泪，一寓于词。若能屏去浮艳，乐而不淫，是亦汉、魏乐府之遗意。

（宋）张炎《词源·赋情》，人民文学出版社本

王子曰：吾曾受琴于畸人，恍然知诗之所出，与桐氏为胞友也。有躁人在坐，迫而琴之，其声必察，其意必无留余，而况操之音乎！夫诗亦诚然矣。《三百篇》之什，寄托感叹，非无砰激而确厉焉者，然味之则铿然和平不尽也，其心以有之也。继其统者曰骚，骚怨乎？然其思独，其情谆，呼媒呼佩，肠转而言胶，是和平之善变者也。

（明）王思任《澹宁斋诗序》，《王季重十种》，《中国文学珍本丛书》本

《关雎》何以为《国风》始也？孔子曰："《关雎》之人，幽幽冥冥，德之所藏，纷纷沸沸，道之所行，如神龙变化，斐斐文章。"大哉！《关雎》之道也。嗟呼！世之言文章者，舍《关雎》何途之从哉？俭而广，正而谦，有进贤之美，而无伤善之心。甚矣，太姒之文也。宜其首兹《三百》，同于《易》之《乾》，《春秋》之元矣。今之为声律者，体制虽殊，本之性情，播之美刺，何远之有？

（明）陈子龙《彭古晋诗稿序》，《陈忠裕全集》卷二十六，夔山草堂本

美而非谄，刺而非讦，怨而非愤，哀而非私，何不正之有？

（清）黄宗羲《陈苇庵年伯诗序》，《黄梨洲文集》，中华书局本

今使任心之所志，言之所终，率尔以成一定之节奏，于喁呕哑，而谓乐在是焉，则蛙之鸣，狐之啸，童稚之伊吾，可以代圣人之制作。然而责之以"直温宽栗，刚无虐，简无傲"者，终不可得。是欲即语言求合于律吕，其说之不足以立也，明甚。

（清）王夫之《舜典三》，《尚书引义》卷一，中华书局本

为《北山》之诗者，其音复以哀，其节促以乱，其词诬，其情私矣。故音哀者节必乱，节乱者诬上行私而不可止。是以君子甚恶夫音之遽哀而不为之节也。

故夫为《北山》之诗者：知己之劳，而不恤人之情；知人之安而妒之，而不顾事之可；诬上行私而不可止，西周之亡不可挽矣。故节其哀者戒其复，饬其乱者惩其促，治其诬者穷其连垒之词，革其［私］者禁其

迫切之音。王者以之化民，君子以之自淑，保天下于和平，此物此志焉耳。唐宋之末流，以诗鸣者，不知其为变雅之淫词而祖述之，曰以起衰也。以哀音乱节而起衰，吾未之前闻！

（清）王夫之《诗广传·小雅四二》，中华书局本

《伐木》不如《頍弁》之相慕也，《关雎》不如《车舝》之倾其赏心也。虽然，乐而淫，哀而伤，其亦征于此矣。《关雎》不言淑女之德，重言德也。《伐木》之不极其情，惟不及情之为忧也。雪霰之悲，若睍日之将昃而不给其欢，其将何以继此乎，不谋也。高山景行之叹，其诸千古之一人与！非太姒孰能当之，而《关雎》不能以信太姒也。

（清）王夫之《诗广传·小雅五〇》，中华书局本

谈艺者曰："《国风》好色而不淫，《小雅》怨诽而不伤。"好色而不淫，未能谅怨诽之不伤也。怨诽之不伤，则以之好色而淫者，未之有矣。淫者，非谓其志于燕媟之私也，情极于一往，泛荡而不能自戢也。自戢云者，非欲其厓儝戍削以矜其清孤也，流意以自养，有所私而不自溺，托事之所可有，以开其菀结而平之也。能然，则情挚而不滞、气舒而非有所忘，萧然行于忧哀之涂而自得。自得而不失，奚淫之有哉？

诵《采绿》之诗，其得之矣。幽而不闷，旁行而不迷，方哀而不丧其和，词轻而言至，心有系而不毁其容，可与怨也，可与思也，无所伤，故无所淫也。呜呼！知不伤之乃以不淫者，可以言情矣。孟郊、曹邺之为淫人，谅矣。

（清）王夫之《诗广传·小雅五七》，中华书局本

斯真穷而后工，又能不累于穷，不以酸恻激烈为工者，温柔敦厚之教，其是之谓乎？三古以来，放逐之臣、黄馘腼下之士，不知其凡几；其托诗以抒哀怨者，亦不知其凡几。平心而论，要当以不涉怨尤之怀，不伤忠孝之旨为诗之正轨。昌黎《送孟东野序》称"不得其平则鸣"，乃一时有激之言，非笃论也。

（清）纪昀《月山诗集序》，《纪文达公遗集》卷九，清刊本

诗之所发皆本于情，喜怒哀乐一也。读古人诗，其所发虽猛，其诗仍

敛蓄平易，不至漫然无节，此其所学者深，所养者醇也。今人情之所至，笔即随之，如平地注水，任势奔放，毫无收束，此其所学未深，而并不知养耳。

（清）厉志《白华山人诗说》卷一，《清诗话续编》本

曹子建《赠丁仪王粲》有云："欢怨非贞则，中和诚可经。"此意足推风雅正宗。至骨气情采，则钟仲伟论之备矣。

（清）刘熙载《艺概·诗概》，上海古籍出版社本

昔人词咏古咏物，隐然只是咏怀，盖其中有我在也。然人孰不有我，惟"耿吾得此中正"者尚耳。

（清）刘熙载《艺概·词曲概》，上海古籍出版社本

碧山有大段不可及处，在悬挚中寓温雅；蒿庵有大段不可及处，在怨悱中寓忠厚；而出以沉郁顿挫则一也，皆古今绝特之诣。

（清）陈廷焯《白雨斋词话》卷八，人民文学出版社本

九

发 愤 说

1. 意有郁结 发愤著书

《易》之兴也,其于中古乎?作《易》者,其有忧患乎?

(先秦)《周易·系辞下》,《十三经注疏》本

此本无主于中,而见闻舛驰于外者也,故终身而无所定趋。譬犹不知音者之歌也,浊之则郁而无转,清之则燋而不讴。及至韩娥、秦青、薛谈之讴,侯同、曼声之歌,愤于志,积于内,盈而发音,则莫不比于律,而和于人心。何则?中有本主,以定清浊,不受于外,而自为仪表也。

(汉)刘安《淮南子·氾论训》,《诸子集成》本

秦楚燕魏之歌也,异转而皆乐。九夷八狄之哭也,殊声而皆悲。一也。夫歌者乐之征也,哭者悲之效也。愤于中则应于外,故在所以感。

(汉)刘安《淮南子·修务训》,《诸子集成》本

屈平疾王听之不聪也,谗谄之蔽明也,邪曲之害公也,方正之不容也,故忧愁幽思而作《离骚》。离骚者,犹离忧也。夫天者,人之始也;父母者,人之本也。人穷则反本,故劳苦倦极,未尝不呼天也;疾痛惨怛,未尝不呼父母也。屈平正道直行,竭忠尽志以事其君,谗人间之,可谓穷矣。信而见疑,忠而被谤,能无怨乎;屈原之作《离骚》,盖自怨生也。

(汉)司马迁《史记·屈原贾生列传》,中华书局本

于是论次其文。七年，而太史公遭李陵之祸，幽于缧绁。乃喟然而叹曰："是余之罪也夫！是余之罪也夫！身毁不用矣。"退而深惟曰："夫《诗》《书》隐约者，欲遂其志之思也。昔西伯拘羑里，演《周易》；孔子厄陈、蔡，作《春秋》；屈原放逐，著《离骚》；左丘失明，厥有《国语》；孙子膑脚，而论兵法；不韦迁蜀，世传《吕览》；韩非囚秦，《说难》、《孤愤》；《诗》三百篇，大抵贤圣发愤之所为作也。此人皆意有所郁结，不得通其道也，故述往事，思来者。"于是卒述陶唐以来，至于麟止，自黄帝始。

（汉）司马迁《史记·太史公自序》，中华书局本

古者富贵而名摩灭，不可胜计，唯俶傥非常之人称焉。盖西伯拘而演《周易》；仲尼厄而作《春秋》；屈原放逐，乃赋《离骚》；左丘失明，厥有《国语》；孙子膑脚，《兵法》修列；不韦迁蜀，世传《吕览》；韩非囚秦，《说难》、《孤愤》；《诗》三百篇，大氐贤圣发愤之所为作也。此人皆意有所郁结，不得通其道，故述往事，思来者。及如左丘明无目，孙子断足，终不可用，退论书策以舒其愤，思垂空文以自见。

（汉）司马迁《报任安书》，《汉书·司马迁传》，中华书局本

乌呼史迁，薰胥以刑！幽而发愤，乃思乃精，错综群言，古今是经，勒成一家，大略孔明。

（汉）班固《司马迁叙传》，《汉书》卷一百下，中华书局本

屈原履忠被谮，忧悲愁思，独依诗人之义，而作《离骚》，上以讽谏，下以自慰。遭时暗乱，不见省纳，不胜愤懑，遂复作《九歌》以下凡二十五篇。

（汉）王逸《楚辞章句序》，《楚辞》卷一，《四部丛刊》本

屈原放逐，忧心愁悴，彷徨山泽，经历陵陆。嗟号昊旻，仰天叹息。见楚有先王之庙及公卿祠堂，图画天地山川神灵，琦玮谲诡，及古贤圣怪物行事。周流罢倦，休息其下，仰见图画，因书其壁，呵而问之，以渫愤懑，舒泻愁思。

（汉）王逸《天问序》，《楚辞补注》卷三，中华书局本

文王患忧，繇辞炳曜，符采复隐，精义坚深。

（南朝·梁）刘勰《文心雕龙·原道》，人民文学出版社本

宋玉含才，颇亦负俗，始造《对问》，以申其志，放怀寥廓，气实使之……原夫兹文之设，乃发愤以表志。身挫凭乎道胜，时屯寄于情泰；莫不渊岳其心，麟凤其采，此立本之大要也。

（南朝·梁）刘勰《文心雕龙·杂文》，人民文学出版社本

楚人屈原，含忠履洁，君匪从流，臣进逆耳，深思远虑，遂放湘南。耿介之意既伤，壹郁之怀靡诉，临渊有怀沙之志，吟泽有憔悴之容。骚人之文，自兹而作。

（南朝·梁）萧统《文选·序》，中华书局本

或离谗放逐之臣，涂穷后门之士，道轗轲而未遇，志郁抑而不申，愤激委约之中，飞文魏阙之下，奋迅泥滓，自致青云，振沉溺于一朝，流风声于千载，往往而有。是以凡百君子，莫不用心焉。

（唐）魏徵《隋书》卷七十六《文学传序》，中华书局本

善乎扬子云之言曰："诗人之赋丽以则。"班固亦曰："赋者古诗之流也。"至若言天下之事业，美盛德之形容，皆源委于是而派流浸大。然则体物导志，其为文之本欤？清河张登，刚洁介特，不趋和从俗，循性属词，发为英华……君以伟词逸气滞于奥渫之下，又疾卑谄细人，白黑太明，矫枉愤厉，往往过正，故其赋有云："鹗必斗而知毙，龙就屠而不驯。"又云："贱而荣兮跌而丧痛一世之纷纶。"皆所以感慨顿挫，放言而兆忧贾祸，恒必由之。

（唐）权德舆《唐故漳州刺史张君集序》，《全唐文》卷四百九十三，中华书局本

王符节信，安定临泾。好学有志，为乡人所轻，愤世著论，《潜夫》是名。《述赦》之篇，以赦为贼良民之甚，其旨甚明。皇甫度辽，闻至乃惊，衣不及带，屣履出迎，岂若雁门，问雁呼卿。不仕终家，吁嗟先生！

（唐）韩愈《后汉三贤赞》，《韩昌黎全集》卷十二，《四部备要》本

仲长统公理，山阳高平。谓高榦有雄志而无雄才，其后果败，以此有声。俶傥敢言，语默无常，人以为狂生。州郡会召，称疾不就，著论见情。初举尚书郎，后参丞相军事，卒不至于荣。论说古今，发愤著书，《昌言》是名。友人缪袭，称其文章，足继西京。四十一终，何其短邪！呜呼先生！

（唐）韩愈《后汉三贤赞》，《韩昌黎全集》卷十二，《四部备要》本

君子遭世之理，则呻呼踊跃以求知于世，而遁隐之志息焉。于是感激愤悱，思奋其志略以效于当世，以形于文字，伸于歌咏，是有其具而未得行其道者之为之也。

（唐）柳宗元《娄二十四秀才花下对酒唱和诗序》，《柳河东集》卷二十四，中华书局本

会友人江陵法曹掾韩愈以不幸相悲……韩生之言未及竟，而小人不知感从中来，始赧然以愧，又缺然以栗，终悄然以悲。悲斯叹，叹斯愤，愤必有泄，故见乎词。

（唐）刘禹锡《上杜司徒书》，《刘禹锡集》卷十，上海人民出版社本

贾谊哭时事，阮籍哭路歧，唐生今亦哭，异代同其悲。唐生者何人？五十寒且饥。不悲口无食，不悲身无衣，所悲忠与义，悲甚则哭之。太尉击贼日，尚书叱盗时，大夫死凶寇，谏议谪蛮夷，每见如此事，声发涕辄随。往往闻其风，俗士犹或非；怜君头半白，其志竟不衰。我亦君之徒，郁郁何所为，不能发声哭，转作乐府诗。篇篇无空文，句句必尽规，功高虞人箴，痛甚骚人辞。非求宫律高，不务文字奇，惟歌生民病，愿得天子知。未得天子知，甘受时人嗤，药良气味苦，瑟淡音声稀。不惧权豪怒，亦任亲朋讥，人竟无奈何，呼作狂男儿。每逢群盗息，或遇云雾披，但自高声歌，庶几天听卑。歌哭虽异名，所感则同归，寄君三十章，与君为哭词。

（唐）白居易《寄唐生》，《白居易集》卷一，中华书局本

情志编

在昔屈平既放,作《离骚》经,正诡俗而为《九歌》,辨穷愁而为《九章》,是后词人,摭而为之,皆所以嗜其丽词,撢其逸藻者也。至若宋玉之《九辩》,王褒之《九怀》,刘向之《九叹》,王逸之《九思》,其为清愁素艳,幽抉古秀,皆得芝兰之芬芳,鸾凤之毛羽也。然自屈原以降,继而作者,皆相去数百祀,足知其文难迹,其词罕继者矣。大凡有文人,不择难易,皆出于毫端者,乃大作者也。扬雄之文,丘、轲乎,而有《广骚》也。梁竦之词,班、马乎,其有《悼骚》也。又不知王逸,奚罪其文,不以二家之述,为《离骚》之两派也。昔者圣贤不偶命,必著书以见志,况斯文之怨抑欤。噫!吾之道不为不明,吾之命未为未偶,而见志于斯文者,惧来世任臣之君,因谤而去贤,持禄之士,以猜而远德,故复嗣数贤之作,以九为数,命之曰《九讽》焉。呜呼,百世之下,复有修《离骚章句》者乎,则吾之文未过不为乎《广骚》、《悼骚》也。

  (唐)皮日休《九讽系述序》,《皮子文薮》卷二,上海古籍出版社本

大风卷水,林木为摧,适苦欲死,招憩不来。百岁如流,富贵冷灰,大道日丧,若为雄才。壮士拂剑,浩然弥哀,萧萧落叶,漏雨苍苔。

  (唐)司空图《二十四诗品》《二十四诗品·悲慨》,《历代诗话》本

松柏寒仍翠,琼瑶涅不缁。望谁分曲直,只自抑神祇。吾道宁穷矣,斯文未已而。狂吟何所益,孤愤泄黄陂。

  (宋)王禹偁《谪居感事》,《小畜集》卷八,《四部丛刊》本

尔来俯仰二十年间,历事三朝,窃位二府,宠荣已至而忧患随之,心志索然而筋骸惫矣。其思颍之念,未尝少忘于心,而意之所在,亦时见于文字也。

  (宋)欧阳修《思颍诗后序》,《欧阳文忠集》卷四十四,《四部备要》本

胸中风雨吼,笔下龙蛇走。前后落人间,三千有余首。

  (宋)邵雍《失诗吟》,《伊川击壤集》卷十七,《四部丛刊》本

尧夫非是爱吟诗，诗是尧夫有激时。留在胸中防作恨，发于词上恐成疵。芝兰见处须收采，金玉逢时莫弃遗。到此尧夫常自贺，尧夫非是爱吟诗。

　　　　（宋）邵雍《首尾吟》，《伊川击壤集》卷二十，《四部丛刊》本

　　班固赞司马迁以为是非颇谬于圣人……以臣观之不然，彼实有见而发，有激而云耳。孟子曰，仁者人也，合而言之道也。扬子亦曰，道以导之，德以得之，仁以人之，义以宜之，礼以体之，天也。合则浑，离则散，盖道德者，仁义礼之大全，而仁义礼者，道德之一偏。黄老之学，贵合而贱离，故以道为本；六经之教，于浑者略，于散者详，故以仁义礼为用。迁之论大道也，先黄老而后六经，岂非有见于先而发哉。方汉武用法刻深，急于功利，大臣一言不合辄下吏就诛，有罪当刑得以货自赎，因而补官者有焉。于是朝廷皆以偷合苟免为事，因天下皆以窃资殖货为风。迁之遭李陵祸也，家贫无财贿自赎，交游莫救，左右亲近不为一言，以陷腐刑，其愤懑不平之气无所发泄，乃一切寓之于书。故其序游侠也，称昔虞舜窘于井廪，伊尹负于鼎俎，傅说匿于傅岩，吕尚困于棘津，夷吾桎梏，百里饭牛，仲尼厄于陈蔡，盖迁自况也。又曰，士究窘得委命此，岂非人所谓贤豪间者耶，诚使乡曲之侠与季次、原宪，比权量力效功于当世，不同日而论矣，盖言当世号为修行仁义者，皆畏避自保，莫肯急于人之难，曾匹夫之不若也……又云谚曰"千金之子不死于市"，非空言也。盖迁自伤砥节砺行，特以贫故不免于刑戮也，以此言退处士而进奸雄，崇势利而羞贫贱，岂非有激而云哉。彼班固不达其意，遂以为是非颇谬于圣人，亦已过矣。然迁为人多爱不忍，虽刺客、滑稽、佞幸之类，犹屑屑焉称其所长，况于黄老、游侠、货殖之事，有见而发，有激而言者，其所称道不能无溢美之言也。若以《春秋》之法，明善恶，定邪正责之，则非矣。扬子曰：太史公圣人将有取焉。又曰：多爱不忍子长也。仲尼多爱爱义也，子长多爱爱奇也。夫惟所爱不主于义而主于奇，则迁不为无过。若以是非颇谬于圣人，曷为乎有取也。

　　　　（宋）秦观《司马迁论》，《淮海集》卷十，中华书局本

　　晓语月斜树，昼啼春霁天。胸中自有激，不是故多言。

　　　　（宋）张耒《百舌》，《柯山集》卷二十，《丛书集成》本

某少贱贫，进不能操十百之金，贸易取赀，以长雄一乡；退不能求百亩之田，于长山大谷之中，躬耕以为养；反顾其家，四壁萧然，沟壑之忧，近在朝夕，途穷势迫，计无所出。乃始挟书操笔，学为世俗所谓举子场屋之文者，其言决裂繁碎，支离曼衍，而不宿于道，无用而可笑，不待详说可知也。既冠，试礼部，始得脱去。当是时，年少豪锐之气，方俯一世而眇万物，向非有礼义法律羁束于其后先，必且追随一时之侠，挥金使酒，驰骋而啸呼，以自快其意而后已。惟其不得骋，故敛其使气以玩世者，而一寓于诗。

（宋）朱松《上赵漕书》，《韦斋集》卷九，引自《中国历代文论选》，上海古籍出版社本

胸中磊落藏五兵，欲试无路空峥嵘。酒为旗鼓笔刀槊，势从天落银河倾。端溪石池浓作墨，烛光相射飞纵横。须臾收卷复把酒，如见万里烟尘清。丈夫身在要有立，逆虏运尽行当平。何时夜出五原塞，不闻人语闻鞭声。

（宋）陆游《题醉中所作草书卷后》，《剑南诗稿》卷七，上海古籍出版社本

诗首国风，无非变者。虽周公之《豳》亦变也。盖人之情，悲愤积于中而无言，始发为诗。不然，无诗矣。苏武、李陵、陶潜、谢灵运、杜甫、李白，激于不能自已，故其诗为百代法。国朝林逋、魏野以布衣死，梅尧臣、石延年弃不用，苏舜钦、黄庭坚以废绌死。近时江西名家者，例以党籍禁锢，乃有才名，盖诗之兴本如是。

（宋）陆游《澹斋居士诗序》，《陆游集·渭南文集》卷十五，中华书局本

绍兴间，秦丞相桧用事，动以语言罪士大夫。士气抑而不伸，大抵窃寓于诗，亦多不免。若澹斋居士陈公德召者，故与秦公有学校旧，自揣必不合，因不复与相闻，退以文章自娱。诗尤中律吕，不怨不怒而愤世疾邪之气，凛然不少回挠，其不坐此得祸，亦仅脱尔。

（宋）陆游《澹斋居士诗序》，《陆游集·渭南文集》卷十五，中华书局本

少陵，天下士也。早遇明皇、肃宗，官爵虽不尊显，而见知实深，盖尝慨然以稷契自许。及落魄巴蜀，感汉昭烈诸葛丞相之事，屡见于诗。顿挫悲壮，反复动人，其规模志意岂小哉。然去国浸久，诸公故人熟睨其穷，无肯出力。比至夔，客于柏中丞、严明府之间，如九尺丈夫，俯首居小屋下，思一吐气而不可得。予读其诗，至"小臣议论绝，老病客殊方"之句，未尝不流涕也。嗟夫，辞之悲乃至是乎！荆卿之歌，阮嗣宗之哭，不加于此矣。少陵非区区于仕进者，不胜爱君忧国之心，思少出所学佐天子，兴贞观、开元之治，而身愈老，命愈大谬，坎壈且死，则其悲至此，亦无足怪也……

  （宋）陆游《东屯高斋记》，《陆游集·渭南文集》卷十七，中华书局本

  中年不得志于场屋，遂发愤谢去，杜门读书，清坐竟日。间辄曳杖行吟田野间，望山临水以自适。其于骚词，能以楚声古韵为之节奏，抑扬高下，俯仰疾徐之间，凌厉顿挫，幽眇回郁，闻者为之感激慨叹，或至泣下。由是其诗日以高古，遂与世亢，至不复可以示人，或者得之亦不省其为何等语也。独余犹以旧习未忘之故，颇能识其用意深处，盖未尝不三复而深悲之。

  （宋）朱熹《黄子厚诗序》，《朱子大全》卷七十六，《四部备要》本

  君忽贻书，抄所作长短句三十余阕寄余，其说亭鄣堡戍间事，如荆卿之歌、渐离之筑也；及为闺情春怨之语，如鲁女之啸、文姬之弹也；至于酒酣耳热，忧时愤世之作，又如阮籍、唐衢之哭也。近世惟辛、陆二公有此气魄，君其慕蔺者欤？

  （宋）刘克庄《序翁应星乐府》，《后村先生大全集》卷九十七，《四部丛刊》本

  斯人北来，喑呜鸷悍，欲何为者？而逸摈销沮，白发横生，亦如刘越石。陷绝失望，花时中酒，托之陶写，淋漓慷慨，此意何可复道！而或者以流连光景、志业之终恨之，岂可向痴人说梦哉！为我楚舞，吾为若楚

歌，英雄感怆，有在常情之外，其难言者未必区区妇人孺子间也。世儒不知哀乐，善刺人，及其自为，乃与陈若山等。嗟哉！伟然二大夫无异。吾怀此久矣，因宜春张清则取《稼轩词》刻之，复用吾请。清则少游杭浙，有奇志逸气，必能仿佛为此词者。

（宋）刘辰翁《辛稼轩词序》，《须溪集》卷六，《豫章丛书》本

近岁新轩张胜予，亦东坡发之者与？新轩三世辽宰相家，从少日滑稽玩世，两坡两枣所谓入其室而啖其炙者，故多喜而谑之之辞。及随计两都，作霸诸彦，时命不偶，才得补椽中台，时南狩已久，日薄西山，民风国势，有可为太息而流涕者，故又多愤而吐之之辞……取其歌辞读之，未尝不洒然而笑，慨焉以叹，沉思而远望，郁摇而行歌，以为玉川子尝孟谏议贡余新茶，至四碗发轻汗时，平生不平事，尽向毛孔散，真有此理。

（金）元好问《新轩乐府引》，《遗山先生文集》卷三十六，《四部丛刊》本

所为《遗书》，乃愤闷不平之言，不遇于当世，而无所以泄其怒之所作。

（元）方回《罗昭谏谗书跋》，《罗隐集》，中华书局本

惟人亦然，厄于穷巷，逃于深谷，患难奸其外，烦懑忍其中，然而厄与郁相遭而激诸意气之颉颃，发诸悲歌之感慨，而天下称奇。

（元）杨维桢《天风海涛楼记》，《东维子文集》卷二十一，《四部丛刊》本

伊翩翩之公子兮，余素得而友之。握手以示肝胆兮，若断金而弗疑。何中心之多变兮，一旋踵而弗予识。即挤予于坑阱兮，复弯弓而下石。汝面目之无怍兮，曾何谋之弗深。纵祸予其曷伤兮，吾惧戕汝之良心。睹日月之光昭兮，闻雷霆之隐昽。予固不足畏兮，汝宁不畏于天。天道微而难索兮，斯焉足以责汝。彼黄鸟之嘤嘤兮，犹求友而弗止。将七尺之美躯兮，乃一禽之不如……唯饮泣而无所诉兮，伤予罪之不当。苍天之至明兮，独不鉴我之幽枉，皎皎之白璧兮，金訾其为燕石也。纤纤之素缟兮，反谓其如玄漆也。欲力诋以深文兮，其奚患于无辞！咎繇之不吾出兮，眼

有泪而谁知。誓剖心以自明兮,念父母之所遗。

　　　　　　(明)宋濂《孤愤辞》,《宋学士全集》卷二十九,《丛书集成》本

　　士未尝欲以文名世也。以文名世者,士之不幸也。有可用之材,当可为之时,大之推德泽于天下,小之亦足以惠一邑,施一州,尽其心力于职业之中,固不暇为文。然其名亦不待文而后传也。至于畸穷不偶,略无所见于世,颇自意世之人既不我知,则奋其志虑于文字之间,上以私托于古之贤人,下以待来世之君子。乌乎!是岂得已哉?

　　　　　　(明)桂彦良《九灵山房集序》,《皇明文衡》卷三十九,《四部丛刊》本

　　夫士之生也,以万事所集之身而行乎是非得丧祸福之途,目非离世绝俗,不接乎事,与居乎至盛有道之世,焉能使忧劳悲愤不介于其中?有以触乎中矣,焉能使怨怼咨叹不形乎其言?夫以三代之际,道术政教莫此为盛也,贤士君子莫此为多也。然考乎风雅之所录,和平愉乐之音,不能胜乎忧戚,颂美称誉之词,不能当乎疾刺,而况数千载之下,时殊而事远者乎?

　　　　　　(明)祝廷心《药房居士集序》,《皇明文衡》卷四十,《四部丛刊》本

　　说者曰:昔者杨朱、阮籍皆好哭,彼非好哭也,心有所愤无以自舒,因以寓其意。然君子尝病焉,以为士不值则乐道尔,奚为戚戚哉!今大笑生独好笑,岂所谓乐道者非欤?孔子论天人之际,备矣,而亦有所激而然欤?否欤?虽然,其过于怵迫利害而不知止者,远矣。

　　　　　　(明)方孝孺《大笑生传》,《逊志斋集》卷二十一,《四部备要》本

　　士之立言,为天下后世所慕者,恒以蓄济世之道,绝伦之才,困不获施,而于此焉寓之。故其气之所至,志之所发,浩乎可以充宇宙,卓乎可以质鬼神。非若专事一艺者之陋狭也。荀卿寓于著书,屈原寓于《离骚》,司马子长寓于《史记》。当其抑郁感慨无以泄其中,各托于言而寓焉,是以顿挫挥霍,沉醇宏伟,雷电不足喻其奇,风云不足喻其变,江海

不足喻其深。卒之震耀千古而师表极，苟卑卑然竭所能以效一艺，虽至工巧，亦技术之雄而已耳，乌足与大儒君子之寓于文者并称哉！

（明）方孝孺《成都杜先生草堂碑》，《逊志斋集》卷二十二，《四部备要》本

太史公伯夷、屈原传，时出议论，其亦自发其感愤之意也夫。退之《何蕃传》亦仿此意。

（明）王鏊《文章》，《震泽长语》卷下，《丛书集成》本

子美不遭天宝之乱，何以发忠愤之气，成百代之宗。国朝何仲默亦遭壬申之乱，但过于哀伤尔。

（明）谢榛《四溟诗话》卷二，《历代诗话续编》本

先生固务立大节而亦不忽乎细，然竟以见斥，岂非其细者不胜其奇乎？好而不得泄则怨，挟而无试则怒，怨与怒交于中，于是有刺讥之微言，愤懑之大声，亦其势之所然。豪俊失志者，往往蹈此。

（明）王慎中《田间集序》，《王遵岩集》卷二，清刊本

仆尝念春秋以来，其贤人君子，间遭废斥，未尝不即其穷愁，自著文采，以表见于后，何者？耻心有所知，与腐草同没也。

（明）茅坤《与蔡白石太守论文书》，《茅鹿门集》卷三，明刊本

太史公曰："《说难》《孤愤》，贤圣发愤之所作也。"由此观之，古之贤圣，不愤则不作矣。不愤而作，譬如不寒而颤，不病而呻吟也，虽作何观乎？《水浒传》者，发愤之所作也。盖自宋室不竞，冠履倒施，大贤处下，不肖处上。驯致夷狄处上，中原处下，一时君相犹然处堂燕鹊，纳币称臣，甘心屈膝于犬羊已矣。施、罗二公身在元，心在宋；虽生元日，实愤宋事。是故愤二帝之北狩，则称大破辽以泄其愤；愤南渡之苟安，则称灭方腊以泄其愤。敢问泄愤者谁乎？则前日啸聚水浒之强人也，欲不谓之忠义不可也。是故施、罗二公传《水浒》而复以忠义名其传焉。

（明）李贽《忠义水浒传序》，《焚书》卷三，中华书局本

贺既孤愤不遇，而所为呕心之语，日益高渺。寓今托古，比物征事，大约言悠悠之辈，何至相吓乃尔。人命至促，好景尽虚，故以其哀激之思，必作涩晦之调，喜用鬼字、泣字、死字、血字，如此之类，幽冷溪刻，法当夭乏，敖陶孙考之为食露盘也。顾其冥心千古，涉目万书，噀空绣阁，掷地绝尘，时而蛮吟，作鹦鹉语，时而作霜鹤唳，时而花肉媚眉，时而冰车铁马，时而宝鼎熇云，时而碧燐划电，阿闪片时，不容方物。其可解者，抱独知之契，其不可解者，甘遁世之闷，即杜牧之接踵最密，犹以为殊不能知也。

　　　　（明）王思任《李贺诗解序》，《王季重十种》，《中国文学珍本丛书》本

　　尝闻大怒后不得作简者，多恐余气未降，措语尚激也。然则不怒时，欲作激气语，此亦决不可得也。今作《西厢记》人，吾不审其胸前有何大怒耶？又何其毒心衔，毒眼射，毒手挥，毒口喷，百千万毒一至于此也？

　　　　（清）金圣叹《贯华堂第六才子书西厢记·闹简》批语，《金圣叹全集》（三），江苏古籍出版社本

　　此回：前半幅，借阮氏口痛骂官吏；后半幅，借林冲口痛骂秀才。其言愤激，殊伤雅道。然怨毒著书，史迁不免，于稗官又奚责焉？

　　　　（清）金圣叹《第五才子书施耐庵水浒传》第十八回总批，《金圣叹全集》（一），江苏古籍出版社本

　　古来诗人，自负其才，往往纵情于倡乐，放意于山水，淋漓潦倒，汗漫而不收，此其中必有大不得已。愤懑勃郁决焉，自放以至于此也。

　　　　（清）吴伟业《宋辕生诗序》，《梅村家藏稿》卷二十九，《四部丛刊》本

　　远林笑而不答，尝为余言："啸为噫气，蹙口成声，微若丝竹，大若雷霆，山谷皆应，群鸟和鸣，盖其胸有所抑郁，而借以抒发其志意，不则旷然自得，而天籁为之适动也。"今远林皆有之，而其所托之高妙乃尔。自《广陵散》绝，此调多不弹矣，则读远林之诗者，可以得远林之啸，而当时闻远林之啸者，安在不如今日之读远林之诗

哉！可以传远林矣。

  （清）周亮工《向远林诗序》，《赖古堂集》卷十三，《清人别集丛刊》本

  有时感愤，辄悲泗流连；既而知无可奈何，则托之风、雅，寄之丝桐，宣其郁滞，每有会心，亦复怡然自得。

  （清）归庄《与侯彦舟》，《归庄集》卷五，上海古籍出版社本

  昔人云：《南华》是一部怒书，《西厢》是一部想书，《楞严》是一部悟书，《离骚》是一部哀书。今观后传之群雄激变而起，是得《南华》之怒；妇女之含愁敛怨，是得《西厢》之想；中原陆沉，海外流放，是得《离骚》之哀；牡蛎滩、丹霞宫之警喻，是得《楞严》之悟。不谓是传而兼四大奇书之长也！

  （清）陈忱《水浒后传原序》，引自《水浒传资料汇编》，百花文艺出版社本

  《水浒》，愤书也。宋鼎既迁，高贤遗老，实切于中，假宋江之纵横，而成此书，盖多寓言也。愤大臣之覆𫗧，而许宋江之忠；愤群工之阴狡，而许宋江之义；愤世风之贪，而许宋江之疏财；愤人情之悍，而许宋江之谦和；愤强邻之启疆，而许宋江之征辽；愤潢池之弄兵，而许宋江之灭方腊也。

  《后传》为泄愤之书：愤宋江之忠义，而见鸩于奸党，故复聚余人，而救驾立功，开基创业；愤六贼之误国，而加之以流贬诛戮；愤诸贵幸之全身远害，而特表草野孤臣，重围冒险；愤官宦之嚼民饱壑，而故使其倾倒宦囊，倍偿民利；愤释道之淫奢诳诞，而有万庆寺之烧，还道村之斩也。

  （清）陈忱《水浒后传论略》，引自《水浒传资料汇编》，百花文艺出版社本

  披萝带荔，三闾氏感而为《骚》；牛鬼蛇神，长爪郎吟而成癖。自鸣天籁，不择好音，有由然矣。松落落秋萤之火，魑魅争光；逐逐野马之尘，魍魉见笑。才非干宝，雅爱搜神；情类黄州，喜人谈鬼。闻则命笔，

遂以成篇……集腋为裘，妄续幽冥之录；浮白载笔，仅成孤愤之书：寄托如此，亦足悲矣！嗟呼！惊霜寒雀，抱树无温；吊月秋虫，偎栏自热。知我者，其在青林黑塞间乎！

（清）蒲松龄《聊斋志异·自序》，上海古籍出版社本

泾阳雷伯吁云："诗文不专思致虑，则不能工，一专思致虑，则此中憧憧扰扰，比一切声色货贿更甚，故诗文之累心不少。"乌程唐宜之云："明妃初遇单于之夕，摩诘见胁禄山之时，秉烛徬徨，不能寤寐，幸留诗词一道，以写其悲愤无聊。假使古才人生于结绳前，更无笔墨以发其淋漓之感，懊恨当何如？"以此观之，诗文两者，乃破闷之剂，不可谓累心之物也。抒山有言："隳名之人，万缘都尽，惟留诗道以乐性情。"职此故耳。

（清）叶矫然《龙性堂诗话初集》，《清诗话续编》本

《天问》一篇，杂举古今来不可解事问之，若己之忠而见疑，亦天实为之，思而不得，转而为怨，怨而不得，转而为问，问君问他人不得，不容不问之天也。此是屈大夫无可奈何处。

（清）沈德潜《说诗晬语》卷上，《清诗话》本

《九歌》哀而艳，《九章》哀而切。《九歌》托事神以喻君，犹望君之感悟也。《九章》感悟无由，沉渊已决，不觉其激烈而悲怆也。

（清）沈德潜《说诗晬语》卷上，《清诗话》本

汉人诗未有无所为而作者，如《垓下歌》、《春歌》、《幽歌》、《悲愁歌》、《白头吟》，皆到发愤处为诗，所以成绝调；亦不论词之工拙，而自足感人。后人绝命多不工，何也，只是杀身成仁等语误耳。

（清）费锡璜《汉诗总说》，《清诗话》本

《水浒传》是一部怒书，《西游记》是一部悟书，《金瓶梅》是一部哀书。

（清）张潮《幽梦影》，《国学珍本文库》本

武穆《贺讲和赦表》云："莫守金石之约，难充溪壑之求。"故作词云："欲将心事付瑶筝，知音少，弦断有谁听？"盖指和议之非也。又作《满江红》，忠愤可见，其不欲"等闲白了少年头，"足以明其心事。

（清）王弈清等《历代词话》卷七，《词话丛编》本

大抵平生性情笃至，寄托遥深，缠绵悱恻，不自解其何故，人亦莫窥所以然。又少时读书有大志，功名气节皆不欲居古人下，而遭逢坎壈，所往辄穷。自伤幸际唐、虞，不能与稷、契、夔、龙共襄上治，抑郁忧愁，无所发泄，一写于诗。故其诗上薄风、骚，下躏宋、元，无不一一闯其奥，而空肠得酒，芒角横生，嘻笑怒骂，皆成文章，于东坡为最近。

（清）纪昀《俭重堂诗序》，《纪文达公遗集》卷九，清刊本

文章之传以其工也。乃有无意求工亦不必求工而其传即极天下之工者亦远不若焉，则岂非文章之外又别有维系于人者在乎？有明嘉靖中以文章名者王元美、李于麟、归震川、唐应德等不下十数人，可云刻意求工矣，然而八编、四部以及《震川类稿》、《白雪楼集》等，人或阅而置之，其爱憎又或随风气转移焉，独至杨兵部《椒山集》、沈锦衣《青霞集》虽寥寥一编而人之尸祝之、俎豆之者无知愚贤不肖之异也，则其故又何哉？太平周恭节公之集亦犹是而已矣，公得其罪，与杨、沈二公同在请室，历五年，所稍幸者，仅仅不死耳。然当其伸纸握管，叩心泣血，又岂有死不死在其胸中耶？又岂知死之在他人而不死者或在一己耶？盖其激发于忠义者非一朝一夕之故，而其洞烛于古今成败兴衰利害得失者，亦岂小儒浅学之所能。读公之文亦可以得其概矣。

（清）洪亮吉《明周恭节公文集序》，《更生斋文甲集》卷三，《四部丛刊》本

……文之至者必根于天性，古人之忠孝之实郁于中，磅礴于外，明而为日月，怒而为雷霆，流而为江湖，其气充乎天地，故天地间气之所之，莫非其文之所著也。其有不容已于言者，于以自宣其忠孝之实，而其文亦遂与天地之气上下同流，亘古而不息。稽古唐、虞、三代，禹、皋陶、益、稷之谟、伊、周之训、诰，大小雅正变之诗尚矣；下至屈原、贾生、刘子政、诸葛孔明、陆敬舆、刘去华、陈同甫、文宋瑞、郑所南诸公，其

生平未尝求工于文，不过道其意所欲言而止。而后人读其文，往往感愤流涕，不能自已，若生当其时而身其忧患者。盖忠孝之实无间于人人，唯此诸公能先得我心之所同然耳，而岂一人一世之事哉？亭林顾先生，间代通儒，有扶世立教之志，而生逢革命，无所发抒，孤忠磊磊，至老不渝。其所为文，至于国家存亡之际，慷慨伤怀，天性激发，以视屈原、贾生，未知其孰先而孰后也。

（清）彭绍升《亭林先生余集序》，《亭林余集》，《四部丛刊》本

陶公诗虽天机和畅，静气流溢，而其中曲折激荡处，实有忧愤沉郁、不可一世之概。不独于易代之际，奋欲图报，如《拟古》之"枝条始欲茂，忽值山河改。本不植高原，今日复可悔"，《咏荆轲》之"雄发指危冠，猛气冲长缨。其人虽已殁，千载有余情"，《读山海经》之"精卫衔微木，将以填沧海。刑天舞干戚，猛志故常在。徒设在昔心，良晨讵可待"也。即平居酬酢间，忧愤亦多矣，不为拈出，何以论其世、察其心乎？如"醒醉还相笑，发言各不领"，"是非苟相形，雷同共誉毁"，"赐也徒能辩，乃不见予心"，"摆落悠悠谈，请从予所之。知音苟不存，已矣何所悲"，"孰若当世士，冰炭满怀抱"，"不怨道里长，但畏人我欺"，"多谢诸少年，相知不忠厚"，"迂辔诚可学，违己讵非迷"，"我心固非石，君情定何如"，"不见相知人，惟见古时丘。此士难再得，吾行欲何求"。盖所学任天，自与俗异，同时必有貌为推尊、内实非薄者，必又有多方讪笑、交讧其侧者，非具定识定力，何以能不为之动而卒成所学也。故端居自励，亦深以怀疑改辙为警，曰"当年讵有几，纵心复何疑"，曰"达人解其会，逝将不复疑"，曰："一往便当已，何为复狐疑"。然则和畅流溢，学成之候也；愤激沉郁，刻苦之功也。先有绝俗之特操，后乃有天然之真境。彼一味平和而不能屏绝俗学者，特乡原之流，岂风雅之诣乎？

（清）潘德舆《养一斋诗话》卷十，《清诗话续编》本

呜乎！《庄子》之意隐矣……盖周之为人，负高世之才，既未能遁世无闷，而仪秦妾妇之道又所不为，故汪洋自恣，务为伸彼屈此之言以自适其意，亦重可悲矣。《庄子》者，文之工者也，而世之言《庄子》者，必

以道归之曰：《庄子》者，浮屠法之所祖也……庄周也，司马迁也，皆不得志于时者之所为也，皆怨悱之书也。然而庄之怨悱也，隐矣。

（清）梅曾亮《读庄子书后》，《柏枧山房文集》卷四，清刊本

君子读二《雅》至厉、宣、幽、平之际，读《国风》至二《南》、《豳》之诗，喟然曰：六经其皆圣人忧患之书乎！"天下之生久矣，一治一刮"；治久习安，安生乐，乐生乱；乱久习患，患生忧，忧生治。《洪范》贵不列于五福，崇高者忧劳之地，非安享之地也。康庄之仁我也，不如太行。故真人之养生，圣人之养生，帝王之祈天永命，皆忧惧以为本焉。真人逆精以反气，圣人逆情以复性，帝王逆气运以拨乱反治。逆则生，顺则夭矣；逆则圣，顺则狂矣。草木不霜雪，则生意不固；人不忧患，则智慧不成。大哉《易》之为逆数乎！五行不顺生，相克乃相成乎！鱼逆水则鳞不顿，禽逆风则毛不横。《诗》曰："譬彼舟流，不知所届。心之忧矣，不遑假寐。"顺流之可畏也如是夫！

（清）魏源《默觚下·治篇二》，《魏源集》，中华书局本

昔人有言："欢娱之词难工，愁苦之言易好。"使李、杜但在天宝以前，除《清平调》及《何将军山林》外，亦无以鸣豫而鼓盛。故诗人之境，类多萧瑟嵯峨，而《三百篇》皆仁贤发愤之所作焉。

（清）魏源《简学斋诗集序》，《魏源集》，中华书局本

《红楼梦》一书的撰著，是因忠臣义士身受仁主恩泽，唯遇奸逆挡道，谗佞夺位，上不能事主尽忠，下不能济民行义，无奈之余写下这部书来泄恨书愤的。

（清）哈斯宝《新译红楼梦回批》卷首《读法》，内蒙古人民出版社本

时则有若王氏之《金瓶梅》。元美生长华阀，抱奇才，不可一世，乃因与杨仲芳结纳之故，至为严嵩所忌，戮及其亲，深极哀痛，无所发其愤。彼以为中国之人物、之社会，皆至污极贱，贪鄙淫秽，靡所不至其极，于是而作是书。盖其心目中固无一人能少有价值者。彼其记西门庆，则言富人之淫恶也；记潘金莲，则伤女界之秽乱也；记花子虚、李瓶儿，

则悲友道之衰微也；记宋蕙莲，则哀谗佞之为祸也；记蔡太师，则痛仕途黑暗，贿赂公行也。嗟乎！嗟乎！天下有过人之才人，遭际浊世，抱弥天之怨，不得不流而为厌世主义，又从而摹绘之，使并世者之恶德，不能少自讳匿者，是则王氏著书之苦心也。轻薄小儿，以其善写淫媟也宝之，而此书遂为老师宿儒所诟病，亦不察之甚矣。

时则有若曹氏之《红楼梦》。曹氏向居明相国珠邸中。时本朝甫定鼎，其不肖者，往往凭藉贵族，因缘以奸利，贪侈之端，乃不可偻指数。曹氏心伤之，有所不敢言，不屑言，而又不忍不一言者，则姑诡谲游戏以言之，若有意，若无意。闻满洲某巨公，当嘉庆间，其为江西学政也，尝严禁贾人，不得售是书，犯者罚无赦；又语人曰：《红楼梦》一书，讥刺吾满人，至于极地，吾恨之刺骨。则此书之宗旨可知。海宁王生，常言此书为悲剧中之悲剧。于欧西而有作者，则有如仲马父子、谢来、雨苟诸人，皆以善为悲剧，声闻当世；至于头绪之繁，篇幅之富，文章之美，恐尚有未迨此书者。盖此书非苟焉所能读也。必富于厌世观者，始能读此书；必深通一切学问者，始能读此书；必富于哲理思想、种族思想者，始能读此书；世人读之而不解，解矣而不能尽作者之意，则亦犹之乎不读也。

（清）王钟麒《中国三大小说家论赞》，引自《中国历代文论选》，上海古籍出版社本

2. 胸中磊块　不平则鸣

大凡物不得其平则鸣，草木之无声，风挠之鸣，水之无声，风荡之鸣，其跃也或激之，其趋也或梗之，其沸也或炙之。金石之无声，或击之鸣。人之于言也亦然，有不得已者而后言，其歌也有思，其哭也有怀。凡出乎口而为声者，其皆有弗平者乎！

乐也者，郁于中而泄于外者也，择其善鸣者而假之鸣。金、石、丝、竹、匏、土、革、木八者，物之善鸣者也。维天之于时也亦然，择其善鸣者而假之鸣。是故以鸟鸣春，以雷鸣夏，以虫鸣秋，以风鸣冬。四时之相推夺，其必有不得其平者乎！其于人也亦然。人声之精者为言，文辞之于言，又其精也，尤择其善鸣者而假之鸣。其在唐虞，咎陶、禹其善鸣者也，而假以鸣。夔弗能以文辞鸣，又自假于《韶》以鸣。夏之时，五子以其歌鸣。伊尹鸣殷，

周公鸣周。凡载于《诗》《书》六艺，皆鸣之善者也。周之衰，孔子之徒鸣之，其声大而远。《传》曰："天将以夫子为木铎"，其弗信矣乎！其末也，庄周以其荒唐之辞鸣。楚，大国也，其亡也，以屈原鸣。臧孙辰、孟轲、荀卿，以道鸣者也。杨朱、墨翟、管夷吾、晏婴、老聃、申不害、韩非、慎到、田骈、邹衍、尸佼、孙武、张仪、苏秦之属，皆以其术鸣。秦之兴，李斯鸣之。汉之时，司马迁、相如、扬雄，最其善鸣者也。其下魏、晋氏，鸣者不及于古，然亦未尝绝也……

唐之有天下，陈子昂、苏源明、元结、李白、杜甫、李观，皆以其所能鸣。其存而在下者，孟郊东野，始以其诗鸣。其高出魏、晋，不懈而及于古，其他浸淫乎汉氏矣。从吾游者，李翱、张籍，其尤也。三子者之鸣信善矣，抑不知天将和其声，而使鸣国家之盛耶，抑将穷饿其身，思愁其心肠，而使自鸣其不幸邪？

　　　　　　（唐）韩愈《送孟东野序》，《韩昌黎文集校注》，上海古籍出版社本

辛酸既不为中味，商徵如何是正音。举世未能分曲直，使谁为主主心平？

　　　　　　（宋）邵雍《辛酸吟》，《伊川击壤集》卷四，《四部丛刊》本

城中飞阁连危亭，处处轩窗临锦屏。涉江亲到锦屏上，却望城郭如丹青。虚堂奉祠子杜子，眉宇高寒照江水。古来磨灭知几人，此老至今元不死。山川寂寞客子迷，草木摇落壮士悲。文章垂世自一事，忠义凛凛令人思。夜归沙头雨如注，北风吹船横半渡。亦知此老愤未平，万窍争号泄悲怒。

　　　　　　（宋）陆游《游锦屏山谒少陵祠堂》，《陆游集·剑南诗稿》卷三，中华书局本

朱楼矫首隘八荒，绿酒一举累百觞。洗我堆阜峥嵘之胸次，写为淋漓放纵之词章。墨翻初若鬼神怒，字瘦忽作蛟螭僵。宝刀出匣挥雪刃，大舸破浪驰风樯。纸穷掷笔霹雳响，妇女惊走儿童藏。往时草檄喻西域，飒飒声动中书堂。

　　　　　　（宋）陆游《酬后草书歌诗戏作》，《陆游集·剑南诗稿》卷四，中华书局本

自昔遗佚厄穷之士，功名顿挫，时命龃龉，往往有感时触事之作，以泄其无憀不平之鸣。如虞卿之愁，韩非之愤，墨翟之悲，梁鸿之噫，唐衢之哭是已。

　　　　（宋）刘克庄《序乐轩集》，《后村先生大全集》卷九十五，《四部丛刊》本

　　纵横诗笔见高情，何物能浇磈磊平？老阮不狂谁会得？出门一笑大江横。

　　　　（金）元好问《论诗三十首》其五，《遗山先生文集》卷十一，《四部丛刊》本

　　郭君文德……好为诗，有交于前，无不形之于诗，其忧愁抑郁放旷愤发欢愉游佚，凡气有所不平，皆于诗乎发之。

　　　　（明）刘基《郭子明诗集序》，《诚意伯文集》卷五，《四部丛刊》本

　　古之隐君子，不得志于时，而甘沉冥者，其心超然出尘韬之外矣，而犹必有寄焉然后快。盖其中亦有所不能平，而借所寄者力与之战，仅能胜之而已。或以山水，或以曲蘖，或以著述，或以养生，皆寄也。寄也者，物也。借怡于物，以内畅其性灵者，其力微，所谓寒入火室，暖自外生者也。故隐者贵闻道，闻道则其心休矣。惟心休而不假物以适者，隐为真隐，陶元亮之隐也，差适矣。今读其诗，殷忧内结，至于生死迁变之际，每每泫然欲涕，而姑借酒以降之，又安能乐？

　　　　（明）袁中道《赠东奥李封公序》，《珂雪斋文集》卷一，上海杂志公司本

　　彭天锡串戏妙天下，然出出曾有传头，未尝一字杜撰。曾以一出戏，延其人至家费数十金者。家业十万，缘手而尽。三春多在西湖，曾五至绍兴，到余家串戏五六十场而穷其技不尽。天锡多扮丑净，千古之奸雄佞幸，经天锡之心肝而愈狠，借天锡之面目而愈刁，出天锡之口角而愈险，设身处地，恐纣之恶不如是之甚也。皱眉视眼，实实腹中有剑，笑里有刀，鬼气杀机，阴森可畏。盖天锡一肚皮书史，一肚皮山川，一肚皮机械，一肚皮磊砢不平之气，无地发泄，特于是发泄之耳。余尝见一出好

戏，恨不得法锦包裹，传之不朽。尝比之天上一夜好月，与得火候一杯好茶，只可供一刻受用，其实珍惜之不尽也。桓子野见山水佳处，辄呼"奈何奈何"，真有无可奈何者，口说不出。

（明）张岱《陶庵梦忆·彭锡天串戏》，上海古籍出版社本

庄子，乱世之民也，而能文章，故其言传耳。夫乱世之民，情懑怨毒，无所聊赖，其怨既深，则于当世反若无所见者。忠厚之士未尝不歌咏先王而思其盛，今之诗歌是也。而辨激悲抑之人，则反刺诟古先以荡达其不平之心，若庄子者是也。二者其文异观而其情一致也。

（明）陈子龙《庄周论》，《陈忠裕全集》卷二十一，《四部丛刊》本

昔宋文宪以五美论诗，诗之道尽矣。余以为此学诗之法，而诗之原本反不及焉。盖欲使人之自悟也。夫人生天地之间，天道之显晦，人事之治否，世变之污隆，物理之盛衰，吾与之推荡磨励于其中，必有不得其平者。故昌黎言物不得其平则鸣，此诗之本原也。幽人离妇，羁臣孤客。私为一人之怨愤，深一情以拒众情，其词亦能造于微。至于学道之君子，其凄楚蕴结，往往出于穷饿愁思一身之外，则其不平愈甚，诗直寄焉而已。吾于吾友人远见之。

（清）黄宗羲《朱人远墓志铭》，《南雷文约》卷一，《梨洲遗著汇刊》，上海时中书局本

余曰：诗文同一机轴，以子之刻心于诗者，求之于文可也。余尝怪一时风气，无不讲学，盖讲学者，剿袭成说，凡读《四书》者皆可为之。至于吟咏，虽鄙固狭陋，必于魏、晋、六朝、三唐略知梗概，而后可从事。巽子矫然独出，以诗人自命，其不为风气所染可知矣，余何忍而不铭。铭曰：古之诗也，以之从政，天下之器也。今之诗也，自鸣不平，一身之事也。《黍离》降为《国风》，一时之变也；天下降为一身，古今之变也。吁嗟巽子，其又何喑。

（清）黄宗羲《董巽子墓志铭》，《南雷文约》卷二，《梨洲遗著汇刊》，上海时中书局本

从来游戏神通，尽出文人之手。或寄情草木，或托兴昆虫，无口而使之言，无知识情欲而使之悲欢离合，总以极文情之变，而使我胸中磊块唾出殆尽而后已。

　　　　　（清）李渔《香草亭传奇序》，《笠翁一家言》二集卷三，清刊本

　　（张公路）诗诸体皆备，合计千余首，大抵豪迈放逸，一往奔注，直抒胸臆，不屑屑于字句求工。如《闻庚戌边报》、《观骑射》、《暹罗刀歌》诸作，慨然有封狼居胥之意。年八十余，而漆室嫠妇之忧，犹时时见于歌咏……今读遗诗，犹想见其风，与先王父所称者合，殆古之奇伟倜傥之人欤！穷老不得志，仅托之诗，以抒其愤郁不平之怀，良可慨也！嗟乎！豪杰之士，抱用世之略，不幸遭时不造，槁项衡门，不得已而以诗自见，如先生者，当世多有，可胜叹哉！

　　　　　（清）归庄《张公路先生诗集序》，《归庄集》卷三，上海古籍出版社本

　　古之人，不得志于时，往往发为诗歌，以鸣其不平。顾诗人之旨，怨而不怒，哀而不伤。抑扬含吐，言不尽意，则忧愁抑郁之思，终无自而申焉，既又变为词曲，假托故事，翻弄新声，夺人酒杯，浇己块垒，于是嬉笑怒骂，纵横肆出，淋漓极致而后已。

　　　　　（清）尤侗《叶九来乐府序》，《西堂杂俎二集》卷三，清刊本

　　兵燹后，得焚余若干首。今取视之，悲愤之中，偶涉柔艳，柔艳乃所以为悲愤也。以须眉而作儿女呢喃，岂无故而然哉？李太白云："五岳起方寸，隐然讵可平？"今人文章不及古人，只缘方寸太平耳。《风》、《雅》诸什，自今诵之，以为和平，若在作者之旨，其初皆不平也。若使平焉，美刺讽诫何由生，而兴、观、群、怨何由起哉？鸟以怒而飞，树以怒而生，风水交怒而相鼓荡，不平焉乃平也。观余诗者，知余不平之平，则余之悲愤尚未已也。

　　　　　（清）贺贻孙《诗余自序》，《水田居遗书》，清刊本

　　嗟乎！我知古宋遗民之心矣。穷愁潦倒，满眼牢骚，胸中块磊，无酒

可浇，故借此残局而著成之也。然肝肠如雪，意气如云，秉志忠贞，不甘阿附；傲嫚寓谦和，隐讽兼规正；名言成串，触处为奇；又非漫然如许伯哭世、刘四骂人而已。

（清）雁宕山樵《水浒后传序》，引自《中国历代小说论著选》，江西人民出版社本

古诗之传于后世者，大约有二：登临之作，易为幽奇；怀古之作，易为悲壮。故高人达士，往往于此抒其怀抱而寄其无聊不平之思，此其所以工而传也。

（清）王士禛《虹友据青集序》，《带经堂集》卷七十四，《蚕尾文集续》卷二，清刊本

……会读者须另具卓识，单著眼史太君一席话，将普天下不近理之奇文，不近情之妙作一齐抹倒，是作者借他人酒杯消自己傀儡（块垒）。

（清）《脂砚斋重评石头记》，引自《中国历代小说论著选》，江西人民出版社本

余来吴门，得晤郑子季雅，翩翩风雅人也。兹读其《移居》七律四首，风流蕴藉中却寓牢骚肮脏之意，正是吾辈《移居》诗，他人假用一字不得。真堪与李龙眠《移居图》并传不朽，图为画中之诗，此则诗中之画，季雅殆兼之矣。

（清）廖燕《郑季雅移居诗跋》，《二十七松堂集》卷八，廖景黎家藏版

韩子之言曰："物不得其平则鸣。"吾谓鸣者出于天性之自然，金石丝竹匏土革木，鸣之善者，非有所不平也，鸟何不平于春？虫何不平于秋？世之悻悻然怒，戚戚然忧者，未必其能鸣也。

（清）钱大昕《李甫涧诗集序》，《潜研堂文集》卷二十六，清刊本

子每登浮屠，同游者往往及半而止。予必穷其巅，始则浩歌，继则大叫，叫之不已，乃大哭，哭毕觉胸中猛气始平。但不知所触究为何事，岂非少陵所谓"翻百忧"者耶？

（清）厉志《白华山人诗说》卷一，《清诗话续编》本

陈同甫幼有国士之目，孝宗淳熙五年，诣阙上书，于古今沿革、政治得失，指事直陈，如龟之灼。然挥霍自恣，识者或以夸大少之。其发而为词，乃若天衣飞扬，满壁风动，惜其每有成议，辄招妒口，故骯脏不平之气辄寓于长短句中，读其词，益悲其人之不遇已。

（清）张德瀛《词征》卷五，《词话丛编》本

韩昌黎《送孟东野序》云："大凡物不得其平则鸣……"，鹃姐向林妈说那几句话，便是心中不平的缘故。我读此书，却引韩文舒怨，也是由于心中不平。

（清）哈斯宝《新译红楼梦回批》第三十一回批语，内蒙古人民出版社本

《水浒》发挥作者之理想，故凭虚构造，虽假前人之事迹演成，其举动一切，悉由自主。且所托系前代，故处处直书，毫无讳饰，以所发之感慨全系无形中一种不平之气，无可顾忌也。

（清）春秋《小说杂评》，引自阿英《晚清文学丛钞·小说戏曲研究卷》本

辜负胸中十万兵，百无聊赖以诗鸣。
谁怜爱国千行泪，说到胡尘意不平。

（清）梁启超《饮冰室文集》七十八卷，《读陆放翁集》，中华书局本

3. 因寄所托　感慨独深

诗者，情动于中而形于言。故怨思悲愁，常多感慨。抒怀佳作，讽刺雅言，虽著于群书，盈厨溢阁，其间触事兴咏，尤所钟情，不有发挥，孰明厥义？因采为本事诗，凡七题，犹四始也。情志、事感、高逸、怨愤、征异、征咎、嘲戏，各以其类聚之。

（唐）孟棨《本事诗序目》，《历代诗话续编》本

吾少时读《醉乡记》，私怪隐居者无所累于世而犹有是言，岂诚旨于味邪？及读阮籍、陶潜诗，乃知彼虽偃蹇不欲与世接，然犹未能平其心，或为事物是非相感发，于是有托而逃焉者也。

（唐）韩愈《送王秀才序》，《韩昌黎文集校注》，上海古籍出版社本

况臣九岁学诗，少经贫贱，十年谪宦，备极栖惶，凡所为文多因感激。故自古风诗至古今乐府，稍存寄兴，颇近讴谣，虽无作者之风，粗中逍人之采；自律诗百韵至于两韵七言，或因朋友戏投，或以悲欢自遣，既无六义，皆出一时，词旨繁芜，倍增惭恐。

（唐）元稹《进诗状》，《元稹集》卷三十五，中华书局本

和平之言难工，感慨之词易好。近世文人能兼之者，惟欧阳公。如《吉州学记》之类，和平而工者也。如《丰乐亭记》之类，感慨而好者也。然《丰乐亭记》意虽感慨，辞犹和平，至于《苏子美集序》之类，则纯乎感慨矣。乃若愤闷不平如王逢原，悲伤无聊如邢居实，则感慨而失之者也。

（宋）吴可《和平之言难工》，《荆溪林下偶谈》卷四，宝颜堂秘籍本

古人赋多情，无事辄愁苦。兰亭一觞咏，感慨乃如许！

（宋）范成大《观禊帖有感三绝》其一，《范石湖集》卷二十一，上海古籍出版社本

王右军抱济世之才而不用，观其与桓温、戒谢万之语，可以知其人矣。放浪山水，抑岂其本心哉！临文感痛，良有以也，而独以能书称于后世，悲夫！

（明）刘基《题王右军兰亭帖》，《诚意伯文集》卷七，《四部丛刊》本

夫所谓作者，谓其兴于有感而志不容已，或情有所激而词不可缓之谓也。

（明）李贽《司马迁》，《藏书》卷四十，中华书局本

夫诗由性情生者也。诗自《三百篇》而降，作者多矣，乃世人往往好称唐人，何也？则其所托兴者深也。非独其所托兴者深也，谓其犹有风人之遗也。非独谓其犹有风人之遗也，则其生乎性情者也。

（明）屠隆《唐诗品汇选释断序》，《由拳集》卷十二，明刻本

梦得诗雄浑老苍，尤多感慨之句。

（明）胡震亨《唐音癸签》卷七，上海古籍出版社本

看来作文，全要胸中先有缘故。故有缘故时，便随手所触，都成妙笔；若无缘故时，直是无动手处，便作得来，也是嚼蜡。

（清）金圣叹《读第五才子书法》，《金圣叹全集》（一），江苏古籍出版社本

从来豪杰之精神，不能无所寓，老、庄之道德，申、韩之刑名，左、迁之史，郑、服之经，韩、欧之文，李、杜之诗，下至师旷之音声，郭守敬之律历，王实甫、关汉卿之院本，皆其一生之精神所寓也。苟不得其所寓，则若龙挐虎跋，壮士囚缚，拥勇郁遏，坌愤激讦，溢而四处，天地为之动色，而况其他乎？靳使君天才飙发，少攻举子业，拘于例，不得就试，其胸停书史，无所发泄，乃一寓之于诗。故其为诗，富艳精工，仍不失平淡清夷之骨，将使寒郊发幽，鬼贺破咽，而砺之以新安之山水，元英、虚谷之诗迹，次第摸索，盖骎骎乎而未有已也。

（清）黄宗羲《靳熊封诗序》，《南雷文定》后集卷一，《四部备要》本

盖虽以秋怀为题，诗不独赋秋也。潘安仁之赋《秋兴》也，惟于归燕吟蝉，游氛槁叶，清露流火，禽虫草木，物色之间，津津不置，其所感者浅也。若杜少陵之八诗，则宫阙山河之感，衣冠人物之悲，百年世变，一生行藏，皆在焉；而感时起兴之意，不过玉露、寒衣数言而已。公狄故燕赵悲歌之士，以名解元登甲科，文章意气，不可一世，不幸丧乱十年，羁旅三千里，此其中怀何如？《秋怀》之作，所以踵武少陵而非安仁之比者也。《楚辞》曰："皇天平分四时兮，窃独悲此凛秋"。又曰："悲哉！

秋之为气也。"盖气至秋而肃杀，物至秋而悲伤，故凡当天道反覆、人事变乱之际，士君子有无穷悲愤郁积于中而发之于言者，皆可以秋名之，而不系乎其时也。此公狄之所以赋《秋怀》也。乃其诗则志气激昂，风骨遒劲，音调清越，皆称乎其为秋怀者。

（清）归庄《梁公狄秋怀诗序》，《归庄集》卷三，上海古籍出版社本

风人之感慨，即其优柔。感慨者其词，优柔者其旨。词不郁则旨不达，感慨不极，则优柔不深也。不观之风乎？使风之行也，仅能击芙蓉，猎蕙草，上玉堂，入洞房，泠泠洒洒，煦咻披拂以为常乎，则不过起于青蘋，绕于华屋焉止矣。胡为乎蓬蓬然发东海而至南海，吹砂崩石，掣雷走电，鼓鲸奋蛟，山林之畏佳，大木百围之窍穴，哮吼叫号，湖滂飙忽，栗焉僭焉，洞于心而骇于耳。使夫郁者疏，滞者解，百谷草木甲坼，而万汇以成。然后知风之为物：其怒也，乃其所以宁也；其激也，乃其所以平也；其凄怆也，乃其所以于喁唱和也。风人之诗亦犹是已。世之所谓风人者吾怪焉。言不出帷薄，事不离井巷，竭终身之力，旖旎婉娈，与花间莺燕，争工拙于形似，而夸语于人曰，是风也。太子之世，不鸣条，不毁瓦，优柔而已矣，是乌睹所谓雄风也乎？

（清）贺贻孙《康上若诗序》，《水田居遗书·文集》卷三，清刊本

词虽小技，昔之通儒巨公往往为之。盖有诗所难言者，委曲倚之于声，其辞愈微，而其旨益远。善言词者，假闺房儿女之言，通之于《离骚》变雅之义，此尤不得志于时者所宜寄情焉耳。

（清）朱彝尊《陈纬云红盐词序》，《曝书亭全集》卷四十，《四部备要》本

台州陈琪园璜《诗话》云："阮嗣宗《咏怀》诗曰：'宁与燕雀翔，不随黄鹄飞。黄鹄游四海，中路将安归？'此即庄子'鹪鹩巢林，不过一枝'之意，以卑处自安也。又曰：'云间有玄鹤，抗志扬哀声。一飞冲青天，旷世不再鸣。岂与鹑鷃游，连翩戏中庭。'斯则翀天惊世之意，以高飞为快也。较前似翻一案。要知才士处世，雌伏雄飞，俱有难处之地，无

可奈何，或抑之，或扬之，屡迁其词，诗之以《咏怀》名，此其大端也。"琪园此论，可谓阮公知己。仆谓阮公《咏怀》，实本《十九首》。"南箕北有斗，牵牛不负轭。良无磐石固，虚名复何益？"似不近名矣。又云："人生非金石，岂能长寿考？奄忽随物化，荣名以为宝。"依然是夫子疾没世而名不称意。可知诗人胸中有大本领，词屡迁而义有为，意并行而实不悖，徒区区声律之末，亦浅之为诗矣。

（清）叶矫然《龙性堂诗话续集》，《清诗话续编》本

乙酉三月，山左赵公奉命守睦州，余假馆于郡斋。太守公出淄川蒲柳泉先生《聊斋志异》，请余审定而付之梓。

严陵环郡皆崇山，郡斋又多古木奇石，时当秋飙怒号，景物悄霁，狐鼠昼跳，枭獍夜噪，把卷坐斗室中，青灯睒睒，已不待展读，而阴森之气，逼人毛发。呜呼！同在光天化日之中，而胡乃沉冥抑塞，托志幽遐，至于此极！余盖卒读之而悄然有以悲先生之志矣。

按县志称先生少负异才，以气节自矜，落落不偶，卒困于经生以终。平生奇气，无所宣泄，悉寄之于书，故所载多涉俶诡荒忽不经之事，至于惊世骇俗，而卒不顾。嗟夫！世固有服声被色，俨然人类；叩其所藏，有鬼蜮之不足比，而豺虎之难与方者。下堂见蠆，出门触蜂，纷纷沓沓，莫可穷诘。惜无禹鼎铸其情状，镯镂决其阴霾，不得已而涉想于杳冥荒怪之域，以为异类有情，或者尚堪晤对；鬼谋虽远，庶其警彼贪淫。呜呼！先生之志荒，而先生之心苦矣！昔者三闾被放，彷徨山泽，经历陵庙，呵壁问天，神灵怪物，琦玮僪佹，以泄愤懑，抒写愁思。释氏悯众生之颠倒，借因果为筏喻，刀山剑树，牛鬼蛇神，罔非说法，开觉有情。然则是书之恍惚幻妄，光怪陆离，皆其微旨所存，殆以三闾侘傺之思，寓化人解脱之意欤？

（清）余集《聊斋志异序》，引自《中国历代小说论著选》，江西人民出版社本

"西蜀樱桃也自红"，"也自红"三字，感慨悲凉，令人低徊不已。总之胸中先有无限感慨，然后遇题而发，故有此三字吐出。杜老最工此法。

（清）李调元《雨村诗话》卷下，《清诗话续编》本

今天下父兄，必使髫卯之子弟执笔学言，曰：功令也。功令实观天下之言。曰：功令观天下说经之言。童子但宜讽经，安知说经？是为侮经。曰：功令兼观天下怀人、赋物、陶写性灵之华言。夫童子未有感慨，何必强之为若言？然则天下之子弟，心术坏而义理锢者，天下之父兄为之。父兄咎功令，宜变功令。变之如何？汉世讽书射策，皆善矣。

　　　　　　　　（清）龚自珍《述思古子议》，《龚自珍全集》第一辑，中华书局本

中书龚自珍言：自珍少读历代史书及国朝掌故，自古及今，法无不改，势无不积，事例无不变迁，风气无不移易，所恃者，人材必不绝于世而已。夫有人必有胸肝，有胸肝则必有耳目，有耳目则必有上下百年之见闻，有见闻则必有考订同异之事，有考订同异之事，则或胸以为是，胸以为非，有是非，则必有感慨激奋，感慨激奋而居上位，有其力，则所是者依，所非者去，感慨激奋而居下位，无其力，则探吾之是非，而昌昌大言之。如此，法改胡所弊？势积胡所重？风气移易胡所惩？事例变迁胡所惧？

　　　　　　　　（清）龚自珍《上大学士书》，《龚自珍全集》第五辑，中华书局本

天教伪体领风化，一代人材有岁差。我论文章恕中晚，略工感慨是名家。

　　　　　　　　（清）龚自珍《歌筵有乞书扇者》，《龚自珍全集》第九辑，中华书局本

不是无端悲怨深，直将阅历写成吟；可能十万珍珠字，买尽千秋儿女心。

　　　　　　　　（清）龚自珍《题红禅室诗尾》，《龚自珍全集》第九辑，中华书局本

实事求是，因寄所托，一切文字不外此两种，在赋则尤缺一不可。若美言不信，玩物丧志，其赋亦不可已乎！

　　　　　　　　（清）刘熙载《艺概·赋概》，上海古籍出版社本

公谨《一萼红》（登蓬莱阁有感）一阕，苍茫感慨，情见乎词，当为

《草窗集》中压卷,虽使美成、白石为之,亦无以过,惜不多觏耳。

(清)陈廷焯《白雨斋词话》卷二,人民文学出版社本

夫人心不能无所感,有感不能无所寄,寄托不厚,感人不深,厚而不郁,感其所感,不能感其所不感。伊古词章,不外比兴,《谷风》阴雨,犹自期以同心,攘诟忍尤,卒不改乎此度,为一室之悲歌,下千年之血泪,所感者深且远也。后人之感,感于文不若感于诗,感于诗不若感于词,诗有韵,文无韵,词可按节寻声,诗不能尽被弦管。飞卿、端己,首发其端,周、秦、姜、史、张、王,曲竟其绪;而要皆发源于《风》《雅》,推本于《骚》《辩》,故其情长,其味永,其为言也哀以思,其感人也深以婉。

(清)陈廷焯《白雨斋词话·自序》,人民文学出版社本

太史公文,疏荡有奇气,吴叔庠文,清拔有古气。词家唯姜石帚、王圣与、张叔夏、周公谨足以当之。数子者,感怀君国,所寄独深,非以曼辞丽藻倾炫心魂者比也。

(清)张德瀛《词征》卷五,《词话丛编》本

湘灵子曰:吾对于绍城冤狱,而觉有千万不可思议之感想,横梗于胸中,使吾怨,使吾怒,使吾歌,使吾舞,使吾惧,使吾哀。噫吁嘻,奇哉!眇眇一女子,何令吾惊心动魄一至于此也!将赋诗以寄恨耶?而恨已寄无可寄。将著论以辨诬耶?而诬亦辨不及辨。将作传以写怨耶?而怨实写不胜写。然则将奈何?无已,请谱之传奇。

(清)湘灵子《轩亭冤叙事》,引自《中国历代文论选》,上海古籍出版社本

4. 流连哀思　诗可以怨

……匪鹑匪鸢,翰飞戾天。匪鳣匪鲔,潜逃于渊。山有蕨薇,隰有杞桋。君子作歌,维以告哀。

(先秦)《诗经·小雅·四月》,《十三经注疏》本

诗可以兴，可以观，可以群，可以怨。

（先秦）《论语·阳货》，《十三经注疏》本

凡人之生也，必以平正，所以失之，必以喜怒忧患。是故止怒莫若诗，去忧莫如乐。

（先秦）《管子·内业》，《诸子集成》本

道思作颂，聊以自救兮。

（先秦）屈原《抽思》，《楚辞·九章》，《四部丛刊》本

昔陶唐氏之始，阴多滞伏而湛积，水道壅塞，不行其原，民气郁阏而滞著，筋骨瑟缩不达，故作为舞以宣导之。

（先秦）《吕氏春秋·仲夏纪·古乐》，《诸子集成》本

《九章》者，屈原之所作也。屈原放于江南之野，思君念国，忧心罔极，故复作《九章》。章者，著也，明也，言己所陈忠信之道，甚著明也。卒不见纳，委命自沉。楚人惜而哀之，世论其词，以相传焉。

（汉）王逸《九章章句序》，《楚辞补注》卷四，中华书局本

《招魂》者，宋玉之所作也……宋玉怜哀屈原，忠而斥弃，愁懑山泽，魂魄放佚，厥命将落，故作《招魂》，欲以复其精神，延其年寿，外陈四方之恶，内崇楚国之美，以讽谏怀王，冀其觉悟而还之也。

（汉）王逸《招魂章句序》，《楚辞补注》卷九，中华书局本

《九叹》者，护左都水使者光禄大夫刘向之所作也。向以博古敏达，典校经书，辩章旧文，追念屈原忠信之节，故作《九叹》。叹者，伤也，息也。言屈原故在山泽，犹伤念君，叹息无已，所谓赞贤以辅志，聘词以曜德者也。

（汉）王逸《九叹章句序》，《楚辞补注》卷十六，中华书局本

男女有所怨恨，相从而歌。饥者歌其食，劳者歌其事。

（汉）何休《春秋公羊传·宣公十五年解诂》，《春秋公羊传注疏》卷十六，《十三经注疏》本

慷慨有悲心,兴文自成篇。

    (魏)曹植《赠徐幹》,《魏诗》卷七,《先秦汉魏晋南北朝诗》本

  若乃春风春鸟,秋月秋蝉,夏云暑雨,冬月祈寒,斯四候之感诸诗者也。嘉会寄诗以亲,离群托诗以怨。至于楚臣去境,汉妾辞宫;或骨横朔野,或魂逐飞蓬;或负戈外戍,杀气雄边;塞客衣单,孀闺泪尽;或士有解佩出朝,一去忘返;女有扬眉入宠,再盼倾国。凡斯种种,感荡心灵,非陈诗何以展其义?非长歌何以骋其情?故曰:"诗可以群,可以怨。"使贫贱易安,幽居靡闷,莫尚于诗矣。故词人作者,罔不爱好。

    (南朝·梁)钟嵘《诗品序》,《历代诗话》本

  宪章潘岳,文体相辉,彪炳可玩。始变永嘉平淡之体,故称中兴第一。《翰林》以为诗首,但《游仙》之作,词多慷慨,乖远玄宗。其云:"奈何虎豹姿。"又云:"戢翼栖榛梗。"乃是坎壈咏怀,非列仙之趣也。

    (南朝·梁)钟嵘《诗品·晋弘农太守郭璞》,《历代诗话》本

  吟咏风谣,流连哀思者,谓之文。

    (南朝·梁)萧绎《金楼子·立言》,《丛书集成》本

  自周室衰乱,诗人寝息,诌佞之道兴,讽刺之辞废。楚有贤臣屈原,被谗放逐,乃著《离骚》八篇,言己离别愁思,申抒其心,自明无罪,因以讽谏,冀君觉悟,卒不省察,遂赴汨罗死焉……盖以原楚人也,谓之"楚辞"。然其气质高丽,雅致清远,后之文人,咸不能逮。

    (唐)魏徵《隋书》卷三十五《经籍志四集》,中华书局本

  宗元无异能,独好为文章,始用此以进,终用此以退。今者畏罪悔咎,伏匿惴栗,犹未能去之,时时举首,长吟哀歌,舒泄幽郁,因取笔以书,纫韦而编,略成数卷。伏念阁下以文章升大僚,统方隅,而宗元幸缘罪辜,得与编人齿于部内,不以此时露其所为,以希大君子顾视,则为陋劣而自弃也。敢饰近文,及在京师官命所草者凡三卷,合四十三篇,不敢

繁故也。傥或以为有可采者，当缮录其余，以增几席之污。去就鄙野，伏用兢惶。谨启。

（唐）柳宗元《上李中丞献所著文启》，《柳河东集》卷三十六，中华书局本

藂书者，藂脞之书也。藂脞犹细碎也，细而不遗，大可知其所容矣。乾符六年春，卧于笠泽之滨，败屋数间，盖蠧书十余箧。伯男儿才三尺许长，矽齿犹未遍，教以药剂象梧子大小外，研墨沰笔，供纸札而已。体中不堪羸耗，时亦隐几强坐。内壹郁则外扬为声音歌诗赋颂铭记传叙，往往杂发，不类不次，浑而载之得称为藂书。自当谖忧之一物，非敢露世家耳目，故凡所讳，其中略无避焉。

（唐）陆龟蒙《笠泽藂书序》，《全唐文》卷八百，中华书局本

世网婴缠不自由，可怜匏系又萍流。忽从清洛南边郡，移向黄河北岸州。命薄我甘闲副使，道孤君是假诸侯。解梁去此无多地，时寄新诗慰客愁。

（宋）王禹偁《留别仲咸二首》，《小畜集》卷九，《四部丛刊》本

倾家酿酒三千石，闲愁万斛酒不敌。今朝醉眼烂岩电，提笔四顾天地窄。忽然挥扫不自知，风云入怀天借力。神龙战野昏雾腥，奇鬼摧山太阴黑。此时驱尽胸中愁，捶床大叫狂堕帻。吴笺蜀素不快人，付与高堂三丈壁。

（宋）陆游《草书歌》，《陆游集·剑南诗稿》卷十四，中华书局本

似睡非睡客欹枕，欲落未落日挂檐。诗列此时当得句，羁愁病思恰相兼。

（宋）陆游《夜吟》其一，《陆游集·剑南诗稿》卷五十一，中华书局本

清愁自是诗中料，向使无愁可得诗？不属僧窗孤宿夜，即还山驿旅游时。天恐文人未尽才，常教零落在蒿莱。不为千载《离骚》计，屈子何由泽畔来？我辈情钟不自由，等闲白却九分头。此怀岂独骚人事，《三百

篇》中半是愁。

(宋)陆游《读唐人愁诗戏作》,《陆游集·剑南诗稿》卷八十,中华书局本

诗人心绪几时休,逢着三春似九秋。数到五更仍五点,明朝还更有新愁。

(宋)杨万里《夜窗》其二,《诚斋集》卷八,《四部丛刊》本

诗之音安以乐,吾侪之所愿也;不得已而至于哀以思,岂诗人之所愿哉?盖成败兴替,天也,而人不能无情……夫哀以思,哀而伤,非诗人之罪也,可以哀而哀,可以伤而伤也。

(元)方回《送罗架阁弘道序》,《桐江续集》卷五,《四库全书珍本初集》本

凡诱之歌诗者,非但发其志意而已,亦所以泄其跳号呼啸于咏歌,宣其幽抑结滞于音节也。导之习礼者,非但肃其威仪而已,亦所以周施揖让而动荡其血脉,拜起屈伸而固束其筋骸也;讽之读书者,非但开其知觉而已,亦所以沉潜反复而存其心,抑扬讽诵以宣其志也。凡此皆所以顺导其志意,调理其性情,潜消其鄙吝,默化其粗顽,日使之渐于礼义而不苦其难,入于中和而不知其故。是盖先王立教之微意也。

(明)王守仁《语录·传习录中》,《王文成公全书》卷二,《四部丛刊》本

问:"乐是心之本体,不知遇大故,于哀哭时,此乐还在否?"先生曰:"须是大哭一番了方乐,不哭便不乐矣。虽哭,此心安处即是乐也,本体未尝有动。"

(明)王守仁《语录·传习录下》,《王文成公全书》卷二,《四部丛刊》本

江左王氏,世济其美。于明,则王氏显于齐安。齐安在江北,然故江东地也。稚钦太史崛起武庙时,以节义文章雄长一时。子声继之,子云其再从弟也。造物之与于人也,多所惜,厚之花者靳其实,傅之翼者两其足。稚钦以异材自显,幸乃读中秘书,讵摈斥以死。子声不为不畜达,竟

终临漳令，不究其施。故王氏之声，怨而多思，其节婉以悲，殆与《骚》近。有《风》人《小雅》之意焉，怨而无诽，悲而无伤。子云之声，何其多怨也。语云，士不穷愁，不能著书。天亦穷子云以发其声。吾闻其宗，有行父厚之叔芳，皆能世其家学。宗之穷愁为甚。王氏何多材哉，英英然追江左矣。一家之中，挟江汉湘《骚》而起者，后先六七人，其取于造物多矣，造物妒之固宜。

（明）汤显祖《王生借山斋诗帙序》，《汤显祖诗文集》卷三十三，上海古籍出版社本

《伯兮》之诗曰："愿言思伯，甘心首疾。"彼皆愿在愁苦疾痛中求为一快耳。若并禁其愁苦疾痛而不使之有梦，梦余不使之为诗，此妇人乃真太苦矣！嗟乎，岂独妇人也哉！

（明）谭元春《秋闺梦成诗序》，《谭友夏合集》，上海书店本

伯敬云："王建《宫词》，非宫怨也，惟'树头树底觅残红，一片西飞一片东。自是桃花贪结子，错教人恨五更风'一首，颇有怨意。"余谓怨之深者必浑，无论宫词、宫怨，俱以深浑为妙。且宫词亦何妨带怨，如王建云："私缝黄帔舍钗梳，欲得金仙观内居。近被君王知识字，收来案上检文书。"此非宫词中宫怨乎？然急读不觉其怨，惟咏讽数过，方从言外得之。此真深于怨者，不独"树头树底"一首也。

（清）贺贻孙《诗筏》，《清诗话续编》本

诗不越乎哀乐，境顺则情乐，境逆则情哀。《明良之歌》，顺而乐也，《械朴》、《旱麓》其类也。《五子之歌》，逆而哀也，《民劳》、《南山》其类也。后世不关哀乐之诗，是为异物。

（清）吴乔《围炉诗话》卷之一，《清诗话续编》本

《大东》之诗，历数天汉牛斗诸星。无可归咎，无可告诉，不得不怅望于天；若此时之天，非西周盛王时之天者然。司马子长云："劳苦倦极，未尝不呼天。"得之矣。

（清）沈德潜《说诗晬语》卷上，《清诗话》本

昔我即伯牙，今我即钟期。本从性情出，仍来养心脾。魂寻旧游梦，绪引不断丝。生平辛苦极，消受惟此时。

（清）赵翼《编诗》，《瓯北集》卷二十二，清刊本

占人制字鬼夜泣，后人识字百忧集。我不畏鬼复不忧，灵文夜补秋灯碧。

（清）龚自珍《己亥杂诗》，《龚自珍全集》第十辑，中华书局本

"不敢要佳句，愁来赋别离"二句，是杜诗全旨。凡其云"念阙劳肝肺"，"弟妹悲歌里"，"穷年忧黎元"，无非离愁而已矣。

（清）刘熙载《艺概·诗概》，上海古籍出版社本

《楚辞·九歌》，两言以蔽之，曰："乐以迎来，哀以送往。"

（清）刘熙载《艺概·赋概》，上海古籍出版社本

温飞卿词精妙绝人，然类不出乎绮怨。韦端己、冯正中诸家词，留连光景，惆怅自怜，盖亦易飘飏于风雨者。若第论其吐属之美，又何加焉！

（清）刘熙载《艺概·词曲概》，上海古籍出版社本

辛稼轩风节建竖，卓绝一时，惜每有成功，辄为议者所沮。观其《踏莎行·和赵兴国》有云："吾道悠悠，忧心悄悄。"其志与遇概可知矣。

（清）刘熙载《艺概·词曲概》，上海古籍出版社本

人类心理，凡遇着快乐的事，把快乐状态归拢一想，越想便越有味，或别人替我指点出来，我的快乐程度也增加；凡遇着苦痛的事，把苦痛倾筐倒箧吐露出来，或别人能够看出我苦痛替我说出，我的苦痛程度反会减少。不惟如此，看出说出别人的快乐，也增加我的快乐；替别人看出说出苦痛，也减少我的苦痛。这种道理，因为各人的心都有个微妙的所在，只要搔着痒处，便把微妙之门打开了，那种愉快，真是得未曾有，所以俗话叫做"开心"。

（清）梁启超《美术与生活》，《饮冰室文集》卷三十九，中华书局本

由叔本华之说，悲剧之中，又有三种之别：第一种之悲剧，以极恶之人，极其所有之能力，以交构之者；第二种，由于盲目的运命者；第三种之悲剧，由于剧中之人物之位置及关系而不得不然者，非必有蛇蝎之性质与意外之变故也，但由普通之人物，普通之境遇，逼之不得不如是，彼等明知其害，交施之而交受之，各加以力而各不任其咎。此种悲剧，其感人贤于前二者远甚。何则？彼示人生最大之不幸，非例外之事，而人生所固有故也。若前二种之悲剧，吾人对蛇蝎之人物与盲目之命运，未尝不悚然战栗；然以其罕见之故，犹幸吾生之可以免，而不必求息肩之地也。但在第三种，则见此非常之势力，足以破坏人生之福祉者，无时而不可坠于吾前；且此等惨酷之行，不但时时可受诸己，而或可以加诸人，躬丁其酷，而无不平之可鸣！此可谓天下之至惨也。若《红楼梦》，则正第三种之悲剧也……由此观之，《红楼梦》者，可谓悲剧中之悲剧也。

……

昔雅里大德勒于《诗论》中，谓悲剧者，所以感发人之情绪而高上之，殊如恐惧与悲悯之二者，为悲剧中固有之物，由此感发，而人之精神于焉洗涤。故其目的，伦理学上之目的也。叔本华置诗歌于美术之顶点，又置悲剧于诗歌之顶点；而于悲剧之中，又特重第三种，以其示人生之真相，又示解脱之不可已故。故美学上最终之目的，与伦理学上最终之目的合。由是，《红楼梦》之美学上之价值，亦与其伦理学上之价值相联络也。

（清）王国维《静庵文集·红楼梦评论》，《海宁王静安先生遗书》本

呜呼！宇宙一生活之欲而已。而此生活之欲之罪过，即以生活之苦痛罚之：此即宇宙之永远的正义也。自犯罪，自加罚，自忏悔，自解脱。美术之务，在描写人生之苦痛与其解脱之道，而使吾侪冯生之徒，于此桎梏之世界中，离此生活之欲之争斗，而得其暂时之平和，此一切美术之目的也。

（清）王国维《静安文集·红楼梦评论》，《海宁王静安先生遗书》本

活动之不能以须臾息者，其唯人心乎？夫人心本以活动为生活者也。

心得其活动之地，则感一种之快乐，反是，则感一种之苦痛。此种苦痛，非积极的苦痛，而消极的苦痛也。易言以明之，即空虚的苦痛也。空虚的苦痛比积极的苦痛，尤为人所难堪。何则？积极的苦痛，犹为心之活动之一种，故亦含快乐之原质，而空虚的苦痛则并此原质而无之故也。人与其无生也，不如恶生，与其不活动也，不如恶活动。此生理学及心理学上之二大原理，不可诬也。人欲医此苦痛，于是用种种之方法，在西人名之曰"To Kill Time"，而在我中国则名之曰"消遣"。其用语之确当，均无以易。一切嗜好由此起也。

然人心之活动，亦夥矣。食色之欲，所以保存个人及其种姓之生活者，实存于人心之根柢，而时时要求其满足。然满足此欲，固非易易也。于是或劳心，或劳力，戚戚睅睅，以求其生活之道。如此者，吾人谓之曰"工作"。工作之为一种积极的苦痛，吾人之所经验也。且人固不能终日从事于工作，岁有闲月，月有闲日，日有闲时。殊如生活之道不苦者。其工作愈简，其闲暇愈多。此时虽乏积极的苦痛，然以空虚之消极的苦痛代之，故苟足以供其心之活动者，虽无益于生活之事业，亦鹜而趋之。如此者，吾人谓之曰"嗜好"。虽嗜好之高尚卑劣万有不齐，然其所以慰空虚之苦痛，而与人心以活动者，其揆一也。

嗜好之为物，本所以医空虚的苦痛者，故皆与生活无直接之关系。然若谓其与生活之欲无关系，则甚不然者也。人类之于生活，既竞争而得胜矣，于是此根本之欲复变而为势力之欲，而务使其物质上与精神上之生活超于他人之生活之上。此势力之欲，即谓之生活之欲之苗裔，无不可也。人之一生，唯由此二欲以策其知力及体力，而使之活动，其直接为生活故而活动时，谓之曰"工作"；或其势力有余，而唯为活动故而活动时，谓之曰"嗜好"。故嗜好之为物，虽非表直接之势力，亦必为势力之小影，或足以遂其势力之欲者，始足以动人心而医其空虚的苦痛。不然，欲其嗜之也难矣。

    （清）王国维《静庵文集续编·人间嗜好之研究》，《海宁王静
    安先生遗书》本

自吾人思之，则人生之运命固无以异于悲剧，然人当演此悲剧时，亦俯首杜口，或故示整暇，汶汶而过耳，欲如悲剧中之主人公，且演且歌以诉其胸中之苦痛者，又谁听之而谁怜之乎？夫悲剧中之人物之无势力之可

言，固不待论。然敢鸣其苦痛者与不敢鸣其苦痛者之间，其势力之大小必有辨矣。夫人生中固无独语之事，而戏曲则以许独语故，故人生中久压抑之势力，独于其中筐倾而箧倒之。故虽不解美术上之趣味者，亦于此中得一种势力之快乐，普通之人之对戏曲之嗜好，亦非此不足以解释之矣。

（清）王国维《静庵文集续编·人间嗜好之研究》，《海宁王静安先生遗书》本

5. 诗须正大 情系天下

且情有七，其要在二，二谓身也，时也。谓身则一身之休戚也，谓时则一时之否泰也。一身之休戚，则不过贫富贵贱而已；一时之否泰，则在夫兴废治乱者焉。是以仲尼删《诗》，十去其九，诸侯千有余国，《风》取十五，西周十有二王，《雅》取其六，盖垂训之导，善恶明著者存焉耳。

近世诗人，穷戚则职于怨憝，荣达则专于淫佚。身之休戚，发于喜怒；时之否泰，出于爱恶。殊不以天下大义而为言者，故其诗大率溺于情好也。噫！情之溺人也甚于水。

（宋）邵雍《伊川击壤集序》，《伊川击壤集》，《四部丛刊》本

渊明非畏枯槁，其所以感叹时化推迁者，盖伤时之急于声利也。杜老非畏乱离，其所以愁愤于干戈盗贼者，盖以王室元元为怀也。俗士何以识之。

（宋）黄彻《䂮溪诗话》卷七，《历代诗话续编》本

观子美此篇（按：指《可叹》），古今诗人，焉得不伏下风乎？忠义之气，爱君忧国之心，造次必于是，颠沛必于是，言之不足，嗟叹之，嗟叹之不足，故其词气能如此，恨世无孔子，不列于《国风》《雅》《颂》尔。"天上浮云如白衣，斯须改变如苍狗。古往今来共一时，人生万事无不有。"此其怀抱抑扬顿挫，固已杰出古今矣。河东女儿，不知以何事而抉眼去其夫，岂秋胡妇不忍视其夫之不义而死者乎？"丈夫正色动引经"，伟哉王季友之为人也。"群书万卷常暗诵"，而《孝经》一通，独把玩在

手，非深于经术者，焉知此味乎？季友知之，子美亦知之，故能道此句，古今诗人岂知此也。"贫穷老瘦家卖履"，而高帝之孙，二千石之贵，乃引为宾客，虽三年之久，而未曾语，"小心恐惧闭其口"，宾主之间如此，与夫势利之交，朝暮变炎凉者，异矣！故曰"太守得之更不疑，人生反复看亦丑"。陈蕃设榻于徐孺，北海徙履于康成，颜回陋巷不改其乐，澹台灭明非公事未尝至于偃之室，于王季友复见之，子美以为可以佐王也，故曰"用为羲和天为成，用平水土地为厚。死为星辰终不灭，致君尧舜焉肯朽"。夫佐王治邦国者，非斯人而谁可乎？

（宋）张戒《岁寒堂诗话》卷下，《历代诗话续编》本

作诗要正大雄壮，纯为国事。夸富耀贵伤亡悼屈一身者，诗人下品。
（元）杨载《诗法家数》，《历代诗话》本

及余徙居白塔之下，而上人乃住持万松岭之寿宁寺。于是始得遍观其所为诗。盖浩如奔涛，森如武库，峭如苍松之栖悬崖，凛乎其不可攀也。而忧世感时之情，则每见于言外。
（明）刘基《照玄上人诗集序》，《诚意伯文集》卷五，《四部丛刊》本

周、徐辈六子，皆与余同学诗者也。其才情雄骏，用功深微，十倍于余。然览其诗，可以渺独立而俪古人者，人不数篇耳。则甚哉其难言之也。虽然，昔刘知幾作《史通》以驳诸史，马、班而下，皆无完人。即使自己操笔，徒自缚耳。予之言诗，无乃类是。然此相勉之辞也刺，而诗之本不在是。盖忧时托志者之所作也，苟比兴道备，而褒刺义合，虽涂歌巷语，亦有取焉。今以六子之所托，大概可睹矣。使得一旦去经生之业，而翱翔庙堂之上，流放山泽之中，其悲喜盛衰，岂复如今日所历乎。即至于古人，非难也。
（明）陈子龙《六子诗序》，《陈忠裕全集》卷二十五，簳山草堂本

昔宋文宪以五美论诗，诗之道尽矣。余以为此学诗之法，而诗之原本反不及焉，盖欲使人之自悟也。夫人生天地之间，天道之显晦，人事之治否，世变之污隆，物理之盛衰。吾与之推荡磨励于其中，必有不得其平

者。故昌黎言物不得其平则鸣，此诗之原本也。幽人离妇，羁臣孤客，私为一人之怨愤，深一情以拒众情，其词亦能造于微。至于学道之君子，其凄楚蕴结，往往出于穷饿愁思一第之外，则其不平愈甚，诗直寄焉而已，吾于吾友人远见之……文宪之所谓五美者，人远咸备。然而人远之所以为诗者，似别有难写之情，不欲以快心出之。其所历之江山，必低回于折戟沉沙之处，其所询之故老，必比昵于吞声失职之人。诗中爱愁怨抑之气，如听连昌宫侧老人津阳门俚叟语，不自觉其陨涕也。嗟乎！人远悲天悯人之怀，岂为一己之不遇乎……

铭曰：大化流行，波涛百折；发而为声，激物呜咽。钟遇霜明，剑从狱缺。中有愤盈，耿耿不灭，嗟夫人远，墓门虽闭，时有大声，稼轩一辙。

（清）黄宗羲《朱人远墓志铭》，《黄梨洲文集》，中华书局本

太史公言："虞卿非穷愁不能著书"；又以《说难》、《离骚》，由于囚放；古诗皆发愤之作。余谓此一身之遭遇，愁愤之小者也；岂知天下之事，愁愤有十此者乎？自陵谷变迁，士君子之秉大义，抱微尚者，有郁积于中而又难以讼言，则托之古人以见志，此吾友朱九初所以有《遗民录》之作也。

（清）归庄《历代遗民录序》，《归庄集》卷三，中华书局本

叹老嗟卑，是一身一家之事；忧国忧民，是天地万物之事。虽圣帝明王在上，无所可忧，而往古来今，何一不在胸次？

（清）郑燮《板桥自序》，《郑板桥集·补遗》，上海古籍出版社本

唐以来律诗之可歌可泣者，少陵十数联外，绝无嗣响，遗山则往往有之。如《车驾遁入归德》之"白骨又多兵死鬼，青山原有地行仙"，"蛟龙岂是池中物，虮虱空悲地上臣"；《出京》之"只知灞上真儿戏，谁谓神州遂陆沉"；《送徐威卿》之"荡荡青天非向日，萧萧春色是他乡"；《镇州》之"只知终老归唐土，忽漫相看是楚囚。日月尽随天北转，古今谁见海西流"；《还冠氏》之"千里关河高骨马，四更风雪短檠灯"；《座主闲闲公讳日》之"赠官不暇如平日，草诏空传似奉天"。此等感时触

事,声泪俱下,千载后犹使读者低徊不能置。盖事关家国,尤易感人。惜此等杰作,集中亦不多见耳。

(清)赵翼《瓯北诗话》卷八,人民文学出版社本

子建不知爱君恋阙,报国奋身,诗必不能出七子之上。渊明不知洁身植行,安命乐天,诗必不能出六代之上。子美之于五伦,皆极肫挚动鬼神,不独一饭不忘君已也。《三百篇》以还,得此三家,人乃不敢以诗为小技。三家之中,人爱子建者希,盖古音之亡久矣。

(清)潘德舆《养一斋诗话》卷二,《清诗话续编》本

黄氏庭坚曰:"太白歌诗,超越六代,与汉、魏乐府争衡。"按《李诗纬》云:"太白愠于群小,乃放还山,纵酒浪游,岂得已哉!故于乐府多清怨,盖不敢忘君也。"夫太白之不敢忘君,与子美何异?情深故文明,所以越六代而齐汉、魏也。朱子谓"鲍明远才健,太白专学之",此语转不若黄太史之的。周氏紫芝谓"太白诗太高而微短于韵",弥妄矣。

(清)潘德舆《养一斋李杜诗话》卷一,《清诗话续编》本

太史公文疏荡有奇气,吴叔庠文清拔有古气。词家惟姜石帚、王圣与、张叔夏、周公谨足以当之。数于者感怀君国,所寄独深,非以曼辞丽藻倾炫心魂者比也。

(清)张德瀛《词征》卷五,《词话丛编》本

太史公文,悲世之意多,愤世之意少,是以立身常在高处。至读者或谓之悲,或谓之愤,又可以自征器量焉。

(清)刘熙载《艺概·文概》,上海古籍出版社本

"心之忧矣,其谁知之",此诗人之忧过人也。"独寐寤言,永矢弗告",此诗人之乐过人也。忧世乐天,固当如是。

(清)刘熙载《艺概·诗概》,上海古籍出版社本

次山诗令人想见立意较然,不欺其志。其疾官邪,轻爵禄,意皆起于

恻怛为民，不独《舂陵行》及《贼退示官吏作》，足使杜陵感喟也。

（清）刘熙载《艺概·诗概》，上海古籍出版社本

代匹夫匹妇语最难，盖饥寒劳困之苦，虽告人，人且不知，知之必物我无间者也。杜少陵、元次山、白香山不但如身入间阎，目击其事，直与疾病之在身者无异。颂其诗，顾可不知其人乎？

（清）刘熙载《艺概·诗概》，上海古籍出版社本

太史公《屈原传》曰："离骚，犹离忧也。"于"离"字初未明下注脚。应劭以"遭"训"离"，恐未必是。王逸《楚辞章句》："离，别也；骚，愁也。言己放逐离别，中心愁思。"盖为得之。然不若屈子自云："余既不难夫离别兮，伤灵脩之数化。"尤见离而骚者，为君非为私也。

（清）刘熙载《艺概·赋概》，上海古籍出版社本

《汉书·艺文志》言贤人失志之赋，有恻隐古诗之意。余谓江湖忧君，庙堂忧民，恻隐不独失志然也。观姬公《东山》、《七月》可见。

（清）刘熙载《艺概·赋概》，上海古籍出版社本

自是久废，无所用，益肆其力于诗：上感国变，中伤种族，下哀生民，博以寰球之游历，浩渺肆恣，感激豪宕，情深而意远，益动于自然，而华严随现矣。公度岂诗人哉！而家父、凡伯、苏武、李陵及李、杜、韩、苏诸巨子，孰非以磊砢英绝之才，郁积勃发，而为诗人者耶！公度之诗乎，亦如磊砢千丈松，郁郁青葱，荫岩竦壑，千岁不死，上荫白云，下听流泉，而为人所瞻仰徘徊者也。

（清）康有为《人境庐诗草序》，《人境庐诗草笺注》卷首，古典文学出版社本

屈原是情感的化身，他对于社会的同情心，常常到沸度，看见众生苦痛，便和身受一般。这种感觉任凭用多大力量的麻药也麻他不下，正所谓"此情无计可消除，才下眉头，却上心头"。说丢开吗？如何能够呢？

（清）梁启超《屈原研究》，《饮冰室文集》卷七十，《饮冰室合集》，中华书局本

若夫真正之大诗人，则又以人类之感情为其一己之感情，彼其势力充实不可以已，遂不以发表自己之感情为满足，更进而欲发表人类全体之感情。彼之著作实为人类全体之喉舌，而读者于此得闻其悲欢啼笑之声，遂觉自己之势力亦为之发扬而不能自已。

（清）王国维《静庵文集续编·人间嗜好之研究》，《海宁王静安先生遗书》本

十 穷 工 说

1. 文憎命达 诗人数奇

凉风起天末,君子意如何。鸿雁几时到,江湖秋水多。文章憎命达,魑魅喜人过。应共冤魂语,投诗赠汨罗。

（唐）杜甫《天末怀李白》,《全唐诗》卷二百二十五,中华书局本

将军画善盖有神,必逢佳士亦写真。即今飘泊干戈际,屡貌寻常行路人。途穷反遭俗眼白,世上未有如公贫。但看古来盛名下,终日坎壈缠其身。

（唐）杜甫《丹青引赠曹将军霸》,《全唐诗》卷二百二十,中华书局本

仆近求得经史诸子数百卷。常候战悸稍定时即伏读。颇见圣人用心贤士君子立志之分。著书亦数十篇,心病言少次第,不足远寄,但用自释。贫者士之常。今仆虽羸馁,亦甘如饴矣。

（唐）柳宗元《与李翰林建书》,《柳河东集》卷三十,中华书局本

怜君儒家子,不得诗书力。五十著青衫,试官无禄食。遗文仅千首,六义无差忒;散在京索间,何人为收得!

（唐）白居易《伤唐衢二首》之一,《白居易集》卷一,中华书局本

采石江边李白坟，绕田无限草连云。可怜荒垅穷泉骨，曾有惊天动地文。但是诗人多薄命，就中沦落不过君。

（唐）白居易《李白墓》，《白居易集》卷十七，中华书局本

诗人多蹇，如陈子昂、杜甫，各授一拾遗，而迍剥至死。李白、孟浩然辈不及一命，穷悴终身。近日孟郊六十，终试协律；张籍五十，未离一太祝。

（唐）白居易《与元九书》，《白居易集》卷四十五，中华书局本

序洛诗，乐天自叙在洛之乐也。予历览古今歌诗，自《风》、《骚》之后，苏、李以还，次及鲍、谢徒，迄于李、杜辈，其间词人，闻知者累百，诗章流传者巨万。观其所自，多因谗冤遭逐、征戍行旅、冻馁病老、存殁别离，情发于中，文形于外；故愤忧怨伤之作，通计今古，什八九焉。世所谓文士多数奇，诗人尤命薄，于斯见矣。又有已知理安之世少，离乱之时多，亦明矣。予不佞，喜文嗜诗，自幼及老，著诗数千首，以其多矣，故章句在人口，姓字落诗流，虽才不逮古人，然所作不啻数千首，以其多矣，作一数奇命薄之士，亦有余矣……在洛凡五周岁，作诗四百三十二篇。除丧朋哭子十数篇外，其他皆寄怀于酒，或取意于琴，闲适有余，酣乐不暇；苦词无一字，忧叹无一声，岂牵强所能致耶？盖亦发中而形外耳。

（唐）白居易《序洛诗》，《白居易集》卷七十，中华书局本

自古诗人少显荣，逃名何用更题名。诗中有虑犹须戒，莫向诗中著不平。

（唐）司空图《二十四诗品》《白菊三首》之二，《全唐诗》卷六百三十四，中华书局本

谗书者何，江东罗生所著之书也。生少时自道有言语，及来京师七年，寒饿相接，殆不似寻常人。丁亥年春正月，取其所为书诋之曰："他人用是以为荣，而予用是以辱；他人用是以为富贵，而予用是以困穷。苟如是，予之书乃自谗耳。目曰《谗书》，卷轴无多少，编次无前后，有可以谗者则谗之，亦多言之一派也。而今而后，有诮余以哗自矜者，则对

曰："不能学扬子云寂寞以诳人。"

(唐）罗隐《谗书序》，《谗书》，中华书局本

　　君不见近代诗家流，胡为蹇滞多穷愁。孟郊顇座死逆旅，浪仙斥逐长江头。张生漂泊冬瓜堰，徒云轻薄万户侯。浩然无成鹿门去，李洞痛哭昭陵休。生无风教兴王化，死无勋爵贻孙谋。可怜诗道日已替，风骚委地何人收。高阳许公精六艺，独向圣朝生后嗣。因将先集进九重，高步金台曳珠履。祖德光辉圣主知，府尹贤明丞相子。广陵郡大古九州，记室官清外三事。遂令天下学诗人，徒羡君家穷四始。我来迎侍游江都，珧筵往往陪欢娱。遂求家集恣吟讽，海波干处堆珊瑚。因思贾、孟数家一何苦，诗鬼嗷嗷馁无主。子孙沦没谁及君，闲倚红莲倾绿醑；草檄余闲好赋诗，莫放风情忝尔祖。

(宋）王禹偁《还扬州许书记家集》，《小畜集》卷十二，《四部丛刊》本

　　昨朝投我蜀中作，铮然一集如琼琚。杜甫奔窜吟不辍，庾信悲哀情有余。我逢圣代自多难，谩夸三人承明庐。近令编缀《小畜集》，谪官诗什何纷如。才名官职不两立，真宰折刻分毫铢。郎官疏远既未贵，县吏礼数不足拘。相逢且说文章乐，为君酾酒焚枯鱼。

(宋）王禹偁《还杨遂蜀中集》，《小畜集》卷十三，《四部丛刊》本

　　唐之诗人，类多穷士。孟郊、贾岛之徒，尤能刻篆穷苦之言以自喜。或问二子其穷孰甚，曰：阆仙甚也。何以知之，曰：以其诗见之。郊曰："种稻耕白水，负薪斫青山。"岛曰："市中有樵山，我舍朝无烟；井底有甘泉，釜中乃空然。"盖孟氏薪米自足，而岛家柴水俱无，此诚可叹！然二子名称高于当世，其余林翁处士用意精到者，往往有之。若"鸡声茅店月，人迹板桥霜"，则羁孤行旅流离辛苦之态，见于数字之中。至于"野塘春水漫，花坞夕阳迟"，则春物融怡，人情和畅，又有言不能尽之意，兹亦精意刻琢之所得者耶。

(宋）欧阳修《郊岛诗穷》，《欧阳文忠集·试笔》，《四部备要》本

《诗》行于世先《春秋》，《国风》变衰始《柏舟》。文辞感激多所忧，律吕尚可谐鸣球。先王泽竭士已偷，纷纷作者始可羞。其声与节急以浮，真人当天施再流。笃生梅公应时求，颂歌文武功业优。经奇纬丽散九州，众皆少锐志则否。翁独辛苦不能休，惜无采者人名逌。贵人怜公清两眸，吹嘘可使高岑楼。坐令隐约不见收，空能乞钱助馈馏。疑此有物司诸幽，栖栖孔孟葬鲁邹。后始卓荦称轲丘，圣贤与命相楯矛。势欲强违诚无由，诗人况又多穷愁。李杜亦不为公侯，公窥穷厄以身投。坎坷坐老当谁尤，吁嗟岂即非善谋。虎豹虽死皮终留，飘然载丧下阴沟。粉书轴幅悬无旒，高堂万里哀白头，东望使我商声讴！

（宋）王安石《哭梅圣俞》，《王文公文集》卷四十四，上海人民出版社本

诗能穷人，所从来尚矣，而于轼特甚。今足下独不信，建言诗不能穷人，为之益力，其诗日已工，其穷殆未可量。然亦在所用而已。不龟手之药或以封，安知足下不以此达乎？人生如朝露，意所乐则为之，何暇计议穷达，云能穷人者固谬，云不能穷人者，亦未免有意于畏穷也。

（宋）苏轼《答陈师仲书》，《东坡集》卷三十，《东坡七集》，《四部丛刊》本

杜子美一生穷饿，作诗数千篇与日月争光。永州僧怀素学草书，坐卧想成笔画，三十年无完衣被，乃得自名一家。

（宋）黄庭坚《题韩忠献诗杜忠献草书》，《豫章黄先生文集》卷二十六，《四部丛刊》本

面大如盘七尺身，珥貂自合上麒麟。诗家事业君休问，不独穷人亦瘦人。

（宋）陆游《对镜》，《剑南诗稿校注》卷六十三，上海古籍出版社本

或曰："伯浑之才气，空海内无与比，其文章英发巨丽，歌之清庙，刻之彝器，然后为称。今一不得施，顾退而为山巅水涯娱忧纾悲之言，岂不可撼哉！"予曰："是则有命。识者为时惜，不为伯浑叹也。"

（宋）陆游《师伯浑文集序》，《陆游集》卷十四，中华书局本

诗人从古例多穷，林下如今又两翁。应笑湖南老宾友，两年吹落市尘中。

（宋）朱熹《寄江文卿刘叔通》其二，《朱子大全·文九》，《四部备要》本

东野穷愁死不休，高天厚地一诗囚。江山万古潮阳笔，合在元龙百尺楼。

（金）元好问《论诗三十首》，《遗山先生文集》卷十一，《四部丛刊》本

士之生斯世也，其有蕴于中者，必因物以发，譬犹云既渰，而灵雨不得不降，既至，而蛰雷不得不鸣。虽其所发有穷达之殊，而所以导宣其堙郁，洗濯其光精者，则一而已矣。是故达而在上，其发之也，居庙朝，则施于政事；谋军旅，则行于甲兵；严上下，和神人，则见于礼乐；交邻国，则布于辞令。或穷而在下，屈势与位，不能与是数者之间，则其情抑遏而无所畅，方壹假诗以泄之，诗愈多，则其人之愈穷也可知矣。

（明）宋濂《马先生岁迁集序》，《宋学士全集》卷六，《丛书集成》本

孟郊贾岛皆穷困至死，或谓诗能穷人，未信也，殆诗必穷者而后工耳。昔有作诗却相者云："貌拙惭君子细看，镜中我自觉神寒。试从李杜编排起，几个吟人作大官。"大抵年锻月炼，冥搜苦思，要非富贵中快意者所多。

（明）游潜《梦蕉诗话》，《学海类编》本

古今诗人，穷者莫过于唐，而达者亡甚于宋。汉苏、李，魏刘、王，晋阮、左，北魏温、邢辈，皆厄穷摧折，顾未至饥寒也。唐世则饥寒半之。宋诸名公仅梅圣俞、陈无己以穷著，自余虽处士，亦泰然终身。

（明）胡应麟《诗薮·杂编》卷五，中华书局本

孟郊、贾岛，皆以诗穷至死，而平生尤自喜为穷苦之辞。孟有移居诗

云："借车载家具，家具少于车。"乃是都无一物耳。又谢人惠炭云："暖得曲身成直身。"人谓非其身备尝之，不能道此句也。贾云："鬓边虽有丝，不堪织寒衣。"就令堪织，能得几何？又其朝饥诗云："坐闻西床琴，冻折两三弦。"人谓其不止忍饥而已，其寒亦何可忍也？此欧公语。虽近谑，写二子穷态颇尽。

（明）胡震亨《唐音癸签》卷二十五，上海古籍出版社本

呜呼！文章之显晦，其犹日星也。阴霾薄蚀，因其时会则然。而贞观贞明之质，莫之能掩也。革之为道，离明入于泽中，已日而乃孚，文明以革而愈彰也。公生平以文明著，而其名位沮落，坎凛百罹。推其初愿，岂仅欲以笔墨驰骋而已哉。幽潜沦匿，其自晦于泽中者多矣。身没而以虚名垂世，又当更革，几零落而不传，离明不将终于兑泽乎？今得复还旧观，人以为文明以悦之会，予则悲公名位不达于当年，而又几沉沦于身后，至于今而革道乃孚也。

（明）汤秀琦《玉茗堂文集序》，《汤显祖诗文集·附录》，上海古籍出版社本

贾阆仙除夕设酒脯祭诗曰："劳我精神，以此补之。"予仿此意缀以小文。

维年月日，时尤子以梨花一杯，梅花一盏，祭于诗神而告之曰：呜呼诗哉，胡为乎来？子来何年？晓星暮天。子来何所？锦城玉府。子来何职？花侯酒伯。子来何从？楮生笔公。修日朗月，与子赠答。暗风细雨，与子尔汝。碧水青山，与子往还。绳床茅屋，与子信宿。三春桃李，能令子喜；九秋霜露，能令子怨。古寺荒台，惟子之哀；歌堂舞阁，惟子之乐。忽焉而豪，天风海涛；忽焉而静，残钟断磬；忽焉而庄，清庙明堂；忽焉而艳，珠帘宝钿。或变为形，踏歌画屏；或变为影，低窥藻井。或变为魂，倩女依人；或变为梦，秦宫泣凤。或变为声，铁笛银筝；或变为泪，绡红竹翠。或化美人，靥笑眉颦；或化山鬼，衣萝带薜。或化日月，兔乌出没；或化雷雨，龟龙鼓舞。或化山河，危壁文波；或化草木，畹兰丛菊。或化杜鹃，啼血三年；或化燕子，寄情千里。与我周旋，七步而三；共子晨夕，一斗而百。谓是我工，奚为我穷？曾不我益，而反我厄。胡然而愁，杜甫悲秋；胡然而病，崔浩苦吟。郊乎何寒，耕水斫山；岛乎

何瘦，含藜茹糗。长吉寻题，知者小奚；香山觅句，解者老妪。而我悠悠，朝吟暮讴。落眉呕血，人斩其舌；不如归去，速营丘墓。焚我锦囊，剥我翠床；沉我唐瓢，剪我江毫。送子东郭，青松索索；送子西郊，白杨萧萧；送子南陌，燐火吹碧；送子北邙，野草萎黄。汲冢之后，玄冢之右，笔冢之前，文冢之间，是曰诗坟。削竹为门，砚田为岛，墨池为沼，文苑为坛，书厨为棺。树以桐叶，铭以石碣，殉以蠹鱼，乌有子虚。不日不月，青廷崩裂；鸦哭狐嗥，古字萧条。后有作者，徘徊其下，因感斯文，而吊斯人。没与存与，吾何论与。今夕何夕，寒灯永诀。梨酒梅茶，持赠天涯。明年此日，清明寒食，江北江南，为子招魂。呜呼诗哉！

（清）尤侗《祭诗文并序》，《西堂杂俎》一集卷三，《西堂全集》，云溪阁藏本

2. 物美则亡　可欲则罪

西施之沉，其美也。

（先秦）《墨子·亲士》，《诸子集成》本

其文好者身必剥，其角美者身见煞，甘泉必竭，直木必伐。

（先秦）《晏子春秋佚文》，《晏子春秋集释·附录》，中华书局本

翟人有献丰狐、玄豹之皮于晋文公，文公受客皮而叹曰："此以皮之美自为罪。"……故曰："罪莫大于可欲。"

（先秦）《韩非子·解老》，《诸子集成》本

主人应之曰："子以吾为真不知也耶！子之朋俦，非六非四，在十去五，满七除二，各有主张，私立名字，揆手覆羹，转喉触讳，凡所以使吾面目可憎、语言无味者，皆子之志也。其名曰智穷：矫矫亢亢，恶圆喜方，羞为奸欺，不忍害伤。其次名曰学穷：傲数与名，摘抉杳微，高挹群言，执神之机。又其次曰文穷：不专一能，怪怪奇奇，不可时施，只以自嬉。又其次曰命穷：影与形殊，面丑心妍，利居众后，责在人先。又其次

曰交穷：磨肌戛骨，吐出心肝，企足以待，寘我仇冤。凡此五鬼，为吾五患，饥我寒我，兴讹造讪，能使我迷，人莫能间，朝悔其行，暮已复然，蝇营狗苟，驱去复还。"

　　　　（唐）韩愈《送穷文》，《韩昌黎全集》卷三十六，《四部备要》本

　　昨夜江楼上，吟君数十篇。词飘朱槛底，韵堕渌江前。清楚音谐律，精微思入玄。收将白雪丽，夺尽碧云妍。寸截金为句，双雕玉作联。八风凄间发，五彩烂相宜。冰扣声声冷，珠排字字圆。文头交比绣，筋骨软于绵。顽涌同波浪，铮鏦过管弦。醴泉流出地，钧乐下从天。神鬼闻如泣，鱼龙听似禅。星回疑聚集，月落为留连。雁感无鸣者，猿愁亦悄然。交流迁客泪，停住贾人船。暗被歌姬乞，潜闻思妇传。斜行题粉壁，短卷写红笺。肉味经时忘，头风当日痊。老张知定伏，短李爱应颠。道屈才方振，身闲业始专。无数声烜赫，理合命迍邅。顾我文章劣，知他气力全。功夫虽共到，巧拙尚相悬。各有诗千首，俱抛海一边。白头吟处变，青眼望中穿。酬答朝妨食，披寻夜废眠。老偿文债负，宿结字因缘。每叹陈夫子，常嗟李谪仙。名高折人爵，思苦减天年。不得当时遇，空令后代怜。相悲今若此，溢浦与通川。

　　　　（唐）白居易《江楼夜吟元九律诗，成三十韵》，《全唐诗》卷四百四十，中华书局本

　　御前曾取好科名，一掾如何万里行。身落蛮夷人共惜，罪因文学自为荣。

　　　　（宋）王禹偁《送融州任巽户曹》，《小畜集》卷十，《四部丛刊》本

　　诗人肝肺困雕镌，往往寿非金石坚。我独适情无杰句，化工不忌遣长年。

　　　　（宋）陆游《杂兴》其四，《剑南诗稿》卷七十三，上海古籍出版社本

　　李杜一生流落不偶，然交游皆贤相名卿。杜于房琯，李于张镐，见于赋咏，意气投合，情谊慷慨。二公皆为唐佐命，勋在帝室，然终不能攀致李、杜。一羁旅云安、潼谷，拾橡栗而食；一放逐夜郎、秋浦，闻猿声而

哭。岂两贤文章光焰取数于天者已多折磨而然欤？

(宋)刘克庄《后村诗话》新集卷一，中华书局本

古人云："诗能穷人。"究其质情，诚有合者。今夫贫老愁病，流窜滞留，人所不谓佳者也，然而入诗则佳。富贵荣显，人所谓佳者也，然而入诗则不佳。是一合也。泄造化之秘，则真宰默仇；擅人群之誉，则众心未厌。故呻占椎琢，几于伐性之斧，豪吟纵挥，自傅爱书之竹，矛刃起于兔锋，罗网布于雁池。是二合也。循览往匠，良少完终，为之怆然以慨，肃然以恐。曩与同人戏为文章九命，一曰贫困，二曰嫌忌，三曰玷缺，四曰偃蹇，五曰流窜，六曰刑辱，七曰夭折，八曰无终，九曰无后。

(明)王世贞《艺苑卮言》卷八，《历代诗话续编》本

诗人多穷，信矣。史氏多厄，何也？世以高明鬼瞰，褒贬天刑。夫天网恢矣，而史佐其漏；鬼责眇矣，而史暴其微。幽赞参两，功则宏矣。而胡以罪也？必以纪载失实，赏罚徇私，胡以弗盲陈寿、腐魏收，而族许敬宗哉？是必有其故矣。

夫诗，潜天地、通神明，文之精莫加焉。夫史，赞两仪、苞三极，文之巨莫并焉。掇其精则神，以太过而竭，故诗人多穷且多夭；肩其重则任，以太过而颠，故史氏多厄且多刑。夫诗以一字千秋者也，史以千秋一字者也，其达逾王公，而寿计元会矣，能亡穷且厄耶？

(明)胡应麟《少室山房笔丛·史书佔毕一》，中华书局本

3. 士当不遇　穷愁著书

夏后帝启崩，子帝太康立。帝太康失国，昆弟五人，须于洛汭，作《五子之歌》。

(汉)司马迁《史记》卷二《夏本纪》，中华书局本

虞卿非穷愁，不能著书以自见于后世。

(汉)司马迁《史记》卷七十六《平原君虞卿列传》，中华书局本

春秋之后，周道浸坏，聘问歌咏不行于列国，学《诗》之士逸在布衣，而贤人失志之赋作矣。

(汉)班固《汉书·艺文志》，中华书局本

愈少鄙钝，于时事都不通晓，家贫不足以自活。应举觅官，凡二十年矣。薄命不幸，动遭谗谤。进寸退尺，卒无所成。性本好文学，因困厄悲愁无所告语，遂得究穷于经、传、《史记》、百家之说，沉潜乎训义，反复乎句读，砻磨乎事业，而奋发乎文章。

凡唐虞已来，编简所存，大之为河海，高之为山岳，明之为日月，幽之为鬼神，纤之为珠玑华实，变之为雷霆风雨，奇辞奥旨，莫不通达。惟是鄙钝不通晓于时事，学成而道益穷，年老而智益困。私自怜悼，悔其初心，发秃齿豁，不见知己。

(唐)韩愈《上兵部李侍郎书》，《韩昌黎全集》卷十五，《四部备要》本

余既困辱，不得预睹世之光明，而幽乎楚越之间。故合文士以申其致。将俟夫木铎以间于金石。大凡编辞于斯者，皆太平之不遇人也。

(唐)柳宗元《娄二十四秀才花下对酒唱和诗序》，《柳河东集》卷二十四，中华书局本

观足下所为文百余篇，实先意气而后辞句，慕古而尚仁义者。苟为之不已，资以学问，则古作者不为难到。今以某无可取，欲命以为序，承当厚意，惕息不安。复观自古序其文者，皆后世宗师其人而为之，《诗》、《书》、《春秋》、《左氏》以降，百家之说，皆是也。古者其身不遇于世，寄志于言，求言遇于后世也。自两汉已来，富贵者千百，自今观之，声势光明，孰若马迁、相如、贾谊、刘向、扬雄之徒。斯人也，岂求知于当世哉？故亲见扬子云著书，欲取覆酱瓿。雄当其时，亦未尝自有夸目。况今与足下并生今世，欲序足下未已之文，此固不可也。苟有志，古人不难到，勉之而已。某再拜。

(唐)杜牧《答庄充书》，《樊川文集》卷十三，上海古籍出版社本

元、白谪官，皆有放言诗著于编集，盖骚人之道味也。予虽才不侔于古人，而谪官同矣。因作诗五章，章八句，题为《放言》云。

(宋) 王禹偁《放言诗》，《小畜外集》卷七，《四部丛刊》本

山云漠漠雨霏霏，正是骚人唱和时。谪宦惭无贾生赋，愁霖合有谢公诗。已妨步月尘凝树，恐误登高菊满篱。且喜宾筵得同道，不为篇什欲何为？

(宋) 王禹偁《唱和暂停》，《小畜外集》卷七，《四部丛刊》本

我憎孟郊诗，复作孟郊语，饥肠自鸣唤，空壁转饥鼠。诗从肺腑出，出辄愁肺腑，有如黄河鱼，出膏以自煮。

(宋) 苏轼《读孟郊诗》，《东坡七集》三诗，《四部备要》本

古之能为文章者，虽不著书，大率穷人之词，十居其九。盖其心之所激者，既已阻遏壅塞而不得肆，独发于言语文章，无掩其口而窒之者，庶几可以舒其情，以自慰于寂寞之滨耳。如某之穷者，亦可以谓之极矣。其平生之区区，既尝自致其工于此，而又遭会穷厄，投其所便，故朝夕所接，事物百态，长歌恸哭，诟骂怨怒，可喜可骇，可爱可恶，出驰而入息，阳厉而阴肃，沛然于文若有所得。某之于文，虽不可谓之工，然其用心亦已专矣。

夫文章之于人心，其理之相近，与夫工人之于技，则有间矣，某之区区，盖已尽布于此，则世之高明博达之君子，俯而听之，盖有不待夫疑而问，问而后知心也。

(宋) 张耒《投知己书》，《柯山集》卷四十六，《丛书集成》本

我自穷愁坐缀文，何堪见子可怜生。两穷政好同诗社，一战犹须债酒兵。

(宋) 杨万里《和张器先十绝》其四，《诚斋集》卷五，《四部丛刊》本

先生弹铗冻吟时，此岂求他一世知。只怨送穷穷不去，元来却不怨工诗。

(宋) 杨万里《和冯倅投赠韵二首》其一，《诚斋集》卷六，《四部丛刊》本

诗人自古例迁谪，苏李夜郎并惠州。人言造物困嘲弄，故遣各捉一处囚。不知天公爱佳句，曲与诗人为地头。诗人眼底高四海，万象不足供诗愁。帝将湖海赐汤沐，堇堇可以当冥搜。却令玉堂挥翰手，为提橼笔判罗浮。

  （宋）杨万里《正月十二日游东坡白鹤峰故居》，《诚斋集》卷十八，《四部丛刊》本

先生之文，肖其为人，其议论闳以挺，其记序古以驯，其代言典而严，其书事约而悉。其为诗盖自牴斥时宰，诞寘岭海，愁犹酸骨，饥咬血牙，风呻雨喟，涛谲波诡，有非人间世之所堪者，宜芥于心，而反昌其诗，视李、杜夜郎、夔子之音，盖加恢奇云。至于骚辞，涵茫峥崒，鈇剡刻屈，抉天之幽，泄神之瘦，槁腥而不瘁，恫愀而不怼，自宋玉而下不论也，灵均以来，一人而已。

  （宋）杨万里《澹庵先生文集序》，《诚斋集》卷八十三，《四部丛刊》本

秦汉以来，士有抱奇怀能，留落不遇，往往燥心汗笔，有怨悱悢悢沉抑之思，气候急刻，不能闲退，古之词人皆是也。

  （宋）刘克庄《江西诗派序·晁叔用》，引自《宋金元文论选》，人民文学出版社本

夫士不幸而不遇于当时，所赖以自见于后世者，书尔。

  （宋）刘克庄《序徐先辈集》，《后村先生大全集》卷九十六，《四部丛刊》本

予在患难中，间以诗记所遭，今存其本不忍废。道中手自抄录：使北营，留北关外，为一卷；发北关外，历吴门、毗陵、渡瓜洲，复还京口，为一卷；脱京口，趋真州、扬州、高邮、泰州、通州，为一卷；自海道至永嘉，来三山，为一卷。将藏之于家，使来者读之，悲予志焉。

  （宋）文天祥《指南录后序》，《文山先生全集》卷十三，《四部丛刊》本

斯文之得丧，天也。圣贤以来，往往皆以所遇之不遂其志而千载者，

亦在于此。六经诸子,其孰不然?

(元)刘将孙《瞿梧集序》,《养吾斋集》卷十,《四库全书》珍本初集本

惟公尽古今之变,浑而不僻,奇而有法,在诸家为第一。惜其与时叉牙,放浪双井,不得久于朝廷之上,使歌颂有宋之功德,上轶三代;徒发之游历所见,凡风云雷电,苑囿台榭,禽鱼草木,悉寓于辞,以泄其奇气。欧阳子谓诗人多穷,余于山谷尤信之。

(明)贝琼《双井堂记》,《清江贝先生集》卷二十四,《四部丛刊》本

穷达有命,诗何问哉?但天界文士例多命穷,而措大不能忘其愁叹之声与怨刺之言耳。

(明)何孟春《余冬诗话》卷上,《学海类编》本

不得志于时,而寄于诗,以宣其怨忿而道其不平之思,盖多有其人矣。所谓不得志者,岂以贫贱之故也,材不足以用于世,而沮于贫贱,宜也,又何怨焉?材足以用于世,贱且贫焉,其怨也,宜也。言之所寄,必出于不平。烟云木石虫鱼鸟兽草木之见者,皆可怨之物;写而为诗,皆不乐之旨。是其人于中虽未宏而亦其情之所不免欤?

(明)王慎中《碧梧轩诗集序》,《王遵岩集》卷二,清刊本

士君子穷则求志守道,垂诸文而为后世法;达则辅仁行义,泽及万物而不必以文为名。

(清)方宗诚《桐城文录序》,引自《中国近代文论选》(上),人民文学出版社本

《汉书·艺文志》曰:"学诗之士,逸在布衣,而贤人失志之赋作矣。"余案:所谓失志者,在境不在己也。屈子《怀沙》赋云:"离慜而不迁兮,愿志之有像。"如此虽谓失志之赋即励志之赋可矣。

(清)刘熙载《艺概·赋概》,上海古籍出版社本

《雄雉》之诗"瞻彼日月"两章,自来贤人失志之赋,不出此意,所

谓行有不得，反求诸己也。若一涉怨天尤人，岂有是处！

（清）刘熙载《艺概·赋概》，上海古籍出版社本

古之诗以正得失，今之诗以养性情，虽仍诗名，其用异矣。故余尝以汉后至今诗即乐也，亦足感人动天，而其本不同。古以教谏为本，专为人作；今以托兴为本，乃为己作。史迁论诗，以为贤人君子不得志之所为，即汉后诗矣。

（清）王闿运《论诗法》，《王志》卷二，成都昌福公司本

对于现在环境不满，是人类普通心理，其所以能进化者亦在此。就令没有什么不满，然而在同一环境之下生活久了，自然也会生厌。不满尽管不满，生厌尽管生厌，然而脱离不了他，这便是苦恼根源。然则怎样救济法呢？肉体上的生活，虽然被现实的环境捆死了，精神上的生活，却常常对于环境宣告独立。或想到将来如何如何，或想到别个世界，例如文学家的桃源，哲学家的乌托邦，宗教学的净土如何如何。忽然间超越现实界，闯入理想界去，便是那人的自由天地。

（清）梁启超《美术与生活》，《饮冰室文集》卷三十九，《饮冰室合集》，中华书局本

4. 诗穷则工　人穷则韵

贾谊不左迁失志，则文采不发。淮南不贵盛富饶，则不能广聘骏士，使著文作书。太史公不典掌书记，则不能条悉古今。扬雄不贫，则不能作《玄》、《言》。

（汉）桓谭《新论·求辅》，《丛书集成》本

支离东北风尘际，漂泊西南天地间。三峡楼台淹日月，五溪衣服共云山。羯胡事主终无赖，词客哀时且未还。庾信平生最萧瑟，暮年诗赋动江关。

（唐）杜甫《咏怀古迹五首》其一，《杜诗详注》，中华书局本

然子厚斥不久，穷不极，虽有出于人，其文学辞章，必不能自力以致必传于后如今，无疑也。

（唐）韩愈《柳子厚墓志铭》，《昌黎先生集》卷三十二，《四部备要》本

宗元自小学为文章，中间幸联得甲乙科第，至尚书郎，专百官章奏，然未能究知为文之道。自贬官来无事，读百家书，上下驰骋，乃少得知文章利病。

（唐）柳宗元《与杨京兆凭书》，《柳河东集》卷三十，中华书局本

翰林江左日，员外剑南时。不得高官职，仍逢苦乱离。暮年逋客恨，浮世谪仙悲。吟咏留千古，声名动四夷。文场供秀句，乐府待新辞。天意君须会，人间要好诗。

（唐）白居易《读李杜诗集，因题卷后》，《全唐诗》卷四百三十八，中华书局本

草木之生，安有怪邪？苟肥瘠得于中，寒暑均于外，不为物所凌拆，未有不挺而茂者也，况松柏乎！今不幸出于岩穴之内胜脆者，则坚然之身伏死其下矣，何自奋之能为。是松也，虽稚气初拆，而正性不辱，及其壮也，力与石斗，乘阳之威，怒己之轧，拔而将升，率不胜其压，拥勇郁遏，垄愤激讦，然后大丑彰于形质，天下指之为怪木。吁，岂异人乎哉，天之赋才之盛者，蚤不得用于世，则伏而不舒，薰蒸沉酣，日进其道，摧挤势夺，卒不胜其扼，号呼呶拏，发越赴诉，然后大奇出于文采，天下指之为怪民。呜呼！木病而后怪，不怪不能图其真；文病而后奇，不奇不能骇于俗。非始不幸而终幸者耶？

（唐）陆龟蒙《怪松图赞序》，《全唐文》卷八百一，中华书局本

……（柳宗元）再贬永州司马。既罹窜逐，涉履蛮瘴，崎岖堙厄，蕴骚人之郁悼，写情叙事，动必以文。为骚文十数篇，览之者为之凄恻。

（五代）刘昫《旧唐书》卷一百六十《柳宗元传》，中华书局本

予闻世谓诗人少达而多穷。夫岂然哉！盖世所传诗者，多出于古穷人

之辞也。凡士之蕴其所有而不得施于世者，多喜自放于山颠水涯，外见虫鱼草木风云鸟兽之状类，往往探其奇怪；内有忧思感愤之郁积，其兴于怨刺，以道羁臣寡妇之所叹，而写人情之难言。盖愈穷则愈工。然则非诗之能穷人，殆穷者而后工也。

  （宋）欧阳修《梅圣俞诗集序》，《欧阳文忠集》卷四十二，《四部备要》本

  君子之学，或施之事业，或见于文章，而常患于难兼也。盖遭时之士，功烈显于朝廷，名誉光于竹帛，故其常视文章为末事，而又有不暇与不能者焉。至于失志之人，穷居隐约，苦心危虑，而极于精思，与其有所感激发愤，惟无所施于世者，皆一寓于文辞，故曰"穷者之言易工"也。如唐之刘、柳，无称于事业，而姚、宋不见于文章，彼四人者，犹不能于两得，况其下者乎？

  （宋）欧阳修《薛简肃公文集序》，《欧阳文忠集》卷四十四，《四部备要》本

  非诗能穷人，穷者诗乃工。此语信不妄，吾闻诸醉翁。

  （宋）苏轼《僧惠勤初罢僧职》，《东坡七集》，《四部备要》本

  公之学深且博矣。……其所引据，多先秦古书，藏山埋冢之秘，卓乎独立，确乎自信，虽引天下而与之争，不能夺。卒成一家之说，与诸儒并传。向非摈斥疏置于荒远寂寞之地，如在船场时，则虽公之敏，此功未易成也。

  （宋）陆游《景遇先生祠堂记》，《陆游集·渭南文集》，中华书局本

  嗟夫，造物之所甚靳者，富贵也，功名也。余与子真既已割弃此念，至于笔以老而严，吟以穷而工，是区区者忍不予畀哉？

  （宋）刘克庄《序林同诗》，《后村先生大全集》卷九十六，《四部丛刊》本

  诗非达官显人所能为，纵使为之，不过能道富贵人语。世以王岐公诗为至宝丹，晏元献不免有腰金枕玉之句，绳以诗家之法，谓之俗可也。故

诗必天地畸人、山林退士，然后有标致；必空乏拂乱，必流离颠沛，然后有感触。人必与其类煅炼追璞，然后工。

（宋）刘克庄《跋章仲山诗》，《后村先生大全集》卷一〇九，《四部丛刊》本

至若文人者，挫之而气弥雄，激之而业愈精，其嶷立若嵩华，其昭回如云汉，衣被四海而无慊，流布百世而可征，是殆天之所担以弥纶文运，岂曰忌之云乎……使君志遂情安，稍起就勋绩，未必专攻于文；纵攻矣，未必磨砺之能精；藉日既精矣，亦未必岁积月累发越如斯之夥也。

（明）宋濂《元杨廉夫墓志铭》，《宋文宪全集》卷十，《四部备要》本

先儒论诗，以为穷而后工。近古以来，若李白、杜甫、柳子厚、刘禹锡诸名公，其述作皆盛于困顿郁抑之余，至今脍炙人口。

（明）黄淮《省愆集序》，《皇明文衡》卷四十三，《四部丛刊》本

天宝盛时，歌者李龟年，恩遇无比。禄山乱，龟年流落江南，每歌数阕，四座莫不叹息泣下。又况天地黯然，山河顿异，使夫人者尚在，庸不有以泣龟年者泣之乎？予谓琴操多出于忧愁穷苦之人而有所守者。

（明）程敏政《宋遗民录》卷十一《跋》，引自《笔记小说大观》第六册，江苏广陵古籍刻印社本

古之称诗者，率羁人怨士，不得志之人，以通其郁结，而抒其不平，盖《离骚》所从来矣。岂诗非在势处显之事，而常与穷愁困悴者直邪？诗非他，人之性灵之所寄也。苟其感不至，则情不深，情不深则无以惊心而动魄，垂世而行远。

（明）焦竑《雅娱阁集序》，《澹园集》卷十五，《金陵丛书》本

在杭云：文章穷而后工，非穷之能工也，穷则门庭冷落，无车尘马足之翾，事务简约，无簿书酬应之繁，亲友断绝，无征逐游宴之苦，生计羞涩，无求田问舍之劳，终日闭门兀坐，与书为伍，欲其不工不可得矣。不特此也，贫文胜富，贱文胜贵，冷曹之文胜于要津，失路之文胜于登第，不过以本领省心计闲耳。然在杭所得益者，在于冷曹，至余之得益又在失

路。盖诗文之病莫甚于应酬，名位卑微，求者不至，故得专精，而前四者亦不求而至矣。

（明）王嗣奭《文学》，《管天笔记外编》下卷，《四明丛书》本

诗能穷人穷者工，瘦岛寒郊无饱顿。新诗字字佳人口，不与妻儿充饥咽。如今贵者不读书，腹中犹如酒食店。自来好语出饥肠，一字堪酬五十绢。我亦辞官作乞儿，他时同入歌妓院。

（明）袁宏道《赠陈正夫》，《袁宏道集笺校》卷，上海古籍出版社本

夫修词之道，古以为必穷而后工，非穷而后工，以穷则易工也。坎壈之士，内有郁而不申之情，外有迫而不通之境，直抒其意欲所言，而以若愬若啼，动人心而惊人魂矣。若身处夷泰，心境调适，如水平而波澜自息，山平而峰峦不起。昌黎所云"穷愁易好，恬愉难工"者，岂不然哉！

（明）袁中道《西清集序》，《珂雪斋文集》卷三，《中国文学珍本丛书》本

子瞻自遭患难之后，覃思《易》、《论语》，大有所得，发为文字，洋洋乎如川之方至，随其意之所到，委转曲折，无不如意。词之能达，似开辟以来所仅有。

（明）袁中道《次苏子瞻先后事》，《珂雪斋文集》卷十四，《中国文学珍本丛书》本

尔已先知我，文能取称情。素交言恳痛，才鬼鉴分明。世所悲奇数，君翻就盛名。墓辞心已许，郑重敢寒盟。

（明）钟惺《哭魏太易》其二，《钟伯敬合集》，《中国文学珍本丛书》本

欧阳公云：非诗能穷人，穷者而后工。愚谓穷者兼贫贱而无显誉者言也。富贵之人，经营应接，无晷刻之暇，其于诗不能工，人皆知之。至若富贵者，篇章始成，诌谀之人交称誉。有显誉者，一言偶出，信耳之人，同声应合。苟非虚己受益，鲜不为其所惑。此人未易知也。惟贫贱无显誉之人，人得指其瑕疵，造诣未成，则困心横虑，日就月将，无虚声而有实

得,是以穷者多工耳。此予身试而实验者。

(明)许学夷《诗源辩体》卷三十四,人民文学出版社本

"巴东山峡猿鸣悲,猿鸣三声泪沾衣。"此若谷先生托为猿声者也。先生中人疴雾毒,谪五溪,几邻鳌鲊,而今得龙跃凤鸣于圣人之世,哀定思哀,而声始出……语不云乎:"诗穷则工,人穷则韵。"则先生之哀,正可以成先生之喜也。

(明)王思任《猿声集序》,《王季重十种》,《中国文学珍本丛书》本

古之为诗者,必有独至之性,旁出之情,偏诣之学,轮囷逼塞,偃蹇排募,人不能解而己不自喻者,然后其人始能为诗,而为之必工。是故软美圆熟,周详谨愿,荣华富厚,世俗之所叹羡也,而诗人以为笑;凌厉荒忽,敖僻清狂,悲忧穷蹇,世俗之所诟讪也,而诗人以为美。人之所趋,诗人之所畏;人之所憎,诗人之所爱。人誉而诗人以为忧,人怒而诗人以为喜。故曰:"诗穷而后工。"诗之必穷,而穷之必工,其理然也。

(清)钱谦益《冯定远诗序》,《牧斋初学集》卷三十二,上海古籍出版社本

太史公言:"《诗》三百篇,大抵皆圣贤发愤之作。"韩昌黎言:"愁思之声要妙,穷苦之言易好。"欧阳公亦云:"诗穷而后工。"故自古诗人之传者,率多逐臣骚客,不遇于世之士。吾以为一身之遭逢,其小者也,盖亦视国家之运焉。诗家前称七子,后称杜陵,后世无其伦比。使七子不当建安之多难,杜陵不遭天宝以后之乱,盗贼群起,攘窃割据,宗社虺跪,民生涂炭,即有慨于中,未必其能寄托深远,感动人心,使读者流连不已如此也。然则士虽才,必小不幸而身处厄穷,大不幸而际危乱之世,然后其诗乃工也。

(清)归庄《吴余常诗稿序》,《归庄集》卷三,上海古籍出版社本

下笔千言,珠玑错落。五言长篇,有类白太傅;七律时似刘随州;七古绮丽流美,往往欲入初唐,于所谓各宗一派、争持一说者殆兼其长而无其病,居然风雅名家矣!昌黎、庐陵之论诗,以为穷而后工,盖不独孟东

野、苏子美辈为然，其言至今而尤验。颇怪异公以纨袴子弟，有良田美宅，何缘得工于诗？近寓娄东，始知异公于诸昆弟中最贫，而居家复多不自得者，乃知异公工诗之所由来也。

（清）归庄《王异公诗序》，《归庄集》卷三，上海古籍出版社本

使更生遇不穷，家不贫，诗必不能如今之工。试授以陶、卫之家，而焚其稿，吾知终不以彼易此。

（清）归庄《许更生诗序》，《归庄集》卷三，上海古籍出版社本

古人称穷愁著书，大抵山海之士，枯槁闲暇之所好也。若夫名公巨卿，以至郎官有司之属，上则高步岩廊，骄语经济，次亦早衙晏罢，支吾于簿书筐箧之间，何暇含毫吮墨，为文辞以自表见哉？

（清）尤侗《孝思堂集序》，《西堂杂三集》卷三，《西堂全集》，清刊本

谢太傅云：中年伤于哀乐，正赖丝竹陶写。杜少陵迁徙白盐赤甲间，而《瀼西》、《东屯》诸作，盖复沉郁顿挫；子瞻动遭口语，黄州、儋耳诗歌，笔势冠绝平生俯仰年境，正复关人笔墨事。

（清）陈维崧《王西樵十笏草堂辛甲集序》，《陈迦陵文集》卷一，《四部丛刊》本

《燕燕》之诗，许彦周以为可泣鬼神。合本事观之，家国兴亡之感，伤逝怀旧之情，尽在阿堵中。《黍离》、《麦秀》，未足喻其悲也。宜为万古送别诗之祖。（《分甘余话》）

（清）王士禛《带经堂诗话》卷一，人民文学出版社本

公卿大夫皆有职，农工商贾皆有业。今之读书者号称为士，其上可以为公卿大夫而其下不可以为农工商贾。其幸而得为公卿大夫，则方坐论奔走之不暇，奚暇其他；其不幸而不得为公卿大夫，其将奚为？为诗而已。故曰：穷而后工于诗也。

（清）刘大櫆《王载扬诗序》，《海峰文集》卷三，清光绪重刻本

屈原将投汨罗而作《离骚》，李陵降胡不归而赋别苏武诗，蔡琰被掠

失身而赋《悲愤》诸诗，千古绝调，必成于失意不可解之时。惟其失意不可解，而发言乃绝千古。下此则嵇康临终，杜甫遭乱，李白投荒，皆能继响前贤。外此则吾未之见也。

（清）费锡璜《汉诗总说》，《清诗话》本

诗必穷而后工，殆不然乎？上下两千年间，宏篇巨制，岂皆出山泽之癯耶？然谓穷而后工者，亦自有说。夫通声气者，骛标榜；居富贵者，多应酬。其间为文造情，殆亦不少，自不及闲居怡适，能倏然自抒其胸臆，亦势使然矣。

（清）纪昀《月山诗集序》，《纪文达公遗集》卷九，清刊本

塞翁失马何足惜，先生奇遭在削籍。紫薇郎剩白衣身，万里从戎厉重译。当日都门送临贺，分岐谁不悲迁斥。岂知官秩从此高，诗亦从此穷风骚。滇南三载蜀五载，踏遍徼外地不毛。路争鸟道入穹汉，渡寻象迹翻崩涛。炎乡三冬辊雷吼，阴岭六月陈雪饕。洪荒以来人不到，奇景留待公镵雕。吟毫既得江山助，况值羽书正驰骛。弓刀队里一毛锥，百万貔貅听指顾。矛头米渐咽风餐，盾鼻墨磨挥露布。一炮人头落满空，千灯鬼火拦前路。裹尸之革浴血刀，逼出才人弃命句。遂令椽笔铸伟词，上掩白狼下朱鹭。即今奏凯十五年，卿月崇班已屡迁。煌煌大集亦镂版，光照四裔声摩天。就中突过黄初处，终属淋漓横槊篇。倘非参军入蛮府，平步公卿享华朊。雄略虽余扪虱谈，壮心谁激闻鸡舞。《南山》诗不如《礼记》，只为未经戎马苦。乃知绝域烽烟中，正是玉成大名古。独忆当年老赵岐，与公同出不同归。挑灯别阅《鲫隅集》，痛绝空山暴骨时。

（清）赵翼《述庵司寇新刻大集》，《瓯北集》卷三十六，清刊本

夫《骚》与《史》，千古之至文也。其文之所以至者，皆抗怀于三代之英，而经纬乎天人之际者也。所遇皆穷，固不能无感慨，而不学无识者流，且谓诽君谤主。不妨尊为文辞之宗焉。大义何由得明，心术何由得正乎？

（清）章学诚《史德》，《文史通史·内篇五》，中华书局本

欧阳公叙梅圣俞诗云："世谓诗人少达而多穷，非诗能穷人，殆穷而后工。"葛胜仲叙陈简斋诗，陈无己叙王平甫诗，皆云："诗能达人，不能穷人。"余谓士之穷达有命，诗之精深微妙，惟穷者而后工耳。

（清）陆蓥《问花楼诗话》卷二，《清诗话续编》本

诗以穷而后工，倚声亦然，故仙词不如鬼词，哀则幽郁，乐则浅显也。

（清）陈廷焯《白雨斋词话》卷七，人民文学出版社本

5. 欢辞难工　苦言易好

《答少明诗》，亦未为妙，省之如不悲苦，无恻然伤心言。

（晋）陆云《与兄平原书》，《全晋文》卷一〇二，《全上古三代秦汉三国六朝文》，中华书局本

评曰：仲宣诗云："出门无所见，白骨蔽平原。路有饥妇人，抱子弃草间，顾闻号泣声，挥涕独不还。未知身死处，何能两相完？驱马弃之去，不忍听此言。"此中事在耳目，故伤见乎辞。及至"南登灞陵岸，回首望长安"，察思则已极，览辞则不伤。一篇之功，并在于此，使今古作者味之无厌。末句因"南登灞陵岸"，"悟彼下泉人"，盖以逝者不返，吾将何亲，故有伤肝之叹。沈约云：不傍经史，直率胸臆。吾许其知诗者也。如此之流，皆名为上上逸品者矣。

（唐）皎然《诗式》卷一，《丛书集成》本

夫和平之音淡薄，而愁思之声要妙；欢愉之辞难工，而穷苦之言易好也。是故文章之作，恒发于羁旅草野。至若王公贵人，气满志得，非性能而好之，则不暇以为。

（唐）韩愈《荆潭唱和诗序》，《韩昌黎文集校注》，上海古籍出版社本

蔡琰虽失身，然词甚古，如"不谓残生兮却得旋归，抚抱胡儿兮泣下沾

衣。汉使迎我兮四牡骈骈，胡儿号兮谁得知。与我生死兮逢此时，愁为子兮日无光辉，焉得羽翼兮将汝归。一步一远兮足难移，魂消影绝兮恩爱遗"，此将归别子也。时身历其苦，词宜乎心，怨而怒，哀而思，千载如新，使经圣笔，亦必不忍删之也。刘商虽极力拟之，终不似，盖不当拟也。

(宋) 范晞文《对床夜语》卷一，《历代诗话续编》本

《七哀》诗，子建云："君行逾十年，孤妾常独栖。"怨游子之未返也。王仲宣云："路有饥妇人，抱子弃草间。"叹时世之丧乱也。又："方舟溯大江，日暮愁我心。"感羁旅之多忧也。张孟阳云："毁壤过一坏，便房启幽户。"伤汉陵之发掘也。又："白露中夜结，木落何条森。"慨秋气之可悲也。哀之虽同，而意各异。初不解七哀义，或谓病而哀，义而哀，感而哀，悲而哀，耳目闻见而哀，口叹而哀，鼻酸而哀，所哀虽一事而七者具也。

(宋) 范晞文《对床夜语》卷一，《历代诗话续编》本

唐僧诗，除皎然灵彻三两辈外，余者率皆衰败不可救，盖气宇不宏而见闻不广也。今择其稍胜者数联于后。清塞云："丛桑山店迥，孤烛海船深。""寒扉关雨气，风叶隐钟音。""饥鼠缘危壁，寒狸出坏坟。"齐已云："只有照壁月，更无吹叶风。"《听泉》"湘水泻秋碧，古风吹太清。"《听琴》贯休云："好山行恐尽，流水语相随。""壑风吹磬断，杉露滴花开。"子兰云："疏钟摇雨脚，积水浸云容。"怀浦云："月没栖禽动，霜晴冻叶飞。"亦足以见其清苦之致。

(宋) 范晞文《对床夜语》卷五，《历代诗话续编》本

唐人好诗，多是征戍、迁谪、行旅、离别之作，往往能感动激发人意。

(宋) 严羽《沧浪诗话·诗评》，人民文学出版社本

凡作诗，悲欢皆由乎兴，非兴则造语弗工。欢喜之意有限，悲感之意无穷。欢喜诗，兴中得者虽佳，但宜乎短章；悲感诗，兴中得者更佳，至于千言反覆，愈长愈健。熟读李、杜全集，方知无处无时而非兴也。

(明) 谢榛《四溟诗话》卷三，《历代诗话续编》本

弇州云：古人谓诗能穷人。夫贫老愁病，流窜滞留，人所不谓佳者也，然而入诗则佳。富贵荣显，人所谓佳者也，然而入诗则不佳。

（明）胡震亨《唐音癸签》卷二十八，上海古籍出版社本

声出乎心，心之司属火，则其味苦。怨女劳夫，有一声之逸，忽不知其何以动，遽可传宫刻羽，而文人学士，毕世摹之，不肖追之不前也。故《三百篇》只《风》为诗，其《雅》与《颂》，大抵愉悦之辞耳。即愉悦之辞，而有悠然之味者，亦必寄苦于甘者多也。诗莫名于李、杜，而李常逊杜者，李甘而杜苦也。便以两人论，李之神在夜郎而始厚，杜之法出夔州而益高，此有目者所共睹也。

（明）王思任《萍吟草序》，《王季重十种》，《中国文学珍本丛书》本

只用《毛诗》"雨雪载涂"一句，纵横成文，伤悲之心，慰劳之旨，皆寄文句之外，一以音响写之。此公子者岂不允为诗圣。

（清）王夫之《古诗评选》卷二，曹丕《黎阳作二首》之二评语，《船山遗书》，太平洋书店重校刊本

世之论词者多以秾丽隽永为工，灯红酒绿，脆管幺弦，往往令人倾倒，然非词之极工也……要其尤工者，则在于友朋离合、死生契阔之间。

（清）郭麐《灵芬馆词话》卷二，《词话丛编》本

抗兵相加，哀者胜矣。王仲淹《中说》、欧阳永叔《五代史传赞》，皆得此哀字诀者。

（清）刘熙载《艺概·文概》，上海古籍出版社本

古诗云："谁能思不歌？谁能饥不食？"诗词者，物之不得其平而鸣者也。故欢愉之辞难工，愁苦之言易巧。

（清）王国维《人间词话·删稿》，人民文学出版社本

6. 诗忌寒乞　志不可屈

周乎志者，穷踬不能变其操。周乎艺者，屈抑不能贬其名。其或处心

定气，居斯二者，虽有穷屈之患，则君子不患矣。

（唐）柳宗元《送元秀才下第东归序》，《柳河东集》卷二十三，中华书局本

文卿句律如师律，通叔诗情绝世情。政使暮年穷到骨，不教吟出断肠声。

（宋）朱熹《寄江文卿刘叔通》（其一），《朱子大全·文九》，《四部丛刊》本

苏子由云："唐人工于为诗，而陋于闻道。孟郊尝有诗云：'食荠肠亦苦，强歌声无欢。出门即有碍，谁谓天地宽？'郊耿介之士，虽天地之大无以容其身，起居饮食有戚戚之忧，是卒穷以死……孔子称颜子在陋巷，'人不堪其忧，回也不改其乐。'回虽穷困早死，而非其处身之非，可以言命，与郊异矣。"

（宋）阮阅《增修诗话总龟》后集卷二十，《四部丛刊》本

东野穷愁死不休，高天厚地一诗囚。江山万古潮阳笔，合在元龙百尺楼。

（金）元好问《论诗三十首》第十八，《元遗山诗集笺注》，人民文学出版社本

人之穷达，在心志之屈伸，不在贵贱贫富。富贵而于道无所闻，于业无所传，谓之穷可也，非达也。贱贫而沛然有以自乐，生有以淑乎人，没有以传诸后，谓之达可也，非穷也。

（明）方孝孺《书夷山稿序后》，《逊志斋集》卷十八，《四部备要》本

昔人谓诗能穷人，讳穷者因不复学诗。夫困折屈郁之谓穷，遂志适意之谓达。人之穷有三，而贫贱不与焉。心不通道德之要，谓之心穷；身不循礼义之途，谓之身穷；口不道圣贤法度之言，谓之口穷。

（明）方孝孺《题黄东谷诗后》，《逊志斋集》卷十八，《四部备要》本

扬子云《逐贫赋》曰："人皆文绣，予褐不完；人皆稻粱，我独藜飧。贫无宝玩，予何为欢。"此作辞虽古老，意则鄙俗，其心急于富贵，所以终仕新莽，见笑于穷鬼多矣。韩昌黎作《送穷文》，其文势变化，辞意平婉，虽言送而复留。段成式所作，效韩之题，反扬之意，虽流于奇涩，而不失典雅。较之扬子，笔力不同，扬乃尺有所短，段乃寸有所长。惟韩子无得而议焉。

（明）谢榛《四溟诗话》卷四，《历代诗话续编》本

夫欢愉之辞难工，愁苦之音易好，论诗家成习语矣。然以龌龊之胸，贮穷愁之气，上者不过寒瘦之词，下而至于琐屑寒气，无所不至。其为好也，亦仅，甚至激忿牢骚，怼及君父，裂名教之防者有矣。兴观群怨之旨，彼且乌识哉？是集以不可一世之才，困顿偃蹇，感激豪宕，而不乖乎温柔敦厚之正，可谓发乎情，止乎礼义者矣！穷而后工，斯其人哉！

（清）纪昀《俭重堂诗序》，《纪文达公遗集》卷九，清刊本

作诗忌寒乞态。余经年远客，金尽裘敝，拟赋敝裘诗未果。顷读《研溪集》，中有《敝裘》诗一律，工雅无酸气。诗云："几度西风促暮砧，漫倾残筐付缝纴。丝纹断续难容线，毛里稀疏不受针。犹有余温胜短褐，还将独夜抵重衾。岁寒惟尔堪相倚，忍为丰貂易素心。"集为乡先辈惠元龙所著。先生湛深经学，诗乃余事，而意径独造，风格殊高。其《出门》云："饥寒迫腐儒，颠倒作奇想。"十字道尽千古措大肺肠。

（清）陆蓥《问花楼诗话》卷三，《清诗话续编》本

董广川《士不遇赋》云："虽矫情而获百利兮，复不如正心而归一善。"此即正谊明道之旨。司马子长《悲士不遇赋》云："没世无闻，古人唯耻。"此即述往事思来者之情。陶渊明《感士不遇赋》云："宁固穷以济意，不委曲而累己。"此即屡空晏如之意。可见古人言必由志也。

（清）刘熙载《艺概·赋概》，上海古籍出版社本

邹阳狱中上书，气盛语壮。祢正平赋鹦鹉于黄祖长子座上，蹙蹙焉有自怜依人之态，于生平志气，得无未称！

（清）刘熙载《艺概·赋概》，上海古籍出版社本

7. 诗文工拙　无关穷通

　　世俗见孔子不用而作经，乃言圣贤得志则在行事，不在书也。噫！孔子诚不用矣，尧、舜、禹、汤时，圣贤有不得志者乎？奚其为典、谟、训、诰哉？成王、周公时，有不得志者乎？奚其为《雅》、《颂》哉？心之志，志之言，言之文，若冻馁然，孰谓得志而不衣食哉？用之大，其言者愈大，《虞书》之历象日月星辰，夏后之赋贡九州，周人职三百六十官，不已大乎？

　　　　　　　　（宋）李觏《延平集序》，《直讲先生文集》卷二十五，《四部丛刊》本

　　欧阳永叔谓梅圣俞曰，世谓诗能穷人，非诗之穷，穷则工也。圣俞以诗名家，仕不前人，年不后人，可谓穷矣。其同时有王平甫，临川人也，年过四十始名，荐书群下，士历年，未几，复解章绶归田里，其穷甚矣，而文义蔚然，又能于诗。惟其穷愈甚，故其得愈多，信所谓人穷而后工也。虽然，天之命物，用而不全，实者不华，渊者不陆，物之不全，物之理也。盖天下之美则于贵富不得兼而有也。诗之穷人，又可信矣。方平甫之时，其志抑而不伸，其才积而不发，其号位势力不足动人，而人闻其声，家有其书，旁行于一时而下达于千世，虽其怨敌不敢议也，则诗能达人矣，未见其穷也。

　　　　　　　　（宋）陈师道《王平甫文集后序》，《后山居士文集》卷十六，上海古籍出版社本

　　余以百司从车驾止建康。一日，谒内相朱子发，论文甚洽。适有数清贵俱在座，顾不肖而谓诸人曰："兹人文学该赡，尤长于诗，然坐是以穷耳。"意谓古人有言，"诗能穷人"故也。余奋然答曰："内翰之言误矣。夫'诗非能穷人，待穷者而后工耳。'此欧阳文忠公之语也。以不肖观之，犹为未当。《诗》三百六篇，其精深醇粹，博大宏远者，莫如《雅》《颂》。然《鸱鸮》之诗，周公所作也；《泂酌》之诗，召公所作也。《诗》云：'吉甫作诵，穆如清风。其诗孔硕，其风肆好。'顾不美乎？数君子者，顾不达而在上，功名富贵人乎？何诗能穷人？又何必待穷者而后

工邪？汉唐以来，不暇多举。近时欧阳公、王荆公、苏东坡号能诗，三人者，亦不贫贱，又岂碌碌者所可追及？然则谓诗能穷人者，固非矣，谓待穷者而后工，亦未是也。夫穷通者，时也。达则行于天下，穷则独善其身，政不在能诗与不能诗也。"座客为之怃然。

     （宋）张表臣《珊瑚钩诗话》卷三，《历代诗话》本

  文章何物求渠力，诗亦安能使汝穷。春水一池花百本，此生未易报天公。

     （宋）陆游《龟堂偶题》，《剑南诗稿》卷六十五，上海古籍出版社本

  诗家者流尝曰："诗能穷人。"或曰："诗亦能达人。"或曰："穷达不足计，顾吾乐于此则为之。"甭且夫疚于穷者其诗折，慆于达者其诗衒，折则不充，衒则不出，是固非诗矣。至俟夫乐而后有诗，则不乐之后，未乐之初，遂无诗耶？

     （宋）杨万里《陈晞颜诗集序》，《诚斋集》卷七十八，《四部丛刊》本

  人自穷通诗自诗，管渠人事与天时。

     （宋）杨万里《和张功父病中遣怀》，《诚斋集》卷二十三，《四部丛刊》本

  谓穷乃工诗，自唐始，而李、杜为尤穷而工者。然甫旧谏官，白亦词臣，岂必婆主人饥饿而鸣哉……昔庐陵、半山二公，愈贵愈显，其诗愈肆，岿然为吾祖。

     （宋）刘克庄《序王子文诗》，《后村先生大全集》卷九十四，《四部丛刊》本

  予尝造玉窗之庐，环堵萧然，青山满户，真诗人之资也。唐人之于诗，或谓穷故工。本朝诸家诗，多出于贵人。往往文章衍裕，出其余为诗，而气势自别。

     （宋）文天祥《跋刘玉窗诗文》，《文山先生全集》卷十，《四部丛刊》本

古之人以其涵煦和顺之积而发于咏歌，故其声气明畅而温柔，渊静而光泽。至于世故不齐，有放臣、出子、斥妇、囚奴之达其情于辞者，盖其变也，所遇之不幸者也。而后之论者，乃以为和平之辞难类，忧愤之言易工，是直以其感之速而激之深者为言耳。盍亦观于水夫？夫水安流无波，演迤万里，其深长岂易穷也？若夫风涛惊奔，泷石险壮，是特其遇物之极于变者，而曰水之奇观必在于是，岂观水之术也哉！

（元）虞集《李景山诗集序》，《道园学古录》卷五，《四部备要》本

古之为诗者未始以辞之工拙验夫人之穷达。以穷达言诗，自昌黎韩子、庐陵欧阳子始。昌黎盖曰："穷苦之言易好。"庐陵亦曰："非诗能穷人，殆穷者而后工耳。"自夫为是言也，好事者或又矫之以诗能达人之说，此岂近于理也哉？《匪风》《下泉》，诚穷矣；《凫鹥》《既醉》，未或有不工者。窃意昌黎、庐陵特指夫秦、汉以来幽人狷士悲呼愤慨之辞以为言，而未暇深论乎古之为诗也。临川艾君，当宋之季，负其所有，一不售于世，凡所撰著率散落而诗独传，其亦所谓穷而工者耶？感城廓之非是，叹江涛之眇然，悃款恻怛，一出畎亩之衷，虽流离颠越而不悔，是耿耿者，固非诗之所能穷达，而其诗亦不俟穷而后工也。

（元）黄溍《蕙山愁吟后序》，《金华黄先生文集》卷十八，《四部丛刊》本

诗以穷而工，欧阳子之言，世以为至矣。予则以为穷者其身厄，必其言悲，则所谓工者，特工于悲耳。故尝窃以为穷而工者，不若隐而工者之为工也。盖隐者忘情于朝市之上，甘心于山林之下，日以耕钓为生，琴书为务，陶然以醉，倚然以游，不知冠冕为何制，钟鼎为何物，且有浮云富贵之意，又何穷云？是以发于吟咏，不清婉而和平，则高亢而超绝。

（明）吴宽《石田稿序》，《匏翁家藏集》卷四十三，《四部丛刊》本

《刘长卿集》凄婉清切，尽羁人怨士之思，盖其情性固然，非但以迁谪故，譬之琴有商调，自成一格。若柳子厚永州以前，亦自有和平富丽之

作，岂尽为迁谪之音耶？

(明）李东阳《麓堂诗话》，《历代诗话续编》本

古云："诗能穷人。"又云："诗非能穷，穷者而后工也。"夫使穷而后工，曹氏父子，当为伧夫，而谢客无芙蓉之什，昭明兄弟要以纨袴终也。惟云"诗能穷人"，大似有之。管城亲而牙筹疏，一不合也；气高语率，令人自远，二不合也；富者恶其厉缙，仇之若敌，贵者忌其厉官，避之若祟，三不合也。有一于此，皆足以穷，而况并之？故云：一日执管，二朝废饔，妻子之所羞，而宗党之所怒也。是物者，何益人秋毫事，而余辈酷嗜之。

(明）袁宏道《谢于楚历山草引》，《袁宏道全集·文钞》，上海古籍出版社本

诗以穷工，书因愁著，定论乎？曰：非也。文章有欢喜一途，惟快士能取之。宋玉、蒙庄、司马子长、陶元亮、子美、子瞻、吾家实甫，皆快士也。其所落笔，山水腾花，烟霞划笑，即甚涕苦，愤叹之中，必有调谐傞舞之意。盖天禀原空，则尘粘自脱，即能解，快人不可多得矣。

(明）王思任《夏叔先生文集序》，《王季重十种》，《中国文学珍本丛书》本

诗非穷不工，是言也，果遂为定论哉？陶靖节怀用世之志，杜子美有忠君爱国之心，而时位不称，率多寄意于篇什，于是而谓诗以穷工亦宜。若本非其具，即老死沟壑，方求一言之几于道不可得，其诗又安问工拙哉？

(明）吴应箕《卷园诗集序》，《楼山堂集》卷十六，粤雅堂丛书本

昔陈思王生享华乐，而文章豪逸，非应、刘可几；少陵终老寡谐，而沉郁顿挫之音，每于一篇之中，干云直上；两者各有所得，要为不兼之数。而太史生平以荣逐，而间涉忧逸，是以亘动其愤发之气，而大极其歌哭之致，宜其缠绵骚雅，才情溢出，近代罕其俦也。盖若合前后遭际，均有以佐发其胸中者，要皆太史天姿独迥，不可羁制，无所往而不自见其纵

横也,岂必尽关所遇也哉!

    (清)周亮工《何省斋太史诗序》,《赖古堂集》卷十五,《四部备要》本

  自梅圣俞为诗,而欧公序之,有穷然后工之论,于是凡天下放废无聊之人,方外游旅之士,莫不自托于歌吟声咏之间,沾沾以为能。即有身世通显者,考其著作,亦多矫情曲意,务欲叩寂寞之音,绘幽忧之状,盖可谓和平者难工,而愁叹者易好,沿袭仿佛莫之易也。吾少而学焉,亦以欧公之论为然,最后读宋子《古竹圃》诗,乃知欧公之序圣俞,特有所寄寓感慨以求工其文,非定论也。

  宋子之诗,神苍骨劲,格高气浑,举当世数十年争嘴学步之病,一切空之,直由盛明接于盛唐。固幸为之于论定之后,易去其回惑,而得指归。吾则甚服其冲融大雅,油然悠然,从容自适,而工者自莫之及。未尝有孤臣寡妇之怨悲,鳄鱼鹏鸟之祲怪,引藉为激壮也。盖宋子生于卿相之家,又少年即膺勋命,常从天子左右,归而读书,自命尤自奋发,攀跻于古作者之林,未见其止,固宜其诗之浩落而夷犹矣。

  嗟乎!吾少时所遇,自谓不减宋子,未几流离于兵戈之余,所至见铟,坎壈抑郁者,几二十年,殆无异于欧公之所谓穷而且老,然而为诗卒不工,何与?岂非人之材分有限,不能工者,虽穷亦不工;能工者不必穷亦工耶?以余之泯没,甚愧其穷而不工,几使欧公之言不信,赖有宋子之不必穷而工者,参证于其间,庶足以释余之惭,而欧公亦不必信其言矣。

    (清)侯方域《宋牧仲诗序》,《壮悔堂全集·遗稿》,扫叶山房本

  邺中诸诗,子不如父,弟不如兄,臣不如君,宾客不如主人。然千古以来,独陈思与徐、王、应、刘、陈、阮得称才子者,瞒、丕之才,为功名所掩,而陈思所遭不幸,故特以诗文著耳。然陈思诗文,丰骨气概,皆逊父兄一筹;便当时贾诩无属思之封,杨修成羽翼之谋,又安知绣虎之誉,不在五官中郎将哉!

    (清)贺贻孙《诗筏》,《清诗话续编》本

  友人曰:"诗能穷人,信然乎?"曰:"予固闻诗能穷人,但只见诗能通人耳。唐取士以诗,岂曰穷人?'江上峰青',尤表表者;□'日暮汉

宫'，特传御批除官，千古艳之。若孟郊诸人，□原应尔，安得概以咎诗哉！"友人曰："诗穷人，亦谓人于诗道进一分，辄于世俗人情退几许，故穷也。"余曰："《诗》三百篇，最于世俗世情留心关切，夫子奈何以之教人？所谓兴观群怨者，通之谓也。世之不诗以穷者多矣，将谁咎哉？"

（清）周容《春酒堂诗话》，《清诗话续编》本

昌黎子曰："欢愉之言难工，愁苦之言易好。"斯亦善言诗矣。至于词或不然，大都欢愉之辞，工者十九，而言愁苦者十一焉耳。故诗际兵戈俶扰流离琐尾而作者愈工，词则宜于宴嬉逸乐以歌咏太平，此学士大夫并存焉而不废也。

（清）朱彝尊《紫云词序》，《曝书亭集》卷四十，《四部备要》本

予尝论诗有二道：曰工，曰佳。工者，多出苦吟；佳者，多由快咏。古人谓诗穷而后工，特为工者言耳；而佳诗，则必风流文采，翩翩豪迈，能发庙朝太平之音，较之穷而后工者，有风、雅、正、变之殊焉。盖诗以言性情也，变者之情易见，正者之情难知。吾读储君之诗，丰腴典丽，而更有真气流注其中。他日载笔肜庭，鼓吹休和，必能上追《三百篇》之旨趣，使学诗者既不沦于穷愁枯寂，又不习为靡缛无生气之言，后此十五国风气，将以海陵为宗矣！不然，海陵之诗虽多，亦奚以为？

（清）孔尚任《山涛诗集序》，《孔尚任诗文集》卷六，中华书局本

昔欧阳子序梅圣俞诗，有"穷而后工"之语，予窃非之。周末《板》《荡》诸什不能跻诸《清庙》、《生民》，而少陵稷、契自许，岂必借彼羌村、巫峡之寄兴哉！诗之工不工，不系乎穷达明矣。今观景城纪公之诗，而知欧阳子之言未可尽非也。诗皆明季天、崇间作，忧时感事，多怫郁沉痛之音，然而每有事外远致。

（清）翁方纲《花王阁滕稿序》，《复初斋文集》卷三，清刊本

予最不服欧阳子"穷而益工"之语。若杜陵之写乱离，眉山之托仙佛，其偶然耳。使彼二子者，生于周、召之际，有不能为雅、颂者哉！世

徒见才士多困踬不遇，因益以其诗坚之，而彼才士之自坚也益甚，于是怨尤之习生而荡僻之志作矣。

（清）翁方纲《黄仲则悔存诗钞序》，《复初斋文集》卷四，清刊本

诗人虽云"穷而益工"，然未有穷工而达转不工者。若青莲、浣花，使其立于庙朝，制为雅颂，当复如何正大典雅，开辟万古！而使孟东野当之，其可以为训乎！

（清）翁方纲《石洲诗话》卷三，《清诗话续编》本

伏念诗人穷而后工之说，原为衰世之言。古人若唐虞之皋、夔，成周之周、召，何尝不以高华篇什传播千秋。

（清）袁枚《答云坡大司寇》，《小仓山房尺牍》卷四，《随园全集》，文明书局本

诗人之穷，莫穷于少陵。当其游吴、越，游齐、赵，少年快意，裘马清狂，固尚未困厄。天宝六载，召试至长安，报罢之后，则日益饥窘。观其诗可知也。《雨过苏端》，端为具酒，则云："浊醪必在眼，尽醉摅怀抱。"《晦日寻崔戢李封》，则云："晚定崔李交，会心真罕俦。每过得酒倾，二宅可淹留。"《病后过王倚留饮》，则云："惟生哀我未平复，为我力致美肴膳。"而所食者，不过香粳、冬菹、土酥、豕肉而已。郑重感谢，谓"主人情味晚谁似，令我手脚轻欲旋。"《程录事还乡携酒馔来就别》，则云："内愧不突黔，庶羞以馈给。素丝挈长鱼，碧酒随玉粒。"亦不过鱼、酒、稻米也。与妻子徒步至彭衙，有孙宰留宿具饭，则云："誓将与夫子，永结为弟昆。"甚至向侄佐索米，则云："已应春得细，正想滑流匙。"又云："甚闻霜薤白，重惠意如何？"则并乞及葱薤矣。在同谷亲拾橡栗，至飏黄精不获而归，对儿女长叹，其景况可想也。惟入蜀以后，前后在浣花草堂一二年，稍免饥寒。崔明府见访，严郑公出郊，尚能留饮。夔州以后，又生事不给。《王十五前阁会》，则云："病身虚俊味，何幸饫儿童！"孟仓曹馈酒酱二物，则有诗志惠。甚至园官送菜，而叹其以苦苣马齿，掩乎嘉蔬。迨至湖南，则更流徙丐贷，朝不谋夕，遂以牛肉白酒，一醉饱而殁。天以千秋万岁名荣之于身后，而斗粟尺縑，偏靳之于

生前，此理真不可解也。或谓诗必穷而后工，此亦不然。观集中《重经昭陵》、《高都护骢马》、《刘少府山水障》、《天育骠骑》、《玉华宫》、《九成宫》、《曹霸丹青》、《韦偃双松》诸杰作，皆在不甚饥窘时。气壮力厚，有此巨观，则又未必真以穷而后工也。

（清）赵翼《瓯北诗话》卷二，《清诗话续编》本

欧阳子之言曰："诗非能穷人，殆穷者而后工。"吾谓诗之最工者周文公、召康公、尹吉甫、卫武公，皆未尝穷。陶渊明穷矣，而诗不常自言其穷，乃其所以愈工也。若乃前导八驺而称放废，家累巨万而叹贫窭，舍己之富贵不言，翻诗于穷者之词，无论不工，虽工奚益？

（清）钱大昕《李南涧诗集序》，《潜研堂文集》卷二十六，清刊本

诗是歌的笑的好呀，还是哭的叫的好？换一句话说，诗的任务在赞美自然之美呀，抑在呼诉人生之苦？再换一句话说，我们应该为做诗而做诗呀，抑或应该为人生问题中某项目的而作诗？这两种主张，各有极强的理由，我们不能作极端的左右袒，也不愿作极端的左右袒。依我所见，人生目的不是单调的，美也不是单调的，为爱美而爱美，也可以说为的是人生目的，因为爱美本来是人生目的的一部分。诉人生苦痛，写人生黑暗，也不能不说是美，因为美的作用，不外令自己或别人起快感。痛楚的刺激，也是快感之一。例如肤痒的人，用手抓到出血，越抓越畅快。像情感怎么热烈的杜工部，他的作品，自然是刺激性极强，近于哭叫人生目的那一路。主张人生艺术观的人，固然要读他。但还要知道，他的哭声，是三板一眼的哭出来，节节含着真美，主张唯美艺术观的人，也非读他不可。

（清）梁启超《情圣杜甫》，《饮冰室文集》卷三十八，《饮冰室合集》，中华书局本

知 音 编

毛时安　汪宇　编选

一

知音的修养

1. 德才学识

务乐有术，必由平出。平出于公，公出于道。故惟得道之人，其可与言乐乎？亡国戮民，非无乐也，其乐不乐。

（先秦）《吕氏春秋·仲夏纪·大乐》，《诸子集成》本

昔者，孔子鼓瑟，曾子、子贡侧门而听。曲终，曾子曰："嗟呼！夫子瑟声，殆有贪狠之志，邪僻之行，何其不仁趋利之甚！"子贡以为然，不对而入。夫子望见子贡有谏过之色，应难之状，释瑟而待之。子贡以曾子之言告。子曰："嗟呼！夫参，天下贤人也，其习知音矣！乡（向）者丘鼓瑟，有鼠出游，狸见于屋，循梁微行，造焉而避，厌目曲背，求而不得，丘以瑟淫其音，参以丘为贪狠邪僻，不亦宜乎？"《诗》曰："鼓钟于宫，声闻于外。"

（汉）韩婴《韩诗外传》卷七，《韩诗外传集释》，中华书局本

是以将阅文情，先标六观：一观位体，二观置辞，三观通变，四观奇正，五观事义，六观宫商。斯术既形，则优劣见矣。

（南朝·梁）刘勰《文心雕龙·知音》，人民文学出版社本

夫楚谣汉风，既非一骨；魏制晋选，固亦二体。譬犹蓝朱成彩，杂错之变无穷；宫商为音，靡曼之态不极。故蛾眉讵同貌而俱动于魄，芳草宁共气而皆悦于魂，不其然欤？至于世之诸贤，各滞所迷，莫不论甘而忌

辛，好丹而非素。岂所谓通方广恕，好远兼爱者哉！及公幹、仲宣之论，家有曲直；安仁、士衡之评，人立矫抗，况复殊于此者乎。
（南朝·梁）江淹《杂体诗序》，六臣注《文选》卷三十一，《四部丛刊》影宋本

律吕有可求之理，德性深厚者必能知之。
（宋）张载《张子全书·礼乐》，《四部丛刊》本

凡人溺于所见，而于所不见则必以为疑。孙皓问张尚曰："泛彼柏舟，柏中舟乎？"尚曰："《诗》又云，桧楫松舟，则松亦中舟矣"。皓忌其胜己，因下狱。南方佳木而下舟，不及松柏，此皓所以疑也。今西北率以松柏为舟材之最良者，有溺于所见，遽谓柏不可以为舟。断以己意，以训导学者，而弃先儒之说，可怪也。邶之风言舟宜济渡，犹仁人宜见用，柏宜为舟。《鄘风》亦然，乃独于《邶风》释之，可以概见也。况非其地之所有，风俗所宜，诗人不形于歌咏，昔人盖尝明之矣。孙皓虽忌张尚之胜己，然不敢以训人也。
（宋）朱弁《曲洧旧闻》卷四，《丛书集成》本

夫诗之本在声，而声之本在兴。鸟兽草木乃发兴之本。汉儒之言诗者，既不论声，又不知兴，故鸟兽草木之学废矣。若曰"关关雎鸠，在河之洲"，不知雎鸠，则安知河洲之趣与关关之声乎？
（宋）郑樵《通志》卷七十五，商务印书馆本

杜诗古本"野艇恰受两三人"，浅者不知"艇"字有平音，乃妄改作"航"字，以便于读，谬矣。古乐府云："沿江有百丈，一濡多一艇。上水郎担篙，何时至江陵。"艇言廷，杜诗盖用此音也。故曰：胸中无国子监，不可读杜诗。彼胸中无杜学，乃欲订改杜诗乎？
（明）杨慎《升庵诗话》卷五，《历代诗话续编》本

诗者，性情之作而有学问之事焉。凡伦美刺非，感微记远，皆一时托寄之言。学士大夫赋以见志。一经之士，不能独知其辞，岂固可以不学哉！
（明）周立勋《岳起堂稿序》，《陈忠裕公全集》卷首，清嘉庆刊本

陈仲醇云:"五十方能读杜诗。"盖谓其阅世深,闻见广,始能领略要妙也。予谓学者早年读杜,未能遽悉高深,必驰骛众家之奇者、丽者、澹者、逸者、奔者、峭者,领新标异,自号名流。及至五十,菁华刊落,笔墨销归,缮杜集一再读,而觉向之所谓奇者、丽者、澹者、逸者、奔者、峭者,不过有杜之一体,至其包括众妙,波澜独老,真觉人所不能为而为之者也。王临川云:"世之学者至乎甫,而后为诗不能至,要之不知诗焉尔。"诚哉是言也。

(清)叶矫然《龙性堂诗话初集》,《清诗话续编》本

由称诗之人,才短力弱,识又矇焉而不知所衷;既不能知诗之源流、本末、正变、盛衰互为循环,并不能辨古今作者之心思、才力、深浅、高下、长短;孰为沿为革?孰为创为因?孰为流弊而衰?孰为救衰而盛?一一剖析而缕分之,兼综而条贯之;徒自诩矜张,为郛廓隔膜之谈,以欺人而自欺也。于是百喙争鸣,互自标榜,胶固一偏,剿猎成说;后生小子,耳食者多,是非淆而性情汩,不能不三叹于风雅之日衰也。

(清)叶燮《原诗·内篇上》,人民文学出版社本

吴道子画钟馗,手捉一鬼,以右手第二指抉鬼眼,时称神妙。或以进蜀主孟昶,甚爱重之。一日,召示黄筌,谓曰:若以拇指掐鬼眼,更有力,试改之!筌请归,数日,看之不足,以绢素别画一钟馗,如昶指,并吴本进纳。昶问之。对曰:道子所画,一身气力色貌俱在第二指,不在拇指。今筌所画,一身气力意思并在拇指,是以不敢辄改。此虽论画,实诗文之妙诀。读《史记》、《汉书》,须具此识力,始得其精义所在。

(清)王士禛《带经堂诗话》卷三,人民文学出版社本

诗有真伪,分别正须具眼。不然百宝帐、千丝网,五色迷离,几何不被人瞒过。

(清)田同之《西圃诗说》,《清诗话续编》本

诗文无定价,一则眼力不齐,嗜好各别;一则阿私所好,爱而忘丑。或心知,或亲串,必将其声价逢人说项,极口揄扬。美则牵合归之,疵则宛转掩之。谈诗论文,开口便以其人为标准,他人纵有杰作,必索一瘢以

诋之。后生立脚不定，无不被其所惑。吾辈定须竖起脊梁，撑开慧眼；举世誉之而不加劝，举世非之而不加沮。则魔群妖党，无所施其伎俩矣。

（清）薛雪《一瓢诗话》，《清诗话》本

朱子《答巩仲至书》曰："来喻所云'漱六艺之芳润，以求真澹'，此诚至极之论。然亦须先识得古今体制，雅俗乡背，更洗涤尽肠胃间夙生荤血脂膏，然后此语方有所措；如其未然，窃恐秽浊为主，'芳润'入不得也。"《雕龙》曰："疏瀹五藏，澡雪精神。"岂不信夫！

（清）乔亿《剑溪说诗》卷上，《清诗话续编》本

《诗三百篇》，圣人皆弦歌之以求合于韶、武之音。韶、武，古乐也，盛德之所同也。谓《清庙》、《猗》、《那》合之可也，谓《节南山》、《雨无正》合之可乎？谓《关雎》、《鹊巢》合之可也，谓《株林》、《匪风》合之可乎？是必有标乎音之平者矣。以其义言之，则圣人一言蔽之，曰："思无邪。"以其音言之，则曰："乐不淫，哀不伤"，曰："各得其所"，曰："洋洋盈耳"，而未有一言该其所以然者。音之理通于微，而音之发非一绪，在善读者领会之而已。况乎汉、魏、六朝以后，正变愈出愈棼，而岂能撮举其所以然。

（清）翁方纲《神韵论上》，《复初斋文集》卷八，清刊本

读古人书，须自具手眼，又必奇而可法。如王或庵之《文章练要》，刘继庄之《觯乐府》，不必尽然，而得其法，可以他用。故《古诗十九首》，或云二十首，或云数十首，或云各家杂作，或云各首一意，纷纷聚讼。不如作一章看，其意自见，此善读书法也。

（清）李调元《雨村诗话》卷上，《清诗话续编》本

今人读《离骚》者，但以为忧惶瞀乱，所以一句说向天，一句说到地。其实不然。李文贞谓"《离骚》须注得一过，看出此人学问条理，读的书既多，又一字不乱下，都含义理"云云。盖必如此，方得读《骚》之益。近龚海峰先生有《离骚注》一卷，精博而复能贯串，允足为学《骚》者之一助。

（清）梁章钜《退庵随笔》，《清诗话续编》本

胡氏应麟曰："五言排律，沈、宋二氏，藻赡精工；太白、右丞，明秀高爽。"按沈、宋排律，人巧而已。右丞明秀，实超沈、宋之上。若气魄闳大，体势飞动，亦未可与太白抗行也。"湖清霜镜晓，涛白雪山来"，"地形连海尽，天影落江虚"等句，右丞恐当避席。若"独坐清天下"、"黄鹤西楼月"等高调，更不待言。故论诗者胸无等级，语即近似，皆成隔阂，此类是也。

（清）潘德舆《养一斋李杜诗话》卷一，《清诗话续编》本

国手置棋，观者迷离，置者明白。《离骚》之文似之。不善读者，疑为于此于彼，恍惚无定。不知只由自己眼低。

（清）刘熙载《艺概·文概》，上海古籍出版社本

又译字之人，必华夷两通而后能之；读古文之人，必古今字尽识而后能之。此班固所谓晓古今语者必冠世大师，如伏生、欧阳生、夏侯生、孔安国庶几当之，余子皆不能也。此今文、古文家之大略也。

（清）龚自珍《大誓答问第二十四》，《龚自珍全集》第一辑，上海人民出版社本

《颂》声寝于康王，《二雅》变于宣王，其道德之终，而功业才智之竭乎！故不明四始、五际之义，不可以读《诗》。

（清）魏源《默觚下·治篇二》，《魏源集》，中华书局本

2. 生活体验和创作经验

盖有南威之容，乃可以论其淑媛；有龙泉之利，乃可以议其断割。刘季绪才不能逮于作者，而好诋诃文章，掎摭利病。昔田巴毁五帝、罪三王、訾五霸于稷下，一旦而服千人；鲁连一说，使终身杜口。刘生之辩，未若田氏；今之仲连，求之不难，可无叹息乎？人各有好尚：兰茝荪蕙之芳，众人所好，而海畔有逐臭之夫；《咸池》、《六茎》之发，众人所共乐，而墨翟有非之之论。岂可同哉？

（魏）曹植《与杨祖德书》，《文选》卷四十二，上海古籍出版社本

昔称韩非善著书，而《说难》、《孤愤》尤为激切，故司马子长深悲之，为著于篇，显白其事。夫以非之书，可谓善言人情，使逢时遇合之士观之，固无以异于他书矣。而独深悲之者，岂非遭罹世故，益感其言之至邪！

小人受性颛蒙，涉道未至，末学见浅，少年气粗。常谓尽诚可以绝嫌猜，徇公可以弭谗怨。谓慎独防微为近隘，谓艰贞用晦为废忠。刍狗已陈，刻舟徒识。罥楼随足，怅然无知。事去痴想，时时自笑。然后知韩非之善说，司马子长之深悲，迹符理会，千古相见，虽欲勿悲，可乎？

  （唐）刘禹锡《上杜司徒书》，《刘梦得文集》卷十四，《四部丛刊》本

陶靖节云"平畴交远风，良苗亦怀新"，非古之偶耕植杖者不能道此语，非余之世农亦不能识此语之妙也。

  （宋）苏轼《题陶渊明诗》，《东坡题跋》卷二，《丛书集成》本

子美之诗凡千四百三十余篇，其忠义气节，羁旅艰难，悲愤无聊，一见于诗。句法理致，老而益精。平时读之，未见其工，逮亲更兵火丧乱之后，诵其诗，如出乎其时，犁然有当于人心，然后知其语之妙也。

  （宋）李纲《重校正杜子美集叙》，《李忠定公集选》卷十五，明刊本

东坡称陶靖节诗云："'平畴交远风，良苗亦怀新'，非古之耦耕植杖者，不能识此语之妙也。"仆居中陶，稼穑是力。秋夏之交，稍旱得雨，雨余徐步，清风猎猎，禾黍竞秀，濯尘埃而泛新绿，乃悟渊明之句善体物也。

  （宋）张表臣《珊瑚钩诗话》卷一，《历代诗话》本

宋儒有四大病，近代犹甚：不喜读书，则君子小人渐无别；不作文字，则词气鄙俗而不自知；不事功业，则无益于世；不取近代事，则迂疏。

  （清）冯班《家戒上》，《钝吟杂录》卷一，《丛书集成》本

《赠卢谌》："何意百炼钢，化为绕指柔？"非英雄失志，身经多难之

人,不知此语酸鼻。

(清)施闰章《蠖斋诗话》,《清诗话》本

陈古渔云:"今人不知诗中甘苦,而强作解事者。正如富贵之家,堂上喧闹,而墙外行人,抵死不知。何也?未入门故也。"宋人《栽竹》诗云:"应筑粉墙高百尺,不容门外俗人看。"

(清)袁枚《随园诗话》卷八,人民文学出版社本

曹子建、孙过庭皆曰:"家有南威之容,乃可论于淑媛;有龙泉之利,然后议于断割。"以此意求之,如退之、子厚、习之、明允之论文,杜公之论诗,殆若孔、孟、曾、思、程、朱之讲道说经,乃可谓以般若说般若者矣。其余则不过知解宗徒,其所自造则未也,如陆士衡、刘彦和、钟仲伟、司空表圣皆是。既非身有,则其言或出于揣摩,不免空华目瞖,往往未谛。若夫宋以来诗话诸书,指陈褊隘,雅俗杂糅,任意抑扬,是非倒置,由己本未深诣精解也。

(清)方东树《昭昧詹言》卷一,人民文学出版社本

二

知音的原则和态度

1. 秉持公心　综合考察　不呈臆说

赏者，所以辨情也；评者，所以绳理也。赏而不正，则情乱于实；评而不均，则理失其真。理之失也，由于贵古而贱今；情之乱也，在乎信耳而弃目。古今虽殊，其迹实同；耳目诚异，其识则齐。识齐而赏异，不可以称正；迹同而评殊，未得以言评。平正而俱翻，则情理并乱也。由今人之画鬼魅者易为巧，摹犬马者难为工，何者？鬼魅质虚而犬马质露也。质虚者可托怪以示奇，形露者不可诬罔以是非。虽以其真而见妙也，托怪于无象，可假非而为是，取范于真形，则虽是而疑非。昔鲁哀公遥慕稷契之贤，不觉孔丘之圣；齐景公高仰管仲之谋，而不知晏婴之智；张伯松远羡仲舒之博，近遗子云之美。以夫子之圣，非不光于稷契；晏婴之贤，非有减于管仲；扬子云之才，非为劣于董仲舒；然而弗贵者，岂非重古而轻今，珍远而鄙近，贵耳而贱目，崇名而毁实耶！观俗之论，非苟欲以贵彼而贱此，饰名而挫实；由于美恶混揉，真伪难分，模法以度物为情，信心而定是非也。今以心察锱铢之重，则莫之能识；悬之权衡，则毫厘之重辨矣。是以圣人知是非难明，轻重难定，制为法则，揆量物情。故权衡诚悬，不可欺以轻重；绳墨诚陈，不可诬以曲直；规矩诚设，不可罔以方圆，故摹法以测物，则真伪易辨矣；信心而度理，则是非难明矣。越人腊蛇以飨秦客，秦客甘之以为鲤也，既而知其是蛇，攫喉而呕之，此为未知味也。赵人有曲者，托以伯牙之声，世人竞习之，后闻其非，乃束指而罢，此为未知音也。宋人得燕石以为美玉，铜匣而藏之，后知是石，因捧匣而弃之，此为未识玉也。郢人为赋，托以灵均，举世而诵之，后知其非，皆缄口而捐之，此为未知文也。故以蛇为鲤者，唯易牙不失其味；以赵曲为雅声者，唯钟期不混其音；以燕石为美玉者，唯猗顿不谬其真；以郢赋为丽藻者，唯相如不滥其赏。昔二人评玉，一人曰好，一人曰丑，久不能辨，各曰：尔来入吾目中，则好丑分矣。夫玉有定形，而察之不同，非苟相反，瞳睛殊也。堂珠黼幌，缀以金魄，碧流光霞，曜烂眩目，而醉者眸转，呼为焰火，非黼幌状移，目改变也。镜形如杯，以照西施，镜纵则面长，镜横则面广，非西施貌易，所照变也。海滨居者，望岛如舟，望舟如凫，而须舟者不造岛，射凫者不向舟，知是望远目乱而心惑也。山底行者，望岭树如簪，视岫虎如犬，而求簪者不上树，求犬者不往呼，知是望高目乱而心惑也。至于观人论文，则以大为小，以能为鄙，而不知其目乱心惑也，与望山海而不亦反乎。昔者仲尼先饭黍，侍者掩口笑，子游裼裘而谇，曾参摛指而哂。以圣贤之举措非有谬也，而不免于嗤诮，奚况世人未有名称，其容止之华，能免于其诮者，岂不难也。以此观之，则正可以为邪，美可以称恶，名实颠倒，可谓叹息也。今述理者贻之，知音君子聪达亮于前闻，明鉴出于意表，不以名实眩惑，不为古今易情，采其制意之本，略其文外之华，不没纤芥之善，不掩萤爝之光，可谓千载一遇也。

（北魏）刘昼《刘子·正赏》，《丛书集成》本

盖明镜之照物也，妍媸必露，不以毛嫱之面或有疵瑕，而寝其鉴也；虚空之传响也，清浊必闻，不以緜驹之歌时有误曲，而辍其应也。夫史官执简，宜类于斯。苟爱而知其丑，憎而知其善，善恶必书，斯为实录。

（唐）刘知幾《史通·惑经》，《四部备要》本

某白：向得秀才书及文章，类前时所辱远甚。多贺多贺！秀才志为文章，又在族父处，蚤夜孜孜，何畏不日日新又日新也。虽间不奉对，苟文益日新，则若亟见矣。夫观文章，宜若悬衡然。增之铢两则俯，反是则仰，无可私者。秀才诚欲令吾俯乎，则莫若增重其文。今观秀才所增益者，不啻铢两，吾固伏膺而俯矣，愈重，则吾俯滋甚。秀才其懋焉。苟增而不已，则吾首惧至地耳，又何间疏之患乎？还答不悉。宗元白。

（唐）柳宗元《答吴秀才谢示新文书》，《柳河东集》卷三十四，中华书局本

凡人为文，私于自是，不忍于割截，或失于繁多，其间妍媸益又自惑，必待交友有公鉴无姑息者，讨论而削夺之，然后繁简当否得其中矣。况仆与足下，为文尤患其多。已尚病之，况他人乎？

（唐）白居易《与元九书》，《白居易集》卷四十五，中华书局本

凡世人于事不可一概。有知而好者，有好而不知者，有不好而不知者，有不好而能知者。褒于书画，好而不知者也。画之为物尤难识，其精粗真伪，非一言可达。得者各以其意，披图所赏，未必是秉笔之意也。昔梅圣俞作诗，独以吾为知音，吾亦自谓举世之人知梅诗者，莫吾若也。吾尝问渠最得意处，渠诵数句，皆非吾赏者。以此知披图所赏，未必得秉笔之人本意也。

（宋）欧阳修《集古录跋尾·唐薛稷书》，《集古录》，《四库全书》本

至论可以为享，则又在乎事事物物之实理，而持以洞见全体为功，凡此似亦只是旧病也。且曰：洞见全体，而后事无不善，则是未见以前，未尝一一穷格，以持其贯通，而直以意识想象之耳。是与程子可评，对塔而说相轮者，何以异哉？

（宋）朱熹《答廖子晦》，《朱子文集》卷二，《四部丛刊》本

魏元寿问《大学》，先生曰："今学者不会看文章，多是先立私意，自主张己说，只借圣人言语做起头，便自把己意接说将去，病疼专在这上，不可不戒。"

（宋）朱熹《朱子语类辑略》卷六，考亭书院本

孟郊诗"楚山相蔽亏，日月全无辉。万枝古柳根，擎此磷磷溪。太行横偃脊，百里方崔嵬"等句皆造语工新，无一点俗韵。然其他篇章，似此处绝少也。李翱评其诗云："高处在古无上，平处下观二谢。"许之亦太甚矣。东坡谓："初如食小鱼，所得不偿劳。又似食蟛蜞，竟日嚼空螯。"贬之亦太甚矣。

（宋）葛立方《韵语阳秋》卷一，《历代诗话》本

鸟兽草木之赋状也，其在五方，自各不同。而观画者，独以其方所见，论难形似之不同。以为或小或大，或长或短，或丰或瘠，互相讥笑，以为口实。非善观者也。

（宋）邓椿《画继》，《历代论画名著汇编》本

景山早岁即起家掌故枢府，不数年遂长其幕，方骤用而遽坐废盖五年，而后宣慰云南，三年，而报使移病归乡里者又二年矣。二十年间，为诗凡数百篇，而云南诸作尤为世所传诵，岂非感激于其变者然哉？然余观其枢府所赋，乃多在于西山、玉泉之间，其云南之诗，至自叙曰："其辞或传，幸得托于中州人士之末。"虽能悲宕动人，察其意则能深省顺处，无怨尤忿厉之气；其居乡，则放旷平易，又若初未始更忧乐之变者。余因历考其所遇而察其所立言者，有以见其可存者，庶几不谬于古之人矣，而徒以云南之作知景山者，特未尽窥景山者也。

（元）虞集《李景山诗集序》，《道园学古录》卷五，《四部备要》本

虽然，观杜者不唯见其律，而有见其骚者焉；不唯见其骚，而有见其雅者焉；不唯见其骚与雅也，而有见其史者焉，此杜诗之全也。

（元）杨维桢《李仲虞诗序》卷七，《东维子文集》，《四部丛刊》本

少陵观张旭草圣，极叹其妙。至东坡题王逸少帖，则诋张为书工。昌黎《石鼓歌》，则又诋王为俗书。是三公之言何戾耶！盖王之于石鼓，张之于王，其书固不可同语，然诗人词气抑扬不无太过。论者遂以为口实，未为知书者也，亦未为知诗者也。世人不以韩言而短王，又可以苏言而少张欤？回观长史古草帖，偶书。

（明）高启《跋张长史春草帖》，《高太史凫藻集》卷四，缩印丛刊本

书不可尽信也，而纪载之词为尤甚。同时而仕，同堂而语，十人书之则其事各异。盖闻有详略，辞有工拙，而意之所向，好恶不同。以好恶之私，持不审之论，而其词又不足以发之，能不失其真者鲜矣！况于

世之相远，或数百，耳不闻其言，目不睹其事，身不预当时之得失，意揣心搆，以补其所不足，而增其所未备。或有所畏而不敢直书，或有旧恩故怨而过为毁誉，或务奇眩博而信传闻之辞，或欲骇人之视听而驾为浮辨。自左氏、司马迁、班固，不能免乎此弊。况世之庸史，其能传信而不诬哉！

（明）方孝孺《晋论》，《逊志斋集》卷五，《四部备要》本

挚虞《文章流别论》曰："假象过大，则与类相远；遣词过壮，则与事相违；辨言过理，则与义相失；靡丽过美，则与情相悖。"可谓切中今时作文之弊矣。

（明）何良俊《四友斋丛说》卷二十三，中华书局本

诗不可以一首得失概一人终身。诗家咸谓蒲生不如塘上，信矣。然可谓子建之才不如甄后耶？若余所举数条，则彼此皆常语，而常语之中，具见优劣。且诸作多尔，非若杨用修品题李、杜，舆羽钧金也。

（明）胡应麟《诗薮·内编》卷二，中华书局本

古大家有齐名合德者，必欲究竟，当熟读二家全集，洞悉根源，彻见底里，然后虚心易气，各举所长，乃可定其优劣。若偏重一隅，便非论笃。况以甲所独工，形乙所不经意，何异寸木岑楼，钧金舆羽哉！正如"朝辞白帝"，乃太白绝句中之绝出者，而杨用修举杜歌行中常语以当之。然则《秋兴》八篇，求之李集，可尽得乎？他日又举薛涛绝句，谓李白亦当叩首，则杜在李下，李又在薛下矣。甚矣可笑也！

（明）胡应麟《诗薮·外编》卷四，中华书局本

词至今日而极盛，至今日而亦极衰。学究、屠沽，尽传子墨；黄钟、瓦缶杂陈，而莫知其是非。予操三寸不律，为词场董狐，予则予，夺则夺，一人而瑕瑜不相掩，一帙而雅俗不相贷，谁其能幻我以黎丘哉。

（明）祁彪佳《曲品叙》，《远山堂曲品》，《中国古典戏曲论著集成》（六），中国戏剧出版社本

贺黄公云："不读全唐诗，不见盛唐之妙；不遍读盛唐诸公诗，不见

李、杜之妙也。"

（清）吴乔《围炉诗话》卷之四，《清诗话续编》本

问曰："先生何不自选一编，为唐人吐气？"答曰："不能也。唐人作诗之意，不在题中，且有不在诗中者，甚难测识，必也尽见其意，而后可定去取。自揣何所知识，而敢去取全唐乎？唐人诗须读其全集，而后知其境遇、学问、心术。唐人选唐诗，犹不失血脉。元人所选，已不能起人意。于鳞选之，惟取似于鳞者；钟、谭选之，惟取似钟、谭者，涂污唐人而已。余质性愚下，年将四十，方见唐人兴比之意，能读义山、致尧之诗，至于李、杜、迄今未了，何以去取？若不求其意而以词为去取，则选者多矣，何取余之一选哉？"

（清）吴乔《围炉诗话》卷之四，《清诗话续编》本

梅尧臣诗诚有品，而恶拙者亦复不少，名重招责，益动人口。读杨、刘诸公诗，如入季伦之室，绮疏绣闼，丝竹肥鲜，忽见葭墙艾席，菁羹橡饭者，反觉高致，故欧与之把臂入林，一时俱为倾动也。诸人不知矫枉之意，如"青苔井畔雀儿斗，乌柏树头鸦舅鸣。世事但知开口笑，俗情休要著心行"，及蟹诗之"满腹红膏肥似髓，贮盘青壳大于杯"，亦甚推之。风气既移，前之美谈，后之笑具矣。凡诗文之累，不由谤者，而由于誉者，可畏哉！

（清）吴乔《围炉诗话》卷之五，《清诗话续编》本

余最恨言诗者拈人单词只句，然于长吉，不得不尔。

诗不审章而论句，遂趋中晚。然少陵章法，又须求其不可测处，否则如"丞相祠堂"与"诸葛大名"诸篇，为宋人师承，涉于议论，失诗本色。嗟乎！既免中晚之卑，又免宋人之横，吾于近代中，将起谁氏而与言诗乎？

（清）周容《春酒堂诗话》，《清诗话续编》本

夫有韵之言，其旨微，其趣别，其为物多姿而体屡迁，此宁可一格绳者？济南、吴郡、公安、竟陵反唇相稽，皆以一格绳者也。彼其执焉而偏，过焉而枉，固属未广，亦由未细。试使诸公空人我相，以局外身作局

内说，闲闲评论，寸长尺短，未必不各见面目，而一以党伐从事，心粗则眼瞀矣。诗话者，以局外身作局内说者也，故其立论平而取义精。

（清）吴琇《龙性堂诗话序》，叶矫然《龙性堂诗话》，《清诗话续编》本

今有人，其诗能一一无是累，而通体庸俗浅薄，无一善，亦安用有此诗哉？故不观其高者大者远者，动摘字句，刻画评驳，将使从事风雅者，惟谨守老生常谈，为不刊之律，但求免于过，斯足矣。使人展卷，有何意味乎？

（清）叶燮《原诗·外篇上》，人民文学出版社本

"凡作近体，诵之行云流水，听之金声玉振，观之明霞散绮，讲之独茧抽丝。此诗家四关，一关未透，便非佳句。"茂秦刻意为其七子一派写照，阅之不觉捧腹。然能如此，亦自登峰造极，虞山一概贬斥，非公也。千载而下，定评出焉，毕竟七子在钟、谭之上。

（清）田雯《古欢堂集杂著》卷三，《清诗话续编》本

惟指斥陆务观诗文，犹未见独出手眼，足以服古人之心。务观诗，七言律体病在太熟太多，每至蹊径复沓，又先俪句，后足成之，未免有有句无章之诮。若其使事稳切队仗工整，非经史烂熟，胸有炉冶者不能。故于白傅之外，并称大家。又七言古诗，沉雄激壮，恢复中原之志，时流露于笔墨之间，位虽卑微，独存忠爱，得杜少陵一体，不必毛举麻列，概没其志节也。至其文章，尤为卓荦，阁下一概抹却，而于其中举《南园记》一篇，谓记为韩侂胄作，比于马融之作《西第颂》，而引杨诚斋之坚拒备责之。此论前人有之，不始于阁下也；然事关品行，欲以一文尽丧其生平，不敢以不辩。

（清）沈德潜《答某太史书》，《归愚文续》卷九，清刊本

坡公在狱，有以其《咏桧诗》逢迎神宗曰："'根到九泉无处曲，世间惟有蛰龙知。'陛下飞龙在天，轼以为不知己，而求之地下之蛰龙，有不臣之意。"神宗曰："诗人之词，安可如此论？彼自咏桧，何预朕事？"章子厚又从旁解之，得无恙。设非神宗光明正大，鲜不受其害；而章子厚

却能为文星解厄，可谓平生一善。

（清）薛雪《一瓢诗话》，人民文学出版社本

新知旧识总吟朋，老眼临文肯世情。心尝不关交厚薄，此中我自最分明。

（清）赵翼《闲居无事取子才心馀述庵晴沙白华玉函璞函诸君诗手自评阅辄成八首》之四，《瓯北集》卷二十四，清刊本

至作序之说，前诺未忘，然此事不可草草……其二，须尽读其所作，方有运思遣辞径路，否则公家言耳。其三，亦须稍识腥仙生平踪迹及交游之人，方能不谄不渎，盖以言谀人，以文谀人，皆非君子之事也。

（清）恽敬《与廖听桥》，《大云山房文稿》《言事》卷一，《四部备要》本

在墙上见人所黏诗草，案上见人所刻硃卷，论当从宽。盖能中式，能倡和，便好。若是刻了集，是出问世人，便恕不过去。此刊行之不可造次也。然有人吹毛索瘢，想来尚是有斑之豹皮，直得去吹索。绵津似不如渔洋，人能知之。当时有合刻诗稿，人吹索渔洋，不吹索绵津，是绵津死渔洋不死也。古人谓盖棺然后论定，到盖棺了，人品学问已定，一切功名势位，穷檐陋巷，皆无分别，则真评出矣。

（清）延君寿《老生常谈》，《清诗话续编》本

放翁诗初编为四十卷，再编通前为八十五卷，合计之已九千二百余首。当时罗椅选十卷为前集，刘辰翁选八卷为后集。罗本有圈点而无评论，刘本则句下及篇末间有附批，去取皆颇不苟。放翁诗派，初境本宗少陵，虽穷极工巧，而仍归雅正。自从戎巴、蜀，而后始臻宏肆。迨及晚年，又力归平淡，所谓"诗到无人爱处工"者，盖自道其诣力之所至也。刘后村《诗话》仅摘其对偶之工，已为皮相；后人又专取流连光景、可以剽窃移掇者转相贩鬻，而剑南一派，遂为论者口实。不知其全集中，感激豪宕、沉郁深婉之作，指不胜屈，岂可以读者之误，并集矢于作者哉！

（清）梁章钜《退庵随笔》，《清诗话续编》本

近人诗话之有名者，如愚山、渔洋、秋谷、竹垞、确士所著，不尽是发明第一义，然尚不至滋后学之惑。滋惑者，其随园乎？人纷纷訾之，吾可无论矣。独《石洲诗话》一书，引证该博，又无随园佻纤之失，信从者多。予窃有惑焉，不敢不商榷，以质后之君子。其书亦推张曲江为复古，李、杜为冠冕，杜可直接六经。而酷好苏诗，以之导引后进，谓学诗只此一途，虽根本忠爱之杜诗，必不可学，"人不知杜公有多大喉咙，以为我辈亦可如此，所以梦如乱丝"。夫苏诗非不雄视百世，而杜诗者，尤人人心中自有之诗也。今望而生怖，谓不如苏之蹊径易寻，则是避难就易之私心，犹书家之有侧锋，仕途之有捷径，自为之可耳，岂所以示天下耶！又谓"五言诗自苏、黄后，放翁已不能脚踏实地。居此后者，欲以平正自然，上追古人，其谁信之"。夫苏、黄之诗，标新领异，旁见侧出，原令人目眩心摇。然久于其中，竟谓举世之人，舍此断无出路，何其轻量人才之甚也！且必不以平正自然为诗，则诗之为物，累人心术亦甚矣！尤可异者，偏爱苏诗，并以遗山《论诗绝句》中攻苏之作，亦傅会为爱苏之论也。如："奇外无奇更出奇，一波才动万波随。只知诗到苏黄尽，沧海横流却是谁？"此首明以"沧海横流"责苏，而石洲以为遗山自慨身世。"金入洪炉不厌频，精真那计受纤尘？苏门果有忠臣在，肯放坡诗百态新。"此首明言苏门无忠直之言，故致坡诗竞出新态，而石洲以为"收足论苏之旨，即苏诗'始知真放本精微'意"。"百年才觉古风回，元祐诸人次第来。讳学金陵犹有说，竟将何罪废欧梅？"此首明言欧、梅甫能复古，而元祐苏、黄诸人次第变古，学元祐者，废金陵犹可，废欧、梅则必不可。而石洲以为"'回'字乃坡公'升平格力未全回'之'回'，何尝有人讳学金陵，何尝有人欲废欧、梅？此可得文章风会气脉"。凡石洲所解，皆与遗山本诗义理迥不入，脉络绝不贯，不知何以下笔？盖既为偏好苏诗所蔽，而又不敢贬驳遗山，故于无可解说处，亦强为傅会，遂使人览之茫然耳。且遗山贬苏如此，而石洲犹以为"程学盛于南，苏学盛于北"，屡屡举此语以教人，古人有知，岂不为遗山所笑！且石洲于苏诗，亦未得其窔奥也。苏之名作甚多，而石洲举"河声便是广长舌，山色岂非清净身"二语，谓足尽全集之妙。此非论诗，直表章禅学矣。又举"始知真放本精微"一语，谓可作全集总评，亦禅机而已矣。"浮云世事改，孤月此心明"，前辈多赏之。石洲恐落窠臼，独赏其结句"二江争送客，木杪看桥横"。为言外有神，殆故作奇论，自建一帜耳。昔渔洋谓东坡七律不可学，石洲斥其非通论，是言各体均宜学也。此一家之言，果可示后生耶！其他泛论群家，亦多可疑。如谓太白七律不工，是不识太白。谓白乐天为似陶，沿遗山"陶为唐之白乐天"语，不知陶乃达人天机，白乃家人琐语，高简平铺，绝不相侔也。又谓《长恨歌》"独出冠时，所以为豪杰。后来欲复古者，实强作解事"。夫以《长恨歌》之冶荡纤弱，只合与歌伎读者，而目为"豪杰"，自流滥于此，遂可以人之复古为多事耶？又谓"小杜'自说江湖不归去，阻风中酒过年年'，'今日鬓丝禅榻畔，茶烟轻飏落花风'，开、宝后百余年无人道得，五代、南北宋以后，更不能矣"。小杜二诗，洵晚唐佳语，何推尊至此！又谓长吉乃天地奇彩，直接《骚赋》，下视东野，如蚓窍苍蝇。弥颠倒不惬人意。又谓茶山诗优于放翁，后山诗无可回味处。盖茶山清转处，约略似苏；喜苏之快辩，自不知陈之郁辒也。总之矫七子学唐太似之病，必然师法苏、黄。此论竹垞已及之，石洲亦引之而故蹈之，为偏好所蔽耳。虽诗教广大，各明一义，亦无不可，然心目之间，必能洞澈源流，乃可抑扬前哲。若自甘偏霸，遂斥中声，震其大名，从之而靡，不能不为所累也。夫以苏之豪于诗，而倡言学之者犹足累人，况降于此者哉！论诗者诚不可不慎于言矣。

（清）潘德舆《养一斋诗话》卷一，《清诗话续编》本

沈存中谓"韩退之诗，乃押韵之文，虽健美富赡，而格不近诗"。吕惠卿谓"诗正当如是，诗人以来，未有如退之者"。此二说皆过也。昌黎《琴操》，高古绝特，唐人无及之者。古诗崛而坚，足为李、杜后劲；其斗险之作，则不可法。存中以其斗险之失，概却全集，而惠卿矫之，谓诗正当尔尔，其谬更甚于存中也。盖惠卿小人，徒以言语好胜而不顾其安，必至如此。

（清）潘德舆《养一斋诗话》卷四，《清诗话续编》本

问：昔人论七绝作法，有谓首句当斩然而断者，有谓以第二句作转关者，有谓此一句一意为正格者，有谓以对偶为正格者，考之唐诗，殊不尽然。

此皆举其一篇言之。大凡论诗，总不宜挟偏见，过求新奇，反招后人指摘也。

（清）陈仅《竹林答问》，《清诗话续编》本

蔡伯世云:"子瞻辞胜乎情,耆卿情胜乎辞,辞情相称者,惟少游而已。"此论陋极。

东坡之词,纯以情胜,情之至者词亦至! 只是情得其正,不似耆卿之嗝嗝儿女私情耳。论古人词,不辨是非,不别邪正,妄为褒贬,吾不谓然。

(清)陈廷焯《白雨斋词话》卷一,人民文学出版社本

2. 观主旨　取大端　勿苛求

水至清则无鱼,人至察则无徒。冕而前旒,所以蔽明;黈纩充耳,所以塞聪。明有所不见,聪有所不闻。举大德,赦小过,无求备于一人之义也。

(汉)东方朔《答客难》,《文选》卷四十五,中华书局本

然函人欲全,矢人欲伤,术在纠恶,势必深峭。《诗》刺谗人,投畀豺虎;《礼》疾元礼,方之鹦猩;墨翟非儒,目以豕鼷;孟轲讥墨,比诸禽兽。《诗》《礼》儒墨,既其如兹,奏劾严文,孰云能免。是以世人为文,竞于诋呵,吹毛取瑕,次骨为戾,复似善骂,多失折衷。

(南朝·梁)刘勰《文心雕龙·奏启》,人民文学出版社本

纵使卢王操翰墨,劣于汉魏近风骚。龙文虎脊皆君驭,历块过都见尔曹。

(唐)杜甫《戏为六绝句》其三,《杜诗详注》卷十,中华书局本

东坡和陶诗,或谓其终不近,或以为实过之,是皆非所当论也。渠亦因彼之意,以见吾意云尔,曷尝心竞而较其胜劣邪?故但观其眼目旨趣之何如,则可矣。

(金)王若虚《滹南诗话》卷二,《历代诗话续编》本

郑善夫有批点杜诗，其指摘疵类，不遗余力，然实子美之知己。余子议论虽多，直观场之见耳。当记其数则。一云：诗之妙处，不必说到尽，不必写到真，而其欲说欲写者，自宛然可想，虽可想而又不可道，斯得风人之义。杜公往往要到真处、尽处，所以失之。一云：长篇沉著顿挫，指事陈情，有根节骨格，此杜老独擅之能，唐人皆出其下；然诗正不以此为贵，但可以为难而已。宋人学之，往往以文为诗，雅道大坏，由杜老启之也。云：杜陵只欲脱去唐人工丽之体，而独占高古。盖意在自成一家，不肯随场作剧也。然诗终以兴致为宗，而气格反为病。善夫之诗，本出子美，而其持论如此，正子瞻所谓"知其所长，而又知其敝"者也。（《焦氏笔乘》）

（明）胡震亨《唐音癸签》卷六，上海古籍出版社本

（黄公曰：）"宋人作诗极多蠢拙，而论诗过于苛细，止供识者一噱耳。如严维之'柳塘春水漫，花坞夕阳迟'，乃写目前之景耳。刘贡父曰：'夕阳迟'系'花'，'水漫'不须'柳'。渔隐曰：'夕阳迟'乃系于'坞'，初不系'花'。二说于诗何益？又如'袖中谏草朝天去'，议者谓进谏必以章疏，无用疏草之理。安知非疏已上达，袖中乃留其草乎？"乔谓东汉章草，以写奏而名，纵不如黄公言，"草"字非杜撰也。

（清）吴乔《围炉诗话》卷之五，《清诗话续编》本

宋人论诗，多用心于无用之地，风气使然，名家不免。如山谷之注"唤起"、"催归"为二鸟名，东坡之自负"玉楼"、"银海"，事则然矣。然并无佳处，韩诗不过平常，苏语且不免粗豪之累。作诗用意固当于其大者，不在尺尺寸寸。

（清）贺裳《载酒园诗话》卷一，《清诗话续编》本

须溪评诗极佳，然亦有过当处。如张司业《节妇吟》："君知妾有夫，赠妾双明珠。感君缠绵意，系在红罗襦。妾家高楼连苑起，良人执戟明光里。知君用心如日月，事夫誓拟同生死。还君明珠双泪垂，何不相逢未嫁时！"此诗一句一转，语巽而峻，深得《行露》《白茅》之意。刘须溪曰："好自好，但亦不宜系。"余谓此说不惟苛细，兼亦不谙事宜。此乃寄东平李司空作也。籍已在他镇幕府，郓帅又以书币聘之，故寄此诗。通篇俱

是比体，系以明国士之感，辞以表从一之志，两无所负。必如所云，则汉皋之驹亦不宜秾，《摽梅》之迫吉迨今，何急不能待也！诗人之言，可如是执乎！此种意见，与见馈牛酒而潜范雎者何异？

（清）贺裳《载酒园诗话》卷一，《清诗话续编》本

看眼大处，久则积学自厚。如读史不考政治之得失，人物之消长，与夫治乱之由，奸贤之迹，但录碎事僻字，以备采用，恶在其为诗学也？

（清）乔亿《剑溪说诗》卷上，《清诗话续编》本

读古人诗，不于本领作用处求之，专赏其气味词调，及一二虚字传神，以为妙道，则日诵《唐贤三昧集》足矣，何假万卷为哉！

（清）乔亿《剑溪说诗》又编，《清诗话续编》本

或问："刘勰言：'陆机亦有锋颖，而腴词勿剪，终累文骨'。近日才人，如宝意、鱼门，时蹈此病。"余晓之曰："韦端己云：'屈、宋亦有芜词，应、刘岂无累句？但须精选斯文者，食马留肝，烹鱼去乙可耳。此《极玄集》之所由作也。'"

（清）袁枚《随园诗话》卷十，人民文学出版社本

余谓善论人者，略其短而著其功，表其长而正其误，若苟论之，虽孟、荀无完书矣。

（清）阮元《毛西河检讨全集后序》，《揅经室二集》卷七，《四部丛刊》本

刘须溪、钟伯敬论诗，各有独造，各有偏见，岂非大著眼孔者。刘病迂酸，钟病幽异。刘头巾气，钟鬼怪气。

（清）潘德舆《养一斋诗话》卷一，《清诗话续编》本

王氏安石曰："李白诗词迅快，无疏脱处。然其识污下，十句九言妇人酒耳。"按荆公此论，《冷斋夜话》、《扪虱新语》皆载之。《老学庵笔记》则谓其非荆公语，乃读李诗未熟者妄言之。此辩极为明通。然务观解为荆公辩诬，却自谓"太白识度甚浅"，举"王公大人借颜色，金

章紫绶来相趋","一别蹉跎朝市间,青云之交不可攀"等句,斥其"浅陋有索客风"。又云:"得一翰林供奉,此何足道,遂云'当时笑我微贱者,却来请谒为交欢',宜其终身坎壈也。"务观之识度诚伟矣,然伊古以来,文章出群之雄,而诗中往往萦情富贵者,亦不独太白也。子美诗云:"富贵必从勤苦得,男儿须读五车书。"退之诗云:"一为马前卒,鞭背生虫蛆。一为公与相,潭潭府中居。问之何因尔,学与不学欤。"子美能言"致君尧舜上,再使风俗淳"。退之能言"生平企仁义,所学皆孔周"。而以学问为富贵公相之饵,且津津教人,抑又何也?瑕不掩瑜,一难废百,读古人诗者,亦观其大端可矣。太白一生飘然不群,富贵要人,实非其心目中所有。苏子瞻谓"士以气为主,方高力士用事时,公卿大夫争事之,而太白使脱靴殿上,固气盖天下矣。夏侯湛《赞东方朔》曰:'凌跞卿相,嘲哂豪杰,雄节迈伦,高气盖世。'吾于太白亦云"。曾南丰亦谓其"捷出横步,志狭四裔。始来玉堂,旋去江湖。麒麟凤皇,世岂能拘"。务观何均不之引而为此异论也!夫诗理性情,世俗见地,自宜痛扫;然必摘其全集之微玷,盖厥终身,侪之浅人,亦无当于论世知人之识矣。

(清)潘德舆《养一斋李杜诗话》卷一,《清诗话续编》本

3. 意必己出　贵在自得

文章似无定论,殆是由人可见为高下耳。只为杨大年、欧阳永叔皆不喜杜诗,二公岂为不知文者,而好恶如此。晏元献公尝喜诵梅圣俞"寒鱼犹著底,白鹭已飞前"之句,圣俞以为此非我之极致者,岂公偶自得意于其间乎?欧公亦云:"吾平生作文,惟尹师鲁一见展卷疾读,五行俱下,便晓人深意处。"然则于余人当前有所不晓者多矣。可谓文章为精金美玉,市有定价,不可以口舌增损者,殆非虚语耶?虽然,阳春白雪而和者数人,折杨黄华则嗑然而笑,自古然矣。吾观昔人于小诗皆旬煅日炼,至谓"吟安一个字,捻断数茎须"者,其意如此,乃知老杜曰:"更觉良工心独苦",不独谓画也。

(宋)陈善《扪虱新话》卷五,《四库全书》本

学者不可以己意迁就圣贤之言。

（宋）朱熹《朱子语类辑略》卷三，考亭书院本

未论读古人书，且如一近世名公诗，须也知得他好处在那里，如何得他好处，亦须吟哦讽咏而后得之。今人都不曾识，好处也不识，不好处也不识，不好处以为好者有之矣，好者亦未必以为好也。其有知得某人诗好，某人诗不好者，亦只是见已前人如此说，便承虚接响说取去。如矮子看戏相似，见人道好，他也道好，及至问者他，那里是好处，元不曾识。举世皆然。只是不曾读熟，读后自然见得。

（宋）朱熹《朱子语类辑略》卷五，考亭书院本

人多说子美夔州诗好，此不可晓，鲁直一时固自有所见，今人只觉鲁直说好，便都说好，如矮人看场耳。问：韩退之潮州诗，东坡海外诗如何？曰：都好。东坡晚年诗固好，只文字也多是信笔胡说，全不看道理。

（宋）朱熹《论文下》，《朱子语类》卷一百四十，中华书局本

都下一诗友过余言诗，了不服善。余曰：虽古人诗，亦有可议者。盖擅名一时，宁肯帖然受人诋诃。又自谓大家气格，务在浑雄，不屑屑于句字之间，殊不知美玉微瑕，未为全宝也。或睥睨当代，以为世无劲敌，吐英华而媚千林，泻河汉而泽四野。只字求精工，花鸟催之不厌；片言失轻重，鬼神忌之有因。大哉志也！嗟哉人也！

（明）谢榛《四溟诗话》卷三，《历代诗话续编》本

余论诗多异时轨，世未有好之者，独宣城梅子与余论合。凡余所摈斥贬毁，俱一时名公巨匠，或梅子旧师也，梅子欣然以为是。而其所赞叹不容口者，皆近时墨客所不曾齿及之人。梅子读其诗，又切切然痛恨知名之晚也。

（明）袁宏道《叙梅子马王程稿》，《袁宏道集笺校》卷十八，上海古籍出版社本

或曰：于一自刻其文，为之评骘，而别以丹铅，则传于一之文，空加评点，使于一之性情见焉，于一之志也。余曰：否，否。点而评之，非古

也。文之佳美，读者自得之，于一之文，有目者可共睹也。且夫古人之书，评骘而丹铅之者有矣，章疏节释，字栉句比，而使古人之意逐上于此焉，何其视古人之甚小也。以鹿门八家之评，有识者尚不能无遗议焉，后之人其亦不可以已乎！

（清）周亮工《王于一遗稿序》，《赖古堂集》卷十三，上海古籍出版社本

李颀七言古诗，佳者本多，其《杂兴》二句云"济水至清河至浊，周公大圣接舆狂"，亦偶然兴到语耳。而乐天独叹服此语，以为绝伦。常建五言律诗多灵妙，其题破山寺诗，人皆赏其"山光悦鸟性，潭影空人心"，而欧阳永叔独酷爱"曲径通幽处，禅房花木深"二语，谓"生平欲仿佛之，而终不可得"。前辈看诗，不独不随人好尚，即其触境触机时，亦别有证入。

（清）贺贻孙《诗筏》，《清诗话续编》本

躬庵尝言读史有三要，曰设身，曰论世，曰阙疑，其高者尤能于无文字处得古人要害，余服膺斯说。然古今好议论凌厉古人者，莫不求之无文字之中，而以其偏见私意为莫须有之说，献古人之狱，或洗垢而索其瘢，或剜肉成疮痏，此无论陈同甫、苏氏父子，即吕伯慕亦所不免。余则谓论古人者，必吾之说立于此，使天下聪明才辨，好学深思之士，欲更立一说而无以为口实，如汉武帝欲通毒国，非借道昆明则必不可通也；姜伯约守剑门，而邓艾尚得从阴平缒度，非论古人之极致。

（清）魏禧《涂宜振史论叙》，《魏叔子文集》卷八，易堂刻本

夫物相杂谓之文。布帛菽粟，文也；珠玉锦绣，亦文也；其他浓云震雷，奇木怪石，皆文也。足下必以适用为贵，将使天地之大，化工之巧，其专生布帛菽粟乎？抑能使有用之布帛菽粟，贵于无用之珠玉锦绣乎？人之一身，耳目有用，须眉无用，足下其能存耳目而去须眉乎？是亦不达于理矣。韩退之晚列朝参，朝廷有大著作，多出其手，如《淮西碑》《顺宗实录》等书，以为有绝大关系，故传之不衰。而何以柳州一老，穷兀困悴，仅形容一石之奇，一壑之幽，偶作《天说》诸篇，又多谲诡悖傲，而不与经合，然其名卒与韩埒，而韩且推之畏之者，何哉？文之佳恶，实

不系乎有用与无用也。即足下论文，如射之有志，可谓识所取舍者矣。而何以每见足下于庄、屈之荒唐，则爱之而诵之，于程、朱之语录，则尊之而远之？岂足下之行与言违哉？盖以理论，则语录为精，以文论，则庄、屈为妙。足下所爱在文而不在理，则持论虽正，有时而嗒然自忘。若夫比事之科条，薪米之杂记，其有用更百倍于古文矣，而足下不一肄业及之者，何也？三代后圣人不生，文之与道离也久矣。然文人学士必有所挟持以占地步，故一则曰明道，再则曰明道，直是文章家习气如此。而推究作者之心，都是道其所道，未必果文王、周公、孔子之道也。夫道若大路然，亦非待文章而后明者也。仁义之人，其言蔼如，则又不求合而合者。若矜矜然认门面语为真谛，而时时作学究塾师之状，则持论必庸而下笔多滞，将终其身得人之得，而不自得其得矣。

（清）袁枚《答友人论文第二书》，《小仓山房文集》卷十九，《四部备要》本

但文字之佳胜，正贵读者之自得，如饮食甘旨，衣服轻暖，衣且食者之领受，各自知之，而难以告人。如欲告人衣食之道，当指脍炙而令其自尝，可得旨甘；指狐貉而令其自被，可得轻暖；则有是道矣。必吐己之所尝而哺人以授之甘，搂人之身而置怀以授之暖，则无是理也。

（清）章学诚《文理》，《文史通义·内篇二》，《四部备要》本

文逐他人好，客尘滓太清。放言吾岂敢，所信是孤行。

（清）刘熙载《论文四首》之三，《昨非集》卷三，《刘熙载集》，华东师范大学出版社本

"理义说我心，犹刍豢之说我口。"不言"犹声色之说我耳目"，何耶？耳目于声色，吾见人亦见之，吾闻人亦闻之；口之于味，甘、苦、浓、淡，惟自喻而人莫与焉，贵其自得之也；自得之而人不知，斯真自得矣。其寐澄然，其俛仰浩然，施诸四体，四体不言而喻，岂与夫饰文章，华鞶帨，殚一生之力说人耳目，而惟恐人之不知者乎？"既醉以酒，既饱以德"，"人不知而不愠"，几见醉饱而患人之不知者？诗曰："考槃在涧，硕人之宽。独寐寤言，永失弗谖。"

（清）魏源《默觚上·学篇十》，《魏源集》，中华书局本

4. 优劣互见　各有所长

　　物有美恶，施用有宜；美不常珍，恶不终弃。紫貂白狐，制以为裘，郁若庆云，皎如荆玉，此毳衣之美也；鹰管苍蒯，编以蓑笠，叶微疏累，黯若朽穰，此卉服之恶也。裘蓑虽异，被服实同；美恶虽殊，适用则均。今处绣户洞房，则蓑不如裘；被雪沐雨，则裘不及蓑。以此观之，适才所施，随时成务，各有宜也。伏腊合欢，必歌采菱；牵石拖舟，则歌嘘㘑；非无激楚之音，然而弃不用者，方引重抽刀，不如嘘㘑之宜也。卞庄子之升殿庭也，鸣珮趋跄，温色恬声；及其搏虎，必攘袂鼓肘，瞋目震呼；非不如温颜下气之美，然而不能及者，方格猛兽，不如攘袂之宜也。安陵神童，通国之丽也，八音繁会，使以噭吹嚾声，而人悦之则不及瞽师侏儒之美；蛇唧之珠，百代之传璧，以之弹鸮，则不如泥丸之劲也；棠溪之剑，天下之铦也，用之获穗，曾不如钩镰之功也：此四者，美不常珍，恶不终废，用各有宜也。

　　　　　　　　　　　　　　（北魏）刘昼《刘子·适才》，《丛书集成》本

　　元微之作李、杜优劣论，谓太白不能窥杜甫之藩篱，况堂奥乎？唐人未尝有此论，而稹始为之。至退之云："李杜文章在，光焰万丈长。不知群儿愚，那用故谤伤。"则不复为优劣矣。洪庆善作《韩文辨证》，著魏道辅之言，谓退之此诗为微之作也。微之虽不当自作优劣，然指稹为愚儿，岂退之之意乎？

　　　　　　　　　　　　　　（宋）周紫芝《竹坡诗话》，《历代诗话》本

　　昔人谓"苏明允不工于诗，欧阳永叔不工于赋，曾子固短于韵语，黄鲁直短于散句，苏子瞻词如诗，秦少游诗如词"。此数公者，皆以文字显名于世，而人犹得以非之，信矣作文之难也。夫作文之难，固本于人才之不能纯美，然亦在夫纂集者之不能去取抉择，兼收备载，所以致议者之纷纷也。向使略所短而取所长，则数公之文当不容议矣。

　　　　　　　　　　　　　　（宋）叶适《播芳集序》，《水心先生文集》卷十二，《四部丛刊》本

李易安云："王介甫、曾子固文章似西汉，若作一小歌词，则人必绝倒，不可读。而欧阳永叔、苏子瞻词，乃句读不葺之诗耳。"又尝记宋人有云："昌黎以文为诗，东坡以诗为词。"甚矣词家之难也！余谓易安所讥介甫、子固、永叔三人甚当，但东坡词气豪迈，自是别调，差不如秦七、黄九之到家耳。东坡自言平日不喜唱曲，故不中音律，是亦一短。以诗为词，难为东坡解嘲，若以为"句读不葺之诗"，抑又甚矣！至于昌黎文章，元气深浑，独其诗篇刻露，稍伤元气，然天地间自少此一派不得。彼盖别具手腕，不独与他家诗不相似，并自与其文章乐府绝不相似。伯敬云："唐文奇碎，而退之春融，志在挽回；唐诗淹雅，而退之艰奥，意专出脱。"此数语真昌黎知己。彼谓"昌黎以文为诗"者，是不知昌黎者也。大率宋人以词自负，故所言类此。然遂欲以此评诗，不免隔靴搔痒。

（清）贺贻孙《诗筏》，《清诗话续编》本

论刘禹锡《送黔南僧》曰"猿狖窥斋林叶动，蛟龙闻咒浪花低"；"太白《僧伽歌》曰：'瓶里千年舍利骨，手中万岁猢狲藤'，词高气雄，大过禹锡。"愚意太白长歌，禹锡近体，体制自各不同。且太白二语，实不见佳，徒以雄才灏气行之，遂掩其丑。正如长江中腐胔不能为累，非可指为美物也。禹锡未免涉于工丽，然如澄练散绮，何遂不佳？

（清）贺裳《载酒园诗话》卷一，《清诗话续编》本

（贺黄公）又曰："飞卿之才，能瑰丽而不能淡远，能尖新而不能雅正，能矜饰而不能自然，其警慧处，殊不易得。顾华玉极口诋之，如苎萝之女，使之负薪矣。七古句雕字琢，腴而实枯，远而实近，然亦秀色可餐。应对之才，不必责之干理也。五言律尤多警句，七言律实自动人。温之与李，互有高下。飞卿'十幅锦帆风力满，连天展尽金芙蓉'，极力描写豪奢，不及义山'玉玺不缘归日角，锦帆应是到天涯'。而'地下若逢陈后主，岂宜重问《后庭花》'，不及飞卿'后主荒宫有晓莺，飞来只隔西江水'之含蓄。"乔谓义山诗思深而大，温断不及。而温之"钓渚别来应更好，春风还为起微波"，宁不淡远？大抵古人难以一语断尽。

（清）吴乔《围炉诗话》卷之三，《清诗话续编》本

人或问余以本朝诗，谁为第一？余转问其人：《三百篇》以何首为第

一? 其人不能答。余晓之曰：诗如天生花卉，春兰秋菊，各有一时之秀，不容人为轩轾。音律风趣能动人心目者，即为佳诗，无所为第一第二也。有因一时偶至而论者，如"不愁明月尽，自有夜珠来"一首，宋居沈上。"文章旧价留鸾掖，桃李新阴在鲤庭"一首，杨汝士压倒元、白是也。有总其全局而论者，如唐以李、杜、韩、白为大家，宋以欧、苏、陆、范为大家，是也。若必专举一人，以覆盖一朝，则牡丹为花王，兰亦为王者之香。人于草木，不能评谁为第一，而况诗乎？

（清）袁枚《随园诗话》卷三，人民文学出版社本

5. 见仁见智　各有会心

　　凡生天地之间者，有血气之属，必有知，有知之属，莫不知爱其类。今是大鸟兽，则失丧其群匹，越月逾时焉，则必反巡；过其故乡，翔回焉，鸣号焉，蹢躅焉，踟蹰焉，然后乃能去之。小者至于燕雀，犹有啁噍之顷焉，然乃能去之。故有血气之属者，莫知于人。故人于其亲也，至死不穷。

（先秦）《礼记·三年问》，《十三经注疏》本

　　……夫歌《采菱》，发《阳阿》，鄙人听之不若此《延路》《阳局》。非歌者拙也，听者异也。

（汉）刘安《淮南子·人间训》，《诸子集成》本

　　充书既成，或稽合于古，不类前人。或曰：……文不与前相似，安得名佳好，称工巧？答曰：饰貌以强类者失形，调辞以务似者失情。百夫之子，不同父母；殊类而生，不必相似；各以所禀，自为佳好。文必有与合然后称善，是则代匠斫不伤手，然后称工巧也。文士之务，各有所从，或调辞以巧文，或辩伪以实事。必谋虑有合，文辞相袭，是则五帝不异事，三王不殊业也。美色不同面，皆佳于目；悲音不共声，皆快于耳。酒醴异气，饮之皆醉；百谷殊味，食之皆饱。谓文当与前合，是谓舜眉当复八采，禹目当复重瞳。

（汉）王充《论衡·自纪》，中华书局本

观听殊好，爱憎难同。飞鸟睹西施而惊逝，鱼鳖闻九韶而深沉。故衮藻之粲焕，不能悦裸乡之目，采菱之清音，不能快楚隶之耳；古公之仁，不能喻欲地之狄；端木之辩，不能释系马之庸。

……般旋之仪，见憎于裸踞之乡；绳墨之匠，获忌于曲木之肆。贪婪饕餮者，疾素丝之皎洁；比周实繁者，雠高操之孤立；犹贾竖之恶同利，丑女之害国色。

（晋）葛洪《抱朴子外篇·广譬》，《诸子集成》本

秦时不觉无鼻之丑，阳翟憎无瘿之人，陆君机深疾文士放荡流遁，遂往不为虚诞之言，非不能也。陆君之文，犹玄圃之积玉，无非夜光。吾生之不别陆文，犹侏儒测海，非所长也。

（晋）葛洪《抱朴子》佚文，《全晋文》卷一一七，《全上古三代秦汉三国六朝文》本

桓谭称：文家各有所慕，或好浮华而不知实核，或美众多而不见要约。

（南朝·梁）刘勰《文心雕龙·定势》，人民文学出版社本

累榭洞房，珠帘玉宬，人之所悦也，鸟入而忧；耸石巉岩，轮菌纠结，猿狖之所便也，人上而栗；五茎六英，咸池箫韶，人之所乐也，兽闻而振；悬濑碧潭，澜波汹涌，鱼龙之所安也，人入而畏。飞鼺甘烟，走貊美铁，鸱鸡嗜蛇，人好苌荄。鸟兽与人，受性既殊，形质亦异，所居隔绝，嗜好不同，未足怪也。人之与兽，共禀二仪之气，俱抱五常之性，虽贤愚异情，善恶殊行，至于目见日月，耳闻雷霆，近火觉热，履冰知寒，此之粗识，未宜有殊也。声色芳味，各有正性，善恶之分，皎然自露，不可以皂为白，以羽为角，以苦为甘，以臭为香，然而嗜好有殊绝者，则偏其反矣，非可以类推，弗得以情测，颠倒好丑，良可怪也。颓颜玉理，昞视巧笑，众目之所悦也；轩皇爱嫫母之魃貌，不易落英之丽容；陈侯悦敦洽之丑状，弗贸阳文之婉姿。炮羔煎鸿，臞螭臑熊，众口之所嗛；文王嗜菖蒲之菹，不易熊肝之味。《阳春》、《白雪》、《噭楚》、《采菱》，众耳之所乐也；而汉顺听山鸟之音，云胜弦竹之响；魏文侯好槌凿之声，不贵金

石之和。郁金玄憺，春兰秋蕙，众鼻之所芳也；海人悦至臭之夫，不爱芳馨之气。若斯人者，皆性有所偏也，执其所好，而与众相反，则倒白为黑，变苦成甘，移角成羽，佩茙蒜当薰。美丑无定形，爱憎无正分也。

（北魏）刘昼《刘子·殊好》，《丛书集成》本

盖一味之嗜，五味不同，殊音之发，契物斯失。方类相袭，且或如彼，况书之臧否，情之爱恶，无偏乎？若毫厘较量，谁验准的，推其大率，可以言诠。

观昔贤之评书，或有不当。王僧虔云：亡从祖中书令，笔力过子敬者，君子周而不比，乃有党乎？梁武帝云：钟繇书法，十有二意。世之书者，多师二王，元常逸迹，曾不睥睨，竞巧趣精细，殆同机神。逸少至于学钟势巧，及其独运，意疏字缓，譬犹楚音夏习不能无。子敬之不逮，真亦劣章草，然观其行草之会，则神勇盖世，况之于父，犹拟抗行，比之钟、张，虽勋敌仍有擒孟之势。夫天下之能事悉难就也。假如效萧子云书，虽则童孺，但至效数日见者无不云学萧书；欲窥钟公，其墙数仞，罕得其门者；小王则若惊风拔树，大力移山，其欲效之，立见疆外，可知而不可得也。然小王尝与谢安书，意必珍录，乃题后答之，亦以为恨。或云：安问子敬，君书何如家君？答云：固当不同。安云：外论殊不尔。又云：人那得知此。乃短谢公也。羊欣云：张字形不及古，自然不如小王。虞和云：古质而今妍，数之常；爱妍而薄质，人之情。钟、张方之二王，可谓古矣，岂得无妍质之殊？父子之间，又为今古。子敬穷其妍妙，固其宜也。并以小王居胜，达人通论，不其然乎？羊欣云：右军古今莫二。虞和云：献之始学父书，正体乃不相似，至于笔绝章草，殊相拟类，笔迹流泽，婉转妍媚，乃欲过之。王僧虔云：献之骨势不及父，媚越过之。萧子良云：崔、张以来，归美于逸少。仆不见前古人之迹，计亦无过之。孙过庭云：元常专工于隶书，伯英犹精于草体。彼之二美，而羲、献兼之，并有得也。

夫椎轮为大辂之始，以椎轮之朴，不如大辂之华，盖以拙胜工，岂以文胜质，若谓文胜质，诸子不逮周孔，复何疑哉？或以法可传，则轮扁不能授之于子，是知一致而百虑，异轨而同奔，钟、张虽草创称能，二王乃差池称妙，若以居先则胜，钟、张亦有所师，固不可文质先后而求之。盖一以贯之，求其合天下之达道也。虽则齐圣齐深，妙各有最。若真书古

雅，道合神明，则元常第一；若真行妍美，粉黛无施，则逸少第一；若章草古逸，极致高深，则伯度第一；若章则劲骨天纵，草则变化无方，则伯英第一；其间备精诸体，唯独右军，次至大令。然子敬可谓《武》，尽美矣，未尽善也；逸少可谓《韶》，尽美矣，又尽善也。然此五贤，各能尽心，而际于圣；或有侮毁，亦犹日月之蚀，无损于明。白云在天，瞻望悠邈，固同为终古独绝，百世之模楷。高步于人伦之表，栖迟于墨妙之门，不可以规矩其形，律吕其度，鹏搏龙跃，绝迹霄汉，所谓得玄珠于赤水矣。其或继书者，虽百世可知。然史籀李斯，即字书累叶之祖，其所制作，并神妙至极，盖无等夷。八分书则伯喈制胜，出世独立，谁敢比肩。至如崔及小张、韦、卫、皇、索等，虽则同品，不居其最，并不备再较量，然各峻彼云峰，增其海岖，使后世资瞻仰而露润焉。赵壹有贬草之论，仍笑重张芝书为秘宝者。

嗟夫！道不同，不相为谋。夫艺之在己，如木之加实，草之增叶。绘以众色为章，食以五味而美，亦犹八卦成列，八音克谐，聋瞽之人，不知其谓。若知，而故耳想识不该通，审其不知，则聋瞽者耳。庾尚书以臧否相推而列九品，升阮研与卫瓘、索靖、韦诞、皇象、钟会同居第三等，此若棠杜之树植橘柚之林。又抑薄绍之与齐高帝等三十人，同为第七等，亦犹屈盐梅之量，处掾属之伍。李夫人以程邈居第一品，且书传所载，程创为隶法，其于工拙，蔑尔无闻，遗迹又无，何以知其品第？又云：梁氏石书，雅敬于韦、蔡。以梁比蔡，岂不悬绝？又张昶、伯英之弟，妙于草隶八分，混兄之书，故谓之亚圣。卫恒兼精体势，时人云得伯英之骨，并居第四，仍与汉王同流。又黜桓玄、谢安、萧子云、释智永、陆柬之等与王知敬同居第五。第若此数子，岂与埒能嗜好不同，又加之以言，况可尽之于刚柔消息，贵乎适宜，形象无常，不可典要，固难平也。萧子云言：欲作二王论草隶法，言不尽意，遂不能成。又云：顷得书意转深点画之间，所言不得尽其妙者，事事皆然。诚哉是言也。艺成而下，德成而上。然书之为用，施于竹帛，千载不朽，亦犹愈没没而无闻哉！万事无情，胜寄在我，苟视迹而合趣，或循干而得人，虽身沉而名飞，冀托之以神契，每见片善，何庆如之。

（唐）张怀瓘《书断》下，《法书要录》卷九，《丛书集成》本

洪龟父有诗云："胡生画山水，烟雨山更好。鸿雁书远汀，马牛风雨

草。"潘邠老爱其第二句,余爱其第三句,山谷爱其第四句,徐师川爱其第三第四句。"远汀"后又改为"远空"。余云:"向上一句,莫是公未有所得否,何众人之皆不好也!"龟父大笑。

(宋)王直方《王直方诗话》,《宋诗话辑佚》本

……韩吏部古诗高卓,至律诗虽称善,要有不工者,而好韩之人,句句称述,未可谓然也。韩云:"老公真个似童儿,汲水埋盆作小池。"直谐戏语耳。欧阳永叔江邻几论韩《雪》诗,以"随车翻缟带,逐马散银杯"为不工,谓"坳中初盖底,凸处遂成堆"为胜,未知真得韩意否也?永叔云:"知圣俞诗者莫如某。然圣俞平生所自负者,皆某所不好;圣俞所卑下者,皆某所称赏。"知心赏音之难如是,其评古人之诗,得毋似之乎?

(宋)刘攽《中山诗话》,《历代诗话》本

……嗟乎,仆岂足言哉!人之于诗,嗜好去取,未始同也。强人使同己,则不可;以己所见,以俟后之人,乌乎而不可哉。

(宋)许𫖮《彦周诗话》,《历代诗话》本

僧皎然一日尝于舟中抒思,作古体十数篇,求合韦苏州,韦大不喜。明日,献其旧制,乃极称赏云:"何不但以所工见投,而猥希老夫之意?人各有所得,非卒能致。"昼大服其鉴裁之精。

(宋)尤袤《全唐诗话》卷之六,《历代诗话》本

人之于诗,嗜好往往不同。如韩文公《读孟东野诗》,有"低头拜东野"之句。唐史言退之性倔强,任气傲物,少许可。其推让东野如此。坡公《读孟郊诗》有云:"初如食小鱼,所得不偿劳。又如食蟛蚎,竟日嚼空螯。"二公皆才豪一世,而其好恶不同若此。元次山有云:"东野悲鸣死不休,高天厚地一诗囚。江山万古潮阳笔,合卧元龙百尺楼。"推尊退之而鄙薄东野至矣。此诗断尽百年公案。

(明)俞弁《逸老堂诗话》卷上,《历代诗话续编》本

《西厢记》断断不是淫书,断断是妙文。今后若有人说是妙文,有

人说是淫书,圣叹都不与做理会。文者见之谓之文,淫者见之谓之淫耳。

(清)金圣叹《读第六才子书西厢记法》,《贯华堂第六才子书西厢记》,贯华堂本

少陵不喜渊明诗,永叔不喜少陵诗,虽非定评,亦足见古人心眼各异,虽前辈大家,不能强其所不好。贬己徇人,不顾所安,古人不为也。

(清)贺贻孙《诗筏》,《清诗话续编》本

杜子美诗云"熟精《文选》理",而子瞻独不喜《文选》。盖子瞻文人也,其源出于《国策》、《庄》、《孟》,而助以晁、贾诸公之波澜,所浸灌于古者深矣。《文选》之文,自秦、汉诸篇外,其余皆不脱六朝浮靡,其为子瞻唾弃,无足怪者。若子美则诗人也,诗以《骚》为祖,以赋为祢,以汉、魏诸古诗,苏、李、《十九首》,陶、谢、庾、鲍诸人为嫡裔。子美诗中沉郁顿挫,皆出于屈、宋,而助以汉、魏、六朝诗赋之波澜。《文选》诸体悉备,纵选未尽善,而大略具矣。子美少年时,烂熟此书,而以清矫之才、雄迈之气鞭策之,渐老渐熟,范我驰驱,遂尔独成一体,虽未尝袭《文选》语句,然其出脱变化,无非《文选》者,生平苦心,在此一书,不忍弃其所自,故言之有味耳。今人以子美誉《文选》而亦誉之,以子瞻毁《文选》而亦毁之,毁誉皆在子美、子瞻,与己何与,又与《文选》何与哉?

(清)贺贻孙《诗筏》,《清诗话续编》本

余初学诗,读《古唐诗纪》,见《品汇》则厌其冗乱,不堪好之。后见《唐诗正声》,以为善矣,或曰不然。读古人书如观女色,妍媸好恶,亦系于人耳。

(清)田雯《古欢堂集杂著》卷四,《清诗话续编》本

蒋苕生与余互相推许,惟论诗不合者:余不喜黄山谷而喜杨诚斋;蒋不喜杨而喜黄。可谓和而不同。

(清)袁枚《随园诗话》卷八,人民文学出版社本

……况古人之言包含无尽，后人读之，随其性情浅深高下，各有会心。如好《晨风》而慈父感悟，讲《鹿鸣》而兄弟同食，斯为得之。董子云："诗无达诂。"此物此志也，评点笺释，皆后人方隅之见。

（清）沈德潜《唐诗别裁集·凡例》，上海古籍出版社本

今文、古文同出孔子之手，一为伏生之徒读之，一为孔安国读之。未读之先，皆古文矣，既读之后，皆今文矣。惟读者人不同，故其说不同。源一流二，渐至源一流百，此如后世翻译，一语言也，而两译之，三译之，或至七译之，译主不同，则有一本至七本之异。未译之先，皆彼方语矣，既译之后，皆此方语矣。其所以不得不译者，不能使此方之人晓殊方语故；经师之不得不读者，不能使汉博士及弟子员悉通周古文故。然而译语者未曾取所译之本而毁弃之也，殊方语自在也。读《尚书》者不曰以今文读后而毁弃古文也，故其字仍散见于群书及许氏《说文解字》之中，可求索也。

（清）龚自珍《大誓答问第二十四·总论汉代今古文名实》，《龚自珍全集》第一辑，上海人民出版社本

男儿解读韩愈诗，女儿好读姜夔词。一家倘许圆鸥梦，昼课男儿夜女儿。

（清）龚自珍《己亥杂诗》，《龚自珍全集》第十辑，上海人民出版社本

《石头记》一书，脍炙人口，而阅者各有所得：或爱其繁华富丽，或爱其缠绵悲恻，或爱其描写口吻一一逼肖，或爱随时随地各有景象，或谓其一肚牢骚，或谓其盛衰循环提朦觉瞆，或谓因色悟空回头见道，或谓章法句法本谓盲左腐迁。亦见浅见深，随人所近耳。

（清）诸联《红楼评梦》，引自《中国历代小说论著选》，江西人民出版社本

太史公文，悲世之意多，愤世之意少，是以立身常在高处。至读者或谓之悲，或谓之愤，又可以自征器量焉。

（清）刘熙载《艺概·文概》，上海古籍出版社本

尚礼法者好《左氏》，尚天机者好《庄子》，尚性情者好《离骚》，尚智计者好《国策》，尚意气者好《史记》。好各因人，书之本量初不以此加损焉。

（清）刘熙载《艺概·文概》，上海古籍出版社本

东坡《答谢民师书》谓扬雄"好为艰深之辞，以文浅易之说"。子固《答王深甫论扬雄书》云："巩自度学每有所进，则于雄书每有所得。"曾、苏所见不同如此。介甫《与王深甫书》亦盛推雄，如所谓"孟子没，能言大人而不放于老、庄者，扬子而已"是也。

（清）刘熙载《艺概·文概》，上海古籍出版社本

张籍谓昌黎与人为无实驳杂之说，柳子厚盛称《毛颖传》，两家所见，若相径庭。顾韩之论文曰"醇"曰"肆"，张就"醇"上推求，柳就"肆"上欣赏，皆韩志也。

（清）刘熙载《艺概·文概》，上海古籍出版社本

韩昌黎不称王仲淹《中说》，而李习之《答王载言书》称之。今观习之之文，俯仰揖让，固于《中说》为近。

（清）刘熙载《艺概·文概》，上海古籍出版社本

论文鲜有极称《穀梁》、孙、吴者，独柳州曰："参之《穀梁》以厉其气。"老泉曰："孙、吴之简切。"殆好必从其所类耶？

（清）刘熙载《艺概·文概》，上海古籍出版社本

老子云："信言不美，美言不信。"东坡文不乏信言可采，学者偏于美言叹赏之，何故？

（清）刘熙载《艺概·文概》，上海古籍出版社本

叔夜之诗峻烈，嗣宗之诗旷逸。夷、齐不降不辱，虞仲、夷逸隐居放言，趣尚乃自古别矣。

（清）刘熙载《艺概·诗概》，上海古籍出版社本

三

知音者戒

1. 文人相轻　门户之见

　　文人相轻，自古而然。傅毅之于班固，伯仲之间耳，而固小之，与弟超书曰："武仲以能属文为兰台令史，下笔不能自休。"夫人善于自见，而文非一体，鲜能备善，是以各以所长，相轻所短。里语曰："家有弊帚，享之千金。"斯不自见之患也。
　　今之文人，鲁国孔融文举，广陵陈琳孔璋，山阳王粲仲宣，北海徐幹伟长，陈留阮瑀元瑜，汝南应玚德琏，东平刘桢公幹。斯七子者，于学无所遗，于辞无所假，咸以自骋骥騄于千里，仰齐足而并驰，以此相服，亦良难矣。盖君子审己以度人，故能免于斯累而作论文。

　　　　　　（魏）曹丕《典论·论文》，《文选》卷五十二，《四部丛刊》本

　　夫篇章杂沓，质文交加，知多偏好，人莫圆该。慷慨者逆声而击节，酝藉者见密而高蹈，浮慧者观绮而跃心，爱奇者闻诡而惊听。会己则嗟讽，异我则沮弃，各执一隅之解，欲拟万端之变。所谓"东向而望，不见西墙"也。

　　　　　　（南朝·梁）刘勰《文心雕龙·知音》，人民文学出版社本

　　文字之衰，未有如今日者也！其源实出于王氏。王氏之文，未必不善也，而患在于好使人同己。自孔子不能使人同。颜渊之仁，子路之勇，不能以相移；而王氏欲以其学同天下。地之美者，同于生物，不同于所生；

惟荒瘠斥卤之地，弥望皆黄茅白苇，此则王氏之同也。

（宋）苏轼《答张文潜书》，《经进东坡文集事略》卷四十五，《四部丛刊》本

盖古之君子，诚心为善，而无所修饰。古之小人，亦诚心为恶，而不冀善名。今之君子，为善而不能必其后，今之小人为恶而不欲居其声。是以古者颂刺皆易，而今者善恶难断也。且夫古之时贵有常而善可显，故不藉延誉而无所拘忌。后世之人既沾沾焉务矫声名，又况隆望所趋，诋诬相加，即褒嘉不爽，谀难避矣。

（明）陈子龙《诗论》，《陈忠裕全集》卷二十一，清嘉庆刊本

文人浮薄，古今所疑，轻毁前贤，非轧挤辈，吾党深绝，实鲜其人。寥寥余子之言，卿当第一之语，虽以一时取快，终非雅士所宜。若乃子玄篡向秀之书，延清攘希夷之句，事同盗侠，匪独轻浮，巧者勿矜，拙当自勉。

（明）陈子龙《壬申文选凡例》，《陈忠裕公全集》卷三十，清嘉庆刊本

盖文人相轻，自古已然。文心之不同，如其面焉。尺有所短，寸有所长，未可执此而弃彼，举一而废百也。今使驱天下之人，尽出于昌黎、庐陵之门，则西汉以下、六朝以上，千百年间，其人必化为异物而其文亦如冷烟荒草，随风飘灭于无何有之乡，然后可耳。若即有一代之人，则自有一代之文。假令班、扬、潘、陆、颜、谢、徐、庾诸子聚一堂之上，分毫比墨，有如宫商相宣、丝竹迭奏、唱予和汝、相视而笑者，虽有韩、欧在座，必不龃龉而诋讥也。

（清）尤侗《牧靡集序》，《西堂杂俎二集》卷三，清康熙刊本

献吉之才，固足以颠顿驰骋。惟其不深，惟古人著作之指归，而徒欲高其门墙，以压服一带，矫俗学之弊而不自知其流入于缪，斯所谓同浴而讥裸裎者也。嘉靖之季，李、王间作，诀献吉之末流而颴其波，其势益昌，其缪滋甚。

（清）钱谦益《答唐训导汝谔论文书》，《牧斋初学集》卷七十九，上海古籍出版社本

建立门庭，自建安始。曹子建铺排整饰，立阶级以赚人升堂，用此致诸趋赴之客，容易成名。伸纸挥毫，雷同一律。子桓精思逸韵，以绝人攀跻，故人不乐从，反为所掩。子建以是压倒阿兄，夺取名誉。实则子桓天才骏发，岂子建所能压倒邪？故嗣是而兴者，如郭景纯、阮嗣宗、谢客、陶公，乃至左太冲、张景阳，皆不屑染指建安之羹鼎，视子建蔑如矣。降而萧梁宫体，降而王、杨、卢、骆，降而大历十才子，降而温、李、杨、刘，降而江西宗派，降而北地、信阳、琅邪、历下，降而竟陵，所翕然从之者，皆一时和哄汉耳。宫体盛时，即有庾子山之歌行，健笔纵横，不屑烟花簇凑。唐初比偶，即有陈子昂、张子寿挖扬大雅。继以李、杜代兴，杯酒论文，雅称同调，而李不袭杜，杜不谋李，未尝党同伐异，画疆墨守。沿及宋人，始争疆垒。欧阳永叔亟反杨亿、刘筠之靡丽，而矫枉已迫，还入于枉，遂使一代无诗，掇拾夸新，殆同觞令。胡元浮艳，又以矫宋为工，蛮触之争，要于兴观群怨丝毫未有当也。伯温、季迪以和缓受之，不与元人竞胜，而自问风雅之津。故洪武间诗教中兴，洗四百年三变之陋。是知立"才子"之目，标一成之法，扇动庸才，旦仿而夕肖者，原不足以羁络骐骥。唯世无伯乐，则驾盐车上太行者，自鸣骏足耳。

（清）王夫之《薑斋诗话》卷二，人民文学出版社本

建立门庭，已绝望风雅。然其中有本无才情，以此为安身立命之本者，如高廷礼、何大复、王元美、钟伯敬是也。有才情固自足用，而以立门庭故自桎梏者，李献吉是也。其次则谭友夏亦有牙后慧，使不与钟为徒，几可分文徵仲一席，当于其五、七言绝句验之。

（清）王夫之《薑斋诗话》卷二，人民文学出版社本

虽然当今作者，固不乏人，而独于论诗一道，攻评门户，排诋异同，坏人心而乱风俗，不能不为足下一言之。夫诗之尊李、杜，文之尚韩、欧，此犹山之有泰、华，水之有江、河，无不仰止而取益焉，所不待言者也。使泰山之农人得拳石而宝之，笑终南太乙为培塿；河滨之渔父捧勺水而饮之，目洞庭震泽为泛觞，则庸人皆得而揶揄之矣。今之学者何以异于是。彼其于李、杜之高深雄浑者，未尝望其崖略，而剽举一二，近似以号于人曰："我盛唐，我王、李。"则何以服

竟陵诸子之心哉！

　　　　　（清）吴伟业《与宋尚木论诗书》，《梅村家藏稿》卷五十四，《四部丛刊》本

　　……百年之中，诗凡三变：北地、历下之唐，以声调为鼓吹；有公安、竟陵之唐，以浅率幽深为秘笈；有虞山之唐，以排比为波澜，虽各有所得，而欲使天下之精神，聚之于一涂，是使诈伪百出，止留其肤受耳。使君未尝循一家之门户，时而律吕相宣，则豫章失其派；时而言近指远，则王、孟辟其牖；时而行空角险，则《北征》、《南山》启其涂，其精神所注，如决水于江河淮海，冲砥柱，绝吕梁，因其所遇而变生焉。方今礼乐将兴，其作为雅颂，以鸣一代之盛者，舍使君其谁适欤。

　　　　　（清）黄宗羲《靳熊封诗序》，《南雷文定》后集卷一，《四部备要》本

　　余怪夫百余年间，谭诗者之日陋也。主汉、魏、三唐者，诋宋、元人诗曰旁门，曰小乘，主宋者诋前元所作曰赝曰剿。甚则怒其子孙，乃并其祖父而訾之，波流云扰，诋诨蜂出，不惟其是之折衷，而规规焉分流派，别异同，以蕲其胜而后已。譬之三尺童子，截六寸之管，空其中而吹之，偶得一二声，守之不变，且号于人曰："吾之声，可使景风翔，庆云浮；吾之声，虽师旷之清角，衍之吹律，无以加。"噫，其陋也！余以谓诗顾其成与不成耳，成则皆足以传，而流派异同，固可亡论。杨子之诗，初喜剑南，近乃喜读少陵，大要能自鸣其胸所欲言，而叩之而成声者，进而不止，则其诗之可传亡疑。

　　　　　（清）邵长蘅《吹万集序》，《青门剩稿》卷三，愚斋丛书刻青门草堂藏本

　　时海内一二称诗家，喜标别同异，更相龃龉，某人某体，是同乎吾也，则尊之誉之，某人某体是异乎吾也，则诋之仇之，虽心识其工，不欲与也。而庸妄不说学之夫，从而和之，曰某体某先生所宗也，亦宗也，某体某先生所排也，亦排之。嘻，夏虫不可语冰，井蛙不可语于江河，其陋也甚矣！

　　　　　（清）邵长蘅《金生诗序》，《青门剩稿》卷七，愚斋丛书刻青门草堂藏本

王、李、李、何之论诗，如贵胄子弟，倚恃门阀，傲忽自大，时时不会人情。钟、谭如屠沽家儿，时有慧黠，异乎雅流。钱牧斋翁选《国朝诗选》，余谓止合痛论李、何、王、李，如伯敬辈本非诗人，弃而不取可也。

　　　　　　　　（清）冯班《正俗》，《钝吟杂录》卷三，《丛书集成》本

　　余于古人论诗，最喜钟嵘《诗品》、严羽《诗话》、徐祯卿《谈艺录》，而不喜皇甫汸《解颐新语》、谢榛《诗说》。又云：弇州《艺苑卮言》，品骘极当，独嫌其党同类，稍乖公允耳。

　　　　　　　　（清）王士禛《渔洋诗话》卷上，《清诗话》本

　　近人言诗，好立门户，某者为唐，某者为宋，李、杜、苏、黄强分畛域，如蛮触氏之斗于蜗角，而不自知其陋也。唐诗三百年，一盛于开元，再盛于元和。退之《琴操》上追三代。李观之言曰："孟郊五言，其有高处，在古无上，其平处下顾二谢。"李翱亦云："苏属国、李都尉、建安诸子、南朝二谢，郊皆能兼其体而有之。"今人号为学唐诗者，语以退之《琴操》、东野五言，能举其目者盖寡矣。欧、梅、苏、黄诸家，其才力学识皆足凌跨百代，使俯首而扯拾吞剥，秃屑俗下之调，彼遽不能耶？其亦有所不为耶！

　　　　　　　　（清）王士禛《带经堂诗话》卷二十七，人民文学出版社本

　　大抵古之人先读书而后作诗，后之人先立门户后作诗。唐、宋分界之说，宋、元无有，明初亦无有，成、弘后始有之。其时议礼讲学皆立门户，以为名高。七子狃于此习，遂皮傅盛唐，扼掔自矜，殊为寡识。然而牧斋之排之，则又已甚。何也？七子未尝无佳诗，即公安、竟陵亦然。使掩姓氏，偶举其词，未必牧斋不嘉与。又或使七子湮沉无名，则牧斋必搜访而存之无疑也。惟其有意于摩垒夺帜，乃不暇平心公论，此亦门户之见。先生不喜樊榭诗，而选则存之，所见过牧斋远矣。

　　　　　　　　（清）袁枚《答沈大宗伯论诗书》，《小仓山房文集》卷十七，《四部备要》本

　　凡类其人而名之者，一时之称也。如周有八士，舜有五人，汉有三

杰，唐有四子是也；未有取千百世之人而强合之为一队者也。有之者，自鹿门八家之目始。明代门户之习，始于国事而终于诗文，故于诗则分唐、宋，分盛、中、晚，于古文又分为八，皆好事者之为也，不可以为定称也。夫文莫盛于唐，仅占其二；文亦莫盛于宋，苏占其三。鹿门当日其果取两朝文而博观之乎？抑亦犹就所见所知者而撮合之乎？且所谓一家者，谓其蹊径之各异也。三苏之文如出一手，固不得判而为三；曾文平纯，如大轩骈骨，连缀不得断，实开南宋理学一门，又安得与半山、六一较伯仲也？

（清）袁枚《书茅氏八家文选》，《小仓山房续文集》卷三十，
《四部备要》本

余雅不喜诗坛吟社之说，大概起于前明末年鸱张门户之恶习。李、杜、韩、苏坛筑何处？社结何方？惟刘文房有句云："遥闻诗将会河南。"以诗称"将"，似为坛坫先声。

（清）袁枚《随园诗话补遗》卷九，人民文学出版社本

……其论诗之弊，一曰：党援。坚持一祖三宗之说，一字一句莫敢异议，虽茶山之粗野，居仁之浅滑，诚斋之颓唐，宗派苟同，无不祖庇，而晚昆体，江湖四灵之屈，则吹索不遗余力，是门户之见，非是非之公也。一曰：攀附。元祐之正人，洛、闽之道学，不论其诗之工拙，一概引之以自重，本为诗品，置而论人，是依附名誉之私，非别裁伪体之道也。一曰：矫激。钟鼎山林，各随所遇，亦各行所安，巢、田之遁不必定贤于皋、夔，沮、溺之耕不必果高于洙泗，论人且尔，况于论诗？乃词涉富贵则排斥立加，语类幽栖则吹嘘备至，不问人之贤否，并不论其语之真伪，是直诡语清高以自掩其秽行耳，又岂论诗之道耶？凡此数端，皆足以疑误后生，瞽乱诗学，不可不函加刊正。

（清）纪昀《瀛奎律髓刊误序》，《纪文达公遗集》卷九，清刊本

居官而论门户，已足笑；作诗文而亦论门户，岂不可骇；至父子作诗文，而分别门户，岂不尤可骇。

（清）周亮工《与林铁崖文》，《赖古堂集》卷二十，上海古籍
出版社本

诗不可以无体而不当有派，诗之有体，成于时代，关乎性情，真气之所存，非可以剽拟似，可以陶冶得也。是故去卑而就高，避缛而趋洁，远流俗而响雅正。少陵所云多师为师，荆公所谓博观约取，皆于体是辨。众制既明，炉鞴自我，吸揽前修，独造意匠，又辅以积卷之富，而清能灵解即具其中，盖合群作者之体而自有其体，然后诗之体可得而言也。自吕紫微作江西诗派，谢皋羽序睦州诗派，而诗于是乎有派，然犹后人瓣香所在，强为胪列耳。

（清）厉鹗《查莲坡蔗塘未定稿序》，《樊榭山房文集》卷三，《四部备要》本

至于明之论诗者无虑百十家，而李梦阳、何景明之徒，自以为得其正而实偏，得其中而实不及；大约不能远出于前三人之窠臼，而李攀龙益又甚焉。王世贞诗评甚多，虽祖述前人之口吻，而掇拾其皮毛，然间有大合处。如云："剽窃摹儗，诗之大病，割缀古语，痕迹宛然，斯丑已极。"是病也，莫甚于李攀龙。世贞生平推重服膺攀龙，可谓极至；而此语切中攀龙之隐，昌言不讳。乃知当日之互为推重者，徒以虚声倡和，藉相倚以压倒众人；而此心之明，自不可掩耳。

（清）叶燮《原诗·外篇上》，人民文学出版社本

尊老杜者病香山，谓其"拙于纪事，寸步不移，犹恐失之"，不及杜之"注坡蓦涧"，似也。至《唐书·白居易传赞》引杜牧语，谓其诗"纤艳不逞，非庄士雅人所为。流传人间，交口教授，入人肌骨不可去"。此文人相轻之言，未免失实。

（清）刘熙载《艺概·诗概》，上海古籍出版社本

文人相轻，自古皆然。昌黎之文，不能置一辞，转而诋其诗，且造作言语，以毁其行。如后山谓退之亦有绛桃、柳枝二妓，且卒也以药死云云。殊不知数语解围，蹈不测之地，曾无惧色，气节不亚于真卿。淮西之役，几先李愬成功。书生事业，如此止矣，何不好成人之善若此哉？

（清）何文焕《历代诗话考索》，《历代诗话》本

2. 牵强附会　强作解人

　　古之述者，岂徒然哉！或以取舍难明，或以是非相乱。由是书编典诰，宣文辨其流；诗列风雅，卜商通其义。夫前哲可作，后来是观，苟失其指归，则难以传授。而或有妄生穿凿，轻究本源，是乖作者之深旨，误生人之后学，其为谬也，不亦甚乎！

　　　　　　　　　　　（唐）刘知幾《史通·探赜》，《四部备要》本

　　圣俞尝云："诗句义理虽通，语涉浅俗而可笑者，亦其病也。如有《赠渔父》一联云：'眼前不见市朝事，耳畔惟闻风水声。'说者云患肝肾风。又有《咏诗者》云：'尽日觅不得，有时还自来。'本谓诗之好句难得耳，而说者云，此是人家失却猫儿诗。人皆以为笑也。"

　　　　　　　　　　　（宋）欧阳修《六一诗话》，《历代诗话》本

　　大抵愚意，常患近世学者，道理太多，不能虚心退步，徐观圣贤之言，以求其意，而直以己意强真其中，可以不免穿凿破碎之敝。使圣贤之言，不得自在，而常为吾说之所使，以至劫持缚束，而左右之，甚或伤其形体而不恤也。如此，则自我作经可矣，何必曲躬俯首，而读古人之书哉？

　　　　　　　　　（宋）朱熹《答赵子钦》，《朱子文集》卷五，《丛书集成》本

　　《瑶溪集》云：《诗》之六义，后世赋别为一大文，而比少兴多。诗人之全者，惟杜子美时能兼之。如《新月》诗："光细弦欲上，影斜轮未安。"位不正，德不充，风之事也。"微升古塞外，已隐暮云端"，才升便隐，似当日事，比之事也。"河汉不改色，关山空自寒"，河汉是矣，而关山自凄然，有所感兴也。"庭前有白露"，露是天之恩泽，雅之事。"暗满菊花团"，天之泽止及于庭前之菊，成功之小如此，颂之事也。说者以为子美此诗，指肃宗作。

　　　　　　　（宋）胡仔《苕溪渔隐丛话》前集卷第十三，人民文学出版社本

　　先东严君有言，近世唯山谷最知子美，以为今人读杜诗，至谓草木虫

鱼，皆有比同，如试世间商度隐语然者，此最学者之病。山谷之不注杜诗，试取《大雅堂记》读之，则知此公注杜诗已竟，可为知者道，难为俗人言也。

（金）元好问《杜诗学引》，《遗山先生文集》卷三十六，《四部丛刊》本

杜子美诗，实取法《三百篇》，有类《国风》者，有类《雅》《颂》者，虽长篇短韵，变化不齐，体段之分明，脉络之联属，诚有不可紊者。注者无虑数百家，奈何不尔之思。务穿凿者，谓一字皆有所出，泛引经史，巧为傅会，楦酿而丛脞；骋新奇者，称其一饭不忘君，发为言辞，无非忠国爱君之意，至于率尔咏怀之作，亦必迁就而为之说。说者虽多，不出于彼则入于此。子美之诗，不白于世者五百年矣！

（明）宋濂《杜诗举隅序》，《宋学士全集》卷五，《丛书集成》本

章句之儒，毛苌、郑元是也。牵合傅会，有乖坟典，不可以入道也。

（明）宋濂《七儒解》，《宋学士全集》卷二十八，《丛书集成》本

"餐秋菊之落英"，谈者穿凿附会，聚讼纷纷，不知三闾但托物寓言。如"集芙蓉以为裳"，"纫秋兰以为佩"，芙蓉可裳，秋兰可佩乎？然则菊虽无落英，谓有落英亦可。屈虽若误用，谓未尝误亦可。以《尔雅》、《释名》读北山、云汉，则谬以千里矣。余为此论，只足供曲士一笑。质之旷代，当有知言。

（明）胡应麟《诗薮·内编》卷一，中华书局本

论诗最忌穿凿。"朝廷烧栈北，鼓角满天东"，烧与满气势相应，而元晦以为"漏天"。"关山同一照，乌鹊自多惊"，照与惊偶俪相当，而用修以为"一点"。二君非不知诗者，朱乃偶尔失忘，杨则好尚新僻。

（明）胡应麟《诗薮·内编》卷四，中华书局本

张文潜以杜"娟娟戏蝶过闲幔"为开幔，"曾闪朱旂北斗闲"为殷，皆非是。论诗最忌穿凿，当观古人通篇语意文势，庶得之，惟"恐湿汉

旌旗",刘从失字为近。

（明）胡应麟《诗薮·杂编》卷五，中华书局本

杜家笺传太纷挐，虞赵诸贤尽守株。苦为《南华》求向郭，前惟山谷后钱卢。

此首则出议论矣。论杜而及于注家，论注杜而所斥者虞、赵，所主者钱、卢乎？虞伯生注之出于托名，夫人而知之矣，何不云：鲁訔、黄鹤诸家耶？山谷《大雅堂记》自是高识，然不能与后人注杜者并论也。卢氏《杜诗胥钞》，其书不甚行于世，人罕知者。昔予在粤东，晤青州李南涧，语及此，南涧致书卢氏，属其家以初印本见赠，始知其非定本。此盖渔洋傅会其乡人之词，不可为据也。杜诗千古诗家风会所关，岂可随所见以傅会之！

（清）翁方纲《石洲诗话》卷八，人民文学出版社本

广大居然太傅宜，沙中金屑苦难披。诗名流播鸡林远，独愧文章替左司。

先生不喜白诗，故特借白诗此句，以韦左司超出白诗上也。前章固以韦在柳上，此则以五言古诗类及之，犹为有说也。若以韦在白上，则儗不于伦。白诗所云"敢有文章替左司"，是因守苏州而云尔，岂其关涉诗品耶？白公之为广大教化主，实其诗合赋、比、兴之全体，合风、雅、颂之诸体，他家所不能奄有也。若以渔洋论诗之例例之，则所谓广大教化主者，直是粗细雅俗之不择，泥沙瓦砾之不拣耳。依此，以披沙得金，则何"金屑"之有哉？竟皆目为沙焉而已。未知先生意中所谓"金屑"者何等"金"、何等"屑"也？若以白诗论之，则无论昆田、丽水皆金也。即一切恒河沙，皆得化为金也。若以渔洋之拣金，则宋人刻玉以为楮叶。必如此而后为楮叶，则凡花草之得有叶者鲜矣。明朝李、何以讫王、李，皆伪诗也。渔洋先生岂惟于沧溟不免周旋乡人，抑且于弘治七子沿袭信阳、北地之遗。是以"神韵"者，即"格调"之改称，自必觉白公诗皆粗俗肤浅矣。故以维摩一瓣香属之钱、刘，而以"文章替左词"之语原出于白诗，只作引述，宛似不著议论者，转使人乍看不觉其有意贬斥白诗之痕迹耳。

（清）翁方纲《石洲诗话》卷八，人民文学出版社本

三曰：文欲如其事，未闻事欲如其人者也。尝见名士为人撰志，其人盖有朋友气谊，志文乃仿韩昌黎之志柳州也，一步一趋，惟恐其或失也。中间感叹世情反复，已觉无病费呻吟矣……是之谓"削趾适屦"，又文人之通弊也。

（清）章学诚《文史通义·古文十弊》，《四部备要》本

前人谓宋人执论"一饭不忘君"之说，穿凿以注杜诗，杜诗无心之山水花鸟，触此皆成讥切，遂开东坡诗狱之祸。按文字之祸，汉已有之，然穿凿文致，不必理解，则宋人实甚，此言不得为苛刻也。

（清）章学诚《淮南子洪保辨》，《文史通义·外篇一》，《四部备要》本

坡"孤鸿"词，山谷以为不吃烟火食人语，良然。鲖阳居士云："'缺月'，刺明微也。'漏断'，暗时也。'幽人'，不得志也。'独往来'，无助也。'惊鸿'，贤人不安也。此与《考槃》诗相似云云。"村夫子强作解事，令人欲呕。韦苏州《滁州西涧》诗，叠山亦以为小人在朝、贤人在野之象。令韦郎有知，岂不叫屈？仆尝戏谓："坡公命宫磨蝎，湖州诗案，生前为王珪、舒亶辈所苦，身后又硬受此差排耶？"

（清）王士禛《花草蒙拾》，《词话丛编》本

字笺句解，果谁语而谁知之？虽作者未必无此意，而作者亦未必定有此意，可神会而不可言传。断章取义，则是刻舟求剑，则大非矣。即如宋末玉田、蘋洲诸家，阅历沧桑，固宜胸有垒块。今一遇稍有感慨之词，便以为指斥时事，愁禽怨柳，塞满乾坤，是直以长短句为谤书矣。夫岂其然！

（清）谢章铤《赌棋山庄词话》续编一，《词话丛编》本

刘贡父云："梅尧臣爱严维'柳塘春水漫，花坞夕阳迟'，固善矣。细较之，'夕阳迟'则系'花'，'春水漫'何须'柳'也？似未尽善。"余阅之，不觉失笑。"夕阳迟"，春日迟迟也，何为系花？"春水漫"，水流漫也，何关于柳？宋人之着相强解事，类如此。

（清）叶矫然《龙性堂诗话续集》，《清诗话续编》本

半山说诗云："'风静花犹落'，是静中见动意；'鸟鸣山更幽'，是动中见静意。"石林说诗云："'听雨寒更尽，开门落叶深'，是以'落叶'比雨声也。'微阳下乔木，远烧入秋山'，是以'微阳'比'远烧'也。"二公之说岂无解，然余正嫌其太索解，故后人说宋无诗，惟强解诗，是以无诗也。

（清）叶矫然《龙性堂诗话续集》，《清诗话续编》本

靖节好饮，不妨其高，解者多曲为辩说，亦如解杜诗句句引着每饭不忘君，胶绕牵合，几无复理，俱足喷饭。

（清）毛先舒《诗辩坻》卷第二，《清诗话续编》本

朱子云："楚词不皆是怨君，被后人多说成怨君。"此言最中病痛。如唐人中少陵固多忠爱之词，义山间作风刺之语，然必动辄牵入，即小小赋物，对镜咏怀，亦必云某诗指其事，某诗刺某人，水月镜花，多成粘皮带骨，亦何取耶？

（清）沈德潜《唐诗别裁集·凡例》，上海古籍出版社本

杜诗无可选，亦不藉取杜诗而选之，而评之。凡以考一己所得之浅深，而亦为学诗者道以入门之方也。窃见向时读杜诸家，贪多者矜奥博，事必泛引，语必捃撦，甚或伪造典故以实其说。而一二钩奇喜新之士，意主穿凿，辞务支离，即寻常景物，亦必牵涉风刺，附会忠孝，而诗之天趣亡焉。又其甚者，强题就法，刻舟求剑，一绳以后代制举之律，而少陵云穷三才，母万象者，遽变为兔园册，村夫子矣。嗟夫学诗者前望古人，方无所凭藉，忽得诸家之说以横踞乎其中，不有日读杜诗而去杜日远者耶？

（清）沈德潜《杜诗偶评序》，《归愚文续》卷八，清刊本

梅圣俞有《金针诗格》，张无尽有《律诗格》，洪觉范有《天厨禁脔》，皆论诗也。及观三人所论，皆取古人之诗穿凿扭捏，大伤古作者之意。三书流传，魔魅后人，不独可笑，抑复可恨。不知诗人托寄之语，十之二三耳，既云托寄，岂使人知？若字字穿凿，篇篇扭捏，则是诗谜，非诗也。《三百篇》中有比、有兴、有赋，尽如圣俞、无尽、觉范所言，则《三百篇》字字皆比，更无赋、兴，千古而下，只作隐语相猜，安能畅我

性情，使人兴观群怨哉！惟子美咏物诸五言，则实有寄托，然亦不必牵强索解，如与痴人说梦也。因书此以为注诗者之戒，并将古诗数十首，稍为笺破于后，以见古人作诗大意，不过如是而止，则唐诗可以类推矣。

（清）贺贻孙《诗筏》，《清诗话续编》本

"西北有高楼"一篇，皆想像之词。阿阁之上，忽闻弦歌，凭空摹拟，幻甚。此下皆描"悲"字之神。"无乃杞梁妻"，惝恍疑似，妙不可言。"清商随风发"四句，肉竹之外，别有妙理，此知音者所以难也。盖歌者既苦，则知者自稀，伤知稀即所以惜歌者也。一种幽怨，全从言外得之。自注诗者必以首四句指帝都，中八句自叹才高，而以知稀寓仕宦未达之意，遂令此诗索然。惜哉！

（清）贺贻孙《诗筏》，《清诗话续编》本

讲解切不可穿凿傅会，议论切不可欹刻好奇，未能灼见，不妨阙疑。如竹坡老人驳柳子厚《别弟宗一》诗末句云："欲知此后相思梦，长在荆门郢树烟。"谓："梦中安得见郢树烟？只当用'边'字，盖前有'江边'故耳。"此语已属梦中说梦。后又改云："欲知此后相思处，望断荆门郢树烟。"是魇不醒矣。殊不知别手足诗，辞直而意哀，最为可法。观此一首，无出其右。

（清）薛雪《一瓢诗话》，人民文学出版社本

王勉夫《丛谈》中多辨论，余独喜其一则。乐天《长恨歌》"夕殿萤飞思悄然，孤灯挑尽未成眠"，或谓岂有兴庆宫中夜不点烛，明皇自挑灯之理？王曰："此所以状宫中向夜萧索之意，使言高烧画烛，贵则贵矣，岂复有长恨意耶？"此言深得诗人之致，前说小儿强作解人耳。

（清）贺裳《载酒园诗话》卷一，《清诗话续编》本

诗人谀杜，通国然矣。叶石林谓禅家有三种语，老杜诗亦然。如"波漂菰米沉云黑，露冷莲房坠粉红"，为函盖乾坤语；"落花游丝白日静，鸣鸠乳燕青春深"，为随波逐浪语；"百年地僻柴门迥，五月江深草阁寒"，为截断众流语。余谓杜诗诚有此三种，如叶云云，未免强作解人。

（清）何文焕《历代诗话考索》，《历代诗话》本

"曲径通幽处，禅房花木深"，六一赏之；"四更山吐月，残夜水明楼"，东坡赏之。此等处古人自会心有在，后人或强解之，或故疑之，皆过矣。

（清）刘熙载《艺概·诗概》，上海古籍出版社本

3. 拘泥形貌　缘文生意

抱朴子曰：五味舛而并甘，众色乖而皆丽。近人之情，爱同憎异，贵乎合己，贱于殊途。夫文章之体，尤难详赏，苟以入耳为佳，适心为快，鲜知忘味之九成，雅颂之风流也。所谓考盐梅之咸酸，不知大羹之不致；明飘飘之细巧，蔽于沉深之弘邈也。其英异宏逸者，则网罗乎玄黄之表；其拘束龌龊者，则羁绁于笼罩之内。振翅有利钝，则翔集有高卑；聘迹有迟迅，则进趋有远近，驽锐不可胶柱调也。

（晋）葛洪《抱朴子外篇·辞义》，《诸子集成》本

山谷惠余诗两篇：一云"多病废诗仍止酒"，一云"醉余睡起怯春寒"。观者以为疵。余曰，说诗者不以文害辞，岂非谓此耶？

（宋）王直方《王直方诗话》，《宋诗话辑佚》本

……子美诗妙处，乃在无意于文，夫无意而意已至，非广之以《国风》、《雅》、《颂》，深之以《离骚》、《九歌》，安能咀嚼其意味，闯然入其门耶？故使后生辈自求之，则得之深矣。使后之登大雅堂者，能以余说而求之，则思过半矣。彼喜穿凿者弃其大旨，取其发兴于所遇林泉人物草木鱼虫，以为物物皆有所托，如世间商度隐语者，则子美之诗委地矣。

（宋）黄庭坚《大雅堂记》，《豫章黄先生文集》卷十七，《四部丛刊》本

今人解杜诗，但寻出处，不知少陵之意，初不如是。且如岳阳楼诗："昔闻洞庭水，今上岳阳楼。吴楚东南坼，乾坤日夜浮。亲朋无一字，老病有孤舟。戎马关山北，凭轩涕泗流。"此岂可以出处求哉！纵使字字寻

得出处，去少陵之意益远矣。盖后人无不知杜诗所以妙绝古今者在何处，但以一字亦有出处为工。如《西昆酬唱集》中诗，何曾有一字无出处者，便以为追配少陵，可乎？且今人作诗，亦未尝无出处，渠自不知，若为之笺注，亦字字有出处，但不妨其为恶诗耳！

（宋）陆游《老学庵笔记》卷七，中华书局本

诗有可解、不可解、不必解，若水月镜花，勿泥其迹可也。

（明）谢榛《四溟诗话》卷一，人民文学出版社本

古今诗人措语工拙不同，岂可以唐宋轻重论之。余讶世人但知宗唐，于宋则弃不收。如唐张林《池上》云："菱叶乍翻人采后，荇花初没舸行时。"宋张子野《溪上》云："浮萍断处见山影，小艇移时闻草声。"巨眼必自识之，谁谓诗盛于唐而坏于宋哉？瞿宗吉有"举世宗唐恐未公"之句，信然！

（明）俞弁《逸老堂诗话》卷上，《历代诗话续编》本

"夜半宴归宫漏永，薛王沉醉寿王醒"，句意愈精，筋骨愈露。然此但假借立言耳。泥者谓二王迥不同时，则痴人说梦，难以口舌争矣。

（明）胡应麟《诗薮·内编》卷六，中华书局本

"读书破万卷，下笔如有神"，本自眼前语，刘嫌其夸，注云："破字犹言近万。"非也。下"赋料扬雄敌，诗看子建亲"，言自料雄敌植亲耳。刘以为他人不能敌雄，惟有子建近之，皆求取太深，失其本意。

（明）胡应麟《诗薮·杂编》卷五，中华书局本

且古之所谓序云者，盖以明作者之意。如《诗》、《书》篇端皆有小序，而复有大序加其首者是也。小序或出于史臣或出于后之贤士大夫，序之作者皆古之闻人。然其中得其言而遗其意，执其意而失其事，往往为经文之累者，亦不为少。则序之无益亦已明矣。贤士闻人之为序，犹不能有益于经，况今之为序者能有益于执事之诗哉！

（明）方孝孺《答阌乡叶教谕》，《逊志斋集》卷十一，《四部备要》本

文人善变，要不能设一格以待之。有自浓而归淡，自俗而趋雅，自奔逸而就规矩。如汤清远他作入"妙"，《紫钗》独以"艳"称，沈词隐他作入"雅"，《四异》独以"逸"称。必使作者之神情，与评者之藻鉴，相遇而成莫逆之面目耳。

(明) 祁彪佳《远山堂曲品·凡例》，《中国古典戏曲论著集成》(六)，中国戏剧出版社本

《史记》叙事，如水之傅器，方圆深浅，皆自然相应。宋人论文，有照映、波澜、起伏等语，若着一字于胸中，便看不得《史记》。

(清) 冯班《日记》，《钝吟杂录》卷六，《丛书集成》本

"诗有别趣，非关理也"。然理原不足以碍诗之妙，如元次山《舂陵行》、孟东野《游子吟》、韩退之《拘幽操》，李公垂《悯农》诗，真是六经鼓吹。乐天与微之书曰："文章合为时而著，歌诗合为事而作。"然其生平所负，如《哭孔戡》诸诗，终不谐于众口。此又所谓"言之无文，行之不远"。故必理与辞相辅而行，乃为善耳，非理可尽废也。

诗又有以无理而妙者，如李益"早知潮有信，嫁与弄潮儿"，此可以理求乎？然自是妙语。至如义山"八骏日行三万里，穆王何事不重来"，则又无理之理，更进一尘。总之诗不可执一而论。

(清) 贺裳《载酒园诗话》卷一，《清诗话续编》本

东坡曰："论画以形似，见与儿童邻。赋诗必此诗，定知非诗人。"此言论画，犹得失参半，论诗则深入三昧。昔人称退之"一间茅屋祭昭王"为晚唐第一，余以不如许浑《经始皇墓》远甚："龙蟠虎踞树层层，势入浮云亦是崩。一种青山秋草里，路人惟拜汉文陵。"本咏秦始，却言汉文。韩原咏昭王庙，此则于题外相形，意味深长多矣。即摩诘"莫以今时宠，能忘旧日恩。看花满眼泪，不共楚王言。"正以咏饼师妇佳耳，若直咏息夫人，有何意味。此编诗者之陋。

(清) 贺裳《载酒园诗话》卷一，《清诗话续编》本

某太史自夸其诗：不巧而拙，不华而朴，不脆而涩。余笑谓曰："先生闻乐，喜金丝乎？喜瓦缶乎？入市，买锦绣乎？买麻枲乎？"太史不

能答。

（清）袁枚《随园诗话》卷五，人民文学出版社本

徐玑之言曰："昔人以浮声切响、单字双句计巧拙，盖风骚之至精也。近世乃连篇累牍，汗漫而无禁，岂能名家哉！"赵师秀亦云："一篇幸止有四十字，更增一字，吾末如之何矣！"右皆深悉甘苦之语。然亦惜其知专一而不知变化，故能事止于琢句也。师秀所谓"饱吃梅花数斗，使胸次玲珑"者，全在工于炼句处耳。

（清）翁方纲《石洲诗话》卷四，《清诗话续编》本

后世杂艺百家，诵拾名数，率用五言七字，演为歌诀，咸以取便记诵，皆无当于诗人之义也；而文指存乎咏叹，取义近于比兴，多或滔滔万言，少或寥寥片语，不必谐韵和声，而识者雅赏其为《风》、《骚》遗范也。故善论文者，贵求作者之意指，而不可拘于形貌也。

（清）章学诚《诗教》，《文史通义·内篇一》，《四部备要》本

论人拘形貌之弊，至后世文集而极矣。盖编次者之无识，亦缘不知古人之流别，作者之意指，不得不拘貌而论文也。

（清）章学诚《诗教》，《文史通义·内篇一》，《四部备要》本

韩退之曰："记事者必提其要，纂言者必钩其元。"其所谓钩元提要之书，不特后世不可得而闻，虽当世籍、湜之徒，亦未闻其有所见，果何物哉？盖亦不过寻章摘句以为撰文之资助耳。此等识记，古人当必有之。如左思十稔而赋三都，门庭藩溷，皆著纸笔，得即书之。今观其赋，并无奇思妙想，动心骇魄，当藉十年苦思力索而成，其所谓得即书者，亦必标书志义，先掇古人菁英，而后足以供驱遣尔。然观书有得，存乎其人，各不相涉也。

（清）章学诚《文理》，《文史通义·内编一》，《四部备要》本

九曰：古人文成法立，未尝有定格也。传人适如其人，述事适如其事，无定之中有一定焉。知其意者，旦暮遇之。不知其意，袭其形貌，神弗肖也。……塾师讲授《四书》文义，谓之时文，必有法度以合程式。

而法度难以空言，则往往取譬以示蒙学。拟于房室，则有所谓间架、结构；拟于身体，则有所谓眉目、筋节；拟于绘画，则有所谓点睛、添毫；拟于形家，则有所谓来龙、结穴。随时取譬，习陋成风，然为初学示法，亦自不得不然，无庸责也。惟时文结习，深锢肠腑，进窥一切古书古文，皆此时文见解，动操塾师启蒙议论，则如用象棋枰布围棋子，必不合矣。是之谓"井底天文"，又文人之通弊也。

　　　　　　　　　　（清）章学诚《古文十弊》，《文史通义·内篇二》，《四部备要》本

　　有强解诗中字句者。或述前人可解不可解不必解之说晓之，终未之信。余曰：古来名句如"枫落吴江冷"，就子言之，必曰枫自然落，吴江自然冷；枫落则随处皆冷，何必独曰吴江？况吴江冷亦是常事，有何吃紧处？即"空梁落燕泥"，必曰梁必有燕，燕泥落下，亦何足取？不几使千秋佳句，兴趣索然哉？且唐人诗中，钟声曰"湿"，柳花曰"香"，必来君辈指摘。不知此等皆宜细参，不得强解。甚矣，可为知者道也。

　　　　　　　　　　　　　　　　（清）吴雷发《说诗菅蒯》，《清诗话》本

　　太白"白发三千丈"，下即接云"缘愁似个长"，并非实咏。严有翼云："其句可谓豪矣，奈无此理。"诗正不得如此讲也。

　　　　　　　　　　　　　　　　（清）马位《秋窗随笔》，《清诗话》本

　　诗至《十九首》，方是烂然天真，然皆不知其意。以辞求意，其诗全出赋义乃得；兼有比兴，意必难知。

　　　　　　　　　　　　（清）吴乔《围炉诗话》卷之二，《清诗话续篇》本

　　"落日照大旗，马鸣风萧萧"，岂以"萧萧马鸣，悠悠旆旌"为出处邪？用意别，则悲愉之景原不相贷，出语时偶然凑合耳。必求出处，宋人之陋也。其尤酸迂不通者，既于诗求出处，抑以诗为出处考证事理。杜诗："我欲相就沽斗酒，恰有三百青铜钱。"遂据以为唐时酒价。崔国辅诗："与沽一斗酒，恰用十千钱。"就杜陵沽处贩酒，向崔国辅卖，岂不三十倍获息钱邪？求出处者，其可笑类如此。

　　　　　　　　　　　（清）王夫之《薑斋诗话》卷二，人民文学出版社本

诗有为而作，自有所指，然不可拘于所指，要使人临文而思，掩卷而叹，恍然相遇于语言文字之外，是为善作。读诗自当寻作者所指，然不必拘某句是指某事，某句是指某物，当于断续迷离之处，而得其精神要妙，是为善读。

（清）叶矫然《龙性堂诗话初集》，《清诗话续编》本

魏泰云："《六一诗话》称谢伯初之'园林换叶梅初熟'，不如'庭草无人随意绿'也；'池馆无人燕学飞'，不如'空梁落燕泥'也。"予殊不谓然。王胄、薛道衡诗句，诚天然风韵矣。然宋人诗深秀如"园林"二语者，又何少也！必取佳诗而排挤之，则王、薛二佳句，又能如"春日迟迟，卉木萋萋"，"燕燕于飞，差池其羽"否耶！此皆于无议论中寻议论之弊也。魏泰遂谓"伯初句意凡近，不如王、薛之峻洁可喜"。阿侫之谈，识者笑之。

（清）潘德舆《养一斋诗话》卷二，《清诗话续编》本

六一居士谓诗人贪求好句，理或不通，亦一病也。如"袖中谏草朝天去，头上宫花侍宴归"，奈进谏无直用草稿之理。"姑苏台下寒山寺，夜半钟声到客船"，奈夜半非打钟时云云。按"谏草"句不无语病，其余何必拘？况不以文害辞，不以辞害志，孟子早有明训，何容词费！

（清）何文焕《历代诗话考索》，《历代诗话》本

解诗不可泥，观孔子所称可与言诗，及孟子所引可见矣，而断无不可解之理。谢茂秦创为可解、不可解、不必解之说，贻误无穷。

（清）何文焕《历代诗话考索》，《历代诗话》本

4. 贵远贱近及其他

巨鹿侯芭尝从雄居，受其《太玄》、《法言》焉。刘歆亦尝观之，谓雄曰："空自苦！今学者有禄利，然尚不能明《易》，又如《玄》何？吾恐后人用覆酱瓿也。"雄笑而不应……时大司空王邑，纳言严尤闻雄死，谓桓谭曰："子尝称扬雄书，岂能传于后世乎。"谭曰："必传。顾君与谭

不及见也。凡人贱近而贵远,亲见扬子云禄位容貌不能动人,故轻其书。昔老聃著虚无之言两篇,薄仁义,非礼学,然后世好之者尚以为过于《五经》,自汉文、景之君及司马迁皆有是言。今扬子之书,文义至深,而论不诡于圣人,若使遭遇时君,更阅贤知,为所称善,则必度越诸子矣。"诸儒或讥以为雄非圣人而作经,犹春秋吴楚之君僭号称王,盖诛绝之罪也。自雄之没至今四十余年,其《法言》大行,而《玄》终不显,然篇籍具存。

(汉)班固《汉书·扬雄传赞》,中华书局本

常人贵远贱近,向声背实,又患暗于自见,谓己为贤。

(魏)曹丕《典论·论文》,《文选》卷五十二,中华书局本

……贵远而贱近者,常人之用情也。信耳而疑目者,古今之所患也。是以秦王叹息于韩非之书而想见其为人;汉武慷慨于相如之文而恨不同世。及既得之,终不能拔,或纳谗而诛之,或放之乎冗散。此盖叶公之好伪形,见真龙而失色也。

(晋)葛洪《抱朴子外篇·广譬》,《诸子集成》本

刘逵注吴、蜀而序之曰:"观中古以来为赋者多矣,相如《子虚》擅名于前,班固《两都》理胜其辞,张衡《二京》文过其意。至若此赋,拟议数家,傅辞会义,抑多精致,非夫研核者不能练其旨,非夫博物者不能统其异。世咸贵远而贱近,莫肯用心于明物。斯文吾有异焉,故聊以余思为其引诂,亦犹胡广之于官箴,蔡邕之于典引也。"

(唐)房玄龄《晋书·左思传》,中华书局本

盖明月之珠不能无颣,夜光之璧不能无颣,故作者著书,或有病累。而后生不能诋诃其过,又更文饰其非,遂推而广之,强为其说者,盖亦多矣。

(唐)刘知幾《史通·探赜》,《四部备要》本

夫所谓舍近而取远云者,孔子曰"生周之世,去尧舜远",孰与今去尧舜远也。孔子删《书》,断自《尧典》,而弗道其前。其所谓学,则曰

祖述尧舜。如孔子圣且勤，而弗道其前者，岂不能邪？盖以其渐远而难彰，不可以信后世也。今生于孔子之绝后，而反欲求尧舜之已前世，所谓务高言而鲜事实者也。唐、虞之道，为百王首，仲尼之叹曰荡荡乎，谓高深闳大而不可名也。

（宋）欧阳修《与张秀才第二书》，《欧阳文忠集·居士外集》卷十六，《四部备要》本

国家之兴，七十有五年矣。礼乐文章，可谓太平。而杰然称王公大人于世者，往往而出，凡士之得身出于斯时者，宜为幸矣。又何必忽近以慕远，违目而信耳！且安知后之望今，不若今之望者邪！

（宋）欧阳修《代杨推官洎上吕相公求见书》，《欧阳文忠集·居士外集》卷十七，《四部备要》本

藏书画者，多取空名。偶传为钟、王、顾、陆之笔，见者争售，此所谓"耳鉴"。又有观画而以手摸之，相传以为色不隐指者为佳画，此又在耳鉴之下，谓之"揣骨听声"。

（宋）沈括《梦溪笔谈》卷十七，"书画"条，中华书局本

因论王氏之学，而曰："元泽幼即颖悟，尝有人笼獐鹿各一，以遗介甫，元泽时俱未识也。或问之曰：'孰为鹿？孰为獐？'元泽曰：'獐边者是鹿，鹿边者是獐。'其后解经，大抵类此。"

（宋）朱熹《朱子语类辑略》卷八，考亭书院本

今之读经者，往往有四者之病：本卑也，而抗之使高；本浅也，而凿之使深；本近也，而推之使远；本明也，而必使至于晦。此今日读经之大患也。

（宋）朱熹《读书法》，《朱子语类辑略》卷二，考亭书院本

"诗未有刘长卿一句，已呼阮籍为老兵；笔语未有骆宾王一字，已骂宋玉为罪人。"此皇甫湜为元和时人叹也。嗟乎，今才搦管，便骂前辈者多矣。湜在，当何如致忾。

（明）胡震亨《唐音癸签》卷二十六，中华书局本

盖经学之缪三，一曰"解经"之缪：以臆见考《诗》、《书》，以杜撰窜三传，凿空瞽说，则会稽季氏本为之魁。二曰"乱经"之缪，石经托之贾逵，《诗传》拟诸子贡，矫诬乱真，则四明丰氏坊为魁。三曰："诲经"之缪，诃《虞书》为俳偶，摘《雅》、《颂》为重复，非圣无法，则余姚孙氏钅广为之魁。

（清）钱谦益《牧斋有学集》卷十七，《四部丛刊》本

何景明与李梦阳书，纵论历代之诗，而上下是非之。其规梦阳也。则曰："近诗以盛唐为尚，宋人似苍老而实疏卤，元人似秀俊而实浅俗，今仆诗不免元习，而空同近作，间入于宋。"夫尊初、盛唐而严斥宋、元者，何、李元坛坫也，自当无一字一句入宋、元界分上；乃景明之言如此，岂阳斥之而阴窃之，阳尊之而阴离之耶？且李不读唐以后书，何得有宋诗入其目中而似之耶？将未尝寓目，自为遥契吻合，则此心此理之同，其又可尽非耶？既已似宋，则自知之明且不有，何妄进退前人耶？其故不可解也。窃以为李之斥唐以后之作者，非能深入其人之心而洞伐其髓也；亦仅骛皮毛形似之间，但欲高自位置，以立门户，压倒唐以后作者；而不知已饮食之而役隶于其家矣。李与何彼唱予和，互相标榜，而其言如此，亦见诚之不可掩也。由是言之：则凡好为高论大言，故作欺人之语，而终不可以自欺也夫！

（清）叶燮《原诗·外篇下》，人民文学出版社本

六曰：史既成家，文存互见……非惟命意有殊，抑亦详略之体所宜然也。若夫文集之中，单行传记，凡遇牵联所及，更无互著之篇，势必如详，亦其理也。但必权其事理足以副乎其人，乃不病其繁重尔……故凡无端影附者，谓之"同里铭旌"，不谓文人亦效之也！是又文人之通弊也。

（清）章学诚《古文十弊》，《文史通义·内篇二》，《四部备要》本

诗道之所以日芜而迄无所底者，则以说诗者误之也。夫运会迁流，风雅递变，而正法眼藏，要必以大雅为宗，以寄兴为主，委婉深挚，以无失乎温柔敦厚之旨，而后可以谓之诗。而说诗者，或以为是不足以见才而炫俗也，于是别立门户，以尖巧为新异，以诡特为奇辟，以襞绩故实为博

奥，一唱百和，靡然成风，沿至于今，弊斯极矣！夫失之愈远则返之愈难，而返之无术则失将愈甚，此吾友西圃《诗说》之所为作也。

    （清）张元《西圃诗说序》，田同之《西圃诗说》，《清诗话续编》本

  问：然则说诗之道当何如？

  说诗当去三弊：曰泥，曰凿，曰碎。执典实训诂而失意象，拘格式比兴而遗性情，谓之泥。厌旧说而求新，强古人以就我，谓之凿。释乎所不足释，疑乎所不必疑，谓之碎。

    （清）陈仪《竹林答问》，《清诗话续编》本

四

知音之难

1. 慧眼识才　贵在知音

汗明曰:"君亦闻骥乎? 夫骥之齿至矣,服盐车而上太行。蹄申膝行,尾湛胕溃,漉汗洒地,白汗交流,中阪迁延,负辕不能上。伯乐遭之,下车攀而哭之,解纻衣以幂之。骥于是俯而喷,仰而鸣,声达于天,若出金石声者,何也? 彼见伯乐之知己也。今仆之不肖,厄于州部,堀穴穷巷,沉洿鄙俗之日久矣,君独无意渊拔仆也,使得为君高鸣屈于梁乎?"

(先秦)《战国策·楚策》,中华书局本

至于味,天下期于易牙,是天下之口相似也。惟耳亦然。至于声,天下期于师旷,是天下之耳相似也。惟目亦然。至于子都,天下莫不知其姣也。不知子都之姣者,无目者也。故曰:口之于味也,有同耆焉;耳之于声也,有同听焉;目之于色也,有同美焉。

(先秦)《孟子·告子上》,《十三经注疏》本

伯牙鼓琴,钟子期听之。方鼓琴而志在泰山,钟子期曰:"善哉乎鼓琴! 巍巍乎若泰山。"少选之间,而志在流水,钟子期又曰:"善哉乎鼓琴! 汤汤乎若流水。"钟子期死,伯牙破琴绝弦,终身不复鼓琴,以为世无足复为鼓琴者。

(先秦)《吕氏春秋·孝行览·本味》,《诸子集成》本

谚曰:"谁为为之?孰会听之?"盖钟子期死,伯牙终身不复鼓琴。何则?士为知己用,女为说己容。若仆大质已亏缺,虽材怀随和,行若由夷,终不可以为荣,适足以发笑而自点耳。

(汉)司马迁《报任少卿书》,班固《汉书·司马迁传》,中华书局本

岁月易得,别来行复四年。三年不见,东山犹叹其远,况乃过之,思何可支!虽书疏往返,未足解其劳结,昔年疾疫,亲故多离其灾。徐、陈、应、刘,一时俱逝,痛可言邪!昔日游处,行则连舆,止则接席,何曾须臾相失。每至觞酌流行,丝竹并奏,酒酣耳热,仰而赋诗,当此之时,忽然不自知乐也。谓百年已分,可长共相保,何图数年之间,零落略尽,言之伤心!顷撰其遗文,都为一集,观其姓名,已为鬼录,追思昔游,犹在心目,而此诸子化粪壤,可复道哉?

(魏)曹丕《与吴质书》,《文选》卷四十二,《四部丛刊》本

伯牙善鼓琴,钟子期善听。伯牙鼓琴志在登高山,钟子期曰:"善哉,峨峨兮若泰山!"志在流水,钟子期曰:"善哉,洋洋兮若江河!"伯牙所念,钟子期必得之。伯牙游于泰之阴,卒逢暴雨,止于岩下,心悲,乃援琴而鼓之,初为霖雨之操,更造崩山之音。曲每奏,钟子期辄穷其趣。伯牙乃舍琴而叹曰:"善哉善哉子之听!夫志想象,犹吾心也,吾于何逃声哉!"

(晋)《列子·汤问篇》,《诸子集成》本

初,勰撰《文心雕龙》五十篇,论古今文体,引而次之……既成,未为时流所称。勰自重其文,欲取定于沈约。约时遗盛,无由自达,乃负其书,候约出,干之于车前,状若货鬻者。约便命取读,大重之,谓深得文理,常陈诸几案。

(唐)姚思廉《梁书·刘勰传》,中华书局本

朓好奖人才,会稽孔觊粗有才笔,未为时知,孔珪尝令草让表以示朓。朓嗟吟良久,手自折简写之,谓珪曰:"士子声名未立,应其奖成,无惜齿牙余论。"其好善如此。

(唐)李延寿《南史·谢朓传》,中华书局本

故曰："废兴，时也；穷达，命也。"适伎时无识宝，世缺知音，若《论衡》之未遇伯喈，《太玄》之不逢平子，逝将烟烬火灭，泥沉雨绝，安有殁而不朽，扬名于后世者乎！

（唐）刘知幾《史通·鉴识》，《四部备要》本

李太白初自蜀至京师，舍于逆旅。贺监知章闻其名，首访之。既奇其姿，复请所为文。出《蜀道难》以示之。读未竟，称叹者数四，号为谪仙，解金龟换酒，与倾尽醉。期不间日，由是称誉光赫。贺又见其《乌栖曲》，叹赏苦吟曰："此诗可以泣鬼神矣。"故杜子美赠诗及焉。曲曰："姑苏台上乌栖时，吴王宫里醉西施。吴歌楚舞欢未毕，西山欲衔半边日。金壶丁丁漏水多，起看秋月坠江波。东方渐高奈乐何。"或言是《乌夜啼》二篇，未知孰是，故两录之。《乌夜啼》曰："黄云城边乌欲栖，归飞哑哑枝上啼。机中织锦秦川女，碧纱如烟隔窗语。停梭向人问故夫，欲说辽西泪如雨。"

（唐）孟棨《本事诗·高逸第三》，古典文学出版社本

承惠答苏轼书，甚佳。今却纳上，农具诗不曾见，恐是忘却将来，今再令去取。读轼书，不觉汗出，快哉，快哉！老夫当避路，放他一头地也。可喜，可喜！

（宋）欧阳修《与梅圣俞》，《欧阳文忠集》卷六，《四部备要》本

秦觏字少仪，好为诗，初亦不甚工。既而以献山谷。山谷赠之曰："乃能持一镞，与我箭锋直。"又云："自我得此诗，三日卧向壁……才难不其然，有亦未易识。"当时交游以此言为过。然少仪缘此思大发，交游亦刮目视之。

（宋）王直方《王直方诗话》，《宋诗话辑佚》本

东坡先生，人有尺寸之长，琐屑之文，虽非其徒，骤加奖借，如昙秀"吹将草木作天香"、妙总"知有人家住翠微"之句，仲殊之曲，惠聪之琴，皆咨嗟叹美，如恐不及。至于士大夫之善，又可知也。观其措意，盖将揽天下之英才，提拂诱掖，教栽成就之耳。夫马一骤骥坂，则价十倍，

士一登龙门,则声烜赫,足以高当时而名后世矣。呜呼!惜公逝矣,而吾不及见之矣。

(宋)张表臣《珊瑚钩诗话》卷一,《历代诗话》本

梅圣俞早有诗名,故士能诗者,往往写卷投掷,以质其是非。梅各有报章,未尝轻许之也。读黄莘诗卷则云:"凤凰养雏飞未高,鸡鹜成群翅终短。"读萧渊诗卷则云:"野雉五色且非凤,知时善鸣鸡若何。"读孙且言诗卷则云:"汲井欲到深,磨鉴欲尽尘。"读张令诗卷则云:"读之不敢倦,十未能一晓。"读邵不疑诗卷则曰:"既观坐长叹,复想李杜韩。"皆因其短而教诲之也。东坡喜奖与后进,有一言之善,则极口褒赏,使其有闻于世而后已。故受其奖者,亦踊跃自勉,乐于修进,而终为令器。若东坡者,其有功于斯文哉,其有功于斯人哉!

(宋)葛立方《韵语阳秋》卷第一,《历代诗话》本

琼瑰琬琰,天下皆知其为玉也。非卞氏三献,孰别其荆山之姿而为美?骅骝骎裛,天下皆知其为马也。非伯乐一顾,孰别冀北之骏而为良?若玉之无别,安得琼瑰琬琰之名;马之无别,岂分骅骝骎裛之骏。别玉者卞氏耳,识马者伯乐耳。

(宋)韩拙《山水纯全集》,《画论丛刊》本

抑又闻之:虽有南威之容,匪蹇修不妍,虽有太冲之赋,匪士安不传。道安之文与诗,质而珍,槁而滋,寥乎朱弦之音,泊乎玄酒之味,今犹昔也,昔无传而今有传,非得名世之士丞相盖国周公序之故耶?

(宋)杨万里《澈溪居士文集后序》,《诚斋集》卷八十三,《四部丛刊》本

晏元献公赴杭州,道过维杨,憩大明寺,暝目徐行,使侍史诵壁间诗板,戒其勿言爵里姓名,终篇者无几。又俾别诵一诗云:"水调隋宫曲,当年亦九成。哀音已亡国,废沼尚留名。仪凤终陈迹,鸣蛙只废声。凄凉不可问,落日下芜城。"徐问之,江都尉王琪诗也。召至同饭,又同步游池上。时春晚,已有落花,晏云:每得句书墙壁间,或弥年未尝强对;且如"无可奈何花落去",至今未能也。王应声曰:"似曾相识燕归来。"自

此辟置，荐馆职，遂跻侍从。（《遗珠》）

（宋）魏庆之《诗人玉屑》卷十，中华书局本

居易，字乐天，太原下邽人。弱冠，名未振，观光上国，谒顾况。况，吴人，恃才少所推可，因谑之曰："长安百物皆贵，居大不易。"及览诗卷，至"离离原上草，一岁一枯荣。野火烧不尽，春风吹又生。"乃叹曰："有句如此，居天下亦不难，老夫前言戏之耳。"贞元十六年，中书舍人高郢下进士、拔萃皆中，补校书郎。元和元年，作乐府及诗百余篇，规讽时事，流闻禁中，上悦之。召拜翰林学士，历左拾遗。

（元）辛文房《唐才子传》卷六，古典文学出版社本

文辞之美者，见之于世，何其鲜哉！非文辞之鲜也，作之者虽精，而知之者未必真；知之者固审，而扬之者未必至。此其每相值而不相成。唐有柳仪曹，而浩初之文始著；宋无欧阳少师，而秘演之名未必能传至于今。盖理势之必然。初不待烛照龟卜而后知之也。嗟夫！浩初，秘演，何代无之，其不白于当时，卒随烟霞变灭而无余者，岂有他哉！由其不遇夫二公故然尔。

（明）宋濂《送天渊禅师濬公还四明序》，《宋学士全集》卷八，《丛书集成》本

宪宗读白居易讽谏百余篇而善之，因召为学士；穆宗读元微之歌诗百余篇而善之，立征为舍人。二君不以诗名而好尚乃尔，知唐世人主，亡不喻此道也。

（明）胡应麟《诗薮·外编》卷三，中华书局本

不知夫予之品也，慎名器，未尝不爱人材。韵失矣，进而求其调；调讹矣，进而求其词；词陋矣，又进而求其事。或调有合于韵律，或词有当于本色，或事有关于风教，苟片善之可称，亦无微而不录。故吕以严，予以宽；吕以隘，予以广；吕后词华而先音律，予则赏音律而兼收词华。要亦以执牛耳者代不数人，虑词帜之孤标，不得不奖诩同好耳。

（明）祁彪佳《远山堂曲品叙》，《中国古典戏曲论著集成》（六），中国戏剧出版社本

凡以诗求正者，在乎知己，否则无益，徒有自炫之消。或终篇称许，而不雌黄一字，恐有误则贻笑尔。或灼见其疵，虽有奇字隐而不言，恐人完其美，振其名，是出于意，非忌而何？

（明）谢榛《四溟诗话》卷三，《历代诗话续编》本

读金圣叹所评《西厢记》，能令千古才人心死。夫人作文传世，欲天下后代知之也，且欲天下后代称许而赞叹之也。殆其文成矣，其书传矣，天下后代既群然知之，复群然称许而赞叹之矣，作者之苦心，不几大慰乎哉。予曰："未甚慰也。誉人而不得其实，其去毁也几希。但云千古传奇，当推《西厢》第一，而不明言其所以为第一之故，是西施之美，不特有目者赞之，盲人亦能赞之矣。自有《西厢》以迄于今，四百余载，推《西厢》为填词第一者，不知几千万人，而能历指其所以为第一之故者，独出一金圣叹。是作《西厢》者之心，四百余年未死，而今死矣。不特作《西厢》者心死，凡千古上下，操觚立言者之心，无不死矣。人患不为王实甫耳，焉知数百年后不复有金圣叹其人哉。"

（清）李渔《闲情偶寄·词曲部·格局第六》，《中国古典戏曲论著集成》（七），中国戏剧出版社本

丁敬礼曰，后世谁相知定吾文者，然则定文必由于相知，今相知未尽，而遽定其文，即不至点金成铁，而必谓子面如吾面，得无削趾适履之嫌乎？

（清）谢章铤《赌棋山庄词话》续编二，《词话丛编》本

2. 知音难求

凡音者，生于人心者也；乐者，通伦理者也。是故知声而不知音者，禽兽是也；知音而不知乐者，众庶是也。唯君子为能知乐。

（先秦）《礼记·乐记》，《十三经注疏》本

……歌曲弥妙，和者弥寡。行操益清，交者益鲜。鸟兽亦然，必以附从效凤皇，是用和多为妙曲也。

（汉）王充《论衡·讲瑞》，《诸子集成》本

楚威王问于宋玉曰："先生其有遗行邪？何士民众庶不誉之甚也？"宋玉对曰："唯然，有之，愿大王宽其罪，使得毕其辞：客有歌于郢中者，其始曰'下里巴人'，国中属而和者数千人；其为'阳陵采薇'，国中属而和者数百人；其为'阳春白雪'，国中属而和者，数十人而已也；引商刻角，杂以流徵，国中属而和者，不过数人；是其曲弥高者，其和弥寡……"

（汉）刘向《新序·杂事第一》，《四部备要》本

臣闻绝节高唱，非凡耳所悲；肆义芳讯，非庸听所善。是以南荆有寡和之歌，东野有不释之辩。

（晋）陆机《演连珠》，《全晋文》卷三，《全上古三代秦汉六朝文》，中华书局本

三言七言，虽奇宝明器，不遇知己，终不见重。愿逢知己，以托意焉。

（晋）陆机《鞠歌行序》，《全晋文》卷九十八，《全上古三代秦汉六朝文》，中华书局本

知音其难哉！音实难知，知实难逢，逢其知音，千载其一乎！夫古来知音，多贱同而思古，所谓"日进前而不御，遥闻声而相思"也。昔《储说》始出，《子虚》初成，秦皇、汉武，恨不同时；既同时矣，则韩囚而马轻，岂不明鉴同时之贱哉！至于班固、傅毅，文在伯仲，而固嗤毅云："下笔不能自休。"及陈思论才，亦深排孔璋，敬礼清润色，叹以为美谈，季绪好诋诃，方之于田巴，意亦见矣。故魏文称"文人相轻"，非虚谈也。至如君卿唇舌，而谬欲论文，乃称"史迁著书，咨东方朔"，于是桓谭之徒，相顾嗤笑。彼实博徒，轻言负诮，况乎文士，可妄谈哉！故鉴照洞明，而贵古贱今者，二主是也；才实鸿懿，而崇己抑人者，班、曹是也；学不逮文，而信伪迷真者，楼护是也。酱瓿之议，岂多叹哉！

夫麟凤与麏雉悬绝，珠玉与砾石超殊，白日垂其照，青眸写其形；然鲁臣以麟为麏，楚人以雉为凤，魏民以夜光为怪石，宋客以燕砾为宝珠。形器易征，谬乃若是；文情难鉴，谁曰易分？

夫篇章杂沓，质文交加，知多偏好，人莫圆该。慷慨者逆声而击节，

醖藉者见密而高蹈；浮慧者观绮而跃心，爱奇者闻诡而惊听。会己则嗟讽，异我则沮弃，各执一隅之解，欲拟万端之变，所谓东向而望，不见西墙也。

……

夫缀文者情动而辞发，观文者披文以入情，沿波讨源，虽幽必显。世远莫见其面，觇文辄见其心。岂成篇之足深？患识照之自浅耳。夫志在山水，琴表其情，况形之笔端，理将焉匿？故心之照理，譬目之照形，目瞭则形无不分，心敏则理无不达。然而俗监之迷者，深废浅售，此庄周所以笑《折杨》，宋玉所以伤《白雪》也。昔屈平有言："文质疏内，众不知余之异采。"见异唯知音耳。扬雄自称："心好沉博绝丽之文"，其事浮浅，亦可知矣。夫唯深识鉴奥，必欢然内怿，譬春台之熙众人，乐饵之止过客。盖闻兰为国香，服媚弥芬；书亦国华，玩泽方美。知音君子，其垂意焉。

赞曰：洪钟万钧，夔旷所定。良书盈箧，妙鉴乃订。流郑淫人，无或失听。独有此律，不谬蹊径。

（南朝·梁）刘勰《文心雕龙·知音》，人民文学出版社本

故胸驰臆断之侣，好名忘实之类，方分肉于仁兽，逞却克于邯郸，入鲍忘臭，效尤致祸，决羽谢生，岂三千之可及；伏膺裴氏，惧两唐之不传。故玉徽金铣，反为拙目所嗤；巴人下里，更合郢中之听。阳春高而不和，妙声绝而不寻，竟不精讨锱铢，核量文质，有异巧心，终愧妍手。是以握瑜怀玉之士，瞻郑邦而知退；章甫翠履之人，望闽乡而叹息。诗既若此，笔又如之。徒以烟墨不言，受其驱染；纸札无情，任其摇襞。甚矣哉，文之横流，一至于此！

（南朝·梁）萧长懋《与湘东王书》，引自《梁书》卷四十九《庾肩吾传》，中华书局本

不知言之人，乌可与言？知言之人，默焉而其意已传。幕中之辩，人反以女为叛；台中之评，人反以汝为倾。汝不惩邪？而呶呶以害其生邪？

（唐）韩愈《五箴·言箴》，《韩昌黎文集》第一卷，《四部备要》本

老木樛枝入太阴，苍崖寒水断追寻。千年粉壁尘埃底，谁识良工独苦心。

（宋）朱熹《朱子大全·文五》，《四部备要》本

世人论渊明，皆以其专事肥遁，初无康济之念，能知其心者寡也。尝求其集，若云："岁月掷人去，有志不获骋。"又有云："猛志逸四海，骞翮思远翥。""荏苒岁月颓，此心稍已去。"其自乐田亩，乃卷怀不得已耳。士之出去，未易为世俗言也。

（宋）黄彻《䂬溪诗话》卷八，《历代诗话续编》本

伯牙鼓琴，后世无知，我哀伯牙，似智而愚。天地之间，四方万里，知尔琴者，一人而已，钟子既死，其一又亡。欲弹无听，泫涕浪浪，已奏已闻，欲诘不可。逼塞满怀，无所倾写；折杨皇夸，苍歌里曲，入邑娱邑，入国悦国。回视伯牙，面有矜色，夫操至使者，必不和众人之耳，而媚众耳者，又善工之深耻，违众者常孑孑其无兴，而冒耻者乃身要而获利，则亦安知夫至艺之非祸，而庸工之非祉也。嗟夫，将为至巧者，必无顾于终身之无兴，则至巧之于人，乃不祥之上器。操不祥之器，终身而不知，则伯牙者，乃后世之深戒。

（宋）张耒《哀伯牙赋》，《张右史文集》，《四部丛刊》本

琴中巧拙，非作家者则不知。大凡事至妙处，多不合俗，所谓"调弥高，和弥寡"。凡俗之人，辄望风轻重，人是亦是，人非亦非，此乃隔帘听琵琶，殆不可与较长量短。夫正音雅淡，非俗耳所知也。

（宋）成玉磵《琴论》，引自《中国古代乐论选辑》，人民音乐出版社本

苕溪渔隐曰："鲁直《过平舆怀李子先诗》：'世上岂无千里马，人中难得九方皋。'《题徐孺子祠堂诗》：'白屋可能无孺子，黄堂不是欠陈番。'二诗命意绝相似，盖叹知音者难得耳。"

（宋）胡仔《苕溪渔隐丛话》后集卷三十二，人民文学出版社本

冷淡篇章遇赏难，杜陵清瘦孟郊寒。黄金作纸珠排字，未必时人不

喜看。

（宋）戴复古《戏题诗稿》，《石屏诗集》卷七，《四部丛刊续编》本

"两句三年得，一吟双泪流。知音如不赏，归卧故山秋。"岛之诗未必尽高，此心亦良苦矣。信乎非言之难，其听而识之者难遇也。虽然，马非伯乐而不鸣，琴非子期而不调，果不吾遇也，则困盐车焦爨下，吾宁乐之，后世复有扬子云，必好之矣。

（宋）范晞文《对床夜话》卷二，《历代诗话续编》本

世所传《千家注杜诗》，其间有曰"新添"者四十余篇。吾舅周君德卿尝辨之云："唯《瞿唐怀古》、《呀鹘行》、《送刘仆射》、《惜别行》为杜无疑，其余皆非真本，盖后人依仿而作，欲窃盗以欺世者；或又妄撰，其所从得，诬引名士以为助，皆不足信也。东坡尝谓太白集中往往杂入他人诗，盖其雄放不择，故得容伪；于少陵则决不能。岂意小人无忌惮如此！其诗大抵鄙俗狂瞽，殊不可读。盖学步邯郸，失其故态，求居中下且不得，而欲以为少陵，真可悯笑。《王直方诗话》既有所取，而鲍文虎杜时可间为注说，徐居仁复加编次。甚矣，世之识真者少也。其中一二虽稍平易，亦不免蹉跌。至于《逃难》、《解忧》、《送崔都水》、闻惠子过东溪、《巴西观涨》及《呈窦使君》等，尤为无状；洎余篇大似出于一手，其不可乱真也，如粪丸之在隋珠，不待选择而后知；然犹不能辨焉！世间似是而相夺者，又何可胜数哉！予所以发愤而极论者，不独为此诗也。"吾舅自幼为诗，便祖工部，其教人亦必先此。尝与予语及"新添"之诗，则嚬蹙曰："人才之不同，如其面焉；耳目鼻口，相去亦无几矣；然谛视之，未有不差殊焉。诗至少陵，他人岂得而乱之哉！"公之持论如此，其中必有所深得者，顾我辈未之见耳。表而出之，以俟明眼君子云。

（金）王若虚《滹南诗话》卷上，人民文学出版社本

天下之事，才而有为者，非难知其才，而用之者为难。智而能言者，非难达其为，言之意者为难。是以李长吉发愤欲酹平原君，而韩退之亦祭田横以见志。古人之重知己，岂有所利也哉！吾之所得，存于心，未尚发口，而彼能然先得吾之所存，固人情之所甚快也。世传伯牙绝弦于钟子

期，其事有无未必然，盖以喻知己之难遇耳！

    （明）方孝孺《题听琴轩记后》，《逊志斋集》卷十八，《四部备要》本

  世无论作曲者难其人，即识曲人亦未易得。《艺苑卮言》谈诗谈文，具有可采，而谈曲多不中窾，何怪乎此道之汶汶也！

    （明）王骥德《曲律·杂论》，《中国古典戏曲论著集成》（四），中国戏剧出版社本

  古之文人才士，当其隐鳞戢羽，名闻未彰，必有文章巨公，以片言只字，定其声价。借其羽毛，然后可以及时成名。若蔡中郎之于王仲宣，张茂先之于二陆，韩退之之于李长吉，顾逋翁之于白乐天是也。其有求之不得，而叫号以自见，则为陈子昂之破琴；又有求之而卒不得，而吊诡以自闵，则为唐山人之留瓢。古之人汲汲于知己，而惟恐不得一当，若是其急也。

    （清）钱谦益《徐子能集序》，《牧斋初学集》卷三十二，上海古籍出版社本

  陆士衡《文赋》，士龙尝病其多绮语，士衡深服其确识；自后诗文成，必示士龙定之。沈休文制《郊居赋》，未脱稿要王元礼示之，元礼读至"雌霓连卷"，及至"坠石碪星"，"冰悬埳而带坻，"皆击节称赏。休文曰："知音者稀，真赏殆绝，所以相要，正在此数句耳。"予每阅此，深羡其哲昆良友，文章知己，一时乐事，不至"后世谁定吾文"之叹。

    （清）叶矫然《龙性堂诗话初集》，《清诗话续编》本

  三代而还尽好名，文人从古善相轻。君看少谷山人死，独有平生王子衡。

    （清）王士禛《戏仿元遗山论诗绝句三十六首》之二十，《带经堂集》卷十四，清刻本

  慨自知音之难也，铁非柯古，振时孰辨金书；桐正中郎，爨处谁怜清响，故古来豪杰遭逢，英流知遇，令人有千载一时之感。

    （清）王承华《凤凰琴序》，清道光刻本

放翁诗学所以绝胜者，固由忠义盘郁于心，亦缘其于文章高下之故，能有具眼，非后进轻才所能知也。《白鹤馆夜坐》云："袖手哦新诗，清寒愧雄浑。屈宋死千载，谁能起九原？中间李与杜，独招湘水魂。自此竞摹写，几人望其藩。兰苕看翡翠，烟雨啼青猿。岂知云海中，九万击鹏鹍。"《书叹》云"文章有废兴，盖与治乱符。庆历嘉祐间，和气扇大炉。诸公实主盟，浑灝配典谟。吾犹及故老，清夜陪坐隅。论文有脉络，千古著不诬。久幽士固有，速售理则无。"《感怀》云："世儒凿户牖，道术将瓜分。孤陋守一说，百氏殆可焚。后来岂无人，鼻垩谁挥斤？巍巍贞观治，房魏出河汾。"《文章》云："文章本天成，妙手偶得之。粹然无疵瑕，岂复需人为？君看古彝器，巧拙两无施。汉最近先秦，固已殊淳漓。后夔不复作，千载谁与期！"此等议论，乃千古大匠嫡传，拙工淫巧，两无是处。能之者一代不过数人，即知之者亦未可多得。朱子论放翁诗曰："近代惟见此人有诗人风致。"刘后村曰："放翁学力似杜甫。"盖放翁固知之而几几乎能之者。

（清）潘德舆《养一斋诗话》卷五，《清诗话续编》本

文家得力处人不能识，如东坡《表忠观碑》，王荆公问坐客毕竟似子长何语，坐客悚然是也。用力处人不能解，如欧阳公欲作文，先诵《史记·日者传》是也。

（清）刘熙载《艺概·文概》，上海古籍出版社本

《全唐诗话》记虞世南不和太宗宫体诗，微特政治攸关，亦文艺中争友也，惟太宗容之。降若后世，即朋友间难相得矣。

（清）何文焕《历代诗话考索》，《历代诗话》本

3. 知音难为

楚人和氏得玉璞楚山中，奉而献之厉王，厉王使玉人相之，玉人曰："石也"。王以和为狂，而刖其左足。及厉王薨，武王即位，和又奉其璞而献之武王，武王使玉人相之，又曰"石也"，王又以和为狂，而刖其右

足。武王薨，文王即位，和乃抱其璞而哭于楚山之下，三日三夜，泣尽而继之以血。王闻之，使人问其故，曰："天下之刖者多矣，子奚哭之悲也？"和曰："吾非悲刖也，悲夫宝玉而题之以石，贞士而名之以狂，此吾所以悲也。"王乃使玉人理其璞而得宝焉，遂命曰："和氏之璧。"

夫珠玉人主之所急也，和虽献璞而未美，未为王之害也，然犹两足斩而宝乃论，论宝若其难也……

（先秦）《韩非子·和氏》，《诸子集成》本

夫麟凤与麏雉悬绝，珠玉与砾石超殊，白日垂其照，青眸写其形。然鲁臣以麟为麏，魏民以夜光为怪石，宋客以燕砾为宝珠。形器易征，谬乃若是；文情难鉴，谁曰易分。

（南朝·梁）刘勰《文心雕龙·知音》，人民文学出版社本

岛之诗，约而覃，明而深，杰健而闲易，故为不可多得。韩退之称岛为文身大不及胆，又云奸穷怪变得往往造平淡者。予考于集，信然。今世之人皆知赏识岛诗，至论其其所以为岛，则未必知也。彼徒吟之曰："西风吹渭水，落叶满长安。"又曰："鸟宿池边树，僧敲月下门。"云云，以岛之高妙在此。嗟乎，是不害为不知岛者也，安得真知岛者而与之论哉！

（宋）吕南公《书长江集后》，《灌园集》卷十七，《四库全书珍本初集》本

文章虽工，而观人文章，亦自难识。知梵志翻著袜法则可以作文，知九方皋相马法则可以观人文章。

（宋）陈善《扪虱新语》卷五，《四库全书》本

作诗固难，评诗亦未易。酸咸殊嗜，泾渭异流。浮浅者喜夸毗，豪迈者喜遒警，闲静之人尚幽眇，以至嫣然华媚无复体骨者，时有取焉，而非君子之正论也。夫诗之作，岂徒以青白相媲，骈俪相靡而已哉！要中存风雅，外严律度，有补于时，有辅于名教，然后为得。杜子美诗人冠冕，后世莫及，以其句法森严，而流落困踬之中，未尝一日忘朝廷也。孔子曰："《诗三百》，一言以蔽之，曰：'思无邪。'"以圣人之言，观后人之诗，

则醇醨不较而明矣。

（宋）陈俊卿《碧溪诗话序》，《历代诗话续编》本

我穷初不为能诗，笑杀吹竽滥得痴。莫向人前浪分雪，世间真伪有谁知？

（宋）朱熹《朱子大全·文》卷九，《四部丛刊》本

余尝为作文难，论文尤难。貌似者，不若意似。貌似者，《诸言》之似《论语》也，《两京》、《三都》之似《上林》、《子虚》也；意似者，杜诗之似《史记》也，《贞符》之似《王命论》也。

（宋）刘克庄《跋郑大年文卷》，《后村先生大全集》卷一〇九，《四部丛刊》本

夫作诗难，而观诗尤难，圣笔所删之外，它人去取鲜能知作者之意，大小序且不免讥评，况下于此者乎？

（宋）刘克庄《序虞息求诗》，《后村先生大全集》卷九十八，《四部丛刊》本

诗家评论古人，多是书生空言耳。晏元献《书平津侯传》云："主父仲舒容不得，未知宾阁是何人。"公能客富、欧二公于门下，然后可以为此言。但主父非仲舒之伦，宜以汲黯代之。

（宋）刘克庄《后村诗话》前集卷二，中华书局本

柳子厚云："夫文为之难，知之愈难耳。"是知文之难，甚于为文之难也。盖世有能为文者，其识见犹倚于一偏，况不能为文者乎？昌黎《毛颖传》，杨晦之犹大笑以为怪。晦之盖与柳子厚交游，号稍有才者也。东坡谓南丰编《太白集》，如《赠怀素草书歌》并《笑矣乎》等篇，非太白诗，而滥于集中。东莱编《文鉴》，晦庵未以为然。以诸有识者，所见尚不同如此，则俗人之论，易为纷纷，宜无足怪也。

（宋）吴氏《林下偶谈》，《丛书集成》本

文章得失寸心知，千古朱弦属子期。爱杀溪南辛老子，相从何止十

年迟。

　　　　（金）元好问《自题中州集后五首》，《遗山先生文集》卷十三，
　　　　《四部丛刊》本

　　欧阳子为宋一代文宗，一时所交海内豪俊之士，计不千百而止。及谢希深、尹师鲁二人者死，序《集古录》遂有无谢、尹知音之恨。呜呼！岂文章也，作者难而知之者尤难欤！

　　　　（元）姚燧《送杨纯甫序》，《牧庵集》卷四，《四部丛刊》本

　　为文非难，而知文为难。文之美恶易见也，而谓之难者，何哉？问学有浅深，识见有精粗，故知之者未必真，则随其所好以为是非。照乘之珠，或疑之于鱼目；淫哇之音，或媲之以黄钟。虽十百其喙，莫能与之辨矣。然则斯世之人，果无有知文者乎？曰："非是之谓也。荆山之璞，卞和氏固知其为宝。渥洼之马，九方歅固知其为良。使果燕石也，驽骀也，其能并陈而方驾哉！虽然，弊也久矣。孰与民散师废之后，而必望见知于人乎！苟有者，旷百世而相感者，不须怅然而遐思矣。

　　　　（明）宋濂《丹崖集序》，《宋学士全集》卷六，《丛书集成》本

　　晋、宋间人，以风度相高，故其书如雅人胜士，萧洒酝藉，折旋俯仰，容止姿态，自觉有出尘意。陵夷至于中唐，法度森然大备，而怒张挺勃之气亦已露矣。唐初诸贤，去古未远，故犹有晋、宋遗风。观褚公所书哀册，岂后人所可仿佛哉！古人所为，常使意胜于法，而后世常法胜于意。意难识而法易知。颜、柳之书，余一见即知其美。此书八九年中凡三见矣，今始识其用意之妙。正犹有道君子，泊然内运，非久与之居，不足知其所蕴也。

　　　　（明）方孝孺《题褚遂良书唐文皇帝哀册墨迹》，《逊志斋集》
　　　　卷十八，《四部备要》本

　　文章一事，知之甚难。无才者不知，有才未便知；无学者不知，有学未便知；有才有学，人品稍浮不知，胸襟不空阔又不知；不知者不知，知者亦不知；知之难也。特地说甚以知，说甚以不知，不知着甚来由。这样

人只不要理他便了。

  （明）袁宏道《答友人》，《袁中郎全集·随笔》，襟霞阁精校本

  臣窃叹昔之士以学为文，而今之士以文为学也。以学为文者，言出于所解，而响传于所积，如云簇而雨注，泉涌而川浩，故昔之立言难而知言易也。以文为学者，拾余唾于他人，架空言于纸上，如贫儿之贷衣，假姬之染黛，故今之立言易而知言难也。夫文章与时高下，今之时艺，格卑而意近，若于世无损益，而风行景逐，常居气机之先，盖天下之精神萃焉。故臣每于尺幅之中，阅今昔之变态，无不验者，稍从坊市取时刻读之，而心切切然惧也。

  （明）袁宏道《陕西乡试录序》，《袁中郎全集·序文》，襟霞阁精校本

  古人著书，每每若干年布想，若干年储才，又复若干年经营点窜，而后得脱于稿，衷然成为一书也。今人不会看书，往往将书容易混帐看过，于是古人书中所有得意处，不得意处，转笔处，难转笔处，趁水生波处，翻空出奇处，不得不补处，不得不省处，顺添在后处，倒插在前处，无数方法，无数筋节，悉付之于茫然不知，而仅仅粗记前后事迹，是否成败，以助其酒前茶后雄潭快笑之旗鼓。呜呼，《史记》称"五帝之文尚不雅驯，而为荐绅之所难言"，奈何乎！今忽取绿林豪滑之事，而为士君子之所雅言乎！吾特悲读者之精神不生，将作者之意思尽没，不知心苦，实负良工，故不辞不敏而有此批也。

  （清）金圣叹《贯华堂第五才子书水浒传·楔子》总评，《金圣叹全集》（一），江苏古籍出版社本

  昔者伯牙有流水高山之曲，子期既死，终不复弹。后之人述其事，悲其心，孰不为之嗟叹弥日，自云："我独不得与之同时，设复相遇，当能知之。呜呼！言何容易乎？我谓声音之道，通乎至微，是事甚难，请举易者，而易莫易于文笔。乃文笔中有古人之辞章，其言雅驯，未便通晓，是事犹难，请更举其易之易者，而易之易莫若近代之稗官。今试开尔明月之目，运尔珠玉之心，展尔粲花之舌，为耐庵先生一解《水浒》，亦复何所见其闻弦赏音，便知雅曲者乎？即如宋江杀婆惜一案，夫耐庵之繁笔累

纸，千曲百折，而使宋江成于杀婆惜者，彼其文心，夫固独欲宋江离郓城而至沧州也。而张三必固欲捉之，而知县必固欲宽之。夫诚使当时更无张三主唆虔婆，而一凭知县迁罪唐牛，岂其真将前回无数笔墨，悉复付之唐案乎耶？夫张三之力唆虔婆，主于必捉宋江者，是此回之正文也。若知县乃至满县之人，其极力周全宋江，若惟恐其或至于捉者，是皆旁文蹋蹴，所谓波澜者也。张三不唆，虔婆不禀；虔婆不禀，知县不捉；知县不捉，宋江不走；宋江不走，武松不现。盖张三一唆之力，其筋节所系，至于如此。而世之读其文者，已莫不啧啧知县，而呶呶张三，而尚谓人我知伯牙。嗟乎！尔知何等伯牙哉！

写朱、雷两人各有心事，各有做法，又各不相照，各要热瞒，句句都带跳脱之势，与放走晁天王时，正是一样奇笔，又却是两样奇笔，才子之才，吾无以限之也。

（清）金圣叹《贯华堂第五才子书水浒传》第二十一回评语，
《金圣叹全集》（一），江苏古籍出版社本

……诗文一道，作者难，述者亦不易。曹子建云：文之佳恶，我自有之，后世谁相知定我文者耶？

（清）尤侗《湘中草跋》，《西堂杂俎》三集卷五，清刊本

夫自汤惠休以"初日芙蓉"拟谢诗，后世评诗者，祖其语意，动以某人之诗如某某，或人、或神仙、或事、或动植物，造为工丽之辞，而以某某人之诗，一一分而如之。泛而不附，缪而不切，未尝会于心，格于物，徒取以为谈资，与某某之诗何与？明人递习成风，其流愈盛，自以为兼总诸家，而以要言评次之，不亦可哂乎？我故曰：历来之评诗者，杂而无章，纷而不一，诗道之不能常振于古今者，其以是故欤！

（清）叶燮《原诗·外篇上》，人民文学出版社本

诗之为道，非造微不足以名家。故唐人皆尽一生之力而为之，至于字字皆练，得之甚难，但患观者灭裂，则不见其工耳。为之难，知更不易，其信然哉！

（清）田同之《西圃诗说》，《清诗话续编》本

赵括小儿，兵乃易用，充国晚年，愈加迟重。问所由然，知与不知，知味难食，知脉难医。如此千秋，万手齐抗，谈何容易，看墨纸上。

（清）袁枚《续诗品·知难》，人民文学出版社本

凡菱笋鱼虾从水中采得，过半个时辰，则色味俱变，其为菱笋鱼虾之形质，依然尚在，而其天则已失矣。谚云：死蛟龙不若活老鼠。可悟作诗文之旨。然人莫不饮食也，鲜能知味也。作者难，知者尤难。

（清）袁枚《随园诗话补遗》卷一，人民文学出版社本

刘知幾负绝世之学，见轻时流，及其三为史臣，再入东观，可谓遇矣；然而语史才则千里降追，议史事则一言不合，可谓迹相知而心不知也。

（清）章学诚《知难》，《文史通义·内篇四》，《四部备要》本

然知一时之音难，而知百世之音尤难。以相如之词令凌云，补上长安，客游梁国，岂无闺媛足当一盼者？彼以为琴瑟在御，莫不静好，必得一知音而后可耳。

（清）王承华《凤凰琴序》，清道光刻本

雅俗有辨，生死有辨，真伪有辨，真伪尤难辨。稼轩豪迈是真，竹山便伪；碧山恬退是真，姜张皆伪。味在酸咸之外，未易为浅尝人道也。

（清）周济《宋四家词选目录序论》，《介存斋论词杂著》附录，
人民文学出版社本

晏元献于梅圣俞诗，所赏皆非其极致。可知知己良难。梅、晏尚如此，况素不谋面，与千百年前古人之诗邪？

（清）何文焕《历代诗话考索》，《历代诗话》本

五

批评与鉴赏的方法论

1. 知人论世　全面评价

　　孟子谓万章曰:"一乡之善士,斯友一乡之善士;一国之善士,斯友一国之善士;天下之善士,斯友天下之善士。以友天下之善士为未足,又尚论古之人。颂其诗,读其书,不知其人,可乎?是以论其世也。是尚友也。"

(先秦)《孟子·万章下》,《十三经注疏》本

　　孔子见温伯雪子,不言而出。子贡曰:"夫子之欲见温伯雪子好矣,今也见之而不言,其故何也?"孔子曰:"若夫人者,目击而道存矣,不可以容声矣,故未见其人而知其志,见其人而心与志皆见:天符同也。圣人之相知,岂待言哉!"

(先秦)《吕氏春秋·审应览·精谕》,《诸子集成》本

　　凡论人,通则观其所礼,贵则观其所进,富则观其所养,听则观其所行,止则观其所好,习则观其所言,穷则观其所不受,贱则观其所不为。喜之以验其守,乐之以验其僻,怒之以验其节,惧之以验其特,哀之以验其人,苦之以验其志。八观六验。此贤主之所以论人也。

(先秦)《吕氏春秋·季春纪·论人》,《诸子集成》本

　　夫圣贤之所美,莫美乎聪明。聪明之所贵,莫贵乎知人。知人诚智,则众材得其序,而庶绩之业兴矣。是以圣人著爻象,则立君子小人之辞;

叙诗志，则别风俗雅正之业；制礼乐，则考六艺祗庸之德；躬南面，则援俊逸辅相之材，皆所以达众善，而成天功也。

（魏）刘劭《人物志·自序》，《四部备要》本

夫《诗》《书》之所美，莫大乎尧、舜、三代。其后世之盛者，莫盛乎汉与唐。而其兴也，必有贤哲之臣出其际，而能使其君之功业名誉，赫然光显于万世而不泯。故每一读其书、考其事、量其功，而想乎其人，疑其瓌杰奇怪若神人，然非如今世之人，可得而识也。夫其人已亡，其事已久，去数千百岁之后，徒得其书而一读之，犹灼然如在人耳目之际，使人希慕称述之下暇，况得身出于其时、亲见其所为，而一识其人，则虽奔走俯伏、从妾圉、执鞭扑，犹为幸欤！某尝诵于此而私自为恨者，有日矣！

（宋）欧阳修《代杨推官泊上吕相公求见书》，《欧阳文忠集·居士外集》卷十七，《四部备要》本

夫诵其诗而欲知其人，必也尚论其世。先生之盛年，不得从周大夫之后，晚乃于商之仁人义士而有志焉，不亦悲乎！此潜所为掩卷太息而不已也。异时龚公圣予，见先生于钱唐，览所赋诗，识以二十二言曰："由本论之，在人伦不在人事；等而上之，在天地不在古今。"言先生之诗者，无以易此矣。

（元）黄溍《方先生诗集序》，《金华黄先生文集》，《四部丛刊》本

唐、虞、三代之文，诚于中而形为言，不矫揉以为工，不虚声而强聒也，故理明而气昌。玩其辞，想其人，盖莫非圣贤之徒，知德而闻道者也，而况又经孔子之删定乎？

（明）刘基《苏平仲文集序》，《诚意伯文集》卷五，缩印丛刊本

千载仅有杜诗，千载仅有仁公诗遭耳。凡诗，一人有一人本色，无天宝一乱，鸣候止写承平；无拾遗一官，怀忠难入篇什，无杜诗矣。故论杜诗者论于杜世与身所遭，而知天所以佐成其诗者实巧。

（明）胡震亨《唐音癸签》卷二十五，上海古籍出版社本

古今人论诗，论字不如论句，论句不如论篇，论篇不如论人，论人不如论代。晚唐、宋、元诸人论诗，多论字、论句，至论篇、论人者寡矣，况论代乎？予之论诗，多论代论人，至论篇、论句者寡矣，况论字乎？

  （明）许学夷《诗源辩体》卷三十四，人民文学出版社本

  中山刘禹锡曰："八音与政通塞，文章与时高下。"旨哉斯言，盖即孟氏所谓"诵其诗，读其书，不知其人可乎？又论其世"之意也。夫言之精者为文，而文成音者诗也。苟诗书工矣，而行不副，设锦覆阱而已尔，岂有德之言乎？行或副矣，而立言无补于政教，轮辕饰而弗庸而已尔。

  （明）钱溥《省庵集序》，《皇明文衡》卷四十四，《四部丛刊》本

  世人之诗自与人二，而元定非也。元定之诗，其人之注脚也。布置须眉，形影皆好，是谓诗具。明窗静吟，花开独饮，是谓诗料。瘠瘵山水，流连烟月，是谓诗骨。余何以叙元定哉？不知元定者，观其诗；不知元定之诗者，观其人而已矣。

  （明）袁宏道《刘元定诗序》，《袁中郎文钞·序文》，襟霞阁精校本

  传曰："诗言志"，又曰："诗以道性情。"古人之诗，未有不本于其志与其性情者也。故读其诗，可以知其人。后世之多作伪，于是有离情与志而为诗者。离情与志而为诗，则诗不足以定其人之贤否。故当先论其人，后观其诗。

  （清）归庄《天启崇祯两朝遗诗序》，《归庄集》卷三，中华书局本

  君子之于诗也，知其人，论其世，固已。参之性情，考其为学，而后论诗之道乃全。

  （清）吴伟业《宋直方林屋诗草序》，《梅村家藏稿》卷二十八，《四部丛刊》本

  问："昔人云：辨乎味，始可以言诗。敢问诗之味，从何以辨？"
阮亭答："诗有正味焉。太羹元酒，陶匏茧栗，诗《三百篇》是也；

加笾折俎，九献终筵，汉、魏是也；庖丁鼓刀，易牙烹敖，爇薪扬芳，朵颐尽美，六朝诸人是也；再讲而肴蒸盐虎，前有横吹，后有侑币，宾主道餍，大礼以成，初、盛唐人是也；更进则施舌瑶柱，龙鲊牛鱼，熊掌豹胎，猩唇驼峰，杂然并进，胶牙螯吻，毒口鳖肠，如'中'、'晚'、玉川、昌谷、玉溪诸君是也；又进而正献既彻，杂肴错进，苞糁藜羹，薇蕨蓬营，矜鲜斗异，则宋、元是也；又其终而社酒野筵，妄拟堂庖，粗戢大肉，自名禁脔，则明人是也。凡此皆非正味也。总之：欲知诗味，当观世运，夫亦于此辨之而已矣。"

萧亭答："唐司空图《二十四诗品》教人学诗，须识味外味。坡公常举以为名言。若学陶、王、韦、柳等诗，则当于平淡中求真味。初看未见，愈久不忘。如陆鸿渐品尝天下泉味，杨子中梭为天下第一。水味则淡，非果淡，乃天下至味，又非饮食之味所可比也。但知饮食之味者已鲜，知泉味者又极鲜矣。"

（清）王士禛等《师友诗传录》，《清诗话》本

古人用意深微含蓄，文法精严密邃。如《十九首》、汉、魏、阮公诸贤之作，皆深不可识。后世浅士，未尝苦心研说，于词且未通，安能索解。此犹言其当篇用意也。若夫古人所处之时，所值之事，及作诗之岁月，必合前后考之而始可见。如阮公、陶公、谢公，苟不知其世，不考其次，则于其语句之妙，反若曼羡无谓；何由得其义，知其味，会其精神之妙乎？故吾于陶公、谢公，皆依事大概，移易前后题目编次，俾其语意诸事明晓，而后得以领其妙，及其语言之次第。

（清）方东树《昭昧詹言》卷一，人民文学出版社本

相文之法，《云汉》忽热，《东风》忽凉，傥然而接见其须眉冠服焉，十行之外，见其寝处，知其嗜好焉。是故能刺我瞳者，其人魁杰，能移我情者，其人俊远，能约我视听者，其人贤圣。物之相遭，在乎无意而意动，蕤宾之出，㸐下之响，我之忽热忽凉，是其人之天相遇也。余尝以此相邦国之士，迟速不同，十射而九中焉。夫天下之大，天下之士之众，法亦应无逾此者矣。

（清）李陈玉《与孙武迁》，《尺牍新钞》三集，上海书店本

文集者，一人之史也；家史、国史与一代之史，亦将取以证焉，不可不致慎也。

（清）章学诚《韩柳二先生年谱书后》，《文史通义·外篇二》，《四部备要》本

毛西河曰："古诗人之意，有故为偐语而实重，故为薄语而实厚者。'衮衣'留周公，辞甚偐而情则重；《麦秀》伤故都，语虽薄而思则厚。盖风人之旨，意在言外，必考时论事，而后知之。此《青青子衿》之篇，朱子以为刺淫奔，不如《小序》以为刺学校也。朱子之意，亦不过以为辞意偐薄，施之于学校，不相似耳。阎百诗尝曰：唐人朱庆余作《闺情》一篇献水部郎中张籍，云：'洞房昨夜停红烛，待晓堂前拜舅姑。妆罢低声问夫婿，画眉深浅入时无？'向使无《献水部》一题，则偐偐数言，特闺阁语耳，有能解其以生平就正贤达之意乎？又窦梁宾以才藻见赏于进士卢东表，适东表及第，梁宾喜而为诗曰：'晓妆初罢眼初瞤，小玉惊人踏破裙。手把红笺书一纸，上头名字有郎君。'若掩其题，则靡丽轻薄，与妇喜夫第何异。盖风人寓言，往往不可猝辨如此。"

（清）梁章钜《退庵随笔》，《清诗话续编》本

案读陶诗者有二蔽。一则惟知归园、移居及田间诗十数首，景物堪玩，意趣易明。至若饮酒、贫士，便已罕寻。拟古、杂诗，意更难测。徒以陶公为田舍之翁，闲适之祖，此一蔽也；二则闻渊明耻事二姓，高尚羲皇，遂乃逐景寻响，望文生义。稍涉长林之想，便谓《采薇》之吟。岂知考其中甲子，多在强仕之年。宁有未到义熙，预兴易代之感？至于述酒、述史、读《山海经》，本寄愤悲，翻谓恒语。此二蔽也。宋王质、明潘璁，均有渊明年谱，当并览之。俾知蚤岁肥遁，匪关激成，老阅沧桑，别有怀抱。庶资论世之胸，而无害志之凿矣。

（清）陈沆《陶潜拟挽歌笺》，《诗比兴笺》卷二，上海古籍出版社本

颂其诗贵知其人。先儒谓杜子美情多，得志必能济物，可为看诗之法。

（清）刘熙载《艺概·诗概》，上海古籍出版社本

《古诗十九首》与苏、李同一悲慨，然《古诗》兼有豪放旷达之意，与苏、李之一于委曲含蓄，有阳舒阴惨之不同。知人论世者，自能得诸言外，固不必如钟嵘《诗品》谓《古诗》出于《国风》，李陵出于《楚辞》也。

（清）刘熙载《艺概·诗概》，上海古籍出版社本

文不易为，亦不易识。观其文，能得其人之性情志尚于工拙疏密之外，庶几知言知人之学也与！

（清）刘熙载《艺概·经义概》，上海古籍出版社本

2. 设身处地　方知其妙

张文潜云："余自金陵月堂谒蒋帝祠，初出北门，始辨色，行平野中，时暮春，人家桃李未谢，西望城壁，壕水或绝或流，多鸧鹒白鹭，迤逦近山，风物天秀，如行锦绣图画中。旧读荆公诗，多称蒋山景物，信不诬也。"

（宋）胡仔《苕溪渔隐丛话》前集卷三十四，人民文学出版社本

余顷年游蒋山，夜上宝公塔，时天已昏黑，而月犹未出，前临大江，下视佛屋峥嵘，时闻风铃，铿然有声。忽记杜少陵诗："夜深殿突兀，风动金琅珰。"恍然如已语也。又尝独行山谷间，古木夹道交阴，惟闻子规相应木间，乃知"两边山木合，终日子规啼"之为佳句也。又署中濒溪，与客纳凉，时夕阳在山，蝉声满树，观二人洗马于溪中。曰，此少陵所谓"晚凉看洗马，森木乱鸣蝉"者也。此诗平日诵之，不见其工，惟当所见处，乃始知其为妙。

（宋）周紫芝《竹坡诗话》，《历代诗话》本

杜"炉烟消尽寒灯晦，童子开门雪满松。"子厚云："日午独觉无余声，山童隔竹敲茶臼。"秀老云："夜深童子唤不醒，猛虎一声山月高。"闲弃山中累年，颇得此数诗气味。

（宋）魏庆之《诗人玉屑》卷十，中华书局本

东坡云：司空表圣自论其诗，以为得味于味外。"绿柳连村暗，黄花入麦稀"，此句最善。又云："棋声花院静，幡影石坛高。"吾尝游五老峰，入白鹤院，松阴满庭，不见一人，惟闻棋声，然后知此句之工也。但怅其寒俭有僧态。若杜子美云："暗飞萤自照，水宿鸟相呼。四更山吐月，残夜水明楼。"则才力富赡，去表圣之流远矣。又郑谷诗云："江上晚来堪画处，渔人披得一蓑归。"此村学中诗也。柳子厚云："千山鸟飞绝，万径人踪灭。扁舟蓑笠翁，独钓寒江雪。"人性有隔也哉！

（宋）张镃《诗学规范》卷三十八，《宋诗话辑佚》本

余读许浑诗，独爱"道直去官早，家贫为客多"之句。非亲尝者，不知其味也。《赠萧兵曹诗》云："客道耻摇尾，皇恩宽犯鳞。""直道去官早"之实也。《将离郊园诗》云："久贫辞国远，多病在家希。""家贫为客多"之实也。

（宋）葛立方《韵语阳秋》卷第三，《历代诗话》本

作诗之妙，实与景遇，则语意自别。古人模写之真，往往后人耳目所未历，故未知其妙耳。甲寅秋，与黄晋卿夜宿杭佑圣观，房墙外有古柏一株，月光隔树，玲珑晃耀。晋卿曰："此可赋诗。"后阅默成潘公集，有一诗云："圆月隔高树，举问何以名。境悬宝丝网，灯晃云田屏。"序称："因见日未出木表，光景清异，与诸弟约赋。"夜梦人告以何不用下二句，乃知此夕发兴，与潘公不殊。又壬戌四月，予过京口，遇谢君植，同登北固，临视大江，风起浪涌，往来帆千百，若凝立不动者，因忆古人"千帆来去风，帆远却如闲"之句，诚佳语也。此类甚多，姑记二条，与朋友所共知者。

（元）吴师道《吴礼部诗话》，《历代诗话续编》本

戴式之尝见夕照映山，峰峦重叠，得句云："夕阳山外山。"自以为奇，欲以"尘世梦中梦"对之，而不惬意。后行村中，春雨方霁，行潦纵横，得"春水渡傍渡"之句，以对，上下始相称。然须实历此境，方见其奇妙。

（明）瞿佑《归田诗话》卷中，《历代诗话续编》本

长孙正隐声氏林亭："细雨犹开日，深池不涨沙。"上句人皆能领其景，下句则非北人习风土者，不能知其妙也。薛能诗有"池中水是前秋雨，陌上风惊自古尘"。二句之妙，亦非北人不能知。

（明）胡震亨《唐音癸签》卷十一，上海古籍出版社本

往读丧内志文，虽其甚痛切者，此心亦不为动，以未尝历其苦也。及予妻张宜人亡后，复读其文，则垂涕不能已。均一邻笛也，惟怀乡之心独感焉；均一秋雨也，惟悲人之耳偏入焉。

（明）李开先《悼内同情集序》，《李开先集》，中华书局本

实境诗于实境读之，哀乐便自百倍。东阳既废，夷然而已，送甥至江口，诵曹颜远"富贵他人合，贫贱亲戚离"，泣数行下。余每览刘司空"岂意百炼刚，化为绕指柔"，未尝不掩卷酸鼻也。呜呼！越石已矣，千载而下，犹有生气。彼石勒段碑，今竟何在？

（明）王世贞《艺苑卮言》卷三，《历代诗话续编》本

古人诗语之妙，有不可与册子参者。唯当境方知之。长沙两岸皆山。予以牙樯游行其中，望之地皆作金色。因忆水碧沙明之语。又自岳州顺流而下，绝无高山。至九江则匡庐兀突，出樯帆外。因忆孟襄阳所谓"挂席几千里，名山都未逢。泊舟浔阳郭，始见香炉峰"。真人语千载不可复值也。

（明）董其昌《画禅室随笔》，《历代论画名著汇编》本

看诗当设身处地，方见其佳。王仲宣《七哀诗》云："出门无所见，白骨蔽平原。路有饥妇人，抱子弃草间。顾闻号泣声，挥涕独不还。未知身死处，何能两相完，驱马弃之去，不忍听此言。"昔视之平平耳，及身历乱离，所闻所见，殆有甚焉，披卷及此，始觉鼻酸。

（清）贺贻孙《诗筏》，《清诗话续编》本

僧觉阿山中诗云，"竹户无人风自开，茶烟满榻梦初回，老猿饮涧垂藤下，落叶打窗疑雨来。"余始但爱此诗之佳，而不知其所以佳。及住山中久，次第领略，闲闻叶落，宛类雨声，可见天下事非深历其境者，必无

真见。

（清）邹弢《三借庐笔谈》卷一，引自《笔记小说大观》，江苏广陵古籍刻印社本

山居难与论舟行之险，泽居难与论梯陟之艰。处富不可与论贫，处暇不可与虑猝，处享不可与言困，处平世不可与论患难。况立乎后世以指往古，所闻异词，所传闻又异词。曾不设身以处地，不平心以衡其轻重，而徒以事后之成败狱局中之当否，古人其如汝何哉？郅都、宁成，古之酷吏也；胡寅父子，世之酷儒也。诗曰："他人有心，予（揣）忖度之。"又曰："伐柯伐柯，其则不远。"诗之忠恕也如是夫！

（清）魏源《默觚下·治第四》，《魏源集》，中华书局本

昔者，陈寿《三国志》纪魏而传吴、蜀，习凿齿为《汉晋春秋》，正其统矣。司马《通鉴》仍陈氏之说，朱子《纲目》又起而正之。是非之心，人皆有之，不应陈氏误于先，而司马再误于其后，而习氏与朱子之识力，偏居于优也。而古今之讥《三国志》与《通鉴》者，殆于肆口而骂詈，则不知起古人于九原，肯吾心服否耶？陈氏生于西晋，司马生于北宋，苟黜曹魏之禅让，将置君父于何地？而习与朱子则固江东南渡之人也，惟恐中原之争天统也（原注：此说前人已言）。诸贤易地则皆然，未必识逊今之学究也。是则不知古人之世，不可妄论古人文辞也。知其世矣，不知古人之身处，亦不可以遽论其文也。身之所处，固有荣辱、隐显、屈伸、忧乐之不齐，而言之有所为而言者，虽有子不知夫子之所谓，况生千古以后乎？圣门之论恕也，"己所不欲，勿施于人"。其道大矣。今则弟为文人论古，必先设身，以是为文德之恕而已尔。

（清）章学诚《文德》，《文史通义·内篇二》，中华书局本

《诗眼》曰："子厚诗尤深难识，前贤亦未推重，自坡老发明其妙，学者方渐知之。"余以柳诗自佳，亦于东坡有同病之怜，亲历其境，故益觉其立言之妙。坡尤好陶诗，此则如身入虞罗，愈见冥鸿之可慕。然坡语曰："所贵于枯淡者，谓外枯而中膏，似淡而实美，渊明、子厚之流是也。若中边皆枯，淡亦何足道。"自是至言。即如"晓耕翻露草，夜榜响

溪石","引杖试荒泉，解带围新竹","寒花疏寂历，幽泉微断续","风窗疏竹响，露井寒松滴"，孰非目前之景，而句字高洁，何尝不淡，何病于秾！

（清）贺裳《载酒园诗话又编》，《清诗话续编》本

陈户部子文（奕禧）诗云："斜日一川沔水北，秋山万点益门西。"未入蜀，不知其写景之妙。

（清）王士禛《渔洋诗话》卷中，《清诗话》本

近闻一俗笑语云，一庄农人进京回家。众人问曰："你进京去可见些个世面否？"庄人曰："连皇帝老爷都见了。"众罕然问曰："皇帝如何景况？"庄人曰："皇帝左手拿一金元宝，右手拿一银元宝，马上稍〔捎〕着一口袋人参，行动人参不离口。一时要屙屎了，连擦屁股都用的是鹅黄缎子。所以京中连掏毛厕的人都富贵无比。"试思凡稗官写富贵字眼者，悉皆庄农进京之一流也。盖此时彼实未身经目睹，所言皆在情理之外焉。（《红楼梦》第三回批语）

与余三十年前目睹身亲之人，现形于纸上。使言《石头记》之为书，情之至极，言之至恰，然非领略过乃事，迷陷过乃情，即观此茫然嚼蜡，亦不知其神妙也。（《红楼梦》第十七、十八回批语）

（清）脂砚斋《脂砚斋重评石头记》批语，人民文学出版社本

和仲《梅花》诗："夜寒那得穿花蝶，知是风流楚客魂。"余以为梅时未有蝶，曾戏咏云："庄周无冷梦，不解到罗浮。"后偶看梅，见双白蝶翩翩然寻香于疏枝冷蕊间，始知苏诗之工也。古人用事，不可轻议，书此以志吾过。

（清）马位《秋窗随笔》，《清诗话》本

杜诗有不可解及看不出好处之句。"文章千古事，得失寸心知"，少陵尝自言之。作者本不求知，读者非身当其境，亦何容强臆耶！

（清）刘熙载《艺概·诗概》，上海古籍出版社本

文文山词有"风雨如晦，鸡鸣不已"之意，不知者以为变声，其实

乃变之正也。故词当合其人之境地以观之。

（清）刘熙载《艺概·词概》，上海古籍出版社本

3. 涵咏体悟　深研文本

阎立本家代善画。至荆州张僧繇旧迹，曰："定虚得名耳。"明日更往，曰："名下定无虚士"。坐卧观之，留宿其下，十日不能去。

（唐）刘𫗧《隋唐嘉话》中，古典文学出版社本

梅翁事清切，石齿漱寒濑。作诗三十年，视我犹后辈。文词愈精新，心意虽老大。有如妖韶女，老自有余态。近诗尤古硬，咀嚼苦难嘬。又如食橄榄，真味久愈在。

（宋）欧阳修《六一诗话》，《历代诗话》本

说书必非古意，转使人薄。学者须是潜心积虑，优游涵养，使之自得。今一日说尽，止是教得薄。至为汉时说下帷讲诵，犹未必说书。

（宋）程颢　程颐《二程语录》卷九，《丛书集成》本

明道先生善言诗，他又浑不曾章解句释，但优游玩味，吟哦上下，便使人有得处。"瞻彼日月，悠悠我思"，"道之云远，曷云能来，思之切矣。"终曰："百尔君子，不知德行"，"不忮不求，何用不臧"，归于正也。

（宋）程颢　程颐《二程语录》卷十七，《丛书集成》本

《西清诗话》云："欧公语人曰：'修在三峡赋诗云：春风疑不到天涯，二月山城未见花。若无下句，则上句不见佳处，并读之，便觉精神顿出。'文意难评如此，要当着意详味之耳。"

（宋）胡仔《苕溪渔隐丛话》前集卷三十，人民文学出版社本

枉看平生多少书，分明便是蠹书鱼。万签过眼还休去，一字经心恰似无。急读何为徐读妙，共看还胜独看渠。麹生冷笑仍相劝，惜取残零觅

句须。

（宋）杨万里《与长孺共读东坡诗前用唐律后用进退格》其二，
《诚斋集》卷二十七，《四部丛刊》本

夜来，郑文振问："西汉文章，与韩退之诸公文章，如何？"某说："而今难说。便与公说，某人优某人劣，公亦未必信得及。须是自看得，这一人文字，某处好，某处有病，识得破了，却看那一人文字，便见优劣如何。若看这一人文字未破，如何定得优劣？便说与公优劣，亦为何便见其优劣处？但仔细自看，自识得破。而今人所以识古人文字不破，只是不曾仔细看，又兼是先将自家意思，横在胸处，所以见从那偏处去说出来，也都是横说。"

（宋）朱熹《朱子语类·论文上》，应元书院本

大抵近世言道学者，失于太高，读书讲义，率常以经易超绝、不历阶梯为快，而于其间曲折精微，正好玩索处，例皆忽略厌弃，以为卑近琐屑，不足留情。故虽或多闻博识之士，其于天下之义理，亦不能无所未尽。

（宋）朱熹《答汪尚书》，《朱子文集》卷五，《四部备要》本

况杜诗佳处，有在用事造语之外者，其虚心讽咏，乃能见之。国华更以余言求之，虽以读《三百篇》可也。

（宋）朱熹《跋章国华可集注杜诗》，《晦庵先生朱文公文集》
卷八十四，《丛书集成》本

明道先生曰："既能体之而乐，则亦不患不能守。"须如此而言，方是擸扑不破，绝渗漏无病败耳。高明之意，大抵在于施为运用处求之，正禅家所谓石火电光底消息也，而于优游涵泳之功，似未甚留意。是以求之太迫而得之若惊，资之不深而发之太露。《易》所谓"宽以居之"者，正为不欲其如此耳。

（宋）朱熹《答张钦夫》，《朱子大全文三十》，《四部备要》本

曰：某为见此中人读书，大段卤莽，所以说读书须当涵泳，只要仔细看玩寻绎，令胸中有所得耳……

或曰：先生涵泳之说，乃杜元凯优而游之之意。

曰：固是如此，亦不用如此解说。所谓涵泳者，只是仔细读书之异名……

（宋）朱熹《朱子语类辑略》卷七，考亭书院本

韩退之云："磨砻去圭角，浸润著光精。"又曰："沉浸酞郁。"又曰："沉潜乎训义，反复乎句读。"杜元凯云："优而游之，使自求之；厌而饫之，使自趋之。若江海之浸，膏泽之润，涣然冰释，怡然理顺，然后为得也。"而今学者，都不见这般意思。

又曰："磨砻去圭角"，易晓；"浸润著光精"，此句最好，人多不知。

又曰：只是将圣人言语，只管浸灌，少间，自是生光精，气象自别。

（宋）朱熹《朱子语类辑略》卷八，考亭书院本

夫大匠诲规矩而不诲巧，老将传兵法而不传妙，自昔学者病焉。至迂斋则逐章逐句，原其意脉，发其秘藏，与天下后世共之。

（宋）刘克庄《序迂斋标注古文》，《后村先生大全集》，《四部丛刊》本

欧阳公谓梅圣俞诗，始读之则叹莫能及，后数日，乃渐有味，何止橄榄回味，久方觉永。

（宋）王直方《王直方诗话》，《宋诗话辑佚》本

读《骚》之久，方识真味，须歌之抑扬，涕泪满襟，然后为识《离骚》。否则为戛釜撞瓮耳。

（宋）严羽《沧浪诗话·诗评》，《沧浪诗话校释》，人民文学出版社本

诗之为妙，固有咏叹淫泆，三复而始见，百过而不能穷者。然以具眼观之，则急读疾诵，不待终篇尽帙，而已得其意。譬之善记者，一目之间，数行可下。然非其人，亦岂可强而为之哉？萧海钓文明尝以近作试予，止诵一句，予遽曰："陆鼎仪。"海钓即笑而止。

（明）李东阳《麓堂诗话》，《历代诗话续编》本

吾最恨人家子弟，凡遇读书，都不理会文字，只记得若干事迹，便算读过一部分了。虽《国策》、《史记》，都作事迹搬过去，何况《水浒传》。

（清）金圣叹《读第五才子书法》，《金圣叹全集》（一），江苏古籍出版社本

凡行文多寡短长，抑扬高下，无一定之律，而有一定之妙，可以意会，而不可以言传。学者求神气而得之于音节，求音节而得之于字句，则思过半矣。其要只在读古人文字时，便设以此身代古人说话，一吞一吐，皆由彼而不由我。烂熟后，我之神气即古人之神气，古人之音节都在我喉吻间，合我喉吻者，便是与古人神气音节相似处，久之自然铿锵发金石声。

（清）刘大櫆《海峰文集》卷首，清刊本

唐诗情深词婉，故有久久吟思莫知其意者。若如走马看花，同于不读。

（清）吴乔《围炉诗话》卷之三，《清诗话续编》本

诗以声为用者也，其微妙在抑扬抗坠之间。读者静气按节，密咏恬吟，觉前人声中难写、响外别传之妙，一齐俱出。朱子云："讽咏以昌之，涵濡以体之。"真得读诗趣味。

（清）沈德潜《说诗晬语》卷上，人民文学出版社本

《列国志》中有许多坏人，也有许多好人。但好人也有若干好法，坏人也有若干坏法。读者须细加体察，逐个自分出他的等第来，方于学问之道有益，不可只以好坏二字，囫囵过了。

（清）蔡元放《东周列国志读法》，引自《中国历代小说论著选》，江西人民出版社本

诵佛经不必求甚解，多诵可也。读前人佳词亦然。昔人言："客都门者日诣厂肆，循览插架，寓目签题，勿庸幡帙，辄有无形之进益。"通于斯旨矣。少日读名家词，往往背诵如流。询以作者谁氏，辄复误记，盖心

目专注，弗遑旁及。沤严谓余得力即在是。其知人之言夫。（求甚解即亦可云旁及。此旨至微，盖其所专注，在于甚解之外矣。）

（清）况周颐《蕙风词话》卷五，人民文学出版社本

公、穀两家善读《春秋》本经：轻读，重读，缓读，急读，读不同而义以别矣。《庄子》逸篇"仲尼读《春秋》，老聃踞灶觚而听"，虽属寓言，亦可为《春秋》尚读之证。

（清）刘熙载《艺概·文概》，上海古籍出版社本

4. 广闻博览　比较参会

太史公曰：学者多称五帝，尚矣。然《尚书》独载尧以来；而百家言黄帝，其文不雅驯，荐绅先生难言之。孔子所传《宰予问五帝德》及《帝系姓》，儒者或不传。余尝西至空桐，北过涿鹿，东渐于海，南浮江淮矣，至长老皆各往往称黄帝、尧、舜之处，风教固殊焉，总之不离古文者近是。予观《春秋》、《国语》，其发明《五帝德》，《帝系姓》章矣，顾弟弗深考，其所表见皆不虚。《书》缺有间矣，其轶乃时时见于他说。非好学深思，心知其意，固难为浅见寡闻道也。余并论次，择其言尤雅者，故著为本纪书首。

（汉）司马迁《史记·五帝本纪赞》，中华书局本

扬子云工于赋，王君大习兵器，余欲从二子学。子云曰："能读千赋，则善赋。"君大曰："能观千剑，则晓剑。"谚曰："伏习象神，巧者不过习者之门。"

（汉）桓谭《道赋》第十二，《新论》卷下，上海人民出版社本

成少伯工吹竽，见安昌侯张子夏鼓瑟，谓曰："音不通千曲以上，不足以为知音。"

（汉）桓谭《琴道》第十六，《新论》卷下，上海人民出版社本

何毕子、董子之不视其书，而妄以口承之也。君子之学，将有以异也。必先究穷其书，究穷而不得焉，乃可以立而正也。今二子尚未能读韩

氏注孔氏《正义》，是见其道听途说者，又何能知所谓《易》者哉。足下取二家言观之，则见毕子、董子肤末于学而遽云云也。足下所为书，非元凯兼三《易》者则诺。若曰孰与颖达著，则此说乃颖达说也。非一行僧毕子、董子能有异者也。无乃即其谬而承之者欤。观足下出入筮数考校《左氏》。今之世罕有如足下求《易》之悉者也。然务先穷昔人书，有不可者而后革之，则大善。谨之勿遽。

（唐）柳宗元《与刘禹锡论周易九六书》，《柳河东集》卷三十一，中华书局本

杜氏《左传》，李氏《文选》，颜氏班史，赵氏杜诗，几于无可恨矣。然一说孤行，百家尽扫，则世俗随声接响之过，善观书者不然。

（宋）刘克庄《跋陈教授杜诗补注》，《后村题跋》卷一，《丛书集成》本

老杜《茅屋为秋风所破歌》云："自经丧乱少睡眠，长夜沾湿何由彻。安得广厦千万间，大庇天下寒士多欢颜，风雨不动安如山。呜呼！何时眼前突兀见此屋，吾庐独破受冻死亦足。"乐天《新制布裘》云："安得万里裘，盖裹周四垠，稳暖皆如我，天下无寒人。"《新制绫袄成》云："百姓多寒无可救，一身独暖亦何情。心中为念农桑苦，耳里如闻饥冻声。争得大裘长万丈，与君都盖洛阳城！"皆伊尹身任一夫不获之辜也。或谓子美诗意宁苦身以利人，乐天诗意推身利以利人，二者较之，少陵为难。然老杜饥寒而悯人饥寒者也，白氏饱暖而悯人饥寒者也，忧劳者易生于善虑，安乐者多失于不思，乐天宜优。或又谓白氏之官稍达，而少陵尤卑，子美之语在前，而长庆在后，达者宜急，卑者可缓也，前者唱导，后者和之耳。同合而论，则老杜之仁心差贤矣。

（宋）黄彻《䂬溪诗话》卷九，《历代诗话续编》本

李太白诗，不专是豪放，亦有雍容和缓底，如首篇"大雅久不作"，多少和缓。陶渊明诗，人皆说是平淡，据某看，他自豪放，但豪放来得不觉耳。其露出本相者，是《咏荆轲》一篇，平淡底人，如何说得这样言语出来。

（宋）朱熹《朱子语类》卷一百四十《论文》下，应元书院本

大历以前，分明别是一副言语；晚唐，分明别是一副言语；本朝诸公，分明别是一副言语。如此见，方许具一只眼。

唐人与本朝人诗，未论工拙，直是气象不同。

或问："唐诗何以胜我朝？"唐以诗取士，故多专门之学，我朝之诗所以不及也。

诗有词理意兴。南朝人尚词而病于理；本朝人尚理而病于意兴；唐人尚意兴而理在其中；汉魏之诗，词理意兴，无迹可求。

李杜二公，正不当优劣。太白有一二妙处，子美不能道；子美有一二妙处，太白不能作。

子美不能为太白之飘逸，太白不能为子美之沉郁。太白《梦游天姥吟》、《远别离》等，子美不能道；子美《北征》、《兵车行》、《垂老别》等，太白不能作。论诗以李杜为准，挟天子以令诸侯也。

少陵诗法如孙吴，太白诗法如李广。少陵如节制之师。

少陵诗，宪章汉魏，而取材于六朝；至其自得之妙，则前辈所谓集大成者也。

观太白诗者，要识真太白处。太白天才豪逸，语多率然而成者。学者于每篇中，要识其安身立命处可也。

李杜数公，如金鳷擘海，香象渡河。下视郊、岛辈，直虫吟草间耳。

玉川之怪，长吉之瑰诡，天地间自欠此体不得。

高岑之诗悲壮，读之使人感慨，孟郊之诗刻苦，读之使人不欢。

（宋）严羽《沧浪诗话·诗评》，人民文学出版社本

唐宋文章未可优劣。唐之韩、柳,宋之欧、苏,使四子并驾而争驰,未知孰后而孰先,必有能辨之者。

不学文则已,学文而不韩、柳、欧、苏,是观诵读虽博,著述虽多,未有不陋者也。

韩、欧之文粹然一出于正,柳与苏好奇而失之驳,至论其文之工,才之美,是宜韩公欲推逊子厚,欧阳子欲避路,放子瞻出一头地也。

(宋)王十朋《读苏文》,《梅溪王先生文集》前集卷十九,《四部丛刊》本

荆公云:"李白歌诗,豪放飘逸,人固莫及,然其格止于此而已,不知变也。至于杜甫,则发敛抑扬,疾徐纵横,无施不可。盖其绪密而思深,非浅近者所能窥,斯其所以光掩前人而后来无继也。"而欧公云:"甫之于白,得其一节,而精强过之。"是何其相反欤?然则荆公之论,天下之公言也。

(金)王若虚《滹南诗话》卷上,人民文学出版社本

唐诗李、杜之外,孟浩然、王摩诘足称大家。王诗丰缛而不华靡,孟却专心古淡,而悠远深厚,自无寒俭枯瘠之病。由此言之,则孟为尤胜。储光羲有孟之古而深远不及岑参,有王之缛而又以华靡掩之。故杜子美称"吾怜孟浩然",称"高人王右丞",而不及储、岑,有以也夫。

(明)李东阳《麓堂诗话》,《历代诗话续编》本

濂之友御史中丞刘基伯温,负气甚豪,恒不可一世,士常以屈强书生自命。一日侍上于谨身殿,偶以文学之臣为问。伯温对曰:"当今文章第一,舆论所属,实在翰林学士臣濂;中外无间言者,次即臣基,不敢他有所让;又次即太常丞臣孟兼。孟兼才甚俊,而奇气烨然。"既退,往往以此语诸人,自以为确论。

(明)宋濂《跋张孟兼文稿序后》,《宋学士全集》卷十四,《丛书集成》本

乐府尾句,多用"今日乐相乐"等语,至有与题意及上文略不相蒙

者，旧亦疑之。盖汉、魏诗皆以被之弦歌，必燕会间用之。尾句如此，率为听乐者设，即郊祀延年意也。读古人书有不得解处，能多方参会，当自了然。

(明)胡应麟《诗薮·内编》卷一，中华书局本

高自标致，前无古人，论学问无如郑渔仲，论书画无如米元章，而后人卒莫之许也。二子气质傲诞相近，观其著述，无论是非，可方绝倒。本朝杨用修论诗论学亦然，而疏漏尤甚。三子者不同道，其趋一也。

(明)胡应麟《诗薮·续编》卷二，上海古籍出版社本

子瞻词无一语著人间烟火，此自大罗天上一种，不必与少游、易安辈较量体裁也，其豪放亦止"大江东去"一词，何物袁绹，妄加品骘，后代奉为美谈，似欲以概子瞻生平。不知万顷波涛，来自万里，吞天浴日，古豪杰英爽都在，使屯田此际操觚，果可以"杨柳岸，晓风残月"命句否，且柳词亦只此佳句，余皆未称。而亦有本，祖魏承班《渔歌子》"窗外晓莺残月"，第改二字增一字耳。

(明)俞彦《爰园词话》，《词话丛编》本

李杜光焰千古，人人知之，沧浪并极推尊，而不能致辨。元微之独重子美，宋人以为谈柄。近时杨用修为李左袒，轻俊之士，往往傅耳。要其所得，俱影响之间。五言古、选体及七言歌行，太白以气为主，以自然为宗，以俊逸高畅为贵；子美以意为主，以独造为宗，以奇拔沉雄为贵。其歌行之妙，咏之使人飘扬欲仙者，太白也；使人慷慨激烈，歔欷欲绝者，子美也。选体，太白多露语率语，子美多稚语累语，置之陶、谢间，便觉伧父面目，乃欲使之夺曹氏父子位耶！五言律、七言歌行，子美神矣，七言律，圣矣。五七言绝，太白神矣，七言歌行，圣矣，五言次之。太白之七言律，子美之七言绝，皆变体，间为之可耳，不足多法也。

十首以前，少陵较难入，百首以后，青莲较易厌。扬之则高华，抑之则沉实，有色有声，有气有骨，有味有态，浓淡深浅，奇正开阖，各极其则，吾不能不伏膺少陵。

(明)王世贞《艺苑卮言》卷四，《历代诗话续编》本

尝闻宇宙大矣，何所不有？宣、尼不语怪，非无怪之可语也。乃龌龊老儒辄云，目不睹非圣之书。抑何坐井观天耶？泥丸封口当在斯辈。而独不观乎天之风月，地之花鸟，人之歌舞，非此不成其为三才乎？从来可欣可羡可骇可愕之事，自曲士观之，甚奇；自达人观之，甚平。吾尝浮沉八股道中，无一生趣。月之夕，花之晨，衔觞赋诗之余，登山临水之际，稗官野史，时一展玩，诸凡神仙妖怪，国士名姝，风流得意，慷慨情深，语千转万变，靡不错陈于前，亦足以送居诸而破岑寂，岂其詹詹之学一先生之言而以号于人曰，此夫出自《齐谐》之口也者，而摈不复道耶？

（明）汤显祖《艳异编序》，《汤显祖诗文集》卷五十，上海人民出版社本

吾每见今世之父兄，类不许其子弟读一切书，亦未尝引之见于一切大人先生，此皆大错。夫儿子十岁，神智生矣，不纵其读一切书，且有他好，又不使之列于大人先生之间，是驱之与婢仆为伍也。汝昔五岁时，吾即容汝出坐一隅，今年始十岁，便以此书相授者，非过有所宠爱，或者教汝之道当如是也。

（清）金圣叹《水浒传序三》，金批贯华堂原本《水浒传》卷一，中华书局本

余自束发受业经义，十六而学韵语，阅古今人所作诗不下十万，经义亦数万首。既乘山中孤寂之暇，有所点定，因论其大约如此。可言者，言及之；有不可言者，谁其知之？

（清）王夫之《薑斋诗话》卷二，人民文学出版社本

杜诗："雨抛金镞甲，苔卧绿沉枪。"薛氏《补遗》引解太凿，周少隐非之极是；而自解则云："甲抛于雨，为金所锁；枪卧于苔，为绿所沉。"夫枪为苔埋，为绿所沉犹可；若甲抛于雨，为金所锁，荒谬甚矣。锁子甲、绿沉枪，原是上将之物。浣花所用现成器名，何必扭捏。总之不谙武备，自呈败缺，又且造语不精。故云：不破万卷书，不行万里程，读不得杜诗。

（清）薛雪《一瓢诗话》，《清诗话》本

钱某翁教人作诗,惟要识变。余得此论,自是读古人诗,更无所疑。读破万卷,则知变矣。

(清)冯班《正俗》,《钝吟杂录》卷三,《丛书集成》本

宋诗以苏、陆为两大家。后人震于东坡之名,往往谓苏胜于陆,而不知陆实胜苏也。盖东坡当新法病民时,口快笔锐,略少含蓄,出语即涉谤讪。"乌台诗案"之后,不复敢论天下事。及元祐登朝,身世俱泰,既无所用其无聊之感;绍圣远窜,禁锢方严,又不敢出其不平之鸣。故其诗止于此,徒令读者见其诗外尚有事在而已。放翁则转以诗外之事,尽入诗中。时当南渡之后,和议已成,庙堂之上,方苟幸无事,讳言用兵,而士大夫新亭之泣,固未已也。于是以一筹莫展之身,存一饭不忘之谊,举凡边关风景、敌国传闻,悉入于诗。虽神州陆沉之感,已非时事所急,而人终莫敢议其非。因得肆其才力,或大声疾呼,或长言永叹。命意既有关系,出语自觉沉雄。此其诗之易工一也。东坡自黄州起用后,扬历中外,公私事冗,其诗多即席、即事,随手应付之作,且才捷而性不耐烦,故遣词或有率略,押韵亦有生硬。放翁则生平仕宦,凡五佐郡,四奉祠,所处皆散地,读书之日多,故往往有先得佳句,而后标以题目者。如《写怀》、《书愤》、《感事》、《遣闷》,以及《山行》、《郊行》、《书室》、《道室》等题,十居七八,而应酬赠答之作,不一二焉。即如《纪梦》诗,核计全集,共九十九首。人生安得有如许梦?此必有诗无题,遂托之于梦耳。心闲则易触发,而妙绪纷来;时暇则易琢磨,而微疵尽去。此其诗之易工二也。由斯以观,其才之不能过于苏在此,其诗之实能胜于苏亦在此。试平心以两家诗比较,当不河汉其言矣。

(清)赵翼《瓯北诗话》卷六,人民文学出版社本

《许彦周诗话》云:"东坡诗不可以轻议,词源如长江大河,飘沙卷沫,枯槎束薪,兰舟绣鹢,皆随流矣。珍泉幽硐,澄泽灵沼,无一点尘滓,只是体不如江河耳。"林艾轩论苏、黄云:"譬如丈夫见客,大踏步便出去;若女子,便有许多妆裹:此坡、谷之别也。"

(清)王士禛《带经堂诗话》卷一,人民文学出版社本

苏子美与梅圣俞齐名,永叔称之曰"苏梅",且云:"子美笔力豪隽,

以超迈横绝为奇；圣俞覃思精微，以深远闲淡为意：虽善论者不能优劣也。"梅集、苏集予家皆有之。圣俞诗实胜子美。然子美有言："平生不幸，写字被人比周越，作诗比梅尧臣。"此言妄矣。文士相轻习气，自古而然。

（清）王士禛《带经堂诗话》卷一，人民文学出版社本

六朝人谓文为笔。齐梁间江左有"沈诗任笔"之语，谓沈约之诗，任昉之文也。然予观彦昇之诗，实胜休文远甚；当时唯玄晖足相匹敌耳，休文不足道也。

（清）王士禛《带经堂诗话》卷一，人民文学出版社本

刘渊才恨曾子固不能诗，今人以为古实。今观《类稿》中诸篇，亦荆公之亚，但天分微不及耳。若皇甫持正、苏明允、陈同父乃真不能诗也。

（清）王士禛《带经堂诗话》卷一，人民文学出版社本

茂孚本工文，清辞每出群。虽称有奇节，未觉副高闻。锦字常悬壁，朱楼喜梦云。所输老杜者，一饭不忘君。

（清）清高宗（爱新觉罗·弘历）《读杜牧集》，《全唐文纪事》，中华书局本

风怀澄淡推韦柳，佳处多从五字求。解识无声弦指妙，柳州那得并苏州？

《许彦周诗话》："东坡云：'柳子厚诗，在陶彭泽下，韦苏州上。'"先生《分甘余话》："东坡此言误矣。予更其语曰：'韦诗在陶彭泽下、柳柳州上。'"按弇州《艺苑卮言》曰："韦左司平淡古雅，柳州刻削虽工，去之稍远。"此论与渔洋相似。然而遗山《论诗绝句》自注曰："柳子厚，唐之谢灵运；陶渊明，晋之白乐天。"此实上下古今之定品也。其不以柳与陶并言，而言其继谢；不以陶与韦并言，而言其似白者，盖陶与白皆萧散闲适之品，谢与柳皆蕴酿神秀之品也。渔洋先生不喜白诗，故独取韦以继陶也。独取韦以继陶，则竟云陶、韦可矣，奚其必取柳以居陶、韦之次乎？且以渔洋之意推之，则有孟浩然、祖咏一辈人皆可以继陶者，奚必其

及柳乎？则必曰但取中唐时人，不得不以柳并言耳。是则因言陶、韦而及之，犹若局于东坡之论矣。夫东坡之言陶、柳、韦也，以诗品定之也，非专以襟抱闲旷定之也。若专以襟抱闲旷定之，则以陶、韦并称足矣，不必系以柳矣。若以诗论，则诗教温柔敦厚之旨，自必以理味事境为节制，即使以神兴空旷为至，亦必于实际出之也。风人最初为送别之祖，其曰"瞻望弗及，泣涕如雨"，必衷之以"其心塞渊"，"淑慎其身"也。《雅》什至《东山》，曰"零雨其濛"，"我心西悲"，亦必实之以"鹳鸣于垤"，"有敦瓜苦"也。况至唐右丞、少陵，事境益实，理味益至，后有作者，岂得复空举弦外之音，以为高抱群言者乎？渔洋生于李、何一辈冒袭伪体之后，欲以冲淡矫之，此亦势所不得不然。而究以诗家上下原委，核其实际，则断以遗山之论为定耳。

（清）翁方纲《石洲诗话》卷八，人民文学出版社本

李杜光芒万丈长，昌黎《石鼓》气堂堂。吴莱苏轼登廊庑，缓步空同独擅场。

此首今《精华录》所删，然全集有之。恐读者惑之，不可不辨也；既以韩《石鼓歌》接李、杜光焰，顾何以吴立夫继之？且以吴居苏前，可乎？且以李空同继之，可乎？此则必不可以示后学者矣。

（清）翁方纲《石洲诗话》卷八，人民文学出版社本

白乐天《新乐府》，夭矫变化，用笔不测，而起承转收井然。其规讽劝戒，直是理学中古文，不可作词章读。元微之则宛然柔媚女郎诗矣。世称元、白，元何能如白也。

（清）李调元《雨村诗话》卷下，《清诗话续编》本

苏、辛并称，然两人绝不相似。魄力之大，苏不如辛；气体之高，辛不逮苏远矣。东坡词寓意高远，运笔空灵，措语忠厚，其独至处，美成、白石亦不能到。昔人谓东坡词非正声，此特拘于音调言之，而不究本原之所在，眼光如豆，不足与之辩也。

（清）陈廷焯《白雨斋词话》卷一，人民文学出版社本

少游《满庭芳》诸阕，大半被放后作。恋恋故国，不胜热中，其用

心不逮东坡之忠厚,而寄情之远、措语之工,则各有千古。

(清)陈廷焯《白雨斋词话》卷一,人民文学出版社本

西麓词在中仙、梦窗之间。沉郁不及碧山,而时有清超处;超逸不及梦窗,而婉雅犹过之。

(清)陈廷焯《白雨斋词话》卷二,人民文学出版社本

白石词,雅矣正矣,沉郁顿挫矣。然以碧山较之,觉白石犹有未能免俗处。

(清)陈廷焯《白雨斋词话》卷二,人民文学出版社本

今之尊李抑杜者,每以李之劣处,为李之优,而以杜之优处,为杜之劣,不独非杜之知己,并非李之知己矣。杨升庵其甚焉者也。

(清)陈廷焯《白雨斋词话》卷七,人民文学出版社本

论李、杜诗者,谓太白志存复古,少陵独开生面;少陵思精,太白韵高。然真赏之士,尤当有以观其合焉。

(清)刘熙载《艺概·诗概》,上海古籍出版社本

陶潜磊落性情温,冥报因他一饭恩。颇觉少陵诗吻薄,但言朝扣富儿门。

(清)龚自珍《己亥杂诗》,《龚自珍全集》第十辑,上海人民出版社本

谭复堂《箧中词选》谓:"蒋鹿潭水云楼词与成容若、项莲生,二百年间,分鼎三足。"然水云楼词小令颇有境界,长调惟存气格。忆云词精实有余,超逸不足,皆不足与容若比。然视皋文、止庵辈,则偭乎远矣。

(清)王国维《人间词话》删稿,人民文学出版社本

端己词情深语秀,虽规模不及后主、正中,要在飞卿之上。观昔人颜、谢优劣论可知矣。

(清)王国维《人间词话》附录,人民文学出版社本

5. 披文入情　以意逆志

咸丘蒙曰："舜之不臣尧，则吾既得闻命矣。诗云：'普天之下，莫非王土；率土之滨，莫非王臣。'而舜既为天子矣，敢问瞽瞍之非臣，如何？"

曰："是诗也，非是之谓也；劳于王事而不得养父母也。曰：此莫非王事，我独贤劳也。故说诗者，不以文害辞，不以辞害志；以意逆志，是为得之。如以辞而已矣，《云汉》之诗曰：'周余黎民，靡有孑遗。'信斯言也，是周无遗民也。"

(先秦)《孟子·万章上》，《十三经注疏》本

公孙丑问曰："高子曰：《小弁》，小人之诗也。"孟子曰："何以言之？"曰："怨。"曰："固哉，高叟之为诗也！有人于此，越人关弓而射之，则己谈笑而道之；无他，疏之也。其兄关弓而射之，则己垂涕泣而道之；无他，戚之也。《小弁》之怨，亲亲也。亲亲，仁也。固矣夫，高叟之为诗也！"曰："《凯风》何以不怨？"曰："《凯风》，亲之过小者也；《小弁》，亲之过大者也。亲之过大而不怨，是愈疏也；亲之过小而怨，是不可矶也。愈疏，不孝也；不可矶，亦不孝也。孔子曰：'舜其至孝矣，五十而慕。'"

(先秦)《孟子·告子下》，《十三经注疏》本

宁戚欲干齐桓公，穷困无以自进，于是为商旅，将任车以至齐，宿于郭门之外。桓公郊迎客，夜开门，辟任门，爝火甚盛，从者甚众。宁戚饭牛居车下，望桓公而悲，击牛角疾歌。桓公闻之，抚其仆之手曰："异哉！之歌者非常人也！"命后车载之。

(先秦)《吕氏春秋·离俗览·举难》，《诸子集成》本

夏侯湛作《周诗》成，示潘安仁，安仁曰："此非徒温雅，乃别见孝悌之性。"

(南朝·宋)刘义庆《世说新语·文学》，中华书局本

孙子荆除妇服，作诗以示王武子。王曰："未知文生于情，情生于文？览之凄然，增伉俪之重。"

（南朝·宋）刘义庆《世说新语·文学》，中华书局本

体君歌，逐君音。不贵声，贵意深。

（南朝·宋）鲍照《代夜坐吟》，《宋诗》卷七，《先秦汉魏晋南北朝诗》，中华书局本

夫缀文者情动而辞发，观文者披文以入情，沿波讨源，虽幽必显。世远莫见其面，觇文辄见其心。岂成篇之足深，患识照之自浅耳。夫志在山水，琴表其情，况形之笔端，理将焉匿。故心之照理，譬目之照形，目瞭则形无不分，心敏则理无不达。

（南朝·梁）刘勰《文心雕龙·知音》，人民文学出版社本

因言以见志，而志有不著于言。吾岂敢谓昔人之言与志异哉，抑屈折于文字，不得不俯抑低郁而掩抑者，亦在是矣。是则雄伉者，往往皆伪。而情性之深密，非以其人索之，其肮脏者未易识也。于是诗之音远也，而其故可感也。

（元）刘将孙《清权斋集序》，《养吾斋集》卷十，四库全书珍本初集本

晦庵朱子曰："太白诗从容于法度之中，盖圣于诗者。"则其意之所寓，字之所源，又岂予寡陋之见所能知，乃欲以意逆志于数百载之上，多见其不知量矣。

（明）萧士赟《补注李太白集序例》，引自《李太白全集》卷三十三，中华书局本

杜诗可以意解，而不可以辞解。必不得已而解之，可以一句一首解，而不可以全巾失解。全巾失解必有牵强不通，反为作者之累。

（明）杨慎《闲书杜律集》，《升庵全集》卷五，商务印书馆本

大凡读书，先要晓得作书之人，是何心胸。如《史记》，须是太史公一肚皮宿怨发挥出来，所以他于游侠、货殖传，特地着精神，乃至其余诸

记传中，凡遇挥金杀人之事，他便啧啧赏叹不置。一部《史记》，只是"缓急人所时有"六个字，是他一生著书旨意。《水浒传》却不然，施耐庵本无一肚皮宿怨要发挥出来，只是饱暖无事，又值心闲，不免伸纸弄笔，寻个题目，写出自家许多锦心绣口，故其是非皆不谬于圣人。后来人不知，却于《水浒》上加上忠义字，遂并比于史公发愤著书一例，正是使不得。

（清）金圣叹《读第五才子书法》，《金圣叹全集》（一），江苏古籍出版社本

此种诗直不可以思路求佳，二十字如一片云，因日成彩光不在内，亦不在外；既无轮廓，亦无丝理；可以生无穷之情，而情了无寄。小诗之有此，犹四言之有《二南》，五言之有《十九首》也。允为绝句无声，从不知者非谤，曾何伤焉。

（清）王夫之《古诗评选》卷三，王俭《春诗二首》评语，《船山遗书》，太平洋书店重校刊本

孔璋《饮马长城窟》，前半叙边地之苦，虑其妻不能自全，故作书令嫁；后半是妻报书边地，"君今出语一何鄙"数句，报书中语也。"结发行事君"二句，乃自明本意。末云："明知边地苦，贱妾何由久自全"，所以教"便嫁莫留住"耶？总是举来书中语作答，其不肯嫁之意在言外，从"鄙"字内看出，以意逆之，自知其妙。

（清）庞垲《诗义固说》上，《清诗话续编》本

香山《读张籍古乐府》云："为诗意如何，六义互铺陈。《风》《雅》比兴外，未尝著空文。上可裨教化，舒之济万民。下可理情性，卷之善一身。言者志之苗，行者文之根。所以读君诗，亦知君为人。"数语可作诗学圭臬。予欲取之以为历代诗人总序，合乎此则为诗，不合乎此，则虽思致精刻，词语隽妙，彩色陆离，声调和美，均不足以为诗也。学者可以知所从事矣。

（清）潘德舆《养一斋诗话》卷十，《清诗话续编》本

刘须溪嫌"拟心神"三字为拙，不免皮相，读诗要此三字，所谓以

意逆志者。

（清）王嗣奭《杜臆》卷之十，《留别公安大易沙门》评语，上海古籍出版社本

忆昔与友人读《板桥杂记》及莱阳姜给谏事，或指以为笑资，予慷慨言曰："嗟乎，此给谏异日之所以能忠君死国也。"各眙睰太息谢去。徐仲公（咸清）《青玉案》曰："少年不幸称才子，徒多作淫词耳。"绮语淫，情语不淫也。况词本于房中乐，所谓燕乐者，《子夜》、《读曲》等体固与高文典册有间矣。近者或矫枉过正，稍涉香奁，一概芟薙，号于众曰：吾词极纯雅。及受读之，则投赠肤词，咏物浮艳，镠辖满纸、何取乎尔。反不如靡靡者之尚有意绪可寻也。香草美人，《离骚》半多寄托，朝云暮雨，宋玉最善微言。识曲得真，是在逆志。因噎废食，宁复知音？故昔人谓天之风月，地之花柳，与人之歌舞，无此不成三才。杨用修以为虽戏语，有至理也。

（清）谢章铤《赌棋山庄词话》卷四，《词话丛编》本

诗之为义，亦微矣哉！《三百》而降，《骚》得其旨，而词不及其自然。再变而"河梁"赠答，延及魏、晋、六朝。三变至唐而格始定，长短俳偶，古体今体，式斯备矣。后世诗话，原本品诗之意而为之者，虽然作者之意，岂能必读者之意，而悉解之，解而得与解而不得，则姑听于读者之意见，不必深求之也。孟氏尚友为言，诵诗读书，必论及其世。呜呼！此定论矣。然则作者之意，在一时一事，时事在当代，又不必尽人而合之也。以我之意，推求古人之意，而欲其一一尽合，亦不可必得之数矣。言其所能得者，而缺其所不能得者，古人可作，未必不心许之。则且举古人之世而兼论之，所谓微者，不且显而彰乎？

（清）刘子春《石园诗话序》，余成教《石园诗话》，《清诗话续编》本

变风始《柏舟》。《柏舟》与《离骚》同旨，读之当兼得其人之志与遇焉。

（清）刘熙载《艺概·诗概》，上海古籍出版社本

读屈、贾辞，不问而知其为志士仁人之作。太史公之合传，陶渊明之合赞，非徒以其遇，殆以其心。

（清）刘熙载《艺概·赋概》，上海古籍出版社本

6. 卓识特见　得意言外

观兰亭当如禅宗勘辨，入门便了。若待渠开口，堪作什么。识者一开卷已见精粗，或者推求点画，参以耳鉴，瞒俗人则可，但恐王内史不肯尔。

（宋）陆游《跋兰亭序》，《渭南文集》卷二十九，《四部丛刊》本

禅家者流，乘有小大宗，有南北，道有邪正；学者须从最上乘，具正法眼，悟第一义。若小乘禅，声闻辟支果，皆非正也。论诗如论禅：汉、魏、晋与盛唐之诗，则第一义也。大历以还之诗，则小乘禅也，已落第二义矣。晚唐之诗，则声闻辟支果也。学汉、魏、晋与盛唐诗者，临济下也。学大历以还之诗者，曹洞下也。大抵禅道惟在妙悟，诗道亦在妙悟。且孟襄阳学力下韩退之远甚，而其诗独出退之上者，一味妙悟而已。惟悟乃为当行，乃为本色。然悟有浅深，有分限，有透彻之悟，有但得一知半解之悟。汉、魏尚矣，不假悟也。谢灵运至盛唐诸公，透彻之悟也。他虽有悟者，皆非第一义也。吾评之非僭也，辩之非妄也。天下有可废之人，无可废之言。诗道如是也。若以为不然，则是见诗之不广，参诗之不熟耳。试取汉、魏之诗而熟参之，次取晋、宋之诗而熟参之，次取南北朝之诗而熟参之，次取沈、宋、王、杨、卢、骆、陈拾遗之诗而熟参之，次取开元、天宝诸家之诗而熟参之，次独取李、杜二公之诗而熟参之，又取大历十才子之诗而熟参之，又取元和之诗而熟参之，又尽取晚唐诸家之诗而熟参之，又取本朝苏、黄以下诸家之诗而熟参之，其真是非自有不能隐者。倘犹于此而无见焉，则是野狐外道，蒙蔽其真识，不可救药，终不悟也。

（宋）严羽《沧浪诗话·诗辨》，人民文学出版社本

唐司空图《二十四诗品》教人学诗须知味外味，坡公尝举以为名言。

如所举"绿树连村暗"、"棋声花院闭"、"花影午时天"等句是也。人之饮食为有滋味,若无滋味之物,谁复饮食之为?古人尽精力于此,要见语少意多,句穷篇尽,目中恍然别有一境界意思,而其妙者,意外生意,境外见境,风味之美,悠然甘辛酸咸之表,使千载隽永常在颊舌。

  (元)揭曼硕《诗法正宗》,《诗学指南》卷一,清乾隆敦本堂刊本

  大明皇甫汸曰:"评诗者,须玩理于趣中,逆志于言外。若谓谏草非献君之物,鸣钟岂夜半之时,则是明月不独照乎巴川,而周民诚无遗种于《云汉》矣。"

  (明)徐师曾《文体明辨序说·文章纲领·论诗》,人民文学出版社本

  古人一句诗称振绝者,如"枯桑知天风",如"海日生残夜",下此如:"满城风雨近重阳"之句,然未若谢客之"池塘生春草"也。少日读此不解,中岁以来始觉其妙,意在言外,神交物表,偶然得之,有天然之趣,所以可贵。

  (明)安磐《颐山诗话》,四库全书珍本初集本

  东坡不喜韩退之《画记》,谓之甲乙账簿。此老千古卓识,不随人观场者也。

  (明)陈继儒《书蕉》卷下"画记"条,《丛书集成》本

  善读书者一眼看去,便看出书中紧要处,因悟当时著书之人,亦只觑得此紧要之处,一手抓住,一口噙住,更不一毫放空,于是其书遂成绝世妙文。今观《琵琶记》,无一处不紧要,故无一处不妙,乃其所以妙处,只是抓得住,噙得住耳。

  文章紧要处,只须一手抓住,一口噙住,斯固然矣;然使才子为文,但一手抓住,一口噙住,则一语便了,其又安能洋洋𬳶𬳶,著成一部大书,而使读者流连讽咏于其间乎。夫作者下笔著书之时,必现出十分文致,然后书成而人读之,领得十分文情。是故才子之为文也,既一眼觑定紧要处,却不便一手抓住,一口噙住,却于此处之上下四旁千回百折,左

盘右旋，极纵横排宕之致，使观者眼光霍霍不定，斯称真正绝世妙文。今观《琵琶》文中，每有一语将逼拢来，一笔忽漾开去，漾至无可拢处，又复一逼，及逼到无可漾处，又复一开，如是者几番方才了结一篇文字。正如狮子弄球，猫狸戏鼠，偏不便抓住嚼住，偏有无数往来扑跌，然后狮子意乐，猫之意满，而人观之之意亦大快也。

　　　　　　（清）毛声山《成裕堂绘像第七才子书琵琶记》卷之一，引自《中国古典编剧理论资料汇辑》，中国戏剧出版社本

　　凡人读一部书，须要把眼光放得长。如《水浒传》七十回，只用一目俱下，便知其二千余纸，只是一篇文字。中间许多事体，便是文字起承转合之法。若是拖长看去，却都不见。

　　　　　　（清）金圣叹《读第五才子书法》，《金圣叹全集》（一），江苏古籍出版社本

　　柳泉《志异》一书，风行天下，万口传诵，而袁简斋议其繁衍，纪晓岚称为才子之笔，而非著述之体。皆訾言也。先生此书，议论纯正，笔端变化，一生精力所聚，有意作文，非徒纪事。予尝评阅数过，每多有会心别解，不作泛泛语，自谓能抓住作者痛痒处。

　　　　　　（清）冯镇峦《读聊斋杂说》，引自《中国历代小说论著选》，江西人民出版社本

　　雍门《琴引》云，须坐听吾琴之所言。吾意亦欲向知者求吾画中之声而知所言也。

　　　　　　（清）恽正叔《南田论画》，《历代论画名著汇编》本

　　义山诗丰神在字句之外。但袭其藻采，而猥云学义山也，正恐义山不认。

　　　　　　（清）龚炜《巢林笔谈续编》卷上，中华书局本

　　故古人论文，多言读书养气之功，博古通经之要，亲师近友之益，取材求助之方，则其道矣。至于论及文辞工拙，则举隅反三，称情比类，如陆机《文赋》，刘勰《文心雕龙》，钟嵘《诗品》，或偶举精字善句，或品评全篇得失，令观之者得意文中，会心言外，其于文辞，思过半矣。至

于不得已而摘记为书，标识为类，是乃一时心之所会，未必出于其书之本。然比如怀人见月而思，月岂必主远怀，久客听雨而悲，雨岂必有愁况。然而月下之怀，雨中之感，岂非天地至文。而欲以此感此怀藏为秘密，或欲嘉惠后学，以谓凡对明月与听霖雨，必须用此悲感，方可领略，则适当良友乍逢及新婚宴尔之人，必不信矣。

（清）章学诚《文理》，《文史通义·内篇二》，《四部备要》本

六

批评鉴赏的心理与尺度

1. 心理

庄子与惠子游于濠梁之上。庄子曰:"鲦鱼出游从容,是鱼之乐也。"
惠子曰:"子非鱼,安知鱼之乐?"
庄子曰:"子非我,安知我不知鱼之乐?"
惠子曰:"我非子,固不知子矣;子固非鱼也,子之不知鱼之乐,全矣。"
庄子曰:"请循其本。子曰:汝安知鱼乐云者,既已知吾知之而问我,我知之濠上也。"

(先秦)《庄子·秋水》,《诸子集成》本

心忧恐,则口衔刍豢而不知其味,耳听钟鼓而不知其声,目视黼黻而不知其状,轻暖平簟而体不知其安。故向万物之美而不能嗛也,假而得问而嗛之则不能离也。故向万物之美而盛忧,兼万物之利而盛害,如此者,求其物也,养生也?粥寿也?

(先秦)《荀子·正名》,《诸子集成》本

夫民有血气心知之性,而无哀乐喜怒之常,应感起物而动,然后心术形焉。是故志微噍杀之音作,而民思忧;啴谐慢易繁文简节之音作,而民康乐;粗厉猛起奋末广贲之音作,而民刚毅;廉直劲正庄诚之音作,而民肃敬;宽裕肉好顺成和动之音作,而民慈爱;流辟邪散狄成涤滥之音作,而民淫乱。

(先秦)《礼记·乐记》,《十三经注疏》本

臣闻触非其类，虽疾弗应，感以其方，虽微则顺……故暗于治者，唱繁而和寡，审乎物者，力约而功峻。

（晋）陆机《演连珠》，《全晋文》卷九十九，《全上古三代秦汉三国六朝文》本

想缘情生，情缘想起，物类相咸，故其然也。每读《孝子传》，未尝不终轴辍书悲恨，拊心呜姻。

（南朝·梁）萧衍《孝思赋序》，《全梁文》卷一，《全上古三代秦汉三国六朝文》本

遇其类者，自然感而相应也。君子小人各有其道。道同者，果知之矣。天下至广也，无谓其无人也。吾道至大也，无谓其无好古者也。且生未识吾时，生岂果以类生者望于吾乎？务于德而勤行之，累累出于世间，必有合之者也。

（宋）柳开《送李宪序》，《河东先生集》卷十一，《四部丛刊》本

太常少卿祖孝孙奏所定新乐。太宗曰："礼乐之作，是圣人缘物设教，以为撙节，治政善恶，岂此之由？"御史大夫杜淹对曰："前代兴亡，实由于乐。陈将亡也为《玉树后庭花》，齐将亡也而为《伴侣曲》，行路闻之，莫不悲泣，可谓亡国之音。以是观之，实由于乐。"太宗曰："不然，夫音声岂能感人？欢者闻之则悦，哀者听之则悲，悲悦在于人心，非由乐也。将亡之政，其人心苦，然苦心相感，故闻之则悲耳。何乐声哀怨，能使悦者悲乎？今《玉树》、《伴侣》之曲，其声具存，朕能为公奏之，知公必不悲耳。"尚书右丞魏徵进曰："古人称，礼云，礼云，玉帛云乎哉！乐云，乐云，钟鼓云乎哉！乐在人和，不由音调。"太宗然之。

（唐）吴兢《贞观政要》卷七《礼乐》第二十九，上海古籍出版社本

大凡观画而神会者鲜矣，不过视其形似，其或洞达气韵，超出端倪。用笔精致，不谓之功。傅彩炳缛，不谓之丽。观乎象而忘象，意先自然，始可品绘工于毂中，揖画圣于方外，有造物者思唯是得之。

（宋）李畋《益州名画录·序》，人民美术出版社本

夫咸章韶夏，至乐也，不奏于夔牙之府，而奏于鄙俚，恶能审其声而知其音也。飞兔、骐騄，逸驭也，不骋于王乐之前，而鬻于市，人恶能审其骏而知其良也。然而馁甚者，人馈之以太牢，虽食之不知其旨，而知贪乎味也；如渴甚者，人饮之以旨酒，虽啜之不知其醇，而知嗜其甘也，固亦心腹饱饫而灵府浃洽也。

（宋）石介《与裴员外书》，《石徂徕集》卷上，《丛书集成》本

余坐幽燕狱中，无所为。诵杜诗，稍习诸所感兴。因其五言集为绝句，久之得二百首。凡吾意所欲言者，子美先为代言之，日玩之不置；但觉为吾诗，忘其为子美诗也。乃知子美非能自为诗，诗句自是人情性中语，烦子美道耳。子美于吾隔数百年，而其言语为吾用，非情性同哉？昔人评杜诗为诗史，盖其以咏歌之辞，寓记载之实；而抑扬褒贬之意，灿然于其中，难谓之史可也。

（宋）文天祥《集杜诗自序》，《文山先生集》，《四部丛刊》本

……陶处士于南山非日日见之，而一忽见于篱落之间，其曰"悠然"者，真赏也。王马曹于西山，非日日得之而忽一日得于柱颊之顷，其曰"致爽"者，亦真赏也。真赏贵于偶会固不贵于常得也。山之赏有女色之赏耳。自其真而言，解佩馈浆之顷，盖有慕之而不足者，自其厌而则朝越白而暮赵黛，而有为之前者矣，故曰真赏贵于偶会而不贵于常得也。

（元）杨维桢《吕氏真赏记》，《东维子文集》卷十九，《四部丛刊》本

子贡因论学而知诗，子夏因论诗而知学。其所为问答论议，初不过骨角玉石面目采色之间，而感发歆动，不能自已。读诗者执此求之，亦可以自得矣。

（明）李东阳《麓堂诗话》，《历代诗话续编》本

夫《阳春》雄于寡和，《白伫》侈于众歌，均之为调，何难易顿殊也？元首之歌倡已赓继，然孔子与人歌也，则又必使反之而后和之，何也？岂非同情者感，同时者应欤？今观毛君登楼之什而诗之道见矣。诗

云:"伯氏吹埙,仲氏吹篪",感应之谓也。

(明)李梦阳《毛监察登楼诗跋》,《李空同全集》卷五十九,明思山堂刊本

世人遇世人画,则赏;解人遇解人画,则赏。习相近也。日计不足,岁计有余。无其人,故无其画。

(明)沈颢《画麈》,《历代论画名著汇编》本

《西厢记》不是姓王字实父此一人所造,但自平心敛气读之,便是我适来自造。亲见其一字一句,都是我心里恰正欲如此写,《西厢记》便如此写。

(清)金圣叹《读第六才子书西厢记法》,《金圣叹全集》(三),江苏古籍出版社本

余读欧阳子《泷冈阡表》,未终篇,废卷而泣。余素刚忍少泪,家人相视惊怪,不知其所以然。呜呼,文字之感人深矣!自欧阳子至今六百余年,读斯文者,不知几何人,未必尽悲,余向时读之,初未尝如此之悲也,而今独如此者。呜呼,鲜民之痛至矣,吾家之祸酷矣!传曰:"思者不可为象歔,悲者不可为太息。"以余今日读是文而不悲,无是理也。

(清)归庄《书欧阳公泷冈阡表后》,《归庄集》卷四,上海古籍出版社本

人问:"杜陵不喜陶诗,欧公不喜杜诗:何耶?"余曰:"人各有性情。陶诗甘,杜诗苦;欧诗多因,杜诗多创;此其所以不合也。元微之云:'鸟不走,马不飞,不相能,胡相讥?'"

(清)袁枚《随园诗话补遗》卷一,人民文学出版社本

《十九首》万愁万苦,古今读者万辈,各有愁苦处,恰好触着。

(清)牟愿相《小澥草堂杂论诗》,《清诗话续编》本

愚意今之帖括,当如古人引诗之例,随其兴会而解之。愚近喜读《左氏传》。凡左氏引诗,皆非诗人之旨;然而作者之意趣,与引者之兴会,偶然相触,殊无关涉,精神百倍。此非诗人之情,而引诗者之情也。

后之训诂注疏者，自舍其情，而徇圣贤之貌。而今之为帖括者，并舍圣贤之貌，以徇乎训诂注疏者之貌，转转相摹，愈求肖而愈远矣。

（清）周亮工《尺牍新钞》一集，曾异撰《又复曾叔祈书》，上海杂志公司本

韩氏论文，迎而拒之，平心察之。喻气于水，言为浮物。柳氏之论文也，不敢轻心掉之，怠心易之，矜气作之，昏气出之。夫诸贤论心论气，未即孔、孟之旨，及乎天人性命之微也。然文繁而不可杀，语变而各有当。要其大旨，则临文主敬，一言以蔽之矣。主敬则心平而气有所摄，自能变化从容以合度也。夫史有三长，才、学、识也。古文辞而不由史出，是饮食不本于稼穑也。夫识生于心也，才出于气也。学也者，凝心以养气，炼识而成其才者也。心虚难恃，气浮易弛，主敬者，随时检摄于心气之间，而谨防其一往不收之流弊也。夫缉熙敬止，圣人所以成始而成终也，其为义也广矣。今为临文检其心气，以是为文德之敬而已尔。

（清）章学诚《文德》，《文史通义·内篇二》，《四部备要》本

读碧山词，须息心静气沉吟数过，其味乃出。心粗气浮者，必不许读碧山词。

（清）陈廷焯《白雨斋词话》卷二，人民文学出版社本

2. 高下自有公论　尺度并非唯一

抱朴子曰：观听殊好，爱憎难同。飞鸟睹西施而惊逝，鱼鳖闻九韶而深沉。故衮藻之粲焕，不能悦裸乡之目；采菱之清音，不能快楚隶之耳；古公之仁，不能喻欲地之狄；端木之辨，不能释系马之庸。

（晋）葛洪《抱朴子外篇·广譬》，《诸子集成》本

王杨卢骆当时体，轻薄为文哂未休。尔曹身与名俱灭，不废江河万古流。

（唐）杜甫《戏为六绝句》其二，《杜诗详注》卷十一，中华书局本

今时为文者至多，可喜者亦众。然求如足下闲暇自得，清美可口者实少也。敬佩厚赐，不敢独飨，当出之知者。世间唯名实不可欺。文章如金玉，各有定价，先后进相汲引，因其言以信于世，则有之矣。至其品目高下，盖付之众口，决非一夫所能抑扬。轼于黄鲁直、张文潜辈数子，特先识之耳。始诵其文，盖疑信者相半，久乃自定，翕然称之，轼岂能为之轻重哉？非独轼如此，虽向之前辈亦不过如此也，而况外物之进退，此在造物者，非轼事。

（宋）苏轼《答毛滂书》，《苏东坡集》前集卷三十，《国学基本丛书》本

天下自有公论，非爱憎异同能夺也。如东坡之论时事，岂独天下服其忠，高其辨，使荆公见之，其有不抚几太息乎？东坡自黄州归，见荆公于丰山，剧谈累日不厌，至约卜邻以老焉。公论之不可掩如此，而绍圣诸人乃遂其忮心，投之岭海必死之地，何哉？

（宋）陆游《跋东坡谏疏草》，《渭南文集》卷二十九，中华书局本

迂斋标准者一百六十有八篇，千变万态，不主一体。有简质者，有葩丽者，有高虚者，有切实者，有峻厉者，有微婉者也。

（宋）刘克庄《序迂斋标准古文》，《后村先生大全集》卷九十六，《四部丛刊》本

元稹作李杜优劣论，先杜而后李。韩退之不以为然，诗曰："李杜文章在，光焰万丈长。不知群儿愚，何用故谤伤。蚍蜉撼大木，可笑不自量。"为微之发也。

（宋）魏泰《临汉隐居诗话》，《历代诗话》本

近岁诸公，以作诗自名者甚众，然往往持论太高，开口辄以《三百篇》、《十九首》为准。六朝而下，渐不满意。至宋人，殆不齿矣。此固知本之说，然世间万变，皆与古不同，何独文章，而可以一律限之乎？就使后人所作，可到《三百篇》，亦不肯悉安于是矣。何者？滑稽自喜，出奇巧以相夸，人情固有不能已焉者。宋人之诗，虽大体衰于前古；要亦有

以自立，不必尽居其后也。遂鄙薄而不道，不已甚乎？少陵以文章为"小技"，程氏以诗为"闲言语"。然则，风辞达理顺，无可瑕疵者，皆在所取可也。其余优劣，何足多较哉？

　　　　　　　　　　（金）王若虚《滹南诗话》卷下，人民文学出版社本

　　昌黎作《平淮西碑》，既已登诸石，宪宗惑于谗言，诏斲其文，更命学士段文昌为之，在当时莫能别其文之高下也。及东坡录临江驿小诗云："淮西功业冠吾唐，吏部文章日月光。千载断碑人脍炙，不知世有段文昌。"公论始定。然李义山与昌黎相去不远，其《读淮西碑》长篇至五十余句，称赞备尽，则是非不待百年而已定矣。

　　　　　　　　　　（明）瞿佑《归田诗话》卷上，《历代诗话续编》本

　　小青为读《牡丹亭》一病而夭，乃汤若士害之。今特于记中有所劳，若以极之。至于文章之工拙，关目之嫌好，原俟天下解人自辨，虽上不能与董解元、王实甫争衡，而较之今日辞坛蛇腔马调者，庶几径庭矣。

　　　　　　　　　　（明）朱京藩《风流院叙》，明法聚堂本

　　自《诗》《书》以下，作者莫不有序。或同志者指其德业之所至，或门人故交发其所蕴而叹惜其遭逢，初非有求于人。而司马迁、班固、扬雄之俦，又直自述己意，以抒其奇伟之才，固未尝有待于外也。唐人之能诗者，莫如李白、杜甫，甫诗当时无序者。白诗李阳冰于其既没，尝为作序。然其有无，不足为二子轻重，而序者反托之以传。惟韩退之偶然一言，推尊二子，至今人诵退之之文，而知李杜之不可及。

　　　　　　　　　　（明）方孝孺《答阌乡叶教谕》，《逊志斋集》卷十一，《四部备要》本

　　人情好尚，世有转移，千载悠悠，将焉取正？自梁以后，习尚绮靡，昭明《文选》，家视为千金之宝，初唐以后，辄吐弃之。宋人尊杜子美为诗中之圣，字型句䙆，莫敢轻拟。如"自锄稀莱甲，小摘为情亲"，特小小结作语。"不知西阁意，更肯定留人"，意更浅浅。而一时何赞之甚？窃谓后之视今，亦犹今之视昔。即余之所论，亦未敢以为然也。

　　　　　　　　　　（明）陆时雍《诗镜总论》，《历代诗话续编》本

想来姓王字实父此一人亦安能造《西厢记》,他亦只是平心敛气,向天下人心里偷取出来。

总之,世间妙文,原是天下万世人人心里共公之宝,决不是此一人自己文集。

若世间又有不妙之文,此则非天下万世人人心里之所曾有也,便可听其为一人自己文集也。

(清)金圣叹《读第六才子书西厢记法》,《金圣叹全集》(三)江苏古籍出版社本

"日暮乡关何处是,烟波江上使人愁","总为浮云能蔽日,长安不见使人愁",运意不同,各有境地,何可轩轾!瞿宗吉曰:"太白忧君之念,远过乡关之思,善占地步,可谓:'十倍曹丕'。"此头巾气,又隔壁听也。

(清)潘德舆《养一斋诗话》卷三,《清诗话续编》本

3. 尺度举隅

静而圣,动而王,无为也而尊,朴素而天下莫能与之争美。夫明白于天地之德者,此之谓大本大宗,与天和者也;所以均调天下,与人和者也。与人和者,谓之人乐;与天和者,谓之天乐。

(先秦)《庄子·天道》,《诸子集成》本

……今圣王没,天下乱,奸言起,君子无埶以临之,无刑以禁之,故辨说也。实不喻然后命,命不喻然后期,期不喻然后说,说不喻然后辨。故期、命、辨、说也者,用之大文也,而王业之始也。名闻而实喻,名之用也。累而成文,名之丽也。用丽俱得,谓之知名。名也者,所以期累实也。辞也者,兼异实之名以谕(原作"论"字,从王念孙说改。)一意也。辨说也者,不异实名以喻动静之道也。期命也者,辨说之用也。辨说也者,心之象道也。心也者,道之工宰也。道也者,治之经理也。心合于道,说合于心,辞合于说,正明而期,质请而喻,辨异而不过,推类而不

悖；听则合文，辨则尽故。以正道而辨奸，犹引绳以持曲直；是故邪说不能乱，百家无所窜。有兼听之明，而无奋矜之容；有兼覆之厚，而无伐德之色。说行则天下正，说不行则白道而冥穷，是圣人之辨说也。《诗》曰：“颙颙卬卬，如珪如璋，令闻令望，岂弟君子，四方为纲。”此之谓也。

（先秦）《荀子·正名》，《诸子集成》本

或曰：淮南、太史公者，其多知与？曷其杂也？曰：杂乎杂。人病以多知为杂，惟圣人为不杂。书不经，非书也；言不经，非言也；言书不经，多多赘矣。

（汉）扬雄《法言·问神》，《四部丛刊》本

或曰：人各是其所是，而非其所非，将谁使正之？曰：万物纷错，则悬诸天；众言淆乱，则折诸圣。或曰：恶睹乎圣而折诸？曰：在则人，亡则书，其统一也。

（汉）扬雄《法言·吾子》，《四部丛刊》本

故文能宗经，体有六义：一则情深而不诡，二则风清而不杂，三则事信而不诞，四则义直而不回，五则体约而不芜，六则文丽而不淫。

（南朝·梁）刘勰《文心雕龙·宗经》，人民文学出版社本

夫文典则累野，丽亦伤浮。能丽而不浮，典而不野，文质彬彬，有君子之致，吾尝欲为之，但恨未逮耳。观汝诸文，殊与意会，至于此书，弥见其美，远兼邃古，傍暨典坟，学以聚益，居焉可赏。

（南朝·梁）萧统《答湘东王求文集及诗苑英华书》，《全梁文》卷二十，《全上古三代秦汉三国六朝文》本

孔子删《诗》、《书》，笔削《春秋》，言于道者著之，离于道者黜去之，故《诗》、《书》、《春秋》无疵。余欲削荀氏之不合者，附于圣人之籍，亦孔子之志欤！孟氏，醇乎醇者也。荀与扬，大醇而小疵。

（唐）韩愈《读荀子》，引自《韩愈文选》，中华书局本

即其辞，观其行，考其智，以为可化人及物者，隆之。文胜质、行无观、智无考者，下之。俗其以厚，国其以理。科不俟易也。

（唐）柳宗元《送崔子符罢举诗序》，《柳河东集》卷二十三，中华书局本

秀才作诗不脱俗，谓之头巾气；和尚作诗不脱俗，谓之饺馅气；咏闺阁过于华艳，谓之脂粉气。能脱此三气则不俗矣。至于朝廷典则之诗，谓之台阁气；隐逸恬淡之诗，谓之山林气。此二气者，必有其一，却不可少。

（明）李东阳《麓堂诗话》，《历代诗话续编》本

论文或尚繁，或尚简。予曰：繁非也，简非也，不繁不简亦非也。或尚难，或尚易。予曰：难非也，易非也，不难不易亦非也。繁有美恶，简有美恶；难有美恶，易有美恶，惟求其美而已。故博者能繁，命之曰"该赡"，左氏、相如是也，而清客者顷刻能千言。精者能简，命之曰"要约"，《公羊》、《穀梁》是也，而曳白者终日无一字。奇者工于难，命之曰"复奥"，庄周、御寇是也，而郇摸、刘辉亦诡而晦。辨者工于易，张仪、苏秦是也，而张打由、胡钉铰亦浅而露。论文者当辨其美恶，不当以繁简难易也。

（明）杨慎《论文》，《升庵全集》卷五十二，商务印书馆本

奇峰绝壁，大水悬流，怪石苍松，幽人羽客，大抵以墨汁淋漓，烟岚满纸，旷如无天，密如无地为上。

百丛媚萼，一干枯枝，墨则雨润，彩则露鲜，飞鸣栖息，动静如生，悦性异情，工而入逸，斯为妙品。

（明）徐渭《与两画师》，《徐渭集》卷十六，中华书局本

勤之《曲品》所载，搜罗颇博，而门户太多。旧曲列品有四：曰神，曰妙，曰能，曰具。而神品以属《琵琶》、《拜月》。夫曰神品，必法与词两擅其极，惟实甫《西厢》可当之耳。《琵琶》尚多拗字颣句，可列妙品；《拜月》稍见俊语，原非大家，可列能品，不得言神。《荆钗》、《牧羊》、《孤儿》、《金印》，可列具品，不得言妙。新曲列为九品。以上之上

属沈、汤二君，而以沈先汤，盖以法论；然二君既属偏长，不能合一，则上之上尚当虚左。至后八品，亦似多可商略。复于诸人，概饰四六美辞，如乡会举主批评举子卷牍，人人珠玉，略无甄别。盖勤之雅欲奖饰此道，夸炫一时，故多和光之论。余谓品中止宜取传奇之佳者，次及词曲略工、搬演可观者，总以上中下三等第之，不必多立名目。其余俚腐诸本，竟黜不存；或尽捞人间所有之本，另列诸品之外，以备查考，未为不可。至散曲，又当别置一番品题，始为完局。故夫目具肖统，笔严董狐，勒成不刊之书，以传信将来，吾则不暇，以俟后之君子。夏文彦《论画》三品，曰："气韵生动，出于天成，人莫窥其巧者，谓之神品。"谢赫《品画》，以陆探微居第一，谓"穷理尽性，事绝言象，包前孕后，古今独立，非复激扬所能称赞；但价重之极，于上上品之外，无他寄言，故屈标第一。"以之方曲，神品与第一，可易言哉！

（明）王骥德《曲律·杂论》，《中国古典戏曲论著集成》（四），中国戏剧出版社本

上半部之末出，暂摄情形，略收锣鼓，名为"小收煞"。宜紧，忌宽。宜热，忌冷。宜作郑五歇后，令人揣摩下文，不知此事如何结果。如做把戏者，暗藏一物于盆、盎、衣、禊之中，做定而令人射覆，此正做定之际，众人射覆之时也。戏法无真假，戏文无工拙，只是使人想不到、猜不着，便是好戏法、好戏文。猜破而后出之，则观者索然，作者赧然，不如藏拙之为妙矣。

（清）李渔《闲情偶寄·词曲部·格局第六》，《中国古典戏曲论著集成》（七），中国戏剧出版社本

"一气如话"四字，前辈以之赞诗。予谓各种之词，无一不当如是。如是即为好文词，不则好到绝顶处，亦是散金碎玉。此为"一气"而言也。"如话"之说，即谓使人易解，是以白香山之妙论，约为二字而出之者。千古好文章，总是说话，只多"者""也""之""乎"数字耳。作词之家，当以"一气如话"一语，认为四字金丹。"一气"则少隔绝之痕，"如话"则无隐晦之弊。

……

诗词未论美恶，先要使人可解。白香山一言，破尽千古词人魔障，爨

妪尚使能解，况稍稍知书识字者乎？尝有意极精深，词涉隐晦，翻绎数过，而不得其意之所在，此等诗词，询之作者，自有妙论，不能曰叩玄亭，问此累帙盈篇之奇字也，有束诸高阁，俟再读数年，然后窥其涯涘而已。

（清）李渔《窥词管见》，《词话丛编》本

生无逢世才，一拙心所安。我自有故步，无须羡邯郸。世好新奇矜聚鹬，我惟古钝（别本作拙）仍峨冠。古道不应遂泯没，自有知己与我同咸酸。何况世态原无定，安能俯仰随人为悲欢？君不见：衣服妍媸随时眼，我欲学长世已短。

（清）蒲松龄《拙叟行》，《蒲松龄集·聊斋诗集》卷四，中华书局本

人或问余以本朝诗，谁为第一？余转问其人，《三百篇》以何首为第一？其人不能答。余晓之曰：诗如天生花卉，春兰秋菊，各有一时之秀，不容人为轩轾。音律风趣，能动人心目者，即为佳诗；无所为第一、第二也。有因其一时偶至而论者，如"不愁明月尽，自有夜珠来"一首，宋居沈上。"文章旧价留鸾掖，桃李新阴在鲤庭"一首，杨汝士压倒元、白是也。有总其全局而论者，如唐以李、杜、韩、白为大家，宋以欧、苏、陆、范为大家，是也。若必专举一人，以覆盖一朝，则牡丹为花王，兰亦为王者之香；人于草木，不能评谁为第一，而况诗乎？

（清）袁枚《随园诗话》卷三，人民文学出版社本

序论近人文字，揄扬工拙，掎摭利疚，忌用无根浮语，漫为赞赏，有累文体，不合古法；先要推勘作者之旨，推哀道要；次则裁量法度，斟剂规制，使人有律可循，乃为论人准则。即或侔色揣称，研钧练律，亦当推寻近巧，绅绎文理，如老伶审曲，良估评贾，是非可否，必有精理要言，可资启悟，若挚虞《流别》，刘勰《文心》，钟嵘《诗品》，斯为美也。世俗喜谀，末学忘本，不解文学理趣，猥用精奇神妙，曲丽清新等语，芜杂填凑，文有市气，岂可入于古文！

（清）章学诚《评沈梅村古文》，《文史通义》补遗，上海会文堂本

求通其辞，求通其意也。求通其意，必论世以知其怀抱。然后再研其语句之工拙得失所在，及其所以然，以别高下，决从违。而其所以学之之功，则在讲求文、理、义。此学诗之正轨也。

（清）方东树《昭昧詹言》卷一，人民文学出版社本

李习之云："文、理、义三者兼并，乃能独立于一时而不泯于后代。"习之学于韩公，故其言精审如此，乃法言也，微言也。

（清）方东树《昭昧詹言》卷一，人民文学出版社本

吾学诗数十年，近始悟诗境全贵"质实"二字。盖诗本是文采上事，若不以质实为贵，则文济以文，文胜则靡矣。吾取虞道园之诗者，以其质也；取顾亭林诗者，以其实也。亭林诗，不如道园之富，然字字皆实，此修辞立诚之旨也。竹垞、归愚选明诗，皆及亭林，皆未尝尊为诗家高境，盖二公学诗，见地犹为文采所囿耳。

（清）潘德舆《养一斋诗话》卷三，《清诗话续编》本

刘彦和谓士衡矜重，而近世论陆诗者，或以累句訾之。然有累句，无轻句，便是大家品位。

（清）刘熙载《艺概·诗概》，上海古籍出版社本

七

批评与鉴赏的辩证观

  故万物一也，是其所美者为神奇，其所恶者为臭腐；臭腐复化为神奇，神奇复化为臭腐。故曰：通天下一气耳。圣人故贵一。
（先秦）《庄子·知北游》，《诸子集成》本

  俗好高古而称所闻。前人之业，菜果甘甜；后人新造，蜜酪辛苦。长生家在会稽，生在今世，文章虽奇，论者犹谓稚于前人。天禀元气，人受元精，岂为古今者差杀哉？优者为高，明者为上，实事之人，见然否之分者。睹非却前，退置于后；见是推今，进置于古。心明知昭，不惑于俗也。班叔皮续太史公书百篇以上，记事详悉，义浅理备。观读之者以为甲，而太史公乙。子男孟坚为尚书郎，文比叔皮非徒五百里也，乃夫周召鲁卫之谓也。苟可高古，而班氏父子不足纪也。
（汉）王充《论衡·超奇》，中华书局本

  东方有人焉，曰爰旌目，将有适也，而饿于道。狐父之盗曰丘，见而下壶餐以铺之。爰旌目三铺而后能视，曰："子何为者也？"曰："我狐父之人丘也。"爰旌目曰："譆！汝非盗邪？胡为而食我？吾义不食子之食也。"两手据地而欧之；不出，喀喀然，遂伏而死。狐父之人则盗矣，而食非盗也。以人之盗因谓食为盗而不敢食，是失名实者也。
（晋）《列子·说符篇》，《诸子集成》本

  虽有追风之骏，犹谓之不及造父之所御也；虽有连城之珍，犹谓之不及楚人之所泣也；虽有拟断之剑，犹谓之不及欧冶之所铸也；虽有起死之药，犹谓之不及和、鹊之所合也；虽有超群之人，犹谓之不及竹帛之所载

也；虽有益世之书，犹谓之不及前代之遗文也。是以仲尼不见重于当时，太玄见蚩薄于比肩也。俗士多云今山不及古山之高，今海不及古海之广，今日不及古日之热，今月不及古月之朗；何肯许今之才士，不减古之枯骨？重所闻，轻所见，非一世之所患矣。昔之破琴剿弦者，谅有以而然乎？

（晋）葛洪《抱朴子外篇·尚博》，《诸子集成》本

然则古之子书，能胜今之作者，何也？

然守株之徒，喽喽所玩，有耳无目，何肯谓尔！其于古人所作为神，今世所著为浅，贵远贱近，有自来矣。故新剑以诈刻加价，弊方以伪题见宝也。是以古书虽缊朴，而俗儒谓之堕于天也；今文虽金玉，而常人同之于瓦砾也。

（晋）葛洪《抱朴子外篇·钧世》，《诸子集成》本

夫铨序一文为易，弥纶群言为难，虽复轻采毛发，深极骨髓；或有曲意密源，似近而远，辞所不载，亦不胜数矣。及其品列成文，有同乎旧谈者，非雷同也，势自不可异也；有异乎前论者，非苟异也，理自不可同也。同之与异，不屑古今，擘肌分理，唯务折衷。

（南朝·梁）刘勰《文心雕龙·序志》，人民文学出版社本

去年吴武陵来。美其齿少，才气壮健，可以兴西汉之文章。日与之言，因为之出十数篇书。庶几铿锵陶冶，时时得见古人情状。然彼古人亦人耳，夫何远哉。凡人可以言古，不可以言今。桓潭亦云，亲见扬子云，容貌不能动人，安肯传其书。诚使博如庄周，哀如屈原，奥如孟轲，壮如李斯，峻如马迁，富如相如，明如贾谊，专如扬雄，犹为今之人，则世之高者至少矣。由此观之，古之人未始不薄于当世而荣于后世也。

（唐）柳宗元《与杨京兆凭书》，《柳河东集》卷三十，中华书局本

臣观前代秉笔论文者多矣。莫不宪章《谟》、《诰》，祖述《诗》、《骚》，远宗毛、郑之训论，近鄙班、扬之述作。谓"采采芣苢"，独高比兴之源；"湛湛江枫"，长擅咏歌之体。殊不知世代有文质，风俗有淳醨，

学识有浅深，才性有工拙。昔仲尼演三代之《易》，删诸国之《诗》，非求胜于昔贤，要取名于今代。实以淳朴之时伤质，民俗之语不经，故饰以文言，考之弦诵。然后致远不泥，永代作程，即知是古非今，未为通论。

（五代）刘昫《旧唐书·文苑传序》，中华书局本

所贵于文者，以能明当世之务，达群伦之情，使千载之下读之者，如出乎其时，如见其人也。若夫善立言者不然，文虽同乎人，而其所以为文有非人之所得而同者。孟子七篇之书，叙战国诸侯之事，与夫梁齐君臣之语，其辞极于辩博，若无以异乎战国之文也。扬子之书数万言，言秦汉之际为最详，简雅而闳深，若无以异乎西汉之文也。至其推性命之隐，发天人之微，粹然一归于正，使学者师用，比之六经。

（宋）汪藻《苏魏公集序》，《浮溪集》卷十七，《四部丛刊》本

苏氏文辞伟丽，近世无匹，若欲作文，自不妨模范，但其词意矜毫谲诡，亦若非知道君子可欲闻。是以平日每读之，虽未尝不喜，然既喜未尝不厌，非故欲绝之也，理势自然，盖不可晓。然则彼醉于其说者，欲入吾道之门，岂不犹吾之读彼书也哉？亦无怪其一燕一越，而终不合矣。

（宋）朱熹《答程允夫》，《朱子文集》卷二，《四部丛刊》本

欧阳永叔深于为诗，高自许与。观其思致，视格调为深。然校之唐诗，似与不似，亦门墙藩篱之间耳。梅圣俞云："永叔要做韩退之，硬把我做孟郊。"今观梅之于孟，犹欧之于韩也。或谓梅诗到人不爱处，彼孟之诗，亦曷尝使人不爱哉？

（明）李东阳《麓堂诗话》，《历代诗话续编》本

追古者未有不先其体者也。然守而未化，故蹊径存焉。今详其文，温雅以发情，微婉以讽事，夹畅以达其气，比兴以则其义，苍古以蓄其词，议拟以一其格，悲鸣以泄不平，参伍以错其变，该物理人道之懿，阐幽剔奥纪论名实。

（明）李梦阳《徐迪功集序》，《李空同全集》卷五十二，明思山堂刊本

诗有可解、不可解、不必解，若水月镜花，勿泥其迹可也。

（明）谢榛《四溟诗话》卷一，人民文学出版社本

黄山谷曰："彼喜穿凿者，弃其大旨，取其发兴于所遇林泉、人物、草木、鱼虫，以为物物皆有所托，如世间商度隐语，则诗委地矣。"予所谓"可解，不可解，不必解"，与此意同。

（明）谢榛《四溟诗话》卷一，人民文学出版社本

李义山《锦瑟》中二联是丽语，作适怨清和解，甚通。然不解则涉无谓，既解则意味都尽。以此知诗之难也。

（明）王世贞《艺苑卮言》卷四，《历代诗话续编》本

余所以抑宋者，为惜格也。然而代不能废人，人不能废篇，篇不能废句。

（明）王世贞《宋诗选序》，《王弇州集》卷三，清康熙郢雪书林刊本

柳宗元爱《国语》，爱其文也，非《国语》，非其义也。义诡僻则非，文杰异则爱，弗相掩也。好而知恶，宗元于《国语》有焉。论者以柳操戈入室，弗察者又群然和之，然则文之工者，伤理倍道，皆弗论乎？

（明）胡应麟《史书佔毕》，《少室山房笔丛》卷十三，中华书局本

孙武之谭兵，当在穰苴之后，吴起之前，叶正则以《左传》无之，而并疑其人，则太过。然武为吴将入郢，其说或未尽然。丘明于吴事最详练，又喜夸好奇，武灼吴楚间，不应尽没其实。盖战国策士，以武圣于谭兵，耻以空言令天下，为说文之耳。（夫谈者固有未必用，用者固有不必谈。）刘子玄非真能史，其论史即马、班莫能难，严羽卿非真能诗，其论诗即李、杜莫能如。藉令马、班、李、杜自言之，或未必如二子之凿凿也，而责二子以马、班、李、杜，则憝矣。陆生谓非知之艰行之惟艰。余谓（作者困难，读亦匪易。）古今工用兵者至众，工读兵者几人哉？

（明）胡应麟《九流绪论》，《少室山房笔丛》卷二十七，中华书局本

陈同父绝不能诗，今集存者仅二绝、一长歌，知其未尝事声律也。集未载诗余数十阕，而草堂可选《水龙吟》词特佳甚，而集不存。古今制作，佳者不必传，传者不必佳，大都有幸不幸耶？

（明）胡应麟《题陈同父水龙吟后》，《少室山房类稿》卷一百六，《四库全书》本

太白幻语，为长吉之滥觞；少陵拙句，实玉川之前导。集长去短，学者当先明此。

（明）胡应麟《诗薮·内编》卷三，上海古籍出版社本

仆性愚憨，窃以为古人之言，有是有非。是其是，而非其非，乃为得之。若以古人为皆然，则不可也。识者殊少，未免为俗人所笑。

（明）方孝孺《与舒君》，《逊志斋集》卷十一，《四部备要》本

诗有古人所不忌，而今人以为病者。摘瑕者因而酷病之，将并古人无所容，非也。然今古宽严不同，作诗者既知是瑕，不妨并去。如太史公蔓词累句常多，班孟坚洗削殆尽，非谓班胜于司马，顾在班分量宜尔。今以古人诗病，后人宜避者，略具数条，以见其余。如有重韵者，若任彦昇《哭范仆射》一诗，三压"情"字；老杜排律，亦时有误重韵、有重字者；若沈云卿"天长地阔"之三"何"，至王摩诘尤多，若"暮云空碛"、"玉靶角弓"，二"马"俱压在下，"一从归白社，不复到青门"、"青菰临水映，白鸟向山翻"，"青""白"重出，此皆是失检点处，必不可借以自文也。又如风云雷雨，有二联中接用者，一二三四，有八句中六见者，今可以为法邪！此等病，盛唐常有之，独老杜最少，盖其诗即景后必下意也。又其最隐者，如云卿《嵩山石淙》，前联云"行漏""香炉"，次联云"神鼎""帝壶"，俱压末字，岑嘉州"云随马""雨洗兵"，"花迎盖""柳拂旌"，四言一法；摩诘"独坐悲双鬓"，"白发终难变"，语异意重；《九成宫避暑》，三四"衣上""镜中"，五六"林下""岩前"，在彼正自不觉，今用之能无受人揶揄。至于失严之句，摩诘嘉州特多，殊不妨其美。然就至美中亦觉有微缺陷，如我人不能运，便自诵不流畅，不为可也。至于首句出韵，晚唐作俑，宋人滥觞，尤不可学。

（明）王世懋《艺圃撷余》，《历代诗话》本

诗，话物也，游、夏以后，自汉至宋，无不说诗者，不必皆有当于诗，而皆可以说诗。其皆可以说诗者，即在不必皆有当于诗之中，非说诗者之能如是，而诗之为物，不能不如是也。

（明）钟惺《诗论》，《钟伯敬合集》卷十，明刊本

轻诋今人诗，不若细看古人诗，细看古人诗，便不暇诋今人也，思之。

（明）钟惺《与谭友夏》，《钟伯敬合集》卷十，明刊本

夫锦绣千尺，善作者不必善裁，善裁者不必善作，世固有不能诗而知诗者。

（明）钟惺《简远堂近诗序》，《钟伯敬合集》卷十，明刊本

居士曰：孔子曰："文王既没，文不在滋乎！"文固递相属也，圣人不再生，文明之气横宇内，属之豪者、幽者、奇者、慧者，不可胜穷。有一等人，气浮意薄，之乎者也，穿插得来，遂谓秦汉后无文字，腻脸向人前，调嘴弄舌，优古劣今，可恨也！秦汉后无文字之说，原非正论，然彼或激于一时滥习，为此言亦可，今竟执此一语，将秦汉后文字一味訾议，置之高阁，如何使得？总之，胸中原无特见，不过拾他人唾余为自己识见，把秦汉文字定为程式，后来文字，眉目稍不似处，便为不佳，藏其懒惰，肆其夸张，不知其佳处政在不同古人，后同古人，又作此文何用？竟不成文矣！须振起精神，自开意见，将文字细细体贴，又不可把自家俗肠解坏了他的奇文，久久自知其好也。此记非秦汉文也，今人说他好者，亦有真知其好者，谁真知其无愧于古人者？古人者谁？有说桃花源是仙人忽现，有说桃花源是为避秦人，即此用意，争执两端，便隔万里。是仙人有之，是避秦人有之；要之作记者必不至见其事便述一番，或当于心，合于意，借此发挥胸襟，或胸襟忽不觉于此逗漏也。大抵渔樵人俱不近俗，故托言渔人。缘溪一段，行止不拘不碍，懒懒散散，须看他是何等人品。开朗一段，见说萧野气象，即在人间，故曰：'悉如外人。'独言避秦者，秦之先三代也；明明自负与三代以上人品相接，是所谓羲皇上人之意。不然，汉之后未必尽如暴秦，何云不足为外人道也，刘子骥高士也，乃可到得此地位，世人便不能，故曰："后无问津者。"若沾住真有此津，则渔

郎归棹，安能必其无再往之渔人，明是渔人感激世情日下而悲悯之也。读其文，想见其人，超超世外，不可一世，故谓此文——竟献其生平可，谓专专轻薄秦汉人亦可，谓自附于匹夫而为百世师亦可。若止述其事，事虽奇，终无甚意味矣。然而此等妙处，老天固不肯使人晓得，若使人晓得，则野无农，肆无工，行无商，呼唔之声彻天地矣。余论及此，适有客在座，乃拍案曰："听君之言，余辈读书，信欠多欠多！"余戏曰："恐君辈眼孔中未尝见书耳，何多少云足云？请回去将读过书一再读，便见得。"

（明）袁宏道《读桃花源记》，《袁中郎全集·随笔》，襟霞阁精校本

少日所得意，老去觉弇陋。奋笔拟删之，谓今学始就。焉知今得意，不又他日疚？诗文无尽境，新者辄成旧。漫勒铁函藏，行复酱瓿覆。笑同古炼师，烧丹穷昏昼。一火又一火，层层去粗垢。及夫烧将成，所成仅如豆。未知此豆许，果否得长寿。

（清）赵翼《删改旧诗作》其二，《瓯北集》卷二十四，清刊本

何限纷纷著作林，拣来只剩几铢金。论人且复先观我，爱古仍须不薄今。耳食争夸谈娓娓，鼻参谁候息深深。锦机恐负遗山志，枉度鸳鸯旧绣针。

（清）赵翼《稚存见题拙著瓯北诗话次韵奉答》之二，《瓯北集》卷四三，人民文学出版社本

为人不可不辨者：柔之与弱也，刚之与暴也，俭之与啬也，厚之与昏也，明之与刻也，自重之与自大也，自谦之与自贱也；似是而非。

作诗不可不辨者：淡之与枯也，新之与纤也，朴之与拙也，健之与粗也，华之与浮也，清之与薄也，厚重之与笨滞也，纵横之与杂乱也；亦似是而非。差之毫厘，失以千里。

（清）袁枚《随园诗话》卷二，人民文学出版社本

陈熟、生新，二者于义为对待。对待之义，自太极生两仪以后，无事无物不然：日月、寒暑、昼夜，以及人事之万有——生死、贵贱、贫富、高卑、上下、长短、远近、新旧、大小、香臭、深浅、明暗，种种两端，

不可枚举。大约对待之两端，各有美有恶，非美恶有所偏于一者也。其间惟生死、贵贱、贫富、香臭，人皆美生而恶死，美香而恶臭，美富贵而恶贫贱。然逄、比之尽忠，死何尝不美？江总之白首，生何尝不恶？幽兰得粪而肥，臭以成美；海木生香则萎，香反为恶。富贵有时而可恶，贫贱有时而见美，尤易以明。即庄生所云"其成也毁，其毁也成"之义。对待之美恶，果有常主乎？生熟、新旧二义，以凡事物参之，器用以商、周为宝，是旧胜新；美人以新知为佳，是新胜旧；肉食以熟为美者也，果实以生为美者也；反是则两恶。推之诗独不然乎？舒写胸襟，发挥景物，境皆独得，意自天成，能令人永言三叹，寻味不穷，忘其为熟，转益见新，无适而不可也。若五内空如，毫无寄托，以剿袭浮辞为熟，搜寻险怪为生，均为风雅所摈。论文亦有顺逆二义，并可与此参观发明矣。

（清）叶燮《原诗·外篇上》，人民文学出版社本

严沧浪《诗话》，大旨不出"悟"字；钟、谭《诗归》，大旨不出"厚"字，二书皆足长人慧根。然诵沧浪诗亦有未尽悟者，阅钟、谭集亦有未至厚者，以此推之，谈何容易。

（清）贺贻孙《诗筏》，《清诗话续编》本

元、白诗不能高，论诗却高。微之少陵墓志、叙诗与乐天书，乐天寄元九书，皆深得六义之解者，惜所作不逮耳，不得以其浮废其言也。

（清）贺裳《载酒园诗话又编》，《清诗话续编》本

金陵怀古诗曰"玉树歌残王气终，景阳兵合戍楼空"，咏金陵而独举陈事者，自此南北不分也。"松楸远近千官冢，禾黍高低六代宫"，即太白"吴宫花草埋幽径，晋代衣冠成古丘"意。"石燕拂云晴亦雨，江豚吹浪夜还风"；尝见宋僧圆至注周弼《三体唐诗》，引《湘州记》"零陵有石燕，遇雨则飞"解此句，大谬。金陵有燕子矶俯临江岸，此专咏其景耳，何暇远及零陵！"英雄一去豪华尽，惟有青山似洛中"，语稍未练，亦自结得住。此诗在晚唐亦为振拔，顾璘称其"前四句雄浑而意象不合"，正不知何者为意象？又云"次联粗硬"，粗硬者如是乎？顾贬李贬温，又贬许不遗力。至如邵谒，虽略涉东野藩篱，而语多平直，又称"词意俱到"。此犹见衣褐者即尊之，衣组者即訾之，不知相马以瘦，亦

犹相马以肥耳。

（清）贺裳《载酒园诗话又编》，《清诗话续编》本

　　自唐之司空表圣、宋之敖器之，皆精于评语，为谭艺家所推，而所自作，皆未能与所评相称。若严沧浪五言数篇，稍与所谈微中，《闺怨》、《懊侬》诸小诗，亦不减唐贤风味，但惜不多见耳。

（清）翁方纲《石洲诗话》卷四，《清诗话续编》本

　　十载钤山冰雪情，青词自媚可怜生。彦回不作中书死，更遣匆匆唱《渭城》。

　　惟此一首，婉约有致，骂严嵩有味，又不著迹，此即所谓"羚羊挂角"之妙也。但以愚意，如严嵩者，纵使其能诗，亦不直得措一词以骂之。若果通加选辑明诗诸家而及之，或可云不以人废言耳；今于上下古今作《论诗绝句》，乃有论严嵩一首耶？

（清）翁方纲《石洲诗话》卷八，《清诗话续编》本

　　古今文人，有名不大著而其诗实卓然名家者，世人多耳食，抑何从知之。如《归田录》所载谢伯初景山《送永叔谪夷陵》诗中联云："长官衫色江波绿，学士才华蜀锦张。下国难留金马客，新诗传与竹枝娘。"明钦天监博士马轼字敬瞻，《送岳季方阁老》云："五岭瘴高烟蔽日，两孤云湿雨鸣秋。"结句"祭罢鳄鱼归去晚，刺桐花外月如钩"。右二诗，即使当世专门名家操觚染翰，未必能到，论者不可徇名而失实，故特表而出之。

（清）王士禛《带经堂诗话》卷九，人民文学出版社本

　　诗人家数甚多，不可硁硁然域一先生之言，自以为是而妄薄前人。须知王、孟清幽，岂可施诸边塞？杜、韩排奡，未便播之管弦。沈、宋庄重，到山野则俗。卢仝险怪，登庙堂则野。韦、柳隽逸，不宜长篇。苏、黄瘦硬，短于言情。悱恻芬芳，非温、李、冬郎不可。属词比事，非元、白、梅村不可。古人各成一家，业已传名而去；后人不得不兼综条贯，相题行事。

（清）袁枚《随园诗话》卷五，人民文学出版社本

韩非冶刑名之说，则儒墨皆在所摈矣……然而其文华而辨，其意刻而深，后世文章之士多好观之，惟其文而不惟其人，则亦未始不可参取也。

（清）章学诚《匡谬》，《文史通义·内篇三》，《四部备要》本

所谓好古者，非谓古之必胜乎今也，正以今不殊古，而于因革异同求其折衷也。古之糟粕，可以为今之精华，非贵糟粕而直以为精华也，因糟粕之存而可以想见精华之所出也；古之疵病，可以为后世之典型，非取疵病而直以之为典型也，因疵病之存而可以想见典型之所在也。是则学之贵于考证者，将以明其义理尔。

（清）章学诚《说林》，《文史通义·内篇四》，《四部备要》本

韩子曰："文无难易，惟其是耳。"学者动言师古，而抑知古人亦有不可法者，后人亦有不可废者。

（清）章学诚《评沈梅村古文》，《文史通义》补遗，《章氏遗书》本

岳少保、韩蕲王、文信国，俱能为词，而少保为稍胜。然此皆词以人传，并非有独到处也。浅见者遽叹为工绝，殊可不必。

（清）陈廷焯《白雨斋词话》卷六，人民文学出版社本

八

儒家诗教与批评鉴赏

  孔子曰：入其国，其教可知也。其为人也，温柔敦厚，《诗》教也。疏通知远，《书》教也。广博易良，《乐》教也。絜静精微，《易》教也。恭俭庄敬，《礼》教也。属辞比事，《春秋》教也。故《诗》之失愚，《书》之失诬，《乐》之失奢，《易》之失贼，《礼》之失烦，《春秋》之失乱。其为人也，温柔敦厚而不愚，则深于《诗》者也。疏通知远而不诬，则深于《书》者也。广博易良而不奢，则深于《乐》者也。絜静精微而不贼，则深于《易》者也。恭俭庄敬而不烦，则深于《礼》者也。属辞比事而不乱，则深于《春秋》者也。

（先秦）《礼记·经解》，《十三经注疏》本

  六艺异科而皆同道。温惠柔良者，《诗》之风也。淳庞敦厚者，《书》之教也。清明条达者，《易》之义也。恭俭尊让者，《礼》之为也。宽裕简易者，《乐》之化也。刺讥辨义者，《春秋》之靡也……六者圣人兼用而财制之。失本则乱，得本则治。其美在调，其失在权。

（汉）刘安《淮南子·泰族训》，《诸子集成》本

  诗者，持也。持人情性。《三百》之蔽，义归无邪。持之为训，有符焉尔。

（南朝·梁）刘勰《文心雕龙·明诗》，人民文学出版社本

  至如象系风雅，名墨农刑，虎炳豹郁，彬彬君子。卜谈四始，李言七略，源流已祥，今亦置而弗辨。潘安仁清绮若是，而评者止称惜切，故知为文之难也。曹子建、陆士衡，皆文士也。观其辞致侧密，事语坚明，意

匠有序,遣言无失,虽不以儒者名家,此亦悉通其义也。遍观文士略尽知之。至于谢元晖,始见贫小,然而天才命世,过足以补尤。任彦升甲部阙如,才长笔翰,善缉流略,遂有龙门之名,斯亦一时之盛。

(南朝·梁)萧绎《金楼子·立言下》,《丛书集成》本

李伯药见于而论诗,子不答。伯药退,谓薛收曰:吾上陈应、刘,下述沈、谢,分四声八病,刚柔清浊,各有端序,音若埙篪,而夫子不应,我其未达欤？薛收曰:吾尝闻夫子之论诗矣,上明三纲,下达五常。于是征存亡,辩得失,故小人歌之以贡其俗,君子赋之以见其志,圣人采之以观其变。今子营营驰骋乎末流,是夫子之所痛也,不答则有由矣。

(隋)王通《中说·天地》,《丛书集成》本

温谓颜色温润,柔谓情性和柔。《诗》依违讽谏,不指切事情;故云温柔敦厚是《诗》教也。

(唐)孔颖达《礼记·经解第二十六》,《礼记正义》卷五十,中华书局本

诗主敦厚。若不节之,则失在于愚。

(唐)孔颖达《礼记·经解第二十六》,《礼记正义》卷五十,中华书局本

此一经以《诗》化民,虽用敦厚,能以义节之；欲使民虽敦厚,不至于愚。则是在上深达于《诗》之义理,能以《诗》教民也。故云"深于《诗》者也"。

(唐)孔颖达《礼记·经解第二十六》,《礼记正义》卷五十,中华书局本

古者诗《三百篇》,其言无所不有。惟其肆而不放,乐而不流,以卒归乎正,此所以为贵也。

(宋)欧阳修《礼部唱和诗序》,《欧阳文忠集》卷四十三,《四部丛刊》本

尝闻之夫子曰:"《诗三百》,一言以蔽之,曰:思无邪"嗟夫,圣人

之意，其可思而知也。夫王者正心诚意于一堂之上，而四海之远，以教则化，以绥则来，以讨则服。与夫僖公牧于鲁野，而其马皆有可用之姿，盖本一道。而《诗三百》之意，圣人取一言以尽之，乃在于此。后之学者，不深惟古人述作之旨，而欲以区区者自名曰诗，诚可悯笑。

     （宋）朱松《上赵漕书》，《韦斋集》卷九，《四部丛刊》本

  为文要有温柔敦厚之气，对人主语言及章疏文字，温柔敦厚尤不可无。如子瞻诗多于讥玩，殊无恻怛爱君之意；荆公在朝议论事多不循理，惟是争气而已，何以事君？君子之所养，要令暴慢衰僻之气不役于身体。

     （宋）杨时《语录》，《杨龟山集》卷二，正谊堂全书本

  六经所以载道而之后世，而诗者止乎礼义，道之所存也。周诗三百五篇，有其义而亡其辞者六篇而已。大而天地日星之变，小而虫鸟草木之化，严而君臣父子，别而夫妇男女，顺而兄弟，群而朋友，喜不至渎，怨不至乱，谏不至讦，怒不至绝，此诗之大略也。

     （宋）许严《黄陈诗集注序》，《山谷诗集注》卷首，《四部备要》本

  唐人《花间集》，不过香奁组织之辞，词家争恭仿之，粉泽相高，不知其靡，谓乐府体固然也。一见铁心石肠之士，哗然非笑，以为是不足涉吾地。其习而学者，亦必毁刚毁直，然后宛转合宫商，妩媚中绳尺，乐府反为情性害矣。乐府，诗之变也，诗发乎情、止乎礼义，美化厚俗，胥此焉寄，岂一变为乐府，乃遽与诗异哉？

     （宋）林景熙《胡汲古乐府序》，《霁山集》卷五，中华书局本

  太史公论诗，以为《国风》好色而不淫，《小雅》怨诽而不乱。以余观之，是特识变风变雅尔，乌睹诗之正乎？昔先王之泽衰，然后变风，发乎情，虽衰而未竭，是以犹止于礼义，以为贤于无所止者而已。若夫发于性，止于忠孝者，其诗岂可同日而语哉？古今诗人众矣，而杜子美为首，岂非以其流落饥寒，终身不用，而一饭未尝忘君也欤？

     （宋）苏轼《王定国诗集叙》，《东坡七集》前集卷二十四，《四部备要》本

太史公曰："《国风》好色而不淫，《小雅》怨诽而不乱。"《左氏传》曰："春秋之称，微而显，志而晦，婉而成章，尽而不污。"此《诗》与《春秋》纪事之妙也。近世词人，闲情之靡，如伯有所赋，赵武所不得闻者，有过之无不及焉。是得为好色而不淫乎？惟晏叔原云："落花人独立，微雨燕双飞。"可谓好色而不淫矣。唐人《长门怨》云："珊瑚枕上千行泪，不是思君是恨君。"是得为怨诽而不乱乎？惟刘长卿云："月来深殿早，春到后宫迟。"可谓怨诽而不乱矣。近世陈光咏李伯时画《宁王进史图》云："汗简不知天上事，至尊新纳寿王妃"，是得为微、为晦、为婉、为不污秽乎？惟义山云："侍宴归来宫漏永，薛王沉醉寿王醒"，可谓微婉显晦，尽而不污矣。

（宋）杨万里《诚斋诗话》，《历代诗话续编》本

作诗不知风雅之意，不可以作诗。诗尚谲谏，唯言之者无罪，闻之者足戒，乃为有补；而涉于毁谤，闻者怒之，何补之有！观东坡诗只是讥诮朝廷，殊无温柔崇厚之气，以此人故得而罪之。若是伯淳诗，闻者自然感动。因举伯淳和温公诸人禊饮诗云："未须愁日暮，天际乍轻阴。"又泛舟诗云："只恐风花一片飞。"何其温厚也。

（宋）魏庆之《诗人玉屑》卷九，中华书局本

《三百篇》中有美有刺，所谓"思无邪"也。

（宋）魏庆之《诗人玉屑》卷十三，中华书局本

闺词牵于情，易至诲淫。马古洲有一曲云："睡鸭徘徊烟缕长，日长春困不成妆。步欹草色金连润，捻断花须玉笋香。轻洛浦，关巫阳，锦信亲织寄檀郎。儿家门户藏春色，双蝶游蜂不敢狂。"前数语不过纤艳之词耳，断章凛然，有以礼自防之意。所谓发乎情，止乎礼义。近世乐府，未有能道此者。

（宋）魏庆之《诗人玉屑》卷二十一，中华书局本

世衰天下皆不知止乎礼义，故君视臣如犬马，则臣视君如国人。而原一人焉，被逐且死，而不忍去，其辞止乎礼义可知，则是诗虽亡，至原而不亡矣。使后之为人臣不得于君，而热中者犹不懈乎爱君如此，是原有力

于诗亡之后也，此《离骚》所以取于君子也。

      （宋）晁补之《离骚新序（上）》，《鸡肋集》卷三十六，《四部丛刊》本

  孔子删诗，取其思无邪者而已。自建安七子、六朝、有唐及近世诸人，思无邪者，惟陶渊明、杜子美耳，余皆不免落邪思也。六朝颜、鲍、徐、庾，唐李义山，国朝黄鲁直，乃邪思之尤者。鲁直虽不多说妇人，然其韵度矜持，冶容太甚，读之足以荡人心魄，此正所谓邪思也。鲁直专学子美，然子美诗，读之使人凛然兴起，肃然生敬。《诗序》所谓"经夫妇、成孝敬、厚人伦、美教化、移风俗"者也。岂可与鲁直诗同年而语耶？

      （宋）张戒《岁寒堂诗话》卷上，《历代诗话续编》本

  帝尝作宫体诗，使虞世南赓和。世南曰："圣作诚工，然体非雅正，上有所好，下必有甚焉，臣恐此诗一传，天下风靡，不敢奉诏。"

      （宋）计有功《太宗》，《唐诗纪事》卷一，《四部丛刊》本

  夫为诗与为政同。心欲其平也，气欲其和也，情欲其真也，纪纲欲明，法度欲齐，而温柔敦厚之教常行其中也。

      （元）揭曼硕《肖孚有诗序》，《揭文安公全集》卷八，《四部丛刊》本

  古圣人作，民有康衢之谣，君有歌，臣有赓，皆所以言其志而天机之不能自已者也。上之朝廷公卿，下之闾巷子女，皆有诗。至周有三千余篇，孔子删三百篇，垂于后世。盖取其喜怒哀乐爱恶欲之七情，发为风赋雅颂比兴之六体。曰：思无邪。曰：止乎礼义。以达政教，以移风俗。此诗之大纲然也。

      （元）方回《名僧诗话序》，《桐江集》卷一，宛委别藏影抄本

  讽谏之诗要感事陈辞，忠厚恳恻。讽谕甚切，而不失情性之正；触物感伤，而无怨怼之词。虽美实刺，此方为有益之言也。

      （元）杨载《诗法家数·讽谏》，《历代诗话》本

征行之诗，要发出凄怆之意，哀而不伤，怨而不乱。要发兴以感其事，而不失情性之正。或悲时感事，触物寓情方可。若伤亡悼屈，一切哀怨，吾无取焉。

（元）杨载《诗法家数》，《历代诗话》本

诗者，发乎情而止乎礼义也。感事触物，必形之于言，有不能自已也……虽然，诗人之吟咏夥矣，类多烟霞月露之章，草木虫鱼之句，作之无所益，不作不为欠也。

（明）宋濂《刘母贤行诗序》，《宋文宪全集》卷二十一，《四部备要》本

《明妃曲》，古今所称者，欧阳、王荆公数篇。然尝荆公之作，见其所讼"汉恩自浅胡自深，人生乐在投知心"之句，未尝不为之叹息。夫发乎性情止乎礼义然后足以为诗，苟荡其情而不止于礼义，则何诗之足云。夫人之相与，顾礼义何如耳。苟徒以恩之浅深以为投知相乐，而不复知有礼义，可乎？昔人尝论"君门九重开，终当掉臂入"之句，为此诗者必不忠。冕于公此诗亦云。

（明）蒋冕《琼台诗话》上卷，清乾隆刊本

《三百篇》之诗，多出于妇人女子，然其为言，忧而不困，哀而不伤。如《泉水》，卫女之思归也，而能以礼；《载驰》，许夫人之思归也，而能以义；《绿衣》，伤己之诗也，其言不过曰："我思古人，俾无訧兮"；《击鼓》，怨上之诗也，其言不过曰："土国城漕，我独南行。"况于士大夫哉？

（明）何乔新《论诗》，《文肖公文集》卷一，清康熙刊本

孔子删诗，自《小弁》之怨亲，《巷伯》之刺谗以下，其忠臣寡妇、幽人怼士之什，并列之为风，疏之为雅，不可胜数，岂皆古之中声也哉？然孔子不遽遗之者，特悯其人，矜其志。犹曰：发乎情，止乎礼义。言之者无罪，闻之者足以为戒焉耳。

（明）茅坤《青霞先生文集序》，《茅鹿门集》卷二，清康熙刊本

卢疏斋云："大凡作诗，须用《三百篇》与《离骚》，言不关于世教，义不存于比兴，诗亦徒作。夫诗发乎情，止乎礼义。《关雎》乐而不淫，哀而不伤，斯得性情之正。古人于此观风焉。"

（明）俞弁《逸老堂诗话》卷上，《历代诗话续编》本

韩文公上佛骨表，宪宗怒，远谪。行次蓝关，示侄孙湘云："一封朝奏九重天，夕贬潮阳路八千。欲为圣明除弊政，肯将衰朽惜残年。云横秦岭家何在？雪拥蓝关马不前。如汝远来应有意，好收吾骨瘴江边。"又《题临泷寺》云："不觉离家已五千，仍将衰病入泷船。潮阳未到吾能说，海气昏昏水拍天。"读之令人凄然伤感。东坡则放旷不羁，出狱和韵，即云："却对酒杯浑似梦，试拈诗笔已如神。"方以诗得罪，而所言如此。又云："却笑睢阳老从事，为予投檄向江西。"不以为悲而以为笑，何也？至惠州云："日啖荔枝三百颗，不妨长作岭南人。"《渡海》云："九死南荒吾不恨，兹游奇绝冠平生。"方负罪戾，而傲世自得如此。虽曰"取快一时"，而中含戏侮，不可以为法也。

（明）瞿佑《归田诗话》卷中，《历代诗话续编》本

杨用修驳宋人"诗史"之说而讥少陵云。"诗刺淫乱，则曰'雝雝鸣雁，旭日始旦'，不必曰'慎莫近前丞相嗔'也；悯流民，则曰'鸿雁于飞，哀鸣嗷嗷'，不必曰'千家今有百家存'也；伤暴敛，则曰'维南有箕，载翕其舌'，不必曰'哀哀寡妇诛求尽'也；叙饥荒，则曰'牂羊羵首，三星在罶'，不必曰'但有牙齿存，所堪骨髓干'也。"其言甚辩而核，然不知向所称皆兴比耳。诗固有赋，以述情切事为快，不尽含蓄也。语荒而曰"周馀黎民，靡有孑遗"，劝乐而曰"宛其死矣，它人入室"，讥失仪而曰"人而无礼，胡不遄死"，怨谗而曰"豺虎不受，投畀有昊"，若使出少陵口，不知用修何如贬剥也。且"慎莫近前丞相嗔"，乐府雅语，用修乌足知之。

（明）王世贞《艺苑卮言》卷四，《历代诗话续编》本

文散于事而万殊者也，故曰博；礼极于心而一本者也，故曰约。博文而非约之以礼，则其文为虚文，而后世功利辞章之学矣。约礼而非博学于文，则其礼为虚礼，而佛老空寂之学矣。是故约理必在于博文，而

博文乃所以约礼。二之而分先后焉者，是圣学之不明而功利异端之说乱之也。

  （明）王守仁《博约说》，《王文成公全书》卷七，《四部丛刊》本

  诗之为教，虽主于温柔敦厚，然亦有直斥其人而不讳者，如曰："赫赫师尹，不平谓何？"如曰："赫赫宗周，褒姒灭之。"如曰："伊谁云从，维暴之云。"则皆直斥其官族名字，古人不以为嫌也。

  （清）顾炎武《日知录·直言》，《日知录集释》卷十九，《四部备要》本

  子六七岁始入乡塾，受《诗》，诵至《燕燕》、《绿衣》等篇，便觉怅触欲涕，亦不自知其所以然。稍长，遂顿悟"兴观群怨"之旨。宋玉融、陈叔盥与乐轩陈藻读《国风》于古寺，至《采蘋》，《藻》掩卷而泣，顿悟中庸之旨。叔盥以告纲山林亦之，纲山遂以《藻》见于其师林艾轩曰："吾尝谓《诗》不歌，《易》不画，无悟入处，今于元浩尤言。知此者可与言诗。"然《采蘋》之诗，亦未见可泣处。

  （清）王士禛《带经堂诗话》卷一，人民文学出版社本

  予读施愚山侍读五言诗，爱其温柔敦厚，一唱三叹，有风人之旨。其章法之妙，如天衣无缝。

  （清）王士禛《带经堂诗话》卷一，人民文学出版社本

  既得《葛庄诗》，吟不去口，常展案头，拉客共读而指之曰："此诗真，无一皮毛语；此诗新，无一窠臼调；此诗雅，无一粗鄙声；此诗清，无一饾饤字；此诗趣，无一板腐气。凡古今诗家，平熟无味之意，含糊不了之辞，一概洗除，令读者动心变志，啼笑无端，真如声之震耳，色之眩目，五味之沁舌，兴、观、群、怨，逐首感发而可为学诗准的者。"余适选《长留集》，遂以此冠其端焉。

  客曰："温柔敦厚，诗人之旨也。诗虽主于感发。而尤贵乎涵蓄。盛唐以后，此境荡然！操觚者不可不更有以进之也。"余曰："诗存乎人，患其人不文耳，文则未有不温柔者；患其人不质耳，质则未有不敦厚者。

至于性灵日新，生意无穷，凡情触于景而无所不言者，感发之谓也；景缠于情而不能尽言者，涵蓄之谓也。非谓平熟含糊剿袭陈腐之语，不痒不痛，自欺欺人，而遽谓之涵蓄也。若持盛唐而薄近代，则人亦将持雅、颂以薄汉、魏。总之，一画以后，文明渐启，自然之运也；虽有圣哲，不敢以一画之浑论，而薄六经之详明，风、雅变迁，亦若是耳。"

（清）孔尚任《长留集序》，《孔尚任诗文集》卷六，中华书局本

诗之为道，不外孔子教小子教伯鱼数言，而其立言一归于温柔敦厚，无古今一也。

（清）沈德潜《清诗别裁·凡例》，《清诗别裁》卷首，商务印书馆本

州吁之乱，庄公致之，而《燕燕》一诗，犹念"先君之思"；七子之母，不安其室，非七子之不令，而《凯风》之诗，犹云"莫慰母心"。温柔敦厚，斯为极则。

（清）沈德潜《说诗晬语》卷上，人民文学出版社本

《巷伯》恶恶，至欲"投畀豺虎"、"投畀有北"，何尝留一余地？然想其用意，正欲激发其羞恶之本心，使之同归于善，则仍是温厚和平之旨也。

（清）沈德潜《说诗晬语》卷上，人民文学出版社本

少陵《新婚别》云："嫁女与征夫，不如弃路傍。"近于怨矣。而"君今往死地"以下，层层转换，勉以努力戎行，发乎情，止乎礼义也。

（清）沈德潜《说诗晬语》卷上，人民文学出版社本

《礼记》一书，汉人所述，未必皆圣人之言。即如温柔敦厚四字，亦不过诗教之一端，不必篇篇如是。二雅中之"上帝板板，下民卒瘅"，"投畀豺虎"、"投畀有北"，未尝不裂眦攘臂而呼，何敦厚之有？故仆以为孔子论诗，可信者兴观群怨也，不可信者，温柔敦厚也，或者夫子有为言之也。夫言岂一端而已，亦各有所当也。

（清）袁枚《再答李少鹤书》，《小仓山房尺牍》卷十，民国刊本

凡言义理，有前人疏而后人加密者，不可不致其思也。古人论文，惟论文辞而已矣。刘勰氏出，本陆机氏说而倡论文心，苏辙氏出，本韩愈氏说而昌论文气，可谓愈推而愈精矣。未见有论文德者，学者所宜深省也。

夫子尝言"有德必有言"，又言"修辞立其诚"，孟子尝论知言养气本乎集义，韩子亦言"仁义之途"，"诗书之流"，皆言德也。今云未见论文德者，以古人所言，皆兼本末，包内外，犹合道德文章而一之，未尝就文辞之中，言其有才、有学、有识，又有文之德也。凡为古文辞者，必敬以恕。临文必敬，非修德之谓也。论古必恕，非宽容之谓也。敬非修德之谓者，气摄而不纵，纵必不能中节也。恕非宽容之谓者，能为古人设身而处地也。嗟乎！知德者鲜，知临文之不可无敬恕，则知文德矣。

（清）章学诚《文德》，《文史通义·内篇二》，《四部备要》本

近闻有说诗者，于《庐江小吏焦仲卿妻》一篇，极诋焦仲卿之溺爱忘亲，自谓有补风教，此等真是村荒学究其识。以此论文，最为误事，惜方氏辟之，犹未畅厥指也。

（清）章学诚《韩诗编年笺注书后》，《校雠通义》外篇，上海古籍出版社本

"诗言志"，"思无邪"，诗之能事毕矣。人人知之而不肯述之者，惧人笑其迂而不便于己之私也。虽然，汉、魏、六朝、唐、宋、元、明之诗，物之不齐也。"言志""无邪"之旨，权度也。权度立，而物之轻重长短不得遁矣；"言志""无邪"之旨立，而诗之美恶不得遁矣。不肯述者私心，不得遁者定理，夫诗亦简而易明者矣。

（清）潘德舆《养一斋诗话》卷一，《清诗话续编》本

诗贵慎言。古人歌咏时事，立意忠厚，出言微婉，诵之令人得之言外，所谓无罪而足戒也。后世轻薄子，怨望讥刺，几于詈骂，往往贾祸。吾辈值此盛世，偶有规讽，要不可有一毫出位之意。此士大夫立命之一节。

（清）方东树《昭昧詹言》卷二十一，人民文学出版社本

宋、景、枚、马以后，不知约六经之旨成文，而文始不贯于道；萧

统、徐陵以后，选文者不知祖诗，书文献之谊，瓜区豆剖，上不足考治，下不足辨学，而总集始不秉乎经。

（清）魏源《国朝古文类钞叙代陶中丞作》，《魏源集》，中华书局本

以屈原之文，露才扬己，显君之失，良史以为深讥。忠愤之词，诗人不可苟作也。以为是教，必有臣诬其君，子讼其父者，温柔敦厚其衰矣。

（清）冯班《叶祖仁江村诗序》，《钝吟文稿》卷一，民国排印本

诗以道性情。今人之性情，犹古人之性情也。今人之诗，不妨为古之人诗。不善学古者，不讲于古人之美刺，而求之声调气格之间，其似也不似也则未可知，假令一二似之，譬如偶人刍狗徒有形象耳。黠者起而攻之以性情之说。学不通经，人品污下，其所言者皆里巷之语。温柔敦厚之教，至今其亡乎？

（清）冯班《马小山停云集序》，《钝吟文稿》卷三，民国排印本

诗之教温柔敦厚，盖必人之天性近之，而后沐浴风雅，扬抠比兴，咀其精英而挹其芳润，庶几有得，非苟然也。

（清）赵执信《沈东田诗集序》，《饴山文集》卷二，《四部备要》本

诗序好以诗为刺时，刺其君者。无论其词何如，务委曲而归其故于所刺者。夫诗生于情，情主于境，境有安危亨困之殊，情有喜怒哀乐之异，岂刺时刺君之处，遂无可言之情乎？且即衰世，亦何尝无贤君贤士大夫。在尧舜之时，亦有四凶；殷商之末，尚有三仁。乃见有称述颂美之语，必以为陈古刺今，然则文、武、成、康以后，更无一人可免于刺者矣。况《邶风》之《雄雉》，《王风》之《君子于役》，皆其夫行役于外，而其妻念之之诗，初未尝有怨君之意，而以为刺平王、宣公，抑何其锻炼也。尤无理者，郑昭公忽虽非英主，亦无失道，而连篇累牍皆以为刺忽之诗，其所关于名教者岂浅哉！

（清）崔述《通论诗序》，《读风偶识》卷一，《丛书集成》本

荀子明六艺之归，其学分之足了数大儒。其尊孔子，黜异端，贵王贱霸，犹孟子志也。读者不能择取之，而必过疵之，亦惑矣。

（清）刘熙载《艺概·文概》，上海古籍出版社本

太白早好纵横，晚学黄、老，故诗意每托之以自娱。少陵一生却只在儒家界内。

（清）刘熙载《艺概·诗概》，上海古籍出版社本

诗要超乎"空""欲"二界。空则入禅，欲则入俗。超之之道无他，曰"发乎情，止乎礼义"而已。

（清）刘熙载《艺概·诗概》，上海古籍出版社本